Daniel O'Malley

# CODENAME BLADE

AF217867

*Autor*

Daniel O'Malley absolvierte die Michigan State University und erwarb an der Ohio State University einen Master-Abschluss in mittelalterlicher Geschichte. Dann kehrte er in seine Heimat Australien zurück. Er arbeitet jetzt für das Australian Transport Safety Bureau und verfasst Pressemitteilungen für Regierungsuntersuchungen von Flugzeugabstürzen und außer Kontrolle geratenen Booten.

Besuchen Sie uns auch auf www.facebook.com/blanvalet und www.twitter.com/BlanvaletVerlag

# Daniel O'Malley

# CODENAME
# BLADE

Roman

Deutsch von Wolfgang Thon

blanvalet

Die Originalausgabe erschien 2016 unter dem Titel
»Stiletto« bei Little, Brown & Co., New York.

Sollte diese Publikation Links auf Webseiten Dritter enthalten, so
übernehmen wir für deren Inhalte keine Haftung, da wir uns diese nicht zu
eigen machen, sondern lediglich auf deren Stand zum Zeitpunkt der
Erstveröffentlichung verweisen.

Verlagsgruppe Random House FSC® N001967

1. Auflage
Copyright der Originalausgabe © 2016 by Daniel O'Malley
Copyright der deutschsprachigen Ausgabe © 2019 by Blanvalet
in der Verlagsgruppe Random House GmbH,
Neumarkter Straße 28, 81673 München
Redaktion: Angela Kuepper
Umschlaggestaltung und -illustration: © Max Meinzold, München,
unter Verwendung eines Motivs von craig.reilly@mac.com/photocase.de
HK · Herstellung: sam
Satz: GGP Media GmbH, Pößneck
Druck und Bindung: GGP Media GmbH, Pößneck
Printed in Germany
ISBN 978-3-7341-6192-6

www.blanvalet.de

*Für Mollie Glick*
*und*
*für Asya Muchnick*
*in immenser Dankbarkeit*

*Hättest du sie vom Anbeginn ihrer Intelligenz her
mit aller Energie und Macht gelehrt, dass es so etwas
wie Tageslicht gibt und dass dies zu ihrem ärgsten
Feind wurde und sie sich stets dagegen wenden
müsste, denn es hätte dich vernichtet und würde auch
sie vernichten – wenn du dies getan hättest und sie
dann aus irgendeinem Grund aufgefordert hättest,
sich dem Tageslicht gegenüber natürlich zu verhalten,
und sie das dann nicht vermocht hätte – wärst du dann
tatsächlich enttäuscht und verärgert gewesen?*

Charles Dickens, *Große Erwartungen*


*Optometrie ist die Disziplin der Vision. Welche
Grenzen sie haben wird, hängt davon ab, was der
Begriff* Vision *für den Berufsstand bedeutet.*

M. Skeffington, Mai 1974

An Felicity Jane Clements, Pawn der Checquy-Group und Mündel der Regierung Ihrer Majestät:

Sie werden hiermit aufgrund der Autorität des Lords und der Lady der Checquy gemäß Ihren Pflichten und Ihrem Treueschwur aufgefordert, im Geheimen, zum Schutz und zur Sicherheit des Monarchen, des Volkes und der Britischen Inseln zu dienen.

Am heutigen Tag sollen Sie sich unverzüglich in den Londoner Bezirk Northam begeben, zu dem befohlenen Ort.

Dort werden Sie die Ihnen gegebenen Fähigkeiten gemäß der Ihnen befohlenen Aufgabe anwenden.

Um zu sichern, dass Sie weiterhin unbekannt bleiben und niemand Ihrer Präsenz gewahr wird, wird man Sie mit Kleidung ausstatten, mit der Sie sich unauffällig unter die Bevölkerung mischen können.

Um Zivilisten davon abzuhalten, sich Ihnen zu nähern, wird man Sie mit Urin besprühen.

*Bringen Sie Milch und Schokoladenkekse mit.*

*Odgers*

# 1

**Die Frau hockte in** einer Gasse mit dem Rücken an der Wand und drückte die Hände etwas ungelenk an die Steine hinter sich.

Sie bot nicht gerade einen appetitlichen Anblick. Eine Strähne ihres ungewaschenen blonden Haars hing ihr in das schmutzige Gesicht. Die Augen waren zu Schlitzen verengt, nur das Weiß ihrer Augäpfel blitzte im Augenwinkel auf. Ein Speichelfaden hing aus ihrem Mund. Abgesehen von ihrem rasselnden Atem, war sie vollkommen regungslos. Sie trug etliche Schichten verdreckter Kleidung und Turnschuhe, deren Netzstoff an den Seiten fast vollkommen zerschlissen war und deren Sohlen sich bereits abschälten, als wollten sie entkommen.

Außerdem roch sie nicht sehr appetitlich. Eine Wolke stechenden Gestanks umhüllte sie, die darauf schließen ließ, dass sie bereits längere Zeit keinen Zugang zu einem Waschraum gehabt hatte. Oder zu einem Waschcenter. Oder zu einer Toilette. Unter dem Schmutz war sie eigentlich ganz hübsch, aber um das zu entdecken, hätte man sich etliche Minuten lang mit einem feuchten Schwamm und möglicherweise sogar mit einem Spachtel an ihr zu schaffen machen müssen. Jedenfalls passte sie in diesem Aufzug perfekt in ihre Umgebung.

Es war eine sehr schmale Gasse, mehr eine zufällige Lücke zwischen zwei Häuserreihen. Gebrauchte Spritzen, Fäkalien undefinierbarer Herkunft, unschicklich entsorgte

Verhütungsmittel und allgemeiner Hausmüll waren die primären topografischen Merkmale.

Es begann zu regnen, und nach einigen Minuten war die Frau vollkommen durchnässt, aber sie rührte sich trotzdem nicht.

Eine Ratte huschte durch den Müll, wahrscheinlich unterwegs in eine bessere Gegend.

Schließlich nahm die Frau die Hände von der Mauer hinter ihr und öffnete die Augen weit. Sie holte tief Luft, was an einem weniger ekelhaften Ort zweifellos erfrischend gewesen wäre. Dann leckte sie sich die Lippen, spürte den Speichelfaden, der mittlerweile an ihrem Kinn hing, und wollte sich gerade mit dem Ärmel das Gesicht abwischen, als sie bemerkte, wie widerlich dieser Ärmel war. Sie seufzte und schlang dann, immer noch hockend, steif die Arme um ihren Körper. Als sie hörte, wie jemand durch die Gasse kam, hob sie den Kopf.

Dieser Jemand war ein großer rothaariger Mann mit bläulicher Haut und Sommersprossen, die eine Art Landkarte auf sein Gesicht zeichneten. Hinter ihm folgte ein anderer Mann, der fast genauso aussah. Allerdings war er größer und hatte den Kopf rasiert, sodass nur noch eine Korona aus orangefarbenem Flaum zu sehen war. Die Kleidung der beiden passte durchaus in diese Gasse.

»Oh, hallo«, sagte der erste Mann. Die Frau warf ihm einen kurzen Blick zu und grunzte. »Sieh dir das an, Petey«, meinte er zu seinem Partner. »Wir haben doch nach einer Beschäftigung gesucht, und schon haben wir eine gefunden.«

»Was?«, fragte sie.

»Halt's Maul«, befahl der Mann beiläufig und schlug ihr nebenbei ins Gesicht. Ihr Kopf krachte gegen die Mauer, und sie fiel auf den Hintern.

»Scheiße, was …?«, entfuhr es ihr, und sie presste eine Hand auf ihren Knöchel.

»Ich habe dir doch gesagt, dass du das Maul halten sollst.« Der Mann klang immer noch völlig unaufgeregt. »Ich und mein Kumpel werden jetzt gleich ein bisschen Spaß mit dir haben, und du wirst uns keinen Ärger machen, es sei denn, du willst noch mal was in die Fresse.«

»Und das ist nur der Anfang«, versprach ihr der andere Mann, Petey.

Doch statt angesichts des gewalttätigen Angriffs verängstigt zu sein, wirkte die Frau unbeeindruckt, fast ungläubig.

»Ist das dein Ernst?« Den Akzent, in dem sie sprach, hätte man in dieser Umgebung nicht erwartet. Er klang nach kostspieliger Erziehung. »Ihr wollt das wirklich tun? Mit jemandem wie mir?« Sie sah erst an sich herunter und ließ den Blick dann über den Müll in der Gasse gleiten. »Hier?« Die Männer antworteten nicht, aber ganz offensichtlich war eine blonde Frau für die beiden eine blonde Frau, selbst wenn sie stank wie Aas, das man in der Sonne hatte liegen lassen. Der erste Mann, der sie geschlagen hatte, griff nach seiner Gürtelschnalle. »Du machst einen Riesenfehler«, erklärte sie ihm.

Dann packte sie den Knöchel des Mannes. Er grinste immer noch, als sie ihn am Schienbein zu sich riss und ihm dann rasend schnell Tritte in die Eier, den Bauch und gegen die Brust versetzte. Er taumelte rücklings in die Arme seines verblüfften Kumpans, und die Frau richtete sich auf. Noch vor wenigen Augenblicken war ihre Haltung kauernd und defensiv gewesen, jetzt aber hatte sie eine klassische Boxerposition eingenommen.

»Miststück, du willst uns wohl verarsch …!«, begann Petey, wurde jedoch barsch unterbrochen, als die Frau vortrat und mit einer schnurgeraden Rechten Peteys Kumpan die Nase brach. Dessen Geheul verstummte schlagartig, als sie ihm die Faust in den Magen rammte, sodass er nach Luft schnappte. Er klang wie ein Dudelsack, in den man gerade mit einem Messer Löcher hineingeschnitten hatte. Die Knie gaben unter ihm nach, und Petey hatte Mühe, ihn auf den Beinen zu halten. Die Frau trat zwei Schritte zurück, maß die beiden Männer von Kopf bis Fuß und sprang dann vor, als eine ihrer Schuhspitzen in etwas ekelhaft Weichem landete. Da sie keinen Halt hatte, rutschte sie aus und taumelte zur Seite.

»Scheiße!« Sie prallte von einer Wand ab und krachte gegen zwei Mülltonnen, die ironischerweise leer waren. Schließlich landete sie rücklings auf dem Boden. Dann schnappte sie nach Luft, als Petey, der offenbar seinen Freund hatte fallen lassen, um sie zu erledigen, sich auf sie warf und sie auf den Boden presste.

Der Mann, den sie geschlagen hatte, schien sich ohne fremde Hilfe aufgerichtet zu haben.

»Dreckiges Miststück.« Seine Stimme war ein keuchendes Falsett, als er sich ihr näherte. »Jetzt wird die Sache blutig. Und verdammt viel schlimmer.«

»Yeah!«, pflichtete Petey ihm bei. Er lag immer noch über ihr und hielt sie mit seinem Gewicht am Boden. Das Gesicht drückte er in ihr stinkendes Haar. »Weißt du«, erklärte er, »unter all dem Haar und dem Dreck siehst du gar nicht schlecht aus. Aber das wird sich ändern, wenn Joe und ich mit dir fertig sind.« Sie wehrte sich, aber er hatte sie gut im Griff. Dann seufzte sie und hob den Blick. Joe starrte auf sie herunter, und sein Gesichtsausdruck verhieß Schreckliches.

»Ich habe das wirklich nicht gewollt«, bemerkte sie. »Pawn Cheng?« Die beiden Männer sahen sich verwirrt an.

»Ich … ich habe deinen Porno gleich hier, Schlampe.« Joe griff sich an den Schritt.

»Mit dir rede ich nicht«, sagte sie kalt.

Dann schlug Joe die Hände an den Kopf und schien sich nach hinten zu werfen. Während Petey und die Frau fasziniert zusahen, stürzte er zu Boden und gab den Blick auf eine kleine Asiatin frei. Sie war in ein schwarzes Yoga-Outfit gekleidet und trug einen ziemlich grimmigen Gesichtsausdruck zur Schau. Ihre Füße steckten unpassenderweise in schweren Stiefeln, die eher zu einem Bauarbeiter gepasst hätten oder zu jemandem, der vorzugsweise Verbrechen aus Hass beging. Wie es aussah, hatte sie einfach nur mit beiden Händen in Joes dichtes schwarzes Haar greifen und kraftvoll ziehen müssen, um ihn zu Boden zu reißen. Noch vor einer Minute war nichts von ihr zu sehen gewesen.

»Joey!«, rief Petey.

Joe sprang wieder hoch und brüllte vor Wut. Er konzentrierte sich auf seine zierliche Angreiferin. Die Gasse war so schmal, dass die Frau dem massigen Mann unmöglich ausweichen konnte. Er stürzte auf sie zu und schob eine Schulter vor, um sie zu rammen.

Es schien, als würde sich die Asiatin unter seiner Masse auflösen. Bänder und Stränge von schwarzer Materie explodierten unter seiner Schulter, verteilten sich und verblassten dann vollständig. Joe wurde von seinem Schwung weitergetragen, sodass er gegen die Wand krachte und durch die Wucht des Aufpralls ein Stück weitergeschleudert wurde.

Währenddessen umklammerte Petey die Frau, die unter ihm lag, noch fester.

»Was für ein Scheiß ist das?«, flüsterte er. »Was, verdammt, geht da vor sich? Wer oder was ist das?«

»Das ist meine Kollegin«, erwiderte die Frau unter ihm liebenswürdig und setzte dann einen Griff aus dem Ringkampf ein, den man im Volksmund den »Müllwagen«

nannte. Sie lag unter ihm, schlang einen Arm um seinen Hals und den anderen um seinen Oberkörper. Dann bog sie sich hoch, rollte ihn hoch über ihren Kopf und knallte seinen Hintern auf den Boden, bevor sie aufsprang.

Joe war in der Zwischenzeit von diesem sonderbaren Vorfall mit der verdammt fitten Asiatin in der Gasse so gebannt, dass er die unangenehme Lage seines Freundes hinter ihm nicht bemerkte. Vor seinen Augen schien die Luft in der Mitte der Gasse zu kochen, und besagte Asiatin tauchte plötzlich wieder auf. Allerdings schien sie nicht im Geringsten an ihm interessiert zu sein.

»Felicity, brauchst du mich noch?« Ihr Akzent klang unverkennbar nach Birmingham.

»Nee, ich komm klar, danke«, erwiderte die Angesprochene.

Joe kochte vor Wut und Verwirrung, griff in seine Tasche und zog ein Klappmesser heraus. Er ließ es mit einem Ruck aufschnappen, hielt die Hände tief und griff an. Aber die zierliche Frau verschwand sichtlich unbeeindruckt. Er drehte sich um und sah, wie Petey sich unter Schmerzen aufrichtete. Das blonde Miststück band sich gerade das Haar zu einem Pferdeschwanz. Sie warf ihm einen Blick zu, der unmissverständlich sagte, dass er sich selbst in diese Lage gebracht hatte und niemandem sonst die Schuld dafür geben konnte.

»Du … du …« Ihm fehlten die Worte. So hatten sie sich die Sache ganz und gar nicht vorgestellt.

»Hey, ich bin hier.« Ihre vollkommen unbesorgte Stimme riss ihn aus seiner Starre. Er drängte sich an Petey vorbei und stürzte sich mit dem Messer in der Faust auf sie. Sie bog sich zur Seite, drehte sich um, trat zurück, vor seine Brust, und packte seinen Messerarm. Noch bevor er einen Gedanken fassen konnte, hatte sie ihn über die Schulter geworfen. Er landete auf dem Boden, das Messer flog klappernd auf die Steine, und er schien keine Kraft mehr zu haben, um aufzustehen.

Petey näherte sich ihr etwas vorsichtiger, aber als er auf sie zuging, bewegte sie sich plötzlich rasend schnell. Sie trat mit mechanischer Präzision zu, und ihr Fuß landete an der Seite seines Knies. Unter der Wucht, der Entschlossenheit und Gnadenlosigkeit ihres Tritts gab sein Bein einfach nach. Er fiel in den Schlamm und den Müll, brüllte und umklammerte sein Bein. Sie stieg vorsichtig über den Abfall hinweg und versetzte ihm einen perfekt gezielten Tritt gegen den Kiefer. Er landete mit dem Gesicht nach unten und bewusstlos in den Resten einer Pizza, die jemand aus guten Gründen nicht mehr gewollt hatte. Jetzt war es wieder still in der Gasse, sodass man lediglich hörte, wie Pawn Cheng sich wieder aus der Luft materialisierte.

»Das war doch mal nett«, erklärte sie. »Alles klar bei dir?«

»Ja, mir geht's gut«, erwiderte Felicity gereizt. Sie klopfte sich imaginären Staub von ihrer Kleidung, was allerdings keine sichtbaren Auswirkungen auf ihr Erscheinungsbild hatte.

»Ehrlich, ich kann einfach nicht glauben, dass du meine Hilfe bei diesen beiden Prolls gebraucht hast.«

»Jetzt halt mal die Luft an, Andrea«, sagte Felicity. »Ich habe gerade mehr als drei Stunden damit verbracht, an einer Wand zu hocken.« Sie warf einen Blick auf die beiden Männer am Boden. Zu jedem anderen Zeitpunkt hätte es ihr immense Genugtuung bereitet, ihnen alle Knochen im Leib zu brechen oder ihnen zumindest einige gezielte Tritte zu verpassen. Aber es bestand die Gefahr, unerwünschte Aufmerksamkeit zu erregen, vor allem seitens des Hauses, das sie gerade beobachtete.

*Andererseits …*

»Was zum Teufel machst du da?«, wollte Andrea Cheng wissen. »Raubst du sie etwa aus?«

»Ich will das Zeug nicht behalten«, erwiderte Felicity beschwichtigend. »Aber ich glaube, dass es eine wertvolle Lektion für sie ist, wenn sie ihre Handys und ihre Brieftaschen verlieren. Einfach, damit sie – du weißt schon – die Obdachlosen in Zukunft respektieren.«

»Du meinst also nicht, dass sie das schon dadurch gelernt haben, dass ihnen eine obdachlose Frau die Scheiße aus dem Leib geprügelt hat?«, wollte Andrea wissen. »Ganz zu schweigen von einer Braut, die sich in Luft auflösen kann?«

»Weißt du, was diese Lektion besonders wirkungsvoll machen würde?«, fragte Felicity nach einem Moment. »Wir könnten ihnen die Schuhe abnehmen.«

Die zierliche Asiatin schüttelte missbilligend den Kopf, zuckte dann jedoch mit den Schultern. »Na gut, einverstanden.«

Felicity summte fröhlich, als sie zwei Minuten später aus der Gasse schlenderte.

*Gott, wie ich diesen Job liebe!*

# 2

»**Aufwachen und raus aus** der Wanne! Wenn du zu spät zu dieser Cocktailparty kommst, verfrachten uns die Briten auf den Parkplatz und richten uns mit einem Genickschuss hin. Außerdem müssen wir den Schleim aus der Wanne kriegen, bevor eines der Zimmermädchen kommt, um aufzuräumen!«

Die Stimme drang durch Odette Leliefelds wasserdichte Kopfhörer in ihr schlafendes Hirn. Mit einem Ruck wachte sie auf und öffnete die Augen. Das gedämpfte Licht am Boden der Badewanne schimmerte lavendelfarben. Der Gedanke, sich einfach wieder in die Wärme zu schmiegen und die angenehme therapeutische Stasis fortzusetzen, war wirklich sehr verführerisch. Aber dann hörte sie erneut Alessios Stimme in ihren Ohren. »Der Zimmerservice ist in etwa sieben Minuten hier, also beeil dich.«

Odette verzog das Gesicht und beschleunigte ihren Herzschlag von dem entspannten »Ein-Schlag-alle-drei-Stunden«-Takt. Dann tauchte sie aus der Tiefe der lächerlich großen Badewanne auf. Die Architekten, die das Badezimmer entworfen hatten, waren offenbar der Meinung gewesen, Hotelgäste würden entweder in großen Gruppen baden oder aber mit besonders exotischen Haustieren reisen. In dieser Wanne war jedenfalls genug Platz für eine Gruppe von sechs guten Freunden oder sieben extrem guten Freunden oder aber fünfzehn besonders edlen Quallen. Doch statt einer Bijou-Orgie oder irgendeiner reinblütigen *Olindias formosa* enthielt sie zurzeit nur Odette und etwa eintausend-vierhundert Liter eines dicken, zähen Schleims.

Sie tauchte auf, was nicht ganz so einfach war, weil der Schleim sie gewissermaßen festhalten wollte, und setzte sich hin. Dann holte sie zum ersten Mal seit fünf Stunden Luft.

»Ich hasse es, in einem Badeanzug zu schlafen«, erklärte sie der Welt im Allgemeinen und Alessio im Besonderen und wischte sich den Schleim aus den Augen.

»Wenn ich dich wecken soll«, erwiderte ihr jüngerer Bruder, »schläfst du auf keinen Fall nackt in der Wanne.« Sie spürte, wie er ihr die Kopfhörer herunterzog, als er an ihr vorbeihuschte. Wahrscheinlich sammelte er ihre Kleidung ein, die immer noch auf dem Boden herumlag.

»Hast du Kaffee bestellt?«

»Ja.« Seine Stimme kiekste ein bisschen. »Aber du solltest eigentlich keine heißen Getränke und schon gar kein Koffein zu dir nehmen, bis all deine neuen Organe ausgereift sind.«

»Weißt du was? Hör auf zu klugscheißern, solange deine eigenen Stimmbänder noch nicht ausgereift sind!«, konterte sie.

»Ah, du möchtest also, dass ich den Kaffee zurückgehen lasse?«, erkundigte sich Alessio.

»Nein, nein, tut mir leid!«, versicherte Odette ihm hastig.

»Tritt noch nicht auf den Boden!«, instruierte er sie. »Sonst verteilst du das Zeug überall. Hier ist der Striegel.« Er reichte ihr einen bogenförmigen Abzieher aus Gummi und eilte dann hastig in den Salon. Sie lächelte ihrem dreizehn-jährigen Bruder nach, als er die Tür hinter sich schloss. Dann stand sie auf und sah sich um.

»Sollte zufällig irgendein britischer Regierungsbeamter

mich beobachten«, sagte sie laut, »dann verkünde ich hiermit, dass es mir egal ist, ob ihr mich nackt seht. Aber es wäre ziemlich pervers von euch.«

Niemand antwortete.

»Na gut, also dann«, sagte sie zu sich selbst. Sie zog den Badeanzug aus und fing an, den Schleim von ihrem Körper zu schaben und ihn zurück in die Wanne zu streifen.

Nachdem sie sich nahezu schleimfrei in die Duschkabine begeben hatte, untersuchte Odette vorsichtig ihre Beine, ihre Gliedmaßen und ihren Oberkörper. *Sieht ganz gut aus,* dachte sie. Die Narben auf ihren Armen waren nur noch schwache Linien, und nach ein paar weiteren Nächten in einer Wanne mit Schleim würden sie vollkommen verschwinden. Die Y-förmige Narbe, die von ihrer Brust bis unter ihren Nabel reichte, heilte etwas langsamer und juckte noch ein bisschen. Aber sie zwang sich dazu, nicht daran herumzukratzen. Sie streckte einen Arm aus, bog die Hand zurück und krümmte sie. Ein knöcherner Dorn etwa von der Größe ihres Zeigefingers glitt auf der Unterseite ihres Handgelenks heraus. *Okay, gut.* Sie spannte weitere Muskeln an, und ein Tropfen einer bernsteinfarbenen Flüssigkeit tauchte am Ende des Dorns auf. *Auch gut.*

Dann drehte sie das Wasser auf und machte sich an die mühsame Arbeit, sich den Schleim aus dem Haar zu waschen.


»Also, was hältst du bisher von diesem Laden?«, fragte sie Alessio, als sie ihren Kaffee schlürfte und eine ihrer Pillen schluckte.

»Was soll ich davon halten?« Er hob nicht einmal den Blick von seinem Tablet-PC.

»Na ja, die Aussicht ist ganz nett«, sagte sie und warf noch zwei Pillen ein.

»Es ist eine sehr graue, wolkige Aussicht«, erwiderte Alessio.

»Wir sind direkt gegenüber vom Hyde Park, und ich habe gerade einen dieser roten Doppeldeckerbusse vorbeifahren sehen. Ich denke, dass wir trotz der Verhandlungen auch ein bisschen Freizeit haben werden. Wie wäre es mit ein bisschen Sightseeing? Die Tate Gallery. Trafalgar Square. Harrods. Und wir könnten den Buckingham-Palast besichtigen.« Ihr Bruder bedachte sie von seinem Computer aus mit einem skeptischen Blick. »Ich will damit nicht sagen, dass ich einen Prinzen treffen möchte oder so etwas, aber es ist bestimmt cool, sich den Wachwechsel anzusehen.« Er zuckte mit den Schultern. »Und das Hotel ist ziemlich luxuriös.«

»Jedes Zimmer in diesem Stockwerk ist höchstwahrscheinlich verwanzt«, gab Alessio grimmig zurück. Eine Furche bildete sich zwischen seinen Augenbrauen. »Und alle Leute, denen wir begegnen, gehören vermutlich zur Checquy-Group. Diese Frau, die eben das Frühstück gebracht hat, sah aus, als rechnete sie damit, nicht nur den Mülleimer leeren, sondern auch irgendwelche Eingeweide vom Boden klauben zu müssen.«

»Wahrscheinlich war sie nur entsetzt, dass eine dreiundzwanzigjährige Frau sich eine Suite mit ihrem dreizehnjährigen Bruder teilen muss«, versetzte Odette und nahm zwei weitere Pillen.

»Darüber bin ich ebenfalls entsetzt«, verkündete ihr Bruder. Odette schnaubte leise, als sie ihn nachdenklich betrachtete. Sie hatten beide das gleiche schmale Gesicht und das gleiche dunkelbraune Haar. Aber Alessios war vollkommen glatt, während ihr Haar dazu neigte, sich zu kringeln, es sei denn, sie konzentrierte sich darauf. Glücklicherweise war sie noch deutlich größer als er, aber die Angehörigen ihrer Familie hatten gegen Ende ihres Teenageralters oft einen

Wachstumsschub. Sie zweifelte nicht daran, dass er irgendwann seine Drinks auf ihrem Kopf abstellen konnte.

Im Augenblick jedoch wirkte er sehr verletzlich. Sein Gesicht wies noch Spuren von Babyspeck auf, und in seinem Anzug mit der sorgfältig gebundenen Krawatte erinnerte er sie an einen Jungen, der zu einer Beerdigung ging und gezwungen war, sich viel zu früh mit den Problemen von Erwachsenen auseinanderzusetzen.

»Das alles tut mir wirklich leid«, sagte sie. Jetzt blickte er hoch. »Du solltest nicht als diplomatischer Repräsentant agieren müssen, sondern ...« Sie verstummte.

»Was?«, fragte er. »Sollte ich lieber zu Hause in Roeselare bei meinen Tutoren hocken und wie ein ganz gewöhnlicher Teenager an meinen chirurgischen Fähigkeiten arbeiten?« Er verdrehte die Augen. »Grootvader Ernst wollte, dass ich mitkomme. Er wollte, dass wir beide hierherreisen, und meinte, es wäre hilfreich.«

»Das schon, aber nur ich werde an diesen Verhandlungen teilnehmen, wenn auch in einer nicht genau spezifizierten Funktion«, sagte Odette und machte eine kleine Pause, um vier weitere Tabletten zu schlucken. »Und du? Du sollst harmlos herumstehen und ihnen zeigen, dass wir nicht alle Monster sind, die so stark modifiziert wurden, dass wir nichts Menschliches mehr an uns haben.«

»Aber nur, weil ich noch keine fünfzehn bin«, gab ihr Bruder zurück. »Du hast wenigstens schon ein paar Waffen in deinem Körper.«

»Aber bei Weitem nicht genug«, erklärte Odette finster. Sie stopfte sich drei weitere Pillen in den Mund und spülte sie mit dem letzten Schluck Kaffee hinunter. »Also, wie viel Zeit habe ich noch bis zu dem Treffen, bei dem wir die Strategie für die Cocktailparty festlegen wollen?«

»Eine halbe Stunde«, antwortete ihr Bruder.

»Nun gut. Ich setze mir meine Injektionen und mache mich fertig.«

Im Badezimmer betrachtete Odette sich prüfend im Spiegel. *Ich muss geschäftsmäßig aussehen, professionell und vollkommen normal,* sagte sie sich. *Weder besonders attraktiv noch ungewöhnlich. Und auf keinen Fall bedrohlich.* Sie konzentrierte sich, und ihre Lippen wurden etwas roter. *Gut. Nicht zu rot und nicht zu dunkel.* Ihre Augenlider dunkelten ebenfalls etwas nach, und sie erweiterte ihre Pupillen ein wenig. Angesichts der aufflammenden Helligkeit zuckte sie zusammen.

»Trägst du den Belladonna-Look?« Alessio kam ins Badezimmer, um sich die Zähne zu putzen.

»Wir sollen einen guten Eindruck machen, und die Menschen werden von erweiterten Pupillen angezogen«, rechtfertigte sich Odette. Aber sie zog sie wieder ein kleines bisschen zusammen. »Du hast Glück, dass du diese Sache heute Abend nicht durchstehen musst.«

Sie beobachtete im Spiegel, wie Alessio sorgfältig seinen Hemdärmel aufrollte, den Arm in die mit Schleim gefüllte Badewanne steckte und herumtastete. Schließlich fand er den Stöpsel und zog ihn heraus. Ein kleiner Strudel erschien auf der Oberfläche, aber der Schleim schien es nicht übermäßig eilig zu haben, im Abfluss zu verschwinden. Sie starrten beide grimmig auf die zähe Flüssigkeit.

*Fast tausendvierhundert Liter sonderbaren Schleims dürften wahrscheinlich keinen allzu guten Eindruck hinterlassen,* sagte sich Odette. *Selbst wenn er nach Nektarinen oder Jasmin duftet.*

»Lass etwas heißes Wasser einlaufen«, schlug sie vor. »Und das Shampoo aus der Dusche löst das Zeug ein bisschen schneller auf.«

»Vielleicht sollte ich einfach versuchen, es im Klo runterzuspülen«, schlug Alessio vor. »Ich könnte den Mülleimer als Schöpfkelle benutzen.«

Odette konnte sich lebhaft vorstellen, wie als Ergebnis dieser Aktion irgendetwas Schreckliches mit der Toilette passierte. Eine Badewanne des Bösen kam ihr weniger unheimlich vor als eine Kloschüssel des Bösen. Bei einer Kloschüssel würden die Leute womöglich denken, dass dieses Böse aus *ihr* herausgekommen wäre.

»Lieber nicht«, sagte sie hastig. »Ich glaube, wir sollten es einfach so lassen. Und da du ohnehin davon ausgehst, dass die Zimmermädchen für die Checquy arbeiten, werden sie beim Anblick einer langsam auslaufenden Badewanne voller biochemischer Brühe nicht einmal mit der Wimper zucken.«

»Ich bin mir nicht sicher, dass sie für die Checquy arbeiten«, erwiderte ihr Bruder. Wieder erschien die kleine Falte zwischen seinen Augen. »Und außerdem könntest du mir bei der Entsorgung helfen.«

»Das, was ich gerade mache, erfordert höchste Aufmerksamkeit«, gab Odette zurück. Sie spitzte konzentriert die Lippen und beobachtete zufrieden, wie sich ihre Wangenknochen unter der Haut bewegten. Sie rutschten ein Stück weit hoch und traten leicht hervor.

# 3

**Fünf Stunden vor ihrem** kleinen Tänzchen mit Joe und Petey hatte Felicity noch in einem Büro im Hammerstrom Building gesessen, in einem Kostüm und keineswegs von Kopf bis Fuß verdreckt. Das Hammerstrom Building war eines der langweiligsten Gebäude in der ganzen City von London – es sah aus, als wären die Architekten depressive Puritaner gewesen. Dabei war es in Wirklichkeit eine Einrichtung der Checquy-Group, einer Geheimabteilung der Regierung, in der übernatürlich Begabte beschäftigt wurden, um die Bevölkerung vor anderen übernatürlich Begabten zu schützen.

Das Hammerstrom Building war das Hauptquartier aller Inlandsoperationen der Checquy, die von zwei Führungskräften geleitet wurden, den sogenannten Rooks. Dementsprechend wurde das Hauptquartier auch liebevoll Rookery genannt. Dort bereiteten die Strategen der Regierung ihre Operationen vor, mit denen sie sich aller auf den Britischen Inseln geborenen Kinder bemächtigten, die über unerklärliche Fähigkeiten verfügten. Es war auch der Ort, an dem das weitere Leben dieser Kinder geplant wurde, einschließlich ihrer rigorosen Erziehung auf dem entlegenen und schwer bewachten Anwesen, wie das Internat schlicht genannt wurde. Von dort wurden die übernatürlich begabten Agenten, die Pawns, sobald sie erwachsen waren, ihren Posten im ganzen Land zugeteilt.

Im Hammerstrom Building wurden Geheiminformationen aus tausend verschiedenen Quellen gebündelt. Es war die Festung, aus der Elitesoldaten ausrückten, um gegen das Unnatürliche zu kämpfen. Und es war auch der Ort, an dem Felicity früh an diesem Morgen erschienen war, um ihren Papierkram auf den aktuellen Stand zu bringen. Sie hatte einen dünnen Kaffee getrunken und darauf gewartet, dass ihr Computer hochfuhr, als ein Bürobote herangeschlurft war und ihr einen Umschlag mit ihrem Auftrag überreicht hatte. Der letzte Teil der offiziellen Botschaft – die Warnung wegen des Urins – hatte Felicity zwar irritiert, aber schließlich hatte sie mit den Schultern gezuckt. Der Dienst in der Checquy bestand aus allen möglichen unorthodoxen Pflichten. Und wenn man Mitglied eines urbanen Einsatzteams war, gestalteten sich diese Pflichten gewöhnlich höchst unorthodox.

*Und wenn du weiter die Karriereleiter hochklettern willst,* sagte sie sich, *dann beschwere dich niemals. Sondern zeig einfach, dass du bereit für und scharf auf jede Herausforderung bist.*

Der Ort, an den sie geschickt worden war, war ein Haus, wie sich herausgestellt hatte. Es war kein besonders schönes Haus, weil es sowohl verlassen als auch höchst baufällig war. Aber dadurch passte es sich perfekt der Umgebung an. Es lag in Northam, dem am wenigsten angenehmen Bezirk im Ballungsgebiet des Großraums London. Northam war für die Pläne selbst des optimistischsten Gentrifikators zu weit vom Stadtzentrum und jedem öffentlichen Transportmittel entfernt. Zugleich war die Entfernung vom äußersten Rand der Metropole zu gering, als dass die Leute sich hätten einreden können, dass sie das Leben auf dem Land genossen. Evelyn Waugh hatte diesen Ort einst als das »Perineum des Empires« beschrieben.

Felicity hatte die Chefin ihres Teams, Pawn Millicent Odgers, in der Küche im hinteren Teil des Hauses gefunden, wo sie den Inhalt einiger Plastikdosen durchsuchte. Odgers war eine korpulente Frau Mitte sechzig und hatte einen starken Glasgower Akzent. Von den Schultern aufwärts sah sie mit ihrem zu einem festen Dutt hochgesteckten grauen Haar und der Brille an der Kette um ihren Hals aus wie eine Bibliothekarin vom Lande. Der Rest ihres Körpers jedoch wurde von einem beeindruckenden Overall aus einem dichten schwarzen Material bedeckt, der aussah, als wäre er mehrere Nummern zu groß für sie. Und sie trug Stiefel, mit denen sie ebenso leicht eine Tür wie einen Brustkorb hätte eintreten können.

»Guten Morgen, Chief.«

»Morgen, Clements. Haben Sie die Kekse und die Milch mitgebracht?«

»Jawohl, Ma'am.« Felicity hob ihren Einkaufsbeutel hoch.

»Gut. Buchanan sorgt für die Thermoskannen mit Kaffee und Tee.«

»Wo ist der Rest des Teams?«

»Sie dürften bald eintrudeln. Das plötzliche Auftauchen einer Horde gepflegt wirkender Menschen wird in dieser Gegend Aufmerksamkeit erregen. Ich hoffe, dass sie alle genauso klug waren wie Sie und sich ein bisschen verkleidet haben.« Felicity hatte die Gepflogenheiten dieser Gegend registriert und vorsichtshalber Kostüm gegen Jeans und eine ziemlich schmuddelige Fleecejacke eingetauscht. »Sind Sie bis dahin einsatzbereit?«

»Immer, Ma'am.«

»Großartig. Ich instruiere sie, sobald Sie die Kleidung in der Tasche dort angezogen haben.«

Felicity öffnete vorsichtig die Tasche. Die wohlwollende Bezeichnung für die Kleidung darin hätte »Obdachlosen-Camouflage« gelautet. Sie seufzte. Es war bei Weitem nicht die schlimmste Garderobe, die sie im Namen der Pflicht hatte tragen müssen. Bei einer Mission war sie in einen Tarnanzug geschlüpft, der aus gut gedüngtem Giftefeu bestand. Aber diese Kleidung hier war vollkommen verschmutzt und verfilzt, und außerdem sonderte sie einen stechenden Geruch ab.

Felicity knirschte mit den Zähnen, unterdrückte ihren Würgereflex und legte die Gewänder der Verdammten an. In das Hemd waren etliche Kragen eingenäht, sodass es aussah, als würde sie mehrere Schichten alter T-Shirts und Rugbyhemden tragen. Die Jeans klebte an einigen Stellen an ihren Beinen. Sie setzte sich.

»Sitzen Sie bequem?«, erkundigte sich Odgers.

»Sind Läuse in diesen Kleidungsstücken? Weil … Ja.«

»Dann fange ich jetzt an.« Odgers griff nach einer Akte und schob sich die Brille auf die Nase. »In den letzten drei Wochen gab es eine Reihe mysteriöser Fälle von Verschwinden in ganz London. Auf den ersten Blick scheinen diese Vorfälle nichts miteinander zu tun zu haben. Die Subjekte verschwanden an verschiedenen Tagen; sie gehören unterschiedlichen Rassen an, sind unterschiedlich alt und stammen aus unterschiedlichen sozialökonomischen Schichten. Aber die Statistiker der Checquy haben ein Muster feststellen können. Alle verschwundenen Leute haben die Blutgruppe B positiv.«

»Besteht die Möglichkeit, dass es sich um einen Zufall handelt?« Felicity musste sich zusammenreißen, um sich nicht zu kratzen.

»Daran habe ich auch schon gedacht«, gab Odgers zurück. »Aber abgesehen von derselben Blutgruppe hatten sie alle Organtransplantationen. Die meisten der Personen haben neue Herzen, einige neue Nieren, und eine von ihnen hatte eine Hauttransplantation. Bauchspeicheldrüse, Hornhautverpflanzungen, was Sie wollen. Und all diese Operationen wurden in Londoner Krankenhäusern durchgeführt.«

»Wie um alles in der Welt hat man das herausgefunden?« Felicity war beeindruckt.

»Ach, Sie kennen doch die Statistiker«, erwiderte Odgers. »Sie kämmen eben sämtliche Informationen durch, derer sie habhaft werden können. Ich glaube, sie konnten den Trend nach dem elften Fall von Verschwinden identifizieren.«

»Aber wieso interessiert sich die Checquy dafür? Gibt es irgendwelche Anzeichen, dass es sich hierbei um etwas Übernatürliches handelt und nicht einfach nur ... ich weiß nicht, einen extrem spezifischen und gut informierten Serienmörder?«

»Alle vermissten Personen sind mitten in der Nacht aus ihren Häusern oder Wohnungen verschwunden«, antwortete Odgers. »In den meisten Fällen sieht es so aus, als wären sie einfach ins Bett gegangen, nach ein paar Stunden Schlaf aufgestanden und aus der Haustür spaziert. Es gab keinerlei Anzeichen von gewaltsamem Eindringen oder Gewaltanwendung. Sie sind einfach nur weggegangen.«

»Haben sie alle allein gelebt?«

»Nein. Zwei von ihnen waren Teenager, die noch zu Hause gewohnt haben, sieben der Opfer waren verheiratet oder lebten mit einem Partner zusammen. Keinem der Eltern oder Partner ist irgendetwas Merkwürdiges aufgefallen. Eine Frau konnte sich noch vage daran erinnern, wie ihr Ehemann nachts aufstand. Sie nahm an, dass er zur Toilette wollte, und hat weitergeschlafen. Sie hat erst gemerkt, dass etwas nicht stimmte, als sie am nächsten Morgen heruntergekommen ist und festgestellt hat, dass die Haustür offen stand.«

»Sie haben nichts mitgenommen?«

»Nein. Sie haben sich nicht einmal umgezogen«, erklärte

Odgers. »Sie sind weder in Schuhe oder Hausschuhe geschlüpft, noch haben sie einen Mantel angelegt. Ein Mann hat offenbar nur mit einem T-Shirt bekleidet das Haus verlassen. Das macht fast den Anschein, als hätten sie geschlafwandelt.«

»Und anschließend hat man keine Spur mehr von ihnen gefunden?«, wollte Felicity wissen. »Oder Zeugen?«

»Die Polizei hat tatsächlich zwei Zeugen auftreiben können«, räumte Odgers ein. »Um drei Uhr früh haben zwei Obdachlose in Green Park gesehen, wie eines der Opfer über das Gras ging. Sie sagten, der Mann hätte einen Pyjama getragen und die ganze Zeit vor sich hin gestiert. Als sie ihn angesprochen haben, hat er offenbar nicht reagiert.«

»Also scheint etwas sie zu rufen?« Felicity überlief ein Frösteln bei diesem Gedanken.

»Wir wissen nicht, was da vor sich geht«, gab Odgers zu. »Nachdem unsere Analytiker den Trend identifiziert hatten, haben sie nach einer Verbindung zwischen den verschwundenen Menschen gesucht, aber keine gefunden. Der letzte Fall hat sich gestern Nacht ereignet. Ein Mann hat sofort die Polizei angerufen, als er gemerkt hat, dass seine Freundin verschwunden ist. Wir haben umgehend ein Team zu der Wohnung geschickt. Einem der Pawns ist es gelungen, ihrer Duftnote zwölf Meilen weit zu einem Haus hier in der Nähe zu folgen. Dort hatte er auch die Duftspur von zwei anderen Opfern wittern können. Wir vermuten, dass alle Opfer dort sind, aber die Spuren der anderen haben sich seit ihrem möglichen Eintreffen dort entweder aufgelöst oder wurden weggewaschen. Sie werden das Haus für uns auskundschaften.«

»Der Grund, warum ich aussehe und rieche wie das Innere einer Mülltonne, ist also …?«

»Sie sind eine Obdachlose.« Odgers' Blick war auf ihre Aktenordner gerichtet.

»Ich verstehe. Ich nehme an, dass eine obdachlose Frau in diesem Viertel nicht besonders viel Aufmerksamkeit erregt?«

»Wir machen uns weniger Sorgen um die Nachbarn als darum, dass wir den Kidnapper möglicherweise verscheuchen könnten, oder den Beschwörer oder worum es sich auch handeln mag. Das Haus, das Sie auskundschaften, ist angeblich verlassen. Genau genommen, sind alle Häuser in dieser Gasse verlassen. Aber wenn sich dort etwas oder jemand Böswilliges aufhält und Sie entdeckt werden, wird man Sie vielleicht angreifen. Oder ins Haus locken. Andrea Cheng wird zu Ihrer Unterstützung vor Ort sein, aber natürlich würden wir es vorziehen, wenn Sie die Erkundung durchführen und sich zurückziehen könnten, ohne dass irgendetwas passiert.«

»Verstehe«, antwortete Felicity. »Wie viel Zeit habe ich?«

»Da vertraue ich auf Ihr Urteilsvermögen. Ich will die Standardinformationen – Grundriss, Fallen, Präsenz irgendwelcher lebenden Entitäten, alles Ungewöhnliche. Also gut, ich kümmere mich jetzt um Ihr Gesicht.« Sie schmierte Felicity irgendeine Mentholsalbe unter die Nase und dann auch unter ihre eigene. »Das wird Ihnen helfen, Ihren Brechreiz zu unterdrücken. Das hier ist nicht gerade ein Geruch, an den Sie sich gewöhnen sollten.« Sie schmierte rasch eine nach Militärstandard speziell angemischte Schmiere auf Felicitys Gesicht und tupfte die überschüssige Menge mit einem Taschentuch ab.

Als schließlich die angekündigte Anwendung von Urin kam, stellte Felicity erleichtert fest, dass sie damit nicht eingesprüht, sondern eher eingenebelt wurde. Allerdings war die Erleichterung nicht allzu groß, und dann traf sie eine schockierende und irgendwie unerwünschte Erkenntnis.

»Es ist … Ist das mein eigener Urin?«, fragte Felicity ungläubig.

»Stellen Sie es sich nicht als Urin vor«, riet ihr Pawn Odgers. »Sondern sehen Sie es als eine olfaktorische Tarnung.« Felicity versuchte es, aber es war nur ein geringer Trost.

»Woher haben Sie meinen Urin?«, wollte sie wissen.

»Die Checquy hat Proben von allem von allen«, erwiderte Odgers liebenswürdig. »Erinnern Sie sich daran, dass man während Ihrer Zeit auf dem Anwesen Proben von all Ihren Körperflüssigkeiten und Feststoffen genommen hat?«

»Aber das war doch für wissenschaftliche Forschungen!«, rief Felicity. »Und außerdem ist das schon Jahre her!«

»Wäre Ihnen frischer Urin von irgendjemand anderem lieber?«

Felicity fiel darauf keine angemessene Antwort ein und zupfte an ihrer fettigen Stirnlocke. Odgers hatte ihr so etwas wie Gemüseöl ins Haar geschmiert. Sie wischte sich die Hand an der Jeans ab und zuckte angesichts des Fettfilms auf der schmutzigen Hose zusammen. Dann ging sie durch die Hintertür hinaus.


Und jetzt kehrte sie durch ebendiese Hintertür mit Pawn Cheng zurück. Ihr fiel auf, dass ihr Aussehen in den letzten vier Stunden noch katastrophaler geworden war, falls das überhaupt möglich war. Die Küche war in der Zwischenzeit zu einem kleinen, viel zu engen Kommandozentrum umgewandelt worden. Man hatte den Herd herausgetragen, und an den Wänden waren Baupläne befestigt. Auf dem Tresen und dem Küchentisch leuchteten Laptopdisplays, ein Flachbildschirm stand gefährlich wackelig neben der Spüle. Er zeigte Dreihundertsechzig-Grad-Videobilder vom Äußeren des Hauses.

Der Hauptunterschied jedoch bestand darin, dass hier jetzt überall Leute herumwimmelten. Einige prüften die Etagenpläne an den Wänden, andere hockten auf irgendeiner freien Oberfläche und starrten die Bildschirme an, wieder andere beugten sich über Plastikkoffer und checkten die Pistolen, die glänzend in ihren kleinen Mulden aus Schaumstoff lagen. Felicity musterte sie alle und merkte sich automatisch ihren jeweiligen Standort. Aber eigentlich suchte sie nach sechs besonderen Leuten. Es war nicht schwer, sie zu identifizieren: Die vier Männer und zwei Frauen waren alle in dieselben bedrohlich wirkenden schwarzen Overalls gekleidet, die auch Odgers getragen hatte. Allerdings passten ihre. Sie hatten alle eine exzellente Haltung und unterhielten sich leise miteinander. Einer der Männer machte in einer Ecke gerade einen Spagat, die Knöchel jeweils auf Stapel von Telefonbüchern gelegt.

Alle blickten hoch, als Felicity eintrat. Einen Moment herrschte entsetztes Schweigen, dann erfüllten Gelächter und Spott die Küche. Sie zog den Kopf ein und errötete unter dem Dreck auf ihrer Haut.

»Clements, Sie sehen fabelhaft aus!«, rief eine der Frauen. »Kommen Sie gerade von einem Date, oder sind Sie dahin unterwegs?«

Felicity grinste und hob als Antwort rasch zwei Finger.

»Sie werden es nie zu den Barghests schaffen, wenn Sie immer in diesem Aufzug zur Arbeit erscheinen«, meinte ein groß gewachsener Mann mit gespielter Missbilligung.

»Seien Sie nicht zu hart mit Fliss«, warf ein anderer ein. »Nur weil sie aussieht, als hätte sie Ihren Kleiderschrank geplündert.«

»Ach, er versucht nur zu flirten«, erwiderte Felicity. »Immerhin drückt das hier«, sie deutete auf sich selbst, »alle Knöpfe seiner Fantasie, stimmt's? Wir wissen ja alle, dass er auf Landstreicher-Pornos steht.« Sie verstummte, als eine kleine rothaarige Frau vor sie trat.

»Pawn Clements, ich kann keinen Unterschied in Ihrer Erscheinung oder Ihrem Geruch zu dem an anderen Tagen feststellen«, erklärte die Frau sachlich.

»Nicht schlecht, Cordingley. Das war durchaus eine amüsante Bemerkung«, sagte Felicity anerkennend. Die Frau nickte. *Sie arbeitet wirklich an ihrem Humor,* dachte Felicity anerkennend. Jemand drückte ihr einen Becher Tee in die Hand, und die Teammitglieder fuhren mit ihren Frotzeleien fort, als sie durch die Küche ging.

Es war alles tröstend vertraut. Sie kannte diese Leute genauso gut wie sich selbst, vielleicht sogar besser. Zwei Jahre arbeitete sie bereits mit ihnen, seit sie ihr Kampftraining absolviert hatte. Damals war sie noch unschuldig, nervös und zögerlich gewesen.

Sie hatten ihr geholfen, sich in einen richtigen Soldaten zu verwandeln. Pawn Gardiner hatte Felicitys Hand gehalten, als sie um ihre Fassung gerungen hatte, nachdem sie ihren ersten Aal-Menschen-Hybriden erschossen hatte. Sie wiederum hatte Pawn Moores Kopf und seinen linken Fuß festgehalten, bis er sich nach einem Zusammenstoß mit einem Sichel-Mann wieder zusammengesetzt hatte. Sie hatte mit diesen Leuten Bunyips in einem Barbakan bekämpft, Horrorgestalten in Hampstead Heath gejagt, war mit ihnen über Acton abgesprungen, durch die Kanäle unter Kensington gekrochen und hatte als Wächterin in Westminster gedient.

Sie alle hatten die besten und schlimmsten Seiten der jeweils anderen gesehen. Felicity hatte sie vollkommen mit Blut bedeckt erlebt, allerdings meistens mit dem von anderen, oder in Bier getränkt. Sie hatte als Ehrenwache an Barnabys Hochzeit teilgenommen und war Patin von Jennings'

Tochter. Es waren nicht einfach nur Kollegen – es waren ihre Brüder und Schwestern im Kampf.

Odgers betrat den Raum, und sofort kehrte Ruhe ein, als alle Haltung annahmen. Dem Chief folgte eine Person, die Felicity nicht kannte. Es handelte sich um einen großen, kräftigen Inder, der etwa so alt sein mochte wie sie, vielleicht auch ein oder zwei Jahre jünger. Er kam ihr irgendwie bekannt vor. *Möglicherweise habe ich ihn auf dem Anwesen gesehen,* vermutete sie.

»Willkommen zurück, Clements. War Ihre Erkundung erfolgreich?«

»Größtenteils schon«, antwortete Felicity.

»Das klingt nicht allzu vielversprechend«, gab Odgers zurück. »Bevor Sie Bericht erstatten, möchte ich Ihnen Pawn Chopra vorstellen.« Sie deutete auf den Inder.

*Er ist wirklich appetitlich,* dachte Felicity anerkennend.

»Sanjay.« Er trat vor. Felicity schüttelte ihm die Hand. Er hatte lange Wimpern und die Schwielen eines Kämpfers an den Händen.

»Chopra ist ab heute diesem Team zugeteilt«, verkündete Odgers. »Das hier ist seine erste Mission. Er hat gerade das Kampftraining erfolgreich absolviert. Also, Clements, was haben Sie herausgefunden?«

»Ich habe das ganze Haus durchsucht, und natürlich gibt es schlechte Nachrichten, aber glücklicherweise auch ein paar gute. Wie sich herausstellt, brauchen wir uns wegen Zeugen keine Sorgen zu machen, jedenfalls nicht, was das Innere der Bauten betrifft. Sämtliche Reihenhäuser auf der Straße sind vollkommen leer geräumt. In keinem einzigen der Häuser gibt es Möbel, Teppiche oder elektrische Leitungen – und schon gar keine Menschen.«

»Das ist aber kein Persilschein für uns, mit Kanonen und besonderen Fähigkeiten um uns zu schießen«, warf Odgers nachdrücklich ein. Im Team wurde Enttäuschung laut. »Nicht, solange es nicht angemessen ist. Clements, wie lauten die unvermeidlichen schlechten Nachrichten?«

»Nun, Sir, die vorläufigen unvermeidlichen schlechten Nachrichten lauten, dass an den Häusern einige grundlegende Veränderungen vorgenommen wurden. Flure wurden zugemauert, Löcher in die Wände zwischen den Häusern und an einigen Stellen in die Böden und Decken gehauen. Es sieht aus, als hätte jemand in den Reihenhäusern ein kleines Labyrinth gebaut.« Sie trat zu den Karten an den Wänden. »Es gibt nur einen einzigen Eingang, der nicht zugemauert wurde. Die ganze Häusergruppe ist ein Labyrinth mit jeder Menge tödlicher Fallen. Ich habe Stolperdrähte gefunden, die mit Kästen verbunden sind, deren Mechanismus mir nicht vertraut ist und die mit Phiolen mit mir unbekannten chemischen Substanzen gefüllt sind.« Sie markierte rasch die Grundrisse und Baupläne und zeigte, wo Veränderungen vorgenommen und Fallen ausgelegt worden waren.

»Kleine Kästen mit irgendeinem Zeug …«, murmelte Odgers. »Chopra, was sagt Ihnen das?« Ihr plötzlich so schulmeisterlicher Tonfall passte perfekt zu ihrem lehrerhaften Gesicht und ihrer Gestalt.

»Tja, nun, es liegt nahe, dass die Quelle dieser Bösartigkeit wahrscheinlich eine echte Entität ist und nicht irgendein geografisches Phänomen«, antwortete Chopra.

»Was ist die Quelle dieser Todesfallen?«, sinnierte Odgers und wandte sich an Felicity. »Was haben Sie noch gesehen?«

»Jetzt komme ich zu den endgültig unvermeidlichen schlechten Nachrichten«, antwortete Felicity. »Im Zentrum dieser Reihenhäuser befindet sich etwas, das ich nicht sehen konnte. Es ist ein Raum von etwa fünf mal zehn Meter Grundfläche, ein Stockwerk hoch. Ich erwarte, dass dort unser Ziel ist, zusammen mit der letzten verschwundenen Person. Vielleicht mit allen.«

»Sie konnten es nicht sehen? Was soll das heißen?«

Felicity zuckte hilflos die Achseln.

»Ich konnte es weder sehen noch hindurchblicken. Wie Sie wissen, gibt es ein paar Stoffe, bei denen meine Fähigkeiten nicht funktionieren. Wasser. Zedernholz. Lachs. Luft.«

»Sie glauben, es gibt dort eine Barriere aus Zedernholz?« Odgers runzelte die Stirn. »Oder aus Eis? Oder Lachse?«

»Ich weiß nicht, worum es sich handelt«, gab Felicity zu. »Es könnte auch etwas Neues sein, etwas, worauf ich bisher noch nie gestoßen bin.«

»Das wäre natürlich möglich.« Odgers schien die Aussicht eines rechteckigen Mysteriums nicht sonderlich zu beunruhigen. »Können Sie uns durch dieses Labyrinth führen?«

»Ja«, erwiderte Felicity zuversichtlich.

»Also gut.« Odgers starrte brütend ein paar Sekunden auf die Pläne. »Das gefällt mir nicht«, sagte sie schließlich. »Selbst wenn Sie den Weg durch ein Labyrinth finden, einfach nur, indem Sie hineingehen, begeben Sie sich damit in die Hände des Konstrukteurs.« Sie spitzte die Lippen. »Wir müssen dieses Labyrinth entschlüsseln.« Ihr Blick suchte einen Angehörigen des Hilfspersonals. »Gilly, Sie wurden doch als Architekt ausgebildet, richtig?«

Ihrer Frage folgte eine intensive Konversation. Alle möglichen Leute traten an die Pläne und kritzelten, begleitet von missbilligenden Lauten, in den Zeichnungen der anderen herum. Eine neue Nomenklatur bildete sich heraus: Man begann, den Feind als »Hausbesetzer« zu titulieren, und das »Rechteck des Mysteriums« wurde zum REDEM. Alle möglichen Experten der Checquy wurden kontaktiert und nach den Eigenschaften gewisser Baumaterialien befragt. Schließlich einigte man sich auf einen Plan. Und nur zwei Personen sprachen anschließend nicht mehr miteinander.

»Gut«, erklärte Odgers. »Ich setze die Rookery über die Lage ins Bild und ersuche um Erlaubnis, mit der Infiltration zu beginnen. Ich will, dass alle in acht Minuten bereit sind abzurücken.«

»Ist das eine Rettungsaktion, Sir?«, erkundigte sich Jennings.

»Das hängt davon ab, was wir finden«, antwortete Odgers grimmig. »Also gehen Sie schnell vor, aber korrekt.«

Das Team machte sich an die Arbeit. Alle wussten, was ihre Rolle war. Das Hilfspersonal drückte sich an die Wände und gab den Soldaten in der Mitte der Küche Raum, sich zu bewegen. Die Teammitglieder legten ihre dichte schwarze Rüstung an.

Felicity streifte ihre schmutzige Kleidung ab und warf sie in einen Plastikmüllsack, den einer vom Hilfspersonal ihr aufhielt. Pawn Chopra errötete und senkte den Blick, als er Felicity in ihrer Unterwäsche sah. Aber die anderen reagierten nicht, und Felicity sagte sich, dass sie das nicht kümmerte. *Wenn du gesehen hast, wie jemand weint und kotzt und duscht und scheißt, und er dasselbe bei dir gesehen hat, dann hast du keine Scheu mehr vor ihm.* Es gab kein einziges Mitglied des Einsatzteams, das sie nicht schon einmal nackt gesehen hatte, allerdings noch nie bei einem Erholungsurlaub.

Trotzdem ... sie hätte sich irgendwie gewünscht, dass Chopras erster Eindruck von ihr nicht ausgerechnet einer in praktischer Unterwäsche gewesen wäre, das Gesicht mit einer *Essence des excréments* eingeschmiert.

»Also gut, ziehen wir uns die Schuluniform an!«, stieß sie hervor. Einer ihrer Teamkameraden auf der anderen Seite des Raums schob ihr mit dem Fuß einen Plastikbehälter mit Felicitys Namen darauf zu. »Danke.«

Als Erstes legte sie einen Bodysuit aus dünnem Stretchmaterial mit eingearbeitetem Sport-BH an. Dann einen schwarzen Overall. Felicity rieb sich Vaseline auf die Füße, bevor sie ihre Techno-Socken anzog. Dann stieg sie in die großen Kampfstiefel und schnürte sie fest zu. Darüber kam der gepanzerte Kampfanzug, der bei ihrem Abschied vom Anwesen für sie maßgeschneidert worden war. Er hatte Hartplastikschienen an den Schienbeinen und Unterarmen und einen Brustpanzer, der allerdings keinerlei Rücksicht auf ihr Geschlecht nahm. Sie fuhr nachdenklich mit den Fingerspitzen über die Scharten auf dem Material. Der Panzer war mit kleinen Mulden und Dellen übersät, und eine ätzende Flüssigkeit hatte einen matten Fleck auf der Oberfläche hinterlassen.

»Handschuhe?«, fragte ein Helfer.

»Die fingerlosen«, sagte Felicity und zog sie aus der Plastiktruhe. »Ich muss in der Lage sein, sofort Hautkontakt herzustellen.« Es war nicht ungewöhnlich, dass die Soldaten der Checquy ihre Kleidung ihren individuellen Bedürfnissen anpassten. Zwei andere Soldaten trugen gar keine Handschuhe. Gardiners Rüstung war vollkommen weiß, während die von Jennings aus auf Hochglanz poliertem Mahagoni zu bestehen schien. Cordingley trug keinen Helm, Barnaby hatte sich einen mit Dornen besetzten Morgenstern mit einem Klettband an den Schenkel gebunden. Außerdem hatte sie den ganzen rechten Ärmel ihres Overalls abgetrennt; ihr Arm war klein, aber muskulös. Buchanan hatte nur den Overall angezogen und dazu ein paar leichte Baumwollturnschuhe.

Jemand schob Felicity einen Helm mit einem transparenten Visier über den Kopf, und sie schärfte sich ein, das Innere des Helms nach dem Einsatz unbedingt zu shampoonieren. Sie dehnte sich ein wenig, um sich zu überzeugen, dass ihre Ausrüstung richtig saß.

»Brauchen Sie Nachtsicht?«, erkundigte sich der Helfer.

»Wahrscheinlich schon«, meinte Felicity. »In den Häusern gibt es keinen Strom.« Er nahm ihr das Visier ab und setzte ihr ein anderes, unförmigeres auf. Sie würde darauf ein paar kleine Monitore sehen, sobald sie das Visier herunterklappte.

An ihrem linken Schenkel wurde ein Kampfmesser aus Stahl befestigt, an dem rechten ein Messer aus Hartplastik. Um die Hüfte schnallte sich Felicity das Halfter mit ihrer Neun-Millimeter.

Mittlerweile hatten alle Teammitglieder ihre Kampfmontur angelegt. Sie wirkten wie die Inkarnation des Todes. Als Jennings den Kopf nach rechts und links drehte, um seinen Nacken zu lockern, waberte die Luft über ihm grünlich und heiß. Gardiners weiße Rüstung schimmerte plötzlich perlmuttern. Pawn Barnaby prüfte ihren Morgenstern und ließ ihn mit einem hübschen Zischen durch die Luft sausen. Über Pawn Buchanans Overall tanzten wie verrückt Funken. Pawn Cheng verdichtete sich und landete in einem Luftwirbel in der Gruppe. Die Gelassenheit der anderen deutete einfach auf ihr Potenzial von übernatürlicher Brutalität hin.

Das Team stand bereit und wartete auf den Einsatzbefehl.

Der nicht kam.

Und noch nicht kam.

Und immer noch nicht kam.

Schließlich steckte einer der Helfer den Kopf durch die Tür zum Nebenraum, lauschte einen Moment und warf dann einen Blick zu den anderen zurück. Er schüttelte den Kopf und hob die Faust mit abgespreiztem Daumen und kleinem Finger ans Ohr, das universelle Zeichen für *telefonieren.* Dann verzog er das Gesicht und wedelte mit der anderen Hand. Das universelle Zeichen für *Kann eine Weile dauern.*

»Um Himmels willen«, sagte Jennings. »Ich nehme an, wir sollten uns setzen, während wir auf den Befehl warten.«

»Verfluchte Bürokratie«, brummte Buchanan und ließ sich auf seine Ausrüstungskiste sinken. »Erst verfrachten sie uns hierher in das Perineum von London, gestiefelt und gespornt, und dann müssen wir warten, bis irgendjemand in irgendeinem Büro genug Rückgrat hat, um eine Entscheidung zu treffen.«

»Vielleicht dauert es ja nicht mehr lange«, sagte Chopra hoffnungsvoll.

»Das bezweifle ich«, widersprach Barnaby. Sie nahm eine Zigarette aus einer Schachtel und nickte Jennings dankbar zu, als eine kleine grüne Flamme sie plötzlich entzündete. »Vergesst nicht, dass heute die Belgier ankommen. Die gesamte Rookery wird in heller Aufregung sein. Und jeder, der auch nur einen Funken Autorität besitzt, dürfte mit den Vorbereitungen beschäftigt sein.«

»Also, ich bin lieber auf einer richtigen Mission, als Wachdienst für diese Scheißzüchter zu schieben«, erklärte Gardiner. Er erntete zustimmendes Murmeln.

*Die Züchter,* dachte Felicity und schüttelte sich unwillkürlich in ihrer Rüstung. *Verflucht noch mal.* Die Checquy bekam es jeden Tag mit Monstern zu tun, aber die Züchter nahmen einen besonders schrecklichen Platz in ihren Herzen und ihren Erinnerungen ein.

Die Züchter, wie sie sie nannten, waren im Jahr 1474 als Wetenschappelijk Broederschap van Natuurkundigen von belgischen Alchemisten gegründet worden. Statt jedoch wie üblich bei dem Versuch zu scheitern, Blei in Gold zu verwandeln, richteten sie ihre Aufmerksamkeit auf die Mysterien des sterblichen Lebens. Irgendwie und unter höchst primitiven Umständen gewannen sie radikale Einsichten in die Wissenschaft der Biologie und entwickelten Techniken, die auch heute noch sogar das modernste medizinische Wissen bei Weitem überstiegen. Mit ihrem Wissen und ihren Kompetenzen besaßen sie die Fähigkeit, das lebendige Fleisch zu manipulieren und zu pervertieren, damit es ihren Zwecken entsprach.

Offenbar war das ursprüngliche Ziel der Züchter die schlichte Forschung gewesen, aber im siebzehnten Jahrhundert hatten sie begonnen, ihr Wissen auch für die militärische Verwendung zu nutzen. Auf Befehl der damaligen Regierung erschufen sie monströse Soldaten und begannen eine Invasion der Isle of Wight, in der Absicht, den Rest der Britischen Inseln zu erobern. Es hatte die gesamte übernatürliche Macht der Checquy erfordert und entsetzliche Verluste mit sich gebracht, bis die Züchter endlich bezwungen worden waren. Aber die Engländer hatten sich nicht damit begnügt. Stattdessen hatten sie ihren Vorteil ausgenutzt, die zerschlagenen Reste der Checquy gesammelt und Botschafter ausgesandt, die einige ziemlich klare und undiplomatische Nachrichten auf dem Kontinent überbringen sollten. Angesichts der unvorstellbaren Macht, die die Briten offensichtlich ins Feld werfen konnten, hatte die herrschende Regierung rasch nachgegeben, und die »Wetenschappelijk Broederschap van Natuurkundigen« war aufgelöst worden.

Die Checquy hatte das niemals vergessen, und im Laufe der Jahrhunderte waren die Züchter zu einer Art Schreckgespenst für neue Rekruten geworden. Und das war keine Kleinigkeit angesichts der Tatsache, dass viele der neuen Rekruten durchaus selbst für den Titel eines Buhmanns infrage kamen. Doch allen neuen Pawns wurde eingeimpft, die Züchter zu verachten und zu fürchten.

Daher hatte es allgemeine Aufruhr und Empörung gegeben, als die Anführer der Checquy vor einigen Monaten verkündet hatten, dass die Züchter keineswegs vollkommen vernichtet und nur noch ein Thema für geheime Geschichtsbücher wären, sondern dass sie in den letzten Jahrhunderten heimlich operiert hatten. Und noch mehr Entsetzen hatte es hervorgerufen, dass die Checquy nicht etwa ihre Macht vereinte, um sie ein für alle Mal zu vernichten. Stattdessen würden die Züchter sich der Checquy-Group anschließen, ihr Loyalität schwören und in die Dienste der Nation treten, die einst ihr schlimmster Feind gewesen war. Es sollte eine neue Ära beginnen, eine der Kollaboration und Kameraderie.

»Das wird niemals passieren«, behauptete Pawn Buchanan.

»Die Checquy und die Züchter?« Barnaby schnaubte. »Natürlich nicht. Ich wette, dass diese VIP-Cocktailparty heute Nacht in Magma und Blut explodiert, bevor sie auch nur das erste Tablett mit Kanapees serviert haben.«

»Aber wie kann der Court glauben, dass man den Züchtern jemals vertrauen könnte?«, wunderte sich Buchanan laut. »Wie können sie auch nur mit dem Gedanken spielen, ihnen die Gunst des Zweifels zu gewähren?«

»Es ist nicht unsere Aufgabe, uns darüber den Kopf zu zerbrechen«, erklärte Felicity. »Das ist ein Problem für die Streber, die im Apex House herumscharwenzeln.« *Und das ist mir auch nur recht so,* dachte sie nachdrücklich. Die Welt der Politik und der Diplomatie übte keinerlei Reiz auf sie aus. Das hatte sie noch nie getan. Schon seit sie ein kleines Mädchen war, hatte sie Soldatin werden wollen. *Gebt mir einen Feind, gegen den ich kämpfen kann, keinen, den ich während des Dinners höflich anlächeln muss.*

»Ach ja?«, fragte Moore. »Morgen flanieren die Züchter durch die Gänge der Rookery und des Apex. Wartet nur, bis sie irgendeinen flämischen Frankenstein unserem Team zuweisen. Dann wird es unsere Aufgabe sein, uns den Kopf zu zerbrechen.«

»So weit wird es niemals kommen«, erklärte Buchanan zuversichtlich. »Die Züchter sind das Gegenteil von allem, was wir sind. Möglicherweise verhandeln wir heute, aber in sechs Monaten wird unser kleines Team hier ein Teil einer Armee sein, die einen Ausflug auf den Kontinent unternimmt, um dort ein paar Leute ein bisschen zu vermöbeln und auf dem Rückweg etwas steuerfreien Wein einzukaufen.«

»Genug geplappert«, erwiderte Gardiner nachdrücklich. »Im Augenblick solltet ihr lieber an unsere Mission denken. Wenn wir diese Pipi-Bestie zu Asche verbrannt, den Bericht geschrieben und einen Halben gekippt haben, dann werden wir eine Teambesprechung abhalten, und ihr könnt Pawn Odgers mit euren Überlegungen behelligen.«

Die Leute wechselten vielsagende Blicke und verdrehten die Augen, aber sie verstummten schuldbewusst. Im nächsten Moment flog die Tür zum Nebenraum auf, und alle fuhren heftig zusammen.

»Also gut, Kinder, Zeit auszurücken!«, schrie Odgers, als sie in den Raum stürmte.

# 4

»**Wir haben den Marschbefehl** bekommen, also bewegt euch! Transportfahrzeuge stehen hinter dem Haus!«, blaffte Odgers.

Die Soldaten stürzten hinaus und überließen es dem Hilfspersonal, hinter ihnen aufzuräumen. Als sie durch die Tür stürmten, drückte ein wartender Helfer jedem eine kurzläufige Maschinenpistole in die Hand. Vor ihnen befand sich ein ziemlich heruntergekommener Umzugswagen. Sie liefen die Rampe hoch und setzten sich auf die Bänke rechts und links von der Seitenverkleidung. Chopra landete neben Felicity. Odgers kam als Letzte herein; hinter ihr wurde die Tür zugemacht. Der Lastwagen setzte sich in Bewegung.

*Wird Zeit, mich auf meine Rolle vorzubereiten,* sagte sich Felicity. Sie richtete ihre Aufmerksamkeit auf die Waffe in ihrer Hand und überprüfte automatisch, ob sie gesichert war. Dann musterte sie sie mit ihrer Sicht, überzeugte sich, dass das Magazin voll war und dass alle Einzelteile in Ordnung waren. Ein Teil ihrer Ausbildung auf dem Anwesen hatte unter anderem darin bestanden, sich die Spezifikationen etlicher Arten von Waffen einzuprägen. »Was nützt es dir, wenn du etwas *sehen* kannst und nicht weißt, *was* du da siehst?«, hatte einer ihrer Instruktoren mahnend gesagt, als sie sich geweigert hatte, sich die Struktur eines Verbrennungsmotors einzuprägen.

Das Team um sie herum machte sich ebenfalls bereit.

Chopra atmete langsam und tief wie jemand, der sein Bestes gab, um nicht unprofessionell aufgeregt zu wirken. Seine Rüstung fiel ihr ins Auge. Es war dasselbe Modell wie das von Felicity, aber sie glänzte viel mehr und wies, abgesehen von ein paar unbedeutenden Schrammen, keine wirklichen Kampfspuren auf.

*Jedenfalls noch nicht*, dachte Felicity. *Vielleicht bekommt sie ja heute ein paar zusätzliche Schrammen ab.*

Sie merkte, wie sich die Erregung von ihrem Magen aus allmählich in ihrem ganzen Körper ausbreitete. Trotzdem bereitete ihr die Erinnerung an diese sonderbare Leere am Ende des Labyrinths Unbehagen. *Fokussiere dich!*, befahl sie sich. *Ganz ruhig.*

»Barnaby öffnet die Tür«, sagte Odgers. »Ich gehe als Erste rein.«

Felicity bemerkte, dass Chopra die ältere Frau in ihrer schlecht sitzenden Rüstung mit einem skeptischen Blick bedachte, als diese die Strategie festlegte. Sie konnte es ihm nicht verübeln. In der Checquy lehrte man sie zwar, sich nicht vom Äußeren leiten zu lassen, aber Pawn Odgers erweckte mit ihren wabbelnden Mehrfachkinnen bei einem Kampfeinsatz nicht gerade viel Vertrauen.

»Denken Sie daran«, fuhr Odgers fort, »wir müssen davon ausgehen, dass der Hausbesetzer uns bemerkt, sobald wir hineingehen. Also müssen wir schnell vorrücken.« Felicity hatte die beste Kenntnis des Ortes, also würde sie vorangehen, begleitet von Barnaby und Cheng in ihrer gasförmigen Gestalt. Der Rest der Soldaten würde ihnen auf dem Fuß folgen, bereit, alles zu töten, was wie eine Drohung wirkte.

»Wenn also etwas Barnaby und mich frisst, hat es zumindest keine Zeit, uns zu verdauen«, bemerkte Felicity.

»Ganz genau«, gab Odgers zurück.

»Eine Minute noch, Pawn Odgers!«, rief der Fahrer.

»Gut. Kinder, macht euch bereit!«, befahl ihre Anführerin. Neben Felicity begann Pawn Susie Cordingley leise irgendwelche Tonleitern zu singen, während ihre Stimme immer höher wurde. Felicitys Nackenhaare richteten sich auf, als ihre Kameradin Töne ausstieß, die sie nicht mehr hören, sondern nur noch fühlen konnte. Zu Felicitys Überraschung ließ Cordingleys Stimme den Lippenbalsam von Felicitys Mund verpuffen. Sie konnte die kleinen Wölkchen sehen, die von ihren Lippen aufstiegen.

»Ich muss mich entschuldigen, Pawn Clements«, sagte Cordingley. »Benutzen Sie eine neue Marke?«

»Ja, aber machen Sie sich deswegen keine Sorgen«, erwiderte Felicity verärgert. Auf ihrer anderen Seite hatte Jennings die Arme gehoben, als hielte er einen unsichtbaren Basketball. Felicity konnte nicht sehen, dass etwas passierte, aber Jennings nickte zufrieden. Die anderen Soldaten überprüften ihre Waffen oder ihre Rüstungen.

Der Lastwagen hielt ruckartig an, wendete und fuhr dann langsam zurück.

*Also gut, jetzt geht es los,* dachte Felicity. Sie blickte zum hinteren Teil des Lastwagens, wo Pawn Odgers sich erhoben hatte. Felicity sah zu, wie ihre Anführerin die Brille abnahm, die Kette über den Kopf zog und sie mit der Brille in ein Etui legte. Sie löste ihren Knoten auf dem Kopf und ließ ihr dünnes graues Haar herunterhängen.

Während das Team fasziniert zusah, schraubte die Frau ihr Alter zurück. Das Erste, was Felicity ins Auge fiel, war wie immer das Haar der Pawn. Es wurde plötzlich dicht und glänzte auffallend kupferfarben. Auch die Länge änderte sich, es wurde abwechselnd länger und kürzer, sodass es einmal bis zu ihrer Taille reichte und im nächsten Moment bis zu den Ohren zurückschnappte. Odgers stand aufrecht da. Sie war jetzt größer, und ihre Schultern wurden breiter. Die Uniform passte sich ihrem Körper an, als ihr Bauch schrumpfte und ihre Muskeln anschwollen. Ihr wettergegerbtes Gesicht wurde heller, die Bräune wirbelte davon wie Wolken und die Haut an ihrem Nacken und über ihren Wangenknochen straffte sich. Nach wenigen Augenblicken stand eine Amazone mit einem markanten Kurzhaarschnitt vor ihnen. Sie sah aus, als könnte sie ohne Weiteres einen Filmstar erst verführen und ihn dann zu einer blutigen Masse prügeln.

»Wow!«, sagte Chopra leise.

»Sie sollten sie sehen, wenn sie achtzehn ist«, merkte Felicity an.

»Okay, ich kann genau einundvierzig Minuten so bleiben«, sagte Odgers. »Also bewegen wir uns.« Die herabgelassene Rolltür des Van wurde hochgezogen, und eine Rampe tauchte vor ihnen auf. Sie führte zur Eingangstür des Hauses. Der Fahrer des Lastwagens hatte eine Art von Leinwandtunnel über die Rampe gespannt, um das Einsatzteam vor neugierigen Blicken und den Kameras der Mobiltelefone von Passanten zu schützen.

Um den Hausbesetzer nicht zu alarmieren, hatten sie eine Haustür am Ende der verlassenen Reihenhäuser gewählt. Felicity hatte sie darüber informiert, dass wie bei allen anderen Türen bis auf eine auch hier eine dicke Barrikade hinter dem Eingang errichtet worden war. Allerdings erwarteten sie nicht, dass das ein Problem sein würde.

»Clements, stellen Sie sicher, dass keine neuen Alarmsysteme oder Fallen an der Tür befestigt worden sind.«

Felicity nickte, ging die Rampe hinunter und legte eine Handfläche auf die Tür.

»Alles klar.«

»Barnaby, los!«, befahl Odgers.

Die zierliche Pawn stand auf und marschierte die Rampe mit ausgestreckter rechter Hand herunter. Felicity sprang hastig zur Seite, als ihre Teamkameradin unerbittlich voranschritt. Sie blieb nicht stehen, und ihr Arm beugte sich auch nicht, als ihre Hand die Tür berührte. Stattdessen schimmerte das Holz und wurde trübe bis transparent. Barnaby schob ihren Arm weiter hindurch. Die Tür und die Ziegelsteine dahinter schienen sich aufzulösen und sackten herunter. Unter ihrer Berührung war das Material so weich wie Gelatine geworden. Barnaby blieb einen Moment stehen, um den Rest der wabbeligen Masse von Hand und Arm zu schütteln. Staub drang aus der Öffnung. Dahinter erwarteten sie Dunkelheit und der Geruch von seit Längerem leer stehenden Räumen.

»Nachtsichtgeräte!«, befahl Odgers. Alle klappten hastig ihre Visiere vor. Die Diele vor ihnen wurde in der Dämmerung in Schattierungen von grün und grau sichtbar. Dieser Ort machte keinen besseren Eindruck, wenn man ihn wirklich sehen konnte. »Vorrücken!« Sie eilten die Treppe vor ihnen hinauf und sammelten sich auf dem Treppenabsatz. Die Veränderungen an den Reihenhäusern führten dazu, dass sie einen Bereich betreten hatten, der komplett mit Mauern von dem Labyrinth abgetrennt war. Aber dadurch waren sie im selben Stockwerk wie REDEM.

»Barnaby, das hier ist die Mauer«, sagte Felicity. Sie hielt den Atem an, als ihre Kollegin beide Hände auf die Ziegelsteine legte und ein Loch hineinriss, durch das selbst die größte Person des Teams sich hindurchzwängen konnte. Es war die Trennmauer, die dieses Haus mit dem nächsten verband, und alle Experten waren sich einig gewesen, dass es eine tragende Mauer war. Sie waren sich allerdings nicht einig gewesen, ob das ganze Haus zusammenstürzen würde, wenn man ein paar Ziegelsteine in Gelatine verwandelte.

Offenbar war das kein Problem, das in der Ingenieurschule regelmäßig zur Sprache kam.

Glücklicherweise war Barnabys Kontrolle so präzise, dass die Gelatine sich nicht einfach so ausbreitete, wie sie wollte. Die Mauer brach nicht zusammen, obwohl die Struktur beunruhigend ächzte.

Auf diese Weise arbeiteten sie sich weiter vor. Odgers hatte beschlossen, dass sie sich einen Weg geradewegs durch das Labyrinth bahnen würden und Barnaby jede Wand durchlöchern würde, die ihnen im Weg stand. Sie rückten so leise und schnell wie möglich vor.

Als sie einen Flur durchquerten, zeigte Felicity auf eine Sprengfalle ein paar Meter von ihnen entfernt. Auf Odgers' Befehl hin blieben sie stehen, während Felicity ihre Sicht durch den Flur und in das Innere des Gerätes schickte. Obwohl die Falle mit einem einfachen Stolperdraht verbunden war, der in Kniehöhe über den Flur gespannt war, war das Innere der Apparatur höllisch kompliziert. Eine Vielzahl von kleinen Zahnrädern scharte sich um vier kugelförmige, dichte Phiolen mit einer mysteriösen Flüssigkeit.

»Können Sie die Falle entschärfen?«, wollte Odgers wissen, nachdem Felicity ihre Sicht wieder von dem Objekt gelöst hatte.

»Das weiß ich nicht«, gab sie zu. »Aber ich möchte auf keinen Fall plötzlich feststellen müssen, dass ich es nicht kann.«

»Ist in Ordnung, dann ignorieren wir sie einfach.«

Ein paarmal fanden sie Spuren von Menschen, die sich hier aufgehalten hatten. Ein Fetzen Stoff an einem spitzen Holzstück, undeutliche Abdrücke von nackten Füßen in dem Schmutz und Staub. Und es gab sehr viele Zeichen der Präsenz des Hausbesetzers: Barrikaden, die gewisse Flure blockierten. Grob zugemauerte Türen. Und zwei weitere

Fallen, an denen Drähte befestigt waren. Felicity empfand eine gewisse Genugtuung, dass diese immer noch dort waren, wo sie sich ihrer Erinnerung nach befunden hatten. Odgers nickte ihr anerkennend zu.

»Sir, es befindet sich hinter dieser Ecke, am Ende des Gangs«, sagte Felicity.

Odgers nickte erneut und wendete sich dann an die leere Luft. »Pawn Cheng, überprüfen Sie das und erstatten Sie Bericht.« Natürlich bekam sie keine Antwort, aber Odgers schien trotzdem zufrieden zu sein.

»Hat ... hat Pawn Cheng das gehört?«, fragte Chopra Felicity leise. »Befolgt sie den Befehl?«

»Ich habe keine Ahnung«, gab Felicity zu. »Und ja, das nervt wirklich sehr, wenn man mit ihr arbeitet. Sollten wir innerhalb von fünf Minuten nichts von ihr hören, müssen wir uns etwas anderes ausdenken.« Wie sich herausstellte, dauerte es nur zwei Minuten, bevor Cheng sich aus dem Nichts materialisierte.

»Das REDEM ist da. Es ist einfach nur eine ebene Oberfläche«, sagte sie. »Und sie versperrt den Flur wie eine Mauer.«

»Gehen wir weiter!«, befahl Odgers. »Clements, Sie halten sich etwas zurück. Ich will Jennings und Gardiner an der Front. Danach die übliche Formation.«

Als Felicity um die Ecke bog, spannte sie sich an, aber im Flur war es ruhig, bis auf die Geräusche, die von den Soldaten der Checquy stammten. Sie kniff die Augen zusammen und blickte an den beiden Pawns vor ihr vorbei. Am Ende des Korridors befand sich eine glatte, leere Fläche.

Das Rechteck des Mysteriums, das sie mit ihrer Gabe nicht lesen und mit ihrer Sicht nicht durchdringen konnte.

*Ich bin wirklich sehr neugierig darauf herauszufinden, woraus dieses Zeug besteht. Vorausgesetzt, dass es mich nicht vorher umbringt.*

Das Team näherte sich der glatten Oberfläche. Auch wenn ihr Nachtsichtgerät es als eine grüne Fläche zeigte, folgerte Felicity, dass die Farbe der Fläche ein gesprenkeltes Grau sein musste.

»Team, Positionen einnehmen!«, befahl Odgers. Die Pawns gingen auf ihre Posten. Die beiden am Ende überprüften den Bereich hinter ihnen, der Rest blickte zu dem Ding vor ihnen. »Cheng, untersuchen!«

Felicity nickte. Andrea diente wegen ihrer Fähigkeit, quasi unsichtbar und immateriell zu werden, normalerweise als die Speerspitze des Teams. Sie konnte sich vor jeder plötzlich auftretenden Gefahr in Luft auflösen.

Pawn Cheng tauchte unmittelbar neben dem REDEM aus der Luft auf. Sie trug immer noch ihr Yoga-Outfit und Stiefel, hatte aber jetzt Latexhandschuhe übergestreift. Während die anderen atemlos zusahen, streckte Cheng vorsichtig die Hände aus und berührte die Fläche. Dann riss sie sie zurück.

Nichts passierte.

Sie legte erneut die Hände darauf, sah zum Team zurück und zuckte mit den Schultern.

Odgers ließ die Leute warten und ging selbst langsam zur Wand. Sie legte den Kopf schief, als dächte sie nach, dann zog sie ihr Messer und ritzte damit sachte die Oberfläche ein. Sie gab etwas nach, und Odgers übte mehr Druck aus. Schließlich zog sie das Messer zurück und untersuchte die Spitze.

»Blut«, stellte sie fest. »Es … lebt.«

»Wie bizarr«, meinte Felicity. »Deshalb konnte ich mit meiner Sicht nicht eindringen.« Als Chopra sie fragend musterte, erläuterte sie: »Mit meiner Gabe kann ich lebende Kreaturen nicht durchdringen, und diese Kreatur füllt tatsächlich zwei Räume vollständig aus.«

»Gardiner, Cordingley, Sie bleiben auf Position und benachrichtigen mich, wenn die Kreatur irgendetwas macht. Die anderen ziehen sich hinter die Ecke des Flurs zurück!«, befahl Odgers. Das Team befolgte den Anweisungen vorsichtig und ging rückwärts durch den Flur, weil sie dieser beunruhigenden Fläche nicht den Rücken zukehren wollten. Selbst als sie um die Ecke gebogen waren, hielten sie ihre Waffen noch schussbereit.

»Das ist etwas zu groß für uns. Ich möchte den Rat von jemandem, der mehr zu sagen hat als ich«, erklärte Odgers. Sie trat von der Gruppe weg und legte ihre Hand an den Knopf in ihrem Ohr. »O'Rourke, hier spricht Odgers. Ich brauche eine direkte Verbindung zum Operationszentrum in der Rookery.«

»Was hat das zu bedeuten, Jennings?«, fragte Barnaby leise.

»Na ja, ganz offensichtlich ist das hier ein großes Scheißmonster, das ein paar Leute gefressen hat, stimmt's?«, erwiderte Jennings. »Wenn wir es umbringen wollen, brauchen wir Verstärkung und müssen uns vorbereiten.«

»Eigentlich sieht dieses Ding so aus, als würde es gar nichts tun«, meinte Chopra. »Vielleicht schläft es?«

»Aber nur, bis der Chief es mit einem Messer gepikt hat«, murmelte Barnaby.

»Also gehen wir davon aus, dass dieses ganze rechteckige Ding der Hausbesetzer ist?«, erkundigte sich Buchanan.

»Jedenfalls glaube ich kaum, dass es zur ursprünglichen Einrichtung gehört hat«, gab Jennings zurück. »Aber es sieht nicht so aus, als würde es herausspazieren und die Opfer holen. Es würde nicht durch die Tür passen.«

»Vielleicht ruft es die Leute einfach zu sich?«, schlug Felicity vor.

»Möglicherweise verfüttert der Hausbesetzer ja diese

Leute an dieses Ding?« Der Vorschlag kam von Pawn Chopra.

»Ich kann keinen Mund erkennen«, erwiderte Jennings. »Aber das muss nichts zu bedeuten haben. Pawn Rutledge im Annexe hat meist auch keinen Mund.«

»Ich kann mir jedenfalls nicht vorstellen, dass dieses Ding irgendwelche Fallen und Bewegungsmelder aufstellt«, meinte Felicity.

Odgers legte den Kopf schief, als sie den Stimmen lauschte, die aus ihrer Ohrolive kamen, und trat dann wieder zu der Gruppe zurück. »Also gut, sie wollen erst ein Wissenschaftsteam herschicken, das dieses Ding untersuchen soll. Wir eskortieren sie, wenn sie eintreffen.«

»Und was machen wir jetzt?«, wollte Chopra wissen.

»Wir haben es gefunden, und es scheint nichts Interessantes zu tun. Ich glaube nicht, dass es uns weiterbringt, wenn wir darauf schießen, vor allem, da wir nicht einmal wissen, wo sein Kopf ist. Also ziehen wir uns einfach zurück, nett, leise und vorsichtig. Sobald wir draußen sind, sichern wir die Straße.« Das Team bereitete sich gerade auf den Abmarsch vor, als Cordingley eine Hand hob.

»Hören Sie das?«, fragte sie. Die anderen hielten die Luft an und lauschten konzentriert. Niemand vernahm irgendetwas. »Es kommt aus dem Inneren des REDEM.«

»Was hören Sie?«, wollte Odgers wissen. »Magenknurren?«

*Oder Schreie*, dachte Felicity, sagte es aber nicht laut. Alle waren angespannt und hoben unwillkürlich ihre Waffen.

»Es ist Musik«, sagte Cordingley.

»Musik?«, wiederholte Odgers. »Was für eine Musik?«

»Instrumentalmusik«, gab die singende Pawn zurück. »Wie von einem Orchester. Aber ich kenne den Komponisten nicht.«

»Das müssen wir überprüfen«, sagte Odgers. Das Team rückte wieder um die Ecke des Flurs vor und näherte sich dem REDEM. Die flache, blasse Oberfläche schien sich nicht verändert zu haben.

*Ich werde jedenfalls nicht mein Ohr an dieses Ding legen,* nahm sich Felicity entschlossen vor. Sie beobachtete interessiert, wie Odgers die Konsequenzen zu durchdenken schien, die sich daraus ergaben, dass dieses Ding Musik ausstrahlte. In dem Moment sah Felicity, wie die Wand des REDEM erzitterte.

»Es bewegt sich!«, schrie sie. Sechs Maschinenpistolen und drei Hände richteten sich sofort auf die Oberfläche. Felicity sah aus dem Augenwinkel, wie Cordingley den Mund öffnete und tief und beherrscht einatmete.

»Zurück!«, schrie Odgers. »Jennings, wenn irgendetwas auf uns zukommt, fackeln Sie es ab! Barnaby, auf meinen Befehl hin öffnen Sie uns einen Ausgang.«

Als sie zurückkrochen, tauchten Linien auf der Oberfläche des Objekts auf. Sie bildeten ein X. Dann verbreiterten sie sich, und Felicity begriff, dass es eigentlich Nähte im Fleisch waren. Als sie sich trafen, wölbten sich die Ränder nach außen, und Licht strömte in den Flur. Es war blendend hell in ihrem Nachtsichtgerät. Felicity zuckte zusammen, als es in ihren Augen brannte, und klappte das Visier rasch hoch.

Sie kniff die Augen zusammen, als sich die Dreiecke nach oben schoben. Sie sahen aus wie Herzklappen. Licht und Musik erfüllten jetzt den ganzen Gang. Ihr war nicht klar, ob diese Entwicklung zwingend einen Rückzug erforderte. Felicity hielt ihre Waffe auf die Öffnung gerichtet und wartete auf ihre Befehle.

*Oh, diese Musik ist von Bruckner,* dachte sie zerstreut. *Sinfonie Nr. 8.* Sie widerstand dem Impuls, es Cordingley zu sagen, weil dies nicht der richtige Moment dafür zu sein schien. Die Pawns bereiteten sich darauf vor, dass irgendetwas Verheerendes passierte, stattdessen jedoch wurde die Musik leiser, und eine amüsiert klingende Stimme drang aus der Öffnung.

»Bitte, treten Sie ein, wir sollten uns unterhalten.«

Die Pawns sahen sich gegenseitig an und blickten dann auf Odgers. Odgers warf einen Blick auf ihre Uhr und dann auf die Öffnung. *Du willst mich wohl verarschen*, dachte Felicity. Es war doch überhaupt keine Frage, wie sie sich entscheiden mussten!

»Wenn Sie hereinkommen«, fuhr die Stimme fort, »dann sollten wir über diese entzückende junge Lady sprechen, die vor ein paar Stunden hier hereinspaziert ist. Vielleicht können wir ja eine Abmachung ausarbeiten. Bevor die ganze Angelegenheit zu blutig wird.«

Die anderen blickten wieder Odgers an. Sie hatte die Hand ans Ohr gelegt und sprach leise in ihr Mikrofon. Die Antwort schien ihr nicht zu gefallen, denn sie schüttelte den Kopf und straffte dann die Schultern.

»Chopra, Clements, Jennings«, sagte Odgers. »Wir gehen rein.«

»Sind Sie verrückt geworden?«, entfuhr es Felicity ungläubig. Alle sahen sie an. »Entschuldigen Sie, Sir, aber das da ist eine lebendige Kreatur, die Sie gerade eingeladen hat, in ihren Mund zu spazieren!«

»Da drin befindet sich eine Zivilistin«, erwiderte Odgers. »Eine britische Zivilistin. Und es besteht die Möglichkeit, dass wir sie lebend retten können.« Felicity senkte beschämt den Blick. »Außerdem brauchen wir mehr Informationen.«

*In dem Punkt sind wir uns einig*, dachte Felicity.

»Also ja«, erklärte Odgers entschlossen. »Wir gehen dort

hinein. Wir sind die Truppen der Checquy, wir sind ausgebildet, wir besitzen übernatürliche Kräfte, und wir haben dicke Kanonen bei uns. Das hier ist genau das, wozu wir da sind.« Das Team nickte gehorsam. Leise instruierte Odgers die Pawns, die draußen bleiben sollten, und umriss die Umstände, unter denen sie als Verstärkung nachrücken, und die, unter denen sie ihren Hintern so schnell wie möglich herausschaffen sollten, um alles, was sie gesehen hatten, den Rooks zu melden.

»Und nur den Rooks!«, wiederholte sie nachdrücklich.

»Verstanden«, erwiderte Gardiner etwas unsicher.

»Und achte darauf, genau derselben Strecke zu folgen, die wir hierher gegangen sind«, meinte Felicity. »Denk an die Fallen.« Er nickte.

Odgers betrachtete die Herzklappentür grimmig. »Dieser Eingang ist schrecklich«, stellte sie fest. »Unregelmäßige Türen und Luken sind immer Mist ... sehen Sie, wie er am unteren Ende enger wird? Das bedeutet, dass jeweils nur eine Person hindurch kann. Seien Sie vorsichtig. Ich will nicht, dass irgendjemand stolpert.« Sie kaute nachdenklich auf ihrer Unterlippe. »Clements und Chopra gehen zuerst, und zwar in dieser Reihenfolge. Clements, Sie halten sich an die rechte Wand, Chopra bleibt an der linken. Überprüfen Sie sofort jede Biegung, an die Sie kommen. Dann folge ich, und Jennings, Sie gehen erst rein, wenn ich Sie rufe.«

Felicity nickte kurz bei diesen Worten. Jennings war das Schwergewicht der Gruppe ... wenn nötig, konnte er einen Raum vollkommen leerfegen. Aber er hatte die Tendenz, einfach alles abzufeuern, was er an Waffen zur Verfügung hatte.

»Verstanden?« Alle nickten. »Also gut!« Odgers drehte sich zu der Öffnung herum. »Wir kommen jetzt rein!«, schrie sie und murmelte dann etwas leise vor sich hin. Felicity konnte es nicht verstehen. Als Nächstes führte Odgers die drei den Gang entlang.

Als sie sich dem Eingang näherten, sah Felicity, dass eine dünne durchsichtige Membran im Innern herunterhing. Sie wurde lautlos hochgezogen und faltete sich zusammen.

»Gehen Sie!«, befahl Odgers. Felicity trat ein.

Rasch sah sie sich in dem Raum um: Er war sauber, weiß, die Ränder wurden von Metallbänken gesäumt, und in der Mitte war er leer. Sie wandte sich nach rechts und ging an der Wand entlang, während Chopra hinter ihr eintrat und die linke Seite des Raums abdeckte.

»Erste Ecke gesichert!«, schrie Felicity. Und dann ... »Ich habe ein Ziel!« In der äußersten rechten Ecke des Raums saß ein Mann. Eine weiße Gestalt, die ihr den Rücken zukehrte. Eben noch hatte er sich überhaupt nicht vor den weißen Wänden und dem Boden abgehoben. »Du da! Hände hoch! Ich will die Hände sehen!«

»Jennings, kommen Sie!«, blaffte Pawn Odgers, während sie neben Felicity trat. Beide richteten ihre Waffen auf den Rücken des Mannes.

Jennings kam herein, und dann herrschte eine kleine Pause, als sie merkten, dass der Mann nackt war und in einen Metallbehälter urinierte. Die Anwesenheit von schreienden bewaffneten Soldaten im Raum schien ihn nicht im Geringsten zu irritieren.

»Du da! Hände auf den Kopf!« schrie Odgers. »Auf die Knie! Und dann kreuz deine Knöchel!«

»Hätten Sie etwas dagegen, wenn ich das hier erst beende?«, erwiderte der Mann ungerührt und ohne sich umzudrehen. »Ich bin gerade mit etwas Wichtigem beschäftigt.«

Felicity runzelte die Stirn, als sie versuchte, seinen Akzent zu identifizieren.

»Beenden Sie es«, sagte Odgers ruhig. »Sollte irgendetwas Unerwartetes passieren, schieße ich Ihnen in den Rücken. Chopra, Jennings, behalten Sie den Raum im Auge. Clements, können Sie diesen Ort scannen?«

Felicity drehte sich um, um das alles in sich aufzunehmen. Als Erstes fiel ihr auf, wie sauber alles war. Sie hatte … sie hatte die Innenseite eines Tieres erwartet. Pulsierendes Fleisch, Flüssigkeiten. Vielleicht irgendwelche riesigen Organe oder Knochen, die etwas stützten. Zumindest aber irgendeine Art von Geruch.

Stattdessen befand sie sich in einer großen weißen Kammer, deren glatte, gummiartige Wände sich in einem Bogen mit der Decke und dem Boden verbanden. Das Fehlen von jeglichen Ecken machte sie etwas schwindlig, und die Wirkung wurde noch durch die Tatsache verstärkt, dass das Licht sanft aus der gesamten inneren Oberfläche zu leuchten schien. Auf den Metallbänken vor den Wänden standen etliche geschlossene Metallkoffer. Und die Musik kam, soweit sie das sagen konnte, aus den Wänden und aus der Decke, wenngleich sie seit ihrem Eintreten deutlich leiser geworden war.

Nach dem Verfall und dem Schmutz der Reihenhäuser war die helle, antiseptische Natur dieses Ortes verwirrend. Links von ihnen hing eine weitere Membrane bis zum Boden und verbarg den Bereich dahinter. Chopra und Jennings bewachten sie.

Felicity hockte sich hin und legte ihre Hand auf den leuchtenden Boden. Odgers warf ihr einen kurzen Blick zu, und Felicity schüttelte den Kopf. Wie sie schon vermutet hatte, konnte sie gar nichts lesen. *Das alles ist lebendig.*

»Sie da, Sie Pisser!«, fuhr Odgers den Mann an. »Was befindet sich hinter den Vorhängen?«

»Das Wohnzimmer«, antwortete er knapp.

»Ist da jemand? Oder etwas, weswegen ich mir Sorgen machen müsste?«

»Nein.«

»Jennings, dieser Vorhang macht mich nervös«, erklärte Odgers. »Wir werden als Nächstes dort hingehen, und wenn vorher etwas herauskommt, dann äschern Sie es ein.«

»Jawohl, Sir.« Jennings schlang die Waffe über die Schulter, hob einen Arm in Richtung der Membrane und spreizte die Finger.

Felicity hielt ihre Waffe und den Blick fest auf den Mann gerichtet. Bedauerlicherweise bedeutete das, dass sie einen ausführlichen Blick auf seinen Hintern werfen konnte. Er war haarlos, genauso wie der Rest von ihm. Oder wenigstens die Teile, die sie sehen konnte. Er hatte kein einziges Haar auf dem Kopf, aber dafür umringte ein sonderbarer Knochenrand seinen Schädel. Seine Haut war so weiß wie Papier und glänzte wie Porzellan. Als sie genau hinsah, erkannte sie, dass er von winzigen, perfekten glänzenden Schuppen bedeckt war. Er war groß und schlank.

Als der Mann fertig war, nahm er den Fuß von dem Pedal des Eimers und ließ den Deckel mit einem lauten Knall herunterfallen. Zu Felicitys Entsetzen drehte er sich um. Er warf weder zuerst einen Blick über die Schulter, noch dachte er daran, sich zu bedecken. Unwillkürlich blickte sie auf seinen Penis.

*Okay, das ist ... unorthodox.*

Statt irgendeiner Form von Genitalien, mit denen Felicity vertraut gewesen wäre, wiesen die Lenden des Mannes eine glatte Haut aus ebendiesen winzigen weißen Schuppen auf, die vor ihren Augen leicht zitterten und sich dann nahtlos zusammenfügten.

Der Rest des Mannes entsprach ebenso wenig irgendeinem Standard. Wie sein Rücken wies auch seine Vorderseite kein einziges Härchen auf. Die Haut glänzte in dem weißen Licht, und er wirkte ziemlich muskulös. Ein Schuppenkamm umrahmte sein Gesicht, das bis auf seine Blässe vollkommen normal und glatt wirkte. Felicity schätzte ihn auf Ende zwanzig.

Das Auffallendste an ihm, abgesehen von dem sonderbaren Kranz auf seinem Kopf, der merkwürdigen Eigenschaft seiner Haut und dem Mangel einer traditionelleren Ausstattung wie Kleidung und Genitalien, war der große rote Blutfleck auf seinem Oberkörper. Er hatte auch Blut auf den Armen, etwa von der Mitte seiner Unterarme bis hin zu den Ellenbogen.

»Hinknien!«, befahl Odgers. »Und Hände auf den Kopf.«

»Selbstverständlich.« Er kniete sich geschmeidig auf den Boden. »Ich nehme an, Sie sind von der Checquy?« Sein Akzent schien von überall auf der Welt zu kommen, als hätte er die Aussprache aus vielen verschiedenen Sprachen übernommen.

*Er weiß von der Checquy!*

»Wir sind von der Regierung«, antwortete Odgers nachdrücklich. Der Mann lächelte. Dass so viele Waffen auf ihn gerichtet waren, schien ihn nicht im Mindesten zu irritieren. »Wo ist Melinda Goldstein?«

»Dort.« Der Mann deutete mit dem Kopf auf die entlegene Seite des Raums, wo die Membrane herunterhing.

»Ist sie am Leben?«

»Gewissermaßen.«

*Gewissermaßen am Leben?*, dachte Felicity. *Jesus.*

»Also schön.« Odgers klang grimmig. »Legen Sie sich mit dem Gesicht auf den Boden.« Der Mann nickte und räusperte sich.

»*Skreeoh*«, sagte er.

»Wie bitte …?«, meinte Odgers. In dem Moment verstummte die Musik, und ein entsetzliches Geschrei schlug ihnen entgegen. Es hämmerte förmlich auf sie ein, und Felicity duckte sich automatisch, aber …

»Behalten Sie ihn im Auge!«, schrie Odgers.

»Keine Gefahr!«, schrie Jennings. »Es kommt aus den Wänden!«

Felicity sah, wie der Mann sein Gesicht entspannte. Dann wurden der Boden unter seinen Füßen und die Decke direkt über seinem Kopf dunkel, und im nächsten Moment erlosch das Licht in der ganzen Kammer. Sie sah, wie er sich bewegte, bevor es stockfinster wurde.

»Er flüchtet!«, rief sie.

»Erschießen Sie ihn!«, brüllte Odgers. Die beiden Frauen eröffneten das Feuer in Richtung der Ecke, in welcher der Hausbesetzer gekniet hatte. Die anderen behielten ihre Position bei, während das Mündungsfeuer den Raum einen Moment lang erhellte. Das Kreischen aus den Wänden verstummte gnädigerweise mit einem gequälten Quietschen, aber es klingelte ihnen allen noch in den Ohren.

Das stroboskopartige Mündungsfeuer hinterließ inmitten der Dunkelheit Nachbilder auf Felicitys Netzhaut, und sie klappte hastig das Visier herunter.

Der Raum hatte es offenbar nicht besonders gut verkraftet, mit Kugeln gespickt zu werden. Das Geschrei hatte zwar nachgelassen, aber jetzt wirbelte eine Wolke aus schwarzem Rauch durch den Raum. Es stank nach verbrannten Hamburgern. Felicity konnte gerade eben erkennen, dass die Ecke der Kammer zerfetzt war und eine zähe Flüssigkeit aus den dicken Wänden sickerte. Der Mülleimer mit Urin war umgekippt, und das Resultat war ekelhaft. Aber nirgends war ein Zeichen eines nackten weißen Mannes oder eines nackten weißen Leichnams auszumachen. Es gab nicht einmal irgendwelche nackten weißen Fragmente.

»Ich kann ihn nicht sehen!«, schrie Felicity. »Ich scanne den Raum!« Sie sah sich um, die Waffe erhoben, und stellte fest, dass die anderen ebenfalls ihre Visiere heruntergeklappt hatten. Die Herzklappen-Tür hatte sich fest verschlossen. Von den Rändern oder Säumen war keine Spur mehr zu sehen. Dann bemerkte Felicity, dass Pawn Odgers auf dem Boden lag. Man hatte ihr die Kehle aufgeschlitzt.

»Oh nein!«, stieß sie hervor.

»Clements, Chopra, deckt mich!«, befahl Jennings. Sein Tonfall riss sie aus ihrem Entsetzen, und sie nickte gehorsam. Die beiden traten rechts und links neben den Pawn und versuchten, alle Richtungen abzudecken, aus denen der Feind kommen könnte.

»Wir haben keinen Funkkontakt mit dem Team«, erklärte Chopra grimmig. »Die Tür ist verschlossen.«

»Kein Zeichen vom Ziel?«, wollte Felicity wissen.

»Vielleicht ist er durch die Tür entkommen?«, spekulierte Chopra. »Und hat sie dann hinter sich verschlossen?« Sie blickten sich um, spähten durch den Rauch, sahen aber keine Spur von ihrer Beute. Es war still in der Kammer, bis auf das Tropfen aus den Wunden in der Wand.

»Oder er ist in den anderen Teil des Raums verschwunden«, schlug Felicity leise vor. »Ich meine den Raum hinter den Membranen, wo seiner Aussage nach die Zivilistin sein sollte.«

»Wir gehen hinein«, sagte Jennings. »Wir stürmen rein und sichern den Raum. Ein Standard-Trident-Angriffsmuster. Wenn dieser hinterhältige Mistkerl da ist, töten wir ihn. Haltet euch nicht zurück. Auf drei?«

Sie nickten.

»Eins.«

Felicity packte ihre Maschinenpistole fester.

»Zwei.«

Sie holte tief Luft.

»Dr …«

Ein Wirbel bildete sich im Rauch, und vollkommen unerwartet manifestierte sich die Gestalt von Pawn Cheng direkt
vor Felicity.

»Meine Güte, Andrea! Tu so etwas nicht!«, stieß Felicity
keuchend hervor. *Das hat offenbar Odgers vorhin gemurmelt,*
dachte sie. *Sie hat Cheng befohlen, uns zu begleiten.* »Ich hätte
dich um ein Haar erschossen.«

Pawn Cheng hatte wohl gerade etwas sagen wollen, hielt
nun inne und warf ihr einen ungläubigen und zugleich mit-
leidigen Blick zu. Dann schüttelte sie den Kopf und kam sofort zum Punkt.

»Er klebt an der Decke!«, rief die asiatische Pawn, bevor
sie sich wieder in Luft auflöste. Sie alle blickten hoch und sahen, dass der Mann über ihnen hockte. Dann blitzte Felicitys
Visier blendend hell auf, als ein schrecklicher Strom grüner
Flammen aus Pawn Jennings' offenen Händen nach oben
schoss. Das Feuer loderte und hüllte die ganze Decke ein,
und das gesamte Rechteck quietschte und schüttelte sich.

Felicity duckte sich automatisch von den Flammen weg
und riss den Helm ab. Die Hitze war ungeheuer, und ihr
brach am ganzen Körper der Schweiß aus. Sie kniff die Augen zusammen und sah, dass Jennings beide Arme hochgerissen und den Kopf in den Nacken geworfen hatte. Ein
Sturzbach aus grünem Feuer strömte aus seiner Haut, sogar
aus seinem Gesicht und seinem Hals, und breitete sich über
die Decke aus. Felicity versuchte, ihre Augen vor dem blen-
denden Licht zu schützen. Hinter ihm duckte sich Chopra
ebenfalls schutzsuchend vor diesem Inferno.

»Jennings, aufhören!«, schrie Felicity. »Sonst werden wir
alle getötet!«

»Ich könnte Ihnen nicht mehr zustimmen!«, sagte eine

Stimme dicht an ihrem Ohr. Sie zuckte zurück und erkannte, dass der nackte Mann neben ihr hockte. Er krabbelte nach vorn, sehr schnell, obwohl er sich geduckt hatte. Sie sah eine weiße Klinge in seinen Händen aufblitzen, dann stand er hinter Jennings. Er schlug zu und trennte dem Pawn mit einem Hieb beide Unterarme ab.

Jennings' Hände und ein Teil seiner Unterarme flogen durch die Luft, während immer noch grünes Feuer in kleinen Stößen aus ihnen fuhr. Felicity kreischte, als Funken in ihrem verschwitzten Haar zischten. Dann fiel sie auf den Hintern, als eine der Hände unmittelbar vor ihr landete. Die Finger krümmten sich krampfhaft, und kleine Flammen tanzten noch einen Moment auf den Fingerspitzen, bevor sie erloschen.

Das Feuer an der Decke erlosch zwar nicht, aber es wurde nicht länger vom Willen des Pawns gesteuert. Das ohrenbetäubende Fauchen ebbte ab, und man hörte nur noch ein Knistern und Jennings' angestrengtes Keuchen. Felicity hob den Blick voller Angst vor dem, was sie sehen würde. Ihr Kamerad starrte mit aufgerissenen Augen auf seine gestutzten Gliedmaßen.

Dann begann er zu schreien. Blut spritzte aus seinen Wunden durch den Raum und entzündete sich in der Luft zu flüssigem grünem Feuer. Sie riss die Arme hoch, um ihr Gesicht zu schützen, und spürte, wie brennende Tropfen auf ihre Rüstung fielen. Als sie die Arme sinken ließ, sah sie, dass Flammen aus Jennings' Unterarmen strömten und auf den Boden flossen. Sie verbreiteten sich schnell, wie Wasserpfützen. Felicity und Chopra krabbelten hastig zurück, voneinander weg. Der nackte Mann sprang ebenfalls hoch, auf eine der Metallbänke, und lehnte sich an die Wand. Die Flammen wurden von seiner sonderbaren glänzenden Porzellanhaut reflektiert.

»Das hätte eigentlich genügen sollen«, sagte der Mann zu sich selbst. Er wirkte etwas bekümmert.

»Was sind Sie?«, fuhr Felicity ihn an. Er machte sich nicht einmal die Mühe, sie anzusehen, sondern betrachtete die Szenerie um sich herum mit einem missbilligenden Gesichtsausdruck. Die Flammen schienen nicht von selbst zu erlöschen. Sie loderten hoch und breiteten sich auf dem Boden aus. In dem Raum herrschte ein wahres Inferno. Felicity sah sich hastig nach einem Fluchtweg um.

Die Decke brannte immer noch, und der Gestank von verbrennendem Fleisch war einem beißenden schwarzen Rauch gewichen. Felicity spähte durch die Rauchwolke, so gut sie konnte, und sah, dass ein Teil des Fleisches vollkommen verbrannt war. Jetzt loderte die Struktur des Hauses selbst. Die Wand mit der Herzklappentür war ebenfalls von den grünen Flammen bedeckt, und das Fleisch schien geschmolzen zu sein.

*Wir kommen hier nicht mehr raus.* Das wurde ihr schlagartig klar. Die Flammen hatten mittlerweile die Wände erreicht. Jennings fiel auf die Knie, und obwohl seine Kleidung verglühte, berührte das Feuer weder seine Haut noch sein Haar. Auch sein Geschrei war weniger geworden, er stöhnte jetzt nur noch leise, ein Geräusch, das fast im Knacken der Flammen unterging.

*Was soll ich tun? Sollte ich … sollte ich ihn erschießen?*, fragte sich Felicity. Es war schon viel zu spät, um zu versuchen, das Feuer aufzuhalten, aber vielleicht wäre der Tod eine Art Gnade für ihren Kameraden. Das Feuer auf dem Boden hatte fast ihre Füße erreicht. Die Hitze war unerträglich; sie brannte in ihrer Lunge, und ihre Rüstung kam ihr plötzlich ungeheuer schwer vor.

Das Metall ihrer Waffe versengte ihre Finger, und sie verlor einen Moment die Kontrolle über ihre Sicht. Empfindungen und Erinnerungen fluteten ihren Verstand, und unwillkürlich sah sie für einen Moment den inneren Mechanismus der Waffe.

Dann bemerkte sie eine Bewegung im Augenwinkel. Chopra stürmte von der anderen Seite des Raums in ihre Richtung. Er lief durch das Feuer, an Jennings vorbei, und sie sah, dass seine Kleidung brannte. Flammen blitzten unter seinen Stiefeln auf, und er schrie vor Schmerz und vor Entschlossenheit.

Die letzten paar Meter bis zu ihr warf sich Chopra durch die Luft. Er streckte die Hand aus, und sie packte sie unwillkürlich. Obwohl er brannte, zog sie ihn an sich. Sie wusste, dass auch ihre eigene Kleidung und ihr Haar Feuer fingen, aber sie wollte nicht loslassen. Sie wollte nicht so sterben. Nicht allein.

»Ich bin hier«, flüsterte sie. »Ich habe dich.«

»Es wird alles gut«, sagte Chopra neben ihrem Ohr.

Um sie herum fielen brennendes Fett und Fleisch wie glühender Regen herunter. Chopras Arme schlangen sich fester um sie, und der Raum vor ihren Augen begann zu wabern. Dunkelheit legte sich um den Rand ihres Sichtfelds, und sie spürte, wie ihre Knie nachgaben.

Das Letzte, was sie sah, war Jennings, der mitten in dem Feuer zusammengesunken war. Seine Rüstung und sein Hemd waren verbrannt, obwohl seine Haut vollkommen unberührt geblieben war. Flackerndes grünes Licht strömte immer noch aus seinen Wunden. *Es tut mir so unendlich leid, Richard.*

Das Letzte, was sie hörte, waren die Worte des nackten Mannes, als er nachdenklich mit sich selbst sprach.

»Wenn ich ihm den Kopf abschneide, macht es das wohl besser oder schlimmer?«

Dann versank sie in Dunkelheit.

# 5

**Es war einmal ein** kleines Mädchen, das ein schönes normales Leben führte. Es las gern und rannte gern umher, und es mochte Geschichten von Monstern. Die Eltern waren Universitätsprofessoren. Manchmal waren sie unterwegs, um zu forschen oder Vorlesungen zu halten, aber die Kleine war nie einsam, weil sie Teil einer großen Familie war, mit Cousinen und Cousins und Onkeln und Tanten und entfernten Cousinen und Cousins und Onkeln und Tanten und noch entfernteren Cousinen und Cousins und Großtanten und Großonkeln und einem Großvater mit so vielen »Ur« davor, dass sie sie gar nicht mehr zählen konnte und ihn einfach nur Grootvader nannte, was Niederländisch für Großvater war.

Und sie war sehr glücklich.

Dann setzte sich Grootvader eines Tages zu ihr in den Garten und erklärte ihr, dass ihre Familie nicht so war wie andere Familien. Es gab Mitglieder der Familie, die sehr, sehr klug waren und alle möglichen Geheimnisse kannten, alle möglichen Entdeckungen machten und wunderschöne Dinge erschufen. Und weil sie ein Mitglied dieser Familie war und dazu ein kluges Mädchen, konnte sie, wenn sie das wollte, all diese Geheimnisse erfahren und ihre eigenen Entdeckungen machen und Dinge sehen, tun und denken, die kein normaler Mensch jemals sehen, tun und denken würde.

Wenn sie es wollte.

Aber leicht würde es nicht werden, warnte er sie. Sie müsste fleißig lernen, sehr fleißig, und manchmal wäre das, was sie lernte, unheimlich. Und er würde sie kein bisschen weniger lieb haben, wenn sie sich entschied, das nicht zu tun. Ihr Vater hatte beschlossen, dass er nichts von diesen Geheimnissen wissen wollte, und hatte stattdessen alles über Fossilien gelernt und ihre Mutter geheiratet. Er war vollkommen glücklich damit.

Falls sie sich jedoch dafür entschied, dass sie all das lernen wollte, dann dürfte sie niemals irgendwelchen Fremden etwas über ihre Studien, ihre Entdeckungen oder die Familie verraten, weil es sehr schlechte Menschen auf der Welt gab, die versuchen würden, ihr Wissen zu stehlen oder es auszunutzen oder ihre Familie zu versklaven.

Außerdem würde sie sich, falls sie sich entschloss, all das zu lernen, sehr viele Feinde machen. Es gab Monster, echte Monster, die ihre Familie hassten. Diese Monster hatten schon einmal versucht, ihre Familie vollkommen zu vernichten, und die Familie konnte nur dadurch überleben, dass sie im Geheimen existierte.

Zu guter Letzt, falls sie sich entschied, dass sie all das wollte, würden sie sie aufschneiden und einige Veränderungen in ihr vornehmen müssen. Es würde nicht wehtun, jedenfalls nicht sehr, aber es wäre möglicherweise Furcht einflößend.

Nach einer gewissen Bedenkzeit entschied sie, dass sie all das wollte.

Zwölf Jahre später kam ihr die Klugheit dieser Entscheidung zumindest etwas fragwürdig vor.

*Ich könnte bei dieser Cocktailparty im wahrsten Sinne des Wortes eingeäschert und verzehrt werden,* dachte Odette. *Es könnte wirklich passieren. Ich könnte in Stücke gerissen oder in einen*

*Seestern verwandelt werden oder zu einem Fleck an der Decke verkommen. Dazu müsste bloß eines dieser Checquy-Monster etwas zu viel trinken und merken, wie sehr er die Züchter hasst. Und im Handumdrehen bin ich plötzlich ein Stachelschirmling.*

Es herrschte eine gewisse Anspannung, als die Gruppe von Züchtern aus dem Aufzug trat und sich misstrauisch umsah. Dem Architekten des Hotels hatte offenbar die Vorstellung gefallen, dass die Leute das Treppenhaus hinunterkamen. Denn nachdem der Aufzug sie gerade ins oberste Geschoss des Gebäudes katapultiert hatte, blickten sie jetzt auf die Skyline-Bar im achtundzwanzigsten Stockwerk hinab.

Es war ein sehr mondäner Treffpunkt, mit dunklem, glänzendem Holz und eleganten antiken Spiegeln. Am anderen Ende gab ein gewaltiges Panoramafenster den Blick über die Stadt frei. Es war die perfekte Location für die Jungen und Wohlhabenden, um herumzustehen und sich gegenseitig über Zwergpomeranzendrinks hinweg zu beäugen. Zurzeit jedoch war die Bar für die Öffentlichkeit geschlossen, und die einzigen Gäste waren Vorstandsmitglieder der Checquy.

Zögernder Applaus drang die Treppe hinauf, als die Leute von der Checquy die Ankunft der Züchter bemerkten. *Das ist so peinlich,* dachte Odette. *Wir nehmen jetzt Drinks mit ebenden Monstern, vor denen Grootvader mich gewarnt hat.* Sie konnte den Hass fast riechen, der durch den Raum waberte. Die Neuankömmlinge gingen langsam die Treppe hinab, während alle Blicke auf sie gerichtet waren. Als Odette das Ende der Treppe erreichte, folgte sie nicht den anderen ins Getümmel, sondern drückte sich am Rand entlang, bis sie das Fenster erreichte. *Wenn ich einfach nur hier stehen bleibe, dem allen hier den Rücken kehre und so tue, als würde ich den Ausblick genießen, wird mich keiner belästigen,* dachte sie.

Obwohl ihr Plan eigentlich gewesen war, nur so zu tun, als bestaunte sie das Panorama, stellte sie fest, dass sie das Panorama tatsächlich bestaunte. Die Stadt erstreckte sich unter ihr bis zum Horizont. *Ich kann einfach nicht glauben, dass ich in England bin,* dachte sie. *In London. Ich hätte nie im Leben gedacht, dass ich jemals in dieses Land oder in diese Stadt kommen würde. Es war einfach unvorstellbar.*

Sie betrachtete die Skyline, die Gebäude, die sie nur aus Filmen oder Fotobänden kannte. Da war das London Eye. Und dort die Spitze des Shard, die in den letzten Strahlen der Sonne glitzerte. Und da dieses kopflastige Gebäude, dessen Spitzname ihr nicht einfallen wollte. Der Cheesegrater. Das gigantische Fabergé-Ei, das der Gherkin genannt wurde. Der BT Tower. Ihr Blick glitt weiter, durchdrang das Zwielicht und machte die Kuppel von St. Paul's aus. Big Ben. Westminster Abbey. Und Aberhunderte von Hausdächern.

*Verblüffend.*

Dann veränderte sie den Fokus, sodass sie nicht länger durch das Glas blickte, sondern stattdessen die Reflexionen wahrnahm. Im Vordergrund war natürlich sie selbst, ein Spiegelbild, das sie ohne allzu viel Begeisterung betrachtete. Das Kleid nervte sie. Es war kein Cocktailkleid. Ein wenig liebenswürdiger, aber dafür korrekter Beobachter hätte es wohl mehr als ein Cocktailtuch beschrieben.

Jedenfalls hätte Odette dieses Kleid unter normalen Umständen niemals ausgewählt, aber hier ging es um Politik. Es verhüllte ihre Narben. Unglücklicherweise bedeutete dies, dass es den größten Teil ihres Körpers bedeckte. Als Ergebnis vermittelte sie den Eindruck, als wäre sie die mürrische jungfernhafte Tante von irgendjemandem.

Hinter ihrem Spiegelbild sah sie das Wogen der Cocktailparty. Sie musterte die Gäste kritisch. Es waren Männer in

Anzügen und Frauen in Kleidern, die alle hübscher waren als ihres. Einige Frauen trugen Hosenanzüge, aber selbst die waren hervorragend geschnitten und maßgeschneidert. Kellner mit Tabletts voller Getränke und Speisen schlängelten sich durch die Menschenmenge. Auf den ersten Blick wirkte alles vollkommen normal. Aber ab und zu blitzte Licht aus dem Kopf einer Person, eine Gestalt löste sich abrupt in Luft auf, oder ein Gast drehte sich um, und eine Reihe stegosaurusartiger Hornplatten ragte aus dem Rückenteil seines Maßanzugs hervor. Sie schüttelte sich.

Da näherte sich ein großer, gut aussehender Mann ihrem Spiegelbild.

»Odette«, sagte jemand hinter ihr. Sie spürte eine leichte Berührung an der Schulter, drehte sich um und blickte in ernste blaue Augen.

Es war Ernst, der ehemalige Graaf von Suchtlen und unangefochtener Herr und Meister der Wetenschappelijk Broederschap van Natuurkundigen. Er sah nur etwa fünf Jahre älter aus als Odette, aber sein Körper repräsentierte die absolute Speerspitze der Biotechnologie auf diesem Planeten. Sein Verstand umfasste Jahrhunderte von Staatskunst, Spionage und militärischer Erfahrung. In der Hand hielt er ein Horsd'œuvre, das offenbar einen katastrophalen Schwund seiner Formbeständigkeit erlitten hatte. Also umklammerte er höchst ungeschickt die zerquetschten Reste eines Stücks getoasteter Pita mit zerkleinertem Thunfisch mit Zwiebeln, die von teuren Kräutern übersät waren.

»Ein wunderschöner Ausblick«, stellte er anerkennend fest. Einen Moment lang betrachteten beide die Stadt. »Ich habe Jahrhunderte darauf gewartet, ihn endlich genießen zu können.« Er wandte sich ihr zu. »Ich verstehe, dass du dich in diesem Anblick verlieren kannst, aber …« Er machte eine Pause, und sie spannte sich an, weil sie wusste, was als

Nächstes kam. »Du bist nicht besonders höflich unseren Gastgebern gegenüber.« Sie seufzte. »Sicher, mir ist klar, dass du nervös bist. Ich verstehe deine Besorgnis.«

Odette sah ihn an. »Wirklich?«

»Ja, wirklich. Im Laufe der Jahrhunderte habe ich wohl allmählich eine Vorstellung davon bekommen, wie der weibliche Verstand funktioniert. Diese Versammlung dient vielen Zwecken und ist sehr vielschichtig, aber am Ende ist es vor allem eine Party. Deshalb machst du dir Sorgen wegen deines Kleides und dieser Sache mit deinem Haar.«

»Der Sache mit meinem Haar? Was stimmt denn nicht mit meinem Haar?«, wollte Odette wissen.

»Aber«, fuhr er ungerührt fort, »unsere Gastgeber haben diese Soiree organisiert, damit wir uns alle ganz ungezwungen treffen können, bevor morgen die Arbeit beginnt. Es ist wichtig, dass wir diese Gelegenheit diplomatisch nutzen.«

Odette nickte zögernd. »Ja, ich verstehe«, erwiderte sie. »Ich habe nur gerade versucht, möglichst viel Begeisterung aufzubringen, und mir über angemessene Gesprächsthemen den Kopf zerbrochen.«

»Sehr vernünftig«, gab er zurück. »Bist du bereit?«

»Klar«, behauptete sie und beneidete kurz ihren kleinen Bruder, der ein Stockwerk tiefer in ihrer Hotelsuite hocken durfte.

»Ich bin allerdings nicht ganz sicher, was ich mit dem hier anfangen soll«, sagte er und hielt die Reste des unwiederbringlich zerstörten Kanapees hoch. »Es gibt keine Möglichkeit, dieses Ding einigermaßen würdevoll zu verzehren, und das hier ist die Hand, mit der ich andere Hände schütteln muss.«

»Wirf es einfach in diesen Pflanzentopf«, schlug Odette vor und deutete auf eine Palme neben ihnen.

»Ausgezeichnete Idee.« Graaf von Suchtlen sah sich kurz um und ließ dann die Reste geschickt in den Topf fallen. »Und jetzt komm. Es ist deine Pflicht, dich unter die Leute zu mischen.« Er hielt ihr den Arm hin. Sie legte die Hand darauf und ließ sich zu einer kleinen Gruppe der Checquy führen.

*Beruhige dich*, sagte sie sich. *Diese Leute mögen Monster sein, aber sie sind Profis und außerdem Oberschicht und britisch, also werden sie höfliche Monster sein.*

»Ladys, Gentlemen«, sagte von Suchtlen liebenswürdig. »Gestatten Sie mir, Ihnen Odette Leliefeld vorzustellen.« Ein Chorus von freundlichen Grüßen schlug ihr entgegen, und sie lächelte jeder einzelnen Person zu, der sie vorgestellt wurde. Sie war so nervös, dass sie sich keinen einzigen Namen merken konnte. Niemand aus diesem Grüppchen war im Court der Checquy, deshalb nahm sie an, dass es einfach nur hochrangige Mitarbeiter der geheimen Regierungsorganisation waren.

Jedenfalls waren es keine durchschnittlichen Menschen, auch wenn sie alle teuer gekleidet waren. Einer der Männer hatte ein Geburtsmal im Gesicht, das sich langsam über seine Haut bewegte, wie der Inhalt einer Lavalampe. Eine Frau schien zu wabern wie die Luft über heißem Asphalt. Als ein älterer Mann sich bewegte, veränderten sich das Licht und die Farbe kurz hinter ihm, als hätte er einen holografischen Pfauenschwanz. Der Atem eines anderen Mannes dampfte, obwohl die Temperatur in dem Raum Odettes Haut zufolge genau zwanzig Grad betrug.

*Du brauchst keine Angst vor ihm zu haben*, sagte sich Odette. *Zwischen uns herrscht Waffenstillstand. Und auch wenn diese Leute Fähigkeiten haben, die allen Gesetzen der Physik und Biologie und dem gesunden Menschenverstand sowie dem guten Geschmack widersprechen, bist du ein Spross der Broederschap. Du*

*hast eine Ausbildung genossen, die alles andere auf der Welt über-*
*steigt. Dein Körper ist ein exquisit geschaffenes Werkzeug. Du*
*hast Gliedmaßen ersetzt, Babys zur Welt gebracht und Leben ge-*
*rettet. Du hast die Spitze des Eiffelturms erklommen und den*
*tiefsten Grund des Mittelmeers berührt, und du hast auf der Un-*
*terseite der Seufzerbrücke getanzt.* Mit einiger Mühe richtete
sie ihre Aufmerksamkeit wieder auf das Gespräch.

»Sie haben beide dieselben Augen!«, sagte eine der
Frauen. »Graaf von Suchtlen, ist sie Ihre Schwester?«

»Nein.« Odette lächelte wider Willen bei diesem Gedanken.

»Aber sie kann doch unmöglich Ihre Tochter sein?« Die
Frau betrachtete die beiden unsicher.

»Nein«, antwortete Odette erneut. »Ich bin seine Nachfahrin.« *In der etwa sechsten Generation?*

»Und sie ist mein Protegé«, ergänzte Graaf von Suchtlen.
Odette sah ihn an und bemühte sich um eine ausdruckslose
Miene.

»Dann ist Miss Leliefeld also die Erste in der Erbfolge?«,
fragte einer der Männer der Checquy.

»Nein, denn es gibt bei uns keine Erbfolge«, erklärte der
Graaf sachlich.

»Grootvader – Verzeihung – Graaf von Suchtlen hat nicht
die Absicht zu sterben«, erläuterte Odette. »Niemals.« Sie
erwartete ein paar erstaunte Blicke zu sehen, aber die Zuhörer nickten nur wissend.

»Wir kennen so etwas auch bei uns, den Bishop«, erklärte
eine der Frauen. »Er ist sogar hier. Bishop Alrich! Juhu!«
Odettes Magen schlug einen Purzelbaum. *Bishop Alrich.* An
diesen Namen konnte sie sich erinnern.

Bishop Alrich war kein Kleriker. Die Hierarchie des
Court, der die Checquy-Group anführte, beruhte auf der Bezeichnung von Schachfiguren. Das war natürlich vollkom-

men lächerlich und wahrscheinlich eine dieser archaischen britischen Traditionen, die heutzutage niemand mehr nachvollziehen konnte. Die beiden Rooks waren für inländische Operationen verantwortlich. Die Chevaliers überwachten die internationalen Angelegenheiten. Und ganz oben in dieser Befehlshierarchie standen der Lord und die Lady. Man nannte sie nicht König und Dame, weil die echte britische Monarchie darauf wohl etwas pikiert reagiert hätte. Und unmittelbar unter dem Lord und der Lady standen die Bishops, die nach dem, was Odette verstanden hatte, alles beaufsichtigten.

Entsprechend war Bishop Alrich unglaublich wichtig und mächtig. Aber nicht deshalb durchzuckte sie plötzlich Furcht. Sondern wegen dem, was er neben seiner Funktion als Bishop war. Wenn die Berichte zutrafen, dann war er tatsächlich ein Vampir. Ein blutsaugendes, offenbar unsterbliches Wesen, das sich von Menschen ernährte.

*Und er steht direkt hinter mir.*

Gegen ihren Willen drehte sie sich um. *Oh,* dachte sie. *Wow.*

Die Dossiers, die sie über ihn gelesen hatte, enthielten keine Abbildungen, weil der Bishop auf Fotos nicht erschien, weder digital noch auf analogen Abzügen. Sie hatte ein paar Skizzen sowie die Kopie eines ziemlich idealisierenden Aquarells gesehen, aber nichts davon wurde ihm gerecht.

Er war groß, sein Anzug war exquisit geschnitten. Außerdem sah er hinreißend aus, so hinreißend, dass seine Gesichtszüge von Donatello gemeißelt und die Augen von Blake hätten gemalt sein können. Sein zinnoberrotes Haar reichte bis zu seiner Taille hinab. Odette spürte, wie ihr das Blut in die Wangen stieg. Dann fragte sie sich, ob er es wohl wittern konnte. Als sich ihre Blicke trafen, sah sie einen Ausdruck gelassener Belustigung in seinen Augen.

»Bishop Alrich«, stellte die Frau ihn vor. »Sie haben Graaf von Suchtlen ja bereits kennengelernt.« Die beiden Männer nickten einander zu. »Und das hier ist Miss Odette Leliefeld.« Er reichte ihr die Hand. Seine Haut war warm, und plötzlich war Odette froh, dass sie sich für ein schlichtes hochgeschlossenes Kleid entschieden hatte, auch wenn sie es gleichzeitig bedauerte.

»Guten Abend, Miss Leliefeld«, sagte er. »Ich freue mich, Sie kennenzulernen.«

»Danke«, erwiderte sie. Ihre Stimme war so laut, dass sie selbst darüber erschrak. »Ich habe viel von Ihnen gehört, Sir.«

»Ach, tatsächlich?«

Eine lange Pause trat ein, in der Odette verzweifelt nach etwas suchte, das sie sagen konnte. *Genau deshalb gehe ich nicht gern auf Partys.*

»Es ist eine entzückende Party«, brachte sie schließlich hervor.

»Ja, und bisher wurden auch noch keine Gräueltaten begangen«, merkte der Bishop an und sah sich um.

»Oh, Bishop Alrich, Sie sind wirklich unartig!«, stieß eine der Frauen der Checquy begeistert hervor.

»Das ist keineswegs gänzlich an den Haaren herbeigezogen, Pawn Titchmarsh«, erwiderte der Vampir. »Die letzte Party, die ich besucht habe, endete wirklich übel. Und haben Sie selbst nicht einmal an einem Dinner in Bhutan teilgenommen, bei dem jeder außer Ihnen vollkommen steril wurde?«

»Und außerdem wurden alle allergisch gegen Kaninchen«, ergänzte die Lady mit einer gewissen Genugtuung. »Aber das war eine dienstliche Veranstaltung.«

*Ist dieser Abend nicht ebenfalls dienstlich?,* überlegte Odette.

»Genießen Sie Ihre Zeit in London, Miss Leliefeld?«, wollte Alrich wissen.

»Wir sind erst heute Morgen angekommen«, antwortete Odette. »Deshalb habe ich noch nicht viel gesehen. Aber die Gastfreundschaft der Checquy war …« Sie suchte verzweifelt nach einem Adjektiv, das keinen internationalen Zwischenfall verursachen würde. »Sehr einladend.«

Genau genommen, war diese Gastfreundschaft fast schon erstickend. Es war noch dunkel gewesen, als die Delegation verschlafener Züchter aus ihrem Jet in Heathrow gestiegen war. Sie waren von einer Gruppe extrem wacher Checquy-Mitarbeiter erwartet worden, angeführt von dem höchst einschüchternden Bishop Raushan Attariwala. Er hatte sie herzlich begrüßt und sie durch das Innere des Flughafens geführt, vorbei am Zoll und der Einwanderungsbehörde. Odette hatte bemerkt, dass sich in keinem der Gänge, durch die sie liefen, irgendwelche Überwachungskameras befunden hatten, und dass kein Mitglied ihrer Eskorte irgendwelche sichtbaren Waffen trug.

Man hatte sie zu großen schwarzen Wagen mit schwarz getönten Fenstern geführt und anschließend durch ein Labyrinth aus Servicestraßen und Hangars kutschiert. Tore hatten sich für sie geöffnet, und müde Sicherheitsbeamte hatten sie durchgewinkt, bis sie schließlich eine Straße erreicht hatten, die auf einen Nebenweg geführt hatte, der auf eine Straße geführt hatte, die auf eine Autobahn geführt hatte. Trotz ihrer Erschöpfung hatte Odette während ihrer Fahrt in die Stadt am Fenster geklebt. Ihr Ausruf beim Anblick des ersten richtigen Londoner Taxis hatte Alessio aufgeweckt.

Dann hatten sie das große, prachtvolle Hotel erreicht, wo sie eingecheckt hatten und in ihre Gemächer geführt worden waren. Soweit Odette wusste, hatte Graaf Ernst den ganzen Tag an Konferenzen mit den hochrangigen Mitgliedern ihrer Delegation teilgenommen, aber ihr und Alessio hatte man befohlen, sich auszuruhen und das Hotel nicht zu verlassen. Die Cocktailparty sollte um halb sieben abends beginnen, und sie musste an der Strategiebesprechung vorher teilnehmen. Wann immer sie oder Alessio die Hotelzimmertür geöffnet hatten, hatten grimmige Beamte der Checquy im Gang Wache gehalten. Also hatte sie beschlossen, in der Suite zu bleiben und ein Schläfchen in der Badewanne zu halten.

»Ja«, erwiderte Odette jetzt. »Man hat sich sehr gut um uns gekümmert.«

»Ich bin erleichtert, das zu hören«, erwiderte Alrich. »Ich hoffe, Sie freuen sich schon darauf, mit uns zusammenzuarbeiten.«

»Oh, das hoffe ich auch«, erwiderte Odette. Es dauerte einen Moment, bis sie begriff, dass ihre Worte überhaupt keinen Sinn ergaben. Glücklicherweise kommentierte er das nicht, sondern lächelte nur ein wenig, nickte und entschuldigte sich dann.

*Das ist ja gar nicht so schlecht gelaufen,* dachte sie. Sie entspannte sich etwas und sah dem Vampir nach, der sich geschmeidig durch die Gruppe der Gäste bewegte. Sie konnte nicht umhin festzustellen, dass sein Haar genau an seiner Hüfte endete.

»Sein Anblick lässt einen wirklich wünschen, dass er kein Albtraum wäre, stimmt's?«, merkte eine amüsierte Stimme neben ihr an. Odette drehte sich um und hatte eine kleine Frau um die dreißig vor sich. Sie war eine eher unauffällig wirkende Person, aber sie trug ein erstaunliches Cocktailkleid aus schwarzem Tuch und Leder. Nach dem unorthodoxen Schnitt und der Passform zu urteilen musste es speziell für sie angefertigt worden sein. Genau genommen, schien es sogar um sie herum geformt worden zu sein. Der Stoff umschloss in engen Kurven ihren Körper und endete in scharfen Spitzen hinter ihren Schultern und Ellenbogen. Sie sah aus, als wäre sie in elegante schwarze Flammen gehüllt. Die Arme waren etwa in der Mitte des Brustkorbs mit dem Kleid verbunden, was eine beeindruckende Silhouette ergab. Allerdings war es nicht besonders praktisch. Die Frau hatte Schwierigkeiten, ihr Glas an die Lippen zu heben.

Kurz gesagt, es war ein Kleid, neben dem Odettes Gewand wie das der hässlichen Stiefschwester wirkte, die ein Keuschheits- und Armutsgelübde abgelegt hatte.

Auch ungeachtet des Kleides hatte die Frau etwas an sich, das sie trotz ihrer Unauffälligkeit hervorhob. Sie strahlte Autorität aus, machte aber gleichzeitig sonderbarerweise den Eindruck, als gehörte sie nicht dazu, nicht einmal zur Checquy. Dann erkannte Odette sie und empfand plötzlich echte Furcht … mehr Furcht sogar als in der Gegenwart des Vampirs.

*Rook Myfanwy Thomas. Mein Gott.*

Rook Thomas war der Grund, warum sie alle an diesem Abend hier waren. In einer Nacht vor mehreren Monaten hatte Graaf von Suchtlen sich ihr in ihrem Büro in der Rookery präsentiert. Er war ohne Probleme an allen Sicherheitsbeamten und Maßnahmen des Gebäudes vorbeigekommen. Er hatte sich der Rook vorgestellt, und seine wie immer makellosen Manieren waren nicht einmal von der Tatsache beeinflusst worden, dass er vollkommen nackt gewesen war. Dann hatte er den höchst erstaunlichen Vorschlag gemacht, dass ihre Organisationen ihre jahrhundertelange Feindseligkeit ablegen und sich zusammenschließen sollten.

Statt so zu reagieren, wie jeder andere Soldat der Checquy es getan hätte, und alles zu versuchen, um den Eindringling zu vernichten, hatte Thomas ihm eine Tasse Kaffee und einen Bademantel angeboten und sich seinen Vorschlag angehört. Angesichts des legendären Hasses zwischen den beiden Organisationen war das eine höchst ungewöhnliche Reaktion, aber andererseits passte es irgendwie zu Rook Thomas' offenbar unberechenbarem Wesen. Odette hatte das Dossier der Züchter über diese Frau gründlich studiert und war am Ende vollkommen verwirrt gewesen.

Die Unterlagen beschrieben eine fast schon pathologisch schüchterne Frau, die trotz ihrer Scheu irgendwie in diese hohe Position aufgestiegen war. Thomas hatte ihre Schüchternheit inzwischen überwunden, ebenso wie ihre instinktive Verachtung der Züchter, und war zur treibenden Kraft dieser Fusion geworden. Sie hatte immer wieder für Frieden plädiert und war selbst den Protesten der mächtigsten Personen des Landes entgegengetreten. Wäre sie nicht gewesen, würden sich die Checquy und die Züchter derzeit im Krieg befinden.

Odette hatte gelesen, dass Rook Thomas für gewöhnlich zögerte, ihre Macht einzusetzen, andererseits hatte sie erst kürzlich gleich zwei biologische Massenvernichtungswaffen im Alleingang zerstört.

Thomas' Unberechenbarkeit war jedoch nicht der Grund, warum Odette Angst vor ihr hatte. Oder jedenfalls war es nicht der Hauptgrund. Rook Thomas war die einzige Angehörige der Checquy, die die übernatürliche Fähigkeit besaß, den Körper von anderen Menschen vollkommen kontrollieren zu können. Allein durch eine Berührung vermochte sie den Körper und die Organe einer Person gegen diese selbst zu wenden und sie ihrem Willen zu unterwerfen. Odette war sich ihrer eigenen Organe viel zu bewusst, um etwas anderes als Ekel bei dieser Vorstellung zu empfinden. Und die weitergehenden Konsequenzen waren noch furchteinflößender.

*All unsere Ressourcen,* dachte sie, *alles, was uns von den normalen Menschen unterscheidet. Jahrhunderte von Wissen, Waffenkunde, Erweiterungen – sie alle würden durch eine einzige*

*Liebkosung dieser Frau vollkommen nutzlos.* Soweit sie wusste, konnte diese Thomas sogar dafür sorgen, dass die Implantate der Züchter aus deren Körpern brechen würden.

»Ich werde Sie nicht auffordern, mir die Hand zu schütteln«, sagte die Rook trocken. Ganz offenbar hatte Odette ihr Entsetzen nicht besonders gut verbergen können. Die andere Frau lächelte jetzt nicht mehr amüsiert, sondern ironisch, und nichts an ihr deutete auf ihre legendäre Schüchternheit hin.

»Myfanwy!«, dröhnte Graaf von Suchtlen hinter Odette.

»Ernst.« Die Stimme von Thomas klang ein wenig schalkhaft. Zu Odettes Erstaunen beugte sich der Lord der Züchter vor und küsste die Hand der Rook. »Guten Abend«, fuhr Thomas fort. »Ich lerne gerade Ihre Ururururururenkelin kennen.«

»Oh ja, wir sind sehr stolz auf unsere junge Odette.« Der Graaf legte eine Hand auf Odettes Schulter. »Ich verspreche mir große Dinge von ihr.« Odette widerstand dem Impuls zusammenzuzucken.

»Es tut mir leid, dass ich Sie heute Morgen am Flughafen nicht selbst begrüßen konnte«, sagte die Rook. »Bishop Attariwala hatte das Gefühl, es wäre angemessener, wenn ein ranghöheres und wichtigeres Mitglied des Court Sie in Empfang nähme.«

»Hat er das so gesagt?« Graaf von Suchtlen hob eine Braue.

»Nahezu wörtlich«, erwiderte Thomas unbekümmert. »Es ist unverkennbar, dass zwischen uns beiden schon sehr lange eine gewisse Reibung herrscht.«

*Was für eine seltsame Art und Weise, das auszudrücken,* dachte Odette.

Eine ältere Frau tauchte neben Thomas auf und sagte leise etwas zu ihr. Die Rook verzog das Gesicht.

»Bitte entschuldigen Sie mich, Ernst, Miss Leliefeld. Wie es aussieht, ist etwas vorgefallen, und ich muss dem meine Aufmerksamkeit widmen.« Sie trat ein Stück zur Seite, ließ sich ein Smartphone von der älteren Frau geben und hielt es an ihr Ohr.

»Eine faszinierende Frau«, sinnierte Graaf von Suchtlen. Bevor Odette sich eine Antwort überlegen konnte, kehrte die Rook zurück und sprach rasch mit ihrer Assistentin.

»Gibt es Probleme, Myfanwy?«, wollte der Graaf wissen.

»Nicht wegen der Party«, sagte die Rook. »Aber die Londoner Polizei hat uns gerade verständigt, dass es einen Zwischenfall gegeben hat. Mit einer größeren Anzahl ziviler Todesopfer. Die örtlichen Streifenbeamten haben den Schauplatz zwar gesichert, aber sie haben einige höchst ungewöhnliche Elemente vorgefunden. Einer von ihnen hat seinen Boss angerufen, der wiederum seinen Boss kontaktiert hat, der mein Büro verständigt hat. Ich habe gerade ein Team dorthin geschickt, um den Vorfall zu untersuchen.«

»Müssen Sie selbst gehen?«, erkundigte sich der Graaf.

»Das ist nicht obligatorisch«, erwiderte Thomas. »Nicht auf diesem Level. Aber ich glaube, ich werde trotzdem dort erscheinen. Wie sich herausgestellt hat, ist dieser Zwischenfall direkt um die Ecke passiert.« Sie zögerte. »Möchten Sie beide vielleicht mitkommen?« Odette sah ihren Vorfahren erstaunt an. »Ihre Einsichten könnten unter Umständen recht nützlich sein.«

»Das würde Odette eine gute Gelegenheit geben, die Checquy in Aktion zu erleben«, antwortete von Suchtlen nachdenklich. »Aber erregt es kein Erstaunen, wenn wir verschwinden?«

»Davon gehe ich nicht aus«, antwortete die Rook. »Sie haben alle begrüßt, und ich setze meinen Sicherheitschef darüber in Kenntnis, wenn Sie Ihren informieren.«

Die beiden Anführer trennten sich und suchten ihre entsprechenden Untergebenen auf. Odette stand plötzlich allein da. Zu ihrer Überraschung fand sie die Aussicht ziemlich aufregend. Rook Thomas' Einladung roch nach Abenteuer. Sie würde nicht nur dieser langweiligen Party entkommen, sondern wäre draußen und würde etwas wirklich Wichtiges tun.

*Es sei denn natürlich, es ist eine Art Hinterhalt,* meldete sich der paranoide Teil ihres Verstandes zu Wort. *Sie führen den Chef der Züchter und das Mädchen, das sie für seinen Protegé halten, von der Party weg, bringen sie um, schlachten dann den Rest der Partygäste ab und stoßen anschließend feierlich darauf an.* Sie instruierte diesen Teil ihres Verstandes nachdrücklich, die Klappe zu halten, nahm vom Tablett eines vorbeieilenden Kellners ein Glas Orangensaft und trank es trotzig aus. *Also wirklich, du solltest endlich runterkommen!,* ermahnte sie sich.

»Miss Leliefeld?« Die ältere Frau, die Thomas das Telefon gebracht hatte, stand mit einem Mal neben ihr. »Ich bin Ingrid Woodhouse, Rook Thomas' Vorstandsassistentin.«

»Hi!« Odette war immer noch fest entschlossen, sich zu entspannen.

»Ja, hallo.« Die Lady war offenbar ein wenig verblüfft über Odettes Begeisterung. »Die Rook hat mir mitgeteilt, dass Sie mit an den Schauplatz kommen.«

»Ja, anscheinend soll ich das«, bestätigte Odette.

»Wunderbar. Folgen Sie mir bitte.«

Als sie sich dem Lift näherten, öffnete sich die Tür. Rook Thomas und Graaf von Suchtlen standen bereits in der Kabine, ebenso Odettes Cousine Marie Lemaier, die Sicherheitschefin der Züchter-Delegation, und ein großer schwarzer Mann, in dem Odette den Sicherheitschef der Checquy vermutete. Den beiden Anführern schien es peinlich zu sein, als ihre Untergebenen sich ein sehr höfliches, aber verbissenes Wortgefecht lieferten.

»Pawn Clovis, welche Garantien können Sie mir bezüglich der Sicherheit von Graaf von Suchtlen und Odette geben?«, erkundigte sich Marie, als Odette und Ingrid in den Lift traten. Ihr Haar war kupferfarben und hatte schwarze Strähnen, ein sicheres Zeichen dafür, dass sie verärgert war.

»Gar keine«, erwiderte Pawn Clovis gelassen. »Allerdings ist ein komplettes Team Checquy-Ermittler am Tatort, die alle ein Kampftraining absolviert haben und von denen sehr viele besondere Fähigkeiten besitzen. Außerdem gibt es ein kleineres internes Sicherheitsteam, und die örtliche Polizei sorgt für die allgemeine Sicherheit. Zudem besitzen Rook Thomas und, davon gehe ich aus, auch Graaf von Suchtlen beide nicht gerade unwesentliche Fähigkeiten. Trotzdem gibt es natürlich keine Garantien. Etwas hat diese sechzehn Menschen getötet, Miss Lemaier, etwas höchst Geheimnisvolles. Der Schauplatz einer Manifestation ist nie ein sicherer Ort. Andererseits arbeiten Sie auch nicht gerade in einem besonders sicheren Beruf.«

»Wir schaffen das schon, Marie«, sagte Graaf von Suchtlen, als sich die Aufzugtüren schlossen. Marie warf ihm einen kühlen Blick zu, und zum ersten Mal, seit Odette sich erinnern konnte, wirkte er etwas nervös. Obwohl sie erst neunundzwanzig Jahre alt war, verfügte Marie über eine Willenskraft, die ihr den Respekt, wenn nicht gar Furcht der gesamten Broederschap einbrachte. Diese Willenskraft zusammen mit ihrer aufopferungsvollen Hingabe an ihren Job, ihrem Talent für Multitasking und ihrer Fähigkeit, einem Mann den Kopf vom Hals zu treten, hatten zu ihrer Ernennung als Sicherheitschefin dieser Delegation geführt.

»Ist Ihnen klar, Graaf von Suchtlen, welche Fragen mir

von meinem Vorgesetzten gestellt werden, wenn Ihnen etwas zustößt?«, wollte Marie wissen.

»Pardon, aber *ich* bin Ihr Vorgesetzter«, wies der Graaf sie zurecht.

»Doch Sie sind nicht der Sicherheitschef«, tat Marie seinen Einwand ab.

»Ich bin auch *sein* Vorgesetzter.« Der Graaf klang ein wenig verschnupft. Marie gab ein Geräusch von sich, das deutlich machte, dass diese Tatsache, selbst wenn sie stimmte, kein Argument für sie war. Schweigen breitete sich im Lift aus. Odette war sehr erleichtert, als die Türen sich in der Empfangshalle öffneten. Sie traten alle hinaus, und von Suchtlen drehte sich zu Marie um.

Bevor er auch nur Luft geholt hatte, stieß sie missbilligend hervor: »Na schön! Gehen Sie nur. Aber versuchen Sie wenigstens, sich nicht töten zu lassen. Sie haben keine Ahnung, in welche Schwierigkeiten mich das bringen würde!«

Sie klopfte Odette zerstreut auf die Schulter. Ganz offensichtlich bedeutete Odettes Tod für sie keine erwähnenswerte Schwierigkeit. Dann trat sie wieder in den Aufzug. Pawn Clovis leistete ihr Gesellschaft. Er sah ein klein wenig eingeschüchtert aus, als sich die Türen schlossen.

# 6

**Allmählich dämmerte der Gruppe,** dass sämtliche Personen in der Empfangshalle – Rezeptionisten, Gäste, Pagen und auch die Concierge – sie anstarrten. Die vier marschierten durch die Halle und ignorierten die argwöhnischen Blicke der anderen.

»Gut, der Wagen ist bereits vorgefahren«, bemerkte Mrs. Woodhouse forsch.

Draußen betrachteten alle das Fahrzeug nachdenklich. Es war nicht gerade das, was sie erwartet hatten. Das zweitürige Vehikel war nicht nur winzig, es schien auch kaum verkehrstüchtig zu sein. Die schwarze Farbe war vollkommen zerkratzt. Eine Tür war weiß, und jemand hatte mit schwarzem Filzstift ein Kaninchen darauf gemalt, das eine Sonnenbrille trug und eine Zigarette rauchte. Die vordere Stoßstange schien mit Draht befestigt worden zu sein, und am Heck blätterten die Reste der alten Stoßstangenhalterung ab. Der uniformierte Fahrer, der aus dem Wagen stieg, sah aus, als hätte man ihn irgendwo ausgeschnitten und in das Fahrzeug hineinkopiert.

»Ich will nicht wie eine Diva klingen, Ingrid«, ergriff die Rook schließlich das Wort, »aber das ist ein sehr kleines Auto.« Odette fand es ausgesprochen nett von der Rook, dass sie lediglich eine Anmerkung zur Größe machte und nicht auf den erbärmlichen Allgemeinzustand des Fahrzeugs zu sprechen kam. »Ich weiß auch, dass ich auf dem Weg hierher etwas abgelenkt war, aber ich bin mir ziemlich

sicher, dass dies nicht das Fahrzeug ist, das mich hierhergebracht hat.«

»Das stimmt, Rook Thomas.«

»Also – wurde es gestohlen?«

»Nein, aber die Todesfälle am Schauplatz haben bereits
die Neugier der Presse angefacht. Die Reporter lungern
draußen vor der Tür herum, also müssen wir durch den
Hintereingang hinein. Ich dachte, eine Stretchlimousine
würde zu viel Aufmerksamkeit erregen.«

»Zugegeben, das stimmt«, räumte Thomas widerwillig
ein. »Gut mitgedacht.« Sie seufzte und warf einen Blick auf
das kleine, schäbige Fahrzeug. »Woher haben wir dieses
Auto überhaupt? Wem gehört es?«

»Pawn Thistlethwaite. Er hat gesagt, wir könnten uns den
Wagen ausleihen.«

»Pawn Thistlethwaite ist mit diesem Auto gekommen?«,
erkundigte sich die Rook. »Das kann nicht stimmen. Ich
kenne sein Gehalt. Machen Sie ein Memo, Ingrid, dass wir
ihn auf Drogenmissbrauch untersuchen sollten.«

»Das ist der Wagen seines Sohnes«, erwiderte die Vorstandsassistentin. »Soweit ich es verstanden habe, ist sein
Auto in der Werkstatt.«

»Ach so, das erklärt natürlich einiges.«

Der Fahrer öffnete die Beifahrertür und drückte auf den
kleinen Hebel, der den Beifahrersitz nach vorn klappen
sollte. Der Sitz fuhr nicht automatisch vor, und er hatte damit zu kämpfen. Die resultierende Einstiegsluke zum Rücksitz war alles andere als ermutigend, und die vier sahen sich
gegenseitig an. Schließlich seufzte die Rook ergeben.

»Ich bin die Kleinste, also sollte ich wohl am besten in der
Mitte sitzen.« Sie warf einen Blick auf ihr Kleid und biss sich
auf die Lippe. »Ingrid, könnten Sie mir behilflich sein?« Ihre
Sekretärin trat vor und packte die Spitzen an den Schultern

von Thomas' Kleid, um ihr in den Wagen zu helfen, ohne dass sie ihre Garderobe ruinierte.

Die Rook musste sich höchst unwürdig winden und hin und her schieben, was ihr einen anerkennenden Pfiff von einem vorbeieilenden Passanten einbrachte. Der stolperte sofort mysteriöserweise über ein unsichtbares Hindernis. Aber nach einigen Mühen gelang es der Rook schließlich, in die Mitte des Rücksitzes zu rutschen. »Also los, rein mit Ihnen!«

»Graaf von Suchtlen, Sie sind der Größte, also sollten Sie den Beifahrersitz nehmen«, erklärte Mrs. Woodhouse. Der Graaf half der älteren Lady in die Blechdose, während Odette hastig auf die andere Seite eilte. Als der Fahrer die Tür für sie öffnete und versuchte, den Fahrersitz vorzuschieben, bemerkte Odette einen jungen Mann auf der anderen Straßenseite. Er beobachtete amüsiert, wie Leute in sehr teurer Kleidung sich in den heruntergekommenen Kleinwagen quetschten. Es war ein junger Mann etwa ihres Alters, und bei seinem Anblick stockte ihr der Atem.

*Sei nicht albern, das ist er nicht!* Trotzdem konnte Odette ihren Blick nicht von dem jungen Mann reißen. Vielleicht lag es an seiner Haltung, die ebenso lässig wie unbekümmert war. Er musste sich nicht den Kopf wegen des Übernatürlichen zerbrechen. Er hatte keine Sorgen wegen der Komplikationen von Diplomatie und Verhandlungen. Das Einzige, woran er dachte, war das Vergnügen eines Abends in der City. Und es war nicht ihr Liebster.

*Das wird niemand jemals wieder sein,* gestand sie sich gnadenlos ein. *Kein Junge wird jemals Pims Rolle einnehmen. Pim ist verschwunden. Für immer.*

»Miss?«, fragte der Fahrer zögernd.

*Und außerdem sieht der Kerl ihm überhaupt nicht ähnlich. Also hör endlich auf, dich so albern zu benehmen.*

Mühsam riss sie den Blick von dem jungen Mann los und dachte nicht länger daran, was er war oder nicht war. Sie setzte sich auf den Rücksitz, der gänzlich von der Rook, ihrer Sekretärin und einem Haufen Müll belegt zu sein schien.

Der Fahrer schlug die Tür zu, und Odette wurde gegen die Rook gedrückt. Sie spürte, wie sich ihre Hüftknochen wie eine Ziehharmonika zusammenschoben. Die Sache wurde noch schlimmer, als Graaf von Suchtlen seinen Sitz nach hinten schob.

»Ernst, wenn Sie noch einen Zentimeter zurückrutschen, blase ich die ganze Fusion ab«, zischte die Rook gepresst. Ihre Füße standen auf der Mittelkonsole, und die Knie von Mrs. Woodhouse bohrten sich bereits in die Lehne des Rücksitzes.

»Vielleicht können wir ja etwas Beinfreiheit gewinnen, wenn wir den Müll aus dem Fußraum entfernen«, schlug Mrs. Woodhouse vor. Unter größeren Schwierigkeiten nahm sie eine Fast-Food-Tüte vom Boden. Kalte, schlaffe Pommes frites regneten aus einem Riss in der Tüte auf die Rook und Odette.

»Also gut, das ist der Plan«, sagte die Rook im Plauderton. »Nachdem wir am Schauplatz angekommen sind, spüren wir Pawn Thistlethwaites Sohn auf und bringen ihn um, weil er total schlampig ist, und dann fahren wir zurück zur Party. Pawn Wheatley, geben Sie Gas.«

Der Fahrer fädelte sich in den Londoner Verkehr ein. Der Motor protestierte mit einem Geräusch, das klang, als versuchte ein Walross, aus dem Stegreif ein Gedicht zum Besten zu geben. »Ladys, legen Sie bitte die Sicherheitsgurte an.«

»Ich kann den Sicherheitsgurt nicht finden«, erklärte Mrs. Woodhouse.

»Ich auch nicht«, meldete sich Odette.

»Dann versuchen Sie bitte, keinen Unfall zu bauen, Wheatley«, schlug die Rook dem Fahrer vor.

»Vor allem, da ich gerade das Marihuana von Pawn Thistlethwaites Sohn im Handschuhfach gefunden habe«, merkte der Graaf an.

»Ich hätte gedacht ...« Odette unterbrach sich.

»Nur heraus damit«, forderte die Rook sie liebenswürdig auf. »Mein Ellenbogen bohrt sich gerade in Ihren Brustkorb, also gibt es keinen Grund, schüchtern zu sein.«

»Ich hätte gedacht, dass die Polizei kein Problem für die Checquy wäre«, beendete Odette ihren Satz.

»Das Problem mit einer Geheimorganisation ist, dass niemand etwas von uns weiß«, antwortete die Rook. »Die Polizei müsste ziemlich weit die Befehlskette hinaufklettern, bevor sich die Angelegenheit geklärt hätte. In der Zwischenzeit würde man uns festhalten. Und die Leute erinnern sich an solche Dinge. Man würde Fragen stellen. Wenn wir nicht in offizieller Mission unterwegs sind, müssen wir leider die Tickets kassieren und sie bezahlen. Nur weil wir in der Checquy sind, stehen wir deshalb noch lange nicht außerhalb des Gesetzes.«

Zum Glück war ihr Ziel nicht weit entfernt, und in dem mäßigen Verkehr kamen sie einigermaßen zügig voran. Schließlich bogen sie in eine schmale Straße ein, die von Restaurants gesäumt war.

»Dort ist es, Rook Thomas«, sagte der Fahrer. Sie blickten alle durch die Fenster, als der Wagen vorbeifuhr. Der Ort wirkte nicht gerade wie der Schauplatz übernatürlicher Bösartigkeit. Es war ein gemütlich wirkendes italienisches Restaurant mit roten, weißen und grünen Markisen, und ein behaglicher Lichtschein drang aus den Fenstern. Es sah aus wie ein sehr einladender Ort, um zu dinieren, abgesehen von den blinkenden Lichtern der Polizeiwagen davor und den ernsten Constables, die den Eingang bewachten. Es hatte sich bereits eine kleine Menschenansammlung gebildet, und Odette vermutete, dass einige der Leute zur Presse gehörten. Eine Frau in einem strengen Kostüm und einer ebenso strengen Frisur sprach gerade in eine Fernsehkamera, und eine Gruppe von Männern mit großen Teleobjektiven machte Fotos von der anderen Straßenseite aus.

»Oh, Scheiße!«, stieß die Rook hervor. »Die Lügner der Rookery werden sich da ganz schön ins Zeug legen müssen.« Der Wagen fuhr an dem Restaurant vorbei, ohne langsamer zu werden, und Pawn Wheatley bog in den Lieferantenweg hinter den Restaurants ein. Dort standen zwei weitere Polizeiwagen, die eine vorübergehende Barriere bildeten. Sie betrachteten den herankommenden Wagen misstrauisch. Rook Thomas griff rasch in ihre Handtasche und nahm eine extrem dicke Brieftasche heraus. Sie blätterte etliche Kartenetuis durch, bis sie fand, wonach sie suchte. Dann reichte sie die Karte dem Fahrer.

»Guten Abend, Jungs.« Pawn Wheatley rollte das Fenster herunter, das allerdings auf halbem Weg klemmte.

»Die Straße ist gesperrt, Sir«, sagte einer der Constables. »Da hinten befindet sich ein Tatort.«

»Das wissen wir, Constable«, antwortete die Rook. »Wir sind wegen der Ermittlungen hier.« Thomas ignorierte völlig unverfroren das höchst unprofessionelle Äußere des Wagens. »Wheatley, geben Sie ihm die Karte.«

Der Polizist warf einen kurzen Blick darauf und sah sie an.

»Sie sind also Colonel der britischen Armee?«, fragte er zweifelnd. Die Rook stieß ein gereiztes Zischen aus, woraus Odette schloss, dass sie den falschen Ausweis herausgeholt hatte. Der Blick des Polizeibeamten glitt über den Wagen und blieb schließlich wieder an der Rook in ihrem sexy

Cocktailkleid hängen, an dem, wie Odette bemerkte, immer noch ein paar Pommes frites klebten. Der Argwohn des Mannes war mehr als deutlich, aber Thomas riss sich zusammen.

»Ja ... ich bin Colonel. Es besteht Anlass zur Sorge, dass dies möglicherweise militärische Auswirkungen haben könnte. Und zwar auf höchster Ebene.« Der Polizist streifte die anderen Insassen des Fahrzeugs mit dem Blick. »Das sind meine Leute«, beantwortete Thomas hochmütig die unausgesprochene Frage. Odette betete darum, dass er nicht nach ihrem Rang fragte. »Hören Sie, aktivieren Sie Ihr Funkgerät und setzen Sie sich mit dem zuständigen Beamten am Tatort in Verbindung. Teilen Sie ihm mit, dass ich hier bin. Wir werden warten.«

Sie lehnte sich zurück und verschränkte gebieterisch die Arme. Was aufgrund des engen Innenraums dazu führte, dass sie sowohl Odette als auch Mrs. Woodhouse die Ellenbogen schmerzhaft in die Brust rammte. Der Constable wechselte einen langen Blick mit seinem Kollegen, kam aber offenbar zu dem Schluss, dass es schwieriger war, sich mit all diesen Leuten herumzuärgern, als seinen Vorgesetzten anzurufen. Er wendete sich ab. Sie hörten krächzendes Geplapper im Funkgerät, dann drehte er sich zu ihnen herum.

Zu Odettes Enttäuschung war er nicht übermäßig zerknirscht. Aber er ließ sie passieren. Ein Stück weiter auf der Anliegerstraße standen zwei große Polizei-Vans hinter dem italienischen Restaurant. Pawn Wheatley parkte, und die Passagiere im Fond machten sich daran, sich aus dem Vehikel zu winden.

Als sie sich draußen reckten, näherte sich ihnen ein korpulenter Mann in Gummistiefeln und einem raschelnden weißen Overall mit Kapuze, dessen Material Odette erkannte. Es war Tyvek. Das einzig Sichtbare von dem Mann war sein rundes Gesicht mit dem erstaunlich prachtvollen roten Schnauzbart.

»Colonel Thomas, nehme ich an?«

»Denken Sie nicht einmal daran zu salutieren, Gadenne«, erwiderte die Rook. »Ich habe es tatsächlich geschafft, denen den falschen Ausweis zu geben, und ich hielt es für noch lächerlicher, wenn ich anschließend auch noch den Ausweis eines Kriminalbeamten gezückt hätte.« Sie stellte Odette und Graaf Ernst vor, und Pawn Gadenne begrüßte sie mit den typisch britischen Floskeln, die übersetzt Folgendes bedeuteten: *Ich bin so vollkommen entsetzt darüber, dass Sie hier sind, aber ich habe auch außerordentlich gute Manieren, also werde ich diese Tatsache vor Ihnen verheimlichen.* Nachdem die Höflichkeiten ausgetauscht waren, beschrieb er den Vorfall.

»Das hier ist verdammt eklig«, sagte er. »Sechzehn Menschen saßen im Speisesaal des Restaurants im ersten Stock. Es war ein ganz normaler Abend, die Leute amüsierten sich. Die Kellnerin ging nach unten, um ein Tablett mit Getränken zu holen, kam zwei Minuten später zurück, und alle waren tot.«

»Zum Teufel«, kommentierte Rook Thomas. Odette war geneigt, ihr zuzustimmen.

Pawn Gadenne fuhr fort: »Sie lagen alle auf dem Boden, und ihren Mienen und Haltungen nach zu urteilen, müssen sie Qualen erlitten haben. Aber niemand im Erdgeschoss hat auch nur einen Mucks gehört. Keine Schreie, keine Stimmen. Nicht einmal einen Aufprall, als sie zu Boden gestürzt sind.«

Odette spürte, wie sich ihre Nackenhaare aufrichteten. Ein echter übernatürlicher Vorfall hatte sich nur ein paar Meter von ihrem Aufenthaltsort entfernt ereignet. Sie warf einen Blick zum ersten Stock des Restaurants hinauf. Hinter den Fenstern sah sie grelle Scheinwerfer. *Vermutlich von der Spurensicherung.*

»War es eine große Gruppe?«, fragte Rook Thomas.

»Nein. Es waren vier Gruppen, und keine hatte etwas mit den anderen zu tun. Eine Gruppe bestand aus fünf Studenten, eine Geburtstagsgruppe aus sieben Personen. Einige aßen bereits, andere hatten noch nicht einmal bestellt.«

»Also gut, die Kellnerin hat demnach vollkommen unvermutet einen Raum mit frischen Leichen vorgefunden«, sagte Rook Thomas. »Was hat sie dann gemacht?«

»Sie hat das Tablett mit den Drinks fallen lassen, geschrien und ist fast die Treppe heruntergefallen«, antwortete Gadenne. »Die Leute sind nach oben gestürmt, um nachzusehen, was da passiert war, und dann hat man die Polizei gerufen.«

»Haben sie versucht, Erste Hilfe zu leisten? Oder hat jemand die Leichen berührt?«

»Rook Thomas, sobald Sie die Leichen sehen, werden Sie verstehen, warum sich keiner der Leute auch nur in ihre Nähe getraut hat«, erklärte Pawn Gadenne. »Immerhin hat der Geschäftsführer bei einer der Leichen den Puls gefühlt. Er sagte, die Haut hätte sich wie Leder angefühlt.«

»Hat irgendjemand Fotos gemacht?«

»Soweit ich es verstanden habe, hat irgendein beschissener Student es versucht, aber ein Kellner hat ihm einen Kinnhaken verpasst und sein Smartphone zertrümmert.«

»Gut«, sagte die Rook. »Das gibt mir ein wenig den Glauben an die Menschheit zurück.«

»Im Grunde haben wir sogar Glück gehabt. Nur sechs Zivilisten und acht Polizeibeamte haben den Tatort gesehen, bevor wir übernommen haben«, meinte Pawn Gadenne. »Da dies mitten in London passiert ist, war es natürlich unvermeidlich, dass die Presse auftauchte.«

»Und was haben Sie den Reportern erzählt?«

»Noch gar nichts«, gab Gadenne zu. »Die Lügner versuchen eine Geschichte zu erfinden, die weder die Bevölkerung in Panik versetzt noch den Ruf des Restaurants ruiniert.«

»Informieren Sie mich über das, was die sich ausdenken«, befahl die Rook. »Und jetzt sehen wir uns das mal an.« Pawn Gadenne führte sie zu einem der Vans, in dem etliche Leute mit Overalls entweder in Headsets sprachen oder sich an Kästen aus rostfreiem Stahl zu schaffen machten. Als sie die Rook bemerkten, nickten sie ihr respektvoll zu, unterbrachen ihre Tätigkeit jedoch nicht.

»Wir haben den Tatort natürlich auf Strahlung und Gas überprüft«, sagte Gadenne. »Nichts. Aber Sie müssen Schutzanzüge tragen, wenn Sie hineingehen.« Rasch waren drei Overalls beschafft. Mrs. Woodhouse hatte erklärt, dass der Besuch eines Raums voller Leichen nicht zu ihren vertraglich vereinbarten Pflichten gehöre. Allerdings holte sie aus ihrer gewaltigen Handtasche ein Paar Tennisschuhe für die Rook.

»Schleppen Sie immer Laufschuhe für sie mit sich herum?«, fragte Odette sie leise.

»Ihr Job erfordert es, sich wie ein Profi zu kleiden«, sagte die Sekretärin ebenso leise. »Auch zwingt er sie gelegentlich dazu, ziemlich hektisch herumzurennen. Ich habe festgestellt, dass es immer das Beste ist, vorbereitet zu sein.« Allerdings umfasste diese Vorbereitung nicht, dass sie zusätzliche Garderobe mit sich herumtrug. Also war Rook Thomas gezwungen, den Overall über ihr Cocktailkleid zu ziehen, was eine höchst interessante Silhouette ergab. Graaf Ernst dagegen passte problemlos in einen der größeren Tyvek-Anzüge, nachdem er den Mantel ausgezogen und seine Krawatte abgenommen hatte. Damit Odette in den Anzug passte, musste sie ihr schrecklich unelegantes Kleid bis zu den Oberschenkeln hochkrempeln, was ihr einen ziemlichen Wulst rund um die Hüfte bescherte.

»Wir haben bislang keine fremdartigen Stoffe in der Luft festgestellt«, sagte Pawn Gadenne, »aber wir bestehen trotzdem auf Schutzbrillen und Filtermasken.« Man gab ihnen welche, zusammen mit Latexhandschuhen. *Na, jetzt fühle ich mich wirklich wie zu Hause,* dachte Odette, als sie die Handschuhe mit einem Knall anzog. Dann streifte sie die Kapuze über den Kopf, richtete sich auf und wartete, während Pawn Gadenne seinen gewaltigen Schnauzbart in eine Staubmaske drückte.

Schließlich führte man sie aus dem Van durch die Hintertür in das Restaurant. In der Küche waren einige weiß gekleidete Personen damit beschäftigt, Proben aus allen Kochtöpfen zu nehmen. Zwei weiß gekleidete Leute standen unbeteiligt in einer ruhigen Ecke und versiegelten Gemüse und Teller in Spurensicherungsbeuteln. Odette beäugte sie misstrauisch. Sie schienen nichts anderes zu tun, als regungslos dazustehen und sehr groß zu sein.

Auf den Tischen im Restaurant befanden sich immer noch gefüllte Teller und halb volle Weingläser. Weitere Techniker der Checquy gingen dort ihrer Arbeit nach. Während Odette zusah, kratzte einer Farbe von der Wand, während ein anderer fleißig irgendwelche Blut- und Gewebeproben nahm. Auch hier standen ein paar Gestalten herum und taten gar nichts. Wegen ihrer unförmigen Anzüge war es schwer zu sagen, aber irgendwie wirkten sie extrem wachsam.

»Entschuldigung, darf ich fragen, wer die Leute sind, die da so regungslos herumstehen?«, erkundigte sich Odette zaghaft.

»Das sind Sicherheitsbeamte«, antwortete Gadenne etwas spitz und nach einer vielsagenden Pause, die andeutete, dass sie seine wertvolle Zeit verschwendete. »Schauplätze einer Manifestation sind nicht immer sicher. Selbst wenn ein Ereignis bereits vorbei zu sein scheint, können noch Bedrohungen zurückgeblieben sein. Unsere Wissenschaftler können ihre Arbeit nicht korrekt erledigen, wenn sie sich die ganze Zeit Sorgen machen müssen, dass sich plötzlich Aale aus der Decke winden oder die Möbel lebendig werden und sie zu Tode trampeln wollen.«

»Verstehe«, meinte Odette. »Und passiert so etwas oft?«

»Ja.«

»Aha.«

»Sie … Gadenne – wo sind denn die Zivilisten?«, fragte Graaf Ernst abrupt. »Diejenigen, die anwesend waren, als das Ereignis eintrat?«

»Ja nun, also, sie werden natürlich verhört«, erwiderte Pawn Gadenne. Sein Ton war weniger hochmütig, als er Odette gegenüber gewesen war. Graaf Ernst hatte etwas an sich, das die Leute dazu brachte, ihm gegenüber höflich zu sein. Vermutlich war es sein autoritäres Gehabe oder aber das unbestreitbare Gewicht der Jahrhunderte, das ihn wie eine Aura umgab. Vielleicht war es auch nur seine Grobheit. Er war es gewohnt, Befehle und Fragen einfach herauszubellen. »Wir haben Räume im örtlichen Krankenhaus requiriert und haben jene, die die Leichen gesehen haben, von denen getrennt, die einfach nur zufällig zur gleichen Zeit im Gebäude waren. Wir befragen sie und nehmen Blutproben. All jene, die Leichen gesehen haben, werden gereinigt. Man rät ihnen, sich mit uns in Verbindung zu setzen, wenn sie sich sonderbar fühlen oder wenn irgendwelche Symptome auftreten. In sechs Monaten werden wir sie noch einmal befragen und ihnen noch mehr Blut abnehmen, es sei denn, wir haben das Problem bis dahin eindeutig identifiziert.«

»In sechs Monaten?« Im selben Moment hätte sich Odette

am liebsten in den Hintern getreten, weil sie schon wieder Fragen stellte.

»Wir haben festgestellt, dass, wenn etwas in einem menschlichen Wesen brütet – sei es nun eine Seuche, ein Organismus oder auch eine Psychose –, sich meistens innerhalb von sechs Monaten die ersten Symptome zeigen. Natürlich werden die Leute auch in den Computersystemen der Regierung registriert, sodass man uns benachrichtigt, wenn sie entweder im Krankenhaus landen oder sterben. Oder wenn sie verhaftet werden oder unvermittelt den Beruf wechseln.«

Während die in unbekümmertem Ton vorgetragene Erklärung noch in Odettes Ohren klingelte, ging sie mit dem Rest der Gruppe weiter. Die Eingangstreppe war mit einer Plastikplane versperrt, und Gadenne öffnete den Reißverschluss. Dahinter kam eine schmale steile Treppe zum Vorschein. Sie zwängten sich hinauf und mussten eine weitere Plane vor sich öffnen. Sie wurde geschlossen, sobald sie in den Speisesaal getreten waren.

Odette hatte nicht gerade eine erfreuliche Szenerie erwartet.

Als Wissenschaftlerin hatte sie schon menschliche Leichen gesehen. Und als Lehrling der Züchter und häufige Besucherin von Pariser Nachtklubs hatte sie ihren Anteil von unerwarteten und verstörenden Ereignissen erlebt. Aber was sie in diesem Raum sah, war anders als alles, was ihr bisher begegnet war.

*Lass dir keine Schwäche anmerken!*, sagte sie sich. *Nicht vor der Checquy. Bring keine Schande über deine Familie und deine Bruderschaft. Du musst stark sein. Und du musst …*

»Jesus Christus!«, stieß Rook Thomas entsetzt hervor. Sie wandte einen Moment lang den Kopf ab, und Odette sah trotz des Overalls, wie sie sich schüttelte. Sie drückte den Handrücken gegen ihre Maske und atmete schwer.

Odette hatte geglaubt, dass sie darauf vorbereitet gewesen wäre. Gadenne hatte sich in seiner Beschreibung nicht gerade zurückgehalten, und das hier war tatsächlich grauenvoll. Überall lagen Leichen herum. Und es waren keine Leichen, die man fein zubereitet auf einen Seziertisch gelegt hatte. Einige waren zusammengekrümmt zu Boden gesunken, andere sahen aus, als wären sie mitten im Todeskampf zu Stein erstarrt. All diese Leute wirkten wie erfroren. Ihre Gesichtszüge waren in einem Ausdruck der Qual erstarrt. Sie konnte sich genau vorstellen, wie es passiert war.

Die Leute hatten gegessen und geplaudert, und plötzlich hatte sie alle ein fürchterlicher Schmerz überwältigt. Einige mussten fast auf der Stelle gestorben sein. Sie saßen noch auf ihren Stühlen, umklammerten ihre Bäuche oder ihre Köpfe. Ein Mann war vornübergesackt und lag mit dem Gesicht in seinem Essen. Die Frauen neben ihm hatten die Köpfe zurückgeworfen, die Münder weit aufgerissen, die Zähne gefletscht und die Finger zu Klauen gekrümmt. Ihre Augen waren immer noch offen und starrten blicklos ins Leere.

Andere waren langsamer gestorben.

Eine Frau war über den Tisch gekrochen, über die Teller mit den Speisen. Sie hing halb über den Tischrand herab, das Haar voller Spaghetti und Sauce.

Ein Mann hockte auf den Knien. Sein Körper war ganz aufgerichtet, und er hatte die Hände an den Kopf gepresst. Wie es aussah, hatte er an seinem eigenen Gesicht gezerrt, aber aus der zerfetzten Haut kam kein einziger Tropfen Blut.

Ein anderer war über den Boden zu der Treppe gekrochen und hatte im Moment des Todes den Kopf und sein Rückgrat nach hinten gebogen. Sein Gesicht war vor Qual verzerrt, und sein Mund war mitten im Schrei versteinert.

*Gadenne hat gesagt, keiner von ihnen hätte auch nur einen Laut ausgestoßen,* dachte ein klinischer Teil von Odettes Verstand. *Also muss dieser Mann lautlos geschrien haben.* Der nicht klinische Teil ihres Verstandes stieß selbst lautlose Schreie aus.

*Der Schmerz kann nur ein paar Sekunden lang angehalten haben,* sagte sie sich. *Selbst am entferntesten Tisch kann es höchstens fünfzehn Sekunden gedauert haben, bis es vorbei war.* Aber den Mienen der Toten nach zu urteilen mussten diese fünfzehn Sekunden eine wirklich sehr lange Zeit gewesen sein.

*Was um alles in der Welt kann das verursacht haben?,* dachte sie hilflos. *Ist dieses Restaurant vielleicht auf irgendeinem uralten Bestattungshügel der Pikten errichtet worden, oder etwas in der Art? Und wie oft passiert hier so etwas?* Sie merkte, dass ihre Hände zitterten. Das Restaurant war so unauffällig, wirkte so normal. Sie hätte selbst hier essen können. Und doch hatte an diesem ganz normalen Ort irgendetwas Unfassbares das Leben von sechzehn Menschen ausgelöscht.

Den größten Teil ihres Lebens hatte Odette in einer geheimen Welt verbracht. Es war wunderbar gewesen, Dinge zu wissen, die niemand sonst wusste. Und auch wenn das Wissen von der Checquy theoretisch dort gelauert hatte, den Monstern ihrer Kindheit, hatte sie es lediglich für alte Geschichten von einer kleinen Insel gehalten.

In den letzten Monaten hatte sich dann eine andere geheime Welt gewaltsam in ihr Leben gedrängt, die des Übernatürlichen. Und jetzt tat sie sich unmittelbar vor ihr auf, und sie war entsetzlich.

»Wir haben alle abgezogen, damit Sie die Leichen in ihrer ursprünglichen Position betrachten können, Rook Thomas«, sagte Pawn Gadenne.

»Danke, Roland«, antwortete die Rook zerstreut. Sie schien den Moment des Entsetzens überwunden zu haben, obwohl sie die Faust immer noch geballt hatte. Ihre Augen hatten einen entrückten Ausdruck, und sie hatte die Stirn leicht gerunzelt. Dann blinzelte sie und fokussierte sich auf ihn. »Nun, jedenfalls sind sie alle tot«, sagte sie abschließend. »Sie können das Team wieder hereinholen, es sei denn natürlich … Ernst? Haben Sie etwas beizutragen?«

»Ich glaube nicht, dass ich irgendetwas hinzufügen könnte«, antwortete der Graaf. »Diese Art von Tableau befindet sich eindeutig außerhalb meiner Erfahrung. Aber Odette ist erheblich gelehrter als ich.« Er drehte sich zu ihr um. »Möchtest du sie vielleicht untersuchen?«

*Ich würde lieber über eine Käsereibe rutschen.* Aber das sagte Odette natürlich nicht. Es gab kaum etwas auf der Welt, dass Odette weniger gern tun würde, als sich diesen Leichen zu nähern. Krankheiten und Gifte machten ihr keine Angst, aber hier handelte es sich um etwas vollkommen anderes. Das Wissen und die Fähigkeiten der Züchter beruhten auf Wissenschaft. Zugegeben, es war eine unorthodoxe Wissenschaft, aber zumindest hatten sie eine Erklärung dafür, wie alles funktionierte. Odette war sich sehr schmerzlich bewusst, dass für das, was sie nun vor Augen hatte, möglicherweise keine wissenschaftliche Erklärung existierte.

*Wenn ich sage, dass ihre erstarrten Haltungen möglicherweise durch ein paralysierendes Agens kommen, das ihre Muskeln und Sehnen blockiert, dann seziert die Checquy sie vielleicht und stellt fest, dass ihre Knochen schwarz geworden sind oder so etwas. Wenn ich spekuliere, warum sie keinerlei Geräusche gemacht haben, dann sind all meine wissenschaftlichen Theorien lächerlich, falls sich herausstellt, dass der Raum zeitweilig durch den Traum eines Fünfjährigen auf den Mond transportiert wurde. Und in einem italienischen Restaurant, das sich im Weltraum befindet, kann niemand deine Schreie hören. Ich habe keine Antworten … ich weiß nicht einmal, wo ich anfangen soll.*

*Und wenn diese Verhandlungen erfolgreich sind,* dachte sie, *dann werde ich das den Rest meines Lebens machen. Nichts wird mehr einen Sinn ergeben.*

»Ich … ich habe meine Instrumente nicht dabei«, sagte sie schließlich.

»Also gut, ich hole das Team zurück«, erklärte Gadenne forsch. Die weiß gekleideten Ermittler kamen herein und verteilten sich im Raum. Zum größten Teil schienen sie mit ganz normalen Aufgaben der Spurensicherung beschäftigt zu sein. Kameras blitzten, und sie hantierten mit Tupfern und Teströhrchen herum. Natürlich waren da auch der Junge, der eine Wünschelrute aus Haselnuss trug, die Frau, die einen mit Schnitzwerk verzierten Elefantenstoßzahn herumschleppte, und der Mann, der sich mitten in dem Raum bis auf die Haut auszog und ein paar Zentimeter über dem Boden schwebte. Seine Miene verriet, dass er zutiefst in Gedanken versunken war. Odette war irgendwie froh darüber, dass auch den anderen Ermittlern diese besondere Herangehensweise an die Spurensicherung unbehaglich war. Aber abgesehen davon schien alles beruhigend wissenschaftlich.

»Pawn Gadenne, es sieht aus, als hätten Sie alles unter Kontrolle. Ich denke, wir ziehen uns zurück«, erklärte Rook Thomas. »Kann ich Ihren vorläufigen Bericht morgen früh auf meinem Schreibtisch erwarten?« Er nickte gehorsam. »Und muss ich irgendwelche besonderen Anschaffungen oder Anforderungen gegenzeichnen?«

»Nein, ich glaube nicht. Danke, Rook Thomas«, antwortete Gadenne. »Oh, ich habe versucht, Pawn Clements zu verständigen. Ich dachte, ihr Blick auf diese Angelegenheit könnte vielleicht nützlich sein, aber sie antwortet nicht. Ich weiß, dass das nicht Ihr Fachgebiet ist, aber Sie wissen nicht zufällig, ob sie Urlaub hat oder so etwas?«

»Pawn Clements?«, wiederholte die Rook unsicher. »Ich kenne den Namen, aber … helfen Sie mir bitte auf die Sprünge?«

»Felicity Clements«, sagte Gadenne. »Jung, hat erst vor ein paar Jahren das Anwesen verlassen. Sie hat gewisse Fähigkeiten, die über Berührungen laufen … sie kann die Umgebung lesen und in die Vergangenheit blicken. Sie ist bei einem Einsatzteam stationiert, soviel ich weiß. Aber sie wird uns häufig als Hilfe für die Analyse des Schauplatzes unserer Ermittlungen zugeteilt.«

»Oh, ich weiß wieder, warum ich mich an ihren Namen erinnern kann«, sagte die Rook. »Ich habe ihn gerade heute irgendwo gelesen.« Plötzlich ließ sie die Schultern sinken, und ihre Stimme durch die Filtermaske klang ernst. »Ah, zum Teufel, ich fürchte, sie war bei dem Team, das heute Nachmittag von dem Feuer erwischt wurde.«

»Nein!«, stieß Gadenne hervor. »Das Feuer in den Reihenhäusern? Mit den verschwundenen Schlafwandlern?«

»Ja«, sagte die Rook. »Es tut mir leid, aber das gesamte Team wurde getötet.« Odette und der Graaf schwiegen pietätvoll.

»Verdammt!«, stieß Gadenne hervor. »Wissen wir schon, was dahintersteckt?«

»Noch nicht«, sagte Thomas. »Eines der anderen forensischen Teams durchsucht gerade die Ruinen und ist dabei, der Sache auf den Grund zu gehen.«

»Na, ich beneide sie nicht. Wenigstens sind die hier …« Er sah sich in dem Raum um. »Nicht unsere Leute.«

»Allerdings«, antwortete die Rook. »Und Gadenne, unsere Ermittlungsressourcen in London werden eine Weile etwas strapaziert, wegen dieses Feuers. Die Labore haben eine Milliarde Proben gesammelt, die Historiker in der Rookery und dem Apex haben bereits angefangen, den Schauplatz zu erforschen, und die Meteorologen erstellen ein Klimaporträt. Sie können vielleicht ein paar Proben an unsere Labore in anderen Städten schicken, aber was die anderen angeht, fürchte ich, müssen Sie warten, bis Sie an der Reihe sind.«

»Verstehe«, gab Gadenne zurück. »Wir haben hier ohnehin eine Weile alle Hände voll zu tun.« Er deutete mit einem Nicken auf ein paar Teammitglieder, die sich bereit machten, unter einer Leiche nachzusehen, die rücklings auf dem Boden lag und die Arme steif über sich nach oben gestreckt hatte.

»Wir heben und drehen sie um auf drei!«, befahl einer der Ermittler. »Eins – zwei – drei!« Das Team hob die Leiche an, und Odette zuckte unwillkürlich zusammen, als der vollkommen steife Leichnam bewegt wurde. Es sah aus, als höbe man eine Schaufensterpuppe an. Dann stöhnten alle Anwesenden im Raum, weil die Gesichtshaut durch ihr eigenes Gewicht riss wie feuchte Pappe.

»Verfluchte Scheiße! Legt ihn ab, legt ihn sofort ab!«, befahl der Ermittler. Doch als sie das taten, wurde der Riss nur noch größer und erstreckte sich bis zum Hals des Leichnams. Vor den entsetzten Blicken der Anwesenden riss der Kopf ab und baumelte an einem Hautfetzen vom Nacken herunter. Ein Strom aus schwarzer Flüssigkeit ergoss sich aus der Leiche. Alle sprangen zurück, als das Zeug auf den Boden klatschte und sich ausbreitete. Odette war nicht die Einzige, die vor Entsetzen aufschrie. Selbst die Sicherheitsbeamten traten hastig zurück. Eine der Ermittlerinnen erbrach sich unter ihrer Maske, was einen kurzen, aber sehr eindrucksvollen Nebenschauplatz abgab.

Odette hockte sich unwillkürlich hin und starrte auf die Leiche. Es war klar, dass alles im Innern des Mannes sich verflüssigt und in was auch immer für eine Brühe verwandelt hatte. Nur noch die Hülle seiner Haut war übrig, die sich jetzt ebenfalls auflöste.

*Mein Gott, auf was für einen Deal haben wir uns da eingelassen?*, dachte sie verzweifelt. Dann stieg ihr ein Geruch in die Nase, stark genug, um ihre Atemmaske zu durchdringen. Es roch nach Mineralien, einer eigenartigen Zusammensetzung und nach einer Spur von Fäulnis. Aber vorherrschend war der starke Geruch von Zitrusfrüchten. Das Aroma traf ihr Gedächtnis wie ein Hammer, und sie hatte plötzlich schreckliche Angst.

»Nimmt noch jemand diesen Orangenduft wahr?« Die Rook klang vollkommen verblüfft.

*Nein!*, dachte Odette entsetzt. *Oh Gott, nein!* Sie warf einen Blick auf den Graafen, der unmerklich den Kopf schüttelte und ihr damit befahl, den Mund zu halten.

*Sie sind uns hierher gefolgt!*

# 7

**Odettes Unterbewusstsein weckte sie** pünktlich auf. Sie schnitt eine Grimasse und verzog ihr Gesicht dann noch mehr, als sie sich an die Ereignisse des vorigen Abends erinnerte. Die Fahrt vom Tatort zum Hotel war außerordentlich unangenehm gewesen, obwohl es Mrs. Woodhouse gelungen war, ein halbwegs angemessenes Fahrzeug aufzutreiben. Da sie alle drei den Tatort betreten hatten, waren sie gezwungen gewesen, ihre Schuhe auszuziehen, nachdem diese schreckliche schwarze Brühe ihre Füße umschlossen hatte und durch die Plastikschoner über den Schuhen gedrungen war.

Infolgedessen hatten sie etwas verlegen mit bestrumpften Füßen auf dem Rücksitz einer Limousine gesessen. Ihre Schuhe waren in eine spezielle Einrichtung gebracht worden, wo sie zerstört werden sollten. Odette und der Graaf hatten ostentativ geschwiegen, während die Rook die meiste Zeit am Telefon gehangen und unglücklichen Handlangern irgendwelche Befehle erteilt hatte. Nachdem die Züchter am Hotel abgesetzt worden waren, hatte Odette den Mund geöffnet, um etwas zu sagen, aber der Graaf hatte nur den Kopf geschüttelt.

»Darüber reden wir morgen«, hatte er gesagt, und sie waren auf ihre Zimmer gegangen. Odette hatte sich ein Bad einlaufen lassen, verschiedene Zusätze hinzugegeben und beobachtet, wie das Wasser wolkig trübe, purpur und schließlich zäh wie Gelatine geworden war. Dann hatte sie sich hineingleiten lassen und sich geärgert. Es war nicht leicht gewesen einzuschlafen, und auch jetzt, da sie wach war, schienen die Probleme nicht gerade harmloser geworden zu sein. Sie rollte sich zusammen, schlang die Arme um die Knie und grübelte darüber nach, wie es dazu gekommen war, dass sie hier gelandet war.

Genau genommen war alles nur die Schuld dieses gierigen Mistkerls Carlos de Aragón de Gurrea, dem Herzog von Villahermosa.

Im Jahre 1677 gab es noch kein Belgien. Die Gebiete, die schließlich Belgien werden sollten, gehörten noch zum spanischen Teil der Niederlande und standen, technisch gesehen, unter der Herrschaft von Karl II. von Spanien. Dieser Karl jedoch übertrug die Verantwortung der Regierung für das Land einem Generalgouverneur, der in Brüssel lebte und versuchte, das Land des Königs nicht an diesen mit allen Wassern gewaschenen Jüngling Ludwig XIV. von Frankreich zu verlieren.

Zu dieser Zeit war die Wetenschappelijk Broederschap van Natuurkundigen unter dem Strich eine Regierungsorganisation in den Spanischen Niederlanden. Die Bruderschaft war ein paar Jahrhunderte früher aus der Taufe gehoben worden, als zwei Adelige, Grootvader Ernst und sein Geschäftspartner und Cousin Graaf Gerd de Leeuwen, die Machenschaften von irgendwelchen undurchsichtigen Alchemisten finanziert hatten. Besagte undurchsichtige Alchemisten hatten jedoch einen unerwarteten und absolut überwältigenden Erfolg mit ihren Machenschaften. Die beiden Adeligen hatten Geld investiert, und herausgekommen war eine unschätzbar fortschrittliche Biotechnologie.

Zu Beginn bestand die Mission der Bruderschaft einfach nur aus wissenschaftlicher Forschung. Sie wollten die Grenzen des menschlichen Wissens erweitern und ein größeres Verständnis von Gottes glorreicher Schöpfung erlangen – anfangs hauptsächlich, um das Bein zu erneuern, das Ernst bei einem Reitunfall verloren hatte. Zudem wollten sie die Lebensspanne aller Menschen verlängern, um sicherzustellen, dass ihnen genug Zeit blieb, um Gottes Schöpfung wirklich zu verstehen. Ernst und Gerd hatten als verantwortungsbewusste Angehörige des Adels die Regierung von der Arbeit der Bruderschaft in Kenntnis gesetzt. Die Regierung hatte mit dem bürokratischen Äquivalent von Taschengeld, einem aufmunternden Klaps auf den Kopf und einem zerstreuten »Geht und spielt weiter« reagiert.

Vollkommen unbehelligt von irgendwelcher Einmischung durch die Behörden, betrieb die Bruderschaft ihre Aktivitäten mit einer Begeisterung und einem Fokus, der ebenso erstaunlich war wie die Ergebnisse, die sie zustande brachte. In einer Epoche, in der es nicht einmal eine Toilettenspülung gab, enträtselten sie das menschliche Genom. In Laboratorien, die mit handbemalten Delfter Kacheln gefliest waren, knackten Männer, die höchstens einmal in der Woche badeten, die Geheimnisse der Unsterblichkeit und entwickelten chirurgische Prozeduren, die ihnen erlaubten, die menschlichen und auch verschiedene andere Formen in jedwede Gestalt zu verwandeln, die ihnen gerade einfiel. Ihre Arbeit fußte auf soliden wissenschaftlichen Prinzipien und menschlichem Intellekt, die Ergebnisse jedoch grenzten an Wunder.

An diesem Punkt beschlossen Ernst und Gerd, dass all dies sie bei der Regierung sehr gut aussehen lassen würde, und sie schrieben schließlich den Statusbericht, den sie schon seit Jahrzehnten aufgeschoben hatten.

Der Bericht rief ungläubige Skepsis in Antwerpen hervor, aber nachdem die Regierung die Bücher gewälzt und begriffen hatte, dass sie tatsächlich vor einer Weile eine wissenschaftliche Bruderschaft von Wissenschaftlern finanziell unterstützt hatte, wurde ein unbedeutender Bürokrat losgeschickt, um sich diese obskure Gruppe einmal näher anzusehen. Nachdem er sich am Tor der nächstgelegenen Einrichtung der Bruderschaft gemeldet hatte, wurde er freundlich willkommen geheißen, bekam etwas zu trinken und wurde in der Institution herumgeführt. Seine Gastgeber versicherten ihm, dass sie keine Zauberer wären und dass alles, was er zu sehen bekäme, das Ergebnis von naturwissenschaftlicher Philosophie sei und folglich vollkommen Gottes Willen entspreche. Er kehrte in sein Büro zurück, war jedoch zuvor von seiner Akne geheilt worden, seine Hämorrhoiden waren nur noch eine ferne Erinnerung, und die lästige Allergie gegen Gluten war aus seinem System entfernt worden. Die Führungsriege der Bruderschaft hatte jedoch klugerweise die Existenz ihres Unsterblichkeitprojekts für sich behalten. Aber das militärische Potenzial ihrer Arbeit war dennoch selbst dem kurzsichtigsten Schreiberling klar.

Nachdem der Bürokrat sein Erstaunen und seinen Widerwillen überwunden hatte, schrieb er einen detaillierten Bericht und leitete ihn an seinen Vorgesetzten weiter. Dieser überflog den Bericht, fragte seinen Untergebenen, ob er noch bei Trost sei, und gab dann den Bericht seinem Vorgesetzten weiter, der sofort damit zum Generalgouverneur lief, einem gewissen Carlos de Aragón de Gurrea, Herzog von Villahermosa.

Dieser Generalgouverneur wurde hinter vorgehaltener Hand darüber informiert, dass irgendwo in einer vergessenen Ecke seines Regierungsbereichs offenbar die ultimative Waffe herumlag. Seine Exzellenz – ein Ehrentitel, den der Herzog als ein Grande von Spanien tragen durfte – betrachtete die Unterlagen, blickte ungläubig auf die Zeichnungen, die beigelegt waren, schenkte sich ein Glas importierten Malaga ein und dachte nach.

Er konnte diese Entwicklungen natürlich seinem Herrn und Meister, dem König, melden. Das wäre das Angemessene, bürokratisch gesehen. Aber Seine Majestät Karl II., König von Spanien, Herzog von Mailand, Lothringen, Brabant, Limburg und Luxemburg, Graf von Flandern, Hainaut und Namur, Pfalzgraf von Burgund, der gesalbte Souverän, dem der Generalgouverneur die Treue geschworen hatte, war, um nicht lange drum herum zu reden, absolut und vollkommen nutzlos! Er war ein derartiges Produkt der Inzucht, dass er kaum als menschliches Wesen durchging, geschweige denn als König.

Die Vorfahren Karls II. hatten über so viele Generationen hinweg ihre nächsten Verwandten geheiratet, dass die Sprösslinge dieser Blutlinie unter unzähligen intellektuellen und körperlichen Gebrechen litten und er technisch gesehen sein eigener Cousin, sein Neffe zweiten Grades und Cousin zweiten Grades war. Alle seine acht Elternteile waren Abkömmlinge desselben Paares, und seine Mutter war die Nichte seines Vaters gewesen, sodass seine Großmutter gleichzeitig seine Tante war.

Obwohl er aufgrund dessen eigentlich nur dazu in der Lage war, stumm dazusitzen, zu blinzeln und aus- sowie einzuatmen, herrschte Karl II. dennoch über ein ziemlich ausgedehntes Königreich, einschließlich eines riesigen überseeischen Imperiums. Es war die Art eines Reiches, dessen sich ein Generalgouverneur möglicherweise bemächtigen konnte, wenn er genügend Antrieb, Weitblick, Glauben an sich selbst und Verfügungsgewalt über eine unaufhaltsame Armee besaß.

Also hütete sich der Generalgouverneur sehr sorgfältig davor, nach Spanien zu melden, was in Belgien entdeckt worden war, und schrieb stattdessen eine Nachricht an Ernst und Gerd. In einer Zeit der Geschwätzigkeit und Poesie kam diese Nachricht ziemlich nüchtern zum Punkt. Sie besagte, es sei der Wille der Regierung – womit er sich selbst meinte –, dass die Existenz der Broederschap für die allgemeine Öffentlichkeit weiterhin ein Geheimnis bliebe und dass sie ihre Bemühungen darauf richten sollten, eine Militärmacht zu erschaffen, die in der Lage wäre, jedes beliebige Land auf der Welt zu erobern. Sollte ihnen dies gelingen, dann wäre ihre Belohnung angemessen und unglaublich üppig.

Ernst und Gerd waren ein kleines bisschen überrascht darüber, dass sie nicht sofort nach Madrid eingeladen wurden, um die höchsten Ehrungen des Königreiches zu empfangen, oder zumindest gefragt wurden, ob sie nicht etwas an den vielen Gebrechen des Königs ändern könnten. Aber letztlich zuckten sie mit den Schultern. Das Versprechen von unglaublich üppigen Belohnungen war, wenn auch etwas vage, Anregung genug.

Über Nacht wechselten die Prioritäten der Broederschap von allgemeiner Forschung zu konkreter Anwendung. Sie bekamen die Aufgabe, Soldaten zu erschaffen, die Musketen- und Kanonenkugeln abschütteln konnten, ohne auch nur aus dem Tritt zu kommen. Soldaten, mit denen man ein Weltreich errichten konnte.

Die Wissenschaftler machten sich begeistert an die Arbeit. Sie hatten selbstverständlich bereits einige Forschungen auf diesem Gebiet betrieben. Die Anwesen der Bruderschaft wurden von den furchteinflößendsten Wachhunden der Welt behütet. Jeder Räuber, der versuchte, Hand an ihre modifizierten Wächter zu legen, sollte das wirklich bedauern, und zwar in den wenigen Augenblicken, die ihm blieben, bevor er in Fetzen gerissen wurde. Doch das neue Projekt beanspruchte ihre gesamte Aufmerksamkeit. Der Generalgouverneur lieferte ihnen Männer – und zwar Männer von der Art, die bereit waren, sich dem Messer, der Säge und dem Meißel auszuliefern und anschließend etliche Tage in einem Sarkophag mit Schleim zu verbringen, im Austausch für Macht und zukünftigen Wohlstand. Ein General wurde ernannt, ein professioneller Killer, der nicht zur Broederschap gehörte, dessen Loyalität zum Generalgouverneur außer Frage stand und dem man unvorstellbaren Wohlstand versprochen hatte. In ihren Werkstätten erschufen die Fleischschmiede von Ernst und Gerd Truppen, die unaufhaltsam sein sollten.

Jeder Soldat war einzigartig, ein geborener Krieger, der mit lebenden Waffen ausgestattet war. Die Truppen waren so entworfen, dass sie unter allen Bedingungen arbeiten und allen bekannten Waffen widerstehen konnten. Vor allem waren sie jedoch geschaffen worden, um Furcht einzuflößen, und das mit aller Kunstfertigkeit und Raffinesse, die die Broederschap aufbringen konnte. Es war eine Armee der Albträume, angeführt von einem monströsen General, dessen neue Modifikationen ihm das Aussehen verliehen, als wäre er höchstselbst aus der Hölle herausgekrochen.

Diese Stärke schrie förmlich danach, zum Einsatz gebracht zu werden – vor allem, weil ihre Erschaffung so unglaublich teuer gewesen war. Aber die Züchter waren immer noch vorsichtig, und vor allem waren sie Wissenschaftler. Sie brauchten ein Experimentierfeld, ein übersichtliches Areal, in dem sie ihre Stärke ausprobieren konnten. Also richtete die Broederschap ihre Augen über die Nordsee auf die Britischen Inseln mit dem habgierigen Segen von Carlos de Aragón de Gurrea, der diesen Ort als idealen Platz ansah, von dem aus er eine Eroberung starten könnte.

Im Jahr 1677 entstieg die Armee der Wetenschappelijk Broederschap van Natuurkundigen den Fluten des Britischen Kanals und betrat die Gestade der Isle of Wight. Von Suchtlen und de Leeuwen waren ebenfalls anwesend, allerdings nur als Beobachter. Es war ihnen unmissverständlich klargemacht worden, dass hier der General, den Carlos de Aragón de Gurrea ernannt hatte, das Sagen hatte. Also saßen die beiden Cousins auf Geschöpfen, die einmal Pferde gewesen waren, und sahen zu, wie die Invasionskrieger das Musketenfeuer der vor Ort stationierten englischen Soldaten abschüttelte. Auf ein Zeichen ihres Kommandeurs hin schlachteten die Züchter zügig ihre Widersacher ab und machten sich daran, die Insel zu erobern. Gegen eine solche Armee konnte keine irdische Streitmacht standhalten.

Wie sich herausstellte, verfügten diese Britischen Inseln jedoch über Streitkräfte, die unverkennbar unirdisch waren.

Die erste Begegnung mit besagten Streitkräften hatten die Invasoren mit einem Mann, der mitten auf der Straße stand, als sie nach Newport marschierten. Es war ein Buckeliger, der barfuß und mit leeren Händen, in derbe Gewänder aus selbst gesponnener Wolle gehüllt, dastand und ihnen nicht etwa furchtsam, sondern mit geschürzten Lippen und einem unerbittlichen Blick entgegensah. Er hob eine Hand, als sie näher kamen, und der General an der Spitze der Kolonne ließ seine Männer anhalten.

»Tritt zur Seite«, knurrte der General.

»Ich bin hier, um ein Ultimatum zu überbringen«, erwiderte der Bucklige. »Wenn ihr euren Einmarsch beendet, dann überlebt ihr … vielleicht. Diese Invasion ist vorbei.«

»*Vermoord hem*«, befahl der General. *Tötet ihn.* Die beiden riesigen Soldaten, die den General flankiert hatten, traten vor. Einer verfügte über gezackte Schwerter, die mit Gift getränkt waren, das von Drüsen in seinen Händen auf die

Klingen sickerte. Der andere hatte einen Rückenpanzer wie ein Käfer und war mit einem gewaltigen Streithammer bewaffnet, der mit derselben giftigen Substanz getränkt war.

Der Bucklige trat zurück und ballte die Fäuste. Ein sonderbares Summen ließ die Luft vibrieren. Die beiden monströsen Kämpfer sanken unvermittelt auf die Knie und pressten die Hände auf ihre Mägen. Vor dem verblüfften Blick ihrer Kameraden begannen ihre Körper, sich selbst zu verschlingen. Die Soldaten kreischten, bevor ihre Stimmen mit einem widerlichen nassen Gurgeln verstummten. Der Hornpanzer des einen und die stählerne Rüstung des anderen zerbrachen und wurden ebenfalls in ihre Körper gezogen, als sie zusammenbrachen. Keiner gab ein Geräusch von sich, als sie immer weiter zusammengepresst wurden. Von ihnen blieben nur zwei dicke Klumpen aus Fleisch und Rüstung übrig, beide etwa jeweils von der Größe eines menschlichen Kopfes.

»Also, ergebt …«, begann der Mann.

»*Maak hem af!*«, schrie der General. Der Rest der Truppen stürmte vor. Der Bucklige wurde umzingelt und niedergemetzelt.

Als sie später ihr Lager aufschlugen, sezierten die Alchemisten der Broederschap den Leichnam des Mannes und fanden zu ihrer Verblüffung absolut nichts Ungewöhnliches. Sein Körper war vollkommen durchschnittlich und unauffällig. Sein Gehirn war auch nicht besonders interessant, und sein Blut war höchst langweilig und unoriginell. Jedenfalls fanden sie keinerlei Anzeichen dafür, dass er irgendwelche Modifikationen erhalten hätte, wie sie die Züchter durchführten. Selbst sein Rückgrat, berichteten sie enttäuscht, sei ganz typisch für einen Bucklgen.

Als sie schließlich die verdichteten Klumpen aufmeißelten, die einst ihre beiden Kameraden gewesen waren, fanden die Alchemisten keinerlei Erklärung dafür, warum die Männer plötzlich implodiert waren. Sie entdeckten weder Chemikalien noch Gifte oder etwas Mechanisches. Es schien, als hätte jede Faser der Körper der Krieger plötzlich das Bedürfnis empfunden, denselben Ort zu besetzen. Als die Wissenschaftler an diesem Abend Ernst, Gerd und dem General Bericht erstatteten, gaben sie erst eine langatmige und umständliche Schilderung der Ereignisse, bevor sie das ganze Vorkommnis ein »unerklärliches Phänomen« nannten.

»Und was heißt das?«, wollte der General wissen.

»Das heißt, sie wissen nicht, was passiert ist«, antwortete Gerd gereizt.

»Aber wieso wissen sie das nicht? Was ist, wenn es noch mehr von ihnen gibt?«

»Das ist in der Tat besorgniserregend.« Ernst zuckte mit den Achseln. »Aber immerhin wissen wir, dass sie sterben können.«

In dieser Nacht gab es noch weitere unerklärliche Phänomene. Als sich eine Gruppe von Soldaten an einem Feuer wärmte, loderten die Flammen plötzlich auf und sprangen tatsächlich vom Holz empor. Sie umhüllten einen Krieger und konnten weder erstickt noch gelöscht werden, bis dieser an einer Kombination aus Verbrennungen und Strangulation gestorben war.

Außerdem wurde einer der Wissenschaftler tot in seinem Zelt aufgefunden. Eine rasche Autopsie ergab, dass jeder Tropfen Wasser in seinem Körper in ein körniges weißes Pulver verwandelt worden war, das seine Kollegen sichtlich verblüfft als Talg identifizierten.

Als sich das in jener Nacht im Lager herumsprach, beschlich die Männer ein nachhaltiges Unbehagen. Die meisten von ihnen waren nicht sonderlich gebildet, und ihr

Verständnis von ihren eigenen Erweiterungen und Modifizierungen war alles andere als umfassend. Man hatte ihnen versichert, dass nicht nur alles auf Wissenschaft und Naturphilosophie beruhte, sondern dass es auch umkehrbar wäre. Die Macht, die sie bekommen hatten, genügte, um ihre Bedenken zu überwiegen. Aber die Sache mit dem Feuer und den beiden Kriegern, die in sich selbst zusammengeschrumpft waren, bereitete ihnen Sorgen. Es war einfach nicht logisch.

Im Morgengrauen des nächsten Tages trafen die Invasoren auf dem Schlachtfeld auf diese unerklärlichen Phänomene.

Als sie auftauchten, waren es keine militärisch aufgestellten Truppen, die in Formation marschierten. Es war nicht einmal eine Bande von Buckligen. Irritierenderweise schien es stattdessen, als hätte sich ein willkürlicher Querschnitt der Bevölkerung entschieden, dass es ein guter Tag sei, um eine Armee von Monstern anzugreifen. Aus dem Morgennebel tauchten Frauen und Männer aller Altersstufen und Schichten auf. Sie trugen Kleidung, der man auf keiner Straße Europas einen zweiten Blick geschenkt hätte.

Die Leute waren so unauffällig, dass die Invasoren ein paar Augenblicke lang nicht reagierten. Dann trat ein Mann in der schwarzen Robe und dem Doktorhut eines Akademikers aus der kleinen Gruppe hervor. Er fuhr mit seiner Hand über eine landläufige Pistole und richtete sie wortlos auf die Invasoren. Ein glühender Strom aus geschmolzenem Metall drang aus der Mündung der Waffe und kreischte wie eine Frau, als er über das Schlachtfeld zischte und einen Soldaten umhüllte.

Damit begann die erste Schlacht.

Sie war vollkommen chaotisch und absolut grauenvoll. Die Stiefel der Broederschap-Truppen donnerten über die

Erde. Etliche Kämpfer sprangen hoch in die Luft und landeten wie Mörsergranaten inmitten ihrer Feinde. Diese schlugen zurück, einige mit konventionellen Waffen und andere mit eher … nicht konventionellen Waffen. Wellen der Macht prasselten auf die Züchter herab. Flüssigkeiten und Dunstwolken verteilten sich und richteten schrecklichen Schaden an. Zweimal gab es Explosionen auf dem Schlachtfeld, Wellen aus Feuer und Druck breiteten sich aus und vernichteten alle Kämpfer in der Nähe. Das war besonders furchteinflößend, weil sie völlig lautlos waren.

Ihre Widersacher waren offenbar mit beängstigenden und unerklärlichen Fähigkeiten ausgestattet, die jedoch keinerlei Logik zu folgen schienen. Ein Gentleman mit Perücke, der prachtvoll in Samt und Spitze gekleidet war, sprang auf allen vieren auf die körperlich manipulierten Truppen zu, während vier rasiermesserscharfe Stoßzähne aus seinem Kiefer wuchsen. Gleichzeitig veranlasste der ausgestreckte Finger einer fetten Waschfrau, die kurzatmig keuchend über das nasse Gras watschelte, einen Soldaten der Broederschap, sich gegen seinen Kameraden neben ihm zu wenden und ihn in Stücke zu hacken.

Die Schlacht zog sich über eine Stunde lang hin, bis ihre Angreifer sich zur Überraschung der Invasoren unvermittelt in den Nebel zurückzogen. Zwei Krieger der Invasoren waren immer noch im Schlachtrausch und folgten ihnen. Aber als in der Nebelwolke kurz Flammen aufloderten und ein verkohlter Kopf herausrollte, hatte niemand sonst mehr den Wunsch, ihrem Beispiel zu folgen.

Das Schlachtfeld sah noch schlimmer aus, als solch ein Ort nach einer Schlacht für gewöhnlich aussieht. Überall lagen Tote beider Parteien verstreut, aber keine der vielen Krähen, die am Himmel kreisten, schien auch nur im Geringsten an einem Häppchen interessiert zu sein. Sämtliche

Leichen wurden eingesammelt. Die Toten der Broederschap wurden seziert, und ihnen wurden sämtliche nützlichen Organe oder Erweiterungen entnommen. Die Verletzten wurden rasch wiederhergestellt und bekamen in manchen Fällen sogar die noch warmen Körperteile eines gefallenen Kameraden eingesetzt.

Die britischen Toten wurden sehr sorgfältig untersucht. Einige wiesen ungewöhnliche Eigenschaften auf – zum Beispiel dreifache Pupillen, eine glänzende Mandibel oder etliche unerwartete Öffnungen auf dem Rückgrat eines Dritten. Aber es gab keinerlei Anzeichen, dass diese Eigenschaften durch menschliche Hände hinzugefügt worden wären.

Während die Graafen, die Wissenschaftler und der General leise in einem Zelt diskutieren, redeten auch die Soldaten untereinander. Es war offensichtlich, dass die Gelehrten keine Ahnung hatten, was diesen britischen Kämpfern ihre Macht verlieh. Aber selbstverständlich war das alles andere als natürlich! Man verstand das Konzept, einer Person einige zusätzliche Muskeln einzupflanzen oder vielleicht sogar eine sehr helle Haut. So etwas konnte man begreifen.

Aber was befähigte eine klapprige alte Frau dazu, mit der bloßen Hand eine Stahlrüstung zu durchbohren und dem Soldaten, der sie trug, das Herz herauszureißen? Und dieser Junge, der kaum alt genug war, um lange Hosen zu tragen, hatte für alle sichtbar über dem Schlachtfeld in der Luft geschwebt und Granaten heruntergeworfen. Wie konnte so etwas möglich sein?

In dieser Zeit des Glaubens lag die Antwort auf der Hand: Dämonen. Sie hatten einen Pakt mit dem Teufel geschlossen. Schwarze Magie. Am Ende des Tages hatte man den britischen Monstern einen Namen gegeben.

*Gruwels.*

Missgeburten.

Es stand weiterhin außer Frage, die Invasion zu beenden. Die Broederschap hatte Verluste erlitten, schon richtig, aber letztendlich hatten sie die Schlacht gewonnen. Sie waren den Gruwels immer noch zahlenmäßig weit überlegen. Wenn sie die Isle of Wight eroberten, lagen die restlichen Britischen Inseln wehrlos vor ihnen. Und von dort, wer weiß? Die Regierung hatte zwar ihre Pläne niemandem mitgeteilt, aber die Möglichkeit, Wohlstand und Macht zu erlangen, tat sich vor ihnen auf.

Zunächst aber mussten sie strategisch vorgehen.

»Statt direkt nach Newport zu marschieren«, sagte der General, »sollten wir lieber unberechenbar bleiben. Die Geschwindigkeit und Ausdauer unserer Truppen bedeutet für uns, dass wir auf so verschlungenen Wegen vorgehen können, wie wir wollen. Sollen die Gruwels sich doch bei der Jagd nach uns erschöpfen. Unser Ziel ist, alles einzunehmen, also ist es ganz gleich, wohin wir gehen, solange wir siegen.«

In dieser Nacht also aktivierten die Soldaten der Broederschap die Modifikationen in ihren Gehirnen, die ihnen die Notwendigkeit des Schlafs ersparten. Ihre Stangen, Kegel, Würfel und Tetraeder schalteten hoch, ihre Pupillen weiteten sich auf maximale Größe, und die Armee rannte davon. Nicht in Richtung Newport, sondern nach Südwesten. Sie eroberten ein paar Dörfer, machten einen Bogen um die Stadt Yarmouth – nur um Verwirrung zu stiften – und machten dann in der Mitte der Insel halt, um über den Hof eines besonders wohlhabenden Bauern herzufallen und sich an seinem Vieh und dem Ried des Bauernhauses gütlich zu tun. Die Truppen waren so modifiziert worden, dass sie von dem Land leben konnten, in dem sie sich befanden. Sie rückten willkürlich und unberechenbar vor und vermieden so jeden möglichen Hinterhalt. Weitere Konflikte waren zwar unausweichlich, aber nicht zu den Bedingungen der Gruwels.

Zwei Tage später überfielen die Gruwels sie auf einigen Feldern an der nordwestlichen Küste. Es existierten noch weit mehr dieser Monster, und diesmal gab es auch deutliche Unterschiede zum letzten Mal. Erstens waren sie jetzt in geordneten Schlachtreihen aufgestellt. Die Kolonnen waren manchmal etwas aufgelockert, um einer besonderen Kreatur Platz zu machen, die zum Beispiel Peitschen mit Tentakeln besaß, oder einer perfekten zylindrischen Kreatur aus indigofarbenem Rauch, die ihre Position in der Formation hielt. Aber insgesamt gesehen waren sie weit organisierter.

Die beiden Armeen standen sich einen Moment lang gelassen gegenüber, trafen dann eine Entscheidung, und anschließend brach die Hölle los. Es war ein verwirrender, widerlicher und desorientierender Krieg. Am Himmel sammelten sich Sturmwolken, aber es war nicht klar, ob das auf die Machenschaften der Gruwels zurückzuführen war oder ob sich einfach nur das heimtückische englische Wetter zeigte. Die Kämpfe fanden jedenfalls in Schlamm und Regen statt. Schwerter klirrten gegeneinander und trafen auf unmenschliche Haut. Musketenkugeln wurden aus der Luft gefangen und auf die Schützen zurückgeschleudert. Flammen wurden über das Schlachtfeld geworfen und verwandelten die Regentropfen in Dampf.

Es gab keine Ruhepause. Die Krieger der Züchter brauchten weder Schlaf noch etwas zu essen. Sie kämpften bis spät in die Nacht. Die Gruwels entzündeten Fackeln, während die Sehkraft der Züchter-Kreaturen diesen die Umgebung deutlich in Schattierungen von Grau und Orange zeigte.

Beide Armeen waren mit Myriaden von einzigartigen Fähigkeiten ausgestattet, und auch wenn die Gruwels sich den Gesetzen der Wissenschaft anscheinend nicht beugen mussten, war es trotzdem verdammt schwierig für sie, auch nur einen einzigen Soldaten der Züchter zu töten. Riss man ihm ein Körperteil aus, dann hielt er vielleicht kurz inne, aber höchstwahrscheinlich hob er es einfach nur auf und benutzte es als Prügel, um seinen Widersacher zu erschlagen. Wurden sie in Brand gesetzt, bedeutete das für gewöhnlich nur, dass man ihnen damit die Oberhaut der Epidermis versengte. Wunden, die normalerweise tödlich waren, erwiesen sich als nicht tödlich genug.

Der Konflikt dauerte Tage und Nächte hindurch an. Die Streitkräfte der Gruwels schwollen ab und an, weil ihre Soldaten ersetzt wurden und sich zurückzogen, vermutlich, um ein wenig zu schlafen. Und die Schlacht wogte hin und her, je nachdem, welche Seite nachgab oder vorrückte. Sie kämpften auf Weiden, in den Marschen und den Wäldern. Bauernhöfe und Dörfer gerieten zu Schlachtfeldern, und die Zivilisten wurden einfach niedergemetzelt.

Während der Kämpfe konnte die Broederschap allmählich einzelne Individuen identifizieren. Sie lernten, das Auftauchen eines Mädchens zu fürchten, dessen langes rotes Haar um es herumschwebte, als wäre es unter Wasser. Es konnte im Boden versinken und auf der anderen Seite des Schlachtfelds auftauchen, vollkommen sauber und ruhig, und dort einem Krieger eine Klinge in den Rücken rammen. Sie verabscheuten den Leprakranken, der diese Krankheit auf sie herabbeschwor. Am meisten verhasst aber waren die drei Männer und die Frau, die als Generäle der Gruwels-Armee zu fungieren schienen. Schon sehr früh wurden sie die Hauptziele der Angriffe der Züchter, denn die Bruderschaft ging auf dieselbe Weise an die Kriegsführung heran, wie sie eine abtrünnige experimentelle Schildkröte behandelt hätte: Wenn man ihnen die Köpfe abschnitt, dann würde der Leib ebenfalls sterben. Bei einem gezielten Angriff, welcher der

Broederschap allerdings große Verluste bescherte, wurden die Frau und zwei Männer getötet.

Der überlebende General jedoch schien in der Lage zu sein, allen Angriffen auszuweichen. Ganz gleich, wo eine Waffe abgefeuert, ein Säbel geschwungen oder Gift gespuckt wurde, es gelang ihm immer wieder, diesen Attacken perfekt auszuweichen. Schließlich erfuhren die Invasoren durch gebrüllte Befehle auf dem Schlachtfeld, dass dieser General der Rote Rook Perry hieß.

Während die Kämpfe weitergingen, wurde Ernst und Gerd immer klarer, dass die Broederschap die Auseinandersetzung nicht gewinnen konnte. Es erforderte vielleicht das Leben eines Dutzends von Gruwels, um einen Soldaten der Züchter zu töten, aber einige britische Dämonen, wie zum Beispiel Perry, schienen in der Lage zu sein, mehrere Invasoren zu erledigen, ohne auch nur innezuhalten. Schließlich gerieten die Züchter in Unterzahl und wurden in die Enge getrieben. Langsam, aber sicher wurden ihre Truppen vernichtet.

Ihr Kommandeur jedoch weigerte sich, die Möglichkeit einer Niederlage zu akzeptieren. Ob es nun seine Stärke war, die auf seinen Implantaten gründete, seine Gier auf die versprochene Belohnung oder irgendwelche Befehle seines Herrn, des Generalgouverneurs, die er auf keinen Fall zu missachten wagte … er weigerte sich standhaft, sich zu ergeben. Stattdessen griff er, zum größten Missfallen der Cousins und gegen ihren Einspruch, zur Taktik des Gräuels. Unter seiner Anleitung begingen seine Soldaten groteske Grausamkeiten gegen ihre Feinde. Er war der Meinung, dass der strategische Einsatz von Niedertracht und Brutalität den Willen der Gruwels brechen könnte.

Er hätte sich nicht mehr irren können.

Nach siebzehn Tagen unausgesetzter Kämpfe, die durch

monströse barbarische Taten der Invasoren gekennzeichnet waren, hatten Hunderte von Soldaten und Zivilisten ihr Leben eingebüßt, und nur noch eine Handvoll Züchter war übrig. Von einem Hügel aus beobachteten die Graafen Ernst und Gerd, wie die Armee der Gruwels die restlichen Invasoren einkreiste, die sich in dem Tal unter ihnen zusammendrängten. Die genmanipulierten Augen der Cousins zoomten die Geschehnisse heran, und sie sahen, wie all ihre Krieger der Reihe nach fielen. Schließlich war nur noch der Kommandeur der Broederschap am Leben, eine riesige Kreatur mit einem schwarzen Rückenpanzer, die von Feinden umringt war.

»Das sollte interessant werden«, stellte Ernst fest.

»Wie lange, glaubst du, hält er durch?«, erkundigte sich Gerd. Zwei Gruwels stürzten sich auf den Krieger. Trotz seiner Größe bewegte er sich mit atemberaubender Schnelligkeit, pflückte die Angreifer aus der Luft und zerschmetterte sie auf dem Boden. Eine Musketensalve ertönte, und der Knall hallte den Hügel hinauf, bis zu den Ohren der Adeligen. Sie sahen die Funken, als die Kugeln von ihm abprallten. Aber er fiel nicht und zögerte nicht einmal.

»Das ist schwer zu sagen«, erwiderte Ernst. »Immerhin repräsentiert er den Höhepunkt unseres Handwerks.«

»Das hoffe ich doch«, antwortete Gerd. »Nach all der Zeit und all dem Geld … Guter Gott!« Vor ihren Augen zuckte eine Woge aus Feuer aus der Gruppe der Gruwels und traf den General. Als die Flammen erloschen, sahen sie, dass er vollkommen unbeeindruckt vortrat und einen seiner Widersacher in zwei Stücke riss. »Vielleicht hätten wir alle Soldaten so modifizieren sollen wie ihn.«

»Sicher, und damit hätten wir das Königreich in den Bankrott getrieben«, gab Ernst zurück. »Aber zugegebenermaßen ist er wirklich ganz ausgezeichnet gelungen.« Und es stimmte: Der Kommandeur mochte einen widerlichen Charakter haben, war aber auch ein außerordentlicher Krieger. Die Arbeit der Züchter schien ihn unbesiegbar gemacht zu haben. Sie sahen etliche Minuten lang zu, wie er eine Bresche durch seine Angreifer schlug. Er hatte bereits mehr als ein Dutzend von ihnen getötet, und es gab keine Anzeichen dafür, dass er langsamer wurde. Da trat der Rote Rook Perry vor.

»Zieht er tatsächlich eine Pistole?«, erkundigte sich Gerd.

»Ich glaube schon«, antwortete Ernst. »Sonderbar. Sie wissen doch, dass unser General immun gegen … oh.«

Der übrig gebliebene General der Gruwels hatte die Waffe an seine Schläfe gesetzt und drückte ab. Perry brach sofort zusammen, und es herrschte absolute Stille. Alle hatten innegehalten. Dann geriet die gewaltige Gestalt des Züchter-Generals langsam ins Schwanken und landete mit einem lauten Krachen auf dem Boden.

»Ist das … ist das gerade wirklich passiert?«, fragte Ernst schwach.

»Ich glaube ja«, bestätigte Gerd.

Ernst zoomte sich dichter an den Leichnam von Perry heran. Es konnte absolut kein Zweifel daran bestehen, dass er tot war. Jede Kreatur, deren Gehirn so breitflächig auf dem Gras verteilt war, musste tot sein. »Was hat er getan?«

»Ich habe nicht die geringste Ahnung. Aber wir haben jetzt ein neues Problem«, stellte Gerd fest.

»Oh?«

»Die überlebenden Gruwels haben offenbar unsere Anwesenheit bemerkt.«

»Ah.«

»Und sie kommen direkt auf uns zu.«

»In der Tat«, gab Ernst zurück. »Ich denke, wir tun gut daran, das Feld zu räumen.«

Also stiegen die Graafen auf ihre riesigen Hengste und flohen. Es gelang ihnen, die feindlichen Linien zu durchbrechen. Sie wurden von etlichen Dutzend Gruwels verfolgt, die Zeugen wurden, wie die beiden Adeligen ohne zu zögern mit ihren Pferden von einer Klippe sprangen und sich ins Meer stürzten.

Neun Tage später tauchten Ernst und Gerd müde und immer noch im Sattel ihrer modifizierten Hengste im Zwielicht aus der Brandung an einem Strand in der Nähe des Dorfes Seebrügge wieder auf. Es wäre die erste Gelegenheit für sie gewesen, ein paar Worte zu wechseln, aber dafür waren sie zu erschöpft. Während das Wasser von ihren Körpern strömte, ritten sie grimmig nach Hause. Sie wollten jeder nichts als eine große Schale mit Sahne verfeinerter Suppe, ein paar Biere und dann ins Bett.

Die Broederschap unterhielt etliche Anwesen im ganzen Land. Alle waren sehr versteckt gelegen, von hohen Mauern umgeben, die verbargen, was dahinter vor sich ging, und ausgestattet mit außerordentlichen Sicherheitsvorkehrungen. Es waren die idealen Orte für die beiden Adeligen, sich auszuruhen, zu erholen und zu planen, wie sie die Situation dem Generalgouverneur erklären sollten. Gerd und Ernst ritten müde zu der nächstgelegenen Einrichtung, einem Landhaus außerhalb von Brügge. Sie mussten jedoch feststellen, dass die Briten bereits vor ihnen dort angekommen waren. Und schlimmer noch, sie hatten eine Streitmacht geschickt, die weit furchteinflößender war als die Gruwels: Diplomaten.

Gesandte von Charles II. von England waren fünf Tage zuvor in Brüssel eingetroffen und hatten sich dem Generalgouverneur vorgestellt. Obwohl sie nicht von einer Armee begleitet wurden, ja, nicht einmal einen einzigen Leibwächter bei sich hatten, marschierten sie in den Palast, als hätten sie alle Macht der Welt im Rücken. Es war nicht ganz klar, ob einer von ihnen selbst ein Gruwel war, aber jedenfalls präsentierten sie Carlos de Aragón de Gurrea eine verzierte Kiste aus blank polierter englischer Eiche. Unter ihrem unerschütterlichen Blick öffnete er sie und stellte fest, dass die Kiste den Kopf des Züchter-Generals enthielt. Das war der unwiderlegbare Beweis, dass die Invasion der Broederschap gescheitert war. Der Generalgouverneur blickte die Gesandten trübselig an, und sie stellten ihre Forderungen.

Diese waren sehr sorgfältig in angemessene diplomatische und juristische Begriffe verpackt, und keine einzige übernatürliche Angelegenheit wurde auch nur gestreift. Dem Generalgouverneur wurde gestattet, sein Leben und seine Position zu behalten. Die Nachricht von dem Debakel brauchte den spanischen Hof niemals zu erreichen. Karl II. mochte ein schwachsinniges Inzuchtprodukt sein, aber sein Zorn war deshalb nicht weniger schrecklich. Doch Carlos de Aragón de Gurreas mit Staatsgeldern finanzierter Ausflug in die Alchemie sollte vernichtet werden. Die Aussicht auf ein Weltreich, die so verlockend vor seiner Nase gebaumelt hatte, würde vom Stöckchen geschnitten werden.

Er rollte sich sofort auf den Rücken und wedelte mit dem Schwanz.

An diesem Nachmittag tauchte ein Schwarm von britischen Angestellten und Truppen im Land auf und teilte sich in Brigaden auf. Sie machten sich an die systematische und komplette Zerschlagung der Wetenschappelijk Broederschap van Natuurkundigen. Der Generalgouverneur erzählte ihnen alles, was er wusste, aber es hätte ohnehin keinen Sinn gemacht, das Ausmaß oder die Verteilung der Ressourcen der Bruderschaft zu verschweigen – die Briten schienen ein enzyklopädisches Wissen über diese Angelegenheiten zu besitzen.

Belgische Beobachter wurden den Brigaden zugeteilt. Vor allem, so wurde vermutet, um dem Generalgouverneur bewusst zu machen, wie unerbittlich, akribisch und rücksichtslos die Briten vorgingen. Die Streitkräfte stürzten sich auf die Anwesen, und erschrockene Wissenschaftler wurden aus ihren Laboratorien gescheucht. Sie wurden mit Pistolen, Fingern und juristischen Dokumenten konfrontiert. Einige kämpften, aktivierten sogar ihre Implantate, aber sie wurden besiegt und auf der Stelle hingerichtet. Jedes Mitglied der Broederschap, das die Briten finden konnten, bis hin zum unerfahrensten Lehrling, wurde verhaftet und in die sicherste Verwahranstalt des Landes verlegt. Dort wurden sie von schweigsamen Engländern bewacht, von denen nicht alle bewaffnet waren.

Gleichzeitig machte die geordnete Plünderung des Vermögens der Bruderschaft Fortschritte. Sämtliches bewegliche Hab und Gut wurde eingepackt, und Schatzkisten wurden als Entschädigung für die Zerstörung auf der Isle of Wight geleert. In den Laboratorien, Gewächshäusern, Schweineställen, Hundezwingern, Volieren, Bienenkörben, Stallungen und Orangerien wurden sämtliche Kreaturen der Züchter getötet und ihre Kadaver vernichtet. Die örtliche Bevölkerung hatte gelernt, nicht allzu viel Aufmerksamkeit auf die Machenschaften ihrer verschwiegenen Nachbarn zu richten. Dieses sorgfältig kultivierte Desinteresse im Verein mit den Befestigungen der Einrichtungen bedeutete, dass der größte Teil dieser Vernichtung in relativer Geheimhaltung vonstattengehen konnte.

Der Landbesitz wurde der englischen Kirche überschrieben, sobald alle Gebäude zerstört, alle Tiere erlegt, alle Pflanzen ausgegraben und verbrannt worden waren, ganz gleich, ob es Anzeichen von »Pfuscherei« gab oder nicht.

Die Mitglieder der Bruderschaft wurden festgesetzt. Als

Ernst und Gerd an ihrem Haus ankamen, nahm man sie in Gewahrsam. Ihre Namen wurden pflichtgemäß von der Liste der Toten entfernt und auf die Liste derer gesetzt, die bald tot sein würden. Die beiden Adeligen wurden getrennt von ihren Anhängern verwahrt, obwohl ihre Haftbedingungen nicht besser waren.

Für die Cousins war das Erstaunlichste, dass die Gruwels ganz offensichtlich mit dem britischen Hof zusammenarbeiteten. Diese Monster waren sogar ein Teil der Regierung! Dass eine christliche Nation – selbst eine, die sich von der Kirche in Rom abgespalten hatte – sich wissentlich mit Kreaturen des Teufels verbündete, war nahezu unverständlich.

Die zweite höchst erstaunliche Tatsache war die, dass die Briten sich offenbar nicht im Geringsten für die Möglichkeiten interessierten, welche die Arbeit der Broederschap aufzeigte. Es war nur natürlich, dass die Briten Wiedergutmachung für die Invasion verlangten. Die Plünderung der belgischen Anwesen und die Demütigung ihres Herrschers waren Unwägbarkeiten des Krieges und der Preis, den man bezahlte, wenn man verlor. Die beiden Adeligen konnten sich sogar mit einem gewissen Maß an Gemütsruhe mit der Aussicht auf ihre eigene Hinrichtung abfinden. Aber die Gruwels vernichteten nicht nur die Krieger und die Waffen der Bruderschaft.

Gerd und Ernst konnten aus ihren Zellen auf den Hof ihres Gefängnisses blicken und sahen, wie ihre Gelehrten und Wissenschaftler mit dem Schwert hingerichtet wurden. Die brillantesten Köpfe der Welt wurden wie ganz gemeine Mörder behandelt. Bücher, in denen das Wissen aus Jahrhunderten aufgezeichnet war, wurden verächtlich auf einen großen Haufen geworfen und angezündet. Lehrlinge wurden rasch exekutiert, selbst die jüngsten, die noch gar keine

Modifikationen erhalten hatten, Kinder, die kaum lesen gelernt hatten.

Für die Züchter stellte die Auslöschung eines so gewaltigen Schatzes an Wissen das schlimmste Maß an Ignoranz dar. Die Gruwels töteten sogar einige der Bediensteten, Frauen und Männer, die gar nichts mit der Arbeit der Broederschap zu tun gehabt hatten, außer dass sie gelegentlich die Laboratorien gereinigt oder die Lieferung von ein paar Schafen entgegengenommen hatten. Nachdem schließlich all ihre Leute ermordet waren und ihr Lebenswerk zerstört worden war, wurden Ernst, Herzog von Suchtlen, und Gerd, Graaf de Leeuwen, mit vorgehaltener Waffe von ihren Zellen zum Schafott geführt. Die schwarze Asche der Scheiterhaufen von Büchern wehte durch die Luft und legte sich auf die Perücken und Hüte der Großen und Guten des Landes. Der gesamte bedeutende Adel hatte sich versammelt, um der Exekution ihrer verurteilten Standesgenossen beizuwohnen.

Die Verbrechen der beiden Männer waren zwar nicht spezifiziert worden, aber ganz offensichtlich befand sich darunter ein Frevel gegen Charles II., von Gottes Gnaden König von England, Schottland, Frankreich und Irland, Verteidiger des Glaubens usw. Denn immerhin war Seine Majestät der König höchstpersönlich nach Brüssel gereist, um das Verfahren zu verfolgen. Er saß nahe am Schafott, neben dem Generalgouverneur, als die beiden Adeligen in Ketten vor ihn geführt wurden. Die Verurteilten zeigten jedoch keinerlei Furcht. Und sie gaben auch durch nichts zu verstehen, dass sie wussten, wo sie waren oder was da passierte.

War das womöglich Entsetzen?, fragten sich die adeligen Zuschauer. Oder vielleicht hatten sie die Wachen bestochen und ihre Ängste in geistigen Getränken ersäuft? Jedenfalls schienen sie etwas unsicher zu gehen und blickten verständnislos in die Menge. Ein Priester bot ihnen die Letzte Ölung an, aber die beiden Männer verhielten sich, als hörten sie kein Wort. Ein Soldat musste sie mit Gewalt auf die Knie zwingen.

Dann wurden den beiden Männern Ketten um die Schultern geschlungen, die an schwere eiserne Ringe am Boden des Schafotts vor und hinter ihnen befestigt wurden, sodass sie aufrecht stehen blieben. Der riesige Henker nahm mit beiden Händen ein langes Schwert und sah den König an. Der nickte zustimmend.

Die Klinge zischte durch die Luft und durchtrennte Ernsts Hals. Das Blut spritzte, die Klinge jedoch war sauber.

Wieder hob der Henker das Schwert, und dann enthauptete er den zweiten Lord der Züchter.

Die Köpfe fielen von den Körpern herunter, und die Menge atmete aus. Sie wusste nicht genau, wie sie reagieren sollte. Früher einmal waren Hinrichtungen eine Unterhaltung der Massen gewesen, aber die Gegenwart des Königs und der soziale Status der Verurteilten ließ lauten Jubel unangemessen erscheinen. Es war eine ernste Angelegenheit, und trotzdem hatte die ganze Sache auch etwas Absurdes, denn die Ketten hielten die Leichen immer noch aufrecht auf den Knien. Dann hob der Henker erneut das riesige Schwert und trennte den linken Arm des Leichnams des Graafen von Suchtlen ab.

Diesmal hörte man ein Keuchen aus der Menge, aber er arbeitete methodisch weiter und hackte die restlichen Extremitäten der beiden Leichen ab. Als die Klinge zwischen den Schlägen hochzuckte, flog Blut auf die Zuschauer, die kreischten und wütend schrien. Aber erst als er mit dem Schwert über der Schulter ausholte und die Waffe mit unglaublicher Wucht herabsausen ließ, um den Körper des

Herzogs mit einem ungeheuren Schlag in zwei Teile zu teilen, brandeten wirklich Schreie auf.

Das Blut spritzte in einer wahren Flut über das Podest, und Teile seines Oberkörpers landeten mit einem lauten Klatschen auf den Holzbrettern. Auf dieselbe Art und Weise verfuhr er mit der Leiche des anderen Graafen. Und das war das unbestreitbare Ende der Wetenschappelijk Broederschap van Natuurkundigen.

Nur war es das natürlich nicht.

Alle waren auf den Beinen und schwärmten liebenswürdig um den König und den Generalgouverneur herum, als sie zu den Kutschen geführt wurden. Alle bis auf zwei prächtig gekleidete Männer, die sich etwas abseits hielten. Sie hatten beide einen Flakon mit irgendeinem Alkohol in der Hand, und während sie zusahen, wie die Brocken der zerstückelten Leichen in Körben gesammelt wurden, tranken sie beide einen Schluck.

»Wirklich, das war sehr gründlich«, bemerkte einer der beiden. Für jeden, der ihn ansah, war klar, dass es sich nicht um Gerd de Leeuwen handeln konnte.

»Allerdings«, erwiderte der andere, der überhaupt nicht wie Ernst von Suchtlen aussah, bevor er in kleine Stücke gehackt worden war. »Aber dennoch nicht gründlich genug.«

Man hatte ihnen ihren Besitz genommen, ihren Wohlstand und sogar ihre Körper, aber, wie Ernst einst bemerkt hatte: »Man lebt nicht so lange, wie ich es getan habe, ohne die Erfahrung gemacht zu haben, dass es immer irgendjemanden gibt, der einem zum ungünstigsten Zeitpunkt entweder die Kehle durchschneidet oder das Budget kappt.«

Seit der Gründung der Broederschap hatte sich Ernst niemals der Illusion hingeben, dass man ihnen auf immer gestatten würde, ihre Forschungen weiterzutreiben. Die belgische Tiefebene war strategisch sehr nützlich gelegen, und im Laufe der Jahre hatten immer wieder andere Mächte dieses Territorium für sich beansprucht. In den Anfängen der Bruderschaft hatten sie für die burgundischen Niederlande gearbeitet, aber dann hatte sich das Machtverhältnis verändert, und das Territorium war zu den spanischen Niederlanden geworden. Es sah ganz so aus, als würde es sehr bald zu den österreichischen Niederlanden werden. Zugegebenermaßen hatte Ernst nicht erwartet, dass die Macht, die sie am Ende zu Fall brachte, monströse englische Bürokraten wären, aber das Ergebnis war im Großen und Ganzen das gleiche.

Entsprechend waren sie vorbereitet gewesen. Obwohl sie den größten Teil ihres Besitzes verloren hatten, existierten Ressourcen und Gelder, die niemals in den Büchern aufgetaucht waren. Es gab geheime Bibliotheken mit Texten und genetische Vorräte, die in versteckten Einrichtungen in anderen Städten und Ländern aufbewahrt wurden. Und wenn jemand vorhatte, einen Züchter zu töten, sollte sich dieser Jemand besser zweifelsfrei davon überzeugen, dass der Körper, den er hinrichtete, auch das richtige Gehirn enthielt. Die Mehrheit ihrer Gelehrten war getötet worden, aber längst nicht alle. Einige hatten in entlegenen geheimen Einrichtungen gearbeitet. Und ein paar waren den Briten durch Glück oder List entkommen.

Die Broederschap gruppierte sich neu und zog sich zurück, verschwand noch tiefer in den Schatten. Sie würden zwei Jahrzehnte brauchen, um sich neu aufzustellen, aber sie hatten einige sehr wichtige Lektionen gelernt, die ihre Zukunft definieren würden.

Erstens wussten sie jetzt, dass sie trotz aller Fähigkeiten und allen Wissens nicht die ultimative Macht darstellten, als die sie sich gesehen hatten. Die Welt enthielt Kreaturen von unfasslicher und unerklärlicher Macht, Kreaturen außerhalb von Gottes Muster, die sie leicht zerstören konnten. Die Britischen Inseln waren von solchen Ungeheuern durchsetzt, aber die Züchter konnten nicht sicher sein, dass nicht auch ähnliche Dämonen auf dem Kontinent hausten. Von nun an würde die Bruderschaft unter strengster Geheimhaltung operieren. Es würde kein öffentliches Profil geben, keinen Griff nach der Macht, nichts, was die Aufmerksamkeit der Gruwels oder ähnlicher Wesen auf sie lenken konnte.

Zweitens waren Ernst und Gerd fest entschlossen, niemals wieder Untertanen der Autorität einer irdischen Regierung zu werden. Die Invasion der Isle of Wight war auf den Befehl eines Mannes hin erfolgt, der keinerlei Verständnis von dem Wert der Bruderschaft hatte. Er war nicht nur alles andere als ein würdiger Anführer, sondern vor allem nichts weiter als ein gieriger Feigling, der sie den Hunden zum Fraß vorgeworfen hatte, als sie unbequem geworden waren. Es war klar, dass normale Menschen versuchen würden, die Züchter als Werkzeug oder Waffen einzusetzen, wenn sie von ihren Fähigkeiten erfuhren.

Die Broederschap hatte jetzt ein neues Ziel, eine Mission, die in ihren Anhängern brannte und sie zu weit größeren Taten treiben würde: zur Rache an den Missgeburten, den Gruwels.

Sie machten sich daran, die Organisation neu aufzubauen, und richteten Stiftungshäuser in verschiedenen Städten in ganz Europa ein. Über die Jahre hinweg wuchsen im Verborgenen ihr Wohlstand, ihre Zahl und ihr Wissen. Der Wohlstand beruhte auf klugen Investitionen, die von den beträchtlichen Honoraren gespeist wurden, die sie dafür bekamen, wohlhabende Individuen von unheilbaren Gebrechen zu heilen. Hätten sie auch nur einen winzigen Teil ihrer Fähigkeiten veröffentlicht und vermarktet, wären sie unglaublich reich geworden. Aber dem standen etliche Hindernisse im Weg. Die größte Abschreckung war natürlich die Tatsache, dass es auf die Gruwels wie ein Leuchtfeuer gewirkt hätte, wenn plötzlich medizinische Technologie aufgetaucht wäre, die ihrer Zeit etliche Jahrhunderte voraus war. Dem medizinischen Nutzen stand auch die Tatsache entgegen, dass die Kunst der Züchter unglaublich schwierig durchzuführen und ihre Finanzierung sehr kostspielig war und höchst intensive Forschungen erforderte. Außerdem waren sie der Menschheit gegenüber nicht allzu wohlgesinnt, nachdem sie hatten zusehen müssen, wie sie selbst hingerichtet worden waren, ohne dass irgendjemand Widerspruch erhob.

Die Zahl ihrer Mitglieder stieg, aber dieses Wachstum wurde strengstens kontrolliert. Es war klar, dass die Bruderschaft Aufmerksamkeit erregen würde, wenn sie zu stark wuchs. Einige neue Mitglieder stammten aus den eigenen Familien der Züchter, und ihr Potenzial war bereits erkannt worden, als sie noch Kinder gewesen waren. Es wurden auch Außenseiter aufgenommen, die von begabten Gelehrten und Wissenschaftlern mit dem Versprechen auf Wissen und, sobald sie Geheimhaltung geschworen hatten, einer Demonstration ihrer Möglichkeiten angelockt wurden. Und selbst wenn neue Züchter in der Wissenschaft der Broederschap unterwiesen wurden, lehrte man sie, die Monster zu hassen und zu fürchten, die auf den Britischen Inseln lebten.

Ihre Arbeit machte Fortschritte. Die Gelehrten der Broederschap glaubten an Forschung und Erkundung, und während sich viele den kriegerischen Anwendungen ihrer Ergebnisse widmeten, gab es mindestens genauso viele, deren Bemühungen ausschließlich von ihrer Neugier gespeist wurden. Einige versuchten, die Fähigkeiten zu duplizieren, welche die Gruwels gezeigt hatten, andere arbeiteten einfach nur daran, ihr Wissen so sehr zu erweitern wie möglich.

Während Ernst und Gerd die Verjüngung ihrer Bruderschaft überwachten, legten sie sorgfältig den Grundstein für ihre Rache. Sie überwachten auch ihre Schwesternschaft: Jeder Gedanke an Genderdiskriminierung war im Jahre 1554 über Bord geworfen worden, als ihr größter Gelehrter festgestellt hatte, dass es keinen relevanten Unterschied zwischen dem männlichen und dem weiblichen Gehirn gab. Er hatte zwei Gehirne als Beweis vorgelegt und angeboten, jedem Zweifler die relevanten Eigenschaften anschaulich zu machen. Ein Vorschlag, der hastig abgelehnt wurde.

Es sollte jedoch noch mehr als zwei Jahrhunderte dauern, bis die Broederschap den wahren Namen ihres Feindes erfahren sollte. Agenten und Geld taten schließlich ihr Werk und brachten den Orden der Checquy ans Tageslicht, eine Organisation, die die britische Regierung infiltierte wie ein Parasit. Weitere einhundertfünfzig Jahre sollten verstreichen, bis es den Züchtern endlich gelang, auch nur eine einzige Agentin in die feindliche Organisation einzuschmuggeln. Und diese Agentin war gezwungen, Selbstmord zu begehen, bevor sie entdeckt wurde. Der nächste Agent brauchte Jahrzehnte, um die Myriaden von Sicherheitsschleusen zu passieren, mit der die Checquy sich umgab, aber langsam, sehr langsam gewann die Bruderschaft immer mehr Wissen über ihre Nemesis.

Für Ernst und Gerd war es einfach nur ein Geduldsspiel. Es mochte vielleicht Jahrhunderte dauern, aber ihre Rache war unausweichlich, und ihre Wut brannte noch immer. Für viele andere Züchter jedoch, jene, die nicht nach Unsterblichkeit strebten oder sie erwarteten, war der Hass gegen die Checquy abstrakt; zwar durchaus real, aber nicht mit ihrem täglichen Leben verbunden. Genauso verhielt es sich für Odette. Sie hatte gewusst, dass eines Tages, vielleicht lange nach ihrem Tod, die Broederschap gegen die Checquy ins Feld ziehen würde. Aber sie war kein Soldat. Ihr Daseinszweck war es, zu lernen und zu erneuern. Zu erschaffen. Sie verachtete selbst die Vorstellung von Gruwels, aber sie schienen ihr auch sehr fern zu sein.

Fern bis zu einem sonnigen Morgen vor einigen Monaten, als Ernst der Bruderschaft verkündet hatte, dass es eine Planänderung gab. Statt ihre düstere Rache an den verhassten Dämonen namens Checquy zu nehmen, würden die Züchter sich als Kollegen und Verbündete mit ihnen vereinigen.

Was Odette ins Hier und Jetzt gebracht hatte, auf den Boden einer Hotelbadewanne voller Schleim.

# 8

*Ärger hinter uns, Ärger vor uns,* dachte Odette grimmig. *Auf dem Grund der Wanne liegen zu bleiben scheint mir fast die beste Option zu sein.*

Allerdings war das wohl kaum realistisch, nicht zuletzt deshalb, weil es höchst unwahrscheinlich war, dass der Zimmerservice das Frühstück jemandem auf dem Boden einer Badewanne mit Schleim servierte. Odette hievte sich aus der Wanne und machte sich daran, sich auf den Tag vorzubereiten.

Fünfundvierzig Minuten und eine kosmetische Pupillenerweiterung später wünschte der Wächter der Checquy Odette am Aufzug gleichgültig einen guten Morgen, als sie mit Alessio an ihm vorbeiging.

»Oh, sicher, guten Morgen«, antwortete Odette. Alessio ging etwas schneller, bis sie um eine Ecke gebogen waren. »Alles in Ordnung?«, fragte sie.

»Mir ist das einfach nur unheimlich. Sie sind überall.«

»Alessio, es sind Sicherheitsleute.«

»Der Unterschied zwischen einem Sicherheitsbeamten und einem Gefängniswärter ist bloß ein einziger Befehl von seinem Boss«, erwiderte Alessio düster. Sie erreichten die Tür der königlichen Suite. Zwei Männer hielten draußen Wache. Der eine war ihr Cousin Frank, der andere ein Agent der Checquy.

»Geht ruhig rein«, meinte Frank. »Der Rest der Delegation tröpfelt sozusagen ein.«

Odette und Alessio sahen sich vielsagend an und traten in einen Salon, der erheblich größer und prachtvoller war als der beeindruckende Raum, den sie sich teilten. *Ich frage mich, wie groß die Badewanne in dieser Suite wohl ist,* dachte Odette beiläufig.

An einer Seite des Zimmers stand ein Konferenztisch. Etliche Mitglieder der Delegation hatten bereits daran Platz genommen und überflogen irgendwelche Dokumente. Sie alle trugen Anzüge und hatten angespannte Mienen. Am Kopfende des Tisches saß Graaf von Suchtlen, der eine Scheibe Toast, die wie ein Soldat geformt war, in ein weich gekochtes Ei dippte und leise lachte, während er die neueste Ausgabe von *Private Eye* las. Odette ging zu ihm, den stummen Alessio im Schlepptau. Sie blieben wortlos neben dem Patriarchen stehen, bis er sie bemerkte.

»Ah, Odette und Alessio! Guten Morgen«, begrüßte er sie gut gelaunt.

»Guten Morgen, Grootvader«, antworteten sie fast unisono.

»Ich nehme an, dass ihr gut geschlafen habt, wohl behütet von den Wächtern unserer Verbündeten?«, erkundigte er sich.

»Absolut«, erwiderte Odette. Alessio lächelte schwach.

»Alessio, du siehst wirklich sehr chic in deinem Anzug aus, aber du wirst ihn heute nicht benötigen.«

»Ach?«, gab Alessio skeptisch zurück.

»Nein, die Checquy hat freundlicherweise dafür gesorgt, dass du ein wenig unterhalten wirst. Eine Gruppe Schüler von ihrer Ausbildungseinrichtung ...«

»Dem Anwesen«, warf Odette hilfreich ein.

»Ja. Wie gesagt, eine Gruppe von Schülern des Anwesens befindet sich in London auf einem Tagesausflug, um Museen und Sehenswürdigkeiten zu besuchen. Du wirst dich ihnen anschließen.« Odette wagte nicht, ihren Bruder anzusehen, aber sie hörte ihn nicht atmen. Das war kein gutes Zeichen, weil er atmen musste, wenn er leben wollte.

Eine angespannte Pause trat ein.

»Oh, Alessio, du wirst London sehen«, sagte sie aufmunternd. »Das klingt, als hättest du eine Menge Spaß.« Sie stieß ihm den Ellenbogen in die Seite.

»Ja, ein Superspaß«, antwortete er hölzern.

»Aber um dich ihnen anzupassen, musst du die Schuluniform tragen. Frau Blümen, die Leiterin des Anwesens, hat uns umsichtigerweise eine in deiner Größe geschickt.« Von Suchtlen machte keine entsprechende Geste und sagte auch nichts weiter, aber seine Sekretärin Anabella, eine korpulente ältere Frau, trat sofort zu ihnen. In der Hand hielt sie eine Schuluniform auf einem Bügel.

Der Blazer in einem leuchtenden Orange und Schleimgrün hatte violette Streifen. Die Farben brannten in Odettes geweiteten Pupillen. Es gab eine Krawatte in denselben schrecklichen Farben, die offenbar zu einem weißen Hemd getragen wurde. Die graue Hose dazu schien sich verstecken zu wollen, damit sie nicht mit dem Blazer und dem Schlips in Zusammenhang gebracht werden konnte.

»Ach, und natürlich das hier nicht zu vergessen.« Anabella holte einen Strohhut hervor, der, wie Odette sich vage erinnerte, Kreissäge genannt wurde. Er war mit einem breiten Band in den Schulfarben geschmückt.

»Nun, das sieht ja alles sehr beeindruckend aus.« Von Suchtlen hatte den liebenswürdigen Tonfall eines Menschen, der diese Klamotten nicht selbst tragen musste. Alessio streckte die Hand aus und nahm den Anzug entgegen, als wäre er aus den Hodensäcken von Kriegsverbrechern hergestellt worden. »Zieh ihn an, damit wir alle sehen, wie er sich trägt.« Alessio trottete mit hängenden Schultern hinaus, bedrückt von dem Wissen, dass er den ganzen Tag mit den traditionellen Feinden seiner Familie verbringen musste, und das in einem Anzug, dessen Farben und Muster bei irgendwelchen zufälligen Passanten durchaus einen epileptischen Anfall auslösen konnten.

»Grootvader, entschuldige, dass ich frage, aber ist diese Exkursion wirklich das Richtige für ihn?«, wollte Odette wissen.

»Bestimmt. Es wird ihm guttun, mal rauszukommen und mehr Zeit mit Kindern seines Alters zu verbringen.«

»Ich meinte, ist er bei diesen Leuten sicher? Immerhin sind diese Kinder bereits ausgebildete Krieger. Und werden sie erfahren, wer er ist?«

»Natürlich wissen sie das«, gab von Suchtlen zurück. »Ihre Lehrer werden es ihnen mitgeteilt haben. Alessio gehört zu unserem Verhandlungsteam. Seine Anwesenheit ist ein Zeichen des guten Willens von unserer Seite.«

*Also ist mein kleiner Bruder eine Geisel*, dachte Odette. *Na toll!* Aber sie hütete sich, dies laut auszusprechen. Letzten Endes waren sie alle Geiseln, doch die Checquy war trotz ihrer Unnatürlichkeit eine Regierungsorganisation, der man zutrauen konnte, fremde Würdenträger zu schützen. *Höchstwahrscheinlich.*

Odette setzte sich an die andere Seite des Tisches und fuhr ihren Tablet-PC hoch. Sie griff nach einer Tasse Kaffee, aber einer der Adjutanten zog das Tablett mit einem missbilligenden Blick weg, sodass sie nicht drankam. Während sie noch einmal die Dateien über die Geschichte der Checquy überflog, betraten weitere Mitglieder der Delegation den Raum. Fast alle gingen bei Ernst von Suchtlen vorbei, um ihm ihren Respekt zu erweisen. Sie warteten geduldig, bis er sie ansprach. Ihr Großonkel Marcel jedoch nickte dem Anführer der Züchter nur kurz zu und trat dann direkt zu

Odette. Er gab ihr einen Kuss auf die Wange und setzte sich neben sie.

Marcel Leliefeld hatte immer noch seinen ursprünglichen Körper, sodass er aussah, als wäre er der Großvater des Graafen, obwohl er etliche Jahrhunderte jünger war als Grootvader Ernst. Er war ein lebhafter kleiner Mann mit einem altmodischen Backenbart und einem Anzug, der während des Zweiten Weltkrieges Mode gewesen war. Über das Wesen seiner Modifikationen wurde in den jüngeren Generationen sehr viel spekuliert, aber es war bekannt, dass er in seiner besten Zeit einen Banksafe mit bloßen Händen aufgerissen hatte. Und erst letztes Jahr hatte er einem Komodowaran, der aus dem Zwinger in seinem Atelier entkommen war, das Genick gebrochen.

»Guten Morgen, Liebes«, sagte er. »Deine Augen sehen entzückend aus.« Odette fühlte, wie sie errötete, und unterband dies sofort. »Hast du Kaffee getrunken?« Er musterte sie ausführlich. »Trink erst mal keinen mehr«, befahl Marcel. »Dein Hals muss heilen.«

»Auch gut«, erwiderte Odette.

»Hast du in letzter Sekunde noch etwas über die wichtigsten Mitspieler gelesen?«

»Es gibt immer noch zwei Stellen in ihrem Court, die nicht ständig besetzt sind«, erwiderte Odette. »Ich verstehe nicht, warum Rook Kelleher und Chevalier Whibley dieses Amt nur vorübergehend bekleiden. Vor allem, da sie Bishop Conrad Grantchester augenblicklich ersetzt haben. Sie können ganz offensichtlich sehr schnell handeln, wenn es sein muss; ich hätte angenommen, dass seine Position schwieriger neu zu besetzen wäre als die beiden anderen.«

»Es gibt Spekulationen, dass sie diese beiden Positionen absichtlich unbesetzt lassen«, antwortete Marcel. »Vielleicht soll einem Quereinsteiger dort eine Position gewährt werden.«

»Etwa einem von uns?«, fragte Odette erschrocken. Der Court war die leitende Abteilung innerhalb der Checquy und besaß Befehlsgewalt über so viele übernatürliche Individuen, dass diese mit Leichtigkeit eine Nation hätten zerstören können. Jede beliebige Nation.

»Vielleicht wollen sie auch nur, dass wir glauben, diese Möglichkeit existiere.« Marcel zuckte mit den Schultern. »Wir kommen zwar als Bittsteller zu ihnen, aber wir sind trotzdem eine Macht, die man nicht auf die leichte Schulter nehmen sollte. Wenn diese Fusion funktionieren soll, dann müssen sich beide Gruppen verändern.« Odette wollte etwas sagen, aber in diesem Moment wurde es vollkommen ruhig in dem Raum, als von Suchtlen am Ende des Tisches das Magazin zuklappte und es einem der Adjutanten in die Hand drückte, der neben ihm wartete.

»Es gibt eine Sache, die ich gern besprechen würde, bevor Alessio zurückkehrt«, sagte er. »Aber erst sollten wir ein paar Vorsichtsmaßnahmen ergreifen. Lars, bitte check den Raum.« Einer der Assistenten bückte sich steif und öffnete einen unförmigen Kunststoffkoffer. In dem darin befindlichen Schaumstoff lagen kleine schwarze Gegenstände, die er etlichen anderen Adjutanten reichte. Sie fuhren damit sofort über die Wände und Möbel und untersuchten sie nach elektronischen Überwachungsgeräten.

»Hat man das nicht erst letzte Nacht überprüft?«, fragte Odette Marcel leise.

»Selbstverständlich«, erwiderte Marcel. »Aber die Checquy ist extrem erfindungsreich, und wir sind auf ihrem Territorium. Es ist immer besser, vorsichtig zu sein.« Von Suchtlen gab Harold, einem ihrer Finanzvorstände, ein Handzeichen. Harold setzte seine mit gefärbten Gläsern versehene Brille ab und enthüllte seine außerordentlichen Augen. Iris lag innerhalb von Iris, und Grün umkreiste

Braun umkreiste Blau umkreiste Gold umkreiste Violett. Odette kniff die Lider zusammen und beobachtete, wie die einzelnen Kreise der Iriden in den Augen umeinander rotierten. Sie wusste, dass einige ihrer besten Ingenieure monatelang daran gearbeitet hatten, um sie zu konstruieren.

»Es gibt keine Abwehrgeräte, Exzellenz«, erklärte einer der Adjutanten schließlich.

»Und ich kann auch nichts Ungewöhnliches im Spektrum erkennen, angefangen von Gammastrahlen bis zu Mikrowellen«, sagte Harold.

»Danke«, erwiderte von Suchtlen. »Das ist sehr ermutigend. Ich möchte gern glauben, dass sie uns als diplomatische Gesandtschaft respektieren. Also gut, fangen wir an. Zunächst einmal hat es, soweit ich unterrichtet bin, weitere Angriffe auf dem Kontinent gegeben?«

Odette wappnete sich gegen das, was jetzt kam. Die Angriffe hatten vor etwas mehr als zwei Monaten begonnen und die Broederschap durch ihre Willkür, ihre Komplexität und ihre Kühnheit schockiert. Seit der Schlacht gegen die Checquy hatten die Angehörigen der Bruderschaft sich nicht mehr wirklich sicher gefühlt. Von da an hatten sie ihre Aktivitäten mit einem Höchstmaß an Paranoia durchgeführt und sich eine Politik der Zurückhaltung auferlegt, die ihnen geholfen hatte, jedweden erwähnenswerten Konflikt zu vermeiden. Das alles hatte sich verändert, als ihre Einrichtungen und ihr Personal plötzlich einer Reihe von überfallartigen Angriffen ausgesetzt worden waren, die eine Gruppe durchführte, die sie mittlerweile »die Antagonisten« nannten.

Die Antagonisten waren keine Regierungsorganisation, deren Absicht darin bestand, die Züchter zu unterwerfen. Ebenso wenig waren sie eine herrenlose Gruppe übernatürlicher Monster, die einfach gern töteten. Sie wurden von

Hass und Wut motiviert, und ihre Angriffe sollten verkrüppeln, verletzen, ja, verstimmen. Sie verursachten nicht nur entsetzliche Schäden, sondern sie bemühten sich auch, die Broederschap vollkommen aus dem Gleichgewicht zu bringen. Ihre Bösartigkeit wies keinerlei Muster auf. Einmal war es ein hoch komplizierter Akt des Vandalismus in einer privaten Galerie historischer Meisterwerke der Züchter, dann ein Schlag gegen ein Labor, bei dem Menschen verletzt wurden und Ausrüstung zerstört wurde. Dann geschah etliche Wochen gar nichts, und währenddessen wuchs die Angst in den Reihen der Züchter. Da sie keine Ahnung hatten, wo die Antagonisten ihre Basis hatten, konnte die Bruderschaft auch nicht zurückschlagen. Und jetzt hatte es weitere Angriffe gegeben.

Marie, die zurzeit kurzhaarige und blonde Chefin der Sicherheitstruppe dieser Delegation, hob ihre Hand.

»Ihre Schläge gegen uns eskalieren. Es hat in den letzten sechs Tagen drei weitere Angriffe gegeben. Etliche Behälter in Ixelles wurden verseucht – sie sind nicht zu retten. Ihr Inhalt muss zerstört werden. Eines der Labore in Seraing wurde geschmolzen. Und die Arme und Beine des Hauptverwalters im Haus von Madrid sind gestern Abend ohne jede Vorwarnung von seinem Körper abgefallen. Allerdings sind wir nicht ganz sicher, ob dafür auch die Antagonisten verantwortlich sind. Es könnte auch sein, dass er von seinem vorgeschriebenen Speiseplan abgewichen ist.«

»Und wir machen keine Fortschritte dabei, sie aufzuspüren?« Von Suchtlen wirkte grimmig.

»Wir haben ein paar Spuren, nachdem wir berechnet haben, von wo aus sie gegen uns zuschlagen.« Marie klang jedoch nicht sonderlich hoffnungsvoll. »Ich glaube tatsächlich, dass die Checquy uns bei dieser Angelegenheit möglicherweise behilflich sein könnte«, fuhr sie dann zögernd fort. »Ihre Verbindungen sind erheblich weitreichender als unsere.«

»Das kommt überhaupt nicht infrage«, widersprach von Suchtlen scharf. »Wir versuchen, diesen Leuten den Hof zu machen, da ist es ausgesprochen unklug, vor ihnen unsere schmutzige Wäsche zu waschen. Wenn Sie um eine Frau werben, dann sagen Sie ihr wohl kaum, dass Sie im Augenblick die Pocken haben. Stattdessen bringen Sie ihr weiterhin Blumen und tanzen mit ihr das Menuett, obwohl Sie die ganze Zeit mit Quecksilber behandelt werden.«

Verwirrte Stille folgte seinen Worten.

»Sie werden nicht mit uns fusionieren, wenn wir ihnen Feinde als Geschenk bringen«, fuhr von Suchtlen fort, der die missbilligenden Mienen seiner Mitarbeiter ignorierte. »Wenn wir uns an den Verhandlungstisch setzen und dieses Problem zugeben, ist unsere Position schon von vornherein geschwächt.«

*Oh, das ist wirklich ein großartiger Beginn einer ehrlichen Beziehung,* dachte Odette.

»Und die Angelegenheit ist seit gestern Nacht noch erheblich komplexer geworden«, fuhr der Graaf fort. »Odette und ich wurden von der Checquy zu einem Schauplatz eines übernatürlichen Zwischenfalls eingeladen. Dort fanden wir unverkennbare Anzeichen vor. Die Antagonisten sind uns nach London gefolgt und haben mindestens sechzehn Menschen getötet.«

Die Reaktionen am Tisch fielen sehr unterschiedlich aus. Einige atmeten hörbar ein, und eine der jüngeren Adjutantinnen stieß einen leisen Schrei aus. Marcel schloss einfach nur die Augen, und Maries Haar wechselte von Blond zu Weiß. Harold hustete seinen Orangensaft über den Tisch.

»Warum sollten sie das tun?«, fragte er. »Warum sollten sie hierherkommen? Da die Checquy als übernatürliche

Polizei agiert, ist das für ihre Art der gefährlichste Platz auf der ganzen Welt.«

»Weil sie uns hassen«, antwortete der Graaf. »Sie hassen, was wir sind, sie hassen unsere Arbeit, und sie werden uns niemals in Ruhe lassen.«

»Was ist also unser nächster Zug?«, fragte Marcel.

»Wir können die Schläge auf dem Kontinent ertragen«, meinte von Suchtlen. »Jedenfalls noch eine kleine Weile länger. Natürlich müssen die Sicherheitsmaßnahmen in allen Häusern und Einrichtungen verstärkt werden. Marie, informieren Sie Ihren Mentor.« Sie nickte. »Ihrer Anwesenheit in London müssen wir uns jedoch sofort annehmen. Wenn die Checquy die Wahrheit darüber herausfindet, bedeutet dies das Ende von allem, wofür wir gearbeitet haben.«

»Ich kann mit dem Personal, das wir hier zur Verfügung haben, keine ganze Stadt abdecken«, warf Marie ein. »Diese Delegation besteht hauptsächlich aus Anwälten und Finanzleuten.« Einige Anwesende am Tisch verzogen beleidigt das Gesicht, was Marie geflissentlich ignorierte. »Natürlich haben sie alle Implantate mit Anreicherungen, aber sie haben nicht die nötige Ausbildung, und wir haben nicht die Zeit dafür. Militärisch gesehen verfügen wir über zehn Leibwächter. Die einzigen Fleischschmiede hier sind Marcel und Odette. Und außerdem stehen wir alle ständig unter Beobachtung der Checquy.«

»Vielleicht sollten wir ein paar Chimären vom Kontinent einfliegen«, schlug Marcel vor. Odette sah ihn überrascht an.

Die Chimären waren die Elitesoldaten der Züchter – Menschen, die in vollendete Waffen verwandelt worden waren. Sie waren nicht nur selten, weil sie aus den besten Kriegern rekrutiert wurden, sondern auch, weil es unglaublich teuer war, sie zu erschaffen. Sie wurden rigoros in

Kampftechniken trainiert, und jeder Einzelne von ihnen war ein Beispiel für die monatelange Arbeit der besten Künstler der Broederschap. Jeder hatte etliche offensive Anreicherungen, und sie repräsentierten einen Querschnitt aus dem Schatz der biologischen Königreiche. Nicht zwei von ihnen waren gleich, aber sie alle konnten mit Leichtigkeit jeden menschlichen Rekord von Schnelligkeit und Stärke brechen.

In den alten Zeiten, also bis vor einigen Monaten, noch bevor Ernst seine Ankündigung gemacht hatte, waren sie zurückgehalten worden, in Vorbereitung auf den Moment, in dem die Züchter ihre Rache an der Checquy nehmen sollten. Bis dahin hatten sie hauptsächlich als Wächter für die wertvollsten Anwesen der Bruderschaft gedient. In verborgenen Gewölben und befestigten Räumen in ganz Europa bewachten sie riesige Horte mit Schätzen und kostbaren biologischen Exemplaren. Jeder von ihnen war ein ebenso großer Schatz wie die Reichtümer, die er beschützte.

Und bei den seltenen Gelegenheiten, bei denen man sie von der Leine ließ, lösten sie Probleme.

So erregte ein brillanter Jurastudent an der Universität von Ingolstadt im achtzehnten Jahrhundert die Aufmerksamkeit einiger Mitglieder der Broederschap. Man sah in seiner Arbeit über Galvanismus und Chemie ungeheures Potenzial, also wurde er rekrutiert. Er bekam eine solide Ausbildung in den grundlegenden Prinzipien der Techniken der Bruderschaft, aber er verachtete ihre Restriktionen und wurde schließlich abtrünnig. Er verschwand, um seine eigenen Forschungen voranzutreiben. Agenten suchten die gesamte bekannte Welt nach ihm ab, doch es dauerte Jahre, bevor fünf Chimären in die Arktis geschickt wurden, wo er eine monströse Kreatur aus Kadavern konstruierte und mit Blitzen zum Leben erwecken ließ. Vier der fünf Chimären starben dort, doch der abtrünnige Doktor und seine Schöpfung blieben ebenfalls in dem Eis zurück.

Im späten neunzehnten Jahrhundert befand sich eine Forschungseinrichtung der Züchter auf Noble Island, einer entlegenen Insel im Pazifik. Der Leiter dieser Einrichtung plante und beaufsichtigte ein privates Projekt, bei dem mehr als einhundert Tiere chirurgisch verändert wurden. Ihnen wurden eine größere, wenn auch rudimentäre Intelligenz und opponierbare Finger eingepflanzt. In einer nur allzu vorhersehbaren Entwicklung erhoben sich diese Forschungsobjekte, schlachteten die Angestellten der Broederschap ab und machten sich daran, primitive Schiffe zu bauen, um von der Insel zu entkommen. Sieben Chimären wurden losgeschickt, um sich des Problems anzunehmen. Keine der experimentellen Kreaturen verließ die Insel.

Anfang 1990 entschloss sich ein kolumbianischer Drogenbaron, der Broederschap den vereinbarten Preis für eine deutlich verlängerte Lebensspanne inklusive Immunität gegen Krebs, männliche Kahlheit und Impotenz nicht zu zahlen. Er zog sich auf ein stark befestigtes Anwesen zurück und umgab sich mit einer Privatarmee. Nachdem etliche zunehmend nachdrückliche Mahnungen ebenfalls unbezahlt blieben, überfielen zehn Chimären die Festung mitten in der Nacht und schlachteten systematisch fast alle ab. Graaf Ernst hatte es für unangemessen gehalten, die Hausangestellten ebenfalls zu bestrafen, also wurden stattdessen ihre Erinnerungen gewaltsam verändert. Die Broederschap plünderte anschließend den Privatzoo des Drogenbarons auf der Suche nach einigen seltenen Exemplaren. Nur seine Flusspferde wurden verschont und konnten in den Dschungel entkommen, wo sie die örtlichen Fischer terrorisierten.

Trotz der Effektivität der Chimären war die Paranoia der Züchter vor der Checquy und anderen möglichen Äquivalenten auf dem Kontinent so groß, dass sie ihre Elitesoldaten nur im äußersten Notfall einsetzten. Und selbst dann wurden umfassende Maßnahmen ergriffen, um dafür zu sorgen, dass sie keine Spuren hinterließen. Odette vermutete, dass höchst wirksame Sicherheitsmaßnahmen in die Körper der Chimären selbst eingesetzt worden waren, um zu garantieren, dass weder eine verräterische Hautzelle noch ein Blutstropfen jemals zurückblieb und untersucht werden konnte.

»Die Chimären hier loszulassen ist eine schreckliche Idee«, stellte Nikolina, die Kommunikationsbeauftragte, schlicht und einfach fest. »Sollte die Checquy herausfinden, dass auch nur eine Chimäre versucht, ins Land zu gelangen, würde sie das als Kriegserklärung werten.« Odette nickte zustimmend. Die Chimären waren unverkennbar eine Schöpfung der Broederschap – einige Organe der Chimären trugen unübersehbar die Fingerabdrücke der Züchter, und die Natur ihrer Anreicherungen würde ebenfalls keine Fragen über ihren Zweck offenlassen.

»Es sind bereits achtzehn Chimären in Cardiff stationiert«, antwortete der Graaf. »Sie liegen dort in einem Apartment im Winterschlaf.« Sämtliche Anwesenden schwiegen einen Moment vor entsetzter Ehrfurcht. Hätte er erklärt, dass er ein paar Atomwaffen in Wales in einer Scheune versteckt hätte, hätte sie das nicht mehr schockieren können.

*Noch eines seiner Arrangements*, dachte Odette beeindruckt. *Dieser gerissene Mistkerl!*

Wenn man ihn ansah, konnte man leicht vergessen, dass Ernst von Suchtlen bereits etliche Jahrhunderte alt war und all die Raffinesse und Weitsicht besaß, die diese Zeitspanne ihn gelehrt hatte. Seine Strategien waren höchst komplex und überspannten Jahrzehnte, und nur wenige andere Mitglieder der Bruderschaft waren in seine Pläne eingeweiht. Als er verkündet hatte, dass die Züchter als Höhepunkt jahrelanger Arbeit in Verhandlungen mit der Checquy treten würden, war Marcel die wohl einzige Person gewesen, die nicht sonderlich überrascht gewesen war.

Erst als man ihr sagte, dass sie ebenfalls Mitglied dieser Delegation werden würde, erfuhr Odette von dem Ausmaß der Vorbereitungen, die Graaf von Suchtlen getroffen hatte, bevor er Myfanwy Thomas seinen Vorschlag unterbreitet hatte. Er hatte keineswegs die Absicht gehabt, sich selbst und seine Bruderschaft der höchst zweifelhaften Gnade der Checquy auszuliefern. Also hatte er, während er einerseits die offene Hand des Friedens gereicht hatte, mit der anderen Hand ein ganzes Arsenal von Waffen jongliert – einfach nur, um Frieden zu einer höchst verlockenden Aussicht zu machen. Zu diesem Zweck hatte er zwei Massenvernichtungswaffen in britischen Stadtzentren deponiert. Er hatte Agenten der Checquy bestochen und sich sogar die Loyalität zweier Angehöriger des Court erkauft.

Keine dieser Maßnahmen hatte sich als sonderlich erfolgreich erwiesen. Myfanwy Thomas hatte sie alle vernichtet, noch bevor er überhaupt einen Fuß in ihr Büro hatte setzen können. Jetzt jedoch hatte es den Anschein, als hätte er noch andere Vorbereitungen getroffen und sich weitere Möglichkeiten offengehalten.

*Er plant immer weit voraus,* dachte Odette. *Aber auf den Feind in unserem Rücken war er nicht vorbereitet. Er hat niemals die Möglichkeit der Antagonisten vorhergesehen, und jetzt bedrohen sie unsere Zukunft.* Sie fragte sich, welche anderen Schliche er noch in die Wege geleitet haben mochte. Es konnte sehr gut sein, dass er weitere Einrichtungen und Agenten auf den Britischen Inseln verteilt hatte. Im Hinterkopf jedes Züchters saß das Wissen, dass sie einen Rückzugsort brauchten, wo sie vor dem Zorn der Checquy sicher waren, falls die Verhandlungen scheiterten.

»Also gut«, lenkte Marie ein. Zum ersten Mal, seit Odette sich erinnern konnte, klang die Frau unsicher. »Wir aktivieren die Chimären und schaffen sie her. Aber ich bin immer noch nicht von der Weisheit dieser Entscheidung überzeugt. Wie wollen wir selbst mit diesen Soldaten die Antagonisten in London finden? Diese Stadt ist riesig!«

»Aber sie ist erheblich kleiner als ganz Europa«, antwortete der Graaf beschwichtigend. »Ich habe vollkommenes Vertrauen in Sie. Dieses Problem muss beseitigt werden, ohne dass die Checquy auch nur erfährt, dass es jemals existiert hat.« Die Anwesenden am Tisch stimmten leise murmelnd zu. »Wenn das Thema damit erledigt ist, kann Alessio wieder hereinkommen, und wir legen den Terminplan für heute fest.«

Anabella eilte zur Tür, hinter der Odettes Bruder in seiner Uniform des Checquy-Anwesens wartete. Sie wirkte, wenn das überhaupt möglich war, an einem menschlichen Wesen noch gruseliger. Er kam peinlich steif herein, als versuchte er, so wenig Körperkontakt zu seiner Kleidung aufzunehmen wie möglich. Odette bemühte sich um eine ausdruckslose Miene.

»Du siehst wirklich sehr nett aus«, meinte von Suchtlen herzlich.

»Aber du trägst den Hut ja gar nicht«, stellte Odette hilfreich fest. Alessio warf ihr einen Blick zu, der ihr Vergeltung der übelsten Art androhte, und ohne auch nur eine Miene zu verziehen, setzte er sich die Kreissäge auf den Kopf. Alle Versammelten applaudierten höflich, und Alessio schloss die Augen, um seine Qualen besser zu ertragen. Odette nahm die Gelegenheit wahr, ein paar Fotos mit ihrem Handy zu schießen.

»Was für eine faszinierende Garderobe«, sagte sie leise, als Alessio neben ihr Platz nahm. »Sie ist sicherlich geschwängert von historischer und kultureller Bedeutung.«

»Ich glaube ganz bestimmt, dass das nur deshalb der Fall ist, damit ich ein leichtes Ziel bin, falls sie mich erschießen wollen«, punktete Alessio.

»Ist da eine Teekanne auf dem Wappen? Warum sollte jemand eine Teekanne als Wappen wählen?«, erkundigte sich Odette liebenswürdig.

»Um mich zu foltern«, erwiderte Alessio. »Diese Uniform ist wahrscheinlich die Rache dafür, dass meine Vorfahren vor Jahrhunderten eingefallen sind und das Volk abgeschlachtet haben.«

Beide blickten gleichzeitig zum Kopfende des Tisches, wo einer jener besagten Vorfahren soeben an einer Teetasse nippte und mit seinem Smartphone herumspielte.

»Du kannst dich ja gern mit ihm auseinandersetzen«, schlug Odette vor. Alessio stöhnte leise, während er an seinem Blazer herumzupfte. »So schlecht ist sie gar nicht«, sagte sie beschwichtigend. »Und Grootvader Ernst mag sie.«

»Grootvader Ernst wurde zu einer Zeit geboren, als Männer noch Strumpfhosen trugen. Und Hüte mit Federn daran!« Großonkel Marcel warf ihnen einen scharfen Blick zu, und sie verstummten.

Der Terminplan für diesen Tag war ziemlich straff. Die gesamte Delegation würde zum Apex House gebracht werden, dem Verwaltungshauptquartier der Checquy. Ein Sicherheitsdienst würde sie scannen und registrieren, bevor Alessio dann mit seiner Schülergruppe losziehen und der Rest der Delegation von der Hälfte des Court formell am Verhandlungstisch begrüßt werden würde. Der Lord war bedauerlicherweise verpflichtet, sich jeden Mittwochmorgen mit dem Premierminister zu treffen, Rook Kelleher hatte eine Erkältung, Chevalier Whibley war auf dem Rückweg von einer Reise in Übersee, und Bishop Alrich zerbröselte angeblich zu fettiger Asche, wenn er während der normalen Geschäftsstunden seine Nase zeigte. Danach würden sich alle auf Arbeitsgruppen verteilen und sich der verschiedenen Themen annehmen.

»Und seid unbedingt immer höflich«, sagte von Suchtlen. »Sie beäugen uns ebenso argwöhnisch wie wir sie. Seid professionell, seid normal. Und bemüht euch, alles zu vermeiden, was dazu führen könnte, dass sie uns auslöschen.«

# 9

**Schwärze. Schwärze und Kälte,** und ein schrecklicher Druck, der auf jedem Körperteil von ihr lastete. Das war alles, was Felicity spürte. Es gab keinen Raum für irgendeinen Gedanken. Sie konnte sich nur an das eine warme Ding klammern, das existierte. Sie vergrub ihr Gesicht in dieser Weichheit und spürte, wie sich Arme fest um sie schlossen. Um sie herum bewegte sich die kalte Dunkelheit, erhob sich, presste sie zusammen und schob sie irgendwohin. All das dauerte sehr, sehr lange.

*Licht!*

Es flammte überall um sie herum auf. Und es war nicht das furchteinflößende grüne Gleißen von Pawn Jennings, sondern ein weiches, sanftes, warmes Grün, das durch ihre Augenlider sickerte und ihre Haut streichelte. Die Vorderseite ihres Körpers wurde warm, und die Kälte an ihrem Rücken war nicht mehr so schlimm wie zuvor. Ein paar Sekunden lang schien sie in dem Licht zu schweben.

Dann fiel sie, schlug um sich, streckte sich und landete nach etwa einem Meter auf einer weichen, nachgiebigen Oberfläche. Der Geruch von Kunststoff und Nylon war sehr vertraut. *Eine Polstermatte,* sendete ihr Bewusstsein etwas undeutlich aus. *Wie beim Sportunterricht in der Schule.* Sie versuchte, die Augen zu öffnen, aber die Lider klebten zusammen, und sie musste sie reiben, bevor sie etwas erkennen konnte. Auf ihren Händen sah sie kleine Kristalle, die langsam zu Wasser schmolzen. *Frost.*

Felicity war erschöpft, aber es gelang ihr, sich auf die Ellenbogen zu stützen und sich umzusehen. Sie lag rücklings auf einer breiten blauen Polstermatte in einem weißen Raum mit Fenstern, durch die man den grauen Himmel sehen konnte. Die Polstermatte von olympischer Größe schien das einzige Möbelstück zu sein. Und der ganze Raum war angenehm warm.

*Wenn das hier das Jenseits ist, haben sich alle verdammt geirrt.*

Neben ihr lag der gekrümmte braune Rücken eines nackten Mannes. *Großartig, noch einer,* dachte sie erschöpft. *Aber der scheint wenigstens etwas normaler zu sein.* Soweit sie sehen konnte, hatte der Nackte einen hübschen Rücken, aber es schien ihm nicht sonderlich gut zu gehen. Sein ganzer Körper war mit einer Schicht Raureif bedeckt, und er zitterte. Die Muskeln in seinen Schultern und Armen verkrampften sich heftig. *Das ist nicht gut,* dachte sie. *Ich sollte vielleicht besser – irgendetwas tun.* Es kostete sie ihre ganze Energie, aber schließlich gelang es ihr, sich aufzusetzen. Sie spürte, wie ihr Kopf auf ihrem Hals hin und her wackelte wie der eines Babys.

An diesem Punkt fiel Felicity auf, dass sie ebenfalls nackt war. Ihre Rüstung und ihr Overall waren verschwunden, und weder ihre Pistole noch ihre Armbanduhr waren irgendwo zu sehen. Selbst die schmierige und auf Abfall basierende visuelle und olfaktorische Tarnung war vollends verschwunden. Sie trug nur einen dünnen und rasch schmelzenden Überzug aus Eis und Raureif. Einen Moment spielte sie mit dem Gedanken, ihre Sicht über den Raum hinaus nach außen zu schicken, aber allein schon die Vorstellung laugte sie aus. *Es ist wohl besser, einfach aufzustehen und die Tür zu öffnen.*

Denn es gab eine Tür, und irgendwo dahinter klingelte eine Glocke. Sie hatte es gerade geschafft, sich hinzuknien, als die Tür aufschwang und eine Frau in der Uniform einer Krankenschwester hereinkam. Sie war dunkelhäutig und etwa Ende fünfzig oder Anfang sechzig. Als die Krankenschwester die beiden nackten Menschen auf der Matte sah, riss sie die Augen auf.

»Lieber Gott!«, stieß sie überrascht hervor. »Er hat noch jemanden mitgebracht!«, schrie sie durch die offene Tür zurück. »Geht's Ihnen gut?«, fragte sie Felicity, die zur Antwort nickte. Die Schwester betrachtete sie kurz prüfend und beugte sich dann über den nackten zuckenden Mann, um ihm eine Spritze zu geben. Sein Zittern wurde schwächer und hörte dann vollkommen auf. Behutsam rollte die Frau ihn auf den Rücken. Es war Pawn Chopra. Seine Augen waren geschlossen, und seine Atmung wurde leichter.

Die Krankenschwester trocknete Chopra zügig ab, legte eine Decke über ihn und gab ihm einen Kuss auf die Stirn. Dann nahm sie eine Brille aus ihrer Tasche und legte sie neben seinen Kopf auf die Matte.

»Seine Kontaktlinsen sind bei der Reise verloren gegangen«, erklärte sie Felicity. »Und er mag es, wenn er aufwacht und seine Brille neben ihm liegt. Und jetzt trocknen wir Sie ab und besorgen Ihnen einen Bademantel.«

»Aber ich muss die anderen benachrichtigen, dass wir noch am Leben sind!«, rief Felicity. »Sie glauben bestimmt, dass wir in dem Feuer umgekommen sind. Und der nackte Hausbesitzer im REDEM!« Sie verstummte unter dem höflichen, aber verständnislosen Blick der Krankenschwester. »Sind Sie – Sie sind doch bei der …?«, setzte Felicity an, aber die Frau hob rasch die Hand.

»Ich habe nichts mit Ihrer kleinen Gruppe zu tun«, antwortete sie.

»Sie sind eine Zivilistin?« Vor Entsetzen klang Felicitys Stimme schrill. Ihr war klar, dass sie nicht nur höchst geheime Angelegenheiten vor einer Zivilistin ausgeplaudert hatte, sondern dass sie auch ziemlich schwachsinnig klingen musste.

»Ich bin nur eine Schwester hier im Krankenhaus, aber machen Sie sich keine Sorgen, wir haben Ihre Leute sofort verständigt, als Sie gekommen sind. Ich heiße Cedella. Bitte verraten Sie mir nicht Ihren Namen. Den muss ich nicht kennen, und ich würde zudem sehr gern so wenig wie möglich über Sie alle wissen.«

»Ich – ja, okay.« Felicity war etwas brüskiert. »Sie haben gesagt, das wäre ein Krankenhaus? Was für ein Krankenhaus? Wo sind wir?«

»Das ist das William Harvey Hospital«, erwiderte Cedella. »In Ashford.«

»Ashford?«, wiederholte Felicity verständnislos.

»In Kent«, erläuterte die Krankenschwester hilfreich.

»Kent. Warum und – wie sind wir nach Kent gekommen?«

»Durch ihn.« Cedella tätschelte Pawn Chopra sanft den Kopf. »Das ist das Zimmer, in dem Sanjay geboren wurde. Ich war vor einundzwanzig Jahren hier, als er geboren wurde. Und seither kommt er immer wieder zurück.«

Felicity starrte sie an.

»Im ersten Jahr passierte das etwa vier Mal. Fragen Sie mich bloß nicht, was das für einen Aufstand verursachte, als er ohne jede Erklärung in dem Krankenhausbett auftauchte. Eine Weile dachten die Leute, er wäre gekidnappt worden.« Sie legte taktvoll ein Handtuch über Felicitys Schoß und rieb dann ihre Schultern und ihren Rücken trocken. »Obwohl ich nicht weiß, was für ein Kidnapper ein Kind immer wieder an denselben Ort zurückbringen würde«, meinte die

Schwester indigniert. »Vor allem, da nie jemand gesehen hat, wie er in das Gebäude gebracht wurde. Eine Patientin ist aufgewacht und fand das weinende Baby in ihrem Schoß. Aber dann habe ich einmal gesehen, wie der Junge auftauchte. Er ist einfach in dem Bett erschienen, in dem er geboren wurde – er hat sich irgendwie aus dem Nichts gewunden.« Sie schüttelte lächelnd den Kopf. »Ich wusste nicht, was ich tun sollte. Niemand hätte mir geglaubt. Vielleicht hätten sie sogar gedacht, dass ich der Entführer gewesen wäre. Die Polizei hatte mir bereits lauter Fragen gestellt, weil ich ihn immer wieder fand. Gott sei Dank passierte das einmal einer anderen Schwester, als ich Urlaub hatte.« Sie legte ein frisches Handtuch um Felicitys Schultern, löste ihre Zöpfe und machte sich daran, ihr Haar kräftig zu frottieren. Felicity fühlte sich fast wieder wie ein Kind, dem das Haar von einer Kinderschwester auf dem Anwesen nach einem Bad trocken gerieben wurde. Die Geste hatte die gleiche forsche Intimität.

»Also hat ein Verwaltungsbeamter des Krankenhauses mich zu sich gerufen und mich gefragt, was passiert sei. Ich hatte es so satt, immer wieder verhört zu werden, dass ich ihm die Wahrheit über das erzählt habe, was ich gesehen hatte«, meinte die Krankenschwester. »Zwei Tage später hieß es, das Baby sei gestorben. Und dann wurde entschieden, dass das Zimmer Nummer vier nicht mehr benutzt werden sollte. Danach wurde ich ins Büro des Krankenhausdirektors gerufen. Er hieß mich willkommen und verließ dann den Raum. Zwei Ladys kamen herein. Sie waren sehr elegant gekleidet und erklärten mir, dass das Baby nicht tot wäre, sondern dass sich der kleine Junge in der Obhut der Regierung befände. Und dass ich noch ein paar Pflichten mehr hier im Krankenhaus übernehmen müsste. Wenn ich diese Pflichten akzeptierte und sie geheim hielte, würde ich erheblich mehr Geld bekommen und zudem die Dankbarkeit der ganzen Nation. Wenn nicht … Sie haben nie wirklich gesagt, was dann passieren würde. Aber ich habe auch so kapiert, dass es nicht annähernd so angenehm sein würde wie ihr Angebot.«

»Also haben Sie zugestimmt.« Felicity war fasziniert. Den Kindern auf dem Anwesen wurde nur selten erzählt, wie sie zur Checquy gekommen waren. »Und Sie … Sie haben es den Eltern niemals erzählt?«

»Nein. Das hätte mir den Groll der Nation eingetragen«, erwiderte die Schwester kurz angebunden. »Außerdem haben in dieser Nacht Männer die Möbel aus Zimmer vier geholt und stattdessen diese Turnmatte und die Überwachungskameras angebracht.«

Felicity sah sich um und bemerkte die kleinen blinkenden roten Lichter in den Ecken des Raums.

»Die sagen uns, wann er angekommen ist. Ansonsten bleibt dieser Raum frei. Sie glauben ja gar nicht, wie unpraktisch das ist. Er liegt mitten im Gang. Trotzdem, irgendwie macht das die Arbeit interessanter«, fuhr Cedella fort. »In den ersten paar Jahren riefen sie uns an, um uns darüber zu informieren, wann er zurückkommen würde. Ich hatte erwartet, dass sie ihn vermissten und wussten, dass er hierher unterwegs wäre. Dann gingen ich oder eine der anderen Schwestern in den Raum, mit einer Decke und einer Flasche heißer Milch für das Baby, und wir warteten auf ihn. Wenn er da war, wärmten wir ihn und kümmerten uns ein bisschen um ihn, bis jemand vorbeikam und ihn in einem Auto mitnahm. Manchmal erschien er jedoch ohne Vorwarnung«, erinnerte sie sich. »Ich glaube, dass er hier auftauchte, wenn er in Schwierigkeiten geriet oder einfach nur Gesellschaft wollte. Dann klingelte mitten in der Nacht die Glocke, ich ging in das Zimmer und sah, wie er zitternd dasaß und sich das Eis von den Armen wischte. Also rief ich sie an, um ihnen zu sagen, dass er bei uns war, und wir beide unterhielten uns. Ich gab ihm Ratschläge, was die Schule oder Mädchen anging, oder was immer ihm gerade auf der Seele lag. Seit er erwachsen ist, taucht er nicht mehr so oft auf. Und wenn er es tut, ist es nie leicht. Manchmal hat er Verletzungen, was es noch viel schlimmer macht. Ein paarmal mussten wir ihn defibrillieren. Und die Reise hierher ist auch nicht gerade gut, was Wunden angeht. Aber bisher hat er noch nie jemand anderen mitgebracht.«

»Die Reise ...« Felicity versuchte sich daran zu erinnern. »Wir waren ... irgendwo anders. Er hat uns von einem Feuer weggebracht, und es gab da so einen Ort.« Jetzt, als sie darüber nachdachte, kam ihr das alles wie ein Traum vor, der langsam verblasste. »Ein dunkler Ort. Und kalt.«

»Klingt so«, meinte die Schwester gleichgültig. »Ich war selbst nie da und habe auch ganz bestimmt keine Lust, dorthin zu gehen. Er kommt immer eiskalt und vollkommen nackt hierher. Er hat weder Kleider noch Deodorant, und er hat auch keinen Schmutz an sich, nichts.« Sie hatte Felicity inzwischen abgetrocknet. »Die positive Seite ist, dass Ihr Haar niemals sauberer sein wird.«

*Das ist doch immerhin etwas*, sagte sich Felicity. Sie hatte sich nicht gerade darauf gefreut, dieses ganze nach Müll stinkende Tarnzeug aus ihrem Haar zu waschen.

»Um welche Zeit sind Sie hierher aufgebrochen?«, fragte die Schwester. »Sie wollen, dass wir die Zeit notieren.«

»Etwa um vier Uhr?«, schätzte Felicity. Sie hatte ihr Zeitgefühl verloren, aber sie erinnerte sich noch schwach daran, dass sie das Haus am Nachmittag betreten hatten.

»Morgens?«

»Nein, nachmittags.«

»Meine Güte!«, stieß die Schwester hervor. »Achtzehn Stunden. Das ist seine bisher längste Reise. Der arme Junge.« Sie streichelte den schlafenden Pawn Chopra sanft.

»Achtzehn Stunden?«, wiederholte Felicity ungläubig. »Sie meinen, es ist Mittwoch?«

Die Schwester nickte. »Mittwochmorgen«, sagte sie und gab Felicity einen weichen Bademantel. »Also, wie wär's mit einer Tasse Tee?«


»Es scheint, Rook Thomas, dass der Mann von seinem eigenen Bart stranguliert wurde.«

»*Von* seinem Bart oder *damit*?«, erkundigte Myfanwy sich irritiert.

»Von.«

»Das ist auf jeden Fall unsere Aufmerksamkeit wert«, sagte sie und machte sich eine Notiz, sich das Haar kurz schneiden zu lassen. »Setzen Sie eine kurze Untersuchung diesbezüglich an, und wenn irgendetwas Ernsthaftes dabei herauskommt, erhöhen wir die Priorität.«

»Ja, Ma'am.« Die Stimme kam aus einem Lautsprecher in der Mitte des Konferenztisches.

»Wenn das im Moment alles ist, was Sie brauchen, beende ich das Gespräch«, sagte sie. »Ich bin den Rest des Morgens hier im Apex House, und sobald wir die formelle Begrüßung erledigt haben, kehre ich in die Rookery zurück. Rufen Sie Mrs. Woodhouse oder mich an, wenn irgendetwas bei der Untersuchung herauskommt.« Ein Chor von bejahenden Stimmen drang aus dem Lautsprecher, dann wurde das Gespräch beendet. »Ingrid, machen Sie mir bitte einen Termin beim Friseur?«

»Selbstverständlich, Rook Thomas. Und einen Kaffee?«

»Nur, wenn Sie die nächste Stunde überleben wollen«, gab Myfanwy zurück. Die vorige Nacht war erheblich länger geworden, als sie erwartet hatte. Sie hatte früh aufstehen müssen, um das Apex vor dem morgendlichen Stau zu erreichen. Jetzt hatte sie sich in das Sitzungszimmer zurückgezogen, mit einem Stapel von Papieren, einem Stift und der festen Absicht, einen Haufen Arbeit zu erledigen.

Sie öffnete den Aktenordner, der die Berichte der letzten Nacht enthielt. Wie immer war sie von den Dingen verblüfft, die in der Welt so passierten. Jeden Tag und jede Stunde strömten Geschichten über irgendwelche bizarren Ereignisse zur Checquy. Diese Berichte stammten aus vielerlei Quellen – von der Polizei, den Rettungsdiensten, von religiösen Institutionen, Ämtern, Universitäten. Auf allen Britischen Inseln waren hohe Beamte ständig mit ungewöhnlichen Situationen konfrontiert. Manchmal sahen sie Dinge, die sie sich nicht erklären konnten und die keinerlei Logik zu haben schienen. Oder ein Untergebener ging zu seinem Boss, verwirrt oder verängstigt von einem Ereignis, das er nur als »unnatürlich« beschreiben konnte. An diesem Punkt erinnerte sich der Vorgesetzte für gewöhnlich an die vagen, aber höchst beunruhigenden Instruktionen der Regierung und wählte die Nummer, die ihm diese Beamten gegeben hatten. Eine Nummer, über die sie mit der Rookery verbunden wurden.

Die Berichte wurden von Agenten der Checquy entgegengenommen, die ein spezielles Training erhalten hatten, damit sie mitfühlend und ganz und gar nicht skeptisch klangen. Alle Meldungen wurden pflichtbewusst niedergeschrieben, überprüft, analysiert, erneut überprüft und dann weitergegeben. Viele wurden als Falschmeldungen oder Duplikate identifiziert, aber einige verbreiteten sich weiter durch die Rangstufen nach oben, bis sie zum Zeichen der Anerkennung ein Häkchen bekamen und eine offizielle Reaktion autorisiert wurde. In Myfanwys Verantwortung lag lediglich die Genehmigung der kostenintensivsten Aktivitäten, aber jeden Morgen und jeden Abend bekam sie eine Zusammenfassung der jüngsten Ereignisse, ein Destillat des Übernatürlichen im Vereinigten Königreich.

Die Berichte vor ihr schlossen auch die Vorkommnisse der letzten Nacht in dem italienischen Restaurant ein. Die Toten waren unauffällig zum Leichenschauhaus im Apex gebracht worden, obwohl eine Leiche aufgeplatzt war, als man sie die Treppen hinuntergetragen hatte. Das Ergebnis war furchterregend. Die Wissenschaftler kannten zwar die Natur dieser schwarzen Flüssigkeit noch nicht genau und waren auch nicht zu dem Schluss gekommen, dass sie wirklich gefährlich war. Aber es war höchst unwahrscheinlich, dass das Restaurant in naher Zukunft wieder eröffnen konnte. Allerdings war dieses Massaker nicht das einzige übernatürliche Ereignis, das sich nach Feierabend am gestrigen Tag zugetragen hatte.

Es gab einen Jungen in Cornwall, dessen Augen über Nacht die Farbe gewechselt hatten.

Und Rettungstaucher hatten ein Frachtschiff untersucht, das vor zwei Wochen in der Nähe von Port Immingham gesunken war. Sie hatten Abdrücke im Rumpf gefunden, die offenbar von riesigen Zähnen stammten.

Alle Reptilien im Edinburgher Zoo waren zur selben Zeit geschmolzen, und ihre abgeworfene Haut war am Boden verdampft.

In Thetford waren zwei VW-Beetle als gestohlen gemeldet worden. Man hatte sie auf einem Feld vor der Stadt gefunden, nachdem Anwohner lautes und immer heftigeres Hupen und das Geräusch von knirschendem Metall gehört hatten. Die Polizei schrieb in ihrem Bericht, dass offenbar eines der Fahrzeuge versucht hatte, das andere zu besteigen.

Und dann fand sie am Ende der Liste mit roter Tinte die Nachricht, die sie befürchtet hatte. *Noch einer,* dachte sie. *Verflucht! Und im Gegensatz zu den sich paarenden Autos, die auch auf einen Studentenstreich zurückgehen mögen, kann kein Zweifel daran bestehen, dass diese Meldung echt ist.* Sie blätterte die Fotos durch.

So wie bei den anderen hatte auch das Ereignis hier in einem Zimmer eines Hauses begonnen. In diesem speziellen Fall handelte es sich um ein Schlafzimmer in Wellingborough. Das Zimmer sah ganz normal aus, ein Doppelbett, gerahmte Monet-Drucke, eine Vase mit Trockenblumen auf der Kommode. Nur die großen Kristalle fielen aus dem Rahmen, die aus den Wänden der Decke und dem Boden gestoßen waren. Sie waren etliche Meter lang, rasiermesserscharf und zielten alle auf dieselbe Stelle im Raum, und zwar vor der Kommode. Dort war die vierundsiebzigjährige Miss Audrey Dudgeon in Nachthemd und Bademantel zusammengesackt, wurde jedoch von den glänzenden Spießen festgehalten. Die Kristalle waren milchig und ein wenig transparent, nur nicht in der Nähe ihres Körpers, wo sie innen rot gefärbt waren. Es hatte zwar noch keine Autopsie stattgefunden, aber Myfanwy wusste, dass Miss Dudgeons Blut in ihrem Körper kristallisiert sein würde. Wie bei all den anderen.

Die Checquy verfolgte diesen Fall seit seinen Anfängen vor zwei Jahren, als ein Mann und sein Sohn von den Kristallen im Wohnzimmer ihres Hauses in Daventry aufgespießt und später gefunden worden waren.

Am Anfang hatte es zwei Theorien gegeben. Einige glaubten, dass dieses Phänomen mit der Region zu tun haben könnte – es existierten Präzedenzfälle für solche Dinge. Zum Beispiel gab es ein Anwesen im West Country, Yalding Towers, wo angeblich Statuen in der Nacht umherwandelten. In Herefordshire war der Ryhope Wood angeblich nicht zu durchqueren. Dieser geheimnisvolle Ort verwirrte einen so sehr, dass man sich immer wieder verirrte und an derselben Stelle herauskam, wo man losgegangen war. Allerdings gab es Gerüchte von einigen höchst sonderbaren Kreaturen, die gelegentlich aus dem Wald traten. Und selbst die alte Deptford Power Station im Südosten Londons hatte angeblich eine Weile das örtliche Wetter beherrscht, bevor sie diskret abgebaut worden war.

Eine andere Theorie favorisierte die Möglichkeit, dass eines der Opfer den Vorfall mit den Kristallen verursacht hatte. Vielleicht hatte es plötzlich eine Fähigkeit manifestiert, die es nicht kontrollieren konnte. Auch dafür gab es Präzedenzfälle. Die Statistiker der Checquy hatten errechnet, dass ein kleiner, aber bedeutsamer Prozentsatz der Bevölkerung, der an Aneurysmen starb, eigentlich spontane Telekinetiker gewesen waren, die zufällig versucht hatten, irgendetwas Schweres mit ihren Gehirnen zu bewegen. Doch dann, in den nächsten zwei Jahren, waren fünf weitere Todesfälle durch Kristalle aufgetaucht, zwei in London und drei im County Northamptonshire. Die beiden in London entsprachen beiden Theorien. Die Checquy war zu dem Schluss gekommen, dass tatsächlich ein Individuum oder ein Organismus diese Todesfälle verursacht hatte, ob nun wissentlich oder unwissentlich. Myfanwy hoffte sehr, dass es nicht mit Absicht geschehen war, weil sie es in diesem Fall mit einem übernatürlichen Serienmörder zu tun gehabt hätten. Fragen wurden gestellt, nicht nur innerhalb der Checquy, sondern auch auf den höchsten Ebenen der britischen Regierung. Und allmählich wurde Druck ausgeübt.

*Und jetzt kommen diese Fälle immer häufiger vor,* dachte sie grimmig. *Zuvor vergingen Monate zwischen zwei Ereignissen dieser Art, aber seit dem letzten sind nur fünf Wochen verstrichen. Wir müssen dem ein Ende bereiten.* Sie machte sich eine Notiz, mehr Ressourcen für die Ermittlung freizusetzen, dann schnaubte sie. Immer wieder ertappte sie sich dabei, dass sie vor der Macht und Autorität, über die sie verfügte, erschrak. Vor allem, da sie, technisch gesehen, nicht die Myfanwy Thomas war, die einst zur Rook gemacht worden war.

Die Myfanwy Thomas, die von der Checquy großgezogen und vom Pawn zur Rook befördert worden war, war eine schüchterne Frau gewesen, die Angst davor gehabt hatte, ihre übernatürlichen Kräfte oder ihre Autorität zu nutzen. Das war auch genau genommen einer der Gründe gewesen, weshalb sie befördert worden war, nämlich damit sie keine Bedrohung für gewisse Gruppierungen innerhalb der Checquy darstellte. Statt das Kommando zu übernehmen, hatte die alte Myfanwy Thomas ihre Aufmerksamkeit darauf konzentriert, eine exzellente Bürokratin zu werden.

Dann hatte sie jedoch zu ihrer Verblüffung Warnungen aus etlichen Quellen erhalten, und jede einzelne davon sagte ihr voraus, dass sie ihr Gedächtnis verlieren würde, dass man es ihr entreißen würde. Die meisten Menschen hätten das spöttisch abgetan, aber schließlich war dies hier die Checquy. Leute, die an diesem Ort über das Unmögliche spotteten, standen meist kurz darauf ziemlich dumm da. Statt also diese Möglichkeit spöttisch abzutun, hatte sie wie eine wahre Bürokratin reagiert, ein paar Tränen der Trauer verdrückt und sodann eine Reihe von Anweisungen für ihr zukünftiges Selbst aufgesetzt – für die Frau, die aufwachen würde, ohne zu wissen, wer sie war oder was für eine Art Leben sie geerbt hatte.

Und nach einiger Zeit waren die Vorhersagen auch eingetroffen. Man hatte ihr ihre Erinnerung gestohlen, und ihr von Amnesie geschlagenes Selbst war in einem Park aufgewacht, ohne die geringste Ahnung zu haben, was vorging. Dafür hatte sie zwei extrem informative Briefe von ihrem alten Selbst in ihrer Tasche gefunden. Die Briefe hatten die allgemeine Lage umrissen und ihr die Wahl gelassen, entweder das Land zu verlassen oder aber die Identität von Myfanwy Thomas anzunehmen, ohne jemandem zu verraten, dass sie keine Ahnung hatte, wer sie war. Wahrscheinlich gegen ihr besseres Wissen hatte sie die letzte Option gewählt.

Mit den Notizen ihres Prä-Amnesie-Selbst bewaffnet, war sie in die Rolle der Rook geschlüpft. Es war nicht immer einfach gewesen, aber bis jetzt hatte sie keine Katastrophen verursacht, trotz der Tatsache, dass sie sich letztlich als sie selbst maskierte. Eine Rolle, für die sie nicht übermäßig begabt war. Allerdings war sie im Gegensatz zu ihrem alten Selbst nicht schüchtern, und sie war vielleicht auch ein kleines bisschen zu scharf darauf zu sagen, was sie dachte, und zu tun, was sie wollte. Die Veränderung in ihrer Persönlichkeit war der Organisation durchaus aufgefallen, aber nur zwei Menschen wussten, dass sie ihr Gedächtnis verloren hatte.

Die eine war Linda Farrier, die Lady der Checquy, die den Vorteil hatte, im schlafenden Verstand anderer Leute herumspazieren und ihre Nase in alles stecken zu können, was sie interessierte. Die zweite war Myfanwys Vorstandsassistentin, Ingrid Woodhouse. Es gab natürlich keinerlei Möglichkeit, solch eine Angelegenheit vor seiner eigenen Chefsekretärin zu verheimlichen. Myfanwy vermutete, dass das Kaninchen, das sie als Haustier geerbt hatte, sich ihrer Veränderung ebenfalls bewusst war, aber sie hatte das noch nicht bestätigen können.

»Rook Thomas?«

Myfanwy sah erschrocken hoch. Sie hatte gerade über die verschlungenen Pfade ihres Lebens nachgegrübelt und jedes Zeitgefühl verloren. Ingrid stand mit einem dampfenden Getränk an der Tür, das sie auf einer Untertasse balancierte.

»Oh, Gott sei Dank!«, stieß Myfanwy hervor.

»Sie werden es brauchen«, sagte Ingrid grimmig. »Bishop Attariwala hat gerade angerufen und gesagt, dass er sich so schnell wie möglich mit Ihnen in seinem Büro treffen möchte.«

»Hat er auch gesagt, worum es geht?«, wollte Myfanwy wissen. Sie hatte ein ungutes Gefühl im Magen.

»Bedauerlicherweise nicht.«

»Also heißt das, es wird übel.«

»Das bedeutet, es wird sehr übel«, stimmte Ingrid ihr zu.

»Schön. Aber ich nehme meinen Kaffee mit«, erklärte Myfanwy.

»Soll ich sehen, ob ich irgendetwas Alkoholisches finde, das ich hineingießen könnte?«

»Wahrscheinlich besser nicht. Aber vielleicht brauche ich hinterher etwas.«

Unter den Anweisungen, die die alte Myfanwy Thomas der neuen Myfanwy Thomas hinterlassen hatte, befanden sich auch Dossiers zu prominenten Angehörigen der Checquy. Am Anfang hatte Myfanwy sich auf die Leute konzentriert, mit denen sie eng zusammenarbeitete. Das waren meistens Mitglieder des Court gewesen. Bedauerlicherweise war einer vom Court prompt in einer Schlacht gefallen, und zwei andere wurden als Verräter enttarnt. Eine Verantwortlichkeit der Rook bestand darin zu helfen, Ersatzleute auszusuchen, und deshalb war sie sehr vertraut mit den Geschichten der Kandidaten. Als sie sich Raushan Singh Attariwalas Büro näherte, ging Myfanwy in Gedanken durch, was sie über den neu ernannten Bishop wusste.

Raushan und seine Familie waren überzeugte Sikhs und aus Indien ins Vereinigte Königreich emigriert, als er noch ein Kind gewesen war. Sie hatten sich in Blackpool niedergelassen. Mr. Attariwala war Pharmazeutiker, und seine Frau arbeitete als Sekretärin für den örtlichen Stadtrat. Sie hatten vier Kinder, von denen Raushan das älteste war. Sie alle sprachen Englisch mit Akzent und trugen stolz die orangerot gestreiften Hemden der Küstenbewohner. Aber sie vergaßen nie, woher sie gekommen waren, und sprachen weiterhin flüssig Punjabi und Hindi.

Raushan war ein ernstes Kind, und er war sich seiner Verantwortung als ältester Sohn sehr bewusst. Er war sehr fleißig in der Schule und hatte auch Freunde, aber seine Lehrer beschrieben ihn als zurückhaltend. Sein Leben verlief ziemlich durchschnittlich, bis Raushan neun Jahre alt wurde. Zu diesem Zeitpunkt spielte er in einem Schulteam Kricket, und es gelang ihm, den Ball derartig zu werfen, dass er mit einem ohrenbetäubenden Krachen den Schläger des gegnerischen Teams zerschmetterte.

Niemand wurde verletzt, aber der Schlagmann fing vor Schreck an zu weinen. Einen Augenblick waren die Besucher konsterniert, aber dann setzte sich die einhellige Meinung durch, dass dieser Vorfall auf einem Materialfehler beruhte – ein billiger Schläger war genau an der richtigen Stelle von einem Glückstreffer malträtiert worden. Ein einmaliger Zufall. Dem Schläger wurde barsch mitgeteilt, er solle aufhören, sich wie ein Weichei zu benehmen, die Trümmer des Schlägers wurden zusammengefegt, ein neuer Schläger wurde besorgt – der Ball wurde niemals gefunden –, das Spiel wurde fortgesetzt, Raushans Team verlor, und für ein paar Wochen genoss Raushan eine gewisse lokale Berühmtheit.

Zwei Leute jedoch wussten genau, dass es kein einmaliger Zufall war. Der Erste war Raushan selbst, der ein mächtiges Kribbeln in den Fingerspitzen gefühlt hatte, als der Ball sich förmlich aus seiner Hand gerissen hatte. Die zweite Person war einer der Schiedsrichter, der zufällig ein pensionierter Checquy-Agent war. Als passionierter Kricketspieler und ehemaliger Agent war er in der Lage, aus einer Meile Entfernung einen billigen Schläger von einer übernatürlichen Manifestation zu unterscheiden, und er wusste genau, dass es an diesem Tag nur eins von beidem gewesen sein konnte. Er gab seine Gedanken an eine alte Kollegin weiter, die immer noch im Spiel war – in der Checquy, nicht beim Kricket. Sie war fasziniert und stellte Attariwalas Haus unter Beobachtung.

In den nächsten Wochen bekamen die Beobachter der Checquy mit, wie Raushan heimlich mit seinen neuen Fähigkeiten experimentierte und kinetische Energie zu manipulieren versuchte. Seine Bemühungen waren zwar unbeholfen, aber beeindruckend. Er schnippte eine Münze durch das Dach des Hauses und warf einen Tennisball zweimal aufs Meer hinaus. Als er einen Fußball durch den Stamm einer Kiefer trat, kamen sie zu dem Schluss, dass es Zeit wurde, ihn unter ihre Fittiche zu nehmen.

Das war ein Aspekt der Checquy, an den Myfanwy sich nur mit einigen Mühen hatte gewöhnen können. Offenbar reservierte sich die Monarchie in Großbritannien gewisse Rechte, die man unter »königliches Vorrecht« zusammenfasste. Viele dieser Rechte hatten etwas mit Regierungspolitik zu tun, mit Verteidigungspolitik, Außenpolitik und juristischen Angelegenheiten. Sie schlossen allerdings auch einige höchst unerwartete Privilegien ein, zum Beispiel den automatischen Besitz aller unmarkierten Schwäne auf offenen Gewässern, aller Wale, Störe und Schildkröten, die irgendwo auftauchten. Stolperte man über eine besitzerlose Schildkröte, gehörte sie dem Königshaus.

Ein jedoch nicht veröffentlichtes Element des königlichen Vorrechts war die automatische Vormundschaft über »jegliche Person oder Kreatur, die Eigenschaften und Fähigkeiten zeigt, für die keine Erklärung geliefert werden kann«. Wenn man also ein Kind gebar, das mit dem Atem Brot backen konnte, gehörte es ebenfalls dem Königshaus.

Natürlich wollte die Monarchie diese Leute und Kreaturen nicht im Palast haben, weil sie so unnatürlich waren und die Möbel in Mitleidenschaft zogen. Folglich übertrug der Thron die Vormundschaft auf die Checquy, also hatte durch königlichen Erlass der Court der Checquy das Recht und die Verpflichtung, jede Person auf den Britischen Inseln in ihre Obhut zu nehmen, die übernatürliche Fähigkeiten besaß.

In früheren Zeiten war das ein ziemlich einfacher, wenn auch etwas grausamer Prozess gewesen. Es gab unterschiedliche Herangehensweisen, die sich nach der sozialen Zugehörigkeit ihrer Zielperson richteten. Gehörte sie zur gebildeten Klasse, dann präsentierte ein Vertreter der Checquy den Eltern einen blumigen Brief von dem König oder der Königin, in dem befohlen wurde, ihnen das Kind wegzunehmen und die Eltern zur Geheimhaltung zu verpflichten. Es gab ein diskretes Stipendium und in manchen Fällen auch eine Art von Orden. Die ungebildeten, sprich armen Klassen konnten von Glück sagen, wenn man ihnen eine Münze oder einen Schinken vor die Füße warf, bevor man ihr Gör einsackte. Spürte die Checquy, dass die Eltern lästigen Ärger machen wollten, konnte es auch vorkommen, dass sie einfach das Kind entführten und gar keine Erklärung lieferten. Dadurch hinterließen sie bestürzte und verwirrte Familien, die den Rest ihres Lebens trauerten und sich mit Fragen marterten. In keinem dieser Fälle jedoch sahen die Eltern ihr Kind jemals wieder.

Aber die Gesellschaft entwickelte sich weiter, und schließlich wurde es nicht mehr allgemein akzeptiert, den Leuten einfach den Knüppel der königlichen Autorität überzuziehen. Dieser Begriff geriet allmählich auch leicht in Verruf, weil er ständig mit Fällen von gestohlenen Kindern in Verbindung gebracht wurde. Also passte die Checquy ihre Methoden mit der Zeit an. Man beobachtete Familien Wochen oder Monate lang, bevor man die Zielperson einkassierte, und entwarf dabei die bestmögliche Herangehensweise. Vorrangig war, dass die Familien keinen Ärger machten. Im Zeitalter von Zeitungen, Radio und aufmüpfigen Bürgern durfte keine Spur zur Regierung zurückzuverfolgen sein. Man ließ die Eltern in dem Glauben, dass ihr Kind gestorben, weggelaufen oder entführt worden sei. Das war nicht schön, aber notwendig.

Die Akquisition von Raushan verlief nicht so glatt wie bei den anderen Kindern. Grund dafür waren vor allem gewisse Eigenschaften der Attariwala-Familie, nämlich ihr Argwohn und ihre Willenskraft. Eigenschaften, die Raushan in seiner späteren Karriere sehr dienlich sein würden. Aber nach einigen Fehlversuchen wurde er schließlich auf die Schule des Anwesens auf Kirrin Island gebracht, um in der Nutzung seiner Fähigkeiten ausgebildet zu werden. Und obwohl er den Gottesdienst der Kirche von England zusammen mit anderen Schülern auf dem Anwesen besuchte, beharrte er unnachgiebig darauf, auch weiterhin in Sikhismus unterwiesen zu werden. Das war einer von einer ganzen Reihe von Kompromissen, die er erfolgreich mit einer Organisation aushandelte, deren übliche Kompromissbereitschaft etwa in Sätzen wie »Wir existieren nicht. Und jetzt tu, was wir sagen, oder Claire von der Buchhaltung beißt dir den Kopf ab« bestand.

Während seiner Zeit auf Kirrin Island setzte Raushan seine Studien entschlossen und konzentriert fort. Wie alle Studenten arbeitete er eng mit den Wissenschaftlern des Anwesens zusammen und erforschte das Ausmaß seiner übernatürlichen Fähigkeiten. Schon bald konnte er einen Zahnstocher sauber durch ein Ei schießen, ein Ei sauber durch einen Wagen und einen Wagen sauber durch eine Wand. Wie sich nach einigen recht schmerzhaften Experimenten mit Tennisbällen herausstellte, konnte er die kinetische Energie jedoch nicht aus einem Objekt herausnehmen, das auf ihn zuflog. Ebenso wenig konnte er die Geschwindigkeit von Fahrzeugen vergrößern, in denen er fuhr. Allerdings konnte er ihnen zu einem verdammt effektiven Start verhelfen.

Natürlich brach er sämtliche Rekorde des Anwesens bei allen Sportarten, in denen Dinge geworfen wurden. Abgesehen vom Speerwurf. Ein Mädchen in seiner Klasse konnte nämlich den Raum falten, sodass ihr Speer in China landete. Raushan wurde außerdem ein Meister des Schusses über die Bande. Seine Geschosse prallten von Mauern ab und bogen um Ecken, bevor sie dann noch erheblich weiter flogen, als es eigentlich möglich war.

Das war alles sehr nett und beeindruckend, vor allem beim Schulsport. Aber es erwies sich als wenig nützlich für seine Karriere bei der Checquy, außer, dass er dadurch einen Fuß in der Tür hatte. Denn obwohl Raushan bei all seinen Studien brillant war, zeigte er besondere Fähigkeiten für Betriebswirtschaft und Jura. Mit siebzehn unterzog er sich der *Amrit,* der Zeremonie der Taufe bei den Sikhs. Es hatte Bedenken in den höheren Rängen der Checquy gegeben, dass seine Hingabe an den Glauben möglicherweise einen Interessenskonflikt auslösen könnte. Aber Raushans Loyalität gegenüber der Organisation geriet niemals ins Wanken.

Nachdem er seine Abschlussprüfung auf dem Anwesen bestanden hatte, bewarb sich Pawn Attariwala jedoch nicht um eine Position innerhalb der Checquy oder um eine Stelle in der regulären Regierung. Stattdessen ging er nach Cambridge und studierte Jura. Er machte seine Sache so gut, dass die Checquy die Karriereplanung änderte, die sie ursprünglich für ihn vorgesehen hatte.

Nach seinem Abschluss arbeitete er ein Jahr in der Rookery, bevor er dem Verteidigungsminister als Adjutant zugeteilt wurde. Für gewöhnlich bekam er keine verdeckte Identität. Er stellte sich einfach nur als Mr. Raushan Attariwala vor, der von einer anderen Regierungsstelle ausgeliehen worden war. In den nächsten zwölf Monaten arbeitete er hart, gewann Freunde und lernte, wie die Dinge in einer nicht übernatürlichen Regierungsdienststelle funktionierten. Dann wurde er von der Checquy zurückgerufen, die ihn im Apex stationierte, damit er dort bei der Koordination von Auslandsoperationen half. Danach leistete er sein zweites Jahr in der normalen Regierung ab, diesmal im Amt des Auswärtigen und des Commonwealth. Auf diese Art verlief seine Karriere in den nächsten Jahren. Pawn Attariwala wechselte zwischen Jobs in der Checquy und denen im regulären Staatsdienst hin und her. Apex House – Innenministerium. Dem Außenposten der Checquy in Edinburgh folgte das Cabinet Office, dem Comb eine Anstellung im Büro des Generalstaatsanwalts. Und er arbeitete immer unter seinem eigenen Namen.

Am Ende des Jahrzehnts wurde Pawn Attariwala schließlich permanent ins Apex House versetzt. Mittlerweile war er mit den meisten Aspekten der Checquy vertraut und hatte weitreichende Kontakte im normalen Staatsdienst. Außerdem war er verheiratet und hatte zwei kleine Kinder, von denen keines irgendwelche Anzeichen übernatürlicher Fähigkeiten zeigte.

Attariwala verbrachte Jahrzehnte in den höheren Rängen der Checquy, in der Rolle, für die er ausgebildet worden war. Er arbeitete unter den Bishops als wichtigste Kontaktperson zwischen der Checquy-Group und der Zentralregierung. Als ranghoher Bürokrat war er daran gewöhnt, mit den mächtigsten Politikern und Bürokraten im Vereinigten Königreich zu verhandeln und die Autorität der Checquy dort zu repräsentieren.

Seine Karriere war eine Aneinanderreihung beeindruckender Höhepunkte. Er fabrizierte einen Ausbruch von Meningitis, sodass die gesamte Nation gegen Maden geimpft werden konnte, die den Verstand der Menschen kontrollierten. Er vertrieb eine Gorgone aus dem Land – nicht durch irgendwelche übernatürlichen oder militärischen Mittel, sondern einfach dadurch, dass er ständig Buchprüfungen ihrer persönlichen und geschäftlichen Finanzen durchführte. Und er handelte dem Finanzministerium erfolgreich eine fünfprozentige Erhöhung des Budgets der Checquy ab.

Er war so fähig, dass er für gewöhnlich derjenige war, der die Rolle eines Rook oder Chevalier ausfüllte, wenn die dafür vorgesehene Person nicht anwesend war. Als ein Rook zum Bishop befördert wurde, erwartete folglich jeder in der Checquy, dass Attariwala den Rook für Inlandsoperationen ersetzen würde. Es rief allgemeine Überraschung und nicht wenig Unmut hervor, als stattdessen die junge und berüchtigt zaghafte Myfanwy Thomas auf diese Position gehievt wurde. Pawn Attariwala akzeptierte die massive Ungerechtigkeit gleichgültig, ging in sein Büro und zerschmetterte zum Erstaunen seiner Angestellten weder Mobiliar noch Geschirr.

Selbst als Thomas sich als durchaus fähig, wenn auch überaus introvertiert erwies, hielten sich die Ressentiments gegen sie zugunsten von Pawn Attariwala. Als Bishop Grantchester als Verräter enttarnt und diskret beiseitegeschafft wurde, gab es keine Frage, wer diese frei gewordene Position ausfüllen würde. Bishop Attariwala wurde im Apex House in sein neues Amt eingeführt und übernahm seine Pflichten ohne Zögern oder Probleme.

Allerdings bestand eine beträchtliche Spannung zwischen ihm und Myfanwy. Er lehnte sie immer noch ab, weil sie die Position eingenommen hatte, die eigentlich ihm zugestanden hätte. Die Tatsache, dass er jetzt Autorität über sie besaß, machte die Sache nur noch schlimmer, und es hätte ihr nicht das Geringste geholfen, wenn sie ihm erklärt hätte, dass eine andere Myfanwy Thomas ihm den Job vor der Nase weggeschnappt hatte. Wann immer die beiden aufeinandertrafen, benahm er sich hochmütig und gebieterisch, und Myfanwy, die eine gewisse Zuneigung und einen Beschützerinstinkt gegenüber ihrem früheren Selbst empfand, neigte kein bisschen zur Diplomatie.

Als Myfanwy Attariwalas Büro betrat, stand der Bishop mit dem Rücken zur Tür und schien ein extrem wichtiges und anspruchsvolles Dokument zu lesen. Es war so wichtig und anspruchsvoll, dass er ihr Eintreten nicht registrierte, obwohl sie geklopft hatte und seine Vorstandssekretärin ihm ihre Ankunft über die Gegensprechanlage gemeldet hatte. Myfanwy verdrehte die Augen und ging zu dem Stuhl vor seinem Schreibtisch. Ihr fiel auf, dass er einen Stift um seinen Daumen herumwirbeln ließ. Unwillkürlich spannte sie sich an. Angesichts der Fähigkeiten des Bishops war es so, als ließe jemand zerstreut eine geladene Waffe um den Finger wirbeln.

*Ich werde mich nicht räuspern*, dachte Myfanwy und machte es sich auf dem Stuhl gemütlich. Sie schlug ihr Notizbuch auf und notierte sich gründlich eine Einkaufsliste. Das Geräusch der Feder über dem Papier machte offenbar Eindruck, da Attariwala sein Dokument sinken ließ, sich herumdrehte und überrascht tat, sie zu sehen.

»Ah, Rook Thomas. Danke, dass Sie gekommen sind.«

»Gern geschehen, Sir.«

»Also, ich habe Sie hierhergebeten, weil ich ernsthafte Sorgen habe.«

»Sir?«

»Gestern Abend haben Sie den Empfang im Hotel verlassen, um einen Manifestationsschauplatz zu inspizieren.«

»Ja, Sir.«

»Ihre Abwesenheit wurde bemerkt.«

»Das ist wirklich erstaunlich, da ich einigen Leuten, einschließlich Bishop Alrich und Lady Farrier, gesagt habe, dass ich weggehe«, erwiderte Myfanwy knapp. »Zudem den Chefs der Sicherheitsabteilung sowohl der Checquy als auch der Züchter.«

»Ich muss Sie bitten, sie nicht so zu nennen«, sagte Bishop Attariwala. »Der Ausdruck könnte sie beleidigen.«

»Wie bitte? Sie meinen *Züchter*?«

»Ja. Wir wissen es zwar nicht sicher, aber es könnte ein Ausdruck des Hasses sein.«

»Ich denke, es ist wahrscheinlich deshalb ein Ausdruck des Hasses, weil wir sie schon so lange hassen«, gab Myfanwy sanftmütig zurück. »Wenn wir sie die Schimmernden Pistazien nennen würden, so würden die Agenten der Checquy auch das als ein Schimpfwort gebrauchen.«

»Durchaus möglich, aber bis das Komitee darüber entschieden hat, verwenden Sie freundlicherweise dieses Wort nicht mehr. Wir müssen uns alle Mühe geben, sie nicht zu beleidigen, weshalb es gestern Abend so unklug war, unsere Gäste einfach zu verlassen.«

»Aber ...«, begann Myfanwy. Sie wollte erklären, dass man wohl kaum sagen konnte, sie hätte ihre Gäste einfach verlassen, da sie immerhin Graaf Ernst von Suchtlen und seine Schülerin mitgenommen hatte, aber der Bishop unterbrach sie.

»Zudem haben Sie Graaf Ernst von Suchtlen und seine Schülerin mitgenommen! Das war höchst unangemessen und außerdem überaus unverantwortlich.« Myfanwy konnte nicht verhindern, dass sich ihre Wangen röteten. »Rook Thomas, Sie sind sich sehr wohl darüber bewusst, wie gefährlich solche Schauplätze von Manifestationen sein können. Erst heute Morgen ist einer der Ermittler in dem ausgebrannten Reihenhaus auf etwas gestoßen. Er wurde von einer Nebelwolke umhüllt, und seine Haut begann zu schmelzen. Was, wenn so etwas einem Ihrer Gäste gestern Nacht passiert wäre? Sie hätten den Verhandlungen irreparablen Schaden zufügen können!«

Myfanwy wusste nicht, was sie dazu sagen sollte. Sie hatte Monster und Menschen erledigt, aber es fiel ihr schwer, einen Angriff gegen ein vernünftiges Argument zu führen.

*Scheiße,* dachte sie. *Er hat recht. Das war dumm. Unverzeihlich dumm.* Natürlich würde sie das ihm gegenüber niemals zugeben, aber das Wissen darum brannte in ihr. Also hielt sie den Mund und setzte eine unbeeindruckte Miene auf.

»Die Angelegenheit ist jedoch noch viel komplizierter«, fuhr der Bishop fort. »Ich habe die ersten Funde aus der Untersuchung in der Reihenhaus-Akte gesehen.« Myfanwy verzog unmerklich das Gesicht. Sie hatte bisher noch keine Zeit gehabt, die Ergebnisse zu studieren. »Mir ist aufgefallen, dass die Leiterin des Einsatzteams eine verschlüsselte Nachricht für eine Beratung mit den Rooks abgesetzt hat.«

»Das stimmt«, gab Myfanwy zu.

»Was wollte sie?«

»Das weiß ich nicht«, erwiderte Myfanwy. »Als ich ans Telefon kam, war die Verbindung bereits unterbrochen worden.«

Der Bishop brummte. »Bis jetzt hat man in den Ruinen große Haufen von verbranntem Fleisch mit menschlichen Skeletten in der Mitte gefunden.«

»Sie meinen, etwas hat unsere Leute gefressen?«

»Wäre möglich«, räumte Attariwala ein. »Jedenfalls schien dieses Etwas einen rechteckigen Raum ausgefüllt zu haben. Die große Entität kann sie entweder verschluckt oder aber mit Tentakeln in sich hineingezogen haben, wo sie dann verdaut wurden.« Myfanwy hatte das Gefühl, als rutschte ihr der Magen in die Kniekehlen. Der Bishop beschrieb eine der Waffen, die die Züchter vor etlichen Monaten gegen die Checquy eingesetzt hatten, bevor die ersten Fühler für Friedensverhandlungen ausgestreckt worden waren.

»Was wollen Sie damit sagen?«, fragte sie schwach.

»Zu diesem Zeitpunkt noch gar nichts«, erwiderte der Bishop. »Obwohl Pawn Odgers, die Leiterin des Einsatzteams, eine der wenigen Personen war, die mit dieser Fleischwürfel-Waffe in Reading zu tun gehabt hatte und wusste, dass sie von der Broederschap eingesetzt worden war. Ich frage mich, was sie Ihnen wohl sagen wollte?« Er zuckte mit den Achseln. »Die Ermittlungen werden fortgesetzt, und wir werden ja sehen, was dabei herauskommt. Aber ich bin sehr besorgt über mögliche Konsequenzen. Immerhin hat die

Broederschap bewiesen, dass sie durchaus in der Lage ist, einen Krieg an mehreren Fronten zugleich zu planen und durchzuführen.«

»Aber wir haben Frieden«, widersprach Myfanwy. »Die Checquy und die Züch ... die Broederschap arbeiten daran zu fusionieren.« Ihr Verstand aber durchdachte bereits hektisch irgendwelche Haken. War es möglich, dass die Züchter sie reingelegt hatten? Dass Ernst selbst sie täuschte und die Verhandlungen als Vorspiel für einen Angriff benutzte?

*Alles ist möglich, dachte sie. Ich leide an Gedächtnisverlust und habe die Macht, die Körper von Menschen mit meinem Verstand zu kontrollieren. Aber so interpretiere ich die Situation nicht. Ich war mir völlig sicher, dass diese Verhandlungen ernst gemeint waren.*

»Ich hoffe sehr, dass das stimmt«, sagte Attariwala. »Und die Verhandlungen werden natürlich in gutem Glauben fortgesetzt. Aber bis wir eine eindeutige Bestätigung dieses Themas haben, werden Sie alles in Ihrer Macht Stehende tun, dafür zu sorgen, dass unsere Verbündeten von der Broederschap vor jeglichem Schaden bewahrt werden. Und davor, Schaden anzurichten.«

»Ja, Bishop Attariwala«, sagte Myfanwy zögernd. Das bedeutete, man musste zusätzliche Wachen einsetzen und auch Sicherheitsmaßnahmen im Hotel der Züchter installieren, und sie musste ein stilles und extrem geschmackloses Gespräch mit den Chefs der Sicherheitsabteilung führen, welche Art von Schutz sie möglicherweise bieten mussten.

»Falls Sie nichts anderes besprechen möchten, würde ich jetzt gern meine Vorbereitungen für das morgendliche Treffen fortsetzen«, sagte der Bishop.

Myfanwy schüttelte den Kopf und stand auf. Sie war immer noch bestürzt über diese Mitteilungen. Als sie an der Tür war, ergriff der Bishop jedoch erneut das Wort.

»Mein Vorgänger hat sehr hart dafür gearbeitet, Sie in den Court zu manövrieren«, sagte er ruhig. »Und es gefiel ihm auch, Ihnen sehr viel Unabhängigkeit zu lassen.«

»Jawohl, Sir«, erwiderte Myfanwy misstrauisch.

»Aber mein Vorgänger war auch ein Verräter, der auf der Lohnliste der Broederschap stand.«

Jetzt begriff sie. Die Züchter waren nicht die Einzigen, die verdächtigt wurden: Ganz offensichtlich stand sie ebenfalls unter Verdacht.

# 10

**Die Führungsriege der Checquy** war höchst erfreut, wenn auch etwas verblüfft, dass Felicity und Pawn Chopra am Leben waren. Man versicherte Felicity am Telefon, dass jemand sie beide in Kürze abholen würde. Bis dahin versorgte Cedella sie mit einer Tasse Tee und Kleidung, und zwar in dieser Reihenfolge, was für eine sehr realistische Einschätzung von Prioritäten sprach. Dann führte sie Felicity in den Raum, in dem Chopra mittlerweile wach in einem normalen Krankenhausbett lag. Wegen seiner Erschöpfung sollte er noch etwas länger unter Beobachtung bleiben.

»Sanjay«, sagte die Schwester, als sie Felicity in das Zimmer führte. »Deine Freundin kommt, um nach dir zu sehen.«

»Danke, Cedella«, erwiderte Chopra schwach. Er lag im Bett. Man hatte ihm eine eindeutig nicht standesgemäße, extrem farbenfrohe Patchworkdecke übergelegt. Sein Anblick im Pyjama wirkte etwas lächerlich. Er sah nicht krank aus, sondern nur müde und schwach.

»Miss, setzen Sie sich ruhig eine Weile zu ihm. Ich gebe Ihnen Bescheid, wenn Sie abgeholt werden«, sagte die Schwester. Sie strich Chopra das Haar glatt und verließ dann das Krankenzimmer.

»Also wirklich«, meinte Felicity. »Sie ist ganz schön herrisch.«

»Ist sie nicht wunderbar?«, erkundigte sich Chopra. »Ich hatte das Glück, dass ich sie und die anderen Schwestern besuchen konnte, als ich auf dem Anwesen aufwuchs.«

Felicity schlenderte zu dem Tablett mit Essen neben seinem Bett. Es schien sich um Reis mit Erbsen zu handeln, mit vielen Gewürzen, die absolut himmlisch rochen. Offenbar musste man, wenn man die Krankenschwestern schon sein ganzes Leben lang kannte, nicht die übliche Krankenhausnahrung zu sich nehmen.

»Und wie fühlen Sie sich?«, erkundigte sich Felicity.

»Erledigt.«

»Sie sehen schrecklich aus«, meinte sie beiläufig. »Aber das ist ein hübscher Pyjama.« Allem Anschein nach entsprach der Pyjama ebenfalls nicht dem üblichen Krankenhaus-Standard.

»Sie haben immer ein paar davon für mich da.«

»Sie ruhen sich also immer hinterher hier aus?«, fragte sie.

»Ja, es ist manchmal ein wenig anstrengend«, spielte Chopra die Sache herunter. Felicity lächelte schwach und sah zur Seite. Die Erinnerung an die Reise durch diesen – diesen Ort war beunruhigend. Die vollständige Finsternis, die beißende Kälte. Und dann sie beide, wie sie sich aneinanderklammerten … Seine Wärme war das einzig Zuverlässige gewesen. Sie konnte sich gut vorstellen, wie sie dort von ihm losgerissen wurde, um hilflos in der eisigen Schwärze herumzutaumeln, bis sie starb.

»Danke«, sagte Felicity. »Danke, dass Sie mich gerettet und mich mitgenommen haben.«

Er lächelte und senkte den Blick. »Haben Sie etwas vom Rest des Teams gehört?«, wollte er wissen. »Ich meine von denen, die nicht mit uns ins Haus gegangen sind?«

»Nein, aber ich habe auch bisher mit keinem gesprochen«, erwiderte Felicity.

»Glauben Sie, dass sie alle heil herausgekommen sind?« Seine Stimme klang angespannt.

Sie setzte sich auf den Stuhl neben dem Bett und nahm seine Hand. Sein Griff war überraschend schwach, aber seine Finger fühlten sich warm an. »Sie sind verdammt gut«, erklärte sie. »Sie können schon auf sich aufpassen.«

Mehr sagten sie nicht, sondern saßen einfach nur da, bis die Schwester kam und Felicity mitteilte, dass ihr Wagen eingetroffen sei.

Das Schweigen war eine Qual.

Odette und Alessio saßen im Fond einer langen Limousine dem schnieken jungen Mann gegenüber, der den Auftrag hatte, sie zu eskortieren. Im Hotel war ihre Delegation in sieben Gruppen aufgeteilt worden, und jede Gruppe setzte sich in ihre eigene schwarze Limousine. Ihr Begleiter hatte sich als Pawn Bannister vom Apex House vorgestellt. Er betonte besonders die Worte »Apex House« und schien etwas enttäuscht zu sein, als sie nicht reagierten.

Pawn Oliver Bannister war das jüngste Mitglied im Begleitservice, Mitte zwanzig, und die Miene auf seinem attraktiven Gesicht war ein wenig erstarrt, als ihm klar wurde, dass man ihn den jüngsten Züchtern und folglich den am wenigsten wichtigen zugeteilt hatte. Sein Anzug war sehr gut geschnitten. Odette vermutete, dass er von einem Schneider aus der Savile Row stammte oder zumindest dafür gehalten werden sollte. Seine Zähne und sein Haar waren extrem glänzend. Das Gespräch im Wagen war jedoch erstorben, nachdem sie einige Bemerkungen über das Wetter gemacht und versichert hatten, dass das Hotel in Ordnung sei und sie gut geschlafen hätten.

»Es wird Ihnen auffallen, dass wir von keiner roten Ampel aufgehalten werden«, erklärte Pawn Bannister schließlich. Sein Akzent hätte Glas schneiden können. »Und die anderen Fahrzeuge auch nicht. Sie halten uns sieben verschiedene Routen durch die Stadt frei. Das ist bedauerlich für den übrigen Straßenverkehr.«

»Und das geschieht aus Sicherheitsgründen?«, erkundigte sich Odette misstrauisch. Zusätzlich zum Fahrer saß noch ein Wachmann der Checquy auf dem Beifahrersitz. *Machen sie sich Sorgen über irgendeinen Anschlag gegen uns? Niemand sollte wissen, dass wir hier sind. Oder auch nur, dass wir existieren.*

»Es dient der Sicherheit, aber auch der Bequemlichkeit«, antwortete Bannister. »Immerhin sind Sie alle VIPs. Wir wollen so viele Ablenkungen wie möglich vermeiden, damit wir uns auf unsere Ziele konzentrieren und auf ein befriedigendes und erfolgreiches Endergebnis hinarbeiten können.«

*Gott, der redet wie ein Motivationsmanager,* dachte Odette. »Das ist sehr beeindruckend«, sagt sie dann ermutigend. »All diese … strategischen Fähigkeiten.« Bannister nickte glücklich. Offensichtlich hatte sie genau den richtigen Ton getroffen. »Und Sie sagten, Sie arbeiten im Apex House?«

»Ja, allerdings«, bestätigte er. »Ich bin direkt nach dem Abschluss auf dem Anwesen dorthin versetzt worden.«

»Welche Funktion haben Sie denn?«, erkundigte sich Odette. »Wenn Sie nicht gerade Leute wie uns eskortieren müssen?«

»Ich bin der Abteilung Internationale Angelegenheiten und Beziehungen zugeteilt«, antwortete er beiläufig. »Sie wissen schon, diplomatische Arbeit.« Odette stieß höflich interessierte Laute aus. Aber zu ihrer Bestürzung sprach er den Rest der Fahrt unablässig über sich selbst. Er erwähnte Gutachten, an denen er gearbeitet hatte, Empfänge, zu denen er gereist war, und Treffen mit hochrangigen Beamten, an denen er teilgenommen hatte. Es war der langweiligste und gleichzeitig einschüchterndste Vortrag, den Odette jemals über sich hatte ergehen lassen. *Ich hinke so weit in meiner Karriere hinterher*, dachte sie mürrisch. Dabei hatte sie sogar vergessen, dass sie nicht einmal im Staatsdienst arbeitete.

Als der Wagen vor dem Apex House hielt, fragte sie sich allmählich, ob sie überhaupt irgendetwas in ihrem Leben erreicht hatte.

Ein Sicherheitsbeamter öffnete den Wagenschlag, und Alessio und Odette stiegen so schnell wie möglich aus. Odette packte Alessios Arm.

»Denk nicht einmal daran, mich mit ihm allein zu lassen«, presste sie zwischen den Zähnen hervor. Sie sah sich nach den anderen Fahrzeugen um und stellte fest, dass sie als Erste angekommen waren. Hinter ihr sprach Bannister laut in sein Handy. »Plötzlich scheint der Ausflug in das Museum eine viel angenehmere Aussicht zu sein, habe ich recht?«, sagte sie.

»Ich trage immer noch diese Uniform«, gab Alessio zurück. »Und laut deinem neuen Freund ist das eine ziemliche Ehre, der man gerecht werden muss.« Im Wagen hatte Bannister seine Erfolge auf dem Anwesen ebenfalls gestreift. Er hatte Odettes kleinem Bruder zu der Garderobe gratuliert und ihn davon in Kenntnis gesetzt, dass diese Uniform einer stolzen Tradition entsprang. Alessio hatte schwach gelächelt und im Namen der diplomatischen Beziehungen seinen Mund fest geschlossen gehalten. »Was, glaubst du, sind seine besonderen Fähigkeiten?«

»Natürlich, uns mit seinem Lebenslauf zu bezaubern«, erwiderte Odette säuerlich. »Obwohl er offenbar auch übernatürliche Fähigkeiten im Rugby besitzt. Ehrlich gesagt, hätte ich gedacht, dass jemand, der im diplomatischen Dienst arbeitet, die Kunst beherrschen sollte, Interesse an anderen Fachleuten vorzutäuschen.« Sie sah sich um, als das Objekt ihres Gesprächs sich näherte. Er zog seine Manschetten heraus, damit seine Manschettenknöpfe funkelten.

»Entschuldigung«, sagte er. »Die anderen Fahrzeuge sollten in Kürze hier sein. Bis dahin … willkommen im Apex House.« Er deutete mit einer weit ausholenden Geste auf das Gebäude vor ihnen. Odette hob den Kopf und machte unwillkürlich einen Schritt zurück. Sie hatte Fotos davon in den Archiven der Broederschap gesehen, aber jetzt, wo sie persönlich davorstand, unter dem grauen Himmel, musste sie die Hände ballen, damit sie nicht zitterten.

Das große weiße mit Säulen geschmückte Gebäude ragte hoch auf und erschien ihr wie das architektonische Äquivalent von Pawn Bannisters Gesprächsführung. Eigentlich sollte man es genießen, in Wirklichkeit jedoch war es darauf ausgerichtet einzuschüchtern. Dieses Gebäude sprach von Jahrhunderten des Wohlstands und diskreten Einflusses. Es hatte den Aufstieg und den Fall eines Empires miterlebt. Es hatte den großen Gestank von 1858 toleriert, als Dünste von Erbsensuppe es umhüllt hatten. Suffragetten und Dandys, Backfische und die modischen Mädchen der Zwanzigerjahre, Anarchisten und Mods, Rocker, Hippies, Punks und eine Million anderer Menschen waren daran vorbeigeschlendert. Sie alle ahnten nichts von der Macht, die sich in diesem Gebäude verbarg. Es hatte den Blitzkrieg überstanden. Es überdauerte alles. Die Anführer der Checquy regierten das übernatürliche Großbritannien aus diesen Mauern heraus. Das Apex House war der Stützpunkt des ältesten Feindes ihrer Familie.

*Ich will da nicht rein*, dachte Odette. *Jeder in diesem Gebäude hasst mich schon aus Prinzip. Wenn ich dort hineingehe, glaube ich kaum, dass ich jemals wieder herauskomme.*

Es fing an zu regnen.

»Wir sollten wohl besser hineingehen«, schlug Bannister

vor. »Es ist unnötig, dass wir nass werden.« Odette sah sich hoffnungsvoll um, aber keine andere schwarze Limousine tauchte auf, und der Regen wurde stärker.

»Schön, ja, gehen wir rein«, sagte sie. »Alessio, setz diesen verdammten Hut wieder auf.« Sie liefen hastig die Stufen hoch und traten durch eine riesige Drehtür, die aus dem Rokoko zu stammen schien und sie in eine halbkreisförmige, mit Marmor ausgelegte Lobby spuckte. Die Wände waren mit dunklem Holz getäfelt und sehr hoch. In der gegenüberliegenden Wand befanden sich beeindruckende Doppeltüren, die von jeweils zwei kleineren, weit weniger beeindruckenden Türen flankiert wurden. Hinter den beiden großen Empfangstresen aus Marmor saßen jeweils zwei uniformierte Sicherheitsbeamte. Alle vier starrten sie scharf an.

»Oh, hallo«, sagte sie etwas verlegen. Ihr war nicht klar, zu welchem der Tresen sie gehen sollte. Dann standen die Wachen am Tisch rechts vor ihr auf, und sie wandte sich ihnen zu.

»Guten Morgen, Miss Leliefeld«, sagte einer der Wächter tonlos.

»Willkommen im Apex House«, sagte der andere Wächter, ebenso monoton.

»Danke.« Odette fühlte sich von ihren unheilvollen Mienen und der Tatsache abgestoßen, dass sie ihren Namen kannten. Ihre Blicke zuckten zu der Drehtür hinter ihr, durch die in diesem Moment Alessio und Pawn Bannister ins Foyer traten.

»Sie unterschreiben für sie, Pawn Bannister?«, fragte einer der Wächter hinter dem linken Tresen.

»Ja, wir sollten vielleicht schon anfangen«, antwortete Bannister. »Es wird ewig dauern, bis sich alle eingetragen haben. Wie weit sind die anderen Wagen hinter uns?«

Der Wächter legte eine Hand an den Kopf, und Odette sah mit einem Frösteln, dass er weder ein Funkgerät noch einen Ohrhörer hatte.

»Der nächste Wagen sollte in etwa drei Minuten eintreffen«, antwortete er.

»Gut, dann können wir ja zumindest schon den ganzen Papierkram erledigen.« Bannister klang schrecklich gelangweilt. »Alessio, wir fangen mit dir an.« Odettes kleiner Bruder wirkte etwas beunruhigt, als Bannister ihn zu dem rechten Empfangstresen schob, nickte aber gehorsam.

Odette hatte nicht gewusst, welche Formalitäten erfüllt werden mussten, um das Apex House zu betreten. Sie hatte sich auf mühsame Computereinträge vorbereitet, bei denen sie gewaltige Mengen von persönlichen Daten und ihre Geschichte eingeben musste. Sie hatte sich vorgestellt, dass ein unauffälliges Mitglied der Checquy ihr einen Blick zuwerfen und dann stumm nicken würde. Oder wie sie sich in einen Scanner stellte und die Wächter sie nackt sehen konnten. Mit einem fotokopierten Formular samt Pauspapier auf einem Klemmbrett hatte sie nicht gerechnet.

»Füll das bitte aus«, sagte der Wächter zu Alessio. »Mit deinem ganzen Namen, der Adresse, dem Datum und der Uhrzeit. Oh, und hast du einen Ausweis?« Alessios persönliche Habseligkeiten bestanden aus einer dicken Armbanduhr, die verschiedene Vitalfunktionen überwachte, einschließlich Glukose- und Hormonlevel, einem Handy und dem hässlichsten Hut auf der ganzen Welt. Jetzt sah er sie panisch an.

»Ich habe deinen Reisepass«, versicherte sie ihm und zog ihn aus ihrem Beutel. Dann reichte sie ihn dem Wächter zusammen mit ihrem Pass. Er betrachtete die Fotos in den kleinen burgunderfarbenen Ausweisen, auf denen das belgische Wappen eingeprägt war.

»Gut.« Damit gab er ihr die beiden Ausweise zurück. Er tippte auf seinen Computer und druckte ein einzelnes Stück Papier aus, auf das in roten Großbuchstaben »Besucher« gedruckt war. Dies schob er in eine kleine Klarsichthülle, die an einer knallroten Schnur hing, und gab sie Alessio. »Trag das um deinen Hals, solange du im Gebäude bist«, sagte er streng. »Und denk daran, es wieder zurückzugeben, wenn du hinausgehst.« Odette fühlte sich hin- und hergerissen – die Wachen waren wirklich einschüchternd, aber die lässigen Sicherheitsvorkehrungen kamen ihr fast absurd vor.

*Um Himmels willen, wir sind monströse Fremde, die unsere schwarzen Wissenschaften benutzt haben, um in Gottes Handwerk herumzupfuschen und es unseren perversen Bedürfnissen anzupassen. Wir haben versucht, in euer Land einzufallen, und mein mehrere Jahrhunderte alter Vorfahr hat eure Organisation infiltriert. Ihr könntet ja wohl wenigstens einen Fingerabdruck oder zumindest ein verfluchtes Foto von mir machen,* dachte sie gereizt.

»Ich dachte, wir würden ... irgendwie gescannt?«, sagte sie zu Bannister, während sie ihr Formular unterschrieb.

»Ja sicher, im nächsten Raum«, sagte er. »Hier bekommen Sie nur Ihren Besucherausweis.«

»Danke«, sagte sie zu dem Wachmann, als er ihr den Pass um den Hals hängte. Der Mann nickte, ohne zu lächeln.

Bannister führte sie zu den kleineren, weniger beeindruckenden Doppeltüren, die klickten und sich mit einem Knirschen öffneten. Odette war ein wenig besänftigt, als sie sah, dass sie sehr massiv waren und aus Schichten von Metall, Holz und Stein bestanden.

Hinter den Türen befand sich ein langer, nichtssagender Raum, in dem einige riesige Geräte standen. Alles, Decke, Boden und Wände, war weiß gefliest. Ein korpulenter Gentleman afrikanischer Abstammung näherte sich ihnen. Er trug einen Laborkittel. Hinter ihm folgte eine Reihe von besorgt aussehenden Männern und Frauen, die ebenfalls Labor- oder Arztkittel trugen.

»Guten Morgen«, sagte der Mann liebenswürdig und streckte die Hand aus. Odette schüttelte sie vorsichtig. »Sie sind die Ersten?«

»Wir sind die Ersten, die angekommen sind«, antwortete Odette. »Wir sind nicht die Ersten in der Rangfolge oder dergleichen.«

»Das macht nichts«, sagte der Mann. »Ich bin Doktor Francesco Hethrington-Ffoulkes, und ich beaufsichtige die Vorbereitungen für Sie.« Odette stellte sich und ihren Bruder vor, während Pawn Bannister im Hintergrund auf seinem Handy herumtippte.

»Da Sie offizielle Gäste der Checquy hier im Vereinigten Königreich sind und weil einige aus Ihrer Gruppe rechtlich gesehen nicht existieren, übernehmen wir die Verantwortung für Ihr Wohlergehen und Ihre Sicherheit. Entsprechend müssen wir ein Profil von Ihren Sie identifizierenden Eigenschaften erstellen. Ich fürchte, das könnte vielleicht als etwas aufdringlich empfunden werden«, sagte er entschuldigend. »Wir werden also Fingerabdrücke, Handabdrücke, Zehenabdrücke, eine Stimmenprobe, Abdrücke Ihrer Zähne, Ihrer Zunge und Ihrer Ohren nehmen. Außerdem werden wir Fingernägelabschnitte, Fußnägelabschnitte, Haarsträhnen, Abstriche aus ihrem Mund sowie Proben von Urin und Blut nehmen. Kein Grund zur Sorge, junger Freund«, sagte er beruhigend zu Alessio. »Es sind nur ein paar Tropfen, und wir gehen dabei so behutsam wie möglich vor.« Alessio hatte sein eigenes Blut und sein Knochenmark seit seinem neunten Lebensjahr selbst entnehmen müssen und beobachtete den Mann mit versteinerter Miene.

»Und das ist schon alles?«, entfuhr es Odette, bevor sie

sich zusammenreißen konnte. Doktor Hethrington-Ffoulkes sah sie verblüfft an. »Es tut mir leid«, fuhr Odette fort, »aber Sie haben uns weder durch ein MRT geschoben noch geröntgt oder durch einen dieser Scanner am Flughafen geschickt ...«

»Millimeter-Wellen«, warf Alessio hilfreich ein.

»Ja, genau die. Wollen Sie uns nicht mit einem Geigerzähler abchecken? Oder zumindest einen Blick in meine Handtasche werfen?«

»Na ja, das könnten wir natürlich machen, wenn Sie das gern möchten«, gab der Doktor der Checquy zurück. »Aber das ist nicht nötig. Verstehen Sie, uns wurden sehr detaillierte Beschreibungen ihrer ... Anreicherungen bereits vorab zur Verfügung gestellt. Allerdings hätte ich gern ein paar Tropfen der beiden Gifte, die Sie in Ihrem System produzieren, Miss Leliefeld«, setzte er hoffnungsvoll hinzu. »Wenn es Ihnen nichts ausmacht. Ich muss allerdings zugeben, dass das nur meiner eigenen Forschung dient. Ich bin ein Fan der Toxikologie.«

»Sie wissen davon?«, quietschte Odette.

»Wir haben bereits vor Wochen Dossiers ausgetauscht«, meinte Bannister beiläufig. »Als Zeichen des guten Willens. Also weiß jeder, wer Sie sind. Jedenfalls jeder, der in der diplomatischen Abteilung arbeitet. Wir verfügen über sämtliche Einzelheiten Ihrer Erziehung, Ihres Rangs innerhalb der Broederschap, über all Ihre Operationen. Ich hoffe übrigens, dass alles gut heilt. Und machen Sie sich keine Sorgen, wir haben dafür gesorgt, dass wir genügend kalte, nicht koffeinhaltige Getränke zur Verfügung haben, damit Ihr Hals auf keinen Fall gereizt wird.«

*Mein Gott*, dachte Odette. *Also weiß das gesamte diplomatische Corps alles über mich. Sie wissen von meinen Dornen, sie wissen, dass ich einen wunden Hals bekomme. Zum Teufel, sie*

*haben wahrscheinlich sogar in irgendeinem Bericht die Informa-*
*tion, dass ich mir damals im Museum mit sechs Jahren in die Hose*
*gemacht habe.* Trotz ihrer Bemühungen errötete sie vom Hals
bis zu den Wangen.

»Sie sind unsere Gäste«, beschwichtigte Doktor Hethrington-Ffoulkes sie. »Von daher ist es wichtig, dass wir von
einer Situation gegenseitigen Vertrauens ausgehen und Ihnen Sicherheit bieten. Und auch, dass wir die Identität jeder
Person verifizieren können.«

»Einverstanden«, antwortete Odette. »Das klingt ein-
leuchtend.«

»Ausgezeichnet«, erwiderte der Doktor. »Ich kümmere
mich um Sie, Miss Leliefeld. Pawn Winger wird Mr. Leliefeld begleiten.« Pawn Winger war eine hübsche Ärztin mit
roten Haaren, und Alessio war von ihr entzückt. Ihn schien
es nicht einmal zu stören, dass sie ein Pawn war. Oder dass
sie bei seinem Anblick fast versteinert wirkte. Sie führte ihn
zu einer Maschine auf der anderen Seite des Raums.

»Wir fangen mit den Fingern und Zehen an, einverstanden?«, schlug Doktor Hethrington-Ffoulkes vor.

»Sicher«, sagte Odette.

»Bedauerlicherweise müssen Sie dafür Ihre Strumpfhose
ausziehen«, stellte der Doktor fest.

»Ach so, klar.«

»Da hinten ist ein Badezimmer, die Tür dort.«

Das Badezimmer stammte wohl noch aus der viktriani-
schen Epoche, und es schien seitdem auch nicht mehr gereinigt worden zu sein. Es gab alle möglichen Arten von Leitungen, die einmal aus glänzendem Messing bestanden
haben mochten. Jetzt aber sahen sie so aus, als würden sie
etliche Ökosysteme unterstützen. Odette fühlte sich eindeutig unglamourös und ungeschäftsmäßig, als sie herum-
hüpfte, während sie sich die Strumpfhose auszog und dabei

versuchte, nicht mit dem nackten Fuß den Boden zu berühren. *Das ist also die Welt der hochrangigen übernatürlichen Diplomatie,* dachte sie grimmig. Sie balancierte auf einem Fuß in ihrem Pumps und kippte gegen das Waschbecken. *Großartig, einfach großartig.* Als sie aus dem Badezimmer kam, hatte sie ein rotes Gesicht, und ihr Haar sah etwas weniger professionell frisiert aus als zuvor. Dr. Hethrington-Ffoulkes begleitete sie in eine Ecke des Raums und half ihr auf einen Zahnarztstuhl. »Ist es bequem so?«

»Ich bin ein bisschen beklommen«, gab Odette zu, als der Stuhl geschmeidig hochfuhr. Wahrscheinlich hievte er sie auf ein bequemes Arbeitsniveau. Der Arzt lächelte, ohne sie anzusehen. Stattdessen betrachtete er aufmerksam ihre Füße. *Ich wünschte, ich hätte vorher Pediküre machen lassen,* dachte sie. *Aber wer hätte das wissen sollen?* Im selben Moment bemerkte sie zu ihrer größten Verlegenheit, dass unter dem Nagel ihres großen Zehs noch ein Stück getrockneten Schleims aus der Badewanne steckte.

»Es gibt doch kein Problem, wenn ich ein Stück von Ihrem Nagel abschneide, oder?« Der Arzt sah zu ihr hoch. »Man kann sie schneiden, stimmt's?«

»Ja, natürlich«, antwortete sie. Sie zuckte zusammen, als er ihren Fuß berührte; seine Hände waren viel kühler, als sie erwartet hatte. Seine Assistentin fuhr daraufhin ebenfalls zusammen, woraufhin Odette erneut zuckte. Als Folge zuckte die Assistentin noch heftiger zusammen, und es kostete Odette echte Überwindung, diesen Kreislauf zu unterbrechen, damit sie nicht am Ende beide zuckend auf dem Boden lagen.

Die Assistentin reichte Hethrington-Ffoulkes einen Tablet-PC, und der Arzt warf einen kurzen Blick darauf, bevor er ihn gegen Odettes linken Fuß presste. »Wenn Sie jetzt Ihren Fuß bitte so flach darauf drücken, wie es geht …

Wir möchten einen so vollständigen Scan wie nur möglich. Gut.« Er warf einen Blick auf das Ergebnis und nickte. »Nette, klare Bilder von den Zehen«, sagte er anerkennend. Er tippte weiter auf den Bildschirm, und seine Miene verfinsterte sich. »Ach du meine Güte«, murmelte er zu sich selbst. »Ach du meine Güte, mein lieber Gott.«

»Was denn?«, fragte Odette nervös. »Gibt es ein Problem?«

»Nicht mit Ihrem Fuß«, erwiderte er zerstreut. »Ich habe nur gerade die Kricket-Ergebnisse aufgerufen. Die West-Indies hauen uns in die Pfanne.« Er schüttelte mit einem weiteren Blick auf den Computer den Kopf, bevor er das Tablet gegen ihren anderen Fuß drückte. Seine Assistentin nahm in der Zwischenzeit behutsam mit einem anderen Tablet Abdrücke von ihren Händen. Odette lächelte, und die Frau wandte rasch den Blick ab. »Jetzt brauchen wir noch ein paar Fingerabdrücke mit Tinte als Back-up, dann machen wir die Gipsabdrücke.«

In der nächsten halben Stunde führten der Doktor und seine nervöse Assistentin ihre Untersuchungen durch. Sie scannten, kopierten und nahmen Proben. Wann auch immer neue Mitglieder der Delegation hereinkamen, gab es eine kleine Pause im Prozedere, weil Doktor Hethrington-Ffoulkes mit dem, was er gerade tat, innehielt und sich vorstellte. Er ließ Odette allein zurück, die gerade an einem Mundvoll Zahnarzt-Kitt würgte oder die erste Strophe von »Ode an eine griechische Urne« in ein Mikrofon rezitierte. Irgendwann musste sie die Würdelosigkeit ertragen, erneut das unerfreuliche Badezimmer aufzusuchen und in einen Behälter zu pinkeln. Dabei sah eine Krankenschwester mit weit aufgerissenen Augen zu, um zu verhindern, dass sie die Probe mit dem Urin von jemand anderem tauschte oder vielleicht ein Hermelin gebar oder etwas anderes Schreckliches tat.

Natürlich unterzogen sich die Gesandten der Züchter diesen Untersuchungen vollkommen klaglos. Sie waren daran gewöhnt, geschäftliche Telefonate zu führen, während Halsoperationen an ihnen durchgeführt wurden, also konnten ein paar Kratzer und Knipser sie nicht weiter durcheinanderbringen. Die Ärzte und Schwestern der Checquy führten ihre Arbeit sehr sorgfältig durch, obwohl sie entsetzt zu sein schienen, dass sie ihre Untersuchungen an echten Züchtern durchführen mussten. Es gab eine leichte Unruhe, als Grootvader Ernsts Fingerabdrücke darauf bestanden, sich zu verändern, noch während sie gescannt wurden. Und die Schwestern waren etwas hilflos, als sich herausstellte, dass einer der Besucher gar keine Finger- oder Zehennägel hatte. Abgesehen von diesen kleinen Problemen, ging das Verfahren ohne Zwischenfall über die Bühne.

»Sie sind sehr gründlich«, bemerkte Odette, als der Arzt einen Container mit Formkitt an ihr linkes Ohr hielt.

»Oh, wir werden noch viel mehr Proben nehmen, wenn unsere beiden Organisationen vereinigt sind«, versprach Doktor Hethrington-Ffoulkes. »Die Checquy führt sehr, sehr detaillierte Aufzeichnungen über all ihre Agenten. Und das nur aus Sicherheitsgründen – und zu juristischen Zwecken.«

»Juristischen Zwecken?«

»Wir müssen zweifelsfrei klarstellen, wer bei welchen Treffen anwesend ist und wer was unterzeichnet. Jetzt machen wir ein paar Aufnahmen von Ihren Augen.«

Der Zahnarztstuhl fuhr herunter, und Odette stellte ihre nackten Füße auf die kalten Bodenfliesen. Die Apparatur für die Augenuntersuchung war nur ein paar Meter entfernt, und sie hatte zugesehen, wie man die Retinae und die Pupillen ihrer Kollegen gescannt und die Innenseiten ihrer Augäpfel fotografiert hatte. »Das ist eine standardmäßige

Optische-Kohärenz-Tomografie«, erklärte der Arzt. »Es ist keine unübliche Technologie, und außerdem sind Sie danach fertig.« Sie setzte sich auf den Stuhl, auf den er zeigte, und dann summte die Mechanik, als der Apparat sich senkte und sich um ihren Kopf schloss. »Wenn Sie jetzt bitte genau in diese Linse blicken würden.« Odette starrte gehorsam geradeaus und hielt die Augen weit geöffnet, als ein Licht aus der Maschine zuckte. Es blitzte mit der Wucht von tausend Supernovae in ihre unnatürlich geweiteten, großartig großen Belladonna-Pupillen.

»Au! *Klootzak!*«, schrie sie, zuckte zurück und stieß sich den Kopf an dem Gerät.

»Was ist passiert? Geht es Ihnen gut?«, rief Doktor Hetherington-Ffoulkes in dem ängstlichen Ton eines Mannes, der unabsichtlich ein diplomatisches Fiasko verursacht hatte.

»Ja«, antwortete Odette säuerlich und hielt sich die Hände über die Augen. Ihr Kopf pochte, als wäre sie gerade gegen eine Wand gelaufen, und ein Disco-Kaleidoskop-Muster zuckte über ihre Augenlider. Ihre zarten Stäbchen und Zapfen schrien Zeter und Mordio. »Es war meine eigene Dummheit. Ich habe nicht richtig nachgedacht. Meine Pupillen waren größer, als sie hätten sein sollen.«

»Oh«, sagte Doktor Hetherington-Ffoulkes erleichtert irgendwo links neben ihr. »Warum?«, fuhr er dann mit unverhüllter Neugier fort.

»Ich will nicht darüber reden«, beschied Odette. Sie spürte, wie ihr diese verräterische Röte wieder in die Wangen stieg. Sie konzentrierte sich, und das Blut floss aus ihrem Gesicht zurück in den Körper. Dadurch wurde ihr schwindlig. Sie nahm vorsichtig die Hände von den Augen. Mittlerweile hatten sich ihre Pupillen so weit zusammengezogen, wie sie konnten, aber ihre Augen fühlten sich immer noch an, als pulsierten sie.

»Möchten Sie ein Aspirin oder so etwas?«

»Nein, ich darf noch keine Schmerztabletten nehmen. Sie würden sich nicht mit meinem System vertragen«, erwiderte sie. »Wenn Sie mich einfach aus diesem Ding befreien und mich eine Weile ruhig dasitzen lassen würden?«

»Selbstverständlich«, sagte Doktor Hethrington-Ffoulkes. Er nahm den Apparat von ihrem Kopf, legte seine mit einem Latexhandschuh bedeckte Hand in ihre und führte sie zu einem Stuhl. »Ihre Schuhe und Ihre Handtasche stehen direkt neben Ihnen«, sagte er. »Ich helfe einfach den anderen, die Untersuchungen durchzuführen. Sie sind die Erste, die fertig ist, also haben Sie etwas Zeit, sich zu erholen.«

»Danke«, sagte Odette und versuchte, sich ihre Gereiztheit nicht anmerken zu lassen. Die Geräusche der Untersuchungen waren zwar gedämpft, aber sie schienen durch ihren Kopf zu hallen. Sie hörte, wie der Arzt wegging, und riskierte es, ihre Augen einen Spalt zu öffnen. Selbst durch ihre zusammengezogenen Pupillen wirkte der Raum blendend hell, aber sie konnte wenigstens Leute erkennen, die umhergingen.

Sie konnte gerade noch die Badezimmertür unmittelbar links neben sich erkennen, als sie die Augen wieder zusammenkniff. *Ich gehe unauffällig da hinein,* dachte sie, *spritze mir etwas Wasser ins Gesicht, ziehe meine Strümpfe und Schuhe wieder an und erlaube mir vielleicht ein schnelles therapeutisches Kotzen.* Sie tastete nach ihrer Handtasche und den Schuhen, stand auf und ging etwas hölzern zum Badezimmer, wobei sie mit der Hand an der Wand entlangstrich. Als Odette durch die Tür trat, meldete ihr Gehirn ihr etliche verschiedene Beobachtungen in sehr schneller Reihenfolge.

1. In diesem Badezimmer gibt es viel mehr Hall als vorher.
2. Es stinkt hier nicht mehr so wie vorher.

3. Jemand hat den Boden abgesenkt und eine Stufe hinzugefügt, wo vorher keine Stufe war.

4. Ich falle unkontrolliert vornüber.

5. Jemand scheint die schmutzigen Fliesen des Badezimmers durch polierten Marmor in einem schwarz-weißen Schachbrettmuster ersetzt zu haben.

6. Ich kann das erkennen, weil ich im Moment bäuchlings auf dem Boden liege.

7. Mein Gesicht tut wirklich schrecklich weh.

All diese Gedanken summierten sich zu der unvermeidlichen Schlussfolgerung, dass sie in ihrem benommenen Zustand durch die falsche Tür gegangen war. *Bitte, Gott, lass mich durch die Tür der Herrentoilette gegangen sein*, dachte sie verzweifelt. *Wenn ich den Kopf hebe, dann lass mich etliche Männer sehen, die in eine Rinne urinieren und mich fragend über die Schulter ansehen. Lass mich nicht durch die Tür gegangen sein, durch die ich, wie ich glaube, gegangen bin.* Sie holte tief Luft und hob ihr Gesicht vom Boden. *Wow. Danke für die Blumen, Gott!*

Wie sie befürchtet hatte, stand der elegante Marmorboden nicht für einen empörenden Mangel an Gender-Gleichstellung, was den Standard der Waschräume im Apex House betraf. Stattdessen reflektierte er die Tatsache, dass sie im großen, wunderschön ausgestatteten Foyer lag, in dem sich die Elite der Checquy versammelt hatte, um ihre hochgeschätzten Gäste zu begrüßen. Sie seufzte und legte einen Moment ihre Wange auf den kühlen Marmor.

Schließlich richtete sie sich auf die Knie auf und wartete grimmig darauf, dass sich ihre Augen normalisierten. Langsam bildeten sich aus der verschwommenen Szenerie ihres Blickfeldes Einzelheiten heraus. Durch den sich langsam hebenden Dunst sah sie eine kleine Gruppe von Leuten, die am Ende des Raums standen. Sie alle trugen teure Anzüge und Kostüme, und sie alle blickten sie erstaunt an.

Es waren keine normalen Leute. Ganz abgesehen von der Tatsache, dass sie eine exquisite Haltung hatten, waren einige von ihnen ganz offensichtlich keine durchschnittlichen menschlichen Wesen. Odettes Augen hatten die Gruppe gescannt und automatisch die vier Kreaturen herausgepickt, die sie am wenigsten sehen wollte: die Angehörigen des Court der Checquy. Ihr trügerisches Gedächtnis präsentierte ihr hilfreich aufdringlich kleine Dossiers über sie und ihre Positionen in der schwachsinnigen, auf dem Schachspiel beruhenden Hierarchie der Checquy.

*Die vornehm aussehende ältere Lady mit den schokoladenbraunen Augen und der indignierten Visage ist Lady Linda Farrier, eine der beiden Leiterinnen der Checquy. Eine Viscountess in der britischen Aristokratie. Sie hat ein paar Jahre als Zofe der letzten Königin gedient. Sie kann in die Träume von Leuten spazieren und sich in ihrem schlafenden Bewusstsein umsehen. Offenbar hat sie einmal einen Feind der Checquy dazu gebracht, sich im Schlaf die Hände abzubeißen.*

*Der blonde Mann mit der Sonnenbräune, der eine Zigarette in einem Regierungsgebäude raucht, ist Major Joshua Eckhart. Er ist Chevalier und für internationale Operationen verantwortlich. Ein außerordentlich genialer Taktiker. Manipuliert Metall durch Berührung. Er kann es verbiegen, schmelzen und verflüssigen. Er hat Graaf Gerd de Leeuwen getötet. Und dann hat er sich einen Hamburger geholt.*

*Neben ihm steht das neueste Mitglied des Court, Bishop Raushan Attariwala.*

*Und neben ihm Rook Thomas, die einzige Person, die offenbar besorgt über die Tatsache ist, dass ich gerade mit meinem Gesicht auf dem Boden gelandet bin.*

Dann nahm Odette ein paar ferne Lichtblitze am Rand

ihres Blickfeldes wahr. *Vielleicht habe ich eine Gehirnerschütte-rung*, dachte sie, *und all das ist nur eine Halluzination.*

Die Halluzination stellte sich als ein paar Fotografen heraus, die anwesend waren, um das historische Treffen der Checquy und der Züchter festzuhalten. Die Fotografen erkannten ein gutes Sujet, wenn es sich ihnen präsentierte, und hielten diesen Moment auf ewig für die Nachwelt fest.

*Na klasse!*

# 11

**Der Wagen für Felicity** wurde von einem älteren Mann in Tweed und mit unzufriedenem Gesichtsausdruck gefahren. Felicity hatte den schwachen Verdacht, dass er eigentlich ein pensionierter Agent der Checquy war, der in der Nähe lebte und unvermittelt reaktiviert worden war, um sie nach London zu bringen. Denn erstens war der Wagen ein ausgesprochen hübscher Jaguar, und zum anderen lag auf dem Rücksitz ein Set von Golfschlägern.

*Man verlässt die Checquy nie,* dachte sie. *Man bekommt vielleicht eine Abschiedsparty, eine goldene Uhr und eine Pension, aber eines Tages wird man aus dem Ruhestand zurückgerufen, um das Böse zu vernichten, eine Ermittlung zu beaufsichtigen oder ein Mädchen in einem Pyjama und mit zwei Paar Bettsocken an den Füßen herumzukutschieren.*

»Felicity Jane Clements?«

»Ja«, erwiderte sie.

Er bedeutete ihr einzusteigen, und der Wagen setzte sich in Bewegung, noch bevor sich die Tür ganz geschlossen hatte. Sie legte hastig den Sicherheitsgurt an.

»Haben Sie meine Adresse?«, erkundigte sie sich.

»Sie werden im Hammerstrom Building erwartet, und zwar auf dem kürzesten Weg«, gab er zurück.

»In diesem Aufzug?«, fragte sie ungläubig. Er zuckte mit den Schultern und gab dann für den Rest der Fahrt keinen einzigen Ton mehr von sich. Was die ganze Sache noch schlimmer machte, war ein Unfall auf der M20, der dazu führte, dass sich der Verkehr zwischen Ashford und London staute. Ein Lastwagen mit kohlensäurehaltigen Getränken war umgekippt, und das folgende Chaos hatte zu einem ellenlangen Stau geführt. Der Fahrer seufzte die ganze Zeit auf eine Art und Weise, die keinen Zweifel daran ließ, dass er Felicity für diesen ganzen Schlamassel verantwortlich machte. Sie musste sich zusammenreißen, um dem Drang zu widerstehen, sich zu entschuldigen.

Zu ihrer eigenen Überraschung schlief sie einfach ein. Sie wachte fünfundvierzig Minuten später ruckartig und keuchend auf und stellte fest, dass sie sich etwa fünfundzwanzig Meter weiter bewegt hatten und ihr Gesicht mit dem Schulterriemen ihres Sicherheitsgurtes verschmolzen war, und zwar durch die Menge an Speichel, die ihr aus dem Mund gesickert war. Als sie ihr Gesicht von dem Gurt löste, ergab dies ein peinlich lautes, schmatzendes Geräusch, woraufhin der Fahrer angewidert den Mund verzog.

Doch dann plötzlich, mitten in *Essential Classics* auf BBC Radio 3, traf es sie wie ein Schlag! Vielleicht hatte sie das Thema unbewusst vermieden, oder die Reise in Chopras Armen durch diesen sonderbaren Ort hatte ihre Gedanken verwirrt, oder vielleicht war sie auch einfach nur zu erschöpft gewesen, um darüber nachzudenken. Aber jetzt erfüllte es all ihre Gedanken.

*Sie sind tot.*

Ihre Kameraden Odgers und Jennings. Selbst Andrea Cheng, die mit ihrer Gabe und ihrem scharfen Verstand fast jeder Situation hatte entkommen können, dürfte sich vor diesem Inferno kaum in Sicherheit gebracht haben. Sie waren direkt vor ihrer Nase ermordet worden. Wenn Felicity die Augen schloss, sah sie, wie Odgers auf dem Boden lag und ihr das Blut aus dem Hals strömte. Oder sie sah Jennings, der von Flammen umhüllt war, die aus seinem eigenen Körper schlugen.

*Ich muss mich ihren Familien stellen,* dachte sie hilflos. *Odgers Ehemann. Jennings' und Andreas Partnern.* Es war der Gedanke an Jennings' kleine Tochter Louise, ihr Patenkind, der sie endgültig fertigmachte. Das Wissen, dass sie Louises Fragen über den Tod ihres Vaters beantworten musste und dass sie würde lügen müssen. Dass das Mädchen niemals die Wahrheit erfahren würde.

»Und nein …« Ihr wurde klar, dass sie tatsächlich ein Geräusch von sich gegeben hatte, dass sie gegen ihren Willen leise stöhnte.

*Oh Gott, bitte lass das nicht wahr sein! Bitte, Gott!*

Zu ihrem Entsetzen und zu ihrer Verwirrung fing sie plötzlich an zu weinen. Felicity neigte für gewöhnlich nicht zu Tränen. Wenn man eines Tages Mitglied eines Barghest-Kommandos sein wollte, dann weinte man nicht. Sie hatte sich in ihrem letzten Jahr in der Schule ganz fest vorgenommen, nie wieder zu weinen. Sie hatte nicht geweint, als ihre Klasse die Abschlussprüfung auf dem Anwesen ablegte, obwohl damals alle geweint hatten. Sie hatte letztes Jahr nicht geweint, als ihr Freund mit ihr Schluss gemacht hatte, weil ihr Terminplan nicht mit einem gemeinsamen Leben in Einklang zu bringen war. Sie hatte nicht einmal geweint, als einer von ihrem Team bei einer Mission in Wapping gestorben war – weder bei der Beerdigung noch als sie alle hinterher zusammen ausgegangen waren, sich sinnlos betrunken hatten und einander Geschichten erzählt hatten.

Jetzt aber wollten die Tränen einfach nicht aufhören zu fließen. Sie schluchzte hemmungslos, versuchte, ihre Gedanken zu beherrschen, sich herunterzuregulieren, aber sie konnte sich nicht konzentrieren. Ihre Erinnerung schob ihr ständig irgendwelche Bilder ihrer Kameraden unter, mentale Schnappschüsse, und bei jedem einzelnen Bild überkam sie eine neue Welle des Kummers, die weiteres Schluchzen auslöste.

Der Fahrer warf ihr einen Blick zu und reichte ihr ein Taschentuch aus seiner Brusttasche. Es war nicht ganz klar, ob es ein Akt von ritterlichem Mitgefühl war oder ob er Angst um seine Polster hatte. Er sagte jedenfalls gar nichts, wofür Felicity dankbar war. Sie fuhren weiter, und als sie schließlich die Außenbezirke von London erreichten, gelang es ihr, mit dem Weinen aufzuhören. *Ich habe wahrscheinlich kein Wasser mehr im Körper,* dachte sie schwach und kauerte zusammengesunken auf ihrem Platz, ohne etwas zu sehen.

Pawn George Korybut beobachtete ungläubig, wie die Gruppe von Frauen und Männern in Kostümen und Anzügen über den Korridor an seinem Büro vorbeigeführt wurde. Sie sahen ganz normal aus, aber er wusste, was sie waren. Es kam ihm einfach nicht real vor. Er hatte gewusst, dass dieser Tag kommen würde, aber er hatte tief in seinem Herzen immer heimlich geglaubt, dass die Angehörigen des Court in letzter Sekunde ihre Meinung ändern und diesen Missgeburten den Krieg erklären würden. Das hatten sie aber nicht getan. Stattdessen spazierten die Züchter im Apex House herum und wurden wie Ehrengäste behandelt. Einen Moment lang fühlte er sich wieder wie das verängstigte Kind damals auf dem Anwesen.

Für gewöhnlich hatten die Kinder der Checquy nicht so leicht Angst. Wenn deine Eltern dich freiwillig der Regierung überlassen, weil du unmenschlich bist, und dein Zimmergenosse dafür bekannt ist, sich unabsichtlich in der Nacht in eine Pappel zu verwandeln, und dein Mathematiklehrer manchmal zerstreut irgendwelche Hologramme von wütenden Leoparden während der Unterrichtsstunden projiziert, dann wird man einen Tick blasiert. Horrorgeschichten neigen dazu, ihre Wirkung zu verlieren, wenn man selbst ein Schrecken ist. Dieser Effekt wurde noch von der Tatsache verstärkt, dass sehr viele Unterrichtsstunden auf dem Anwesen auf die unterschiedlichen Missgeburten verwendet wurden, mit denen sie es zu tun bekommen sollten, wenn sie erst einmal ihren Abschluss gemacht hatten.

Aber was man sich über die Züchter erzählte, war anders.

Diese Geschichten waren eine Litanei, sie wurden über Generationen von Checquy-Jugendlichen weitergegeben. Sie reichten noch bis zu der Zeit vor der Gründung des Anwesens zurück, in eine Vergangenheit, in der die Erziehung der Checquy nicht auf Schulen basiert hatte, sondern auf der Tradition von Meister und Schüler. Diese Geschichten berichteten von den Ereignissen des Jahres 1677, als die gesamte Checquy zur Isle of Wight gerufen wurde, um Großbritannien gegen die Invasoren zu verteidigen.

Die Bedrohung durch die Züchter war damals so ernst, dass die Rooks – zu dieser Zeit die militärischen Anführer der Checquy – die gesamte Organisation versammelt hatten. Und zwar nicht nur die Soldaten, sondern auch die Schreiber und Wissenschaftler, die Handwerker, die Politiker und die Kleriker – sie alle waren gekommen, um sich gegen die Invasoren zu stemmen. Nur die Jüngsten, die Babys und Kleinkinder, blieben auf dem Festland zurück, bewacht von Menschen ohne besondere Gabe. Aber es gab Kindersoldaten, Schüler, die immer noch lernten, wie sie ihre Macht einsetzen mussten. Sie waren neben ihrem Meister marschiert, bereit, Gutes für ihr Land zu tun. Was sie erlebten, sollte sie für immer verändern – jedenfalls diejenigen, die überlebten.

Es stand nie zur Debatte, Pardon zu geben. Diese unangekündigte Invasion, die unmenschliche Armee und die

Gräueltaten, die an der Zivilbevölkerung begangen wurden, hatten dafür gesorgt, dass die Regeln zivilisierter Kriegsführung nicht länger galten. Und so begann ein ungehemmter übernatürlicher Krieg.

Die Ereignisse des folgenden Kampfs wurden in die Historie der Checquy aufgenommen. Pawn William Goode wurde von einem Züchter aufgeschlitzt, stopfte hochmütig seine Gedärme wieder in seinen Unterleib zurück, versetzte seinem Widersacher einen Schlag mit dem Handrücken und schleuderte ihn neun Meilen weit durch die Luft. Pawn Morag Campbell entzog ihrem Feind alle Feuchtigkeit, sodass nichts als Staub, gebrochene Knochen und eine ziemlich bunte Uniform zurückblieben. Bishop Rosemary Chuzeville ließ Dampf aus der Erde aufsteigen und kochte die Züchtersoldaten in ihren Rüstungen wie Hummer.

Auch die Kindersoldaten erlebten Momente des Ruhms. Die zwölfjährige Sarah Jessup schaffte es, drei riesige Soldaten in die Stratosphäre zu schleudern. Henry Wright fing einen der kommandierenden Offiziere der Züchter in einem Teich. Wenn man dorthin geht und an der richtigen Stelle steht, dann sieht man immer noch sein Spiegelbild, das laut brüllend um Freilassung bettelt. Der kleine Robert Savory hatte kaum mehr Macht, als den Nährwert von Wurzelgemüse zu erhöhen. Es gelang ihm, einen Feind durch eine Kombination aus Geschwindigkeit und Intelligenz von einer Klippe zu stürzen.

Aber für jede Geschichte über einen Sieg gab es Dutzende von schrecklichen Geschichten. Kinder wurden erschossen, erstochen, erschlagen und verbrannt. Christopher Madocs Haut und seine Kleidung wurden für immer vom Blut seiner Schwester gefärbt, als er versuchte, die Blutung ihrer tödlichen Wunden zu stillen. Luke Hathaways Schädel wurde unter dem Stiefel eines Fußsoldaten der Züchter zertrümmert. Hellen Murtaugh verlor die Kontrolle über ihre eigene Gabe, als sie dem Feind von Angesicht zu Angesicht gegenüberstand. Rippen aus Feuer zuckten aus ihrem Rückgrat, geißelten die Kameraden rings um sie herum und verzehrten sie bei lebendigem Leib. Schließlich musste ihr Meister gerufen werden, um ihr ein Ende zu bereiten.

Die Broederschap erkannte die Wirkung, die der Verlust jedes Kindes auf die Checquy hatte, und begann, speziell die jüngsten Soldaten anzugreifen. Und sie erledigten sie auf dem Schlachtfeld so brutal wie möglich. In der Nacht wurden die Lager der Checquy infiltriert, und die Kinder wurden entführt. Man sah sie nie wieder. Die Gräueltaten konnten jedoch den Mut der Briten nicht brechen. Stattdessen wurde ihre Wut entflammt. Diese Wut trieb die Rooks dazu, alle Vorsicht in den Wind zu schießen und ihre Verteidigung beiseitezuschieben mit dem Ziel, den Feind zu unterwerfen. Die Checquy griff unerbittlich an und säuberte das Land.

Drei Wochen nachdem die Züchter ihren Fuß auf britischen Boden gesetzt hatten, wurde der Krieg mit einem letzten Schuss beendet. Die feindlichen Anführer flüchteten, brachen durch die Reihen der Checquy-Soldaten und stürzten sich in den Ozean. Ihre Armee war vernichtet und von der Isle of Wight gewischt worden, jedoch zu einem entsetzlichen Preis. Die Checquy hatte katastrophale Verluste erlitten, vor allem unter ihren jungen Leuten. Eine ganze Generation von Großbritanniens übernatürlicher Jugend war dezimiert worden.

Natürlich war das nicht das Ende der Geschichte. Der Court der Checquy reiste nach Brüssel, um die Demontage der Wetenschappelijk Broederschap van Natuurkundigen zu überwachen. Aber für die Schüler der Checquy war der Krieg vorbei. Ihre Wunden wurden versorgt, ihre Kameraden wurden begraben. Sie gingen nach Hause. Einige von ihnen hatten ihre Meister verloren und kamen in neue Häuser, um ihre Ausbildung fortzusetzen.

Natürlich hatten sie sich verändert. Wie hätte das auch anders sein sollen nach allem, was sie getan hatten? Sie waren ruhiger, ernster, und sie hatten sich ihrer Mission vollkommen verschrieben. Aber diese Traumata hinterließen weniger Verkrüppelungen, als man hätte erwarten können. Die Kinder der Checquy waren noch nie besonders verwöhnt worden und hatten sich keine Illusion darüber gemacht, wer sie waren und was sie eines Tages tun sollten. Als sie zurückkehrten, waren sie härter geworden, gestählter. Und der Hass auf die Züchter glühte in ihnen. Sie konnten immer noch Freude empfinden, und es gab Zeiten, in denen sie spielten und tobten. Aber sie alle erinnerten sich an das, was sie gesehen hatten, und sorgten dafür, dass es nicht vergessen wurde.

Als die nächste Generation von Kindern ihre Ausbildung begann, brachten sie etwas mehr Licht in das Leben ihrer ernsten älteren Geschwister. Es ist schon bemerkenswert, was ein Kontakt mit echter unschuldiger Glückseligkeit bewirken kann. Natürlich bewunderten die jüngeren Schüler die älteren, die ruhigeren Jungen und Mädchen, die ihnen geduldig bei den Lektionen halfen. Als es Zeit für die älteren Schüler wurde, das Haus ihrer Meister zu verlassen, nahmen sie die Jüngeren beiseite. Sie setzten sich in die Bibliothek des Hauses oder auf einen nahe gelegenen Hügel oder einfach nur auf die Stufen der Hintertür. Und dann erzählten die Veteranen der Isle of Wight ihre Geschichten, erinnerten an die Namen ihrer gefallenen Kameraden und schilderten die Ereignisse jener Wochen.

Natürlich unterschieden sich diese Geschichten voneinander. Unterschiedliche Soldaten hatten unterschiedliche

Dinge gesehen und unterschiedlich empfunden. Sie hatten andere Menschen verloren. Aber, als wäre es abgesprochen gewesen, endeten diese Geschichten alle auf dieselbe Art und Weise.

»Erinnert euch«, sagte der ältere Schüler dann. »Und gebt diese Erinnerung an jene weiter, die euch folgen werden.«

Und so lief es auch ab, jahrzehntelang, jahrhundertelang. Jede Generation gab die Geschichten an die nächste weiter und klärte sie über die Schuld auf, die man den Toten gegenüber hatte. Es war keine formale Praxis oder gar eine Forderung. In den offiziellen Geschichten gab es einfach nur Verluste, Zahlen, Namen, Auszeichnungen. In den Geschichten waren es Menschen, Freunde, Kameraden.

Mitte des zwanzigsten Jahrhunderts wurde das Anwesen als Schule etabliert. Die ersten Studenten, die selbst ehemalige Schüler gewesen waren, brachten die Geschichten mit sich nach Kirrin Island. Dort liefen all diese Erinnerungen und Anekdoten zusammen, und ein neues Kapitel in der mündlichen Überlieferung der Checquy begann.

Wenn die Studenten auf dem Anwesen ins siebte Jahr kamen, dann schlichen sich die höheren Jahrgänge mitten in der Nacht in ihre Räume und führten sie in die große Versammlungshalle. Dort saßen sie stumm im Dunkeln, während die älteren Studenten ihnen abwechselnd die sorgfältig eingeprägten Berichte vortrugen über das, was damals vor all den Jahrhunderten vorgefallen war. Vielleicht war ein Schüler mit der Gabe der Illusion anwesend, der die Dunkelheit mit Bildern füllen konnte, oder vielleicht ein heranwachsender Schauspieler, der die Menschen mit dem Klang seiner Stimme in den Bann zog. Über Stunden würden die Erinnerungen von schon vor langer Zeit gestorbenen Kindern über die Anwesenden hinwegspülen. Wenn schließlich die Sonne aufging, dann war jeder neue Student erschüttert, ausgelaugt und erschöpft. Und sie alle gingen in ihre Stuben zurück und trugen schwer an der wichtigen Lektion, die man ihnen eingebläut hatte.

*Ihr werdet es mit schrecklichen Dingen zu tun bekommen.* Zugegeben, diese Lektion war für die Schüler keine allzu große Überraschung. Aber jetzt schwang eine Gewissheit darin mit.

*Ihr könnt sterben.* Diese Nachricht traf ins Schwarze, und zwar hart. Bis zu diesem Punkt hatte die Erziehung auf dem Anwesen immer den triumphalen Sieg hervorgehoben. Ihre Gutenachtgeschichten und Lektionen hatten sich stets um die Abenteuer gedreht, in denen erwachsene Krieger der Checquy jegliche Bedrohung bezwangen. Doch die Kinder auf der Isle of Wight waren zum Dienst gerufen worden, und viele von ihnen waren nicht zurückgekehrt.

*Ihr seid nie allein. Die Checquy wird immer für euch da sein.* Aus dem Mund der älteren Schüler bedeutete das für die Siebenjährigen die ganze Welt. Nach dieser Nacht, nach dem Mangel an Schlaf, der ganzen Litanei der Gräueltaten und Warnungen war dies die beruhigende Versicherung, die sie an ihre Geschwister band und ihnen den Mut gab, die letzte Warnung anzuhören.

*Die Züchter waren normale Menschen. Normale Menschen, die so sein wollten wie wir und die sich selbst in Monster verwandelt haben.*

Alle Schüler verließen die Halle mit einem glühenden Hass auf das Andenken der Broederschap. Die Checquy hasste im Allgemeinen die Monster nicht, die sie jagte – das wäre unprofessionell gewesen und zudem höchst erschöpfend. Aber die Brutalität der Schlacht auf der Isle of Wight bedeutete, dass noch Jahrhunderte später eine Dinner Party bei der Checquy häufig mit einem Toast endete, der lautete:

»Scheiß auf die Züchter! Wir sind froh, dass sie tot sind! Oh, und Gott schütze die Königin.«

Nur dass sie, wie sich jetzt herausstellte, gar nicht tot waren. Stattdessen spazierten sie durch die Korridore im Apex House. Pawn Korybut umklammerte seinen Schreibtisch fester, und etwas Schleimiges quoll unter seinen Händen hervor.

# 12

»**Also, ich denke, das** lief alles doch ganz nett«, sagte Lady Farrier. »Abgesehen von Ihrem kleinen Stolperer, Miss Leliefeld. Wie fühlt sich Ihr Gesicht an?«

»Gut, danke«, antwortete Odette.

»Und der Hals?«, erkundigte sich Marcel.

»Gut, wirklich gut!«, gab Odette gereizt zurück.

Nachdem ihr die entsetzten Vorstandsmitglieder aufgeholfen hatten und den gesamten Inhalt ihrer Handtasche aufgesammelt und ihr zurückgegeben hatten – einschließlich dieser verfluchten Strumpfhose, eines Tampons, einiger klappernder chirurgischer Werkzeuge und Dutzenden von Pillen, die aus ihren Behältern gehüpft und wie verrückt über den Marmorboden entkommen waren –, hatte sie endlose demütigende Minuten durchgemacht. Marcel hatte darauf bestanden, sie zu untersuchen, um sicherzustellen, dass sie sich nicht ernsthaft verletzt hatte. Er hatte ihren Puls gefühlt, sie dazu gezwungen, drei Minuten lang laut »Ahh« zu sagen, und in einer höchst unangenehm tragenden Stimme gefragt, ob sie sich vielleicht irgendwelche Nähte aufgerissen hätte. Anschließend war Odette überzeugt gewesen, dass die versammelten VIPs sie entweder für eine Invalidin oder für eine Idiotin hielten oder für beides.

*Eine Invalidiotin.*

Während der restlichen Vorstellungen und des Morgentees blieb Odette stumm, bis man ihr die erschütternde Nachricht überbrachte, dass sie Marcel und Grootvader für

einen kleinen Spaziergang rund um das Gebäude in Begleitung des Court Gesellschaft leisten sollte. Das einzig Tröst-
liche an dieser Angelegenheit war, dass Pawn Bannister
nicht für würdig befunden wurde, sie zu begleiten. Sie ließen ihn beleidigt bei den kleinen Petit fours zurück und
wurden durch irgendwelche langweiligen getäfelten Korridore in einen weit hübscheren Gang geführt. Dort blieben
sie stehen.

»Da wären wir«, erklärte Lady Farrier.

»Ach, tatsächlich?«, erkundigte sich Marcel.

»Tatsächlich«, erwiderte Rook Thomas. »Und jetzt müssen wir ein kurzes Meeting abhalten.«

Es war ein wirklich sonderbarer Ort für eine Besprechung. Der Gang führte rund um den Innenhof. Auf der einen Seite befanden sich riesige uralte Steinbogen, deren Öffnungen verglast waren, während die Wand auf der anderen
Seite vollkommen von Ölporträts in allen möglichen Grö-
ßen bedeckt war. Und es gab nirgendwo eine Sitzgelegen-
heit.

»Dieses Meeting muss absolut geheim bleiben«, sagte
Rook Thomas. »Es geht hier um einige Themen, die wir
nicht aufzeichnen wollen, deshalb sind weder Stenografen
noch gewöhnliche Schreiber in der Nähe.«

Die drei Züchter – Ernst, Marcel und Odette – sahen sich
argwöhnisch an.

»Wissen Sie, wer das ist?« Thomas deutete auf das Porträt
eines ausgesprochen gut aussehenden Mannes mit einem
wissenden Blick.

Odette betrachtete es und erwartete fast, dass der Mann
jeden Moment aus dem Gemälde trat. Das war etwas, das
sie in einer Kunstgalerie der Checquy durchaus für möglich
hielt. Doch als sie das Bild näher betrachtete, stellte sie fest,
dass sie sich wünschte, er würde aus dem Bild treten, sie zu

seinem Jaguar bringen, sie in das *Annabel* Ende der Sechzigerjahre bringen und ihr einen Gin Martini spendieren. Seine Augen schienen ihr einen glühenden Blick zuzuwerfen. Es hatte fast den Anschein, als hätte der Künstler eine hohe Dosis Pheromone und einen Hauch von Eau de Cologne in die Farben des Gemäldes gemischt.

»Das ist Bishop Conrad Grantchester«, sagte Ernst schließlich.

»Der Verräter«, führte Bishop Attariwala aus.

»Sie meinen, *unser* Spitzel«, antwortete Ernst.

»Einer von etlichen«, warf Chevalier Eckhart düster ein.

»Gekauft und bezahlt«, antwortete Ernst in einem Ton, der nicht die geringste Spur von Bedauern zeigte.

*Das wird allmählich etwas peinlich,* dachte Odette. Offenbar war Rook Thomas zu der gleichen Einschätzung gekommen, denn sie räusperte sich, und als sie erneut das Wort ergriff, sprach sie ausgesprochen ruhig.

»Ernst«, sagte die Rook. »Das Problem ist, dass in den letzten Jahren die Broederschap eine große Anzahl von Agenten der Checquy bestochen hat, und zwar auf jeder Ebene unserer Organisation. Sie wurden geschmiert, mit Geld oder mit …«, sie hüstelte, »Anreicherungen. Ihr habt euch ihre Loyalität erkauft, ihre Dienste und ihre Geheimnisse. Genau genommen *unsere* Geheimnisse. Sie haben mir gesagt, Sie hätten das als Teil Ihrer Vorbereitungen für Ihr Friedensangebot getan.«

»Das war ein Schachzug, der dabei helfen sollte, dass Sie uns zuhören und uns nicht einfach vernichten, sobald wir uns zeigen«, bestätigte Ernst.

»Zusammen mit der geheimen Forschung und Ausbildungseinrichtungen, die Sie auf britischem Boden eingerichtet haben, und zwar mithilfe unterschlagener Geldmittel der Checquy«, ergriff jetzt Eckhart das Wort. »Und dann wären da noch die beiden biologischen Massenvernichtungswaffen, die auf britischem Boden ausgelöst wurden.«

»Um fair zu bleiben, habe nicht ich sie eingesetzt«, erwiderte Ernst unbeeindruckt. »Das war mein Partner. Und dann haben Sie, Chevalier Eckhart, ihn umgebracht, indem Sie ihm einen Speer durch den Kopf geschleudert haben. Wenn ich darüber hinwegsehen kann, erwarte ich auch, dass Sie mit den Maßnahmen zurechtkommen, die ich ergriffen habe, um meine Leute zu schützen.«

»Das tun wir auch«, warf die Rook hastig ein. »Wir sind damit klargekommen. Und außerdem gibt es einen Präzedenzfall für diese ganze Angelegenheit. Nehmen Sie einen meiner Kollegen. Er und seine – sagen wir – Familie hat einen ganzen Haufen von Checquy-Angehörigen getötet, bevor er sich uns schließlich angeschlossen hat. Und jetzt sitzt er im Komitee für Arbeitnehmerschutz, unter anderem. Also ja, wir können Gewalt und Verbrechen übersehen. Aber Ihre Agenten innerhalb der Checquy haben unserer Organisation Gehorsam, Treue und Geheimhaltung geschworen. Diese Schwüre haben sie gebrochen. Und das können wir nicht zulassen.«

»Ich habe angenommen, dass es eine Art von Amnestie geben würde«, antwortete Ernst. »Da wir jetzt alle Freunde werden.«

»Nein«, sagte Lady Farrier. Sie sprach leise, aber ihre Stimme war so kalt, dass sich alle zu ihr umdrehten. »Die wird es nicht geben.« Odette fröstelte, und sie war überzeugt, dass sie nicht die Einzige war.

»Was wird mit ihnen passieren?«, fragte Ernst nach einer Pause.

»Die traditionellen Strafen für eidbrüchige Angehörige der Checquy sind sehr alt«, antwortete ihm Bishop Attariwala. »Und zudem sehr detailliert.«

»Aber«, warf Rook Thomas ein, »wir erwägen zurzeit einige gnädigere Alternativen.« Der Bishop sah sie scharf an, und Odette bemerkte, dass die zierliche Frau seinem Blick auszuweichen schien. »Es könnte auch eine ganz einfache Strafe sein, wie zum Beispiel lebenslang in einer Einrichtung der Checquy eingesperrt zu sein oder an den Galgen zu kommen.«

»Das ist gnädig?« Marcel klang ungläubig.

»Verglichen mit den im Gesetz vorgeschriebenen Strafen ist es ungeheuer barmherzig«, versicherte ihm die Rook. »Außerdem würden wir ein Vermögen sparen, weil wir kein Narwal-Elfenbein beschaffen und Luchse importieren müssten.« Die anderen blickten sie alle an, und sie zuckte mit den Schultern. »Es sind ausgesprochen komplizierte Strafen und zudem extrem symbolisch. Sie wurden schon seit Jahrhunderten nicht mehr angewendet, weil uns in dieser langen Zeit niemand auf diese Art und Weise zu hintergehen gewagt hat.«

»Ungeachtet dieser Strafen«, ergriff der Bishop das Wort, »können wir diesen Vipern nicht erlauben, sich weiterhin an unserem Busen zu nähren. Sie müssen uns eine komplette Liste aller Personen innerhalb der Checquy geben, die Sie angeworben haben. Sie werden in Gewahrsam genommen, und sämtliche Anreicherungen, die Sie ihnen haben zukommen lassen, werden entfernt, entweder von unseren Chirurgen oder von Ihren, im letzteren Fall unter unserer Aufsicht. Dann werden sie vor Gericht gestellt.«

»Vor eine Jury ihrer Standesgenossen?«, erkundigte sich Marcel.

»Nein«, entgegnete Lady Farrier grimmig. »Von uns.« Ihr Tonfall ließ keinen Zweifel an dem Ergebnis.

»Also werden meine Agenten, Leute, die ich beschäftigt habe, bestraft, während die anderen Mitglieder der Broederschap und ich willkommen geheißen werden?«, erkundigte sich Ernst.

»Es waren zunächst einmal unsere Agenten«, stellte Lady Farrier richtig. »Und sie haben sich korrumpieren lassen. Dafür müssen sie die Konsequenzen tragen.«

»Und das ist nicht verhandelbar«, erklärte Chevalier Eckhart.

Odette sah zu, wie ihr Vorfahr über die Sache nachdachte. Fast gegen ihren Willen stellte sie fest, dass sie nur Verachtung für die Verräter der Checquy aufbrachte. *Sie haben gezeigt, wozu die Leute bereit sind, um die Macht der Broederschap zu bekommen,* dachte sie. *Sie waren bereit, alles zu verraten, was ihnen lieb und teuer ist, um von unserer Arbeit zu profitieren. Also wie sollen wir glauben, dass die Checquy nicht dasselbe tut? Was also machen wir hier?*

»Einverstanden«, fragte Ernst schließlich. »Aber es wird ein paar Tage dauern.«

»Ein paar Tage?«, rief der Bishop entsetzt.

»Ja. Anders als die Geheimdienstorganisationen in den Spielfilmen haben wir keine Liste all unserer Agenten und ihrer Heimatadressen. Das wäre eine ausgesprochen schlechte Sicherheitsmaßnahme. Die Informationen werden gesammelt und eingereicht, wenn sie auf den neuesten Stand gebracht werden.«

»Wie viele gibt es?«, wollte Eckhart wissen.

»Das weiß ich nicht genau.« Der Graaf zuckte mit den Achseln.

»Sie wissen es nicht?«

»Ich habe mit Absicht dafür gesorgt, dass ich es nicht weiß«, erwiderte Ernst. »Ich gehe davon aus, dass in gewisser Gesellschaft nicht einmal die Geheimnisse eines Verstandes als sicher angesehen werden können.« Odette bemerkte interessiert, dass Lady Farrier elegant errötete. Rook

Thomas schien amüsiert zu sein. »Aber es gibt nicht allzu viele Maulwürfe in Ihrer Organisation. Nicht mehr. Soweit ich weiß, wurde die große Mehrheit von ihnen während eines Cocktailempfangs der Checquy getötet.«

»Und wann bekommen wir die Namen dieser falschen Fuffziger?«, wollte Lady Farrier wissen.

»Innerhalb einer Woche«, versprach Ernst. »Sie haben mein Wort.«

»Also gut«, sagte Farrier. »Nächsten Mittwoch um diese Zeit.« Sie warf einen Blick auf ihre Armbanduhr. »Nun, da die Sache damit geregelt wäre, dürfte unsere kleine Tour zu Ende sein. Auf uns alle warten Besprechungen. Rook Thomas, würden Sie unsere Gäste dorthin geleiten, wo sie hinmüssen?«

»Gewiss, Mylady«, antwortete Rook Thomas. Die anderen Mitglieder des Court entfernten sich, sodass die Rook und die drei Züchter allein in der Galerie zurückblieben. »Ich glaube, das ist ganz gut gelaufen.«

»Wir beide haben über die Möglichkeit eines generellen Pardons gesprochen«, gab Ernst etwas steif zurück.

»Ich habe das Thema vor dem Court zur Sprache gebracht«, erwiderte die Rook. »Sie haben sich nicht darauf eingelassen. Es ist wohl einfacher, einem Feind zu vergeben als einem Verräter. Diese Leute haben sich durch einen Schwur an uns gebunden. Wenn sie einmal bereit gewesen sind, ihn zu brechen, kann man nicht mit Sicherheit wissen, ob sie es nicht erneut tun würden. Und niemand verlässt die Checquy. Jedenfalls nicht lebendig.«

»Sie wissen, dass wir in der Lage sind, das Gedächtnis der Menschen zu löschen«, warf Marcel ein. »Halten Sie das für einen geeigneten Weg für einen Kompromiss? Auch wenn Sie nicht gerade allzu begeistert aussehen.«

Genau genommen, sah die Rook aus, als würde ihr übel.

Odette konnte es ihr nicht verdenken. Sie hatte Filme über die Agenten der Züchter gesehen, die den Leuten ihr Gedächtnis stehlen konnten. Sie waren sehr selten und repräsentierten eine ungeheure Investition von Zeit, Mühe, Training, Medikamenten, die das Immunsystem unterdrückten, und Flunitrazepam. Sie gehörten zu jenen hoch spezialisierten Konstrukten, die als Investition ein Kleinkind erforderten. Und um eines zu produzieren, musste ein Züchter ein Baby ansehen und sagen: »Ich werde etliche Jahre lang sehr viele Operationen an dieser kleinen Person vornehmen, und schließlich wird sie zu einem Werkzeug, das ich benutzen kann, um den Verstand anderer Leute zu manipulieren.« Odette war sich nicht sicher, ob sie zu so etwas in der Lage wäre.

»Ich denke darüber nach«, erwiderte Rook Thomas schließlich. »Aber Ernst, wenn einer dieser Verräter verschwinden sollte, bevor die Liste vorliegt, oder wenn an einem Agenten der Checquy später verheimlichte Anreicherungen gefunden werden, dann wird die ganze Sache abgeblasen. Verstehen Sie das?«

Der Graaf nickte.

»Verzeihen Sie, Rook Thomas«, mischte sich Odette ein. Sie blickte erneut auf das Porträt von Grantchester. »Darf ich fragen, warum sein Porträt immer noch an der Wand hängt, obwohl er ein Verräter war?«

»Jeder Angehörige des Court wird porträtiert«, antwortete Rook Thomas säuerlich. »Es spielt keine Rolle, welche Gräueltaten man begangen hat. Wir haben Nieten, Mörder und Vergewaltiger hier hängen. Rook Hal Carpenter ...«, sie deutete auf das Gemälde eines Mannes mit einer üppigen roten Perücke, »hat ein ganzes Dorf eingeäschert, weil er dachte, ein Junge aus diesem Dorf würde die Erde unfruchtbar machen. Es war aber nicht der Junge. Und außerdem stellte sich heraus, dass er das falsche Dorf ausgesucht hatte. Sein Porträt hängt ebenfalls noch an der Wand. Wir haben eine Menge Skelette in unseren Schränken«, fuhr Thomas fort. »Zum Teufel, einer unserer Rooks war sogar ein Skelett! Und er war auch im Schrank, fällt mir dabei wieder ein. Aber wir verstecken unsere Geschichte nicht. Jedenfalls«, räumte sie ein, »verstecken wir sie nicht vor uns selbst. Und aus diesem Grund muss ich jeden Tag auf Conrad Grantchesters selbstgefällige Visage blicken.« Odette nickte verständnisvoll. »Und auf die da muss ich auch sehen«, setzte die Rook hinzu und deutete auf ein anderes Gemälde.

Es war ein Gruppenporträt. Drei blonde Männer, von denen zwei eineiige Zwillinge zu sein schienen, standen um einen Stuhl herum, auf dem eine blonde Frau saß. Sie alle waren extrem attraktiv, und alle hatten denselben strengen Gesichtsausdruck.

»Die Rooks Gestalt«, erklärte Thomas. »Geschwister mit einem Schwarmbewusstsein, ein brillanter kollektiver Krieger und eine unerträgliche Nervensäge in der Zusammenarbeit. Ehrlich gesagt, von allen Angehörigen des Court war Gestalt möglicherweise am einfachsten zu bestechen, aber Sie haben sich da einen vergifteten Becher bestellt. Oder besser gesagt, ein vergiftetes Teeservice.«

»Wo sind sie jetzt?«, wollte Odette wissen.

»Theodore, Robert und Alex sitzen in unterschiedlichen Hochsicherheitsgefängnissen ein, und Eliza ist aus einem Fenster im obersten Stockwerk des Apex gestürzt«, antwortete Rook Thomas. Odette wusste nicht, ob sie es sich einbildete, aber irgendwie schien diese Erinnerung die zierliche Frau eine Spur aufzuheitern.

»Haben Sie deshalb die Besprechung hier abgehalten, damit Sie diese Porträts als visuelle Hilfe benutzen konnten?«, wollte Odette wissen.

»Nein, das ist nur ein Bonus«, sagte Rook Thomas. »Wir haben hier darüber gesprochen, weil dies einer der wenigen interessanten Orte in diesem Gebäude ist, den wir bei der Besichtigungstour aufsuchen können, ohne uns rechtfertigen zu müssen, und an dem außerdem niemand zufällig vorbeikommt. Aber wir sollten weitergehen.« Sie machte Anstalten, die drei Züchter weiterzuführen.

»Warten Sie, warum ist Eliza Gestalt aus dem Fenster gestürzt?«, fragte Odette neugierig.

»Was? Ach so, ein kleines Mädchen hat ihr eine Kugel in den Kopf gejagt«, erläuterte die Rook. »Aber jetzt haben wir wichtige Arbeit zu erledigen, da wir das Thema der Verräter angesprochen haben.«

Als der Wagen sich der Rookery näherte, ergriff Felicitys schweigsamer Fahrer endlich wieder das Wort. »Was in Gottes Namen ist das denn?«

»Das sind die Demonstranten«, antwortete Felicity müde. »Sie sind schon seit ewigen Zeiten hier.«

Ein Stamm von Aktivisten biwakierte mittlerweile seit etlichen Monaten auf dem Fußweg vor dem Gebäude und versuchte, die Passanten der City von London über das geheime Regierungskomplott zu informieren, das in dem Gebäude vor sich ging. Das geheime Regierungskomplott, das in diesem Gebäude tagte, war angewidert, ignorierte die Demonstranten jedoch nach Kräften.

»Ungeheuerlich!«, schnaubte der Fahrer. »So etwas wäre niemals erlaubt worden, als ich noch in der Rookery diente. Es ist erstaunlich, dass die Pawns nicht längst etwas unternommen haben.«

Felicity wollte ihm gerade mitteilen, dass es den Agenten der Checquy strikt verboten war, sich mit den Demonstranten anzulegen, ganz gleich, wie laut sie schrien oder wie viele Eier sie auf die Wagen der Agenten warfen. Stattdessen zuckte sie die Achseln und machte den Mund wieder zu.

Die Verfügung war ergangen, nachdem eine gewisse Pawn Willet, die in der Abteilung Führung und Überwachung der Rookery arbeitete, eines Morgens von etlichen Demonstranten absichtlich geschubst worden war. Sie hatte sich ihren Coffee-to-go über ihr Kostüm geschüttet. Um die Mittagszeit schlug sie zurück, indem sie mitten durch das Occupy-Lager auf der Sir Rupert Faunce Lane schlenderte und eine Melodie summte, die ernsthafte Verdauungsprobleme bei allen um sie herum auslöste. Das Ergebnis war furchterregend gewesen, vor allem, da die Demonstranten sich geweigert hatten, ihr Lager zu verlassen, selbst angesichts ernster Darmprobleme. Pawn Willet war einen Monat suspendiert worden und hatte die Säuberung des Bürgersteigs mit Hochdruckreinigern ebenfalls bezahlen müssen.

Seitdem hatten sich die Angestellten der Checquy zurückgehalten, mit den Zähnen geknirscht und ihre Reinigungsquittungen in der Buchhaltung als Spesenbeleg eingereicht. Außerdem war in der Tiefgarage eine Wagenwaschanlage eingerichtet worden.

Als Felicitys Fahrer vor der Rookery hielt, war er nicht bereit, den Fehdehandschuh der Demonstranten aufzunehmen. »Ich lasse nicht zu, dass mein Lack mit Eiern beworfen wird!« Zu Felicitys Entsetzen bestand er darauf, sie direkt vor dem Gebäude hinauszulassen. Er bremste den Wagen nicht einmal vollkommen ab, und als Felicity heraussprang, trat sie prompt in eine Pfütze. *Großartig. Das ist einfach großartig.* Mit nassen Socken schlurfte sie platschend durch die Demonstranten, ließ sich Pamphlete und Autoaufkleber in die Hände drücken, und erst als sie im Foyer ankam, bemerkte sie, dass sie ihren Dienstausweis auf der Reise durch die Leere zwischen dem REDEM und dem Krankenhaus verloren hatte.

Glücklicherweise erkannten die Wachleute im Foyer sie, und nachdem sie ihre Fingerabdrücke genommen hatten, stellten sie ihr einen provisorischen Pass aus. Sie ließ die Aufzüge links liegen und ging durch die kleine, unauffällige Tür daneben. Dann brachte sie etliche Sicherheitschecks hinter sich, bevor sie in die echte Lobby der Rookery trat.

Felicity stellte plötzlich fest, dass sie weder wusste, was sie tun, noch, wohin sie sich wenden sollte. Sie war schon mehr als tausendmal durch diese Lobby gegangen, aber jetzt fühlte sich das alles plötzlich fremdartig an. *Gehe ich einfach zu meinem Schreibtisch in meiner Abteilung und setze mich hin?*, fragte sie sich. Ihre Teamleiterin war tot. *Melde ich mich beim Generalmanager? Gibt es … Muss ich ein Formular ausfüllen?* »*Tod des Teams – Ersuchen um Ersatz.*« Ein hysterisches Lachen stieg in ihr hoch, aber sie unterdrückte es energisch. Als sie jetzt mit Krankenhauskittel und Socken im Eingang der Lobby stand, fühlte sie sich vollkommen verloren.

# 13

**Odette stellte fest, dass** sie keine wichtige Arbeit zu erledigen hatte. Alle Vertreter der Züchter hatten sich auf ihre verschiedenen Sitzungen verteilt, und ihr wurde klar, dass es keine Sitzung gab, auf die sie sich hätte verteilen können. Ursprünglich hatte sie vorgehabt, an dem Treffen teilzunehmen, bei dem Graaf Ernst über einige Aspekte von Operationen der Checquy unterrichtet wurde, aber Bishop Attariwala hatte ihr durch die Blume zu verstehen gegeben, dass ihre Sicherheitsfreigabe noch nicht erteilt worden war. Stattdessen wurde sie von einem gelangweilten Pawn Bannister durch die Büros geführt. *Ich bin vom Meeting der höchsten Geheimhaltungsstufe wahrscheinlich zum diplomatischen Kindertisch zurückgestuft worden*, dachte sie missmutig.

Was es noch schlimmer machte, war, dass alle Leute, an denen sie vorbeiging, ihr misstrauische Blicke zuwarfen und dann hastig zur Seite sahen. Es war ganz offensichtlich, dass ihr Foto im ganzen Gebäude herumgereicht worden war. Gelegentlich stellte Pawn Bannister sie jemandem vor, meistens einer sehr viel älteren Person in einem außerordentlich eleganten Anzug oder Kostüm. Offenbar hatte er beschlossen, Karrierelimonade aus der Zitrone Odette zu pressen.

»Darf ich Ihnen Miss Odette Leliefeld vorstellen, sie ist heute bei uns zu Gast«, sagte er dann und wackelte vielsagend mit den Augenbrauen. »Ich zeige ihr nur gerade unsere Einrichtung.« Odette lächelte und streckte unwillkürlich die Hand aus, was ihr einen entsetzten Blick und einen erzwungenen Handschlag einbrachte. Dann folgte irgendein bedeutungsloses Geplauder, bei dem Odette versuchte, beruhigend normal und höflich zu sein, bis sie schließlich weitergingen. Sie verkniff es sich absichtlich, sich umzudrehen, aber sie war sich sicher, dass sie ansonsten mitbekommen hätte, wie sich ihre neue Bekanntschaft die Hände an der Hose oder dem Kostümrock abgewischt hätte. Nach jeder Vorstellung grinste Pawn Bannister eine Weile auf seine selbstgefällige Art.

*Er benutzt mich dazu, seinen verdammten Lebenslauf aufzupolieren,* dachte sie widerwillig. *Er will einfach nur allen zeigen, dass man ihm das Züchter-Küken anvertraut hat.* Aber sie machte liebenswürdige Miene zum bösen Spiel und sah sich neugierig in den Büros um. Die meisten waren enttäuschend normal – Menschen, die in kleinen Verschlägen arbeiteten. Sie konnte sogar die Verbreitung der E-Mails verfolgen, die die Angestellten über ihre Anwesenheit informierten, weil die Köpfe der Leute über dem Rand der Verschläge auftauchten, sich umsahen und hastig wieder duckten. Dann fiel ihr etwas ins Auge. Jeder Verschlag wies eine große Anrichte auf, die die gesamte Länge der Trennwände einnahm.

»Wofür sind die?«, erkundigte sie sich. »Das sind doch keine Aktenschränke?«

»Nein, in diesen Anrichten ist die Bereitschaftsausrüstung«, erklärte Bannister gut gelaunt. »Jedes Mitglied der Checquy hat eine solche Ausrüstung. Darin enthalten ist Kleidung für unterschiedliche Umgebungen und Bedingungen, dazu die Überlebensausrüstung, Schlafsack und dergleichen, und Werkzeuge. Außerdem ein Laptop, ein Satellitentelefon, eine Notfallsonde und natürlich Körperpanzerung, für den Fall, dass sie zu einer Kampfsituation gerufen werden.«

»Sie sagten doch, das wäre die Buchhaltung«, widersprach Odette.

»Das stimmt auch«, bestätigte Bannister. »Aber jeder Angehörige der Checquy, sei er nun Pawn oder Bediensteter, muss bereit sein, wenn die Pflicht ruft. Wir sind alle Waffen, und wir können jederzeit gerufen werden, um uns zwischen die Menschen auf diesen Inseln und die Bedrohung zu stellen, die sich gegen sie wenden könnte.«

Er sagte das derartig aufgeblasen, dass Odette das unangenehme Gefühl überkam, als hätte man eine Badewanne mit Hundesabber über sie ausgekippt. Sie zwang sich, ihre Gesichtsmuskeln zu einem Ausdruck höflicher Bewunderung einzufrieren.

»Und außerdem«, fuhr Bannister fort, »besitzen viele von uns eine spezielle Fähigkeit, die in dem jeweiligen Szenario nützlich sein könnte. Es gibt zum Beispiel einen Mann in der Poststelle, der häufig gerufen wird, weil er einen Blitz in den Himmel zurückschicken kann. Und Rachel arbeitet in der Fahrbereitschaft – ihre Gegenwart verstärkt die Fruchtbarkeit der Leute. Deshalb wird sie oft geholt, um bestimmten ... Prozeduren beizuwohnen.«

»Oh, wir können Ihnen bei der Fruchtbarkeitsgeschichte genauso gut helfen«, erklärte Odette liebenswürdig. »Ich bin zum Beispiel hervorragend in künstlicher Befruchtung – Sie können sich sogar das Geschlecht des Babys aussuchen, wenn Sie wollen.« Sie musste es Bannister lassen, dass er fast jedes Anzeichen von Ekel bei dem Gedanken unterdrückte, dass die gefürchteten Züchter mit dem genetischen Material der Checquy herumspielen könnten.

»Ja, das klingt allerdings sehr hilfreich«, erwiderte er. Sein Mund verzerrte sich, als er die Worte hervorpresste. »Wo wir gerade von derlei Dingen reden: Hier ist das medizinische Zentrum.« Er führte sie durch eine Doppeltür, und sie atmete den vertrauten antiseptischen Geruch eines Krankenhauses ein. »Ich nehme an, dass Ihre Leute den größten Teil ihrer Arbeit entweder hier oder im Comb erledigen werden.« Hinter ihr lagen Teppiche und Wände mit Gemälden und vor ihr glänzende Fliesen. Leute in weißen Kitteln liefen zielstrebig umher. Sie fühlte sich sofort etwas behaglicher und entspannte sich ein wenig.

»Was ist der Comb?«, fragte sie zerstreut.

»Der Comb ist unser Hauptforschungszentrum«, gab Bannister zurück. »Er liegt in Oxfordshire – jede Menge Labore und technische Einrichtungen.«

»Klingt gut«, antwortete Odette. »Aber warum haben Sie dann ein medizinisches Zentrum in einem Regierungsbüro?«

»Dafür gibt es eine Vielzahl von Gründen«, erläuterte Bannister. »Alle Pawns müssen sich regelmäßig untersuchen lassen, für den Fall, dass unsere Gabe sich verändert. Viele von uns haben eine vollkommen einzigartige Physiologie, also können wir nicht in ein normales Krankenhaus, wenn wir uns verletzen oder krank werden. Einer der Jungs vom Anwesen blutete nicht, wenn er sich geschnitten hatte. Stattdessen kam eine Art von intelligentem Arsen-Nebel aus seiner Wunde und jagte die Leute rund um das Kricketfeld.«

»Wow.«

»Und wenn sie eine Zivilistin identifizieren, die mit einem Baby schwanger ist, das zur Checquy passt, dann versuchen sie für gewöhnlich, ein paar Strippen zu ziehen, damit die Frau ihr Kind hier zur Welt bringt«, fuhr Bannister ungerührt fort. »Man sagt ihr dann, es wäre ein privates Krankenhaus, und bei ihr läge eine Risikoschwangerschaft vor, mit der nur Experten klarkommen würden. Was übrigens auch stimmt.«

»Und dann behalten Sie das Baby?«, fragte Odette.

»Das kommt darauf an.« Bannister zuckte mit den Schultern. »Sie haben viele unterschiedliche Methoden, um an Kinder zu kommen. Und dann gibt es natürlich auch noch das Trauma.«

»Das glaube ich gern«, erwiderte Odette. »Ein Kind zu verlieren ist bestimmt schwer.«

»Nein, ich meine die Einsatz-Trauma-Abteilung. Wenn einer unserer Agenten verletzt wird, dann versuchen sie, ihn hierherzuschaffen oder in den Comb.«

»Ich dachte, das Hammerstrom Building wäre für die Inlandsoperationen vorgesehen.«

»Ich glaube, es liegt daran, dass der Verkehr hier in der Gegend nicht so schlimm ist«, erwiderte Bannister. »Oh!«, rief er dann plötzlich. »Da ist Dr. Crisp.« Er deutete auf einen hageren Mann im Gang. »Für gewöhnlich ist er in der Rookery, aber er ist sehr wichtig für die medizinische Abteilung, und ich weiß genau, dass er Sie sehr gern kennenlernen würde.«

»Ach, ich weiß nicht, er ist wahrscheinlich schrecklich beschäftigt«, meinte Odette ablehnend. »Und sehen Sie doch, er geht gerade weg.« Der Arzt war um eine Ecke gebogen. »Na, vielleicht klappt es ja nächstes Mal.« *Gott sei Dank, ich könnte nicht noch eine speichelleckerische Fleißkärtchennummer ertragen.*

»Nein, nein, ich hole ihn schnell.« Mit diesen Worten trabte Bannister davon. »Warten Sie hier, wir sind gleich wieder da.« Odette seufzte ergeben und sah sich um. So allein im Gang mit dem riesigen Besucherausweis um den Hals fühlte sie sich extrem verdächtig. Ihr gegenüber lag ein Pausenraum mit einer kleinen Teeküche, ein paar Stühlen und einem Tisch. Als Bannister nach einigen Minuten immer noch nicht zurückgekommen war, schlenderte sie unauffällig dorthin, um einen kurzen Blick hineinzuwerfen. *Ich frage mich, ob sie wohl übernatürlichen Kaffee hier haben,* dachte sie.

Wie sich herausstellte, hatte die Checquy enttäuschend gewöhnlichen Kaffee, und es gab auch keine Miniatur-Barristas, die im Kühlschrank oder den Schränken herumtollten. An der Wand hing ein Notizbrett, und Odette zuckte zurück, als sie zwischen einem Flugblatt, das vor einer Erkältung warnte, und einer Anzeige, in der jemand sein Etagenbett verkaufen wollte, Bilder von etlichen Mitgliedern der Broederschap-Delegation – einschließlich ihr selbst – sah. Darunter hing ein Zettel, auf dem erklärt wurde, dass sie das Apex House besuchten und sehr höflich behandelt werden sollten. Diese charmante und sehr gastfreundliche Erklärung wurde durch die Tatsache geschmälert, dass jemand die Porträts mit einem Stift verschönert hatte. Jetzt trugen sie Hüte, wiesen Hörner und eine Auswahl von höchst unwahrscheinlichen dentalen Anomalien auf. Odettes Foto war mit Ziegenaugen und einem langen Schnauzbart im Stil von Dr. Fu Manchu verziert worden.

*Entzückend,* dachte sie. *Das ist einfach nur entzückend.* Sie fuhr herum, als zwei Arbeiter der Checquy den Aufenthaltsraum betraten. Sie plauderten unbeschwert miteinander.

»… habe ich gesagt: ›Ich bezweifle nicht, dass du die Wiedergeburt von Pawn Muskie bist, der 1934 gestorben ist, aber die Checquy wird dir seine Pension nicht bezahlen, weil Pensionszahlungen aufhören, wenn man stirbt.‹« Der Sprecher war ein dürrer unrasierter Mann mit langem zerzaustem Haar, das hinter ihm herschwebte, als wäre er im Weltraum. Odette stellte sich hastig vor ihr Porträt und versuchte, lässig auszusehen.

»Was hat er darauf geantwortet?«, wollte der andere Pawn wissen, ein korpulenter Mann mit facettierten Augen, die wunderschön hinter einer extrem auffälligen Brille funkelten.

»Er wollte wissen, welchen Sinn eine Reinkarnation dann hätte. Morgen«, sagte er zu Odette.

»Guten Morgen«, antwortete sie. Es war klar, dass er keine Ahnung hatte, wer sie war. *Wahrscheinlich erkennen sie mich ohne meinen Schnauzbart und meine Ziegenaugen nicht,* dachte sie gereizt.

»Morgen«, antwortete der Pawn mit den Insektenaugen, während er sich Kaffee eingoss. »Jedenfalls operiert die Filiale in Cheltenham jetzt vom Hyatt aus, solange ihre Büros von Asbest gereinigt werden.«

»Die haben doch ein brandneues Gebäude«, widersprach sein Freund.

»Oh, es liegt nicht am Gebäude. Der Büromanager hat angefangen, Asbest auszuscheiden, ohne es zu bemerken. Drei Leute landeten im Krankenhaus, einschließlich eines zivilen Hausmeisters. Jetzt muss das ganze Gebäude gereinigt werden, und er liegt im Comb, wo man seine neuen Fähigkeiten untersucht und katalogisiert.« Sie tranken ihren Kaffee aus und schlenderten wieder heraus, wobei sie Odette zuwinkten.

*Sie können also sehr liebenswürdig sein, wenn sie nicht wissen, wer man ist,* dachte sie, als sie wieder in den Korridor trat, um auf Pawn Bannister zu warten. Sie lehnte sich an die Wand, und im selben Moment flackerten die Lichter an der Decke. Aus versteckten Lautsprechern schrillten Alarmsirenen.

*Himmel!* Sie richtete sich hastig auf. *Haben sie Züchter-Detektoren in die Farbe gemischt oder was?* Sie sah sich hastig um, falls irgendwelche bewaffneten Wächter auf sie zustürzten, um sie dafür zu bestrafen, dass sie sich mit bösartiger Absicht an die Wand gelehnt hätte.

»Code Heliotrope«, verkündete eine ruhige Stimme mit schottischem Akzent über die Lautsprecher. »Es kommen Verwundete! Code Heliotrope! Sämtliches medizinisches Personal begibt sich sofort in den Empfangsbereich und in die Operationssäle. Code Heliotrope!«

Die Türen im Gang wurden aufgerissen, und Leute stürmten heraus. Odette wurde von der Menge mitgerissen, und nach wenigen Augenblicken fand sie sich in einer Art rundem Empfangsraum wieder, in dessen Mitte sich eine ebenfalls kreisförmige Schwesternstation befand. Gänge gingen von hier ab wie die Speichen eines Rades. Menschen hasteten umher, und niemand schien gewillt zu sein, kurz stehen zu bleiben und einer Besucherin zu helfen. Also drückte sie sich mit dem Rücken an die Schwesternstation und machte sich so klein wie möglich. In der Station saßen drei Schwestern, die auf Computertastaturen herumtippten und hektisch in ihre Headsets sprachen. Eine von ihnen, eine kahlköpfige Frau mit Augen rund um den Schädel, sah Odette fragend an. Die schüttelte den Kopf und gab ihr mit Handzeichen zu verstehen, dass sie nichts benötigte. Die Schwester nickte, und Odette beobachtete weiter das Chaos.

»Was ist denn passiert?«, rief eine der Schwestern einem Sanitäter zu.

»Irgendwas ist auf einem Kindergeburtstag drüben in Gants Hill schiefgegangen«, erwiderte er. »Wir wissen zwar nicht genau, was, aber auf jeden Fall ist irgendwas Schlimmes dort aufgetaucht.«

Leute wurden auf Liegen hereingerollt, und es sah nicht so aus, als kämen sie von einer Kindergeburtstagsparty. Denn erstens trugen sie alle Körperpanzer in verschiedenen Zuständen der Zerstörung. Odette sah ernsthafte Verletzungen, und es gab viel Geschrei. Der Geruch von Blut drang Odette in die Nase, und sie nahm unwillkürlich einige der Verletzungen der Opfer wahr, die an ihr vorbeigerollt wurden.

Die Wunden waren wirklich übel. Eine Frau hatte ein Spinnennetz aus Schnitten auf ihrer Brust, die ihre Körperpanzerung durchdrungen hatten, aber statt Blut sickerte eine silberne Flüssigkeit wie Quecksilber aus ihrem Körper. Zwei Männer hasteten mit einer Trage herein, auf der ein Jugendlicher lag, dem blauer Schaum aus dem Mund quoll. Als sie vorbeigingen, wechselte die Farbe an den Wänden von Weiß zu Türkis, bevor sie wieder weiß wurde. Sie sah ihnen nach. Das Farbspiel folgte ihnen durch den Gang.

Ein anderer Sanitäter schob eine Liege mit einem Mann herein, der anscheinend zur Hälfte zu Glas geworden war. Odette wusste nicht, ob das ein Ergebnis der Untaten auf der Geburtstagsparty gewesen war oder ob er so sein sollte, aber der Mann selbst schien jedenfalls nicht allzu glücklich darüber zu sein.

»Was ist mit dem Kind passiert, dessen Geburtstag das gewesen ist?«, erkundigte sich Odette bei dem Sanitäter.

»Die ganze Familie wurde von dem Kuchen gefressen«, erwiderte der Mann und eilte dann hastig weiter. Odette und die Schwester wechselten einen entsetzten Blick. Als Nächstes schrillte ein schmerzhaft lautes Geräusch durch den Korridor, als würde ein Drucklufthorn in einen Holzhäcksler gesteckt. Odette und die Schwester und alle anderen schlugen sich die Hände über die Ohren.

*Werden wir angegriffen?*, fragte sich Odette. Ihre Instinkte wollten unbedingt ihre Knochendorne ausfahren, und sie musste sie bewusst zurückhalten, damit sie sich nicht in ihr eigenes Gesicht bohrten und sie vergifteten. Der Lärm wurde lauter und schmerzhafter, dann rollte jemand eine

Liege herein, auf der ein Mann lag, dessen Kampfanzug vollkommen blutdurchtränkt war. Sein ganzer Körper war von Riemen gesichert, sein rechter Arm war grob geschient, und Odette sah, dass sein linker Unterschenkel am Knie abgerissen worden war und in einem Plastikbeutel am hinteren Ende der Liege hing. Die schreckliche Wunde war sorgfältig mit einem Mullverband versorgt worden, aber das Blut war längst durchgesickert.

Das schreckliche Geräusch kam von dem Patienten. Seine Stimme erzeugte diese schrillen, unmenschlichen Skalen. Odette spürte den Schmerz bis in ihre Zähne. Der Sanitäter trug einen sperrigen Ohrenschutz und machte ein grimmiges Gesicht.

»Spritzt dem Mann sofort Schmerzmittel!«, brüllte ein Arzt. Seine Worte waren in dem Geschrei des Mannes kaum zu verstehen.

»Sie wirken nicht bei ihm!«, gab der Sanitäter schreiend zurück. »Das steht in seiner Patientenakte!«

»Dann stellen Sie ihn ruhig!«, brüllte der Arzt.

»Er reagiert auch nicht auf Beruhigungsmittel!«, lautete die Antwort. »Sie müssen ihn operieren, während er wach ist!«

»Ich glaube wirklich, dass Sie diese Unterhaltung nicht ausgerechnet hier in der Lobby führen sollten!«, kreischte die kahlköpfige Schwester mit den vielen Augen. Der Chirurg und der Sanitäter drehten sich um und sahen sie an, und im selben Moment bewegte sich der Patient. Sein Arm verdrehte sich an der Schiene, und ein spitzer Knochen durchbohrte seine Haut. Blut spritzte in die Luft und strömte aus der Wunde, und das schmerzerfüllte Schreien des Mannes wurde zu einem schwachen Stöhnen.

Ohne nachzudenken, sprang Odette zu der Liege, beugte sich über den Mann und presste beide Hände auf die blutende Wunde. Sie spürte, wie die Körperflüssigkeiten gegen ihre Fingerspitzen drückten und wie heißes Blut unter ihren Händen hervorsickerte, obwohl es jetzt erheblich langsamer floss.

Es war eine instinktive Reaktion ihrerseits gewesen, aber in der Rückschau erschien es ihr als ziemlich schreckliche Idee. Der Patient hatte die Augen immer noch weit aufgerissen und sah sie flehentlich an. *Jede normale Person wäre längst bewusstlos*, dachte sie. *Offenbar gibt es auch Nachteile bei gewissen übermenschlichen Fähigkeiten.*

»Ich bin ja da«, beruhigte sie ihn. »Ich lasse Sie nicht allein.« Sie warf einen Blick über die Schulter. »Sie sollten sich vielleicht hier etwas beeilen, bevor dieser Mann verblutet!« Alle sahen sie an. »Schnell!« Der Arzt verdrehte sich fast den Kopf, als er die Lage überflog.

»Wir können die Blutung hier nicht stoppen«, sagte er. »Wir müssen ihn sofort in die Chirurgie bringen. Können Sie weiter die Blutung in seinem Arm aufhalten?«

»Ja.«

»Also gut«, meinte der Arzt. »Sie können nicht nebenherlaufen, wenn Sie so über ihn gebeugt bleiben, also werde ich Sie auf die Liege heben. Drücken Sie weiter auf die Wunde.« Odette nickte und presste die Hände auf die Verletzung, als der Arzt ihre Hüften packte und sie sanft anhob. Sie setzte sich etwas ungelenk rittlings auf den Patienten, wobei sie darauf achtete, nicht an sein verletztes Bein zu stoßen. »Und jetzt los!«, blaffte er den Sanitäter an. Einige Leute schoben sie über einen Korridor und durch eine Reihe von schweren Türen. Der Patient starrte sie immer noch an, die Augen vor Schmerz und Schock weit aufgerissen.

*Er ist so alt wie ich,* schoss es ihr plötzlich durch den Kopf. *Und süß. Zugegeben, schwer verletzt, aber süß.* Sein rotblondes Haar war kurz geschnitten, er hatte ein attraktives Gesicht und hellblaue Augen. *Sag irgendetwas Tröstendes,* dachte Odette.

»Schmerztabletten haben also keine Wirkung auf Sie?«, erkundigte sie sich mitfühlend. »Das muss wirklich nerven, vor allem in einer Situation wie jetzt!«

*Großartig. Gut gemacht.*

»Ich bin gegen alle Medikamente und Drogen immun«, nuschelte er undeutlich. »Deshalb bin ich überhaupt im Einsatzteam.« Er runzelte die Stirn. »Warum nuschele ich so?«

»Blutverlust und Schock«, erklärte Odette. »Sie werden vielleicht gleich ohnmächtig.«

»Schön wär's«, erwiderte er bedauernd. »Aber es ist nett, Sie kennenzulernen. Und danke, dass Sie eingegriffen haben. Das hat mir das Leben gerettet.«

»Gern geschehen«, erwiderte Odette und schwankte leicht hin und her, als sie schwungvoll um eine Ecke bogen.

»Ich bin David.«

»Odette.«

»Freut mich, Sie kennenzulernen«, nuschelte er undeutlich.

*Ob Pawn Bannister bemerkt hat, dass ich verschwunden bin?,* überlegte sie, als sie in den OP-Saal rollten.

Um sie herum herrschte reges Treiben. Trotz des organisierten Chaos und der schweren Verletzung des jungen Mannes war Odette ganz in ihrem Element. Die intensive Konzentration auf das aktuelle Problem, die spartanische Umgebung, das Blut … *Fast wie zu Hause,* dachte sie.

David schien sich jedoch nicht ganz so wohlzufühlen. Er zuckte vor den Operationslampen zurück und betrachtete jede Entwicklung misstrauisch. Odette versuchte, ihn zu beruhigen, als die Schwestern vorsichtig den Körperpanzer des Mannes entfernten. Er zuckte zusammen, als blutdurchtränktes Gewebe von den Schnitten auf seiner Brust und von der empfindlichen Haut entfernt wurde, wo sein Bein abgetrennt worden war.

»Entschuldigung, Pawn Baxter, aber Sie haben Ihre Würde an der Tür abgegeben«, kommentierte eine der Schwestern, als sie ihm die Kleider vom Leib schnitt.

»Hätte nicht gedacht, dass diese Mission damit endet, dass ich nackt bin und ein süßes Mädchen rittlings auf mir hockt«, scherzte David schwächlich.

»Oh ja, das ist wirklich heiß«, erwiderte Odette, während sie die Wunden auf seiner Brust mit einem klinischen Blick betrachtete. Sie schienen zwar nur oberflächlich zu sein, waren jedoch sehr lang. »Nichts bringt einen so sehr in Stimmung wie ein Haufen Leute, die um einen herumstehen und das Blut auffrischen.«

»Sie nehmen das ja ganz schön cool«, stellte die Krankenschwester fest.

»Das ist ein Operationssaal«, erwiderte Odette. »Das ist nichts Besonderes. Ich würde ja mit den Achseln zucken, aber ich will den Druck nicht von Davids Wunde nehmen.«

Ein indischer Gentleman in einem Anzug und mit Krawatte trat an die Liege und betrachtete den Patienten einen Moment sorgfältig.

»Speichen- und Ellenfraktur auf der rechten Seite«, sagte er. »Obwohl Sie das wahrscheinlich wissen, da die junge Lady hier ihre Hände auf die Wunde presst. Übrigens sehr hübsche kleine Knochendorne, die Sie da versteckt haben, Miss«, sagte er zu Odette, die ihn etwas gezwungen anlächelte. »Und natürlich wäre da noch das abgetrennte Bein. Abgesehen von diesen beiden Dingen, sind einige Rippen auf der linken Seite des Brustkorbs angebrochen, und das linke Schulterblatt ist gebrochen. Aber keine größeren Schäden an Organen, soweit ich sehe.«

»Danke sehr, Pawn Motha«, erwiderte eine Schwester. »Wir wissen es sehr zu schätzen, dass Sie dafür das Meeting verlassen haben.«

»Ich helfe immer gern«, antwortete Pawn Motha. »Vor allem bin ich froh, wenn ich aus einem Budgetmeeting flüchten kann.« Er schlenderte hinaus, und in einer sorgfältig durchgeführten Choreografie wurden Odette und der Patient auf einen sauberen, fest stehenden Operationstisch verfrachtet. Odette kletterte ein wenig ungeschickt von ihm herunter, während sie den Druck auf den Arm des Mannes aufrechterhielt. Transfusionsbeutel wurden an Ständer gehängt, und die Transfusion sickerte in seinen Körper. Spezielle Schaumstützen wurden um ihn herum angebracht, damit er keine weiteren plötzlichen Bewegungen machen konnte.

»Also gut, Pawn Baxter«, sagte der Chirurg, der wieder aufgetaucht war. Er trug einen Kittel und hatte Handschuhe an. »Ich habe mir Ihre Patientenakte angesehen und fürchte, dass wir Sie nicht betäuben können. Und weiterhin habe ich gesehen, dass Sie weder schlafen noch Ihr Bewusstsein verlieren, was bedeutet, dass Sie die Operation bei Bewusstsein durchstehen müssen.«

»Ich wusste vorher, dass das passieren würde«, antwortete David schwach. »Das ist immer so. Meine Weisheitszähne gezogen zu bekommen war höllisch. Glauben Sie, dass ich …« Er verstummte und sah Odette furchtsam an. Sie lächelte ihn beruhigend an.

»Wir tun alles, was wir können«, antwortete der Chirurg. »Ich werde gleich diese junge Lady bitten, ihre Hände von Ihren Wunden zu nehmen. Ich werde die durchtrennten Arterien sofort klammern, und dann werden wir die Verletzungen an Ihrem Arm versorgen. In der Zwischenzeit werden Dr. Jurwich und ihr Team sich um Ihr Bein kümmern.«

Er deutete mit einem Nicken auf das Fußende des Operationstisches, wo eine korpulente Frau in einem voluminösen Operationskittel einen zweifelnden Blick auf das Bein in dem Beutel warf. »Diese Schaumstoffpolster sollten eigentlich verhindern, dass Sie sich bewegen, aber versuchen Sie trotzdem, so ruhig wie möglich zu bleiben. Verstehen Sie das?«

»Ja, Sir«, nuschelte Baxter.

»Verstehen Sie das auch?«, fragte der Arzt Odette.

»Wenn Sie etwas sagen, dann trete ich zurück und komme Ihnen möglichst nicht in die Quere«, versicherte sie ihm, was ihr ein anerkennendes Nicken einbrachte.

»Pawn Baxter?«, meldete sich Dr. Jurwich vom Fußende des Operationstisches. »Es tut mir leid, dass ich Ihnen das sagen muss, aber bedauerlicherweise können wir Ihr Bein nicht mehr annähen.« David schloss die Augen, und Odette sah, wie Tränen unter seinen Wimpern herausflossen. »Es tut mir sehr leid, aber die Verletzung ist einfach zu schwer.«

»Ich könnte es ihm wahrscheinlich wieder anoperieren«, erklärte Odette.

*Ich muss einfach aufhören, Dinge zu sagen, bevor ich sie zu Ende durchdacht habe.* Alle starrten sie ungläubig an. *Aber ich könnte es schaffen, das weiß ich genau.* Sie könnte die blutigen Fasern und Nerven der beiden Beinteile zusammensammeln und alles makellos miteinander verbinden, und das sogar ohne die Ausrüstung in ihrem Hotelzimmer. Sie könnte das Bein dieses Mannes wieder annähen. In einem Monat würde er gehen, in drei Monaten laufen können, und die Narben würden innerhalb von Wochen verschwunden sein.

»Ich … Wie bitte?«, stammelte Dr. Jurwich.

»Natürlich kann ich es nicht garantieren«, fuhr Odette

etwas verlegen fort. »Aber wenn er keine ungewöhnliche Anatomie hat und die Enden der Beine nicht von irgendetwas ... sagen wir ... Übernatürlichem kontaminiert sind, dann könnte ich es wahrscheinlich schaffen.«

»Moment mal, wer sind Sie eigentlich?«, fragte der leitende Chirurg. Er betrachtete den Besucherpass an der Schnur um ihren Hals. Eine Sekunde hatte sie Angst, dass er einen Herzinfarkt bekommen könnte.

»Keine Sorge, ich bin keine Zivilistin. Ich bin Odette Leliefeld«, sagte sie schüchtern. Diese Mitteilung hatte keinerlei Wirkung. *Ganz offensichtlich haben einige Leute die Flyer in ihren Posteingangsfächern noch nicht gelesen.* »Ich bin ein Lehrling bei der Broeder ... den Züchtern.«

Plötzlich fühlte sich Odette höchst exponiert. Es herrschte mit einem Mal Totenstille – selbst die Geräte im Operationssaal schienen in ihrer Funktion innezuhalten. Etliche Krankenschwestern traten einen Schritt zurück, die beiden Ärzte packten ihre Skalpelle, und zwar nicht in dem von Chirurgen bevorzugten Griff, sondern sie umklammerten sie, als wollten sie sie irgendjemandem in die Luftröhre rammen.

David Baxter starrte sie angewidert an.

»Sie sind ein *Züchter*?«, nuschelte er. Das letzte Wort klang fast ebenso schrill wie seine Schmerzensschreie vorhin. Odette zuckte zusammen.

»Ja, aber ich bin ein Gast«, erwiderte sie. Sie wollte ihren Besucherpass hochheben, aber sie musste beide Hände auf Davids Arm pressen.

»Nehmt sie von mir runter!«, stieß Baxter zwischen den Zähnen hervor.

»David«, begann Odette, »ich kann ...«

»*Nehmt das da von mir runter!*«, schrie er. Diesmal dröhnte seine Stimme durch den Raum wie ein Donnerschlag.

Odette fühlte, wie der Schall durch ihre Knochen drang, und hörte, wie einer der Monitore Risse bekam und schließlich zerbarst.

»Ich denke, Sie sollten besser von ihm runtergehen«, sagte der Chirurg ruhig. Odette nickte. Sie zitterte am ganzen Körper, nur ihre Hände waren immer noch vollkommen ruhig.

»Sind Sie so weit?«, fragte sie. Der Arzt hob wortlos die Instrumente, die er brauchte. »Also gut. Auf drei?«

Er nickte wieder.

»Eins, zwei ...«

Sie musste dem Arzt zugestehen, dass er verdammt schnell reagierte. Als sie die Hände von der Verletzung nahm und vom Operationstisch rutschte, hatte er die Arterien bereits geklammert. Sie drehte sich um, und die Schwestern und Pfleger bildeten eine Gasse vor ihr zur Tür.

*Halte dich gerade,* befahl sich Odette. *Zeig keine Schwäche. Brich nicht in Tränen aus. Mach deiner Familie und deinem Volk keine Schande.* Sie verließ den Operationssaal, den Kopf hoch erhoben, während hinter ihr die Chirurgen der Checquy sich daranmachten, Davids Leben zu retten, wenn auch nicht sein Bein.

Odette stand im Flur und hatte die Fäuste geballt. *Das wird niemals funktionieren,* dachte sie. *Sie hassen uns. Sie hassen uns noch mehr, als wir sie hassen.* Dann fiel ihr auf, dass die Leute, die an ihr vorbeigingen, ihr sonderbare Blicke zuwarfen, und sie blickte an sich herunter. Von den Ellenbogen abwärts war sie vollkommen mit Baxters Blut bedeckt. Es war auf ihrer Bluse und ihrem Blazer verteilt, und sie befürchtete sehr, dass sich auch etwas davon in ihrem Haar befand. Außerdem brannten ihre Augen, und ihre Nase lief, so sehr sie sich auch bemühte, das zu verhindern.

*Ich sehe aus, als hätte ich gerade geholfen, ein Walrossbaby zur*

*Welt zu bringen,* dachte sie grimmig. *Ich sollte ein Badezimmer aufsuchen und mir zumindest die Hände waschen.*

Aber zuerst würde sie Pawn Bannister aufsuchen. Wenn sie Glück hatte, dann würde ihr Anblick ihm wirklich gründlich den Tag vermiesen.

# 14

**Felicity stand fast zehn** Minuten in ihrem Krankenhauskittel und ihren nassen Socken in der Lobby der Rookery, bis einer der Rezeptionisten am Empfangstresen sie zu sich winkte.

»Ich habe einen Anruf für Sie, Pawn Clements«, sagte der Rezeptionist. »Aus dem Büro von Rook Thomas.«

Felicity nahm den Hörer entgegen. »Hallo?«, stammelte sie.

»Pawn Clements?«

»Hier spricht Ingrid Woodhouse. Wissen Sie, wer ich bin?«

»Ja … klar.«

»Rook Thomas würde gern mit Ihnen sprechen. Könnten Sie in ihr Büro hinaufkommen?«

»Ich … ich bin für eine Besprechung mit der Rook nicht richtig angezogen«, erwiderte Felicity. »Ich habe nicht einmal Schuhe an.« Während sie das sagte, merkte sie erst, dass ihre Füße froren und sie feuchte Abdrücke auf dem Marmorboden der Lobby hinterließ. Dann fiel ihr wieder ein, dass sie vor dem Treffen mit Pawn Odgers Zivilkleidung getragen hatte. Es kam ihr so vor, als hätte das eine fremde Person vor vielen Jahren gemacht. »Aber ich habe ein Kostüm in meinem Verschlag, wenn sie ein paar Minuten warten kann.«

»Es wäre besser, wenn Sie sofort heraufkämen«, antwortete Mrs. Woodhouse. »Es spielt nicht die geringste Rolle, was Sie anhaben.«

»Einverstanden«, erwiderte Felicity unsicher. »Ich komme sofort hoch.«

»Ich schicke jemanden mit dem Vorstandslift herunter, der Sie abholt«, wies Mrs. Woodhouse sie an. »Und – Pawn Clements?«

»Ja?«

»Reden Sie mit niemandem, bis Sie mit der Rook gesprochen haben.«

Felicity hatte bislang noch nicht allzu viel Zeit auf der Vorstandsebene der Rookery zugebracht. Hier war alles sehr viel netter als in den anderen Stockwerken. Statt Teppichfliesen gab es lackierte Holzböden, und die Gemälde an den Wänden waren deutlich wertvoller. Allerdings schienen die Porträts ihr missbilligend hinterherzusehen, als sie ihre nassen Fußabdrücke hinterließ.

»Ah, gut«, begrüßte Mrs. Woodhouse Felicity, als sie den Empfangsbereich betrat. Im selben Moment öffnete sich die Tür zum Büro der Rook, und vier Personen in ausgezeichnet geschnittenen Anzügen traten heraus. Felicity erkannte sie, es waren die Leiter der juristischen Abteilung der Rookery, der Finanzen, der Kommunikation sowie der Führung und Überwachung. Sie alle wirkten ziemlich schockiert darüber, dass sie hinausgeworfen wurden.

»Es tut mir sehr leid, dass ich diese Besprechung so früh beenden muss, Ladys, Gentlemen«, sagte die Rook. »Aber es ist etwas extrem Wichtiges dazwischengekommen. Mrs. Woodhouse wird unsere Besprechung neu ansetzen.«

Die vier Abteilungsleiter gaben höfliche, wenn auch etwas verwirrte Laute von sich und bemerkten dann Felicity. Ihre Blicke glitten über ihren Krankenhauskittel, die nassen Socken, das zerzauste Haar und die unübersehbaren Spuren ihres Heulkrampfs. Vier Paar Augen zogen sich zusammen, und ein Paar Nasenflügel blähte sich. Der Abteilungsleiter für Kommunikation hatte ungewöhnlich empfindliche Sinnesorgane. Jedoch waren sich alle einig, dass sie in keiner Weise extrem wichtig aussah. Trotzdem wurde Felicity in das Büro der Rook gerufen, und die Tür wurde fest hinter ihr geschlossen.

Es war ein großer, hübscher Raum mit breiten Fenstern, von denen aus man die Stadt überblicken konnte. Beeindruckende Porträts hingen an den Wänden. Ein sehr geschmackvolles Rosenbukett in einer Ecke erfüllte den Raum mit seinem Duft. Es schien keine anderen Ausgänge zu geben. Allerdings war Felicity an der Einrichtung nicht besonders interessiert. Es war das erste Mal, dass sie die Rook aus der Nähe sah.

In der letzten Zeit blühte der Klatsch in der Checquy darüber, wie sehr sich Myfanwy Thomas verändert hatte. In der Vergangenheit hatte sie angeblich schon Schwierigkeiten gehabt, sich der Telefonwerber zu erwehren, ganz zu schweigen von bösartigen Körperzüchtern und Alchemisten. Die wenigen Male, bei denen Felicity Rook Thomas höchstselbst gesehen hatte, in den Gängen, während Betriebsversammlungen oder auf der Weihnachtsfeier der Rookery, hatte sie den Eindruck gewonnen, dass diese Frau verzweifelt versuchte, jeglichen menschlichen Kontakt zu vermeiden. Doch in letzter Zeit hatte sich herumgesprochen, dass die Rook nicht mehr so zurückhaltend oder schüchtern sei. Sie hatte sogar an Kämpfen teilgenommen und sich ziemlich beeindruckend geschlagen. Wenn Leute jetzt etwas falsch machten, dann bestellte sie sie in ihr Büro und faltete sie zusammen, statt ihnen entschuldigende E-Mails zu schicken.

Dabei sah sie immer noch wie die alte, zögerliche Rook Myfanwy Thomas aus. Sie war Anfang dreißig, etwas kleiner als Felicity, hatte ein unauffälliges Gesicht und schulterlanges braunes Haar. Aber es hatte sich tatsächlich etwas verändert.

*Interessant,* dachte Felicity. *Sie hält sich anders. Sie versucht nicht mehr, sich kleiner zu machen. Ich frage mich, was für ein Ereignis sie wohl aus ihrem Schneckenhaus gelockt hat.*

»Pawn Clements, danke, dass Sie gekommen sind«, ergriff die Rook das Wort.

»Das ist selbstverständlich, Ma'am.«

»Ich möchte Ihnen mein aufrichtiges Beileid für den Verlust Ihrer Kameraden aussprechen. Das ist eine entsetzliche Tragödie.« Felicity musste der Rook zugute halten, dass sie ihr in die Augen sah und wirklich mitfühlend klang.

*Jedenfalls hört sich das nicht wie dieser Blödsinn an, bei dem sie immer behaupten, sie wüssten, wie man sich fühlt.* »Danke. Man hat mir bisher jedoch noch nichts weiter mitteilen können, Rook Thomas. Ist es … sind sie alle tot?«

Die andere Frau presste einen Moment die Lippen zusammen und holte dann tief Luft. »Unsere Ermittler untersuchen immer noch die Trümmer. Allerdings haben sie bis jetzt die Identitätsmarken von sechs Angehörigen der Checquy gefunden, und einige Überreste wurden bereits identifiziert. Wir haben die Bestätigung bekommen, dass die Pawns Gardiner, Buchanan und Cheng tot sind. Bei den anderen dauert es vielleicht noch eine Weile, bis wir absolute Sicherheit haben.«

»Oh.« Felicity fühlte sich leer. Sie hatte keine Tränen mehr zu vergießen, und die letzte kleine Flamme der Hoffnung war gerade ausgelöscht worden. Gardiner und Buchanan waren die beiden Soldaten gewesen, die am Eingang zu diesem Würfel Wache gehalten hatten. Sie hatten eigentlich die Checquy benachrichtigen sollen, wenn niemand aus dem REDEM entkam, aber offenbar hatten sie es gar nicht so weit geschafft. Und Andrea Cheng. Selbst ihre beeindruckende Gabe hatte nicht genügt, um sie zu retten. »Ich kann bestätigen, dass die Pawns Odgers und Jennings ebenfalls tot sind«, sagte sie. Ihre Stimme bebte ein wenig.

»Das tut mir sehr leid«, gab die Rook zurück. »Ich sollte wohl die entsprechenden Stellen benachrichtigen.« Sie führte ein kurzes Telefonat und wandte sich dann wieder Felicity zu. »Selbstverständlich werden Sie noch eine offizielle Besprechung mit dem Chef Ihrer Abteilung haben und müssen eine formelle Aussage für die Unterlagen abgeben.«

»Ja, Ma'am.«

»Aber zuerst möchte ich, dass Sie mir die ganze Angelegenheit schildern. Dann entscheiden wir, wie umfassend Ihre Abschlussbesprechung und Ihr formeller Bericht sein werden.«

»Ich … okay«, sagte Felicity misstrauisch. *Das klingt plötzlich kompliziert.*

»Bitte, setzen Sie sich.« Die Rook deutete auf das Sofa in der Ecke, nicht auf die Stühle vor ihrem Schreibtisch. »Möchten Sie etwas trinken?« Die Rook verständigte über die Gegensprechanlage ihre Sekretärin, die zwei kleine Teekannen hereinbrachte. Earl Grey für Felicity, Pfefferminz für die Rook, dazu eine Schale mit Keksen und ein großes weiches Handtuch für Felicitys Füße. »Danke, Ingrid. Ich werde heute niemanden mehr empfangen und ich möchte auch möglichst keine Anrufe entgegennehmen müssen.«

»Ich verschiebe alles, was nicht apokalyptisch ist, auf morgen«, versprach die Vorstandsassistentin und schloss die Tür hinter sich.

»Also, Pawn Clements, Sie müssen mir alles erzählen, was passiert ist. Ich werde unser Gespräch aufzeichnen und mir Notizen machen. Jeder von uns bekommt dann eine

Kopie der Aufnahme und der Notizen, aber Sie müssen Ihr Wort geben, dass Sie das Material mit niemand anderem teilen, bis ich Sie anweise, das zu tun, oder falls Sie vor ein internes Tribunal gestellt werden.«

»Rook Thomas, was geht hier vor?«, fragte Felicity.

»Wir sammeln immer noch Informationen, aber es ist durchaus möglich, dass das, was Ihnen und Ihren Kameraden widerfahren ist, politische Konsequenzen hat. Wenn das zutrifft, müssen die Einzelheiten aus den offiziellen Berichten herausgehalten werden. Ich muss möglicherweise aufgrund Ihrer Informationen auf eine Art und Weise reagieren, die … nicht innerhalb der normalen Parameter liegt. Das könnte mich öffentlichem Missfallen aussetzen. Und ich will Sie dem nicht schutzlos ausliefern. Dieses Material wird demonstrieren, dass, ganz gleich, welche Entscheidung aufgrund Ihrer Zeugenaussage getroffen wird, dieser Schritt in meiner Verantwortung lag und auf meinen Befehl hin gehandelt wurde.«

»Verstehe …«, sagte Felicity zögernd. Das klang allmählich genau wie dieser politische Mumpitz, den sie immer so gut wie möglich zu vermeiden suchte. *Ich bin nur ein Soldat,* dachte sie. *Mehr wollte ich nie sein.* Aber jetzt saß ihr General direkt vor ihr und bat um ihr Vertrauen. »Ich gebe Ihnen mein Wort.«

Die Rook setzte sich auf das Sofa, schaltete die Aufnahmefunktion ihres Tablet-Computers an und sprach klar und deutlich die Zeit, das Datum und den Ort in das Mikrofon. Dann erklärte sie, dass sie, Rook Myfanwy Alice Thomas Pawn Felicity Jane Clements befragte. Sie bat Felicity, diese Tatsachen zu bestätigen.

»Ja, das ist die … Situation?« Sie sah die Rook unsicher an. Diese nickte und lächelte.

»Dann fahren wir jetzt fort«, erklärte die Rook. »Oh, aber

hören Sie, um Himmels willen, ziehen Sie endlich diese nassen Socken aus, und trocknen Sie sich die Füße ab!«

Es folgte eine höchst sonderbare Nachbesprechung, die so ganz und gar nicht dem klinischen Prozedere glich, das bisher Felicitys Aufträgen gefolgt war. Rook Thomas hielt ihre Teetasse mit beiden Händen fest und ließ den Tablet-Computer auf ihrem Schoß liegen. Nach einer Weile streifte sie sich die Schuhe ab und zog die Füße unter ihren Körper, während sie es sich in der Ecke des Sofas bequem machte. Manchmal unterbrach Thomas sie, stellte Fragen und machte sich Notizen. Hauptsächlich jedoch hörte sie einfach nur zu und nickte gelegentlich. Sie war eine ausgezeichnete Zuhörerin. Als Felicity an einem Punkt ihrer Schilderung plötzlich die Tränen kamen, schob die Rook ihr eine Schachtel mit Papiertüchern hin.

Während Felicity die Ereignisse des Vortages schilderte, vergaß sie immer mehr, mit wem sie sprach. Unbewusst zog sie die Beine hoch und saß im Schneidersitz auf der Couch, ein Kissen in den Armen.

»Also, dieses sogenannte Rechteck des Mysteriums war ein ... Es war ein Raum?«, fragte Thomas.

»Ja.«

»Und Ihr Team ist einfach so hineinspaziert.«

»Ja«, sagte Felicity. »Warum?«

Die Rook lehnte sich zurück und runzelte die Stirn. »Was ich Ihnen jetzt sage, darf niemand sonst erfahren«, sagte sie schließlich. »Aber in den Monaten vor den Verhandlungen mit den Züchtern haben diese etliche Waffen im ganzen Land verteilt. Eine von ihnen war ein gigantischer Würfel aus lebender Materie. Eine Art Fleischwürfel.«

»Und er hat Empfänger von Organtransplantaten zu sich gerufen?«, fragte Felicity leicht verwirrt.

»Nein«, gab Thomas grimmig zurück. »Er hat Menschen

verschlungen. Aus diesem Würfel kamen Tentakel und haben sie hineingezogen.«

»Nun, Tentakel gab es keine, aber ich glaube, Pawn Odgers hatte Bedenken«, antwortete Felicity. »Sie hat befohlen, dass das Team den Rooks, und nur den Rooks, alles meldete, was passierte. Aber sie sind vorher gestorben.«

Thomas nickte, und Felicity fuhr mit ihrer Geschichte fort.

Es verstrichen etliche Stunden, in denen die Rook Felicity immer wieder zu allen Details befragte. Irgendwann brachte Mrs. Woodhouse zwei Pizzas vom Lieferservice herein. Die eine war vegetarisch und die andere die Antithese des Vegetarischen.

»Wie spät ist es?« Die Rook wirkte erschrocken.

»Sechs Uhr«, antwortete die Sekretärin.

»Also gut«, antwortete Thomas. »Danke, Ingrid. Sie können gern nach Hause gehen. Wir machen ebenfalls bald Schluss.«

»Ich kann noch bleiben, wenn Sie mich brauchen.«

»Nein, wir sind fast fertig, aber trotzdem danke. Grüßen Sie Gary von mir.« Die Sekretärin nickte und ging hinaus. Während Felicity und Thomas die Pizza aßen, fragte die Rook unablässig weiter, und schließlich zog sie einen dicken Strich in ihr Notizbuch. »Okay, ich glaube, das war es, es sei denn, Sie hätten noch etwas hinzuzufügen?« Felicity schüttelte den Kopf. »Dann danke ich Ihnen. Ich werde eine Kopie der Aufnahme und meiner Notizen machen und sie Ihnen geben, bevor Sie nach Hause gehen.«

»Was soll ich in meiner Nachbesprechung mit dem Abteilungsleiter sagen?«, erkundigte sich Felicity.

»Erzählen Sie ihm ruhig alles«, antwortete Thomas. »Es wird ohnehin bei der Untersuchung der Ruinen herauskommen oder möglicherweise erweist es sich auch als wichtig, dass er es erfährt. Ich möchte nur nicht, dass Sie die Möglichkeit erwähnen, die Züchter könnten in diese Sache verwickelt sein. Wenn er es herausfindet, wird er zu mir kommen, und wenn nicht, dann umso besser.« Sie stand auf, nahm den Tablet-Computer vom Schoß und ging auf bloßen Füßen zu ihrem Schreibtisch.

»Glauben Sie, dass Pawn Odgers recht hatte?«, fragte Felicity. »Sind Sie der Meinung, dass die Züchter dahinterstecken und uns betrügen?«

Thomas' Schultern sanken herunter. »Ich weiß es nicht«, antwortete sie. »Es wäre möglich.« Sie klang müde. »Aber vielleicht war es etwas anderes, das absolut nichts damit zu tun hat.«

»Sie brauchen mehr Informationen«, stellte Felicity fest.

»Ja«, antwortete Thomas, während sie den Tablet-PC mit dem Desktop verband. Trotz ihrer Autorität und ihres Selbstbewusstseins wirkte die Rook in diesem Moment sehr unsicher, fast ein wenig verloren.

»Aber Sie können niemand anderem von Ihrem Verdacht erzählen«, stellte Felicity fest. Sie spürte plötzlich ein wachsendes Gefühl der Zuversicht. »Nicht einmal dem Rest des Court. Deshalb haben Sie sich so viel Mühe gemacht, meine Geschichte als Erste zu hören. Wenn auch nur die geringste Möglichkeit laut würde, dass die Züchter uns in die Irre führen, dann würde alles auseinanderfallen. Die Leute hier würden sich auf jeden noch so fadenscheinigen Vorwand stürzen, um die Verhandlungen zu beenden, und tote Agenten der Checquy würden die ganze Sache nur noch viel schlimmer machen.«

Die Rook beobachtete sie vollkommen ausdruckslos, und plötzlich traf Felicity eine Entscheidung. »Lassen Sie mich Ihnen helfen.« Den Bruchteil einer Sekunde lang hatte sie die Genugtuung, einen vollkommen entgeisterten Aus druck auf dem Gesicht der Rook sehen zu können, bevor Thomas ihre Gesichtszüge wieder unter Kontrolle hatte.

»Sie wollen mir helfen? Warum?«, erkundigte sich Thomas misstrauisch. »Um sich zu rächen? Um die Mörder Ihres Teams zu bestrafen?« Felicity fröstelte unter diesem prüfenden Blick und hatte das Gefühl, als würde sich eine Hand vorsichtig um ihren ganzen Körper schließen.

»Wir wissen nicht, ob sie wirklich die Mörder meines Teams sind, jedenfalls nicht sicher«, antwortete sie. »Und ich will nicht bei einer Ungerechtigkeit mitmachen. Ich hasse die Züchter, aber ich will sie nicht für etwas verantwortlich machen, was sie nicht getan haben.« Myfanwy Thomas sah sie noch immer argwöhnisch an. »Rook Thomas, Sie brauchen Hilfe. Sie sind ein Rook der Checquy, und ich bin Ihr Pawn. Lassen Sie mich Ihnen dienen.«

Die Rook betrachtete sie noch eine Weile länger. »Nach einem solchen Ereignis und dieser Art von Trauma würden Sie für gewöhnlich aus dem aktiven Kampfdienst entfernt werden und müssten stattdessen eine Therapie machen«, sagte sie schließlich.

»Das will ich nicht«, gab Felicity zurück. »Ich kann mich nicht einfach an meinen alten Schreibtisch setzen und auf all die leeren Stühle starren, wo meine Kameraden gesessen haben. Oder wegen Angstzuständen in den Urlaub fahren und dafür bezahlt werden, nicht zur Arbeit zu kommen. Ich würde in meiner Wohnung herumtigern, vor dem Fernseher hängen und verrückt werden.« Die Rook lehnte sich auf ihrem Schreibtischstuhl zurück und verschränkte die Finger. Ihr Blick wirkte plötzlich distanziert, und Felicity konnte fast hören, wie ihre Zukunft entschieden wurde.

»Also gut«, sagte Thomas schließlich. »Ich akzeptiere Ihren Vorschlag. Danke.«

Erleichterung überkam Felicity. »Was soll ich tun?«

»Ich habe schon eine Idee. Kennen Sie zufällig Pawn Oliver Bannister?«

»Von der diplomatischen Abteilung? Ja, er war in meinem Jahrgang auf dem Anwesen«, fragte Felicity. »Er ist ein Wichser … Entschuldigen Sie meine Ausdrucksweise.«

»Nein, schon gut, ich habe denselben Eindruck von ihm«, erwiderte die Rook. »Er war als Aufpasser für eine Person aus der Züchter-Delegation abkommandiert – Odette Leliefeld. Heute hat er es tatsächlich geschafft, sie aus den Augen zu verlieren, und sie ist in den medizinischen Flügel des Apex geraten, wo sie Probleme gemacht und alle aufgescheucht hat. Die ganze Organisation redet über nichts anderes. Ganz offensichtlich ist sie ziemlich unvermittelt zum Poster-Girl für Anti-Züchter-Gefühle geworden. Sie lösen Bannister als ihren Aufpasser ab.«

»Was? Ich meine, wie bitte?«

»Sie werden Leliefeld begleiten und dafür sorgen, dass ihr nichts zustößt. Außerdem werden Sie sie im Auge behalten und mir regelmäßig Bericht erstatten.«

»Und wie erklären Sie, dass ich ihn ablöse?«

»Ich muss nichts erklären, denn ich bin die Rook«, erwiderte Thomas eine Spur selbstgefällig. »Aber der offizielle Grund lautet, dass Miss Leliefeld wegen ihrer jüngst gestiegenen Unbeliebtheit von jemandem begleitet werden muss, der besser in der Lage ist, sie zu beschützen. Ich weiß, dass Sie keinerlei Erfahrung als Leibwächter haben, aber Sie haben eine umfassendere Kampfausbildung als Bannister. Außerdem sind Sie eine Frau, also können Sie Miss Leliefeld auch in … sagen wir … delikateren Situationen genau im Auge behalten. Der inoffizielle Grund, der sich schon bald mit meinem Segen in der Checquy herumsprechen wird, lautet, dass Bannisters Unfähigkeit sein Mündel und dadurch die Verhandlungen in Gefahr gebracht hat. Das wird man glauben, weil es zufällig auch stimmt, und weil er außerdem wirklich ein Wichser ist.«

»Also soll ich sie bewachen und sie gleichzeitig ausspionieren?« Felicity klang misstrauisch.

»In gewisser Weise ja«, bestätigte Thomas. »Sie sehen etwas beunruhigt aus. Sie sagten, Sie wollten zu Diensten sein.«

»Ja, aber ich habe nicht erwartet …«

»Was haben Sie denn erwartet?«

»Ich dachte, dass Sie mich einsetzen könnten, um Informationen aus Leuten herauszuprügeln. Ich bin keine Spionin.«

»Jetzt schon. Vielleicht können wir ja später noch ein paar Prügeleien für Sie arrangieren.« Die Rook scrollte eine Datei durch. »Ich habe eine Informationsdatei über Leliefeld für Sie zusammengestellt. Sie können sie morgen in aller Ruhe lesen. Ich muss einige Arrangements für Ihre Weiterverwendung treffen, also werden Sie frühestens übermorgen anfangen können. Ist das genug Zeit für Ihre Vorbereitungen?«

»Ich … ja, das schaffe ich«, sagte Felicity. Allmählich fragte sie sich, in was sie sich da hineinmanövriert hatte.

»Sie werden trotzdem eine Therapie machen müssen«, meinte Thomas. »Das ist nicht verhandelbar, aber wir werden die Sitzungen so legen, dass sie Ihre Pflichten gegenüber Leliefeld nicht stören.«

»Von mir aus«, gab Felicity mürrisch zurück. Die Vorstellung, über ihre Gefühle zu reden, erfüllte sie mit fast genauso viel Furcht wie die Aussicht, mit einer Züchterin herumzuhängen.

»Sie wirken etwas benommen«, stellte die Rook liebenswürdig fest. »Ich weiß, dass das viel zu verdauen ist, und die Tatsache, dass diese Operation auch Undercover-Elemente hat, bereitet Ihnen Unbehagen.«

»Vielleicht, ein wenig.«

»Ich habe festgestellt, dass bei solchen nicht ganz legalen Arrangements häufig vieles vage bleibt. Die Leute wollen nicht genau sagen, was sie meinen, und das kann zu Missverständnissen führen. Jemand bekommt den Befehl, ein warmes Willkommen für eine Delegation vorzubereiten, und statt einen Schokoladenbrunnen zu mieten, setzt er die Gäste in Brand. Aber wir beide können uns keine Missverständnisse leisten, also werde ich mich klar und deutlich ausdrücken.«

»Einverstanden«, erwiderte Felicity.

»Sie werden als Leibwächterin für dieses Mädchen fungieren. Das ist eine echte Aufgabe und Ihre Verantwortung. Sie werden sie beschützen. Sie werden diskret sein … Man wird Sie mit Fragen über sie löchern, aber Sie werden mit niemandem über ihre Privatsphäre reden … außer mit mir. Und vor allem und am wichtigsten ist, dass Sie nichts gegen ein Mitglied der Züchter-Delegation unternehmen werden, ohne dass ich es Ihnen sage.«

»Jawohl, Ma'am!«

»Denn wenn Sie etwas Unautorisiertes tun, könnte das Krieg bedeuten.«

»Ich verstehe.«

»Aber es kann dennoch sein, dass ich Ihnen den Befehl gebe, Odette Leliefeld zu töten.«

Damit hätte die Sache eigentlich erledigt sein sollen, doch dann stellte sich heraus, dass Felicitys Wagen am Tag zuvor vom Parkplatz der Rookery geschleppt worden war, weil man sie für tot gehalten hatte. Es war nicht ganz klar, wo sich ihre Brieftasche mit ihren Kreditkarten, dem Geld und der Oyster Card für den öffentlichen Nahverkehr in London befand. Sie hatte sie beim Supportteam gelassen, als sie die

Reihenhäuser betreten hatte. Die Rook hatte kein Geld für ein Taxi dabei und wusste nicht genau, wo ihre Vorstandsassistentin die Portokasse aufbewahrte.

»Also gut, wir bringen Sie morgen nach Hause«, erklärte Thomas. »Heute Nacht stecken wir Sie einfach in die Bereitschaftskasernen der Barghests.«

Bei diesen Worten hüpfte Felicity das Herz in der Brust, und sie keuchte leise. Sie sah aufgeregt zu, wie die Rook den Wachhabenden anrief, Pawn O'Brien, einen breitschultrigen Mann mit militärischem Haarschnitt. Er tauchte kurz danach auf und nahm Felicity unter seine Fittiche. Die beiden Frauen verabschiedeten sich mit einem Handschlag, dann führte Pawn O'Brien Felicity durch das Labyrinth der Korridore zu einem Aufzug, der sie in den dritten Stock brachte.

»Sind Sie schon einmal in der Kaserne gewesen?«, erkundigte sich O'Brien. Die Sektion der Barghests war für reguläre Angestellte der Checquy tabu, vor allem deshalb, weil die Sondereinsatzteams viel Zeit dort verbringen mussten, sodass man es für höflich hielt, ihnen ihre Privatsphäre zu lassen.

»Nein«, antwortete Felicity. »Aber ich arbeite daran, irgendwann zu den Barghests versetzt zu werden, also bin ich natürlich sehr interessiert.«

»Sie liegt in der Mitte des Gebäudes«, antwortete er. »In gleicher Entfernung zur Tiefgarage und zum Dach, falls sie einen Hubschrauber nehmen müssen.« Felicity nickte. Trotz ihrer Erschöpfung begeisterte sie der Gedanke, dass sie im selben Schlafsaal übernachten würde wie richtige Barghests.

Die Barghests waren die Elitesoldaten der Checquy. Als Kombination aus SWAT-Team, Rittern, Ninjas und Allzweckwaffe waren sie mit einer verblüffenden Auswahl an

Waffen ausgestattet, von denen einige höchst unorthodox waren, und waren zudem in verschiedenen Kampftechniken ausgebildet, die auf ihre speziellen, nicht menschlichen Fähigkeiten zugeschnitten waren. Diese Krieger wurden gerufen, wenn irgendein Fiasko passierte, und wenn zumindest eines der regulären Einsatzteams, die auch nicht gerade aus Weicheiern bestanden, daran gescheitert war, die Bedrohung zu beseitigen. Sie waren die Soldaten der Massenvernichtung. Sie waren die Besten der Besten der Besten.

Jedes Kind auf dem Anwesen wuchs mit den Geschichten der Heldentaten der Barghests auf und kannte ihren knallharten Ruf. Alle Kinder auf dem Anwesen wollten später mal ein Barghest sein, bis sie herausfanden, dass in den meisten Särgen bei einer Beerdigung der Barghests keine Leichen lagen. Stattdessen enthielten sie Körperteile, Gläser mit Püree, ein paar Trümmer oder in einem besonders bemerkenswerten und verwirrenden Fall die zerschmetterten Überreste eines Louis-quatorze-Stuhls.

Felicity war eine der wenigen, die nicht von den Geschichten abgeschreckt wurden, wie stolze Krieger von bösartigen Kräften zerstückelt, zu Brei gemahlen, in Stein verwandelt oder in irgendwelche kostbaren antiken Möbel umgeformt wurden. Stattdessen hatte sie, seit sie von ihnen erfahren hatte, sich unbedingt den Barghests anschließen wollen. Um eine echte Wächterin der letzten Bastion zu werden. Die Wächter waren von einem Mysterium umgeben, und sie verteidigten Großbritannien gegen die schlimmsten Gefahren.

Etliche Trupps der Barghests waren rund um den Globus verteilt, und sie konnten nur von einem Angehörigen des Court aktiviert werden. Trotzdem war immer ein Team in der Rookery in Bereitschaft. *Und ich werde echt in ihrer echten*

*Kaserne herumhängen!*, dachte Felicity. Vielleicht könnte sie ein bisschen Pool-Billard mit ihnen spielen, Fragen stellen und einen guten Eindruck machen.

Wie sich herausstellte, schliefen sie alle. Pawn O'Brien führte sie durch die Kaserne, die mit einem Sportstudio mit Gewichten, einem Raum mit einem Schwingboden für Bewegungen, einem anderen Raum mit einer Sprungdecke für Bewegungen, einem Schießstand, einer Sauna, einem Dampfbad, einem Nebenraum, einem kleinen Kino, einer großen Lounge und einer mittelgroßen Frau ausgestattet war, die von einem Tisch aufstand und sie begrüßte.

»Major Somerset, das ist Pawn Felicity Clements. Sie steht für heute Abend unter Ihrer Obhut. Jemand wird sie morgen früh abholen.« Mit diesen Worten verschwand O'Brien. Major Somerset war eine mütterlich wirkende Frau, und Felicity wusste schon aufgrund ihres Titels, dass sie eine Bedienstete war, kein Pawn, und dass man sie vom Militär hierherrekrutiert hatte. Die Frau führte Felicity durch schwere Glastüren in den eigentlichen Schlafsaal, der schwach beleuchtet war. Es gab zwei Reihen Betten, und alle waren von zusammengekauerten Gestalten belegt, bis auf eines. *Wow*, dachte sie ehrfürchtig. *Echte schlafende Barghests.* Neben jedem Bett standen zwei große Kampfstiefel, bereit, dass man hineinschlüpfte.

»Keine Kampfanzüge?«, flüsterte Felicity. »Ich dachte immer, dass ihre Kampfanzüge jederzeit für sie bereitstehen würden.«

»Die Körperpanzer befinden sich im Van in der Tiefgarage und im Hubschrauber auf dem Dach«, erklärte Major Somerset. »Sie legen sie unterwegs an, das spart Zeit.« Sie deutete auf die leere Pritsche, die bereits gemacht war. »Sie schlafen hier.«

»Wessen Bett ist das?«

»Oh.« Somerset schüttelte den Kopf. »Das ist die Pritsche von Pawn Verrall.«

»Was ist mit Pawn Verrall passiert?«, fragte Felicity misstrauisch.

»Ihr Labrador bekommt Junge, deshalb hat sie heute Nacht frei bekommen.«

»Ah«, sagte Felicity. »Okay.«

»Wir haben trotzdem eine vollständige Besatzung«, versicherte ihr Major Somerset. »Es ist immer ein Ersatz in Bereitschaft.« Sie versorgte Felicity mit dem offiziellen Barghest-Pyjama – marineblau, ohne irgendwelche Abzeichen – und einer offiziellen Barghest-Zahnbürste, die sich ebenfalls überhaupt nicht von einer normalen Zahnbürste unterschied. »Wollen Sie eine Wärmflasche haben?«, fragte sie.

»Gern«, erwiderte Felicity dankbar. Als sie ins Bett fiel, hatte die Wärmflasche die Kälte aus den Laken vertrieben, und sie kuschelte sich bequem hinein. Während sie einschlief, drehten sich ihre Gedanken voller Entzücken um das Wissen, wie nah sie ihren Helden war, obwohl sich etwas Trauer hineinmischte, weil ihr Team ihre Begeisterung nicht teilen konnte.


Dreißig Minuten später wurde sie von einem Höllenspektakel aus dem Schlaf gerissen. Es klang, als würde jemand eine metrische Tonne mit lebenden Wieseln in eine Telefonzelle pressen, und das Geräusch kam von einer Stelle, die nur ein paar Zentimeter von ihrem Gesicht entfernt war. Ohne nachzudenken, sprang sie aus dem Bett, noch bevor sie überhaupt richtig wach war, und schlug um sich in dem Bemühen, sich gegen das zu wehren, was sie angriff. Das Geräusch schien von überall her zu kommen, und in dem dämmrigen Licht bewegten sich Umrisse. Dann verstummte das Geräusch, und die Lichter im Raum flammten auf und blendeten sie. Sie presste die Hände vor die Augen und stolperte zurück. Dabei prallte sie gegen einen Barghest undefinierbaren Geschlechts, der gerade seine Stiefel schnürte.

»Pass auf!«, sagte der Barghest. Um sie herum schienen die Leute wie verrückt herumzurennen. Verwirrt fiel Felicity auf ihr Bett zurück und sah zu, wie die Soldaten aus dem Schlafsaal rannten. Die Lichter wurden auf normale Helligkeit heruntergedimmt, und Major Somerset betrat den Schlafsaal. Sie wurde von zwei Männern begleitet, die sofort begannen, die Betten zu machen.

»Oh, Schätzchen, das tut mir sehr leid«, sagte die Majorin. »Sie haben einen Einsatzbefehl bekommen, verstehen Sie? Sie mussten ganz schnell nach Neath. Es geht um irgendeinen Computer, der das Internet auffrisst. Geh mit Gott und auf Nimmerwiedersehen, sage ich. Das Internet ist ohnehin nur voller Dreck und Jammerlappen. Aber ich nehme an, wir können uns unsere Aufträge nicht aussuchen.«

»Was, in Gottes Namen, war das für ein Lärm?«, fragte Felicity erschüttert.

»Die Rookery experimentiert mit verschiedenen Geräuschen, um die Soldaten zu wecken«, erläuterte Somerset. »Ich glaube, das hier war eine Aufnahme von Pavianen, die sich um einen Müsliriegel stritten.« Sie deutete auf Felicitys Bett. »Sehen Sie die Lautsprecher da am Kopfende? Die wecken Sie schlagartig auf.«

*Das kann man wohl sagen,* dachte Felicity.

»Für einige ist das natürlich ein Problem«, meinte die Majorin nachdenklich. »Pawn Sutton schlägt immer instinktiv darauf. Bisher hat sie vier Kopfenden zertrümmert. Aber jedenfalls ist sie sofort wach. Und Sie können sich jetzt wieder ins Bett legen«, sagte sie. »Sie werden erst wieder geweckt, wenn es Zeit wird aufzustehen.«

Viereinhalb Stunden später stürmten die Barghests wieder in die Kaserne und in den Schlafsaal zurück. Sie sangen aus voller Kehle irgendein Triumphlied auf Lateinisch. Offenbar hatten sie den Computer erfolgreich getötet oder abgestellt oder erfolgreich mit ihm verhandelt. Felicity zog sich das Kissen über den Kopf.

# 15

**Der wie aus dem** Ei gepellte diskrete Chauffeur kutschierte Felicity in der Limousine durch den Londoner Verkehr zu ihrer Wohnung. Sie trug das Kostüm, das sie aus ihrem Schrank geholt hatte, und auf ihrem Schoß lag ein Stapel Akten. Grenadier, ihr Zwergspitz, saß neben ihr und kaute zufrieden auf einem neuen Spielzeug herum. Er war schwarz und hatte den weit aufgerissenen Blick eines Lemuren oder einer Berühmtheit, die von den Paparazzi in einer alten löchrigen Jogginghose erwischt worden war. Sie hatte im Haus eines Checquy-Agenten vorbeifahren müssen, um den Hund abzuholen.

Nachdem Felicity für tot erklärt worden war, war ein Vertreter der Checquy zu ihrem Stadthaus gefahren. Er hatte sämtliche Milchprodukte aus dem Kühlschrank genommen, ihren Hund geholt und ihn bei einer liebevollen Familie untergebracht, die glückliche lachende Kinder hatte. Besagte Kinder waren über den Verlust ihres neuen Haustieres in Tränen aufgelöst. Grenadier jedoch hatte sie ohne einen Blick zurück verlassen.

Der Fahrer bog in Felicitys Straße ein, die nicht weit von Kensington Gardens entfernt lag. Sie war gepflastert und hatte vor mehr als hundert Jahren die Hintergasse für die Remisen der großen teuren Reihenhäuser auf der anderen Straßenseite gebildet. Jetzt waren all diese Kutschhäuser in kleine Stadthäuser umgewandelt worden, die nahezu unerschwinglich waren. Der Fahrer hielt ihre Akten fest und setzte den Fuß auf Grenadiers Leine, während Felicity ihre Schlüssel herauskramte. Dann bedankte sie sich und ging mit ihrem Hund ins Haus.

Der Boden der ehemaligen Kutscherhauses war ausgehoben worden, sodass das Wohnzimmer ein halbes Stockwerk unter dem Straßenniveau lag und die Küche ein ganzes Stockwerk darunter. Eine enge Wendeltreppe führte zu einer Galerie und einem Schlafzimmer ohne Fenster. Da es das größte Schlafzimmer war und ein eigenes Badezimmer hatte, bekam für gewöhnlich derjenige der drei Bewohner des Hauses das Zimmer, der einen Freund hatte. Im Moment schlief Felicity dort, obwohl sie keinen Freund hatte, weil sie die Einzige war, die es benutzen konnte. Von der Galerie führten weitere Stufen zu zwei winzigen Schlafzimmern und dem kleinsten Badezimmer der Welt.

Grenadier trottete durch das Wohnzimmer und sprang auf die Couch. Er machte es sich in seiner gewohnten Ecke gemütlich und schloss die Augen. Felicity legte die Akten auf den Couchtisch und ging nach unten, um sich eine Tasse schwarzen Tee zuzubereiten.

Es war ruhig im Haus. Eine ihrer Mitbewohnerinnen, Priscilla, war außer Landes. Sie war auf Okinawa postiert, wo sie sich mit einer der vier anderen Organisationen für Übernatürliche traf, zu der die Checquy diplomatische Beziehungen unterhielten. Kasturi, ihre zweite Mitbewohnerin, hielt gerade ihren Winterschlaf auf einem kleinen Sockel in ihrem Schlafzimmer. *Ich darf nicht vergessen, reinzugehen und sie abzustauben,* sagte sich Felicity. Dann machte sie es sich mit ihrer Tasse Tee auf der Couch bequem und schloss kurz die Augen.

Es war ein sehr umtriebiger Morgen gewesen. Sie wurde sehr früh, noch vor Sonnenaufgang, von Major Somerset geweckt, weil sie in Rook Thomas' Büro bestellt worden war.

Alle Barghests schliefen noch, und Felicity schlich rücksichtsvoll auf Zehenspitzen hinaus. Ihr Kostüm lag schon für sie bereit, und sie zog sich rasch an, bevor sie in die Vorstandsetage eilte. Mrs. Woodhouse winkte sie rasch herein, und die Rook wartete in Pyjama und Morgenmantel auf Felicity. Sie führte gerade ein Konferenzgespräch über Heckenschützen. Es war ganz offensichtlich, dass man sie aus ihrem Privatquartier im Stockwerk darüber gescheucht hatte, damit sie mit einem weit entfernten Außenposten der Checquy redete. Thomas klinkte sich kurz aus dem Konferenzgespräch aus, schaltete das Telefon auf stumm und reichte ihr dann die Akten über Odette Leliefeld.

»Woher haben wir dieses ganze Material?«, erkundigte sich Felicity.

»Das meiste haben die Züchter uns selbst zur Verfügung gestellt«, erwiderte Rook Thomas. »Sie haben uns eine wahnsinnige Menge von Informationen geschickt. Wir streiten noch darüber, ob es ein strategischer Versuch ist, uns unter Aktenmaterial zu ersticken, oder ob sie wirklich einfach nur extrem pedantisch sind.«

Als Felicity die Akten rasch durchblätterte, neigte sie dazu, an die zweite Option zu glauben.

Die Rook erzählte ihr, dass sie sich bei ihrem Abteilungsleiter melden, eine Therapiesitzung absolvieren und dann nach Hause gehen sollte, um sich auf ihre neue Aufgabe vorzubereiten. Sie gab Felicity ihre geheime Handynummer, wünschte ihr Glück und klinkte sich dann wieder in die Konferenzschaltung ein, bevor Felicity auch nur die Chance hatte, sich hinzusetzen.

Ihr Abteilungsleiter wartete bereits auf sie. Ihre Versetzung auf den direkten Befehl der Rook hin hatte Erstaunen ausgelöst, aber der Befehl entbehrte nicht einer gewissen Logik und wurde akzeptiert, weil er von Rook Thomas kam.

Felicity hielt sich an das, was die Rook ihr befohlen hatte. Sie schilderte jede Einzelheit der Ereignisse in dem Reihenhaus, ohne irgendeine Spekulation über die Züchter zu erwähnen. Der Abteilungsleiter nickte nachdenklich und brachte seine Trauer über den Verlust seiner Leute zum Ausdruck, aber es gab keinerlei Anzeichen dafür, dass er diesem Vorfall irgendeine besondere Bedeutung zuschrieb. Soweit es ihn betraf, handelte es sich nur um eine weitere unerklärliche übernatürliche Gräueltat, die mitten im Herzen der City begangen worden war. Tragisch, aber nicht weiter bemerkenswert.

Dann folgte die Sitzung mit der Therapeutin. Felicity hatte sich auf eine schreckliche Welle von Emotionen eingestellt, in Wirklichkeit aber war das Gespräch ziemlich ruhig, schnell und problemlos verlaufen. Das lag hauptsächlich daran, dass sie ihrer Trauer schon auf der Autofahrt zur Rookery Luft gemacht hatte, und teilweise auch daran, dass sie sich bereits auf ihre neue Mission konzentrierte. Natürlich war sie immer noch traurig, aber es gab für den neuen Auftrag so viel zu bedenken und zu planen, dass sie sich keine Zeit dafür nehmen konnte, traumatisiert zu sein.

*Es ist passiert,* dachte sie, als sie jetzt auf dem Sofa in ihrem Haus saß und einen Schluck Tee trank. *Das alles ist passiert, und jetzt passiert das hier.*

Sie schlug den ersten Aktenordner auf und blickte auf ein Foto der jungen Leliefeld. Es war nicht eines dieser gruseligen Ausweisfotos oder ein körniges Überwachungsfoto, das die Person zeigte, wie sie über die Straße ging. Stattdessen war Leliefeld adrett zurechtgemacht und lächelte mitten in die Kamera. Es war ein Foto, das man seiner Großmutter schickte oder auf eine Weihnachtskarte druckte.

Danach folgten endlose Seiten Text.

Alles war makellos mit Seitenzahlen und einem Inhaltsverzeichnis sortiert. *Es kommt mir fast so vor, als hätten sie jedes Blatt Papier verwendet, dessen sie habhaft werden konnten.* Die Akte enthielt Fotokopien von Führerschein und Studentenausweisen. Die Geburtsurkunde. Mathematiktests. Felicity zuckte zusammen, als sie den Abschnitt mit den Operationen las. Einige hatte Leliefeld selbst durchgeführt, anderen hatte sie sich unterzogen. Das meiste war auf Niederländisch notiert, etwas auf Französisch, und alles, was dort auf Englisch stand, hatte den etwas bemühten und steifen Stil einer Person, die diese Sprache nicht flüssig beherrschte. Es gab eine Liste von Medikamenten, die Leliefeld im Moment einnahm, und etliche Listen mit Medikamenten, die sie zu anderen Zeiten eingenommen hatte. Ihre Ernährungspläne waren aufgeführt. Außerdem Fingerabdrücke, Zehenabdrücke, ein Zungenabdruck, Röntgenaufnahmen und ein Bild mit gestreiften Linien, das Felicity als DNA-Analyse zu erkennen glaubte.

Sie überflog eine Checkliste aller Proben, die die Züchter der Checquy zur Verfügung gestellt hatten. Es gab Proben von Leliefelds Blut, Speichel, Magensäure, Urin, Tränen, Schleim, Stuhl, Haut und Giften. Das Haar war differenziert in Kopfhaut, Achsel, Unterarm, Nase, Bein, Schamhaar. Dazu Proben von Zehennägeln, Fingernägeln, Atem, Darmwind, dem Glaskörper ihres Auges sowie Knochenmark. *Ich bin nur froh, dass Thomas mir nicht die Berichte über all diese Proben ebenfalls mitgegeben hat,* dachte sie.

Trotz des Chaos der Dokumente stellte Felicity fest, dass es ihr gelang, ein mentales Profil des Subjekts zu erstellen.

Odette Louise Charlotte Henriette Clémentine Leliefeld war am ersten September vor dreiundzwanzig Jahren als Tochter der *hoogleraaren* Doktoren William und Ludmilla Leliefeld in Gent geboren worden. Ein besonders umsichtiger

Zeitgenosse hatte noch eine Fußnote hinzugesetzt, in der erklärt wurde, dass ein *hoogleraar* ein Professor war. Kopien der Lebensläufe der Eltern waren beigefügt. Felicity blätterte sie durch und stellte fest, dass beide Paläontologen waren und einige Bücher geschrieben hatten.

Es gab einen ausgesprochen ausgedehnten Familienstammbaum. Die Linie ihrer Mutter erstreckte sich nur über vier Generationen, aber das machte die Blutlinie ihres Vaters mehr als wett. Sie reichte zurück bis zum Hof von Karl dem Großen und hatte Verbindungen zu adeligen Familien in Frankreich, Spanien, den Niederlanden und Böhmen sowie zu den sieben Adelshäusern von Brüssel. Felicity fand heraus, dass Leliefeld eine direkte Nachfahrin von Ernst van Suchtlen war, dem Anführer der Wetenschappelijk Broederschap van Natuurkundigen.

*Na großartig*, dachte sie. *Sie ist also so eine Art Prinzessin der Züchter.*

Es gab eine Liste der Impfungen, denen sich Leliefeld als Kleinkind unterzogen hatte. Die meisten von ihnen kannte Felicity. Diphtherie, Tetanus, Polio usw. Aber einige waren ihr unbekannt. Offenbar war sie nicht die Einzige, die diese Impfungen nicht kannte, denn jemand anders hatte die entsprechenden Termini mit einem Marker hervorgehoben und ein Fragezeichen danebengekritzelt.

Leliefeld hatte eine ganz gewöhnliche, sollte heißen Nicht-Züchter-Vor- und Grundschule absolviert, über die ebenfalls sämtliche Unterlagen vorhanden waren. Unter anderem ein Fingergemälde eines glücklich lächelnden Mädchens unter einer glücklich lächelnden Sonne. Ein Schulfoto der kleinen Leliefeld, auf dem ihr die beiden Vorderzähne fehlten. Ein Fußballteam mit Leliefeld in der Mitte und dem Ball in der Hand. *Gott sei Dank haben sie auch ihre Orthografietests beigeheftet*, dachte Felicity trocken.

Dann plötzlich gab es keinerlei Unterlagen von Schulen mehr, sondern nur noch Berichte von privaten Lehrern und lange handgeschriebene Aufsätze über Anatomie. Skizzen, die sie von Knochen und Muskeln angefertigt hatte, noch mehr Impfungen. Operationen. Es gab Röntgenaufnahmen von ihren Händen, Fotografien von der Innenseite ihrer Augen und MRTs von ihrem Gehirn, »vorher und nachher«. Felicity betrachtete die MRT-Aufnahmen ihres Gehirns genauer, konnte aber die Bedeutung der Veränderungen nicht einschätzen.

Es gab Fotos von jeder Seite jedes Reisepasses, den Leliefeld jemals besessen hatte, und jede einzelne Seite war von einem Notar als korrekte Kopie des Originals bestätigt worden. Felicity sah, wie Leliefeld vom Kleinkind zum Kind zur ungelenken Jugendlichen und zu der Frau heranwuchs, die sie heute war. Die Seiten der Reisepässe erzählten ebenfalls eine Geschichte. Leliefeld war ziemlich viel gereist, aber nur in Europa. Es sah aus, als hätte sie sich ihren Reisepass stempeln lassen, obwohl sie das als Bewohnerin der EU nicht gemusst hätte.

Sie hatte auf Nicht-Züchter-Universitäten unter falschen Namen studiert. Sechs Monate am Karolinska Institutet in Schweden. Ein Kurs an der medizinischen Paracelsus-Privatuniversität von Salzburg. Kunstklassen an der Accademia di Belle Arti di Firenze.

Ganz offensichtlich hatten diese Reisen nicht nur rein akademischen Zwecken gedient. Leliefeld sowie einige andere Züchter-Studenten waren vom Sicherheitsbüro der Broederschap getadelt worden, weil sie in Stuttgart verhaftet worden waren. Sie hatten einige Drinks in einem Nachtklub genommen, wonach es zu einer Schlägerei mit den Einheimischen gekommen war. Die hatte schlagartig geendet, als zwei der Einheimischen einen geheimnisvollen anaphylaktischen Schock erlitten hatten, aufgrund einer bis dato nicht diagnostizierten Allergie gegen ihre eigenen Lederjacken. Daraufhin war die örtliche Polizei eingeschritten. Es war zwar nichts Ernstes, aber offenbar hielten die Züchter jegliche offizielle Aufmerksamkeit für ein gefährliches Scheitern des Versuchs, inkognito zu bleiben. Es gab außerdem Ferienausflüge nach Venedig, Barcelona, Grindelwald und Marseille.

*Sie ist also so etwas wie ein Party-Girl,* dachte Felicity.

Sie fand auch Fotos der Jugendlichen Leliefeld, die nichts als Shorts trug und mit den Händen sittsam ihre Brüste bedeckte. Auf ihrer Brust brannten leuchtend rote Narben, die sich auch um ihre Arme und Beine ringelten. Eine Narbe lugte aus ihrem Haaransatz hervor, führte über ihr Kinn hinab und die andere Seite wieder hinauf. Auf einem anderen Foto verlief eine lange Reihe von Operationsnähten ihr Rückgrat hinauf und verschwand schließlich unter ihrem Haar. Andere Narben gingen auf ihrem Rücken davon ab wie Nebenarme. Am unpassendsten jedoch war das stolze Lächeln auf dem Gesicht des Mädchens auf all diesen Fotos.

Dann folgten DVDs mit geheimnisvollen Etiketten, die Operationen enthielten, die Leliefeld selbst durchgeführt hatte.

O. Leliefeld – Appendektomie an Subjekt B7245
O. Leliefeld – Mini-asymmetrische radikale Keratotomie an Subjekt UT633
O. Leliefeld – Gastroduodenostomie an Subjekt RR274
O. Leliefeld – Hüftkopf-Ostektomie an Subjekt RP898
O. Leliefeld – Salpingoophorektomie an Subjekt LK N555555

O. Leliefeld – Kaiserschnitt an Subjekt 187, Subjekt 187a, 187b und Subjekt 187c

O. Leliefeld – Harada-Ito-Verfahren an Subjekt 07224

*Ich glaube nicht, dass ich mir die ansehen muss,* dachte Felicity mit einem Anflug von Übelkeit. Dann jedoch fiel ihr auf, dass Leliefeld diese Operationen als Jugendliche durchgeführt hatte.

Sie blätterte zu einem anderen Abschnitt der Akte weiter. Leliefeld hatte noch einen jüngeren Bruder: Alessio Léopold Albert Pépin Leliefeld. Felicity überflog seine Akte und fand dort nahezu die gleiche Geschichte wie bei seiner Schwester, nur mit zehn Jahren Abstand. Eine gewöhnliche Kindheit mit einigen ungewöhnlichen Impfungen und dann ein abrupter Übergang zu Privatlehrern. *Aber keine Operationen,* stellte Felicity fest. *Noch nicht.*

Als Nächstes kam sie zu dem Bereich, der für ein Mitglied der Checquy am interessantesten war: Wozu war Odette Leliefeld fähig, welche Anreicherungen unterschieden sie von den normalen Menschen? Zunächst einmal waren ihre Augen fast vollkommen verändert worden. Man hatte zusätzliche Linsen eingesetzt und die Stäbchen und Zapfen »beschleunigt«, und zwar durch Mittel, die sehr langatmig auf Niederländisch erklärt wurden. Es gab sogar eine Anmerkung über das Einsetzen einer negativen Linse, die ihr offenbar einen Adlerblick verlieh, wenn sie wollte.

An den Muskeln waren auch Veränderungen vorgenommen worden, die von Leliefelds Schultern zu ihren Händen führten. Allerdings verliehen die Veränderungen ihr zu Felicitys Überraschung offenbar keine übermenschlichen Kräfte. Stattdessen gewährten sie ihr eine unvergleichliche Feinheit und Kontrolle bei der Bewegung. Diese Kontrolle in Kombination mit ihrer außergewöhnlichen Sehkraft befähigte sie, Mikrochirurgie mit bloßen Augen und Händen durchzuführen. Sie konnte Operationen an lebendem Gewebe durchführen, die die Möglichkeiten selbst der fortschrittlichsten Nicht-Züchter-Krankenhäuser auf der ganzen Welt bei Weitem überstiegen.

Eine versiegelte Tasche in ihrem linken Schenkel enthielt zwei Skalpelle, die man aus ihrem eigenen Knochen gezüchtet hatte. Die Beschreibung betonte, dass ihr Körper diese Skalpelle stabilisierte, dank Leliefelds stark veränderter Körperchemie und maßgeschneiderter Darmflora. Die machten sie nicht nur immun gegen die meisten Toxine, sondern schenkten ihr auch ein lächerlich gesundes Immunsystem. Zudem roch ihr Schweiß nach Jasmin.

*Leider steht hier nicht, wie ihre Fürze duften,* dachte Felicity neidisch.

Und das war auch schon alles. So ziemlich.

Beinahe widerwillig verspürte Felicity einen Anflug von Mitleid mit dem Züchter-Mädchen. Es sah tatsächlich fast so aus, als wäre Leliefeld für einen ganz spezifischen Zweck gezüchtet worden. Sie hatten das kleine Mädchen genommen und entschieden, dass sie eine Chirurgin werden würde.

*Man kann über die Checquy sagen, was man will, aber wenigstens können wir uns selbst aussuchen, welchen Job wir machen wollen.* Ihre eigenen Fähigkeiten waren nicht besonders relevant für Kampfeinsätze, aber sie hatte schon immer gewusst, dass sie Soldat werden wollte. Ihre Lehrer und die Organisation hatten sie dabei unterstützt. Natürlich wurde sie immer noch herangezogen, um Einblicke in Tatorte und Artefakte zu liefern, aber man sagte nie zu ihr: »Du machst den Job, zu dem deine Fähigkeiten ideal passen, und nur diesen!« So wie sie es verstand, hatten die Züchter zu Odette Leliefeld gesagt: »Du wirst diesen Job machen, und wir werden dafür sorgen, dass deine Fähigkeiten dafür ideal sind.«

Leliefeld schien nur zwei Anreicherungen aufzuweisen, die nicht direkt mit der Chirurgie zusammenhingen. Die erste war eine Modifikation ihrer Gesichtsmuskulatur und Gesichtshaut, die offenbar einige kosmetische Vorteile aufwies. In den Akten wurde sehr nachdrücklich darauf hingewiesen, dass diese Veränderungen Leliefeld keineswegs erlaubten, ihre Erscheinung so stark zu verändern, dass man sie nicht mehr erkennen konnte. Woraufhin Felicity sich sicher war, dass sie ihr genau das erlaubten.

Die andere Modifikation betraf die beiden versteckten Knochendorne, jeweils einer in jedem Unterarm. Sie waren mit kleinen Chemikalienreservoirs verbunden, die sich in der Nähe ihrer Ellenbogen befanden. Nach den Aufzeichnungen konnte jeder dieser Dorne eine Dosis von Octopus- und Schnabeltiergift verspritzen, bevor sie mit Injektionsnadeln aufgefüllt werden mussten.

Felicity hatte nicht einmal gewusst, dass Schnabeltiere giftig waren, und für sie klang es nach dem lächerlichsten Verteidigungsmechanismus aller Zeiten. Sie wusste, dass die Züchter in der Lage waren, extrem tödliche Waffen zu konstruieren, und das auch seit Jahrhunderten getan hatten. Aber diese Frau hatte sich quasi zum Äquivalent eines Paars Duell-Pistolen oder einem Stilett machen lassen.

Allerdings waren diese Dorne perfekt entwickelt. Die Akte enthielt Fotos davon und Skizzen, die aussahen wie eine Arbeit von Leonardo da Vinci. Es waren elegante kleine Waffen, die in ihrem Design fast an Art déco erinnerten. Hätten sie nicht in einem Unterarm gesteckt, hätte man sie gern als die schönsten Brieföffner der Welt auf seinem Schreibtisch liegen gehabt.

Schließlich kam Felicity zu dem Terminplan, der in den

nächsten Wochen für die Züchter vorgesehen war. Höchstwahrscheinlich würde sie an diesen Terminen ebenfalls teilnehmen.

»Großartig«, sagte sie laut. »Da muss ich mir wohl einen Hut kaufen.«


Odette saß am Konferenztisch des Apex House und versuchte, den Blick der Leute zu ignorieren, die an ihr vorbeigingen. Am Vormittag hatte Marie sie nach der Besprechung in der Suite des Graafen zur Seite genommen und ihr die gute Nachricht übermittelt, dass sie nicht länger von Pawn Bannister begleitet werden würde. Allerdings folgte dieser guten Nachricht sehr bald die schlechte; der Grund für die Ablösung war nämlich, dass die Checquy glaubte, sie brauche mehr Schutz.

»Schutz?«, erkundigte sich Odette ungläubig. »Wovor?«

»Offensichtlich ist die Checquy der Meinung, dass du mehr Schutz vor – eben der Checquy brauchst«, antwortete ihre Cousine entschuldigend. »Wie es scheint, hat dein kleiner Ausflug in den Operationssaal dazu geführt, dass die Leute dich … ein wenig ablehnen.«

»Sie hassen uns doch sowieso!«, rief Odette. »Das weißt du genau.«

»Ja, klar, sicher, und jetzt hassen sie dich noch ein bisschen mehr als uns andere«, erklärte Marie gleichmütig.

»Aber ich habe doch nur meine Hilfe angeboten«, sagte Odette hilflos. »Dieser Junge sollte sein Bein verlieren, und ich hätte es retten können.«

»Genau genommen, hat er es verloren«, gab Marie zurück. »Ich habe das überprüft.«

»Verflucht!«, stieß Odette hervor. »Was für eine Scheißverschwendung!«

»Dem kann ich nur zustimmen. Soweit ich weiß, war es

eine traumatische Amputation des Beines, die vollkommen einfach zu reparieren gewesen wäre. Selbst ich hätte ihn wieder zum Laufen gebracht.«

»Und wen bekomme ich als Ersatz?«, wollte Odette wissen. »Irgendeinen dumpfen Schläger, der mir auf Schritt und Tritt folgt?«

»Genau genommen nein«, antwortete Marie strahlend. »Diesmal bekommst du eine junge Frau. Hier ist die Datei, die die Checquy uns über sie gegeben hat.« Sie reichte ihr einen dünnen Manila-Ordner. »Und hier ist unsere Akte über sie.« Sie schob ihr einen geradezu obszön dicken Aktenordner zu.

Obwohl Odette an den Verhandlungen dieses Tages nicht teilnehmen sollte, durfte sie auch nicht in ihrer luxuriösen Hotelsuite bleiben oder sich in der Stadt umsehen, weil sie bis morgen keinen Leibwächter hatte. Also ging sie mit dem Rest der Delegation ins Apex und bekam ein Zimmer, in dem sie sich aufhalten und studieren konnte. Als Züchter hatte man immer Hausaufgaben zu erledigen, also nahm sie pflichtbewusst ihr Notebook, ihre Bücher und ihre Notizen mit. Aber sobald man sie in das leere Konferenzzimmer verfrachtet hatte, schob sie ihre Unterlagen beiseite und schlug den Aktenordner auf, den Marie ihr gegeben hatte.

*Pawn Felicity Jane Clements. Wer bist du?*

Laut der Checquy hatte es bei Clements' Geburt vor dreiundzwanzig Jahren keinerlei Anzeichen für irgendetwas Falsches oder Unnatürliches gegeben. Sie hatte zehn Finger, zehn Zehen, keine Zähne und keine Pedipalpen. Also war sie ein ganz normales angelsächsisches Mädchen. Sie schlief, sie weinte, sie gurrte, und sie furzte.

Als sie drei Monate alt war, versuchten ihre Eltern ihr feste Speisen zu verabreichen. Als die pürierten Karotten in ihrem Mund landeten, fing die kleine Felicity an zu schreien, als hätte man sie in Brand gesetzt. Sie schrie zwanzig Minuten lang erbärmlich, bis ihre Schreie zu einem langen Wimmern wurden, das etliche Stunden andauerte. Schließlich schlief sie ein. Ihre Eltern hatten alles versucht und waren kurz davor gewesen, einen Krankenwagen zu rufen. Jetzt waren sie unendlich erleichtert. Allerdings verflog diese Erleichterung, als Felicity sofort wieder zu wimmern begann, nachdem sie aufgewacht war.

Aber es zeigte sich ein Muster. Baby Felicity vertrug keine andere Nahrung als Muttermilch. Bei allem anderen fing sie an zu schreien und zu zittern. Wenn sie wach wurde, hörte sie nicht auf zu jammern, es sei denn, man legte sie nackt in eine Wanne mit Wasser und hielt sie in der Mitte der Badewanne. Wenn sie auch nur die Seiten berührte, beschwerte sie sich sofort wieder. Ihre Eltern waren vollkommen verzweifelt, weil sie glaubten, dass ihre Tochter eine hyperempfindliche Haut hätte. Der Hausarzt und die Ärzte im örtlichen Krankenhaus waren ratlos. Das Kind bekam Schmerzmittel, die keinerlei Wirkung zeigten. Die Eltern machten Termine bei Experten und warteten voller Quallen.

Zwei Tage bevor sie zu einem Spezialisten auf der Harley Street gebracht werden sollte, fiel Felicity ins Koma. Ihre Mutter fand sie in ihrer Wiege mit offenen Augen. Ihre Pupillen waren zur Größe von Stecknadelköpfen geschrumpft. Das Baby atmete schwach, aber abgesehen davon rührte es sich nicht. Entsetzt nahm Mrs. Clements ihre Tochter hoch. Aber sie hatte das Baby nicht einmal vier Zentimeter von der Matratze gehoben, als Felicity schreckliche Krämpfe bekam. Mrs. Clements war so schockiert, dass sie ihr Kind in die Wiege fallen ließ. Als Felicity die Matratze berührte, hörten die Krämpfe auf.

Ein paar Minuten bevor der Krankenwagen kam, weiteten sich Felicitys Pupillen wieder. Sie blinzelte, bewegte sich und fing an zu wimmern. Vollkommen verstört brachte ihre Mutter sie ins Krankenhaus, wo man ihr Gehirn und ihr Herz scannte, ohne verwertbare Ergebnisse zu erlangen. Die Details der Untersuchungen wurden, wenn auch etwas skeptisch, in die Krankenakte des Babys eingetragen, die anschließend zu dem Spezialisten in der Harley Street geschickt wurde.

Dieser Spezialist hatte von so etwas noch nie gehört, geschweige denn es gesehen. Er zog etliche Kollegen zurate, aber keiner wusste von einem ähnlichen Phänomen. Die Checquy dagegen schon. Sie hatten es sogar gesehen, und zwar in den Jahren 1552, 1585, 1634, 1827, 1884 und 1901. Die Symptome, die Felicity aufwies, deuteten sehr stark darauf hin, dass sie die Gabe der Psychometrie besaß – die Fähigkeit, die Geschichte jedes Objektes wahrzunehmen, das sie berührte.

Für die Checquy war alles vollkommen klar. Felicitys Weigerung zu essen war das Ergebnis ihrer Gabe, die die Geschichte der Nahrung wahrnahm. Für sie musste sich das roh oder schmutzig anfühlen oder vielleicht auch, als berührte jemand die Nahrung, noch während sie in ihrem Mund landete. Schlimmer noch, vielleicht fühlte die Nahrung sich sogar noch lebendig an. Bei ihrer Abneigung gegen Kleidung verhielt es sich genauso. Eine Sturzflut von Bildern und Erfahrungen strömte in ihren Verstand. Selbst die alltäglichen Gegenstände drängten ihr ihre Geschichten auf. Und was die Krämpfe anging … Nun, so etwas hatte die Checquy auch schon gesehen. Es war ein Beispiel wie aus dem Lehrbuch der Psychometrie, wenn jemand tief in die Erfahrungen eines Gegenstands eingetaucht war und dann zurückgerissen wurde, bevor er Zeit hatte, wieder in sich selbst zurückzukehren.

Psychometrie konnte eine ausgesprochen nützliche Gabe mit vielen praktischen Anwendungsmöglichkeiten sein, und die Checquy war scharf darauf, so jemanden in ihren Diensten zu haben. Sobald sie also durch ihre Kontakte von Felicity erfahren hatten, griffen sie zu.

Die Dossiers verschwiegen taktvollerweise, mit welchen Mitteln man Felicity ihrer Familie weggenommen hatte. Sie erwähnten nicht einmal, ob sie Geschwister hatte. Sollte Felicity irgendwann einen Zivilisten heiraten, würde die Checquy die relevanten Dateien zurate ziehen, um sicherzustellen, dass es sich bei ihrem potenziellen Partner um keinen nahen Verwandten handelte.

Sie behielt ihren Geburtsnamen bei. Die Politik der Checquy sah anscheinend so aus, dass man den Namen, auf den man getauft wurde, behielt. Allerdings gab die Checquy einem neue Versicherungs- und Krankenkassennummern, um zu verhindern, dass irgendjemand ihre Mitglieder aufspüren konnte, und außerdem neue offizielle Geburtsdaten. Agenten wurden außerdem für gewöhnlich in Städten weit weg von ihren unmittelbaren Familienangehörigen postiert, die sie zufällig erkennen könnten.

Also wurde Felicity Jane Clements im Alter von vier Monaten nach Kirrin Island gebracht, auf dem Anwesen aufgenommen und nebenbei astrologisch zum Stier statt zum Widder gemacht. Sie kam in die Kinderkrippe und erhielt verschiedene Behandlungen. Die hatte eine irische Bäuerin vor etlichen Hundert Jahren gegen die Psychometrie ihres Kindes erfunden. Die wichtigste dieser Anwendungen war die regelmäßige Gabe eines Balsams, der aus Moos und Joghurt bestand – das Originalrezept verlangte zwar fermentierte Ziegenmilch, aber Joghurt funktionierte genauso gut. Das Zeug stank entsetzlich, hatte aber die Wirkung, Felicitys Gabe ein wenig zu dämpfen und sie funktionieren zu lassen. Außerdem machte es eine wunderschöne Haut.

Eines der unerwarteten Probleme war jedoch, dass Felicitys Fähigkeiten, anders als bei Gaben der früheren psychometrischen Agenten der Checquy, nicht auf ihren Mund und die Haut ihrer Hände beschränkt war. Sie wurde durch ihre gesamte Haut übertragen, was bedeutete, dass sie die ersten Jahre ihres Lebens fast vollständig von einer dicken grünen, ständig brüchigen Schicht von Joghurtmoos bedeckt war. Außerdem ernährte sie sich nur von rohem Gemüse, das von einer einzigen Person auf der Insel angebaut wurde, damit es so wenig Geschichte wie möglich hatte.

Es war natürlich ein ungeheurer Ansporn für Felicity, so schnell wie möglich ihre Fähigkeiten kontrollieren zu können. Abgesehen von den möglichen Vorteilen für die Nation und dem schrecklichen Gestank des Balsams, wies die Gabe der Psychometrie auch Gefahren auf. Die Unterlagen der Checquy wussten von zwei Agenten und drei Kindern, die in tiefe Komata gefallen waren, aus denen sie nicht mehr aufgeweckt werden konnten. Die beliebtesten Theorien gingen davon aus, dass sie sich in die Geschichten irgendeines Objekts, das sie berührt hatten, verwickelt und den Weg hinaus nicht mehr gefunden hatten. Man hatte sie diskret beseitigt, statt zuzulassen, dass sie am Leben blieben und langsam verfaulten. Die Checquy wollte nicht, dass Felicity dasselbe Schicksal ereilte.

Wie alle Checquy-Agenten hatten glücklicherweise auch ihre Vorgänger viele Notizen über ihre Gabe hinterlassen. Diese Berichte waren in Hochsicherheitsgewölben und Archiven überall auf den britischen Inseln gelagert. Archivare begannen sofort, die Dokumente durchzusehen und nützliche Tipps und Techniken herauszufiltern. Sobald Felicity lesen konnte, wurde sie rigoros in den mentalen Übungen unterwiesen, die ihr erlauben würden, ihre Gabe nach ihrem Willen auszuschalten. Einige waren physische Routinen, ähnlich wie Yoga, die meisten jedoch hatten etwas mit strikter mentaler Disziplin zu tun. Dabei musste sie ihre Gabe ständig unter Kontrolle halten und sich von der Welt abschotten.

Auf dem Anwesen hielt man nicht allzu viel von den Schülern, die sich auf irgendeine Art von Krücken stützen mussten, also entwöhnte man Felicity, so schnell es ging, von ihrem Laktose-Flechten-Balsam. Der Prozess war ausgesprochen erschöpfend, vor allem weil sie ihre Barrieren aufrechterhalten musste, selbst während sie schlief. Sonst konnte sie sich in Träumen verlieren, die von der Vergangenheit eines Bettrahmens oder ihrer Laken angefüllt waren. Aber ihre Gabe konnte Wasser nicht durchdringen, und man erlaubte ihr jeden Sonntag, in einem Isolationstank zu schlafen. Dort trieb sie sanft auf dem Wasser und empfand in diesen Momenten Frieden. Ihr Verstand war entspannt und wurde nicht von ihren Träumen oder denen ihrer Möbel heimgesucht.

Die Wissenschaftler und Philosophen auf dem Anwesen waren von Clements' Fähigkeiten fasziniert und drängten sie, die Grenzen ihrer Sicht, wie sie es nannten, zu erforschen. Sie entdeckten bald, dass diese Gabe nicht auf die Vergangenheit beschränkt war, und dass Felicity sie nutzen konnte, um ihre Wahrnehmung der Gegenwart zu verstärken. Ihre Sicht konnte sich ausdehnen, um ihr eine vollkommene Wahrnehmung von allem zu geben, was bis zu drei Metern von ihrer Haut entfernt war. In diesem Bereich konnte sie mit geschlossenen Augen die Natur und die Position von Gegenständen beschreiben, die man um sie herum aufgebaut hatte. Mehr noch, sie konnte durch sie hindurchsehen, ganz gleich, ob es sich um Metall, Stein oder Kunststoffe handelte. Wenn man ihr eine Pistole vor die Füße legte, konnte sie sämtliche Komponenten erkennen, jede Kugel.

Unter der begeisterten Anleitung ihrer Instruktoren entdeckte Clements bald, dass sie ihre Sicht noch viel weiter ausdehnen konnte. Ihr Bewusstsein verließ dann ihren Körper wie eine unsichtbare Sonde, die sie selbst ausfuhr. Sie nahm etwa denselben Raum ein wie ein Basketball. Wenn sie mit verbundenen Augen in einem Raum kniete, konnte sie ihre Wahrnehmung durch ihre bloßen Hände, über den Boden, die Wände hinauf und über jedes Objekt an diesem Ort schicken.

Allerdings hatte sie auch blinde Flecken. Gewisse Materialien waren für ihre Sicht undurchdringlich, und vor allem galt das für alles Lebendige. Lebende Materie hatte etwas an sich, das ihre Gabe an sich abgleiten zu lassen schien. Sie war in der Gegenwart unsichtbar, und sie konnte die Echos von lebenden Wesen in der Vergangenheit nur durch die Geschichte von nicht lebenden Dingen erkennen, die diese berührt hatten. Sie konnte einer Person die Hand schütteln, ohne überhaupt irgendetwas wahrzunehmen. Es sei denn, der Saum ihres Ärmels berührte ihre Hand. Aber wenn man ihr eine Leiche gab, dann erkannte sie deren Vergangenheit in dem Moment, in dem man den Reißverschluss des Leichensacks öffnete. Sie konnte die Ermordung dieser Person und ihr gesamtes Leben vor sich sehen. Die Checquy hätte natürlich niemanden getötet, um das auszuprobieren, stand jedenfalls in der Akte, sondern sie hatte nur zufällig gerade eine Leiche herumliegen gehabt. Also brauchte man einem gesunden Jungen nur etwas Blut abzunehmen, den Zellen ein paar Minuten Zeit zu lassen, damit sie abstarben, und sie konnte den Spender zeichnen.

Es gab noch andere Begrenzungen. Ihre Gabe überschlug automatisch alles, was sich in den achtundvierzig Stunden rund um eine Sonnenwende ereignet hatte, und es gab ein paar Muscheln und eine Gabel, die sie aus irgendeinem unbekannten Grund überhaupt nicht lesen konnte.

Fasziniert vertiefte Odette sich in eine Transkription eines Gespräches mit der neunjährigen Clements, als sie versucht hatte, ihre Sicht einer Gruppe von angesehenen Gelehrten zu erklären, unter ihnen ein Nobelpreisträger im Bereich Physik, ein Universitätsdozent aus Oxford, der auf die Philosophie des Bewusstseins spezialisiert war, drei Mathematikern und dem Bischof von Bath und Wells, die allesamt die Geheimhaltungsvereinbarungen von Staatsgeheimnissen unterschrieben hatten.

*Es ist wie Schwimmen. Alles ist ein Ozean. Erforscht man die Gegenwart, schwimmt man auf dem Wasser und entfernt sich immer weiter von seinem Körper. Und wenn man sich in die Geschichte vertiefen will, dann taucht man ein.*

Nach diesem Treffen schrieben die Gelehrten jede Menge akademischer Aufsätze über Physik, Raum und die Erinnerung der Realität, die niemand außerhalb der Checquy jemals zu Gesicht bekommen würde. In der Zwischenzeit gewöhnte sich Felicity daran, dass man sie aus der Klasse holte, um sie die Geschichte irgendeiner Mordwaffe lesen zu lassen oder die eines blutbefleckten schwarzen Altarsteins, den man aus dem innersten Heiligtum eines dunklen Tempels in der Innenstadt von Plymouth geborgen hatte.

Sie hielt sich ganz gut in der Schule. Ihre Noten waren nicht überragend, aber annehmbar. Zu ihren Hobbys zählten Taekwondo und Querfeldeinlauf. Außerdem gab es ein paar gescheiterte Versuche in Bulimie. Die Akten enthielten einige Unterlagen von Felicitys therapeutischen Sitzungen, und Odette öffnete sie erst nach einigem Zögern und mit

schlechtem Gewissen. Sie waren jedoch wenig bemerkenswert, was sowohl enttäuschend als auch beruhigend war.
Die Bulimie resultierte keineswegs aus irgendeiner Form
dämonischer Besessenheit oder einer psychischen Nachwir-
kung ihrer Gabe, sondern war nur ihr Versuch, irgendwie
die Kontrolle über ihr eigenes Leben wiederzugewinnen.
Die Therapeutin kam zu dem Schluss, die Bulimie beruhe
darauf, dass Felicity gezwungen gewesen war, ständig ihre
Fähigkeiten streng zu kontrollieren, während sie gleichzeitig die normale Angst eines Teenagers hatte und sich der
Tatsache bewusst war, dass man ihr niemals erlauben
würde, die Checquy zu verlassen. Dem zweiten Problem
war sie entwachsen, mit dem ersten hatte sie sich arrangiert,
und das dritte hatte sie durch eine traditionelle Gesprächstherapie bewältigt.

Schon früh in Felicitys Ausbildung hatte man auf dem
Anwesen ihre Faszination für Geschichten von Kriegern
und Soldaten registriert. Sie zeigte eine bemerkenswerte
Fähigkeit für Kampfkünste und Strategie. Ihre Sitzungen
mit dem Berufsberater der Checquy hatten ergeben, dass
sie sehr daran interessiert war, den Barghests beizutreten.
Nachdem Clements also ihren Abschluss auf dem Anwesen gemacht hatte, unterzog sie sich einem intensiven Training in bewaffnetem und unbewaffnetem Kampf und
wurde anschließend in den aktiven Dienst zu einem Einsatzteam versetzt, das in London stationiert war. Sie hatte
neun bestätigte Abschüsse von Menschen und zwei bestätigte Abschüsse von Kreaturen, die von der Checquy nicht
zu den Menschen gezählt wurden, obwohl sie Hosen trugen.

*Und diese gewaltbesessene Killerin ist die Frau, die für mein
Wohlergehen zuständig ist,* dachte Odette mutlos.

»Sie haben also ein Mittel gegen Krebs?«

Erschrocken hob Odette den Blick von der Akte. Ein großer Mann stand unmittelbar neben ihr. Sie hatte nicht gehört, wie er das Konferenzzimmer betreten hatte, aber er hatte die Tür hinter sich geschlossen. Sie versuchte, ihre Gedanken zu sammeln und sich aus dem Inhalt der Akte zu lösen.

»Entschuldigung, wie bitte?«, fragte Odette.

»Ihr Leute seid doch angeblich Meister der Wissenschaft der Biologie, stimmt's?« Der Mann schien ein Angestellter der Checquy zu sein. Odette schätzte ihn auf Anfang bis Mitte vierzig. Er trug einen grauen Anzug und stellte einen ledernen Aktenkoffer auf den Boden, um die Arme verschränken zu können.

»Ich lerne noch«, erwiderte Odette. »Aber wir bekommen normalerweise keinen Krebs, es sei denn, jemand macht einen Fehler. Ich heiße übrigens Odette.« Sie überlegte, ob sie ihm die Hand geben sollte, aber er stand sehr dicht neben ihr.

»Sie können aber den Körper von Menschen verändern?« Er ignorierte ihren Versuch, höflich zu sein.

»Das … ja.«

»Sie sind die beste Chirurgin auf diesem Planeten?«

»Vermutlich schon.«

»Bedeutet das also, dass Sie ein Mittel gegen Krebs haben?«

»Also … gegen welchen Krebs?« Odette gefiel es gar nicht, wenn man sie körperlich so bedrängte.

»Gegen jeglichen Krebs«, erwiderte er tonlos.

»Oh. Dann ja«, antwortete Odette barsch und empfand kurz ein Gefühl des Triumphs, als der Mann einen Schritt zurückwich. Allerdings fasste er sich wieder und trat erneut bedrohlich dicht zu ihr.

»Und wird dieses Gegenmittel auch dem britischen Volk zugänglich gemacht?«

»Nun, eine Dosis dieses Mittels erfordert die Schlachtung von sieben erwachsenen Seeschildkröten und etwa dreihundert Rindern, und zwar auf eine Weise, die sowohl das Fleisch als auch die Haut unbrauchbar macht«, antwortete Odette. »Letzten Endes sind die Kadaver anschließend eine Form von Giftmüll. Die Herstellung ist höchst arbeitsintensiv. Und außerdem wird der Empfänger anschließend steril.«

»Wie passend«, schnaubte der Mann verächtlich. Odette zog vor Verwirrung die Augenbrauen zusammen.

»Entschuldigung, Englisch ist nur meine vierte Sprache«, begann sie. »Aber ich glaube nicht, dass dies der richtige Aus ...«

»Halten Sie den Mund!«, fuhr er sie an. Odette sah, dass er die Hände zu Fäusten geballt hatte.

*Er ist nicht einfach nur ein Idiot. Er sucht Streit!*, begriff sie schockiert. Sie sah sich besorgt um. Eine Wand aus dem Konferenzraum bestand aus Glas, und sie hatte den ganzen Tag über bewusst versucht, die neugierigen Blicke der Angestellten der Checquy zu ignorieren. Jetzt jedoch schien der Korridor vollkommen leer zu sein.

»Ihr Züchter könnt einiges bewerkstelligen, stimmt's?«, fragte er. »Ihr könnt Soldaten größer und stärker machen. Ihr könnt einen Mann erschaffen, dessen Haut andere Menschen verzehrt, bis er den ganzen Raum erfüllt. Und dann Tentakel ausfährt und Leute in sich hineinzieht und sie ebenfalls auflöst.« Odette antwortete nicht. Es roch plötzlich sehr stark nach Ozon. Sie ließ die Hände im Schoß liegen, versteinert vor Angst, dass sie irgendetwas sagen oder tun könnte, was ihn zu einer Aktion veranlassen würde. Sie spürte, wie die Knochendorne an ihren Unterarmen zuckten. *Warum kommt nicht endlich jemand?*

»Dieser Fleischwürfel in Reading?« Der Mann flüsterte drohend. »Einer meiner Freunde wurde von diesem Ding aufgesogen, bevor Rook Thomas es in Stücke gerissen hat. Ich habe seine Leiche gesehen. Sie war kreideweiß und angefressen!« Der Geruch von Ozon brannte ihr in der Nase, und sie hatte das Gefühl, dass gleich irgendetwas Schreckliches passieren würde.

»Tut mir sehr leid, das zu hören«, sagte Odette leise. »Aber das waren nicht …«

»Es tut Ihnen leid? *Es tut Ihnen leid?*«

Odettes Hände rutschten ab, und sie blickte an sich herunter. Ein leicht orange gefärbtes, klares Öl überzog ihre Haut, als hätte es dort kondensiert. Während sie zusah, tauchten glänzende orangefarbene Tropfen auf den Ärmeln ihrer Kostümjacke auf. *Er setzt seine Kräfte gegen mich ein!*, dachte sie panisch. *Was passiert da? Was ist das?* Sie rutschte unter seinem wütenden Blick hin und her und spürte, wie sie über den Sitz glitt. Er war ebenfalls von diesem Fett überzogen, und sie spürte, wie noch mehr Öl ihr Gesicht bedeckte und unter ihre Kleidung sickerte. Der ganze Konferenztisch schwamm förmlich von dem Zeug, und es drängte sich über die Unterlagen, die darüber verstreut waren. Es tropfte von der Decke und quoll aus den Wänden.

»Das war ich nicht«, flüsterte sie. »Das waren wir nicht.«

»Natürlich nicht. Das waren die anderen Züchter, stimmt's?« Der Mann schnarrte fast vor Wut. Er hatte Tränen in den Augen, und sein Gesicht war gerötet. Odette spürte einen Zug auf ihrer Haut, als würde sich das Öl um sie herum verfestigen. »Das waren die, die in mein Land eingefallen sind und Kinder getötet haben.«

»Ich …«, begann Odette.

»Aber Sie leben doch ewig?«, sagte der Mann. »Läuft Ihr Boss nicht schon seit Jahrhunderten herum?« Etwas bewegte sich ruckartig unter Odette, als hätte jemand ihren Stuhl plötzlich geschüttelt. Allerdings hatte der Mann die Arme immer noch verschränkt. »Seit Jahrhunderten.«

*Was soll ich tun?*, dachte sie. *Wenn ich ihn angreife oder um Hilfe rufe, tötet er mich vielleicht. Also bleib ruhig,* beschloss sie. *Tu oder sag nichts, was ihn provozieren könnte. Vielleicht kommt gleich jemand. Vielleicht beruhigt er sich auch wieder.*

»Es ist vielleicht schon sehr lange her«, sagte der Mann. »Aber wir erinnern uns, und wir geben diese Erinnerung an die nächste Generation weiter.« Er starrte sie an, und ihre Haut prickelte stark.

*Das sind nicht meine Nerven,* dachte sie. *Das ist er.* Sie versuchte, sich ein bisschen zurückzulehnen, und stellte fest, dass ihr das schwerfiel, so als trüge sie besonders steife Kleidung. Sie konnte den Hass in der Luft förmlich schmecken. Ihre Beine fühlten sich steif an, wie festgenagelt in ihrer Haut und in einer Hülle aus Öl.

*Du magst mein Äußeres vielleicht festhalten können,* dachte sie. *Aber in mir ist mehr, als du siehst.*

Sie konzentrierte sich und reizte einige Nerven, die tief in ihrem Oberkörper vergraben waren. *Sowie er Gewalt ausübt, werde ich mich nicht länger zurückhalten.* Falls er sich nicht beruhigte, würde dieser Mann im Anzug eine Dosis Gift abbekommen, das normalerweise in den Schenkeldrüsen des männlichen Schnabeltiers zu finden war. Das Gift war nicht tödlich, sollte aber angeblich extrem schmerzhaft sein.

*Aber nur, wenn ich überhaupt einen Schlag gegen ihn landen kann.* Sie hatte das Gefühl, als würde sie von einem Schraubstock gehalten, so fest umgab sie das Öl.

»Pawn Korybut.« Die Stimme war die einer Frau. Mühsam gelang es Odette, den Kopf zu drehen. In der Tür stand die zierliche Rook Myfanwy Thomas.

»Rook Thomas«, erwiderte der Mann, Korybut, ohne den Blick von Odette zu nehmen.

»Treten Sie zurück.« Die Stimme der Rook war ruhig, sogar sanft, aber unter diesem kühlen Ton schwang das Versprechen von übelsten Konsequenzen mit, wenn man ihr nicht gehorchte.

Es gab eine schreckliche Pause, in der Odette von Pawn Korybuts Blick wie gebannt war. In seinen Augen veränderte sich nichts. Der Ausdruck von Wut und Wahnsinn wurde nicht schwächer. Hier stand einfach nur ein Mann vor ihr, der entschied, was ihm wichtiger war.

»Jawohl, Ma'am«, sagte er schließlich. Odette spürte, wie das Prickeln auf ihrer Haut nachließ, und sie konnte plötzlich auch wieder in sich zusammensacken.

»Und jetzt gehen Sie«, befahl Rook Thomas. »Sie haben für heute frei. Es ist Zeit, nach Hause zu gehen.« Er nahm seinen Aktenkoffer und trat zurück. »Sie reden mit niemandem darüber, Pawn Korybut. Wir beide besprechen das morgen.« Er nickte, drehte sich endlich um und ging hinaus. Die klebrige Soße jedoch löste sich bedauerlicherweise nicht auf mystische Weise auf.

Odette stützte den Kopf in die Hände. Das Öl schmerzte auf ihren Handflächen und brannte ihr in den Augen. Es war nicht sofort klar, nicht einmal ihr, ob sie weinte. Sie atmete keuchend, und in ihr herrschte Aufruhr, aber sie schluchzte nicht wirklich. Als sie den Kopf hob, stand Rook Thomas neben ihr und blickte sie mitfühlend an.

»Ich weine nicht.« Odette versuchte, den Rest ihrer Würde zusammenzukratzen. »Was auch immer das für ein Zeug ist, brennt in meinen Augen.«

»Es ist überall«, gab die Rook zurück. »Wir müssen Sie erst einmal säubern. Ich würde Ihnen ja mitfühlend den Arm tätscheln, aber ich will das Zeug nicht an mir haben.«

»Das geht nicht«, widersprach Odette hilflos. »Ich kann so unmöglich durch die Gänge laufen.«

»Oh, ich habe schon in weit schlimmeren Zuständen an Konferenzen teilgenommen«, gab Thomas gleichgültig zurück. »Niemand wird Ihnen auch nur einen zweiten Blick schenken.«

Überzeugt von ihrem pragmatischen Tonfall und der Tatsache, dass die Flüssigkeit, die sie bedeckte, langsam unangenehm kalt wurde, stand Odette vorsichtig auf. Sie rutschte auf dem Boden etwas hin und her. Die Rook starrte mit versteinertem Gesicht auf den Konferenztisch. Odette folgte ihrem Blick und sah, dass etliche große Risse das Holz gespalten hatten. »Wenigstens hat er seine Frustration zum größten Teil an den Möbeln ausgelassen«, meinte Thomas. Odette schüttelte sich. »In unserem Gymnastikraum gibt es Duschen und frische Trainingsanzüge. Gehen wir.«

Rook Thomas führte Odette, deren Schritte unangenehm schmerzhaft waren, durch die Gänge vom Apex House zur Umkleidekabine der Damen. Es gab mehr als ein paar neugierige Blicke, aber Thomas ignorierte sie, und Odette versuchte, ihrem Beispiel zu folgen.

*Ich hinterlasse wirklich einen wundervollen Eindruck,* dachte sie.

»Haben … haben Sie Ihre Gabe an diesem Korybut angewendet?«, erkundigte sie sich schließlich.

»Nein. Ich habe mich nur wie sein Boss verhalten«, erwiderte Thomas. »Aber ich hätte es getan.« Sie öffnete die Tür der Umkleidekabine, warf einen Blick hinein und winkte Odette durch. »Es ist niemand drin. Ich warte hier im Gang, damit Sie nicht gestört werden. Trainingsanzüge liegen auf den Regalen neben den Handtüchern«, instruierte sie Odette.

»Danke«, sagte diese und betrat hastig die möglicherweise hübscheste Umkleidekabine, in der sie jemals gewesen war. Ein flauschiger roter Teppich bedeckte den Boden, an den Wänden standen Ledercouchen, und die Schränke bestanden aus dunklem Holz. Sie fühlte sich etwas unbeholfen, weil sie Öl auf dem Teppich hinterließ, und eilte hastig zu den Duschen. Als sie an einem Spiegel vorbeikam und einen Blick darauf warf, zuckte sie zusammen.

*Na wirklich, wunderbar!,* dachte sie grimmig. *Ich sehe aus, als hätte mich ein Wal angeniest.*

Zu ihrer ungeheuren Erleichterung ließ sich das Zeug jedoch leicht abwaschen, und zwar erheblich einfacher als der Schleim, in dem sie schlief. Unter dem heißen Wasser entspannten sich ihre Muskeln und glitten in ihre normale Position zurück. Sie nutzte die Gelegenheit, ungestört etwas zu weinen, und nachdem sie sich einen nichtssagenden grauen Trainingsanzug angezogen hatte, verbrachte sie etliche anstrengende Minuten vor einem Spiegel, um die Röte aus ihren Augen zu spülen. Sie stopfte ihr billiges Kostüm in einen Plastikbeutel, den sie aus einer Mülltonne genommen hatte, und wischte sich mit reichlich Toilettenpapier den größten Teil des Öls von den Schuhen.

Als sie in Trainingsanzug und Pumps aus der Umkleidekabine kam, die Mülltüte mit ihrem Kostüm unter dem Arm, hoffte Odette insgeheim, dass die Rook verschwunden wäre. Denn dann hätte sie sich durch die Gänge schleichen, jedem aus dem Weg gehen, ein Taxi zum Hotel nehmen und direkt ins Bett gehen können, ohne mit jemandem reden oder über irgendetwas von dem nachdenken zu müssen, was eben passiert war.

Aber, wie auch anders nach den bisherigen Ereignissen, war Rook Thomas keineswegs verschwunden, sondern lehnte an der Wand. Sie hatte ihre Pumps ausgezogen und war jetzt erheblich kleiner. Mit zusammengekniffenen Augen starrte sie auf ihr Handy und tippte darauf herum.

»Was für ein Scheißtag!«, stellte Thomas fest. Sie seufzte und stopfte das Smartphone in eine Tasche. »Miss Leliefeld, ich bin über Pawn Korybuts Verhalten entsetzt. Es war unentschuldbar, vor allem gegenüber einem Gast, und ganz besonders gegenüber einem Diplomaten. Im Namen des Volkes und der Krone von Großbritannien und Nordirland möchte ich Sie förmlich um Entschuldigung bitten.« Odette blinzelte. Die formelle Sprache passte irgendwie so gar nicht zu ihren bestrumpften Füßen.

»Selbstverständlich akzeptiere ich das«, erwiderte sie.

»Es ist klar, dass wir das Graaf Ernst mitteilen müssen«, sagte Thomas.

»Ja, das muss ich wohl«, bestätigte Odette.

»Ich weiß nicht, wie er es aufnehmen wird«, stellte Thomas fest, »aber das Letzte, was wir bei geheimen Verhandlungen zwischen Geheimorganisationen brauchen, sind noch mehr geheime Geheimnisse. Ich werde Sie begleiten, wenn Sie es ihm mitteilen, und ich werde mich ihm gegenüber ebenfalls entschuldigen.« Odette hob kurz die Brauen, weil die Frau offenbar bezweckte, dass *sie* entschied, was passieren würde, nickte aber trotzdem zustimmend. Die Rook hatte einfach diese Art von Autorität.

»Ich habe gesehen, wie sehr dieser Mann mich verachtet hat«, sagte Odette. »Er hat die bloße *Idee* meiner Existenz verachtet. Und er ist nicht der Einzige. Seit wir hier angekommen sind, werfen die Leute uns feindselige Blicke zu.«

»Sie sind durchtränkt mit dem Hass an die Erinnerung der Züchter aufgewachsen«, erwiderte Rook Thomas sanftmütig. »Ich kann von ihnen nicht erwarten, das über Nacht abzulegen.«

»Sie wurden ebenfalls dazu erzogen, das Andenken der Züchter zu hassen«, erwiderte Odette. »Aber Sie scheinen ganz in Ordnung zu sein.«

Thomas lächelte merkwürdig. »Sie werden das ebenfalls ablegen«, sagte sie. »Und jetzt reden wir mit Ihrem Urahn. Danach sorge ich dafür, dass Ihre Leibwächterin sofort ihren Dienst aufnimmt.«

*Oh, toll,* dachte Odette mürrisch. *Da fühle ich mich gleich sicherer.*

# 16

**An diesem Abend klopfte** Felicity an Odettes Hotelzimmertür. Sie wurde geöffnet, und ein Junge, in dem Felicity Odettes Bruder erkannte, sah zu ihr hoch.

»Hallo, ich bin Felicity.«

»Hi«, sagte er. Sie starrten sich eine Weile argwöhnisch an. »Also, ich … ich habe einen Hamburger bestellt?«, sagte er schließlich.

»Ich bin nicht der Zimmerservice«, gab Felicity knapp zurück. Es ärgerte sie, dass er so lange auf ihre Brüste geglotzt hatte. »Ich möchte zu Odette Leliefeld.«

»Warum?«, fragte er argwöhnisch.

»Ich bin ihre neue Mitbewohnerin.« Diese Enthüllung schien sein intellektuelles Fassungsvermögen vollkommen zu übersteigen, denn er starrte sie immer noch einfach nur an. Aber jetzt hatte er den Blick wenigstens auf ihr Gesicht gerichtet. Sie seufzte gereizt. »Ist sie da?«

»Odette!« Er drehte sich halb um, ließ sie dabei jedoch nicht aus den Augen. Das Züchter-Mädchen tauchte hinter ihm auf und blickte über seine Schulter. Überraschung zeigte sich auf ihrem Gesicht.

»Sie sind Felicity Clements?« Sie klang nicht gerade erfreut darüber, dass die Pawn auf ihrer Schwelle stand. Im Gegenteil, sie klang ebenso entzückt, als hätte man ihr eine Kettensäge an die Kehle oder die Genitalien gesetzt.

»Das bin ich. Ich freue mich, Sie kennenzulernen, Miss Leliefeld.«

Odette schob ihren Bruder zur Seite, und die beiden schüttelten sich vorsichtig die Hände. Odette versuchte, sich nicht vorzustellen, wie Felicitys Gabe in ihren Körper sickerte und ihre Geschichte las, während Felicity versuchte, sich nicht zu verspannen, weil im nächsten Moment diese Knochendorne ihre Haut durchbohren könnten. Beide Frauen ließen schließlich ihre Hände los und wischten sie sich unauffällig an ihren Hosenbeinen ab.

»Sie sagt, sie wäre die neue Mitbewohnerin«, erklärte Alessio.

»Ich glaube, das hast du missverstanden«, verbesserte ihn Odette. »Sie ist eigentlich meine neue …« Sie verstummte, als sie nach dem richtigen Wort suchte, und begnügte sich schließlich mit dem belgischen Ausdruck »*Bewaarder*«.

»Was ist denn mit Bannister passiert?«, erkundigte sich der Junge. »Hat er seinen Lebenstraum verwirklicht und ist sich selbst in den Arsch gekrochen?«

Odette zuckte zusammen und warf Felicity einen entschuldigenden Blick zu. »Alessio, bitte versuche, unseren Gastgebern gegenüber nicht respektlos zu sein.«

»Machen Sie sich deshalb keine Sorgen«, mischte sich Felicity ein. »Ich kenne Oliver Bannister. Die größte Tragödie seines Lebens besteht darin, dass er auf die exklusivste Schule der Welt gegangen ist und es niemandem erzählen darf. Er ist ein kompletter Flachwichser«, versicherte sie den beiden. Sie bemerkte, wie der Junge ihre Worte lautlos nachsprach, um sie sich einzuprägen, damit er sie später verwenden konnte. *Großartig, ich bin wirklich ein hervorragender Botschafter unserer Kultur.* »Außerdem bin ich nicht nur Ihre neue Leibwächterin, sondern auch Ihre neue Mitbewohnerin.«

»Sie sind was?« Odette war entgeistert.

»Ich wohne bei Ihnen.«

»Das kann doch nicht Ihr Ernst sein!« Sie hatte die Worte

ausgesprochen, bevor sie überhaupt nachdenken konnte, und errötete über ihre Unhöflichkeit. Die Augen der Pawn wurden etwas schmaler, und sie antwortete, bevor Odette sich entschuldigen konnte.

»Ich meine das sehr ernst«, erklärte Felicity. »Die von der Checquy angemieteten Räume in diesem Hotel sind alle belegt, aber wie ich das verstanden habe, gibt es in dieser lächerlich großen Suite, die man Ihnen gegeben hat, ein freies Schlafzimmer.«

»Gibt es nicht«, entgegnete Odette. *Es ist mir scheißegal, ob ich unhöflich bin, aber ich will nicht, dass diese Killerin bei uns wohnt. Es ist schon schlimm genug, dass sie mir den ganzen Tag auf Schritt und Tritt folgt.*

»Eigentlich haben wir schon so etwas wie ein freies Schlafzimmer.« Alessio schien von der Entwicklung vollkommen fasziniert zu sein, nachdem inzwischen klar war, dass Felicity weder gekommen war, um sie zu töten, noch um ihnen einen Hamburger zu bringen. Odette warf ihm einen boshaften Blick zu.

»Das klingt alles andere als gut«, antwortete Felicity. »Moment mal … *wir*?«

»Ja, Odette und ich teilen uns diese Suite.«

»Das klingt noch schlimmer. Also, darf ich jetzt reinkommen?« Die beiden traten zurück, um Felicity hereinzulassen. Sie nahm den Rucksack hoch, den sie mitgebracht hatte, trat in die Suite und sah sich um. »Abgefahren«, sagte sie, ohne nachzudenken. »Diese Suite ist größer als mein ganzes Haus.« *Und wer bezahlt die Rechnung dafür? Die britischen Steuerzahler?*

»Du bekommst eine Leibwächterin?«, fragte Alessio Odette. »Warum? Hat das etwas damit zu tun, dass du am Ende des Tages immer andere Klamotten trägst als die, die du morgens angezogen hast?«

»Sei nicht albern«, konterte Odette. »So ist das gar nicht.«

»Doch, genauso ist es«, beharrte Alessio. Odette vermied es, an die beiden Kostüme zu denken, die sie zusammengerollt und in ihrem Gepäck versteckt hatte. Eines war mit dem Blut des verletzten Pawn versaut und das andere mit diesem schrecklichen orangefarbenen Öl, das sie vollkommen überzogen hatte. *Ich sollte mir einfach neue Kostüme kaufen,* dachte sie grimmig. *Ich habe jetzt noch drei, die nicht mit unakzeptablen Flüssigkeiten beschmutzt sind.*

»Ich bin deiner Schwester als Leibwächterin zugeteilt, weil sie es geschafft hat, unsere Organisation zu befremden«, antwortete Clements. »Es gibt begründete Sorge, dass sie möglicherweise belästigt oder sogar körperlich bedroht wird, wenn sie allein herumläuft.« Die beiden Züchter sahen sich schockiert an.

*Verdammt!,* dachte Felicity. *Genau deshalb sollte ich besser nicht in irgendeiner diplomatischen Funktion arbeiten.*

»Aber Sie müssen sich keine Sorgen machen«, bemühte sie sich, die beiden zu beruhigen. »Ich werde dafür sorgen, dass niemand Sie tötet. Und wenn doch, sorge ich dafür, dass er es bereut.« Den fassungslosen Mienen der beiden nach zu urteilen schien diese Garantie ihre Besorgnis nicht zu zerstreuen.

»Also brauche ich keine Leibwächterin?«, wollte Alessio wissen. Beide Frauen hörten die eigentliche Botschaft hinter dieser Frage, die lautete: *Warum folgt mir keine heiße Tussi auf Schritt und Tritt?*

»Dich hasst niemand so sehr«, erklärte Odette ihm zerstreut. »Mich ausgenommen.«

»Ich sehe nur zwei Schlafzimmer.« Felicity wandte sich ihnen wieder zu. »Schläft er auf der Couch? *Oder schläfst du kopfüber in einem Schrank?«*, dachte sie.

Dann wurde ihr klar, dass sie diese Worte nicht nur gedacht, sondern auch laut ausgesprochen hatte. Alessio schien amüsiert zu sein, Odette jedoch sah eindeutig gereizt aus.

Felicity versuchte, es wiedergutzumachen, und zog ihre Lippen in dem Versuch eines charmanten Lächelns hoch. Die beiden sahen nicht so aus, als wären sie davon entzückt.

»Das da ist Alessios Zimmer«, sagte Odette schließlich und deutete mit einem Nicken auf eine der Türen. »Und das andere ist das Schlafzimmer, in dem ich meine Sachen verwahre, aber ich schlafe dort nicht. Ich schlafe stattdessen in der Badewanne.«

»Oh«, sagte Felicity.

Odette war ein wenig versöhnt, als sie sah, wie widerstreitende Emotionen über das Gesicht der Pawn liefen, als die vereinigten Streitkräfte der Höflichkeit und Professionalität mit der Achse des Ekels und der Ungläubigkeit kämpften.

*Ich glaube, ich sollte sie nicht weiter aufklären*, sagte sich Odette. *Soll ihre Fantasie doch verrückt spielen.*

»Jedenfalls«, fuhr sie fort, »hat Alessios derzeitiges Zimmer eine eigene Dusche und eine Toilette. Also schlage ich vor, wir stecken Alessio in mein Schlafzimmer, und Sie bekommen seins. Alessio, schaff dein Zeug in mein Zimmer. Ich rufe die Zimmermädchen und sage ihnen, dass sie die Betten neu beziehen sollen. Bringen die Pagen Ihr Gepäck hoch?«, wandte Odette sich an sie.

»Das hier ist mein Gepäck.« Felicity hob ihren Rucksack hoch.

»Oh.«

In den nächsten Minuten herrschte hektische Betriebsamkeit in der Suite. Kurz nacheinander kamen der Zimmerservice mit Alessios Hamburgern und die Zimmermädchen mit der frischen Bettwäsche. Alessio schleppte hastig mehrere Ladungen von Kleidung, Büchern und Ausrüstung von einem Raum in den anderen, während Felicity auspackte. Odette trug ebenfalls zum Umzug bei, nachdem ihr Angebot, Felicity zu helfen, höflich und zu ihrer Erleichterung abgelehnt worden war, und versuchte, niemandem in die Quere zu kommen, gab dem Hotelpersonal Trinkgeld und naschte von Alessios Pommes.

Dabei beobachtete sie die Pawn aus den Augenwinkeln. Ihre verstärkte Sehkraft gewährte ihr einen ausgezeichneten Blick, und sie merkte sich so viele Einzelheiten, wie sie nur konnte.

Das aschblonde Haar trug Felicity zu einem unauffälligen Pferdeschwanz zusammengebunden. *Sie hat ausgezeichnete Haut,* dachte Odette mit einem Anflug von Neid. *Und zwar ohne jede Hilfe von Make-up.* Zudem sah sie freundlich aus, selbst als sie misstrauisch den Raum nach irgendwelchen Bedrohungen absuchte. Felicity Clements war größer und muskulöser als Odette, aber nicht etwa massig, keine Bodybuilderin. Stattdessen wirkte sie eher extrem fit. Als Anatomin erkannte Odette, dass ihre Muskulatur Stärke und Flexibilität vereinte.

Die Engländerin bewegte sich vorsichtig durch die Suite, wie eine Katze in einer fremden Umgebung. Jedes Mal, wenn jemand Neues hereinkam, war Clements zur Stelle, schätzte die Person ein, und Odette bemerkte, dass sie nicht zu ihrem Rucksack zurückging, um weiter auszupacken, bis die Person die Suite verlassen hatte und die Tür sicher hinter ihr verschlossen war.

Plötzlich hatte sie ein flaues Gefühl in der Magengrube, als sie sich erinnerte, dass die Dossiers über Clements keine fünf Meter entfernt auf dem Couchtisch lagen, wo sie diese weiter durchgeblättert hatte. Sie enthielten nicht nur intime Einzelheiten über das Leben ihrer neuen Mitbewohnerin, sondern waren außerdem geheimes Regierungsmaterial, das illegal beschafft worden war. *Oh Scheiße!* Sie bewegte ihre Augen und zoomte ihren Blick dorthin.

Ja, die Akten lagen da, offen und für jeden sichtbar. Ganz oben befand sich sogar ein Bild von Clements als Teenager, ein Schnappschuss, der aufgenommen worden war, als sie bei einem Karnevalslauf auf dem Anwesen mitgemacht hatte. Es war kein sonderlich schmeichelhaftes Bild – sie war schweißüberströmt, und ihr rotes Gesicht sah aus, als würde sie mit dem Erstickungstod ringen. Was Beweise für ein Verbrechen anging, dürfte dies hier wohl die peinlichste Entdeckung in der Geschichte der Spionage sein.

Sie fluchte leise auf Flämisch.

Extrem ruhig und extrem beiläufig erhob sich Odette von der Couch und trat an den Tisch. Dort machte sie sich daran, die Seiten zusammenzuschieben, vorsichtig, um nicht damit zu rascheln.

*Schnell,* befahl sie sich. *Mach schnell.*

»Odette?« Beim Klang der Stimme hinter ihr machte sie einen Satz in die Luft und stieß einen kleinen Schrei aus. Als sie sich umdrehte, stand Alessio hinter ihr. Im nächsten Moment schoss Felicity aus ihrem Zimmer, die Fäuste geballt und kampfbereit erhoben. Wahrscheinlich hatte der Schrei ihrer Schutzbefohlenen sie alarmiert.

*Versteck die Seiten!,* schrie eine innere Stimme Odette zu. Bedauerlicherweise gab sie ihr allerdings keine nützlichen Hinweise, wie sie das anstellen sollte. Stattdessen erstarrte sie und hatte ihre Finger unerklärlicherweise wie auf einer Klaviertastatur auf dem Tisch gespreizt. Zum Glück starrten die beiden anderen sie vollkommen verwirrt an, ohne irgendetwas anderes eines Blickes zu würdigen, einschließlich der Dossiers.

»Was ist denn mit dir los?«, erkundigte sich Alessio.

»Du hast mich erschreckt, das ist alles«, erwiderte Odette. »Was willst du?«

»Ich brauche den Code für den Zimmersafe.« Sie gab ihm die Zahlen und schärfte ihm ein, ja keine der Phiolen umzukippen, die darin standen. Er ging ins Schlafzimmer, und Clements warf ihr einen langen abschätzenden Blick zu, bevor sie in ihr Zimmer zurückkehrte.

*Damit dürfte ich wohl ihre Vermutungen, dass ich ein Freak bin, eindeutig bestätigt haben,* dachte Odette. Sie sammelte rasch die Papiere zusammen und suchte nach einem Ort, um sie sicher zu lagern. Da Alessio jetzt mit in ihrem Schlafzimmer wohnte, war jede Möglichkeit dahin, sie dort verbergen zu können. *Und wenn ich sie hier verstecke, könnten Clements oder die Zimmermädchen sie finden.* Dann fiel ihr die Lösung ein.

»Wohin wollen Sie?« Felicity hatte den Kopf aus ihrem Zimmer gesteckt, noch bevor Odette die Hand auf den Türknauf gelegt hatte, und musterte sie aus zusammengezogenen Augen.

»Nur nach nebenan«, antwortete Odette. »Ich will mit Marie sprechen – der Chefin unserer Sicherheitsabteilung. Ich bin gleich wieder da.« Die Pawn sah sie lange an und nickte dann.

*Da kannst du ruhig nicken,* dachte Odette leicht gereizt. *Du sagst mir nicht, wohin ich gehen kann und wohin nicht. Vor allem deshalb nicht, weil man mir schon gesagt hat, dass ich nirgendwo hingehen darf.*

Felicity trat aus dem Schlafzimmer und sah ihr nach. Sie biss sich auf die Lippe. Bisher hatte sie keine Erfahrung als Leibwächterin, und deshalb wusste sie auch nicht, wie paranoid sie zu sein hatte. *Überall in diesem Stockwerk stehen Wachposten herum, genauso wie in allen Aufzügen und auf der*

*Feuertreppe,* sagte sie sich. *Sie wird nicht einfach das Hotel ver-lassen und in der Stadt herumspazieren.*

*Aber was das angeht, müssen wir uns zusammensetzen und Regeln aufstellen,* beschloss sie. *Sie wird dieses Stockwerk nicht ohne mich verlassen. Ihr soll kein Leid widerfahren.*

*Es sei denn, ich füge es ihr zu.*

Und das war das eigentliche Problem, das sie die ganze Zeit beschäftigte. Sie konnte jeden Moment den Anruf be-kommen, dieses Mädchen zu töten. Felicity wusste, wie sie es tun musste, aber sie war noch nie aufgefordert worden, jemanden zu töten, mit dem sie sozusagen dieselbe Woh-nung teilte. Sie war allerdings ohnehin davon überzeugt, dass sie sich nicht mit dieser Frau anfreunden würde.

Es half, dass sie Odette von vornherein nicht mochte. Ganz abgesehen davon, dass sie eine Züchterin war, hatte sie auch die Ausstrahlung eines reichen, verwöhnten Euro-trash-Mädchens. Vielleicht lag es daran, dass allein ihre Kleidung, die sie am Leib trug, genauso viel kostete wie der Inhalt von Felicitys gesamtem Kleiderschrank, oder daran, dass sie sich in dieser lächerlich luxuriösen Hotelsuite voll-kommen zu Hause fühlte. Es war zwar nicht so, dass es Feli-city Vergnügen bereiten würde, sie zu töten, aber dass sie die Züchter nicht mochte, konnte der Tatsache vielleicht ein bisschen die Schärfe nehmen, wenn es dazu kommen sollte.

Als sie sich umdrehte, sah sie, wie Alessio sie beobach-tete.

*Und er ist auch ein sonderbarer kleiner Kerl,* dachte sie. Laut ihren Unterlagen hatte er noch keine Operationen über sich ergehen lassen müssen, obwohl ganz offensichtlich bereits einige typische Chemikalien und Injektionen der Züchter in seinem System kursierten. *Himmel, ich hoffe, dass ich ihn nicht auch umbringen muss.* Er sah nicht so aus, als wäre er in der Pubertät, und er wirkte schon gar nicht wie ein Bösewicht.

»Ja?«, fragte sie.

»Sind Sie fertig mit Auspacken?«

»Ja.«

»Soll ich Ihnen die Suite zeigen?«

»Ich glaube, das ist eine prima Idee«, erwiderte Felicity. *Ich sollte diesen Ort ja sowieso auskundschaften.*

»Also gut, das hier ist Ihr Zimmer«, verkündete er ein wenig pathetisch und trat in den Raum, in dem sie gerade ihren Rucksack ausgepackt hatte.

»Wehe, wenn du hier auch nur einen Fuß hineinsetzt«, sagte sie und zog hastig die Tür zu. *Ich muss Grenzen setzen.*

»Und wenn ich ins Bad muss und meine Schwester das andere mit Beschlag belegt?« Das war eine verdammt hinterhältige Frage.

»Dann musst du eben warten. Ich bin verpflichtet, jeden Schaden von deiner Schwester fernzuhalten«, sagte Felicity. »Von dir hat niemand etwas gesagt.«

»Verstehe«, antwortete er. »Also, das hier ist der Salon.« Er deutete mit beiden Händen auf den Raum, in dem sie gerade standen. »Er dürfte Ihnen bereits vertraut sein, da Sie bereits ein paar Minuten hier drin gewesen sind.«

»Ja«, bestätigte Felicity. »Aber ich habe ihn mir noch nicht genauer angesehen.« Es war wirklich ein schönes Zimmer, groß, hell und modern. Es gab einen Essplatz, dessen glänzender Tisch groß genug für eine ganze Schar von Dinnergästen war. Die Sofas waren sehr weich, so weich, dass man dort einen ausführlichen Winterschlaf hätte halten können. Ein riesiges Fernsehgerät sollte wohl möglichst diskret an einer Wand hängen, ein Versuch, der kläglich scheiterte. Prachtvolle Bildbände lagen kunstvoll auf lackierten Kaffeetischchen. Man kam sich schon gebildet vor, weil man sich hier aufhielt.

Aber die derzeitigen Bewohner hatten dem Raum einen

persönlichen Touch gegeben, was ihm etwas von seiner Hochglanz-Wohnillustrierten-Ausstrahlung nahm. Wenig prachtvolle Ausgaben von anatomischen Lehrbüchern, in denen zahllose Lesezeichen steckten, stapelten sich auf den Kaffeetisch-Bildbänden. Auf dem Esstisch lagen teilweise ausgefüllte offizielle Formulare. Ein kleiner Farn in einem Übertopf hatte grüne und kupferglänzende Blätter. Und auf einer Anrichte stand eine große durchsichtige Plastikkiste, deren Boden von einer dicken Schicht Holzspäne bedeckt war, und in denen zwei prachtvoll gemusterte …

»Mäuse«, sagte Felicity.

»Die gehören mir«, erklärte Alessio.

»Kaum zu glauben, dass das Hotel dir erlaubt hat, deine Haustiere mitzubringen«, gab Felicity zurück. »Mein Hund ist auch bei einem Sitter.«

»Ich habe gesagt, dass das meine Blindenmäuse wären.«

»Was?« Felicity sah ihn überrascht an.

»Das war nur Quatsch«, antwortete Alessio. »Und es sind außerdem keine Haustiere, sondern sie gehören zu meinen Studien.«

»Wie hast du sie in die Suite bekommen?«

»Es sind Mäuse«, betonte der Junge nachdrücklich. »Ich musste sie nicht gerade in zwei Erdferkeln versteckt einschmuggeln. Und außerdem, in einem so teuren Hotel ist man gewohnt, dass privilegierte Gäste ihre Haustiere mitbringen. Wenn es nicht gerade irgendein It-Girl mit seinem Chihuahua ist, dann ein Filmstar mit seiner Angoraziege oder ein Popmusiker mit einem großen Mann an der Leine.«

»Also gut, wie heißen sie?« Felicity versuchte, sich nicht von der Tatsache einschüchtern zu lassen, dass dieses Kind ganz offenbar erheblich vertrauter mit dem Luxusleben war als sie. Sie warf einen Blick auf die Nager, die außerordentlich bemerkenswert aussahen. An der linken Seite waren sie glänzend schwarz, während ihre rechten Seiten von mattem, makellosem Weiß waren. Die Linie, die die Farben teilte, schien wie mit einem Lineal gezogen zu sein. Ihre rechten Augen waren rot, die linken schwarz. Abgesehen von ihrer farbigen Zweiteilung schienen sie vollkommen normal zu sein und beschäftigten sich mit den traditionellen Mäuseaktivitäten, nämlich herumzulaufen und zu fiepen.

»Es sind Maus A und Maus A (i)«, sagte Alessio. Irgendwie gelang es ihm, einfach durch seine Worte die Klammern und die kleingeschriebene römische Ziffer i auszusprechen.

»Sehr prägnant. Erkläre mir das.«

»Maus A ist die letzte einer langen Linie von Mäusen, die von der Broederschap gezüchtet wurden. Sie wurden so entworfen, dass sie in ihrem Aussehen sehr charakteristisch waren.«

»Und was machen sie?«

»Die Mäuse? Das sehen Sie doch. Sie laufen herum und fiepen. Es sind Mäuse. Maus A (i) jedoch ist eine meiner Aufgaben«, erklärte Alessio. »Ich habe ihn als Klon von Maus A gezüchtet. Er ist eine Kopie.«

»Du hast eine Maus kopiert?«, fragte Felicity.

»Gut, was?«

»Wie?« Felicity konnte ihren Blick nicht von den Züchter-Mäusen losreißen. Sie erwartete jeden Moment, dass sie ihre Krallen und ihr Geweih ausfuhren, das Plastik ihres Gefängnisses durchbrachen und auf der Suche nach Käse und menschlichem Blut davonhuschten.

»Kennen Sie sich in Mikrobiologie und Zellformatierung aus?«

»Nein.«

»Haben Sie Interesse, etwas darüber zu lernen?«

»Gute Güte, nein!«

»In dem Fall ... also, ich habe ein bisschen Mäuseblut genommen, es in eine Röhre mit magischem Züchter-Schleim gespritzt, ein bisschen Stärke hinzugefügt, und daraus ist eine neue Maus entstanden«, sagte Alessio.

»Und woher weißt du, welche Maus welche ist?«, wollte Felicity wissen.

»Im Moment weiß ich das gar nicht.« Alessio klang sehr zufrieden. »Das kann man mit dem bloßen Auge nicht unterscheiden. Niemand kann das. Maus A (i) ist eine perfekte Kopie.«

»Du könntest also auch einen Menschen kopieren?«, wollte Felicity wissen.

»Klar«, prahlte Alessio. »Ich meine, *ich* kann das nicht, aber die Broederschap könnte das.« Sie sah ihn fragend an. »Die Beschreibung mit dem Schleim und der Stärke war eine drastische Simplifizierung. Maus A (i) hat mich Monate Arbeit gekostet. Eine Person zu klonen wäre sehr viel schwieriger. Und ja, man kann eine Person kopieren, aber nicht die Erinnerungen. Maus A (i) hat als Fötus begonnen und ist zu einer Babymaus herangewachsen, und dann zu dem, was Sie jetzt sehen. Vor vier Monaten hätte man den Unterschied zwischen den beiden sehr leicht feststellen können, allein schon durch ihre unterschiedliche Größe.«

»Ihr könntet also einen Fötus erzeugen, der zu einer identischen Kopie einer Person heranwachsen würde?«

»*Genetisch* identisch«, präzisierte Alessio. »Aber das tun wir nicht.«

»Warum nicht?«

»Warum sollten wir? Odette sagt immer, jeder, der einen Klon von sich selbst haben will, ist die letzte Person, von der man mehr sehen möchte.«

»Also werde ich nicht irgendwann aufwachen und einen *Die-Frauen-von-Stepford*-Klon mit ausdrucksloser Miene und einem Messer in der Hand neben meinem Bett stehen sehen?«

»Als Erwachsenen? Nein«, erklärte er entschieden. »Sicher, wir können einen Klon im Schnellverfahren zu einem Erwachsenen heranwachsen lassen, weil das nur eine Extrapolation der Podsnaps-Technik ist, aber er hätte trotzdem keine Erinnerungen. Er wäre wie ein Fötus. Ich glaube, ein *Stepford*-Klon würde Sie nur ausdruckslos anstarren und dann umfallen, weil er noch nicht gelernt hat, wie er stehen kann.« Felicity nickte. Die identischen Mäuse faszinierten sie immer noch.

»Zeig mir den Rest der Suite«, sagte sie schließlich.

»Da ist noch das andere Schlafzimmer«, meinte Alessio. »Das jetzt, wie ich annehme, auch meines ist.« Das andere Schlafzimmer war ein bisschen größer als ihres, hatte ein riesiges Bett und verschiedene, sehr pseudokünstlerische Möbelstücke. Außerdem standen an der Wand eine ganze Reihe von höchst teuer aussehenden Gepäckstücken. Felicity betrachtete sie neidisch. Dann schlug ihr Neid in Ungläubigkeit um. Dann in leichtes Entsetzen.

»Ich wusste nicht, dass Louis Vuitton einen Quarantänekoffer für biologische Exemplare hergestellt hat!«, gab sie etwas kleinlaut zu.

»Ich glaube, der ist eine Sonderanfertigung«, erwiderte Alessio. In dem Zimmer stand ein kleiner Kühlschrank in einem Regal, aber als Felicity ihn öffnete, hatte sie keineswegs die übliche Auswahl an Drinks einer Minibar vor sich. Stattdessen standen einige ganz eindeutig nicht übliche Minibar-Vakuumflaschen darin, die ihr auffielen, weil sie alle mit einem verzierten O und L markiert waren. *Ich hab ohnehin nicht vor, mir hier etwas zu trinken zu holen.* Daneben lagen einige Spritzen in sterilen Packungen.

Vor dem Fenster stand ein Tisch mit einem Notebook,

daneben ein paar Notizbücher und einige größere, in Leder gebundene Bücher, die unglaublich technisch und langweilig aussahen. Außerdem standen ein paar gerahmte Fotos darauf, die Felicitys Blick anzogen. Denn sie gehörten eindeutig Odette und nicht dem Hotel. Sie trat näher.

Das erste war ein Foto von Odette und Alessio mit zwei sehr liebenswürdig wirkenden Menschen, ganz offensichtlich ihren Eltern. Ein anderes zeigte einen West Highland Terrier, der auf einem Haufen von goldenen Blättern stand und hechelte. Und dann gab es etliche Fotos von Odette mit einer Gruppe von sechs Menschen ihres Alters.

»Wer ist das?«

»Das sind Odettes Freunde«, sagte Alessio leise. Er trat neben sie.

»Sie sind alle Züchter?«

»Ja, sie haben zusammen studiert«, erklärte Alessio.

Den Fotos nach zu urteilen war das nicht alles, was sie zusammen gemacht hatten. Jedes einzelne Foto schien an irgendeinem herrlichen Ort aufgenommen worden zu sein. Auf dem einen trugen alle Skianzüge und Skibrillen, und hinter ihnen ragten die Alpen auf. Auf einem anderen waren sie unter Wasser und hatten die grinsenden Münder zu einem Unterwasserschrei aufgerissen. Auf dem nächsten aßen sie in einem Restaurant zu Abend und hielten riesige Steinkrüge mit Bier in die Kamera. Dann gab es eine Nachtaufnahme, auf der sie sich an einer zerklüfteten steinernen Skulptur auf einem schrecklich steilen Dach festhielten. Weit unter und hinter ihnen funkelten die Lichter einer Stadt. Das Foto war ganz offensichtlich ein Selfie, aufgenommen von einem Mann auf Armlänge, der die Kamera außerhalb des Bildrands hielt.

»Das ist der Kölner Dom«, warf Alessio ein. »Sie sind mitten in der Nacht hinaufgeklettert.«

Dann gab es noch Fotos von der Gruppe in Frack und Ballkleidern, in Badeanzügen, in einem lässigen Nachtklub-Outfit und in Umhängen mit venezianischen Masken. Es sah aus, als wären sie durch ganz Europa gereist, immer lachend oder lächelnd oder vielleicht ironisch schmollend. Felicity sah ein Bild von Odette in einem Badeanzug und mit einer Sonnenbrille an einem Strand, während sie das Haar eines der Mädchen zu einem Zopf flocht. Auf einem anderen schlief Odette in einem Eisenbahnwaggon. Ihr Kopf lag im Schoß eines Jungen mit dunklem lockigem Haar. Felicity fiel auf, dass dieser Junge auf etlichen Fotos einen Arm um Odette geschlungen hatte.

»Wer ist das?«, fragte sie.

»Das ist Pim«, erklärte Alessio. »Er war ihr Freund.« Felicity fiel auf, dass er die Vergangenheitsform gebrauchte, sie enthielt sich aber eines Kommentars.

»Und keiner von ihnen ist in der Delegation?«, erkundigte sie sich. »Sie sind alle wieder in Europa?«

»Sie sind vor ein paar Monaten gestorben«, antwortete Alessio.

»Alle?« Felicity war erschüttert. Der Junge nickte.

»Das da sind Saskia, Mariette und Simon«, sagte er traurig und deutete jeweils auf die entsprechende Person. »Das hier ist Claudia. Und das Dieter. Er war eigentlich Odettes und mein Onkel, obwohl er nur zwei Jahre älter war als Odette.«

»Ich … Euer Verlust tut mir sehr leid. War es ein Unfall?«, fragte sie zögernd.

»Nein«, sagte jemand hinter ihnen. Als sie sich umdrehten, stand Marcel, der ältere Körperzüchter, hinter ihnen im Raum. »Bedauerlicherweise, Pawn Clements, sind sie ermordet worden.«

# 17

»**Die Checquy waren nicht** die einzigen Feinde, denen sich die Broederschap gegenübersah«, merkte Marcel beiläufig an. »Was wissen Sie über das Übernatürliche auf dem Kontinent, Pawn Clements?« Alessio hatte die beiden einander vorgestellt, obwohl sie sich bereits kannten. Sie hatten sich die Hände geschüttelt und waren dann in den Salon gegangen. Alessio machte ihnen einen Kaffee mit einer unglaublich teuren Maschine, die in einem Schrank verborgen gewesen war.

»Ehrlich gesagt, nicht besonders viel«, log Felicity etwas verlegen. Sie wusste nicht genau, wie viel Informationen sie den Züchtern geben durfte.

*Und es hilft auch nicht, dass sie alle so verdammt normal aussehen,* dachte sie verärgert. Wenn Felicity sich Züchter vorgestellt hatte, waren es immer verstörende, konfuse Bilder gewesen, von ekelerregenden, perversen Kreaturen, denen sonderbare Gliedmaßen aus den Oberkörpern wuchsen. Als Kind hatte man ihr einige von der Invasion auf der Isle of Wight geborgene Rüstungen gezeigt. Eine bestand aus schweren asymmetrischen Platten, die wie Wellblech aussahen und einen Giganten geschützt hatten, der teils Oktopus, teils Wolf und teils Musketier gewesen war. Während ihrer abschließenden Studien hatte man ihr erlaubt, einige der älteren Dateien zu lesen, in denen detaillierte Beschreibungen und mehrere Augenzeugenberichte zu finden waren.

Als sie schließlich ihren Abschluss gemacht hatte, hatte man sie ins Apex House geführt und ihr die wenigen, sorgfältig ausgestopften Leichen gezeigt, die man auf der Isle of Wight geborgen hatte. Die Studenten hatten blasiert und unbekümmert getan. Einige hatten sogar behauptet, ihnen gefielen das Design und die Raffinesse, mit der man Sehnen und Muskeln um Klingen und Knochen gewunden hatte. Einige merkten an, dass die Lackschichten auf der Leiche mit den Schuppen wirklich die Eigenschaft von Schleim zeigten, der davon heruntergetropft sein musste, als die Kreatur noch gelebt hatte. Aber die Witze waren schwach gewesen und hatten ziemlich unsicher geklungen. Am Ende hatten alle geschwiegen, und in jener Nacht hatte keiner ruhig geschlafen.

Deshalb hatte Felicity gedacht, sie wüsste genau, wie Züchter aussahen.

Aber diese Leute wirkten ganz normal – ihre Haut, ihre Körper, selbst ihr Haar waren normal. Niemand von ihnen würde ihr auf der Straße auffallen.

Sie merkte, dass sie in ihre Gedanken versunken war, und nahm hastig den Gesprächsfaden wieder auf.

»Richtig, das Übernatürliche in Europa«, sagte sie gedehnt. »Die Checquy unterhält keine Büros auf dem Kontinent. Wir haben ein paar Außenposten in Teilen des alten britischen Empires, aber wir haben weder das Mandat noch genug Leute, um überall Agenten zu postieren. Unsere Verantwortung gilt der Sicherheit dieses Landes. Also verlassen wir uns auf die regulären Behörden, das Außenministerium und die britischen Geheimdienste, die uns mit Informationen versorgen. Aber sie haben nicht allzu viel mit dem Übernatürlichen zu tun.«

»Ich fürchte, wir selbst wissen ebenfalls nur sehr wenig«, erklärte Marcel.

»Wie ist das möglich?«, wollte Felicity wissen. »Schließlich leben Sie dort.«

»Sie müssen verstehen, Pawn Clements, dass zu Beginn der Broederschap niemand wusste, dass es ein übernatürliches ...« Er schien nach einem passenden Wort zu suchen und zuckte dann mit den Schultern. »... *Etwas* gab. Das Übernatürliche ist immer geheim, immer diskret. So lange, bis es einen auffrisst. Die Bruderschaft dagegen ist keineswegs übernatürlich.« Er richtete seinen durchdringenden Blick auf sie. »Abgesehen vielleicht vom Genie und der Einsicht, die im menschlichen Verstand aufblitzen können. Ich nehme an, dass man dies als ebenso wundersam wie alles andere auf unserer Welt betrachten kann. Aber für alles, was wir tun, gibt es eine Erklärung. Unsere Arbeit basiert auf einem System, auf einem bestimmten Verständnis von der Welt. Das Fundament dieses Verständnisses wurde von unseren ersten Alchemisten errichtet, die es ohne jeden geheimnisvollen Nutzen erlangt haben.«

Nach einer kleinen Pause fuhr er fort. »Im Laufe der Jahrhunderte haben sie auf diesem Fundament aufgebaut und ungeheuer viel über das Wesen des biologischen Lebens gelernt. Ihr Verständnis von der Wissenschaft war unvergleichlich. Und dann, als sie über das Meer segelten, um die Isle of Wight zu erobern, wurden sie mit etwas konfrontiert, dass vollkommen außerhalb dieses Verständnisses lag.« Er machte erneut eine Pause und ließ sich von Alessio einen Espresso geben. »Mit Ihnen.«

»Mit mir?«, fragte Felicity verwirrt.

»Ich meine die Streitkräfte der Checquy«, präzisierte er. »Menschen wie Ihnen. Menschen, für die es keine Erklärung gibt. Sie wissen natürlich, was danach passierte.«

Felicity wusste es, erwartete jedoch, dass die Geschichte aus dem Mund eines Züchters sich um einiges von der Version der Checquy unterschied. »Können Sie sich ihr Entsetzen vorstellen? Als der Blick eines Kindes in einem Hängerkleidchen einen Soldaten in nur einem Moment wieder zu einem Baby machte oder die Handbewegung einer alten Frau ein ganzes Bataillon in die Luft riss, wo sie dann mit den Armen rudernd im Himmel verschwanden? Die Broederschap hatte so hart daran gearbeitet, den Aberglauben dieses Zeitalters zu überwinden, und jetzt brachte genau dieser Aberglaube sie um.«

»Aber sie haben sich nicht ergeben«, antwortete Felicity.

»Nein«, stimmte Marcel ihr zu. »Zuerst nicht, aber am Ende schon. Und dann mussten sie noch die bestürzende Entdeckung verkraften, dass diese dämonischen Kräfte in Wirklichkeit Diener der britischen Krone waren. Diese Monster hatten uns nicht nur auf dem Schlachtfeld angegriffen, sondern sie wurden durch diplomatische und juristische Kanäle auf uns gehetzt! Sie erzwangen die Auflösung der Bruderschaft, erpressten finanzielle Reparationszahlungen, übrigens ziemlich hohe, fesselten unser Land mit geheimen Verträgen und verschwanden dann wieder auf ihre Insel.«

»Diese Auflösung war offenbar nicht so gründlich, wie die Checquy geglaubt hatte«, merkte Felicity an, und Marcel zuckte mit den Schultern.

»Vielleicht nicht, aber trotzdem wurde die Broederschap auf ein Bruchteil von dem reduziert, was sie einst gewesen war. Sie war dezimiert. Die nächsten Jahrhunderte verbrachte sie damit, sich wieder neu zu organisieren, und das geschah unter einem erstickenden Mantel von Paranoia. Diese Generationen waren von ihren Ängsten dominiert. Zunächst von der Angst, dass die Checquy herausfinden würde, dass sie überlebt hatten, und zurückkehren könnte, um ihre Auslöschung zu beenden. Dann machte sich die

Angst breit, dass es noch mehr monströse, unnatürliche Kreaturen geben könnte, die vielleicht nicht mit der britischen Regierung zusammenarbeiteten, sondern durch Europa spazierten, darauf aus, die Bruderschaft zu vernichten. Und schließlich gab es noch die Angst, dass irgendeine andere Regierung Wind von ihnen bekommen könnte.«

»Warum hatten sie davor so viel Angst?«, fragte Felicity. Sie war in dem Glauben aufgewachsen, dass man die Regierung als jedermanns Freund ansehen konnte.

»Ihre Erfahrungen mit den Regierungen von Spanien und Großbritannien hatten gezeigt, dass es viel zu gefährlich war, sich in die Angelegenheiten der gewöhnlichen Menschen hineinziehen zu lassen. Das konnte zum Verlust des Besitzes führen, zum Gemetzel an den Kollegen und schließlich dazu, zusehen zu müssen, wie der eigene Körper verstümmelt wurde.« Marcel trank einen Schluck Espresso. »Und so wurde Paranoia unsere Politik. Sie definiert uns nahezu in gleichem Maße wie unsere Arbeit.«

Marcel fuhr mit seinen Erklärungen fort. Die Züchter blieben unter sich und suchten das Übernatürliche nicht von sich aus. Aber zu ihrem großen Entsetzen kam das Übernatürliche zu ihnen. Es war nicht ganz klar, ob etwas an den Züchtern diese Elemente anzog oder ob die Züchter genauso viel Kontakt mit ihnen hatten wie alle anderen auch, nur etwas besser ausgerüstet waren als normale Menschen, um eine Begegnung mit ihnen zu überleben. Jedenfalls war jede einzelne Erfahrung isoliert und unausweichlich gewalttätig. Manchmal triumphierte der Züchter, und manchmal blieben nur ein Fettfleck, ein paar Knochen oder ein Krater zurück.

Nach allem, was die Züchter wussten, gab es jedoch in ganz Westeuropa kein Äquivalent zur Checquy. Die europäischen übernatürlichen Manifestationen wurden in keiner

Weise überwacht, weder vom Übernatürlichen selbst noch von irgendeiner Regierung und schon gar nicht von einer übernatürlichen Regierungsorganisation. Ob es nun reines Glück war oder ein anderer Faktor eine Rolle spielte, es gab nur sehr wenige größere Manifestation. Es waren fast immer einzelne Menschenkreaturen, die ihre unnatürlichen Fähigkeiten sehr diskret zeigten. Sie nutzten sie für ihren Profit oder um schreckliche Dinge zu tun, aber sie waren immer so umsichtig, dafür zu sorgen, dass die normale Bevölkerung nichts davon mitbekam.

»Ohne den Schutz und die Ordnung, die von einer Organisation wie der Checquy hergestellt wird, ist der europäische Kontinent insgeheim ein höchst gefährlicher Ort«, fuhr Marcel fort. »Diese Leute – diese Kreaturen – können tun und lassen, was immer sie wollen. Sie haben die Macht, ihren Launen und ihrem Geschmack freien Lauf zu lassen. Menschen werden getötet, Kinder verschwinden. Sie können handeln, ohne Angst vor den Konsequenzen haben zu müssen.«

»Das klingt schrecklich«, antwortete Felicity. Der alte Mann betrachtete sie lange. Dann wandte er sich an Alessio, ohne den Blick von ihr abzuwenden.

»Alessio, würdest du bitte in dein Zimmer gehen? Ich muss unter vier Augen mit Pawn Clements sprechen.« Der Junge verließ wortlos den Salon und schloss die Tür hinter sich. »Ich möchte Ihnen eine Geschichte erzählen.«

Im Jahre 1914 wurde Marcel Leliefeld geboren. Er wurde fachkundig von seinem Vater zur Welt gebracht, mit einigen präzisen Anweisungen von seiner Mutter. Zehn Minuten später leistete ihm sein Zwillingsbruder Siegbert Gesellschaft. Schon früh waren sich die beiden Jungen stets der Existenz der Broederschap bewusst. Das war höchst ungewöhnlich. Aus Prinzip verheimlichten die Züchter ihre wahre Beschäftigung und ihre körperlichen Fähigkeiten vor allen, einschließlich ihrer eigenen Familien. Der Partner oder ein Kind eines Züchters zu sein qualifizierte einen nicht automatisch für die Mitgliedschaft. Das Höchste, was diese Beziehung garantierte, war eine scheinbar glückliche Immunität gegen etliche Infektionskrankheiten, dass man niemals Krebs bekam und mit perfekten Nachkommen gesegnet war, die unter einfachsten Umständen empfangen und geboren wurden. Um ein Züchter zu werden, musste man außergewöhnliche Fähigkeiten demonstrieren.

Marcels und Siegberts Wissen um die Züchter war ein Ergebnis des unorthodoxen Herangehens ihrer Eltern an so gut wie alles. Die fraglichen Eltern, Hendrika und Arjan, waren beide Züchter. Und zwar sehr wichtige Züchter.

Arjan war der Sohn eines Züchters, und Hendrika war als Kind aus Delft in die Organisation gekommen. Ein Nachbar, der ebenfalls ein Züchter war, war von ihren Fähigkeiten mit dem Pinsel beeindruckt gewesen. Die Begründung des Nachbarn hatte gelautet, dass jeder mit einem derartig ungewöhnlichen Maß an Vorstellungskraft und einer so hervorragenden motorischen Kontrolle einen großartigen Züchter abgeben würde. Hendrika und Arjan hatten gleichzeitig ihre Ausbildung begonnen, und nach einer vorhersehbaren Periode intensiven Wettbewerbs und gegenseitiger Verachtung hatten sie sich, ebenfalls vorhersehbar, ineinander verliebt, und zwar – etwas weniger vorhersehbar – an einem Seziertisch, auf dem siamesische Fünflinge lagen. Sie waren langjährige Freunde der Züchter gewesen, da sie ohne die Hilfe der Broederschap nicht das Licht der Welt erblickt hätten. Nun waren alle gleichzeitig gestorben, nachdem sie ein gutes, langes und kollektives Leben geführt hatten. Sie hatten drei Witwen, zwei Witwer, dreizehn Kinder, einen begehbaren Kleiderschrank mit höchst kompliziert geschneiderter Kleidung und ein sehr gut gehendes Geschäft hinterlassen.

Arjan und Hendrika heirateten in einer riesigen Kirche in Amsterdam, die voller Gratulanten war, und zogen dann sofort nach Paris. Dort begannen sie extrem erfolgreiche Karrieren in den Bereichen Experiment und Forschung und bewegten sich ständig an der vordersten Front der innovativen Chirurgie. Ihr Heim war berühmt, nicht nur unter den Züchtern, sondern auch bei den Künstlern, Intellektuellen und Wissenschaftlern von Paris, als *der* Ort, wo man sich treffen, reden, streiten und trinken konnte.

Es war ein Salon wie kein anderer, in dem die Guten und die Verruchten, die Reichen und die Armen, die Unirdischen und die Irdischen zusammenkamen, um sich gegenseitig anzuwidern und zu inspirieren. Und es befand sich stets eine Vielzahl von höchst unterschiedlichen Besuchern dort.

Im Salon geriet man vielleicht in eine Debatte mit Arjan, einem türkischen Tischler, einem katholischen Priester und einem betrunkenen Individuum, das niemand zu kennen schien, das sich unaufhörlich über irgendeinen verfluchten Imker und über die Dynamik von Felsen im Raum ausließ.

Auf der Eingangstreppe trank ein jahrhundertealter Züchter Oolong-Tee und diskutierte vielleicht die Technik von Scheren mit einem Friseurlehrling, während auf der Hintertreppe ein Professor aus Oxford sich in einer leidenschaftlichen Umarmung mit einem Professor aus Cambridge befand, beide in ihre akademischen Roben gewandet. In der Küche konnte man auf einen Zivilisten und einen Boxer treffen, die Opium rauchten und sich tief in die Augen blickten, während die Köchin und die Küchenmägde um sie herum arbeiteten. Sie nähten mühsam das vordere

Ende eines toten Schweins an das hintere Ende eines toten Pfaus, um die beiden zu kochen.

In der Bibliothek hatte Baron László Mednyánszky ein mittlerweile berühmtes Porträt seines hermaphroditischen Züchter-Cousins gemalt.

In ihrem Studio im Obergeschoss hatte Hendrika einst dem spanischen Botschafter den Hintern entfernt und einen neuen eingesetzt, bevor sie hinunterging, um mit Marie Curie den Nachmittagstee einzunehmen. Architekten kämpften im Garten, Mathematiker und Bildhauer falteten Origami in der Gartenlaube, und unterschiedliche Sittiche flatterten frei durch die Räume. Sie erleichterten sich niemals auf die Köpfe der Gäste, da sie so verändert worden waren, dass sie sich nur von Sonnenschein und Zigarettenrauch ernährten.

In diesem Haus wurden Kinder und Theorien gezeugt. Lektionen wurden gehalten und Zeichnungen angefertigt. Man zog sich Geschlechtskrankheiten zu, die sofort geheilt wurden, nachdem die infizierte Person etwas von Arjans Jasmintee getrunken hatte. Sinfonien und Viren wurden komponiert, und Hypothesen und Kadaver wurden in ihre Bestandteile zerlegt. Es gab fabelhafte Dinnerpartys, bei denen die Gäste sich an dem Fleisch von Tieren gütlich taten, die nie existiert hatten, und Wein tranken, der schwach in ihren Mündern glühte und sie in einen Zustand erhöhter Kreativität versetzte.

Das sollte nicht heißen, dass Arjan und Hendrika etwa indiskret gewesen wären. Oder vielmehr waren sie nicht indiskret, was die Tatsache anging, dass sie Züchter waren. Bei allen anderen Dingen jedoch waren sie indiskret, aber soweit es ihre Nicht-Züchter-Gäste anging, waren die Leliefelds ein Naturalist und eine Chirurgin. Beide besaßen sowohl sehr viel Vermögen als auch Intellekt. Ihre berühmte

Gastfreundschaft balancierte immer sehr sorgfältig auf der schmalen Grenze zwischen dem Unwahrscheinlichen und dem Unmöglichen, und Gästen, die einen Blick auf das Unerklärliche werfen konnten, wurde es überlassen, ihren eigenen Augen zu misstrauen und dem Trunk abzuschwören.

Im ersten Stock des Hauses wäre jedoch jeder Zweifel verschwunden. In ihren getrennten Studios, die die beiden behielten, weil der Schlüssel zu einer glücklichen Ehe war, Distanz zu der anderen Person haben zu können, entwickelten Arjan und Hendrika neue Techniken und trieben die Biologie an ihre Grenzen. In den Gästezimmern schliefen die Züchter-Gäste, hingen von den Decken oder waren in den Schränken eingesponnen.

Und in einem riesigen Gewächshaus auf dem Dach, das aus schmiedeeisernem Stahl und gefärbtem Glas bestand, rannten zwei identische kleine Jungen zwischen Blumen umher, die sie wie Kätzchen streichelten, zwischen Kletterpflanzen, die Parfüm ausstrahlten, das wie Rauchfahnen in der Luft hing und süß auf der Zunge lag.

Siegbert und Marcel wuchsen umgeben vom Grotesken auf. Ihre Mutter kam gelegentlich zum Frühstück, und statt Haar hingen Federn auf ihrem Rücken. Ihr Vater war für gewöhnlich von einem Chor zwitschernder Libellen umgeben und sprang gelegentlich an der Seite des Gebäudes hinab, statt die Treppen zu nehmen. Der Hund der Familie war ein West Highland Terrier namens Chloe und alterte nicht. Cousins, die zu Besuch kamen, gingen gelegentlich in die Toilette, um ihre Haut abzuwerfen, und kehrten dann als Angehöriger einer anderen Rasse zurück.

Die Jungen selbst erhielten keine Anreicherungen. Wie Balletttänzer, die darauf warten mussten, dass die Knochen in ihren Füßen erstarrt waren, bevor sie *en pointe* gehen konnten, waren sie vollkommen und perfekt menschlich.

Aber sie beobachteten oft die Projekte ihrer Eltern und wurden gelegentlich gerufen, um einen Finger auf etwas zu drücken, ein Präparat in das Auge eines Subjekts zu tröpfeln oder um ihre kleinen Hände in einen Schnitt zu schieben und etwas zu justieren, was ihre Mama nicht erreichen konnte. Im Alter von zwölf Jahren hätte ihr Verständnis von Anatomie und Medizin sie in die höchsten Ränge der normalen Chirurgie katapultiert. Dies und die Tatsache, dass sie direkte Nachfahren von Graaf Ernst waren, bedeutete, dass sie ohne Frage in die Broederschap aufgenommen werden würden.

Nur dass Marcel genau das infrage stellte.

Er war bereits in seiner Lehre als Züchter sehr weit fortgeschritten, als er diese Entscheidung traf. Unter Marcels Obhut hatte ein etwas erschrockener Hund Kätzchen geboren, und er hatte seinem System außerdem einige weitere höchst nützliche Organe hinzugefügt. Doch zwei Wochen nach seinem neunzehnten Geburtstag sagte Marcel alle seine Termine ab und zog sich in sein Schlafzimmer zurück. Dort verbrachte er etliche Tage lang damit, alle Änderungen rückgängig zu machen, die an seinem Körper vorgenommen worden waren. Als er wieder herauskam, war er etliche Pfunde leichter, hatte seine ursprünglichen Wangenknochen und Zähne wieder und verkündete seinen verblüfften Eltern ruhig, dass er sich bei der französischen Armee verpflichtet habe.

»Warum?«, fragte Felicity.

»Ich war unzufrieden mit der Richtung, in die sich mein Leben entwickelte«, antwortete Marcel gelassen. »Mir lag nichts an der Person, die ich zu diesem Zeitpunkt war. Ich kam zu dem Urteil, dass eine drastische Veränderung erforderlich war.«

Marcels Eltern reagierten völlig aufgelöst über diese Ablehnung, und die Broederschap war schockiert, aber in den höheren Rängen herrschte keine allzu große Sorge. Marcel hatte klargemacht, dass er keineswegs die Verbindung zu seiner Familie lösen würde, dass er ihnen gegenüber keinen Widerwillen wegen ihres Lebensstils empfand und dass er keineswegs die Absicht hatte, irgendwelche Geheimnisse zu verraten oder ihr Wissen zu seinem eigenen Vorteil zu nutzen. Niemand zweifelte an seinem Charakter und, noch wichtiger, an seiner Diskretion, also wünschten alle ihm viel Glück, als er seine Karriere als Soldat in der VII. Armee begann.

Marcel war sehr erfolgreich in der Armee, er stieg sehr schnell auf und zeichnete sich bei jeder passenden Gelegenheit durch seine Tapferkeit aus. Auch wenn sein Auftauchen bei Familienfesten stets willkommen war und er und Siegbert regelmäßig miteinander korrespondierten, blieb die Beziehung zu seinen Eltern schwierig und etwas befangen, selbst nachdem er Claudette, seine Cousine zweiten Grades, geheiratet hatte, die ebenfalls eine Züchterin war. Siegbert hatte inzwischen eine kluge Lady namens Aimée geehelicht, die zwar keine Züchterin war, die aber die Fähigkeiten ihrer neuen Familie durch die einfache Strategie der Beobachtung herausgefunden hatte. Sie war bereit zu akzeptieren, dass das Unmögliche keineswegs unmöglich war.

Marcels Briefe an Siegbert wurden immer besorgter, als die politische Situation in Deutschland zunehmend turbulenter wurde. Marcel drängte seinen Bruder, seine Beunruhigung den Führern der Bruderschaft mitzuteilen. Dieser kommunizierte die Unruhe pflichtbewusst, aber Siegbert wusste nicht, ob dem irgendeine Tat folgte.

Im Jahre 1939 wurde Marcel unter Giraud an der Nordfront postiert. Er erlebte schwere Gefechte gegen die Deutschen und wurde zum Leutnant befördert. Als Girauds Armee im Mai 1940 in Belgien vernichtend geschlagen wurde, konnte ein verletzter Marcel die Vorstellung, nach England evakuiert zu werden, nicht ertragen. Seine Erziehung als Züchter und die erschreckenden Geschichten über die Checquy verhinderten, dass er diese Möglichkeit auch nur in Betracht zog. Stattdessen desertierte er und versteckte sich bei Familienmitgliedern in Antwerpen. Er erlaubte ihnen zögernd, sein verletztes Bein zu heilen, aber unter der klaren Voraussetzung, dass es zu einem normalen Bein heilen würde, ohne dass irgendwelche Waffen oder Vorratstaschen eingebaut wurden.

Zu diesem Zeitpunkt tauchten die Anführer der Broederschap auf, die Graafen Ernst und Gerd. Die Nachricht von Marcels Lage war über die Stille Post der Familie weitergegeben worden. Sie setzten sich mit ihrem Nachkommen zusammen, und nach einigen höflichen Nachfragen zur Gesundheit der jeweils anderen wandte sich das Gespräch den aktuellen Ereignissen zu. So erfuhr Marcel bei Tee und Pfeffernüssen, dass die Züchter sich in einer Krise befanden.

Wie es aussah, waren zwar die Mitglieder der Bruderschaft mehr als bereit, sich aus irdischen Angelegenheiten herauszuhalten, aber offenbar erwiesen ihnen die irdischen Angelegenheiten nicht dieselbe Höflichkeit. Das erstaunte Marcel nicht sonderlich, aber die meisten anderen Züchter waren vollkommen bestürzt. Die Graafen und die älteren Mitglieder hatten etliche Konflikte überlebt, einschließlich des Kessel-Krieges von 1784, der Napoleonischen Kriege, des Aufstands der Verletzten oder Unzufriedenen, des royalistischen Aufstands in Westfrankreich 1832, des Österreichisch-Russischen Krieges und des Österreichischen Bürgerkrieges. Keiner dieser Konflikte hatte sich als besonders verstörend erwiesen. Selbst der Große Krieg 14/18 war nur eine mittelmäßige Unannehmlichkeit für sie gewesen. Entsprechend hatten sie, auch wenn sie einige Vorbereitungen getroffen hatten, erwartet, dass auch dieser Zwist wie so viele andere rasch vorübergehen würde.

Stattdessen jedoch traf die Keule des modernen Krieges die Bruderschaft genauso wie die normalen Menschen in ganz Europa. Und sie brachte all die dazugehörigen Probleme mit sich: Versorgungsengpässe, bewaffnete Konflikte, allgemeines Chaos. Die Kommunikationskanäle zwischen den einzelnen Häusern waren dauerhaft unterbrochen. Sie bekamen keinen Kontakt zu den Züchter-Verwandten in Deutschland, und man fürchtete, dass sie verhaftet oder ermordet worden wären. Es hatte bereits erste Verluste unter ihnen gegeben. Eine neuartige Bombe hatte ein sehr wichtiges Laboratorium mit einer Gruppe von Schülern vernichtet. Soldaten hatten einen zweihundertjährigen Meisterzüchter von Lungen erschossen. Am schlimmsten für Marcel jedoch war, dass Paris an die Invasoren gefallen war, und sie hatten keinerlei Nachrichten von den Züchtern, die dort lebten.

Paris, die Heimat von Claudette, Siegbert und Aimée, die, und das war das Letzte, was er gehört hatte, mit ihrem ersten Kind schwanger war. Und auch die Heimat von Marcels Eltern.

In Marcel sahen die Graafen den Mann, der ganz und gar mit der Welt verbunden war. Ein Mann, der die Bruderschaft kannte, der an sie gebunden war und dem sie vertrauen konnten. Sie baten ihn um Hilfe und trafen eine Vereinbarung. Zwei Chimären, ausgestattet mit den tödlichsten Waffen, die sie in ihrem Arsenal hatten, sollten Marcel nach Paris begleiten. Sie würden die Lage der siebzehn Züchter klären, die dort lebten, einschließlich Arjan, Hendrika,

Claudette und Siegbert. Die erste Priorität der Graafen bestand darin zu verhindern, dass den Nazis irgendwelche Technologie der Broederschap in die Hände fiel. Marcels erste Priorität bestand darin, seine Familie irgendwo in Sicherheit zu bringen.

Wenn die Pariser Züchter tot waren, dann sollten ihre Leichen verbrannt und alle Spuren ihrer Arbeit entfernt oder vernichtet werden. Waren sie gefangen genommen worden, sollte man sie befreien oder, falls das scheiterte, sie mit allen Mitteln für den Feind nutzlos machen. Waren sie noch am Leben und frei, dann würden Marcel und sein Team sie nach Belgien bringen, das zwar besetzt war, wo die Züchter sich jetzt aber sammelten. Vorausgesetzt, er überlebte all das, würde Marcel anschließend die Sicherheit der Züchter in die Hand nehmen und sie durch den Krieg führen, ganz gleich, wie lange er dauerte.

Marcel und seine beiden riesigen Soldaten Hans und Henk machten sich auf den Weg nach Paris. Es gab nur wenig Autos oder Lastwagen, weil die meisten privaten Fahrzeuge vom Militär rekrutiert worden waren. Aber die Broederschap hatte ihnen einen Karren und ein Zugpferd namens Angus zur Verfügung gestellt. Dieses Pferd war gewissen Modifikationen unterzogen worden, sodass es die Kraft und Ausdauer von vier normalen Pferden hatte, in der Nacht sehen konnte und die Witterung eines Bluthundes besaß. Sie mischten sich unter Hunderte von Flüchtlingen auf der Straße nach Süden, einem Strom von Menschen mit Planwagen, Bollerwagen und Schubkarren, voll beladen mit ihren Habseligkeiten.

Trotz ihrer Bemühungen, sich zu verbergen, mussten sie sehr viel Mühe aufwenden, den feindlichen Truppen aus dem Weg zu gehen. Denn die drei waren unverkennbar Krieger. Vor allem Henk und Hans waren schon im wahrsten Sinne des Wortes geschaffen worden, um alles kurz und klein zu schlagen. Allein schon der Anblick der drei schien feindselige Gefühle bei den Behörden der Besatzer hervorzurufen. Nach wenigen Tagen hatten sie bereits etliche Kämpfe hinter sich, und die Nazibehörden waren angewiesen worden, nach den drei Männern zu suchen. Allerdings hatte ihre Ergreifung eine vergleichsweise niedrige Priorität. Immerhin herrschte Krieg. Leider waren die drei gezwungen, den Pferdewagen aufzugeben, als sie einer Patrouille in der Nähe der französischen Grenze auswichen. Sie ließen Angus frei und hofften, dass er entweder seinen Weg nach Hause fand oder aber auf dem Hof eines unglaublich glücklichen Bauern landete.

Als die drei Männer Anfang Juli in Paris eintrafen, waren die kursierenden Beschreibungen dieser Gesetzlosen längst nicht mehr aktuell. Abgesehen davon, dass sie ihr Haar gefärbt und ihre Schnauzbärte abrasiert hatten, hatte Marcel ein blaues Auge, und ihm fehlten etliche Zähne. Henk war gezwungen gewesen, sich den linken Arm und das rechte Bein nachwachsen zu lassen, und Hans hatte seine Brieftasche verloren. Aber nicht nur sie hatten sich verändert, sondern auch die Stadt. Spannung und Furcht schwängerten die Luft. Es gab Engpässe und Ausgehverbote, und Soldaten patrouillierten in den Straßen und überprüften die Ausweise.

Marcel und seine Kohorte – Hans und Henk waren wieder groß genug, um als Kohorte zu zählen – gingen vorsichtig weiter und mussten etlichen Patrouillen ausweichen. Als sie Marcels Haus erreichten, stellte sich heraus, dass seine Ehefrau Claudette sich in der Wohnung verbarrikadiert hatte und sich auf ihre Chlorophyll-Tätowierungen und das Wasser in ihrer Badewanne verließ, um am Leben zu bleiben. Die Wiedervereinigung des glücklichen Paares war notwendigerweise ein wenig beeinträchtigt, da sie sich sehr viele Neuigkeiten zu erzählen hatten, und keine davon war gut.

Die Pariser Züchter waren von dem Einmarsch der Nazis nicht vollkommen überrumpelt worden. Sie mochten zurückgezogene Gelehrte sein, aber niemand in Europa konnte zu dieser Zeit völlig ausblenden, was in der Welt vor sich ging. Die Züchter hatten im Kino Filmberichte gesehen, wie die Deutschen Warschau bombardierten, und in den Zeitungen gelesen, dass die französische Armee sich im Norden bereit machte. Sie hatten mitbekommen, wie die wohlhabende und gut informierte Schicht still und heimlich die Stadt verließ und nach Süden flüchtete. Sie hatten von den Niederlagen der französischen Streitkräfte gegen die Deutschen gehört und Hunderttausende von Flüchtlingen gesehen, die aus den Niederlanden, Belgien und Nordfrankreich nach Paris zogen.

Einige Angehörige der Broederschap hatten argumentiert, dass man sich den Massen anschließen sollte, die aus Paris vor den Invasoren flüchteten, aber man hatte sich dagegen entschieden. Wenn sie irgendwo hingehen wollten, dann nach Norden, in die Heimat ihrer Anführer. Aber es war unmöglich, in diese Richtung zu flüchten und dabei nicht aufzufallen. Also würden sie stattdessen warten. Es stand außer Frage, dass die Nazis kommen würden, aber die Art und Weise, wie sie kamen und wie man sie empfing, war unklar. Man redete von einer Verteidigungslinie, davon, dass Soldaten und Polizei sich gegen die Invasoren wenden würden, aber auch vom Konzept einer »offenen Stadt« war die Rede. Es war sehr gut möglich, dass die Deutschen einfach in die Stadt einmarschierten, ohne auf Widerstand zu stoßen und ohne Gewalt anzuwenden. Die Züchter machten Pläne für all diese Möglichkeiten.

Aber es gab Dinge, für die sie keine Pläne geschmiedet hatten, Dinge, von deren Eintreten sie nichts hatten wissen können.

»Ich habe mich nicht wegen der Nazis in diese Wohnung eingeschlossen«, sagte Claudette. »Ich habe unser Haus zu einer Festung gemacht, weil eine neue Bedrohung in Paris aufgetaucht ist, etwas, das die Mitglieder der Broederschap aufs Korn nimmt.«

Am 9. Juni, als die Deutschen sich der Stadt näherten, war Claudette losgegangen, um sich mit einer Kollegin namens Anne zu treffen. Mit ihr wollte sie die Einzelheiten ihrer Pläne diskutieren. Als sie jedoch in Annes Haus eintraf, war die Hintertür aufgebrochen, und ihre Freundin lag tot auf dem Küchenboden.

»Alle Flüssigkeiten waren aus ihrem Körper gesaugt«, erzählte Claudette und schüttelte sich. »Von ihr war nur noch eine Hülle übrig geblieben.« Claudette war geflüchtet und hatte die anderen Züchter benachrichtigt. Drei von ihnen hatten nicht geantwortet, und vorsichtige Ermittlungen hatten ergeben, dass ihre ausgetrockneten Leichen in ihren Wohnungen lagen. An diesem Punkt waren die restlichen Züchter von Paris in Panik geraten und hatten sich in ihren Heimen eingeschlossen.

Ein paar Tage später rollten die Invasoren mit Panzern, Lastwagen und Motorrädern unbehelligt über die Boulevards. Hakenkreuzfahnen hingen an den Gebäuden und flatterten am Eiffelturm. Während sich die deutschen Soldaten in requirierten Häusern einrichteten und der Führer persönlich die Stadt besuchte, blieben die Züchter abgeschottet.

»Meine Eltern?«, fragte Marcel. »Siegbert?«

»Ich habe keine Nachricht bekommen, *Beertje*«, erwiderte Claudette. »Das Fernsprechsystem war unzuverlässig, und keiner von uns hat es gewagt, seine Wohnung zu verlassen.« Niemand kannte die Ursache dieser tödlichen Austrocknungen. Einige Züchter glaubten, es wäre eine Tat des neuen Regimes, das irgendwie von ihnen erfahren haben musste. Andere fürchteten, die Checquy hätte sie aufgespürt und würde das Chaos nutzen, um sie zu eliminieren. Sie entschlossen sich, getrennt und in Deckung zu bleiben, um kein großes Ziel zu bieten.

»Das macht die ganze Mission noch ein wenig komplexer«, stellte Marcel fest. Sie waren sich einig, dass keine Zeit zu verlieren war. Eine halbe Stunde später gingen die vier zu Fuß über die nächtlichen Straßen zu Siegberts Haus, was nicht einfach war. Es herrschte striktes Ausgehverbot, und die Straßen waren dunkel. Die Straßenlaternen waren ausgeschaltet, und die wenigen Fahrzeuge, die an ihnen vorbeifuhren, hatten ein blaues Tuch über ihren Scheinwerfern hängen. Dadurch spendeten sie nur minimal Licht. Den Bürgern war befohlen worden, ihre Fenster und Fensterläden so zu verschließen, dass kein Licht zu sehen war. Die Dunkelheit bereitete allerdings den Augen der Züchter keine echten Probleme, und Claudette führte Marcel an der Hand. Aber die leeren Straßen erzeugten eine sonderbar gespenstische Atmosphäre in der Stadt.

Gelegentlich hielt eine Patrouille sie an und wollte ihre Ausweise sehen. Henk und Hans schlugen sie daraufhin begeistert zu Brei und stahlen ihr Geld. Als sie in Siegberts Haus ankamen, besaß Hans sieben neue Brieftaschen, was ihn den Verlust seiner eigenen Brieftasche verschmerzen ließ.

Niemand antwortete auf ihr leises Klopfen, also knackte Claudette das Schloss mit einem hastig gewachsenen Fingernagel, und sie drangen in das Haus ein. Es war dunkel, aber aus dem hinteren Teil des Hauses drangen Geräusche zu ihnen – ein leises Murmeln und das gelegentliche Klirren von Glas. Vorsichtig gingen die vier durch den Korridor. Vor ihnen flackerte das Licht einer Kerze aus einer Tür.

Im Esszimmer fanden sie Siegbert, der kaum noch bei Bewusstsein war und auf dem Tisch lag. Man hatte ihm Holzpfähle durch die Handgelenke und Fußknöchel getrieben, damit er sich nicht mehr bewegen konnte, und eine Frau mittleren Alters war dabei, sein Blut in Ballonflaschen abzufüllen. Es war nicht ganz klar, wer mehr erschrak, die Züchter oder die Frau, aber es war klar, dass dies eine Situation war, in der höfliche Konversation nicht angemessen war.

Einige Augenblicke lang bewegte sich niemand, dann richtete sich die Frau auf. Ein leises blubberndes Knurren drang aus ihrem Mund.

Die Züchter nahmen das durchaus nachvollziehbar als Startsignal für Gewalt und griffen an. Hans' Muskeln schienen zu wachsen, als er auf die Frau zuging, und das Fleisch an seinem Hals und seinen Schultern blähte sich auf. Er sah plötzlich aus wie eine faszinierende Pyramide. Mit einem hörbaren Klacken zuckten geschwungene Klingen aus Henks Handgelenken. Sie ragten ein ganzes Stück weit über seine Hände hinaus, sodass seine Fäuste von einem Käfig aus scharfen Knochen umgeben waren. Peitschententakel zuckten aus Claudettes Schulterblättern und durchbohrten die Rückseite ihres Kleides. Sie knallten laut in der Luft. Im Vergleich zu der biologischen Gewalt dieser Gestalten wirkte es ein wenig enttäuschend, als Marcel seine zugegeben kleine Pistole zog. Deshalb mochte man der Frau verzeihen, dass sie sich nur auf seine Gefährten konzentrierte.

Immer noch knurrend trat die Frau einen vorsichtigen Schritt zurück, und ihr Kiefer hakte sich aus wie bei einer Schlange. Ihr Knurren schwoll an, wurde höher und war schließlich nicht mehr zu hören, sondern nur noch zu spüren. Das Geräusch traf Marcel wie mit einer Keule, er taumelte zurück und presste die Hände an den Kopf. Allerdings ließ er die Pistole nicht fallen. Es fühlte sich an, als schlüge jemand mit kleinen Hämmern auf seinen Schädel ein. Er sah sich um und stellte fest, dass seine Kameraden sehr unterschiedlich in Mitleidenschaft gezogen wurden.

Die anderen drei Züchter keuchten entsetzt, als sie sonderbare Bewegungen in ihren Körpern spürten. Dann kreischten sie gleichzeitig vor Qual, als ihre Implantate sich auflösten. Marcel beobachtete erstaunt, wie die Beine seiner Kameraden nachgaben und sie einfach umkippten. Sie lagen da, verdreht wie Marionetten, deren Fäden sich verheddert hatten.

Henk und Hans hatten auf ihrer Reise nach Paris, ohne zu klagen, etliche Kugeln abgeschüttelt, die ihre Brust und ihren Kopf getroffen hatten. Sie wimmerten jetzt wie Kleinkinder, als das Geräusch durch ihre Körper raste. Claudette lag in Fötusstellung zusammengerollt auf dem Boden und hatte das Gesicht vor Qual verzerrt. Auf dem Tisch wimmerte Siegbert schwach und bog den Rücken durch. Er kämpfte hilflos gegen die Pfähle an, die ihn durchbohrt hatten. Die Frau kreischte weiter. Ihr Atem schien unerschöpflich zu sein.

Während Marcel das beobachtete, wurden die Implantate seiner Gefährten zerstört. Etliche Klingen um Henks Hände zerbrachen. Sie baumelten an einigen Fleischfetzen herunter. Beunruhigende schwarze Flecken verbreiteten sich über Hans' angereicherte Muskeln. Claudettes Tentakel lagen schlaff auf dem Boden und zuckten gelegentlich. Alle drei waren vollkommen außer Gefecht gesetzt.

Die geheimnisvolle Frau schien zu lächeln, als sie die drei Leute auf dem Boden betrachtete. Dann sah sie, dass Marcel keineswegs vor Qual zusammengebrochen war. Er hatte Schmerzen, gewiss, taumelte und konnte sich kaum aufrecht halten, aber er war noch auf den Beinen und hatte nach wie vor die Pistole in der Hand. Sie ging langsam auf ihn zu, und er hob die Waffe.

Sie konnte nicht verächtlich lächeln, weil ihr Mund offen bleiben musste, aber sie zuckte kurz mit den Achseln, blieb stehen und breitete die Arme weit aus. Die Botschaft war klar: *Mach nur. Versuch, mich zu erschießen.* Als Marcel zitternd zielte, verdrehte sie tatsächlich die Augen. Sein Arm schwankte hin und her wie in einer Acht, als er versuchte, sich zu fokussieren. Schließlich holte er tief Luft und feuerte zwei Kugeln direkt in ihren Oberkörper. Sie riss die Augen weit auf. *Hätte nicht gedacht, dass du es wirklich schaffen würdest,* sollte das wohl heißen.

Dann applaudierte sie ihm langsam. *Aber trotzdem macht das nicht den geringsten Unterschied.*

Sie ging weiter auf ihn zu.

Dann blieb sie unvermittelt stehen.

Verwirrung breitete sich auf ihrem Gesicht aus, und gnädigerweise hörte sie auf zu schreien. Das schreckliche Pochen in Marcels Kopf verebbte, und er konnte klar erkennen, dass die Frau die Hände auf die Brust presste. Eine schwarze Flüssigkeit sickerte zwischen ihren Fingern hervor. Verblüfft sah sie zu Marcel hoch, der regungslos stehen blieb. Dann brach sie zusammen, und eine Welle der schwarzen Flüssigkeit brach schwallartig aus ihr heraus.

# 18

**Marcel fiel neben seiner** Frau auf die Knie und versuchte ihr zu helfen, sich aufzusetzen. »Ich bin hier, *mijn lief*, ich bin hier!«, presste er aufgeregt hervor. »Alles ist gut.«

»Oh, Gott sei Dank«, erwiderte Claudette schwach. »Das war … schrecklich …, als würde ich zerrissen … von innen.« Sie wandte den Kopf ab und spuckte eine beunruhigende Mischung aus Blut und Schleim aus. »Ich glaube …, dieses Ding … hat ernsten … Schaden angerichtet.«

»Kannst du dich bewegen?«, fragte Marcel behutsam.

»Ich weiß es nicht«, erwiderte Claudette gereizt. »Überzeuge dich, dass dieses verdammte Etwas tot ist …, und dann … kümmere dich um die Jungs!«

Nach kurzer Untersuchung erwies sich, dass dieses verdammte Etwas tot zu sein schien, aber Marcel wollte kein Risiko eingehen. Also trennte er mit einem Schnitzmesser sorgfältig den Kopf der Frau ab und platzierte ihn etliche Schritte von ihrem Körper entfernt. Henk und Hans hielten sich die Bäuche und schienen Schwierigkeiten zu haben, ihre Gliedmaßen unter Kontrolle zu bringen. Aber sie liefen nicht Gefahr, im nächsten Moment den letzten Atemzug zu tun. Siegbert jedoch lächelte nur schwach, als er Marcel sah, und dann trat blutiger Schaum aus seinem Mund.

»Siegbert!«, rief Marcel. Er lief zu ihm und bettete den Kopf seines Zwillingsbruders sanft in seinen Schoß. Siegbert befand sich in einem bemerkenswert schlechten Zustand und konnte sich kaum rühren. Marcel wagte nicht, die Pflöcke zu entfernen, die ihn an den Tisch nagelten.

»Siegbert, wo ist Aimée?«, erkundigte sich Claudette besorgt.

»Tot«, antwortete Siegbert. »Sie ist tot.«

»Nein!«, flüsterte Marcel.

»Dieses *Ding* hat sie getötet, als es die Küche betrat. Es hat ihr einfach das Genick gebrochen.« Er schloss die Augen, und Tränen liefen ihm aus den Augenwinkeln.

»Es tut mir so leid, Siegbert«, sagte Marcel. »Deine Frau und dein Baby.«

»Dem Baby geht es gut.« Siegbert atmete angestrengt. »Wir hatten das Gefühl, dass dies nicht die richtige Zeit war, um ein Kind in die Welt zu setzen, also habe ich den Fötus vor ein paar Wochen aus dem Mutterleib entfernt und ihn in Stasis gelegt. Er befindet sich in einem Kühlfach oben in einem verschlossenen Schrank in unserem Schlafzimmer. Bitte, *mon frère,* du musst mir versprechen, dich um ihn zu kümmern.« Noch bevor Marcel antworten konnte, verlor Siegbert das Bewusstsein.

»Kannst du ihm helfen?«, fragte Marcel seine Frau flehentlich. Es war schon Jahre her, seit er seine Züchter-Fähigkeiten eingesetzt hatte, und Claudette war die einzige richtige Fleischschmiedin hier.

»Ich kann mich nicht aufsetzen«, erwiderte Claudette, die wieder etwas Farbe bekommen hatte. »Aber wir sehen, was wir tun können. Ich weiß, dass er Blutreserven im Weinkeller aufbewahrt. Hole sie, *Beertje,* dann können wir einen Teil seines Blutes ersetzen. Und wenn du schon einmal da unten bist, bring etwas Wein mit. Aber verwechsele beides nicht. Und dann suche den Kühlbehälter mit unserem Neffen.«

Den Rest der Nacht hingen sie alle herum und tranken Wein, während das Blut langsam in Siegberts Körper tropfte. Marcel brachte Claudette den Kopf der Frau, den sie sehr sorgfältig untersuchte. Sie staunte über die sonderbaren Geschwüre an der Kehle.

In der Zwischenzeit gewann Siegbert langsam etwas von seiner früheren Kraft zurück. Nicht nur, dass er sein ganzes Blut verloren und seine Frau gestorben war, er war auch zweimal dem anatomiezerfetzenden Schrei der Frau ausgesetzt gewesen, mit dem sie ihn zuvor außer Gefecht gesetzt hatte. Sobald er wieder sprechen konnte, wollte er wissen, wie Marcel die Frau getötet hatte. »Ich habe mein ganzes Magazin in dieses Miststück gejagt, und sie hat die Kugeln einfach abgeschüttelt«, sagte Siegbert schwach.

»Pestkugeln.« Marcel klappte den Revolver auf und zeigte ihnen die höchst sonderbaren Patronen in den Kammern. Sie bestanden aus transparentem Chitin, und im Inneren waren eigenartige, sich windende Organismen zu erkennen. »Tante Coralie hat sie in aller Eile zusammengemischt. Also, wer ist dieses Miststück?«

»Ich habe keine Ahnung«, antwortete Siegbert kläglich. »Sie ist ins Haus eingedrungen und hat Aimée das Genick gebrochen. Dann habe ich auf sie geschossen, sie hat es ignoriert, und als Nächstes hat sie gekreischt. Als ich aufwachte, war ich an den Tisch gepflockt.«

»Wer mag sie hergestellt haben?« Marcel betrachtete den Kopf prüfend, aber das Gesicht kam ihm nicht bekannt vor.

»Niemand hat sie hergestellt, Marcel. Das waren keine Modifikationen. Sie wurde mit dieser Macht geboren, so wie die Leute aus der Checquy.«

»*Mon Dieu!* Glaubst du, dass sie eine von denen war?« Marcel betrachtete die Leiche erheblich misstrauischer als zuvor. »Haben die Gruwels uns hier aufgespürt?«

»Sie hat sie nie erwähnt«, erwiderte Siegbert. »Und sie war sehr gesprächig. Ich bin sicher, dass die Checquy sie nur zu gern in ihren Reihen gehabt hätte. Doch in keiner der Geschichten, die ich jemals gehört habe, taucht jemand auf, der so etwas mit den Implantaten der Broederschap machen konnte.«

»Auch kein Nazi oder vielleicht die französische Regierung?«

Siegbert schüttelte den Kopf.

»Sie hat also nichts mit dem Krieg zu tun?«, wollte Marcel wissen.

»Nein. Sie sagte sogar, diese ganzen Kämpfe wären sehr lästig für sie«, antwortete Siegbert. »Sie ärgerte sich darüber, dass sie mich nicht zu ihrem Haus transportieren konnte. Offenbar hat sie dort eine Art Saftpresse installiert.« Er schüttelte sich.

»Wen hat sie noch erwischt?«, fragte Marcel.

»Das weiß ich nicht«, erwiderte Siegbert. »Sie sagte, es wären etliche gewesen, aber sie hat nicht gesagt, wie viele genau.« Claudette wusste nur, wer die ersten vier Opfer gewesen waren. Danach hatten alle Züchter von Paris versucht, sich in ihren Wohnungen zu verbarrikadieren. Marcel fand das zwar ausgesprochen schwachsinnig, aber seine Verwandten waren Gelehrte und Wissenschaftler, keine Soldaten. Sie waren wegen all der Geschichten über die Checquy darauf konditioniert, sich bei Bedrohungen schleunigst zurückzuziehen und sich zu verstecken.

Und zwischen den Brüdern stand die unausgesprochene Möglichkeit, dass ihre Eltern ebenfalls von dieser Frau getötet worden waren.

»Wir müssen die Lage aller Mitglieder der Broederschap in Paris feststellen«, erklärte Marcel.

»Das wirst du vielleicht allein machen müssen.« Claudette saß auf dem Boden, gestützt von Kissen, und untersuchte sorgfältig den Hals der Frauenleiche. »Was auch immer diese Frau uns angetan hat, es war sehr schlecht für unsere Implantate. Ich glaube, ein Teil des Materials in meinen Gelenken hat sich tatsächlich aufgelöst, und viele meiner inneren Verbindungen wurden durchtrennt.« Sie hob eine der Sehnen an, die von ihren Schulterblättern herunterhingen. »Wir haben eine Menge zu reparieren, und das wird etliche Tage in Anspruch nehmen.« Marcel warf einen fragenden Blick auf seinen Bruder und sah dann wieder seine Frau an. Sie zuckte betrübt mit den Schultern.

*Ich weiß nicht, ob wir ihn retten können,* hieß das, aber sie sagte es nicht laut.

Also wagte sich Marcel im Morgengrauen aus dem Haus in ein sonderbar bedrücktes Paris. Es lag eine deutlich wahrnehmbare Spannung in der Luft, und die Leute sahen sich nicht in die Augen. Das war nicht die fröhliche Metropole, in der er aufgewachsen war. Hitlers Soldaten marschierten durch die Stadt und zögerten nicht, jeden Mann aufzuhalten und zu befragen, der in irgendeiner Weise militärisch wirkte. Marcel lief durch die Straßen und zückte sofort seinen gefälschten Ausweis, wenn er angehalten wurde. Er hatte zwei Pistolen hinten in den Hosenbund gesteckt, eine mit normaler Munition und die andere mit den modifizierten Chitinpatronen, die man ihm gegeben hatte.

Entgegen seinem ersten Impuls war er nicht sofort zu seinem Elternhaus gelaufen, weil es am weitesten von dem Anwesen Siegberts entfernt lag, am anderen Seine-Ufer. Stattdessen ging er methodisch vor und plante eine Route, die ihn jeden Tag an so vielen Heimen der Züchter wie möglich vorbeiführte und ihm dennoch erlaubte, rechtzeitig vor Einbruch der Dunkelheit zu Siegberts Haus zurückzukehren. Außerdem musste er Nahrungsmittel und Vorräte für seine verkrüppelten Gefährten besorgen.

Sein Besuch in den ersten Häusern ergab herzzerreißende

Ergebnisse. In drei Wohnungen fand Marcel die ausgetrockneten Leichname seiner Verwandten. Ein viertes Haus war leer. Aus den zertrümmerten Möbeln und eingetretenen Türen konnte er schließen, dass die drei Züchter, die hier gewohnt hatten, von der kreischenden Frau erwischt worden waren. Im fünften Haus jedoch traf er auf Richard van Eijden, einen entfernten Cousin. Der antwortete auf Marcels Klopfen mit einigen gebündelten Drohungen und einem Spray aus stechend riechenden Sporen, die unter dem Türspalt hindurchsickerten. Es kostete Marcel etliche Minuten, um Richard davon zu überzeugen, wer er war, und die ganze Zeit juckte seine Haut wie wahnsinnig von den Sporen. Endlich wurde er eingelassen und bekam das Gegenmittel verabreicht, bevor seine Haut sich vom Körper abschälte.

Richards Erleichterung darüber, Marcel zu sehen und von dem Tod der schreienden Frau zu hören, war geradezu greifbar. Als er erfuhr, dass sie nach Belgien flüchten würden, geriet er förmlich in Ekstase. Kaum hatten sie Siegberts Haus erreicht, machte er sich sofort daran, die Verletzten zu versorgen.

Marcel besuchte auch noch die anderen Häuser der Züchter, fand jedoch nur zwei weitere Überlebende: Alphonse, einen Züchter-Meister, und seine Schülerin Pauline. Sie waren beide so in ihre Studien vertieft, dass sie kaum registriert hatten, dass Krieg herrschte, ganz zu schweigen davon, dass sie von einer übernatürlichen Entität verfolgt wurden. Sie fügten sich ziemlich unwillig Marcels Befehl, ihn zu Siegberts Haus zu begleiten, bestanden jedoch darauf, etliche Koffer mit Dokumenten und Proben mitzunehmen.

»Um das noch einmal zu rekapitulieren – zehn Mitglieder der Broederschap sind eines entsetzlichen Todes gestorben, stimmt das?«, fragte Alphonse. Alle Züchter hatten sich in der Bibliothek von Siegberts Haus versammelt. All jene, die von der Stimme der Frau niedergestreckt worden waren, lagen auf Couchen oder flach auf dem Boden. Als Alphonse keinen Widerspruch hörte, schrieb er etwas in ein kleines Notizbuch. »Und wir haben zwei weitere entsetzliche Tode, die noch nicht bestätigt sind.« Er hob den Kopf und sah, dass die anderen ihn alle anstarrten. »Was ist denn?«

»Also, diese beiden unbestätigten Todesfälle …«, begann Claudette.

»*Entsetzlichen* Todesfälle«, warf Alphonse hilfreich ein.

»Vielen Dank«, gab Claudette zurück. »Sie reden gerade über die Eltern von Siegbert und Marcel, und besagter Siegbert und besagter Marcel sitzen direkt hier im Zimmer neben Ihnen.«

»… Ja?«

»Schon gut«, mischte sich Marcel ein. Es war klar, dass Alphonse zwar ein unvergleichliches Verständnis von biochemischen Reaktionen besaß, aber vollkommen nutzlos war, wenn es um die menschliche Rasse ging.

»Ich habe Claudette, Hans, Henk und Siegbert untersucht«, wandte sich Richard an Marcel. »Wir können sie ohne Zugriff auf große Einrichtungen und weitere Fachkräfte nicht wiederherstellen. Ich brauche Hilfe, entweder von Ihren Eltern oder Ihren Brüdern im Norden.«

»Ich gehe morgen zu ihrem Haus«, erklärte Marcel. Es war zwar vernünftig gewesen, sie sich bis zuletzt aufzuheben, aber tief im Herzen hatte er Angst, dorthin zu gehen, Angst davor, dass sich seine Befürchtungen bestätigten. In den letzten Tagen hatte er in seiner Fantasie Dutzende unterschiedliche Szenarien vor Augen gehabt. Die Erinnerungen an die vertrockneten Leichen, die er in den anderen Häusern gefunden hatte, waren noch allzu präsent. Er stellte sich vor, wie seine Eltern leblos auf dem Boden ihres Salons lagen. In der Nacht wurde er von Albträumen gequält, dass das Haus in Flammen stünde oder vernichtet worden wäre. Im Schlaf war er durch die Ruinen gegangen, und in jedem Zimmer hatten seine toten Eltern gelegen.

An dem Morgen, an dem er zum Haus seiner Eltern aufbrach, regnete es. Er hatte zwar einen Schirm, aber seine Hosenbeine waren von den Knien abwärts vollkommen durchnässt, als er das Haus erreichte. Trotzdem blieb er etliche Minuten lang auf der anderen Straßenseite stehen und starrte durch den Wolkenbruch auf den Ort, an dem er aufgewachsen war. Nirgendwo brannte ein Licht, soweit er es erkennen konnte, und es gab keine Anzeichen dafür, dass sich jemand im Innern des Hauses befand.

*Ich bin in die Schlacht gezogen,* sagte er sich. *Ich habe zugesehen, wie Freunde um mich herum gefallen sind. Ich habe gekämpft und ein Monster getötet. Es kommt mir irgendwie lächerlich vor, dass ich Angst davor habe, an meine eigene Haustür zu klopfen.*

Schließlich gab er sich einen Ruck und überquerte die Straße. Der Wind klappte den Regenschirm um.

In den Jahren, seit er fortgegangen war, schien sich nur wenig verändert zu haben. Es standen immer noch Topfpflanzen neben der Tür. Sie blühten, aber das hatte nichts zu bedeuten. Dank der Spielereien seines Vaters gediehen diese Pflanzen auch ohne jede menschliche Versorgung. Sie würden wahrscheinlich sogar auf der Oberfläche des Mondes blühen. Er klingelte mehrmals, aber niemand reagierte.

*Das sagt noch gar nichts,* redete er sich ein. *Sie könnten sich versteckt haben, weil sie wegen dieser kreischenden Frau Angst haben, an die Tür zu gehen.* Er lief zur Rückseite des Hauses und holte einen versteckten Schlüssel aus einem Bienenkorb, dessen Bewohner von seinen Eltern so manipuliert worden waren, dass ihr Stich tödlich war. Aber gleichzeitig erkannten sie auch den Geruch der Familienmitglieder. Doch als Marcel die Stufen emporstieg, fiel ihm etwas ins Auge, und ein bedrückendes Gefühl überkam ihn. Die Haustür war nur leicht angelehnt, und den Blättern und dem Staub nach zu urteilen, die der Wind hineingeweht hatte, war sie bereits seit etlichen Tagen offen gewesen.

In dem Moment wusste Marcel, dass seine Eltern tot waren. Ob sie nun von dieser schreienden Frau oder von etwas anderem angegriffen worden waren, sie waren jedenfalls tot. Wenn er das Haus betrat, würde ihm das nur Schmerzen bereiten. Aber er musste es tun. Denn dieses Haus war nicht nur ihr Heim, es enthielt auch unzählige Proben und sehr viel Technologie. Es enthielt die gesamte Arbeit seiner Eltern. All das durfte nicht einfach hierbleiben, damit nicht noch irgendjemand darüber stolperte, schon gar nicht die Besatzungsmächte. Es war bekannt, dass sie einige Hausangestellte gewisser Leute extrem gründlich verhört hatten.

Marcel hielt beide Pistolen in den Händen, während er einen Raum nach dem anderen überprüfte. Draußen hämmerte der Sturm gegen die Fenster. Im ganzen Haus fanden sich Spuren dafür, dass gewisse Vorbereitungen getroffen worden waren. Die Vorratsbehälter und Kühlcontainer in den Laboratorien seiner Eltern enthielten weder Proben noch Konstrukte oder sonderbare Tiere. Alle Werkzeuge waren sorgfältig sterilisiert worden. Sehr viele Dokumente und Bücher fehlten, und angesichts der ungeheuren Menge von Asche und Resten in den Kaminen würde man sie vermutlich auch nie wiederfinden. Von den Dokumentenmappen und Tagebüchern seiner Eltern fehlte jede Spur. Man hatte sehr methodisch sämtliche Materialien der Broederschap aus dem Haus entfernt. Sonderbarerweise fehlten auch viele Kunstwerke an den Wänden, und etliche wertvolle Möbelstücke waren ebenfalls verschwunden. Marcel hoffte nur, das bedeutete nicht, dass die Deutschen seine Eltern und ihre Arbeit in die Finger bekommen hatten.

*Aber die Nazis hätten das Haus ganz sicher komplett leergeräumt,* dachte er. *Und außerdem wären dann Soldaten oder Beamte hier einquartiert worden.* Er durchsuchte alle Schlafzimmer. Sämtliche Betten waren abgezogen worden. Er blieb in seinem alten Zimmer stehen und gab sich kurz den Erinnerungen an seine Kindheit hin. Von seinen Eltern jedoch fehlte jede Spur.

Schließlich fand er sie, im Gewächshaus auf dem Dach. Sie saßen nebeneinander auf einer Bank, umgeben von Blumen, die sich um sie herumgeschlungen hatten. Wäre ihre weiße Haut nicht gewesen, hätte man glauben können, sie schliefen. Verwesung konnte ihnen nichts anhaben. Möglicherweise war es ja eine Laune ihrer Gene, aber er argwöhnte, dass seine Mutter es so arrangiert hatte. Sie hätte auf keinen Fall verwesen wollen, und sein Vater hätte sich ihrer Laune gebeugt. Der schwache Duft der vertrockneten Blumen hing in der Luft, und als Marcel mit der Hand über die Blüten strich, zerfielen sie zu Pulver, als wären sie schon seit Jahren verwelkt und konserviert gewesen.

Marcel näherte sich seinen Eltern mit Tränen in den Augen. Er presste einen Arm vor sein Gesicht, um die Tränen abzutupfen, und sog das Bild der beiden auf der Bank in sich auf. Als er die Hand ausstreckte, um die Schulter seines Vaters zu berühren, zerfielen Arjan und Hendrika ebenfalls zu Staub, als wären sie selbst getrocknete Blumen.

Er setzte sich eine Weile dort hin und erinnerte sich an sein Leben an diesem Ort. Dann stand er auf und öffnete die Türen an beiden Enden des Gewächshauses. Der Wind fegte hindurch, nahm den Staub und die Flocken aller Pflanzen auf und verwehte sie, hinauf in den Himmel von Paris.

*Lebt wohl.*

Als er das Haus verließ, bemerkte er einen Trupp von Soldaten am anderen Ende der Straße. Sie marschierten von Tür zu Tür und schienen sich nicht sonderlich lange mit Höflichkeiten aufzuhalten. Er seufzte und kehrte ihnen den Rücken zu.

Aus Paris herauszukommen erwies sich als noch schwieriger, als hineinzugelangen. Waren sie zuvor drei Krieger gewesen, die sehr gut für den verstohlenen Kampf gerüstet gewesen waren, bestand die Gruppe jetzt aus einem Krieger, der eine ungewöhnliche Waffe hatte, drei Alchemisten, deren Implantate hauptsächlich der Wissenschaft dienten, und vier schrecklich verkrüppelten Invaliden. Außerdem transportierten sie etliche Dokumente, Ausrüstung und Proben, die man weder so leicht ersetzen noch sicher vernichten konnte. Lieferwagen, Lastwagen und überhaupt Automobile waren immer noch Mangelware, und sie endeten erneut in einem Fuhrwerk, das gestohlen war und von einem Pferd gezogen wurde, das rechtmäßig erworben worden war. Jetzt bewegten sie sich gegen den Flüchtlingsstrom, wodurch sie noch mehr auffielen. Dadurch waren sie gezwungen, über verschlungene Wege zu fahren und sich oft querfeldein durchzuschlagen. Diese Strategie schützte sie zwar vor den Blicken der Soldaten, aber sie verlangsamte sie auch enorm.

Auf halber Strecke entdeckten sie, dass der Schaden, den die Stimme der kreischenden Frau in Henks, Hans', Siegberts und Claudettes Innerem angerichtet hatte, weit größer war, als irgendjemand zuvor gemerkt hatte. Wären nicht Richard und die beiden anderen Züchter bei ihnen gewesen, um Erste Hilfe zu leisten, hätte wohl schwerlich einer von ihnen auch nur die beiden ersten Tage dieser Reise überlebt.

Der Schrei der Frau hatte ihre Implantate wie ein Virus befallen, die Muster darin zerfetzt und sie in einem Zustand fortschreitender Verflüssigung zurückgelassen.

Zu Marcels großer Verzweiflung befand sich Siegbert in besonders schlechtem Zustand. Dass er zweimal dem Schrei der Frau ausgesetzt gewesen war, hatte die schreckliche Wirkung noch vergrößert, und Marcel konnte sehen, wie sein Bruder vor seinen Augen verging. Das Fleisch schmolz förmlich Stunde um Stunde von seinen Knochen. Und sein Atem rasselte schmerzhaft in seiner Lunge und seinem Hals.

»Er stirbt«, sagte Marcel zu seiner Frau.

»Ich fürchte, er ist nicht der Einzige, *Beertje*«, antwortete sie und strich ihm schwach über die Wange. »Wenn wir nichts unternehmen, werden wir vier es nicht einmal bis zur Grenze schaffen. Und er wird nicht einmal die nächsten zwölf Stunden ohne Hilfe überstehen.«

Also sahen sich die gesunden Züchter gezwungen, in dieser Nacht auf einem Feld in der Nähe von Amiens die Körper ihrer Kameraden zu öffnen und einige notdürftige Korrekturen vorzunehmen. Als Erstes kümmerten sie sich um die vergleichsweise einfachen Probleme. Henk und Hans ertrugen ihre Operationen in stoischem Schweigen. Claudette gab gereizt Instruktionen, noch während sie ihren Brustkorb öffneten. Allen dreien schien es nach diesen Operationen etwas besser zu gehen, obwohl sich immer noch keiner von ihnen aufsetzen konnte.

Dann wurde Siegbert auf das schmutzige Stroh gelegt. Richard eröffnete Marcel, dass dessen Zwillingsbruder zu schwach sei, um irgendein Schmerzmittel zu bekommen, aber das spielte kaum eine Rolle. Siegbert war in ein Delirium gefallen und wusste nicht einmal, wo er sich befand. Seine Finger zitterten, und er atmete flach, ansonsten lag er jedoch vollkommen ruhig da.

»Ich weiß nicht, was ich für ihn tun kann«, gestand Richard.

»Versuchen Sie es einfach«, flehte Marcel ihn an. »Bitte.«

In den nächsten Stunden herrschte blanke Verzweiflung. Es waren schwerlich die besten Bedingungen, unter denen man eine Notoperation durchführen konnte. Die Kühe, deren Feld die Züchter in Besitz genommen hatten, waren in die am weitesten entfernte Ecke geflüchtet, aber ein Fuchs beobachtete die Operation von der Hecke aus. Marcel hielt die Hand seines Zwillingsbruders und betete, dass das Tier nicht durch den Aasgeruch angezogen worden war. Es regnete, und die Tropfen fielen in den Einschnitt im Bauch des Patienten. Pauline, der Lehrling, lief zu den Containern, die sie mitgenommen hatten, und holte neue Organe, von denen die Konservierungsstoffe und Öle tropften. Die beiden Meister-Züchter zischten sich knappe Kommentare zu, während sie hastig mit Händen und Instrumenten arbeiteten.

Doch schließlich wurde Siegberts Hand in der von Marcel schlaff, und ein letzter angestrengter Atemzug drang aus seinem Mund. Alle verstummten, und Richard zog langsam die Hände aus dem Bauch von Marcels Bruder.

»Wir können seine Leiche nicht hierlassen«, sagte Richard schließlich.

»Ich weiß«, erwiderte Marcel leise, schloss seinem Zwillingsbruder die Augen und kniff dann auch die eigenen zu.

»Das tut mir leid«, sagte Felicity.

Marcel schlug die Augen auf. »Danke«, antwortete er. »Damals war das sehr schwierig.«

»Was haben Sie danach gemacht?«, erkundigte sie sich.

Siegberts Leichnam wurde in einen Mantel gewickelt und in den Wagen zu den drei überlebenden Invaliden gelegt, neben den Kühlcontainer mit seinem Sohn. Der Rest der Reise wurde von plötzlichen Notoperationen unterbrochen, wenn die Patienten Anfälle bekamen oder einen Herzstillstand erlitten. Außerdem musste die kleine Gruppe ständig irgendwelchen Truppen, Flüchtlingen und den Bewohnern der Ländereien, durch die sie fuhren, ausweichen. Sie passierten etliche verlassene, noch schwelende Dörfer, und ständig drohte Gewalt. Um die Grenze zu überqueren, mussten sie viele Meilen durch urwüchsige Landschaft und Wälder fahren, um den Wachposten zu entgehen.

Als sie schließlich Belgien erreichten, hing das Leben von Hank, Hans und Claudette am seidenen Faden. Die Implantate in ihren Gehirnen und Rückgraten hatten sich zu einem stinkenden Sirup aufgelöst. Sofort nach ihrer Ankunft in einem Niederlassungshaus der Broederschap in Roeselare kamen sie in die Chirurgie und brachten dann etliche Monate im therapeutischen Koma zu, während ihre Körper von einigen der fähigsten Fleischschmiede der Züchter instand gesetzt wurden.

»Ich wäre auch gern in ein therapeutisches Koma versetzt worden«, gestand Marcel, »oder hätte wenigstens ein Schläfchen gehalten, aber es passierten damals zu viele wichtige Dinge.«

»Was für Dinge?«, erkundigte sich Felicity.

»Der Zweite Weltkrieg. Die Bruderschaft schickte mich auf unterschiedliche Missionen. In ganz Europa waren Familienmitglieder verstreut, von denen etliche Hilfe benötigten, um der Gewalt zu entkommen. Es gab sehr viele Flüchtlinge und ebenso viele Heldentaten. Die Nazis wurden bekämpft und schließlich bezwungen.« Er zuckte mit den Schultern. »Es war eine sehr aufregende Zeit.«

Nach dem Krieg befreiten Marcel und Claudette ihren

Neffen aus seinem Kühlfach und zogen ihn wie ihren eigenen Sohn auf. Arjan war ein kluger und liebenswürdiger Junge und sollte später der Vater von Odette und Alessio werden, zudem ein geachteter Paläontologe, allerdings nicht in dieser Reihenfolge. Marcel und Claudette bekamen noch vier weitere Kinder, wenngleich nur ihr Jüngster ein Mitglied der Broederschap werden sollte.

Marcel nahm seine Studien bei den Züchtern wieder auf, sowohl, um seinen Eltern gerecht zu werden, aber auch, weil er das Gefühl hatte, Siegbert ersetzen zu müssen. Im Heim der Leliefelds in Roeselare spielten die Enkel mit einer geretteten und nicht gealterten Chloe. Wie sich herausstellte, hatten Marcels Eltern die Warnungen ihres ihnen entfremdeten Sohnes ernst genommen und die Hündin in einem Bankfach in der Schweiz, das außerdem all ihre Unterlagen, Notizen und Kunstwerke enthielt, in eine Stasis versetzt. Marcel und Claudette setzten ihre Arbeit fort, bis Claudette schließlich verschied. »Sie ist erst vor drei Jahren gestorben«, sagte Marcel.

»Und diese Frau, die Ihren Bruder und Ihre Verwandten getötet hat …«, begann Felicity.

»Ja?«

»Haben Sie jemals etwas über sie herausgefunden? Woher sie kam? Und warum sie Ihre Leute töten wollte?«

»Das habe ich tatsächlich«, erwiderte Marcel. »Nachdem der Krieg zu Ende war, bin ich nach Paris zurückgekehrt und habe eine Weile damit zugebracht, ihrer Geschichte auf die Spur zu kommen. Es war nicht leicht, aber ich war ziemlich neugierig.«

»Das kann ich mir vorstellen«, meinte Felicity.

»Ich habe herausgefunden, wo sie gelebt hat«, sagte Marcel. »Etliche Jahre hat niemand diesen Ort betreten. Ich fand dort einige höchst verstörende Dinge: eine Art Handmangel, die mit Blut befleckt war. Menschliche Knochen. Große Container mit Blut und anderen Flüssigkeiten. Aber nichts war so entsetzlich wie die Tagebücher, auf die ich dort stieß.« Er räusperte sich. »Ihr Name war Béatrice Mermier«, sagte er. Sie war eine Bauerntochter aus dem nordwestlichen Teil von Frankreich und hatte ganz offensichtlich eine relativ normale Kindheit erlebt. Das einzig Auffällige an ihr, das einzig Sonderbare, woran sich ihre Nachbarn erinnern konnten, war, dass sie nichts anderes aß als Fleisch. Keine Früchte, kein Gemüse – sie konnte es einfach nicht ertragen. Dennoch verlief ihr Leben ziemlich normal, selbst als ihre Eltern verschieden und sie den Hof verkaufte, um in die Stadt zu ziehen.

Doch mit vierundzwanzig wachte sie eines Morgens auf und hatte einen Heißhunger. Sie wurde vom Duft von etwas unsagbar Köstlichem gequält, sodass sie am ganzen Körper zitterte und förmlich sabberte. Also plünderte sie die Speisekammer und verschlang eine ganze Lammkeule, aber das konnte die nagende Leere in ihrem Innern nicht füllen. Und die ganze Zeit lag da dieser Geruch in der Luft, der sie in den Wahnsinn trieb, aus ihrer Wohnung heraus und zur Tür ihrer leicht erschreckten Nachbarn.

Sie hießen sie willkommen, und sie entschuldigte sich, weil sie sie gestört habe. Es sei nur … Sie wusste es nicht genau. Sie konnte es nicht erklären. Sie war so hungrig. Die Frau kannte ihren Geschmack und brachte ihr Würstchen. Sie sah zu, während Béatrice sie verschlang. Béatrice dankte ihr und sah sich immer noch nach diesem quälenden Duft um. Dann küsste sie die Wange ihrer Nachbarin und schmeckte ihren Schweiß.

»In ihren Tagebüchern schrieb sie, es hätte sich angefühlt, als wäre ein Blitz in ihren Mund eingeschlagen«, erklärte Marcel. »Es war das Köstlichste auf der ganzen Welt. Sie konnte sich nicht beherrschen und riss die Frau entzwei. Plötzlich verfügte sie über eine Kraft, die sie bisher gar nicht gekannt hatte, eine so immense Kraft, dass sie die Nachbarin mit bloßen Händen in Fetzen riss. Der Ehemann stürzte sich mit einem Messer auf sie, und sie kreischte instinktiv. Er taumelte zurück und umklammerte seinen Kopf. – Dieses Gefühl kenne ich«, merkte Marcel an. »Sie schrieb, dass die meisten Menschen einfach nur den Schmerz empfunden hätten. Aber ihre Stimme hatte eine schreckliche Wirkung auf Angehörige der Broederschap – was sie erst später herausfinden sollte. Sie schien einige der entscheidenden Komponenten in unseren Anreicherungen zu verflüssigen.«

»Nachdem Béatrice ihre Nachbarn ermordet hatte, flüchtete sie nach Paris, weil sie glaubte, es wäre einfacher, in einer großen Stadt auf die Jagd zu gehen, ohne aufzufallen. Ihre Erziehung im katholischen Glauben warf sie rasch über Bord und ersetzte sie durch den glorreichen Rausch, den sie durch die Körperflüssigkeiten anderer Menschen erlebte, mit diesem Gefühl des Blitzes im Mund. Was aus ihr geworden war, bereitete ihr überhaupt keine Probleme, und es war nicht klar, ob ihr Mangel an Anteilnahme ein Ergebnis ihrer Physiologie oder einfach nur Bösartigkeit war. Jedenfalls schlich sie durch die Arrondissements von Paris und griff sich Menschen, wann immer sie Hunger hatte. Nach dem ersten Mord war dieser schreckliche Hunger ein wenig abgeebbt. Sie konnte wochenlang durchhalten, ohne etwas zu essen. Aber dann begegnete sie einem Züchter in einem Café und war von dem einzigartigen Geschmack seines Schweißes verzaubert. Ganz offensichtlich war sie süchtig nach uns«, fuhr Marcel fort.

Einige Elemente der Züchter-Technologie schienen sie absolut unwiderstehlich für Béatrice' ohnehin schon monströsen Gaumen zu machen. »Sie folgte Cousin Jean-Baptiste von dem Café zu seiner Wohnung und blutete ihn in der Badewanne aus. Danach spürte sie nach und nach auch die anderen Pariser Angehörigen der Broederschap auf, indem sie ihrem Duft folgte. Gut, dem Duft und dem Inhalt ihrer Adressbücher. Wenn sie Siegbert alles Blut abgezapft hätte, hätte sie vermutlich sein Rückgrat ausgesogen, dann sein Gehirn, seine Knochen und die Blase. Wenn sie sich dann ein paar Tage lang am Siegbert-Extrakt gütlich getan hätte, wäre sie zum nächsten von uns gegangen.«

»Ein echtes Schätzchen«, bemerkte Felicity.

»Sie war furchteinflößend«, gestand Marcel. »Aber worauf ich hinauswill, Pawn Clements, ist Folgendes: Wäre Béatrice Mermier in diesem Land geboren worden, wäre sie von der Checquy rekrutiert worden.«

»Oder aber wir hätten sie getötet«, verteidigte sich Felicity. Im tiefsten Herzen empfand sie Mitgefühl für die vor so langer Zeit gestorbene Frau mit dem unstillbaren Hunger, die niemanden hatte, der ihr helfen konnte. Der Gedanke, seine Gabe zu erkennen und davon versklavt zu werden, flößte ihr große Angst ein. *Ich danke Gott, dass die Checquy mich gefunden hat.*

»Vielleicht«, räumte er grimmig ein. »Mir scheint, dass der Grat zwischen den Monstern und denjenigen, die uns vor ihnen beschützen, sehr schmal sein kann.«

»Und haben solche Monster Miss Leliefelds Freunde getötet?«, erkundigte sich Felicity zögernd.

»Sie wurden vor ihren Augen umgebracht«, antwortete er. »Am helllichten Tag. Sie machten gerade Urlaub in einem Strandhaus in Marseille, als eine Kreatur durch die Hintertür hereinkam und sie zerfetzte. Es gelang Odette gerade noch, ihr Leben zu retten.« Felicity war erschüttert. »Sie konnte um Hilfe rufen, und als unsere Leute dort eintrafen, bemerkten sie nur noch den Duft von Orangen und eine Reihe blutiger Fußabdrücke, die aus der Hintertür hinaus über den Sand führten und im Ozean verschwanden. Aber sie fanden keine Erklärung, wer es getan hatte oder warum.«

»Sie sind sicher, dass die Angreifer übernatürlich waren?«, erkundigte sich Felicity.

Er nickte erneut. »Wir reden hier nicht über wehrlose Opfer«, erklärte Marcel. »Sie alle hatten Anreicherungen, die ihnen übermenschliche Stärke und Beweglichkeit verliehen. Außerdem verfügten sie über versteckte Waffen.« Felicity dachte an Leliefelds tödliche kleine Dorne. »Einer von ihnen war mein jüngster Sohn Dieter.«

»Ihr Verlust tut mir sehr leid.« Felicity war wirklich entsetzt.

»Danke. Es war für uns alle schwierig, aber vor allem an Odette ging der Vorfall nicht spurlos vorüber, weder emotional noch körperlich. Der Verlust ihrer engsten Freunde war extrem schmerzhaft für sie, vor allem jedoch der Tod ihres Geliebten. Alessio vermeidet es, mit ihr über sie zu reden, und ich würde Sie bitten, das Gleiche zu tun.«

»Ich werde das Thema nicht ansprechen«, versprach Felicity. *Aber ich werde Rook Thomas davon berichten.*

»Danke. Es war schwierig für Odette, in dieses Land zu kommen. Ich nehme an, dass sie unter der Vorstellung leidet, wir könnten uns an dieselben Geschöpfe binden, die ihre liebsten Freunde getötet haben.«

# 19

---

## Formular zur Sicherheitsüberprüfung

*Duplikate der erforderlichen persönlichen Dokumente müssen von einem Notar als echte und exakte Kopien beglaubigt werden.*

1. Name: _____

2. Vorname(n) (bitte notieren Sie hier sämtliche Familienmitglieder, nach denen Sie benannt wurden, oder, wenn
   bekannt, alle anderen Faktoren, die zur Auswahl dieser
   Namen beigetragen haben): _____

   _____

   _____

3. Geschlecht (zur Zeit der Geburt und aktuell):

   _____

4. Tag der Zeugung (nach dem gregorianischen Kalender):

   _____

5. Tag der Geburt (nach dem gregorianischen Kalender):

   _____

6. Zeitpunkt (nach Greenwich-Zeit), zu dem die Nabel-
   schnur durchtrennt wurde:

   _____

7. Lagerort der Plazenta (wenn bekannt): _____

8. Westliches Tierkreiszeichen:

    _____

9. Chinesisches Tierkreiszeichen:

    _____

10. Geburtsort (einschließlich Breiten- und Längengrad, und falls über der Erde geboren, genaue Höhe über dem Meeresspiegel. Fügen Sie eine Kopie der Geburtsurkunde bei): _____

    _____

11. Staatsangehörigkeit (Land oder Länder); geben Sie bitte die aktuelle(n) Reisepassnummer(n) an. Fügen Sie Kopien von jeder Seite jedes jemals auf Sie ausgestellten Reisepasses an, ganz gleich, ob sie gestempelt sind oder nicht. _____

    _____

12. Mutter (falls zutreffend):
    a. Voller Name (einschließlich Mädchenname in Klammern): _____

       _____

    b. Geburtsdatum: _____
    c. Nationalität(en): _____
    d. Todestag (falls zutreffend). Fügen Sie eine Kopie des Totenscheins und den genauen Ort (Breiten– und Längengrad) der Bestattung bei. Falls eine Einäscherung vorgenommen wurde, fügen Sie eine Quittung der Einäscherung und, falls möglich, eine Probe der Asche bei: _____

13. Vater (falls zutreffend):

   a. Voller Name: _____

   b. Geburtsdatum: _____

   c. Nationalität(en): _____

   d. Todestag (falls zutreffend). Fügen Sie eine Kopie des Totenscheins und den genauen Ort (Breiten– und Längengrad) der Bestattung bei. Falls eine Einäscherung vorgenommen wurde, fügen Sie eine Quittung der Einäscherung und, falls möglich, eine Probe der Asche bei: _____

14. Geschwister (falls zutreffend). Geben Sie bitte die Namen und das Geschlecht aller Vollgeschwister, Halbgeschwister, Stiefgeschwister oder Pflegegeschwister an sowie ihre derzeitigen Adressen. Bitte listen Sie sie in der Reihenfolge ihrer Geburt auf, und markieren sie mit einem roten Sternchen, wo Sie in der Geburtenfolge stehen:

   a. _____

   b. _____

   c. _____

15. Sexualpartner (falls zutreffend):

   a. Aktuell. Nennen Sie Name, Geschlecht und Kontaktinformationen: _____

   b. Führen Sie alle ehemaligen Partner auf, einschließlich ihrer Namen, ihres Geschlechts, Kontaktinformationen und die geschätzte Stufe der Verbitterung (auf einer Skala von 1 bis 14), die sie zurzeit Ihnen gegenüber empfinden könnten.

(Seite 1 von 168)

# 20

**Odette stürmte wütend, aber** dennoch vorsichtig durch die Gänge des Hotels. In einem Versuch, jeden Fetzen Autorität zusammenzukratzen, wenn sie mit Pawn Clements interagierte, hatte sie ihre teuersten Pumps mit den höchsten Stilettoabsätzen angezogen und ihr drittbestes Kostüm. Das beste und zweitbeste entsprachen nicht mehr angemessener Geschäftskleidung, außer vielleicht in Schlachthäusern, bei Séancen oder möglicherweise als sehr spezialisierte Erotika. An diesem Morgen war sie gerüstet mit ihrer Eleganz aus dem Badezimmer gesegelt, in der Absicht zu zeigen, dass sie sich nicht einschüchtern ließ. Ihre Zuversicht hielt etwa dreißig Sekunden an. In dieser Zeit hatte Clements sie aufgefordert, sich zu setzen, und ihr dann eine halbe Stunde lang eine seelenzerfetzende Lektion erteilt, wie dieses Leibwächterarrangement gehandhabt werden würde.

Es war ganz offensichtlich, dass Odette Leliefeld in den Augen der Checquy eine ungeheure Last darstellte. Sie trauten ihr nicht zu, durch die Gänge einer ihrer Einrichtungen zu gehen, ohne die Verhandlungen zu gefährden. Sie trauten ihr nicht einmal zu, dass sie die Straße überquerte, ohne zu Schaden zu kommen. Sie trauten ihr nur gerade so eben zu, dass sie sich selbst anziehen konnte. Also würde Clements sie in absehbarer Zukunft überallhin begleiten.

»Ich werde Sie von diesem Hotel zu allen Orten begleiten, an die man Sie schickt«, hatte Clements ihr erklärt. »Gehen Sie zum Apex House oder der Rookery oder dem kleinen

Nebenbüro in Lancaster, dann stehe ich neben Ihnen. Nehmen Sie an irgendwelchen gesellschaftlichen Ereignissen und Ausflügen teil, die man für Sie organisiert hat, dann rüsche ich mich auf und verdrehe direkt hinter Ihnen die Augen. Und diese ganze Verantwortung fällt nicht nur mir zu. Sie erfordert auch ein vollkommen neues Denken Ihrerseits. Von jetzt an überzeugen Sie sich, dass ich bei Ihnen bin, bevor Sie einen Raum verlassen. Wenn Sie zur Toilette müssen, dann informieren Sie mich, damit ich vor der Kabine Wache halte und dafür sorge, dass niemand dort eindringt und Sie belästigt. Wenn Sie auf die Idee kommen, dass Sie zu Harvey Nichols gehen und sich ein Paar neue Schuhe und einen kleinen Imbiss gönnen wollen, dann machen Sie das mit mir und reservieren einen Tisch für zwei. Denn ich werde dabei sein, auch wenn ich auf keinen Fall Ihre Einkaufstüten trage. Versuchen Sie nicht, mich abzuhängen. Und kommen Sie niemals auf die Idee, aus Versehen in einer Menschenmenge unterzutauchen. Sie werden Ihr Handy nicht vergessen und es stets eingeschaltet lassen. Wenn ich Sie anrufe, nehmen Sie dieses Gespräch entgegen. Und wenn ich Ihnen einen Befehl gebe, dann befolgen Sie ihn. All das mache ich nicht nur, weil Ihre Sicherheit auf dem Spiel steht, sondern auch, weil es meine Karriere beeinträchtigen würde, wenn Ihnen etwas zustieße. Und ich mag meine Karriere. Kurz gesagt, wenn Sie jemals diese Etage des Hotels ohne mich verlassen, werde ich dafür sorgen, dass Sie es bereuen.«

Es war bevormundend, demütigend und furchteinflößend. Alessio hatte mit großen Augen zugehört und war wahrscheinlich zu dem Schluss gekommen, dass er eine Leibwächterin wie Clements doch nicht wollte, obwohl sie so eine heiße Tussi war. Am Ende hatte Odette nur schwach genickt und die Erlaubnis erhalten, an dem Planungstreffen der Broederschap teilzunehmen. Clements hatte akzeptiert, dass sie allein durch die Gänge ging, aber nur, weil an jeder Abzweigung Wächter postiert waren.

Als Odette jetzt durch den Gang stürmte, war ihr klar, dass die Wahl ihrer Schuhe und die Umsicht, die es erforderte, effektiv damit aufzustampfen, sie wie ein dressiertes Pony wirken ließen, oder vielleicht auch wie eine dressierte Gottesanbeterin. Aber sie war zu angepisst, um sich auch noch darüber aufzuregen.

*Es ist schon schlimm genug, dass man mich hierhergeschleppt hat, um mich mit diesen schrecklichen Menschen abzugeben. Diese widerwärtigen Gruwels! Und jetzt soll ich auch noch ertragen, dass einer von ihnen mir folgt wie Frankensteins aufdringliches Monster?*

*Das könnt ihr vergessen!* Sie ballte die Fäuste. *Ich werde ihnen sagen, dass ich diese Leibwächterin nicht haben will! Es ist mir egal, was die Checquy will. Ich werde nicht zulassen, dass dieses Weib hinter mir herstolziert und eine Leine in der Hand hält!*

Odette ignorierte die misstrauischen Blicke, die die Wachen im Gang ihr zuwarfen, und marschierte in die Suite des Graafen, in der sich bereits die ersten Züchter sammelten. Voller selbstgerechter Empörung sah sie sich nach Marion um, denn sie wollte der Chefin der Sicherheitsabteilung ihren Ukas übermitteln, und sah, dass diese einen Stapel Faxe las. Ihrer gefurchten Stirn und der glanzlosen Schwärze ihrer Haare nach zu urteilen waren es keine guten Nachrichten. Odette zögerte. Selbstgerechte Empörung mochte ja ganz nett sein, aber sich mit Marie anzulegen, wenn sie schlechte Laune hatte, war eine noch unangenehmere Vorstellung, als Clements am Hals zu haben.

*Vielleicht rede ich lieber hinterher mit ihr.*

Großonkel Marcel wünschte ihr lächelnd einen guten

Morgen, und sie erwiderte das Lächeln kläglich, während sie sich neben ihn setzte.

»Was diese Clements angeht …«, begann sie.

»Ich halte das für eine hervorragende Entwicklung, findest du nicht auch?«, antwortete er.

»Was?«

»Ihre Anwesenheit wird dir eine ausgezeichnete Möglichkeit geben, Einsichten in die Checquy zu gewinnen, und verschafft dir darüber hinaus vielleicht einige exzellente Kontakte.«

»Aber ich hasse sie!«, protestierte Odette.

»Oh, ich bin sicher, dass du das glaubst«, erwiderte Marcel unbekümmert. »Aber du bist noch jung. Es braucht Jahrzehnte, bis man jemanden wirklich hasst.« Odette seufzte. »Ich sag dir etwas: Wenn du nach fünfzehn Jahren immer noch glaubst, dass du sie hasst, dann unternehmen wir etwas diesbezüglich.«

»Sie wird aber keine fünfzehn Jahre lang meine Leibwächterin sein«, gab Odette zu bedenken.

»Dann hör auf, dich zu beschweren«, antwortete Marcel. »Und steh auf.«

Alle erhoben sich, als Grootvader Ernst das Zimmer betrat, begleitet von seiner Sekretärin Anabella.

»Setzt euch«, sagte er. Sie taten wie geheißen. »Bevor wir zu den schlechten Nachrichten kommen, gehen wir noch einmal die guten durch. Der gestrige Tag lief nicht übel, jedenfalls größtenteils.« Er warf nur einen kurzen Seitenblick in Odettes Richtung. »Unsere Treffen waren sehr produktiv, und die Transkriptionen liegen in den Ordnern vor euch. Wir werden sie durchgehen, bevor wir zum Apex House fahren. Bitte gebt Bescheid, wenn ihr irgendwelche Anmerkungen machen möchtet. Ich war besonders erfreut über die ausgezeichnete Präsentation, die Reinier über unsere letzten

Entwicklungen bei ergonomischen Büromöbeln gegeben hat. Thomas hat mich darüber informiert, dass am Ende nur zwei der zur Verfügung gestellten Spucktüten benutzt worden sind.« Reinier lächelte zögernd. »Und jetzt wird Marie euch über die derzeitige Situation auf dem Kontinent informieren«, schloss Ernst. »Marie?«

»Die Lage ist extrem ernst.« Sie blickte von den Faxen hoch. Odette bemerkte schockiert, dass sie geweint hatte. »Die … die Antagonisten haben ein weiteres Haus vernichtet. Das Haus in Wien.«

»Nein!«, schrie einer der Anwälte schockiert. Die Leute am Tisch wirkten alle zutiefst bestürzt.

»Geht es den Residenten gut?«, wollte Marcel wissen.

»Denen geht es gut«, antwortete Marie. »Alle sind lebend herausgekommen, aber das Haus ist – verschwunden. Sie haben es lobotomisiert, bevor sie alles niedergebrannt haben.« Der Anwalt, der aufgeschrien hatte, saß jetzt leise schluchzend auf seinem Stuhl. Marie sah zu Graaf Ernst. »Sir, wir müssen unseren Terminplan straffen. Diese Angriffe eskalieren.«

»*Und sie werden weiter eskalieren!*« Niemand erkannte die raue Stimme.

Die Anwesenden sahen zu Anabella, der Sekretärin des Graafen. Die etwas plumpe Frau mit der Frisur, die wahrscheinlich sogar einen Hieb mit einem Beil abgehalten hätte, war für gewöhnlich ruhig und gefasst. Jetzt jedoch beugte sie sich vornüber und saß zitternd auf dem Stuhl neben dem Graafen.

»Anabella?«, fragte Ernst zögernd.

Sie gab ein ersticktes Geräusch von sich, das klang, als versuchte sie, eine Tarantel hochzuwürgen. Die ganze Delegation fuhr auf ihren Sitzen zusammen, als sie sich unvermittelt aufrichtete.

Sie hatte die Zähne gefletscht, und ihre Augen blickten starr geradeaus. Sie atmete schnell, und Odette sah den Schweiß auf ihrer Haut.

*Ist sie krank?*, dachte Odette. *Hat sie einen Anfall? Sollte nicht irgendjemand irgendetwas unternehmen?*

Bevor Odette sich rühren konnte, schnappte Anabella nach Luft und stieß ein schmerzhaftes Stöhnen aus. Sie hatte den Rand des Tisches umklammert, und plötzlich verkrampften sich ihre Hände, sodass der ganze Tisch anfing zu vibrieren und die Tassen umfielen. Dokumente wurden von Getränken durchnässt, aber niemand achtete darauf, weil weitere Getränke sich auf ihre Schöße ergossen.

Dann veränderten sich Anabellas Gesichtszüge. Vor den entsetzten Blicken der Delegation zogen sich die Muskeln ihres Gesichts zusammen, veränderten sich und arrangierten sich neu. Sie drückten gewisse Bereiche nach außen, verhärteten die weichen Linien ihres Gesichts, sodass es länger und kantiger wurde. Ihre Arme zuckten, als sie sie vor ihrer Brust verschränkte und sich im Zimmer umsah.

»Anabella«, wiederholte Ernst und streckte die Hand nach ihr aus.

»*Fass mich nicht an!*«, blaffte sie ihn an. Es war nicht Anabellas Stimme, sondern eher die eines jungen Mannes. »*Die Sau gehört mir!*« Sie lächelte und fletschte erneut die Zähne. Ihr Blick streifte kurz den von Odette, die zur Seite sah. »*Niemand? Keine Reaktion?*« Anabellas Körper zuckte gewollt umständlich mit den Schultern. »*Wie auch immer, jedenfalls habt ihr recht. Die Angriffe eskalieren, und wir werden weiter zuschlagen, bis das hier erledigt ist. Bis* ihr *erledigt seid!*«

*Mein Gott*, dachte Odette. *Das sind sie!* Entsetzt stand sie auf und stieß dabei ihren Stuhl um. Alle anderen am Tisch erhoben sich ebenfalls und starrten Anabella ungläubig an.

»*Ihr habt euch das selbst zuzuschreiben. Wenn man eine Gräueltat mit ansieht, darf man nicht untätig danebenstehen und zulassen, dass sie fortgesetzt wird*«, verkündete die Stimme. »*Und ihr seid Gräuel geworden. Euch muss ein Ende bereitet werden.*«

»Es steht dir ebenso wenig wie irgendjemand anderem zu, uns zu richten«, erwiderte Grootvader Ernst. Wut spiegelte sich in seinen Augen, er hatte die Hände an den Seiten zu Fäusten geballt, seine Stimme jedoch klang ruhig. »Ihr müsst diese Handlungen sofort einstellen.«

»*Du gibst uns keine Befehle.*« Die Stimme klang amüsiert. »*Hast du unsere Botschaft am Abend deiner kleinen Party gesehen? Im Restaurant?*«

»Das haben wir. Ihr seid unermesslich dumm, dass ihr auf diese Inseln gekommen seid«, erwiderte Ernst ruhig. »Kann es tatsächlich möglich sein, dass ihr die Kräfte nicht begreift, die hier lauern? Die Checquy existiert, um euresgleichen zu vernichten.«

»*Oh, das wissen wir. Aber sie existiert auch, um* euresgleichen *zu zerstören. Und ihr müsst mehr Angst haben als wir.*«

»Dieser Konflikt zwischen uns ist doch nicht notwendig«, versuchte Marcel zu besänftigen. »Ihr begreift doch sicher, dass wir nur Frieden wollen?«

»*Es kann keinen Frieden geben!*«, zischte die Stimme. »*Ihr erliegt einer Selbsttäuschung, wenn ihr das für möglich haltet. Diese vorgeschlagene Allianz zwischen euch und der Checquy ist eine Hochzeit zwischen dem Lächerlichen und dem Profanen. Ihr verachtet euch gegenseitig. Früher oder später wird sich einer von euch gegen den anderen wenden, und der nachfolgende Konflikt wird euch beide vernichten. Aber wir sind nicht bereit, so lange zu warten. Wir werden das früher in die Wege leiten, als ihr glaubt.*«

»Wenn ihr diese Feindseligkeiten nicht einstellt«, sagte Ernst, »werdet ihr Schmerz und Gram erleben, wie ihr es euch nicht im Entferntesten vorstellen könnt.«

»*Wir wissen, was deine Drohungen wert sind.*« Die Stimme klang unermesslich verächtlich. Dann verstummte sie, und Anabellas Körper schüttelte sich kurz. Sie umklammerte die Armlehnen ihres Stuhls und erbrach sich über die gesamte Länge des Konferenztisches. Als sie den Kopf hob, lag ein triumphierender Ausdruck in ihren Augen. »*Ihr solltet Angst haben. Es wird noch sehr viel schlimmer für euch werden, und ihr werdet nirgendwo sicher sein. Nicht einmal in eurer eigenen Haut.*«

Das Gesicht der Sekretärin verzerrte sich zu einem Feixen, dann verformte es sich wieder und zeigte die gewohnten Züge von Anabella. Sie verdrehte die Augen und brach auf dem Boden zusammen.

# 21

»**Was zum Teufel ist** Ihnen denn zugestoßen?«, fragte Felicity, als Odette in das Hotelzimmer zurückkehrte. Odette sah sie ausdruckslos an.

*Ja, richtig,* dachte sie benommen. *Sie wohnt ja hier bei uns.* In dem Wahnsinn dessen, was sie gerade erlebt hatte, hatte Odette die Anwesenheit der Pawn vollkommen vergessen.

»Ich … was?«, fragte sie.

»Warum tragen Sie einen viel zu großen Bademantel über Ihrer Kleidung?«

»Weil mir kalt war?«, zickte Odette zurück. Die Pawn sah sie lange und ruhig an. Dann stand sie von der Couch auf und ging auf sie zu, bis sie unangenehm dicht vor Odette stehen blieb. Unvermittelt griff sie zu und öffnete den Bademantel.

»Verfluchte Scheiße!«

Odette blickte auf ihr Kostüm. In nur fünfundvierzig Minuten war es von ihrem drittbesten Kostüm zu ihrem drittschlimmsten geworden. Es hatte eine Mischung aus Kaffee, Tee, Orangen- und Cranberrysaft, Spritzern von Anabellas Erbrochenem und eine Flut von ihrem eigenen Angstschweiß aufgesogen. Außerdem waren die Ärmel blutverschmiert, und über die Revers war ein feiner Sprühnebel von Arterienblut verteilt.

»Es war kalt, und wir mussten eine Notoperation durchführen«, räumte Odette ein.

Nachdem Anabella zusammengebrochen war, hatte die

ganze Delegation einige Sekunden lang wie erstarrt dagestanden. Dann waren alle gleichzeitig vollkommen durchgedreht. Da jedoch die Wachen der Checquy vor der Tür postiert waren, jederzeit bereit überzureagieren, hatte dieser kollektive Ausbruch natürlich gedämpft vonstattengehen müssen. Ernst blaffte Befehle, denen niemand folgte. Marie rief ihren Vorgesetzten in den Niederlanden an, und die Anwälte und Buchhalter flatterten herum wie aufgeregte Flamingos.

Da Odette und Marcel die einzigen praktizierenden Mediziner in der Gruppe waren, war die Aufgabe, der nicht mehr besessenen Sekretärin erste Hilfe zu leisten, ihnen zugefallen. Aber sie mussten sich mit den Ellenbogen durch ein Gewühl von aufgescheuchten, kreischenden Profis kämpfen, um sie zu erreichen.

Dort stellten sie fest, dass die Besessenheit mehr Schaden angerichtet hatte als einen vollgekotzten Tisch, eine bestürzte Delegation und etliche von Getränken ruinierte Designeranzüge. Die Blutflecken auf Anabellas weißer Bluse breiteten sich rasend schnell aus. Marcel öffnete die Bluse, unter der kleine Schnittwunden zum Vorschein kamen, die ihren ganzen Körper überzogen. Gezackte Linien formulierten Obszönitäten und Drohungen, und das Blut strömte alarmierend schnell aus ihr heraus.

»Aderpresse!«, befahl Marcel Odette barsch. Sie schnappte sich ein paar Leinenservietten vom Tisch, die zwar mit Kaffeeflecken übersät, aber frei von Erbrochenem waren, und beugte sich über Anabella. Die Sekretärin war immer noch bewusstlos, und Marcel fuhr mit seinen Fingerkuppen sanft über ihre Hauptschlagader.

»Ich habe chemische Drüsen in meinen Fingerspitzen«, erklärte er Odette. »Damit sie weiter schläft. Weißt du, sie sind erheblich diskreter als Dorne.«

»Ist das jetzt wirklich der richtige Moment, meine Implantate zu kritisieren?«, gab Odette gepresst zurück. »Implantate, von denen du genau weißt, dass sie ein Geschenk gewesen sind.«

»Schön«, gab Marcel nach. »Wir müssen Anabella desinfizieren und verbinden.« Er sah sich um und begegnete dem Blick des am wenigsten panischen Funktionärs. »Sie da! Wir brauchen chirurgische Nähnadeln, Desinfektionsmittel, antimikrobiellen Faden und Klebeband, und zwar auf der Stelle!«

»Woher kriege ich das alles?«, erkundigte sich der Funktionär verwirrt.

»Aus meiner Handtasche neben meinem Stuhl«, erklärte ihm Odette. Dann zwangsverpflichteten sie die beiden größten Buchhalter, die Anabella in Ernsts riesiges und luxuriöses Schlafzimmer trugen. Marcel legte einige gigantisch weiche Handtücher auf das Bett. Die Prozedur selbst war ziemliche Routine, aber die nötige Geschwindigkeit und der Mangel an Geräten bedeuteten, dass sie weder Züchter-Techniken anwenden konnten, noch dass Odette Zeit hatte, ihre Operationsmuskeln zu aktivieren.

»Das gibt die schlimmsten Narben der Welt«, bemerkte Odette.

»Sei nicht so hart mit dir«, meinte Marcel. »Du nähst sehr gut.«

»Das meinte ich nicht«, korrigierte ihn Odette. »Ich habe über das Wort *Monster* auf ihrem Bauch geredet.«

»Darum kümmern wir uns später«, sagte Marcel gleichgültig. »Das Wichtigste ist, dass sie uns nicht verblutet.«

Am Ende verblutete sie nicht, aber es war keine schöne Angelegenheit, und Odette und Marcel sahen genauso aus, als hätten sie eine Notfalloperation in einem Hotelzimmer durchgeführt.

Um die Suite verlassen zu können, ohne dass die Wachposten der Checquy hereinstürmten, nachdem sie einen Blick auf sie geworfen hatten, wusch sich Odette gründlich Hände und Gesicht und warf sich Ernsts riesigen, luxuriösen Bademantel über. Er schleppte hinter ihr auf dem Boden, als sie über den Gang ging, was ihr einige verblüffte Blicke eintrug. Aber die Wachen im Gang schienen es ihrerseits auf die typische Züchter-Exzentrizität zu schieben.

Bedauerlicherweise war Clements nicht so dämlich.

»Sie haben eine *Operation* durchgeführt?«, rief Felicity. »Bei einer Versammlung aller Angehörigen der Delegation?«

»Ja, klar.« Odette versuchte so zu tun, als wäre das ein völlig normaler Vorfall. »Eine der Assistentinnen hatte ein paar Probleme mit ihren Implantaten. Sie hat den ganzen Tisch vollgekotzt, also haben wir sie im Badezimmer … aufgeschnitten«, setzte sie in einer plötzlichen Inspiration hinzu. Es gab wohl keine Möglichkeit zu verheimlichen, dass Anabella gekotzt hatte.

»Verstehe.« Felicity schien zwar von der Vorstellung angewidert zu sein, aber zu Odettes Erleichterung kaufte sie ihr die Geschichte ab. Offenbar war sie bereit, den Züchtern so gut wie alles zuzutrauen. Ein Gedanke, der Odette etwas bedrückte. »Also gut«, sagte die Pawn. »Ich hatte auch eine Konferenz.« Sie verzichtete darauf hinzuzufügen, dass ihre Besprechung nicht damit geendet hatte, dass sie in Körperflüssigkeiten gebadet zu haben schien, aber beide dachten es. »Ich habe einen Anruf bekommen und muss nach Portsmouth. Sie wollen, dass ich mir dort etwas ansehe.«

»Oh!«, sagte Odette. »Bedeutet das, dass ich …« *Ihre Gegenwart den Rest des Tages nicht ertragen muss?*, beendete sie den Satz im Geiste.

»Nein«, anscheinend erriet die Pawn ihren Gedanken. »Es bedeutet vielmehr, dass Sie mit mir nach Portsmouth kommen.« Felicity klang genauso wenig begeistert von dieser Aussicht, wie Odette sich fühlte. »Man hat es mit Ihrem Großvater abgesprochen, und er hielt es für eine ausgezeichnete Idee.«

»Verstehe.«

»Er meinte übrigens, Sie sollten unbedingt Ihren Mantel tragen, weil es am Meer ziemlich kühl werden kann«, fuhr Clements fort.

»Sicher«, antwortete Odette zerstreut. *Sie folgt nicht mir die ganze Zeit,* begriff sie mutlos, *sondern ich folge ihr. Weil sie wichtiger ist als ich.*

»Wir nehmen den Zug dorthin, also müssen Sie sich umziehen. Und zwar schnell.«

Odette nickte unglücklich und eilte in ihr und Alessios Zimmer, wo sie ihr viertbestes Kostüm anzog. Clements scheuchte sie aus der Suite und in die Lobby hinunter. Offenbar wartete bereits ein Wagen auf sie, der sie zur Waterloo Station bringen sollte. Sie verließen gerade das Hotel durch den Haupteingang, als Felicitys Handy klingelte.

»Clements«, meldete sie sich barsch. »Ja? Ja, Sir, wir warten.« Sie klappte das Telefon zu. »Sie schicken jemanden mit einer Einsatzakte herunter. Offenbar ist über die sichere Leitung noch mehr Material eingetroffen. Ich hole die Person am Lift ab. Setzen Sie sich solange auf diese Couch, und gehen Sie nirgendwohin. Ich behalte Sie im Auge.«

Odette gehorchte zögernd, setzte sich hin und sah ohne allzu viel Interesse zu, wie ein Schwarm von Geschäftsleuten eincheckte. Dann blickte sie hinüber zu den Aufzügen und bemerkte, dass Clements sie tatsächlich beobachtete. Hastig senkte sie den Blick. Auf einem kleinen Couchtisch vor ihr stand eine Schale mit Äpfeln, und sie nahm einen, während sie wartete.

»Köstlich, stimmt's?«, sagte eine Stimme neben ihr. Sie fuhr erschrocken herum. Eine Blondine saß auf der Armlehne der Couch und aß ebenfalls einen Apfel. Sie war unglaublich schön und hatte die zarteste Haut, die Odette jemals an einem Nicht-Züchter gesehen hatte. Sie lächelte Odette zu und verdrehte die Augen wegen der gehetzt wirkenden Empfangsdamen an der Rezeption. »Ich nehme an, dass sie die Früchte nur deshalb hierhinstellen, um uns für die langen Wartezeiten zu entschädigen, aber was soll man machen?« Ihr Akzent war britisch, und nach allem, was Odette wusste, ziemlich Oberklasse.

»Man nimmt einfach einen Apfel und vertreibt sich die Zeit, nehme ich an«, erwiderte Odette.

»Kein schlechtes Motto für das Leben im Allgemeinen«, bemerkte die Frau lächelnd. Odette erwiderte das Lächeln. »Haben Sie einen anstrengenden Tag vor sich?«

»Ich fahre nach Portsmouth.«

»Nun, in den Gängen des Apex wird gemunkelt, dass die Verhandlungen ziemlich gut laufen.«

*Oh, sie gehört zur Checquy,* begriff Odette. *Und sie weicht mir nicht aus. Endlich jemand Liebenswürdiges. Und dann auch noch gute Nachrichten.*

»Das ist ermutigend«, sagte Odette. »Ich habe schon befürchtet, ich hätte nicht unbedingt den besten Eindruck hinterlassen.« Die Frau schüttelte den Kopf und lächelte, als könnte sie sich nicht vorstellen, wie Odette auf diese Idee gekommen wäre. »Also, sehen wir uns im Apex House?«, wollte Odette wissen.

»Nein. Ich bin ein paar Tage hier stationiert«, sagte die Frau. »Sicherheitsabteilung. Ich hänge hauptsächlich in der Lobby herum, lese Gratismagazine, behalte die Tür im Auge und werde von betrunkenen Geschäftsleuten mit einem Callgirl verwechselt.«

»Wir versuchen, so unaufgeregt wie möglich zu sein«, sagte Odette. »Ich verspreche es.«

»Das weiß ich zu schätzen«, sagte die Frau.

»Ich bin übrigens Odette«, sagte Odette. »Aber das wissen Sie wahrscheinlich bereits aus den Akten.«

»Weiß ich«, antwortete die Frau. »Ich bin Pawn Jelfs. Sophie. Schön, Sie kennenzulernen.«

»Danke gleichfalls«, erwiderte Odette. Irgendwie fühlte sie sich plötzlich etwas besser. Und aus einer Laune heraus nahm sie einen Apfel für Clements mit.

Clements führte Odette entschlossen durch die Waterloo Station. Die Rushhour war zwar vorbei, aber es war immer noch voll genug, um die Bedrohungssensoren der Checquy-Agentin auf Hochtouren laufen zu lassen. Sie bewegte sich wie ein Aal durch das Gewühl und vermied jeden körperlichen Kontakt mit den Menschen. Jedes Mal, wenn sie doch angestoßen wurden, sah Odette, dass sich die Leibwächterin zurückhalten musste, um nicht irgendeinen ahnungslosen Pendler mit einem Schlag auf die Gurgel auszuschalten. Es war ganz offensichtlich, dass sich Pawn Felicity Clements unter Zivilisten nicht allzu wohlfühlte.

Odette versuchte, so fokussiert wie möglich zu bleiben, aber sie konnte nichts dagegen tun, dass der Bahnhof sie ablenkte. Die Architektur, die Menschen und die Energie waren fesselnd. Sie blieb immer wieder stehen, um alles in sich aufzusaugen. Clements' Seufzern und anderen missbilligenden Lauten nach zu urteilen hätte die Pawn Odette am liebsten am Haar gepackt und sie in den Zug gezerrt. Aber das hätte wahrscheinlich gegen die Politik der Checquy verstoßen, möglichst unauffällig zu bleiben.

Nach endlosen gereizten Seufzern und nachdrücklichen Schubsern von Pawn Clements saßen sie endlich im Erste-Klasse-Abteil des Zuges von Waterloo zum Bahnhof von Portsmouth Harbour. Clements vertiefte sich in ihre Akte mit offiziellen Dokumenten, und Odette unterhielt sich damit, aus dem Fenster zu sehen und die Leute auf dem Bahnsteig zu beobachten.

Als der Zug schließlich den Bahnhof verließ, waren Odettes Sorgen alle hinweggefegt, und sie starrte aus dem Fenster, fasziniert von dieser neuen Perspektive auf die Stadt. Dann fuhren sie durch ländliche Gebiete, und das verlegene Schweigen im Abteil störte sie überhaupt nicht. *Gott, ist das ein wunderschönes Land.* Es war so grün, dass ihr fast die Augen wehtaten.

Als sie schließlich in Portsmouth ankamen, konnte sie den Ozean im Wind riechen. Sie hätte sich gern in der Stadt umgesehen, aber Clements führte sie zügig zu einem dunklen Wagen, der in der Nähe des Bahnhofeingangs wartete. Noch bevor sich die Tür schloss, gab der Fahrer bereits Gas, und beide wurden sie gegen die Polster gedrückt.

»Wohin fahren wir?«, erkundigte sich Odette, nachdem sie sich aus der Ecke befreit hatte. Der Wagen fuhr so schnell und bog derart scharf um die Ecken, dass sie von der City von Portsmouth nicht mehr sagen konnte, als dass sie hauptsächlich aus irgendwelchen Gebäuden bestand.

»Zur Marinebasis«, antwortete Clements. Odette nickte. Sie erinnerte sich vage, dass Portsmouth schon seit Jahrhunderten ein Marinehafen war, aber sie wusste es nur deshalb, weil sie *Mansfield Park* gelesen hatte. »Der Gegenstand, den ich mir ansehen soll, liegt dort unter strengster Bewachung.« Odette war etwas überrascht, dass dieser Gegenstand, worum auch immer es sich handeln mochte, in einer normalen Marinebasis aufbewahrt wurde und nicht in irgendeiner geheimen Checquy-Einrichtung. *Aber schließlich gehört das alles der Regierung,* sagte sie sich. *Du selbst wirst ebenfalls eine Angestellte der Regierung werden.*

*Falls sie dich nicht umbringen.*

Am Eingang der Basis ließ die Pawn das Fenster herunter, damit der Wachposten sie beide identifizieren konnte. Salzige Luft drang ins Wageninnere und mit ihr ein Geruch, bei dem sowohl Clements als auch Odette die Nase rümpften. *Verfaulendes Fleisch,* dachte Odette zerstreut. *Irgendwo hier in der Nähe muss ein toter Fisch herumliegen.* Ihre Namen standen auf der Liste des Wachpostens, und man fuhr sie zu einem Büro, wo sie sich in eine weitere Liste eintrugen und Ausweise bekamen. Von dort aus brachte der Fahrer sie zu einem großen Lagerhaus direkt am Wasser. Dann führte er sie durch eine Reihe von Korridoren.

»Ist es in Ordnung, wenn ich Sie beobachte, während Sie das machen?«, fragte Odette. »Oder gibt es irgendwo einen Raum, in den ich mich setzen und auf Sie warten soll? Ich könnte verstehen, wenn Sie ungestört sein wollen.«

»Nein, das halte ich nicht für eine gute Idee«, sagte Clements. »Ihre Vergangenheit spricht nicht unbedingt dafür, Sie allein in Zimmern herumsitzen zu lassen.«

»Das klingt so, als hätte ich es geschafft, mich zu verletzen, während ich ruhig in einer Ecke sitze«, widersprach Odette. »Mir ging es ganz gut allein in diesem Zimmer. Jedenfalls so lange, bis irgendein Kerl hereinkam, der der Meinung war, er müsste mich hassen, und mich angegriffen hat.«

»Ja, aber ich glaube, es ist sehr gut möglich, dass es auch hier Leute gibt, die Sie hassen.«

»Oh.«

»Außerdem«, sagte Clements, »glaube ich, dass Sie möglicherweise tatsächlich eine nützliche Hypothese liefern können, was diesen Gegenstand angeht.«

»Tatsächlich?« Odette freute sich fast gegen ihren Willen. »Warum? Was ist das für ein Gegenstand?«

In diesem Moment öffneten sich die Türen vor ihnen, hinter denen sich ein Präparationsraum befand. Die gegenüberliegende Wand bestand vollkommen aus Glas, und dahinter erstreckte sich der höhlenartige Raum eines Hangars. Der Gestank, der zuvor nur unangenehm gewesen war, schlug ihnen jetzt förmlich ins Gesicht. In der Mitte des Hangars hing, von Gerüsten gestützt, ein totes Ding von der Größe eines Passagierflugzeugs.

»Da ist es«, sagte Clements.

# 22

**Die Kreatur war graubraun** gefleckt. Ihre Form erinnerte an einen plumpen Butternuss-Kürbis, der mehrere Stockwerke hoch war und stank wie die Sportsocken eines vergessenen Gottes. Sie schien keine Gliedmaßen zu haben, war aber von riesigen Wedeln und Rüschen umgeben, die sie vollkommen umringten und bis zum Boden herunterhingen. Ein Netz aus massiven Stahlkabeln war unter ihren Körper gespannt und stützte sie. Fett quoll durch das Netz. Ein riesiges Gerüst umgab die Mitte der Kreatur wie ein Gürtel aus eisernen Trägern.

Der Gestank war erstaunlich und drang selbst durch das Glas. Odette roch Salz, Fäulnis und einen muffigen Gestank nach Chemikalien. Wasser tropfte von der Kreatur und bildete Pfützen auf den Planen, die unter ihr ausgelegt worden waren. Ein glänzendes schwarzes Auge von der Größe eines Pferdes an der Seite des Kopfes starrte sie ausdruckslos an.

*Unglaublich,* dachte Odette. *So etwas habe ich noch nie gesehen.*

Arbeiter in blauen Overalls kletterten auf dem Geschöpf herum. Einige hingen an Seilen an der Seite, und Odette sah, dass sie etwas aus Tanks, die sie auf dem Rücken trugen, auf die Haut der Kreatur sprühten.

»Was machen die da?«, erkundigte Odette sich.

»Sie überziehen das Wesen mit Polyurethan«, antwortete Clements. »Zum Schutz gegen Sporen und Toxine. Es ist dasselbe Zeug, das bei manchen Flugzeugabstürzen benutzt wird, um die Karbonfasern zu versiegeln.«

»Woher ist dieses Ding gekommen?«, fragte Odette immer noch fassungslos.

»Aus dem Ozean«, antwortete Clements. »Die Checquy glaubt, dass es für den Untergang eines Frachtschiffes vor zwei Wochen verantwortlich war. Vor zwei Tagen hat die Küstenwache es tot in den Untiefen einer abgelegenen Bucht gefunden. Ein riesiger Schwarm von Möwen kreiste darüber und pickte auf dem Fleisch herum. Es wurde der Kontrolle der Checquy übergeben. Sie brauchten ein paar Schlepper, um es im Schutz der Nacht hierherzubringen, und haben es dann zur weiteren Untersuchung in diesen Hangar geschafft.«

»Aber worum handelt es sich?«

»Das wissen wir nicht«, räumte Clements gleichmütig ein. »Ein Monster? Die Wissenschaftsabteilung der Checquy ist deswegen fast ausgeflippt. Ich nehme an, dass sie so etwas noch nie gesehen haben. Man hat Proben zur näheren Analyse in unsere Labore geschickt. Techniker aus dem ganzen Land drängen sich darum, hierher versetzt zu werden. Aber sie wollen, dass ich mir die Sache zuerst einmal ansehe, und ich dachte, dass Sie vielleicht auch irgendetwas Kluges über dieses Ding sagen können.«

»Das ist ja so cool«, erwiderte Odette. Zum ersten Mal kam ihr die Arbeit der Checquy nicht so furchteinflößend vor. Diese Kreatur war trotz ihres bizarren Äußeren ein lebendes Tier gewesen, und sie kannte sich mit lebenden Tieren aus. Jetzt war es ein Rätsel. Und sie mochte Rätsel.

Sie bekamen Anzüge aus einem dicken Kautschukmaterial, die altmodischen Tauchanzügen ähnelten, und dazu plumpe Filtermasken. Die beiden Frauen betraten den Hangar und schnappten sich einen vorbeieilenden Techniker, der sie zu einer Stelle führte, wo man zwei Dutzend Tische an der Wand aufgereiht hatte. Sie waren mit Papieren, Akten, Fotos und Computern übersät. Ein Schwarm von Checquy-Leuten in blauen Schutzanzügen drängte sich darum, blätterte in den Papieren und hämmerte wie verrückt auf die Computertastaturen ein.

Der Techniker stellte sie Doktor Jennifer Fielding vor, der Leiterin dieser Operation. Eine Einschätzung ihrer Person war wegen des Schutzanzugs schwer möglich, aber sie wirkte ziemlich sachlich. Ihre laute Stimme brachte ihre Maske zum Vibrieren.

»Ah, Pawn Clements. Sie sind die Psychometristin.«

»Ja, Ma'am.«

»Man hat eine Plattform für Sie da drüben vor dem Subjekt vorbereitet«, erklärte die Doktorin. »Pawn Roff bringt Sie dorthin. Es steht ein Stuhl für Sie bereit. Ich gehe davon aus, dass Sie das konkrete Objekt nicht mit ihrer bloßen Haut berühren müssen?«

»Nein, Ma'am. Meine Sicht durchdringt die meisten Materialien. Es dauert zwar ein bisschen länger, aber es bedeutet, dass ich keinen direkten Kontakt benötige.«

»Ausgezeichnet. Wir überprüfen die Kreatur immer noch auf Toxine und dergleichen, und das bedeutet, dass wir mit Ihrer Analyse nicht warten müssen. Als Erstes möchte ich, dass Sie mir einen ausreichenden Überblick über die innere Struktur dieser Kreatur verschaffen. Wir haben zwar bereits angefangen, ihr Inneres zu erforschen, und mit mehreren Abtragungen begonnen, aber ein Strukturplan des Inneren wäre extrem nützlich. Je nachdem, wie lange Sie dafür brauchen, wäre ich auch an der Vergangenheit der Kreatur interessiert. Woher sie kam und dergleichen.«

»Ich verstehe, Dr. Fielding«, antwortete Clements. »Ich erstelle eine Karte von ihrem Inneren, und dann komme ich wieder her. Ich zeichne auf, was ich gefunden habe, und dann fange ich an, mir die Vergangenheit anzusehen.«

»Gut«, antwortete die Doktorin. »Also, Miss Leliefeld, als ich erfuhr, dass Sie kommen, habe ich noch einmal kurz Ihre Studien durchgeblättert, und ich wäre sehr an Ihrer Einschätzung dieses Exemplars interessiert. Wenn Sie mich begleiten wollen, führe ich Sie ein bisschen herum.«

Odette fühlte sich ziemlich geschmeichelt. *Jemand in der Checquy findet meine Fähigkeiten tatsächlich interessant statt ekelhaft.*

»Dr. Fielding«, warf Clements etwas verlegen ein. »Halten Sie das für eine gute Idee? Ich wurde Miss Leliefeld zugeteilt, weil …«

»Ich bin mir sehr wohl bewusst, warum Sie ihr zugeteilt wurden«, unterbrach Dr. Fielding sie. »Aber ich versichere Ihnen, dass ich nur wegen ihrer Herkunft keinerlei negative Gefühle Miss Leliefeld gegenüber hege. Ich bin kein Pawn – ich bin wegen meines Fachwissens zur Checquy gekommen und wurde folglich auch nicht dieser lächerlichen Indoktrination ausgesetzt, die den Hass gegen die Broederschap schürt.«

Odette schämte sich ein wenig, dass sie sich amüsierte, als Clements knallrot wurde. »Miss Leliefeld ist vollkommen sicher bei mir«, fuhr die Doktorin fort. »Und mein Team ist so professionell, dass keiner, der ihretwegen Probleme hat, sich davon beeinflussen ließe. Also, die Zeit läuft, und Sie haben einen Auftrag zu erledigen.«

Die Pawn nickte zögernd und ging weiter zu der Kreatur.

»Ich möchte mich für das eben hier entschuldigen«, sagte Dr. Fielding zu Odette. »Die Zusammenarbeit mit der Checquy stellt einen vor einzigartige Herausforderungen. Die Pawns wachsen in einem sehr reglementierten Umfeld auf, und sie haben deshalb manchmal eine ganz besondere Sicht auf die Welt. Zum Glück reagieren sie ganz ausgezeichnet auf direkte Befehle, wenn sie mit der entsprechenden Autorität erteilt werden.«

Odette sagte sich, dass sie wahrscheinlich ebenfalls jedem direkten Befehl von Dr. Fielding gehorcht hätte.

»Also, machen wir weiter. Was halten Sie von unserem Fund?«

»Er ist erstaunlich!«, stieß Odette nachdrücklich hervor.

»Ich weiß.« Lachfalten tauchten um Dr. Fieldings Augen auf. »Das ist das Schöne, wenn man für die Checquy arbeitet – man bekommt höchst erstaunliche Dinge zu sehen. Damit haben sie mich auch von einer sehr vielversprechenden akademischen Karriere weggelockt.«

»Wie sind sie an Sie herangetreten?«, erkundigte Odette sich neugierig. Bisher hatte sie über die Rolle der nicht übernatürlich begabten Checquy-Mitarbeiter so gut wie nie nachgedacht.

»Genau genommen, bin ich an sie herangetreten«, erwiderte Dr. Fielding. »Wenn auch unwissentlich. Ich bin Meeresbiologin und glaubte, ich würde mich für Forschungsmittel einer alten Stiftung bewerben, die zur Zeit Darwins gegründet worden war. Ich habe alle Unterlagen ausgefüllt, meinen Lebenslauf und dazu eine Auswahl meiner Artikel hinzugefügt. Ich musste sie per Post schicken, weil die Stiftung keine E-Mail akzeptierte. Monatelang hörte ich nichts von ihnen, dann plötzlich bestellten sie mich nach Walmington-on-Sea zu einem Bewerbungsgespräch in ein unheimlich aussehendes altes Gebäude in einer winzigen Nebenstraße. Ich setzte mich, und sie rollten auf einem Gestell einen Glasballon mit Seewasser herein. Das Ding war groß, so groß wie mein Oberkörper, und eine Lampe hing darüber. Dann fragten sie mich, was ich davon hielte.« Sie machte eine Pause, und ihr Blick verschwamm, als sie sich erinnerte.

»Und was war es?«, drängte Odette sie vorsichtig.

»Zuerst sah ich irgendwelche Fransen, die sich im Wasser bewegten. Rot, golden, mahagonifarben und auch schwarz. Kleine Büschel. Dann sah ich genauer hin und erkannte, dass es sich um Haar handelte. Und zwar um das im Wasser schwebende Haar von winzigen nackten Kindern, die durch das Wasser zischten.« Odette lief ein Schauer über den Rücken.

»Ich habe keine Sekunde geglaubt, dass es Fälschungen sein könnten«, fuhr Dr. Fielding fort. »Sie waren zu perfekt, unleugbar real. Winzige perfekte Babys, die mich ansahen, lächelten und durch ihr eigenes Haar zischten. Es waren Jungen und Mädchen. Und plötzlich waren sie verschwunden, hatten den Glasballon verlassen und schwammen irgendwo anders hin. Vollkommen unerklärlich.« Sie schüttelte den Kopf.

»Dann fragte man mich erneut, was ich davon hielt, und ich antwortete, dass ich nicht die geringste Ahnung hätte. Von diesem Moment an hatte die Checquy mich am Haken, und ich habe es nie bereut.«

»Also war es das wert?«, wollte Odette wissen.

»Absolut. Selbstverständlich gibt es auch Nachteile. Die Arbeit kann ziemlich gefährlich sein, wissen Sie? Entsetzlich gefährlich. Man wird in diesem Job ebenso oft befördert, weil jemand gestorben ist, wie wegen seines Talents. Aber der wirkliche Nachteil, jedenfalls für eine Akademikerin wie mich, besteht darin, dass man seine Arbeit nicht publizieren kann. Und man belügt alle um sich herum. Meine Familie weiß nicht, was ich mache. Sie glauben, ich würde für einen Konzern arbeiten. Natürlich habe ich mehr getan und mehr gesehen, als sie sich jemals erträumen könnten, aber sie haben nicht die geringste Ahnung davon.« Sie zuckte gleichgültig die Achseln. »Also gut, quetschen wir uns mal hier hinein.« Sie führte Odette zum Fuß des Gerüsts, und sie kletterten die steilen Leitern hinauf.

Von Nahem wirkte die Kreatur irgendwie weniger authentisch. Odettes Verstand sagte ihr unablässig, dass etwas so Großes unmöglich real sein konnte. Und unter dem Glanz des Polyurethans wirkte die Haut wie Gummi. Als sie sich schließlich dem oberen Rand näherten, erkannte Odette, dass eine riesige Furche in den Körper gezogen worden war. Sie spaltete den Rücken, und sie sah das Fleisch, das ein Wabenmuster aufwies und Blasen wie ein fleischiger Schwamm. Viel Blut schien nicht da zu sein. *Vielleicht ist es ja ausgeblutet*, dachte sie.

»Wissen wir, was mit der Kreatur passiert ist?«

»Wir können nur vermuten, dass sie einem Frachtschiff in die Quere gekommen ist, das ihr, wie Sie sehen können, eine verdammt große Wunde zugefügt hat«, erklärte Dr. Fielding. »Ich nehme an, die Kreatur war nicht besonders glücklich darüber, weil sie das Schiff angegriffen und versenkt hat, bevor sie verblutete. Ich zeige Ihnen später ihr Maul. Die Zähne sind riesig und gezackt und bestehen aus irgendeiner Kalziumverbindung, die nicht einmal Scharten bekommt, wenn sie Eisen durchtrennt.«

»Was wissen Sie bisher sicher über diese Kreatur?«, erkundigte sich Odette.

»Wir haben festgestellt, dass sie aus Fleisch und Knochen besteht.« Sie machte eine Pause und sah Odette an. »Ich weiß, dass das sarkastisch klingt, aber das ist wirklich eine extrem wichtige Erkenntnis. Ein anderes interessantes Merkmal sind die vielen Augen in der Vorderseite ihres Kopfes und etliche weitere Augen entlang der Seiten ihres Körpers. Das ist sehr besonders, aber die vorläufigen Tests haben bisher noch keine ungewöhnlichen Eigenschaften ergeben.«

»Keine ungewöhnlichen Eigenschaften?«, wiederholte Odette ungläubig und blickte an der Wand aus Haut hinauf.

»Damit meine ich nicht Strahlung oder interne Gifte«, räumte Dr. Fielding ein. »Temperatur, Gravitation, Licht und die Zeit verhalten sich in ihrer Nähe vollkommen normal. Keiner der Leute, die sie untersuchen, hat bisher medizinische Probleme oder plötzliche Veränderungen in seiner Größe, seinem Gewicht oder seiner sexuellen Ausrichtung gemeldet.«

»Verstehe. Können Sie das Geschlecht bestimmen? Oder auch nur die Familie?«

»Wir mussten feststellen, dass es sehr schwierig ist, solche Dinge festzulegen«, erwiderte Dr. Fielding. »In meiner Zeit bei der Checquy haben wir zwei neue biologische Reiche und Tausende neuer Stämme identifiziert.«

»Verstehe«, wiederholte Odette gedehnt. »Darf ich fragen, Dr. Fielding, warum das hier überhaupt in die Zuständigkeit der Checquy fällt?« Sie machte eine Pause und suchte nach den richtigen Worten. »Ich meine, das hier könnte, soweit Sie wissen, auch eine vollkommen natürliche Kreatur sein, die man nur noch nie zuvor gesehen hat.«

»Möglich wäre das«, gab die Wissenschaftlerin zurück. »Nur hat uns die Tatsache, dass solch ein Wesen noch nie zuvor gesehen wurde und auch nie davon geredet wurde, ein bisschen misstrauisch gemacht. Und dass es ein Schiff angegriffen hat, gab uns einen Grund, es als bösartig zu etikettieren. Das ist einer der Gründe, warum es in die Zuständigkeit der Checquy fällt. Sollten jedoch plötzlich mehrere dieser Wesen auftauchen, werden wir sie neu klassifizieren.« Sie hatten mittlerweile das obere Ende des Gerüsts erreicht und gingen über die breite Plattform. In der Mitte, unmittelbar über dem Rücken der Kreatur, legten etliche Leute Sauerstoffflaschen an.

»Was machen die da?«, wollte Odette wissen.

»Ah«, erwiderte Dr. Fielding. »Das ist ziemlich aufregend. Eine der interessanteren Eigenschaften dieser Kreatur ist eine Reihe von Blaslöchern auf ihrem Rücken. Sie sind recht groß.«

»Ja?«

»Groß genug, dass eine Person hineinklettern kann«, sagte die Dr. Fielding.

Odette sah sie ehrfürchtig an. »Nein!«, rief sie begeistert.

»Doch.«

»Oh, Sie müssen mich einfach dort hineinsteigen lassen!«

*Ich hoffe wirklich, dass Leliefeld es schafft, sich nicht in irgendwelche schwierigen Situationen zu manövrieren, während ich das hier erledige,* dachte Felicity. *Wenn ihr irgendetwas zustößt, während ich gerade meinen Verstand in ein totes Tier stecke, dann bekomme ich richtig Ärger mit Rook Thomas.*

Pawn Roff, Dr. Fieldings Adjutant, führte Felicity durch den riesigen Hangar zur Vorderseite der Kreatur. Sie konnte gerade noch eine niedrige Plattform mit einem Plastikzelt darauf erkennen.

»Pawn Clements, wir haben Ihre Personalakte studiert«, sagte Pawn Roff. »Und ich habe die Risikoanalyse für Ihre Gabe angewendet.« Felicity nickte. Die Checquy hatte etliche desaströse Zwischenfälle erlitten, in denen verletzliche Körper von Pawns, deren Verstand vorübergehend ihre Körper verlassen hatte, von übernatürlichen Hausbesetzern übernommen worden waren. Daher hatte ein Büro der Checquy ein Schema ausgearbeitet, das den Einsatz von Fähigkeiten wie der ihren regelte. Es beschrieb, welche Vorsichtsmaßnahmen ergriffen werden sollten, bevor jemand seine oder ihre Sicht auf etwas richtete. Die Risikoeinschätzung wurde nicht immer angewendet. Es kam darauf an, wie drängend das Problem war. Aber Pawn Roff schien einer von diesen Menschen zu sein, die gern jedes Kästchen abhakten.

»Wie sieht das Ergebnis aus?«, fragte Felicity.

»Ich fürchte, die Tatsache, dass Sie eine tote übernatürliche Kreatur von bewiesener Feindseligkeit untersuchen, macht dies hier automatisch zur Kategorie C«, antwortete Roff entschuldigend. Felicity zuckte mit den Schultern. Kategorie C bedeutete, dass sie während der Untersuchung von einem Arzt, einem Anwalt und einem Wächter bewacht wurde, jeder mit einer Pistole und einer Machete bewaffnet. Sobald die Untersuchung beendet war, musste sie sich wöchentlich einer medizinischen, toxikologischen, psychologischen und religiösen Untersuchung unterziehen. Das war zwar lästig, aber sie hatte schon Schlimmeres erlebt.

Kategorie E hätte bedeutet, dass sie nach der Operation eine ganze Reihe von nuklearartigen Dekontaminierungen über sich hätte ergehen lassen müssen, während Kategorie F dazu obligatorische Exorzismusrituale für alle bekannten Religionen verlangte sowie eine zweiwöchige Trinkkur. Kategorie G verlangte, dass alle zuvor erwähnten Vorsichtsmaßnahmen auf einer isolierten Ölplattform in der Nordsee stattfanden, wobei zwölf Scharfschützen sie aus hundert Metern Entfernung anvisierten.

Auf der Stufe der Kategorie S wäre sie automatisch exekutiert und ihre sterblichen Überreste wären verbrannt worden. Zusätzlich hätte man Vorkehrungen getroffen, ihre Asche von diesem Planeten zu schießen. Es gab noch neun höhere Stufen von Vorsichtsmaßnahmen, bis sie schließlich in das griechische Alphabet überwechselten.

Sie erreichten die Plattform mit dem kleinen Zelt. Es sah winzig aus vor dem riesigen Kadaver der Kreatur, die wirkte wie eine Eigernordwand aus verrottendem Fisch. In einer kleinen Vorkammer bekamen sie frische Overalls, die nicht aus dickem Gummi bestanden, sondern aus einer Baumwolle, die so fein und atmungsaktiv war, dass Felicitys knallrotes Höschen und ihr Büstenhalter dadurch zu sehen waren.

*Das hast du nun davon, wenn du glaubst, dass du heute nicht in Kampfhandlungen verwickelt werden würdest,* dachte sie düster. Normalerweise trug sie schlichte Unterwäsche, weil immer die Möglichkeit bestand, in einen Kampf geschickt zu werden. Aber als sie in dem prachtvollen Hotel aufgewacht war, eingeschüchtert von Leliefelds Gepäck und ihrer Garderobe, hatte sie sich entschlossen, ihre beste Kleidung anzulegen, einschließlich Unterwäsche. Natürlich trug Leliefeld ein Kostüm, das aussah, als hätte es dreimal so viel gekostet. Das hatte Felicity irgendwie die Stimmung verdorben.

Felicity und ihre Führer traten in den Hauptbereich des Zeltes. Dort warteten bereits etliche Leute, die ebenfalls Baumwolloveralls trugen. Sie bemerkte, dass keiner von ihnen auffallend farbige Unterwäsche trug.

»Das sind Ihre Zeugen für heute, Pawn Clements. Ich möchte Ihnen Dr. Quis, Miss Brünnhilde Trant-Erskine-Brown, QC, und Sergeant Patrick Lügner vorstellen.«

»Sergeant *Lügner*?«, wiederholte Felicity leise. Sergeant Lügner war ein Hüne und, was sie ziemlich beunruhigend fand, er hielt bereits sowohl seine Dienstwaffe als auch seine Dienst-Machete in der Hand, als wäre er bereit, sie augenblicklich zu exekutieren.

»*Lyrer*, nicht Lügner«, antwortete er. Er hatte einen wunderbaren irischen Akzent. »Wie jemand, der die Lyra spielt.«

»Nun ja, das hieße wohl eher ›Lyrist‹, aber es ist trotzdem nett, Sie kennenzulernen«, sagte Felicity. »Sie alle.« Sie schüttelte den beiden anderen die Hand, dem Sergeant jedoch nicht, da er nicht bereit war, seine Waffen loszulassen und außerdem auch nicht besonders erfreut darüber wirkte, dass sie ihn wegen seines eigenen Namens verbessert hatte.

Ein Ächzen ertönte unter ihnen, und sie alle schwankten ein bisschen, als die Hydraulik die Plattform langsam hob. Das Plastikdach des Zeltes wurde etwas eingedrückt, als es mit dem gigantischen Leichnam in Kontakt kam.

In der Mitte der Plattform hatte man Felicitys Ausrüstung in der von ihr bevorzugten Anordnung aufgebaut: einen Tisch mit ein paar Blättern Papier, Stiften, Bleistiften, Kohlestiften, Holzkohle und einem Diktiergerät, damit sie ihre Eindrücke aufnehmen konnte, sobald sie aus ihrer Trance wieder auftauchte. Eine Thermoskanne mit kaltem Cranberry-Saft stand daneben. Auf der Kanne hatte sich Kondenswasser gebildet.

Das wichtigste Stück jedoch war ein kompliziertes und teures Möbelstück, das aussah wie ein Zahnarztstuhl. Oder vielmehr, es hätte wie ein Zahnarztstuhl ausgesehen, wenn Ferrari solche Stühle angefertigt hätte. Es war all jenen Pawns zugeteilt, deren Gaben erforderten, dass sie eine lange Zeit ruhig liegen mussten. An einer Stange hingen intravenöse Infusionsbeutel, und darunter befanden sich diskrete kleine Tanks, sollte ein Katheter – oder Schlimmeres – notwendig sein. Monitore für Herz-, Gehirn-, Lungen- und Gallenblasenfunktionen waren hinter der Rückenlehne befestigt, und die Leitungen waren zusammengerollt.

Felicity setzte sich in den Stuhl, und Pawn Roff befestigte die Riemen um ihre Knöchel, ihre Knie, ihre Taille und ihren Hals. Sie waren zwar unbequem, aber noch unangenehmer war das Wissen, dass dieser Stuhl unter Strom gesetzt werden konnte, wenn zwei der drei Zeugen es für notwendig hielten. Außerdem waren einige kleine Sprengladungen dort angebracht, die im Falle einer Explosion demjenigen, der in dem Stuhl saß, erstaunlichen Schaden zufügten, während die Herumstehenden lediglich das Problem hatten, eine wirklich gute chemische Reinigung finden zu müssen.

Dr. Quis war ein Mann unbestimmbaren Alters, unbestimmbarer Gesichtszüge und ebenso unbestimmbarer Haarfarbe. Er befestigte Monitorleitungen an ihrem Bauch, ihrer Brust, ihrem Hals und ihrer Stirn sowie an ihren Fußballen. Dann verband er sie mit den Maschinen. Ein regelmäßiges Piepen erfüllte augenblicklich das kleine Zelt.

»Brauchen Sie noch etwas, Pawn Clements?«, fragte Pawn Roff.

»Nein, danke«, erwiderte Felicity. Sie stellte die Massageroller des Stuhls auf eine schwache Stufe und aktivierte die Maschinerie, die den Sitz zurückfuhr und ihn in die Mulde in der Decke des Zeltes hochfuhr. Die Armlehnen hoben sich, bis ihre bloßen Hände in Kontakt mit dem Plastikdach kamen.

*Los geht's.*

Felicity schloss die Augen und öffnete ihren Geist. Gerüche und Geräusche verschwanden, und Berührung drängte sich nach vorn. Ihre Gabe arbeitete mit körperlicher Verbindung, mit Materie und Substanz. Sie spürte das leichte Kratzen ihres Overalls, ihren Schweiß, der langsam über ihren Rücken kroch. Sie sammelte sich und schickte ihren Geist vor, aus dem Körper heraus. Er durchdrang die Zeltdecke wie Licht. Sie spürte einen kleinen Schauer, als sie durch den Schellack auf der Haut der Kreatur drang, dann war sie drinnen.

*Odette Leliefeld glaubt vielleicht, dass sie sich in Anatomie auskennt,* dachte Felicity. *Aber eine solche Perspektive hatte sie noch nie.*

Zu ihrem großen Bedauern war dies nicht der erste Leichnam, den sie untersuchte. Als sie damit angefangen hatte, auf dem Anwesen, war es alles andere als einfach gewesen. Sie hatte das Gefühl gehabt, in totem Fleisch zu ertrinken. Das Gewicht einer Leiche und die aufblitzenden Fragmente ihrer Geschichte, die in ihre Psyche drangen, hatten sie tatsächlich dazu gebracht, Vegetarierin zu werden. Als die Checquy die Gründe erfuhr, weshalb sie dem Verzehr von Fleisch abgeschworen hatte, hatte man ihr nachdrücklich klargemacht, sie dürfe nicht zulassen, dass ihre Arbeit sie auf diese Art und Weise beeinflusste. Das ließ auf einen erschreckenden Mangel an Selbstdisziplin schließen. Sie hatten darauf bestanden, dass sie weiterhin Fleisch aß.

Es war nicht gerade einfach gewesen, aber schließlich hatte sie einen Punkt erreicht, an dem sie über eine Stunde lang in die Leiche eines Ermordeten abtauchen konnte und sich dann einen Hamburger gönnte, ohne irgendein Schuldgefühl oder Ekel. Der Schlüssel war, nicht das unermessliche Entsetzen von dem wahrzunehmen, womit man es zu tun hatte, fast so, als würde man mit Kindergartenkindern reden.

Als sie jetzt in dem Fleisch am Kinn der Kreatur schwebte, orientierte sich Felicity einen Moment lang. *Der erste Schritt – lokalisiere die Hauptorgane. Du bist im Kopf, also suche nach dem Gehirn.* Durch eine Leiche zu navigieren war für gewöhnlich genauso leicht, wie irgendwelchen universellen Wegweisern zu folgen. *Ich hoffe nur, dass dieses Ding ein Rückgrat hat.* Sie schickte ihren Geist über einen Kieferknochen, der so dick war wie eine Pinie, und tastete sich dann an der Außenseite der Haut zum nächstgelegenen Auge vor.

*Okay. Und jetzt folge dem Sehnerv zum Gehirn.* Sie summte lautlos das Titelthema aus *Mission: Impossible,* als sie sich an dem fleischigen Kabel entlanghangelte. *Es ist wirklich kein gutes Zeichen, dass ich dies hier mehr genieße als die Vorstellung, am Ende des Tages in ein Fünfsternehotel zurückzukehren,* dachte sie. *Rook Thomas hat eigentlich nie gesagt, wie lange genau ich mit diesem Eurotrash-Züchter-Mädchen und ihrem unheimlichen kleinen Bruder herumhängen muss. Ich frage mich, ob …* Moment mal, das fühlt sich nicht richtig an, merkte sie dann. *Wo ist das Scheißgehirn?*

Felicity schätzte, dass sie etwa ein Drittel der Länge der Kreatur durchmessen hatte, und sie hatte nicht nur kein Gehirn gefunden, sondern es hatte sich auch kein anderer Sehnerv mit dem verbunden, über den sie glitt. *Ich weiß, dass ich in einer wahrscheinlich einzigartigen und wahrscheinlich übernatürlichen Kreatur bin, aber das hier ist wirklich nicht logisch. Warum sollte das Gehirn so weit von den Augen entfernt sein? Was für eine Kreatur hat ihr Gehirn im Arsch? Abgesehen von Pawn Bannister,* räumte sie ein. Hätte sie die Arme bewegen können, hätte sie diese vor Ärger verschränkt. So also beschränkte sie sich darauf, ärgerliche Gedanken zu haben, und drang tiefer in den Leichnam ein.

Odette stand wachsam auf dem Rücken der Kreatur und sah zu, wie die Absätze eines Wissenschaftlers der Checquy in einem Blasloch verschwanden. Wie sich herausstellte, hatte Dr. Fielding, als sie die Löcher als »groß genug, dass eine Person hineinklettern kann« beschrieben hatte, gemeint, dass sie groß genug waren, dass sich eine Person langsam und mühsam hineinzwängen konnte, sofern sie ihre Sauerstoffflasche voranschob. Diese Person musste außerdem ziemlich schlank sein, sich in engen Räumen wohlfühlen und bereit sein, sich von der weltgrößten Tube Gleitmittel einschmieren zu lassen. Glücklicherweise war Odette genau solch eine Person.

»Wollen Sie wirklich dort hineingehen?«, fragte der Pawn vom technischen Personal, der Odette ein kompliziert aussehendes Schnappmesser an das eingeschmierte Handgelenk schnallte. Man hatte ihrer Sammlung einige Ausrüstungsgegenstände hinzugefügt, unter anderem eine etwas größere Atemmaske mit Scheinwerfern und einem eingebauten Kommunikationssystem. »Wirklich?« Odette wusste nicht genau, ob sein Tonfall echte Ungläubigkeit spiegelte oder die Art von überheblichem Spott, die andeutete, dass sie das nicht schaffen und die Standards der Checquy niemals erfüllen würde.

»Unbedingt. Das ist eine unglaubliche Möglichkeit, eine vollkommen unbekannte Kreatur zu erforschen.« Sie war sich nicht sicher, ob sie versuchte, ihn oder sich selbst zu überzeugen.

Als Fielding die Möglichkeit erwähnt hatte, hatte sie tatsächlich faszinierend geklungen, eine neue Perspektive der Anatomie und der Mechanik des Lebens, die zu gut war, um sie zu verpassen. Wenn das die Art von Arbeit war, die sie bei der Checquy erwartete, dann lohnte sich die ganze Sache vielleicht doch.

Aber sie hatte auch das Gefühl, als müsste sie der Checquy etwas beweisen. Das Wissen, dass man sie nicht mochte, und zwar vor allem sie selbst nicht, und das aus überhaupt keinem konkreten Grund, hatte in Odette das Verlangen entfacht, ihnen allen zu zeigen, dass sie durchaus einen Wert hatte, dass sie nicht zögern würde, dorthin zu gehen, wohin auch sie gingen. Für die meisten der anwesenden Personen war sie die erste Züchterin, der sie jemals begegnet waren. Und sie wollte unbedingt einen ausgezeichneten Eindruck hinterlassen – und wenn auch nur, um die ersten katastrophalen Eindrücke auszulöschen.

Außerdem lockte sie das Wissen, dass Pawn Clements wirklich angepisst sein würde, wenn sie erfuhr, dass Odette das hier tat.

Also hatte sie sofort zugegriffen. Sie hatte sogar fast danach verlangt. Als sie jetzt aber das dunkle Loch in der Haut der Kreatur beäugte, kam ihr ihre Entscheidung allmählich doch etwas … unklug vor.

»Sie kriechen einem Monster in die Nase? Da kann ich nur lachen«, sagte der Mann. »Das ist verflucht lächerlich!« Das fand Odette wiederum ziemlich köstlich, weil das aus dem Mund eines Mannes kam, der nach dem, was sie durch seine Maske sehen konnte, offenbar aus Kieselsteinen bestand. »Da wir nicht genau wissen, wie Funkwellen durch etliche Meter totes Tiergewebe funktionieren, ziehen Sie dieses Kommunikationskabel hinter sich her.« Zwei silbrige Drähte kamen bereits aus dem Blasloch, in dem die beiden anderen Monster-Höhlenforscher der Checquy verschwunden waren.

»Wir kontrollieren die Dateneinspeisung ständig, und wenn Sie um Hilfe rufen oder anfangen zu schreien oder wir nicht mehr hören können, wie Sie in das Mikrofon atmen, dann holen wir Sie da raus.«

»Wie denn?«, erkundigte sich Odette misstrauisch.

»Oh, wir haben Leute mit Presslufthämmern und allem möglichen schweren Gerät bei Fuß stehen. Natürlich wäre es uns lieber, wenn wir sie nicht einsetzen müssten. Ich meine, das wäre keine sonderlich professionelle Sezierung, stimmt's?« Odette lächelte schwach. Es klang auch nicht gerade nach einer professionellen Rettungsaktion. Die Vorstellung, dass die Checquy sie dort herauszog, war für sie sogar erheblich besorgniserregender als die Vorstellung, in diesem Loch zu verschwinden. »Wird schon gut gehen«, erklärte der Mann. Er klopfte ihr beruhigend auf die eingefettete Schulter und wischte sich dann seine behandschuhte Hand zerstreut an seinem Overall ab.

Odette signalisierte ihm mit erhobenem Daumen ihr

Okay, ging dann ungeschickt auf die Knie und packte ihre Sauerstoffflasche. Bis sie sich mit den Füßen abstoßen konnte, musste sie sich mit den Händen in das Blasloch ziehen, wobei sie sich an der Haut der Tunnelwand festhielt.

Das Innere des Tieres entsprach dem, was man erwarten konnte: Es war eng, dunkel und feucht, und zudem roch es merkwürdig. Es war fast so, sagte sich Odette, als versuchte man, an Silvester in einen wirklich angesagten Nachtklub zu kommen. Selbst mit dem Gleitmittel auf ihrem Körper und dem zähen Schleim, der aus den Wänden und der Decke tropfte, war es verdammt eng.

Sie holte tief Luft. *Du wolltest das!*, sagte sie sich. *Du hast förmlich danach verlangt! Und es ist verdammt gut, dass du eindeutig nicht klaustrophobisch veranlagt bist.*

Die unregelmäßig geformte Röhre war nicht ganz rund – sie ähnelte eher einem plattgedrückten Oval, das breiter war als hoch. Sie war eigentlich nur knapp so breit wie Odette selbst, also musste sie sich mit Hüften und Schultern voranschlängeln, statt ihre Arme und Beine zu benutzen. Das Licht ihrer Stirnlampe drang nicht allzu weit. Sie blickte über den eckigen Zylinder ihres Sauerstofftanks und konnte gerade eben die weißen Sohlen des Mannes etliche Meter vor ihr erkennen. Vorsichtig kratzte sie etwas von dem zähen Schleim an den Tunnelwänden ab und schob es in ein Probenröhrchen. Das steckte sie in die Tasche an ihrem Ärmel. Dann rollte sie sich herum, was nur sehr mühsam und vorsichtig gelang, und untersuchte die Decke.

Die Fläche wirkte gummiartig, und der Schleim, jedenfalls nahm sie an, dass es sich um Schleim handelte, tropfte herunter. Deshalb war ihre Helmmaske schon bald mit vielen ekelhaften Streifen überzogen, die ihre Sicht beeinträchtigten. Odette wälzte sich wieder auf den Bauch und benutzte ihre gut eingefettete Hand, um die Maske sauber zu wischen. Es gelang ihr, den größten Teil des Schleims abzuwischen, aber die glatte Flüssigkeit auf ihrem Handschuh verschmierte das Visier, sodass alles um sie herum plötzlich wie hinter einem Nebel verborgen war.

»Der Tunnel führt weiterhin etwa fünfundvierzig Grad abwärts.« Als die Stimme plötzlich in ihrem Ohr ertönte, begnügte sich Odette mit einer Art erschrecktem Krampf, weil sie in der engen Röhre nicht hochspringen konnte.

»Verstanden!«, antwortete eine andere Stimme. Ihr wurde klar, dass das Team auf der Oberfläche ihr Interkomsystem eingeschaltet hatte. Sie hörte jetzt auch das Atmen der Wissenschaftler in ihrem Helm.

»Ka … kapiert«, setzte sie hinzu und fragte sich, ob sie besser »Verstanden« gesagt hätte und ob die anderen jetzt über ihre unprofessionelle und nicht militärische Haltung die Augen verdrehten.

Als sie sich weiter durch die Röhre zwängte, dachte Odette immer weniger über die Anstrengung nach, die sie diese Bewegung kostete, und konzentrierte sich mehr auf ihre Umgebung. Nach einer Weile begannen alle drei in dem Monster zu diskutieren, was sie gerade bemerkten. Die beiden anderen waren Pawn Wharton, ein Meeresbiologe, und Dr. Codman, ein Zoologe. Aber Odettes Wissen über allgemeine Anatomie erwies sich dem ihren als weit überlegen, also konnten sie alle etwas in das Gespräch einbringen. Wharton machte ein Video, während Codman und Odette Proben von jedem festen und flüssigen Stoff nahmen, dem sie begegneten, ganz gleich, wie ekelhaft das auch sein mochte. Der Zoologe bohrte sogar ein paar kleine Kernproben aus.

Nach etwa zehn Minuten anstrengenden Schlängelns machten sie eine Pause und ruhten sich aus. Odette legte ihr Gesicht auf ihre gefalteten Unterarme und versuchte zu ignorieren, wie übel ihr Atem in ihrer engen Maske roch. Dann spürte sie ein plötzliches Zittern in der Röhre.

»Haben Sie das auch gemerkt?«, fragte sie. »Ist alles okay bei Ihnen?« Sie konnte sich sehr gut vorstellen, dass einer der Wissenschaftler möglicherweise zu dem Schluss gekommen war, dass er dieses Krabbeln nicht mochte und eine Panikattacke bekam. Das hier war wahrscheinlich der schlimmste Ort auf der ganzen Welt, um seine Beherrschung zu verlieren.

»Ich habe es gefühlt, aber ich war das nicht«, sagte Codman.

»Ich auch nicht«, schloss sich Wharton an. Beide klangen wachsam, aber ruhig.

»Was fühlen Sie?«, fragte einer der Techniker an der Oberfläche.

»Es war wie ein kleiner Schauer«, antwortete Codman, »der durch die Röhre lief.«

»Oh. Hier oben ist nichts davon zu erkennen«, gab der Techniker zurück.

»Irgendwelche Ideen? Odette?«, fragte Codman.

»Tja, vielleicht ein kleiner Todeskampf«, spekulierte Odette. »Es könnte ein Muskel sein, der abstirbt oder zerreißt.« Sie betrachtete die Oberfläche der Röhre aus unmittelbarer Nähe und tastete sie mit ihren behandschuhten Händen ab. Sie fühlte sich dicht und muskulös an. *Ob dieses Ding wohl seine Muskeln zusammenziehen und das Blasloch verschließen konnte?* Die Konsequenzen dessen waren für die derzeitigen Besucher des Blaslochs nicht besonders erfreulich.

»Wollen Sie lieber wieder rauskommen?«, fragte der Techniker. Alle warteten. Der Plan hatte vorgesehen, dass sie weitergingen, bis entweder ihr Sauerstoff zu einem Drittel verbraucht war oder sie an eine Stelle kamen, wo sie sich umdrehen konnten – eine Abzweigung oder eine Kammer. Aber die Röhre zu verlassen, solange es noch ging, war keine akzeptable Aussicht. Im schlimmsten Fall konnten sie sich zu einem anderen Bereich des Monsters durchsägen. Pawn Wharton hatte eine kleine Kettensäge dabei, die offenbar speziell dafür ausgerüstet war, durch große Schwaden von Fleisch zu schneiden.

»Das Zucken war vielleicht nur ein einmaliges Ereignis«, sagte Odette. »Falls es noch einmal vorkommt, dann sollten wir allerdings in Erwägung ziehen, hier zu verschwinden.« Sie schlängelten sich vorsichtig weiter vor.

*Was zum Teufel war das?*, dachte Felicity.

Sie war mit ihrem Geist durch das Fleisch geglitten, und es hatte sie ermutigt, dass ihr Sehnerv sich mit vier anderen vereinigt hatte. Das bedeutete, sie näherte sich irgendetwas. Im nächsten Moment kam sie ruckartig zum Stehen. Ein paar verblüffende Augenblicke lang wollte ihre Sicht sie nicht weitertragen. Weder vorwärts noch rückwärts und auch in keine andere Richtung.

Es war so, als wäre sie geschwommen und das Wasser um sie herum wäre plötzlich zu solidem Eis gefroren und hätte sie festgehalten. Dann, genauso unvermittelt, war es wieder vorbei gewesen. Und als sie jetzt Zeit hatte, darüber nachzudenken, war sie plötzlich sehr besorgt.

*War ich das? So etwas hatte sie noch nie zuvor erlebt. Vielleicht bin ich ja noch nicht in der Lage, so etwas zu tun. Vor ein paar Tagen habe ich meine engsten Freunde verloren. Vielleicht sollte ich Urlaub machen oder eine Therapie. Vielleicht habe ich es nicht mehr drauf.* Es war ein furchteinflößender Gedanke, aber längst nicht so furchteinflößend wie die anderen Möglichkeiten. Wenn es nicht ihre Psyche war, dann konnte es sein, dass ihre Gabe sie im Stich ließ. Und wenn es nicht ihre Gabe war, dann konnte es das Monster sein, in dem sie sich befand.

*Beruhige dich,* sagte sie sich. *Es war vielleicht nur eine einmalige Sache. Wenn es noch einmal passiert, ziehst du dich zurück.* Sie schickte ihren Geist vorsichtig weiter vor.

Es war keine einmalige Sache.

Jedenfalls verkündete das der Techniker über das Interkom. »Ich habe gerade ein schwaches Zittern hier oben auf der Oberfläche gespürt.«

Felicity, die immer noch durch das Fleisch der Kreatur glitt, hatte es ebenfalls gespürt. Ihr Geist war erneut unvermittelt aufgehalten worden, gepackt von einer Kraft, die ebenso schnell verschwand, wie sie aufgetaucht war.

*Oh, das gefällt mir gar nicht,* dachte sie. *Ich verschwinde hier.* Sie konzentrierte ihren Willen und schickte ihren Geist in die Richtung zurück, aus der er gekommen war.

»Da ist es wieder!«, sagte Codman.

»Das sind keine Todesspasmen«, sagte Odette zweifelnd. »Sie würden nicht immer häufiger auftreten.« Die Krämpfe wurden auch intensiver.

*Sie kommen schneller,* dachte Felicity. *Du musst hier raus.* Einen Moment überlegte sie, ob sie sich von dem Nerv lösen und direkt durch das Fleisch der Kreatur in ihren Körper zurückkehren sollte. Sie schwankte noch – dadurch würde sie zwar schneller herauskommen, aber die Aussicht, sich zu verirren, flößte ihr zu viel Angst ein. Grimmig eilte sie weiter, erstarrte jedoch im nächsten Moment erneut. Diese Starre dauerte länger als die davor, und sie zählte plötzlich verzweifelt die Sekunden. *Eins Mississippi zwei Mississippi drei – frei!* Sie stürmte vorwärts. *Raus, nur raus!*

»Also«, meldete sich der Techniker, »wir sehen hier eine dram ...!«

Das Interkom verstummte urplötzlich. Selbst die Hintergrundgeräusche wurden abgeschnitten. *Oh nein!,* dachte Odette.

»Hallo?«, sagte sie. Niemand antwortete. »Hey!«, schrie sie. Offenbar war sie so laut gewesen, dass der Mann vor ihr sie hören konnte. Er drehte sich um. Dann hob er die Hand und spreizte die Finger.

*Halt. Okay. Aber was jetzt?,* fragte sich Odette.

Dann spürte sie eine Bewegung an ihren Füßen. Es kostete sie einige Mühe, aber schließlich konnte sie über die Schulter blicken. Die Kommunikationskabel glitten durch den Tunnel auf sie zu. Sie waren durchtrennt oder abgerissen worden.

*Oh nein!*

*Gleich bin ich da!,* dachte Felicity. Sie schoss an dem Augapfel vorbei. *Fast da!*

Aber in dem Moment sanken die unsichtbaren Mauern erneut herunter, und diesmal hoben sie sich nicht mehr. Felicitys Geist war in dem Kadaver gefangen wie eine Fliege in Bernstein.

# 23

**Odette und die beiden** Wissenschaftler der Checquy lagen regungslos und angespannt da. Die Krämpfe setzten sich fort, und eine pausenlose Welle erschütterte die Sauerstofftanks vor ihnen.

Die Tunnelwände vibrierten heftig, veränderten ihre Form, verzerrten und bogen sich, sodass es unmöglich war weiterzukommen. Odette spürte förmlich, wie ihre Zähne klapperten.

*Bitte,* dachte sie, *bitte, holt mich hier raus!* Ihr blieb fast das Herz stehen, als die Tunneldecke auf ihren Kopf drückte und sie sich wand in der Erwartung, zerquetscht zu werden. Dann hob die Decke sich glücklicherweise wieder ein Stück, aber Odette senkte trotzdem den Kopf, so weit sie nur konnte.

Jetzt konnte ihr Team einfach nur flach liegen bleiben und abwarten, ob sich die Dinge zum Besseren oder Schlechteren entwickelten. Hätten sie versucht, sich gegenseitig etwas zuzurufen, hätten sie riskiert, sich bei einem Krampf auf die Zunge zu beißen. *Außerdem müssen wir Sauerstoff sparen,* dachte Odette. Natürlich konnte sie ihre Atmung fast vollständig reduzieren und einfach schlafen, aber diese Situation erforderte äußerste Wachsamkeit. Jedenfalls war klar, dass sich diese krampfartigen Bewegungen nicht nur auf den Tunnel beschränkten. Irgendetwas ließ den ganzen Kadaver erzittern.

Gefangen.

*Bleib ruhig,* sagte sich Felicity. *Es ist vorher vorbeigegangen, und es wird auch diesmal wieder aufhören. Und dann wirst du verdammt noch mal diesen verfluchten Kadaver verlassen und wieder in dein eigenes Gehirn zurückkehren.*

Aber es hörte nicht auf. Sie konnte sich noch an das Gewebe der Muskeln und das Fleisch um sie herum und den Sehnerv unter ihr erinnern. Wenn sie zuließ, dass sie darüber nachdachte, glaubte sie fast die zig Tonnen totes Fleisch zu spüren, die sich auf sie und durch sie hindurch pressten.

Und es hörte einfach nicht auf.

*Wenn ich jetzt für immer hier festsitze?,* dachte sie. *Was passiert an der Oberfläche? Wenn keiner mehr da ist, der mir hinaushilft? Ich bin – ich weiß nicht, was ich bin. Elektromagnetismus? Gedanken? Eine Seele? Was ist, wenn mein Körper stirbt? Sterbe ich dann auch? Oder bleibe ich ein Geist, eingeschlossen in einem Monsterkadaver?* Bei diesem Gedanken verlor sie die Beherrschung.

*Ich will raus! Ich will raus! Ich will hier sofort raus!*

Hätte sie in ihrem Körper gesteckt, hätte Felicity geschrien, geweint, sich die Haare gerauft, die Hände vors Gesicht geschlagen, aber alles, was sie jetzt tun konnte, war, ohrenbetäubend laut zu denken, unzusammenhängende Gedankenfetzen, bis sie schließlich vollkommen erschöpft war und wie betäubt in der Dunkelheit schwebte.

*Die Kreatur lebt!,* dachte Odette. *Das muss der Grund sein!* Diese Vorstellung begeisterte und entsetzte sie gleichzeitig. Irgendwie war die Kreatur wieder zum Leben erwacht, und man durfte annehmen, dass sie nicht allzu erfreut darüber war, sich nicht mehr im Wasser aufzuhalten, sondern in einem Lagerhaus aufgehängt, mit einer chemischen Haut bedeckt und von Menschen verseucht zu sein, die überall in ihr und auf ihr herumkrabbelten. Das war eine höchst erstaunliche Entwicklung, und es wäre faszinierend zu beobachten gewesen – aus einer angemessenen Distanz. Im Moment jedoch bestand ihre erste Priorität darin, sich an alles zu erinnern, was sie jemals über Blaslöcher gehört hatte.

*Blaslöcher schließen sich, richtig? Das müssen sie, um zu verhindern, dass Wasser eindringt.* Sie spürte bereits, wie sie sich zusammenzogen, aber sie war nicht ganz sicher, ob sich die Löcher ganz und gar um sie herum schließen würden. *Die Checquy kommt uns zu Hilfe,* sagte sie sich. *Wir brauchen einfach nur zu warten. Sie werden das Monster töten, und dann holen sie uns raus.*

*Hauptsache, sie machen was, bevor uns der Sauerstoff ausgeht. Und so lange dieses Monster nicht seine Ketten zerbricht und irgendwie in den Ozean zurückkehrt.*

*Und so lange sie nicht versuchen, es auf eine Art und Weise umzubringen, die uns ebenfalls höchst unerfreulicherweise erledigen würde, zum Beispiel, es unter Strom zu setzen oder in die Luft zu sprengen.*

Sie spielte einen Moment mit dem Gedanken, einen ihrer Knochendorne einzusetzen, um herauszufinden, ob das Gift das Monster aufhalten konnte. *Das ist nicht sehr wahrscheinlich,* sagte sie sich dann jedoch. *Es ist viel zu groß, als dass meine kleinen Reservoirs irgendeine Wirkung haben könnten.* Außerdem regte sich gleichzeitig der höchst unangenehme Gedanke, dass sie möglicherweise ihr Oktopusgift für sich selbst brauchen könnte, wenn ihre Lage unerträglich wurde.

Dann spürte sie einen Luftzug an ihren Füßen, der über sie hinwegstrich. *Sind sie das?,* dachte sie. Sie blickte hoffnungsvoll zurück, aber dort war weder ein flackerndes Licht noch ein stämmiger, liebenswürdiger Checquy-Pawn mit einer Rettungsschere und einem süffigen Glas Gin Tonic zu sehen. Dann kniff sie die Augen zusammen. Bei all diesem Schütteln konnte sie es schwer erkennen, aber irgendwie kam es ihr vor, als wäre es etwas weniger dunkel hinter ihr als zuvor. Dann sah sie eine Bewegung und dachte einen Moment, dass irgendetwas durch den Tunnel auf sie zukam. Im nächsten Moment erkannte sie, dass es keinen Tunnel mehr gab. Die Wände zogen sich fest zusammen, schlossen sich hinter ihnen.

*Verschwinde!*, befahl ihr Gehirn. *LOS!* Sie schlängelte sich hastig weiter, schob ihre Sauerstoffflasche vor sich her, bis sie gegen Codmans Füße stieß.

»Bewegen Sie sich!«, kreischte Odette. »*Los, weiter!*« Er sah zu ihr zurück und dann hinter sie. Er riss die Augen auf und kroch so schnell weiter, wie er konnte. Aber das war nicht schnell genug, es war unmöglich, schnell genug zu sein. Odette warf immer wieder einen Blick zurück und sah, dass die Röhre sich hinter ihnen zusammenzog und sich ihnen rasend schnell näherte.

Sie krabbelte voran wie eine irre gewordene Ratte, schob den Mann vor sich weiter. Sie sah zu, wie das Ende des Tunnels sich näherte, bis es nur noch einen Zentimeter hinter ihr war. Sie konnte nirgendwo mehr hin, drehte sich auf den Rücken und stemmte sich mit aller Kraft gegen den engen Raum, zog ihre Knie an die Brust, um sich etwas mehr Raum zu schaffen, einen zusätzlichen Moment, in dem sie nicht zerquetscht wurde. Der Zoologe Codman kroch immer noch weiter.

Dann kam die Decke herunter, presste sich schwer auf ihre Knie, aber nicht unerträglich, noch nicht. Sie umhüllte sie, dann drückte sie auf ihre Maske, drückte die Maske gegen ihren Kopf, drückte gegen das Plastik. Ihr Helmlicht wurde verdeckt, und sie hörte das erste, unverkennbare Knacken ihrer Maske. Sie kreischte.

*Licht!*

Es brannte in Odettes Augen, die immer noch geöffnet waren, ohne dass sie es gemerkt hatte. Durch das Spinnennetz aus Rissen auf ihrer Maske schien alles um sie herum in einem weichen weißen Licht zu erblühen. Gleichzeitig lockerte sich der Druck auf ihren Beinen, ihrem Körper und ihrem Gesicht.

Einen entsetzlichen und zugleich wunderschönen Augenblick lang dachte Odette, sie wäre gestorben und hätte alle Probleme hinter sich gelassen, die sie in der Welt gehabt hatte. Nur war sie nicht tot.

Stattdessen fand sie sich in einer brandneuen, total unverständlichen Situation mit einigen brandneuen und total unverständlichen Problemen wieder.

Die Plastikvisiermaske war mit Rissen überzogen und hatte ein kleines Loch. Die Luft, die hereindrang, war atembar, roch aber wie das Innere eines Fischladens. *Wahrscheinlich ist es eine extrem schlechte Idee, die Maske abzusetzen,* sinnierte sie. *Aber ich kann nichts sehen, und wenn ich bis jetzt noch nicht vergiftet wurde, dann werde ich das auch nicht mehr.* Also zog sie sich die Maske vom Gesicht, um sich zu orientieren. Sie nahm ihre Umgebung in sich auf, schnüffelte vorsichtig und zuckte mit den Achseln. *Alles klar.*

Das Blasloch, diese klaustrophobisch schleimige Röhre in einem toten Tier, hatte sich verändert. Sie kniete sich hin und sah sich ungläubig um. Die Wände aus Haut und Muskeln um sie herum hatten sich gedehnt, sodass der ganze Raum jetzt mindestens doppelt so groß war wie zuvor. Längst nicht groß genug, um aufzustehen oder sich auch nur hinzuhocken, aber es war nicht mehr so eng, und weiße Lichtflecken schimmerten überall aus den Wänden. Der Tunnel war unmittelbar hinter ihr versiegelt, und er schien auch von innen versiegelt zu sein, hinter Wharton, aber zwischen ihr und Codman hatte sich ein Loch im Boden aufgetan. Es führte nach unten und schlängelte sich wer weiß wohin. Der Schleim, der aus den Wänden gesickert war, wurde hineingesogen, also waren Odette und die beiden Agenten der Checquy jetzt sozusagen die schmutzigsten Dinge in einem ledrig-beigen Fleck.

Die beiden Checquy-Agenten setzten sich und sahen sich ebenso verwirrt um, wie sie sich fühlte. Zögernd nahmen sie ihre Masken ab, denn das Helmlicht war in dem weiß schimmernden Raum nicht mehr nötig. Odette rutschte zu den beiden hinüber und machte dabei einen Bogen um das Loch. Die drei überzeugten sich, dass sie alle okay waren, etwas verblüfft darüber, dass sie noch lebten. Und dann, zur allgemeinen Überraschung, umarmten sie sich kurz und zitternd.

»Irgendwelche Ideen?«, erkundigte sich Codman, nachdem sie die Umarmung gelöst hatten und die Männer so taten, als wäre das niemals passiert.

»Jedenfalls habe ich das nicht kommen sehen«, gestand der Meeresbiologe. »Was sind das für Lichter?«

»Einige Kreaturen weisen in der Tat biolumineszente Eigenschaften auf.« Codman drückte interessiert auf einer beleuchteten Stelle herum, aber das Licht schien aus einiger Entfernung durch das Fleisch hindurchzuscheinen.

»Und warum ist es plötzlich so gemütlich hier drin?«, fragte der Meeresbiologe. Darauf wusste keiner eine Antwort. Allerdings war der Begriff *gemütlich* auch eher relativ. »Also, wir können entweder hierbleiben oder in das Loch hinuntersteigen.« Das Fleisch schüttelte sich heftig, und sie mussten sich an den Wänden abstützen, um nicht umzukippen. Auch wenn die Lage in ihrer kleinen Ecke dieses Monsters sich plötzlich und radikal gebessert hatte, traf das nicht auf die Situation im Allgemeinen zu.

»Ich bin dafür, in dieses Loch zu steigen«, schlug Odette vor.

»Aus irgendeinem besonderen Grund?«, erkundigte sich Codman.

»Können wir davon ausgehen, dass die Checquy diese Kreatur umbringen wird?«, fragte sie.

»Ja«, erwiderten die beiden Männer gleichzeitig.

»Und wird das eine ziemliche Schweinerei?«

»Ja«, erwiderten die beiden Männer unisono.

»Dann halte ich es für besser, weiter in der Mitte zu sein«, erklärte Odette. »Um so viel Puffer wie möglich zwischen uns und die Stelle zu bekommen, wo der Angriff von außen stattfindet.«

Die beiden Checquy-Agenten wechselten einen kurzen Blick und trafen, als erneut ein Schauer durch den Raum lief, eine Entscheidung.

»Gehen wir«, sagten sie simultan und blickten sich misstrauisch an. Odette meinte zu sehen, wie sie wortlos übereinkamen, Dinge möglichst nicht mehr gleichzeitig zu sagen. Diesmal ging sie voraus und rutschte relativ einfach das Loch hinab. Während sie sich weiterschlängelten, fühlten sie die Vibrationen durch den Boden.

»Ich wüsste wirklich gern, was da draußen passiert«, meinte Wharton, während sie hinabglitten. »Wenn die Kreatur sich erfolgreich befreit und es bis in den Ozean schafft …« Sie hielt inne. Dieser Gedanke war nicht gerade willkommen.

»Unsere Leute werden Himmel und Hölle in Bewegung setzen, um dieses Monster in dem Hangar zu halten«, sagte Codman zuversichtlich. »Und es ist absolut unmöglich, dass es ins offene Meer gelangen könnte. Selbst wenn es zum Schlimmsten käme, gibt es eine ganze Militärbasis, die mobilisiert werden könnte, um dieses Monster an der Flucht zu hindern.«

»Theoretisch würden sie also Löcher hineinsprengen, wenn die Kreatur das Wasser erreicht, und dann würde der Ozean dadurch hereinströmen?«, erkundigte sich Odette.

»Rein theoretisch«, gab Codman zu. Die drei überprüften gleichzeitig ihre Sauerstoffflaschen für den Fall, dass sich die Lage plötzlich zum Nasseren wenden könnte.

Der Tunnel führte in einer engen Spirale immer weiter hinab. Die Lichtflecken waren relativ regelmäßig angeordnet, und zu Odettes Erleichterung blieb die Luft relativ frisch, obwohl es immer noch so roch, als wären sie in einem gewaltigen Seemonster. Es gab noch einen anderen Geruch in der Luft, schwächer, den sie nicht identifizieren konnte, der ihr aber Unbehagen bereitete.

Während die drei weiterglitten, wurden sie von den Bewegungen der Kreatur immer wieder gegen die Tunnelwand geschleudert oder rutschten schneller durch die Röhre. Es fühlte sich nicht so an, als würde sich die Lage beruhigen.

»Ich habe gute und schlechte Neuigkeiten«, sagte Odette plötzlich. »Und ich lasse Sie nicht wählen, welche Sie sich zuerst anhören wollen.« Die beiden Agenten der Checquy schwiegen. »Die gute Nachricht ist, dass wir das Ende des Tunnels erreicht haben.«

»Und?«, fragte der Zoologe. »Ist die schlechte Nachricht, dass es verschlossen ist?«

»Nicht … direkt«, antwortete Odette. Sie legte sich auf den Bauch, sodass die beiden an ihr vorbeiblicken konnten. Die Röhre endete in einem großen runzligen Ring aus Muskeln, der fest verschlossen war. Entsetztes Schweigen machte sich breit. »Es ist ein Anus«, stellte Odette sachlich fest.

»Jedenfalls ist es ein Schließmuskel«, räumte Codman nach einem Moment ein.

»Versuchen wir uns den Weg mit Gewalt zu bahnen?«, fragte der Meeresbiologe, und die beiden anderen zuckten zusammen. »Seht mich nicht so an! Es ist überflüssig, irgendetwas in meine Worte hineinzuinterpretieren!«

*Es ist vollkommen ausgeschlossen, dass dieses Gespräch nicht schrecklich wird,* dachte Odette. *Keine Situation wird durch die Gegenwart eines gigantischen Anus verbessert.*

In diesem Moment zitterte besagter gigantischer Anus und entspannte sich, bevor irgendjemand reagieren konnte. Alle wappneten sich gegen die unaussprechlichen Entwicklungen, aber das Einzige, was durch den Anus kam, waren Lärm und Licht. Sie schreckten zurück. Nach der Dämmerung und der Enge im Tunnel waren der Lärm und das Licht ausgesprochen desorientierend, als hätte jemand ein Portal zu einem Fußballspiel oder einem Rockkonzert geöffnet. Odette spähte durch die Öffnung. Dahinter schien ein erheblich größerer Raum zu liegen – ein Raum, in dem man aufrecht stehen konnte. Instinktiv und ohne dieses Thema zur Diskussion zu stellen, huschte sie durch die Öffnung in den größeren Raum.

Hier war es längst nicht so übel, wie sie erwartet hatte. Ihre Augen stellten sich auf die Helligkeit ein. Der Lärm war in Wirklichkeit Musik, Orchestermusik, die aus den Wänden selbst zu kommen schien. Aber es war der unvermittelte, intensive Geruch, bei dem Odette die Knie weich wurden.

Orangen.

*Oh Gott, wie kann das sein?*

Sie kniete zitternd auf dem Boden, als die beiden Männer in den Raum kamen, und erhob sich rasch. Die beiden warfen ihr sonderbare Blicke zu und sahen sich dann um. Es war ganz eindeutig ein Raum. Das war kein Ort in einem Monster, der zufällig groß genug war, um darin stehen zu können. Die Musik und das warme Licht torpedierten diese Idee. Die Wände waren zwar rund, aber der Boden war eben. Es gab breite Vorsprünge und Podeste, auf denen man sitzen oder sogar liegen konnte. Und ein Gegenstand fiel ihnen besonders ins Auge.

Auf der anderen Seite des Raums vor der gebogenen Wand stand ein Stuhl. Er schien aus dem Boden gewachsen zu sein und war das beunruhigendste Möbelstück, das man je gesehen hatte. Er war breit und hoch und bestand aus Streben und Rippen, die unverkennbar Knochen waren. Gepolstert war er mit etwas, das wie Muskeln und Haut aussah. Von der Decke baumelten etliche Tentakel herab, einige fleischig und andere schimmernd wie Plastikröhren. Ihre Enden verschwanden hinter dem Rücken des Stuhls.

Und von einer Seite des Stuhls hing eine blasse weiße Hand herunter, als wäre sie von einer Armlehne abgerutscht.

Als sie die Hand erblickten, hörte Odette rechts und links neben sich scharfe Atemzüge. Die beiden Männer der Checquy nahmen Kampfpositionen ein. Sie hörte das Schnappen, als die Messer an ihren Handgelenken herausfuhren, und Codman hielt seinen Bohrer hoch. Die kleinen Klingen drehten sich wirbelnd. Die Luft um Pawn Wharton wurde plötzlich heiß und trocken.

»Die Mühe können Sie sich sparen«, sagte Odette missmutig. »Es ist schon tot.« Denn unter dem Geruch von Orangen und Salzwasser stank es unverkennbar nach Fäulnis. Sie stand auf und führte die beiden um den Stuhl herum. Sie wusste genau, was sie dort erwartete. Sie hatte es schon einmal gesehen.

Es war ein nackter Körper, zusammengesunken und vollkommen weiß. Knotenförmige Verdickungen bedeckten den kahlen Kopf, und die Tentakel aus der Decke schienen in diese Knötchen sowie in bestimmte Stellen auf den Armen und dem Rückgrat gewachsen zu sein. Der Körper schien kein Geschlecht zu haben. Odette zog einen Handschuh aus und legte die Hand an den Hals der Leiche.

»Nicht!«, stieß Codman keuchend hervor.

»Schon gut«, beruhigte sie ihn. Die Haut der Kreatur war eiskalt. Sie tastete nach einem Puls, fand keinen und hob sodann den Kopf an. Erinnerungen stiegen in ihr hoch, stachen ihr ins Herz: an das letzte Mal, als sie mit ihren Freunden zusammen gewesen war, bevor sie aus ihrem Leben gerissen worden waren. Sie zog die Hand hastig zurück.

Felicity war nicht besonders wohlgemut.

Nach einer Weile hatte sie sich beruhigt. Zunächst hatte sie sich noch an die Hoffnung geklammert, dass sie befreit werden würde, aber nachdem sie vierhundertdreißig Mississippis erreicht hatte, hatte sie es aufgegeben weiterzuzählen. Dann bedachte sie die Lage neu und kam zu dem Schluss, dass die Kreatur wieder zum Leben erwacht war und sie sich aus diesem Grund nicht weiterbewegen konnte. Also hing sie da und grübelte. Sie zweifelte nicht daran, dass die Checquy dieses Ding irgendwann töten würde, aber trotzdem war das Potenzial für ein mögliches Desaster erschreckend hoch. Niemand konnte genau wissen, was für eine Verheerung eine Kreatur dieser Größe anrichten konnte. Etliche Dutzend Checquy-Angehörige waren im Hangar – die Verluste konnten horrend sein. Leliefeld mit ihrer verblüffenden Fähigkeit, sich in eine schwierige Lage zu bringen, könnte verletzt oder sogar getötet werden.

Und dann war da noch das Wissen, dass sie ihren eigenen Körper direkt neben der Kreatur verlassen hatte. Felicity drehte sich der Magen um. Von allen Orten, wo der katatonische Körper einer Person zu Brei gepresst werden konnte, war die Stelle unter dem Kinn eines gigantischen Monsters die riskanteste.

*Dabei war ich dem Ziel so nahe!*, grämte sich Felicity. *Ich wette, dass ich nicht mal zehn Meter von meinem Körper entfernt bin, wenn er überhaupt noch da ist und nicht zerschmettert wurde.* Alles, was sie tun konnte, war, sich vorzunehmen, bereit zur Flucht zu sein, falls sich die Gelegenheit ergab.

Dann hörte sie das Geräusch. Obwohl sie mit ihrer Gabe für gewöhnlich keine Geräusche wahrnehmen konnte, durchdrangen die Vibrationen ihren Geist, und schlagartig erfüllte sie Entsetzen. Sie hatte diese Musik schon einmal gehört.

Bruckners Sinfonie Nr. 8.

»Das ist also ein Pilot?«, erkundigte sich Wharton misstrauisch. »Diese Person hat das Monster kontrolliert?«

»Ich denke schon«, antwortete Odette. »Sehen Sie diese Stränge und Tentakel? Sie bestehen aus dem gleichen Material, das man in einem Rückgrat findet, aber sie sind mit einer transparenten Epidermis überzogen, um sie zu schützen. Ich glaube, sie sind mit den Sinnesorganen und Muskeln dieses Monsters verbunden. Sollte es überhaupt ein Gehirn in dieser Kreatur geben, dann ist es vermutlich vollkommen von dem Wesen unterworfen.«

»Und ohne den Piloten könnte das Monster in eine Art von Koma oder Dämmerzustand gefallen sein«, warf Wharton ein.

»Es wurde einfach abgestellt«, antwortete Odette.

»Aber was ist dieser Pilot?«, wollte Codman wissen. »Halten Sie ihn für einen Wassermann?«

»Gibt es so etwas wie Wassermänner?«, erkundigte sich Odette fasziniert.

»Das wissen wir nicht genau«, räumte Wharton ein. »Niemand in der Checquy ist jemals auf einen Wassermann oder auf eine Nixe gestoßen, aber was wir wissen, ist, dass die Ozeane weit weniger sicher sind, als die Menschen glauben.« Er betrachtete den Leichnam genauer. »Ich kann keine Kiemen erkennen«, stellte er dann fest. »Weder hinten am Hals, hinter den Ohren noch auf dem Bauch.«

»Würden Wassermänner sich klassische Musik anhören?« Odette klang zweifelnd.

»Ich nehme an, sie hören sich an, was sie wollen«, erwiderte der Meeresbiologe. »Aber eine Stereoanlage in ein Tier einzupflanzen kommt mir ein bisschen sonderbar vor.«

Codman zuckte mit den Schultern. »Nur weil etwas übernatürlich oder nichtmenschlich ist, heißt das noch lange nicht, dass es nicht Kontakt mit unserer Gesellschaft haben könnte. Ich weiß zum Beispiel, dass es einen fleischfressenden Ghoul in South Kensington gab, der ein Kundenkonto bei Fortnum's hatte.«

»Hat Fortnum's ihm Menschenfleisch geliefert?«, erkundigte sich Odette gruselig fasziniert.

»Nein, ich glaube, der Ghoul hat von ihnen nur Gewürze bezogen«, gab der Zoologe zurück. »Und ein paar Konserven.«

»Das ist ein höchst faszinierendes Nebenthema«, erklärte Wharton, »aber wir sollten uns darauf konzentrieren, wo wir sind.«

»Ich glaube nicht«, erwiderte Odette, »dass dieses Monster im Augenblick irgendetwas tut.«

»Was?«, fragte der Meeresbiologe.

»Es ist viel zu stabil hier drin«, sagte sie nachdenklich. »Ich meine, wir können ohne jede Schwierigkeit stehen. Mir ist ganz gleich, was für ein Haltesystem dieses Ding hat, aber wenn das Monster sich bewegen würde, oder wenn es sich losgerissen hätte, dann lägen wir drei auch auf dem

Hintern.« Sie ging zu einer der Bänke und drückte darauf. »Sehen Sie, wie das nachgibt? Es ist gepolstert, für den Fall, dass es sich bewegt.«

»Aber all diese Krämpfe und die Öffnung der Tunnel? Wenn es nichts tut, warum ist das dann passiert?«

»Vielleicht hat es darauf reagiert, dass wir hereingekommen sind«, schlug Odette vor. »Wie automatische Türen oder ein automatisches Sicherheitssystem. Ich bezweifle sehr, dass wir durch die Haustür hereingekommen sind. Vielleicht wurde das Monster deaktiviert, ist aufgewacht und wartet jetzt einfach auf etwas.«

»Es wartet auf Befehle«, erklärte Wharton.

»Dann sollten Sie vielleicht aufhören, an dem toten Piloten herumzuspielen«, schlug Codman vor. »Falls er doch noch einen Todeskrampf bekommt und zufällig damit dem Monster befiehlt, sich loszureißen.«

»Wissen wir denn überhaupt sicher, ob er tot ist?«, erkundigte sich der Meeresbiologe. Die beiden Männer sahen Odette an.

»Ich bin mir ziemlich sicher«, antwortete sie. »Er ist eiskalt, hat keinen messbaren Puls und stinkt nach verwesendem Fleisch.«

»Ich bin mal mit so jemandem ausgegangen«, merkte Codman an. »Eine Doktorandin, mittelalterliche Geschichte.«

»Glauben Sie, wir sollten uns überzeugen, ob er wirklich tot ist?«, fragte der Meeresbiologe. »Ihm zum Beispiel die Kehle aufschlitzen? Oder den Kopf abschneiden?« Er hob seine kleine, zur Ausrüstung gehörende Kettensäge.

»Nein!«, rief Odette. »Wenn wir ihm den Kopf abschneiden, könnte das alle möglichen verrückten Signale an diese Bestie aussenden.«

»Ich nehme an, dass wir diese Verbindungskabel auch

nicht einfach durchtrennen sollten?« Wharton klang bedauernd. Odette beschlich allmählich der Verdacht, dass er ziemlich scharf darauf war, seine Kettensäge zu benutzen.

»Wahrscheinlich besser nicht. Aber ich habe eine Idee. Wir wissen nicht, wie lange die Checquy braucht, um uns herauszuholen. Wahrscheinlich gibt es einen Weg hinaus, der nicht derselbe ist, auf dem wir hereingekommen sind. Versuchen wir, ihn zu finden.« Die Männer stimmten ihr zu, obwohl Wharton immer noch etwas enttäuscht wirkte. »Vielleicht müssen wir uns den Ausgang freischneiden«, setzte sie hinzu. Seine Miene hellte sich sichtlich auf.

Die Suche verlief allerdings nicht so einfach, wie sie gehofft hatte. Die Wände waren nicht glatt, sondern gefurcht und geriffelt, wie die Falten eines Gehirns. Außerdem waren sie von Spalten und Linien überzogen, von denen jede einzelne auf einen Ausgang verweisen oder auch einfach nur eine Laune eines besonders launischen Architekten sein konnte. Der Anus, durch den sie hereingekommen waren, hatte sich zu einem festen kleinen Knoten verschlossen. Ihr fiel auf, dass es noch etliche andere identische kleine Knoten in diesem Raum gab.

*Das Problem ist, dass sie überall hinführen könnten,* dachte sie grimmig. *Und ich will auf keinen Fall den Tunnel erwischen, der in den Dickdarm mündet. Auch wenn er am Ende möglicherweise nach außen führt, denke ich, dass diese Reise für niemanden angenehm wäre.* Natürlich bestand immer noch die Möglichkeit, dass Wharton ihnen den Weg hinaus einfach freischneiden konnte. Aber sie war sich nicht sicher, wie die Kreatur reagieren würde, wenn man anfing, unterschiedlich große Löcher in sie hineinzuschneiden. *Und wer weiß schon, wohin uns diese Tunnel noch führen könnten? Eine solche Kreatur müssten wir möglicherweise sogar mit einer biologischen Säure oder einem Gift oder etwas Ähnlichem öffnen. Außerdem ist dieses Ding so groß, dass die Kettensäge wahrscheinlich längst keinen Saft mehr hat, bevor wir den Weg nach draußen erreicht haben.* Trotzdem suchte sie weiter.

Sie setzte sich vorsichtig auf eines der Podeste und spürte, wie es sich ihrem Gesäß anpasste, als wäre es der Nachkomme eines Wasserbettes und eines Sitzsacks. Sie tätschelte es zerstreut. *Denk logisch darüber nach. Wohin würdest du den Eingang zu einem Cockpit legen? Am gegenüberliegenden Ende vom Piloten,* sagte sie sich. So war es jedenfalls bei Flugzeugen. Und da sie sich, soweit sie das erkennen konnte, in der unteren Hälfte der Kreatur befanden, wäre die gegenüberliegende Seite diejenige, die der Kehrseite der Kreatur am nächsten läge. Sie drehte sich um und sah nach hinten.

Im nächsten Moment schien die Welt auszuflippen.

Oder zumindest neigte sie sich um fünfundvierzig Grad nach links.

Odette fühlte sich bestätigt, da dieses regalartige Ding an ihr kleben blieb, einen kleinen Rand erzeugte und sich neigte, sodass sie nicht gegen die Wand geschleudert wurde. Die beiden Männer der Checquy jedoch stießen erschreckte Schreie aus, als sie durch die Kammer segelten.

»Was haben Sie gemacht?«, schrie Odette den Meeresbiologen an. Sie vermutete, dass er den weißen Leichnam berührt und dadurch irgendeine Reaktion hervorgerufen hatte.

»Gar nichts! Was haben Sie gemacht?«

»Ich habe gar nichts gemacht!« Beide blickten sofort Codman an, der kopfüber in einer Ecke klemmte.

»Das hier gefällt mir ganz und gar nicht!«, schrie der Zoologe. »Ich habe Evolutionstheorie studiert, weil ich da meine ganze Arbeit in einem Labor machen kann!«

Odette lag eine scharfe Antwort auf der Zunge, aber sie kam nicht dazu, sie auszusprechen. Denn die Kreatur bewegte sich plötzlich wellenförmig in die andere Richtung, was sie alle daran hinderte aufzustehen.

»Soll ich versuchen, den Piloten zu töten?«, schrie der Meeresbiologe und hielt seine Kettensäge hoch.

»Nein!«, brüllten Odette und Codman gleichzeitig. Dass jemand mit einer laufenden Kettensäge herumspazierte, während der Boden bebte, kam ihnen spektakulär unklug vor.

»Halten Sie sich einfach an etwas fest und versuchen Sie, ruhig liegen zu bleiben!«, sagte Codman. »Sie werden die Kreatur schon bald töten … hören Sie selbst!«

Trotz der mehrere Meter dicken Schicht lebenden Tiers konnten sie Geräusche hören – extrem sonderbare Geräusche, als deren Ursache Odette die Soldaten der Checquy vermutete, die ihre Gaben aktivierten und sich in die Schlacht warfen. Irgendwo ertönte eine gedämpfte Explosion, und einen Moment später zuckte ein brennender Blitz durch den Raum. Die Wände und der Boden zischten und qualmten. Odettes Haut brannte plötzlich schmerzhaft, und sie merkte, dass sie zusammen mit den beiden Wissenschaftlern schrie. *Nein! Aufhören!* Das Licht erstarb. Die drei sahen sich entsetzt an. Auf ihrer Haut schimmerten Brandblasen.

*Das muss die Checquy gewesen sein*, dachte Odette erschöpft. *Ich zweifle nicht daran, dass sie dieses Ding töten können. Jedenfalls nicht sehr. Aber können sie es auch töten, ohne uns umzubringen?*

Irgendetwas ging da vor sich. Felicity hatte sich mental in die Dunkelheit gehockt, während sie ihren Bericht an Thomas verfasste und die kleine Stimme in ihrem Kopf zu ignorieren versuchte, die sie immer wieder darauf hinwies, dass sie diesen Bericht vielleicht niemals abgeben würde. Dann spürte sie eine Veränderung der Muskeln, in denen sie sich gerade befand. Ganz offensichtlich gab es viel Bewegung.

*Sei bereit!*, dachte sie. Die Muskeln zogen sich nicht nur zusammen und dehnten sich wieder, sondern sie zitterten auch heftig. *Das muss die Checquy sein. Sie greifen es an!* Dann gab es einen unglaublichen Ruck, und im nächsten Moment waren die Wände um sie herum verschwunden.

*Jetzt!* Felicity stürmte davon, aus dem Monster auf den Zementboden des Hangars. *Frei!* Ihr Geist zischte zu der Stelle, wo die Beobachtungsplattform aufgebaut worden war.

*Zurück in meinen Körper.*

*Zurück in meinen Körper.*

*Zurück in meinen Körper.*

*Wo zum Teufel ist mein Körper?* Sie konnte ihn nicht finden. Alles, was sie fand, waren die Trümmer des Zeltes. Sie zuckte mental zusammen und suchte die Gegend nach Resten ihrer Leiche ab.

Nichts.

*Was ist da passiert?*, dachte sie nahezu wahnsinnig vor Angst. Einen lächerlichen Moment lang fragte sie sich, ob sie sich in der Stelle vertan hatte. *Ich habe mich verirrt.* Aber nein, das zerrissene Plastik des Zeltes lag auf den Trümmern der Plattform und diesem verfluchten Stuhl. *Es ist verschwunden! Sie sind verschwunden! Ich bin verschwunden!* Sie war entsetzt und fassungslos.

*Sie haben meinen Körper weggebracht.* Sie machte sich in diesem gigantischen Hangar auf die Suche.

*Das ist wirklich ein beschissener Tag.*


*Oh Gott, ich ertrage es nicht mehr.*

Immer und immer wieder zischte dieses brennende gelbe Licht durch die Kammer. Und immer und immer wieder kreischten und brannten die drei. Selbst die weiße Leiche im Stuhl verkohlte allmählich und erfüllte den Raum mit einem Gestank, der noch schlimmer war als der Geruch der schwarz anlaufenden Wände. Bei dem Pestilenzhauch von verbrennendem verfaultem Fleisch hatten der Meeresbiologe und der Zoologe alles ausgekotzt, was sie jemals in ihrem Leben gegessen hatten, und Odette leistete ihnen bei dieser Feier nur deshalb keine Gesellschaft, weil sie ihren Magen versiegelt hatte.

Als Rauch die Kammer füllte, setzten sie alle hastig ihre Masken wieder auf. Allerdings stellte Odette fest, dass ihre Visierplatte vollkommen zerschmettert war. Jetzt brannte ihr der Rauch in der Lunge und in den Augen. Wenn sie versuchte, ihre Atmung auszusetzen, dann würde sie in einen tiefen Schlaf verfallen, aber sie wusste, dass die unaufhörlichen Bewegungen der Kamera und die nächste versengende Lichtwelle sie wecken würden, woraufhin ihre Atmung wieder einsetzen würde.

*Ich glaube, ich werde sterben,* dachte sie schwach. Eine weitere Lichtquelle brannte auf ihrer Haut. *Aber offensichtlich nicht schnell genug.* Sie dachte an das Gift in ihren Knochendornen und fragte sich, ob es wohl falsch wäre, wenn sie sich jetzt töten würde.

Wieder flammte das gelbe Licht auf, und sie spürte, wie ihre Haut Blasen warf. *Ist das jetzt genug Schmerz?* Dann ebbte die Welle ab. *Niemand würde mir das verübeln, bestimmt nicht. Ein kleiner Kratzer oder ein Stich mit dem Oktopusgift, und ich könnte davongleiten. Kein Schmerz mehr, kein Gram, keine Angst.* Aber dann fiel ihr Blick auf die beiden Männer auf der anderen Seite des Raums. Zu ihrer wenn auch etwas gedämpften Überraschung wurde ihr klar, dass sie die beiden nicht einfach im Stich lassen konnte, indem sie sich tötete und den leichten Ausweg nahm. Und die Männer töten

konnte sie ebenfalls nicht. *Selbst wenn ich es mit ihrer Erlaubnis täte, würde es die Verhandlungen sabotieren, sobald die Checquy herausfände, dass mein Gift sie umgebracht hätte.*

*Ich kann gar nichts tun.*

Das Licht flammte wieder durch den Raum, sie schloss
die Augen und ertrug den brennenden Schmerz.

# 24

**Odette nahm nichts mehr** wahr außer dem Schmerz. Sie brannte innen und außen, konnte einfach nur dort liegen, den Schmerz ertragen und auf den Tod warten. Sie dachte nicht, fühlte nur erschöpft, wenn eine neue Welle sie verbrannte.

Sie wusste nicht einmal, ob die beiden Männer noch am Leben waren. Der Raum hatte aufgehört, sich zu bewegen, aber immer noch zuckten vereinzelte gelbe Blitze hindurch, oder der Boden bebte schwach.

Schließlich ertönte ein donnerndes Geräusch in der Kammer, und Odette öffnete mühsam die Augen. Sie sah, wie sich die Wände bogen und heruntersanken. Sie brachen ein und zerrissen schließlich mit einem Geräusch, bei dem sich ihr der Magen umdrehte. Flüssigkeiten sickerten herein, und sie sah Tageslicht. Dann hörte sie ein Geräusch, als würde verbranntes Fleisch zerfetzt werden, und ein Seil wurde durch einen Riss über ihr in die Kammer hinabgelassen. Ein Mann seilte sich ab und rümpfte die Nase.

»Hallo, ihr drei! Entschuldigt die Verspätung. Es hat ziemlich viel Arbeit gekostet, die Bestie zu töten. Wir mussten Verstärkung von der Marine anfordern. Dieses Ding war verflucht zäh.« Er blickte herab auf die drei vor sich, die ihn benommen musterten. Ihre Anzüge qualmten und ihre ungeschützten Gesichter waren dunkelrot von der Hitze. »Habt ganz schön was abgekriegt, stimmt's? Ich denke, ihr könntet alle einen guten Schluck vertragen.« Er sprach in sein Headset. »Ich habe unsere Leute. Sie sehen wirklich ziemlich übel mitgenommen aus.«

»Tut mir leid, aber Sie können hier nicht einfach herein – *au! Aua!*«

Odette öffnete die Augen und sah, wie Pawn Clements den Arzt an Krawatte und Gürtel packte und ihn ohne viel Federlesens aus der Tür in den Gang schob, während sie ihm gleichzeitig geschickt sein Klemmbrett abnahm. Dann trat sie die Tür hinter sich zu und ging zum Bett. Dabei hatte die Pawn keinen Augenblick lang ihren entsetzten Blick von Odette genommen.

»Dreimal verfluchter Mist!«, stieß Clements hervor. Sie klang vollkommen bestürzt. »Oh Himmel, sehen Sie sich Ihr Gesicht an!« Da dieses Manöver nicht möglich war, begnügte sich Odette damit, mit großen Augen auf die zutiefst aufgewühlte Pawn zu blicken. Clements war vollkommen aufgelöst und aus irgendeinem Grund in einen merkwürdig durchsichtigen Overall gekleidet, durch den man ihre Unterwäsche sehen konnte. Ihr Zopf befand sich in Auflösung, ihr Gesicht war gerötet, und sie atmete schwer. Es war ganz offensichtlich, dass sie gerade von irgendwoher zur medizinischen Abteilung gerannt war.

»Und sehen Sie sich Ihre armen Hände an!«, stöhnte die Pawn. Odette hob sie mühsam an. Sie musste einräumen, dass sie nicht übermäßig gut aussahen. Sie waren rot, wund, nässten und waren vollkommen von antiseptischer Creme bedeckt. »Haben Sie große Schmerzen?« Odette wollte etwas sagen, aber die Pawn blätterte bereits ihre Krankenakte durch.

»Verbrennungen, Rauchvergiftung, möglicherweise andere Vergiftungen!«, las Clements laut vor. »Himmel, sie haben Pawn Mnookin auf dieses Ding losgelassen. Bei der

Strahlung, die sie abgibt, könnte man das durchaus als Kriegsverbrechen klassifizieren.« Die Pawn blickte entsetzt hoch. »Geht es Ihnen gut? Wie fühlen Sie sich?«

Odette spürte das Gefühl von Glück, das man erlebt, wenn sich jemand wirklich um einen sorgt.

»Ich weiß nicht, was zum Teufel Sie sich dabei gedacht haben!«, fuhr Clements fort, ohne auf eine Antwort zu warten. »Haben Sie eine Vorstellung, in welche Schwierigkeiten Sie mich dadurch gebracht haben?«

Odettes Glücksgefühl löste sich abrupt auf und wurde durch die Bestürzung ersetzt, die einen überkommt, wenn jemand einen fertigmachen will.

»Ich kann Ihre Selbstsüchtigkeit einfach nicht fassen! Ich bin für Ihre Sicherheit verantwortlich, meine Karriere steht auf dem Spiel, und kaum kehre ich Ihnen einmal den Rücken zu, nutzen Sie die Gelegenheit und kriechen in ein Scheißmonster? Sind Sie wahnsinnig? Oder ist das einfach nur ein Fall von selbstmörderischer Dummheit?«

»Ich dachte, weil die anderen Wissenschaftler doch auch hineingehen ...«, setzte Odette an.

»Weil die anderen Wissenschaftler es gemacht haben, waren Sie der Meinung, dass Sie es auch tun müssten? Wie alt sind Sie, dreizehn?«, schrie Clements. »Die anderen Wissenschaftler sind ersetzbar. Die anderen Wissenschaftler sind keine diplomatischen Gesandten. Die anderen Wissenschaftler werden nicht mit ihren Delegationsführern als Gäste vom Lord und der Lady der Checquy dieses Wochenende aufs Land fahren! Und jetzt sehen Sie sich an! Sie werden tagelang im Krankenhaus liegen – vielleicht sogar Wochen!«

»Nun, eigentlich ...«, begann Odette.

»Und außerdem könnte dieser Vorfall den Verhandlungen ungeheuren Schaden zufügen!«, fuhr Clements fort.

»Glauben Sie, dass so etwas eine gute Botschaft aussendet? ›Sicher, ein Mitglied Ihrer Familie steht unter dem Schutz der Regierung, und sie wurde gerade eben verbrannt, zerdrückt und in einem gigantischen Schweinswal vergiftet!‹« Angesichts Odettes Dummheit verschlug es ihr offenbar einen Moment die Sprache. »Ich kann Ihnen verraten, dass diese Fielding es bereuen wird, Sie jemals getroffen zu haben!«

»Sie dürfen sie nicht bestrafen! Es war meine Idee, dort hineinzugehen!«, protestierte Odette.

»Ja, und außerdem haben wir jetzt zweifelsfrei festgestellt, dass man nicht darauf vertrauen darf, dass Sie auf sich aufpassen können. Ihr Privileg, eigene Entscheidungen zu treffen, ist widerrufen worden. Sie werden ins Apex-Krankenhaus verlegt, und ich werde in einer Ecke Ihres Zimmers sitzen, Modemagazine lesen und dafür sorgen, dass Sie sich nicht aus Versehen mit Ihrem Plastiklöffel ins Auge stechen!«

*Also gut, das reicht!*

»Wissen Sie was?«, fuhr Odette wütend hoch. »Halten Sie einfach Ihr Maul!«

»Was war das?«, fragte Clements gefährlich leise.

»Halten Sie Ihr Maul. Sie sind nicht mein Boss, und Sie sind nicht meine Mutter. Sicher, sollte ich jemals zur Checquy kommen, besteht durchaus die Möglichkeit, dass Sie in irgendeiner bescheuerten schachbezogenen Hackordnung über mir landen, obwohl ich es bezweifle. Denn ich kann einem Mann den Kopf wieder annähen, und er wird es überleben, vorausgesetzt, ich kriege ihn rechtzeitig auf den Tisch, während Ihre Hauptqualifikation offensichtlich darin besteht, dass Sie ein echtes Miststück sein können!«

»Glauben Sie vielleicht, dass ich jemandem nicht die Scheiße aus dem Leib prügele, nur weil ich für ihre Sicherheit verantwortlich bin und sie unter ernsten Verbrennungen und …«, Clements warf einen Blick auf das Klemmbrett, »einer möglichen inneren … Verkochung leidet?«

»Ich glaube kaum, dass Sie das tun werden. Denn im Moment bin ich die VIP, und Sie sind … Sie sind mein Gefolge.«

»Ihr Ge-was?«, wiederholte Clements. Odette spürte förmlich die Hitze ihrer Wut. »Ihr *Gefolge?*«

*Ich habe gerade vielleicht einen riesigen Fehler gemacht,* dachte Odette, *aber ich werde meine Schläge setzen, bevor sie mich vernichten kann.* Also machte sie rücksichtslos weiter.

»Ja«, wiederholte Odette. »Mein Gefolge. Und was die Verbrennungen angeht, brauchen Sie sich keine Sorgen zu machen. Ich brauche nur ein oder zwei Nächte in einer Badewanne voller Chemikalien zu verbringen, die ich im Hotel aufbewahrt habe. Wenn ich herauskomme, sehe ich aus, als hätte ich einen leichten Sonnenbrand gehabt. Also können Sie sie sich von Ihrem Krankenhausszenario verabschieden. Tut mir leid wegen der Modemagazine«, setzte sie gereizt hinzu.

»Ich bin nicht Ihre Dienerin«, stieß Clements zwischen den Zähnen hervor. »Ich bin hier, um Sie zu beschützen. Und offenbar muss ich Sie in erster Linie vor Ihrer eigenen Idiotie beschützen. Ich werde Ihnen mal etwas erklären: Sie brauchen nicht länger nach Gefahr zu suchen. Dank Ihrer inspirierten Aktivitäten im Apex werden Sie bereits von Leuten gehasst, von Leuten mit übernatürlichen Fähigkeiten. Vorher haben diese Leute schon die reine *Vorstellung* von Personen wie Ihnen gehasst, und jetzt gehen Sie hin und …« Sie holte tief Luft. »Wenn Sie noch einmal so was tun wie das hier und es mir gelingen sollte, Ihnen das Leben zu retten, dann werde ich Ihnen anschließend Ihre Knöchel brechen.« Sie machte eine kleine Pause. »Und sollten Sie irgendwelche sonderbaren Knöchelheilungsfähigkeiten haben, die mich daran hindern, dann werde ich Ihnen einfach ein Halsband anlegen und Sie an die Leine nehmen.«

»Ah, Odette, komm rein«, sagte Grootvader Ernst, ohne aufzublicken. Er saß am Konferenztisch in seiner Suite, auf der ein Haufen von Papieren ausgebreitet war. Seine neue Vorstandsassistentin, ein Ersatz für die unselige Anabella, saß etwas von ihm entfernt und schien angesichts ihrer neuen Pflichten eindeutig nervös zu sein. *Ob sie gehört hat, was mit ihrer Vorgängerin passiert ist?*, dachte Odette. »Du bist früher zurück, als ich erwartet habe.«

»Man hat uns von Portsmouth mit dem Hubschrauber hierhergebracht«, erklärte Odette säuerlich.

»Das ist nett. Ria, sobald Sie die Zugtickets gekauft haben, können Sie den Chimären diese Nachricht auf ihre Handys mailen.« Er schrieb mit seinem Füllfederhalter einige Telefonnummern aus dem Gedächtnis auf ein Stück Papier. »Außerdem brauchen sie Zimmer in London.«

»Separate Zimmer?«, fragte die Assistentin. »An unterschiedlichen Orten?«

»Nein. Ein Hotelzimmer, und das so zentral wie möglich«, antwortete Ernst. »Ein Einbettzimmer. Jeder von ihnen braucht nur zwei oder drei Stunden Schlaf innerhalb von vierundzwanzig Stunden, also können sie in Schichten schlafen. Den Rest der Zeit sollen sie in der City unsere Ziele aufspüren.« Er schob Ria ein Stück Papier herüber, das in seiner üblichen gestochenen Handschrift beschrieben war. »Hier sind die Details über die Konten, die Sie benutzen werden, und die Identität, unter der die Buchung laufen sollte.«

»Ja, Sir«, antwortete die Frau. Sie schien in etwa das Alter von Odettes Mutter zu haben. Sie klappte ihren Laptop auf und begann, auf der Tastatur herumzutippen.

»Grootvader, ich muss mit dir reden.«

»Natürlich, setz dich«, erwiderte Ernst. »Gib mir einen Moment Zeit, wir sind gerade dabei, die Chimären zu aktivieren.«

»Das ist eines der Dinge, über die ich mit dir reden muss, verstehst du …« Sie wurde von Marie unterbrochen, die mit jeweils einer großen Flasche Wasser unter ihren Armen und in jeder Hand das Zimmer betrat.

»Hallo, Odette«, sagte sie. »Du bist ja früh zurück. Warum trägst du diesen schwachsinnigen Hut?« Ernst blickte kurz von seinen Papieren hoch und hob eine Braue.

»Dieser Hut ist tatsächlich schwachsinnig«, stimmte er Marie zu. Der fragliche Hut bestand aus schillerndem türkisfarbenem Stroh und hatte einen dichten schwarzen Schleier und eine so breite Krempe, dass er Odette und drei weitere Menschen vor den brennenden Strahlen der Sonne – die an diesem Tag nicht schien – hätte schützen können.

»Den hat mir die Checquy gegeben«, erklärte Odette. »Sie waren der Meinung, dass ich mein Gesicht vor den Gästen des Hotels verbergen sollte.«

»Das ist aber sehr umsichtig von ihnen gewesen«, erwiderte Ernst zerstreut.

»Ich habe das Gefühl, dass du mir gar nicht zuhörst«, merkte Odette an.

»Aber ich höre dir zu, Dette«, meinte Marie. Sie stellte etwas ungeschickt die Flaschen auf den Tisch, setzte sich, hob eine an ihren Mund und nahm ein paar tiefe Züge. Sie trank ruhig, aber trotzdem lief ihr Wasser über das Kinn und tropfte auf ihr Designerkostüm. »Warum wollen sie, dass du dein Gesicht versteckst?«, fragte sie nach einigen Augenblicken.

»Weil ich aussehe, als wäre ich in der Mikrowelle gewesen!«, erwiderte Odette und nahm den Hut ab. Ihr war sehr bewusst, dass wegen ihres Gesichts zweifellos nicht tausend

Schiffe in See gestochen wären, es sei denn, sie hätten versucht, ihrem Anblick zu entkommen. Die Creme, die die Checquy ihr gegeben hatte, tötete zwar den Schmerz ab und machte alles steril, aber sie schimmerte auf ihren Brandblasen, sodass sie schlimmer aussahen als vorher. Die Vorstandsassistentin keuchte leise, aber Ernst und Marie wirkten sonderbar ungerührt. Er schrieb weiter, und Marie trank mehr vom Wasser, wie ein kräftiger Mann, der an einem Sommertag vom Joggen zurückgekommen war. »Ich hoffe, ich muss euch nicht erklären, dass ich so nicht ausgesehen habe, als ich heute Morgen losgegangen bin.«

»Man hat uns über die Ereignisse ins Bild gesetzt«, antwortete Marie. »Wir wollten hinterher darüber reden. Hat Marcel schon nach dir gesehen?«

»Nein, er ist immer noch im Apex House«, antwortete Odette.

»Also, du bist Ärztin. Wirst du daran sterben?«

»Nein«, gab Odette mürrisch zu. Sie ahnte, worauf das hinauslief.

»Wirst du auf irgendeine Weise verkrüppelt bleiben?«

»Nein.«

»Wirst du ständig entstellt sein?«

»Nein.«

»Dann hör auf herumzujammern«, sagte Marie. »Sicher, du siehst aus wie irgendwas Gegartes aus der italienischen Küche, aber du kommst schon drüber hinweg.«

»Ich habe eine schreckliche Erfahrung gemacht!«, maulte Odette. »Ich könnte vielleicht ein mentales Trauma davongetragen haben.«

»So etwas gibt es nicht«, meinte Ernst abschätzig, ohne auch nur von seinen Papieren aufzublicken. »Das ist die Ausrede von schwachen Menschen.«

»Schwach? Hast du gehört, was mir passiert ist?«

»Ja«, antwortete Marie. »Du hast einen Wal oder so etwas untersucht, und es stellte sich heraus, dass er nicht tot war.«

»Es war kein Wal«, widersprach Odette. »Es war eine Kreatur, wie ich sie noch nie zuvor gesehen habe. Sie war riesig.«

»Das klingt wirklich faszinierend.« Marie setzte die Flasche kurz ab.

»Besonders interessant war die Tatsache, dass in der Mitte dieser Kreatur ein Raum war, in dem ein Stuhl stand, auf dem eine tote Person saß, die hervorstehende Knötchen auf dem Kopf und fahle weiße Haut hatte.«

Bei dieser Enthüllung verschluckte Marie sich und spritzte einen Schwall Wasser über den Tisch hinweg auf Ernst.

»Ich will euch nicht belügen«, erklärte Odette. »Aber diese Reaktion war unglaublich befriedigend.«

»Ein … ein Antagonist?« Marie hustete.

»Ja.«

»Haben die Mitglieder der Checquy die Natur ihrer Entdeckung erkannt?«, fragte Ernst eindringlich.

»Nein, sie haben keine Ahnung«, antwortete Odette. »Sie haben über Wassermänner und Nixen geredet.«

»Wassermänner?«, wiederholte Ernst verblüfft. »Gibt es solche Kreaturen?«

»Das weiß keiner«, erklärte Odette. »Aber allein die Möglichkeit bedeutet, dass sie sich diese Kreatur genauer ansehen werden. Grootvader, du musst ihnen von den Angriffen erzählen.«

»Das kommt überhaupt nicht infrage«, gab Ernst zurück. Er blickte wieder auf seine Unterlagen und stieß ein gereiztes Knurren aus. Der Wasserschwall aus Maries Mund hatte seine Notizen aufgeweicht. Er machte sich daran, sie erneut zu schreiben.

»Die Antagonisten sind erheblich mächtiger und verfügen über weit mehr Ressourcen, als uns klar gewesen ist«, stellte Odette fest. »Sie müssen über diese Kreatur in dieses Land gekommen sein. Ich habe noch nie so etwas gesehen.«

»Wir schon«, warf Ernst grimmig ein.

»Du wusstest, dass die Antagonisten so etwas hatten? Aber natürlich wusstest du das! Du musst es der Checquy erzählen!«

»Das Problem wird schon bald gelöst sein«, mischte sich Marie ein.

»Sicher?«, fragte Odette. »Denn im Moment sieht es eher so aus, als würden die Dinge sich schon sehr bald zum erheblich Schlechteren wenden. Und warum säufst du eigentlich wie ein übergewichtiger Fettkloß auf einem Rave?«

»Ich musste eine sichere Verbindung zu den Chimären in Wales aufbauen«, antwortete Marie, bevor sie den Rest der dritten Flasche leerte und nach der letzten griff. »Das ist sehr dehydrierend.«

»Ich wusste nicht, dass du Kommunikationsimplantate hast.« Odette war überrascht. Die Züchter konnten Geräte implantieren, die dem Verwender erlaubten, sich nur mit dem Geist in das World Wide Web einzuklinken. Solche Geräte waren für gewöhnlich allerdings Vorstandsassistenten, Adjutanten und Leibwächtern vorbehalten, weil sie zu viel Platz im Körper der Menschen beanspruchten. Ältere, bedeutendere Züchter – die wichtig genug waren, Vorstandsassistentin, Adjutanten und Leibwächter zu haben – waren daran gewöhnt, ihre Kommunikation über weite Entfernungen durch die Münder ihres Gefolges abzuwickeln. Die Angestellten kanalisierten die Kommunikation und agierten als Freisprecheinrichtung, ohne dass man sie hätte aufspüren können. »Wie hast du bei deinen Kampfähigkeiten auch noch Platz dafür?«

»Marcel hat sie mir implantiert«, erklärte Marie. »Sie sind keine Standardmodelle und sind auch noch nicht vollständig. Aus diesem Grund muss ich so viel wie mein eigenes Körpergewicht trinken, bevor ich so etwas mache.«

»Wie lautet deine Anschlussnummer?«, erkundigte sich Odette neugierig.

»Die werde ich dir bestimmt nicht verraten«, meinte Marie. »Ich will nicht, dass du betrunken morgens um vier mein Gehirn anwählst, weil du deine Geldbörse verloren hast und nach Hause gefahren werden willst.«

»Das habe ich nur einmal gemacht«, sagte Odette.

»Du warst in Deutschland, und ich war in Belgien«, gab Marie zurück.

»Und ich war sehr dankbar. Wir alle waren dir dankbar.« Dann hielt sie den Mund. *Es passiert einfach,* dachte sie. *Ich vergesse einen Moment alles, was ich verloren habe, jeden, den ich verloren habe, und dann bringt ein einfacher Kommentar all das zurück.*

»Ich nehme an, diese Leiche in dem Wal zu finden war sehr hart«, sagte Marie leise. Sie legte Odette eine Hand auf die Schulter. »Das muss einige sehr schmerzhafte Erinnerungen zurückgeholt haben.«

»Ja, aber nur vom schlimmsten Tag in meinem Leben.« Odette zuckte mit den Schultern und seufzte. »Jedenfalls dachte ich, ihr solltet alles über diese Kreatur erfahren und über … den Antagonisten.«

»Danke«, sagte Marie. »Wir reden später darüber.« Sie lachte. »Deine Leibwächterin muss einen Anfall bekommen haben.«

»Sie war jedenfalls nicht sonderlich erfreut. Und dabei fällt mir wieder ein«, fuhr Odette fort, »dass ich eine andere Leibwächterin will.«

»Warum?«, fragte Marie.

»Weil Felicity Clements ein Miststück ist. Sie ist unhöflich, sie ist dominierend, und ich halte sie für eine Psychopathin. Ich will nichts mehr mit ihr zu tun haben, und ich will sie auch nicht in meiner Suite sehen. Wenn ich schon einen Leibwächter brauche, könntet ihr die Checquy nicht um einen anderen bitten?«

»Das halte ich nicht für eine gute Idee«, mischte sich Ernst ein. »Die Checquy könnte das für eine Beleidigung halten.«

»Umso besser!«, rief Odette. »Sie hat gedroht, mir die Knöchel zu brechen!«

»Oh, wir alle haben dir irgendwann schon einmal die Knöchel brechen wollen«, meinte Marie wegwerfend. »Oder zumindest den Kiefer.« Odette gab ein unverständliches Gurgeln von sich.

»Sollte sie dir tatsächlich die Knöchel brechen, komm zu mir und rede mit mir«, sagte Ernst und wandte sich wieder seinen Papieren zu. Dann hielt er inne und dachte kurz nach. »Oder ruf mich zumindest an.«

»Ihr Gehirn war also in einem Monster«, stellte Alessio fasziniert fest.

»Mein Geist, nicht mein Gehirn«, verbesserte ihn Felicity. »Sie haben mir schließlich nicht den Schädel aufgesägt oder so etwas.«

»Und dann wurde das Monster lebendig.«

»Ja. Sie haben meinen Körper weggeschafft, während ich draußen war«, fuhr die Pawn fort. »Offenbar hatten sie Sorge, dass die Bestie den Beobachtungspavillon zerschmettern könnte.«

»Und hat sie das getan?«, fragte Alessio.

»Na klar«, antwortete Felicity. Sie lehnte sich auf ihrem Stuhl zurück und schloss die Augen. »Zwanzig Sekunden nachdem sie meinen Körper dort hinausgeschafft hatten, wurde das ganze Ding wie ein Ei zerquetscht. Der diensthabende Arzt hat sich das Bein gebrochen. Dann haben die Soldaten den Unterkiefer der Kreatur, in dem mein Geist steckte, abgetrennt. Nachdem das Fleisch abgestorben war und ich hinauskommen konnte, habe ich versucht, in meinen Körper zurückzugelangen. Aber ich habe nur die zertrümmerten Reste der Plattform gefunden.« Ohne die Augen zu öffnen, trank sie einen Schluck Talisker 12. »Hätte ich Zugang zu meinem Herzen gehabt, dann hätte ich vermutlich einen Herzinfarkt bekommen.«

Die Erinnerung an dieses mentale Krabbeln durch den Hangar steckte ihr noch in den Knochen: die Furcht, ihren Körper zerschmettert und zerstört vorzufinden. Das Wissen, dass sie, wenn sie ihren Leichnam gefunden hatte, dort wieder hineingeglitten wäre, unfreiwillig ihren Geist ausgelöscht hätte, statt als Geist weiterzuexistieren. *Ist das vielleicht etwas, dessen man sich schämen muss?*

»Am Ende habe ich mich jedenfalls gefunden, was ja ziemlich offensichtlich sein dürfte, aber es hat eine Weile gedauert. Als ich die Augen geöffnet habe, war mein Gesicht vollkommen von meinem eigenen Speichel überzogen, und ein riesiger hünenhafter Ire stand mit einer Machete an meiner Kehle neben mir.«

»Was haben Sie gemacht?«

»Ich habe ihm die Nase gebrochen«, gab Felicity müde zu.

»Wow.«

»Na ja. Es war nicht so großartig, wie es sich anhört. Denn erstens war er derjenige, der meinen Körper in Sicherheit gebracht hatte, wodurch ich ziemlich schwach rüberkam. Und zum anderen hat jeder geglaubt, dass ich besessen von dem rachsüchtigen Geist eines Walmonsters zurückgekehrt wäre. Ich musste sehr schnell sehr viel reden, um sie davon zu überzeugen, dass dem nicht so war.«

»Und jetzt müssen Sie einen Bericht für Ihre Vorgesetzten schreiben«, stellte Alessio fest.

»Bingo.«

»Glauben Sie nicht, dass Sie dann besser aufhören sollten zu trinken?«

Bei seinen Worten öffnete Felicity die Augen. Sie hatte bereits eine vernichtende Erwiderung auf den Lippen, aber dann flog die Tür auf. Leliefeld marschierte herein, ihren riesigen Hut in den Händen. Sie sah weder Alessio noch Felicity an, sondern stampfte einfach nur quer durch die Suite in ihr Schlafzimmer. Die beiden hörten, wie zwei weitere Türen zugeschmettert wurden, und dann das leise Geräusch von Wasser, als ein Bad eingelassen wurde.

»Ich glaube, das ist jetzt der perfekte Zeitpunkt, um zu trinken«, sagte Felicity.

Odette klappte den Toilettensitz herunter und nahm sich vor, Alessio eine Kopfnuss zu geben, wenn sie das nächste Mal eine Chance dazu bekam. Dann klappte sie auch den Deckel herunter, setzte sich darauf und hörte dem Wasser zu, wie es in die Badewanne rauschte. Der Raum füllte sich mit Dampf und dem Duft von Jasmin. Auf dem Waschtisch stand ein Foto von ihren Freunden und ihr, alle elegant für eine Hochzeit gekleidet, auf die sie gehen wollten. Sie dachte an den weißen Leichnam, den sie im Bauch dieser Bestie gesehen hatte. Alle Erinnerungen, gegen deren Wiederkehr sie sich Tag für Tag wehren musste, stürmten auf sie ein. Das Entsetzen, das Verlustgefühl. Dann, sehr vorsichtig, um ihre verletzte Haut nicht noch stärker zu beanspruchen, ließ sie den Kopf in die Hände sinken und begann zu weinen.

# 25

**Odette fühlte sich schlichtweg** entsetzlich, als sie am nächsten Morgen aufwachte. Sie stemmte sich aus der Wanne, wusch sich in der Dusche erschöpft den Schleim ab und schlenderte dann ins Wohnzimmer der Suite. Dort traf sie jedoch auf Clements, die auf dem Teppich vor dem Fernsehgerät irgendeine Art von Kampfyoga absolvierte. Die Pawn sah sie unter ihrer linken Achselhöhle hervor an.

»Oh, Sie sind schon aufgestanden«, sagte Clements. Odette zuckte gleichgültig die Achseln. Mit einem leisen Stöhnen löste die Pawn ihren linken Arm und ihr rechtes Bein voneinander und rollte sich auf die Füße. Dann betrachtete sie Odette kritisch. »Sie haben offenbar nicht gescherzt, was dieses Zeug in Ihrer Wanne angeht«, meinte sie anerkennend. »Sie sehen wirklich so aus, als wären Sie am Strand in Tahiti eingeschlafen, aber das ist auch schon alles. Ich nehme nicht an, dass die beiden Männer, die mit Ihnen in dieser Bestie gewesen sind, dieses Zeug ebenfalls benutzen können?«

»Dafür müssten sie zwei Jahre lang Impfungen bekommen und jeden Tag Ergänzungsmittel nehmen«, erwiderte Odette mürrisch. »Sonst blättert ihnen die Haut in großen Fetzen vom Leib.«

»Schon klar«, gab Clements zurück.

»Wo ist Alessio?« Die Pawn sah Odette sonderbar an. »Was ist?«

»Er ist mit der Schülergruppe unterwegs«, berichtete Clements. »Es ist drei Uhr nachmittags.«

»Oh.« Odette sah sich um. »Was liegt heute an?«

»Nichts.« Clements zuckte beiläufig mit einer Achsel. »Heute sind keine Besprechungen angesetzt. Sie können einfach im Hotel bleiben.«

»Sie haben nichts zu tun?«

»Ich habe mich mit dem Zimmerservice vergnügt«, gab Clements zurück. »Ich habe mir einen Lunch nur aus Parfaits zusammengestellt.«

»Ich für meinen Teil will jedenfalls nicht den ganzen Tag hier drinnen bleiben«, verkündete Odette.

»Okay.« Clements hob eine Braue. »Und was wollen Sie machen?«

»Ich will irgendetwas Touristisches unternehmen. Seit wir aus dem Flugzeug gestiegen sind, hat man uns gewarnt, bloß ja nicht auszugehen. Also gut, ich habe eine Leibwächterin, ich sollte in Sicherheit sein, also werde ich ausgehen.«

»Sie haben nicht gerade die besten Referenzen, wenn es um ›Ich sollte in Sicherheit sein‹ geht«, wies Clements sie zurecht. »Sie haben es sogar geschafft, geisterhaften Zorn auf sich zu ziehen, obwohl Sie nur in einem Konferenzraum gesessen haben. Aber schön, wohin wollen Sie gehen?«

»Was ist denn Ihr Lieblingsort in London?«, erkundigte sich Odette.

»Wie sich herausgestellt hat, liebe ich es, Wiederholungen von gerichtsmedizinischen Thrillern in der Glotze eines Fünfsternehotels anzusehen und dabei Parfaits zu verspeisen.«

»Gehen wir in die St. Paul's Cathedral«, schlug Odette vor. »Alessios Schulklasse wollte ebenfalls dorthin, und ich möchte sie wirklich sehen.«

»Na gut«, gab Clements nach. »Ich bin seit der Grundschule nicht mehr in St. Paul's gewesen. Die Kathedrale ist sehr cool. Übrigens, gibt es einen besonderen Grund, warum Sie dorthin wollen?«

»Nein«, log Odette.

Sie standen vor der St. Paul's Cathedral, die aussah, als wäre sie nicht von dieser Welt. Es wirkte fast so, als hätte man sie in die City hineinkopiert, nur um die anderen Gebäude billig und geschmacklos aussehen zu lassen. Odette blickte die Treppe hinauf und ignorierte die herumlungernden Studenten, folgte mit dem Blick den Säulen und noch mehr Säulen, hin zu dem großartig gemeißelten Giebel bis zur Kuppel, die in den unerwartet blauen Himmel ragte.

*Du hast ja so recht gehabt, Pim,* dachte Odette. *Sie ist wirklich fantastisch.* Sie entspannte sich ein wenig. *Alles in meinem Leben ist nur vorübergehend,* dachte sie. *Dieses Gebäude wird noch stehen, lange nachdem ich und meine lächerlichen Probleme verschwunden sind.* Es war gleichzeitig ein tröstender und auch etwas deprimierender Gedanke.

In der Kathedrale hörten die Frauen statt des gedämpften Flüsterns ehrfürchtiger Besucher ein Orchester, das entweder seine Instrumente stimmte oder ein extrem modernes Musikstück spielte. Eine kleine Tafel auf einem Gestell informierte alle Besucher, dass das Orchester und der Chor von Greater Juster Norton an diesem Abend hier auftreten würden und sich für jegliche Störungen entschuldigten, die ihre Probe verursachte. Die beiden Frauen gingen durch das Mittelschiff, unter den gewaltigen Bögen und den hohen Decken hindurch.

In der Mitte unter der Kuppel saß das Orchester auf einer breiten Plattform. Die Blechbläser dudelten auf ihren Instrumenten, und die Streicher fuhren stirnrunzelnd mit ihren Bogen über die Saiten. Sie alle zusammen produzierten diese kleinen Geräusche, die in der orchestralen Welt für das

Vorspiel stehen. Sänger – Odette und Felicity nahmen jedenfalls an, dass es sich um den Chor handelte – saßen herum, lasen in ihren Büchern oder spielten mit ihren Smartphones. Keiner von ihnen betrachtete mit offenem Mund das herrliche Spektakel über ihnen, was Odette erstaunte, denn das war so ziemlich alles, was sie in diesem Moment tun konnte.

»Oh!«, entfuhr es ihr unwillkürlich. Dann stieß sie Clements mit dem Ellenbogen an und deutete auf die Empore, die den Fuß der Kuppel umringte. »Das ist das Flüstergewölbe.«

»Was?«, schrie Clements, um den Lärm des Orchesters zu übertönen.

*Um Gottes willen!*

»Das ist das Flüstergewölbe«, wiederholte Odette etwas lauter. »Wenn Sie dort oben hinaufgehen und sich an die Wand stellen und flüstern, dann trägt die Rundung der Kuppel ihre Stimme mit sich herum, sodass jemand auf der anderen Seite sie hören kann.«

»Daran kann ich mich vage erinnern.«

»Sehen Sie die Spitze der Kuppel?«

»Ja, sicher«, gab Clements zurück. »Sie ist schließlich direkt über uns.«

»Dort oben ist ein kleines Fenster eingelassen. Wenn man hinaufklettert, kann man dadurch bis auf den Boden hinabblicken.«

»Ist es auch kotzsicher?«, erkundigte sich Clements. »Denn ich kann mir nichts vorstellen, was mit größerer Sicherheit Höhenangst hervorrufen würde, als das zu tun, was Sie gerade beschrieben haben. Und wenn man von dieser Höhe auf jemanden herunterkotzt, wird Ihre Kotze diese Person sprichwörtlich in zwei Hälften teilen.«

»Ich … ich glaube nicht, dass das so ist«, widersprach Odette.

»Sie hätten Lust hinaufzuklettern, stimmt's?«, fragte Clements. Odette nickte. »Warum?«

»Weil es da ist. Und weil es cool ist.«

»Jedenfalls können Sie das nicht tun.« Odette sah sie an. »Es sei denn, Sie verraten mir den wahren Grund, warum Sie hierhergekommen sind.« Die Pawn machte nicht den Eindruck, als wollte sie in diesem Punkt nachgeben.

»Schön«, antwortete Odette schließlich. »Ich mag Kathedralen. Ich habe sie früher immer mit jemandem zusammen besucht.«

»Mit Ihrem Freund Pim«, gab Clements zurück. Odette warf ihr einen erschrockenen Blick zu. »Ich habe Ihre Akte gelesen.«

»Oh. Das steht in meiner Akte?«

»Und außerdem hat Alessio geredet.«

»Dieser kleine Scheißkerl!«, rief Odette und sah sich dann schuldbewusst um. Obwohl das Orchester immer noch seine Instrumente stimmte, hatten etliche Besucher der Kathedrale sie gehört. Sie setzte eine schuldbewusste Miene auf.

»Und Marcel auch«, fuhr Clements fort. »Ich bedauere Ihren Verlust.« Das klang extrem einstudiert, als würde sie es aus *Das Pawn-Handbuch für normale soziale Interaktionen* vorlesen.

Odette widerstand dem lästigen Impuls zu erwidern, es wäre ja nicht Clements' Schuld. »Danke«, sagte sie dann zögernd. »Jedenfalls haben wir alle größeren Kathedralen in Europa besucht und hatten uns vorgenommen, St. Paul's unbedingt gemeinsam anzusehen.« *Stattdessen stehe ich jetzt mit Ihnen hier.* »Zufrieden?«

»Also gut, gehen wir hoch«, sagte Clements. »Aber erwarten Sie nicht, dass ich da oben auf der Galerie Süßholz für Sie raspele.«

Sie hätten ohnehin nicht miteinander flüstern können. Als sie die Wendeltreppe mit den viel zu breiten und flachen Stufen hinaufgestiegen waren und die Empore der Flüstergalerie erreicht hatten, trafen sie auf eine Vielzahl von Besuchern. Einige saßen auf der Bank, die an der Wand der Galerie entlanglief, andere standen an der schmiedeeisernen Balustrade, die für Odettes Geschmack viel zu instabil wirkte, und sahen auf das Orchester hinunter. Andere schlenderten zu dem Ausgang auf der anderen Seite der Galerie. Ein paar standen an der Wand und flüsterten, allerdings vergeblich, weil ihre Stimmen von dem Lärm des Orchesters übertönt wurden.

Es rannten auch etliche Kinder furchtlos herum, offenbar völlig unbekümmert trotz der Möglichkeit, dass die Balustrade jeden Moment brechen und der Schwerkraft erlauben würde, sie über den Rand zu ziehen und sie kreischend auf das Orchester in der Tiefe zustürzten.

*Denk daran,* sagte sich Odette, *dass du dir vielleicht ihren Sturz bis ins kleinste schmerzhafte Detail vorstellen kannst, aber dass du trotzdem mit Höhe zurechtkommst. Immerhin bist du außen am Kölner Dom hinaufgeklettert.* Trotzdem setzte sie sich auf die Bank dicht am Eingang. Clements ging ein kleines Stück und setzte sich dann ebenfalls hin. Odette lehnte sich an die Wand und schloss die Augen.

Zu ihrem Entzücken verstummten die Geräusche des Orchesters unter ihnen. Vermutlich hatten sie alle ihre Instrumente gestimmt. Die natürlichen Geräusche einer Kathedrale waren wieder zu hören – die Schritte der Besucher, die gedämpften Stimmen, der Atem des Gebäudes. Nach wenigen Augenblicken begriffen die Touristen die Möglichkeit, die sich ihnen bot, und ein Rauschen von geflüsterten Stimmen schwebte rund um die Galerie. Odette verstand einige Worte von der anderen Seite der Empore.

»… lo?«

»Kannst du mich …?«

»… tere gegen die Wand …«

»Sollen wir …?«

»Odette?«

Sie öffnete die Augen und blickte nach links. Clements saß immer noch da, hatte sich aber vorgebeugt und blickte auf ihr Smartphone. Jedenfalls flüsterte sie nicht gegen die Wand. *Habe ich mir das eingebildet?* Odette sah sich auf der Galerie um. Es gab viele Leute jeden Alters, die mit dem Gesicht zur Wand standen, aber keiner von ihnen wirkte vertraut. Sicher, sie sahen alle vollkommen normal aus, und es gab keine einzige haarlose weiße Person mit gummiartiger Haut zwischen ihnen. Sie lehnte sich langsam wieder zurück.

*»Odette, du kannst mich hören.«* Die Stimme seufzte in ihr Ohr. Es war keine Frage, aber unwillkürlich nickte sie. *»Wir haben dich beobachtet. Wir haben dich durch die Augen dieser Sekretärin gesehen.«* Unwillkürlich verzog sie den Mund, als sie sich an Anabella erinnerte, die bei jenem Treffen von einer Stimme besessen gewesen war. *»Wir werden dich da rausholen. Nicht heute, aber bald.«*

In Odettes Brust regte sich ein sonderbares Gefühl, das sie selbst nicht identifizieren konnte. Furcht? Wut? Trauer? Sie sah nach unten. Ihre Knochendorne waren aus der Hautfalte geglitten, ohne dass sie es bemerkt hatte. Glücklicherweise war das niemandem aufgefallen, und sie zog sie mühsam wieder ein. Dann drehte sie langsam den Kopf und legte ihre Wange an die Wand. Sie hatte keine Ahnung, ob ihre Worte im Murmeln der Besucher untergehen würden oder ob der Besitzer dieser Stimme ihre Äußerung ebenso leicht herausfiltern konnte, wie es ihm gelungen war, ihr seine Nachricht ins Ohr zu flüstern.

»Ich warne dich«, flüsterte sie gegen die Wand. Ihre Worte schwebten davon und vermischten sich mit denen der anderen in der Kuppel. »Das ist eine sehr schlechte Idee. Wir wollen keinen Krieg. Du solltest diesen Ort verlassen, dieses Land. Lauf!«

Sie konnte nicht hören, ob diese Stimme antwortete, weil unter ihr das Orchester und der Chor genau diesen Moment gewählt hatten, um »O Fortuna« aus der *Carmina Burana* anzustimmen. Die laute Musik übertönte jegliches Geflüster.

*Was mache ich jetzt?*, dachte sie. *Soll ich Marie anrufen?* Davor scheute sie zurück. *Sollte ich versuchen, sie zu identifizieren oder vielleicht sogar ein Bild von ihnen zu machen?*

»Miss Leliefeld?« Die Stimme erklang unmittelbar neben ihr, und Odette fuhr heftig zusammen. Es war natürlich Clements. Die Pawn deutete mit dem Daumen zum Ausgang und hob fragend die Brauen. Odette nickte, und sie gingen dorthin. Während die junge Züchterin mit der Hand über das Geländer glitt, musterte sie aufmerksam jede Person, an der sie vorbeikamen. Aber es war sinnlos. Es gab, soweit sie sehen konnte, keine Kreaturen mit papierweißer Haut oder Hüten, unter denen sie möglicherweise Knötchen versteckten, und außerdem waren noch Menschen auf der anderen Hälfte der Galerie, auf die sie keinen Blick werfen konnte. *Und ich kann schwerlich darauf bestehen, dass wir einmal ganz herumgehen,* dachte Odette. *Zudem könnte der Flüsterer längst verschwunden sein.*

»Miss Leliefeld, wollen Sie jetzt auf die Spitze der Kuppel klettern?« Clements stellte ihr die Frage, sobald sie durch den Ausgang der Galerie getreten waren. Odette antwortete nicht sofort. Sie blieb mit geschlossenen Augen stehen und ignorierte den unterdrückten Seufzer und die vermutlich verdrehten Augen der Pawn. Sie hatte den verräterischen Geruch von Orangen wahrgenommen. Er war sehr schwach – so schwach, dass niemand, der keinen außergewöhnlichen, künstlich verfeinerten Geruchssinn besaß, ihn hätte wahrnehmen können. Aber er war unverkennbar, und er führte sie die Treppen hinab.

»Gehen wir.« Odette öffnete die Augen. »Ich bin etwas hungrig.« Die Pawn wirkte zwar überrascht, erhob aber keine Einsprüche. Odette ging voraus und eilte die Treppen weit schneller hinunter, als sicher war. Die verblüffte Clements folgte ihr eilig, offenbar zu stolz, um ihr zu sagen, dass sie langsamer gehen sollte. Sie umkurvten vorsichtige, langsame Gruppen von hinabsteigenden Touristen, und Odette verfluchte insgeheim ihre hohen Absätze. Sie waren genau das falsche Schuhwerk, wenn man eine Wendeltreppe hinunterrennen wollte.

Sie erreichten das Erdgeschoss der Kathedrale, wo große Menschengruppen herumliefen. Sie lauschten der Musik und betrachteten die Sehenswürdigkeiten. Odette sah sich hastig um und bemerkte nichts Auffälliges. Kein Mann in einer alles verhüllenden Kleidung, der davoneilte. Keine Zivilisten, die verblüfft in Richtung einer Person starrten, die sich gerade rücksichtslos zwischen ihnen hindurchgedrängt hätte. Der Geruch von Orangen hing immer noch in der Luft, wenn auch schwächer, und er wurde zunehmend von dem Mahlstrom von Aromen ausgelöscht, die einige Hundert Touristen am Ende des Tages ausdünsteten.

»Gibt es ein besonderes Restaurant, in das Sie geh ... He!«, rief Clements, als Odette sich wieder in Bewegung setzte. Sie drängte sich durch die Menschenmassen, fest entschlossen, der Spur so lange zu folgen, wie sie konnte. Der Geruch wob sich durch das Kirchenschiff, hinab in die Krypta und dann wieder hinauf.

»Was machen Sie da?«, fragte Clements hinter ihr. Odette

ignorierte sie. Sie hatte bereits ihr Smartphone in der Hand und die Kamerafunktion aktiviert, damit sie, wenn schon nichts anderes, zumindest einen Schnappschuss von dem Antagonisten machen konnte. Aber der Geruch wurde schwächer, und das laute Dröhnen des Orchesters und die wogende Menschenmenge machten alles nur schlimmer. Schon bald wusste Odette nicht mehr genau, ob sie wirklich einer realen Spur folgte oder nur ihrer Einbildung.

Schließlich kamen sie an eine kleine Nebentür, die hinter einer Säule versteckt war. Sie war ganz offensichtlich nicht für die Öffentlichkeit vorgesehen, aber als sich Odette über den Griff beugte, nahm sie den unverkennbaren Geruch von Orangen wahr.

»Versuchen Sie, mich abzuhängen?«, fragte Clements, als sie sie wieder eingeholt hatte. »Trotz unseres kleinen Gesprächs von gestern?«

»Nein«, entgegnete Odette zerstreut. Sie drückte die Klinke herunter, um die Tür aufzustoßen. Clements knurrte missbilligend. Odette erwartete fast, dass ein Alarm losheulte, aber die Tür öffnete sich lautlos, und keine aufgebrachten Priester tauchten aus dem Nichts auf, um sie zu fragen, was um alles in der Welt sie da wohl machte.

Die Tür führte auf einen Platz, über den Dutzende von Menschen zu ihren unterschiedlichen Zielen unterwegs waren. Sie alle hinterließen Aromen in ihrem Kielwasser. Der Wind zerstreute vollkommen und unentwegt jede Chance, den Besitzer der Stimme aus der Flüstergalerie aufzuspüren. Odette betrachtete die Szenerie schockiert. Sie war so in ihre Jagd vertieft gewesen, dass es ihr unmöglich erschien, dass sie plötzlich vorbei war, und dazu erfolglos.

»Sehen Sie jemanden, den Sie kennen?« Clements stand unmittelbar hinter ihr.

»Was?«

»Vielleicht jemanden, den Sie begrüßen wollten?« Die Stimme der Pawn war kalt und gefährlich.

»Nein!«

»Tatsächlich nicht«, sagte die Pawn. Es war unüberhörbar, dass sie ihr nicht glaubte. »Zu Ihrem Glück sind Sie nie aus meinem Blickfeld verschwunden.« Odette spürte fast, wie sich das Halsband um ihren Hals zusammenzog.

»Also … Lunch?« Clements' Stimme troff von Säure.

# 26

Bart Vanderhaegen von den Chimären stand gegenüber dem Gebäude, das vor dem quälenden Tod von sechzehn Menschen ein kleines, charmantes italienisches Restaurant gewesen war. Jetzt war es ein kleiner, charmanter Tatort, an dem die Leute schnell vorbeigingen, während sie sich mit gedämpften Stimmen unterhielten. Ein verwirrendes Durcheinander aus Warnzeichen war über die mit einer Kette gesicherte Tür geklebt. Einige stammten von der Polizei, andere vom Gesundheitsamt, wieder andere von der englischen Food Standards Agency. Es gab jede Menge Totenschädel und gekreuzte Knochen und dazu dieses spitze Biogefahr-Symbol sowie das blau-weiße Karomuster der Metropolitan Police. All diese Symbole legten einem nahe, dass man diesen Platz lieber nicht betreten sollte.

Bart drehte sich zu seinem Kameraden Sander herum. Bart war groß und dunkel, Sander schlank und bleich, und sein Kopf schien etwas zu groß für seinen Körper zu sein. Sie waren beide am Abend zuvor geweckt worden. Man hatte ihre Schlafsäcke aufgeschnitten und sie auf den Boden einer Wohnung in Cardiff fallen lassen. Das war keine besonders angenehme Erfahrung gewesen, vor allem, da dies auch sechzehn anderen Soldaten widerfahren war, die ebenfalls geschlafen hatten, zusammengerollt und friedlich an derselben Decke befestigt.

Darauf folgte die übliche Verwirrung, wie immer, wenn Menschen abrupt aufgeweckt wurden. Verschärft wurde das Gefühl diesmal durch die Tatsache, dass all diese besonderen Menschen trainierte Kämpfer mit dem Instinkt von Pumas waren und dass sie gerade eben nackt und von einem milchigen Sirup überzogen aus einer Höhe von etlichen Metern auf den Boden geworfen worden waren. Hätte jemand mit einer Kamera danebengestanden, wäre dieser Clip zu dem am besten choreografierten und gleichzeitig verwirrendsten Internetvideo gewählt worden, das die am wenigsten erotische Kampfszene einer Gruppe von nackten Leuten in der Weltgeschichte zeigte. Der Kampf dauerte etwa dreißig Sekunden, bevor sich eine Stimme gereizt in den Köpfen der Krieger räusperte.

»Hrrmmmpfff.« Sie erstarrten, ließen allerdings nicht die Köpfe los, die sie unter die Achseln geklemmt hatten, oder die Hälse, die sie umklammert hielten. »Sie alle sind Chimären.« Verlegen ließen sie einander los und nahmen Haltung an. Einige von ihnen rutschten in dem Schleim auf dem Boden leicht aus. Nachdem man sie darauf hingewiesen hatte und sich alle beruhigt hatten, erkannten sie sich tatsächlich gegenseitig.

Die Stimme gab ihnen die Passwörter, die ihre Besitzerin als Marie Lemaier identifizierte, eine Repräsentantin von Graaf Ernst von Suchtlen. Sie informierte sie, dass sie alle zwei Jahre und vier Monate geschlafen hatten. Die gute Nachricht war, dass sie nicht geweckt worden waren, um einen Guerillakrieg gegen die Checquy zu führen. Als man sie zum Schlafen aufgehängt hatte, war das durchaus im Bereich des Möglichen gewesen. Stattdessen wurden gerade Friedensverhandlungen mit der Checquy geführt.

»Es gibt allerdings ein Problem«, fuhr Maries Stimme fort. Sie erklärte den Chimären die Situation und befahl den versammelten Kriegern, nach London zu kommen. Und zwar nachdem sie sich gesäubert und Kleidung angelegt hatten.

Dann sollten sie all ihre Bemühungen vereinen, um diese Antagonisten aufzuspüren und zu vernichten. Sie betonte dabei besonders, dass die Chimären unbedingt der Aufmerksamkeit der Checquy entgehen mussten. Dann gab sie ihnen noch weitere Instruktionen, und die Soldaten machten sich ans Werk.

Man einigte sich rasch auf einen Turnus, damit die einzige Dusche der Wohnung so effektiv wie möglich genutzt werden konnte. Die erste Schimäre, die aus der Dusche trat, ein riesiger Mann namens Jan Kamphuis, bekam die Aufgabe, Frühstück für die anderen zuzubereiten. Er öffnete Gefriertruhen voll von schimmerndem Agar-Agar und schälte diesen ab. Darunter kamen perfekt erhaltene Zutaten zum Vorschein. Kurz darauf servierte er Schinken, Eier, Waffeln und – schließlich war er Holländer – Toast mit Schokoladenstreuseln.

Im Laufe der Nacht hatten alle achtzehn Männer und Frauen geduscht, sich angekleidet, gegessen und getrunken. Sie dechiffrierten und lasen die Dateien, die man in ihre Hirne gemailt hatte, und dehnten sich, um die Verspannungen loszuwerden, die es mit sich brachte, wenn man etliche Monate in der Fötusposition verbrachte. Sie bekamen Reisedokumente und Ausweise, Firmenkreditkarten und dank einer kleinen neurolinguistischen Veränderung auch neue englische Akzente aus dem ganzen Land. Viele von ihnen wurden mit Feuerwaffen ausgestattet, und jeder hatte zwei Mobiltelefone.

Um sechs Uhr morgens verließen die Chimären im Gänsemarsch die Wohnung, nachdem sie sich überzeugt hatten, dass niemand sie beobachtete. Sie teilten sich in kleinere Gruppen auf und gingen entweder zum Hauptbahnhof in Cardiff oder in eines der Mietwagenbüros, von wo aus sie nach London weiterfuhren. Dort verteilten sie sich in der ganzen Stadt, um nach Spuren ihrer Beute zu suchen. Bart und Sander sowie Laurita, die einen besonderen Auftrag erhalten hatte, warteten in einem Café am Bahnhof St. Pancras. Zu ihnen gesellte sich eine Züchterin, die mit dem Eurostar gekommen war. Sie war extrem nervös und blickte ständig über ihre Schulter, gab ihnen aber einen Koffer und ein Stück Papier mit der Adresse des italienischen Restaurants, bevor sie eilig davonhuschte, um den Zug nach Hause zu erwischen.

Im Laufe des Tages fuhren die drei mit vier verschiedenen Taxen zu dem unseligen Restaurant und untersuchten es sorgfältig. Jeder von ihnen hatte einen Blick für ein anderes Element, aber sie alle waren sich einig, dass es vollkommen verlassen war. Sie zogen weiter in ein anderes Café und brüteten etliche Stunden lang über Straßenkarten, schmiedeten Pläne, einigten sich auf Notfallpläne und auf Notfallpläne für ihre Notfallpläne. Dann folgten ein spätes Abendessen in einem Pub in Soho, ein kleiner Bummel über die Oxford Street, und jetzt, um zwei Uhr morgens, lungerten Bart und Sander an der gegenüberliegenden Ecke zum Restaurant herum, während Laurita, die mit Abstand die Verstohlenste von ihnen war, die Rückwand hinaufkletterte und das Dach untersuchte.

»Glaubst du, dass da ein Checquy drin ist?«, fragte Sander leise. Das Gehör der Chimären war verstärkt, sodass sie selbst das leiseste Flüstern hören konnten. Bart zuckte unmerklich mit den Schultern. »Würden sie wirklich eine Wache hierlassen, nachdem … Wie viele Tage ist der Vorfall her?« Bart zuckte erneut mit den Schultern. »Aber man sagt doch, dass Mörder und Brandstifter manchmal zum Schauplatz ihres Verbrechens zurückkehren. Vielleicht glaubt die Checquy ja, es wäre einen Versuch wert.«

Sie hatten bereits ausführlich über die Möglichkeit diskutiert, dass Laurita in dem Restaurant auf eine Bedrohung stoßen könnte, aber Sander hatte ständig den Drang, irgendetwas zu sagen. So war er eben. Bart dagegen neigte dazu, gar nichts zu sagen. Er zuckte mit den Achseln und widerstand dabei mannhaft dem Drang, Sander zu würgen.

Eine lange Pause folgte.

»Mir gefallen diese neuen Telefone«, bemerkte Sander schließlich. »Sie sind in den letzten drei Jahren ziemlich dünn geworden, stimmt's?«

»Gentlemen«, sagte Laurita mit ohrenbetäubend normaler Lautstärke unmittelbar hinter ihnen. Aber keiner von ihnen rührte auch nur einen Muskel, weil sie schließlich Profis waren. »Also es gibt dort keine Leute«, sagte sie. »Aber sie haben ein paar Kameras dagelassen.«

»Können wir sie ausschalten?«, wollte Bart wissen.

Sie schüttelte den Kopf. »Die Aufnahmen werden live irgendwohin übertragen«, sagte sie. »Wenn wir sie ausschalten, weiß die Checquy, dass irgendetwas passiert ist.«

»Also müssen wir unbekleidet hinein«, stellte Bart fest. In die Haut der drei waren Fasern eingewoben, die sie für Kameras unsichtbar machten. Der einzige Fehler war, dass weder ihre Kleidung noch ihr Haar solche Fasern aufwiesen. »Laurita, du hältst draußen Wache.«

Sie gingen auf die Rückseite des Restaurants und kletterten die Mauern zu dem schrägen Satteldach hinauf. Laurita sah gleichgültig zu, wie die beiden Männer ihre Kleidung ablegten und sämtliche Haare auf ihren Körpern in ihre Haut zogen. Sie hatte bereits ein Oberlicht geöffnet, sodass sie sich lautlos in den Raum hinablassen konnten, wo sechzehn Menschen gestorben waren. Es war vollkommen dunkel bis auf den dämmrigen Schein, der durch das Oberlicht fiel.

»Fang an, wenn du so weit bist«, flüsterte Bart so leise, dass kein Kameramikrofon seine Stimme hätte auffangen können. Sander nickte. Er ging in die Hocke, und Bart sah zu, wie die Muskeln seines Kameraden arbeiteten und seine Beine und seinen Rücken erstarren ließen. Dann öffnete sich der Kiefer des blonden Mannes immer weiter, bis er sich schließlich wie der einer Schlange aushängte. Seine Nasenflügel weiteten sich, und seine Nase schob sich nach oben gegen sein Gesicht. Er holte tief Luft, so lange und so tief, dass sein Brustkorb sich erheblich mehr ausdehnte, als ein normaler Brustkorb das gekonnt hätte. Seine Zunge wurde länger und breiter und baumelte dann in der Luft. Das war alles andere als würdevoll, aber Sander hatte ein Riechorgan wie ein Bluthund und die Geschmackssensibilität eines Restaurantkritikers aus Manhattan.

Fünf lange Minuten stand er da und holte tief Luft. Er atmete jedoch nicht durch den Mund aus. Stattdessen blähten sich etliche Blasen auf seinem Rücken wie Ballons auf. Bart kannte den Zweck dieser Übung. Dadurch wurden die Partikel und Spuren, die Sander gerade eingeatmet hatte, nicht wieder in die Luft ausgestoßen, was seine Suche verkompliziert hätte.

Die Checquy hatte das Restaurant nach Hinweisen darauf durchsucht, was den Tod dieser Menschen verursacht haben könnte, aber sie hatte es mit einer schier unlösbaren Aufgabe zu tun gehabt. Hunderte und Aberhunderte von Menschen waren durch diese Räume gegangen, und alle hatten mikroskopisch kleine Spuren von sich hinterlassen. Da die Checquy so viel hätte durchsuchen müssen, konnte sie die Spur nicht finden – vor allem deshalb nicht, weil sie keine Vorstellung hatte, wonach sie suchen sollte. Die Chimären jedoch wussten es genau. Der Koffer, den die Züchterin ihnen gegeben hatte, enthielt Ampullen mit Proben, die

die Broederschap von den Antagonisten genommen hatte. Die winzigen Spuren ihrer Beute dort herauszulesen war immer noch eine herkulische Aufgabe, aber dann …

»*Heureka!*«, rief Sander. Er stand auf, und seine Augen glühten triumphierend. »Ich habe ihre Spur!«

# 27

»**Wie sehe ich aus?**«, fragte Odette.

»Sprich mich nicht an!«, erwiderte Alessio.

Odette drehte sich zu ihm herum. Er saß mit verschränkten Armen auf der Couch und starrte sie böse unter seinem kleinen Zylinder hervor an. Er trug einen schwarzen Cutaway, und mit den Schößen und der Weste sah er aus, als wäre er einem historischen Drama entstiegen und würde gleich nach Harrow geschickt werden, wo er mit dem jungen Winston Churchill Lateinvokabeln pauken, einige fröhliche Späße ersinnen und vielleicht ausgepeitscht werden würde, bevor er seinen Abschluss hinlegte und sich daran machte, das Empire zu überwachen. Odette fand ihn einfach hinreißend, widerstand jedoch dem Drang, es laut auszusprechen. Er schien auch so schon genug zu leiden.

»Ich muss mich nicht so anziehen, das ist dir doch klar«, sagte Alessio mürrisch. »Ich habe im Web nachgesehen, und da stand, dass ich auch einen Straßenanzug tragen dürfte, weil ich unter siebzehn bin. Dann habe ich *Straßenanzug* gesucht, und wie sich herausstellte, ist das einfach nur ein Anzug, und den habe ich. Stattdessen aber bin ich gekleidet wie … wie …« Ihm fehlten die Worte.

»Du kannst dich glücklich schätzen«, erwiderte Odette. »Du hast eine Uniform, und du weißt genau, was du tragen sollst. Ich dagegen soll ein ›formelles Tageskleid von schicklicher Länge‹ anziehen.«

»Was ist ›schickliche Länge‹?«

»Bis knapp über das Knie oder länger.«

»Na ja, genau das trägst du doch«, erklärte Alessio.

»Ja, aber ist es auch richtig so?« Sie seufzte und betrachtete sich im Spiegel. »Ist es angemessen?« Ihr Prinzesskleid in den Farben Creme und Blassgrün hatte erstaunlich viel Geld gekostet, aber sie quälte sich immer noch damit. Sie hatte es in Brüssel gekauft und machte sich jetzt Sorgen, dass es vielleicht nicht britisch genug sein könnte.

Es reichte knapp bis übers Knie, hatte lange Ärmel und einen runden Ausschnitt. Es sah sehr elegant aus – jedenfalls war sie sich ziemlich sicher, dass es das tat – und war so geschnitten, dass es sie zwang, eine exzellente Haltung einzunehmen. Sie fühlte sich darin wie eine Frau, die James Bond auf einer Gartenparty einen Korb geben konnte, eine Frau, die eine hochmütige Braue bei allem heben würde, was irgendjemand sagte. Aber war dies das angemessene Gefühl für Royal Ascot? Das Problem, was sie bei dieser Gelegenheit tragen sollte, hatte ihr nur einen Hauch weniger Kopfschmerzen bereitet als die Aussicht, mit den unmenschlichen Monstern zusammenzutreffen, die versucht hatten, ihre Sippe zu vernichten. Wirklich nur einen Hauch weniger.

»Das Kleid bedeckt deine Blößen«, sagte Alessio und zuckte mit den Schultern, »und du siehst darin nicht aus, als hätte Mr. Bumble dich an einen Leichenbestatter verscherbelt, also weiß ich nicht, worüber du dich aufregst.«

»Royal Ascot ist ein gesellschaftliches Highlight im britischen Kalender«, erwiderte Odette.

»Pferderennen.« Alessio schnaubte verächtlich.

»Das besuchen jedes Jahr Tausende von Menschen!«, stieß Odette gepresst hervor. Sie zupfte besorgt an dem Kleid herum und machte sich dann Sorgen, dass sie es ruiniert haben könnte. »Die Presse berichtet darüber, und zwar sowohl über die Mode als auch über die Rennen. Die königliche Familie nimmt daran teil. Und wir werden als persönliche Gäste des Court der Checquy in der Royal Enclosure sein.«

»Was ist die Royal Enclosure? Eine Koppel, wo sie die Königin und den König halten?«

»Das ist ein exklusiver Bereich, der nur Mitgliedern zugänglich ist«, informierte ihn Odette.

»Oh.« Er macht eine Pause. »Das klingt ziemlich speziell.«

»Ist es auch.«

»Und dann willst du das da tragen?«

Einen Moment sah sie ihn mit echtem Hass in ihrem Blick an.

»Warum frage ich dich überhaupt?«, sinnierte sie laut. »Wann hat mein Leben den Punkt erreicht, an dem ich einen dreizehnjährigen Jungen nach seiner Meinung über Mode frage?«

Er lächelte. »Das hast du davon, weil du kein Mitleid wegen meiner Schuluniform gezeigt hast. Außerdem, wenn du dir wirklich Sorgen machst, frag doch einfach Pawn Clements, ob du gut aussiehst.«

Die Pawn war in ihrem Zimmer und legte gerade ihre Ascot-Garderobe an. Odette war insgeheim neugierig darauf zu sehen, was Felicity wohl tragen würde. Die Kleiderordnung für die Royal Enclosure war sehr strikt, aber Clements hatte in ihrer ganzen Zeit als Odettes Leibwächterin nur Kleidung getragen, die ihr erlaubte, einen Hindernislauf zu absolvieren und jederzeit mit jemandem einen Kickbox-Kampf zu führen.

»Seit St. Paul's hat sich unsere Beziehung etwas abgekühlt«, meinte Odette.

»Eure Beziehung war schon immer ziemlich kühl«, entgegnete Alessio.

»Na gut, dann ist sie jetzt eben extrem kühl.« Genau

genommen, war ihre Beziehung weit unter dem Gefrier-
punkt. Am Morgen nach ihrem Ausflug zur Kathedrale war
Clements zu zwei Besprechungen gerufen worden, obwohl
Sonntag war. Sie hatte nicht gesagt, worum es dabei ging
oder mit wem sie gesprochen hatte, aber sie war blass und
stumm zurückgekehrt. Odette hatte in einem Anfall von
Spioniererei einen Blick in Clements' Terminkalender geworfen und gesehen, dass sie ein Treffen mit Rook Thomas
und Bishop Attariwala gehabt hatte. Vermutlich hatte Clements Odettes verdächtigen Sturmlauf durch St. Paul's gemeldet, weil einige sehr nachdrückliche Instruktionen ausgegeben worden waren. Es würde keine weiteren Ausflüge
mehr geben. Außerdem hatte man Odette ziemlich barsch
darüber informiert, dass sie eine Weile nicht mehr an Konferenzen im Apex House teilnehmen würde.

»Es herrscht das Gefühl vor, dass du Schwierigkeiten wie
ein Magnet anziehst«, hatte Marie später zu ihr gesagt. »Was
ist in dich gefahren, dass du wie eine Verrückte durch
St. Paul's rennst? Hast du wirklich versucht, deine Aufpasserin abzuhängen?«

Einen Moment hatte Odette mit dem Gedanken gespielt,
ihr von den geflüsterten Worten des Antagonisten und der
Spur des Orangendufts zu erzählen, die sich durch die Kathedrale gezogen hatte. Aber letztlich hatte sie davon Abstand genommen. Wenn bekannt wurde, dass die Antagonisten sie aufgespürt und mit ihr gesprochen hatten, würde
man Odette wahrscheinlich in ein Schlafkoma versetzen, sie
auf den Kontinent zurückschaffen und in einen Schweizer
Tresor verfrachten, bis das Problem gelöst war, ganz gleich,
wie lange es dauern mochte.

»Sie übertreibt«, hatte Odette etwas verlegen gelogen.
»Da waren so viele Menschen, und ich wollte unbedingt alles sehen.« Marie nickte und verdrehte die Augen.

»Typisch. Also gut, tun wir ihnen den Gefallen«, hatte die Sicherheitschefin erwidert. »Sobald die Verhandlungen abgeschlossen sind, werden sie sich gewiss entspannen.«

Also hatten Odette und Clements die nächsten vier Tage im Hotel verbracht, ferngesehen, gelesen und sich gegenseitig finstere Blicke zugeworfen. Laut den morgendlichen Konferenzen in Ernsts Suite verliefen die Verhandlungen ziemlich gut, trotz oder vielleicht sogar wegen ihrer Abwesenheit. Die Broederschap hatte der Checquy eine komplette Liste ihrer Agenten und Besitzungen gegeben, und die juristischen Absicherungen für das geistige Eigentum der Züchter waren aufgesetzt worden.

Aber es gab immer noch deutliche Reibungen zwischen den beiden Organisationen. Stille breitete sich in Räumen aus, wenn Züchter hereinkamen. Ausdruckslose Blicke wurden in Gängen getauscht. Und es gab auch noch andere, besorgniserregendere Zwischenfälle, die Zufälle sein konnten oder vielleicht übernatürliche Schikanen. Eine der Buchhalterinnen der Züchter berichtete, dass sie bei Besprechungen mit ihrem Partner aus der Checquy die schwache Stimme ihrer schon lange verstorbenen Mutter hörte, die aus einer Einkaufsliste vorlas. Jeroen von den Anwälten hatte festgestellt, dass all seine Kreditkarten und seine Hotelschlüsselkarte zweimal magnetisch gelöscht worden waren. Alessio hatte einen Ausschlag auf den Schultern, aber Odette wusste nicht, ob er natürlichen Ursprungs war oder das Ergebnis von übernatürlichem Mobbing.

Tatsächlich machte sie sich ein bisschen Sorgen, wie ihr Bruder wohl mit den anderen Schülern auf dem Anwesen zurechtkam. Er erwähnte keine Namen von irgendwelchen Freunden, die er gewonnen hatte, und seine Beschreibungen von den Ausflügen beschränkten sich ausschließlich auf die Orte, die sie besucht hatten.

»Heute waren wir im Tate Museum für Moderne Kunst.«

»Heute haben wir die Rookery besucht.«

»Heute haben wir einen Schlachthof angesehen.«

»Heute waren wir in der National Portrait Gallery.«

»Und wie war das?« Odette hatte verzweifelt versucht, ein paar Einzelheiten in Erfahrung zu bringen.

»Man gab uns besondere Versionen der Kopfhörer, sodass wir gelernt haben, welche berühmten Menschen Verbindungen zur Checquy hatten.«

»Tatsächlich? War Isaac Newton ein Pawn?«

»Nein. Aber Christopher Marlowe wurde auf Befehl der Checquy getötet, Jane Austens Schwägerin war eine Chevalier, und Francis Walsingham und Dr. John Dee haben versucht, eine rivalisierende Organisation zur Checquy aufzuziehen. Wir haben danach einen Test darüber geschrieben«, hatte er ihr berichtet.

»Um Alessio mache ich mir später Sorgen«, sagte Odette jetzt leise zu sich selbst. Im Moment machte sie sich mehr Sorgen um ihren Hut. Sie war für gewöhnlich kein Typ für Kopfbedeckungen und kannte daher nicht einmal den Namen für diese Art von Hut. In ihren unkundigen Augen sah er aus, als hätte jemand eine extrem breite und flache Fruchtschale genommen, sie in ein cremefarbenes Tuch gewickelt, sie umgedreht und dann ein paar abstrakte Blumen- und Schneeflocken-Formen darauf verteilt. Aber als sie ihn aufsetzte, stellte Odette fest, dass sie ihn mochte. Denn er war nicht nur als Hut erkennbar, sie konnte auch unter der Krempe ihre Augen verstecken, wenn sie sich unbehaglich fühlte.

»Netter Hut«, stellte Alessio fest.

»Halt die Klappe!«

»Warum bist du so angespannt deswegen? Du warst doch schon häufiger auf bedeutenden Anlässen.«

»Ich bin für solche Sachen immer mit Saskia einkaufen gegangen!«, fuhr Odette ihn an. Dann holte sie tief Luft. Alessio starrte sie mit großen Augen an.

»Entschuldige, Dette«, sagte er leise.

»Schon gut«, sagte sie. »Ich vermisse sie einfach.« *Sie hätte das hier geliebt.*

Ausgerechnet in diesem melancholischen Moment kam Pawn Clements aus ihrem Zimmer. Sie sah immer noch ziemlich unbehaglich aus. Sie trug ein eng anliegendes schwarzes Kleid, das bis zum Schienbein reichte und offenbar speziell dafür entworfen worden war, seine Trägerin daran zu hindern, große Schritte zu machen. Außerdem trug sie einen knallroten Blazer und einen Hut in derselben Farbe.

»Sie sehen sehr hübsch aus, Pawn Clements«, schmeichelte Alessio, was ihm eine unauffällige einfingrige Geste von seiner Schwester eintrug.

»Danke«, erwiderte die Pawn abgelenkt. »Ich habe das Outfit von einer meiner Mitbewohnerinnen geborgt.« Sie schwankte ein bisschen auf ihren hohen Absätzen, fing sich aber und setzte den Hut auf. Er hatte einen nach oben gebogenen Rand und etliche geriffelte Verzierungen, war also nutzlos, wenn sie ihre Augen verstecken wollte, falls sie sich unbehaglich fühlte. Allerdings konnte sie ihn wahrscheinlich im Notfall als Waffe verwenden, falls es nötig sein sollte. Sie betrachtete sich unsicher im Spiegel. Dann sahen Odette und sie sich ein Moment an, sagten aber nichts.

»Sind Sie schon einmal auf dieser Veranstaltung gewesen?«, fragte Alessio schließlich.

»Ich war schon in Ascot, aber noch nie in der Royal Enclosure«, erwiderte die Pawn im Tonfall einer Person, die einige Zeit in der Gesellschaft ihres obersten Kommandeurs verbringen würde, während sie einen komplizierten Hut trug, mit dem sie sich nicht ganz sicher fühlte. »Ich bin vor ein paar Jahren mit Freunden dort gewesen. Es ist cool und sehr geschäftig.« Sie ging zur Minibar und nahm sich eine Flasche überteuerten Orangensaft. Dann hielt sie inne und warf einen Blick auf Alessios Mäusekäfig. »Ich glaube, eine deiner Mäuse ist verschwunden«, sagte sie unsicher.

Alessio eilte zu ihr und warf einen Blick in den Käfig. Er öffnete den Deckel und nahm die sichtbare Maus heraus. Dann hob er den kleinen Plastik-Iglu hoch und schnalzte ärgerlich mit der Zunge. Clements sah sich auf dem Boden um – nicht gerade verängstigt, aber eindeutig auch nicht besonders begeistert über diese Entwicklung.

»Sie brauchen nicht weiter zu suchen«, erklärte Alessio. »Sie ist nicht entkommen. Ich glaube, sie ist einfach nur denaturiert.« Er setzte die übrig gebliebene Maus wieder in den Käfig und nahm ein Klemmbrett, um Datum und Zeit einzutragen. »Odette, kannst du das für mich bestätigen, bitte?« Sie kam herüber und untersuchte sorgfältig die Holzspäne.

»Denaturiert?«, erkundigte sich Clements.

»So etwas passiert mit Klonen«, sagte Alessio. »Sie lösen sich auf.«

»Und das ist mit dieser Maus passiert.« Odette deutete auf eine Ecke des Käfigs. »Sehen Sie die Verfärbungen dort? Das war ein Fleck aus Proteinen und Stärke und anderem Zeug, wo sich Maus A (i) aufgelöst hat.«

»Sie lösen sich auf?«

»Ja«, antwortete Odette. Ihr fiel auf, dass sie beide raffiniert aus ihrem unbehaglichen Schweigen gelockt worden waren. »Bei Klonen kommt es auf die Handwerkskunst des Kloners an.«

»He!«, warf Alessio beleidigt ein.

»Das ist in Ordnung. Du lernst ja noch.« Odette verdrehte

die Augen. »Und ich bin selbst nicht besonders gut darin. Ich habe immer Simon gebeten, meine Klone herzustellen. Wenn man es richtig macht, lösen sie sich nicht auf, aber es ist sehr schwer, sie korrekt herzustellen«, fuhr sie fort. »Und alles, was beschleunigter Alterung unterliegt, wird unausweichlich irgendwann zusammenbrechen. Wann das passiert, hängt davon ab, wie sehr man es beschleunigt. Man kann Mutter Natur nicht zur Eile antreiben. Das ist einer der Gründe, warum wir keine Menschen klonen. Es ist schon schlimm genug, wenn eine Maus plötzlich anfängt zu schmelzen. Können Sie sich vorstellen, wie unschön es wäre, wenn der Butler plötzlich zu einer Pfütze würde?«

»Und wo ist die Pfütze aus Proteinen und Stärke?« Clements runzelte die Stirn.

»Fragen Sie Maus A«, erwiderte Odette trocken.

Das schien Clements anzuwidern, und sie warf einen Blick auf ihre Uhr. »Haben Sie gepackt?«, fragte sie.

Odette deutete auf ihre Koffer neben der Tür. Nach dem Rennen würde ein Teil der Gruppe nach Hill Hall in Suffolk weiterziehen, in das Landhaus des Court der Checquy. Es sollte ein langes Wochenende werden, an dem Züchter und Checquy sich große Mühe geben würden, ihre Gesellschaft in einer sozialen Umgebung zu genießen.

Alessio würde nicht mitkommen, da er an etlichen Aktivitäten mit der Schulgruppe vom Anwesen teilnehmen musste. Sie hatten dafür gesorgt, dass er die Reise nach Ascot als besondere Aufgabe absolvieren konnte, eine Ironie, die nahezu schmerzhaft war. Er würde in Begleitung von Chevalier Whibley nach London zurückkehren, und dann würde Marie während des Wochenendes auf ihn aufpassen. Während sie beim Rennen waren, würde irgendein ahnungsloser Handlanger der Checquy das Gepäck von Odette und Clements nach Hill Hall fahren. Clements war angewiesen worden, Garderobe für Dinner, Spaziergänge und die Jagd einzupacken. Nicht für die Jagd auf Fasane, weil es nicht die Saison dafür war, und hoffentlich auch nicht die Jagd auf die Züchter. Sie machte sich weit weniger Sorgen wegen des Wochenendes als wegen des Rennens, weil sie für das Wochenende keine speziellen Anweisungen für die Kleiderordnung bekommen hatte, und außerdem war keine Presse anwesend.

»Wenn Sie fertig sind, sollten wir gehen«, sagte Clements. »Wir müssen den Zug bekommen.«

»Warum werden wir nicht gefahren?« Odette war verblüfft.

»Der Verkehr dort ist immer ein Albtraum.«

»Aber Marcel und Grootvader Ernst haben davon geredet, dass sie dorthin gefahren werden würden«, widersprach Odette.

»Sie sind mit Henry und Lady Farrier heute früh aufgebrochen«, erklärte Clements. »Sie werden dort zu Mittag essen, und für uns war im Auto kein Platz mehr.«

»Warum konnten wir keinen anderen Wagen bekommen?«, fragte Odette. Dann verdrehte sie die Augen über ihre eigene Hartnäckigkeit. *Wenn ich daran gewöhnt bin, einen Fahrer zu bekommen, wird es wirklich Zeit, dieses Hotel zu verlassen.*

»Das Parkplatzproblem ist ebenfalls entsetzlich«, erläuterte Clements. »Lady Farrier hat einen reservierten Parkplatz, aber für alle anderen ist es ein reines Desaster. Um ein Mitglied der Royal Enclosure zu werden, muss man nur nominiert werden, aber um einen der guten Parkplätze zu bekommen, muss man darauf warten, dass jemand stirbt.« Odette lachte, aber die Pawn lächelte nicht einmal. »Also fahren wir mit der U-Bahn bis Waterloo Station. Von dort fährt der Zug zu den Rennen ab.«

»Wir fahren so gekleidet mit öffentlichen Verkehrsmitteln?«, erkundigte sich Alessio entsetzt.

Genau das taten sie, und während die meisten Leute in der U-Bahn ihnen keinen zweiten Blick zuwarfen, gab es eine Gruppe von Touristen, die von ihnen fasziniert zu sein schienen. Sie machten etliche Fotos mit ihren Handys. Odette nutzte den Vorteil der schützenden Funktion ihres Hutes, aber Alessios Verlegenheit und Clements' von der Checquy eingeimpftes Bedürfnis nach Anonymität sorgten dafür, dass sie beide rot anliefen und mürrisch waren.

Es war heiß, und als sie die Treppe von der Waterloo Station zum Bahnhof hinaufstiegen, bemerkte Odette einige andere Leute, die für das Rennen gekleidet zu sein schienen. Es gab offenbar keine allgemeinen Regeln, welche Form ein Hut haben sollte, also entspannte sie sich etwas. Hunderte von Rennbesuchern liefen auf den Bahnsteigen herum. Männer in Anzügen, in Cutaways und andere, die sehr englisch und blendend aussahen, und Frauen in Kleidern, die von elegant und raffiniert bis überraschend mutig wirkten. Jeder hatte sich in sein bestes Zeug geworfen, aber das Beste von einigen Leuten war besser als das Beste von anderen.

»Gut, da ist unser Zug«, erklärte Clements und scheuchte sie weiter. »Wir haben zwar Erste-Klasse-Tickets, aber der Zug wird trotzdem sehr schnell voll. Also sichern wir uns Plätze, solange wir noch können.« *Die Frau scheint einen Tick zu haben, was das frühe Einsteigen in Züge angeht,* dachte Odette. Elektronische Glastüren glitten automatisch auf, und der angenehme Hauch einer Klimaanlage umgab sie. Die drei gingen in das Erste-Klasse-Abteil am Ende des Wagens und ließen sich dankbar auf die Sitze fallen.

Durch die Glastüren sahen sie, wie immer mehr Rennbesucher in den Zug stiegen. Sie füllten die Sitze, dann die Gänge, und schon bald sah es so aus, als würde der Zug

Flüchtende von einigen abrupt unterbrochenen Hochzeitsgesellschaften transportieren. Immer mehr Leute drängten sich in ihr Abteil, und alle drei fühlten sich gezwungen, ihre Sitze älteren Personen anzubieten.

Als sie in den Bahnhof von Ascot einfuhren, war das Gefühl, eine festlich gekleidete Oberklasse-Asylantengruppe zu sein, noch größer. Ein Haufen von Menschen quoll aus dem Zug und die Treppe hinunter. Odette spürte Clements' Hand auf ihrem Handgelenk, aber sie konnte nur hoffen, dass Alessio in ihrer Nähe war. Der Druck der Menschen um sie herum und die unaufhörliche Bewegung der Masse verhinderten, dass sie sich umsehen konnte, ohne sich den Hals zu brechen oder, noch schlimmer, ihren Hut zu ruinieren. Sie wurden durch den Bahnhof und an einigen aufmerksam blickenden uniformierten Soldaten mit Maschinenpistolen vorbeigeschoben. Odette sah Clements fragend an, die nur den Kopf schüttelte. Es handelte sich nicht um Checquy-Wachen, sondern nur um die üblichen Sicherheitsmaßnahmen bei größeren öffentlichen Veranstaltungen.

Sie folgten der Menschenmenge einen langen, sanften Hang hinauf. Bäume säumten auf beiden Seiten den Weg, und darüber hingen im Zickzack Wimpel aus kleinen Union Jacks. Die Menge verteilte sich, und Odette stellte fest, dass Alessio direkt hinter ihnen war. Sie grinsten sich an. Fast gegen ihren Willen wurde sie von der festlichen Atmosphäre ergriffen.

Fernsehkameras filmten sie, als sie den Weg hinaufgingen, und Odette senkte instinktiv den Kopf. Dann beschloss sie, alle Vorsicht in den Wind zu schießen. *Ich trage das zweitteuerste Kleid, das ich jemals besessen habe,* dachte sie. *Und das hier brauchte nicht einmal irgendwelche Stammzellen.* Sie straffte die Schultern und hob den Rand ihres Hutes ein bisschen, um in die Kameras zu lächeln. Eine verlebt aussehende Frau in Jeans trat an sie heran und hielt ein paar bunte Blumen in den Händen. Jeder Stängel war in Aluminiumfolie eingewickelt.

»Eine Blume für den jungen Gentleman?« Sie hatte einen melodischen Akzent. »Gott wird Sie dafür segnen.«

»Oh, wie hübsch«, sagte Alessio.

»Fass ihn an, dann breche ich dir dein Scheißhandgelenk!«, versprach ihr Clements. Die Frau wich entsetzt zurück. Sie gingen weiter, und die Leliefeld-Geschwister wechselten einen erstaunten Blick.

»Ich glaube nicht, dass sie eine übernatürliche Bedrohung war«, sagte Odette schließlich. »Ich glaube, sie hat einfach nur versucht, ihm diese Blume für sein Knopfloch zu verkaufen.«

»Ja, weiß ich«, erwiderte Clements zerstreut. »Ich sage das zu jedem, der versucht, uns etwas anzudrehen.«

»Oh.«

Sie erreichten das Ende des Weges und überquerten die Kuppe des Hügels. Auf der breiten Straße, die vor ihnen entlangführte, wimmelte es von Menschen und Fahrzeugen, und dahinter war die riesige Tribüne der Ascot-Rennbahn.

Aus irgendeinem Grund hatte Odette angenommen, es wäre ein altes ehrwürdiges Steingebäude. *Das Adjektiv* royal *hat irgendetwas an sich*, dachte sie. *Man erwartet, dass alles aussieht wie eine Burg.* Dieses Gebäude jedoch wirkte mehr wie das Schloss des Königs des Internets. Es war modern, bestand aus Metall und Glas und ragte stolz in den Himmel. Stahlstreben erhoben sich und verzweigten sich, um ein gebogenes Dach aus diamantförmigen Paneelen zu stützen, die wie Blätter aussahen, durch die das Licht schien. Riesige Union Jacks hingen an der ganzen Höhe des Gebäudes herunter, und goldene Fahnen, auf die *Royal Ascot* geprägt war, flatterten fröhlich im Wind.

Odette war so davon angetan, dass sie nicht einmal bemerkte, wie ihre Leibwächterin sie über eine Brücke führte, über die Straße und ein paar Stufen hinunter. Sie musste zugeben, dass Clements recht gehabt hatte, was den Verkehr anging. Wären sie mit einem Wagen hergefahren, dann hätten wahrscheinlich ihre verdorrten Mumien irgendwann einen Parkplatz gefunden. Eine Stretchlimousine schlich im Tempo einer tektonischen Platte über die Straße, gefolgt von drei Stretch-Humvees in Pink, Grau und Silber.

Sie sog den Anblick der Menge in sich auf, ihre Kleider und vor allem die Hüte. Eine winzige Frau schwankte auf ihren High Heels und trug einen Hut, der so groß war wie ihr Oberkörper und aus festem verklebtem Gitter bestand. Odette meinte zu hören, wie die Halswirbelsäule der Frau unter dem Gewicht zusammengequetscht wurde. Am Tor öffnete Clements ihre Handtasche und gab ihnen pinkfarbene Ansteckschilder mit ihren Namen darauf. »Verlieren Sie sie nicht, sonst dürfen Sie nicht mehr hinein«, warnte sie. Dann warf sie einen Blick auf ihre Uhr und seufzte. »Ich fürchte, wir haben die königliche Prozession verpasst. Ich nehme an, dass der Court bereits in der ganzen Enclosure verstreut ist, zusammen mit Graaf von Suchtlen und Dr. Leliefeld.«

»Irgendwelche Tipps?«, fragte Alessio altklug.

»Lentus Ultimusque im fünften Rennen, hab ich jedenfalls gehört«, erwiderte die Pawn und scheuchte sie dann durch die Tore.

Die Royal Enclosure war eindeutig mehr als nur eine Koppel. Sie fanden sich in einem langen, ausgedehnten Garten wieder, der sich bis zur Haupttribüne erstreckte. Überall standen Bäume und waren Bänke verteilt und weiße Zelte ragten an den Seiten auf. Es waren so ziemlich die hübschesten Zelte, die Odette jemals gesehen hatte. Sie hatten Glaswände, und im Inneren befanden sich elegante Speisesäle. Einige von ihnen schienen sogar eine eigene kleine Terrasse mit Tischen und Stühlen unter weißen Leinwandsonnenschirmen zu haben. Sie waren durch kleine Bollwerke aus Seilen und Blumentöpfen voneinander abgegrenzt.

»Was sind das für Zelte?«, fragte sie.

»Sie gehören unterschiedlichen Clubs – dem White's, dem Garrick Club, dem Cavalry and Guards Club. Da kommt man nur mit einer Einladung rein. Und das Zelt da drüben ist für die Gäste des Monarchen reserviert.«

»Hat die Checquy auch ein eigenes Zelt?«, erkundigte sich Odette.

»Wir sind eine geheime Regierungsbehörde, von der noch nie jemand etwas gehört hat«, erwiderte Clements schneidend. »Ein Zelt mit unserem Namen darauf würde wahrscheinlich einige Fragen aufwerfen.«

»Dort ist Rook Thomas.« Odette wechselte hastig das Thema.

»Wo?«

»Da drüben, unter dem orangefarbenen Hut.« Das war eine sehr angemessene Beschreibung. Die Rook trug einen tränenförmigen Hut, der ihre Silhouette deutlich höher wirken ließ. Er ragte kühn empor und war mit einer grünen Rosette und irgendwelchen erstaunlichen roten und grünen Tentakeln geschmückt. Es sah aus, als wäre eine gewaltige tropische Blume aus ihrem Kopf gesprossen.

»Rook Thomas, ich liebe Ihren Hut«, sagte Odette, als die drei sie erreicht hatten. Es stimmte, dass sie umwerfend aussah, obwohl der Hut der dominante Partner in ihrer Beziehung zu sein schien.

»Danke, Odette«, erwiderte die Rook. »Sie sehen auch alle sehr nett aus. Alessio, mein Beileid wegen des Anzugs, aber wenigstens fällst du so nicht auf. Nimm es einfach als Tarnung.«

»Wo sind die anderen?«, fragte Odette.

»Ich habe keine Ahnung«, erwiderte Thomas. »Ich bin vor zwanzig Minuten hier eingetroffen, nachdem ich etliche Jahre in meinem Auto verbracht habe und dann noch zwei Jahre von dem Parkplatz hierhergegangen bin. Ich wollte mir gerade etwas zu trinken holen und eine Wette platzieren. Sie können mich begleiten, oder Sie können ein bisschen herumschlendern.« Odette warf Pawn Clements einen kurzen Blick zu. Die stand so angespannt da, wie das mit High Heels auf Gras möglich war.

»Wir begleiten Sie gern«, sagte Clements. Zehn Minuten später schlürften Odette und die Rook Pimm's Cup, während Alessio und Clements – die technisch gesehen im Dienst und entsetzt von der Vorstellung war, Alkohol in der Anwesenheit ihrer Vorgesetzten zu trinken – an Limonaden nuckelten.

Im Inneren war die Haupttribüne hohl – ein langes, hohes Atrium mit Emporen entlang der Wände und Rolltreppen, die hinaufführten. Überall flatterten Union Jacks, aber die Architektur war so futuristisch, dass die Rennbesucher aussahen, als hätte man sie mit Photoshop hineinkopiert. Die Royal Enclosure schien fast die Hälfte des Gebäudes in Anspruch zu nehmen. Als die vier sich durch eine Menschentraube am Fuß einer Rolltreppe schoben, blieb die Rook plötzlich stehen und warf einen etwas verwirrten Blick zurück.

»Alles klar bei Ihnen?«, erkundigte sich Odette.

»Ja, ich dachte nur gerade …« Ihre Stimme verklang, und sie kniff die Augen zu Schlitzen zusammen. »Nein, alles klar.« Sie führte sie durch die Tribüne auf den Rasen neben der Rennstrecke. Dann platzierten sie ihre Wetten bei den Buchmachern, wobei jeder ein bestimmtes System bevorzugte. Rook Thomas und Clements studierten eifrig die Formbücher und wählten die Favoriten, während Alessio sein Pferd wegen des Namens aussuchte – Watson's Crick – und Odette von den Farben eines Jockeys verführt wurde, der ein rotes Y auf einem weißen Trikot trug, weil sie das an eine Autopsie erinnerte.

»Da oben ist die königliche Loge.« Die Rook deutete in die Mitte der Tribüne, wo sich ein geschwungener Balkon aus der Wand vorwölbte. »In diesem Moment sitzen die Monarchin, ihr königlicher Prinzgemahl und etliche Höflinge da oben, betrachten uns und knabbern Kartoffelchips.«

Odette spähte hinauf. Unter dem Fenster sah sie ein kleines geschmackvolles königliches Wappen. Das Glas war leicht getönt, aber sie konnte undeutlich Menschen darin erkennen. *Es ist schon cool, zumindest höchstwahrscheinlich die Herrscherin von Großbritannien auch nur gesehen zu haben*, dachte sie.

Hinter den Buchmachern erspähte sie die anderen Abschnitte der Tribüne. Sie waren erheblich belebter und erstreckten sich noch ein ganzes Stück weiter entlang der Rennstrecke. Die Leute darin wirkten wie batteriebetriebene Rennbesucher. Dann begannen die Rennen, und das Gebrüll der Menge traf sie nahezu körperlich. Als das Donnern der Pferde näher kam, schrie Odette zu ihrer eigenen Überraschung ebenso hemmungslos wie die anderen Besucher. Alessio hüpfte auf der Stelle herum und brüllte wie ein Verrückter. Selbst Clements kreischte.

Zu Odettes Entzücken belegte das Pferd, auf das sie gewettet hatte, einen höchst unerwarteten zweiten Platz. Clements und sie ließen Alessio bei Rook Thomas zurück und gingen zum Wettbüro, um Odettes dreißig Pfund einzukassieren. Als sie zurückkehrten, sprach die Rook offensichtlich

extrem beunruhigt in ihr Handy, während Alessio ihr fasziniert zusah.

»Nein, befehlen Sie ihnen, die Sache diskret zu behandeln!«, sagte sie gerade. »Drohen Sie ihnen von mir aus mit
dem Gesetz zur Wahrung von Staatsgeheimnissen. Glücklicherweise war der Sicherheitsbeamte klug genug, es nicht
in die Welt hinauszuposaunen!« Sie hörte einen Moment
lang zu. »Nein, sie wollen bestimmt noch weniger als wir,
dass das bekannt wird.«

»Was ist passiert?«, fragte Odette ihren Bruder.

»Ich weiß es nicht, aber die Rook ist nicht besonders erfreut. Damit meine ich, sie ist wirklich nicht besonders erfreut. Ich habe sogar einige neue Schimpfwörter gelernt.«

»In diesem Fall«, sagte Rook Thomas gerade, »sollten wir
den Sicherheitschef der Rennstrecke in dieses Gespräch mit
einbeziehen.« Sie machte eine Pause und wandte sich an
ihre Gefährten. »Es ist etwas vorgefallen. Und wie es aussieht, fällt es in unsere Zuständigkeit.«

»Hier auf der Rennstrecke?« Clements schien es nicht
glauben zu können.

»Hier in der Enclosure«, präzisierte Thomas nüchtern.
»Ein Mann ist tot.«

»Was sollen wir …?«, begann Clements, aber die Rook
hob eine Hand und hörte ihrem Gesprächspartner am Telefon zu.

»Major Llewelyn, hier spricht Dr. Nicola Boyd. Akzeptieren Sie meine Autorität?« Sie nickte zufrieden und bemerkte
dann die verblüfften Blicke von Odette, Clements und Alessio. Sie verzog das Gesicht zu einer Grimasse, die besagte:
*Das ist eine geheime Regierungssache, ich erkläre es euch gleich,*
und konzentrierte sich wieder auf das Gespräch. »Ausgezeichnet. Also gut, ich denke, wir stimmen überein, dass
wir diese Angelegenheit so diskret wie möglich behandeln

wollen. Keine Polizei und keine Krankenwagen. Ihre Sicherheitsleute sollten alle vorläufig von den Toiletten fernhalten.« Sie machte eine Pause. »Geben Sie ihnen meinen Namen, und weisen Sie sie an, mich und meine Begleitung durchzulassen. Ich bin in fünf Minuten da, dann kann ich Ihnen sagen, ob die Sache in meine Zuständigkeit fällt oder wir sie der Polizei übergeben. Schön. Ich rufe Sie gleich zurück.« Sie beendete das Gespräch und wandte sich an die anderen.

»Nicola Boyd ist einer meiner offiziellen Decknamen«, erklärte sie. »Sie ist irgendein hohes Tier im Innenministerium. Und jetzt muss ich mir die Sache ansehen und entscheiden, ob es in unsere Zuständigkeit fällt oder nicht.« Sie kaute nachdenklich auf ihrer Unterlippe und sah sich dann um. »Ich möchte Pawn Clements dabeihaben, und ich glaube nicht, dass es klug wäre, Sie beide allein zu lassen. Also kommen Sie besser mit.«

»Ist es ungefährlich?«, erkundigte sich Odette.

»Ja … wahrscheinlich«, erwiderte die Rook wenig überzeugend. »Aber Sie haben mich und Pawn Clements, also ist es auf jeden Fall ungefährlicher, als es in einem anderen Fall wäre.« Sie machte eine kleine Pause und überdachte kurz, was sie gerade gesagt hatte. »Ja, genau.«

»Rook Thomas«, warf Pawn Clements ein, »vielleicht sollten Sie das Namensschild abnehmen, auf dem Myfanwy Thomas steht.«

»Ah, guter Tipp!« Die Rook führte die anderen die Treppe hinauf auf die Tribüne, dann nahmen sie ein paar Rolltreppen, und schließlich betraten sie einen Korridor. Sie blieben in einer vergleichsweise ruhigen Ecke vor der Tür einer Toilette für Behinderte stehen. Zwei Männer in dunklen Anzügen, die sich ziemlich unbehaglich zu fühlen schienen, hatten davor Position bezogen.

»Tut mir leid, Miss«, sagte einer der Männer. »Dieser Waschraum ist leider defekt.«

*Und deshalb stehen hier zwei Sicherheitsbeamte?*, dachte Odette. *Tolle Tarnung.*

»Gentlemen, ich bin Nicola Boyd. Sie erwarten mich.« Die beiden nickten erleichtert, wirkten jedoch etwas verblüfft wegen der Gesellschaft, in der sich die Rook befand. Offenbar nahm man in England üblicherweise keine dreizehnjährigen Jungen mit zu einem Tatort. »Haben Sie schon einen Blick hineingeworfen?«

»Ich hab die Leiche gefunden, Ma'am«, sagte einer der beiden Sicherheitsleute. »Es ist … Die Sache ist ziemlich ekelhaft.« Er holte tief Luft. »Ich hab so etwas noch nie gesehen, er ist vollkommen …«

Rook Thomas hob eine Hand. »Haben Sie ihm«, sie nickte zu dem anderen Sicherheitsbeamten, »erzählt, was Sie gesehen haben?«

»Nein, hat er nicht, Ma'am«, antwortete der Beamte. »Nur, dass da drinnen eine Leiche liegt. Major Llewelyn hat ihm befohlen, nichts weiterzusagen.«

»Gut«, antwortete die Rook. »Wie heißen Sie?«, fragte sie den Sicherheitsbeamten, der die Leiche gefunden hatte.

»Ralph«, erwiderte dieser. »Ralph Witt.«

»Also gut, Ralph, haben Sie irgendetwas angefasst, als Sie da drin waren?«

»Nur den Türgriff. Und ich hab in eine Ecke gekotzt«, gab er entschuldigend zu.

»Wir alle haben irgendwann schon mal in eine Ecke gekotzt. Aber Sie haben ganz sicher nicht versucht, den Puls der Person zu fühlen oder etwas anderes mit ihr gemacht?«, wollte die Rook wissen.

»Nein, Ma'am.« Es klang sehr überzeugend. »Den Grund werden Sie … sehen, wenn Sie hineingehen.«

Die Rook nickte wenig begeistert. »Sind Sie vorbereitet?«, fragte sie Clements.

»Ja, Ma'am.« Die Rook und die Pawn öffneten ihre Handtaschen und nahmen eingeschweißte Päckchen heraus. Darin befanden sich OP-Masken und Latexhandschuhe. Nachdem die beiden Frauen ihre Hüte abgesetzt und auf einem Stuhl im Korridor deponiert hatten, legten sie Maske und Handschuhe an.

»Ihr beide«, wandte die Rook sich an Odette und Alessio, »bleibt hier draußen. Passt auf unsere Hüte auf.« Die beiden nickten gehorsam. »Falls jemand sich euch auf sonderbare Art und Weise nähert, dann … also, hämmert einfach gegen die Tür und schreit. Dann kommen wir raus.« Sie wartete nicht ab, ob die Züchter nickten.

*Wir sollen an die Tür hämmern und schreien?*, dachte Odette ungläubig. Sie sah sich um, fand aber niemanden, der sich auf eine Art und Weise näherte, die auf übernatürliche Feindseligkeit schließen ließ.

»Ich gehe zuerst.« Die Rook öffnete die Tür ein kleines Stück und trat hindurch. Die anderen hörten, wie sie nach Luft schnappte und dann wütend »Oh, verfluchte Scheiße!« schrie. Alle erstarrten. »Alles klar, Clements, Sie können reinkommen«, fuhr die Rook fort. Das tat Clements und schloss die Tür hinter sich. Das folgende Schweigen konnte man ohne Weiteres als beklemmend bezeichnen.

Als sich die Tür wieder öffnete, zuckten Odette und Alessio zusammen. Clements trat heraus, zog ihre Handschuhe aus, setzte die Maske ab und ging zu ihrer Handtasche, um ein zweites versiegeltes Plastikpaket herauszuholen.

»Hier.« Sie hielt es Odette hin.

»Hier – was?«, wollte Odette wissen.

»Rook Thomas will, dass Sie reingehen«, erklärte die Pawn. »Sie möchte Ihre Meinung hören.«

»Meine Meinung? Worüber?«

»Oh, ich möchte Ihren ersten Eindruck nicht verfälschen«, gab Clements zurück. »Und jetzt geben Sie mir Ihren Hut.« Zögernd trennte sich Odette von ihrem Chapeau und legte dann Maske und Handschuhe an. Dann öffnete sie die Tür und schob sich durch den schmalen Spalt.

*Oh, das ist allerdings eine Premiere,* dachte sie. Der Anblick, der sie erwartete, ließ sie ein wenig schwindeln.

Der Waschraum war sehr groß und sehr sauber. Neben der Toilette stand ein Rollstuhl, und es war klar, dass der Tote sich von dem Stuhl auf die Toilettenschüssel gehoben hatte. Er trug einen Cutaway, hatte den Zylinder immer noch auf dem Kopf, und seine Hose hing ihm in den Kniekehlen. Was angesichts der Örtlichkeit durchaus nicht unüblich war. Er war tot, und Odette sah sogleich, warum der Sicherheitsbeamte Ralph darauf verzichtet hatte, den Mann zu berühren, um herauszufinden, ob er noch lebte.

Riesige glitzernde Kristalle waren aus den Wänden, der Decke und dem Boden gesprossen. Sie hatten den Mann von allen Seiten durchbohrt. Ein Kristall, der aus der Wand hinter ihm gesprossen war, war durch sein rechtes Auge wieder ausgetreten. Er hielt den Kopf senkrecht, sodass der Leichnam sie mit einem einäugigen und leicht vorwurfsvollen Blick zu betrachten schien.

Rook Thomas stand in einer kristallfreien Ecke. Sie hatte die Arme verschränkt, und ihre Miene ließ darauf schließen, dass sie diese ganze Situation außerordentlich persönlich nahm.

»Verfluchte Scheiße!«, wiederholte sie leise und seufzte.

# 28

»**Also gut, Major Llewelyn**«, sagte die Rook zu dem Sicherheitschef der Ascot-Pferderennbahn. »Es ist eindeutig unser Fall, und wir wollen ganz entschieden nicht, dass irgendetwas von dieser Angelegenheit durchsickert.«

»Geht es um einen Mord?«, fragte der Major. Die Rook schien diese Frage etwas zu quälen. Der würdevolle grauhaarige Mann war mindestens fünfzehn Jahre älter als sie, einen Kopf größer, und er neigte dazu, seine Fragen herauszubellen. Odette bemerkte, dass sie versuchte, eine Antwort zu finden, die die Lage nicht noch verschlimmerte.

»Ja«, antwortete sie schließlich. »Aber es ist eine politische Angelegenheit. Die nationale Sicherheit steht auf dem Spiel.«

»Guter Gott. Was sollen wir tun?«

»Im Moment gar nichts«, erwiderte Thomas. »Sie kennen ja die Presse, vor allem hier. Wenn sich herumspricht, dass es einen Toten gegeben hat, ganz zu schweigen von einem Mord, und erst recht von einem politischen Mord beim Royal Ascot, haben wir keine Chance mehr, die Sache diskret zu verfolgen.«

»Kann man wohl sagen«, erwiderte der Major.

»Lassen Sie Ihre Männer an der Tür postiert und verwehren Sie jedem den Zutritt, es sei denn, ich autorisiere ihn. Ich muss mich mit meinen Vorgesetzten besprechen. Rufen Sie mich an, wenn es neue Entwicklungen gibt.« Er nickte, und sie führte ihren kleinen Tross zu den Rolltreppen, bevor sie ihr Handy hervorkramte und ihr Büro anrief. »Ingrid, ich bin es. Der Vorfall auf der Pferderennbahn fällt in unseren Bereich. Rufen Sie bitte Chevalier Whibley, Lady Farrier und Sir Henry an und bitten Sie sie, mich so schnell wie möglich an der pinkfarbenen Bank auf dem Rasen der Royal Enclosure zu treffen.« Sie blieb stumm, als sie sich durch die Menge auf den Rasen neben der Rennbahn drängten. Dort standen viele Bänke herum, aber nur eine von ihnen war pinkfarben.

»Warum ist die pink?«, erkundigte sich Alessio.

»Was? Oh, irgendwann einmal hat ein Junge auf einer dieser Bänke um die Hand eines Mädchens angehalten«, gab die Rook zurück. »Seither gibt es hier eine pinkfarbene Bank, die daran erinnert. Sie stellen sie aber immer woanders auf dem Rasen auf.«

Im Augenblick saß ein korpulentes älteres Paar auf dieser pinkfarbenen Bank. Der Mann sah aus wie John Bull und die Frau wie Mrs. Sprat. Auf der Bank war kein Platz mehr für irgendjemand anderen, und da die beiden es nicht eilig zu haben schienen wegzugehen, drückte sich die kleine Gruppe der Rook ein wenig verlegen in der Nähe herum und vertrieb sich die Zeit, bis die anderen auftauchten, mit Small Talk, der nichts mit übernatürlichen Morden zu tun hatte.

Als Erstes kam Sir Henry mit Ernst und Marcel im Schlepptau. Sie hatten im Zelt von White's geplaudert, wo Henry Mitglied war. Lady Farrier materialisierte sich kurz danach, und dann tauchte auch Chevalier Whibley auf, ein Gentleman von etwa fünfzig Jahren, mit einem roten Gesicht und einer durchdringenden Stimme. Odette wusste kaum etwas über ihn, außer dass er sehr viel Zeit in Übersee verbracht hatte und die Fähigkeit besaß, Holz so hart zu machen wie Titan. Myfanwy führte sie von dem korpulenten Paar weg zu einer Stelle auf dem Rasen, wo niemand allzu nah bei ihnen stand. Rasch erklärte sie ihnen die Lage.

»Unglaublich«, staunte Marcel, als sie geendet hatte. »Wie hoch stehen die Chancen, dass so etwas ausgerechnet hier passiert?«

»Während der fünf Tage, in denen Rennen stattfinden, hat Royal Ascot etwa dreihunderttausend Besucher«, erklärte Lady Farrier. »Das sind sehr viele Leute.«

»Und die Checquy sorgt dafür, dass solche Situationen stets unter dem Teppich bleiben?«

»Ehrlich gesagt kann ich mir keine Situation vorstellen, die schwieriger diskret zu behandeln wäre als diese, es sei denn, es käme live im Fernsehen«, erwiderte die Rook. »Hier laufen Hunderte von Leuten herum, die alle Handys haben und von denen ausnahmslos alle scharf darauf sind, jede ungewöhnliche Entwicklung mit der ganzen Welt zu teilen.«

»Danke sehr, soziale Medien«, merkte Chevalier Whibley verbittert an.

»Sie können sich auch bei den regulären Medien bedanken«, fügte die Rook hinzu. »Wenn irgendetwas Sonderbares passiert, zum Beispiel wenn ein Helikopter mit Soldaten auftaucht oder auch nur ein Polizeiwagen mit Blaulicht, dann werden sofort jede Menge Fragen aufgeworfen.«

»Also handelt es sich hier um einen weiteren dieser verfluchten Morde, denen Sie eigentlich Einhalt gebieten sollten?«, verlangte Sir Henry zu wissen.

»Angesichts der Umstände, Sir Henry, ist die Chance verschwindend gering, dass es sich um eine Nachahmungstat handelt.«

»Also, wie sieht es aus?«, fragte Whibley. »Evakuieren wir die Rennbahn?«

»Sie wollen mehr als siebentausend Leute evakuieren? Das wäre der größte Knüller auf der ganzen Welt.« Lady Farrier schüttelte sich. »Und welchen Grund könnten wir dafür angeben, abgesehen vielleicht von einem Terr …?«

»Nicht aussprechen!«, riefen Rook Thomas und Chevalier Whibley gleichzeitig. Die Lady klappte den Mund zu und verdrehte die Augen.

»Ich würde es vorziehen, den Ladies' Day beim Royal Ascot nur abzusagen, wenn es absolut notwendig ist«, erklärte Farrier dann. »Die Auswirkungen wären horrend.«

»Sollte es tatsächlich notwendig werden zu evakuieren, wird uns sicherlich ein Vorwand einfallen«, antwortete Rook Thomas. »Aber noch bin ich nicht sicher, ob es wirklich unumgänglich ist. Bei allen früheren Vorkommnissen hat es nur eine einzige Eruption dieser Kristalle gegeben, und dann kam nichts mehr.«

»Sie glauben, unser Mörder hat einfach nur diesen Mann umgebracht und ist dann wieder zu seinem Gin Tonic zurückgekehrt, um auf die Pferde zu setzen?«, erkundigte sich Sir Henry.

»Entweder das oder er ist verschwunden.«

»Also, was machen wir?«, wollte Chevalier Whibley wissen. »Warten wir bis zum Abend und lassen dann von unseren Ermittlern die Leiche untersuchen?«

»Das ist sicher eine Option«, sagte Thomas. »Aber falls unser Mörder noch hier sein sollte, denke ich mir, dass dies unsere beste Gelegenheit wäre, ihn zu erwischen.« Odette merkte, dass dieser Vorschlag die anderen erschütterte. Das hier waren die Mandarine der Checquy – sie waren nicht daran gewöhnt, sich die Hände schmutzig zu machen. Ernst dagegen nickte anerkennend.

»Sehr klug. Man muss die Verfolgung der Beute aufnehmen, solange die Fährte noch frisch ist«, erklärte der Graaf.

»Sicher … sozusagen«, meinte Whibley. »Aber wenn wir den Mörder aufspüren, besteht da nicht auch die Gefahr, dass er möglicherweise einen von uns oder einen gänzlich unbeteiligten Zuschauer angreifen könnte?«

»Um das zu verhindern, sind wir hier«, erwiderte Thomas nüchtern. »Aber selbst wenn wir ihn nur identifizieren, können wir ihm später immer noch folgen und ihn ergreifen.«

»Und was ist mit der königlichen Familie?« Auf Sir Henrys Frage hin blickten sie alle gleichzeitig zur königlichen Loge hinauf.

»Wir können sie nicht evakuieren«, erklärte Lady Farrier entschieden. »Das würde alle möglichen Fragen aufwerfen und eine Menge erstaunter Blicke verursachen. Außerdem hat einer der Prinzen ein Pferd im Gold-Cup-Rennen laufen.«

»Haben sie denn keinen militärischen Schutz oder Leibwächter?«, fragte Odette schüchtern. Wie aufs Stichwort spitzten alle Angehörigen des Court die Lippen.

»Normale Truppen haben keinerlei Ausbildung im Kampf gegen das Übernatürliche«, erklärte Lady Farrier schließlich herablassend. Sie war ganz offensichtlich der Meinung, dass Non-Checquy-Sicherheitskräfte selbst von einem Fünfjährigen mit einem verstärkten Gehör oder Klauenwimpern in Stücke gerissen werden könnten.

»Also muss einer von uns die königliche Loge bewachen«, erklärte Whibley. »Ich plädiere für Rook Thomas oder Sir Henry. Beide haben die umfangreichsten Kampffähigkeiten.«

»Ich habe einige Dolche in meinem Oberkörper, falls Sie ein paar Waffen brauchen«, bot Ernst an.

»Eigentlich ist Pawn Mondegreen dort oben«, stellte Thomas fest. »Sie ist eine Hofdame.«

»*Lady* Pawn Mondegreen«, korrigierte Lady Farrier sie. »Ich gehe hoch und alarmiere sie sofort.« Sie marschierte zielstrebig und mit der Selbstsicherheit einer Frau davon, die wusste, dass sie augenblicklich zu der königlichen Familie vorgelassen werden würde.

»Ich kenne Pawn Mondegreen nicht«, erklärte Whibley. »Kann sie adäquaten Schutz garantieren?«

»Sie kann mit einer einfachen Handbewegung dafür sorgen, dass sich die Knochen von Menschen augenblicklich auflösen«, erklärte Rook Thomas.

»Nun, das sollte eigentlich genügen«, meinte Whibley.

»Welche Agenten hat die Checquy noch vor Ort?«, erkundigte sich Sir Henry.

»Abgesehen von uns und Pawn Mondegreen?«, fragte Rook Thomas. »Soweit ich weiß, niemanden. Es sei denn, irgendwelche Pawns hätten sich den Tag freigenommen, um zu den Rennen zu gehen. Ich lasse von der Rookery jedes Mitglied der Checquy überprüfen, um herauszufinden, wo sie sich aufhalten, aber ich würde mir nicht allzu große Hoffnungen machen.«

»Wenn die Lage gefährlich ist, wäre es vielleicht besser, wenn wir die Mitglieder der Broederschap-Delegation hier wegschaffen«, schlug Chevalier Whibley vor.

»Aber ganz und gar nicht!«, rief Ernst. »Wir stehen als Ihre Kameraden an Ihrer Seite. Ihre Mission ist unsere Mission.«

»Und wie sieht es mit dem jungen Mann aus?« Der Chevalier deutete mit einem Nicken auf Alessio.

»Die gesamte Broederschap ist bereit zu dienen.« Ernst legte Alessio die Hand auf die Schulter. Der wirkte einen Hauch erschrocken über diese Dienstverpflichtung zur freiwilligen Hilfe, nickte aber schwach. »Wir werden unsere ganze Stärke aufbringen, um Ihnen zu helfen, diese Person aufzuspüren und kaltzumachen«, erklärte Ernst. Alle zuckten bei dieser tief empfundenen, aber geschmacklosen Bemerkung zusammen und sahen sich um, um sich zu überzeugen, dass kein Zuschauer seine Worte gehört hatte.

»Das ist sehr nett von Ihnen, Ernst«, raffte sich Rook Thomas schließlich zu einer Erwiderung auf. »Aber wir versuchen im Allgemeinen, die Leute nicht kaltzumachen, es sei denn, es wäre unabdingbar. Und in diesem Fall töten wir sie selbstverständlich. Unsere erste Priorität besteht jetzt jedoch erst einmal darin, den Mörder überhaupt zu identifizieren.«

»Welche Spuren haben wir?«, wollte Sir Henry wissen.

»Verdammt wenige«, erwiderte die Rook. »Es scheint kein Muster zu geben, außer dass die früheren Morde allesamt in London oder Northamptonshire stattgefunden haben.«

»Der Sicherheitsdienst sollte eigentlich Listen über alle Personen führen, die die Enclosure betreten haben«, warf Chevalier Whibley hilfreich ein. »Ich besorge sie uns und sende sie an die Rookery. Vielleicht kann man dort eine Analyse durchführen und irgendwelche Verbindungen herstellen, zum Beispiel eine Heimat- oder Geschäftsadresse in Northamptonshire.«

Die Rook sagte ihm, wie er Major Llewelyn erreichen konnte, und Chevalier Whibley eilte augenblicklich zur Tribüne davon. Ernst betrachtete Odette nachdenklich. »Ich habe da eine Idee, die vielleicht hilfreich sein könnte. Odette, hast du in der Toilette irgendeine verfolgbare Duftspur gefunden?«

»Genau genommen, nein«, sagte Odette. »Die Kristalle haben nach nichts Besonderem gerochen, sodass ich nur Fäkalien und einen schwachen Blutgeruch wahrgenommen habe.«

»Sie können Blut riechen?«, fragte Thomas. »Interessant. Haben Sie alle einen Super-Geruchssinn?«

»Das ist kein Super-Geruchssinn«, widersprach Marcel. »Es ist nur eine erhöhte olfaktorische Kapazität, die auf spezifische biologische Zusammensetzungen hin ausgerichtet ist.«

»Richtig«, sagte die Rook. »Ein Super-Geruchssinn.«

»Er ist nicht *super*«, erwiderte Marcel genauso hartnäckig. »Er ist dem besten Geruchssinn eines normalen menschlichen Wesens angeglichen, nur dass er auf gewisse Substanzen ausgerichtet ist, denen wir bei unserer Arbeit begegnen. Das hilft, bestimmte Bedingungen zu diagnostizieren.«

»Aber es gab jedenfalls keine Duftspur?«, hakte die Rook nach. Odette schüttelte den Kopf.

»Vielleicht könnte man diesen Geruch von Blut identifizieren, wenn die Person vorbeiginge«, sinnierte Ernst.

»Kommt darauf an«, erwiderte Marcel zweifelnd. »Aber ich nehme an, es wäre möglich.«

»Mein Hintergedanke dabei ist«, fuhr Ernst fort, »dass Marcel, Odette und ich drei Zugänge zur Royal Enclosure bewachen und nach jedem schnüffeln, der nach Blut riecht.«

*Wir sollen jeden Rennbesucher beschnuppern?*, überlegte Odette.

»Es ist zwar lächerlich, aber wir sind in einer verzweifelten Situation«, antwortete die Rook. »Und das könnte uns zumindest eine Chance geben. Außerdem möchte ich, dass Pawn Clements zum Tatort zurückkehrt und seine Geschichte liest. Wenn sie einen Blick auf den Mörder werfen kann, könnte das ein Durchbruch für uns sein.«

»Wie lange wird das dauern?«, fragte Sir Henry.

Clements richtete sich unter seinem Blick unwillkürlich auf. »Das kommt darauf an«, antwortete sie vorsichtig. »Wir wissen nicht, wie viel Zeit verstrichen ist, bevor die Leiche nach dem Mord gefunden wurde. Aber ich denke, allzu lange dürfte es nicht her sein.«

»Ich begleite Sie«, sagte Thomas. »Sir Henry, ich schlage vor, Sie begleiten Miss Leliefeld. Sie hat nur ein sehr begrenztes Waffenarsenal zur Verfügung, und wenn der Mörder einen von Ihnen an den Ausgängen entdeckt, greift er womöglich an.« Clements wollte etwas sagen, aber dann schloss sie den Mund wieder. Wenn sie schon nicht als Leibwächterin fungieren konnte, hielt sie offenbar einen Mann, der einmal ein russisches Unterseeboot auf den Grund der Tiefseeebene versenkt hatte, während er selbst drin saß und Wodka trank, für einen akzeptablen Vertreter.

»Angesichts dessen, was ich von Ihnen weiß, Gentlemen«, wandte die Rook sich trocken an Marcel und Ernst, »gehe ich davon aus, dass Sie auf sich selbst aufpassen können.«

»Dieser Plan klingt ganz annehmbar, Myfanwy«, erklärte Sir Henry und streckte die Hand aus. Die Rook wirkte zwar erschrocken, schüttelte sie aber. »Machen Sie und Pawn Clements weiter. Wir überlegen derweil, welche Ausgänge wir bewachen wollen.«

Myfanwy sah zu, wie Clements in die Behindertentoilette ging und die Tür hinter sich schloss. Den Wachen vor der Tür hatten sie suggeriert, dass die Pawn eine Art von Spurensicherung durchführte, was sie, technisch gesehen, auch tat. Myfanwy setzte sich auf einen Stuhl, und im nächsten Moment klingelte ihr Telefon.

»Hallo?«

»Rook Thomas, hier spricht Pawn Ball von der Rookery-Wache.«

»Lagebericht«, gab Myfanwy zurück.

»Wir haben Textnachrichten an alle Mitglieder der Checquy verschickt. Das nächste Büro ist in Reading, und bei diesem Verkehr liegt es etwa eine Stunde entfernt, wenn wir ohne Sirenen und Blaulicht fahren.« Myfanwy seufzte. »Aber es hält sich heute eine Gruppe von drei Angestellten der Checquy in Ascot auf. Sie befinden sich im öffentlichen Bereich der Rennbahn, aber ...« Er verstummte etwas verlegen.

»Was?«

»Na ja, sie haben einen freien Tag und sind beim Pferderennen«, antwortete Pawn Ball. »Sie sind ein bisschen angeschickert.«

»Ach du lieber Himmel«, gab Myfanwy zurück. »Wie betrunken sind sie genau?«

»So blau, dass sie nicht mehr fahren dürften. Und einer von ihnen hat albern gekichert, als ich mit ihm telefoniert habe.«

»Großartig.«

»Außerdem haben sie Fotos von ihrer Garderobe geschickt. Keiner von ihnen würde den Dresscode für die Royal Enclosure erfüllen. Sie würden nicht einmal als Sicherheitsbeamte oder Kellner durchgehen, vor allem die Ladys nicht.«

»Also gut, dann halten wir sie einfach in Reserve. Keiner von ihnen besitzt Fähigkeiten, die uns helfen würden, einen Mörder zu identifizieren, oder?«

»Leider nicht. Zwei von ihnen sind Pawns. Einer hat eine feuerfeste Haut und die andere die Fähigkeit, den Teil des menschlichen Gehirns lahmzulegen, der für das Sprachverständnis zuständig ist.«

»Nein, ich nehme an, das nützt uns nicht sonderlich. Also gut, schicken Sie das Team aus Reading los. Wir brauchen Spurensicherung, Gerichtsmediziner und ein Einsatzteam, nur für alle Fälle.«

»Verstanden.« Er legte auf. Myfanwy lehnte sich auf dem Stuhl zurück und dachte nach. Sie hatte eine Idee, war sich aber nicht sicher, wie praktikabel sie war. Als sie sich vor einiger Zeit durch die Menge gedrängt hatte, hatte sie eine Person gestreift, die ihre übernatürliche Fähigkeit aktiviert hatte. Normalerweise hielt sie ihre zusätzlichen Sinne fest verschlossen, um nicht von den kleinsten Einzelheiten der Nervensysteme anderer Menschen abgelenkt zu werden. Aber die Gegenwart dieser Person hatte in einem Winkel ihres Verstandes geleuchtet wie ein Zigarettenanzünder.

Als es passiert war, hatte sie nicht weiter darauf geachtet. Wegen ihrer Amnesie hatte sie die Fähigkeiten, über die ihr früheres Selbst verfügte, nicht einmal annähernd verstanden. Die alte Myfanwy hatte jahrelanges Training absolviert und mit ihren Fähigkeiten experimentieren können. Sie hatte Dinge vermocht, die die neue Myfanwy überhaupt nicht beherrschte. Soweit sie wusste, konnte dieses kurze Aufblitzen bedeuten, dass jemand einen Schlaganfall hatte oder einen Infarkt oder sich einfach nur unwillkürlich schüttelte. Deswegen hatte sie nicht weiter darauf geachtet. Jetzt jedoch fragte sie sich, ob sie möglicherweise Kontakt mit dem Mörder gehabt hatte. Es war ein höchst unerfreulicher Gedanke, der jedoch eine sehr interessante Möglichkeit eröffnete.

Myfanwy hatte etliche Geheimnisse, abgesehen von dem, dass sie für eine geheime übernatürliche Regierungsbehörde arbeitete. Ihr größtes Geheimnis war natürlich diese Amnesie. Nur sehr wenige Menschen wussten, dass man ihr ihre Erinnerungen gestohlen hatte und sie sich als sich selbst maskierte. Doch mit dem Verlust ihrer Erinnerungen hatte auch eine erschreckende Entwicklung stattgefunden. Trotz der großen Fachkenntnis, die ihr altes Selbst besessen hatte, hatte es immer körperlichen Kontakt herstellen müssen, um seine Gabe zu nutzen. Die aktuelle Myfanwy konnte sie jedoch auch aus der Ferne ausüben, sie mit dem Geist auf jeden in einem Radius von etwa zwanzig Metern anwenden. Sie warf einen kurzen Blick auf die beiden Wachposten und wusste, dass sie sie mit einem einfachen Gedanken auf die Knie zwingen würde. Nur dadurch, dass sich ihre Wahrnehmung veränderte, konnte sie die Elektrizität in ihren Gehirnen sehen, die Signale in ihrer Wirbelsäule und ihre Muskeln, die Chemie in ihren Eingeweiden.

*Könnte ich mit meiner* Gabe *auf diese Weise auch den Mörder aufspüren?*, fragte sie sich. Es war eine anstrengende Möglichkeit, sehr anstrengend, aber nicht weniger wahrscheinlich, als dass die Züchter den Mörder am Eingang erschnüffelten. Insgeheim bezweifelte sie, dass es ihnen gelingen würde. Zu erwarten, dass die Züchter den Geruch von ein paar Tropfen Blut an Hunderten von mit Essen und Alkohol abgefüllten Passanten an einem windigen Tag erschnüffelten, war nicht realistisch.

Sie stand auf, als sie eine Entscheidung getroffen hatte. »Wenn meine Kollegin ihre Untersuchung abgeschlossen hat und herauskommt, würden Sie ihr dann bitte sagen, dass ich nur kurz weggegangen bin?«, bat sie die Sicherheitsleute. »Sie kann mich über mein Handy erreichen.« Die beiden nickten gehorsam, und Myfanwy trat zu den Aufzügen. Sie ging zielstrebig, trotz mehrerer kleiner Schwachstellen in ihrem Plan. Erstens gab es zahlreiche Bereiche, zu denen sie keinen Zutritt haben würde – die privaten Logen, die Servicebereiche. *Ich muss durch die Menge schlendern,* dachte sie. *Und hoffen, dass ich das Glück habe, zufällig auf einen Serienmörder zu stoßen.* Natürlich erforderte das ein methodisches Vorgehen, also begann sie ganz oben. Ihre Gabe zu nutzen, um Menschen zu untersuchen, benötigte sehr viel Konzentration, also war sie gezwungen, sehr langsam zu gehen, während sie das tat. Sie flanierte durch alle Sitzgruppen, überflog die Menge und versuchte, dieses sonderbare Plätzchen zu finden, an das sie sich erinnerte.

*Gar nichts. Verflucht!*

Die beliebtesten Bereiche befanden sich rund um die Bars und Restaurants, also ging sie dort als Nächstes hin. Es gab endlose Schlangen von Menschen, die geduldig, wenn auch ziemlich lautstark, auf Getränke warteten. Sie stellte sich neben die erste Bar und kniff die Augen zusammen. Ihre Konzentration wurde jedoch gestört, als ihr ein rotgesichtiger junger Hipster ein halbes Glas mit Cola-Bourbon auf die Füße kippte. Er war ganz offenbar dabei, seinen Gewinn zu versaufen.

»Entschuldigung, Miss«, sagte er. Aber seine Entschuldigung wirkte nicht ganz ernsthaft, weil er genauso kicherte wie seine ebenfalls betrunkenen Freunde. Sein Gekicher schlug jedoch in erschreckendes Heulen um, als sich unerklärlicherweise sein Handgelenk verdrehte und er sich den Rest seines Getränks auf den Schoß goss. Myfanwy verdrehte die Augen und ging weiter. Es war vermutlich eine ernste Übertretung irgendeines Checquy-Verhaltenskodexes, seine Fähigkeiten auf diese Art und Weise zu missbrauchen, aber da sie sich nicht daran erinnern konnte, jemals einen solchen Kodex gelesen oder auch nur davon gehört zu haben, fühlte sie sich nicht schuldig.

Sie ging über die Haupttribüne, vorbei an den verschiedenen Bars und den Essensverkäufern, lief im Zickzack durch die Menschenmenge und fuhr dann wieder die Rolltreppe hinunter. Sie machte eine kleine Pause, um ein Glas Orangensaft zu trinken, und trat auf den Rasen neben der Rennbahn. *Könnte hier jemand einfach flanieren, nachdem er jemanden umgebracht hat?*, fragte sie sich.

»Myfanwy!« Sie fuhr beim Klang ihres Namens herum

und konnte nicht glauben, was sie sah. Vor ihr stand einer der wenigen Menschen, die weder mit der Checquy noch mit den Züchtern etwas zu tun hatten.

»Jonathan!«, rief sie. »Hallo!« Jonathan war ihr Bruder – das heißt, der Bruder des Körpers, den sie geerbt hatte. Er war zwei Jahre älter und etliche Zentimeter größer, hatte aber dasselbe unauffällige braune Haar und dieselben durchschnittlichen Gesichtszüge wie sie. Technisch gesehen, sollte sie ihn nicht einmal kennen. Die Checquy hatte Myfanwy Thomas im Alter von neun Jahren von ihrer Familie weggeholt, als sich ihre Gabe zum ersten Mal manifestiert hatte. Jonathan war in dem Glauben aufgewachsen, seine Schwester wäre tot. Erst als ihre Eltern bei einem Autounfall starben und er Zugang zu ihren Familienunterlagen bekommen hatte, hatte er erfahren, dass sie noch lebte. Und selbst damals hatte er nur die Legende von ihr gekannt, nämlich dass sie von einer seltenen unheilbaren Krankheit befallen und in eine geheime Forschungseinrichtung gebracht worden wäre, wo man es ihr zumindest hatte bequem machen können.

Jonathan und Bronwyn, die jüngste Schwester, hatten etliche Monate damit verbracht, ihre lang verloren geglaubte Schwester aufzuspüren. Bronwyn hatte sich schließlich einer vollkommen verblüfften Myfanwy vorgestellt – einer Myfanwy, die unter Amnesie litt und die keine liebevollen, sehnsüchtigen Erinnerungen an ihre Geschwister hatte, aber bereit war, sie vorzutäuschen. Genauso wie sie vortäuschte, eine Rook der Checquy zu sein. Sowohl Bronwyn als auch Jonathan wussten weiterhin nichts über Myfanwys wirkliche Arbeit und ihre übernatürlichen Fähigkeiten. Sie hatten vielmehr den Eindruck, dass sie eine hoch bezahlte Regierungsberaterin wäre, die viele Jahre im Koma verbracht hatte und jetzt unter Agoraphobie litt. Das war zwar nicht die beste Tarnung, aber es war das einzige Szenario, das Myfanwy eingefallen war und das zu allen Tatsachen passte.

»Ich wusste nicht, dass du hier sein würdest«, sagte Jonathan. »Toller Hut.« Sie küssten sich etwas verlegen auf die Wangen, vor allem, weil sie immer noch eine sonderbare Beziehung zueinander hatten, und teilweise auch, weil ihre entsprechenden Hüte auf höchst ungewohnte Weise Raum einnahmen und ein sehr vorsichtiges Manövrieren erforderten.

»Danke. Du siehst sehr gut aus. Ich bin mit ein paar Arbeitskollegen hier.«

»Oh, ich auch«, erwiderte Jonathan. »Die Bank hat eine Loge, und sie haben mich eingeladen. Offenbar hat ihnen gefallen, was ich in Hongkong gemacht habe.« Er sah sich um. »Wo sind deine Kollegen? Ich würde sie sehr gern kennenlernen.«

»Ich scheine sie verloren zu haben«, erklärte Myfanwy. *Und das ist die einzige Pause, die ich heute geschafft habe.* Hätten Jonathan und sie sich getroffen, wenn sie nicht allein gewesen wäre, dann wäre die Situation sehr schnell sehr unangenehm geworden. Von Agenten der Checquy, die man von ihren Familien weggeholt hatte, wurde erwartet, dass sie sich auf keinen Fall wieder mit ihnen vereinigten. Sie warf einen Blick hinauf zur königlichen Loge, weil sie Angst hatte, dass Lady Farrier sie möglicherweise mit einem Opernglas beobachtete. Dann sah sie sich ängstlich um, um sich zu überzeugen, dass keiner von den anderen versuchte, sie zu finden. Im nächsten Moment versteifte sie sich.

Fünfzehn Meter von ihr entfernt stand ein mittelalter Mann mit einem schwarzen Cutaway und lachte über einen Scherz, den seine weibliche Begleitung gemacht hatte. Er loderte in Thomas' übernatürlichen Sinnen wie eine Magnesiumfackel.

*Was stimmt mit dem Universum nicht, dass es mich so ver-arscht?*

Dann fiel ihr auf, dass Jonathan immer noch mit ihr redete.

»Was?«

»Hast du Lust, mich in meine Loge zu begleiten? Ich würde dich gern einigen meiner Kollegen und meinem Chef vorstellen.«

»Oh, wie nett«, erwiderte Myfanwy abgelenkt. Sie sah an ihrem Bruder vorbei auf den Mann mit der flackernden Aura. Er war enervierend durchschnittlich, etwas über vierzig, weiß, männlich, braunes Haar. Ärgerlicherweise trug er weder Bart noch Augenklappe, durch die sie ihn den anderen besser hätte beschreiben können. Sie versuchte verzweifelt, sein Namensschild zu entziffern, aber es gelang ihr nicht. »Können wir das vielleicht ein bisschen später machen? Ich muss wirklich meine Arbeitskollegen finden. Es gibt einige ausländische Besucher … Klienten … und ich mache mir Sorgen um sie.«

»Natürlich, verstehe. Kannst du sie nicht einfach anrufen?«

»Das könnte ich, ja …«, erwiderte Myfanwy. »Das ist ein sehr guter und vernünftiger Hinweis.« *Verflucht.* »Aber sie sprechen kein Englisch, und ich spreche kein Niederländisch!«, fügte sie in einem Moment der Inspiration hinzu. »Warte mal, du sprichst doch kein Niederländisch, oder?«, fragte sie beunruhigt.

»Nein, nur Mandarin.«

*Gott sei Dank.*

»Ja, siehst du, da hast du's. Ich suche sie und überzeuge mich, dass man sich um sie kümmert. Dann rufe ich dich an, und du stellst mich deinen Leuten vor.« Sie biss sich beunruhigt auf die Lippen. Der Mann, der der Mörder sein konnte, schüttelte gerade seiner Gefährtin die Hand. *Will er gehen?*

»Myfanwy?«

»Hmm?«

»*Myfanwy!*« Jonathans Tonfall überraschte sie, und sie riss ihren Blick von dem Verdächtigen los. Ihr Bruder sah sie sehr ernst an. »Geht es dir gut?«, fragte er.

»Mir geht's super.«

»Tatsächlich? Du bist abgelenkt und nervös, und du siehst mir nicht in die Augen. Muss ich mir Sorgen um dich machen?« Myfanwy runzelte verwirrt die Brauen, bis ihr klar wurde, worüber er redete.

Ein Teil der Legende, die sie für ihre Familie ersonnen hatte, beinhaltete, dass sie viele Jahre unter Einfluss von Medikamenten als Teil der Behandlung für ihre unspezifizierte Krankheit verbracht hatte. Damals hatte sie es für eine ausgezeichnete Lüge gehalten. Denn es hatte ihr geholfen zu erklären, warum sie nach ihrer »Heilung« niemals versucht hatte, Kontakt mit ihrem Bruder oder ihrer Schwester aufzunehmen. Aber dann hatte sie in einem bedauernswerten Anfall von Kreativität die Lüge ausgeschmückt und Bronwyn gegenüber angedeutet, dass sie immer noch einige andauernde Suchtprobleme hätte. Bronwyn hatte diese Information pflichtbewusst ihrem Bruder hinterbracht, der jetzt offenbar Angst hatte, dass sie einen Rückfall haben könnte.

»Aber nein, Jonathan, mir geht es gut, ich schwöre es dir.« Trotz der Lächerlichkeit dieser Situation und trotz der Gefahr konnte sie nicht verhindern, dass sie sich ein wenig freute. Es war ein angenehmes Gefühl, einen beschützenden älteren Bruder zu haben. Aber er schien immer noch an ihren Worten zu zweifeln. »Es sind die, also, die Menschenmassen und der Lärm.« *Du weißt doch, meine fiktionale*

*Agoraphobie?* »Ich dachte, es wäre in Ordnung, aber all das ist ein bisschen überwältigend.«

»Selbstverständlich!« Sein Zweifel schlug in Besorgnis um. »Möchtest du dich gern setzen? Wir können auch hineingehen und nach einem ruhigen Fleckchen suchen.« Er wollte sie ins Stadion führen, wodurch sie direkt an dem lodernden Mann vorbeigekommen wären, und sie packte Jonathans Hand.

»Ja, ich gehe in einer Sekunde auf die Damentoilette.« Sie zog ihn dichter zu sich und sprach leise weiter. »Hinter dir steht ein Mann – er ist der Ehemann einer meiner Klientinnen. Und die Frau, mit der er zusammen hier ist, ist nicht meine Klientin.«

»Ah. Sehr peinlich.«

»Ja, deshalb war ich eben ein bisschen abgelenkt.«

»Willst du ihm irgendetwas sagen?«, erkundigte er sich.

»Besser nicht. Mir ist lieber, dass ich mich immer etwas unbehaglich fühle, wenn ich sie sehe«, antwortete Myfanwy. Er lächelte. Der Verdächtige hinter ihm drehte sich um, offenbar um zu gehen. »Jedenfalls suche ich kurz die Waschräume auf und spritze mir etwas Wasser ins Gesicht. Ich rufe dich an, sobald ich meine Leute gefunden habe.«

»Super«, antwortete Jonathan. »Du hast nicht zufällig irgendwelche Tipps für die Rennen, oder?«

»*Totes Ross* im fünften Rennen, habe ich gehört.«

»Sehr interessant. Vielleicht setze ich etwas darauf.«

»Mach das! Wir reden bald weiter.« Sie klopfte ihm auf den Arm und verfolgte den Verdächtigen, der die Treppe zur Tribüne hinaufging.

Sie stellte sich als der schlimmste Ort der Welt heraus, wenn man versuchte, einem Menschen zu folgen. Der Dresscode führte dazu, dass sie sich alle ziemlich ähnlich sahen. Es gab natürlich einige Unterschiede, wie zum Beispiel schwarze Cutaways und graue Cutaways, graue Zylinder und schwarze Zylinder. Allerdings waren bunte Bänder an den Hüten strengstens verboten. Aber für eine eher kleine Frau, die auf High Heels und in einem Kleid durch die Gegend trippelte, dessen Designer gutes Aussehen geschmeidiger Bewegung vorgezogen hatte, war es nicht einfach, einen bestimmten Mann im Auge zu behalten.

Was die Sache noch schwieriger machte, war, dass der Verdächtige nicht gemütlich umherschlenderte, sondern es offensichtlich selbst eilig hatte. Er hatte das Stadion mittlerweile durchquert und ging jetzt zügig die Treppe zum Garten hinunter. Dort liefen noch mehr Männer in Cutaways herum. Myfanwy holte ihr Telefon heraus und wählte eine Nummer.

»Was gibt es, Myfanwy?«

»Ernst, ich habe ihn. Ich bin ihm auf den Fersen«, sagte sie.

»Wo sind Sie?«

»Ich bin gerade an der großen Pferdekopfstatue vorbeigekommen, und er geht in Richtung Zelte.« Sie beschrieb ihn, so gut sie konnte, obwohl ihre Beute so unauffällig war, wie eine Person nur sein konnte.

»Gut, ich bin zu Ihnen unterwegs«, sagte Ernst. »Seien Sie vorsichtig, Myfanwy. Halten Sie Abstand zu ihm, bis ich da bin.«

»Ich will nur ein Foto von ihm machen, und ich – Scheiße! Wo ist er?« Myfanwy blieb verblüfft stehen. Sie hätte schwören können, dass sie ihn nicht aus den Augen gelassen hatte, aber jetzt war er nirgendwo mehr zu sehen. »Ernst, ich muss mich konzentrieren. Kommen Sie so schnell wie möglich zu mir.« Sie beendete das Gespräch und sah sich scharf um. Wohin war er verschwunden? Sie veränderte ihre Wahrnehmung, nahm plötzlich die Physiologie der Menge wahr, aber es gab kein Zeichen dieses speziellen Loderns von vorhin. Sie drehte sich um und stellte fest, dass ihre Beute unmittelbar hinter ihr stand und sie aufmerksam betrachtete. Es war so, als stünde man neben einer Person, die aus Neonröhren bestand.

»Oh! Meine Güte, hallo!«, rief sie überrascht. »Ich habe nicht gemerkt, dass jemand hinter mir steht.«

»Sie verfolgen mich«, sagte er.

»Wie bitte?« Sie lachte ungläubig, wie jemand lachte, der so etwas auf keinen Fall tun würde.

»Wenn Sie jemanden verfolgen wollen, dann empfehle ich Ihnen, keinen Hut zu tragen, der aussieht, als würde er dem Dschungel-Papst gehören. Also, warum verfolgen Sie mich?«

»Das ist schrecklich peinlich«, antwortete Myfanwy und tat ihr Bestes, um schrecklich verlegen auszusehen. »Ich … die Wahrheit ist, ich fand Sie sehr attraktiv und wollte mich Ihnen irgendwie vorstellen.« *Das wird er mir nie im Leben abkaufen, aber zieh es einfach cool durch. Du weißt ja nicht einmal, ob dieser Mann der Mörder ist.* »Mein Name ist Nicola.« Sie lächelte, aber er erwiderte das Lächeln nicht. »Vielleicht könnten wir Telefonnummern austauschen?« Sie hielt ihr Telefon hoch, angeblich, um seine Nummer einzutippen, in Wirklichkeit jedoch, um ein Foto von ihm zu machen. Im selben Moment durchzuckte ein scharfer Schmerz ihre Hand. »*Au!*«, rief sie und ließ ihr Telefon fallen. Als sie herunterblickte, sah sie, dass ein Kristall aus der Fassung des Telefons geschossen war und in ihre Handfläche geschnitten hatte. Das Blut spritzte förmlich aus der Schnittwunde.

Sie blickte hoch und sah, dass der Mann schwer atmete. Seine Pupillen waren geweitet, und er fletschte die Zähne. Das war kein sehr beruhigender Anblick.

»Das dürfte die Frage wohl geklärt haben«, sagte Myfanwy tonlos. Er schien zu erschrecken, und im selben Moment zog sie ihre Gabe um sein Nervensystem zusammen, sodass die Miene auf seinem Gesicht erstarrte. »Sie haben wahrscheinlich gemerkt, dass ich lüge. Ich finde Sie ehrlich gesagt überhaupt nicht attraktiv. Vor allem deshalb nicht, weil Sie tun, was Sie tun. Sehen Sie, es ist schon ziemlich daneben, Leute zu ermorden, aber das beim Royal Ascot zu tun, ist ein unverzeihlicher Fauxpas.« Er konnte natürlich nicht antworten, aber der Ausdruck in seinen Augen war so entsetzt, wie sie es sich nur wünschen konnte. »Setzen wir uns doch ein bisschen auf diese bequeme Bank da.«

Ihre Hand pochte vor Schmerz, aber sie ignorierte es, während sie seine Muskeln mit ihrem Verstand bewegte. Er ging ruckartig zu der Bank und setzte sich. Sie bückte sich, hob ihr Telefon auf und setzte sich neben ihn. Dann suchte sie in ihrer Handtasche nach einem Taschentuch oder irgendetwas, womit sie die Blutung stoppen konnte. Niemand um sie herum schien irgendetwas Auffälliges bemerkt zu haben.

»Sie haben jedenfalls sehr erfolgreich mein Telefon zerstört«, sagte sie gereizt. »Gratuliere. Was haben Sie sich erhofft, als Sie das getan haben?« Natürlich sagte er immer noch nichts, weil sie seine Stimmbänder kontrollierte. Sie nahm ein halb leeres Paket Papiertaschentücher aus der Tasche und umklammerte es mit der Hand. »Jetzt müssen wir einfach eine Weile warten. Ich möchte Sie nur ungern wie eine Marionette durch diese Menschenmenge steuern.« Sein fixierter Blick war zwar so auffällig, dass einige Passanten ihn befremdet musterten, aber Myfanwy hatte keine Erfahrung damit, Gesichtsausdrücke zu manipulieren. *Wenn ich versuche, ihm ein Lächeln auf das Gesicht zu zaubern, dann könnte ich zufällig sein ganzes Gesicht zerstören. Was vermutlich ziemlich übel wäre.* Dann runzelte sie die Stirn. Er saß zwar steif da, aber in seinem Gehirn summte es wie in einem Bienenstock. Myfanwy zögerte. Sie hatte noch nie versucht, jemandes Gedanken abzustellen. *Ich bin nicht einmal sicher, ob es mögl …*

Sie spürte einen Schlag ins Kreuz, als hätte jemand sie geboxt.

Ihr blieb die Luft weg. Sie schwankte nach vorn, aber etwas hielt sie auf der Bank. Etwas, das tief in ihrem Inneren schmerzte. *Ich glaube, jemand hat auf mich eingestochen,* dachte sie verblüfft. *Wahrscheinlich mit einem dieser verdammten Kristalle. Er hat ihn aus der Bank wachsen und sich in mich hineinbohren lassen.* Diese Erkenntnis regte sie längst nicht so sehr auf, wie sie erwartet hätte. Sie blickte zögernd herunter und sah zu ihrer schwachen Erleichterung, dass nichts vorne aus ihrem Bauch kam. Aber der Schmerz in ihren Eingeweiden verstärkte sich. Ihr wurde schwindlig, und sie begriff voller Furcht, dass sie die mentale Kontrolle über den Mann neben ihr verlor. Langsam drehte sie den Kopf zu ihm herum. Erneut atmete er schwer, und Schweiß schimmerte auf seinem Gesicht. Aber trotzdem war er in der Lage, den Kopf zu wenden und sie anzusehen.

»Wer sind Sie?«, fragte er leise und gepresst. »*Was* sind Sie? Wieso wissen Sie von mir?«

*Halt ihn hier fest!*, sagte sich Myfanwy. Sie konnte sich nicht genug fokussieren, um ihre Gabe weiter gegen ihn einzusetzen, aber sie konnte ihn aufhalten, bis vielleicht Ernst oder einer der anderen kam. Also murmelte sie irgendetwas Unverständliches.

»Was?« Er beugte sich dichter zu ihr. Es war sonderbar, dass noch niemand in der Menschenmenge etwas bemerkt hatte. Weil kein Blut zu sehen war und sie nicht genug Luft bekam, um zu schreien, gingen die Leute weiterhin an ihnen vorbei. Es war fast so, als würde man mitten in einer Vorstellung von *My Fair Lady* ermordet werden.

*Wahrscheinlich sollte ich irgendetwas zu ihm sagen,* dachte Myfanwy, aber sie konnte ihren Mund nicht dazu bringen zu tun, was sie wollte. Der Mann sprach, aber sie konnte ihn nicht hören.

Ihr letzter Gedanke war, dass sie eigentlich Jonathan anrufen sollte.

# 29

»**Myfanwy, könnte ich Ihre** Aufmerksamkeit vielleicht auf ein paar Verwaltungsangelegenheiten lenken, solange wir plaudern?«

»Gewiss, Lady Farrier«, erwiderte Myfanwy. Sie gab einen Klacks Devonshire Cream auf ihr Scone und ließ dann einen Teelöffel Erdbeermarmelade mittig obendrauftröpfeln.

»Das würden manche Häresie nennen, wissen Sie das?«, bemerkte die Lady der Checquy. Sie schien eine Vertreterin der »Erst die Marmelade und dann die Cream«-Fraktion zu sein.

»Ich lasse mich nicht von den engstirnigen Vorstellungen der High-Tea-Gesellschaft einschränken«, erwiderte Myfanwy und biss von dem köstlichen Scone ab. »Also, was kann ich für Sie tun?«

»Hätten Sie Vorschläge für mögliche zukünftige Rooks?«

»Gefällt Ihnen nicht, wie Andrew Kelleher seinen Job erledigt?« Myfanwy hob ihre Teetasse an den Mund. »Waren wir uns nicht einig, dass er diese Position auf Dauer bekleiden soll?«

»Nein. Er macht seine Sache gut«, gab die Lady zurück. »Bis auf dieses ständige Rauchen.«

»Joshua Eckhart raucht ebenfalls«, merkte Myfanwy an.

»Aber nicht aus den Augen«, gab Farrier zurück.

»Sie wissen ja, dass ich mich für Colonel Hall eingesetzt habe. Er ist extrem erfahren und extrem kompetent.«

»Aber er ist nicht einmal ein Pawn«, wandte Lady Farrier ein.

»Ich finde nicht, dass das eine Rolle spielen sollte«, antwortete Myfanwy. »Obwohl, wenn wir wirklich Whibley als Chevalier behalten, was wir tun sollten, weil er sehr gut in dieser Funktion ist, dann sollten wir versuchen, eine weitere Frau in den Court zu bringen.«

»Ich werde das im Auge behalten«, meinte Lady Farrier.

»Warten Sie.« Myfanwy wurde plötzlich misstrauisch. »Warum fragen Sie mich das eigentlich?« Sie blickte sich um. Sie saßen in einer Loge der Haupttribüne von Ascot und blickten auf die strahlenden Farben der Zuschauer und die Pferde hinab. Es kam ihr alles erheblich ruhiger vor als zuvor. »Und wie, bitte, bin ich hierhergekommen?«

»Na ja, Sie sind eigentlich nicht wirklich hier«, räumte Lady Farrier ein. »Ich dachte, Sie wüssten das.« Myfanwy sah sie entsetzt an. »Sie erinnern sich sicher daran, dass Sie hinterrücks aufgespießt wurden. Ich nehme an, es war dieser Serienmörder, den Sie aufspüren wollten.«

»Oh Gott!« Myfanwy ließ ihre Teetasse fallen, die sich in Rauch auflöste. Im nächsten Moment fiel ihr alles wieder ein, wie ein Traum, an den man sich morgens plötzlich erinnert. »Ich bin gar nicht wach!«

Das war nicht das erste Mal, dass Farrier Myfanwy in ihrem eigenen Geist befragt hatte. Die Lady der Checquy besaß die Fähigkeit, in die Träume anderer Personen einzudringen und sich darin einzumischen. Infolgedessen war sie eine der wenigen Personen, die über Myfanwys Gedächtnisverlust Bescheid wussten. Sie hatte diese Amnesie der Checquy gegenüber niemals erwähnt, da sie der alten Myfanwy noch eine Ehrenschuld abzuleisten hatte, aber sie hatte immer vorsichtig und reserviert auf Thomas reagiert, selbst als die neue Myfanwy sich bewiesen hatte.

»Also, wo bin ich wirklich?«, wollte Myfanwy wissen.

»Zurzeit liegen Sie mit dem Gesicht nach unten auf dem Konferenztisch im Vorstandszimmer der Rennbahn von Ascot und bluten dort alles voll«, erwiderte Farrier. »Dr. Leliefeld tut sein Bestes, um Sie am Leben zu erhalten. Ich dachte, wir sollten diese Gelegenheit nutzen, um in Ihrem Unterbewusstsein ein wenig zu plaudern und ein paar Vorkehrungen zu treffen, sozusagen für den Fall der Fälle.« Sie biss von ihrem Scone ab.

»Sie fragen mich nach meiner Meinung über meine mögliche Nachfolge, während ich im *Sterben* liege?« Myfanwy klang einen Hauch indigniert.

»Es gibt schwerlich einen besseren Zeitpunkt«, beschwichtigte die Lady sie. »Und außerdem sind wir keineswegs absolut sicher, dass Sie tatsächlich sterben werden. Die Leliefelds geben sich sehr viel Mühe. Wussten Sie, dass das Leliefeld-Mädchen chirurgische Werkzeuge in ihrem Körper hat? Sie hat ihren Rock hochgezogen, und dann sind zwei Skalpelle aus Schlitzen in ihrem Oberschenkel ausgefahren.«

»Ja, in ihrer Akte ist ein entsprechender Vermerk«, erwiderte Myfanwy pikiert. »Wie übel steht es um mich?«

Lady Farrier zuckte mit den Schultern. »Es tut mir wirklich leid, aber ich fürchte, das kann ich nicht beurteilen. Ich habe nicht viel mehr gesehen als das Ende eines Kristalldorns, der aus Ihrem Rücken herausragt.«

»Gütiger Gott!«

»Keine Sorge, wir haben die Geschichte hervorragend unter den Tisch gekehrt. Offenbar war nicht viel Blut am Tatort, weil dieses Kristallteil einen großen Teil davon absorbiert hat. Graaf von Suchtlen musste Sie zwar eingewickelt in seinen Mantel durch die Enclosure tragen, aber er hat allen, die gefragt haben, erzählt, dass Sie wegen Dehydratation in Ohnmacht gefallen wären.«

»Das ist ja wirklich sehr beruhigend«, gab Myfanwy zurück. »Habe ich denn viel Aufmerksamkeit erregt?«

»Nein. Alle schienen der Meinung zu sein, es wäre ein Zeichen für schlechten Geschmack, Fotos von einer kranken Frau zu schießen, und ich habe dafür gesorgt, dass wir das Vorstandszimmer benutzen können. Es ist ziemlich isoliert und geht nicht auf die Rennstrecke hinaus, also kann uns niemand sehen.«

»Vielen Dank«, antwortete Myfanwy mürrisch. »Hat man den Killer wenigstens erwischt?«

»Nein, leider nicht. Als der Graaf Sie gefunden hat, war er schon verschwunden.«

»Keiner dieser Leute an den Ausgängen hat ihn gesehen?«, fragte sie. »Niemand hat den Blutgeruch gewittert?«

»Nein, aber es hat auch keinen gegeben. Pawn Clements hat dreißig Minuten lang damit zugebracht, die Geschichte des Badezimmers zu lesen. Sie hat gesehen, wie die Kristalle aus der Wand schossen und den Mann ein halbes Dutzend Mal aufspießten, aber von dem Mörder war keine Spur zu sehen. Dann ist sie auf die Idee gekommen, auch die Geschichte außerhalb des Raums in Augenschein zu nehmen. Der Mann ist offenbar zur Tür gegangen und hat seine Hand flach dagegen gelegt. Im selben Moment sind diese Kristalle aufgetaucht.«

»Das erklärt, warum unsere Leute niemals irgendwelche Beweise an einem der Tatorte gefunden haben«, sinnierte Myfanwy.

»Ich gebe diese Information an die Ermittler weiter, falls Sie nicht durchkommen«, versprach Lady Farrier liebenswürdig.

»Oh, sehr gut«, meinte Myfanwy. Sie warf einen Blick auf die Scones und zuckte mit einer Achsel. Es war vielleicht nur die Fabrikation der Fantasie eines sterbenden Verstandes, aber das war umso mehr ein Grund, sie sich einzuverleiben.

»Hmm.« Lady Farrier blickte zum Himmel hinauf und runzelte die Stirn.

»Was?«

»Ich …«

»Sie wacht auf!«, schrie Odette.

»Das sollte sie eigentlich nicht«, erwiderte Marcel gepresst. »Dieses Mittel könnte selbst ein Flusspferd lahmlegen.«

Myfanwy öffnete die Augen ein bisschen. Sie lag mit dem Gesicht nach unten. Ihr Kopf wurde zwar von einem zusammengerollten und ehemals weißen Tischtuch gestützt, aber sie spürte, dass der Rest ihres Körpers auf blankem Holz lag. Ihre Hände zuckten, und sie spürte die warme Flüssigkeit, in der sie lagen. Ihr Rücken war feucht und heiß. Als sie etwas wacher wurde, wies ihr Gehirn sie darauf hin, dass ein schrecklicher Schmerz durch ihr Kreuz zuckte. Instinktiv schlug sie um sich und schrie, und sie spürte, wie ihre Gabe aufflammte. Sie hörte schmerzerfüllte und verwirrte Schreie.

»Jesus!«, sagte jemand.

»Das ist eindeutig Rook Thomas!«, sagte jemand anders.

»Betäubt sie sofort wieder!«, rief Odette. Myfanwy spürte zwei Finger, die fest auf ihre Kehle drückten, und wurde ohnmächtig.

»Das kam ziemlich unerwartet«, stellte Lady Farrier fest. »Noch etwas Tee?«

»Bitte gern«, antwortete Myfanwy atemlos. Die andere Frau schenkte Tee in die Tasse, die plötzlich wieder vor ihr stand. »Es … die Operation scheint nicht besonders gut zu laufen.«

»Nein, das fürchte ich auch«, bestätigte Farrier. »Als der Dorn aus Ihrem Rücken gezogen wurde, haben Sie schlimm geblutet.«

»Wie überaus langweilig«, presste Myfanwy heraus.

»Sie scheinen jedenfalls ziemlich gründlich zu operieren«, fuhr Lady Farrier fort. »Ich muss sagen, dass Sie, wenn Sie schon unter solchen Umständen operiert werden mussten, bei den Züchtern wirklich die besten Chancen auf der ganzen Welt haben.« Myfanwy holte tief Luft. Es war natürlich nur ein eingebildeter Atemzug, aber er half ihr trotzdem, ruhiger zu werden. Es fiel ihr sehr schwer, den heiteren Sonnenschein dieses Moments mit der blutigen, panischen Realität, die sie gerade eben erlebt hatte, in Einklang zu bringen. *Sei ruhig. Sei cool. Sei gefasst.* Insgeheim war sie Farrier dankbar, dass sie sie hierhergeholt hatte. Es war ein entzückendes Szenario, sodass die Möglichkeit eines abrupten Todes ihr ziemlich absurd vorkam.

»Wo wir gerade von den Züchtern sprechen«, sagte Myfanwy. »Ich denke, ich sollte Ihnen lieber ein paar Dinge erzählen, nur für den Fall, dass ich es … nicht schaffe.«

»Ach?«

»Es ist immer am besten, sich auf das Schlimmste vorzubereiten.« Sie lächelte. Sie hatte das Leben ihrer Vorgängerin nur deshalb annehmen und weiterführen können, weil die alte Myfanwy extrem gut vorbereitet gewesen war. »Ich habe einige ernste Bedenken, was diese Fusion angeht.«

Zum ersten Mal zeigte die Fassade von Farrier Risse. »Wovon, um alles in der Welt, reden Sie da? Immerhin sind Sie die treibende Kraft hinter dieser Fusion!«

»Ich weiß, und oberflächlich betrachtet, läuft alles wirklich gut. Gestern haben sie uns die Liste mit allen Agenten der Checquy gegeben, die sie bestochen haben. Es sind übrigens nur noch sehr wenige am Leben. Die meisten wurden bei diesem Cocktailempfang vor einiger Zeit getötet, und vor ein paar Monaten starb einer der Wächter in Gallows Keep bei einem Autounfall. Ah, und ein Angestellter in der Leichenhalle der Rookery hat vor ein paar Wochen Selbstmord begangen. Also zeigen die Züchter in diesem Punkt ihren guten Willen. Sie haben außerdem sehr viele Informationen über sich selbst preisgegeben, und ich habe sie überprüfen lassen. Sie sind korrekt. Der Grundstücksbesitz, die Einzelheiten über das Personal, die Kontoauszüge und die Investitionen – alles verhält sich genau so, wie sie es angegeben haben. Selbstverständlich gibt es die unvermeidlichen wunden Punkte. Zum Beispiel, was ihre Finanzen angeht.«

Der persönliche Reichtum der Züchter war beträchtlich, doch das meiste davon war nicht flüssig, sondern investiert und angelegt. Ihr Vermögen konnte man eher in Begriffen wie *gelatinös, zähflüssig, knochig, ölartig, gastral* und *knorpelartig* beschreiben. Die Mittel der Bruderschaft schienen in einzigartige biologische Gegenstände oder Substanzen investiert worden zu sein, die sehr selten waren, die aber für niemanden außerhalb der Broederschap einen materiellen Nutzen hatten. Sie besaßen weder Aktien noch Anteile, sondern investierten ihr Geld stattdessen in ihre eigene Forschung und in sich selbst. Eine erstaunliche Summe Geldes zum Beispiel war in Ernsts Körper verschwunden, aber er selbst lebte keineswegs wie ein reicher oder berühmter Mensch. Sie waren diskret und umsichtig. »Ihre Bargeldreserven sind erheblich kleiner, als man vermuten sollte, aber es überrascht mich nicht, dass sie deswegen gelogen haben.«

»Nun, mich schon!«

»Ich hatte erwartet, dass Ernst einige Werte verbergen würde, nur für den Fall, dass die Verhandlungen scheitern«, fuhr Myfanwy unbeeindruckt fort. »Ich schätze, dass er etwa fünfzehn bis zwanzig Prozent ihres Vermögens aus den Büchern herausgehalten hat, und wenn irgendetwas von diesem Geld doch jemals wieder auftaucht, würde ich Sie dringend ersuchen, es zu übersehen.«

»Ich soll es *übersehen*?«

»Sobald sie zur Checquy gehören, werden ihre Finanzen ebenso scharf überprüft werden wie unsere.«

Die finanzielle Situation aller Agenten der Checquy wurde von den schärfsten und gnadenlosesten Rechnungsprüfern des Finanzamtes Ihrer Majestät sehr genau unter die Lupe genommen. Die einzigartige Position der Checquy und die gefährlichen Auswirkungen irgendeiner Art von Korruption bedeuteten, dass jeder Penny, den jeder Angestellte verdiente und ausgab, belegt werden musste. Willkürliche Buchprüfungen privater Konten waren zwar höchst unschön, aber keineswegs selten. Folglich war jeder Angestellte fast schon fanatisch darauf bedacht, eine Quittung für jede Art von Transaktionen zu bekommen, einschließlich mildtätiger Spenden für Straßenbettler.

»Wenn es nicht um das Geld geht, worüber machen Sie sich dann Sorgen?«, fragte Lady Farrier.

»Über das, was ich nicht sehe. Es gibt Lücken.« Myfanwy erwärmte sich für das Thema und stellte die Teetasse ab. »Ich habe alle Daten, die sie uns übermittelt haben, zusammengestellt, und einige Dinge ergeben einfach keinen Sinn. Zum Beispiel unterhalten sie Forschungseinrichtungen in den Hauptstädten aller westlichen Länder, nur nicht in Frankreich. Ihre Einrichtungen in Seraing und Wien sind zufällig in Brand geraten und jetzt zerstört? Es gibt noch andere Zufälle. Ich habe zum Beispiel eine Lücke in ihrer Erhebung des Zensus festgestellt.«

»Wovon um alles in der Welt reden Sie da?«

»Odette Leliefeld scheint die einzige Züchterin im Alter zwischen neunzehn und sechsundzwanzig Jahren zu sein.«

»Aber das ist doch nicht der Grund, aus dem Sie ihr eine Leibwächterin an die Seite gestellt haben, oder?«

»Nein, aber an diesem Mädchen beunruhigen mich zahlreiche Merkwürdigkeiten. Sie hat weit weniger Implantate als alle anderen Mitglieder dieser Delegation, bis auf den Jungen.«

»Sie ist noch jung«, sagte Farrier. »Vielleicht versehen die Züchter ihre Leute am Anfang nicht mit so vielen ... Erweiterungen.«

»Vielleicht.« Myfanwy zuckte mit den Schultern. »Aber diese Unterschiede sind auffällig. Jemand sollte die Profile aller Züchter durchgehen und sie vergleichen.« Die Lady nickte. »Vor allem deshalb, weil Leliefeld erst in letzter Minute in die Delegation aufgenommen wurde, zusammen mit ihrem Bruder.«

»Das könnten alles Zufälle sein«, gab Farrier zu bedenken.

»Ganz recht, und das führt mich zum letzten Punkt.« Myfanwy beschrieb die Mission, bei der Clements ihr ganzes Team verloren hatte, und sprach über die möglichen Implikationen. »Reden Sie mit Clements darüber. Und bestrafen Sie sie nicht, weil sie Informationen zurückgehalten hat ... Ich habe ihr befohlen, Stillschweigen zu bewahren.«

»Ich kann nicht glauben, dass Sie diese Informationen für sich behalten haben.«

»Ich weiß nicht sicher, ob das irgendetwas zu bedeuten hat«, gab Myfanwy zu bedenken. »Und Sie wissen ja selbst, welche Spannungen im Augenblick hier herrschen.«

»Was geht denn Ihrer Meinung nach vor?«

»Ich weiß es nicht«, sagte Myfanwy. »Nicht sicher jedenfalls. Soweit ich sagen kann, stehen entweder die Züchter nicht wirklich hinter dieser Fusion, oder aber es gibt eine andere Gruppe, die ihnen gefolgt ist. Miss Leliefeld war in dem italienischen Restaurant sehr schockiert, aber ich bin sicher, dieser Schock beruhte darauf, dass sie etwas wiedererkannte. In jedem Fall möchte ich nicht überrumpelt werden.« Sie zuckte zusammen und legte ihre Hand auf den Rücken. Im Traum war ihre Haut glatt und heil, aber sie hatte einen stechenden Schmerz gespürt. *Das kann nicht gut sein.* »Lady Farrier?«, fragte sie zögernd.

»Ja?«

»Könnte ich Sie um einen Gefallen bitten? Wenn die Züchter nicht in der Lage sind, mich zu retten, würde Ihr Geist dann hier bei mir bleiben, bis ich … bis ich gehe?«

»Selbstverständlich«, versicherte ihr die Lady.

»Und noch eins.«

»Ja?«

»Ich kann im Moment keinen Tee mehr sehen. Ich nehme nicht an, dass wir uns vielleicht ein Schlückchen Champagner genehmigen könnten?«


»Und der Antagonist hat eine halbe Stunde lang hier gestanden?«, erkundigte sich Bart.

»Ungefähr, ja«, antwortete Sander. Der Chimären-Spurensucher rieb sich die Nase, die größer war als am Anfang ihrer Mission, aber immer noch innerhalb der Grenzen von Plausibilität. Bart und Laurita sahen sich um. In den letzten drei Tagen hatte Sander sie von dem italienischen Restaurant durch die Straßen von London hin zu einer Stelle auf einer belebten Straße am Hyde Park geführt. Dort erhoben sich große beeindruckende Gebäude vor ihnen, und hinter ihnen lag der Park, aber nichts davon war von irgendeinem besonderen Interesse. »Er ist seitdem etliche Male hierher zurückgekehrt.«

»Woher weißt du das?«

»Es gibt etliche Schichten und Variationen in dem Duft«, antwortete Sander zuversichtlich. »Er ist direkt von dem italienischen Restaurant hierhergekommen und seitdem eindeutig immer wieder zurückgekehrt. Manchmal direkt, nachdem er gebadet hat, und manchmal direkt nach einer Mahlzeit.«

»Und es ist ein Mann?«

»Oh ja.«

»Ich nehme an, das ist gut«, meinte Bart nachdenklich. »Das bedeutet, dass es frische Spuren sind, korrekt?« Es hatte den Spurensucher Tage gekostet, sie bis zu dieser Stelle zu führen. Einem alten Geruch in einer Millionenstadt zu folgen hatte sich als ungeheuer schwierig herausgestellt, und das nicht zuletzt deshalb, weil Sander in der Öffentlichkeit nicht seine ganze Palette von Sinnesorganen einsetzen konnte. Sie hatten immer wieder anhalten und verlegen herumstehen müssen, während er mitten auf dem Fußweg erstarrte und den Hauch eines Geruchs aus der Stadt witterte. Bei einigen Gelegenheiten hatten sie ihre eigenen Schritte bis zu einer Kreuzung zurückverfolgen und eine andere Route ausprobieren müssen. Zweimal hatte Sander sich tatsächlich auf den Fußweg legen und schnüffeln müssen, was ihnen einige höchst misstrauische Blicke eingetragen hatte. Zum Glück waren die Fußgänger von London viel zu höflich und abgestumpft, um sich einzumischen oder ein solches Verhalten auch nur zu kommentieren.

»Sehr viele frische Spuren«, bestätigte Sander. »Es wird kinderleicht sein.«

»Aber warum sollte er hierherkommen und einfach herumstehen?«, fragte sich Bart. Sander zuckte mit den Schultern wie ein Mann, dessen Aufgabe es war, auf dem Bürgersteig herumzuschnüffeln und dann Kreaturen umzulegen, aber nicht, darüber nachzudenken, was der Grund dafür sein könnte.

»Ich weiß es«, sagte Laurita. Sie deutete mit einem Nicken auf die andere Straßenseite. »In diesem Hotel ist die Delegation der Broederschap abgestiegen.« Die beiden anderen Chimären verarbeiteten diese Information nachdenklich.

»Wie oft ist der Antagonist hierhergekommen?«, erkundigte sich Bart schließlich.

»Mindestens vier Mal.«

»Trinken wir einen Kaffee«, schlug Bart vor. »Ich setze mich mit Marie in Verbindung und informiere sie darüber. Dann folgen wir der Spur weiter.«


»Das war's!« Marcel trat von dem Tisch weg und setzte sich auf einen der Stühle, der an die Wand geschoben worden war. Odette trat ebenfalls zurück und ließ erschöpft die Schultern hängen. Alessio, der auf der anderen Seite des Tisches gekniet und ihre Arbeit beobachtet hatte, kroch ebenfalls zurück, ohne auf das Blut an den Knien seines Anzugs zu achten.

»Das war was?« Sir Henry stand auf und trat vor. »Was meinen Sie mit ›Das war's‹?« Er warf einen ungläubigen Blick auf den Konferenztisch des Vorstandszimmers, auf dem Rook Thomas immer noch lag. Sie wirkte sehr klein und verletzlich und war schrecklich still. Ihr Kleid war auf dem Rücken aufgeschlitzt worden, und das Blut war aus der Wunde auf den Tisch gequollen. Man hatte hastig Tücher und Mäntel darum herumgelegt, um zu verhindern, dass es sich auf dem Boden verbreitete. Jetzt sah das Zimmer aus wie ein Krankenhaus während des Krimkrieges. Ein Küchenhandtuch von der benachbarten Kochnische war über die Stichwunde gebreitet worden, und ein anderes lag direkt unter dem Gummiband ihres Höschens, ein Beweis, dass man sich um ihre Würde bemüht hatte.

»›Das ist es‹ bedeutet, dass ich fertig bin und sie überleben wird, jedenfalls so lange, bis sie sich erneut durchbohren lässt und ich nicht zufällig zur Hand bin, um ein Wunder zu wirken«, erklärte Marcel.

»Sie wird überleben?«, fragte Sir Henry. »Aber sie atmet nicht!«

»Geben Sie ihr noch einen Moment Zeit«, bat Marcel.

Man gab ihr diesen Moment. Dann zuckte der Körper der Rook, und sie holte rasselnd Luft. Kurz darauf folgte ein weniger rasselnder Atemzug.

»Ich will nicht unbescheiden klingen, aber wir sind wirklich sehr gut«, stellte Marcel fest.

»Er meint, dass er sehr gut ist«, stellte Odette klar. Sie hatte Marcel während dieser Prozedur assistiert, aber es waren seine Fähigkeiten gewesen, die die Rook am Leben gehalten und den schlimmsten Schaden repariert hatten. Sie streckte die schmerzenden Arme und blickte ernüchtert auf ihr Kleid. Es war von oben bis unten mit Flüssigkeiten bedeckt, die einst in Rook Thomas zirkuliert hatten. *Noch ein ruiniertes Kleid,* dachte sie. *Das kann doch nicht jedes Mal passieren, wenn ich in England ausgehe.*

»Nicht schlecht, zugegeben«, verkündete Ernst.

»Das ist verdammt außerordentlich, das ist es!«, erklärte Sir Henry. »Darauf genehmigen wir uns einen Drink!« Er fing an, die Schränke zu durchwühlen. »Das ist ein Vorstandszimmer, also müssen sie doch irgend… Ah! Da haben wir's!« Er nahm eine Flasche aus dem Schrank und schwenkte sie triumphierend. »Old Pulteney! Genau das Richtige, um ein erfolgloses Erdolchen zu feiern.« Er verteilte Gläser und schenkte jedem einen Schuss ein, sogar Alessio. »Cheerio!« Alle tranken, und Alessio hustete prompt. Sir Henry blickte argwöhnisch zu der Rook hinüber. »Ich nehme an, Sie haben doch nichts in sie hineintransplantiert? Keine neuen Organe oder dergleichen?«

»Nein, nichts dergleichen«, versicherte ihm Marcel. »Allerdings musste ich erheblich mehr Enzyme in ihr verstecken, als das normalerweise nötig ist. Wie es scheint, greift sie mit ihrer Gabe automatisch sämtliche unbekannten Organismen an, selbst wenn sie wohlwollend sind.«

»Sie haben Zeug in ihr versteckt?« Clements wirkte etwas angegriffen. Die Pawn hatte während der ganzen Operation an der Tür gestanden und den Blick konsequent von dem improvisierten Operationstisch abgewendet, bereit, jeden Eindringling daran zu hindern, den Raum zu betreten.

»Nur diverse Anästhetika, Beruhigungsmittel sowie Säuberungs- und Reparaturagenzien.«

»Mir ist aufgefallen, dass Sie auf den Tisch und die Instrumente gehaucht haben.« Chevalier Whibley klang ein wenig unsicher.

»Marcel kann antiseptischen Atem ausstoßen«, erklärte Odette. »Bei einem Notfall dient es dazu, die Instrumente und die Ausrüstung zu sterilisieren.«

»Außerdem sorgt es für frischen Atem«, meinte Marcel liebenswürdig. Er trank einen Schluck Whisky. Lady Farrier betrat den Raum von einem angrenzenden Zimmer aus und erfasste mit einem Blick die Lage. Odette wusste nicht, ob sie es sich einbildete, aber es kam ihr vor, als hätte die Lady sie einen Moment oder sogar zwei nachdenklich betrachtet. Dann sah sie auf die Rook auf dem Tisch.

»Sie lebt also noch.« Es war keine Frage.

»Ja«, sagte Sir Henry. »Und sehr wahrscheinlich wird sie auch überleben, dank Dr. Leliefeld. Und Miss Leliefeld.«

»Ich danke Ihnen beiden.« Farrier trat vor, um ihnen die Hände zu schütteln, bemerkte dann jedoch das Blut auf ihrer Haut. »Oh, wir können uns später noch die Hände schütteln, aber ich möchte Sie der Dankbarkeit der gesamten Checquy versichern.«

*Wie nett,* dachte Odette müde. *Vielleicht hilft das ja, diesen katastrophalen Zwischenfall mit dem jungen Soldaten und seinem Bein vergessen zu machen.*

»Wie lange dauert es, bis sie sich erholt hat?«, wollte die Lady wissen.

»In ein paar Tagen ist sie wieder so gut wie neu«, antwortete Marcel. »Sie hat viel Blut verloren, also müssen wir ihr eine Transfusion verabreichen. Außerdem möchte ich auch ein paar Agens in das Blut geben, um die Genesung zu beschleunigen. Das und etwas Ruhe werden ihr helfen, sehr bald wieder gesund zu werden.«

»Wunderbar. Wir können das Blut nach Hill Hall fliegen, zusammen mit jemandem, der sich um sie kümmert«, sagte Lady Farrier. »Es wäre eine Schande, das ganze Wochenende wegen dieses Vorfalls abzusagen.« Sie warf einen Blick auf Marcel. »Es ist doch möglich, sie mit einem Hubschrauber zu transportieren, oder nicht?« Er nickte. »Gut. Oh, wo ist ihre Handtasche? Sie erwähnte, dass ihr Wagen an der Nordseite von Platz sieben steht, und meinte, wir sollten jemanden schicken, der ihn abholt, wenn sie es nicht schafft. Ich nehme an, einer aus dem Reading-Team kann den Wagen nach London zurückfahren. Jedenfalls wird er die Schlüssel brauchen.«

»Ich habe keine Handtasche bemerkt, als ich sie hierhergetragen habe«, antwortete Ernst beschämt. »Aber ich habe auch nicht darauf geachtet.«

Lady Farrier seufzte. »Irgendwas ist immer, stimmt's?«

# 30

»**Da haben wir Hill** Hall«, erklärte Lady Farrier. Odette nickte völlig verzaubert. Sie hatte den ganzen Flug von Ascot hierher an der Scheibe des Helikopters geklebt. Die Landschaft war einfach großartig. Der Flickenteppich aus Feldern, die dunklen Waldstreifen und die Städte und Dörfer hatten sie fasziniert. Als der Hubschrauber jetzt über dem Anwesen herabsank, seufzte sie. Vor ihnen lag das Herrenhaus in einem Park, umgeben von einer langen, hohen Mauer. Es war wirklich so, als würde man in eine höfisch-elegante Vergangenheit treten.

*Nur bist du in einem Hubschrauber,* erinnerte sie sich. *Und du trägst einen schrecklichen neonfarbenen Jogginganzug.* Bevor sie das Konferenzzimmer hatten verlassen können, hatten sie auf das Team der Checquy aus Reading warten müssen. Die hatten einen völlig überforderten Handlanger in die örtlichen Geschäfte geschickt, um Ersatzkleidung für all diejenigen zu kaufen, deren Garderobe blutbefleckt war.

Dann hatten sie die immer noch bewusstlose Rook durch etliche Versorgungsgänge der Tribüne diskret zu einem Ausgang gekarrt und lange in dem schrecklich zähen Verkehr gelitten, bevor sie schließlich das nächste Hubschrauberlandefeld erreicht hatten. Dort hatten bereits zwei Helikopter auf sie gewartet. In dem einen wurde Rook Thomas über die Sitze gebettet. Marcel hatte sich unter dem wachsamen Blick von Pawn Clements um sie gekümmert. Odette,

Ernst sowie der Lord und die Lady der Checquy hatten sich in den zweiten Hubschrauber gedrängt.

Dieser flog jetzt über das Anwesen. Odette bemerkte einen etwas baufällig wirkenden Turm aus grobem grauem Stein, der an einer Mauer lehnte.

»Gehört das zu den Befestigungen?«, fragte sie neugierig.

»Nein, das ist eine Dummheit«, erwiderte Lady Farrier. »Der Mann, der die Mauer gebaut hat, hat den Turm zu Dekorationszwecken hinzugefügt.«

»Aha. Und Hill Hall gehört der Checquy?«

»Das ist der Landsitz und die Sommerfrische des Court«, antwortete Farrier. Der Helikopter landete auf dem breiten ebenen Rasen neben dem Herrenhaus. Sie stiegen aus und wurden von einem gut aussehenden Pawn begrüßt, der von einem gut aussehenden Dalmatiner begleitet wurde.

»Danke, Pawn Dunkeld«, sagte Lady Farrier. »Entzückend, wieder hier zu sein.« Dem musste Odette beipflichten. Es dämmerte bereits, und das nachlassende Licht tauchte das Gelände in grüne und violette Farbtöne. Hill Hall selbst war weiß, und in den Fenstern glühte Licht.

Als Pawn Dunkeld sie ins Innere führte, sah Odette, wie drei kräftige Männer und eine ebenso kräftige Frau die bewusstlose Rook aus dem Hubschrauber auf eine bereitgestellte Liege legten, während Marcel aufmerksam danebenstand.

Die kleine Gruppe folgte Pawn Dunkeld, der so etwas wie der Majordomus des Anwesens zu sein schien, in ein großes hohes Foyer. »Ihr Gepäck ist bereits komplett eingetroffen und wurde auf Ihre Zimmer gebracht und ausgepackt«, erklärte er. »Ich nehme an, Sie wollen ein Bad nehmen und dann ausruhen. In etwa einer Stunde gibt es ein leichtes zwangloses Dinner, aber wenn jemand nach den heutigen Ereignissen zu müde dafür sein sollte, rufen Sie einfach im Empfang an. Die Angestellten bringen Ihnen ein Tablett aufs Zimmer.« Odette hörte entzückt und gleichzeitig ungläubig zu. Nach Clements' Gesichtsausdruck zu urteilen hatte die Pawn wohl ebenfalls den Eindruck, sie wäre in einen historischen Film hineinversetzt worden. Eine junge blonde Frau in einer Dienstmädchenuniform führte sie die Treppe zu ihren Gemächern hinauf.

»Hat die Checquy ernsthaft Zimmermädchen und Lakaien unter Vertrag?«, fragte Odette Clements flüsternd.

»Es ist sogar eine sehr beliebte Stellung«, erwiderte Clements ebenso leise. »Die Leute bewerben sich jahrelang um eine Versetzung nach Hill Hall. Jeder hier bis auf die Küchenchefin und den Verwalter hatten zuvor einen anderen gewöhnlichen Job in der Checquy. Soweit ich weiß, gibt es eine ellenlange Warteliste.«

»Wirklich? Die Leute wollen als Diener arbeiten?«

»Das ist eine dieser Managementtraining-Initiativen« antwortete Clements mit einem Achselzucken. »Sie wissen schon, sie lernen Demut und Team-Arbeit. Sie gewinnen wertvolle Erkenntnisse über Führungsqualitäten, indem man als Küchenmädchen oder Lakai arbeitet. Außerdem kann man hier sehr viele intensive Weiterbildungskurse belegen, die sich gut in der Vita machen. Sprachen, Überlebenstraining in der Wildnis, Strategie und Spieltheorie, Verhandlungsgeschick und Patisseriehandwerk.« Odette dachte darüber nach und entschloss sich, Ernst über die wahre Natur der Angestellten in Kenntnis zu setzen. Nicht dass sie wirklich glaubte, er würde die Zimmermädchen belästigen, aber er hatte nun mal in einer Zeit gelebt, als Bedienstete ihre Arbeit nicht nur aus Weiterbildungsgründen erledigt hatten.

»Brauchen Sie tatsächlich so ein Landhaus als Sommerfrische?«

»Wahrscheinlich nicht mehr«, räumte die Pawn ein. »Es ist ein bisschen wie Chequers – das offizielle Landhaus des Premierministers. Ich bin sicher, dass Hill Hall irgendwann einmal sehr wichtig gewesen ist, aber jetzt ist es einfach nur ein angemessener Ort, um ausländische Würdenträger und dergleichen zu bespaßen. Und es ist ein schönes Anwesen, um sich zu entspannen. Natürlich kann der Court sich die Termine als Erster aussuchen, aber jeder kann sich in eine Liste eintragen, um Hill Hall zu nutzen. Ich habe selbst an einigen Hochzeiten hier teilgenommen.«

»Hier sind Ihre Zimmer.« Das Zimmermädchen lächelte amüsiert. Ganz offensichtlich hatte sie jedes Wort verstanden. »Sie haben einen gemeinsamen Salon, aber jeder hat ein eigenes Bad.« Sie öffnete die Tür zu Odettes Raum. »Miss Leliefeld, wir haben all Ihre Kleider ausgepackt und vorbereitet. Und Sie wollten nicht, dass wir die beiden Koffer aus Hartleder öffnen, richtig?«

»Ja, danke …« Odette stockte.

»Sarah«, kam das Mädchen ihr zu Hilfe.

Die junge Frau führte sie in dem großen Raum herum, der in warmen Farben gehalten war, was ihn zu einem perfekten Ort machte, um einzuschlafen. An den Wänden hingen Landschaftsgemälde, überall waren gemütliche Möbel arrangiert, und im Kamin flackerte ein Feuer. Odette schlenderte durch das Zimmer und kam sich in ihrem Trainingsanzug schrecklich deplatziert vor. Auf ihren cremefarbenen Pumps waren immer noch ein paar Tropfen Rook-Blut, und sie wirkten auf dem dicken roten Teppich ziemlich albern. Der Einkäufer der Checquy hatte in ganz Ascot keine Schuhe gefunden. *Ich habe mein ganzes Leben darauf geachtet, keine Trainingsanzüge oder verdreckte Pumps zu tragen, und kaum bin ich in England, ist das meine übliche Uniform*, dachte sie verärgert. Zwei gemütliche braune Ledersessel und ein dazu passendes Sofa schienen voller Entsetzen vor ihr zurückzuweichen. Es fühlte sich alles andere als angenehm an, das schmuddeligste Ding im ganzen Raum zu sein.

Sarah bemerkte ihre Miene und zwinkerte, etwas, das so gar nicht zu einem Zimmermädchen zu passen schien. »Wenn Sie irgendetwas brauchen, Miss Leliefeld, wählen Sie auf Ihrem Zimmertelefon einfach die Eins.« Sie ging hinaus und schloss die Tür hinter sich.

*Was sie wohl macht, wenn sie nicht als Zimmermädchen arbeitet?*, dachte Odette zerstreut. *Wahrscheinlich stellt sich irgendwann heraus, dass sie mein Boss ist oder so.* Dann überprüfte sie ihr Gepäck. Die beiden Koffer waren tatsächlich nicht geöffnet worden. In einem befanden sich die zahlreichen Medikamente, die sie nahm, um dafür zu sorgen, dass ihr Körper nicht merkte, was ihm angetan worden war, und streikte, und außerdem hatte sie dort die Chemikalien verstaut, in denen sie schlafen musste. In dem anderen Koffer steckte das Set von chirurgischen Werkzeugen, das man ihr zum achtzehnten Geburtstag geschenkt hatte. Sie erwartete eigentlich nicht, an diesem Wochenende eine Operation durchführen zu müssen, aber andererseits hatte sie auch nicht erwartet, so etwas beim Pferderennen in Ascot zu tun.

*Also gut, als Erstes werde ich duschen und passende Kleidung anziehen,* beschloss sie. Selbst wenn sie es nur tat, um sich im Spiegel ansehen zu können.


Er saß auf einer Bank an der Themse und dachte nach. Lionel John Dover, ehemals aus Northampton und jetzt unversehens ohne feste Adresse und kein bisschen besorgt deswegen.

Noch vor neun Stunden war er ein Familienvater mit einem gut bezahlten Job als Manager einer erfolgreichen Firma gewesen. Gewiss, in den letzten zwei Jahren war er vollkommen wahnsinnig geworden, aber das hatte ihn längst nicht so bekümmert, wie er erwartet hätte, und ebenso wenig hatte es sein Leben beeinflusst.

Dann hatte er diese Frau getroffen.

*Sie wusste es,* dachte er. *Sie wusste alles.* Sie wusste von den Dingen, die er getan hatte, und sie hatte etwas mit ihm gemacht, hatte ihn gegen seinen Willen festgehalten.

Also hatte er selbstverständlich handeln müssen, obwohl es helllichter Tag war und sie mitten in einer großen Menschenmenge steckten.

*Was war sie? Wer war sie? Wie konnte sie davon wissen? Von mir?*

Panisch hatte er die Rennbahn verlassen und war direkt zu einem Geldautomaten gegangen. Er hatte so viel Geld abgehoben, wie er konnte, insgesamt dreihundert Pfund. Zusammen mit dem Geld in seiner Brieftasche verfügte er jetzt über vierhundertsiebenunddreißig Pfund. Normalerweise hätte er nicht mehr als einhundert Pfund bei sich gehabt, aber er hatte gewettet und mit Leuten geplaudert und getrunken.

Zu seinem Wagen zu gehen hatte er nicht gewagt. Seine Gedanken hatten sich überschlagen, und er war zum Bahnhof gelaufen und hatte ein Ticket nach London gelöst. In der Stadt war er sofort zum nächsten Marks & Spencer gegangen, hatte sich neue Kleidung gekauft und bar bezahlt. Unauffällige Kleidung, die hervorragend dafür geeignet war, sich unter die Menschen zu mischen. Er stopfte den Cutaway in den ersten Mülleimer, an dem er vorbeikam, und marschierte davon.

So wie er aus seinem Leben gegangen war, seine Familie verlassen hatte. Seine Frau Catherine. Seine Kinder Harry, Jenny, May und Rupert. Seine Hunde. Seinen Job. Alles. Und er stellte fest, dass es ihn nicht kümmerte. Das war das

Drum und Dran des Lebens eines anderen Mannes, eines Mannes, der nicht unmöglich und nicht wahnsinnig war.

Bevor das alles angefangen hatte, war er kein schlechter Mensch gewesen. Schrecklich langweilig vielleicht, aber nicht schlecht. Er hatte weder zu irgendwelchen Schrullen geneigt, noch hatte er ein allzu lebhaftes Vorstellungsvermögen besessen. Er war ehrbar und aufrecht durch sein Leben getrottet. Ganz sicher war er kein Mann gewesen, der Leute umbrachte.

Als es das erste Mal passiert war, hatte er gerade für das Rote Kreuz gesammelt, ausgerechnet. Dienst für die Gemeinde. Als er an die Tür eines Hauses in einer ruhigen Straße in Daventry geklopft hatte, hatte er plötzlich ein Brennen in seinem Rückgrat gespürt, eine Hitze, die unerträglich anstieg, bis er nach Luft gerungen hatte. Plötzlich war ein Impuls aus ihm herausgeschossen. Er war in die Knie gegangen und vollkommen schweißüberströmt gewesen. Dann war er plötzlich des Inneren des Hauses gewahr geworden, wo aus allen Oberflächen Kristalle explodiert waren, die die beiden Menschen, die darin lebten, aufgespießt hatten. Er hatte das Haus wie durch tausend Facetten gesehen. Er hatte die Haut des Mannes und des Jungen gespürt, ihr Blut, ihre Muskeln und Organe, als die Kristallspitzen sie durchbohrt hatten.

Sein Verstand hatte in diesem Moment ausgesetzt, unfähig, die entsetzliche Unwahrscheinlichkeit dessen, was da gerade passiert war, mit der blanken Unbestreitbarkeit seiner Wahrheit in Einklang zu bringen.

Wie in einem Nebel war er davongetaumelt, ins Auto gestiegen und nach Hause gefahren. Niemand war zu Hause gewesen, er hatte sich ausgezogen und geduscht. Dann hatte er seine Kleidung in die Waschmaschine gesteckt und stundenlang wie ein Ohnmächtiger geschlafen. Als er aufgewacht war, hatte er bei der Erinnerung an die Geschehnisse gezittert. Sie waren unbestreitbar real gewesen. Seine stinkende Kleidung hatte immer noch in der Waschmaschine gesteckt, und in seinen Handflächen waren halbkreisförmige Abdrücke von seinen Fingernägeln gewesen, als er die Hände unerträglich fest geballt hatte. Doch abgesehen davon, waren die konkreten Erinnerungen in sein Gehirn eingebrannt. Er war zur Toilette gerannt und hatte sich heftig übergeben. Zitternd hatte er den Fernseher eingeschaltet.

Er hatte sich gewappnet, weil er mit einer Berichterstattung über diesen Albtraum gerechnet hatte, jedoch absolut nichts darüber gefunden. Die große Geschichte in den Nachrichten war die über ein Shetlandpony mit einem fetten Kind als Reiter gewesen, das aus einer Reitschule getürmt, in die Stadt gelaufen und mitten auf dem Marktplatz stehen geblieben war. Von irgendwelchen Morden war nichts erwähnt worden. Und auch nicht von irgendwelchen Kristallen.

In den nächsten Tagen hatte er die Nachrichten verfolgt, die Zeitungen gelesen und im Internet gesucht, aber nirgendwo war über einen schrecklichen Doppelmord berichtet worden, ganz zu schweigen von einem schrecklichen Doppelmord durch unerklärliche Kristalle. Seine Psyche, die von der Unmöglichkeit dessen, was er erlebt hatte, angeschlagen gewesen war, war unter der Erkenntnis, dass niemand anders es bemerkt zu haben schien, vollkommen zusammengebrochen.

Lionel Dover war in jenen Tagen zu einer anderen Person geworden. Die Art, wie er die Welt begriff, hatte sich geändert. Nach außen hin ging er weiter zur Arbeit, verbrachte Zeit mit seinen Freunden und seiner Familie, aber man konnte seinen Denkprozess nicht länger als menschlich ansehen.

Schließlich war er an dem Haus vorbeigefahren. Er hatte kein Absperrband der Polizei gesehen, keine trauernden Familienmitglieder, die vollkommen schockiert umhergeirrt waren. Ein paar Wochen später wurde ein Schild »Zu verkaufen« an dem Haus aufgestellt, und eine Weile danach zogen neue Leute ein. Sie schienen nicht zu wissen, dass ihr neues Heim zuvor von einem Mann und einem Jungen bewohnt worden waren, die auf unerklärliche Art und Weise ermordet worden waren.

Dann passierte es wieder. Und wieder. Jedes Mal waren die Empfindungen gleich. Jedes Mal bereitete er sich darauf vor, dass die Welt explodieren würde, dass die Nachricht sich herumsprach, dass die Medien sich überschlugen – und jedes Mal war es, als wäre es nie geschehen. Nirgendwo wurde etwas erwähnt. Er ging am Ende des Tages jedes Mal nach Hause zu seiner Frau und seinen Kindern, ohne dass irgendwelche Konsequenzen erfolgt wären. Schließlich dachte er auch nicht mehr darüber nach, was es bedeutete. Er war ein Mann, der ein Heim hatte, eine Arbeit und eine Familie und der gelegentlich Menschen mit Kristallen tötete, ohne dass es ihn wirklich etwas anging. Er war der reine Wahnsinn im höchst überzeugenden Kostüm einer ganz gewöhnlichen Person.

Dann machte er Experimente, ganz vorsichtig. Er fuhr nach London und stellte fest, dass die Fähigkeit kam, wenn er sie rief – er konnte sie steuern, sodass sie auftrat, wie er es wünschte. Aber es gab auch Zeiten, zu denen es ihn überkam, ohne dass er die Fähigkeit gerufen hatte. Dann gab es keine Möglichkeit, sie zu stoppen. Er spürte das Brennen in seinem Rückgrat, ein sicheres Zeichen, dass schon in wenigen Minuten Kristalle irgendwo heraustreten würden, also musste er eine Person finden, auf die er sie loslassen konnte, ohne dass jemand es mitbekam.

Und dann war diese Frau aufgetaucht. Diese unmögliche Frau. Er saß jetzt auf der Bank am Fluss und dachte sich tausend Erklärungen für sie aus, von der eine lächerlicher war als die andere. Sie war eine Hexe. Sie war ein Engel, geschickt, um ihn zu bestrafen. Sie war eine Agentin der Regierung. Sie war ein Produkt seiner Einbildung. Sie war ein Alien. Sie war sein Gewissen.

Es war alles so absurd, dass er es für eine Halluzination gehalten hätte.

Bis auf eines. Er schloss die Finger um den unwiderlegbaren Beweis.

Zu ihrer Überraschung schlug Myfanwy die Augen auf.

*Nicht tot. Das ist gut.*

Sie lag in einem Himmelbett, und neben ihr stand ein Gestell mit einem Beutel Blut, das durch einen Schlauch in ihren Arm sickerte. Das Blut sah etwas violetter aus, als es normal war, aber sie akzeptierte es. Auf der anderen Seite des Raums füllte eine Krankenschwester irgendwelche Dokumente auf einem antiken Schreibtisch aus. Eine Uhr an der Wand zeigte zehn Uhr an; das Licht, das durch das Fenster hereinfiel, deutete an, dass es sich um zehn Uhr morgens handeln musste.

Myfanwy überprüfte kurz, wie sie sich fühlte, und war, wenn auch verhalten, erfreut. Kein Schmerz. Sie konnte ihre Zehen und Finger bewegen, und – sie schickte ihren Geist aus und sorgte dafür, dass die Schwester ihren Stift fallen ließ – ihren Verstand ebenfalls. Und als zusätzlicher Bonus wusste sie ganz genau, wer sie war.

Auf der Minusseite allerdings musste sie zugeben, dass sie sich nicht sicher war, wo sie sich befand. Das große Fenster gewährte ihr einen Blick auf einen kleinen, von einer Mauer umgebenen Garten, der überall hätte sein können.

*Bin ich im barocksten Sanatorium der Welt? Wie lange war ich ohne Bewusstsein?* Bevor sie ihre Gedanken sammeln und die Schwester rufen konnte, verließ die Frau den Raum. *Großartig. Na ja, wahrscheinlich kann ich warten*, dachte sie. Als sie sich bewegte, spürte sie sofort einen stechenden Schmerz im Rücken. *Ja*, beschloss sie hastig, *ich glaube, ich werde einfach eine Weile ruhig hier liegen bleiben.* Dann ging die Tür auf, und ihre Vorstandsassistentin betrat forsch das Zimmer. Sie hatte einen Aktenstapel in den Armen. Ihr Anblick in dieser fremden Umgebung war so vertraut, dass Myfanwys Unterlippe einen Moment zitterte.

»Guten Morgen, Rook Thomas.« Ingrids Tonfall ließ nicht darauf schließen, dass sich dieser Morgen von irgendeinem anderen Morgen zuvor unterschied.

»Gut… guten Morgen, Ingrid. Wo bin ich?«

»In einem Zimmer in Hill Hall. Gestern waren Sie in Ascot.«

»Oh, okay.« Erleichterung durchströmte sie. »Sie hätten nicht hierherkommen müssen. Der Verkehr heute Morgen muss schrecklich gewesen sein.«

»Ich bin schon gestern Nacht hier angekommen, Rook Thomas. Die Rookery hat diese Berichte geschickt, damit Sie sie durchsehen, und dazu ein paar Dokumente, die Sie unterzeichnen müssen.«

»Gut.« Myfanwy blinzelte die Feuchtigkeit aus ihren Augen. »Oh, was ist mit meinem Auto?«

»Es wurde zur Rookery zurückgefahren, aber bedauerlicherweise musste ein Mitarbeiter des Teams aus Reading den Wagen aufbrechen und ihn kurzschließen. Man hat Ihre Handtasche nicht gefunden, und im Fundbüro des Rennplatzes wurde sie nicht abgegeben. Es werden gerade neue Schlüssel angefertigt.«

»Das ist sehr ärgerlich.«

»Natürlich wurden die Telefon- und Kreditkarten gesperrt, und Ihre verschiedenen Ausweise werden gerade neu ausgestellt.«

»Danke.« Sie streckte die Hand aus, vorsichtig und in Erwartung des Schmerzes, der in ihrem Rücken und ihrem Inneren brannte, und nahm das erste Dokument vom Stapel. Wie sich herausstellte, ging es dabei nur um sie.

Der Bericht schilderte, dass Rook Myfanwy Thomas von einem Kristalldorn unbekannten Typs durchbohrt worden war, der unter anderem aus Quarz und Alabandin bestand. Der Dorn hatte zwei wichtige Organe zerstört, woraufhin sie offenbar einen Schock erlitten hatte.

Dr. Marcel Leliefeld und Miss Odette Leliefeld hatten eine improvisierte Operation durchgeführt und die Verletzungen versorgt. Dadurch hatten sie ihren Tod verhindert, der normalerweise durch eine solche Verletzung herbeigeführt worden wäre. Eine Untersuchung des Dorns zeigte weder einen Bruch noch eine Scharte.

Eine Fotokopie von Dr. Marcel Leliefelds Notizen, in einer gestochen scharfen Handschrift verfasst, führten die verschiedenen Medikamente auf, die man ihr während der Operation verabreicht hatte. Die Namen sagten Myfanwy nichts, aber sie ging davon aus, dass die Ärzte der Checquy diese Liste kontrolliert hatten und den Züchtern den Krieg erklärt hätten, wenn irgendetwas Gruseliges gemacht worden wäre. Man hatte auch dem Blut etliche Mittel zugesetzt, das im Moment in sie hineintropfte. Doktor Leliefeld merkte an, dass sie am abendlichen Dinner teilnehmen könnte, wenn sie den Rest des Tages im Bett blieb und jede Menge trank. Allerdings war der Genuss von Alkohol auf ein Glas Wein während des Essens und einen Cognac danach beschränkt. Am nächsten Tag sollte sie wieder voll erholt sein, und zudem würden keinerlei Narben zurückbleiben.

*Also, da habe ich wohl verdammt viel Glück gehabt!,* dachte sie schwach. Sie wusste, dass sie wahrscheinlich außer sich sein sollte angesichts der Vorstellung, dass Medikamente der Züchter gerade in sie hineinsickerten, aber sie brachte diesen Zorn einfach nicht auf. Erstens wäre es extrem undankbar gewesen, und zum anderen war es einfach unmöglich, Einwände zu erheben, weil sie nicht nur am Leben war, sondern auch zum Dinner aufstehen konnte.

Draußen ertönten Schüsse in der Ferne, und die beiden Frauen blickten ruckartig zum Fenster.

»Werden wir angegriffen?«, erkundigte sich Myfanwy ruhig.

»Sir Henry hat die Gäste mit zum Tontaubenschießen genommen«, erklärte Ingrid.

»Oh, gut, jedenfalls solange keiner der Gäste erschossen wird«, gab Myfanwy zurück und konzentrierte sich wieder auf ihre Dokumente.

Als sie die nächste Akte aufschlug, schnappte sie nach Luft. Auf der ersten Seite prangte ein Foto von dem Mörder.

»Was denn? Haben wir ihn gefasst?«, fragte sie Ingrid.

»Nein«, antwortete ihre Sekretärin. »Aber wir wissen, wer er ist.« Myfanwy nickte enttäuscht und richtete ihren Blick auf das Dossier. *Lionel John Dover aus Northampton. Ich hasse dich, Arschloch!* Der größte Teil der Akte bestand aus den üblichen Regierungsinformationen – Unterlagen vom National Health Service, eine Zusammenfassung seiner finanziellen Situation, Einzelheiten über seine Familie. Aber es gab auch zwei Skizzen, die Pawn Clements angefertigt hatte. Die erste zeigte sein Gesicht in Ruhe. Es war ganz unverkennbar er.

*Sie ist wirklich sehr gut,* dachte Myfanwy. *Aber das muss sie natürlich auch sein. Wenn sie solche Bilder heraufbeschwören kann, dann hat man auf dem Anwesen zweifellos dafür gesorgt, dass sie so zeichnet, um sie anderen Leuten zeigen zu können.*

Beim Anblick der zweiten Skizze jedoch wurden ihre Handflächen feucht. Laut Bildunterschrift hatte Clements seinen Ausdruck in dem Moment aufgezeichnet, in dem er die Kristalle im Badezimmer freigesetzt hatte. Es war derselbe Blick, den Myfanwy an ihm gesehen hatte, als er ihr den Kristall durch die Hand und in den Rücken gebohrt hatte. Die zusammengebissenen Zähne, die starren, weit aufgerissenen Augen, der Ausdruck der Anspannung. Aber auf diesem Bild war es der Ausdruck der Befriedigung auf seinem Gesicht, bei dem sie sich beinahe übergeben hätte.

»Er wird verfolgt?«, fragte Myfanwy gepresst.

»Ja, Rook Thomas«, antwortete Ingrid. »Aber Sie wissen ja selbst, dass wir diskret sein müssen. Es herrscht die Angst, dass wir ihn möglicherweise so weit treiben könnten, seine Macht in der Öffentlichkeit auszuüben, wenn wir diese Skizzen ins Fernsehen bringen und in den Postfilialen aufhängen.«

*Wenn wir damit an die Öffentlichkeit gehen, könnte er das auch tun,* dachte Myfanwy. »Gott, dieser Job ist so lächerlich. Die Monster und die Monsterjäger müssen beide so umsichtig sein. Also, was genau tun wir?«

»Wir haben mit seiner Familie geredet. Seine Frau ist tatsächlich zur Polizei gegangen und hat eine Vermisstenanzeige aufgegeben, als er nach den Rennen nicht nach Hause gekommen ist. Wir haben Leute der Checquy in Northampton stationiert und suchen die ganze Gegend rund um Ascot ab. Aber ehrlich gesagt, könnte er überallhin geflüchtet sein. Sein Wagen stand noch auf dem Parkplatz, aber es sind so viele Besucher mit dem Zug gefahren, dass er sich unter sie gemischt haben könnte.«

»Hmm. Ich habe Sorge, dass er jetzt, wo er weiß, dass man ihn verfolgt, den Lord Lucan gibt und einfach verschwindet. Entweder flüchtet er innerhalb Englands, oder er verlässt sogar das Land. Ich will nicht, dass dieser Mann uns entkommt, Ingrid.«

»Sie geben ihr Bestes, um ihn zu erwischen, Rook Thomas.«

»Ich weiß«, erwiderte Myfanwy müde.

»Wollen Sie ein paar gute Nachrichten hören?«

»Unbedingt.«

»Das Modeteam der BBC mochte Ihren Hut.«

Myfanwy sah sie verwirrt an. »Wie bitte?«

Ingrid zog ein ausgedrucktes Blatt Papier aus ihrer Akte und gab es ihr. Dort war in prächtigen Farben Myfanwy mit ihrem Hut abgebildet. In der Bildunterschrift stand zwar kein Name, aber sie beschrieb den Hut liebevoll bis ins Detail. »Oh, Mist! Stellt das ein Sicherheitsproblem dar?«

»Ich glaube eher nicht. Ehrlich gesagt, Rook Thomas, würde niemand Sie ohne den Hut erkennen.«

»Danke«, antwortete Myfanwy etwas säuerlich. »Zugegeben, es ist nett. Erinnern Sie mich, ein Dankschreiben an diese griechische Frau zu verfassen, die ihn für mich gekauft hat.«

»Lisa Constanopoulos.«

»Richtig. Ach, und sie war eine der Personen, die mir diese Amnesie prophezeit haben. Also fügen Sie an, dass ich weiß, wer ich bin.« *Die Komplikationen der Etikette in der übernatürlichen Welt würden selbst eine Emily Post dazu bringen, sich mit einer Mistgabel zu erstechen*, dachte sie. *Zugegebenermaßen wäre für diese Gelegenheit wahrscheinlich jede Gabel vollkommen angemessen.*

»Leider beginnt die Jagdsaison erst in etlichen Monaten«, erklärte Sir Henry. »Das ist sehr schade, weil wir exzellente Fasane und Rebhühner hier auf dem Anwesen haben. Trotzdem dachte ich, ein bisschen Tontaubenschießen wäre eine nette Art, den Morgen zu verbringen. Und Ihnen bietet es zudem die Möglichkeit, Ihre Gewehre auszuprobieren.«

Odette hielt ihr Gewehr sorgfältig mit beiden Händen. Nach dem Frühstück hatte Sir Henry ihr, Marcel und Ernst in der Bibliothek je einen langen, schmalen Hartlederkoffer mit Messingecken präsentiert. Darin hatten auf rotem Filz jeweils zwei Schrotflinten gelegen. Sie waren wahre Kunstwerke aus prachtvollem warmem Holz und glänzendem Stahl. Auf dem Metallrücken am Schaft waren verschlungene Initialen eingraviert. Odette hatte anfangs nicht gewusst, für wessen Namen sie standen. Die Waffen jedenfalls sahen aus, als wären sie für das Königshaus fabriziert worden.

»Anderson Wheeler«, hatte Sir Henry gesagt. »Sein Geschäft ist in Mayfair. Ich habe die Waffen als Willkommensgeschenk extra für Sie anfertigen lassen. Schaft und Vorderschaft sind aus türkischem Walnussholz, und Ihre Initialen wurden in die Gravur eingearbeitet. Entzückend, habe ich recht?« Odette hatte eine der Waffen zögernd berührt. Das blanke Holz hatte sich makellos glatt unter ihren Fingerspitzen angefühlt. Sie hatte noch nie etwas mit Waffen zu tun gehabt, aber diese beiden Gewehre waren höchstwahrscheinlich das schönste Geschenk, das sie jemals bekommen hatte. Sie waren sogar noch schöner als die Augen, die sie zu ihrem einundzwanzigsten Geburtstag erhalten hatte, oder die Milz, die Pim ihr zum Valentinstag geschenkt hatte.

»Handgefertigte doppelläufige Zwölfer-Schrotflinten für den Herrn«, war Sir Henry fortgefahren, »und für die Dame hielt ich doppelläufige Zwanziger für angemessen.« Er hatte weitergeredet, über die Waffen und das Zubehör im Kasten geplaudert – Putzstücke, Pufferpatronen, eine Flasche mit Waffenöl und kleine Schraubenzieher.

Jetzt stand sie mit einer ihrer beiden Flinten in den Händen auf dem Gras. Sie trug eine Sicherheitsbrille und Ohrschützer und versuchte, sich an das zu erinnern, was der Wildhüter, Pawn Farley, ihr eingeschärft hatte.

»Fertig?«, fragte Farley. Sie nickte knapp. »Los!« Die Scheibe wurde in die Luft geschleudert.

Odette konzentrierte sich und verfiel in dieselbe Trance wie bei der Mikrochirurgie. Ihre Sehkraft wurde schärfer, und die Welt war plötzlich von einer rasiermesserscharfen Klarheit. Sie konnte die Scheibe mit Leichtigkeit verfolgen, und die Muskeln in ihren Armen und Schultern aktivierten sich. Sie hob fast automatisch das Gewehr und drückte ab, fühlte den Rückschlag der Waffe. Die Tonscheibe zersprang, und alle applaudierten.

»Gut gemacht!«, lobte Sir Henry sie. »Sehr gut für das erste Mal!«

»Ich habe ein kleines bisschen geschummelt, Sir Henry«, gestand sie und deutete auf ihre Augen. »Die hier sind verstärkt.«

Er lachte. »Keine Sorge«, gab er zurück. »Es ist bekannt, dass wir selbst auch ein wenig vom Durchschnitt abweichen. Farley, würden Sie es ihr zeigen?« Der Wildhüter nickte.

»Los!«

Die Tonscheibe schoss durch die Luft, und der Wildhüter trat vor. Odette sah, wie er die Schulter entspannte, dann knackte es laut. Während sie zusah, bildete sich eine graue Wolke rund um die Tonscheibe. Das Ziel wurde immer dichter und dunkler, bis nur noch ein Brocken mattes Eisen durch die Luft wirbelte. Er landete mit einem dumpfen Knall am Boden und grub sich tief in den Torf.

»Mein Gott«, sagte Marcel.

»Selbstverständlich machen wir so etwas nicht während der Fasanensaison«, erklärte Sir Henry.

»Weil es die Jagdhunde immer so aufregt«, murmelte Far-ley.

»Sehr beeindruckend«, stellte Ernst fest. »Darf ich es auch versuchen? Ich meine, ohne das Gewehr?« Er gab seine Schrotflinte dem erschrockenen Helfer, der die Waffen lud. »So hoch und weit, wie Sie können, bitte.« Der Mann an der Schleuder nickte und veränderte die Einstellungen. »Los!«

Die Scheibe zischte durch die Luft und Ernst ebenfalls. Er wirbelte mit den Füßen Grassoden hoch, als er wie ein Blitz über das Feld zuckte. Das Hämmern seiner Schuhe auf dem Boden klang wie ein Trommelwirbel. Dann sprang er etliche Meter hoch in die Luft, wirbelte um die eigene Achse und zertrümmerte die Scheibe mit einem gezielten Tritt. Unter den Augen der Zuschauer drehte er sich in der Luft um und landete in der Hocke auf dem Rasen, ohne auch nur schneller zu atmen.

Schweigen machte sich breit, und einen Moment lang vibrierte eine gewisse Anspannung in der kleinen Gruppe. Es war nicht ganz klar, ob hier eine Herausforderung ausgesprochen oder erwidert worden war. Dann fingen alle an zu lachen, außer Odette. Sie verdrehte die Augen und nahm vorsichtig ihren Finger vom zweiten Abzug der Schrotflinte.

»Das ist es.« Sander klang zutiefst befriedigt. Bart sah sich argwöhnisch um. Sie waren an einer T-Kreuzung stehen geblieben. Vor ihnen lag auf der anderen Straßenseite erneut der Hyde Park. Hinter ihnen befand sich ein Gewirr von Straßen und Häusern, durch das Sander sie etliche Stunden lang geführt hatte.

»Das ist was?«

»Das Haus, in dem sie stecken, es ist das dritte links. Ich wollte nicht davor stehen bleiben, falls sie uns beobachten.«

»Bist du sicher?«, erkundigte sich Laurita.

»Möchtest du lieber an der Türschwelle schnuppern?«, fragte Sander bissig. »Ja, ich bin sicher. Unser Mann ist vor etwa einer Stunde dort hineingegangen und nicht wieder herausgekommen. Jedenfalls nicht durch die Vordertür. Es sind noch vier andere im Haus, die zu den Proben passen, die man uns gegeben hat.«

Bart nickte. Er lehnte sich an einen Baum und beobachtete die Straße, über die sie gerade gegangen waren. Sie war von großen weißen Reihenhäusern gesäumt. Eine Treppe mit Geländer führte zu den Eingängen im Souterrain. In solchen Häusern waren die Nachbarn nur durch dünne Mauern voneinander getrennt, durch die möglicherweise Geräusche drangen. Das war nicht der ideale Ort, um einen Angriff zu versuchen.

»Wir warten bis zum Einbruch der Dunkelheit«, entschied er. »Ich benachrichtige Marie. Wir werden die anderen brauchen.«


Im Laufe des Tages flogen noch weitere Hubschrauber nach Hill Hall ein, an Bord Mitglieder des Court der Checquy. Bishop Attariwala, die Chevaliers Whibley und Eckhart. Rook Kelleher. Und schließlich, eine Stunde nach Sonnenuntergang, glitt ein Hubschrauber über das Anwesen hinweg, ohne zu landen. Ein paar Minuten später tauchte Bishop Alrich aus der Dunkelheit auf und schlenderte die Auffahrt hinauf. Er trug einen dunklen Anzug. Odette beobachtete ihn durch das Fenster des Salons. Sein Haar schien in dem Licht, das durch die Fenster des Hauses fiel, zu glühen, und sie erschauderte.

»Ich denke, wir sollten hinuntergehen«, sagte sie zu Clements, die auf der Couch saß und wie versteinert wirkte. Die Pawn schwitzte ganz offensichtlich bei dem Gedanken an ein formelles Dinner mit dem Court. *Eine Frau, in deren Akte steht, dass sie einmal mit bloßen Händen gegen einen Neo-Druiden gekämpft hat, der doppelt so groß war wie sie und der mit Titansicheln bewaffnet war,* dachte Odette ungläubig. »Keine Sorge, ich lasse Sie nicht hängen«, sagte sie, übermannt von einem unerwarteten Mitgefühl. Clements warf ihr einen dankbaren Blick zu und schien dann überrascht zu sein. »Ihr Kleid sieht großartig aus«, setzte Odette hinzu. In Wirklichkeit war das Kleid gerade so okay, aber die Pawn brauchte so viel Ermutigung, wie sie bekommen konnte.

Der Ruf war ausgesendet worden.

Die Chimären, die sich in ganz London verteilt hatten, hatten Maries Stimme sanft in den Knochen ihrer Ohren vibrieren hören. Einige hatten die verschiedenen Einrichtungen der Checquy observiert, andere hatten sich als Wachen an den Stellen postiert, die die Broederschap als besonders gefährdete Ziele einordnete. Es war ein Zeichen ihrer Verzweiflung, dass drei Spurensucher willkürlich mit der U-Bahn gefahren waren, in der Hoffnung, zufällig über eine Duftspur ihrer Beute zu stolpern.

Sobald sie Maries Botschaft vernommen hatten, hatten sie alle ihre Posten verlassen und waren rasch zu ihrem Hotel zurückgekehrt, wo ein großer – wenn auch nicht genügend großer – Raum als Operationsbasis diente.

Laurita und Sander waren zurückgeblieben und bewachten den Vorder- und den Hintereingang des Hauses, falls die Antagonisten auf die Idee kamen auszufliegen. Bart hatte den versammelten Truppen die Situation erklärt. Man schickte Wachen aus, die Laurita und Sander ablösten, und vereinbarte dann, dass jeweils nach einer Dreiviertelstunde eine Ablösung vorgenommen werden sollte. Durch einen glücklichen Zufall fanden sie ein Bed & Breakfast ein Stück neben dem Haus der Antagonisten in derselben Straße. Eine Chimäre namens Fawn hatte dort ein Zimmer mit Blick auf die Straße gemietet. Sie hockte jetzt zusammengerollt auf dem Fensterbrett und tat, als läse sie Magazine, während sie die Haustür der Antagonisten im Blick behielt. Die Chimäre mit dem größten Charme und einigen besonders spezialisierten Moschusdrüsen war zum örtlichen Katasteramt gegangen und mit den Blaupausen des Hauses und einer Verabredung mit einem etwas verblüfften, aber entzückten Abteilungsleiter der Stadtplanung zurückgekehrt.

Während Marie das Prozedere durch Barts Augen verfolgte und gelegentlich durch seinen Mund Vorschläge machte, verfassten er und zwei weitere Chimären einen Angriffsplan.

»Die Sache wird alles andere als leise oder sauber vonstattengehen«, stellte Amanda fest, eine der drei Strategen. Sie beugte sich über den Grundriss des Gebäudes und prägte ihn sich ein. »Also müssen wir die Sache rasch hinter uns bringen. Wenn wir schnell genug sind, dann können wir dort wieder verschwunden sein, bevor die Nachbarn auch nur dazu kommen, die Polizei zu rufen.«

Bart betrachtete die Blaupausen nachdenklich. Es war ein sonderbares Gebäude, sehr schmal und mit fünf Stockwerken. Er markierte die Ausgänge. *Vordertür, Hintertür, Tür im Souterrain*, dachte er. *Natürlich kennen wir ihre Fähigkeiten nicht. Wir müssen davon ausgehen, dass sie einfach aus einem Fenster im obersten Stockwerk springen und dann ganz normal über die Straße davonlaufen können.*

»Zwei unserer Leute sind mit Infrarotvision ausgestattet«, sagte Franz, ein anderer Stratege. »Wir können erkennen, wo im Gebäude sie schlafen, falls sie das überhaupt tun. Wenn sie uns kommen hören, werden sie entweder versuchen, zu flüchten oder zu kämpfen, was uns etwas aufhalten könnte. Wir dürfen ihnen so gut wie keine Vorwarnung geben.«

»Der Vorteil ist«, erklärte Amanda, »dass diese Häuser an den Seiten mit ihren Wänden aneinanderstoßen. Also brauchen wir nur die Vorder- und die Rückseite des Hauses zu decken.«

»Marie, wollen Sie diese Leute gefangen nehmen, oder sollen wir sie töten?«, fragte Bart. Er hörte einen schweren Seufzer aus seinem eigenen Mund. Es war ein bisschen verstörend, einfach nur als Flüstertüte zu dienen.

»Ich muss mich mit dem Graafen beraten«, sagte sie. Aus Barts Mund kam eine perfekte Kopie ihrer Stimme. »Ich würde eine Exekution empfehlen. Ich glaube nicht, dass wir ein Risiko eingehen sollten.« Bildete er es sich ein, oder hörte er eine Spur von Bedauern in ihrer Stimme? *Egal.* »Aber das entscheidet er. Wenn der Befehl lautet, sie zu töten, dann sichern Sie auf jeden Fall ihre Leichen. Wenn Sie Zeit haben, dann nehmen Sie auch all ihre Habseligkeiten mit, aber erste Priorität haben ihre Leichen.«

Der Plan, den sie schließlich entwarfen, erforderte perfekte Koordination. Zwei Scharfschützen würden die Vorder- und die Rückseite des Hauses decken, falls einer der Antagonisten auf die Idee käme, durch ein Fenster zu flüchten. Mit ihren Augen, die sowohl die Gene von Reptilien als auch von Katzen hatten, konnten die Chimären jede Bewegung selbst im Dunkeln erkennen.

Vier von ihnen sollten das Gebäude erklimmen und auf dem Dach Position beziehen. Zwei Zweierteams würden sich an der Vorder- und Hintertür postieren, und zwei würden in das Souterrain eindringen. Auf ein Signal von Bart hin würden sie das Haus stürmen. Wegen der Geschwindigkeit, zu der Chimären fähig waren, würde es klingen, als fegte ein ganzes Sperrfeuer aus Donnerschlägen durch das

Haus, wie Bart wusste. *Von den Schüssen ganz zu schweigen.* Fast bedauerte er die Nachbarn, die zweifellos aus ihrem Schlaf gerissen werden würden. Alle Zimmer sollten überprüft werden, und jeder Antagonist wurde bei Sichtkontakt augenblicklich getötet.

Es war ein sehr guter Plan gewesen, und Bart hatte sich sehr darauf gefreut, ihn durchzuführen. Nur leider verließen um sechzehn Uhr dreißig vier Antagonisten, zwei Männer und zwei Frauen, das Haus durch die Vordertür. Die dort postierten Wachen hätten fast einen Herzinfarkt bekommen. Denn von der unnatürlich weißen Haut, von der man den Chimären erzählt hatte, war nichts zu sehen. Sie sahen aus wie ganz normale Menschen, trugen normale Kleidung und hatten normale Gesichter. Sie schienen Anfang zwanzig zu sein, und auch wenn die vier – zwei schwarze Jünglinge, ein asiatisches Mädchen und ein weißes Mädchen – durchaus die Blicke der wenigen Passanten auf sich zogen, lag das hauptsächlich daran, dass sie alle vier wunderschön waren.

Sie waren nicht bewaffnet, hatten jedoch einen Picknickkorb dabei, der Gegenstand einer heftigen Debatte und Spekulation vonseiten der Chimären wurde. Sie kamen übereinstimmend zu dem Ergebnis, dass dieser Korb irgendeine Art von Massenvernichtungswaffen enthalten musste, aber dann breiteten die Antagonisten eine Decke auf einer Wiese im Hyde Park aus, öffneten besagten Korb, was nervöse Reaktionen bei den Beobachtern der Chimären auslöste, und holten ein frühes Abendessen aus kaltem Hühnchen und etlichen Salaten heraus.

»Auch gut«, sagte Amanda. »Sie können ihr kleines Picknick im Park genießen, dann werden sie wieder ins Haus gehen, und wir können den Plan immer noch durchziehen.« Bart sagte nichts dazu.

Zwei Chimären blieben am Haus auf Position, und neue Soldaten wurden zum Park geschickt, um die Gruppe der Antagonisten weiter zu beobachten. Sie schienen es nicht eilig zu haben, den Ort zu verlassen, selbst nachdem sie ihr Essen verspeist und die Teller wieder in den Korb gepackt hatten. Soldaten der Züchter joggten in Trainingsanzügen oder schlenderten in Geschäftsanzügen an der kleinen Gruppe vorbei. Sie besorgten hastig einen Kinderwagen und legten einen Schal darüber, sodass zwei Chimären sich auf eine Bank in der Nähe setzen konnten und zerstreut das Kissen schaukelten, das als Baby fungierte. Man dachte ernsthaft darüber nach, sich einen Hund zu beschaffen, um sich unter die vielen Gassigeher zu mischen, aber sie konnten sich nicht darauf einigen, was hinterher mit dem Tier passieren sollte. Die beiden jüngsten Chimären, die sich zufällig gegenseitig zutiefst verachteten, gaben unter Druck von oben nach und willigten ein, sich in der Nähe der Antagonisten ins Gras zu legen und eine Weile miteinander zu knutschen. Wegen der vielen Spaziergänger im Park konnten sie einfach nichts anderes tun als warten. Die Chimären hätten nicht mal einen der Antagonisten anschreien können, ohne die Aufmerksamkeit potenzieller Zeugen zu erregen.

»Geduld«, sagte Franz nach etlichen Stunden, als der Bericht hereinkam, dass die Antagonisten sich nicht nur nicht vom Fleck gerührt, sondern sogar noch eine Flasche Champagner geöffnet hatten. Sie lagen weiter auf ihrer Decke, plauderten miteinander und lachten viel. Nach dem, was die Beobachter der Chimären aufschnappen und in das Hotelzimmer zurückmelden konnten, schienen sie über nichts von Bedeutung zu reden. Sie erwähnten weder die Broederschap noch die Checquy oder irgendwelche geplanten Angriffe. Ein großer Teil des Gesprächs drehte sich offenbar um eine britische Realityshow und wer das übelste Mist-stück darin war.

»Bist du sicher, dass das die Antagonisten sind?«, fragte Amanda zweifelnd.

»Sander und die beiden anderen Spürhunde haben das bestätigt«, erwiderte Bart.

»Sollen wir versuchen, das Haus in ihrer Abwesenheit zu betreten?«, wollte Franz wissen. Bart zögerte. Es war ver-lockend, aber die Gefahr, Alarm auszulösen, war zu groß. Wenn die Chimären dem Plan folgten, spielte es keine Rolle, ob Alarm geschlagen wurde. Sie würden trotzdem die Anta-gonisten umzingeln und sie töten können.

Es wurde Nacht. Die anderen Besucher verließen den Park allmählich, aber die Antagonisten machten keinerlei derartige Anstalten. Sie lungerten weiter auf ihrer Decke he-rum. Ein Parkbeamter näherte sich ihnen und wies sie da-rauf hin, dass der Park jetzt schloss. Eine der Frauen stand auf und redete mit ihm, wobei sie ihre Hand auf seine Schul-ter legte und sich vorbeugte. Er nickte mehrmals beflissen und ging dann weg. Die Antagonisten prosteten sich zu und setzten sich wieder hin.

Zum Ärger der Chimärenbeobachter kam der Parkbe-amte dann zu ihnen und erklärte ihnen, dass der Park jetzt schloss. Statt einen Aufstand vom Zaun zu brechen und folglich Aufmerksamkeit zu erregen, zogen die Soldaten sich demütig zurück.

Natürlich nicht ganz, denn es waren Elitekrieger auf einer Mission von entscheidender Bedeutung, also ließen sie sich nicht von einem kleinen Beamten auf der Nase herumtan-zen. Zwei von ihnen – die mit der besten Sehkraft – ver-steckten sich in einem nahen Gebüsch.

Etliche Stunden lang.

»Sie haben noch eine Flasche Champagner aufgemacht«,

meldete schließlich einer der Beobachter über das Netzwerk in ihren Köpfen. Im Hotelzimmer fluchte Bart laut auf Niederländisch.

»Es ist jetzt zwei Uhr früh«, stellte Franz schließlich fest. »Sie können doch nicht die ganze Zeit im Park bleiben.«

»Scheiß auf den Plan! Selbst wenn das nicht die Antagonisten sind, müssen diese Kreaturen sterben«, erklärte Bart. »Bis tief in die Nacht im Park zu bleiben ist einfach … geschmacklos! Der Park wird aus einem bestimmten Grund geschlossen. An alle, wir rücken aus. Wir werden sie im Park töten, die Leichen einsammeln, das Haus stürmen, um nachzusehen, ob wir dort noch andere oder vielleicht irgendwelche Hinweise finden, und dann hierher zurückkehren und den Zimmerservice kommen lassen.«

Sie versammelten die Chimären, die im Zimmer herumgestanden und teilweise geschlafen hatten. Alle nahmen Haltung an. Der Nachtportier des Hotels war etwas verblüfft, als sie um vier Taxis baten, aber er arrangierte das mit einer Souveränität, die man von einem Angestellten dieses Etablissements erwarten konnte. Er sagte auch nichts, als zwölf Personen in langen Umhängen stumm an ihm vorbeidefilierten und in die wartenden Taxis stiegen. Die letzte Person in dem langen Mantel, ein ernst blickender Mann mit einem niederländischen Akzent, schob ihm einen Umschlag mit einem lächerlich hohen Trinkgeld zu.

Die Taxis setzten die Personen in den langen Umhängen an verschiedenen Punkten rund um den Hyde Park ab. Die Chimären zogen ihre Umhänge aus, unter denen eng anliegende schwarze Kleidung und Maschinenpistolen zum Vorschein kamen. Viele von ihnen hatten Scharfschützengewehre bei sich, die sie rasch im Schatten zusammensetzten.

Auf einen geflüsterten Befehl von Bart über das interne Netzwerk hin sprangen sie alle über die Mauern des Parks und näherten sich lautlos der Gegend, in der die Antagonisten lagen. Sie bezogen ein Stück weit von der Gruppe entfernt Position, nah genug, um sie zu erschießen, und doch weit genug, dass die geflüsterte Kommunikation nicht einmal von den schärfsten Ohren gehört werden konnte. Verborgen von Bäumen, Büschen und der Dunkelheit, bildeten sie zusammen mit einigen der Chimären, die zuvor das Haus bewacht hatten, einen Ring um die Antagonisten und warteten auf den Befehl. Jeder war ausführlich instruiert worden – Muskeln waren gelockert, Krallen ausgefahren, Haare zurückgebunden, Drüsen vorbereitet, Zungen bewaffnet und Waffen entsichert worden.

Nur Bart blieb draußen vor dem Park, während seine Soldaten ihre Beute umzingelten.

»Marie, es ist so weit«, sagte er leise. »Ich brauche eine Bestätigung des Tötungsbefehls.«

»Ich habe mich mit dem Graafen beraten, und wir haben uns geeinigt.« Ihre Stimme vibrierte in seinen Knöcheln. »Exekutiert sie. Aber bringt auf jeden Fall ihre Leichen hierher.«

»Verstanden«, sagte er. »Chimären«, sagte er in die Dunkelheit. »Das hier ist eine endgültige Interaktion. Ich wiederhole, sie werden Gepäck, keine Gäste.« Er sprang geschmeidig über die Mauer, glitt zwischen den Bäumen und Büschen hindurch und robbte durch das Gras, bis er seine vorgesehene Position bei seinem Team erreicht hatte.

Dieser Auftrag erforderte Flexibilität und Improvisationsvermögen. Niemand wusste, welche Kräfte die Antagonisten einsetzen konnten. Die Chimären würden ihre Beute zunächst aus der Ferne beschießen, aber es war keineswegs sicher, dass diese vier durch Kugeln getötet werden konnten – nicht einmal mit der besonderen Munition der Chimären.

*Nein, ich erwarte, dass der Kampf am Ende mit Messern ausge-
tragen wird,* dachte Bart grimmig. *Mit Fäusten, Reißzähnen,
Krallen und Gift.* Er betrachtete die Antagonisten einen Moment, während die Linsen seiner Augen sie gehorsam he-
ranzoomten. Mithilfe der extra angefertigten Stäbchen in
seiner Netzhaut durchdrang sein Blick spielend die Dunkelheit. Er sah ihre Gesichter, als sie lachten und tranken. Sie
waren entzückend. Sie sahen aus wie wunderschöne junge
Menschen. *Aber so sehen sie nicht wirklich aus,* sagte er sich.
*Das sind nicht ihre echten Gesichter.* Während er sie beobachtete, schienen sie schwach in der Nacht zu glühen.

»Chimären, jeder zweite Soldat identifiziert sein vorge-
sehenes Ziel«, flüsterte er. Für den Fall, dass die Antagonisten durch Schüsse nicht erledigt werden konnten, würden
acht Soldaten sie angreifen, zwei für jedes Ziel. Die anderen
würden als Verstärkung zurückbleiben, bereit einzugreifen
oder jeden Antagonisten zu verfolgen, der zu entkommen
versuchte. Die Krieger meldeten, welchen Antagonisten sie
aufs Korn nahmen.

»Auf mein Zeichen hin eröffnet ihr das Feuer. Drei. Zwei.
E…«

»Ist ja gut«, rief einer der picknickenden jungen Leute.
»Wir ergeben uns!«

Bart erstarrte.

»Wartet!«, ertönte Maries Stimme im Kopf jeder Chimäre.
Damit befahl sie ihnen, nicht zu schießen, aber die Waffen
auf ihre Ziele gerichtet zu halten.

»Wir wissen, dass ihr da draußen herumlungert«, sagte
einer der männlichen Antagonisten. Sie waren aufgestanden, bis auf die weiße Frau, die immer noch auf der Decke
lag. »Ihr habt uns umzingelt. Es ist vorbei. Wir geben auf.«

»Irgendwelche Vorschläge?« Diesmal erklang Maries
Stimme nur in Barts Ohr.

»Das gefällt mir nicht«, erwiderte er. »Ich gehe weiter, aber eröffnet beim ersten Anzeichen von irgendetwas Sonderbarem das Feuer.«

»Verstanden«, antwortete Marie.

»Wenn mir etwas zustößt, hat Amanda das Kommando.«

»Verstanden«, meldete Amanda. »Mein erster Befehl wird lauten, sie zu töten.«

Bart stand auf und trat aus der Dunkelheit, die Waffe im Anschlag. Die Antagonisten drehten sich zu ihm um und beobachteten ihn.

»Gratuliere, ihr habt uns aufgespürt«, sagte der Größere der beiden Männer. Bart fragte sich, ob er derjenige war, der die Menschen in dem Restaurant getötet hatte und dann die ganze Zeit vor dem Hotel der Delegation herumgestanden hatte. Sander hätte es ihm wahrscheinlich sagen können, aber der Spürhund lauerte irgendwo da draußen in der Dunkelheit, beobachtete sie und wartete auf ein Zeichen.

»Gehorcht unseren Befehlen«, sagte Bart. »Ihr bekommt keine zweite Chance. Jetzt legt euch auf den Boden und verschränkt eure Hände hinter dem Kopf.«

»Gern, nur haben wir unsere Meinung gerade geändert«, sagte die asiatisch aussehende Frau. Sie trug Stiefel und ein rotes Minikleid aus Samt, das aussah, als stammte es aus den Sechzigerjahren. »Wir ergeben uns doch nicht.«

»*Tötet sie!*«, schrie Bart. Aber keine der Chimären, nicht einmal er selbst, konnte auch nur einen Muskel rühren. Es fühlte sich an, als wären ihre Körper in Stahl gehüllt. Bart vermochte nicht einmal zu zwinkern. Sie waren unbeweglich wie Statuen.

»Sie sind so vorhersehbar.« Das Mädchen in dem Minirock schnüffelte verächtlich. »Vorhersehbar und erbärmlich.« Sie warf ihm einen Blick aus ihrem Filmstargesicht zu und rümpfte die Nase. »Warum um alles in der Welt sollten wir uns euch wohl ergeben? Ihr widert uns an.«

»Und ich habe eine besondere Nachricht für dieses Miststück, das uns durch deine Augen beobachtet«, sagte der Mann, der zuvor schon geredet hatte. Alle Chimären hörten, wie Marie scharf einatmete. »Was euch bevorsteht, wird jede Möglichkeit einer Allianz zwischen euch und der Checquy zerstören. Ihr habt euch das alles selbst zuzuschreiben.« Er hob langsam die Hand, und die Chimären spannten sich an – jedenfalls versuchten sie es, allerdings vergeblich. Aber seine Hand war leer. »Ihr könnt nichts gegen uns ausrichten.« Seine schwarze Haut kräuselte sich und wurde plötzlich durchscheinend porzellanweiß.

Er schnippte mit den Fingern, und alle Chimären starben.

# 31

»Danke, dass Sie uns eingeladen haben«, sagte Odette. »Ich hatte eine wirklich schöne Zeit hier.« Es entsprach fast der Wahrheit. Das lange Wochenende in Hill Hall wäre unglaublich entspannend gewesen, wären nicht zwei Dinge passiert.

Das Erste war das förmliche Dinner, an dem sie jede Nacht hatten teilnehmen müssen. Es hatte in einem wunderbaren Raum mit weichem Licht und entzückenden Gemälden stattgefunden. Die Speisen waren köstlich, die Gespräche höflich und friedlich, und alle waren extrem liebenswürdig gewesen. Das Entsetzen darüber hatte Clements fast dazu gebracht, sich selbst etwas anzutun. Höflicher Small Talk mit der Elite war offenbar die reinste Qual für die Pawn, und es hatte sie dermaßen angestrengt, dass sie Odette wirklich leidgetan hatte.

Das Zweite, was das Wochenende ein wenig verhagelt hatte, war der Anruf gewesen, den Ernst von Marie irgendwann mitten in der Nacht zum Samstag bekommen hatte. Odette hatte nicht zu fragen gewagt, worum es gegangen war, aber die kalte Wut, in die ihn das Gespräch versetzt hatte, hatte das ganze Wochenende über angehalten. Er hatte sich die meiste Zeit zurückgezogen, hatte stumm die Mahlzeiten eingenommen und den Rest der Zeit in seinem Zimmer oder in der Bücherei verbracht, wo er in sein Handy gesprochen hatte. Odette und Marcel hatten sich hinter seinem Rücken für ihn entschuldigt, und Marcel hatte ihren

Gastgebern erklärt, dass er schlechte Nachrichten von zu Hause bekommen habe.

»Haben wir denn schlechte Nachrichten von zu Hause bekommen?«, hatte Odette Marcel gefragt, als sie allein durch die Gärten geschlendert waren. Marcel hat ihr daraufhin erklärt, was den Chimären widerfahren war.

»Deshalb musste Marie ihre verborgenen Funktionen aktivieren«, hatte Marcel erklärt. »Ansonsten hätte die Checquy sechzehn bewaffnete Leichen im Hyde Park gefunden und zwei weitere vor einem Haus in der Nähe, alle unverkennbar Produkte der Broederschap. Mit den diskret eingebauten Protokollen hat sich ihre DNA aufgelöst, und sie haben sich verflüssigt.«

»Also haben sie statt der Leichen in einem öffentlichen Park und auf einem Fußweg Uniformen und Waffen gefunden, die alle von unterschiedlichen organischen Flüssigkeiten überzogen waren«, hatte Odette erwidert. »Wie erklären wir das?«

»Das müssen wir nicht«, hatte Marcel gelassen erwidert. »Ich erwarte zwar, dass die Checquy davon erfahren wird, aber sie haben keinen Grund, es mit uns in Verbindung zu bringen.«

»Und was passiert jetzt?«

»Das wissen wir nicht«, hatte Marcel gesagt. »Wir wissen nicht genau, wie es ihnen möglich war, die Chimären so leicht zu erledigen. Das ist einer der Gründe, warum Ernst derart aufgewühlt ist. Uns sind offenbar die Möglichkeiten ausgegangen, und die Antagonisten scheinen sich sehr sicher zu sein, dass ihr nächster Zug die Checquy gegen uns aufbringen wird. Wir können nicht flüchten, wir können nicht kämpfen, und die Wahrheit zu sagen wird zunehmend gefährlicher, da wir bewusst gelogen haben, was eine ernsthafte Bedrohung betrifft, die bereits etliche britische Zivilisten getötet hat. Wenn dir dazu etwas einfällt, lass es uns wissen.«

»Du scheinst das alles ja sehr gelassen zu nehmen«, hatte Odette vorwurfsvoll entgegnet.

»Ich verstehe mich sehr gut darauf, nicht in Panik zu geraten«, hatte Marcel gesagt. »Aber wenn du dich dadurch besser fühlst … ich bin wegen dieser Angelegenheit extrem besorgt.«

Den Rest des Wochenendes hatte Odette bekümmert dagesessen, über das Problem gegrübelt und absolut keine Lösung gefunden. Den anderen Züchtern ging es offensichtlich ebenso. Und jetzt, nach einem frühen Abendessen am Sonntagabend, machten sich die Gäste bereit, nach London zurückzukehren.

»Wir freuen uns sehr darauf, Sie bald wieder hier empfangen zu dürfen, Miss Leliefeld«, sagte Pawn Dunkeld. »Es war ein Vergnügen, Sie alle als Gäste hier zu haben.« Er schüttelte ihr die Hand, und sie stieg in den Fond der Limousine. Dann seufzte sie. In dem Fahrzeug saßen sie, Clements, Rook Thomas und Mrs. Woodhouse. Ihr Fahrzeug war das letzte, welches das Anwesen verließ, und sie wurden davon aufgehalten, dass die Rook noch ein paar letzte Worte mit Pawn Dunkeld wechseln musste. Dann ließ sie die anderen warten, weil sie ein langes, vertrauliches Telefonat mit London führen musste.

Als sie aus den Toren von Hill Hall fuhren, betrachtete Odette ihre Reisegefährten. Rook Thomas hatte die Augen geschlossen, Mrs. Woodhouse tippte irgendetwas auf ihren Tablet-PC, und Clements spielte mit ihrem Smartphone herum. Offenbar würde es eine Weile kein Gespräch geben. Odette wandte sich gleichgültig zum Fenster. Draußen war es dunkel, weit dunkler, als sie erwartet hätte. Die Straße nach Hill Hall war alt – jemand hatte ihr erzählt, dass sie noch aus römischen Zeiten stammte –, und sie schien im Laufe der Jahrhunderte immer tiefer in den Boden gesunken zu sein. Hohe Erdwälle erhoben sich zu beiden Seiten, und über ihnen verschränkten sich die Zweige der Bäume. Es fühlte sich an, als führen sie durch einen Tunnel.

»Rook Thomas, laut Dr. Leliefelds Diätplan wird es Zeit, dass Sie ein bisschen Cranberrysaft trinken«, sagte Mrs. Woodhouse. Sie hielt ihr eine Flasche hin, und die Rook nahm sie entgegen.

»Danke, Ingrid«, meinte die Rook. »Es geht doch nichts darüber, sich seine Getränke nach Plan … Was zum Teufel ist da los?« Der Wagen schlingerte einen Moment heftig und wäre fast eine der Böschungen neben der Straße hinaufgefahren. Die Trennscheibe glitt herunter.

»Entschuldigung, Rook Thomas«, sagte der Fahrer. »Ich glaube, mir ist gerade etwas ins Auge geflogen.«

»Schon gut.« Thomas klang verärgert. Sie hatte sich den Saft auf ihr Kostüm gekippt. Sie öffnete den Sicherheitsgurt und wollte gerade ihre Jacke ausziehen, als der Wagen erneut schlingerte. »Also gut, halten Sie an«, sagte sie gereizt. »Wenn es ein Insekt ist, lassen wir es heraus.«

Der Fahrer antwortete nicht. Stattdessen ertönte ein gellender Schrei im Wageninneren. Alle blickten nach vorne, wo zum allgemeinen Entsetzen der Fahrer wie verrückt mit beiden Händen an seinem Gesicht herumzerrte.

Was bedeutete, dass er die Hände vom Lenkrad genommen hatte.

»Rook Thomas, den Sicherheitsgurt anlegen«, sagte Mrs. Woodhouse sachlich. Die Rook versuchte gerade, die Arme aus ihrer Jacke zu bekommen, als der Wagen erneut schlingerte und dabei gegen die Böschung prallte. »Und zwar schnell.«

»Was ist denn mit ihm los?«, wollte Odette wissen.

»Keine Ahnung«, sagte Rook Thomas gepresst.

»Er hat Blut an den Händen«, rief Clements, die sich fast den Hals verrenkte, um nach vorne blicken zu können. »Ich glaube, er reißt sich gerade die Augen aus!«

»Rook Thomas, können Sie ihn nicht kontrollieren oder so?« Odette zerrte an ihrem Sicherheitsgurt. Bevor die Rook antworten konnte, prallte der Wagen von einer Böschung ab, und Rook Thomas knallte gegen den Türholm. Sie hielt sich den Kopf und kniff die Augen zusammen. Der Wagen schleuderte über die Straße und schrammte an der Böschung auf der anderen Seite vorbei.

Der Fahrer stieß ein langes, blubberndes Heulen aus, und dann hörte man ein feuchtes Reißen, als hätte jemand zwei Pergamenttüten mit Wasser auf den Boden geworfen. Der Mann sackte gegen die Beifahrertür, und Odette sah zu ihrer Verblüffung, wie beißender gelber Rauch aus seinem Gesicht quoll. Ohne nachzudenken, schnappte sie nach Luft, und die Wolke schien nach ihr zu greifen und drang ihr in den Hals.

Es fühlte sich an, als hätte man ihr Sirup ins Gehirn geschüttet. Ihre Gedanken wurden zäh und schwer, und an ihren Augenlidern und Handgelenken schienen Gewichte befestigt worden zu sein. Sie spürte, wie der Wagen unter ihr polterte, aber all das war irgendwie fern und bedeutungslos. Die anderen Frauen husteten und rangen nach Luft, aber sie schienen sich immer noch Gedanken darüber zu machen, wer den Wagen steuerte. Odette schaffte es gerade noch, sich so weit zu fokussieren, dass sie ihre Entschlossenheit bewundern konnte.

»Nehmt seinen Fuß von dem verdammten Gaspedal!«, stieß Clements hustend aus, als der Wagen erneut ausbrach, ins Schleudern geriet und sich dann in eine Böschung bohrte.

Odette schlug als Erste die Augen auf. Sie fühlte praktisch, wie ihr System den gelben Rauch in ihr verbrannte. Ihr Metabolismus arbeitete auf Hochtouren, und ihre verstärkten Leberzellen sogen begeistert die Chemikalien aus ihrem Blut. *Was um alles in der Welt war das für ein Zeug?*, fragte sie sich. *Vermutlich hat sich die besondere Checquy-Gabe des Fahrers gegen ihn gekehrt oder so etwas.*

Sie sah sich um. Alle anderen in dem Fahrzeug rührten sich nicht und hingen zusammengesunken in ihren Sicherheitsgurten. Alle bis auf Rook Thomas, die halb auf dem Boden lag. Ein Arm hing in ihrem Sicherheitsgurt, und sie hatte viel Blut im Haar. Entweder weil sie sich den Kopf gestoßen hatte oder weil sie gegen irgendetwas geprallt war, als der Wagen sich in die Böschung gebohrt hatte. Odette schien keine Verletzung davongetragen zu haben, bis auf einige Prellungen. Sie öffnete ihren Sicherheitsgurt und kroch durch die Limousine zu der Rook. Dann fühlte sie der kleineren Frau den Puls. Thomas lebte noch, aber sie würde nicht besonders glücklich sein, wenn sie aufwachte. Odette schob ihr Haar zur Seite und überprüfte die Platzwunde an ihrem Schädel. Sie war nicht sehr tief und blutete nur schwach. Eine kurze Untersuchung förderte keine weiteren Verletzungen zutage.

*Jedenfalls wird sie an dieser Verletzung der Kopfhaut nicht sterben,* folgerte Odette, aber trotzdem nahm sie ein sauberes Taschentuch aus ihrer Handtasche und drückte es vorsichtig, aber kräftig auf die Wunde. *Wir sollten sie so schnell wie möglich nach Hill Hall zurückbringen. Ich glaube nicht, dass Marcels operative Eingriffe beschädigt worden sind, aber wir müssen uns vergewissern.* Sie nahm mit einer Hand das Telefon aus ihrer Tasche und wählte die Notfallnummer der Checquy.

»Büro für Qualifikationen und Examensregeln, Bekanntmachungsstelle«, meldete sich eine liebenswürdige Stimme. »Hier spricht Nigel Bonnington.«

»Hier spricht Odette Leliefeld. Es hat einen Autounfall gegeben«, meldete sie sich. Sie hörte ein schmerzliches Seufzen am anderen Ende der Leitung. *Tut mir leid, wenn ich Ihnen Ungelegenheiten mache,* dachte sie.

»Sind Sie unversehrt? Sie klingen so.«

»Mir geht es gut. Aber Rook Thomas und ihre Vorstandsassistentin sowie Pawn Clements sind alle bewusstlos. Außerdem blutet Rook Thomas aus einer Platzwunde am Kopf. Ich bin nicht sicher, welche Verletzungen sie noch davongetragen hat, aber ich werde jetzt erste Hilfe leisten.« Sie lächelte unwillkürlich, als sie hörte, wie jemand am anderen Ende der Leitung einen extrem schnellen Nervenzusammenbruch erlitt. *Ja, lutsch dran, Kumpel!* Nach ein paar Sekunden kompakter Panik sprach Pawn Bonnington erneut. Diesmal klang seine Stimme ein wenig schriller.

»Sind Sie in erster Hilfe ausgebildet?«

»Ich habe mir mit sechzehn meinen Blinddarm selbst herausgenommen«, sagte sie. »Und mit neunzehn habe ich mir zwei neue eingesetzt. Ich denke, dass ich einen Druckverband auf einer Platzwunde anlegen kann.«

»Wie ist Ihr genauer Aufenthaltsort?«

»Keine Ahnung«, erwiderte Odette. »Etwa eine Viertelstunde von Hill Hall entfernt.«

»Ich benachrichtige die dortigen Angestellten. Es sollte bald Hilfe eintreffen.«

»Großartig«, antwortete Odette. »Ich bleibe dran, wenn es Ihnen nichts ausmacht.«

»Wie geht es dem Fahrer?«, erkundigte sich Bonnington.

»Oh, Scheiße!« Odette erinnerte sich plötzlich mit einem schlechten Gewissen, dass sich noch eine Person in dem Wagen befand. Sie nahm vorsichtig das Taschentuch vom Kopf der Rook und sah, dass die Blutung aufgehört hatte. Dann beugte sie sich vor. Als sie in den vorderen Teil der Limousine spähte, zuckte sie zusammen. Der Fahrer hing über dem Steuerrad und zuckte krampfhaft. Der Airbag hatte offenbar ausgelöst, als der Wagen gegen die Böschung geprallt war. Nun war ein Airbag zwar allgemein recht nützlich für jemanden, der einen Unfall erlitt, aber für einen Mann, der gerade dabei war, sich selbst schreckliche Gesichtswunden zuzufügen, war er gar nicht gut gewesen. Odette war Blut nicht fremd, aber bei dem Anblick des Schweinkrams auf dem Fahrersitz drehte sich ihr der Magen um. Der gelbe Rauch schien sich aufgelöst zu haben – sie konnte ihn nicht einmal mehr in der Luft schmecken.

»Sein Zustand ist ziemlich schlecht«, meldete sie dem Pawn. »Er hat sich selbst Verletzungen im Gesicht zugefügt.«

»Was?«

»Ich glaube, er hatte eine Art Anfall«, präzisierte Odette.

»Einen Anfall?«

»Ja, und dann ist seine Gabe vollkommen durchgedreht ... Überall war Rauch. Ich nehme an, dass das die anderen außer Gefecht gesetzt hat.«

»Mein Gott! Und Sie sind wirklich sicher, dass es Ihnen gut geht?«

»Ja, mir geht es gut«, gab Odette zurück. »Aber die anderen sind alle noch bewusstlos.« *Hoffentlich wurden sie nicht vergiftet.* Sie schob ungeschickt die Hand durch die Luke und tastete an dem Hals des Fahrers herum. Sein Puls war unregelmäßig, und seine Haut war glühend heiß. *Himmel, das ist nicht gut.* »Ich werde versuchen, ihm zu helfen.«

Nur war es schwierig, überhaupt zu ihm vorzudringen, um ihm besagte Hilfe angedeihen zu lassen. Der Aufprall des Wagens auf der Böschung und die Art, wie er daran vorbeigestreift war, hatten die Seiten verbeult, und die Türen klemmten. *Ich muss mich auf den Vordersitz des Wagens schieben.* Und auch das war nicht einfach. Die Luke war nur für die Weitergabe wichtiger Befehle und möglicherweise als Durchreiche für Fast Food gedacht. Und was die ganze Sache noch erschwerte, war, dass der vordere Teil des Wagens eingedrückt war. *Trotzdem, ich schaffe es.* Sie schaltete das Telefon auf Lautsprecher, legte es auf den Sitz und wollte gerade loskriechen, als sie in der Ferne Stimmen draußen vor dem Wagen hörte.

*Wow, das ging schnell,* dachte sie. *Das muss ich den Leuten von Hill Hall lassen.*

»Miss Leliefeld?« Die Stimme am Telefon klang zögernd.

»Ja?«

»Der Fahrer …«

»Ja?«

»Er ist kein Pawn. Er ist ein Bediensteter.«

»Tatsächlich. Und?« Die Checquy schien von Rängen und Titeln förmlich besessen zu sein.

»Also hat er keine Gabe.«

Sie erstarrte. *Was zum Teufel bedeutet das?* Dann runzelte sie die Stirn. *Ist das da draußen Gelächter?* Sie hörte die Stimmen junger Männer. Sie klangen ausgesprochen gut gelaunt.

*Und was zum Teufel bedeutet das jetzt?*

*Es sei denn natürlich … Oh Gott!*

*Antagonisten!*

Sie schaltete hastig ihr Handy wieder auf stumm und erstarrte, als die Schritte sich dem Wagen näherten. Sie kniete sich auf die Sitze und spähte vorsichtig durch das Fenster nach draußen. Es war getönt, deshalb war sie sicher, dass niemand sie sehen würde, aber es bedeutete auch, dass sie selbst auf diesem Hohlweg im Zwielicht mitten auf dem

Land nicht allzu viel erkennen konnte. Nur Silhouetten, die sich näherten.

»Miss Lelie …«

»Ich habe keine Zeit«, fiel sie ihm mit gepresstem Flüstern ins Wort. »Benachrichtigen Sie Hill Hall. Es kommen Männer auf uns zu. Sie müssen den Wagen angegriffen haben und nähern sich uns jetzt.«

»Wie viele Männer?«

Odette riskierte noch einen Blick. »Fünf, glaube ich.«

»Welche Waffen?«

»Das kann ich nicht erkennen.«

»Bitte warten Sie.« Die Warteschleife spielte elektronische Musik.

*Sie wollen mich wohl verarschen.* Sie hob den Blick, als jemand an dem Türgriff zerrte.

»Die verdammte Scheißtür geht nicht auf«, stellte jemand fest. Odette runzelte verwirrt die Stirn. Diesen Akzent hatte sie nicht erwartet. Hier sprach ein junger Mann mit einem sehr speziellen Londoner Dialekt. *Man nennt ihn Cockney,* erinnerte sie sich. *Also, was hat das zu bedeuten? Vielleicht liege ich ja vollkommen falsch mit meiner Vermutung, um wen es sich handelt.*

*Das wäre nett.*

»Was für eine Scheißüberraschung!«, sagte jemand anders. »Dann schlag einfach ein Fenster ein!«

»Nee, warte.« Das war noch eine Stimme. »Spielen wir ein bisschen.« Jemand grunzte, und Odette sah hoch, als Stiefel leichtfüßig auf dem Dach des Wagens landeten. Dann noch zwei Stiefel, etwas schwerere, und das Dach beulte sich etwas ein. *Scheiße.* Sie hockte sich auf den Boden und sah sich ängstlich um. Im Fond des Wagens befanden sich verantwortungsloserweise keinerlei Waffen. Ihre neuen Schrotgewehre lagen im Kofferraum. Es gab zwar eine kleine Minibar, aber sämtliche Flaschen schienen aus Plastik zu bestehen.

»Hallo, Miss Leliefeld?«, ertönte eine piepsende Stimme. Sie kam aus ihrem Handy. »Miss Leliefeld?«

»Hast du das gehört?«, fragte eine der Stimmen auf dem Dach.

»Nein«, antwortete die andere.

»Bewegt euch einfach!«, ergriff jetzt eine der Gestalten, die noch am Boden standen, das Wort. »Und zwar schnell. Gleich kommt Hilfe.«

»Klar.«

Eine breite Metallklinge durchbohrte die Wagendecke. Odette zog den Kopf ein und presste den Handrücken auf ihren Mund, um nicht zu schreien. Sie sah hoch. Die Klinge befand sich direkt über ihr. Etwa zehn Zentimeter davon hatten das Dach durchbohrt. Sie war so breit wie ihr Unterarm und bestand aus einem mattschwarzen Metall. Während sie zusah, fuhr die Klinge durch das Dach und hinterließ einen gezackten Riss.

»Ja, Baby!«, schrie jemand draußen begeistert. »Zeig diesen Scheißern, wo der Hammer hängt!«

*Wir werden von Hooligans angegriffen!*, dachte Odette. *Und ganz offensichtlich wollen sie uns zeigen, wo der Hammer hängt.* Sie spürte, wie ihre Muskeln sich anspannten und ihre Knochendorne aus den Scheiden fuhren.

Die Schwertklinge wurde zurückgezogen, und dann griffen vier Hände durch den Riss. Sie überlegte einen Moment, ob sie mit ihren Dornen danach schlagen sollte, aber bevor sie diesen Gedanken umsetzen konnte, hatten sie angefangen, das Dach aufzureißen. Eine Ecke davon bog sich mit einem schrecklichen metallischen Kreischen hoch, und fünf männliche Gesichter blickten ins Wageninnere. Zwei von ihnen waren schwarze Jugendliche, die anderen drei Weiße.

Aber es war nicht ihre Rasse, die Odettes Aufmerksamkeit erregte.

Sie alle waren verstümmelt worden, pervertiert. Sie hatten überall Narben im Gesicht, die angeschwollen und gerötet waren. Einer von ihnen hatte viereckige Narben rund um die Augen. Bei einem anderen verlief eine Narbe über die Mitte seines Gesichts. Ein Dritter hatte zwei Narben, die an einer Stelle unter seinem Kinn begannen, sich voneinander entfernten und über seinem kahlen Schädel verschwanden.

Alle fünf hatten sich zur Feier dieses Abends offenbar für ärmellose T-Shirts entschieden, und sie bemerkte ähnliche Narben auf ihren Armen. Bei einem verliefen Spiralen über seinen ganzen Arm, die einige Tätowierungen höchst zweifelhafter Handwerkskunst durchtrennten. Einer der schwarzen Männer hatte kleine Rechtecke weißer kaukasischer Haut in seine Unterarme implantiert. Wieder ein anderer hatte Narben rund um seinen übergroßen Bizeps, die die geschwollenen Muskeln betonten. Die Schwertklinge, die das Wagendach durchstoßen hatte, ragte aus einem Schlitz in seinem Arm hervor.

Odette vermutete, dass sie selbst vor ihren Modifikationen nicht sonderlich ehrbar ausgesehen hatten. Jetzt jedoch vermittelten sie den Eindruck, als wären sie die reinsten Flickwerk-Schläger. Einer der weißen Jungen, der mit dem Schwert, musterte sie prüfend.

»Hey, hier haben wir eine, die wach ist!«, verkündete er. Dann lächelte er sie strahlend an. Schockiert sah sie, dass sein Mund mit verchromten, gezackten Zähnen gefüllt war. »Also, Darling«, sagte er zu Odette, »bist du meine Pfanne?«

»Wie bitte?« Einen Moment lang war sie vollkommen verblüfft.

»Es heißt nicht ›meine Pfanne‹, du Wichser, sondern Myfanwy«, sagte einer der schwarzen Jungs.

»Scheißegal«, meinte der Erste. »Was ist das denn überhaupt für ein Name?«

»Das ist nicht Myfanwy Thomas«, ertönte eine Stimme aus dem Schatten neben der Straße. Im Gegensatz zu den Hooligans hatte diese Stimme einen geschliffenen britischen Oberklasseakzent. »Das ist Odette Leliefeld. Hallo, Odette, schön, dich wiederzusehen.« Odette runzelte die Stirn. Er trat vor. Groß, blond und gut aussehend. Sie war sich ziemlich sicher, dass sie ihn noch nie zuvor in ihrem Leben gesehen hatte, und doch kam er ihr irgendwie bekannt vor.

»Wer sind Sie?«, erkundigte sie sich.

»Für Erklärungen ist später noch genug Zeit.« Der Mann lächelte. »Du kommst mit uns. Jetzt jedoch haben wir ein paar Dinge zu erledigen. Jungs, das da ist Myfanwy Thomas.« Er deutete auf die zusammengesunkene Rook. »Macht dieses verdammte Miststück auf der Stelle kalt.«

Der Junge mit dem Schwert im Arm holte aus und wollte zuschlagen. Odette sprang vor und fuhr mit ihrem linken Knochendorn über seine bereits vernarbte Wange.

Die Männer zuckten bei ihrer Reaktion alle zurück, und dann traten sie noch etwas weiter zurück, als Schwertarm die Hände auf sein Gesicht presste und schrecklich zu heulen anfing. Sie hatte ihm eine Dosis des Schnabeltiergifts verabreicht, das anscheinend genau die Wirkung hatte, wegen der das Schnabeltier dieses Gift produzierte. Seine Reaktion schien die anderen jungen Männer rund um den Wagen plötzlich zu verunsichern, nur der große Blonde blieb unbeeindruckt.

»Möchte noch jemand etwas?«, fragte Odette kalt. Schwertarm rollte jetzt durch den Dreck und quiekte vor Schmerz. »Euch ist doch klar, dass er noch verdammt glimpflich davongekommen ist, oder?«

»Miststück, du wirst es noch bedauern, dass du dich mit

meinem Kumpel angelegt hast«, sagte der Mann mit den Narben auf den Armen. Odette hatte ihn Spiralenbubi getauft. »Und da du nicht diese Miff-Tussi bist, kannst du dir nicht einmal im Traum vorstellen, was wir gleich mit dir machen werden.« Er bog seine Hand leicht zurück, und eine Klinge aus Knochen glitt aus seiner Handfläche. Sie war mindestens zwanzig Zentimeter lang und schimmerte feucht.

»Sie bleibt am Leben, das war ein Teil der Abmachung!«, befahl der blonde Mann scharf.

*Die Abmachung?*

»Tretet zurück, Jungs, ich regle das!«, sagte ein anderer. Rund um seinen Mund waren Narben, und als er ihn jetzt öffnete, spalteten sich die Lippen wie die Blütenblätter der erschreckendsten Blume in der Geschichte der Menschheit. Ein feiner roter Nebel sprühte aus seiner Kehle und umhüllte Odette.

»Du regelst gar nichts«, erwiderte sie kalt. Diesmal war sie vorbereitet. Ihre Haut juckte zwar, aber vor ihre Augen schoben sich Linsen und schützten sie. Sie presste die Lippen fest zusammen, und die Muskeln in ihren Nasennebenhöhlen schlossen sich. Der Nebelhaucher – sie war zu sehr auf die wichtigere Aufgabe fokussiert, um sich einen besseren Spitznamen auszudenken – trat selbstgefällig zurück, und sein Gesicht zog sich wieder zusammen. Im nächsten Moment schlug sie mit ihrem Dorn zu und zog ihm eine neue Narbe über den Hals.

Er starrte sie verblüfft an und brach dann wimmernd zusammen. Offenbar reagierte er anders auf Schnabeltiergift als sein Kumpel, obwohl das Resultat ebenfalls durchaus akzeptabel war. Odette atmete aus. Sie hatte noch nie zuvor ihre Dorne an einem Menschen ausprobiert. Sie hätte eigentlich erwartet, irgendetwas zu empfinden, wenn sie jemandem ein extrem schmerzhaftes Gift verabreichte. Tat sie aber nicht. Vielleicht, weil sie keine Zeit hatte, ihre Handlungen zu hinterfragen. Es war einfach etwas, das sie tun musste.

Die restlichen drei Schläger hatten offenbar ebenfalls nicht das Bedürfnis, ihre Handlungen zu hinterfragen. Stattdessen griffen sie an. Spiralenbubi schlug mit dem Schwert nach ihr, das aus seiner Handfläche herausragte, und sie fuhr hastig zurück. Ein anderer Mann hob die Hände, und sie sah, dass er zusätzliche Daumen hatte. Mit einem feuchten Knacken teilten sich seine Arme an den Ellenbogen. Dann griff er auf seinen Rücken und zog vier Messer. Der schwarze Mann mit den weißen Hautflecken auf den Armen kam steifbeinig auf sie zu, und seine übergroßen Muskeln zuckten schwach. Die Rückseiten seiner Finger waren von glänzenden dornigen Hautpanzern überzogen, wie Schlagringe aus Insektenhüllen.

*Ich glaube nicht, dass ich uns noch sehr viel mehr Zeit verschaffen kann*, dachte sie. *Dass ich die beiden Ersten außer Gefecht setzen konnte, war pures Glück.*

*Zeit zu bluffen.*

»Glaubt ihr wirklich, dass ihr mich einfach so erledigen könnt? Wollt ihr vielleicht eure beiden Freunde im Dreck fragen, wie einfach das ist?«, sagte sie. »Und außerdem habe ich das harmlose Gift aufgebraucht. Wenigstens einer von euch wird sterben.«

»Wir sind zu dritt.« Muskelpaket klang nicht sonderlich beunruhigt. »Dann ist da noch unser Freund hier.« Er deutete mit einem Nicken auf den gebildeten blonden Mann. »Du sitzt in diesem Wagen fest. Und wir werden auf deine kleinen Hurendorne aufpassen.«

»Das ist ein gutes Argument«, räumte Odette ein. »Aber ihr müsst schon in den Wagen hereinkommen, wenn ihr uns kriegen wollt, und meine kleinen Hurendorne können dich umbringen.«

»Ich werde sie dir einfach abschneiden«, sagte Spiralbubi begeistert. »Oder sie dir herausreißen!«

*Ich könnte wahrscheinlich aus dem Wagen klettern und weglaufen,* dachte Odette. *Vielleicht kann ich sie ja weglocken? Nur wird mit Sicherheit einer von ihnen hierbleiben und Rook Thomas töten.* Sie sah auf die bewusstlosen Leute der Checquy. Es waren nicht ihre Leute, aber sie konnte sie trotzdem nicht einfach im Stich lassen.

»Das hat man jetzt davon, wenn man mit Amateuren arbeitet«, sagte der blonde Mann. »Ihr drei da, hört mit eurem blöden Gewichse auf und setzt sie außer Gefecht. Ich kümmere mich selbst um Myfanwy Thomas.« Er trat vor, als eine Stimme aus den Bäumen oben auf der Böschung ertönte.

»Rühr dich nicht«, sagte sie. Odette runzelte die Stirn. Sie kannte die Stimme von irgendwoher. Alle anderen erstarrten ebenfalls, und auf dem Gesicht des Blonden zeigte sich ein Ausdruck absoluten Entsetzens.

»Nein!«, schrie der blonde Mann vollkommen außer sich. »Nicht du! Was machst du hier?«

»Ich kenne deinen Geruch«, sagte die Stimme. »Woher kenne ich dich nur?« Dann zeigte sich der Besitzer der Stimme. Bishop Alrich. Er trug einen grauen Anzug, keine Krawatte, und sein offenes Haar war jetzt hellrot, fast blond.

»Das ist nur eine Tunte in einem Anzug!«, schnarrte der Schläger mit dem Schlagring.

»Ja … sozusagen«, meinte der große Blonde, der seine Fassung teilweise wiedererlangt hatte. »Erledigt ihn, ich töte die Rook.«

Er zog ein gefährlich wirkendes Militärmesser aus seinem Mantel und trat zum Wagen. Die Schläger bauten sich in einem Halbkreis vor dem Bishop auf, der von der Böschung sprang und ein paar Meter weiter entfernt geschmeidig und vollkommen ungerührt landete.

»Ich werde nicht zulassen, dass du sie tötest«, sagte Odette, als der blonde Mann näher kam. Sie hatte beide Dorne ausgefahren und die Knie leicht gebeugt, bereit zu reagieren. Um zu Rook Thomas zu kommen, musste er durch das zerrissene Dach ins Innere des Wagens klettern. Sie konzentrierte sich. *Wenn er hereinkommt, dann bekommt er das Oktopus-Gift.*

»Du kannst mich nicht aufhalten, Odette.«

»Woher kennst du mich?«, fragte sie. *Er ist kein Antagonist; die würden nie so mit mir reden.*

»Es kränkt mich ein wenig, dass du mich nicht erkennst«, erwiderte der Mann. »Aber darüber reden wir später.« Seine Faust zischte heran und traf Odette an der Seite ihres Gesichts, bevor sie reagieren konnte. Sie taumelte und krachte mit dem Rücken gegen das zerfetzte Metall des Daches. Ihre Knie gaben unter ihr nach, und sie sank auf dem Boden des Wagens zusammen.

Der blonde Mann glitt mit Leichtigkeit durch das Loch im Dach und schwang die Beine wie ein Bauer, der über einen Zaun sprang.

»Das wirst du nicht tun!«, sagte sie und griff ihn an. Ihre Dorne waren ausgefahren. Er ließ das Messer fallen und packte mühelos ihre Handgelenke.

»Du überschätzt dich maßlos, Odette. Aber es klingt, als müsste ich mich tatsächlich beeilen.« Vor dem Wagen ertönten bedrohliche Geräusche, Schläge und Schlimmeres. Ein schriller, heulender Schrei verstummte in feuchtem Rasseln. Der Blonde bog ihre Handgelenke zur Seite und hämmerte seinen Kopf gegen ihren. Sie sah Blitze, und ihre Knie wurden weich.

*Ich glaube, ich muss mich übergeben,* dachte sie benommen. Jetzt stand sie nur noch, weil der Mann sie festhielt, und prompt ließ er sie los. Sie spürte, wie sie zu einem Häufchen Elend zusammensackte. *Ich darf nicht zulassen …* Sie streckte die Hand aus, aber er setzte den Fuß mit aller Kraft auf ihr Handgelenk und presste es zu Boden. Dann bückte er sich und hob sein Messer auf.

»Endlich!«

Sein Gesicht zeigte eine schreckliche Gier, als er die Rook betrachtete. Dann änderte sich seine Miene schlagartig. Odette zwang sich, sich zu konzentrieren, und sah an ihm vorbei.

Bishop Alrich hockte auf dem zurückgebogenen Teil des Daches. Sein Haar, sein Gesicht und seine Kleidung waren blutig, und er packte den Blonden an der Kehle.

»Wir sollten uns unterhalten«, schlug der Bishop vor. Der Blonde verzog vor Frustration das Gesicht.

»Verflucht! So dicht dran. Nun, es gibt immer ein nächstes Mal.«

Er zuckte mit den Schultern, und Odette sah, wie seine Augen verschwammen, als er im Griff des Bishops erschlaffte. Das Messer fiel zu Boden.

»Das ist nun aber wirklich enttäuschend«, merkte der Bishop an.

# 32

»**Bevor wir anfangen ...** sollte Pawn Clements wirklich an dieser Besprechung teilnehmen?«, fragte Sir Henry. Felicity errötete und blickte zu Boden. In dem holzgetäfelten Konferenzzimmer war sie die Einzige, die stand. Am Ende des Tisches war der gesamte Court der Checquy versammelt. Es hatte sie etwas amüsiert festzustellen, dass sie sich in den Positionen der Figuren auf einem Schachbrett platziert hatten. Der Lord und die Lady wurden von den Bishops flankiert, diese wiederum von den Chevaliers und die wiederum von den Rooks. Offenbar war Rook Thomas die Lady-Rook. Felicity selbst stand an der Wand hinter Rook Thomas.

Am anderen Ende des Tisches saßen die vier Repräsentanten der Broederschap. Odette wirkte zwischen Marcel und Ernst sehr klein. Marie saß auf Ernsts anderer Seite. Ihr Haar leuchtete mahagonifarben. Der Abstand zwischen den beiden Gruppen war nicht besonders groß, schien in diesem Moment jedoch sehr bedeutsam zu sein.

»Ich habe darum ersucht, dass Pawn Clements anwesend ist«, erklärte Thomas. »Ich setze absolutes Vertrauen in ihre Diskretion, und ich glaube, dass sie uns wertvolle Informationen liefern kann.«

»Also gut«, lenkte Sir Henry ein. »Fahren wir fort.« Die Mitglieder des Court blickten gleichzeitig zu den Angehörigen der Broederschap. »Graaf von Suchtlen, etwas früher am heutigen Abend hat es einen Angriff gegeben. Bishop Alrich konnte beobachten, dass dieser Angriff sich speziell gegen ein Mitglied dieses Court gerichtet hat. Der Anführer der Angreifer, der offenbar in einen katatonischen Zustand verfallen ist, schien Miss Leliefeld zu kennen. Ein Fahrer der Checquy, der keinerlei übernatürliche Fähigkeiten besaß, erlitt einen Krampf und hat eine chemische Waffe aus seiner Haut ausgedünstet – eine Waffe, die offensichtlich alle beeinträchtigte, außer Miss Leliefeld. Und die Körperteile der Angreifer, die unsere Leute aufsammeln konnten, nun, sie zeigen Spuren von … Veränderungen.« Sein Gesicht war schon zuvor ernst gewesen, jetzt jedoch zeigte sich ein eindeutig strenger, fast gnadenloser Ausdruck darauf. »Dies alles zusammen bildet ein ausgesprochen besorgniserregendes Szenario. Wir verlangen eine Erklärung. Eine ehrliche und vollständige Erklärung. Im anderen Fall dürfte es hier gleich sehr, sehr hässlich werden.«

Das Gesicht des Graafen blieb ausdruckslos, aber er bewegte seine Schulter, wie jemand, der einen schmerzenden Muskel lockern wollte. Augenblicklich spannten sich alle anderen am Tisch an, bis auf Lady Farrier, die nur die Augen verdrehte. Die Atmosphäre im Konferenzzimmer war eisig, und sämtliche Anwesenden hatten, wie auf eine stillschweigende Vereinbarung hin, die Hände flach auf den Tisch vor sich gelegt. Alle bis auf Felicity, die sie an den Seiten zu Fäusten geballt hatte, und Marcel, der irgendwelche Notizen machte und die Spannungen im Raum nicht zu bemerken schien.

Felicity fragte sich besorgt, ob sie wohl Zeugin des ersten Kampfes auf Vorstandsebene würde, seit die Amerikaner das letzte Mal zum Dinner gekommen waren.

»Also gut«, sagte der Graaf schließlich. Allein diese Worte zu äußern schien ihm alle Kraft geraubt zu haben, denn er machte eine so lange Pause, dass selbst Marcel von seinen Notizen hochblickte.

»Ernst«, drängte Rook Thomas mit einem tadelnden Unterton.

»Ich muss mich entschuldigen. Das hier ist sehr schwierig für uns. Ich schäme mich.« Odette sah ihn erschrocken an. »Ich hatte gehofft, dass wir diese Schwierigkeiten lösen könnten, ohne sie der Checquy gestehen zu müssen, aber wir haben versagt.« Er seufzte. »In den letzten Monaten wurden wir Opfer mehrerer schrecklicher Attentate, und zwar sowohl auf unsere Einrichtungen als auch auf unsere Leute. Es hat Tote gegeben, Verstümmelungen und Sabotage.«

»Warum, um alles in der Welt, haben Sie uns nichts davon erzählt?«, erkundigte sich Chevalier Eckhart. »Wir wären Ihnen zu Hilfe gekommen, selbst auf dem Kontinent. Wer sind diese Angreifer? Kennen Sie sie?«

»Allerdings.« Ernsts Stimme zitterte vor Wut. »Wir wissen sehr genau, wer sie sind. Wir nennen sie unter uns die Antagonisten, aber in Wahrheit gehören sie zu uns. Sie sind eine Splittergruppe der Broederschap.«

»Oh, verdammte Scheiße!«, rief Rook Thomas entsetzt. Alle sahen sie überrascht an. Die Rook schien ziemlich aufgebracht zu sein und blickte zur Decke hinauf, während sich ihr Mund verzerrte. »Was ist mit euch Leuten bloß los?« Es war nicht sofort klar, mit wem sie sprach. Dann schüttelte sie den Kopf, und es kostete sie sichtlich Mühe, sich zu beruhigen. »Sprechen Sie weiter«, sagte sie kalt.

»Das ist das Beschämende an dieser Angelegenheit, das Wissen, dass unsere eigenen Familienangehörigen und Kollegen für all das verantwortlich sind«, fuhr Ernst zögernd fort.

»Und dürfen wir fragen, warum sie das tun?«, erkundigte sich Lady Farrier. »Was ist der Grund für dieses Schisma?«

»Sie natürlich«, gab Ernst zurück.

»Natürlich«, wiederholte Lady Farrier sachlich.

»Als ich verkündet habe, dass die Broederschap mit der Checquy fusionieren würde, gab es Proteste.«

»Haben Sie ihnen auch von dem Pensionsplan erzählt?«, wollte Chevalier Wheatley wissen. »Er ist inflationsbereinigt.« Dann fiel ihm auf, dass alle ihn anstarrten. »Verzeihung, bitte.«

»Er hat ihnen gar nichts erzählt«, ergriff Odette finster das Wort. »Nur, dass es vollzogen werden würde.« Grootvader Ernst warf ihr einen warnenden Blick zu, aber sie sah auf ihre Hände und bemerkte es nicht.

»Und es wird auch so kommen«, bekräftigte Grootvader Ernst.

»Grootvader Ernst ist daran gewöhnt, dass die Leute tun, was er ihnen befiehlt«, erläuterte Odette.

»Allerdings.« Er nickte. Es folgte eine lange Pause, in der jedoch keine weiteren Erklärungen geäußert wurden. Offenbar hatte er das Gefühl, er hätte alles gesagt, was es zu sagen gab. Die Leute taten, was er ihnen befahl. Er hatte ihnen gesagt, dass sie sich der Checquy anschließen würden, also würden sie es tun. Odette schloss diplomatischerweise die Augen, bevor sie sie verdrehte. Dann schlug sie sie wieder auf.

»Es gab so etwas wie einen allgemeinen Schock, als er seine Entscheidung verkündete«, sagte sie. »Wir wurden darüber informiert, dass einer der Anführer der Broederschap getötet worden war.« Sie fügte nicht hinzu, dass er von der Checquy umgebracht worden war, was ohnehin alle dachten. »Dann teilte man uns mit, dass Grootvader Ernst mit den Gruwels … Pardon, mit Ihrer Organisation Frieden geschlossen hatte. Und als Nächstes hieß es, dass wir mit dieser Organisation fusionieren würden. All diese Informationen wurden innerhalb von fünf Minuten weitergegeben.«

»Oh, ich habe das erheblich freundlicher formuliert!«, fuhr Ernst sie an.

»Ganz und gar nicht freundlicher!«, zischte Odette gereizt. »Wir haben seit Jahrhunderten im Untergrund gelebt, Grootvader, in Angst davor, dass die Checquy uns aufspüren und das zu Ende bringen würde, was sie im Jahr 1677 begonnen hatte. Und dann erwartest du plötzlich, dass wir mit ihnen zusammenarbeiten! Selbstverständlich mussten die Leute darauf sonderbar reagieren!«

»Ich habe durchaus eine Reaktion erwartet, aber doch nicht diesen Wahnsinn!« Die beiden starrten sich an, und Felicity fiel plötzlich ihre große Ähnlichkeit auf. Sie mochten zwar viele Generationen weit auseinanderliegen, aber es konnte kein Zweifel daran bestehen, dass sie miteinander verwandt waren.

»Und wer sind diese Rebellen, diese Antagonisten?«, hakte Chevalier Eckhart nach. »Welche Ressourcen haben sie zu ihrer Verfügung?«

»Es sind fünf«, antwortete Marcel, der sich wieder seinen Notizen widmete. »Jetzt sind es nur noch fünf. Aber sie sind gefährlich.«

»Es war überraschend, jedenfalls für mich«, fuhr Ernst fort. »Ich hatte Ärger von den älteren Mitgliedern der Broederschap erwartet, von denjenigen, die in ihren Denkweisen am eingefahrensten sind. Es gibt immer noch einige wenige, die seit den Anfängen bei uns sind, die sich an die Isle of Wight und die Checquy erinnern können. Wenn man von jemandem hätte erwarten können, dass er sich an den alten Hass klammerte, dann von ihnen. Aber so war es gar nicht. Stattdessen waren es die jüngeren Leute, die Schüler, die keinen Frieden halten wollten.«

»Ich wusste doch, dass Leute in den Akten fehlten, die Sie uns gegeben haben!«, rief Rook Thomas triumphierend.

»Es gab da eine Lücke in den demografischen Erhebungen, und zwar in der Altersgruppe von neunzehn bis sechsundzwanzig.«

»Moment mal, die fünf sind also Ihre Freunde?«, brach es ungläubig aus Felicity heraus. »Die auf den Fotos? Ihr Freund?« Alle starrten Felicity an, die jedoch nur Augen für Odette hatte. Odette erwiderte ihren Blick und nickte dann kurz. »Sie haben mir erzählt, sie wären gestorben!«, wandte Felicity sich anklagend an Marcel. Er sah von seinen Notizen hoch und zuckte gleichgültig mit einer Achsel.

»Sie waren wütend«, sagte Odette gebrochen. »So wütend.«

Paranoia bildete eine entscheidende Komponente bei jeder Züchter-Erziehung. Ähnlich wie Farbenblindheit oder eine Glutenunverträglichkeit wurde sie einem von frühester Jugend an eingeimpft, wenn man nicht damit geboren worden war. Und der Grund für diese Paranoia war die Checquy.

Als die Truppen der Broederschap im Jahre 1677 auf der Isle of Wight aufmarschierten, hatten sie keinen ernsthaften Widerstand erwartet. Ihre einzige Begegnung mit unerklärlichen Phänomenen war ein sich regenerierendes Schwein, über das sie gestolpert waren. Und selbst das starb, nachdem sie Experimente damit angestellt hatten, um herauszufinden, wie häufig es sich regenerieren konnte.

Folglich war die Broederschap bis ins Mark erschüttert, als die Geheimagenten Ihrer Majestät übernatürliche Fähigkeiten auf dem Schlachtfeld zeigten, die absolut keinen Sinn ergaben. Während des Feldzugs gelang es den Züchtern, Gefangene zu machen und Leichen einzusacken. Sie sezierten sie hastig, und was sie fanden – oder nicht fanden –, überstieg selbst das Wissenschaftsverständnis der Broederschap und auch jede Grenze der Logik.

Die kleine Gruppe Züchter, die der Säuberung entkamen, fühlte sich nie wirklich sicher. Sie hatten immer das Wissen im Hinterkopf – und das Thema stand auch ganz oben auf der Tagesordnung all ihrer Treffen, die sie jemals abhielten –, dass die Checquy da draußen auf ihrer sonderbaren grauen Insel lauerte.

Also zogen sich die Züchter vollkommen zurück. Denn wenn sie zu viel Macht oder Wohlstand anhäuften oder einfach nur berühmt wurden, erregten sie womöglich die Aufmerksamkeit der Checquy oder irgendeiner entsprechenden Organisation. Statt all ihre Eier in einen Korb zu legen, richtete die Broederschap Stiftshäuser in ganz Europa ein – in Paris, Madrid, Berlin, Marseille, Hamburg. In großen Städten, wo sie sich inmitten der Bevölkerung verbergen konnten. Nach gut zwei Jahrhunderten errichteten sie auch solche Häuser in Belgien und kehrten sehr vorsichtig in ihr Heimatland zurück.

Dabei war die Sicherheit stets oberstes Gebot. Aber trotz ihrer Verteilung über ganz Europa waren die Züchter keineswegs voneinander isoliert. Wie viele Wissenschaftler und Akademiker gediehen sie vor allem durch ständige Zusammenarbeit, und es war vollkommen selbstverständlich, Informationen und Forschungsergebnisse zu teilen. Ihre jüngeren Mitglieder dienten als Kuriere, reisten durch Europa, um Verwandte und Kollegen zu besuchen, und transportierten dabei Materialien und stark verschlüsselte Dokumente in ihren Körpern.

Mit der Erfindung des Telefons und dann, sehr viel später, des Internets entwickelten die Züchter Möglichkeiten, diese neuen Technologien zu nutzen, ohne sich selbst in Gefahr zu bringen. Gewisse vertrauenswürdige Lakaien wurden mit komplexer Kommunikationsausrüstung vollgepackt und agierten als ultimative Sekretäre. Da jedoch die jüngeren Mitglieder der Bruderschaft keine Handlanger hatten, mussten sie improvisieren. Und einer von Odettes Freunden hatte eine Erfindung gemacht, die es ihnen erlaubte, Tiere als Lakaien einzusetzen.

Also hatte Odette in ihrem Studio in Roeselare, Belgien, gesessen und den Stimmen ihrer engsten Freunde gelauscht, die aus den Mündern von fünf Angehörigen der Echsenfamilie und einer Schildkröte kamen.

»Das ist völlig wahnsinnig«, hatte Saskias Schildkröte gesagt. »Graaf Ernst hat den Verstand verloren, wenn er wirklich glaubt, dass es Frieden zwischen uns und den Gruwels geben könnte! Er verrät uns, verrät die Generationen, die dafür gearbeitet haben und gestorben sind, um uns zu geben, was wir heute haben!«

Es war erschreckend, solch erbitterten Zorn in Saskias normalerweise so sanfter Stimme zu hören. Und dass sie aus dem Maul und dem vollkommen gleichgültigen Gesicht einer Schildkröte kam, machte es auch nicht besser. Saskia lebte am Meer in Marseille und konnte unter Wasser atmen. Sie erschuf wundervoll duftende Schmetterlinge mit Flügeln wie Blumenblüten. Saskia, die Odette mit nach Paris genommen hatte, um dort das erste Kleid für sie zu kaufen, und sie gelehrt hatte zu tanzen.

»Was er vorschlägt …«, begann ein Leguan mit der Stimme ihres Onkels Dieter, der jedoch von einem giftgrünen Chamäleon unterbrochen wurde.

»Er schlägt überhaupt nichts vor!«, erklärte Pim. Odette konnte sich genau vorstellen, wie er in seinem Studio herumlief, das ein paar Häuser entfernt von ihrer Wohnung in derselben Straße lag, so wie er es immer tat, wenn er sich in eine Sache verbissen hatte. Pim war leidenschaftlich, innovativ, ein Genie unter den Züchtern, und Odette liebte ihn von ganzem Herzen und ausgesprochen hitzig. Er hatte die

Knochendorne für sie geformt, und er küsste ihre geschlossenen Augen und sagte ihr, wie sehr er sie bewunderte. »Er hat einfach nur gesagt: ›Wir werden uns der Checquy anschließen. Friedlich.‹ Einfach so!«

»Als wenn es jemals Frieden mit diesen Missgeburten geben könnte!«, tobte Mariette in ihrem Haus in Brüssel. Mit einundzwanzig war sie die Einzige aus der Gruppe, die noch jünger war als Odette. Sie verbrachte ebenso viel Zeit mit dem Studium der Geschichte als auch damit, das Handwerk der Broederschap zu erlernen. Sie hatte Graaf Ernst und Graaf Gerd bei vielen Gelegenheiten interviewt und lange Stunden mit den wenigen Züchtern geredet, die noch den Beginn der Broederschap miterlebt hatten. Odette hatte mit daran gearbeitet, ihre Augen zu erschaffen. »Sie haben versucht, uns unserer Zukunft zu berauben! Die Checquy hätte unser Volk vollkommen vernichtet, unsere Familien, alles, was wir waren, wenn es nach ihr gegangen wäre!«

»Sicher, aber erst nachdem unsere Armeen versucht haben, in Irland einzufallen«, wandte Simon gelassen ein. Seine Eidechse, eine Spezies mit Nackenschild, hatte eine gewisse Ähnlichkeit mit ihm. Vielleicht war es ihr schwach amüsierter Ausdruck oder die Tatsache, dass sie immer wieder die Halskrause aufstellte, um Aufmerksamkeit zu erheischen. Simon war Odettes Cousin, und er zögerte nie, die Grenzen entweder der biologischen Wissenschaft oder der Empfindlichkeit anderer Leute zu verletzen. Er war sogar schon in einem vollkommen nichtmenschlichen Äußeren bei Veranstaltungen der Broederschap aufgetaucht.

»Darum geht es nicht!«, fuhr Mariette ihn an. »Auch wenn du einen Krieg gewonnen hast, bringst du danach nicht alle Menschen auf der anderen Seite um! Und ebenso wenig befiehlst du ihnen, ihre Kultur zu vernichten und ihr eigenes Volk abzuschlachten!«

»Selbst wenn sie uns nicht gezwungen hätten, im Untergrund zu leben«, mischte sich Claudias Chamäleon ein, »macht schon ihre bloße Natur sie gefährlich.« Claudia lebte in Brüssel und war diejenige, die ihr Reptilien-Kommunikationsnetzwerk entworfen hatte. Sie hatte sich heimlich Zugang zu einem Teil der gesicherten Aufzeichnungen verschafft, die die Bruderschaft über ihren Erzfeind unterhielt. »Ich habe die Notizen einiger unserer *Handwerksmannen* durchgesehen, und es gibt einfach keine Erklärung für das, was die Checquy ist. Ihre DNA ist vollkommen normal.«

»Wie können sie in diesem Punkt so sicher sein?«, hatte sich Odette neugierig erkundigt. Selbst für die Züchter war die Genetik eine hoch komplizierte Wissenschaft, und in der Doppelhelix des Codes lauerten höchst unerwartete Überraschungen.

»Sie haben zweimal Klone von drei Checquy-Agenten gezüchtet«, antwortete Claudia. Die Reptilien verstummten. Gab man den Züchtern ein paar Zellen eines Lebewesens, dann konnten sie damit ein exaktes genetisches Duplikat des Originals herstellen. Aber die Vorstellung, dass sie ein Checquy-Ding im Labor erschufen, war beunruhigend.

»Wurde es denn mit Wachstumsbeschleuniger versehen?«, fragte Pim nachdenklich. Die Züchter besaßen die Mittel, den Alterungsprozess erheblich zu beschleunigen. Damit brachten sie ein Subjekt zu einem speziellen Punkt in seiner Lebensspanne und erlaubten ihm dann, seinen normalen Metabolismus weiterzuführen. Das war sehr nützlich, weil man die Resultate eines neuen Prozesses sehen konnte, ohne Jahre darauf warten zu müssen, dass er endlich Früchte trug. Außerdem sparte man dadurch Laborzeit und Unterhaltungskosten.

»Der erste Klon wurde wachstumsbeschleunigt, ja«, erwiderte Claudia. »Keiner von beiden wies irgendwelche

Anzeichen der übernatürlichen Fähigkeiten der Originale auf. Einer war eine Kopie eines männlichen Checquy-Agenten, der Flughäute hatte und ein gelbes Fell. Der Klon war ein vollkommen normaler Mann mit braunem Haar.«

»Aber Wachstumsbeschleunigung ist auch nicht perfekt«, warf Mariette ein. Sie hatte recht. Wachstumsbeschleunigte Organismen, ob sie nun Klone waren oder nicht, hatten einige interne Probleme. Der Wachstumsprozess verkürzte ihre Lebensspanne auf einen Bruchteil des Normalwertes. Und dann, an einem vollkommen willkürlichen Punkt, erlitten sie plötzlich einen extrem schnellen zellulären Zusammenbruch, alterten in wenigen Momenten, und ihr Fleisch verfaulte am Knochen.

»Ja, ihr wisst das, und ich weiß das, und hallo?, alle in der Broederschap wissen das auch«, fauchte Claudia gereizt. Selbst ihre Eidechse verdrehte die Augen, wie nur ein Chamäleon es konnte. Mariettes Echse dagegen presste ihr Maul fest zusammen.

»Sei nicht so überheblich, Claudia!«, mischte sich die Schildkröte mit Saskias Stimme ein. Odette stellte ihre Teetasse auf den Panzer der Schildkröte und schloss die Augen. Es klang fast so, als würden Claudia und Mariette jeden Moment in eine ihrer berüchtigten Streitereien verfallen.

»Na schön«, lenkte das Chamäleon verstimmt ein. »Jedenfalls haben sie anschließend einen Klon in normalem Wachstum erzeugt. Sie haben zwanzig Jahre lang damit verbracht, ihn heranwachsen zu lassen. Mit denselben Resultaten. Keine übernatürlichen Fähigkeiten, keine Duplizierung von unnatürlichen Erscheinungen.«

»Und was heißt das?«, erkundigte sich Mariette zögernd.

»Dass sie Missgeburten sind«, antwortete Claudia sachlich. »Was auch immer sie sind, sie gehören nicht zur Natur. Sie sind nicht an die Gesetze der Wissenschaft gebunden.«

»Dämonen.« Diesmal schwang von Simons normalerweise so amüsiertem Ton nichts mit.

»Ich dachte immer, die Broederschap würde gegen sie arbeiten«, sagte die Saskia-Schildkröte. Sie klang ein wenig verloren. Odette streckte die Hand aus und tätschelte albernerweise den Panzer der Schildkröte, um sie zu trösten.

»Das haben wir auch gemacht«, mischte sich Dieter ein. Er war zwar Odettes Onkel, aber nur zwei Jahre älter als sie. Für sie war er eher wie ein großer Bruder. Sein Laboratorium lag fünf Minuten zu Fuß von ihrem und dem von Pim entfernt, und sie hatten bei etlichen Projekten zusammengearbeitet. Sein Vater Marcel war außerdem ein hochrangiger Funktionär in der Broederschap und zudem ein enger Vertrauter von Graaf Ernst. »Papa hat gesagt, alles würde sehr gut laufen.«

»Und jetzt das!«, rief Saskia. »Sie wollen, dass wir uns mit ihnen verbünden, dass wir mit diesen Gruwels fusionieren, die uns in den Untergrund gedrängt haben! Ich kann es einfach nicht glauben!«

»Glaub es nur«, sagte Claudia grimmig. »Denn genau das passiert gerade.«

»Dette, du hast die ganze Zeit kaum etwas gesagt«, meinte Pim. »Was denkst du?« Odette öffnete die Augen. Alle Eidechsen und die Schildkröte sahen sie erwartungsvoll an. Es war fast schlimmer, als hätten ihre Freunde sie persönlich angestarrt. Zumindest hätte sie niemals die echte Saskia als Teetassenständer missbraucht. Sie nahm die Tasse hastig vom Panzer.

»Ich weiß nicht, was ich denken soll«, gestand sie. »Ich meine, die Checquy ist …« Sie verstummte hilflos.

*Allein die Vorstellung der Checquy hat mir während meiner Kindheit Albträume bereitet,* dachte sie. *Aber damals waren sie Monster unter dem Bett und im Schrank. Jetzt weiß ich, dass sie*

*Monster in Anzügen sind, die in Büros sitzen. Wenn sie zu einer Regierung gehören, wenn sie Befehle von einer Regierung entgegennehmen, dann kann man vielleicht vernünftig mit ihnen reden.* Aber das sagte sie nicht. Weil sie sich nicht traute.

»Es gibt ein paar Dinge, die einfach nicht gehen«, erklärte Pim. »Dinge, die auch der Graaf nicht von uns verlangen kann. Ich werde mich nicht mit diesen Monstern verbünden, die meinen Leuten so viel Schreckliches angetan haben.« Die Reptilien zischten zustimmend. Odette, die sich elend fühlte, schwieg.

»Wir müssen uns treffen«, erklärte Dieter. »Wir müssen diese Sache weiter diskutieren, aber von Angesicht zu Angesicht.« Odette blickte hoffnungsvoll auf. Wenn es eine weitere Diskussion gab, dann bestand die Möglichkeit, dass man zu einer vernünftigen Lösung kam. *Dieter wird sie schon überzeugen, vernünftig zu sein,* dachte sie.

»Also treffen wir uns alle in Paris«, schloss Pim. »In einer Woche. Und dann werden wir entscheiden, was wir tun wollen.«

»Und?«, fragte Rook Thomas jetzt. »Was ist passiert?«

»Wir sind nach Paris geflogen«, antwortete Odette traurig.

Die sieben saßen im Lobby-Café vom Rataxes, Paris' schönstem Hotel, und zogen anerkennende Blicke auf sich. Sie waren vielleicht nicht berühmt, aber wenn man jung ist, in der Lage, auf sein Äußeres zu achten, und an einem teuren Ort kostspielige Kleidung trägt, dann wird man gesehen und ist angesehen. Außerdem hoben ihre ernsten Mienen sie noch deutlicher von den anderen ab. Man brachte ihnen Getränke und Speisen, und sie begannen eine extrem leise Konversation.

»Das ist der Ort, an dem wir deiner Meinung nach diese Diskussion führen sollen?« Claudia betrachtete die Menschen, die durch die Lobby gingen.

»Ich hielt es für das Beste, wenn wir alle möglichst ruhig bleiben«, antwortete Pim. »Wir können nicht produktiv sein, wenn wir anfangen, wegen der Ungerechtigkeit von alldem herumzuschreien.«

»Und ich glaube, dass keiner von uns tölpelhaft genug ist, um hier loszuschreien«, erklärte Simon. Es war zwar erst früher Vormittag, aber er trank bereits Brandy mit Sahne aus einem langen dünnwandigen Glas. Er trug einen neuen Anzug, und sein neues Gesicht hatte er, wie Odette vermutete, passend zu dem Anzug ausgewählt.

»Na schön.« Claudia verschränkte die Arme.

»Ich würde gern anfangen, wenn ich darf«, ergriff Odette zögernd das Wort. Saskia und Pim, ihre inoffiziellen Anführer, nickten und lächelten ihr aufmunternd zu. Odette nahm all ihren Mut zusammen. »Wir alle hatten Zeit, darüber nachzudenken und unsere instinktiven Reaktionen zu reflektieren. Wir sind gebildete Menschen, und ich glaube, wir sind auch klug genug, um zu wissen, wohin wir gehen müssen. Wie alle empfinde ich allein bei der Vorstellung von der Checquy ein tiefes Unbehagen. Aber ich fürchte, dass wir bereits den Punkt überschritten haben, an dem eine Umkehr möglich wäre. Sie wissen von uns, und der Rest der Broederschap wird mit ihnen fusionieren. Unsere Lehrer, unsere Vorgesetzten, ja, unsere Familien werden sich mit ihnen verbinden. Können wir uns dem überhaupt entgegenstellen? Ist es wirklich das, was ihr wollt?«

»Ich habe versucht, mit ihnen zu reden«, wandte Odette sich jetzt an die schweigenden Vorstandsmitglieder in dem Konferenzraum. »Damit sie begriffen, dass all das ein gutes

Ende nehmen könnte.« Wieder blickte sie auf ihre Hände. »Aber sie wollten nicht nachgeben. Sie hatten das Gefühl, sie müssten kämpfen.«

»Bitte!«, flehte Odette die anderen an. »Ich liebe euch alle, aber ich kann das nicht ertragen. Ich kann nicht ertragen zuzusehen, wie ihr alles zerstört, was wir haben – und alles, was wir haben könnten.«

»Eine Zukunft, die zu erleben sich nicht lohnt«, antwortete Pim traurig. »Sie können uns nicht befehlen, dass wir uns dieser Obszönität anschließen, dass wir all das aufgeben, was uns zu dem macht, wer wir sind.«

»Wir müssen handeln, Odette.« Saskia nahm sanft ihre Hand. Sie war eine edle Person, in ihrem wunderschönen weißen Kleid, das von Eleganz, Kultiviertheit und ruhigen Nachmittagen kündete. »Wir müssen die Veränderungen selbst herbeiführen, die Veränderungen zum Besseren. Ich bitte dich, Darling, komm mit uns. Bitte.«

»Das kann ich nicht!« Odette schluchzte. »Ich kann mich nicht gegen meine eigene Familie stellen! Und was ist mit Alessio? Wollt ihr ihn in euren Kampf mit hineinziehen? Warum versucht ihr, all das noch schlimmer zu machen? Ist denn Frieden nicht besser als Krieg? Ihr wisst doch nicht, ob eine gemeinsame Zukunft mit der Checquy wirklich so schlecht ist.«

»Doch, das wissen wir«, sagte Saskia traurig. Plötzlich spürte Odette ein schwaches Brennen in ihrer Hand. Sie sah hinab und bemerkte einen Sporn, der aus Saskias Handgelenk gewachsen war und ihre Handfläche berührte. Ein kleiner Blutstropfen quoll aus einer winzigen Wunde in ihrer Haut. Sie sah entsetzt zu Saskia hoch. »Es tut mir so schrecklich leid, Dette.«

»Uns allen tut es leid«, schloss sich Mariette an. Ihre

Worte schienen in Odettes Ohren widerzuhallen. Die Lobby und die Gesichter ihrer Freunde verschwanden, drehten sich, wurden undeutlich. Pim sah sie an. Er hatte Tränen in den Augen.

*Ich liebe dich,* formte er stumm mit den Lippen.

»Wir lieben dich.« Simons Stimme klang wie aus weiter Ferne zu ihr. Sie fühlte einen Kuss auf ihrer Wange und Saskias Hand, die ihre festhielt, als sie einschlief.

»Ich bin drei Stunden später in der Lobby des Hotels aufgewacht«, sagte Odette. »Sie haben den Manager bestochen und ihn gebeten, mich im Auge zu behalten, während ich schlief. Ich hätte nur gerade eine schlimme Nachricht erfahren. Ein Todesfall in der Familie. Sie haben sogar dafür gesorgt, dass ein Kellner mir Kaffee und Aspirin brachte, sobald ich aufgewacht war. Als ich wieder wach genug war, um vernünftig denken zu können, wurde mir klar, dass meine Freunde sehr fleißig gewesen waren«, fuhr sie fort. »Sie waren in die Pariser Niederlassung zurückgekehrt und hatten viele Sachen daraus gestohlen – Material und Werkzeuge. Dann haben sie das Stiftshaus getötet und sind geflüchtet.«

»Sie haben die Menschen in dem Haus getötet?«, erkundigte sich Rook Thomas eindringlich.

»Nein, sie haben die lebenden Komponenten des Hauses getötet«, antwortete Ernst. Echte Trauer lag in seinem Blick. »Zwei Jahrhunderte Gedanken, Erinnerungen und treue Dienste, einfach ausgelöscht.« Er seufzte. »Dieses Haus war ein sehr guter Freund, es gehörte zur Familie.«

»Seitdem«, mischte sich Marie ein, »führen sie in Europa Krieg gegen die Broederschap. Sie infiltrieren Installationen und sabotieren Projekte. Einige dieser Projekte waren sehr große Unternehmungen. Sie haben jahrelange Arbeit in nur wenigen Augenblicken vernichtet. Es wurden Menschen dabei verletzt oder getötet, und viel Eigentum wurde zerstört.«

»Und jetzt sind sie hier«, stellte Bishop Attariwala fest.

»Das sind sie schon eine ganze Weile«, gab Ernst zu. »Sie haben bereits einige Angriffe durchgeführt. Zum Beispiel diese Menschen, die in der Nacht unserer Cocktailparty in dem italienischen Restaurant getötet wurden. Das war das Werk der Antagonisten.«

»Mein Gott!«, stieß Rook Thomas hervor. »Aber warum? Warum sollten sie so etwas tun?«

»Wir kennen ihre Absichten in diesem Fall nicht«, räumte Marie ein. »Aber es ist nicht das einzige Mal, dass Sie ihnen begegnet sind.«

»Wann denn noch?«, erkundigte sich die Rook.

»Diese Kreatur in Portsmouth«, warf Odette ein.

»Dieses gigantische Seemonster, das man aus dem Kanal gezogen hat?« Die Frage kam von Rook Kelleher, einem extrem fetten weißen Mann, der stets von einem Dutzend schillernder Schmetterlinge umgeben war, die über ihm in der Luft flatterten.

»Wir glauben, dass sie auf diese Weise in das Vereinigte Königreich gekommen sind«, bestätigte Marie.

»Sie halten sich wohl für zu vornehm für den Eurostar, was?«, warf Chevalier Wheatley ein.

»Sie wissen, welche Chemikalien und Ausrüstung unsere Arbeit erfordert«, antwortete Marcel. »Sie hätten niemals riskiert, sie auf konventionellen Wegen einzuführen. Aber indem sie eine unserer besonders großen Konstruktionen benutzt haben, konnten sie eine ganze Menge Material über den Kanal hierherschaffen.« Er schnaubte. »Wäre ihnen das gelungen, ohne mit einem Frachter zusammenzustoßen, hätten sie zudem eine höchst nützliche Kriegsmaschine zur

Verfügung gehabt. Trotzdem hat mich das nicht überrascht. Diese Kreatur war ein Experiment, einzigartig und sehr launisch, und hat sich offenbar dem Piloten extrem widersetzt.«

»Wer war das tote Geschöpf in der Kreatur?«, wollte Bishop Attariwala wissen. »Welcher der Antagonisten?«

»Ich glaube, es war Dieter«, murmelte Odette leise.

»Mein Sohn«, sagte Marcel ruhig. Seinen Worten folgte entsetztes Schweigen.

»Das Wesen hatte seine Augen«, stimmte Odette ihm zu. »Aber nicht seine Haut und auch nicht sein Gesicht. Er trug eine Art weißer Utility-Haut. Wir nutzen etwas Ähnliches, wenn wir größere Operationen durchführen oder in schwierigen Bedingungen operieren müssen.«

»Um diese Kreatur zu steuern, musste er seine Neuronen mit denen der Kreatur verbinden«, erklärte Marcel. »Als er mit dem Schiff zusammengestoßen ist, hat der Rückschlag ihn auf der Stelle umgebracht.«

»Das spricht meiner Einschätzung nach für einen Fehler im Design«, merkte Rook Thomas an.

»Wahrscheinlich hätten wir dieses Detail ausbessern können«, gab Marcel einen Hauch gereizt zurück.

»Warum ist diese Kreatur dann im Hangar wieder zum Leben erwacht?« Felicity dachte an die schrecklichen Augenblicke, als sie in dem Fleisch gefangen war. »Gehörte das zu ihrem Plan?«

»Nein, wir glauben, dass die Kreatur aufgrund von Odettes Anwesenheit wiedererwacht ist«, antwortete Marcel. »Mit einem lebendigen Züchter in ihrem Innern wurde sie wieder aktiviert, obwohl der Schaden, den sie bei dem Zusammenstoß mit dem Schiff erlitten hatte, bedeutete, dass sie nicht lange überleben konnte.«

»Und die Leute, die heute Abend Ihren Wagen angegriffen haben?«, fragte Chevalier Wheatley. »Haben Sie eine Ahnung, wer das gewesen sein könnte?«

»Ich habe sie nicht erkannt«, sagte Odette. »Keinen von ihnen.«

»Sie klangen wie Engländer«, bemerkte Bishop Alrich. »Sie haben übrigens auch so geschmeckt.«

»Wir haben ihre Fingerabdrücke überprüft«, mischte sich Rook Kelleher hastig ein. »Zwei von ihnen waren im System – es waren Kleinkriminelle aus London.«

»Also rekrutieren die Antagonisten Helfershelfer«, stellte Rook Thomas säuerlich fest.

»Das würden sie niemals tun«, widersprach Odette. »Sie haben diesen Leuten vielleicht Waffen implantiert und sie als Schläger eingesetzt, aber sie würden sie niemals als Gleichgestellte akzeptieren.«

»Sehr elitär«, sagte Lady Farrier. Ihr Tonfall verriet allerdings nicht eindeutig, ob sie das nun missbilligte oder nicht.

»Durchaus berechtigt«, meinte Marcel. »Diese Gruppe von Studenten war seit Jahrzehnten unsere vielversprechendste. Sie sind höchst unorthodox, aber brillant. Sie alle.« Er legte Odette eine Hand auf die Schulter.

»Und der Blonde, der Anführer?«, fragte Bishop Alrich. »Er war besonders darauf versessen, Rook Thomas zu töten. Das kam mir fast wie eine persönliche Abrechnung vor.«

»Ich habe keine Ahnung, um wen es sich handelt«, antwortete Rook Thomas. »Er war bewusstlos, als ich im Wagen aufwachte, sogar noch bevor die Angestellten von Hill Hall eintrafen. Die Holding hat mir ein paar Fotos von ihm geschickt, aber ich kann mich nicht an ihn erinnern.« Sie errötete. »Allerdings habe ich ein schlechtes Personengedächtnis.« Lady Farrier kommentierte ihre Behauptung mit einem verächtlichen, wenn auch damenhaften Schnauben.

»Im Augenblick liegt er im Koma«, sagte Rook Kelleher. »Die Ärzte in der Rookery haben ihn untersucht. Er hat keinerlei Implantate der Züchter, soweit wir sehen können. Und es gibt noch keine Erklärung, warum er bewusstlos geworden ist. Wir haben ihn in einer gesicherten medizinischen Station des Gebäudes untergebracht.«

»Er schien jedenfalls das Sagen gehabt zu haben«, meinte Alrich.

»Und er schien auch zu wissen, wer Sie waren«, wandte sich Odette an den Vampir. »Er war vollkommen entsetzt, als er Sie sah.«

»Manchmal habe ich diese Wirkung auf Leute«, erwiderte Alrich bescheiden. Odette errötete.

»Das ist ja alles schön und gut«, meinte Lady Farrier. »Aber lassen wir die Einzelheiten der Lage einmal beiseite und konzentrieren uns auf das große Ganze. Ich bin sicher, dass Sie verstehen, Graaf von Suchtlen, dass diese Enthüllungen unsere Verhandlungen in ein vollkommen anderes Licht tauchen.«

»Sicherlich, Lady Farrier«, erwiderte Ernst sachlich.

»Wir, der Court, müssen die Konsequenzen dieser neuen Entwicklungen diskutieren. Wenn Sie uns also entschuldigen würden?« Die Züchter sahen sich an und machten Anstalten, sich zu erheben. Marcel sammelte seine Unterlagen ein. »Dr. Leliefeld, Sie brauchen diese Notizen nicht mitzunehmen«, sagte die Lady.

»Ach nein? Warum nicht?«

»Weil das hier ein Traum ist.«

Odette wachte auf. Sie lag in der Badewanne ihrer Hotelsuite, warm in ihrem kuscheligen Gel. *Unglaublich,* dachte sie. Sie hegte keinerlei Zweifel daran, dass es eine echte Konferenz gewesen war, auch wenn sie stattgefunden hatte, während sie schlief. Ihr war klar, dass Lady Farrier die Träume von anderen Menschen manipulieren konnte – sie musste offenbar in den schlafenden Verstand aller Anwesenden eingedrungen sein und sie dort in dem Konferenzzimmer um sich versammelt haben.

*Verblüffend,* dachte Odette. Die Vorteile lagen auf der Hand. Ein solches Treffen konnte man im Geheimen abhalten, ohne Gefahr zu laufen, belauscht zu werden. Wäre die Sache aus dem Ruder gelaufen und es hätte einen Kampf gegeben, wäre dennoch niemandem ein Leid geschehen. Es war allerdings ein recht beunruhigender Gedanke, sich vorzustellen, dass die Lady der Checquy einfach in den Verstand einer Person eintauchen und ihn nach ihrem Gutdünken manipulieren konnte. *Und ich hätte es niemals infrage gestellt,* dachte sie. *Wie in einem ganz normalen Traum habe ich nicht gefragt, wie ich dorthin gekommen bin.*

*Ich frage mich allerdings, wie spät es ist.* Sie öffnete die Augen und runzelte die Stirn. Das Licht im Badezimmer war angeschaltet, aber sie war sich sicher, dass sie es ausgestellt hatte. Bildete sie es sich nur ein, oder standen dort undeutliche Gestalten neben der Wanne? Sie fuhr hoch, und der Schleim tropfte von ihrem Gesicht herunter. Sie sah sich um. Drei Soldaten in Kampfanzügen standen vor ihr, ihre großen automatischen Gewehre auf sie gerichtet.

»Guten Abend, Miss«, sagte einer von ihnen. »Kein Grund zur Besorgnis.«

»Kein Grund zur Besorgnis?«, wiederholte sie. »Was, zur Hölle, geht hier vor?«

Er hob einen Finger und drückte ihn dann in sein Ohr. Dann legte er den Kopf schief und nickte ein paarmal. »Verstanden«, sagte er in ein Mikrofon. »Zurückziehen!«, befahl er seinen Männern, die daraufhin ihre Waffen senkten. »Ich habe gute Neuigkeiten, Miss. Wie es scheint, sind die Mitglieder des Court übereingekommen, Ihnen Ihre Geschichte zu glauben. Also müssen wir weder Sie noch den jungen Mann im anderen Schlafzimmer exekutieren. Entschuldigen Sie die Störung. Gute Nacht.«

# 33

**Felicity erwachte, als das** Telefon an ihrem Bett klingelte. Fast unmittelbar nachdem die Züchter diese Traum-Konferenz des Court verlassen hatten, war sie ebenfalls aus dem Raum verbannt worden. Statt aufzuwachen, war sie jedoch in einen friedlichen, natürlichen Schlaf geglitten. Bis das Telefon klingelte. Sie tastete im Dunkeln danach, stieß eine Lampe um und fand schließlich das Telefon.

»Was?«

»Rook Thomas. Können Sie bitte herunter in Zimmer 909 kommen?«

»Ich … natürlich, Ma'am.« Mühsam stemmte sie sich aus dem Bett und zog sich die Kleidung über, die sie gestern achtlos auf dem Boden verstreut hatte. Sie fuhr im Lift nach unten, gähnte ausgiebig und versuchte, keinen Blick auf ihre Reflexion in den verspiegelten Wänden zu werfen. Zu ihrem Missfallen sah sie genauso aus wie jemand, der ein gasförmiges biologisches Betäubungsmittel inhaliert und anschließend einen Autounfall gehabt hatte, bevor er schließlich um vier Uhr morgens aus dem Schlaf gerissen worden war.

Mrs. Woodhouse öffnete ihr die Tür von Zimmer 909. Sie wies ebenfalls die unverkennbaren Spuren einer Person auf, die eine lange, schlechte Nacht erlebt hatte, aber dennoch gelang es ihr, tausendmal gefasster auszusehen als Felicity. Die Vorstandsassistentin bedeutete ihr, sich an einen kleinen Couchtisch zu setzen. Auf der anderen Seite des Zimmers saßen Rook Thomas und Graaf von Suchtlen auf gegenüberstehenden Sofas. Ihre Konversation hatte eine sonderbare Dynamik, die Felicity in ihrem erschöpften Zustand nicht ganz entschlüsseln konnte.

»Wann genau wollten Sie uns das erzählen, Ernst?«, fragte die Rook. »Wann hatten Sie vor, mir etwas von dieser kleinen Intrige bei den Züchtern zu beichten, von den Leuten, die daran arbeiten, unsere Friedensverhandlungen zu sabotieren?«

»Entweder überhaupt nicht«, gab der Graaf ohne eine Spur von Verlegenheit zu. »Oder sobald sie alle tot gewesen wären.« Felicity zuckte zusammen. »Es war unser Problem, und wir haben uns selbst darum gekümmert.«

»Jetzt sind diese Leute auch unser Problem«, wies Rook Thomas ihn zurecht. »Vielleicht war Ihnen das nicht klar, aber die britische Regierung arbeitet auf eine friedliche Lösung mit der Broederschap hin, bei der Sie ein Teil dieser Organisation und damit auch der britischen Regierung werden. Glauben Sie, dass Sie einfach ein Eurostar-Ticket, einen Sicherheitsausweis, einen Schreibtisch im Hammerstrom Building bekämen, und damit wäre die Sache erledigt? Das ist ein schrecklich kompliziertes Unterfangen, das riesige Geldsummen verschlingt und in das Hunderte Menschen in der Regierung verwickelt sind, die dann auch noch versuchen, all das geheim zu halten. Es gibt Schichten um Schichten um Schichten von Lügen, Illusionen und Verstohlenheit, die allesamt in diesen albtraumhaften, verschachtelten, bürokratischen Wandteppich verwoben sind.«

Thomas machte eine kleine Pause. »Und ich habe diesen Prozess losgetreten«, fuhr sie dann fort, »und zwar nach einem langen Gespräch mit Ihnen, Ernst. Einem Gespräch in meinem Büro, bei dem wir übereingekommen sind, dass ein Friede zwischen uns besser wäre als die Alternative. Und glauben Sie ja nicht, dass diese Alternative nicht noch eine sehr reale Möglichkeit wäre«, fuhr sie dann nüchtern fort. »Der Court hat beschlossen, Ihnen zu glauben. Weitestgehend. Aber ich weiß nicht, was passiert, wenn sich die Nachricht von Ihren Antagonisten im Rest der Checquy herumspricht.«

»Es sind Ihre Soldaten«, erwiderte der Graaf. »Also werden sie gehorchen.«

»Ich weiß wirklich nicht, ob Sie in einer Position sind, um hochfahrende Beobachtungen darüber vom Stapel zu lassen, wie man sich die Loyalität von Leuten sichert, Ernst«, konterte die Rook gereizt. »Und auch wenn wir versuchen, Ihnen zu helfen, kann ich nicht die ganzen Ressourcen der Checquy für dieses Problem einsetzen. Man hat Sie bereits gehasst, und jetzt hat sich herausgestellt, dass Ihre Kinder hier herumlaufen und Gräueltaten an britischen Bürgern begehen. Sicher, die Checquy ist loyal, und ja, sie ist professionell. Aber das bedeutet nicht, dass ich ihr alles befehlen könnte, was mir gerade einfällt. Ich will nicht der nächste Rook sein, der die Checquy zu einer internen Rebellion anstachelt.«

»Das verstehe ich«, erwiderte der Graaf. »Natürlich werden wir alles tun, was in unserer Macht steht, um zusammen mit ihnen dieses Problem möglichst unauffällig zu eliminieren.«

»Gut«, sagte die Rook. »Und jetzt sagen Sie mir, um Gottes willen, dass Sie ein paar Spuren haben.«

»Wir hatten Krieger hier in London, die sie aufgespürt haben.« Damit provozierte Ernst einen erstickten Laut der Empörung von Rook Thomas. »Aber leider erwies sich das als fruchtlos. Freitagnacht haben sie alle unsere Agenten getötet.«

»Diese Kleidung und Waffen im Hyde Park ... das war ... das gehörte Ihren Leuten?«, brach es aus Thomas heraus.

»Oh, Sie wissen davon? Ich nehme an, das war unvermeidlich.«

»Natürlich war das scheißunvermeidlich!«, fuhr die Rook hoch. »Ich kann einfach nicht fassen, dass Sie bewaffnete Soldaten durch London haben spazieren lassen. Andere Spuren haben Sie keine?« Der Graaf schüttelte den Kopf. »Fantastisch. Gut, kommen wir zu Ihnen, Pawn Clements.« Sie drehte sich zu dem kleinen Couchtisch herum. »Und zu Ihrer Schutzbefohlenen.« Sie winkte Felicity zu sich.

»Was ist mit meiner Schutzbefohlenen?« Felicity setzte sich vorsichtig neben die Rook auf die Couch.

»Bevor die Antagonisten ihren nächsten Angriff starten, uns damit vollkommen über das Erträgliche hinaus provozieren und in den Krieg zwingen, halten wir zwei Dinge für möglich: Odette könnte zu den Antagonisten überlaufen, oder aber diese könnten versuchen, sie sich zu holen«, beantwortete von Suchtlen ihre Frage.

»Was?«, fuhr Felicity erschrocken hoch. »Was soll das heißen?«

»Sie ist eine von ihnen«, sagte Ernst schlicht.

»Sie halten die junge Leliefeld für einen Maulwurf?«, fragte Felicity nach. »Sie wollen andeuten, dass sie in Wirklichkeit für die Antagonisten arbeitet?« Der Graaf zuckte mit den Schultern. »Ich dachte, Sie hätten entschieden, dass man ihr vertrauen könnte!«

»Genau können wir das nicht wissen«, erwiderte er. »Jedenfalls nicht eindeutig. Als sie an dem ersten Tag nach der Flucht ihrer Freunde zu uns kam, wurden sehr viele Zweifel an ihr laut. Selbst Marcel, ihr Mentor, war in dieser Hinsicht nicht zurückhaltend.«

»Was ist mit ihren Eltern?« Felicity war wie benommen. »Was sagen sie dazu?«

»Ihre Eltern gehören nicht zur Broederschap«, erklärte

der Graaf. »Ihr Vater ist der Sohn von Marcels Bruder Siegbert, der im Krieg starb. Er wurde als Marcels ältester Sohn großgezogen und weiß einiges, aber er ist trotzdem niemand von uns.«

»Okay«, meinte Felicity. »Aber Sie wissen nicht mit Sicherheit, dass sie eine Verräterin ist.«

»Nein«, räumte von Suchtlen ein. »Wir wissen es nicht sicher. Wir haben sie scharf beobachtet und keinerlei Anzeichen dafür bemerkt, aber am Ende spielt es auch keine Rolle. In ihrem Herzen liebt sie sie, und sie lieben sie.« Die Stimme des Graafen klang vollkommen emotionslos. Er sah Felicity in die Augen, und sie nahm in seinem Blick nichts als kalte Berechnung wahr. »Aus diesem Grund wurde sie überhaupt als Mitglied dieser Delegation mit hierhergenommen. Hier können wir sie im Auge behalten, sie auf jedes Zeichen eines Verrats hin beobachten und dafür sorgen, dass sie unsere Einrichtungen in Europa nicht angreift. Außerdem werden die anderen nicht mit voller Wucht zuschlagen, solange sie in unserem Gewahrsam ist.«

»Nicht mit voller Wucht zuschlagen?« Felicity wollte es nicht glauben. »Was ist mit heute? Oder mit diesen Toten im Restaurant? Und den Schlafwandlern?«

»Den Schlafwandlern?«, wiederholte Ernst. Rook Thomas setzte ihn kurz über die Zivilisten ins Bild, die mitten in der Nacht aufstanden und verschwanden, über diesen Raum aus Haut, der in Flammen aufgegangen war, den Verlust von Felicitys Teamkameraden und den weißhäutigen Mann, der sie getötet hatte. *Ich frage mich, ob das Pim gewesen ist,* dachte Felicity.

»Sie haben also schon Angehörige der Checquy getötet«, sagte Ernst. »Myfanwy, ich kann mich gar nicht genug dafür entschuldigen. Sie sind labil, eine andere Erklärung gibt es nicht, aber ich bin mir ihrer Liebe zu Odette vollkommen sicher. Denn genau darum ging es bei dem Angriff auf den Wagen. Sie waren hinter ihr her. Trotz ihres Hasses und ihres Widerwillens werden sie alles tun, um ihr keinen Schaden zuzufügen. Solange sie sich im Hotel und in Einrichtungen der Checquy aufhält, ist es jedoch eher unwahrscheinlich, dass sie zuschlagen werden. Nicht an diesen Orten.«

»Sie benutzen sie also als menschlichen Schild.«

»Wir müssen jedes Mittel nutzen, das uns zur Verfügung steht«, erwiderte der Züchter. »Aus genau diesem Grund haben wir auch Alessio mitgebracht. Seine Anwesenheit ist ein Zeichen des guten Willens für die Checquy, oder vielleicht sollte ich sagen, ›nicht nur ein Zeichen guten Willens für die Checquy‹. Er ist auch als Unterpfand für Odettes Loyalität hier. Sie liebt niemanden mehr als ihren kleinen Bruder. Nicht einmal Pim und die anderen.«

»Aber das ist Ihre Familie!« Felicity war vollkommen entsetzt über das Ausmaß der Manipulation, das man gerade vor ihr ausgebreitet hatte. Die Checquy benutzte ihre Leute, das stand außer Frage. *Deshalb nennt man uns auch Pawns.* Aber dieses Maß an Kontrolle und Täuschung war von einer ganz anderen Qualität. »Sie benutzen ihre Zuneigung – ihre Liebe! – als Waffe.«

»Als Versicherung«, milderte der Graaf ihre Worte ab. »Als Schild, wie Sie schon sagten. Aber sollte es dazu kommen, dass die einzige Möglichkeit zum Sieg die ist, Odette und Alessio zu opfern, selbst wenn beide unschuldig sind, werde ich das tun.«

»Leider geht es nicht anders, Clements«, mischte sich die Rook traurig ein. »Wir müssen tatsächlich alle Mittel nutzen, die uns zur Verfügung stehen, selbst wenn wir es hassen. Das bringt die Verantwortung mit sich, die jemand in einer Position wie der unseren hat. Und jetzt ist es auch Ihre.«

Felicitys Gedanken überschlugen sich. Das war abscheulich! Sie hätte gern gesagt, dass sie es nicht tun konnte, dass sie es nicht tun würde. Stattdessen nickte sie einfach nur.

»Wie lauten meine Befehle?«, erkundigte sie sich.

»Sie werden Ihnen nicht gefallen«, erwiderte die Rook.

Die Nadel selbst war nicht länger als bei jeder normalen Spritze, aber sie wirkte irgendwie riesig, weil die Spritze, an der sie hing, selbst extrem groß war. Die milchig blaue Flüssigkeit darin schien erwartungsvoll zu lauern.

»Sobald ich Ihnen das injiziert habe, dürfen Sie auf gar keinen Fall schwanger werden«, erklärte der Graaf mit ernster Miene. »Und zwar mindestens sieben Monate lang nicht. Und das steht nicht zur Diskussion.«

»Ich habe nichts dergleichen geplant«, erwiderte Felicity spöttisch. Ihr Tonfall war der Versuch, ihr wachsendes Unbehagen zu überspielen.

»Ob geplant oder ungeplant, es darf auf keinen Fall passieren.«

»Ich nehme die Pille.«

»Die bietet keine hundertprozentige Sicherheit«, erwiderte er. »Sie müssen aber zu hundert Prozent sicher sein.«

»Und was genau ist dieses Zeug noch mal?«, fragte Felicity nervös.

»Die Antagonisten haben ihre Bereitschaft unter Beweis gestellt, virale und bakterielle Waffen einzusetzen«, sagte der Graaf. »Falls sie also Odette angreifen oder sie versucht, zu ihnen zu gelangen, müssen Sie solchen Waffen widerstehen können.«

»Aber was genau ist das hier?«

»Sie würden die Antwort nicht verstehen, selbst wenn ich es Ihnen zu erklären versuchte.«

»Aber es ist Züchter-Technik, richtig? Irgendwelche Bakterien, die Sie zusammengepanscht, oder ein Hormon, an dem Sie irgendwie herumgepfuscht haben?« Sie sah die Rook flehentlich an. »Rook Thomas, bitte, Sie wissen, was das bedeutet. Das hier steht für alles, was wir zu verachten gelernt haben. Bitte, ich flehe Sie an, verlangen Sie nicht von mir, das zu tun.«

Die Rook kaute nachdenklich auf ihrer Unterlippe und runzelte die Stirn. »Pawn Clements?«, sagte sie schließlich.

»Ja?«

»Tun Sie's.«

»... Jawohl, Ma'am.«

»Warum impfen Sie nicht einfach alle damit?«, erkundigte sich Felicity, während sie den Gummiball zusammenpresste, den der Graaf ihr gegeben hatte. Die Adern in ihrem Arm traten deutlich hervor.

»Weil der Inhalt dieser kleinen Spritze in der Herstellung etwa eine halbe Million Pfund kostet«, antwortete er zerstreut. »Und selbst wenn wir genug für alle hätten, glaube ich, dass es den meisten Angehörigen der Checquy mulmig bei dem Gedanken wäre, wenn ihnen Züchter-Material in den Körper gespritzt würde.«

Felicity beobachtete, wie die Nadel in ihre Ader glitt. Ein dumpfer Schmerz verteilte sich in ihren Muskeln. *Werde ich ein Züchter, weil ich ihn das einfach so machen lasse?*, dachte sie. Ihr wurde übel. Unwillkürlich versuchte sie, die Flüssigkeit mit ihren Fähigkeiten zu entschlüsseln, als sie in sie hineindrängte, stellte jedoch fest, dass sie das nicht konnte. *Es lebt*, dachte sie. *Es lebt, und es ist in mir.*

»Es ist unheimlich, ich weiß«, sagte Rook Thomas. »Man hat es mir ebenfalls gespritzt.«

»Ihnen?« Die Rook verzog das Gesicht, und Felicity erinnerte sich daran, dass die Züchter sie ja sogar operiert hatten. *Eine Injektion ist nicht gerade angenehm, aber wenigstens schieben sie ihre Hände nicht bis zu den Ellenbogen in meine Bauchhöhle.*

»Die Antagonisten scheinen aus irgendeinem Grund besonders sauer auf mich zu sein«, erwiderte die Rook fast beiläufig. »Wer auch immer dieser blonde Kerl gewesen ist, er war sehr scharf darauf, mich umzulegen, also hielten wir es für besser, kein Risiko mehr einzugehen.«

»Und jetzt haben Sie bei einem Kampf eine sehr gute Chance«, sagte der Graaf.

»Was genau soll ich eigentlich tun?«, erkundigte sich Felicity.

»Das ist das Problem, Clements«, erwiderte Rook Thomas. »Wir können nicht für jede Eventualität vorausplanen, also müssen wir uns auf Ihr persönliches Urteil verlassen. Behalten Sie sie im Auge. Wenn Sie glauben, dass Odette irgendetwas plant, das den Antagonisten hilft, oder wenn Sie merken, wie sie versucht, Ihrer Obhut zu entkommen, oder wie sie einem Zivilisten, einem Agenten der Checquy oder einem Mitglied der Delegation Schaden zufügt, dann tun Sie, was nötig ist, um die Situation zu entschärfen.« Die Stimme der Rook klang sanft. »Ich persönlich glaube allerdings nicht, dass es dazu kommen wird. Ich vertraue ihr. Sie hat mir zweimal das Leben gerettet. Aber Ernst glaubt, die Möglichkeit bestünde durchaus, also behalten Sie das im Hinterkopf.«

»Klar«, erwiderte Felicity.

»Wenn die Antagonisten sie entführen wollen«, fuhr Ernst fort, »müssen Sie alles in Ihrer Macht Stehende tun, um sie aufzuhalten. Denn sobald sie Odette haben, hindert sie nichts mehr daran, ohne jede Rücksicht gegen die Checquy zuzuschlagen. Dann werden die Verhandlungen scheitern. Sie dürfen Odette auf keinen Fall in die Finger bekommen.«

»Und sollte sich die Möglichkeit bieten«, spann die Rook den Faden weiter, »wäre es auch großartig, wenn Sie bei der Gelegenheit eines Antagonisten habhaft werden könnten.«

*Aber sicher,* dachte Felicity. *Sofern ich einen sehe, zögere ich keine Sekunde, ihn mir zu schnappen und in meiner Handtasche zu verstauen.*

»Denn wenn wir auch nur einen von ihnen in die Hände bekommen«, sagte die Rook gerade, »können wir ihm oder ihr die Informationen entreißen, die wir benötigen.«

»Aber wenn Sie Odette für eine Verräterin halten, warum verhören Sie sie dann nicht einfach?« Felicity runzelte die Stirn.

»In dieser Frage kann ich nur spekulieren«, räumte der Züchter ein. »Ich hoffe wirklich, dass Odette keine Verräterin ist. Sie ist nicht nur eine sehr wertvolle und brillante Züchterin, sondern ich liebe sie auch. Sie gehört zur Familie. Und das Verhör, das die Checquy plant, ist alles andere als sanft. Außerdem könnte die Tatsache allein, dass wir sie verhören, ihre mögliche Loyalität uns gegenüber vernichten.«

»Falls sie tatsächlich loyal Ihnen gegenüber ist«, kam die Rook Ernst zu Hilfe. »Dessen sind wir uns ja nicht absolut sicher.«

»Ganz genau.«

*Meine Güte, die ganze Sache wird allmählich immer verwirrender,* dachte Felicity. »Darf ich noch einmal rekapitulieren?«, erkundigte sie sich. »Wir wissen nicht, ob Odette eine Verräterin ist.«

»Korrekt«, bestätigte Ernst.

»Wenn sie jedoch eine Verräterin ist und versucht, etwas Böses anzustellen, dann soll ich sie daran hindern.«

»Korrekt«, bestätigte Thomas.

»Aber ganz gleich, ob sie nun eine Verräterin ist oder nicht, ich sollte jeden Versuch durch ganz gleich welche Person auch immer vereiteln, sie aus der Obhut der Checquy zu befreien.«

»Korrekt«, sagten der Graaf und die Rook im Chor. Sie warfen sich einen verblüfften Blick zu.

»Eine letzte Sache noch«, fügte Thomas hinzu. »Bitte töten Sie sie nicht, wenn Sie es vermeiden können. Auf wessen Seite auch immer sie steht, ihr Tod würde den Antagonisten einen ausgezeichneten Vorwand liefern, gegen uns loszuschlagen. Möglicherweise spornt er sie sogar dazu an.«

»Vielleicht ist es da ganz hilfreich, dass ich sie eigentlich gar nicht umbringen will«, gab Felicity zurück.

»Das weiß ich sehr zu schätzen«, antwortete Ernst.

»Außerdem habe ich ein Geschenk für Sie«, fuhr die Rook fort. »Heute scheint genau der richtige Abend für Präsente zu sein. Meines ist zwar nicht so unheimlich wie die Injektion irgendwelcher Alchemie in Ihre Adern, aber es ist trotzdem immer noch vollkommen unangemessen.« Mrs. Woodhouse kam mit einer kleinen Schatulle ins Zimmer. Die Rook nahm einen in Luftpolsterfolie eingewickelten Gegenstand heraus und reichte ihn Felicity. Sie machte sich daran, ihn auszupacken, löste die Klebstreifen und die Plastikverpackung, bis der Gegenstand klein, hart und clever in ihrer Hand lag.

»Das ist eine Pistole«, stellte Felicity überflüssigerweise fest. Trotz ihrer Fähigkeiten war es den Agenten der Checquy verboten, Waffen auf britischem Boden zu tragen. Es sei denn, sie hatten an einem Kampftraining teilgenommen oder gehörten zu einer Sicherheitsabteilung. *Ich nehme an, ich erfülle beide Voraussetzungen*, dachte Felicity. Selbstredend hatte sie an einem harten Schießtraining auf dem Anwesen teilgenommen, aber es war trotzdem erschreckend, jetzt diese Waffe in der Hand zu halten. Die Pistole war klein genug, um sie bequem in einer Abendhandtasche verstauen zu können, aber groß genug, um jemanden zu durchlöchern.

»Ich habe sie von einem Freund geerbt«, erklärte die Rook beiläufig. »Hätte ich beantragt, dass Ihnen offiziell eine Waffe zugeteilt wird, hätte ich alle möglichen Fragen beantworten müssen. Aber ich will nicht, dass die Leute Sie oder Odette zu genau unter die Lupe nehmen. Wir wissen immer noch nicht, welche Ressourcen die Antagonisten innerhalb der Checquy zur Verfügung haben.« Sie warf einen gereizten Blick auf Ernst und blickte dann Felicity wieder an. »Und ich kann wohl kaum offiziell verkünden, dass man Ihnen eine Pistole gegeben hat, um verräterische Züchter umzulegen, falls nötig. Das würde zweifellos die falschen Signale aussenden.«

*Die aber genau zutreffen,* dachte Felicity. Die Welt schien noch vor wenigen Stunden so überaus komplex und schwierig zu sein. Jetzt war sie unendlich viel schlimmer.

»Man hat euch Waffen gegeben?« Felicity hörte Alessios ungläubige Stimme noch aus dem Wohnzimmer. Sie kniff die Augen zu und kuschelte sich unter ihre Decke. Es war viel zu früh für sie, um aufzustehen, nachdem sie viel zu lange wach geblieben war.

»Nur Schrotflinten für die Jagd«, gab Odette zurück. »Schließlich habe ich kein Paar Glocks bekommen.«

Bei diesen Worten verspannte sich Felicity und tastete nach ihrem Nachttisch, in dessen Schublade die Glock lag, die Rook Thomas ihr gestern gegeben hatte. *Sie ist da, sie ist in Sicherheit, also schlaf weiter.*

»Kann ich sie sehen?«, bettelte Alessio.

*Kannst du die Klappe halten?* Aus irgendeinem Grund schnitt die Stimme des Jungen heute Morgen wie eine pubertierende Kettensäge durch ihr Gehirn.

»Die Checquy hat sie über Nacht an sich genommen«, antwortete Odette. »Und heute werden sie zu einem Waffenlager gebracht. Ich nehme an, dort werden sie aufbewahrt, bis man sie braucht. Oder bis man eine Wohnung mit einem Gewehrsafe kriegt.«

»Waren sie denn cool?«

»Extrem cool«, gab Odette zu. »Hier, sieh mal, ich habe ein Foto mit meinem Handy gemacht.«

»Die sind spitzenmäßig!«, quietschte Alessio in einer Tonlage, die Felicitys Vorhaben weiterzuschlafen endgültig torpedierte. Ihr gesamtes Nervensystem schien fest davon überzeugt zu sein, dass diese an- und abschwellenden Töne ein Sirenensignal vor einem unmittelbar bevorstehenden Angriff waren. Sie zog ihren Morgenmantel an und stolperte in den Salon.

»Morgen«, zwitscherte Alessio.

»Ja, Klappe«, murmelte Felicity. Sie nahm einen Becher Kaffee vom Tisch.

»Der gehört mir«, sagte Odette.

»Ja, Klappe.« Felicity genehmigte sich einen tiefen Schluck. Dann konzentrierte sie sich auf Alessio. »Es ist Montag. Musst du dich nicht beeilen, um zu irgendeiner Exkursion zu kommen?« Er öffnete den Mund. »Nicht sprechen! Nicke oder schüttle einfach nur den Kopf.« Er nickte. »Siehst du, gut. Ich gehe jetzt duschen.« Sie nahm den Kaffee mit.

Als sie wieder herauskam, war Alessio verschwunden, und Odette saß am Tisch über irgendetwas gebeugt. Felicity betrachtete sie neugierig. Das Züchter-Mädchen war vollkommen ruhig bis auf ihre Finger, mit denen sie winzige, kaum wahrnehmbare Bewegungen machte.

*Sie stickt irgendetwas,* dachte Felicity zunächst, dann jedoch sah sie, dass Odette ein rohes Steak zusammennähte, das aufgeschnitten worden war. Die Pawn setzte sich ihr gegenüber an den Tisch. Während sie zusah, zogen unsichtbare Fäden das Fleisch so dicht zusammen, dass nur eine winzige Linie zeigte, wo sich zuvor der Schnitt befunden hatte. Die Konzentration, die Kontrolle und die Perfektion, mit der sie nähte, waren so magisch, wie Felicity es noch nie gesehen hatte.

Ein paar Minuten später war Odette fertig und band einen komplizierten Knoten, der sich um ihre Finger schlang wie ein Fadenspiel aus Silber. Als sie die Finger herauszog, schrumpfte der Knoten in sich selbst zurück. Sie ließ die Hände sinken und seufzte. Dann blickte sie hoch, und Felicity bemerkte, dass ihre Pupillen massiv geweitet waren, so sehr, dass ihre Augen fast schwarz wirkten. Sie blinzelte mehrmals, und plötzlich waren ihre Augen wieder blau.

»Beeindruckend«, sagte Felicity.

»Danke.«

»Ich denke, wir sollten uns unterhalten.«

»Das denke ich auch.« Odette blickte weiterhin auf ihren postoperativen Patienten.

Felicity empfand Mitleid mit ihr. Sie konnte der Züchterin nicht vorwerfen, dass sie ihr nichts über die Antagonisten erzählt hatte. Offensichtlich hatte man ihr befohlen, die Sache geheim zu halten. Und die Tatsache, dass ihr Freund und ihre besten Freunde Terroristen geworden waren, war sicher auch nicht leicht für sie zu verdauen gewesen.

»Ich muss die Situation mit Ihren Freunden besser verstehen. Was ist passiert, nachdem Sie in der Hotellobby aufgewacht sind?«, fragte Felicity.

Odette erzählte es ihr. Als sie in der Hotellobby aufgewacht war und begriffen hatte, wo sie sich befand und was passiert war, und endlich zu schluchzen aufgehört hatte, hatten ihre Freunde bereits ihren Plan durchgeführt.

»Pim muss das alles lange vorher geplant haben«, sagte sie. »Natürlich wusste die Broederschap sofort, wer dafür verantwortlich war. Ihre Fingerabdrücke waren überall in dem Stiftshaus verteilt. Pim hat sogar die Tür mit seinem Sicherheitsausweis geöffnet.« Sie schüttelte den Kopf. »Sie haben nicht einmal versucht zu verheimlichen, was sie taten … Sie wollten, dass alle es wussten. Ich glaube, deshalb haben sie das Haus auch umgebracht, als eine Art Statement.«

»Es tut mir leid«, sagte Felicity etwas verlegen. »Waren Sie mit dem … ich meine, kannten Sie das Haus gut?«

»Ja«, sagte Leliefeld. »Aber all das habe ich erst Wochen später erfahren. Als ich aufwachte, wusste ich nur, dass sie mich und auch die Broederschap verlassen hatten, aber das war alles. Ich rief Marie in Brüssel an, die mir sofort einen Wagen und eine Eskorte von Soldaten schickte. Die setzten mich in den Fond und fuhren mich nach Belgien zurück.«

Wie sich herausstellte, war die Broederschap offenbar sehr misstrauisch gewesen, was Odette betraf, und hatte sie sofort in eine Art von Quarantäne gesteckt. Sie war sehr sorgfältig untersucht worden, hatte viele Scans und Operationen durchlaufen, bis man herausgefunden hatte, dass sie keine neuen Waffen implantiert bekommen hatte. Man hatte ihr sogar Antikörper injiziert »für den Fall, dass irgendwelche Kriegsbakterien in meinem System herumschwammen«, wie Odette sagte. Eine Vielzahl bereits existierender Implantate waren entfernt worden. Ganz offensichtlich hatte man ihr und den anderen Antagonisten trotz ihrer Rolle als Chirurgin und Gelehrte eine Vielzahl anderer höchst unorthodoxer Erweiterungen implantiert. Felicity erinnerte sich an die Fotos aus Odettes Schlafzimmer, und ihr wurde klar, dass in ihrem Dossier nichts darüber stand, dass sie unter Wasser atmen oder eine Kathedrale erklimmen konnte. *So viel dazu, dass ich meine Augen offen und meinen Geist wach halten soll,* dachte sie.

Odette hatte ihre Knochendorne behalten dürfen, aber die Giftreservoirs waren geleert worden, und die Muskeln, die sie aktivierten, hatte man sehr sorgfältig gelähmt. Anschließend hatte man sie stundenlang verhört.

»Es war kein hochnotpeinliches Verhör«, beruhigte Odette Felicity. »Marie, Marcel und ich haben einfach nur auf der Veranda gesessen und endlos Tee getrunken, während ich alles berichten musste, was ich wusste, alles, was ich zu wissen glaubte, alles, was ich nicht wusste, und alles, von dem ich noch nicht einmal wusste, dass ich es wusste. Gott, war das anstrengend! Natürlich gab es ernste Bedenken, ob man mir überhaupt meine Freiheit zurückgeben sollte. Einige schlugen vor, mich in ein Strafkoma zu versetzen. So richtig verdenken kann ich es ihnen nicht. Alle waren bereits vollkommen schockiert von der Ankündigung, dass wir mit der Checquy fusionieren würden, und dann kam auch noch dieser Verrat der eigenen Kinder hinzu. Und wir waren so vertraut, meine Freunde und ich, dass die Führung der Broederschap denken musste, dass ich daran beteiligt war, dass ich quasi zum Plan gehörte.«

Sie holte tief Luft. »Ich stand mehrere Wochen unter Beobachtung. Ich durfte weder arbeiten noch forschen; ich saß nur herum, las Romane und sah mir Filme an. Dann begannen die Angriffe, und es wurde noch schlimmer. Meine Freunde machten all diese … diese schrecklichen Dinge. Ich schämte mich so für sie. Und gleichzeitig beäugten mich alle, als erwarteten sie, dass ich mich selbst in die Luft sprengen würde oder so etwas. Doch dann plötzlich beschlossen sie, dass sie mir vertrauen wollten, und sie nahmen mich in die Delegation auf. Deshalb bekam ich das nächste Set von Upgrades unmittelbar bevor wir abreisten.

Großonkel Marcel hat die Operationen selbst durchgeführt.«

»Was waren das für Upgrades?«, fragte Felicity. Sie war ebenso fasziniert wie angewidert. »Oder ist diese Frage zu unhöflich?«

»In der Broederschap ist man nicht so schnell beleidigt«, erwiderte Odette. »Alle wissen dort alles über die Anatomie von allen.«

»So ähnlich ist es in der Checquy auch«, gab Felicity zu. »Es ist sehr schwer, ein Geheimnis zu bewahren.« *Aber es ist nicht unmöglich,* dachte sie. »Und jeder weiß, was für eine *Gabe* Sie haben.«

»Kommt mir bekannt vor. Na ja, meine Knochen wurden verstärkt, und ein Cousin zweiten Grades hat mir wirklich schöne neue Nieren gespendet. Mein Rückgrat und mein Nervensystem wurden erweitert und verbessert, und sie haben einige Veränderungen in meiner Kehle vorgenommen, die mir größere Kontrolle über Geräte und Kreaturen der Broederschap erlaubt ... mündliche Befehle und alles Mögliche. Sie sind alle noch dabei zu heilen und ein bisschen wund. Ich hatte noch keine Zeit zu lernen, wie ich sie benutzen kann, also sind sie im Moment sozusagen offline.«

»Warum hat man sich denn überhaupt die Mühe gemacht, sie Ihnen zu implantieren, bevor Sie hierhergekommen sind?«, fragte Felicity.

»Als ein Zeichen ihres Vertrauens mir gegenüber«, antwortete Odette. »Es ist etwa so, als würden Ihre Eltern Ihnen den Schlüssel zu ihrem Wagen geben. Nur bekommen wir neue Organe statt einen Wagen. Es hat mir wirklich viel bedeutet.«

»Das glaube ich«, gab Felicity zurück. Sie schwiegen.

»Wie sehen denn unsere Pläne für heute aus?«, wollte

Odette wissen. »Bin ich wieder in Quarantäne? Bleiben wir einfach hier und sehen uns Filme an?«

»Ganz im Gegenteil«, erklärte Felicity. »Sobald Sie fertig sind, gehen wir in die Rookery, und helfen Ihnen, die … Antagonisten aufzuspüren.« Sie vermied es sehr sorgfältig, »Ihre Freunde« zu sagen.

»Bei dem Angriff letzte Nacht konnten wir einige Spuren sichern«, erläuterte Clovis, der Sicherheitschef der Checquy, während er Odette und Felicity durch eine Reihe unterirdischer Gänge führte. Offenbar hatte man im Bauch der Rookery eine ganze Reihe gefliester Räume eingerichtet, die benutzt wurden, wenn Leute von der Checquy zusammengenäht oder Nicht-Checquy-Leute aufgeschnitten werden mussten. »Der Erste ist der katatonische Blonde, und die anderen sind die unterschiedlich ausgerüsteten Leichen. Bishop Alrich konnte sich zwar zusammenreißen und hat zwei von ihnen am Leben gelassen, aber leider haben sie alle etwa um vier Uhr in der Früh gleichzeitig krampfartige Anfälle bekommen … selbst die Toten«, setzte er grimmig hinzu. »Ich versichere Ihnen, das hat der Aufseherin der Leichenhalle ihre Schicht ganz schön vermiest. Sie hat ein ganzes Magazin in sie hineingeballert.«

»Sie hatte eine Waffe?« Odette war erschrocken. »Ich dachte, dass man in diesem Land keine Waffen führen darf.«

»Oh, jeder, der im Leichenhaus arbeitet, muss eine Pistole bei der Arbeit tragen«, antwortete Clovis. »Außerdem sind wir mit einer Schrotflinte und einem Flammenwerfer ausgerüstet, nur für alle Fälle.«

»Ich verstehe.«

»Ja, das ist schrecklich ermüdend. Aber wie Sie zweifellos wissen, kann man auch aus einer Leiche alle möglichen Informationen gewinnen. Ihr Großonkel arbeitet bereits an einer, und er meinte, dass Sie, Miss Leliefeld, möglicherweise bereit wären, ihm bei einer anderen zu assistieren.«

*Bitte, verlangt das nicht von mir,* dachte Odette. *Es ist schon schwer genug, dass ich diesen Weg eingeschlagen habe, aber jetzt zwingt ihr mich dazu, direkt gegen meine Freunde zu arbeiten.* Ihr war jedoch klar, dass das ein lächerlicher Wunsch war. Sie hatte sich selbst gegen ihre Freunde gestellt, vor Monaten, in diesem Hotel in Paris.

»Unbedingt«, sagte sie betrübt. Sie hatten eine Tür erreicht, die aussah wie die einer normalen Krankenstation. Ein großer Bediensteter in einem weißen Kittel stellte sich ihnen als Dr. Robert Bastion vor und teilte ihnen mit, dass er Odette bei ihrer Untersuchung assistieren sollte. Sein Haar hatte dieselbe teigige Farbe wie seine Haut.

»Es ist wirklich ein Vergnügen für mich, Sie kennenzulernen, Miss Leliefeld«, fuhr er fort. »Ich freue mich sehr darauf, ein Mitglied der Broederschap bei der Arbeit beobachten zu dürfen.«

»Danke«, erwiderte Odette. »Bevor wir uns jetzt mit Skalpellen und Brecheisen auf die Leichen stürzen, möchte ich auf die Gefahr von Sprengfallen hinweisen. Wir müssen sehr sorgfältig sein, damit wir nicht aus Versehen irgendetwas aktivieren.«

»Ja. Doktor Leliefeld hat uns davor gewarnt, sie in irgendwelche Scanner zu schieben. Deshalb haben wir einen unserer Leute geholt, der sie vorher untersucht hat«, antwortete Doktor Bastion. »Pawn Motha kann durch Fleisch hindurchsehen, und auch durch so ziemlich alles andere. Er hat uns die Details aufgezeichnet.« Er reichte Odette einen dicken Stapel von Papieren. Sie waren von wunderschönen Bleistiftskizzen absolut grauenvoller Dinge bedeckt.

»Gut, gut«, sagte Pawn Clements hastig. »Ich habe doch nichts mit dieser Angelegenheit zu tun, richtig?«

»Im Moment nicht«, erwiderte Odette zerstreut. »Igitt, das ist eine Riesenschweinerei!« Sie seufzte, als sie die Zeichnungen durchblätterte. Man hatte Organe, Implantate und Waffen in den Körper des Mannes gestopft, ohne auf die sorgfältige Platzierung zu achten, auf die die Züchter gedrillt waren. »Wer das gemacht hat, hatte es ganz eindeutig sehr eilig.« *Trotzdem sollten sie sich schämen, ein Subjekt einfach so zurückzulassen.* »Was für metallische oder keramische Komponenten hat Ihr Mann gefunden?«

»Längst nicht so viele, wie wir erwartet haben«, erwiderte Bastion. »Einige feste Objekte in seinen Unterarmen – aber keine beweglichen Teile.« Er tippte auf eine der Skizzen, auf der drei angespitzte Stangen dicht zusammenlagen.

»Okay, das sieht nach Waffen aus«, räumte Odette ein. »Zwei von ihnen hatten Klingen in ihre Arme implantiert. Haben Sie bereits Blut oder andere Körperflüssigkeiten abgenommen?«

»Nachdem Ihr Großonkel uns wegen der Sprengfallen gewarnt hat, haben wir gar nichts mehr unternommen. Glücklicherweise befand sich eine erstaunliche Menge von Blut auf Bishop Alrichs Anzug, den wir abfangen konnten, bevor er verbrannt wurde. In den Laborberichten stand, dass nichts Ungewöhnliches in dem Blut war, bis auf einige allgemeine Immunsuppressiva.«

»Kennen wir die Identität dieser Angreifer?«, erkundigte sich Odette. »Eine Krankenakte aus der Zeit vor ihrer Modifikation wäre vielleicht nützlich.«

»Wir haben inzwischen die Identität von vieren«, erklärte Dr. Bastion. »Sie hatten zwar keine Führerscheine oder Telefone dabei, aber ihre Fingerabdrücke waren in der Verbrecherkartei. Überfälle, Besitz von Rauschmitteln. Einer von ihnen hat einen Schnapsladen mit einem Messer ausgeraubt. Im Grunde sind sie kleine Ganoven. Aber zu dem

Mann, den Sie untersuchen, haben wir keinen Namen. Noch nicht.«

»Oh«, erwiderte Odette, »das macht nichts.« Sie warf einen Blick auf eine der Skizzen und fuhr nachdenklich mit einem Finger über die überzählige Lunge, die ihm implantiert worden war.

»Faszinierend.« Sie warf einen Blick auf Pawn Clements. »Kommen Sie mit zur Autopsie?«

»Wenn Sie mich nicht brauchen, verzichte ich gern«, erwiderte Clements. »Ich kann Sie auch von der Galerie aus im Auge behalten.«

Weil man ihr nicht gesagt hatte, was sie zu tun hatte, hatte Odette weder ihre chirurgischen Instrumente noch irgendwelche Kleidung aus dem Hotel mitgenommen. Clements zu bitten, sie herzubringen, kam ihr übertrieben divamäßig vor. Also ging sie in eine Umkleidekabine und zog den von der Checquy zur Verfügung gestellten Kittel an.

»Ich brauche die stärkste Schutzkleidung, die Sie mir dafür besorgen können«, sagte Odette, während sie ihre Hände und Arme im Waschbecken schrubbte. »Ich habe keine Ahnung, was ich in diesem Mann finden werde.«

»Das ist kein Problem«, erwiderte Dr. Bastion. »Wir sind daran gewöhnt, in feindliches Territorium vorzudringen.«

Ganz offensichtlich hatte er nicht übertrieben. Denn nachdem die beiden sich desinfiziert hatten, kamen zwei medizinische Helfer und kleideten sie in eine furchteinflößende Kombination aus schwerem Plastik und leichtem Metall. Auf Brust und Arme schnallten sie ihnen Schienen und Platten aus rostfreiem Stahl.

»Was ist das?« Odette zog an den Schläuchen, die unter der Rüstung herausragten.

»Sie winden sich unter der gesamten Rüstung hindurch. Man steckt sie in die Sockel im Untersuchungslabor, und wir pumpen kaltes Wasser hindurch«, erklärte einer der Assistenten. »In dieser Kleidung wird es einem sehr warm.«

Nach der Rüstung legte man ihnen etliche chirurgische Hemden und Kittel an, von denen jeder offenbar Widerstand gegen eine besondere Bedrohung leistete. Sie waren alle sehr dünn, aber Odette spürte bereits die Hitze. Dann streifte sie sich Latexhandschuhe über und ließ sie auf die Haut schnappen, über die sie wiederum Handschuhe aus Kevlar zog, die an den Handgelenken mit Isolierband verklebt wurden. Schließlich bekamen sie weitere Chirurgenkittel übergezogen, die so dicht waren wie Planen. Sie ging unter dem schieren Gewicht ihrer Ausrüstung beinahe in die Knie.

*Das habe ich zwar nicht erwartet*, dachte sie, *aber es zeigt, dass sie die Sache ernst nehmen.* Einer der Helfer hielt einen geschlossenen Helm hoch und wartete darauf, dass Odette den Kopf senkte.

Der Helm schloss sich um ihren Kopf, und Odette hörte das schwache Zischen von Sauerstoff, der dafür sorgen sollte, dass sie nicht erstickte. Die Hitze in den Klamotten war entsetzlich. Sie schlurfte ungeschickt hinter Dr. Bastion in eine kleine Luftschleuse vor dem Operationssaal. Einer der Helfer hielt die Schleppe ihres Operationsanzugs wie eine Brautjungfer den Schleier.

Sobald sie die Schleuse durchschritten hatte, schloss sich die Tür zischend hinter ihr, dann ertönten einige metallische Schläge, die darauf hindeuteten, dass sie sich nicht wieder öffnen würde, bis sie wirklich dazu bereit wäre. Anschließend ging die innere Tür auf, und sie trotteten in den Raum.

Er war zweistöckig, hell erleuchtet und mit Fliesen ausgelegt, die Odettes Vermutung nach feuerfest, bruchsicher, säureresistent und leicht zu reinigen waren. In der Mitte stand der Operationstisch, und darauf lag eine Gestalt unter einem diskreten Tuch aus Plastik. Über der Leiche war eine Scheinwerferbank an der Decke befestigt, in deren Mitte eine Kamera auf den Tisch deutete. Mit steriler Gaze steckten sie rasch die Schläuche in die Stutzen, und wohltuend kühle Luft wurde um ihre Körper gepumpt. Sie wickelten antistatische Bänder um ihre jeweils schwächeren Hände und verbanden die herabhängenden Enden mit den Ecken des Tisches, auf dem die Leiche lag.

»Das entspricht unserer üblichen Standardprozedur«, versicherte Dr. Bastion ihr. »Da sind drei Panikknöpfe.« Er deutete auf eine Leiste in der Nähe des Operationstisches. »Der blaue pumpt feuerlöschendes Gas in den Raum.«

»Okay.«

»Weiß erfüllt den Raum mit einer paralytischen Chemikalie. Sie hat erst letzten Monat einen Wer-Elch betäubt, also sollte sie alles beruhigen, was so groß wie eine Person ist oder kleiner.«

*Ein Wer-Elch?*, dachte Odette, während sie automatisch nickte.

»Der rote Knopf taucht den Raum in Flammen. Aber machen Sie sich keine Sorgen. Das wirklich heftige Feuer richtet sich auf den Tisch, sodass Sie einfach nur so weit zurücktreten sollten, wie Sie können, wenn Sie den Knopf drücken müssen.«

»Aber der ganze Raum wird mit Flammen erfüllt?«, erkundigte sich Odette.

»Es ist nur ein leichtes Feuer«, versicherte er ihr. »Und einige der unteren Schichten der Kleidung, die Sie tragen, sind feuerfest.«

»Es gibt also keinen Knopf, um bewaffnete Wächter zu alarmieren?«, scherzte Odette.

»Oh, alle drei von ihnen alarmieren bewaffnete Wächter«, erwiderte der Doktor. »Außerdem sind bereits zwei von

ihnen oben in der Galerie.« Wegen der Rüstung konnte
Odette ihren Kopf nicht heben, aber sie bog sich in der Taille
zurück und sah ein Fenster, hinter dem zwei Männer mit
Maschinengewehren standen. Sie winkte ihnen etwas ungelenk zu, und einer von ihnen winkte zurück. Hinter den beiden Wächtern standen Graaf Ernst, Rook Thomas, Sicherheitschef Clovis und Pawn Clements.

»Wir haben hier ebenfalls Pistolen«, fuhr der Doktor fort.
»Greifen Sie einfach unter den Operationstisch, dann finden
Sie sie.« Ungläubig tastete Odette unter den Tisch und zog
eine beunruhigend unhandliche Handfeuerwaffe aus ihrem
Halfter. »Sie verschießt panzerbrechende Munition«, infor-
mierte Bastion sie.

»Okay, mal sehen, was wir finden.« Sie nahm das Skalpell
vom Instrumententisch. Sie war nicht sicher, was sie sagen
sollte, aber sich auf Wissenschaft und Medizin zu konzentrieren gab ihr Halt. Sie hielt inne, als sie Dr. Bastions weit
aufgerissene Augen bemerkte. »Ist irgendetwas nicht in
Ordnung?«

»Ich bin nur sehr erpicht darauf, einen Doktor der Broederschap bei der Arbeit zu beobachten«, gab er zu. »Wenden Sie einen Y-Schnitt oder einen T-Schnitt an? Oder einfach nur einen einzigen, vertikalen Schnitt?«

»Für gewöhnlich schnitze ich ein Sternchen oder schäle
eine auswärtsdrehende Spirale«, gab Odette zurück.

»Oh … Ah, ha! Ich bitte Sie, fahren Sie fort.«

# 34

»**Was ist das denn?**«, fragte Dr. Bastion fasziniert. Die Sektion dauerte zwanzig Minuten, und nach Odettes grober Schätzung hatte der Doktor diese Frage bereits zum dreiunddreißigsten Mal gestellt, und zwar in immer demselben Tonfall. Sie konnte es ihm nicht wirklich verübeln – das Innere des Leichnams sah aus, als hätte jemand nach dem Studium einer Folge von *Grey's Anatomy* mit Feuereifer angefangen, das Gesehene anzuwenden und in der Leiche herumzufuhrwerken.

»Ich glaube, das ist so etwas wie eine Verteilerdose«, erklärte Odette. Tief im Oberkörper des Mannes befand sich ein hartes, gezahntes Objekt, das aussah wie das Kind einer Auster und einer Walnuss. Durchsichtige Plastikröhren waren daran befestigt, durch die Stränge eines Materials zu anderen Körperteilen verliefen. »Sehen Sie, wie es hier mit dem Rückenmark verbunden wurde?«

»Faszinierend«, murmelte Dr. Bastion.

»Geben Sie mir bitte diese Zange«, befahl ihm Odette. »Wir sollten die Dose öffnen können. Normalerweise ist sie zugänglich, damit man später Modifikationen einsetzen kann und … aha!« Das Gehäuse öffnete sich problemlos, und es kam eine etwa faustgroße Gewebemasse zum Vorschein. Ihre Oberfläche war mit vertrauten Rillen und Falten überzogen.

»Das sieht aus wie ein Gehirn«, bemerkte der Doktor.

»Es ist ein Gehirn«, sagte Odette. »Ein Zusatzhirn.« Sie betrachtete es prüfend und suchte nach etwas Ungewöhnlichem. »Als sie diesen Burschen modifiziert haben, mussten sie einen ganzen Haufen neuer Bänder, Nerven und Muskeln einsetzen, um seine Implantate zu kontrollieren. Sehen Sie das?« Sie drückte mit einer Sonde auf eine Knolle grauer Masse. Der linke Arm des Mannes zuckte zusammen, und mit einem feuchten Knall schoss ein Stahlbolzen aus seinem Handgelenk. Er flog durch den Raum und grub sich in die bruchsicheren Fliesen. Sie betrachteten den Bolzen misstrauisch. »Also gut, wahrscheinlich sollte ich nicht mehr einfach irgendwo drauf herumdrücken.«

»Wahrscheinlich besser nicht«, stimmte Dr. Bastion ihr zu.

»Jedenfalls, wenn man Implantate bekommt, heißt das nicht, dass man sie automatisch kontrollieren kann. Einige von ihnen, wie zum Beispiel Veränderungen am Atemsystem oder an der Verdauung, können mit dem vegetativen Nervensystem gekoppelt werden. Aber was Waffen und zusätzliche Gliedmaßen angeht, müssen Sie lernen, wie man sie benutzt. Das kann Monate dauern. Und dieser Typ von zusätzlichem Gehirn ist die schnellste Lösung für dieses Problem. Es hat Instruktionen und Befehle bereits geladen.«

»Haben Sie auch ein zusätzliches Gehirn?«, erkundigte sich Dr. Bastion.

»Nein«, antwortet Odette. »Die Kontrolle, die es einem verleiht, ist nicht sehr präzise. Und außerdem betrachtet man das unter Züchtern als schlechten Stil, fast als Schummelei. Will man Implantate, braucht man auch die Selbstdisziplin, um ihren Gebrauch zu trainieren.« Sie dachte an ihre eigenen Implantate. Sie hatte das Einziehen und Ausfahren ihrer Dorne in zwei Tagen erlernt, aber es hatte sie Monate gekostet, bevor sie ihre umgearbeiteten Muskeln gebrauchen konnte, um Mikrochirurgie durchzuführen. »So etwas setzen wir für gewöhnlich dann ein, wenn wir es eilig haben. Dieses Gehirn aktiviert sie, und üblicherweise entfernen wir es dann später.«

»Sie entfernen es wieder?«

»Aber ja. Sobald das Subjekt die Zeit hat, den Gebrauch ordentlich zu lernen. Diese Zusatzgehirne sind so etwas wie Stützräder. Nur sind es eben Gehirne.« Sie sagte nicht, dass die ersten Zusatzgehirne für die Sturmtruppen bei der Invasion der Isle of Wight entwickelt worden waren.

*Ganz offensichtlich lag demjenigen, der diesem Kerl die Verteilerdose eingesetzt hat, überhaupt nichts an ihm,* dachte sie. *Abgesehen von der Sicherheitsmaßnahme dieses krampfhaften tödlichen Anfalls.* Der gleichzeitige Tod der Männer bewies, dass es weder ein Unfall noch ein Zufall gewesen war.

»Dr. Bastion, Sie sagten, dass diese Männer in speziellen Zellen untergebracht waren?«

»Ja«, antwortete er. »Die Zellen sind unterirdisch und von sämtlichen elektronischen Kommunikationsmöglichkeiten abgeschirmt.«

»Warum?«

»Weil … wir hatten ein paar Probleme mit früheren Gefangenen der … Züchter«, erwiderte der Doktor unbehaglich. »Ein Mann in unserem Gewahrsam hatte, wie sich herausstellte, Informationen an seine Vorgesetzten geschickt, und zwar durch eine Art von Antenne in seinem Rückgrat. Dann wurde seinem Körper befohlen, sich selbst zu vernichten. Natürlich ist das alles in der Zeit passiert, bevor wir uns auf den Weg zu Frieden und Fusion begeben haben«, setzte er hastig hinzu.

Odette hob die Brauen. Die Implantate, die er beschrieb, waren ihr nicht vertraut, aber sie hatte keine Schwierigkeiten zu glauben, dass sie existierten. *Ich nehme an, sie werden für Spionagezwecke eingesetzt,* dachte sie. *Deshalb habe ich nie etwas davon gehört.*

»Man hatte niemals geplant, dass diese Männer überleben sollten«, stellte Odette grimmig fest. »Sie mussten eine Mission erfüllen und hatten einen Zeitrahmen, in dem sie das tun sollten. Wer immer die Operationen an ihnen durchgeführt hat, wusste, dass sie bis, sagen wir, sechzehn Uhr entweder Erfolg gehabt hatten oder gescheitert waren, und wollte in beiden Fällen nicht, dass sie diesen Zeitpunkt überlebten.« *Wahrscheinlich, damit sie keine unangenehmen Fragen beantworten konnten.* »Es waren entbehrliche Soldaten.«

»Clever«, erklärte Dr. Bastion.

»Machen wir weiter«, sagte Odette. »Können Sie mir helfen, die Leber und diese Lungen zu entfernen?« Die beiden arbeiteten ein paar Minuten lang konzentriert, und Odette entspannte sich unwillkürlich etwas, als sie in die gewohnte Routine und Konzentration verfiel, die man brauchte, um einen Körper zu erforschen. Sie untersuchte jedes Organ sehr genau und legte besondere Aufmerksamkeit auf die Stellen, wo es mit dem Nervensystem des Mannes verbunden worden war. Die Platzierung der Organe mochte schlampig gewesen sein, die Verbindungen jedoch waren von bester Qualität, und es gab bestimmte Eigenheiten, die sie erkannte, Eigenheiten, die sie in ihrem eigenen Körper hatte. *Pim,* dachte sie traurig. In dem Moment bemerkte sie etwas in der Brusthöhle, eine autonome Bewegung, bei deren Anblick sie erstarrte. Sie wollte ihr Gesicht nicht zu dicht dorthin neigen, also öffnete sie ihre Augen weit, schärfte den Blick und zoomte den Gegenstand heran.

»Oh Scheiße«, flüsterte sie. *Ganz ruhig,* ermahnte sie sich. *Du musst ganz ruhig bleiben.*

*Wie in Gottes Namen konnten sie das bewerkstelligen?*

»Stimmt was nicht?«, fragte Dr. Bastion.

»Rühren Sie sich nicht.« Der Arzt der Checquy sah sie neugierig an. »Wir stecken möglicherweise in ernsten

Schwierigkeiten.« Er wollte die Hände aus dem Oberkörper ziehen. »Nein, tun Sie das nicht! Halten Sie einfach vollkommen still.«

»Gibt es ein Problem?«, drang Rook Thomas' Stimme aus einem Lautsprecher. Odette blickte hoch zur Galerie und sah die Rook, die sich gegen die Scheibe drückte und ein Interkom-Telefon in der Hand hielt.

Das Problem hatte die Form eines kleinen Sacks, der in den Windungen eines überdurchschnittlich großen Darms versteckt war. Es gab weder Röhren noch Nerven, die ihn mit anderen Organen verbanden; er war dort einfach vernäht worden, eingehüllt in ein Stück Tuch, das einmal weiß gewesen war, bevor es eine Weile in einer Bauchhöhle verbracht hatte. Es gab sogar eine Schleife obendrauf. Etliche Muskelstränge umgaben diesen Sack wie die Ringe des Saturn. Gelegentlich zitterte er ein wenig, und die Muskeln verkrampften sich leicht. Dann bemerkte sie noch etwas.

Auf dem Sack war mit einem wasserfesten Filzstift ein kleiner Smiley aufgemalt.

»Sie haben in der Leiche offenbar einen Tartaros-Kürbis für uns zurückgelassen!«, stieß Odette gepresst hervor.

»Was?«, rief Ernst.

»Was ist ein Tartaros-Kürbis?« Die Rook wirkte sichtlich nervös.

»Das ist unmöglich!«, widersprach Ernst. »Sie konnten so etwas unmöglich anfertigen … es dauert Jahre, bis sie reif sind.«

»Wovon genau reden wir hier eigentlich?«, erkundigte sich die Rook nachdrücklich.

»Und wie hätten sie ein Flusspferd finden sollen, in dem sie den Grundbestand hätten fermentieren können?«

»Ernst!«, brüllte Thomas. Sie holte tief Luft und fuhr etwas ruhiger fort: »Wovon … genau … reden … wir … hier?«

»Von einer biologischen Waffe«, erklärte Odette. »Sehen Sie diesen sackähnlichen Gegenstand?« Sie deutete dorthin, und die Kamera zoomte summend darauf. »Diese Muskeln darum herum sollen den Sack aufreißen und ihn anschließend zusammenpressen, um seinen Inhalt freizusetzen.«

»Okay, gut, also keine Panik. Sie tragen eine Rüstung«, erinnerte Rook Thomas sie. »Und Schutzanzüge.« Graaf Ernst hinter ihr sagte etwas, und sie schaltete das Interkom aus, um ihm zuzuhören. Aber Odette wusste auch so genau, was er der Rook gerade berichtete. Als sich Thomas wieder umdrehte, wirkte sie sichtlich erschüttert. »Offensichtlich haben die Züchter also beschleunigte Bakterien entwickelt, die sich durch Metall, Plastik und ... lebendes Gewebe fressen können. Und das alles in wenigen Augenblicken. Großartig.« Sie drehte sich zu Ernst herum. »Warum, um alles in der Welt, haben Sie solche Dinge überhaupt entwickelt?«

»Ihretwegen«, erwiderte Graaf Ernst leutselig. Seine Stimme wurde von der Gegensprechanlage gerade noch aufgenommen. »Machen Sie sich keine Sorgen, sie sind extrem kurzlebig.«

*Stimmt,* dachte Odette. *Sie leben gerade lange genug, um sich durch unsere Rüstungen und dann durch uns zu fressen.*

»Irgendwelche Vorschläge?« Dr. Bastions Stimme klang ein klein wenig gepresst. Odette musste ihm lassen, dass er die Situation ziemlich gut aufnahm, obwohl sie den Schweiß auf seinem Gesicht durch die Visierplatte seines Helms sehen konnte. Seine Hände jedoch verharrten wie versteinert zwischen den Eingeweiden der Leiche.

»Wir denken nach«, sagte Ernst. Jetzt dröhnte seine Stimme über das Interkom. Offenbar hatten sie die Freisprechanlage eingeschaltet. »Marie ist bereits unterwegs. Aber wir glauben nicht, dass sie rechtzeitig bei euch eintrifft.«

*Okay,* dachte Odette. *Vielleicht sollten wir den Feuerknopf drücken? Ich bin ziemlich sicher, dass er alles töten kann, was in diesem Beutel ist.* Sie beäugte den Sack misstrauisch. *Er hat Muskeln, also könnte ich versuchen, die Fasern mit meinem Oktopusgift zu betäuben. Allerdings würde das erfordern, dass ich meine Handschuhe ausziehe, und darauf bin ich nicht allzu scharf. Außerdem gibt es keine Garantie dafür, dass die Sache funktioniert.*

»Vielleicht sollten wir den Raum fluten?«, fragte Sicherheitschef Clovis Thomas, die sich auf die Lippen biss. »Auf jeden Fall denke ich, sollten wir alle Vorstandsmitglieder aus diesem Beobachtungsraum entfernen.« Odette erhaschte einen Blick auf Pawn Clements, die am Fenster stand und überraschend besorgt wirkte.

»Das ist doch Glas, richtig?« Ernst tippte an die Scheibe.

»Ja.«

»Dann ist alles in Ordnung«, erwiderte der Graaf wegwerfend. »Wir haben noch nie ein Glas fressendes Bakterium züchten können. Ebenso wenig eines, das Steine frisst. Es gibt zwar draußen in der Welt ein paar natürliche Bakterien dieser Art, aber wir konnten sie nie effektiv modifizieren. Sie haben sich immer in wenigen Sekunden selbst verbrannt. Es war extrem ärgerlich«, sinnierte er laut. »Wir sollten diese Projekte wirklich wiederauf …«

»Also!«, fuhr Rook Thomas ihm sehr laut über den Mund. »Hat jemand andere Ideen?«

»Rook Thomas, dieses Ding ist organisch«, sagte Odette. »Können Sie etwas mit Ihrer *Gabe* dagegen ausrichten?«

»Es kommt absolut nicht infrage, dass die Rook in diesen Operationssaal geht!«, erklärte Sicherheitschef Clovis nachdrücklich.

»Ich kann mit meiner Fähigkeit durch das Glas dringen«, erwiderte die Rook. Sie spähte in den Operationssaal. »Das heißt, dieses … wie haben Sie es genannt? Dieser Kürbis? Funktioniert er wie eine kleine Granate?«

»Das nehme ich an«, erwiderte Odette.

»Es ist verdammt klein«, sagte die Rook. Sie lehnte sich gegen das Glas und schloss die Augen. »Und sehr komplex. Sehr knifflig.« Sie runzelte die Stirn. »Ah, ich hab's. Nein, Moment, ich hab's nicht.« Sie zuckte zusammen, als sie sprach, was Dr. Bastion und Odette dazu veranlasste, beunruhigte Blicke zu wechseln. »Ich hab's! Oh, also wirklich, du kleiner Scheißer!« Die beiden Ärzte zuckten heftig zusammen. »Nichts da, so, jetzt habe ich es!« Alle atmeten erleichtert auf. »Verdammt, stehen Sie da nicht einfach herum … türmen Sie!«

»Oh!« Odette und Bastion rissen ihre Hände aus dem Oberkörper des Leichnams und rafften die Säume ihrer medizinischen Gewänder. Es war unmöglich, mit all der Schutzkleidung zu rennen, also mussten sie in einer lächerlich wirkenden, watenden Art stolzieren, wie Dressurpferde, während sie die Schleppen ihrer voluminösen Anzüge hinter sich her schleiften. Die Schläuche ihrer Kühlsysteme rissen aus den Sockeln und spritzten Wasser in die Luft.

»Machen Sie die Tür auf!«, hörte Odette Sicherheitchef Clovis schreien. Vor ihnen erbebte die Luftschleuse und öffnete sich knirschend.

»Sie müssen … sich verflucht noch mal … beeilen!«, stieß Thomas zwischen den Zähnen hervor. »Ich kann es nicht mehr … allzu lange … festhalten!« Bei ihrem letzten Wort sprangen Odette und Bastion ungeschickt durch die Tür und landeten in einem Haufen von Verbandsstoffen, Kevlar und den chirurgischen Versionen von Kettenhemden auf dem Boden. Odettes Helm krachte auf die Fliesen, während die Tür hinter ihnen zuglitt.

Odette bemühte sich, über die Schulter zurückzublicken, und zerrte dabei ungeduldig das Material ihres Anzugs zur Seite. Durch das Fenster in der Tür sah sie, wie rote Flammen aus der Decke fauchten. Der Leichnam auf dem Tisch wurde vollständig davon umhüllt.

*Dieses Feuer nennen sie leicht?*, dachte sie.

Mittlerweile wurden Dr. Bastion und sie aus Düsen in der Decke der Luftschleuse mit einer Flüssigkeit besprüht, die sehr stark nach Chemikalien roch. Als die Außentür aufschwang und die Operationshelfer einen Blick riskierten, waren Odette und Dr. Bastion vollkommen durchtränkt. Es dauerte einige Minuten, sie mühsam aus ihrer Garderobe zu schälen, bevor die beiden Ärzte den Raum verlassen und wieder ihre normale Kleidung anlegen konnten.

Als sie sich dem Vorstand präsentierten, war Marie mittlerweile ebenfalls in der Rookery eingetroffen und redete leise mit Clovis. Offenbar hatten die täglichen Konferenzen begonnen, und die Sicherheitsmaßnahmen waren angesichts der Attacken der letzten Nacht erneut verschärft worden. Rook Thomas hatte an diesem Tag an keinem Treffen teilnehmen sollen, aber man hatte Graaf Ernsts Fehlen bemerkt.

»Die Verhandlungen würden wahrscheinlich noch zäher verlaufen, wenn man von den abtrünnigen Züchtern erfahren hätte, die versucht haben, Rook Thomas zu töten«, bemerkte Clovis.

»Also sind gar nicht alle über letzte Nacht informiert? Aber ich habe doch die Notrufnummer gewählt!«, erklärte Odette.

»Unsere Lügner haben ihnen eine Geschichte über eine angebliche Trainingsübung untergeschoben«, sagte Thomas. »Die Wahrheit kennen nur eine Handvoll Menschen.«

»Und was machen wir jetzt?«, wollte Marie wissen.

»Zunächst einmal«, schlug Rook Thomas vor, »sollten wir feststellen, wie die Lage eigentlich wirklich aussieht. Miss Leliefeld, was können Sie uns über den rußigen und halb verkokelten Leichnam da unten sagen?«

»Er ist sozusagen ein Bausatz-Schläger«, erklärte Odette. »Sie haben diesen Kerl ausgesucht und ihn rasch mit allen möglichen Waffen vollgestopft. Die Narben waren noch nicht verheilt, die Waffen nur grob hineingeschoben. In seinem ganzen Körper waren Medikamente verteilt, die verhinderten, dass er irgendetwas von dem Schmerz gespürt hat.« *Obwohl sie nicht gereicht haben, mein Gift auszuschalten,* dachte sie zufrieden. »Ich würde sagen, er hatte seine Implantate nicht länger als eine Woche. Aber sie waren trotzdem tödlich. Er hätte glatt eine Mauer durchschlagen können, so viele Rindermuskeln haben sie ihm implantiert.«

»Kuhmuskeln?«, fragte Pawn Clements.

»Kühe sind stark«, erwiderte Odette. »Und ihre Muskeln sind für so etwas ausgesprochen gut geeignet. Ich habe selbst ein paar Kuhmuskeln in meinem Körper. Menschliche Muskeln zu züchten dauert zu lange. Auch hatte er Messerzähne und eine Art von Projektilwerfer installiert. Zudem hatte er zusätzliche Lungen, wobei ich nicht genau weiß, warum, vielleicht haben sie einen Restposten bekommen oder so etwas, und seine Rippen waren extrem verstärkt. Außerdem wurden seine Genitalien … vergrößert.« Sie errötete leicht. »Und natürlich war da dieser Tartaros-Kürbis, den sie als versteckte Bombe zurückgelassen haben.«

»Das war ein verdammt ekliger kleiner Mistkerl«, erklärte Rook Thomas. »Ich konnte ihn kaum festhalten, bis das Feuer aktiviert wurde.«

»Das Vorhandensein dieses Kürbisses ist sehr besorgniserregend«, warf Marie ein. »Sie hätten eigentlich nicht an so etwas herankommen dürfen. Diese Gegenstände sind unglaublich selten, und es ist sehr gefährlich, sie herzustellen. Wir haben seit 1976 keine neuen mehr angefertigt, und es gibt eine strikt limitierte Anzahl von ihnen in den Gewölben.« Sie seufzte. »Ich muss wohl eine Inventur anordnen. Gott allein weiß, was sie sich sonst noch unter den Nagel gerissen haben.«

»Könnte der Inhalt des Kürbisses das Feuer überlebt haben?«, fragte Chef Clovis. »Muss ich den Raum fluten?«

»Das haben Sie vorhin schon gesagt«, erinnerte Odette ihn. »Womit wollen Sie den Raum denn fluten?«

»Mit Beton«, antwortete Clovis. »Über dem Untersuchungsraum wird ständig frischer Beton angerührt … Wenn irgendetwas wirklich schiefgeht, gießen wir ihn einfach hinein.«

»Sie reden gerade davon, den Operationsraum mit Beton zu füllen, während wir noch drin waren?!«, schrie Odette voller Wut und sah Dr. Bastion Hilfe suchend an. Aber der zuckte mit den Schultern.

»Wir können nicht vorsichtig genug sein«, erwiderte er. »Wir arbeiten mit sehr gefährlichen Dingen und gefährlichen Leuten. Operationssaal zwei wurde vor drei Jahren gefüllt, als ein Pawn eine sehr üble Reaktion auf eine Schutzimpfung zeigte. Der Pawn, der Doktor und eine Schwester wurden dort einbetoniert. Ihr Grab wird erst in zwei Jahren geöffnet.«

»Oh«, sagte Odette. Dann kam ihr ein Gedanke. »Hat jemand Marcel informiert? Arbeitet er nicht gerade an einer der anderen Leichen?«

»Ja, wir haben ihn herausgeholt«, sagte Clovis.

»Jedenfalls«, Marie schien die Sicherheitsmaßnahmen der Checquy zu billigen, »verheißt es nichts Gutes, dass sie alle gleichzeitig einen Anfall bekommen haben. Odette, hast du irgendetwas gesehen, was uns auf eine Spur bringen könnte?«

»Nein, tut mir leid.«

»Sie müssen uns die Akten geben«, sagte Sicherheitschef Clovis. »Alle Informationen, die Sie über die Antagonisten haben. Wir wollen Fotos ...«

»Fotos werden Ihnen nichts nützen«, fiel Odette ihm ins Wort. »Sie haben jetzt neue Gesichter. Das war zweifellos das Erste, was sie verändert haben.«

»Klar, unmittelbar nachdem sie dieses Haus umgelegt haben«, pflichtete Rook Thomas ihr bei. »Warum konnten sie nicht einfach ausbüxen und nach St. Barts verschwinden, um sich mit den anderen rebellischen reichen Kindern in die Sonne zu legen?«

»Sie machen das nicht einfach nur aus einer wütenden Laune heraus!«, sagte Odette scharf. »Sie glauben, dass sie das Richtige tun. Für sie sind die Veränderungen, die Sie vorhaben ... Sie alle«, sie schloss Grootvader Ernst mit ihrem Blick ein, »unverzeihlich. Und sie werden für ihre Idee sterben, wenn es sein muss.«

»Eine sehr leidenschaftliche kleine Clique, habe ich recht?«, sinnierte Clovis.

»Sie sind jung«, warf Marie gleichgültig ein.

»Wie dem auch sei«, sagte Rook Thomas. »Sie stellen eine immense Bedrohung dar. Was mich zu einem anderen Punkt bringt. Wir können uns nicht länger zurückhalten. Wenn es darauf ankommt, werden wir sie töten, statt zu riskieren, dass sie fliehen. Denn was geschieht, wenn wir sie tatsächlich gefangen nehmen? Ehrlich gesagt, gefällt mir die Vorstellung gar nicht, sie ins Gefängnis schaffen zu wollen. Gallows Keep ist zwar die sicherste Haftanstalt auf diesen Inseln, aber trotzdem würde irgendwann die Nachricht darüber zu den Truppen der Checquy durchsickern.«

»Wir könnten sie ohne Weiteres exekutieren«, sagte Ernst kalt. Odette hatte das Gefühl, als hätte man ihr einen Schlag in den Magen versetzt, und sie stieß unwillkürlich ein protestierendes Stöhnen aus.

»Aber es gibt noch eine andere Möglichkeit. Die Broederschap besitzt Mittel, ihnen ihre Erinnerungen und ihr Wissen zu nehmen.« Odette blickte zur Seite. Sie meinte winzige schuppige Lippen auf ihren eigenen und eine sich windende Masse von schlanken Tentakeln zu fühlen, die sich auf ihren Mund pressten. Sie schüttelte sich und bemerkte, dass Rook Thomas sonderbarerweise ebenfalls leicht angewidert aussah.

»Also gut, wir besprechen das, falls diese Situation eintritt«, erklärte Rook Thomas schließlich. »Aber wohin soll das alles noch führen? Was ist ihr Ziel?«

»Das weiß ich nicht«, gestand Odette.

»Wissen sie es denn selbst?« Clovis schnaubte verächtlich.

»Ich glaube, sie wollen, dass alles wieder so wird, wie es gewesen ist«, sagte Odette hilflos. Sie zuckte unter Rook Thomas' verächtlichem Blick zusammen.

»So, wie es gewesen ist«, wiederholte die Rook. »Als sie ungeheure Privilegien genossen haben und keinerlei Verantwortung übernehmen mussten.«

»Sie wissen nicht einmal genau, ob sie Konservative oder Radikale sind«, sagte Ernst. »Man kann fast Mitleid mit ihnen haben.«

»Na klar.« Rook Thomas' Tonfall machte deutlich, dass die Antagonisten in ihren Augen absolut kein Mitleid zu erwarten hatten. »Da wir jetzt nur noch eine einzige Spur haben, sollten wir herausfinden, ob diese Person uns überhaupt in irgendeiner Weise von Nutzen ist.«

# 35

**Rook Thomas fegte durch** die Gänge des Hammerstrom Buildings, und Odette und Pawn Clements mussten sich beeilen, um mit ihr Schritt zu halten. Etliche Mitarbeiter der Checquy pressten sich an die Wände, um der Rook und ihrem Gefolge Platz zu machen. Alle grüßten Thomas unterwürfig mit einem Nicken oder einer kleinen Verbeugung. Dann erkannten sie Odette und sahen verblüfft noch einmal hin; im Fall des Pawns mit den drei Köpfen war es ein sechsfacher Blick. Dem folgten unweigerlich zu Schlitzen zusammengezogene Augen – oder im Fall des Pawns ohne Augen ein Spitzen der Lippen. Viele von ihnen versuchten, in der Wand zu verschwinden, als liefen sie Gefahr, von ihr infiziert zu werden.

Als zwei riesige eiserne Türen sich vor ihnen auftaten, die in den Gefängnisbereich der Rookery führten, hatte Odette vollkommen die Orientierung verloren. Sie hatten so viele Sicherheitspunkte durchlaufen und so viele Formulare unterschrieben, dass sie fast erwartete, hinter dieser Tür die Kronjuwelen auf Samt gebettet zu sehen, möglicherweise sogar noch mit dem dazugehörigen Monarchen darunter.

Der Gefangenentrakt der Rookery lag zwar etliche Stockwerke unter der Erde, war aber trotzdem hell und luftig – jedenfalls der Verwaltungsbereich. Ein warmes Licht erhellte den Raum, und überall standen Topfpflanzen herum.

»Hallo, Rook Thomas. Wir haben Sie heute erst etwas später erwartet«, begrüßte die Chefin der Sektion sie. Es war eine stämmige Frau, bei deren Anblick Odette schlagartig Kopfschmerzen bekam. Sie sah aus, als wäre sie mit einem unglaublich scharfen Messer in der Mitte zerteilt worden, und zwar vom Scheitel bis etwa zum unteren Rand ihres Oberkörpers. Aber statt sich damit abzufinden, dass sie jetzt zwei Teile eines toten Körpers war, hatte die Frau, Pawn Camden, sich entschieden, einfach weiterzumachen, und zwar in einer durchaus verantwortungsvollen Position im Gefängnistrakt der Rookery.

Jedenfalls sah es so aus. Allerdings bezweifelte Odette, dass die Frau erst in fortgeschrittenem Alter in diese ambivalente Situation gekommen war. Denn erstens waren die beiden Hälften ihres Körpers durch etwa vier Zentimeter leeren Raum voneinander getrennt, und zweitens steckten beide Teile in einem typischen Bürokostüm. Und drittens schien ihre Lage sie überhaupt nicht zu beeinträchtigen.

*Bleib cool*, dachte Odette. *Glotz sie nicht an.* Sie konnte die Lücke nur bis zu der Stelle verfolgen, wo sie im Kragen der Bluse der Frau verschwand. Sie trat unauffällig ein bisschen zur Seite, damit sie die Seiten sehen konnte. *Oh, faszinierend.* Die inneren Flächen ihrer jeweiligen Kopfhälften, wo Odette eigentlich erwartet hatte, einen Querschnitt des Gehirns und andere Innereien vorzufinden, war von einer glatten, festen Haut bedeckt. *Geht dieser Spalt bis ganz nach unten? Wie hält sie sich zusammen? Wie kann sie überhaupt gehen? Und was ist mit der Verbindung der beiden Hemisphären ihres Gehirns? Und ihr Rückgrat? Die Eingeweide?* Pawn Camdens Augen blinzelten synchron, sie lächelte wie eine Person, und als sie sprach, bewegten sich ihre beiden Halbmünder simultan, was einen sonderbaren Choreffekt erzeugte.

»Wie geht es dem Gefangenen?« Rook Thomas überflog die Akte, die Pawn Camden ihr gegeben hatte.

»Er schläft wie ein komatöses Baby«, sagten die beiden

Hälften von Pawn Camden. »Pawn Motha hat gesagt, er hätte keinerlei innere Sprengfallen ...«

»Wie gut, jetzt fühle ich mich gleich viel sicherer«, murmelte Clements.

»... wir haben ihn gescannt, ein MRT gemacht, ihn geröntgt, Fotos gemacht und Proben genommen. Er hat die ganze Zeit keinen Mucks gemacht.«

»Also ... wie ist sein vegetativer Status?«, wollte die Rook wissen.

»Es hat tatsächlich ein paar Impulse gegeben«, antwortete Pawn Camden. »Sein Gehirn hat dreimal reagiert, und er hat die Augen geöffnet und sich umgesehen. Das dritte Mal hat er sich einfach nur auf dem Bett umgedreht und ist wieder eingeschlafen.«

»Das ist sonderbar«, erklärte Odette nachdenklich.

»Dies ist Odette Leliefeld«, stellte die Rook sie etwas zerstreut vor.

»Oh«, entfuhr es Pawn Camden. »Von den Züch ...« Sie unterbrach sich, da sie ihre Kopfhälften zu Odette umgedreht hatte und zusammenzuckte. Was Odette außerordentlich amüsierte. »Ich meine, von der Bruderschaft der wissenschaftlichen Wissenschaftler.« Odette senkte unwillkürlich den Blick, aber schuldbewusste Neugier zwang sie, die geteilte Frau erneut anzusehen. »Wie entzückend, Sie kennenzulernen«, erklärte die Pawn wenig überzeugend.

»Gleichfalls«, erwiderte Odette genauso wenig überzeugend.

»Und das ist Pawn Clements«, fuhr Thomas etwas verspätet mit der Vorstellung fort. Die beiden Frauen nickten sich kurz zu. »Gibt es noch etwas, das ich über diesen Kerl wissen sollte?«, erkundigte sich die Rook dann.

»Wir hatten bisher noch kein Glück mit seinem DNA-Abgleich.«

»Er ist also in keiner Datenbank registriert?«, wollte Thomas wissen.

»Das ist es nicht«, sagte Pawn Camden. »Die Ergebnisse sind merkwürdig. Offenbar gibt es Lücken im Code, und die Filme sind irgendwie … ich weiß nicht, verschmiert.«

»Ach was.« Die Rook gab Odette die Akte. »Irgendwelche Ideen?«

»Ich habe so etwas noch nie gesehen«, gab Odette zurück, während sie die Unterlagen überflog. »Sehr eigenartig.«

»Wenn ich unsere Wissenschaftler richtig verstanden habe, dann haben wir so etwas ebenfalls noch nie gesehen«, erklärte Pawn Camden. »Weder beim Personal der Checquy noch bei irgendeiner anderen Manifestation.«

»Die anderen Angreifer hatten kein solches Gewebe?«, fragte die Rook.

»Nein. Sie hatten ganz normale DNA.«

»Aber dieser Kerl *war* der einzige Normale unter ihnen. Keine Implantate, keine Modifikation. Was bedeutet das?«, überlegte die Rook laut.

»Müssen wir damit rechnen, dass er irgendwelche übernatürlichen Fähigkeiten einsetzt oder so?«, fragte Clements.

»Die Zelle ist sehr sicher und verfügt über sämtliche üblichen Vorrichtungen für eine sofortige Immobilisierung. Und wir haben keine Risikoeinschätzung bekommen«, sagte die geteilte Pawn gelassen. »Er hat auch keinen der Monitorsensoren abgestreift. Im Moment liegt er im Koma. Dr. Crisp soll heute Nachmittag vorbeikommen und sehen, was er tun kann, aber im Moment sind wir leider überhaupt nicht auf Ihren Besuch vorbereitet. Der Gefangene ist noch in seiner Zelle, Doktor Crisp ist beim Mittagessen, und wir haben den Verhörraum weder gecheckt, noch haben wir ein Buffet für den Beobachtungsraum geordert …«

»Keine Sorge, Pawn Camden«, beruhigte Rook Thomas

sie. »Dies ist keine überraschende Inspektion. Ich wollte nur einen kurzen Blick auf den Gefangenen werfen. Ist er gesichert?«

»Nein. Wir haben zwar daran gedacht, aber er hat bisher keinerlei Anzeichen irgendeiner besonderen Fähigkeit aufgewiesen, und sie haben auch keine Spur von Züchter-Implantaten in ihm gefunden. Er befindet sich hinter bruchsicherem Glas, liegt aber einfach nur in einem Bett und ist an ein paar Monitore angeschlossen«, erklärte Pawn Camden. »Wenn Sie uns ein paar Minuten Zeit lassen, dann können wir ihn in einen Schandblock sperren oder ihn vielleicht in einen Kerker bringen.«

»Nein, ich glaube, das genügt so«, sagte die Rook. »Ist er geknebelt?«

»Nein, aber die Zelle ist schallsicher, bis auf das Interkom. Wir behalten ihn im Auge und zeichnen alles mit Kameras und Mikrofonen auf. Der Befehl von Clovis lautete, ihn zu isolieren.«

*Na klar,* dachte Odette. *Sie wollen natürlich nicht, dass sich herumspricht, einer der Züchter hätte versucht, die Rook zu töten.*

»Exzellent, Juniper«, sagte Rook Thomas. »Bitte bringen Sie uns zum Beobachtungsraum.« Die Frau nickte und führte die drei in einen holzgetäfelten Raum mit einer roten Chaiselongue. Eine der Wände bestand aus Glas, und auf der anderen Seite des Glases befand sich die Zelle, in der der blonde Mann in einem Krankenhausbett lag.

»Rook Thomas, das hier sind die Kontrollen für die Zelle.« Pawn Camden reichte ihr einen Tablet-Computer. »Es ist ganz einfach. Wenn Sie das Interkom aktivieren oder das Glas transparent machen wollen, damit das Subjekt Sie sehen kann, dann benutzen Sie das hier. Und sollte es Probleme geben, können Sie uns natürlich mithilfe des Knopfes neben der Tür alarmieren.«

»Danke, Pawn Camden«, sagte Rook Thomas. Die Pawn nickte mit ihren beiden halben Köpfen und verließ den Raum.

»Das war das Verrückteste, was ich je gesehen habe!«, platzte Odette heraus. Ihr schwindelte immer noch angesichts der wissenschaftlichen Unmöglichkeit. Clements schnüffelte leise, was Odette ignorierte. »Was, um alles in der Welt, ist dieser Frau passiert?«

»Sie wurde so geboren.« Thomas ließ sich die Akte von Odette zurückgeben. »Sie ist sehr nett und malt großartige Landschaftsbilder. Ich bin erst vor zwei Wochen zu einer ihrer Ausstellungen gegangen.«

»Ist … besteht sie tatsächlich aus zwei Teilen?«

»Ja«, sagte die Rook zerstreut und blätterte die Akte durch.

»Aber wieso fällt sie nicht auseinander? Oder stirbt?«

»Ich glaube, es hat etwas mit Magnetismus zu tun.« Die Rook klang eindeutig und für Odette höchst erstaunlich keine Spur besorgt.

»Magnetismus?«, wiederholte Odette. »Ich kann mir nicht vorstellen, dass das stimmt.« Die Rook zuckte mit einer Achsel. »Und wie bewegt sie sich da draußen in der Welt?«

»Sie trägt eine Burka«, erwiderte Rook Thomas. »Ein ausgesprochen praktisches Kleidungsstück. Viele unserer etwas unorthodox aussehenden Mitarbeiter greifen darauf zurück.« Odette starrte sie an. »Okay, Sie und Pawn Clements setzen sich jetzt dorthin«, sagte die Rook und deutete auf die Chaiselongue. »Und Sie halten jetzt eine Weile den Mund.« Die beiden Frauen sahen sich an, setzten sich aber. Odettes Blick glitt in die angrenzende Zelle.

Im Gegensatz zu der dunklen Täfelung im Beobachtungsraum war die Gefängniszelle grellweiß ausgeleuchtet, nicht unähnlich einem der Operationssäle, die sie vorher besucht hatte. Die einzige Möblierung bestand aus einem Krankenhausbett, in dem der Gefangene lag. Er hatte sich zusammengerollt und das Gesicht in seine Armbeuge gegraben. Verschiedene Kabel waren an strategischen Punkten an seinem Kopf und seiner Brust befestigt und führten zu verschlossenen Metallschränken an der Rückwand. Seine Atmung schien die einzige Bewegung zu erzeugen, und Odette musste sich anstrengen, um selbst diese wahrzunehmen.

Die Rook betrachtete derweil ihren Tablet-Computer. Schließlich drückte sie darauf herum. Etwas klickte, und sie hörten Atemzüge in den Lautsprechern. Sie kamen von dem Gefangenen.

»Kann er uns hören?«, erkundigte sich Pawn Clements unsicher. Die Rook schüttelte den Kopf.

»Er kann uns weder sehen noch hören«, versicherte sie. »Vor allem, da er zurzeit im Wachkoma liegt, wenn ich diese Daten richtig interpretiere.« Sie hielt Odette den Tablet-PC hin, und die warf einen Blick darauf.

»Die Daten sprechen für ein Koma«, stimmte sie zu.

»Das ist enttäuschend«, antwortete Thomas, die Odette den Tablet-PC abnahm und ihr wieder die Akte in die Hände drückte. »Ich muss mich durch seine Physiologie scrollen und ihm vielleicht ein paar Stöße geben, um herauszufinden, ob ihn das weckt. Er schien kein besonders großer Fan von mir gewesen zu sein, also denke ich, eine Unterhaltung zwischen uns beiden fördert vielleicht ein paar Einzelheiten zutage.«

Odette und Felicity saßen stumm auf der Chaiselongue, und Odette blätterte die Akte durch. Die Checquy hatte das übliche Testprogramm durchgeführt, um irgendwelche Hinweise auf seine Vergangenheit zu finden, war aber auf nichts besonders Interessantes gestoßen. Seine Fingerabdrücke hatten in keiner Datenbank irgendeinen Alarm ausgelöst. Es gab weder irgendwelche Impfungen noch Spuren alter Brüche. Er war nicht beschnitten, seine Weisheitszähne waren noch vorhanden und ebenso seine Mandeln. Sein Blinddarm blubberte zufrieden vor sich hin. Sie hatten nicht einmal irgendwelche verräterischen Schwielen auf Händen oder Füßen gefunden.

»Interessant ...«, murmelte sie.

»Was?«, wollte Clements wissen.

»Er wurde sterilisiert«, sagte Odette. »Und zwar erst kürzlich.«

»Ja, faszinierend«, erwiderte Clements und rutschte ein Stück zur Seite.

»Könntet ihr beiden vielleicht die Klappe halten, bitte?«, befahl die Rook. Sie lehnte an der Glasscheibe und hatte die Stirn auf ihren Unterarm gestützt. Wahrscheinlich schickte sie gerade ihren Geist aus und untersuchte die innere Struktur des Gefangenen, aber es sah tatsächlich so aus, als würde sie im Stehen ein Schläfchen halten.

»Meine kleine Myfanwy«, sagte der Gefangene plötzlich. Rook Thomas' Kopf zuckte vor Überraschung hoch. »Ich konnte deine vertraute Berührung fühlen, deine kleinen Finger, die in meinem Gesicht herumtasten.« Er hatte nicht aufgeblickt, aber Odette hörte das Lächeln in seiner Stimme. »Und jetzt gehst du weiter nach unten, untersuchst meine Brust und meine Eingeweide. Ich frage mich, Rook Thomas, wirst du noch weiter runtergehen? Und dort etwas noch Interessanteres finden, das du erforschen kannst, um damit herumzuspielen?«

Die Rook trat von der Scheibe zurück. Ihre Wangen brannten.

»Oh, jetzt lässt du einfach los«, sagte der Gefangene. »Zu schade.« Seine Stimme klang etwas undeutlich, als hätte er zu viel getrunken.

*Kann er einer der Antagonisten sein?*, überlegte Odette. *Sein englischer Akzent ist perfekt, aber schließlich brauchen sie nur eine neuroleptische Ergänzung, und dann gibt es keine Spur eines europäischen Akzents mehr.*

Die Rook blickte auf den Tablet-PC in ihrer Hand. Ihre Finger schwebten über den Bildschirm, dann drückte sie auf eine Stelle.

»Sie scheinen das alles ja sehr gelassen hinzunehmen«, stellte Thomas fest. Der Gefangene bewegte den Kopf ein wenig. Offensichtlich hatte sie die Gegensprechanlage eingeschaltet.

»Na, du weißt ja, wie es so ist«, erwiderte er. »Du versuchst dein Bestes, und wenn es dann doch nicht klappt … nun … Es gibt immer ein nächstes Mal, habe ich recht?«

»Dazu kann ich nichts sagen«, gab Thomas zurück. »Ich muss Ihnen mitteilen, dass Sie in nicht allzu guter Verfassung sind. Ich kann keinerlei Erweiterungen der Züchter in Ihrem Körper feststellen, aber irgendetwas stimmt da ganz und gar nicht mit Ihnen. Ich spüre es in Ihrem Fleisch. Ich glaube nicht, dass Sie noch genug Zeit haben, um mich anzugreifen und mir etwas anzutun. Außerdem, wie soll ich sagen, Sie sind im Gefängnis.«

»Man weiß nie, Myfanwy«, antwortete der Gefangene. »Die Dinge können sich ändern, einfach so!« Er setzte sich auf und blickte direkt in das Glas.

»Oh mein Gott!«, rief Odette. Sie wäre fast von der Chaiselongue gerutscht. Pawn Clements zischte entsetzt, und Rook Thomas trat zwei Schritte von der Scheibe zurück.

Seit Odette ihn das letzte Mal gesehen hatte, war es dem Gefangenen nicht allzu gut ergangen. Sein Gesicht sah zwar immer noch so aus wie vorher, aber die Haut war schlaff und hing locker an seinem Schädel herunter, die Kopfhaut und die Haut am Nacken ebenfalls. Sein Haar schien Farbe zu verlieren, und etliche Büschel waren bereits ausgefallen. Er trug kein Hemd, und die Haut auf seiner Brust war grau und gesprenkelt. Außerdem schwitzte er entsetzlich.

»Wer ist das?«, wollte der Gefangene wissen.

»Das ist Odette«, erwiderte die Rook. Odette warf ihr einen ungläubigen Blick zu, den die Rook mit einem Achselzucken abtat.

»Odette«, sagte der Gefangene leise. »Richtig. Du hast die falsche Entscheidung getroffen, damals in dieser Hotellobby in Paris.«

*Er ist einer von ihnen!*, dachte Odette. »*Wie bent u?*«, fragte sie auf Niederländisch. Welcher ihrer Freunde blickte ihr hinter dieser Hautmaske ins Gesicht? Konnte es Pim sein? Was hatte er sich angetan? Die Person neigte den Kopf und grinste, als Odette fragte, wer er sei, sagte aber nichts. Stattdessen starrte er einfach auf die Glasscheibe.

*Das fühlt sich nicht richtig an,* dachte sie und betrachtete den Mann. *Da sind zu viele Dinge einfach nicht logisch. Den Akzent kann ich erklären, aber sie würden niemals so mit mir reden. Und ich kann mir auch nicht vorstellen, dass sich einer von ihnen ein anderes Gesicht überzieht und einen Schlägertrupp anführt, um die Rook der Checquy anzugreifen. Sie kämpfen nicht selbst. Und was stimmt mit seiner Haut nicht?*

»Offensichtlich haben Sie nicht die Absicht, irgendetwas Nützliches von sich zu geben«, sagte die Rook. »Also plaudern wir später weiter. Und ich kann Ihnen garantieren, dass Sie uns dann alles erzählen werden.« Sie starrte durch die Scheibe und wartete auf eine Reaktion, die jedoch ausblieb.

Doch dann sprang der Mann plötzlich aus dem Bett und warf sich gegen das Glas. Die Barriere erzitterte nicht einmal, aber der Knall, mit dem der Kopf gegen das Glas prallte, hallte laut durch den Beobachtungsraum. Rook

Thomas fuhr schockiert zurück und stieß gegen Odette und Pawn Clements, die auf der Chaiselongue saßen und sich, ohne darüber nachzudenken, aneinanderklammerten.

»Du willst Antworten?« Der Mann kreischte, und Speichel flog ihm aus dem Mund. Sein Gesicht war verzerrt, und er presste sich so hart gegen das Glas, dass seine Haut platt gedrückt wurde und sich beunruhigend verformte. »Die Antwort lautet, dass du sterben wirst!«

Er holte mit dem Kopf aus und hämmerte ihn gegen das Glas. Das Geräusch war entsetzlich und konnte einem den Magen umdrehen.

*Jesus!*, dachte Odette. Die drei Frauen waren von diesem Anblick wie gebannt.

»Stirb!«, kreischte er und schlug den Kopf erneut gegen das Glas. Diesmal platzte die schlaffe Haut auf seiner Stirn, und Blut spritzte auf das Glas.

»STIRB!«

»VERRECKE!«

Dann stolperte er zurück und landete zuckend auf dem Boden. Die Rook legte vorsichtig die Hand gegen das Glas und runzelte die Stirn. »Drücken Sie den Panikknopf!«, rief sie plötzlich. »Er hat sich selbst schwer verletzt! Ich glaube, er hat sich den Schädel gebrochen.«

»Das ist nicht alles.« Odettes Stimme zitterte. »Sehen Sie ihn an. Sehen Sie doch!«

Die Haut des Mannes zischte und löste sich von seinen Knochen. Während sie zusahen, zerrissen seine Brustmuskeln an etlichen Stellen, und sie konnten sehen, wie seine Lippen wie Eiscreme schmolzen. Sein Haar war vollkommen verschleimt, und seine Augen quollen aus seinem Gesicht, das immer noch unverändert auf seinem gebrochenen Schädel hing. Odette sah Pawn Clements und Rook Thomas an. Beide starrten ungläubig auf die verfaulende Masse auf dem Boden des Verhörraums. Dann drehte sich die Rook zu Odette und Clements herum.

»Ich bin für das da absolut nicht verantwortlich!«, erklärte sie nachdrücklich.

# 36

»**Und da sind wir** wieder«, stellte Ernst fest. »Sind wir diesmal wirklich wach?«

»Ja«, antwortete die Rook gereizt. Odette zwickte sich
heimlich, nur um sicherzugehen. »Obwohl es ganz sicher
unser Spesenbudget schonen würde, wenn alle einfach nur
bewusstlos wären.«

Sie saßen im privaten Speisesaal im Obergeschoss eines
Restaurants in Wapping, von wo aus man einen Blick auf
die Themse hatte. Das Gebäude selbst schien bereits etliche
Jahrhunderte alt zu sein. Der Boden bestand aus gigantischen Dielen aus krummem Holz, und der Tisch mochte sogar älter sein als Graaf Ernst. Die Checquy-Gruppe bestand
aus Rook Thomas, Sicherheitschef Clovis und Chevalier Joshua Eckhart. Pawn Clements saß wachsam am Ende des
Tisches neben Rook Thomas. Die Züchter wurden von
Ernst, Marie, Odette und Marcel vertreten.

Trotz des biblischen Alters des Restaurants war die Spei-
sekarte überraschend modern und dekadent. Rook Thomas trommelte mit den Fingern auf die Tischplatte, als die
Maître d', die man bei der Reservierung des Speisesaals
automatisch mitbuchte, die Spezialitäten aufzählte. Sie
alle nahmen sich Zeit, bevor sie bestellten. Die Rook ertrug
Ernsts hartnäckige Befragung der Maître d', von der er wissen wollte, wie wild das Wildschwein gewesen war, bevor
es zu Gulasch verarbeitet worden war. Marcel bat die Frau,
den Salbei, den Dill und das Basilikum genau zu überprü-

fen, bevor sie gewaschen und in die Mahlzeit geschnitten wurden, und Sicherheitschef Clovis bat darum, das Knoblauch-Kartoffelpüree durch handgemachte Pommes frites zu ersetzen, die Karotten durch Kürbis und den Zitronensaft durch Sauce béarnaise. Schließlich verließ die Frau das Speisezimmer, und Myfanwy öffnete den Mund, aber Marcel kam ihr zuvor.

»Warum wurden wir in dieses Restaurant bestellt?«, wollte er wissen. »Nicht dass ich mich beschweren wollte, aber es war doch etwas abrupt. Ich habe gerade mitten in der Untersuchung des einzigen Hooligans gesteckt, der keinen Tartaros-Kürbis im Leib versteckt hatte. Ich hatte eben seine Hirnschale freigelegt und musste das Gehirn und die Geräte einfach auf dem Tisch zurücklassen und sie mit Frischhaltefolie aus der Küche einwickeln.«

»Es war ein vorher anberaumtes Treffen, das wir zweckentfremden konnten«, erwiderte die Rook. »Ich wollte, dass Chevalier Eckhart bei diesem Gespräch dabei ist, und das war der einzige Termin in unserem Plan, bei dem ich alle unterbringen konnte, ohne Verdacht zu erregen.« Im offiziellen Terminplan der Checquy wurde diese Besprechung als Arbeitsessen geführt, um die Integration neu dazukommender Züchter-Soldaten in die bereits existierenden Streitkräfte der Checquy zu arrangieren. »*Meeting, um die Aktionen von übernatürlichen Terroristenwesen zu besprechen, die nicht nur vor der britischen Regierung, sondern auch vor unseren eigenen Leuten geheim gehalten wurden*«, hätte in keine Spesenabrechnung hineingepasst.

»Also«, begann Rook Thomas, »es hat eine Entwicklung gegeben.«

»Tatsächlich?«, fragte Ernst.

»Ja. Zur großen Bestürzung des medizinischen Personals, des Personals des Gefängnistraktes und der Hausverwaltungsangestellten ist der blonde Mann geschmolzen«, erklärte die Rook. »Was sagt Ihnen das?«

»Ein Klon«, antwortete Marie prompt. »Und zwar ein stümperhaft zusammengeschusterter.«

»Mit dem kleinen Schönheitsfehler, dass es kein Klon gewesen sein kann«, antwortete Marcel genauso schnell.

»Und was ist mit dem beschleunigten Alterungsprozess?«, schlug Ernst vor.

»Das wäre ebenfalls nicht logisch«, warf Odette ein.

»Moment mal«, ergriff Rook Thomas das Wort. »Was soll dieses Gerede über Klone?«

»Ein Klon ist eine genetisch identische Kopie eines Lebewesens, die asexuell hergestellt wurde«, erklärte Marcel.

»Ich weiß, was ein Klon ist«, gab Rook Thomas zurück. »Immerhin haben wir ein Schaf namens Daisy geklont. Also, Sie klonen Wesen?«

»Wir können Wesen klonen«, erwiderte Marcel. »Aber wir tun es nicht, jedenfalls für gewöhnlich. Selbstverständlich züchten wir Körperteile von Menschen, aber wir erschaffen keine ganzen Menschen.«

»Warum nicht?«, wollte Eckhart wissen.

»Wir haben lieber Sex«, gab Ernst zurück, und Pawn Clements verschluckte sich an ihrem Orangensaft.

»Außerdem ist jeder, der sich selbst klonen will, für gewöhnlich ein Arschloch. Und niemand will, dass mehr solcher Arschlöcher herumlaufen, als es ohnehin schon der Fall ist.«

»Also könnte der blonde Mann durchaus ein Klon eines der Antagonisten gewesen sein?«, folgerte Rook Thomas.

»Nein«, sagte Marcel.

»Warum nicht?«

»Wenn man jemanden klont, bekommt man einen Embryo, der eine genaue physikalische Kopie ist.« Marcel sah

Marie säuerlich an. »Vorausgesetzt natürlich, dass man keine unprofessionellen Fehler begeht.«

»Ich habe nur einmal einen einzigen Fehler gemacht!«, rief Marie. »Und da war ich neunzehn! Gott! Und ich möchte erwähnen, dass diese Katze ein sehr langes und glückliches Leben geführt hat!«

»Sie hat auf jeden Fall ein sehr ruhiges Leben geführt«, merkte Marcel giftig an.

»Du weißt genau, dass es auch Katzen gibt, die auf natürliche Weise ohne Ohren geboren werden!«, fauchte Marie zurück. In diesem Moment klopfte jemand an die Tür, und ihre Vorspeisen wurden unter verlegenem Schweigen der Anwesenden serviert.

»Jedenfalls«, ergriff Odette das Wort, nachdem die Kellner verschwunden waren, »ist Klonen sehr schwierig, und selbst wenn man es richtig macht, bekommt man einen Embryo, der zu einem Baby heranwächst, das zu einem Kind heranwächst, das zu einer Person heranwächst, die eine *physikalische* Kopie des Originals ist. Keine mentale Kopie. Und die Klone altern ganz normal.«

»Sie verstehen jetzt hoffentlich, warum wir Sex vorziehen«, sagte Ernst. »Dasselbe Resultat, mehr Spaß, weniger Mathematik.«

»Der blonde Mann war ein Erwachsener«, erläuterte Odette hilfreich. »Aber älter als alle meine Freunde. Sie haben nicht die Zeit gehabt, ihn zu züchten, und sie hätten ganz sicher nicht die Geduld gehabt, ihn großzuziehen.«

»Sie haben beschleunigtes Wachstum erwähnt«, warf Eckhart ein. »Könnte das in diesem Fall nicht angewandt worden sein?«

»Nein«, stellte Marcel fest.

»Möglicherweise«, relativierte Odette. »Denn beschleunigtes Wachstum resultiert irgendwann in einem beschleunigten Zusammenbruch, und genau das haben wir hier gesehen.«

»Die Sache ist ganz einfach«, ergriff Marcel erneut das Wort. »Sehr viel einfacher als Klonen. Wenn man das Wachstum eines Embryos beschleunigt, ganz gleich, ob es nun ein geklonter oder ein regulärer Embryo ist, dann hat man immer noch einen Erwachsenen mit dem Verstand eines Embryos. Es gibt keine Möglichkeit, die Bildung und den Verstand zu beschleunigen. Wenn wir also annehmen, dass dieser blonde Mann ein Klon gewesen ist, oder auch nur eine ganz normale befruchtete Eizelle, die man beschleunigtem Wachstum ausgesetzt hat«, fuhr Marcel fort, »dann war dieser Mann, dem Verfall nach zu urteilen, den Sie beschrieben haben, höchstens zwei Wochen alt.«

Er trank einen Schluck Wein. »Er hätte nur fähig sein dürfen, ein paarmal zu blinzeln und dann umzukippen. Wahrscheinlich hätte er sich auch noch selbst einnässen können. Aber ganz sicher wäre er nicht in der Lage gewesen, sich als eine andere Person zu maskieren. Man kann keinen Verstand oder Gedanken klonen.«

»Mit ihm haben Sie das aber gemacht«, sagte Rook Thomas und deutete mit einem Nicken auf Ernst.

»Was?«, fragte Odette scharf.

»Oh ja«, erklärte die Rook. »Man hat mir ein menschliches Herz in einer Schachtel geschickt, das zu einem nackten Mann herangewachsen ist, der in mein Büro kam, mir ein Friedensangebot unterbreitete und meine ganze eingefrorene Pizza gegessen hat.«

Sicherheitchef Clovis und Felicity lauschten dieser Chronik übernatürlicher Diplomatie mit ihren Gabeln unmittelbar vor ihren geöffneten Mündern. »Und er hat sich nicht in Schleim aufgelöst.«

»Genau genommen habe ich das schon«, widersprach

Ernst. »Warum, glauben Sie wohl, bin ich an diesem Abend so unvermittelt verschwunden?«

»Ich dachte, Sie hätten die Broederschap benachrichtigen wollen, damit sie alle Feindseligkeiten einstellen. Und dass es ihnen unbehaglich war, meinen Bademantel tragen zu müssen. Den ich übrigens nie zurückbekommen habe.«

»Beide Gründe trafen zu«, räumte Ernst ein und ignorierte dabei den Punkt mit dem Bademantel. »Aber ich musste mir auch einige unverderbliche Teile meines Gehirns entnehmen und in diesen vorbereiteten geklonten Körper transplantieren lassen, der in einem Haus in Mayfair auf mich wartete. Als Sie gefrühstückt haben, war der Körper, mit dem Sie gesprochen hatten, eine Tonne verfallenen Gewebes, einschließlich verflüssigter Haare und Knochen, die nach und nach durch den Gully in die Kanalisation entsorgt wurden.«

Felicity legte sorgfältig die Gabel zur Seite und schob ihren Teller von sich weg.

»Das ist also ein anderer Körper?«, fragte Rook Thomas. »Er sieht genauso aus.«

»Aus diesem Grund nennt man es Klonen«, sagte Marcel trocken. »Und wir haben vor mehr als zwanzig Jahren angefangen, seinen derzeitigen Körper zu züchten.«

»Sie planen wirklich voraus«, stellte Thomas hörbar beeindruckt fest. »Also könnten die Antagonisten dasselbe gemacht haben wie Sie? Woher hatten Sie einen Klon, der Ihre Gedanken hatte?«

»Das war kein Klon«, antwortete Ernst. »Ein Klon ist eine Kopie. Das war ich. Das einzige Ich. Die Prozedur mit dem Herzen bedeutet, dass man Kernelemente von sich selbst ablegt. Der alte Körper bricht zusammen. Sie verstehen ...«

»Wir sind im Bilde«, fiel ihm Chevalier Eckhardt ins Wort. »Also, könnten sie das ebenfalls gemacht haben?«

»Nein. Es ist streng geheimes Material«, sagte Marie. »Und immer noch extrem experimentell.«

»Die Antagonisten haben bereits bewiesen, dass sie an streng geheimes Material kommen können«, warf Odette bescheiden ein. »Erinnert ihr euch an die Sprengfalle in diesem Leichnam?«

»Außerdem ist es ein extrem komplexer und zeitraubender Prozess, für den man ein Speziallabor braucht«, erklärte Marcel. »Und es ist entsetzlich teuer. Das Herz, das wir Ihnen geschickt haben, hat fast einhundertsiebzehn Millionen Euro gekostet.«

»Und Sie haben uns das einfach mit der Post geschickt?« Rook Thomas war entsetzt. »Wenn wir es weggeworfen hätten? Oder es verbrannt hätten?«

»Dazu wäre es schwerlich gekommen«, erwiderte Ernst liebenswürdig. »Zwei unserer Leute arbeiten in der Leichenhalle der Checquy.«

»*Arbeiteten*«, korrigierte ihn Sicherheitschef Clovis nachdrücklich.

»Wie dem auch sei«, fuhr Marie fort. »Die Antagonisten haben sicher viel Geld, aber so viel nun auch wieder nicht.«

»Und welchen Sinn hätte das auch?«, warf Odette ein. »Damit sie vielleicht eine hauchdünne Chance hätten, Sie zu töten, bevor sie verfaulten und starben? Das ist nicht ihr Stil. Sie sind keine Selbstmörder.«

In diesem Moment klopfte die Maître d' an die Tür, und alle verstummten, als die Frau zwei Kellner hereinführte, die die Teller einsammelten.

»Ihre Hauptgerichte kommen in Kürze«, sagte die Maître d' in die Stille hinein.

»Danke«, erwiderten alle Anwesenden im Chor und schwiegen dann wieder, bis die Tür sich geschlossen hatte.

»Hören Sie«, sagte die Rook. »Wir dürfen nicht einfach

jedes Mal schlagartig verstummen, wenn die Kellner hereinkommen. Dann glauben sie nachher noch, dass wir hier irgendetwas Illegales planen. Also versuchen Sie um Himmels willen, Konversation zu betreiben, wenn sie das Hauptgericht servieren.«

»Worüber?«, wollte Marie wissen.

»Wie lautet Ihre Tarngeschichte?«, wollte Clovis wissen. »Wir brauchen einen Kontext für ein Gespräch.«

»Wir sind eine Familie, die zum Mittagessen ausgegangen ist«, schlug Ernst vor. Felicity sah sich in dem Speisezimmer um. Bis auf Ernst, Odette und Marcel sah niemand so aus, als wäre er mit den anderen verwandt. »Wir sind hier, um Odettes neuen Freund Clovis kennenzulernen, den ich nicht billige.« Odette zuckte zusammen. »Das ist keine rassistische Angelegenheit«, verteidigte er sich vorab. »Sondern nur, weil er so viel älter ist als sie. Und außerdem ist er Schlagzeuger.«

»Wie wäre es, wenn wir eine Grafikdesignfirma wären«, schlug Odette vor. »Und wir reden hier über ein größeres Projekt.«

»Ja!«, rief Marie. »Gut. Wir machen auf Künstler und sind interessant, deshalb wird niemand von uns erwarten, dass wir besonders zusammenhängendes Zeug reden.« Ihr blonder Haarschopf wuchs unvermittelt etwas zottig, und blaue Strähnen schimmerten darin auf.

»Man wird dennoch erwarten, dass sich Ihr Haar zwischen den Mahlzeiten nicht grundlegend verändert«, wies die Rook sie zurecht.

»Natürlich«, lenkte Marie ein. »Entschuldigung, ich war ein bisschen zu aufgeregt.« Ihr Haar schnappte wieder in die Fasson zurück und wurde gleichmäßig blond.

»Also gut, wir sind Grafikdesigner«, stellte Chevalier Eckhart fest. »Schön. Und jetzt wieder zurück zu dem

Grund, aus dem wir wirklich hier sind, dem Mysterium des schmelzenden blonden Mannes. Mir ist etwas eingefallen. Was ist mit dieser Selbstzerstörungsnummer, die Sie mit Ihren Soldaten im Hyde Park durchgezogen haben? Könnte es so etwas gewesen sein?«

»Die Chimären«, sagte Marie. »Sie hatten eine diskrete Funktion eingebaut, die sie zu Brei verwandelte.«

»Ich glaube nicht, dass es dasselbe sein kann«, widersprach Odette. »Die Checquy hat dieses Subjekt untersucht und keine Spur von Implantaten der Broederschap gefunden. Diese Funktion jedoch erfordert, dass sie im ganzen Körper Beutel voller Chemikalien verstaut haben. Es ist völlig unmöglich, solche Implantate zu übersehen. Ich habe die Scans selbst geprüft.«

»Na wunderbar, und wieder geht eine Möglichkeit den Bach runter«, erklärte die Rook. »Okay, also ist es kein Klon gewesen?«

»Nein«, bestätigte Marcel entschieden. »Dafür hatten sie einfach nicht genug Zeit.«

»Und auch kein Mitglied der Antagonisten mit selbstzerstörenden Eingeweiden?«

»Nein«, behauptete Odette, wenn auch etwas unsicher.

»Könnte es einfach nur irgendein Kerl von der Straße gewesen sein, den sie bezahlt haben, dass er sich sterilisieren lässt, der das Gesicht von irgendjemand anderem trägt und versucht, Myfanwy zu töten, bevor er sich den Schädel an einer Fensterscheibe einschlägt?«, warf Eckhart in die Diskussion ein.

Die Lunchgäste erwogen diese Möglichkeit.

»Sehr wahrscheinlich erscheint mir das nicht«, sagte Marie schließlich.

»Wo würden sie überhaupt jemanden finden, der zu so etwas bereit wäre?«, fragte Odette.

»Und selbst wenn sie jemanden fänden, wie hat er sich am Ende aufgelöst?«, sinnierte Rook Thomas. »Außerdem schien er mich zu kennen. Er hat diese Angelegenheit ganz sicher ziemlich persönlich genommen.«

Ein Klopfen an der Tür kündigte die Hauptgerichte an. Alle nahmen eine Haltung ein, die sie sich passend für Grafikdesigner vorstellten. Die Speisen wurden hereingetragen und rochen köstlich. Alle schwiegen, weil keiner eine Ahnung hatte, worüber Grafikdesigner reden könnten.

»Mir ist es ganz egal, was ihr sagt!«, platzte Felicity plötzlich heraus, und alle im Raum zuckten zusammen. »Wir benutzen auf keinen Fall einen Zeichensatz, in dem kein verfluchtes Serif ist!« Odette schlug die Hände vor das Gesicht. Die Kellner wechselten entsetzte Blicke und verließen schleunigst den Raum.

»Ja … wirklich sehr gut, Pawn Clements«, sagte Eckhart. »Ausgezeichnete Improvisation. Also, essen wir?« Die vier Züchter holten große Pillendosen hervor und öffneten einzelne Fächer. Die Leute der Checquy taten so, als bemerkten sie es nicht.

»Sie haben etwas über das Gesicht des geschmolzenen Mannes erwähnt?«, sagte Marcel, bevor er zu essen begann.

»Ja«, sagte Sicherheitschef Clovis. »Und das ist eines der Dinge, die mir am meisten Kopfzerbrechen bereiten. Wie sich herausstellte, war er im Besitz eines Implantates der Broederschap. Alles ist verfault, bis auf sein Gesicht, das relativ gut erhalten ist.« Er sah Odette an. »Sie haben erwähnt, dass die Antagonisten vermutlich andere Gesichter tragen würden.«

»Ja.« Sie zuckte mit den Schultern. »Das ist nicht allzu kompliziert.« Die Broederschap verfügte über Drei-D-Drucker, die Collagen und Haut verarbeiten konnten.

»Also können sie aussehen wie jeder andere?«, fragte Chevalier Eckhart.

»Ihre Gesichter können das«, schränkte Odette ein. »Die Größe eines Schädels hat natürlich einen gewissen Einfluss, und wenn ich mit dem Gesicht von Sicherheitschef Clovis herumlaufen würde, würden Sie höchstwahrscheinlich relativ schnell kapieren, dass da irgendetwas nicht stimmt.«

»Selbstverständlich«, sagte der Chevalier. »Aber das klingt dennoch so, als wäre das eine sehr effektive Verkleidung.«

»Allerdings«, sagte Marie stolz.

»Hervorragend. Meine Sorge ist, dass wir nicht länger sicher sein können, dass jeder in Ihrer Delegation der ist, der er zu sein vorgibt. Ist das korrekt?« Verlegenes Schweigen antwortete ihm. »Wie ich sehe, trifft es zu. Diese Situation wird zunehmend kompliziert.«

»Und Sie haben uns hierhergerufen, damit wir helfen, sie zu entkomplizieren«, meinte Marcel.

»Das und selbstverständlich auch, um die Chance zu haben, mich zu überzeugen, dass jeder hier sein oder ihr eigenes Gesicht trägt«, sagte Rook Thomas. Die Züchter sahen sich unbehaglich um und begriffen, dass die Rook ihre Fähigkeiten bei ihnen eingesetzt hatte. Marie legte zögernd die Hand auf ihre Wange, als fühlte sie, wie Thomas' Geist ihre Haut überprüfte. »Keine Sorge. Sie alle sind die Personen, die Sie zu sein behaupten. Wenn Sie das nicht wären, dann lägen Sie jetzt bereits auf dem Boden und würden etwas ungeschickt versuchen, sich selbst Handschellen anzulegen.« Sie trank nachdenklich einen Schluck Wein.

»Jedenfalls«, fuhr sie fort und ignorierte die bestürzten Mienen der Züchter, »löst das noch lange nicht all unsere Probleme. Genau genommen, löst es so gut wie gar keins.« Sie schloss einen Moment die Augen und schien Kraft zu sammeln. Als sie sie wieder aufschlug, sagte sie: »Zunächst einmal müssen wir dafür sorgen, dass es keine Maulwürfe in Ihrer Delegation gibt, die das Gesicht von jemand anderem tragen.«

»Wir werden die DNA aller Mitglieder überprüfen«, sagte Marie. »Umgehend.«

»Das reicht nicht«, erklärte Chevalier Eckhart. »Ich will, dass Rook Thomas ihre Gesichter liest. Kommt Ihre gesamte Delegation morgen Abend zu der Veranstaltung?«

»Es war nicht jeder eingeladen«, antwortete Marie unsicher.

»Jetzt schon«, erklärte Eckhart knapp. Rook Thomas zuckte zusammen.

»Das wird die Chefs vom Apex House in einen kollektiven Nervenzusammenbruch treiben«, erklärte sie.

»Während des Empfangs werden bewaffnete Wachposten anwesend sein«, fuhr Clovis fort. »Wenn Myfanwy irgendjemanden mit einem falschen Gesicht identifiziert, habe ich keinerlei Skrupel, das Gehirn dieser Person in seinen oder ihren Salat zu blasen.«

»Wenn sie jemanden identifiziert, der das falsche Gesicht trägt, werde ich dafür sorgen, dass diese Person ihre oder seine Lunge auskotzt!«, drohte Marie düster.

»Bis wir die Identität aller Angehörigen der Züchter-Delegation bestätigt haben, werde ich Bewaffnete in jedem Konferenzzimmer postieren«, versprach Clovis. »Keine Sorge, sie sind extrem diskret. Einer von ihnen ist der Überzug des Tisches in Konferenzraum B.« Bei diesen Worten nahm Odette die Hände von der Oberfläche des Esstischs und wischte sie an ihrem Rock ab.

»Kehren wir jetzt wieder zu der Pfütze zurück, die früher einmal der blonde Mann gewesen ist«, sagte Eckhart, bevor er sich unbekümmert einen Löffel Suppe in den Mund schob.

»Er lag bereits im Sterben, als wir hereingekommen sind«, sagte die Rook. »Ich konnte es in seinem Fleisch erkennen. Seine Organe sind unter der Berührung meines Geistes zerfallen. Ich nehme an, dass es nur eine Geste gewesen ist, sich den eigenen Schädel einzuschlagen. Die Mediziner sind in diesem Moment dabei, die Reste zu untersuchen. Sagen Sie mir, werden sie irgendetwas finden?«

»Das bezweifle ich«, antwortete Marcel. »Der Effekt, den Sie beschrieben haben, sorgt dafür, dass keine brauchbaren Informationen zurückbleiben.«

»Und was ist mit ihr?« Der Graaf deutete auf Felicity. Sie errötete, als sich alle Anwesenden umdrehten, um sie anzusehen. »Ihr Pawn, der mit Leichen reden kann.«

»Zunächst einmal ist das nicht das, was sie tut«, schoss Rook Thomas giftig zurück.

»Flüssigkeiten sind schwierig«, antwortete Felicity. »Ich kann es versuchen, aber je früher ich anfange, desto besser.«

»Wie lange dauert es, achtundvierzig Stunden zurückzublicken?«, wollte Eckhart wissen.

»In einer Flüssigkeit? Etwa vierundzwanzig Stunden, Sir«, erwiderte Felicity.

»Ich glaube nicht, dass wir so viel Zeit haben«, meinte Myfanwy. »Sie sagten selbst, dass wir mit einer großen Sache rechnen müssen. Wir sollten zuerst den anderen Spuren folgen. Zum Beispiel wüsste ich gern, warum sie bei dem blonden Mann eine Sterilisation vorgenommen haben.« Felicity sah sich interessiert um. Die Züchter wirkten besonders verblüfft über diese Mitteilung. »Das waren die einzigen Modifikationen, die unsere Ärzte gefunden haben.«

»Das Gesicht haben sie übersehen?«, fragte Marcel.

»Sie bemerkten, dass er eins hatte. Ich nehme an, sie sahen danach keinen Anlass, es gründlicher zu untersuchen.«

»Ich kann mir nur eine einzige Erklärung für eine Sterilisation vorstellen«, meinte Eckhart nachdenklich. »Das heißt, eigentlich gibt es zwei Gründe, wenn man die Zeit mit einrechnet, die wir versucht haben herauszufinden, wie viele Dinge Pawn Wampler regenerieren konnte. Und das war ohnehin eine verdammte Mutprobe.« Tiefstes Schweigen antwortete auf diese eher nebensächliche Reminiszenz.

»Jedenfalls klingt es nicht richtig«, sagte Odette schließlich. »Geburtenkontrolle ist eins der ersten Dinge, die wir ansprechen, wenn wir die ersten Modifikationen bekommen.«

»Das spricht jedenfalls sehr stark dafür, dass er keiner der Antagonisten war«, meinte Ernst. »Etwas anderes kann ich mir einfach nicht vorstellen.«

»Ich nehme an, das ist ein weiteres Geheimnis, das ich auf meine Liste von Zeug-das-keinen-Sinn-ergibt setzen kann«, meinte Rook Thomas. Sie kritzelte etwas auf einen Notizblock neben ihrem Teller. Felicity saß neben ihr und bemerkte, dass der Notizblock tatsächlich die Aufschrift »Zeug-das-keinen-Sinn-ergibt« trug.

»Er hatte keine Waffen und nicht einmal Mechanismen für Dorne«, meinte Odette.

»Ich weiß nicht, warum ihr Kinder diese Dinge überhaupt benutzt«, meinte Ernst etwas verschnupft. »Wenn ihr unbedingt jemand vergiften wollt, warum spuckt ihr ihn nicht einfach an? Oder gebt ihm irgendeinen gepanschten Schnaps?«

»Wir kommen leicht vom Thema ab«, mahnte Thomas sie.

»Sie sind diskret, Grootvader«, erklärte Odette trotzdem. »Und ich konnte zwei Angreifer mit ihnen ausschalten, also sollte dich das eigentlich glücklich machen.« Ernst sagte zwar nichts, aber er sah auch nicht besonders unglücklich aus.

»Also, wir verfügen letztlich über keine weiteren Spuren

zu den Antagonisten«, stellte Eckhart säuerlich fest. »Es sei denn, wir hätten Glück, und es gäbe noch einen Angriff auf Myfanwy.«

»Das ist eine schwierige Angelegenheit«, meinte Marie. »Sie haben zu viel mitgenommen, als sie geflüchtet sind. Und natürlich haben sie sehr viel Geld. Diese Art von Unabhängigkeit macht es immer um einiges schwieriger, sie aufzuspüren.«

Odettes Großonkel räusperte sich.

»Ja, Marcel?«, fragte van Suchtlen.

»Ich habe die Portfolios unserer Flüchtigen untersucht. Simon de Wilde ist besonders relevant. Aufgrund seiner Experimente mit seinen eigenen Modifikationen benötigt er gewisse exotische Chemikalien, die er seinem Körper regelmäßig zuführen muss. Diese Chemikalien sind nicht sehr verbreitet und auch nicht billig, also hilft uns das vielleicht, ihn zu finden. Ich gebe die Einzelheiten an Marie und Mr. Clovis weiter.«

»Na, das ist ja schon mal was«, stellte Chevalier Eckhart fest.

»Aber nicht viel.« Rook Thomas warf einen Blick auf ihre Armbanduhr. »Also gut, wenn Sie noch ein Dessert möchten, dann bestellen Sie es gerne. Clovis, bezahlen Sie das alles mit Ihrer Firmenkreditkarte, und ich zeichne es anschließend gegen. Ich muss noch etwas erledigen.«

»Ja, wir beide müssen mit dem Court reden«, erklärte Chevalier Eckhart grimmig.

»Aber zuerst müssen wir den Küchenchef vom Apex House darüber informieren, dass heute Abend zu dem Empfang erheblich mehr Menschen kommen, als ursprünglich geplant.«

»Oh, also, das können Sie gern allein erledigen«, meinte der Chevalier.

»Ist das Ihr Ernst?«, fragte die Rook. »Es war schließlich Ihre Idee. Sie müssen mitkommen und es ihm sagen.«

»Auf keinen Fall! Dieser Mann flößt mir schreckliche Angst ein!«

»Welche besondere Fähigkeit hat er denn?«, erkundigte Ernst sich neugierig.

»Er hat keine *Gabe*«, erklärte Rook Thomas. »Er scheißt einfach nur gern alle zusammen!«

# 37

**Alessio blickte hoch, als** Odette ins Zimmer kam, und sprang im nächsten Moment auf die Füße.

»Da bist du ja! Es war völlig verrückt, Dette! Man hat uns auf die Aussichtsplattform des Shard mitgenommen, um die Stadt von oben zu sehen, und dann ist diese grüne Wolke über den Fluss gequollen, und da ist mir klar geworden, dass sie direkt dort war, wo unser Hotel ist. Gleich darauf hat der Lehrer einen Anruf bekommen, und wir sind alle wieder hinuntergefahren, und dann waren da zwei Männer in der Lobby, die sagten, ich müsste mit ihnen kommen, und die haben mich hergefahren und in dieses Zimmer gesteckt und mir befohlen hierzubleiben, und keiner hat mir irgendwas erzählt, und das ist schon Stunden her!«

Odette blinzelte. Ihr normalerweise so ruhiger Bruder war völlig ausgeflippt. Sie umarmte ihn fest und sah sich kritisch in dem Zimmer um. Man hatte sie ins Annexe gefahren, das Hauptquartier der Checquy für internationale Operationen. Es war ein ziemlich niedriges, unauffälliges Gebäude im südlichsten Teil von London und stand nur ein paar Meter von einem ganz entschieden nicht niedrigen, sondern extrem anspruchsvoll wirkenden Bürogebäude entfernt, das einige sehr beeindruckende und schillernde Firmen beherbergte, einschließlich einer Fernsehproduktionsgesellschaft, einer Modelagentur und der Redaktion eines berüchtigten Magazins, das schlanke junge Frauen überwiegend mit Hüten und Handschuhen bekleidet abbildete.

Deshalb wurde das Annexe von Spaziergängern zumeist übersehen – was natürlich beabsichtigt war.

Alessio war in einer Art Aufenthaltsraum abgesetzt worden, wo die Angestellten der Checquy kleinere Treffen abhielten oder Präsentationen veranstalteten. Man hatte ihm eine Mikrowellenpizza vorgesetzt sowie ein paar Flaschen Wasser gegeben, eine ziemlich zerlesene Version von *Tom Browns Schuljahre* sowie ein paar alte Ausgaben des *Beano Annual*. Der bewaffnete Posten draußen vor der Tür hatte ihn zweimal zur Toilette begleitet.

»Also, was ist los?«, wollte er jetzt wissen.

»Das kann ich dir zurzeit nicht sagen.« Sie blickte bedeutungsvoll zur Decke. Er riss die Augen auf.

»Werden sie … Wollen sie uns umbringen?«, fragte er kläglich.

»Das weiß ich nicht.« Odette nahm seine Hand und dachte über die letzte Stunde nach.

Sie war in einem großen Krankenwagen aufgewacht, auf eine Liege geschnallt. Auf der anderen Seite lag Pawn Clements, die ganz schrecklich aussah. Ihr Gesicht war von dem Nebel geschwollen, und sie hatte Wunden auf den Wangen. Eine Maske verdeckte Nase und Mund, und ihre Haut war von roten Flecken übersät. Zwei Sanitäter, ein Mann und eine Frau, beugten sich über sie und machten irgendetwas Medizinisches.

»Oh nein«, sagte Odette. Die beiden sahen sie an, und ihr Ekel brannte selbst durch ihre Gasmasken.

»Einigen macht das offenbar gar nichts aus«, sagte die Frau. Die Tatsache, dass Odette vollkommen unberührt aus diesem Nebel entkommen war – denn selbst der Schnitt von Simons Dorn hatte sich geschlossen, ohne eine Narbe zu hinterlassen –, gefiel der Frau offenbar gar nicht.

»Wie geht es ihr?«, wollte Odette wissen.

»Nicht gut«, antwortete der Mann. »Sie wurde herumge-schubst, ihre Haut sieht aus, als hätte sie chemische Verät-zungen erlitten, aber besonders ihre Augen ...«

»Sprich nicht mit ihr!«, fiel die Frau ihm ins Wort. »Tu deine Arbeit. Und Sie ...« Sie drehte sich zu Odette herum. »Wie fühlen Sie sich?«

»Ganz okay, glaube ich«, antwortete Odette.

»Dann seien Sie still.«

*Was wissen sie?*, dachte sie. *Was ist passiert? Wohin ist Si-mon verschwunden? Haben sie ihn erwischt? Was geht hier vor?* Aber all das konnte sie nicht fragen. Das Einzige, was sie tun konnte, war zuzusehen, wie sich die beiden um Cle-ments bemühten.

Sie waren ins Annexe gefahren, offenbar das einzige Büro der Checquy in London, das der Nebel nicht erreicht hatte. Sowohl die Rookery als auch das Apex House waren ver-siegelt worden, um zu verhindern, dass der Nebel eindrin-gen konnte. Aber der Krankenwagen hatte unmöglich durch die Menschenmenge und das Gemetzel dorthin gelangen können.

Stattdessen hatten sie sich also mühsam durch den pani-schen Verkehr manövriert, waren mehrmals über den Bord-stein gefahren und hatten schließlich die Garage des An-nexe erreicht. Dort hatte ein Team aus besorgt wirkenden Schwestern Clements in eine Richtung davongeschoben und drei extrem große Frauen Odette in eine andere. Sie hatten ihr befohlen, sich für eine Dekontaminierung auszu-ziehen, und sie hatte die intensivste Dusche ihres Lebens über sich ergehen lassen müssen. Sieben Düsen hatten mit Kohlensäure angereichertes Wasser aus allen möglichen Winkeln auf sie gesprüht. Hinterher hatte sie sich gefühlt, als könnte sie jetzt zwei Kleidergrößen kleiner tragen. Man hatte ihr einen giftgelben Kittel und Bettsocken statt Schuhe gegeben und sie dann durch muffige, mit Linoleum ausgelegte Korridore zu Alessio geführt.

Dann hatten die beiden dagesessen und stumm Händchen gehalten.

*Wenn sie reinkommen und versuchen, meinem Bruder etwas zu tun oder ihn mir wegzunehmen, bringe ich sie um,* beschloss Odette. Es war ihr zwar nicht unmittelbar klar, was passieren würde, nachdem sie das getan hatte, weil sie wirklich absolut keine Ahnung hatte, was die Zukunft bringen würde, aber sie hatte das Gefühl, dass sie mit dieser Entscheidung leben konnte.

Die Tür ging auf, und ein indisch wirkender Mann in einem Anzug kam herein. Er schloss die Tür hinter sich. Seine Miene war vollkommen ausdruckslos, und Odette spannte sich an. Alessio sah sie beunruhigt an, als sie seine Hand fester packte. Unter dem Tisch glitt ein Dorn aus ihrem anderen Handgelenk.

»Ich bin Pawn Malhotra. Miss Leliefeld, Sie müssen mich begleiten. Mr. Leliefeld wird hierbleiben.«

»Nein«, gab Odette zurück.

»Wie bitte?«

»Ich lasse meinen Bruder nicht allein. Nicht ohne eine Erklärung.« Er machte den Mund auf. »Und zwar einer, der ich vertrauen kann.« Er schloss den Mund wieder, spitzte die Lippen und griff in seinen Mantel. Odette rechnete mit dem Schlimmsten, aber er zog nur ein Handy heraus. Dann drehte er sich weg und sprach hastig hinein, bevor er es ihr hinhielt. Sie zögerte einen Moment, zog dann aber ihren Dorn wieder ein und streckte die Hand aus.

»Hallo?«

»Odette, hier spricht Myfanwy Thomas.«

»Was geht hier vor?«

»Was hier vorgeht? Der schlimmste Angriff auf das Vereinigte Königreich seit dem Blitzkrieg, das geht hier vor«, antwortete die Rook. »Wolken von diesem Zeug sind in London, Edinburgh, Cardiff, Belfast und Manchester aufgetaucht.«

Odette schloss die Augen. »Jesus.«

»Das können Sie laut sagen. Die Presse nennt es *Die Blendung*. Die gute Nachricht ist, dass die Wolken sich rasch auflösen und dass sie offenbar nicht direkt tödlich sind. Wir haben erstaunlich wenige Meldungen über Todesfälle, und die beruhen ausschließlich auf Autounfällen und Herzinfarkten und einigen Stürzen. Dahinter steckten Ihre Freunde, stimmt's?«

»Ja«, flüsterte Odette.

»Es sind verflucht bösartige Scheißer, wissen Sie das? Tausende Unschuldige wurden betroffen, und ein paar scheinen besonders übel auf dieses Zeug reagiert zu haben. Es herrscht allgemeine Panik ... Der Aktienmarkt hatte einen epileptischen Anfall, bevor der Handel ausgesetzt wurde, die Straßen sind verstopft, und wir bekommen erst jetzt unsere Rettungsdienste zu den Schauplätzen. Die ganze Welt verfolgt diese Vorgänge hier am Bildschirm und verlangt eine Erklärung. Sämtliche Armeen auf der ganzen Welt wappnen sich zur Verteidigung gegen einen ähnlichen Angriff. Wenn wir die nächsten vierundzwanzig Stunden überstehen, ohne dass ein weltweiter Krieg ausbricht, wäre ich sehr erstaunt.«

»Ich ... ich weiß nicht, was ich sagen soll.«

»Sie brauchen nichts zu sagen, Odette«, erwiderte die Rook. »Denn ich weiß nicht, ob ich Ihnen trauen kann. Das Letzte, was ich hörte, war, dass Ihr Cousin dort aufgetaucht ist, um Sie mitzunehmen.«

»Er hat mich gezwungen!«

»Das behaupten Sie. Aber ich habe keinen Beweis dafür«,

erwiderte Thomas. »Die einzige Zeugin liegt zurzeit bewusstlos auf der medizinischen Station des Annexe. Aber eine Sache gibt es: Man sagte mir, dass Pawn Clements Augen sehr stark in Mitleidenschaft gezogen worden sind. Und soweit ich es verstanden habe, sind Sie sehr gut darin, was Augen angeht.«

»Ich … ja, sie sind mein Schwerpunkt«, erwiderte Odette und zuckte zusammen. »Meine Spezialität, meine ich. Aber Marcel ist weit erfahrener.«

»Marcel ist im Apex«, antwortete Thomas. »Wir können hier nicht weg, jedenfalls nicht so leicht. Und außerdem behandelt er gerade jemand anderen, irgendein unschuldiges Opfer, ein Kind. Also möchte ich, dass Sie Felicitys Augen retten.«

»Und wenn ich das nicht kann?«

»Versuchen Sie es. Versuchen Sie es, so gut Sie können.« Damit endete das Gespräch. Odette sah zu Pawn Malhotra auf.

»Einverstanden«, sagte sie schließlich. »Beeilen wir uns.« Das Annexe hatte eine kleine medizinische Station, eine Notfallklinik, wie Malhotra ihr auf dem Weg dorthin berichtete. Sie war längst nicht so gut ausgestattet wie die Krankenstationen, die sie in der Rookery und im Apex House besucht hatte. Und jetzt bildete sie den Kern eines hastig aufgebauten Feldlazaretts. Die Korridore, die zur Station führten, säumten Bänke, auf denen bewusstlose Angehörige der Checquy lagen, die von dem Nebel überrascht worden waren. Es war voll und primitiv, aber offenbar alles, was zur Verfügung stand. Sämtliche öffentlichen Krankenhäuser waren anscheinend von Angehörigen der Öffentlichkeit überfüllt. Odette schämte sich dafür, dass sie erleichtert war, weil die Menschen, an denen sie vorbeiging, alle bewusstlos waren. Sie konnte sich die hasserfüllten Blicke, die sie sonst wohl eingefangen hätte, gut vorstellen. *Hat sich allgemein herumgesprochen, dass der Nebel keine Auswirkungen auf mich hatte?*, überlegte sie. *Wissen sie, dass er von Züchtern auf die Menschheit losgelassen wurde?*

Schließlich erreichten sie die eigentliche Klinik. Sie desinfizierte sich hastig Hände und Arme und wurde von nervösen Pflegern mit dem üblichen Ritual in die Gewänder der Chirurgen gehüllt. Sie rollte ihr Haar hoch, sodass es unter der Kappe verschwand, und zog Handschuhe an.

Clements lag auf einem Operationstisch und war an strategisch entscheidenden Stellen von einem sterilen Tuch bedeckt. Sie war bewusstlos und sah zum ersten Mal, seit Odette sie kannte, verletzlich aus. An einigen Stellen waren die Laken zurückgeschlagen worden, und Leute der Checquy trugen irgendwelche Medikamente auf ihre gerötete Haut auf. Sie alle waren in Chirurgenkittel gekleidet und sahen aus wie typische Pfleger und OP-Schwestern. Nur drei Gestalten wirkten überhaupt nicht typisch. Sie trugen zwar auch Chirurgenkittel, Masken und Kappen, standen aber an der Wand und hielten alle eine große, in einen sterilen Plastikbeutel gewickelte Kanone. Auf alle passte das Adjektiv massig, und es war klar, dass sie keinen Eid geleistet hatten, niemandem etwas anzutun. Odette warf einen kurzen Seitenblick auf die Wächter, schluckte und flüchtete sich dann in das vertraute Problem der Chirurgie.

»Wie sieht der Schaden an ihrer Epidermis aus?«, erkundigte sie sich.

»Oberflächlich betrachtet, sieht sie schrecklich aus«, antwortete einer der Ärzte.

»Aber offenbar hält sich der tatsächlich angerichtete Schaden in Grenzen. Allerdings haben wir Berichte erhalten, die besagen, dass die Wirkung des Nebels außerordentlich schmerzhaft gewesen ist.«

»Jedenfalls für Menschen«, murmelte ein anderer Arzt leise. Eigentlich hätte Odette ihn nicht hören sollen, aber sie hatte ein ausgezeichnetes Gehör und warf ihm einen kurzen Blick zu. Er errötete und richtete seine Aufmerksamkeit auf Clements' Füße.

»Zur Seite«, sagte Odette zu dem Arzt neben ihr, der schlurfend ihrer Anweisung folgte. Sie kniete sich dicht neben den nackten Schenkel der Pawn und holte tief Luft. Ihre Augen refokussierten sich und zoomten ein. Sie hatte das Gefühl, als würde sie schrumpfen und in Clements' Haut hineinfallen. Die rot gefleckte Oberfläche erfüllte ihr ganzes Blickfeld.

»Sie ist gerötet, aber ich sehe keine Blasen oder tatsächlichen Verbrennungen«, sagte sie. »Die Poren sind unbeschädigt, und es gibt keinerlei Anzeichen für einen zellulären Zusammenbruch.«

»Irgendwelche Ideen?«, fragte ein Arzt kleinlaut.

»Die Substanz aus dem Nebel könnte durch die Haut gesickert sein und das Gewebe darunter angegriffen haben. Haben Sie ein Skalpell?« Die Ärzte und die Leute mit den Gewehren wechselten kurze Blicke und zuckten dann mit den Schultern. »Ich werde gleich ihre Augen operieren. Erwarten Sie, dass ich das mit wohlklingenden Beschreibungen tue oder mit echtem Operationsbesteck?« Ein Skalpell materialisierte vor ihr, und sie ignorierte, dass die drei Soldaten ihre Waffen fester packten. »Ich mache einen kleinen Einschnitt, um nach subkutanen Schäden zu suchen. Ich nähe die Wunde später zu. Man wird nicht einmal sehen, dass dort ein Schnitt gewesen ist.«

Odette machte einen winzigen sichelförmigen Schnitt und hob den Hautlappen an. Sie veränderte ihren Blick und untersuchte die Epidermis und die Dermis. Zum missbilligenden Entsetzen der anwesenden Medizinpraktikanten, die sie so verstohlen beobachteten, wie sie nur konnten, zog sie dann ihre Maske herunter und schnüffelte an der Wunde. Und bevor irgendjemand sie aufhalten konnte, berührte sie den Einschnitt mit dem Handschuh und leckte dann ihren Finger ab.

»Was zum Teufel stimmt nicht mit Ihnen?«, brüllte der anwesende Chirurg, packte sie an der Schulter und zerrte sie heftig zurück. Die drei Soldaten hoben ihre Waffen und richteten sie auf sie. Die anderen Ärzte rannten zum gegenüberliegenden Ende des Raums und scharten sich dort zusammen wie verängstigte Karibus in Chirurgenkitteln.

»Entspannen Sie sich«, entgegnete Odette herablassend. »Schließlich bin ich nicht Ihr unheimlicher, aber verdammt heißer Bishop.«

»Sind Sie verrückt geworden?«

»Ich habe nur ihr Blut auf Gift oder irgendwelche Chemikalien untersucht«, erwiderte Odette cool.

»Oh. Und?«

»Und ich denke, dass sie es überstehen wird – jedenfalls ihre Haut. Sie erholt sich bereits. Soweit ich sagen kann, ist der Auslöser ein verändertes Enzym, das als nichttoxischer, nichtätzender Auslöser für Schmerzwahrnehmung agiert. Ich kann nicht alle Elemente identifizieren, aber es gibt Stränge von Schwefel und Murdock's Extract über einer Grundnote von verflüssigtem Johanniskraut und einer Destillation der Drüsen des *Nycticebus coucang.*«

»Wie bitte?«

»Des Sunda-Plumploris.«

»Was hat das alles zu bedeuten?«, fragte der Arzt.

»Dieses Zeug schmerzt höllisch, vor allem in den Augen, und es sieht aus, als würde es großen Schaden anrichten. Aber genau genommen macht es auf lange Sicht gar nichts.

Allerdings erblindet man kurzzeitig, und es ist extrem schmerzhaft.«

»Das alles erkennen Sie dadurch, dass Sie ihr Blut schmecken?«

»Natürlich«, erwiderte Odette. »Hier, wollen Sie versuchen, ob Sie etwas anderes schmecken?« Sie streckte den Finger aus, und der Arzt zuckte zurück.

»Ich … also, mir genügt Ihr Wort.«

*Einer der Vorteile, wenn man mit der Checquy arbeitet, liegt darin, dass sie bereit sind, das Unmögliche zu glauben,* sinnierte Odette. Und natürlich war es unmöglich. Sie hatte etwas in Clements' Blut geschmeckt, aber sie wäre niemals in der Lage gewesen, es so exakt zu bestimmen. In Wahrheit kannte sie das Material nur deshalb, weil sie selbst bei seiner Herstellung mitgewirkt hatte. Es war eine Züchter-Waffe, die Pim und sie als Juniorassistenten entwickelt hatten, und sie hatte sie sofort erkannt. *Trotzdem ist es interessant, dass sie keine Wirkung auf mich gehabt hat,* dachte sie. *Sie müssen sie in dieser Hinsicht verändert haben.*

»Wir brauchen eine detaillierte Analyse, natürlich, aber ich glaube, die Effekte werden innerhalb einer Woche völlig abklingen, ohne dass irgendwelche Schäden zurückbleiben«, sagte sie.

»Oh, das sind wirklich gute Neuigkeiten.« Der Tonfall des Arztes war ziemlich merkwürdig.

»Sie klingen nicht so, als hielten Sie das für gute Nachrichten«, bemerkte Odette, während sie die Wunde schnell nähte.

»Doch, das tun wir. Aber werden sich die Augen auch erholen?«, fragte ein anderer Arzt.

»Das weiß ich nicht«, erwiderte Odette zweifelnd. Sich der Originalformel auszusetzen war ähnlich gewesen, als wäre einem eine in Essig getränkte Siamkatze ins Gesicht gesprungen … schmerzhaft, die Orientierung raubend und verwirrend, aber nicht dauerhaft schädigend. Aber sie erinnerte sich an einige Leute, die sie auf der Straße gesehen hatte. Wenigstens einem Mann war Blut aus den Augen gesickert. Das mochte jedoch eine allergische Reaktion gewesen sein. Oder die Antagonisten hatten vielleicht wirklich an dem Zeug herumgepfuscht. »Wie sieht es mit Pawn Clements' Augen aus?«

»Ich denke, Sie sollten sich das besser selbst ansehen«, antwortete der Arzt, der neben dem Kopf der Pawn stand. Seiner Stimme nach zu urteilen war er mindestens vierzig Jahre älter als sie, aber er klang respektvoll und bewundernd. »Über die Haut kann ich nichts sagen, aber das hier sieht für mich nicht so aus, als würde es sich verbessern.«

Odette trat zu Clements' Kopf. Es entging ihr nicht, dass einer der bewaffneten Wächter ihr gefolgt war und hinter ihr Position bezog. *Konzentriere dich einfach auf die Aufgabe, nicht auf die Tatsache, dass sie dich wahrscheinlich erschießen werden, wenn du es vermasselst!* Sie blickte auf Felicity, die immer noch anästhesiert war, aber deren Augenlider durch Klammern weit offen gehalten wurden. Das verlieh ihr einen starren, ungläubigen Ausdruck, und zwar denselben starren, ungläubigen Ausdruck, den sie Odettes Vermutung nach hätte, wenn sie wach wäre und mitbekäme, dass Odette sie operieren sollte. Die Schwellung rund um die Augen wurde von Tape zurückgehalten, sodass die Pawn insgesamt wirkte wie ein erschreckter Shar-Pei.

Die Augen waren rot und tränten, aber beunruhigender war, dass sie von winzigen Fäden eines dunkelroten, fast schwarzen Materials durchzogen waren. So etwas hatte Odette noch nie zuvor gesehen. *Was, zur Hölle, haben sie mit der Formel angestellt?*, dachte sie. *Ich habe keine radikalen Veränderungen darin wahrgenommen bis auf die Tatsache, dass sie wie Erbsensuppe gerochen hat.* Dann bemerkte sie ein paar Tupfen derselben Farbe auf der Stirn der Pawn. Sie beugte sich vor und roch an der Haut von Clements' Gesicht.

»Das ist eine andere Substanz«, sagte sie. »Jemand hat etwas in ihre Augen gesprüht.«

»Wollen Sie wieder an ihr lecken?«, fragte ein Arzt zögernd.

»Besser nicht.« Odette zoomte auf die Augen der Pawn.

»Sollen wir eine Probe nehmen, um herauszufinden, was es ist?«

»Wie lange würde es dauern, um es zu analysieren?«, erkundigte sie sich.

»Das Problem ist, dass wir hier kein richtiges Labor haben«, erwiderte der Arzt. »Das Annexe ist im Grunde nur ein Bürohaus und ein Waffenarsenal. Wir müssen die Probe woandershin bringen und dann wieder damit zurückkommen.«

»Dafür haben wir keine Zeit«, sagte Odette. »Ich weiß nicht, ob Sie es bemerkt haben, aber diese Flecken werden größer.«

»Was?«

»Sie wachsen. Noch während ich zugesehen habe, haben sie sich ein paar Microns weit ausgedehnt. Wir müssen operieren, und zwar jetzt.«

Es war fast etwas Heiliges, ein Auge zu öffnen. Die Eleganz der Form, die blanke Unmöglichkeit seiner Struktur. Man konnte nicht anders, als Ehrfurcht vor der flüssigen Schönheit eines Auges zu empfinden. Das war einer der Gründe, warum Odette sich entschieden hatte, sich auf die okulare Architektur zu spezialisieren.

Sie lehnte die Werkzeuge ab, die man ihr anbot. Sie waren von sehr guter Qualität, aber dennoch besaß keines die

Eigenschaften, die sie benötigte. Zum fortgesetzten Entsetzen der Ärzte zog sie stattdessen ihren Chirurgenkittel hoch und fuhr mit der Hand unter den Bund ihrer Strumpfhose an ihrem rechten Bein. Ein Saum öffnete sich in ihrer Haut, interne Muskeln bewegten sich, und zwei Skalpelle wurden in ihre Hände gedrückt. Sie waren aus ihren eigenen Knochen angefertigt, wiesen einen unorthodoxen Verlauf der Schneide auf, waren praktisch unzerbrechlich, wunderschön und organisch geschärft.

»Sind sie steril?«, fragte jemand.

»Ja«, antwortete Odette. »In den Schenkeltaschen sind Drüsen, die ein Desinfektionsagens absondern.« Sie legte die Klingen auf ein Sterilisationsfeld in der Nähe des Instrumententabletts und hob die Hände, damit ein Operationspfleger ihr die nicht mehr sterilen Handschuhe ausziehen und ihr neue anlegen konnte. »Also, ich weiß, dass Sie alle mich verurteilen und sich vermutlich bereit machen, mir in den Kopf zu schießen, aber Sie müssen sich mucksmäuschenstill verhalten, während ich das hier durchführe.«

Dann schnitt sie in Felicitys rechtes Auge. Das Skalpell durchtrennte mit Leichtigkeit die zähe Schicht der Sklera. Es verstrich eine Weile, als sie sanft den Schnitt durch Druck öffnete und das stumpfe Ende ihres Skalpells benutzte, um mit winzigen, vorsichtigen Bewegungen in dem Auge umherzutasten. Sie hielt inne und zoomte ihren Blick immer schärfer, bis die Nerven in ihrem Kopf zu brennen begannen. Die Ärzte und die Wächter schwiegen wie versteinert und wagten kaum zu atmen.

»*Oh, Jezus mina!*« Bei ihrem schockierten Ausruf zuckten alle Ärzte zusammen, und sie hörte, wie der Wächter hinter ihr sich schussbereit machte. Aber sie reservierte ihr ganzes Entsetzen für das, was sie in Clements' Auge sah. Es war übel. Sehr übel.

»Es ist eine Art von organischem Agens«, diagnostizierte Odette. »Ein aufbereiteter Krebs, würde ich sagen. Er ist durch die Sklera gesickert und wächst jetzt im Glaskörper. Er hat sich an die innere Oberfläche und an den Cloquet-Kanal des Auges geheftet und wächst exponentiell. Er zerfrisst ihre Augen.«

Nach der derzeitigen Größe und der Verbreitungsrate zu urteilen hatte nur eine winzige Menge dieses Zeugs es in Felicitys Augen geschafft, aber es breitete sich rasend schnell aus. Die Geschwüre waren vergleichsweise noch sehr klein, aber für Odettes verstärkte Vision wirkten sie riesig und furchteinflößend. Große gezackte Tentakel, die sich immer mehr verbreiteten und dicker wurden. Wenn sie unkontrolliert weiterwuchsen, dann würde Clements nicht nur innerhalb einer Stunde permanent blind sein, sondern es war auch möglich, dass sie ihr Gehirn befielen und sie töteten.

»Können Sie sie herausschneiden?«

Odette machte eine Pause. Vielleicht lag es an der Gegenwart der bewaffneten Wächter oder an Rook Thomas' unausgesprochener Drohung, aber sie spürte, dass es nicht gut für sie war, wenn sie die Wahrheit sagte.

»Wie groß sind die Chancen, dass Sie innerhalb von zwanzig Minuten mein Werkzeug aus meinem Hotel holen können?«, erkundigte sie sich schließlich.

»Ich fürchte, das ist unmöglich.«

»Das dachte ich mir schon«, erwiderte sie. »Also gut, welche Medikamente haben Sie hier zur Verfügung?« Ein Handlanger wurde losgeschickt und kehrte mit einem Tablet-Computer zurück, auf dem der Katalog des Annexe aufgeschlagen war. Odette überflog ihn grimmig. Das Angebot war für eine kleine Klinik durchaus respektabel, aber für ihre Zwecke war es fast so, als würde sie mit Blutegeln und einem scharfen Faustkeil arbeiten.

*Also gut, denk nach. Gibt es irgendwelche Mittel, die dir vielleicht etwas Zeit erkaufen? Nichts. Ich habe gar nichts. Ich kann es nicht analysieren, ich habe nicht das Werkzeug, um es herauszuschneiden, ohne ihre Augen zu verstümmeln. Ich habe all dieses Wissen in mir, und ich kann nichts damit anfangen. Sie werden mich umbringen, und sie werden vielleicht auch Alessio umbringen, und es wird einen Krieg geben, und ich kann nichts tun, um ihn zu verhindern. Ich bin nutzlos!*

*Ich bin ...*

*Ich bin ...*

»Ich habe eine Idee«, sagte sie. »Wir brauchen alle Immunsuppressiva, die Sie hierhaben. Und ich brauche eine Hohlnadel und ...« Sie verstummte, angewidert von ihren eigenen Plänen. *Das kann sie entweder retten, oder es macht alles noch sehr viel schlimmer.*

»Miss Leliefeld?«

Sie seufzte.

»Bringen Sie mir einen Spiegel.«


»Und Sie sind wirklich sicher, dass ich das nicht machen soll?« Der Tonfall des Doktors verriet seine glühende Hoffnung, dass sie überhaupt nicht wollte, dass er das durchführte.

»Nein, schon gut«, tat Odette ihm den Gefallen. »Ich kann das.« *Und außerdem würde ich dir sowieso nicht trauen.*

»Soll nicht einer von uns wenigstens den Spiegel halten?«

»Nein. Ich kann die Muskeln in diesem Arm sperren, sodass er ruhig ist.« Sie hob den Spiegel vor ihr Gesicht und blickte sich in die Augen. *Bist du bereit?* Es wäre nett gewesen, wenn sie wenigstens einen Funken Sicherheit verspürt hätte, ein Samenkorn von Glauben an sich selbst, aber da war nichts außer brennendem Zweifel und Furcht. *Ich werde nie bereit sein, also kann ich auch jetzt anfangen.*

Sie hob die Spritze und presste die Nadel in ihr linkes Auge.

Sie dämpfte sämtliche Empfindungen in diesem Teil ihres Gesichts und schaltete das Auge ab, sodass kein Schmerz zu spüren war, aber der Druck war widerlich. Sie sah zu, wie die Nadel in das Weiße ihres Auges glitt, während die Ärzte um sie herum seufzten. Die Wächter schienen sogar ihre Waffen vergessen zu haben. Dann glitt sie mit dem Daumen in den Ring am Ende der Spritze und begann, sie herauszuziehen. Langsam saugte sie einen Teil ihres Glaskörpers heraus.

Nicht zu viel und nicht zu wenig, dachte sie, als sie das klare Gel herauszog, das ihren Augapfel füllte. Ihre Bewegung hypnotisierte sie beinahe selbst. Trotz ihrer Bemühungen begann ein dumpfer Schmerz in ihrem Kopf zu pochen.

Noch ein bisschen mehr, sagte sie sich. So viel du ertragen kannst. Ein bisschen Schmerz jetzt macht vielleicht später den entscheidenden Unterschied.

Schließlich zog Odette behutsam die Nadel aus ihrem Auge und betrachtete die Spritze kritisch. Es schien eine so winzige Menge zu sein. Aber sie musste genügen. Darin wimmelte es von Material der Broederschap, das wusste sie. Hightechbakterien. Speziell entwickelte Zellen. Ihre eigene, exquisit manipulierte DNA. Allein durch sein Gewicht und das Wissen, das dieses Gel repräsentierte, war es Milliarden von Dollar wert. Sie streckte den Spiegel aus, und ein Arzt nahm ihn ehrfürchtig entgegen. Dann wandte sie sich zu Clements um. Sie führte die Nadel in eine der Öffnungen ein, die sie im rechten Auge der Pawn geschaffen hatte, und injizierte ein wenig von der Flüssigkeit. Sie hatte nur das Gel aus einem ihrer Augen entnommen, weil sie das andere brauchte, um die Prozedur zu Ende zu bringen. Aufgrund der Menge Flüssigkeit, die sie aus dem Glaskörper ihres linken Auges gesaugt hatte, würde seine Sehkraft verzerrt und fehlerhaft sein, bis sie das Gel ersetzen konnte. Falls sie die Chance dazu bekam.

Die Flüssigkeit verteilte sich und vermischte sich sofort mit der in Felicitys Auge. Trotz des ungeheuren Wertes wirkte Odettes Glaskörper genauso wie der von allen anderen. Sie hatte versucht, die Substanz in die Nähe einer der Geschwülste zu injizieren, und wartete jetzt ängstlich ab. *Bitte, bitte, lass es eine Wirkung haben.* Sie kannte die Macht ihres eigenen Körpers. Ihr Auge konnte Katarakte und Glaukome in Sekunden eliminieren und Parasiten in Minuten vernichten. Aber dieses Zeug im Auge von Pawn Clements war eine Waffe, die dafür geschaffen war zu vernichten. Odette blieb nur zu hoffen.

Lange Minuten verstrichen, und es gab kein Zeichen von Veränderung. Sie hatte genau die Hälfte des extrahierten Materials in das rechte Auge gespritzt. *Soll ich auch den Rest hineingeben? Wenn die ganze Menge in einem Auge eine Wirkung hat, dann kann einer der Doktoren noch mehr aus meinem anderen Auge entfernen,* dachte sie. *Verdammt, sie können mich festhalten und alles nehmen. Je nachdem, wie die Sache endet, kann mir irgendjemand hinterher immer noch neue Augen machen.*

Da bemerkte sie, dass die Ausweitung des Geschwürs sich verlangsamte. Sie zählte fünfzehn Herzschläge und stellte schließlich fest, dass sie ganz aufgehört hatte. Dann wurden die Spitzen der Tentakel weiß und lösten sich auf. Es funktionierte!

»Es funktioniert!«, kreischte sie, und alle im Raum applaudierten. Sie injizierte rasch den Rest des Materials in das linke Auge von Clements.

Aber noch war es nicht vorbei. Man musste die ganze Sache noch reparieren, und Clements musste unter ein rigoroses Regiment von Immunsuppressiva-Medikamenten gesetzt werden, bis die Materialien der Broederschap von ihrem Körper akzeptiert wurden. Odette hatte das Fortschreiten dieser Waffe aufgehalten und wahrscheinlich umgekehrt. *Gott sei Dank,* dachte sie, als die Leute ihr zögernd die Hand schüttelten.

*Ich frage mich nur, wie Clements das wohl aufnimmt.*

## 38

»Haben Sie ein Kleid für den Empfang?«, fragte Odette Felicity, als sie nach dem Lunch im Wagen ins Hotel fuhren. »Oder müssen Sie eine Art Uniform tragen?«

»Ich glaube, wenn eine Frau bei einem Empfang der Checquy in einer Uniform auftauchen würde, dann würde Lady Farrier ihr hinterrücks einen Dolch in den Rücken rammen«, erklärte Felicity. »Die Zeugmeisterei hat meine Maße. Sie haben sicher ein Kleid geschickt, während wir gegessen haben.«

»Sie haben es noch nicht einmal gesehen?«

»Ich sehe es in zehn Minuten«, erwiderte die Pawn, »sobald wir im Hotel sind.«

»Dann würde ich eher sagen, in zwanzig Minuten«, meinte Odette. »Dieser Verkehr ist schrecklich.« Der Wagen bewegte sich nur ruckweise vorwärts und langsamer als eine orientierungslose Schnecke.

»Rushhour«, erwiderte Clements gleichgültig. »Seien Sie froh, dass Sie nicht mittendrin herumlaufen müssen.« Horden von Fußgängern schoben sich an dem Wagen vorbei, und die Pawn wandte den Blick ab, als wären sie alle nackt.

»Sie sind kein besonderer Fan von Menschenmengen, habe ich recht?«, erkundigte sich Odette. Die Pawn betrachte sie und schien etwas abzuwägen.

»Ich bin eigentlich kein Fan von Öffentlichkeit«, gestand sie dann. »Sie wissen schon, normale Menschen. Sie machen mich nervös. Das war schon immer so, seit ich vom Anwesen hierhergekommen bin.«

»Warum denn?«

»Ich weiß es nicht genau. Vielleicht, weil es so viele von ihnen gibt. Sie spazieren einfach durch ihr Leben, ohne auch nur das Geringste davon zu ahnen, was um sie herum vorgeht. Sie sind wie Vieh. Und wir passen auf sie auf.«

»Wie Vieh.«

»Oder Schafe. Schafe, die sich erheben und uns alle auf dem Scheiterhaufen verbrennen könnten, wenn sie von uns erführen. In der Schule hat man uns immer gesagt, wie wichtig es sei, dass wir im Verborgenen blieben. Der Grund dafür liegt vor allem darin, was das Wissen mit dem britischen Volk machen würde, wenn es etwas herausfände. Aber uns ist klar, dass es auch darum geht, was sie mit uns machen würden.« Sie warf einen Blick aus dem Fenster. »So viele von ihnen«, meinte sie nachdenklich. »Und so wenige von uns.« Sie runzelte die Stirn. »Oh!«

»Was denn?«, erkundigte sich Odette.

»Ich glaube, ich kenne diesen Kerl.« Clements spähte durch die getönte Scheibe.

»Tatsächlich? Wen denn?«

»Diesen obdachlosen Homosexuellen.«

»Was?«, fragte Odette. »Wie kommen Sie darauf, dass er schwul ist? Oder obdachlos?« Sie klang sehr selbstgerecht.

»Sehen Sie mich nicht so an. Er hält Händchen mit einem anderen Mann«, sagte die Pawn. »Und er ist gekleidet, als hätte er kein Zuhause. Oder zumindest keinen Kleiderschrank.«

Odette warf einen Blick aus dem Fenster und identifizierte den fraglichen Mann sofort. Sie musste einräumen, dass Felicity nicht ganz unrecht hatte. Der Mann war etwa mittleren Alters und trug eine Jogginghose sowie ein zer-

knittertes schmutziges T-Shirt. Er hatte einen dieser unge-
pflegten Bärte, die so aussahen, als wären sie alles andere
als ein geplanter Gesichtsschmuck, und den aussichtslosen
Blick eines Menschen, der Substanzen von fragwürdiger Le-
galität zu sich genommen hatte. Der Mann dagegen, dessen
Hand er hielt, schien etwa Mitte zwanzig zu sein und trug
einen auffallend gut geschnittenen blauen Anzug und eine
Designersonnenbrille.

*Was für ein sonderbares Paar,* dachte Odette. »Und woher
kennen Sie ihn?«, fragte sie, als die beiden Männer sich von
ihnen entfernten. Es war typisch für einen Stau in London,
dass die Fußgänger schneller waren als die Fahrzeuge.

»Ich weiß es nicht genau«, antwortete Felicity. »Mir ist
klar, dass das schrecklich klingt, aber er sieht eigentlich
nicht so aus wie irgendjemand, den ich kenne.« Sie zuckte
mit den Schultern. »Vielleicht habe ich mich ja auch geirrt.«

Sie lehnten sich zurück, während der Wagen einfach nicht
von der Stelle kam.

»Meine Güte!«, sagte Odette nach einigen langen Minuten.

»Entschuldigen Sie, Miss Leliefeld«, antwortete der Fahrer. »Es ist ohnehin die schlimmste Zeit des Tages, und es
hat einen Unfall auf der A4 gegeben. Deshalb ist der Verkehr überall ein Albtraum. Ich dachte, diese Strecke ginge
schneller.«

»Es ist nicht Ihr Fehler, Tom«, gab Odette zurück. »Es ist
nur so, ich müsste eigentlich dringend auf die Toilette.« Der
Verkehr vor ihnen machte keine Anstalten, sich aufzulösen;
stattdessen schien er sich auf einen langen Winterschlaf ein-
zustellen.

»Tom, ich glaube, wir gehen den Rest der Strecke zu Fuß«,
erklärte die Pawn.

»Sind Sie sicher?«

»Ja, das ist kein Problem. Bis zur Park Lane sind es nur ein paar Häuserblocks.«

Die Welt außerhalb des Wagens war erheblich heller, wärmer und lauter. Kunden, Touristen und Pendler verstopften die Oxford Street. Felicity schien unter dem lauten Gebrüll der Stadt zu schwanken, aber dann wappnete sie sich und bedeutete Odette, ihr zu folgen. Sie schlängelten sich zwischen den Leuten hindurch, die offensichtlich, nur um sie zu ärgern, alle in die andere Richtung unterwegs zu sein schienen.

»Warten Sie mal kurz.« Clements packte Odette am Ärmel. »Eine Minute.« Sie hatte die Augen zu Schlitzen zusammengekniffen, während sie angestrengt nachdachte.

»Was ist denn?«

»Ich glaube, ich weiß jetzt, woher ich diesen Mann kenne.«

»Den obdachlosen Mann, der vielleicht schwul ist oder sich vielleicht einfach nur nicht von den traditionellen Beschränkungen einer heterosexuellen männlichen Freundschaft behindern lässt?«

»Ich … Was?« Die Pawn wurde kurz aus ihren Gedanken gerissen, als sie diese komplexe Beobachtung verdauen musste.

»Ich meine ja nur.«

»Klappe! Ich weiß jetzt, wer dieser Kerl war.« Ihre freie Hand glitt in ihren Mantel.

»Wer denn?« Odette war von der Dringlichkeit der Pawn verblüfft.

»Wo sind sie? Sind wir an ihnen vorbeigegangen?« Clements betrachtete die Menschen auf dem Bürgersteig, aber die Menge verhinderte, dass sie allzu weit voraussehen konnte. »Scheiße. Was machen wir jetzt?« Es klang, als spräche sie mit sich selbst. Aber sie hatte Odettes Ärmel noch nicht losgelassen. »Ich brauche einen unbeobachteten Ort, um die Rook anrufen zu können. Verflucht, wo ist der Wagen?«

»Felicity, *wer war dieser Mann?*«

Endlich sah die Pawn Odette an. »Einer der Schlafwandler«, sagte sie. »Einer der Leute, die von Ihren Freunden entführt worden sind.«

Dann fingen die Schreie an.

Etliche Blocks vor ihnen quoll eine riesige, völlig unmöglich wirkende Wolke aus … Rauch auf. Oder war es ein Nebel? Odette konnte es nicht erkennen. Jedenfalls war sie bereits so groß wie die Gebäude um sie herum und stieg in den Himmel hinauf. *Ein Vulkan?*, schoss es ihr albernerweise durch den Kopf. Die Rauchsäule war ziemlich dick, gelbgrün und undurchdringlich. Sie drehte sich langsam, und Rauchfetzen und Tentakel wuchsen daraus hervor.

Während Odette die Säule beobachtete, begriff sie, dass sie sich ausdehnte. Sie erfüllte die ganze Straße und kam auf sie zu. Weil sie in den Himmel gewachsen war, hatte sie langsam gewirkt, aber jetzt ergoss sie sich zwischen den Gebäuden und floss nach vorn. Die Menge keuchte und schrie vor Panik, aber aus weiter Ferne, aus dem Inneren der Wolke, ertönten ganz andere Schreie. Es waren keine panischen Schreie, sondern es waren Schreie von Menschen, die Qualen erlitten.

*Was hast du da gemacht?*, dachte Odette, die vor Entsetzen wie erstarrt war. *Oh, Pim, was hast du da gemacht?*

Clements neben ihr war keineswegs erstarrt vor Entsetzen. Sie zog Odette zurück und stieß sie gegen die Mauer eines Geschäfts. Die Menge begriff allmählich, dass es besser war zu flüchten. Die Leute drehten sich um und drängten sich gegen die beiden Frauen, schoben sie weiter, bemühten sich zu entkommen. Sie quollen vom Bürgersteig und strömten aus den Gebäuden auf die Straßen. Autofahrer verließen ihre Fahrzeuge und schlossen sich dem allgemeinen Exodus an.

»Clements, wir müssen verschwinden!«

»Warten Sie!« Die Pawn nahm ihr Telefon heraus. Sie sah Odette abschätzend an und packte ihr Handgelenk fester. »Was ist das? Was haben diese Antagonisten jetzt wieder gemacht?«

»Ich weiß es nicht, ich schwöre es!«, gab Odette zurück. »Aber es klingt nicht gut. Wir müssen sofort hier verschwinden!«

»Flucht ist nicht unsere erste Priorität!« Felicity drückte auf ein Icon auf ihrem Smartphone-Bildschirm. »Hier spricht Pawn Clements. Ich melde eine öffentliche Manifestation in der City von Westminster!« Sie machte eine Pause. »Gut. Teilen Sie ihnen mit, dass Schreie aus dem Inneren der Wolke kommen.« Wieder machte sie eine Pause. »Also dann, bitte informieren Sie Rook Thomas – und ich meine ausschließlich Rook Thomas –, dass es bestätigterweise die Arbeit der Antagonisten ist. Ich habe einen Schlafwandler gesehen, der vor ein paar Minuten in Begleitung eines jungen Mannes mit Sonnenbrille und in einem blauen Mus&Gloucester-Anzug über die Oxford Street Richtung Park Lane gegangen ist … Nein, Sie brauchen nicht zu wissen, was das bedeutet. Man wird alles Nötige in den Unterlagen finden.« Sie beendete das Gespräch.

»Okay, großartig, Sie haben Ihre Pflicht erfüllt. Können wir jetzt endlich weglaufen?«, wollte Odette wissen. Die Wolke kam ihnen immer näher.

»Selbstverständlich«, erwiderte Clements. Sie verzichtete darauf zu erwähnen, was sie beide wussten – sie konnten der Wolke nicht entkommen und hätten es nicht einmal geschafft, wenn sie in dem Moment weggelaufen wären, als sie sie sahen. *Wenigstens haben wir dann etwas zu tun,* dachte Felicity. Die beiden Frauen drehten sich um und schlossen sich der panischen Menschenmenge an, die über die Oxford Street flüchtete.

Sofort wurden die beiden von allen Seiten gestoßen und geschubst. Die legendäre Bereitschaft der Briten, eine disziplinierte Schlange zu bilden, war verständlicherweise vom Auftauchen dieses Albtraums in Luft aufgelöst worden. Bilder des Blitzkrieges, Erinnerungen an etliche terroristische Attentate und die instinktive Furcht vor allem Unerklärlichen hatten sich vereint, um die Menge wie eine Herde in Panik geratener Wisente anzutreiben. Nur waren sie keine Tiere. Allerdings lagen auch keine Kinder oder ältere Leute zurückgelassenen in Gräben. Als der Mob losrannte, stolperte ein Mann an der Seite und stürzte zu Boden. Odette sah, wie zwei Leute stehen blieben, um ihm zu helfen. Sie zogen ihn wieder hoch. Die Menge drängte weiter, aber niemand wurde zerquetscht oder niedergetrampelt.

Alle Habseligkeiten waren achtlos weggeworfen worden. Einkaufstüten und Taschen lagen auf dem Boden. Ebenso ein Fahrrad, dessen Besitzer wahrscheinlich begriffen hatte, dass er damit auch nicht schneller vorankam. Felicity sprang über das Rad, und ihr eiserner Griff um Odettes Handgelenk bedeutete, dass die junge Züchterin ebenfalls hinüberspringen musste.

»Kommen Sie! Los!«, keuchte Felicity, was ziemlich unverschämt war, weil Odette schließlich wegen der Pawn hatten warten müssen. »Los doch!«

Die Mauer aus Nebel warf einen dunklen Schatten über sie. Odette riskierte einen Blick zurück über die Schulter und sah, dass sie nur noch wenige Meter von ihnen entfernt war. Sie war sehr dicht, wie eine gelbgrüne Ozeanwelle, und sie sah undeutliche Schatten von zu Boden stürzenden

Menschen, als die Wolke sie verschlang. Das Geschrei war jetzt auch näher, und es schien aus Hunderten von Kehlen zu kommen, sodass es fast den Eindruck machte, als würde die Wolke selbst schreien.

»Laufen Sie!«

Dann glitt der Nebel über sie hinweg und die Sonne verschwand.

*Na, so schlimm ist das gar nicht!* Felicity blinzelte überrascht. *Sie riecht nach Essen. Allerdings weiß ich nicht, wonach … ES TUT WEH! ES TUT VERDAMMT WEH!*

Jeder Student des Anwesens wurde im siebten, neunten und letzten Jahr mit Tränengas bearbeitet. Das gehörte zur Standardausbildung und bereitete sie auf ihre Rollen als Bürokraten und Verteidiger des übernatürlichen Friedens vor. Während ihrer Ausbildung als Mitglied eines Einsatzteams war Felicity mit CS-Gas, mit der chemischen Keule, mit Paprikapulver und mit PAVA sowie mit den Extrakten von Gifteiche, Giftefeu, Giftsumach und Forelle Müllerin Art besprüht worden. Man hatte sie mit den Geruchssekreten von Skunks, Katzen und von Pawn Hurlstone von der technischen Abteilung eingenebelt. Sie war ebenfalls absichtlich getasert, gelasert, gephasert, granatesert und in Brand gesetzt worden – während sie in ihrer Rüstung gesteckt hatte.

Deshalb war Schmerz ihr nicht fremd.

Das jedoch fühlte sich anders an. Das hier war Schmerz einer anderen Art, eines anderen Aromas. Es fühlte sich an, als sickerte der Nebel in ihre Haut und würde dabei brennen. Ihre Augen fühlten sich wie glimmende Dornen in ihrem Kopf an. Felicity rollte sich auf der Straße zusammen, und die Welt schien sich zu entfernen, sodass nur der Schmerz blieb.

»Das kann ich mir vorstellen.« Odettes Stimme kam wie aus weiter Ferne. Felicity schaffte es, sich ein wenig zu entrollen. Sie spähte zu der Züchterin hoch, die sich über sie beugte. Sie hatte gar nicht bemerkt, dass sie die letzten Worte laut ausgestoßen hatte. Dann durchströmte sie eine weitere Schmerzwelle, und die Welt verschwand erneut. Sie war verloren, mitten in einem Ozean. All ihre Barrieren zerbarsten. Ihre *Gabe* strömte unkontrolliert aus ihr heraus, und die Geschichten der Welt um sie herum brachen über sie herein. Bilder aus der Vergangenheit schossen wie ein Stroboskop durch ihren Kopf.

Sie sah, wie Odette und sie flüchteten, wie der Nebel sie einholte.

Sie sah, wie die Beine unter ihr nachgaben, wie sie auf dem Boden landete und wie Odette ein paar Schritte hinter ihr herstolperte.

Sie sah, wie andere Leute zusammenbrachen, sich mit weit aufgerissenen Mündern wanden. Sie hörte ihre Schreie selbst jetzt noch, wenn auch aus weiter Ferne.

Sie sah, wie Odette sich wieder aufrichtete und die Augen schloss. Als sie sie erneut öffnete, waren sie vollkommen schwarz – die Iris, das Weiß der Augäpfel, alles war schwarz geworden. Und die Züchterin schien von dem Nebel um sie herum überhaupt nicht beeinträchtigt zu werden. Sie stand als Einzige auf den Beinen, umgeben von Menschen, die sich auf dem Boden zusammenkrümmten. Ihre Miene war undurchdringlich.

Felicity erspähte einen Mann, der ein paar Meter von ihnen entfernt flach auf dem Rücken lag. Während sie zusah, sickerten Blut und eine klare Flüssigkeit aus seinen zusammengekniffenen Augen.

Sie sah sich selbst, zusammengerollt auf dem Boden, die Wange auf den Asphalt gepresst, das Gesicht von einer Schicht von Tränen und Rotz überzogen. Sie hatte die Zähne gebleckt und ihren Mund zu einem Schrei aufgerissen.

Und dann, wundersamerweise, ebbte der Schmerz ab. Nicht der ganze Schmerz, sie litt immer noch Qualen, aber sie spürte etwas Kühles über und dann unter ihre Haut gleiten. Dadurch fokussierte sie sich etwas, und all die Jahre der Disziplin und des Trainings zahlten sich aus. Felicity zog ihre Sinne wieder in ihren Körper zurück. Sie schottete sich vor den Menschen um sie herum ab und dann auch vor dem Bürgersteig und ihrer Garderobe.

*Jetzt ist es nur der schlimmste Schmerz, den du jemals erlebt hast,* dachte sie. Sie konnte ihn nicht vertreiben, aber die Checquy hatte sie Methoden gelehrt, wie sie damit fertigwerden konnte, so wie man ihr auch beigebracht hatte, wie man am besten der Folter widerstand. Nimm sie an. Atme hindurch. Gliedere sie auf. Ignoriere sie. Der Schmerz ist da, er passiert, aber du kannst ihn in den Hintergrund schieben. Konzentriere dich auf die Aufgabe vor dir.

Mühsam gelang es Felicity, mit dem Schreien aufzuhören. Ihr Körper war angespannt wegen des brennenden Gefühls, aber sie konnte nachdenken. *Das muss an dem Zeug liegen, das der Graaf mir injiziert hat. Irgendwie hält es diesen Nebel etwas fern.* Sie konnte zwar die Augen nicht öffnen – das verhinderten der Schmerz und die Schwellung. Aber es gab einige Dinge, die sie tun konnte.

Sie richtete sich ruckartig auf und krachte mit der Stirn gegen Odette Leliefelds Kinn. Die Züchterin hatte sich über sie gebeugt, und nach ihrem überraschten Knurren hatte Felicitys Kopfstoß sie zurückgestoßen auf ihren Hintern.

»Leliefeld?«, stieß sie gepresst hervor und streckte ihre Hand in Richtung des überraschenden Knurrens aus.

»Clements? Was ist passiert? Geht es Ihnen besser?« Odette klang erstaunt.

»Mir geht es etwas besser, obwohl es immer noch höllisch wehtut. Und bei Ihnen?«

»Mir geht es gut. Der Nebel scheint mich nicht zu beeinträchtigen.«

*Ist mir schon aufgefallen,* dachte Felicity. »Was ist das da mit … Ihren Augen?« Sie brachte die Worte nur mit Mühe heraus.

»Das sind Schutzlinsen«, erklärte Odette. »Sie stecken normalerweise in meinem Schädel.«

»Für solche Fälle?«

»Nein. Eigentlich sind sie fürs Schwimmen gedacht, aber in letzter Zeit scheine ich sie immer häufiger für giftige Nebel zu benötigen.«

»Oh … gut.«

*Ich frage mich …* Felicity dachte nach. *Wusste sie, dass der Nebel kommt? Steckt sie mit den Antagonisten unter einer Decke?*

»Was sollen wir tun?«, wollte Odette wissen.

*Aber warum wäre sie dann noch hier?*

»Haben Sie etwas bei sich, womit Sie mir helfen könnten?«, fragte Felicity hoffnungsvoll.

»Nein. Tut mir leid. Marcel ist die Person mit all den chemischen Drüsen. Ich kann Sie nur töten. Oder dafür sorgen, dass Sie sich noch mieser fühlen.«

»Ich glaube kaum, dass das möglich ist. Können Sie mir mein Handy geben?« Felicity spürte, wie Odette in ihrer Tasche wühlte und ihr dann das Gerät etwas verlegen in die Hand drückte. Felicity drückte den Knopf und befahl dem Handy, Rook Thomas anzurufen.

»Pawn Clements? Ich habe Ihre Nachricht bekommen. Wo sind Sie?«

»Oxford Street.«

»*Was?* In dieser Wolke? Wir schicken gerade Leute hinein. Es gibt Berichte, denen zufolge Schreie aus der Wolke kommen.«

»Diese Berichte sind zutreffend!« Felicity hielt kurz das Telefon hoch in die Luft, sodass die Rook die Schreie hören konnte. Es gab auch Schreie aus weiterer Entfernung, während der Nebel immer mehr Leute verschluckte. Aber um sie herum war nur schwaches Stöhnen und Schluchzen zu hören, als die Opfer immer schwächer wurden und nur noch zusammengerollt auf dem Boden liegen konnten.

»Wie geht es Ihnen?«, erkundigte sich die Rook nach einem Moment.

»Ich kann nichts sehen und habe Schmerzen«, antwortete Felicity. »Aber das Geschenk unseres Freundes scheint mir etwas zu helfen.«

»Wo ist Leliefeld?«

»Hier bei mir.«

»Geht es ihr gut?«

»Jedenfalls erheblich besser als mir.« Felicity konnte nicht verhindern, dass ihre Stimme verbittert klang. »Der Nebel hat überhaupt keine Wirkung auf sie.«

»Ich will mit ihr reden.« Felicity hielt das Telefon hoch und spürte, wie es ihr aus der Hand genommen wurde.

»Rook Thomas, ich habe keine Ahnung, was das für ein Produkt ist«, sagte Odette. »Es scheint aber Tränengas- und Kampfstoffeigenschaften zu haben.«

»Und es riecht essbar«, warf Felicity ein.

»Ja, wie *Erwt* … Tut mir leid, ich kenne das englische Wort nicht. Wie gewisse Hülsenfrüchte«, erklärte Odette. »Ich weiß nicht, warum es mich nicht beeinträchtigt, aber ich nehme an, wir können das erraten. Sollen wir versuchen, den Opfern zu helfen?« Sie machte eine Pause. »Ja, ja, okay.« Sie drückte Felicity das Telefon wieder in die Hand. »Sie will mit Ihnen reden.«

»Clements, ich schicke Ihnen und Odette ein Helikopterteam. Lassen Sie Ihr Handy an.«

»Äh … Pawn Clements?«, sagte Odette.

»Was?«

»Da kommt jemand«, flüsterte Odette.

»Haben Sie das gehört?«, sagte Felicity in das Telefon.

»Ja. Aber unser Team ist noch nicht da.« Felicity hörte, wie jemand am anderen Ende einatmete. »Clements, haben Sie die Waffe noch?« Felicity legte die Hand an ihre Seite. Die Pistole steckte immer noch in ihrem Schulterhalfter.

»Ja.«

Es gab eine Pause. Felicity spürte Odettes Hand auf ihrer Schulter. *Will sie mich beruhigen? Oder will sie mich erstechen?* Sie schob die Hand in den Mantel und packte den Griff der Waffe. Sehr langsam, um keinen Lärm zu machen, schob sie den kleinen Hebel mit dem Daumen zurück, der die Waffe sicherte.

»Oh«, sagte Odette leise. »Es ist Simon.«

»Wer?« Felicity rieb sich die Augen, um das Brennen zu lindern. Dann öffnete sie sie einen Spalt, aber durch die Tränen und den Nebel konnte sie nur eine Silhouette erkennen, die gelassen auf sie zukam. Sie trat ungerührt über eine Frau, die in der Gosse lag.

»Simon, mein Cousin«, erwiderte Odette. »Er war derjenige mit der Sonnenbrille, der diesen Schlafwandler an der Hand gehalten hat.«

»Sie haben ihn erkannt?« Felicity spannte sich an.

»Erst gerade eben. Er hat ein anderes Gesicht, aber ich habe seinen Geruch wahrgenommen.« Die junge Züchterin klang, als würde sie gleich in Tränen ausbrechen. »Ich kann es nicht glauben. Er ist es, er ist es wirklich.«

»Und er kommt rein zufällig direkt auf Sie beide zu?«, rief die Rook. Ganz offensichtlich konnte sie alles über das Telefon mithören.

»Das ist kein Zufall«, stammelte Odette. »Deshalb hat die

Wolke dort hinten vor unserem Hotel angefangen. Er ist meinetwegen hier. Er will mich mitnehmen.« Ihre Stimme klang schrecklich sehnsüchtig.

»Pawn Clements?«, drang die Stimme von Rook Thomas in Felicitys Ohr.

»Ja, Ma'am?«

»Sie kennen Ihre Befehle. Töten Sie Odette Leliefeld. Und zwar augenblicklich.«

# 39

**Sie zog die Waffe.** Felicity hatte das Telefon fallen lassen und packte Odettes Hand. Vor ihrem geistigen Auge sah sie alle Bewegungen, die sie machen musste – wie sie die Waffe hob, die Züchterin zu sich zog und ihr drei Kugeln in den Schädel jagte. Felicity wappnete sich gegen den Knall – sie wusste, dass die Schüsse ohrenbetäubend laut sein würden. Und wenn sie dann noch Zeit hätte und die Augen öffnen könnte, um zu zielen, würde sie das ganze Magazin auf diesen Mann feuern, diesen Simon. Sie sah alles vor sich, sah, wie es sich abspielte.

Aber sie zögerte.

Dann war die Chance vertan. Sie hörte schnelle Schritte, und im nächsten Moment riss ihr jemand die Waffe aus der Hand. Unwillkürlich stieß sie einen heiseren Schrei aus.

»Eine Pistole?« Der Mann hatte einen starken niederländischen Akzent und klang missbilligend. »Ich dachte, euch Kreaturen wäre es verboten, Schusswaffen zu tragen.« Es klapperte, und Felicity begriff, dass er ihre Pistole weggeworfen hatte. *Rook Thomas wird mich umbringen, wenn ich diese Pistole verliere,* dachte sie trübselig, obwohl sie nicht erwartete, lange genug am Leben zu bleiben, dass die Rook sie umbringen konnte.

»Simon«, sagte Odette schwächlich.

»Odette.« Felicity hörte das Entzücken in der Stimme des Mannes. Sie schlug blindlings in die Richtung der erfreuten Stimme, traf jedoch nur leere Luft. Dann fühlte sie, wie

Odettes Hand aus ihrer gerissen wurde, und im nächsten Moment traf sie die harte Spitze eines teuren italienischen Halbschuhs am Jochbein. Das, addiert zu ihren brennenden Augen und ihrer brennenden Haut, war zu viel – sie sank benommen zu Boden.

»Simon! Nicht! Bring sie nicht um!«

»Sie lassen dich von einer Gruwel eskortieren, die eine Waffe hat. Diese Waffe trägt sie bestimmt nicht meinetwegen!«

»Bitte.«

»Ach, von mir aus«, lenkte Simon ein. »Obwohl es mir widerstrebt, und zwar in vielerlei Hinsicht. Nicht zuletzt, wie du ganz genau weißt, hasse ich es, irgendwelche ungelösten Probleme zurückzulassen.« Felicity hörte, wie jemand verächtlich ausspuckte, spürte jedoch nicht, dass sie etwas getroffen hätte. »Genau genommen … oh mein Gott!«

»Was denn?«, fragte Odette.

»Diese Gruwel habe ich schon einmal gesehen. Sie gehörte zu einem Team, das eine Werkstatt angegriffen hat, die wir eingerichtet hatten. Sie hat den ganzen Laden in Brand gesetzt, und dann haben sie und eine andere sich einfach in Luft aufgelöst. So als hätte das Universum sie einfach verschluckt. Schrecklich.« Er sprach auf Französisch weiter, eine Sprache, die Felicity zufällig verstand. »Aber genug von der Gruwel. Es ist so schön, dich endlich zu sehen! Wir haben dich alle ganz schrecklich vermisst. Und du siehst nett aus. Ich mag dieses Kostüm sehr an dir.«

»Was für ein Gesicht hast du da?«

»Das ist so etwas wie ein Haut-Furnier«, erwiderte er beiläufig. »Man klatscht es sich einfach drauf. Im Augenblick trage ich eine Funktionshaut, aber ich dachte, ich sollte mich in der Öffentlichkeit ein wenig anpassen.«

»Simon, was um alles in der Welt habt ihr gemacht?«

»Ziemlich beeindruckend, stimmt's? Wir haben echte *Erbsensuppe* erschaffen.« Das letzte Wort sagte er auf Deutsch, und zwar zutiefst befriedigt.

»Erbsensuppe?«, wiederholte Odette. »Um Himmels willen! Ihr habt diesem Nebel den Geruch von Suppe gegeben?«

»Ich weiß, es ist albern, aber Pim wollte unbedingt, dass er nach Orangen roch … Du kennst ja sein lächerliches Markenzeichen. Wir haben ihn diesmal überstimmt, Gott sei Dank.«

»Das ist kein Scherz, Simon!« Odette wurde laut. »Sieh dir all diese Menschen an! Sieh dir an, was ihr gemacht habt!«

»Es herrscht Krieg, Odette«, sagte Simon. »Das weißt du. Und wir benötigen Chaos. Die ideale Voraussetzung, damit du verschwinden kannst.«

»Ihr habt das alles gemacht, um mich zu holen?« Odette klang trostlos.

»Na ja, wir hätten es ohnehin gemacht, aber es ist auch ganz praktisch, um dich zurückzuholen.«

»Das ist doch lächerlich, Simon«, erwiderte Odette. »Du musst das beenden. Das ist kein Krieg, und …« Sie schluckte. »Und ich komme nicht mit dir.«

»Es ist sehr wohl ein Krieg, Odette. Ein kleiner Krieg. Eine Art Guerillakrieg. Du weißt ja selbst, wie gut diese Art Kriege für alle Beteiligten für gewöhnlich laufen. Und um einen solchen Krieg zu einem richtig großen werden zu lassen, bedarf es oft nur des richtigen Anstoßes. Wie dies hier.«

»Ich kann immer noch nicht glauben, dass du einen Krieg zwischen der Broederschap und der Checquy willst. Du hintergehst deine eigene Familie.«

»Das ist weit besser als ihr Verrat an unserer Geschichte …«, begann Simon hitzig, unterbrach sich dann jedoch. »Wir werden diesen Disput nicht schon wieder führen und ganz sicher nicht hier. Aber dieser Krieg wird kommen. Es ist zu spät, um ihn jetzt noch zu verhindern, und wir wollen auf keinen Fall, dass du ihm zum Opfer fällst. Wir haben einen schrecklichen Fehler gemacht, als wir dich in diesem Hotel zurückgelassen haben, Odette. Wir hätten dich mitnehmen sollen. Und jetzt, nach dieser Sache hier, wird die Checquy dich nicht am Leben lassen. Du kommst mit mir.«

»Das werde ich nicht!«

»Ach, meine süße Cousine, das wirst du wohl!«

Felicity gelang es, die Augen einen Spalt weit zu öffnen. Sie sah, wie der Mann, Simon, und Odette sich gegenüberstanden. Simon war erheblich größer als seine Cousine, und beide hatten sie diese glänzenden, vollkommen schwarzen Augen. Plötzlich zuckte ein langer gezackter Dorn aus Simons Handgelenk. Blitzartig schlug er zu und zog ihn Odette über die Hand. Sie blickte verblüfft auf die winzige Schnittwunde und sah dann zu ihrem Cousin hoch.

»Schon wieder?«, fragte sie.

»Mach dir keine Sorgen, Dette, es ist kein Gift.«

»Du … du wirst …« Dann brach sie in seinen Armen zusammen. Er schwang sie sich mühelos über die Schulter und wandte sich ab.

»Nein«, sagte Felicity schwach. *Nein.* Trotz ihrer Schmerzen war eines vollkommen klar: Sie würde niemals zulassen, dass dieser Mann ihr Mündel einfach so entführte. Wirklich nur über ihre Leiche. Sie rappelte sich mühsam auf. *Die Pistole, wo ist die Pistole?* Sie wischte sich die Augen, aber sie tränten nach wie vor. Alles war verschwommen.

»Helft mir! Helft mir, bitte!«, stöhnte einer der Menschen in ihrer Nähe, und das stimulierte andere, die noch bei Bewusstsein waren, ebenfalls um Hilfe zu rufen.

»Hilfe!«

»Meine Augen!«

»Bitte, oh Gott, bitte!«

Es drehte Felicity fast den Magen um, aber sie zwang sich dazu, die Menschen zu ignorieren und einen Schritt zu tun. Und noch einen. Simons Gestalt war nur ein undeutlicher Umriss im Nebel, der zusehends verblasste. *Folge ihm.* Halb blind schlurfte sie hinter den beiden her und stolperte auf die Straße. Ihre Füße waren schwer und ungelenk, und sie musste sich an den Wagen abstützen, die überall auf der Straße herumstanden. Etwas bewegte sich schlaff unter ihrem Schuh, und sie merkte, dass sie auf eine Person getreten war. *Schnell!*

Sie konnte den Umriss des Antagonisten und die Person, die er auf den Schultern trug, kaum noch erkennen, als der Nebel immer dichter wurde und ihn verschluckte. Dann waren sie verschwunden, und sie hätte sie genauso wenig aufspüren können wie einen Schlüsselbund im Indischen Ozean.

»Nein!« Sie stöhnte. »Verfluchter, verdammter blöder Scheißmistkerl!«

Sie hatte Zweifel gehabt, was Leliefeld anging. Verdammt, sie hatte an *allen* Züchtern gezweifelt. Ihr war diese Sache mit den Antagonisten einfach wie eine Ausrede vorgekommen. Sie erlaubte den Züchtern zuzuschlagen, während sie sich ins Herz der Checquy einschlichen. Sie war durchaus nicht abgeneigt gewesen zu glauben, dass Odette in Wirklichkeit eine Agentin der Antagonisten war und die Antagonisten Geheimagenten der Züchter. Der Stratege in ihrem Kopf hatte all diese Möglichkeiten minutiös aufgeführt.

Doch all diese Überlegungen hätten keine Rolle spielen dürfen, als man ihr den Befehl gegeben hatte, Leliefeld zu töten. Sie war Soldat und befolgte Befehle. Und doch waren diese Gedanken in ihrem Kopf herumgeschwirrt, einschließlich der Möglichkeit, dass Odette – das Mädchen, mit dem sie die letzte Woche verbracht hatte, das Mädchen, das sie in all ihren Widersprüchlichkeiten erlebt hatte, das Mädchen, das mit ihrem Bruder gefrotzelt und sich Sorgen wegen ihres Huts gemacht und ihr einen Apfel gebracht hatte – dass dieses Mädchen unschuldig war. Also hatte sie gezögert.

Doch das Gespräch zwischen Leliefeld und Simon hatte all ihre Zweifel beseitigt. Die Antagonisten hatten keinen Grund gehabt, Felicity am Leben zu lassen, aber sehr viele Gründe, sie umzubringen. Weder Simon noch Odette hatten wissen können, dass sie während des Streits der beiden bei Bewusstsein war oder dass sie auch nur in der Lage sein würde, sie zu verstehen. Dieses Gespräch war nicht gestellt gewesen.

Jetzt glaubte Felicity, nein, sie wusste, dass Odette unschuldig war, und dass die Antagonisten gegen die Züchter arbeiteten. Das Problem war nur, dass kein anderer es glauben würde. Der Angriff an sich war schon schlimm genug. Aber wenn Odette Leliefeld, das am meisten verachtete Mitglied der Delegation, spurlos in demselben Nebel verschwand, der Hunderte britischer Bürger mitten in London schwer verletzt hatte, würden alle Bemühungen von Rook Thomas, eine Versöhnung herbeizuführen, hinweggefegt werden. Der unterschwellige Hass war sehr real. Ein Krieg würde folgen. Die Antagonisten würden gewinnen.

»*Verflucht!*« Sie fiel auf die Knie, scheuerte sich die Hände auf dem Asphalt wund. Ihre *Sicht* strömte aus ihrer Haut wie gekräuselte Wellen im Wasser. Um sie herum waren die Trümmer eines terroristischen Angriffs zu erkennen. Verlassene Wagen, Handtaschen, Einkaufsbeutel. Und Menschen, die hilflos am Boden lagen. Sie wich schaudernd vor dem allen zurück und erlangte wieder die Kontrolle über ihre *Sicht*.

Dann zog sie sich Schuhe und Socken aus.

Felicity rannte durch die Straßen.

Sie konnte jetzt nichts mehr sehen, weil ihre Augen vollkommen zugeschwollen waren, aber mit jedem Schritt nahm sie einen flüchtigen Eindruck der Welt um sie herum in sich auf. Sie las die Straße unter ihr und ließ die Bilder durch ihre Fußsohlen in ihren Geist steigen.

Eindrücke ihrer Umgebung zischten wie in einem Stroboskop an ihr vorbei. Einen kurzen Augenblick gewann sie ein Abbild des Raums um sie herum, als ihre *Sicht* sich ausbreitete, um die Gegenwart und die Vergangenheit zu lesen. Dann musste sie ihre *Gabe* wieder in ihren Verstand zurückschnappen lassen, damit sie weiterlaufen konnte. Der Schmerz auf ihrer Haut und in ihren Augen flackerte in ihren Sinnen, so wie ihre Sinne aus ihrem Körper hinausflogen und wieder hereinsickerten. Sie spürte, dass sie rannte, dass sie den Nebel tief inhalierte und dass er in ihrer Brust brannte.

Das war nicht gerade eine Situation, die nach einer Analyse rief. Hätte Felicity innegehalten, um darüber nachzudenken, warum sie das tat, hätte sie es einfach nicht vermocht. Der akribische Teil ihres Verstandes hatte sich zurückgezogen, und jetzt wurde sie von ihrem Instinkt und ihren Gefühlen kontrolliert.

Sie verfolgte die Spur. Bilder flackerten vor ihrem inneren Auge auf, Bilder von vor ein paar Sekunden, die Simon, den Antagonisten, zeigten. Er ging gelassen über die Straße, mit Odette über der Schulter, deren Haar an der Seite herunterhing. Felicity sah, wie er sich einen Weg bahnte, sorgfältig über Körper und Trümmer trat, während er in sein Mobiltelefon sprach. Sie folgte ihm auf den Fersen.

Andere Geister tauchten unregelmäßig rund um sie herum auf, während sie die jüngste Vergangenheit passieren ließ. Sie sah, wie Männer und Frauen zu der Wolke hinaufblickten, während sie sich bildete und herabsank, und sich die Augen rieben. Sie sah, wie ein Wagen – zehn Minuten zuvor – einen anderen rammte, dann sprang sie in der Gegenwart über das Wrack. Sie zuckte zusammen, als ein Mann, dem Blut aus den Augen tropfte, taumelnd vor ihr auftauchte. Er verschwand, als sie in ihre eigene Haut zurückwich, wieder blind.

Dann hörte Felicity im Hier und Jetzt, wie der Antagonist vor ihr sich von seinem Gesprächspartner verabschiedete und sein Telefon wegsteckte. Sie hielt den Atem an, damit er nicht hörte, wie sie sich ihm keuchend näherte, und wurde langsamer, sodass ihre Füße eine Sekunde länger auf dem Boden blieben. Sie sog das Bild in sich auf und wusste genau, wo er war, nämlich ein paar Schritte vor ihr. Dann schrie sie und sprang ihn an, rammte mit der Schulter sein Kreuz und schleuderte ihn zu Boden.

Felicity rollte sich herum und landete auf einem Knie. Zwei Herzschläge lang ließ sie die Hand flach auf dem Boden gepresst liegen, während sie die Szenerie in sich aufnahm – Odette, die dort lag, die Mauern hier und der Antagonist dahinten auf dem Boden – dann stieß sie sich wie ein Sprinter vom Startblock ab und näherte sich ihm.

Der Antagonist hatte kaum die Augen geöffnet und sich umgedreht, als er sah, wie Felicity mit ihrer nackten Ferse nach seiner Gurgel trat. Seine Instinkte setzten ein, er hob die Hand und schlug ihr Bein zur Seite. Sie verlor das Gleichgewicht und fiel auf ihn, konnte jedoch ihr Knie in seinen Brustkorb rammen. Er heulte und stieß sie von sich herunter. Sie rollte herum und landete in der Hocke.

»Gruwel!«, schnarrte er.

Felicity antwortete nicht, sondern wartete ab und krümmte ihre Zehen auf dem Boden. Dann sprang sie vor und schlug mit beiden Fäusten zu. Er trat hastig zurück, wich ihr aus, und sie schlug ein Luftloch.

Wiederum tauchte sie kurz in die Vergangenheit ein und sah ihn während der wenigen Augenblicke, die sich gerade ereignet hatten. Ihre *Gabe* konnte ihr Simon nicht in der Gegenwart zeigen, aber noch vor einer Sekunde hatte er vor ihr gestanden. Er keuchte, grinste jedoch, weil sie blindlings durch die Luft schlug. Sie sah, wie die beiden langen Dorne aus seinen Handgelenken fuhren und er vortrat, um sie anzugreifen, *jetzt*! Sie fuhr zurück und hörte, wie sein Schlag sie verfehlte. Felicity packte zu, zielte auf die Stelle, wo sein Arm sein sollte. Sie erwischte seinen Unterarm, versteifte sich, drehte ihn und stieß zu. Er taumelte.

*Du kannst sie nur in der Vergangenheit sehen*, bemerkte der analytische Teil ihres Verstandes vom Rücksitz aus. *Du operierst mit einer Verzögerung, also musst du schneller agieren als er. Eine Sekunde oder sogar eine halbe können bei diesem Spiel entscheidend sein.*

»Du hast also auch ein paar kleine Tricks im Ärmel«, sagte sie. Sie zuckte zusammen, als Tropfen ihr Gesicht trafen.

»Ich habe auch ein paar in meiner Kehle«, zischte der Antagonist.

*Was zum Teufel ist das für ein Zeug?*, dachte sie und wischte sich mit dem Ärmel das Gesicht ab. Sie warf einen Blick in die Vergangenheit und sah, wie er ausatmete und ihr etwas ins Gesicht sprühte. *Er hat mich angesprüht? Das kann nicht gut sein.* Sie tauchte zurück in die Gegenwart. Der Antagonist redete immer noch.

»… Problem ist, dass es vermutlich nicht allzu viel bringen wird, da deine Augen ja bereits geschwollen sind. Aber am Ende sollte es genügen.«

*Wovon redet der Kerl?*

»Ich habe deine Akte gelesen, Gruwel«, sagte der Antagonist. Seine Stimme bewegte sich, und sie drehte den Kopf, um ihm zu folgen, um herauszufinden, wo er war. »Als wir erfuhren, dass sie Odette eine Leibwächterin an die Seite gestellt haben, haben wir dich durchleuchtet. Ich weiß, was du bist … ein Soldat, ein Killer. Meine Cousine ist eine Gelehrte und eine Künstlerin, und sie haben ihr eine Bestie als Schatten mitgegeben, damit sie ihr ein Messer in den Rücken rammt. Aber jetzt kannst du kaum noch etwas sehen«, fuhr er höhnisch fort. »Ich bin tatsächlich ein wenig beeindruckt, dass du uns eingeholt hast. Laut deiner Akte hast du keine Anomalien, die dich unempfindlich für diesen Nebel machen, also musst du sehr starke Schmerzen empfinden. Jedenfalls hoffe ich das sehr.«

*Hör nicht auf ihn! Wo ist er? Was tut er?*

Ein paar Sekunden zuvor, das sah sie in der Vergangenheit, hatte er sich hingehockt und sich dann abgestoßen, um auf sie loszuspringen. Er traf sie, aber sie hatte ihren Arm hochgerissen, sodass sein Dorn in ihrem zusammengerollten Mantel landete, statt ihre Wange zu durchbohren. Unter seinem Gewicht gab ihr linkes Bein nach, und sie packte sein Hemd, sodass sie beide zusammen zu Boden gingen.

*Gut. Wenn wir ringen, weiß ich genau, wo er ist.* Sie packte seine Handgelenke und versuchte, ihm ihr Knie zwischen die Beine zu rammen. Sie traf, aber es fühlte sich nicht weich und nachgiebig an, wie sie erwartet hatte, und Simons Kraft ließ auch keinen Moment nach. *Habe ich ihn verfehlt?* Dann erinnerte sie sich an den weißhäutigen Mann aus dem Reihenhaus und seine neue Interpretation der Lage von Geschlechtsorganen. *Also hat er seinen Willi vielleicht in seinem Unterleib versteckt,* dachte sie. *Schön. Aber ich bezweifle, dass er seinen Schädel auch einziehen kann.* Sie stieß mit dem Kopf nach oben, in der Hoffnung, dass sie seine Nase oder seine Stirn treffen würde.

Stattdessen prallte ihre Stirn von seinem Kinn ab, was ihn zu erschrecken schien. Denn er zuckte zusammen, und sie drückte gegen seine Handgelenke. Er wich zurück, und sie rappelte sich auf. Sie machte eine Pause, um die Situation zu lesen, wie sie vor wenigen Augenblicken gewesen war, und sah, dass er ebenfalls stand. Sie befand sich mit dem Rücken zur Wand, und er griff sie an, hob das linke Bein, um nach ihr zu treten.

*Ausweichen!* Sie drehte sich heftig nach links und hörte ein Krachen wie bei einer Explosion. Sie legte die Hand an die Wand, und ihr ungläubiger Blick in die Vergangenheit zeigte ihr, wie der Antagonist ein Loch durch die Ziegelsteine getreten hatte. *Zieh ihm die Beine weg!* Sie schwang herum, ging in die Hocke und trat zu. Sie erwischte seinen Knöchel, und da sein anderer Fuß noch in der Wand steckte, landete er auf dem Rücken.

*Er hat Waffen, aber keine Ausbildung. Erledige ihn schnell, weil er nur einen Treffer mit diesen Dornen erzielen muss, dann bist du tot.* Sie hörte, wie Steine zu Boden polterten, als er seinen Fuß aus der Wand riss. Ihre *Sicht* zeigte ihr ein Kaleidoskop von Bildern, wie er sich aufrichtete und zu ihr umdrehte.

Es war ein hässlicher und ungelenker Kampf. Er hatte die Kraft und die Dorne auf seiner Seite, aber sie hatte die Geschicklichkeit und die *Sicht.* Gemeinsam war ihnen beiden der Hass, der sie nicht zögern und nicht sauber kämpfen ließ. Sie spuckten, fluchten und schleuderten mit Trümmern um sich. Immer wieder prallten sie aufeinander und wichen zurück. Felicitys Angriffe und Ausweichmanöver wurden ungeschickter, als der Nebel zusehends seinen Tribut forderte. Es fiel ihr schwerer, in die Vergangenheit zu blicken, aber sie schaffte es jedes Mal, einen Schlag zu landen oder einem auszuweichen. Schließlich stürzte sich der Antagonist erbost und frustriert auf sie. Er hielt seine Dorne tief, und das Gift tropfte heraus.

Sie warf sich auf den Boden, rollte unter den Dornen hindurch und trat ihm dann mit aller Kraft in den Bauch. Er stürzte zu Boden, rang nach Luft, und sie rollte sich auf ihn. Der Antagonist versuchte schwach, die Arme zu heben, aber sie war schneller. *Mach dem ein Ende!* Sie schlug nach seinem Gesicht, die Hand zu einem Dolch geformt. *Mach dem ein Ende!*

Der Schlag hätte einen normalen Menschen getötet, davon war sie überzeugt, aber ihn brachte er nicht um. Er kreischte nur, und sie presste ihn auf den Boden, schlug nach ihm, bis er sie schließlich von sich schleuderte. Das blubbernde Geräusch, das aus seinem Mund kam, war nicht menschlich, und sie rechnete mit einem weiteren Angriff. Stattdessen jedoch wirbelte er herum, presste die Hände auf sein Gesicht und flüchtete in die Stadt.

*Ich werde ihm nicht folgen,* dachte sie erschöpft. *Das kann niemand von mir erwarten.* Sie schleppte sich zu der Stelle, wo Odette lag, und kniete sich neben sie. *Ich hoffe, sie ist in Ordnung,* dachte Felicity. Sie war sich ziemlich sicher, dass sie irgendwann während des Kampfes auf das Mädchen getreten war, aber soweit sie es erkennen konnte, war nirgendwo Blut.

*Was mache ich jetzt?,* dachte sie. *Soll ich versuchen, sie mir über die Schulter zu werfen und sie hier herauszuschleppen?* Das war schlechterdings unmöglich. Die Wirkung des Adrenalins und die Wut, die ihr geholfen hatten, den Schmerz zu ignorieren, ließen allmählich nach, und sie wollte nichts lieber, als sich hinlegen und in einer Ohnmacht versinken. Selbst zu sterben erschien ihr plötzlich als gar keine so schlechte Option. Dann erinnerte sie sich, dass Leliefeld ein Telefon hatte. Ob sie es noch bei sich hatte? Sie tastete müde die Kleidung der jungen Frau nach dem Handy ab, als sie eine ferne Stimme hörte.

»Felicity Clements!«, rief jemand schwach. Es klang sonderbar gedämpft, aber sie nahm den unverkennbar englischen Akzent wahr.

»Hier!«, krächzte sie. »Hier! Hierher!« Sie hörte das Knallen von Stiefeln auf Asphalt und spürte im nächsten Moment eine Hand auf ihrer Schulter.

»Pawn Clements, wir sind da.« Die Stimme wurde durch eine Gasmaske gedämpft.

»Hätte es Sie wirklich umgebracht, wenn Sie fünf Minuten früher eingetroffen wären?«, keuchte sie. Man drückte ihr eine Maske auf das Gesicht, und sie atmete kühle, reine Luft ein.

»Na ja, Sie wissen doch, wie das so ist«, gab der Mann von der Checquy zurück. »Wir hatten wirklich viel zu tun.«

»Der Terrorist, der das hier verursacht hat«, sagte Felicity schwach. »Er war gerade noch hier, vor vielleicht ein oder zwei Minuten.«

»Wir können ihn noch erwischen?«, fragte der Soldat.

»Bei Gott, das hoffe ich doch«, sagte Felicity. Sie legte einen Moment die Hand auf den Boden. »Er ist da entlanggelaufen! Machen Sie ihn fertig, wenn Sie können.«

»Können Sie ihn beschreiben?«, fragte der Soldat. »Wie sieht er aus?«

»Zunächst einmal liegt er nicht geblendet auf dem Boden«, erwiderte sie gereizt. »Allein schon dadurch sollte er auffallen. Er ist blond, hat eine spitze Nase und trägt einen blauen Designeranzug.« Sie nahm einen weiteren Atemzug dieser wundervollen Luft. »Ach so, und ihm fehlt ein Auge.«

»Alles klar.« Der Soldat wirkte etwas bestürzt. »Brillant, sind schon dabei.« Er sprach in sein Funkgerät und gab ein paar Instruktionen weiter. »Und welches Auge fehlt ihm?«

Sie hob die Hand. »Das hier.«

# 40

**Felicity wachte auf, konnte** aber die Augen nicht öffnen. Ein sanfter Druck darauf sorgte dafür, dass sie geschlossen blieben. Sie hob vorsichtig die Hände und spürte Mullverbände auf ihren Augenlidern, die mit Klebestreifen gehalten wurden. *Okay, bleib ruhig.* Sie hatte Angst, ihre Sicht durch die Verbände auszuschicken, Angst vor dem, was sie vielleicht vorfinden würde.

Dann hörte sie neben sich ein Geräusch. Felicity spannte sich an, und ihre Sicht strahlte aus. Sie lag auf einer Couch in einem Büro. Links von ihr stand ein massiver Schreibtisch, und zwei Wände waren mit Bücherregalen bedeckt. Neben der Tür stand ein Stuhl und in dem Stuhl saß – sie wechselte ihren Fokus auf die unmittelbare Vergangenheit – Odette Leliefeld. Das Züchter-Mädchen hatte sich zusammengekauert und umschlang die Knie. Ihr rechtes Auge war mit einem Mullverband und einer Binde bedeckt, aber abgesehen davon schien sie gesund zu sein.

»Wo sind wir?«, erkundigte sich Felicity.

»Im Annexe. Im Büro des Chefs der Sektion Südostasien. Offenbar war das der nächstgelegene Ort mit einer freien Couch.«

»Was ist mit meinen …?« Felicity brach ab, aus Angst, eine Antwort auf ihre Fragen zu bekommen.

»Ihre Augen werden wieder gesund«, antwortete Leliefeld behutsam. »Die Schwellung geht bereits zurück.«

Felicity runzelte die Stirn, jedenfalls hatte sie die Absicht, aber die Schwellung in ihrem Gesicht verhinderte es. Im Laufe ihrer Karriere hatte sie sich gelegentlich verletzt und gesehen, wie Teamkameraden verletzt wurden. Entsprechend viel Zeit hatte sie mit Ärzten zugebracht, und sie wusste, dass sie einem nie, nie-nie-nie die ganze Wahrheit sagten.

»Was verschweigen Sie mir?«

»Abgesehen von dem Nebel waren Sie auch einer anderen Waffe ausgesetzt«, begann Leliefeld.

»Ja, der Kerl hat mich angespuckt.« Erschrecktes Schweigen war die Antwort auf ihre Bemerkung. »Und?«

»Man hat mich gebeten, Sie zu operieren.« Odette beschrieb zögernd, was sie vorgefunden hatte, und fuhr noch zögernder fort, als sie schilderte, was sie getan hatte, um das Problem zu lösen.

»Sie haben Ihren Züchter-Schleim in mich hineingespritzt!« Felicity war wütend und angewidert. Die Injektion, die der Graaf ihr verabreicht hatte, war schon schlimm genug gewesen, aber wenigstens so klinisch, dass sie sich hatte einreden können, es wäre ein Medikament oder eine einfache Impfung. Aber Leliefeld hatte einen Teil ihres eigenen Körpers in Felicitys Augen transplantiert, nein, *hineingezüchtet*! Es war einfach widerlich. Es war monströs. Vage schoss ihr der Gedanke durch den Kopf, dass die Augen die Fenster zur Seele waren. *Was bedeutet das? Werde ich jetzt die Dinge auf dieselbe Art und Weise sehen? Kann sie durch meine Augen blicken? Wird es meine Fähigkeiten beeinflussen?*

»Es ist Biotechnologie.« Leliefeld klang ganz unvernünftig vernünftig. »Es ist natürlich.«

»Natürlich!«

»Wenn Sie mir dreizehn Monate und einen Haufen Diapositive geben würden, könnte ich es Ihnen erklären«, meinte Leliefeld. »Das alles hat eine wissenschaftliche Basis. Können Sie das auch über Ihre Gabe sagen?«

»Ich wurde mit dieser Gabe *geboren*!«

»Ohne die Technologie der Broederschap wären Sie blind. Blind und vielleicht sogar tot.«

»Nein, ich wäre *wegen* der Technologie der Broederschap blind!«, blaffte Clements sie an. »Ihr Cousin hat mir den Scheiß in die Augen gespuckt! Es ist alles ein und dasselbe!«

»Das glauben Sie doch nicht wirklich, Felicity. Nicht mehr! Und ich glaube auch nicht, dass Sie das jemals geglaubt haben. Immerhin sind Sie eine Pawn der Checquy. Ein Werkzeug. Sie wissen genauso gut wie ich, dass der Grat zwischen Ihnen und den Monstern, gegen die Sie kämpfen, sehr schmal ist. Dasselbe gilt für mich.« Die Worte hingen bedeutungsschwer in der Luft zwischen ihnen. »Außerdem nimmt die Gesichtsschwellung ab, und die Röte Ihrer Haut verblasst ebenfalls.«

»Aber was wird jetzt passieren?«, fragte Felicity. »Welche Wirkungen wird das alles auf mich haben?«

Leliefeld erklärte ihr die Natur der Waffe, die ihre Augen angegriffen hatte, und was das von ihr injizierte Glaskörpergel damit machte. Abgesehen von seiner schützenden Fähigkeit schien es sonst nicht viel anzurichten.

»Sie können in drei Tagen den Verband von Ihren Augen nehmen«, sagte Leliefeld. »Und Sie werden auch wieder gut sehen können. Aber Sie müssen die Immunsuppressiva mindestens ein Jahr nehmen, bis das Material vollkommen absorbiert und zu einem Teil von Ihnen geworden ist.«

»Sonst passiert was?«

»Eine Abstoßungsreaktion. Und dann der Tod. Ein schlimmer Tod. Das eine wird dem anderen unausweichlich folgen.«

»Also bin ich jetzt etwa drei Tage lang blind?« Felicity klang kläglich.

»Ungefähr drei Tage, ja. Man wird Sie in ein Krankenhaus

der Checquy verlegen, damit Sie dort genesen, bis man den Verband abnehmen kann«, erklärte Leliefeld. »Ich habe mit Rook Thomas gesprochen und sie darüber informiert, dass die Operation erfolgreich verlaufen ist. Damit sie nicht den Befehl gibt, mich umzubringen.«

*Schon wieder*, dachte Felicity schuldbewusst.

»Rook Thomas hat unmissverständlich klargemacht, dass sie Sie so schnell wie möglich wieder im Dienst sehen will.«

»Ernsthaft?«

»Ich sorge dafür, dass im Hotel eine Auswahl von Parfaits auf Sie wartet.«

Gegen ihren Willen musste Felicity lächeln.

»Okay, also gut, drei Tage, ohne etwas sehen zu können, werde ich überstehen«, erklärte Felicity. »Außerdem nehme ich an, dass der Empfang abgesagt wurde, also ist dieser Kelch ebenfalls an mir vorübergegangen.«

»Aber nein. Die Rook hat auch gesagt, dass Sie unbedingt an diesem Empfang teilnehmen sollen. Offenbar wurde er nur verschoben.«

»Hätte ich mir denken können.« Felicity seufzte. »Wenn die Checquy anfinge, irgendwelche gesellschaftlichen Ereignisse abzusagen, weil irgendwo ein Desaster passiert, könnten wir nie irgendwelche Partys feiern.«

»Also gut. Und jetzt zucken Sie nicht zusammen, und tun Sie nichts Unüberlegtes. Ich will nur Ihre Vitalfunktionen überprüfen.« Felicity hörte eine Bewegung und spürte dann eine kühle Hand auf ihrer Stirn, neben ihren Augen und an ihrem Hals. Odette gab einen zufriedenen Laut von sich, und dann war die Hand verschwunden. »Es sieht ganz gut aus. Sind Sie durstig?«

»Ja.« Felicity spürte, wie ihr eine Tasse in die Hand gedrückt wurde, und setzte sich auf, um einen Schluck kaltes Wasser zu trinken.

»Später folgen Scans und Nachuntersuchungen«, erklärte Leliefeld. »Aber es gibt noch sehr viele Menschen, um die sich zuerst gekümmert werden muss. Und ich sollte jetzt los, um ihnen dabei zu helfen. Irgendwann kommt jemand vorbei und sieht nach Ihnen. Ruhen Sie sich aus.«

Felicity hörte, wie die andere Frau wegging und die Tür des Büros öffnete.

»Leliefeld?«

»Ja?«

»Danke, dass Sie mich gerettet haben«, sagte Felicity.

»Gern geschehen und danke gleichfalls«, erwiderte Odette.

Die Tür öffnete sich erneut, und Felicity legte den Kopf auf die Seite.

»Wir sollten wirklich aufhören, uns nur dann zu sehen, wenn einer von uns irgendwo verletzt herumliegt.« Die Stimme des Mannes klang tief und vertraut. Sie musste nicht einmal ihre *Sicht* bemühen, um zu wissen, wer sie besuchte.

»Chopra.« Felicity lächelte. »Sie sehen gut aus.«

»Ja, Sie auch.«

Felicity hoffte sehr, dass ihre Haut immer noch so bunt war, dass sie die Röte verbarg, die warm in ihr aufstieg.

»Sind Sie zufällig hier vorbeigekommen?«, erkundigte sie sich.

»Genau genommen, wurde ich herbestellt. Ich war gerade auf einem Erholungsurlaub, während ich darauf wartete, dass die Rookery mich einem neuen Team zuteilt. Jede Menge Gesprächstherapie, Physiotherapie und Kampftherapie. Glücklicherweise war ich zu Hause, als der Angriff erfolgte.«

»Der Nebel ist also nicht bis zu Ihnen nach Hause vorgedrungen?«

»Nein. Ich lebe in Clapham«, erwiderte Chopra. »Den letzten Berichten nach hat jede Manifestation nur ein Gebiet von etwa zwei Quadratmeilen bedeckt, obwohl das mehr als genug war. Da draußen herrscht ein totales Tohuwabohu.«

»Jede Manifestation?«, wiederholte Felicity. »Es hat mehr als einen Nebel gegeben?« Sie hörte entsetzt zu, als Chopra ihr von den Angriffen im ganzen Land berichtete.

»Es ist im Moment die heißeste Geschichte auf der ganzen Welt«, endete er.

»Hat man … ich meine, weiß man, was es ist?« Sie zögerte. Dass er das Wort *Manifestation* verwendet hatte, war höchst vielsagend. Denn mit diesem Begriff bezeichnete die Checquy übernatürliche Ereignisse. Nichts deutete darauf hin, dass man es als eine Aktion der Züchter sah.

»Nein, aber die Tatsache, dass es nur in großen Städten aufgetreten ist, ist ziemlich beunruhigend«, antwortete Chopra. »Es fällt schwer, es nicht als vorsätzliches Auftreten zu sehen. Die Lügner von unserer Abteilung für Öffentlichkeitsarbeit werden wahrscheinlich bei dem Versuch, sich eine Erklärung auszudenken, graue Haare bekommen, und die Presse wirft bereits mit dem T-Wort um sich. Gott allein weiß, was die echten Terroristen auf der Welt gerade denken. Wahrscheinlich fragen sie einander, was zum Teufel da passiert ist und wer dafür verantwortlich war.«

Felicity brummte unverbindlich.

»Wie auch immer – sagen Sie, wie fühlen Sie sich?«, fragte Chopra. »Ich habe gehört, dass Sie von der Manifestation verschluckt wurden und eine eher, sagen wir, ungewöhnliche Operation durchmachen mussten.«

»Oh Gott, es wissen also schon alle?« Sie war entsetzt.

»So etwas spricht sich schnell herum«, erwiderte er. »Selbst in Geheimorganisationen. Sie sind jetzt also eine halbe Züchterin?« Er klang amüsiert.

»Wagen Sie es nicht, darüber zu scherzen«, erwiderte Felicity. »Ich habe sie gefragt, ob ich dadurch neue Fähigkeiten bekommen hätte, und sie hat mich gefragt, ob es nicht reichte, dass mir meine Augen nicht aus dem Schädel gefressen würden.«

»Das ist ja gar nicht mal schlecht«, meinte Chopra.

»Das Material der Züchter wird sich irgendwann in meinem Körper auflösen, aber es ist trotzdem unheimlich, sich vorzustellen, dass etwas von ihnen in mir ist.« Sie zuckte leicht zusammen, als er seine Hand in ihre schob.

»Niemand wird deshalb geringer von Ihnen denken, Felicity«, sagte er, und sein Griff verstärkte sich etwas. Er hatte wirklich eine sehr schöne Hand.


Die nächsten drei Tage verstrichen quälend langsam.

Felicity wurde von der Couch des Sektionschefs entlassen, weil der offensichtlich sein Büro zurückhaben musste. Ein Minibus transportierte sie und ein paar andere Patienten der Checquy durch die verlassenen Straßen von London zu einem großen Haus in Oxfordshire.

Dieses Haus, Bufo Hall, gehörte schon seit etlichen Jahrhunderten der Checquy und war zuvor als offizielle Residenz von einem der Chevaliers benutzt worden. Im Zweiten Weltkrieg war es ein Genesungsheim für verwundete Soldaten gewesen, und es hatte sich in dieser Funktion so gut bewährt, dass man es einfach dabei belassen hatte. Jetzt natürlich waren alle Insassen Angehörige der Checquy. Die meisten Patienten waren entweder Soldaten, die bei der Erfüllung ihrer Pflicht verletzt worden waren, oder aber Agenten, deren einzigartige Physiologie und Fähigkeiten eine hoch spezialisierte Pflege verlangten. Es lagen drei Frauen und ein Mann dort, die sich nach einer Geburt erholten – die Checquy hatte eine exzellente Elternzeit-Politik –, und ein

Junge vom Anwesen, dem man die Mandeln hatte herausnehmen müssen. Sie schwebten jetzt fröhlich zwitschernd um ihn herum. Ein paar pensionierte Agenten töpferten auf dem Gelände, einschließlich einer älteren Lady, die Felicity ständig nach den Auswirkungen dieser *Blendung* auf die Sicherheit des *Raj* fragte, der britischen Herrschaft in Indien.

Felicity verbrachte die meiste Zeit in dem rückwärtigen Garten des Hauses, der zur Themse hinabführte. Dort saß sie auf einem Stuhl und lauschte den Nachrichten aus einem Radio neben sich, in denen es zumeist um den geheimnisvollen Nebel ging. Alle Streitkräfte Großbritanniens und die Polizei waren in Alarmbereitschaft versetzt worden. Die Flughäfen waren landesweit mehrere Stunden geschlossen worden, was im Rest der Welt das reinste Chaos angerichtet hatte. Der Aktienmarkt war kurz ins Taumeln geraten. Die normale Welt reagierte auf das Übernatürliche, selbst wenn sie das gar nicht wusste.

Später am Tag kamen die ersten Meldungen, dass der Nebel offenbar nur in extrem seltenen Fällen permanente Effekte hatte. Der Leiter des nationalen Gesundheitsdienstes, die vier obersten Chefs des Gesundheitsministeriums und der Premierminister, der anscheinend unbedingt irgendwelche guten Nachrichten verkünden wollte, saßen zusammen und wandten sich in einer Rede an die Nation. Sie versicherten den Menschen, dass die Blindheit und auch der Ausschlag nur vorübergehend seien, und dass alle Krankenhäuser und Ärzte Instruktionen erhalten hätten, wie sie das Unbehagen lindern könnten, bis die Symptome verschwanden. Interessanterweise wurde keine Bemerkung über die Quelle des Phänomens fallen gelassen.

Die Reaktionen darauf variierten. Die gewaltige Mehrheit der Welt hatte die Blendung nicht erlebt, und die Begeisterung über einen Schmerz, den sie nicht empfunden hatte, war faszinierend. Es war etwas, worüber die Leute in der Teeküche des Büros schwatzen konnten. Es war angenehm weit entfernt. Aber die Bilder von den Wolken, die durch die Städte quollen, waren furchteinflößend. London, die Hauptstadt der Welt, in die die Reichen kamen, um ihr Geld in zivilisierten und sicheren Umständen zu genießen, war erneut angegriffen worden, aber diesmal gab es keine Erklärung. Es war ein Mysterium – und zwar eines, mit dem die Leute offenbar nicht mehr länger fertigwerden konnten.

Daran gewöhnt, dass das Internet ihnen auf einen Tastendruck hin eine Antwort auf jede Frage liefern konnte, kamen viele Menschen einfach nicht mit der Tatsache zurecht, dass es dort diesmal keine Antwort für sie gab. Wie konnte so etwas passieren? Es nagte an ihnen. Und es rüttelte an ihrer Sicht der Welt.

Theorien schossen aus dem Boden. Koryphäen und Experten spekulierten. Leute, die eine Meinung, wenn auch nicht unbedingt Ahnung hatten, veröffentlichten sie online. Und die Presse stürzte sich auf jede neue Idee, sowohl angetrieben von dem Verlangen, eine Antwort zu bekommen, als auch von der Furcht, den letzten Trend zu verpassen und das Publikum zu verlieren. Jeder war bereit, selbst die unwahrscheinlichste Möglichkeit für möglich zu halten.

Was unausweichlich die Durchgeknallten auf den Plan rief. Felicity wusste, dass einige tatsächlich von der Checquy beschäftigte Verrückte waren, die laut von Konzernverschwörungen raunten, von Kraftlinien schwafelten und mit dem Kalender der Mayas herumwedelten, um Verwirrung zu stiften, aber eine deprimierend überwältigende Mehrheit dieser Durchgeknallten war echt.

Es gab einen Mann aus Edinburgh, der in einer Radiosendung anrief, um zu beschreiben, was er gesehen hatte. Felicity hörte grimmig zu, als er dem ganz offenkundig ungläubigen Moderator beschrieb, wie er eine junge, obdachlose Frau in der Straße hatte herumkriechen sehen, die den Kopf gehoben und geschnüffelt hatte. Er behauptete, dass sie dann plötzlich angefangen habe, sich heftig zu schütteln, den Kopf zurückgeworfen habe und eine ganze Flut von Nebel aus ihrem Mund und ihren Augen gequollen sei. Felicity runzelte die Stirn, weil sie sich plötzlich sicher war, dass diese obdachlose Frau eine der Schlafwandlerinnen gewesen war.

*Ich nehme an, dass sie zusammen mit dem Mann, mit dem Simon Händchen gehalten hatte, nur die Hülle für die Waffe gewesen ist.* Sie verlangte einen Anruf ins Büro von Rook Thomas und wurde schließlich mit einer gehetzt klingenden Mrs. Woodhouse verbunden. Die versprach, diese Erkenntnis weiterzuleiten und legte dann sofort auf. Dem Lärm im Hintergrund nach zu urteilen war der Court im Augenblick das reinste Tollhaus.

Ebenso offenkundig war, dass die Lügner von der Checquy immer noch keine Erklärung erfunden hatten, auf die sich alle einigen konnten. Die Regierung war den Bürgern nach wie vor eine formelle Stellungnahme schuldig. Auf den ersten Blick sah es so aus, als hätte der letzte Angriff der Antagonisten ihre Sache nicht sonderlich viel weiter gebracht, aber es lag eine Spannung in der Luft, die selbst durch die ruhigen, am Fluss gelegenen Gärten von Bufo Hall waberte. Felicity schnappte Fetzen von den Gesprächen der Angestellten auf, die die Ausbrüche des Nebels diskutierten. Vom Court waren bisher weder Antworten noch Erklärungen gekommen. Die Angehörigen der Checquy waren noch weniger daran gewöhnt, keine Antworten zu bekommen, als die allgemeine Bevölkerung, und die Atmosphäre in der ganzen Organisation war zum Zerreißen angespannt.

Leliefeld kam nicht, um sie zu besuchen, aber sie schickte ihr ein Bukett aus süß duftenden Blumen mit einem Sortiment von Medikamenten. Die Salben und Cremes wurden pflichtbewusst von den Schwestern aufgetragen, und Felicity verbrachte zwei Stunden in einer gewaltigen viktorianischen Badewanne und garte in einer Mischung aus Chemikalien und Kräutern vor sich hin. Als sie herauskam, fühlte sie sich, als wäre sie ein Ragout, aber man erklärte ihr, ihre Haut sehe tausendmal besser aus, und die Schnitte an ihren Füßen wären fast ganz verheilt.

Und die ganze Zeit glaubte sie, sie könnte Leliefelds Glaskörpergel in ihren Augen herumschwimmen fühlen.

»Zu Hause, wieder zu Hause, jippie jeh«, rief Marie, als sich die Aufzugtüren in ihrem Stockwerk öffneten.

»Weißt du, nach zwei Tagen Abwesenheit in dieses Hotel zurückzukommen fühlt sich wirklich an, wie nach Hause zu kommen«, meinte Odette. Sie machte eine kleine Pause. »Gott, wie deprimierend.«

»Ich freue mich einfach nur darauf, nicht auf einer Pritsche in einem Lagerhaus schlafen zu müssen.« Alessio gähnte. »Ich bin so müde.« Es war zweiundzwanzig Uhr, und sie hatten gerade in der Notfalleinrichtung der Checquy schlafen gehen wollen, als sie benachrichtigt wurden, dass ihr Hotel wieder geöffnet sei und die Delegation der Züchter auf der Stelle wieder in ihre Quartiere verbracht werden solle.

Odette folgte Alessio durch den Gang zu ihrer Suite und ignorierte so gut wie möglich die schweren Schritte der beiden riesigen Wächter hinter ihr. In den letzten zwei Tagen war ihr überall, wohin sie auch gegangen war, eine Auswahl von Checquy-Wächtern gefolgt. Es hatte männliche und weibliche Wächter gegeben, Wächter sämtlicher der

Menschheit bekannten Rassen, und alle ohne Ausnahme waren riesig gewesen. Es verlieh ihr fast das Gefühl, als hätte man ihr Flusspferde als Leibwächter an die Seite gestellt.

»Kommen Sie mit in die Suite?«, fragte sie die derzeitigen Nilpferde, die beide ihre massiven Schädel schüttelten. »Dann gute Nacht«, sagte sie und schlug ihnen die Tür vor der Nase zu. Sie beobachtete müde, wie Alessio aus seinen Schuhen schlüpfte, in sein Zimmer ging und sich aufs Bett warf. Sie war sich zwar nicht sicher, aber sie hielt es für sehr wahrscheinlich, dass er noch in der Luft eingeschlafen war.

»Ich brauche einen Drink«, sagte Odette zu sich. Sie ging zur Minibar und stellte fest, dass jedes noch so kleine Schlückchen Alkohol daraus entfernt worden war. *Vielen Dank, Marcel!* Wenigstens hatte er keine Fotos von all dem hinterlassen, was sie nicht trinken sollte. »Es ist mir egal, ich genehmige mir jetzt einen Drink.«

Sie öffnete die Tür ihrer Suite und stellte fest, dass die beiden riesigen Wächter unmittelbar davor stationiert waren.

»Hi«, sagte sie.

»Miss Leliefeld«, sagte der auf der rechten Seite. »Ist alles in Ordnung?«

»Ich will einen Drink. Einen alkoholischen Drink.«

»Sie dürfen keinen Alkohol trinken«, widersprach der auf der linken Seite.

»Weiß ich«, räumte Odette ein.

»Es stand in Ihren Unterlagen«, führte der rechte Wächter das Pingpongspiel fort. »Wegen Ihrer Halsoperation.«

»Ist mir egal. Sie sind hier, um mich … ich weiß eigentlich gar nicht, was genau Ihre Aufgabe ist, und ich will es auch gar nicht wissen, aber ich bin mir hundertprozentig sicher, dass Sie mich nicht vor den gefährlichen Effekten von Alkohol schützen müssen. Ich werde mich jetzt in die Bar im Erdgeschoss setzen, und ich werde dort einen einzigen Drink bestellen, und Sie können mitkommen und zusehen, wie ich ihn trinke. Und dann kehre ich in dieses Zimmer zurück. Das verspreche ich.« Die beiden Wächter wechselten einen kurzen Blick, und Odette konnte fast hören, wie ihre mentalen Zahnräder arbeiteten.

»Ja, okay«, sagte der rechte schließlich.

Der Wächter der Checquy, der im Lift postiert war, wirkte ziemlich überrascht, als sie hereinkamen, sagte jedoch nichts. Sie stiegen in der Lobby aus und gingen in die Bar des Hotels im Erdgeschoss, in der ein paar Gäste herumsaßen. Die meisten waren Zivilisten, aber Odette erkannte auch ein paar Agenten der Checquy, die ganz offensichtlich beteten, dass sie sich nicht zu ihnen setzte. Stattdessen nahm sie an der Bar Platz, und die penetranten Wächter setzten sich unmittelbar neben sie. Sie bestellte einen Stinger-Cocktail und nahm einen großen Schluck, als ihr das Glas vor die Nase gestellt wurde. Der Alkohol brannte tatsächlich unangenehm in ihrer Kehle, aber das war die Sache wert.

»Pawn Fletcher, Pawn Macdonald, Sie können sich da drüben hinsetzen«, sagte eine Stimme hinter ihr. »Sie sehen aus, als wollten Sie das arme Kind entführen.« Odette drehte sich um. Pawn Sophie Jelfs stand vor ihr. Die beiden Pawns sahen sich unsicher an, aber Jelfs sprach mit einer Autorität, die keinen Widerstand duldete. »Odette, Sie sehen vollkommen geschlaucht aus.«

»Ich habe keine Ahnung, was das bedeutet«, erwiderte Odette, »aber ich würde darauf wetten, dass es zutrifft.«

»Darf ich mich neben Sie setzen?«

»Bitte.«

Die Pawn rückte neben sie und bestellte einen Gin Martini.

»Wie ich sehe, haben Sie die Blendung unbeschadet überstanden«, sagte Odette. »Das freut mich.«

»Wie das Schicksal es wollte, hatte ich heute meinen freien Tag«, erwiderte Sophie. »Ich war zu Hause und habe gegärtnert. Und was haben Sie in den letzten Tagen gemacht, das Sie so erschöpft hat?«

»Ich habe einige Operationen unter vorgehaltener Waffe durchgeführt und in einem Lagerhaus in einem aufblasbaren Kinderplanschbecken mit Schleim geschlafen.«

»Das ... dürfte es wohl erklären«, sagte Jelfs. Odette lächelte ironisch. »Sie waren mitten im Nebel, stimmt's? Jedenfalls habe ich das gehört. Es muss furchteinflößend gewesen sein.«

»Es war unheimlich«, bestätigte Odette, »obwohl ich fast die ganze Zeit bewusstlos war. Aber wissen Sie, was das Schlimmste daran war? Was mir Albträume bereitet? Es ist etwas, was nicht einmal passiert ist.«

»Was denn?« Sophie wirkte ein wenig verwirrt. »Was meinen Sie?«

»Als es passiert ist, konnte ich nur an meinen kleinen Bruder denken. Ich habe mir die ganze Zeit Sorgen gemacht, dass der Nebel ihn vielleicht auch erwischt hätte. Er hat nämlich keine Implantate, wissen Sie? Keinen Schutz. Er ist noch ein Kind. Ich habe mich umgesehen und all diese Menschen bemerkt, die voller Qualen auf den Straßen lagen, und der Gedanke, dass ihm das zustoßen könnte, war einfach ...« Sie unterbrach sich und wischte sich die Augen mit einer Serviette. Dann trank sie einen Schluck. »Er ist völlig unschuldig an alldem. Als ich aufwachte, war es das Erste, woran ich gedacht habe. Und ich habe es immer wieder in meinem Kopf durchgespielt. Es ist das Schlimmste, was hätte passieren können.«

»Aber es ist nicht passiert.«

»Ich weiß«, räumte Odette ein. »Das sage ich mir auch. Er war in Sicherheit. Aber trotzdem wird mir ganz übel bei dem Gedanken.«

In einem dunklen Raum nahm ein Arzt Felicity den Verband von den geschlossenen Augen und reinigte vorsichtig ihre Augenlider, bevor er ihr erlaubte, sie aufzuschlagen. Ein gedämpftes Licht schimmerte in ihren Augen, und sie konnte den Arzt vor sich sehen. Also wusste sie, dass sie sehen konnte, aber trotzdem umklammerte sie immer noch ihre Armlehnen. Als der Arzt in ihre Pupillen blickte und ihre Netzhaut fotografierte, erwartete sie insgeheim den entsetzten Aufschrei des Arztes, der ihr sagte, dass alles schiefgegangen wäre, dass sie erblinden würde, dass man sie aus dem Verkehr ziehen müsste. Stattdessen jedoch seufzte er erfreut.

»Sieht alles sehr gut aus.«

»Wirklich?«

»Perfekt«, beruhigte er sie. »Kein Anzeichen von irgendwelchen Verletzungen oder Anomalien.« Er zeigte ihr die Fotos, die wenig hilfreich waren und nur bestätigten, dass das Innere ihres Auges aussah wie eine riesige orangefarbene Kugel. Dann gab er ihr einen Spiegel. Soweit sie es beurteilen konnte, sahen ihre Augen aus wie immer – keine Veränderung in der Farbe, keine sonderbaren pulsierenden Adern, kein Eindruck von Schwellungen oder der Gefahr, dass sie gleich platzten.

Dann betrachtete sie scharf den Rest ihres Körpers und gab zu, dass sie die ganze Sache ziemlich gut überstanden hatte. Die Röte ihrer Haut war völlig abgeklungen, und das weit schneller, als in der Radioansprache versichert worden war. *Natürlich ist sonst auch niemand in den Vorzug eines von den Züchtern geschickten Geschenkkorbs mit Badesalzen gekommen.*

Am nächsten Morgen holte ein Wagen sie ab und brachte sie zum Hotel zurück. Während sie durch die Stadt fuhren, sah sich Felicity misstrauisch und interessiert um. Als sie diese Straßen das letzte Mal gesehen hatte, als die Leute stöhnend oder regungslos auf dem Boden gelegen hatten und alles vernebelt gewesen war, waren sie gespenstisch gewesen. Jetzt herrschte in London wieder Normalität. Menschenmassen bewegten sich über die Bürgersteige, und auch, wenn die Leute misstrauisch sein mochten, versteckten sie sich wenigstens nicht in ihren Häusern.

Das Hotel wirkte snobistisch wie immer und hatte geöffnet, obwohl es praktisch der Ausgangspunkt für den Nebelausbruch gewesen war. Die Türsteher standen sogar etwas steifer da, als wollten sie sagen, dass ein unerklärliches, möglicherweise von Terroristen verursachtes Desaster absolut kein Grund war, um vom Standard abzuweichen. Einer der Aufzüge war offenbar zur ausschließlichen Nutzung durch die Checquy requiriert worden, denn sobald sie die Lobby betrat, sah sie, wie der Wächter an der Tür ein älteres Pärchen höflich, aber bestimmt zu einem anderen Aufzug führte. Der Pawn trug Knickerbocker und eine geistreiche Anspielung auf die Gatsby-Kappe, aber er war auf dem Anwesen in ihrer Klasse gewesen und konnte in wenigen Augenblicken rasiermesserscharfe Stoßzähne aus seinem Kiefer und unzerbrechliche Hörner aus seiner Stirn wachsen lassen. Sie hatte ihn einmal dabei erwischt, wie er bei einem Mathematiktest von ihr abgeschrieben hatte.

»Kevin!«, rief sie.

»Fliss!«, erwiderte er ebenso laut, setzte dann jedoch ein ernstes, seriöses Gesicht auf und sprach in einem respektvollen Ton weiter, der einem Mann gebührte, der in die unverkennbare, wenn auch lächerliche Uniform eines Hotelbeschäftigten gekleidet war. »Wie geht es dir? Ich habe gehört, du hast in der Manifestation gesteckt.«

»Stimmt. Ist das alles, was du gehört hast, Kev?«, fragte sie, als der Aufzug hinauffuhr.

»Ich habe auch gehört, dass du die Scheiße aus irgend so einem Dödel rausgeprügelt hast, dem es dann doch gelungen ist zu entkommen.«

»Noch was?«

»Ich habe ebenfalls gehört, dass du die beste Behandlung auf der ganzen weiten Welt bekommen hast«, meinte er vielsagend. Sein Blick zuckte kurz zu ihren Augen.

»Und ist das ein Problem?«, fragte sie gelassen.

»Für mich nicht«, erwiderte er.

»Und für die anderen?«, wollte sie wissen. Er zuckte mit einer Achsel. »Ja, schon klar, ich weiß ja, wie es läuft.«

»Sie werden bald drüber hinwegkommen. Lass dich nur nicht in irgendetwas Bizarres hineinziehen«, riet er ihr.

»Klar, weil wahrscheinlich nichts Bizarres passieren wird. Mein Leben ist im Moment voll von Unbizarrem. Genau genommen, ist es auch im Allgemeinen voll von Unbizarrem.« Die Aufzugtüren öffneten sich.

»He, wenigstens kannst du dich dann auf der Party heute Abend amüsieren«, meinte er aufmunternd.

*Ach ja, richtig,* dachte Felicity. *Der Empfang. Scheiße.*

# 41

**Eine Nachricht auf dem** Tisch wies Felicity darauf hin, dass im Kühlschrank eine kleine Auswahl von Parfaits auf sie wartete.

*Das ist jetzt aber wirklich süß,* dachte sie. Sicher, in einem waren auch Kiwis, die sie hasste, aber sie wusste diese Aufmerksamkeit so sehr zu schätzen, dass sie das Zeug trotzdem herunterwürgen wollte. Sie machte es sich mit den Parfaits auf der Couch gemütlich und dachte über den bevorstehenden Empfang nach. In dem Wirbel der Ereignisse hatte sie ihn vollkommen vergessen.

*Wahrscheinlich ist es albern, dass ich lieber noch einmal gegen diese Mistkerle im Nebel kämpfen würde, als zu dieser verfluchten Feier zu gehen.* Trotzdem verhielt es sich so. Felicity fand keinen Gefallen an solchen schicken Veranstaltungen. Der Galaabend mit dem Court auf Hill Hall war das zweitschlimmste Ereignis in ihrem Leben gewesen. Es wurde nur vom Tod ihrer Teamkameraden übertroffen, aber es war auf jeden Fall schlimmer als diese alte Dame mit dem spitzen Hut, die ihr zwei Backenzähne ausgeschlagen hatte, oder als sie damals dieser wandelnde Farn gestochen und sie daraufhin das Bewusstsein verloren hatte, oder sogar als ihr von einem wahnsinnig gewordenen Vogelscheuchen-Golem, der durch Hampshire gestreift war und den Leuten die Köpfe abgerissen hatte, ebenfalls fast der Kopf abgerissen worden war.

*Hätte Leliefeld mir nicht einfach noch einen Tag mehr Bettruhe verordnen können?*, dachte sie sehnsüchtig. Gerade als sie mürrisch dasaß und das blöde Kiwi-Parfait in sich hineinstopfte, ging die Tür auf, und besagte Leliefeld kam herein.

»Hallo«, begrüßte die Züchterin sie vorsichtig.

»Hi«, nuschelte Felicity und schluckte. »Hätte es Sie wirklich umgebracht, die Operation ein kleines bisschen zu vermasseln?«

»Wie bitte?«

»Schon gut«, knurrte Felicity grimmig. »Danke für die Parfaits. Und … na ja, Sie wissen schon, das Geschenk der Sehkraft.«

»War mir ein Vergnügen«, antwortete Leliefeld. »Ehrlich gesagt, war es schwieriger, Alessio von den Parfaits fernzuhalten. Also, Sie sind wieder obenauf?«

»Ich lümmle auf einer Couch mit den Überresten eines verspeisten Desserts«, stellte Felicity klar. »Was könnte ich mehr verlangen? Ich habe noch nicht einmal in mein Zimmer geguckt.« Sie kniff die Augen zusammen. »Es ist doch niemand in mein Zimmer gegangen, oder?«

»Nein. Wir durften erst wieder ins Hotel zurückkehren, nachdem wir zwei Nächte auf Pritschen in einem Lagerhaus verbracht hatten.«

»Ich nehme an, das ist eine unserer Ersatz-Geschäftsfortführungs-Einrichtungen«, erklärte Felicity. »Einige davon sind über das ganze Land verteilt. Im Falle eines Desasters schafft man uns dorthin, damit wir weiterarbeiten können. Immerhin hat man Sie nicht in die verlassene Mine in Cornwall verfrachtet.«

»Ja, da kann ich mich wohl glücklich schätzen. Aber der Ort, an dem wir übernachtet haben, war gleichzeitig auch ein Lagerhaus für Traktorteile. Am ersten Morgen bin ich fast von einem Gabelstapler überfahren worden, als ich am Frühstücksbuffet anstand.«

»Unsere Buchhalter würden niemals akzeptieren, dass ein Lagerhaus einfach ungenutzt bleibt«, meinte Felicity bedeutsam. »Das Budget ist ziemlich knapp, und sie können sich leer stehende Einrichtungen für Checquy-Agenten nicht leisten. Man kann nicht einfach irgendjemanden, dessen Schatten ein Portal nach Spanien ist, sagen, dass es keine Mittel im Budget für ihn gibt und er sich auf den privatwirtschaftlichen Sektor verlegen soll.«

»Schön zu erfahren, dass ich mir keine Sorgen über die Sicherheit meines Jobs machen muss«, erwiderte Leliefeld.

»Sie haben also die letzten Tage in einem Lagerhaus abgehangen?«

»Nein, wir haben dort nur geschlafen. Grootvader Ernst hat sich freiwillig gemeldet, Marcel und mir bei den Opfern des Nebels zu assistieren. Nachdem ich Ihre Augen operiert hatte, wurde ich gebeten, die Spuren der Chemikalien zu analysieren, die sie an anderen Opfern gesichert haben.«

»Und?«

»Und ich habe mir den unverdienten Ruf eines Genies eingehandelt. Na ja, ein wenig unverdient.«

»Was soll das heißen?«, wollte Felicity wissen.

»Ich war in der Lage, einige nützliche Erkenntnisse weiterzugeben«, erklärte Leliefeld. »Die Wissenschaftler der Checquy glaubten, es läge an meiner erstaunlichen Fachkenntnis. Über die ich selbstverständlich auch verfüge. Aber der eigentliche Grund war der, dass ich das Zeug schon einmal gesehen habe.«

»Na ja, es ist schließlich auch ein Züchter-Produkt«, erwiderte Felicity gleichgültig.

»Ja, aber das durfte ich niemandem sagen. Jedenfalls ist dieses Toxin nicht besonders angenehm. Normalerweise muss es in einer lebenden Kreatur verarbeitet werden, bevor man es freisetzen kann.«

»Das ist … ekelhaft.«

»Das ist Wissenschaft«, widersprach Leliefeld. »Die ist an sich ekelhaft. Aber ich muss zugeben, dass diese Sache besonders ekelhaft ist. Der Wirt muss substanziell angepasst sein und muss förmlich von Immunsuppressiva und Antikörpern ertränkt werden. Wir benutzen normalerweise Schweine oder Schafe als Wirte, aber ich glaube, dass dieser obdachlos aussehende Kerl, mit dem Simon zusammen war, in dem Fall der Wirt war. Ich habe allerdings keine Ahnung, wie sie es geschafft haben, ihn in so kurzer Zeit vorzubereiten. Es braucht eigentlich Monate, um das angemessene Level von Chemikalien und Hormonen zu erreichen, und soweit ich weiß, kann man sie nicht einfach in den Wirt hineinpumpen.«

»Er hatte eine Organtransplantation hinter sich«, sagte Felicity. »Alle Entführten haben sich einer Transplantation unterzogen.«

Odette fiel der Unterkiefer herunter. »Das ist brillant!«, sagte sie. »Man findet nur sehr wenig Tiere, die neue Organe bekommen haben, aber Menschen? Das ist wirklich clever.«

»Ja, ziemlich gerissen.« Felicity klang etwas gepresst.

»Jedenfalls haben Marcel und ich danach die Augen der in Mitleidenschaft gezogenen Menschen operiert. Offenbar hat ein kleiner Prozentsatz der Bevölkerung eine schreckliche allergische Reaktion auf diesen Nebel entwickelt. Wir wurden in ein paar andere Städte geflogen, stets begleitet von unterschiedlich großen Aufpassern.«

»Man hat Ihnen neue Leibwächter zugeteilt?« Felicity verspürte unerwartet Eifersucht. Leliefeld war *ihre* Schutzbefohlene.

»Ich weiß nicht, ob *Leibwächter* die zutreffende Jobbeschreibung war«, erwiderte Leliefeld. »Wir haben operiert, während sie ihre Waffen auf uns gerichtet hielten.«

»Oh. Verstehe. Es hat also alles geklappt?«

»Ich denke schon«, sagte Leliefeld. »Wir mussten allerdings etliche Tiefkühlsteigen mit Augen aus Brügge und Sevilla einfliegen lassen.«

»Ich weiß wirklich nicht, warum ich Ihnen diese Fragen stelle, wo ich doch genau weiß, dass mir bei den Antworten schlecht wird«, merkte Felicity an.

»Ganz so schlimm war das nicht«, gab Leliefeld zurück. »Ich meine, die neuen Augen einzusetzen war eine lange, mühsame Arbeit, aber es hat fast genauso viel Zeit gekostet sicherzustellen, dass die Farbe der ihrer alten Augen entsprach.«

»Ist es denn so schlimm, wenn es einen kleinen Unterschied gibt?«, erkundigte sich Felicity. »Die Leute sind längst nicht so aufmerksam, wie Sie glauben. Ich erinnere mich an mindestens eine Situation, wo die Checquy erfolgreich den Kombi einer Person ersetzt hat, ohne dass er es bemerkt hätte. Der Originalwagen wurde während einer Manifestation in eine Chutney-Flasche verwandelt.«

»Na ja, Fahrzeuge sind eine Sache«, wandte Leliefeld ein. »Die Menschen achten meistens doch etwas mehr auf sich selbst. Es ist schon ungewöhnlich genug, wenn sie plötzlich keine Brillen mehr brauchen, aber wenn darüber hinaus auch noch ihre Augenfarbe von Blau zu Braun gewechselt hat …«

»Wie vielen konnten Sie helfen?«

»Ziemlich vielen«, antwortete Leliefeld. »Es wird von einer Menge Wundern in der Presse zu lesen sein. Jedenfalls können Sie versichert sein, dass niemand in Ihr Zimmer gegangen ist, obwohl es, ehrlich gesagt, sehr verlockend war.«

»Warum?«, fragte Felicity misstrauisch. All die geheimen Dokumente und Akten, die man ihr gegeben hatte, waren zwar im Zimmersafe weggesperrt, aber die Vorstellung, dass irgendjemand ihr Zeug durchwühlte, gefiel ihr ganz und gar nicht.

»Weil ich unbedingt das Kleid sehen wollte, das man Ihnen für den Empfang heute geschickt hat!« Felicity starrte sie verständnislos an. Dieser Gedanke war ihr noch fremder als die Vorstellung, dass jemand Skalpelle in seinem Oberschenkel mit sich herumtrug. »Sind Sie denn nicht wenigstens ein kleines bisschen neugierig?«

*Sei diplomatisch,* dachte Felicity und schaffte es, ihre Oberlippe von den Zähnen zu heben, als Zeichen ihres Enthusiasmus. Es klappte mehr schlecht als recht.

»Wollen Sie es sehen?«, fragte sie schließlich.

Sie betrachteten das Kleid in respektvollem Schweigen. Es war die Art von respektvollem Schweigen, das bei Feierlichkeiten eintrat, wenn man eines Desasters gedachte.

»Ich bin keine Expertin, was Kleider angeht«, erklärte Felicity schließlich. »Aber das da ... das da ist kein gutes Kleid, habe ich recht?«

»Ich weiß, was ich dazu gern sagen würde«, erwiderte Leliefeld. »Aber ich bin mir meiner Rolle als diplomatische Gesandte bewusst, die hier ist, um Frieden zwischen unseren Völkern zu stiften.«

»Spucken Sie es ruhig aus!«

»Hören Sie, ich bin gelernte Chirurgin.«

»Soll heißen?«

»Soll heißen, als jemand, der miterlebt hat, wie menschliche Körperformen verändert und pervertiert wurden, jenseits aller Erkennbarkeit ...« Sie verstummte verlegen.

»Soll heißen?«

»Soll heißen, und ich sage es nicht gern, dass dieses Kleid das schlimmste Verbrechen gegen die Natur ist, dass ich jemals in meinem Leben gesehen habe.«

Felicity zuckte nun doch ein wenig zusammen. Das Kleid lag auf dem Bett, bösartig und widerspenstig, wie eine wütende Qualle. Technisch gesehen war es ein Abendkleid, genauso, wie Schlamm technisch gesehen essbar war. Der umnachtete Designer war offenbar dem Dogma »Akzentuiere das Negative« hörig und von der Annahme ausgegangen, dass die Hure, die dieses Kleid tragen sollte, würfelförmige Brüste hatte. Es gab Falten und Plissees, wo nach Gottes Wille keine Falten oder Plissees zu sein hatten, und es war etwas im Rücken eingearbeitet worden, das ganz massiv den Eindruck eines Tournüren-Vorfalls hervorrief. Die Farbe hätte man vielleicht als Himmelblau beschreiben können, aber es war ein Himmelblau, das selbst die fröhlichste und musikalischste Novizin dazu gebracht hätte, sich die Pulsadern aufzuschneiden. Es war ein verzweifeltes Himmelblau, das den Himmel aufgegeben hatte.

»Haben Sie irgendjemanden in der Zeugmeisterei tödlich beleidigt?«, erkundigte sich Odette vorsichtig.

»Das weiß ich nicht«, gab Felicity zu. »Ich glaube, es soll unterstreichen, dass ich in einer funktionalen Eigenschaft dort anwesend bin.«

»Das allerdings tut es tatsächlich«, räumte Leliefeld ein. »Es schreit förmlich *Anstandsdame*!«

»Vielleicht haben sie sich Sorgen gemacht, dass ich die hochrangigeren Gäste in den Schatten stellen würde«, spekulierte Felicity.

»Davor brauchen Sie mit diesem Kleid wirklich keine Angst zu haben«, war sich Leliefeld sicher. »Obwohl die Gäste vielleicht auf die Idee kommen könnten, ihren Abfall in Ihrem Ausschnitt zu entsorgen.«

»Die Zeugmeisterei ist natürlich mehr daran gewöhnt, Rüstungen und Waffen anzufertigen.« Felicity fühlte sich plötzlich in einem Anflug von Loyalität dazu verpflichtet, ihre Kollegen zu verteidigen. »Ich glaube nicht, dass sie bisher sehr viel mit Festgarderobe zu tun gehabt haben.«

»Ich bin davon überzeugt, dass ihre Absichten ehrenwert waren, aber Sie dürfen diese Monstrosität auf keinen Fall auch nur in die Nähe Ihres Körpers lassen!«, erklärte Leliefeld entschlossen.

»Ich habe sonst nichts auch nur annähernd Angemessenes in meinem Schrank, außer einem Brautjungfernkleid«, antwortete Felicity. »Und das ist in Fuchsia und hat Puffärmel.«

»Was ist mit dem Kleid, das Sie in Ascot getragen haben?«

»In der Reinigung«, erwiderte Felicity grimmig.

»Wäre Judas Iskariot noch am Leben und eine Frau und würde an formellen Empfängen teilnehmen, dann wäre es trotzdem eine unverhältnismäßig harte Strafe für seine Sünden, wenn er dieses Kleid tragen müsste.«

»Für ihre Sünden.«

»Meine ich ja«, antwortete Odette etwas unsicher. »Jedenfalls habe ich noch ein Ersatzkleid, das Sie tragen können.« Felicity sah sie an und suchte nach einer diplomatischen Möglichkeit, ihre Gedanken auszudrücken.

»Das ist sehr nett von Ihnen, aber Sie sind nicht groß genug, und Ihre Brüste sind zu klein. In einem Kleid, das Ihnen passt, würde ich aussehen wie eine Hure oder ein Würstchen.« *Vielleicht sollte ich tatsächlich erwägen, in die Diplomatie zu gehen,* dachte Felicity, die sehr zufrieden mit ihrer Formulierung war.

»Es wird Ihnen passen«, versicherte Leliefeld ihr. »Es ist sehr ... anpassungsfähig.«

Die Aufregung der Nachrichtensender wegen der *Blendung* hatte sich noch längst nicht gelegt, daran konnte nicht einmal der damit in keiner Weise zusammenhängende Skandal etwas ändern, dass ein verheiratetes Mitglied des House of Lords eine homosexuelle Affäre mit einem ebenfalls verheirateten ausländischen Spion gehabt hatte. Felicity, Leliefeld und Alessio saßen auf der Couch und verfolgten die pausenlose Berichterstattung über die Blendung. Felicity hatte zwar die Radioübertragungen gehört, aber es war etwas ganz anderes, das alles im Fernsehen zu verfolgen. Die Bilder der gelbgrünen Wolken, die durch die Städte rollten, waren fast genauso furchteinflößend wie die Erfahrung, tatsächlich dort gewesen zu sein. Was die Sache noch schlimmer machte, waren die Aufnahmen von den Opfern. Sie konzentrierten sich überwiegend auf diejenigen, die die schlimmsten Reaktionen gezeigt hatten.

»Konntet ihr diesem Jungen helfen?«, erkundigte sich Alessio. Sie sahen gerade das Foto eines dunkelhaarigen Kindes, das von dem Nebel geblendet worden war. Es war eines der am häufigsten gezeigten Fotos von den Attentaten.

»Wahrscheinlich hätten wir etwas für ihn tun können«, sagte Leliefeld betrübt. »Aber leider hatten zu viele Menschen dieses Foto bereits gesehen. Hätte er neue Augen bekommen, hätte das die Glaubwürdigkeit medizinischer Wunder deutlich überstrapaziert. Es gibt kein bekanntes Heilmittel, wenn du beide Augen nach einem biologischen Angriff verloren hast.«

»Und warum nicht?«, fragte Felicity.

»Wie bitte?«

»Nun, Sie haben doch ein solches Heilmittel, und wie Sie nie müde werden, mir zu erzählen, basiert Ihre Arbeit auf Wissenschaft«, fuhr Felicity fort. »Warum geht ihr Züchter also nicht einfach in die Öffentlichkeit und scheffelt damit Milliarden?« Die Züchter-Geschwister wechselten einen kurzen Blick. »Was denn?«

»Sie haben gerade unseren schlimmsten Albtraum beschrieben«, erklärte Leliefeld.

»Abgesehen davon, auf eine Party mit der Checquy zu gehen«, warf Alessio ein. Die beiden Frauen warfen ihm einen vernichtenden Blick zu, und er verschwand zwischen den Couchkissen.

»Es gibt sehr viele gefährliche Implikationen bei dem, was wir tun«, erläuterte Leliefeld. »Für die Welt und auch für uns.«

»Aber warum denn? Immerhin ist es Wissenschaft, unser bester Freund auf der ganzen weiten Welt.«

»Sie wissen ganz genau, dass ich das nicht so sehe«, gab Leliefeld zurück. »Zunächst einmal ist der größte Teil unserer Arbeit in den meisten Ländern illegal. Wir reden hier von Gentechnologie, davon, Organe zu züchten, zu klonen, die menschliche Biologie zu bewaffnen. Alessio verwahrt menschliche Stammzellen in seinen Thermoskannen.«

»Aber nur für Experimente, nicht zum Trinken«, versicherte Alessio ihr hastig.

»Außerdem finden die Leute das unheimlich«, fuhr Leliefeld fort.

»Weil es unheimlich ist«, meinte Felicity. »Und zwar *unheimlich* unheimlich. Aber Sie wissen ganz genau, dass man all diese Gesetze in die Tonne treten würde, wenn die Möglichkeit bestünde, Krebs wirklich zu heilen oder unsere Lebenserwartung zu verdoppeln.«

»Das ist einfach zu groß.« Odette schüttelte den Kopf. »Wenn nur ein einziges Land unbeschränkten Zugang zu unseren Fähigkeiten bekäme, würde es die unangefochtene Supermacht der ganzen Welt werden. Es wäre das Gleiche, als hätte man damals dem Römischen Weltreich plötzlich Nuklearwaffen zur Verfügung gestellt. Gerade Sie sollten das Problem verstehen.«

»Ja, aber das ist etwas anderes«, widersprach Felicity. »Ich bin mit dieser Fähigkeit geboren worden, aber jeder könnte lernen, das zu tun, was Sie tun.« Odette und Alessio öffneten beide den Mund, aber sie sprach rasch weiter. »Jeder, der extrem brillant ist.« Die beiden Züchter wirkten eine Spur besänftigt.

»Sie müssen einfach begreifen, dass wir im wahrsten Sinne des Wortes der heutigen Wissenschaft um Jahrhunderte voraus sind«, behauptete Leliefeld. »Selbst wenn wir das Wissen allen zugänglich machten, würde es die Dinge nicht verbessern, sondern verschlimmern. Unsere derzeitige Kultur ist nicht bereit für das, was wir vermögen. Deshalb geht es bei diesen Verhandlungen auch nicht nur darum, wie viel Geld wir behalten können und ob man uns zu Hilfe rufen kann, um ein riesiges bösartiges Stachelschwein zu bezwingen. Sondern es müssen Maßnahmen ergriffen werden, um unser Wissen zu schützen. Und das zu kontrollieren, was man damit anstellen kann. Wir werden sicher keine zusätzlichen Hausbesuche machen, damit sich die wohlhabende Klasse von Großbritannien ein paar extra Jahrhunderte Lebenszeit verschaffen kann.«

»Das heißt also, keine neuen Augen für diesen kleinen Jungen«, stellte Felicity fest.

»Keine neuen Augen für diesen kleinen Jungen«, pflichtete Leliefeld ihr traurig bei. »Aber Marcel versucht, seine anderen Sinne zu verstärken und pflanzt ihm vielleicht auch ein kleines rudimentäres Radar ein. Die Menschen scheinen bereit zu sein, an solche Dinge zu glauben.«

»Und was ist mit dem Typ da?«, fragte Alessio, als ein neues Bild aufblitzte. Darauf zerfetzte sich ein Mann das eigene Gesicht. »Hat er ihm geholfen?«

»Also gut, ich glaube, es wird Zeit, dass wir uns fertig machen«, erklärte Leliefeld.

»Aber wir müssen erst in ein paar Jahrhunderten los!«, widersprach Alessio. »Und ich brauche nur ein paar Minuten, um mich anzuziehen.«

»Gut, dann nimm sie dir jetzt.« Leliefeld stellte das Fernsehgerät aus. »Wir brauchen den größeren Raum, deshalb kannst du dich in Pawn Clements' Zimmer umziehen.«

»Aber fass ja nichts an«, drohte Felicity.

Der Junge maulte, rutschte aber von der Couch und verschwand im Schlafzimmer. »Es wäre mir lieber, wenn er nicht ununterbrochen vor der Glotze hängen und Nachrichten sehen würde«, sagte Leliefeld zu Felicity. »Außerdem schickt das Hotel uns einen Friseur hoch, und bis er da ist, sollten wir angezogen sein.«

»Man hat uns auf dem Anwesen gelehrt, dass man erst das Make-up auflegt, dann das Haar macht, danach das Kleid anzieht und zum Schluss die Schuhe«, erwiderte Felicity freundlich. Die gesellschaftlichen Ereignisse mit den Zivilisten auf dem Anwesen hatte sie immer am wenigsten gemocht, aber sie hatte es geschafft, sich die Reihenfolge der Vorbereitungen einzuprägen, durch die passende Eselsbrücke: Monster Haben Kurze Schwänze. Sie und ihre Freundinnen hatten sogar eine obszöne Variation davon gemacht, nämlich »Monster Haben Kurze Schwänze Auch Beim Vögeln«, aber sie erwartete nicht, dass vor allem der letzte Teil dieser Ergänzung heute Abend irgendeine Rolle für sie spielen würde.

»Ja, so mache ich das normalerweise auch«, räumte Leliefeld ein. »Aber diese Kleider sind ein bisschen kompliziert, und ich will fertig sein, bevor irgendwelche Zivilisten hereinspazieren.« Sie setzte sich vor den Spiegel und trug Grundierung auf ihr Gesicht auf. Felicity erwartete, dass sie ihr Make-up erst zusammenmischte, stattdessen jedoch knöpfte die Züchterin ihr Oberteil auf und zog es aus.

Unwillkürlich ließ Felicity den Blick über den Körper der anderen Frau gleiten, abschätzend und vergleichend. Die Züchterin sah aus, als ginge sie nur ins Fitnessstudio, wenn sie zufällig daran dachte, aber sie hatte eine Unbefangenheit, um die Felicity sie nur beneiden konnte. Es war ja okay, kein Unterhemd zu tragen, wenn sich das ganze Einsatz-Team auf der Pritsche eines Lastwagens umzog, denn das gehörte zum Job. Aber Felicity war noch nie der Typ Mädchen gewesen, das sich lässig in den Umkleideräumen auszog.

Dann bemerkte sie die Narben.

Schwache weiße Linien, die über die Arme der anderen Frau verliefen, und eine rosafarbene Y-förmige Narbe, die an ihren Schultern begann und zwischen ihren Brüsten zusammenlief. Eine einzige Linie erschien unter dem Rand ihres Büstenhalters und verschwand unter ihrem Hosenbund, und ein paar Narben erstreckten sich quer über ihren Bauch. Felicity riss die Augen auf und bemerkte dann, dass Leliefeld sie im Spiegel beobachtete. Felicity lief rot an und wandte den Blick ab.

»Entschuldigung«, sagte sie.

»Schon gut, sie sind wirklich auffällig«, erwiderte Leliefeld. Sie tupfte Grundierung auf die Narben. »Ich schäme mich ihrer nicht«, sagte sie. Nachdenklich fuhr sie über die Narbe zwischen ihren Brüsten. »Genau genommen, schätze ich mich glücklich, dass ich sie habe.«

»Wie bitte?«

»Diese Narben sind noch ziemlich frisch«, erklärte Leliefeld. »Marcel hat die Verbesserungen vorgenommen, unmittelbar bevor wir nach London gereist sind. Es war ein Zeichen dafür, dass sie mir vertraut haben.«

»Großartig.« Felicity bemühte sich, möglichst überzeugend zu klingen.

»Dreiundzwanzig Stunden unter dem Messer«, sinnierte die Züchterin.

»Das ist aber eine lange Operation.«

»Man gewöhnt sich daran. Meine erste größere Operation hatte ich an meinem achtzehnten Geburtstag.« Sie deutete auf ihr Gesicht. »Die neuen Linsen, die man mir in die Augen eingesetzt hat, und die Modifikationen an meinen Gesichtsmuskeln und meiner Haut.«

»Also ist das gar nicht Ihr Gesicht?«, platzte Felicity heraus.

»Doch, es ist mein Gesicht«, widersprach die Züchterin entschieden. »Nur mit ein paar Veränderungen hinter den Kulissen.« Sie trug Grundierung auf ihre Wangen, auf ihre Brust und auf ihre Schultern auf. »Meine Freunde und ich haben uns gegenseitig Modifikationen füreinander ausgedacht und uns gegenseitig operiert, aber das waren fast immer nur kleinere kosmetische Geschichten, kurzfristige Sachen für einen Abend.« Sie klang amüsiert, als sie sich daran erinnerte, aber Felicitys Haut kribbelte bei dem Gedanken.

»Oh, und die hat Pim mir gemacht.« Leliefeld hob die Hände. Zwei scharfe Knochendorne mit Sägezähnen glitten aus ihren Handgelenken. *Himmel!*, dachte Felicity. »Ein Geburtstagsgeschenk. Die haben wir allerdings alle bekommen.« Sie betrachtete sie einen Moment und zog sie dann in ihre Haut zurück. Felicity konnte nicht einmal eine Narbe sehen, wo sie verschwunden waren.

»Jedenfalls sollte ich die nächsten größeren Modifikationen bekommen, aber dann sind meine … haben sich die Antagonisten abgespalten!« Leliefeld schminkte sich weiter, aber jetzt war ihre Stimme tonlos geworden, emotionslos. Sie war fertig mit der Grundierung und öffnete einen Topf mit Puder, der Felicitys Aufmerksamkeit erregte.

»Das ist eine ungewöhnliche Farbe für Gesichtspuder, stimmt's?«, erkundigte sie sich unsicher.

»Das ist Lavendel«, sagte Leliefeld. »Meine Freundin Saskia hat es für mich vor ein paar Monaten für den Carnevale di Viareggio ausgesucht.« Sie schloss die Augen und legte die Hände flach auf den Frisiertisch. Dann öffnete sie die Augen wieder und legte sich weiter die Kosmetikartikel zurecht. »Wie die Frau in Sargents Gemälde *Porträt der Madame X*. Das einzige Problem ist, dass man die richtige Hautfarbe haben muss.« Sie blickte in den Spiegel und runzelte die Stirn. Ihre Haut unter der Grundierung wurde einen Hauch blasser, und sie begann, das Puder aufzutragen.

»Wenn Sie Ihre Hautfarbe ändern können, warum benutzen Sie dann Make-up?« Felicity war unwillkürlich neugierig. *Es muss sehr angenehm sein, eine magische Tafel als Gesicht zu haben*, dachte sie.

»Es ist ein formeller Anlass.« Leliefeld zuckte mit den Schultern. »Meine Mutter hat immer gesagt, dass man elegant sein sollte, wenn man zu einem eleganten Ereignis geht. Es ist gut, wenn andere sehen können, dass man sich bemüht, sich einzufügen.« Sie deutete mit einem Nicken auf ihren Schminkkoffer. »Sie können übrigens gern alles daraus benutzen, was Sie wollen.« Felicity spürte, wie ihr Gesicht erstarrte.

»Keine Sorge«, versicherte die Züchterin ihr. »Das ist ganz normale, handelsübliche Kosmetik. Nichts Biologisches. Es gibt nicht einmal Botox.«

»Ich sollte Ihr Angebot wohl annehmen«, sagte Felicity ein wenig zögerlich. »Denn normalerweise trage ich kein Make-up.«

»Na ja, Sie brauchen ja auch keins«, erwiderte die Züchterin. »Sie haben diese großartige englische Haut. Wenn Sie Hilfe benötigen …«

»Man hat uns beigebracht, wie man das macht«, erwiderte Felicity entschlossen. *Und zwar direkt nach der Jiu-Jitsu-Klasse und unmittelbar vor Algebra.* Sie wollte nicht zu aufgebrezelt erscheinen ... schließlich war sie nur eine Pawn, und es wäre nicht angebracht, wenn sie genauso elegant auszusehen versuchte wie ihre Schutzbefohlene. Also legte Felicity rasch etwas Rouge und Lipgloss auf.

Nachdem Leliefeld ihr weit komplizierteres Make-up aufgetragen hatte, ging sie zum Schrank und nahm zwei lange Kleidersäcke heraus. Sie öffnete sie und wirkte etwas schüchtern, als sie die Kleider Felicity zur Inspektion hinhielt. Die warf einen Blick darauf und fragte sich, ob es eine Möglichkeit gab, sich höflich zu rechtfertigen, dass sie sich für das Blaue Kleid der Verzweiflung entschied.

Es war nicht sofort klar, wie diese Kleider aussehen sollten, aber schon auf den ersten Blick zeigten sich etliche Probleme. Zunächst einmal waren sie identisch, was eine irgendwie beunruhigende Botschaft auszusenden schien. Sie waren von einem tiefen Purpurrot, hatten keine besondere Form, schienen einfach nur mürrisch von den Bügeln herunterzuhängen und aus viel zu viel Stoff zu bestehen. Zugegeben, das Tuch war wunderschön, und das Material schrie förmlich danach, berührt zu werden, aber ...

*Als sie sagte, »kompliziert«, habe ich gedacht, sie würden hübsch aussehen,* dachte Felicity. *Oder zumindest aussehen wie Kleider. Die da erinnern an Leichentücher von morbiden, fettleibigen Moderedakteuren.*

»Wollen Sie Purpurrot tragen?«, fragte Felicity überrascht und unterbrach damit ihren eigenen Gedankengang.

»Nein, aber ... Mögen Sie kein Dunkelrot?«, fragte Leliefeld.

»Doch«, antwortete Felicity. »Aber ...« Sie spitzte die Lippen und versuchte, sich eine taktvolle Erklärung auszudenken. »Es ist nur so, dass wir normalerweise kein Purpur-rot in der Checquy tragen. Die Farbe ist für die Uniformen der persönlichen Bediensteten der Court-Mitglieder reser-viert.«

»Verstehe«, antwortete die Züchterin. »Ich glaube, ich kann mich dunkel daran erinnern.«

»Aber ich bin sicher, dass es gehen wird«, setzte Felicity eilig hinzu. *Scheiße, ich habe gerade ihre Partykleider runterge-macht!*, dachte sie. *Und das eine Stunde bevor wir aufbrechen sollen.*

»Das geht auf keinen Fall«, widersprach Leliefeld ent-schieden. Sie nahm eine glänzende Holzschatulle aus dem kleinen Kühlschrank, die aussah, als enthielte sie die hüb-scheste elektrische Zahnbürste der Welt oder vielleicht auch den nettesten Vibrator der Welt. Stattdessen befanden sich darin zwei Reihen von winzigen gläsernen Phiolen, die auf Samt gebettet waren, und eine schlanke Spritze aus Messing und Glas.

*Was zum Teufel ist das?* Felicity trat einen Schritt zurück. Odette zog ein paar Tropfen einer Flüssigkeit in die Nadel und injizierte sie in die Falte eines Kleides. Dunkle Farb-adern breiteten sich von der Injektionsstelle aus und sicker-ten durch das gesamte Material, bis das Kleid in einem tie-fen, glorreichen Dunkelgrün schimmerte.

»Besser?«, erkundigte sich Leliefeld.

Felicity nickte schwach. »Wie haben Sie das gemacht?«

»Sie meinen die Farbe? Cool, nicht? Welche Farbe bevor-zugen Sie denn für sich? Ich kann jede herstellen, die Sie haben wollen.«

»Aber wie?«

»In das Material sind Chromatophoren eingewoben«, erklärte Leliefeld. »Das sind farbverändernde Zellen. Wir haben sie Oktopoden und Kuttelfischen entnommen.«

»Oh, wie … clever«, erwiderte Felicity. *Ich soll einen Kuttelfisch tragen?* »Vielleicht irgendetwas Helles?« Wenn sie schon das gleiche formlose Kleid tragen mussten, dann konnten sie sich wenigstens in der Farbe unterscheiden. Und ihre Modeberaterinnen auf dem Anwesen hatten immer behauptet, dass Pastellfarben ihr gut stehen würden.

»Ich habe eine Idee«, sagte Leliefeld. Sie konzentrierte sich darauf, die Spritze zu füllen. Anders als die Farbe für ihr eigenes Kleid schien diese Extrakte aus unterschiedlichen Phiolen zu erfordern. Dann schüttelte sie die Spritze heftig durch, bevor sie den Inhalt in Felicitys Kleid injizierte. Die Reaktion war diesmal eine andere. Ein helles Grün verlief in kleinen Wellen über das ganze Kleid. Leliefeld betrachtete den Prozess stirnrunzelnd und injizierte an manchen Stellen noch etwas mehr von der Mischung. Schließlich war sie zufrieden, und das Kleid schimmerte jetzt in einem weichen, zarten Seeschaumgrün. Felicity hätte sich selbst so etwas nie ausgesucht, aber es war entzückend. Während sie zusah, nahm die Züchterin eine Knospe aus Baumwolle, tauchte sie in eine der Phiolen und fuhr damit über das Mieder des Kleides. Glitzernde silberne Linien tauchten plötzlich in dem Stoff auf.

»Sie können Metall tragen. Das sind Iridophoren«, sagte Leliefeld. »Gefällt es Ihnen? Ich kann auch etwas anderes machen, wenn es Ihnen lieber ist.«

»Nein, das ist wunderschön«, sagte Felicity, und das stimmte auch.

»Großartig. Ich lege meines zuerst an, und dann ziehen wir Ihnen Ihres an.«

Leliefeld nahm das dunkelgrüne Kleid vom Bügel und trat etwas ungeschickt hinein. Es war nicht leicht, durch den vielen Stoff hindurchzufinden, und sie schien Schwierigkeiten zu haben, den Boden zu ertasten. Schließlich trat

Felicity vor und hielt hilfreich etwas von dem Stoff zur Seite.

Schließlich hatte die Züchterin das Kleid angelegt, aber es war kein besonders attraktiver Anblick. Das Gewand hing in beutelähnlichen Falten herunter und verteilte sich in großen Wellen überflüssigen Stoffs auf dem Boden. Es sah aus wie ein Fallschirm oder eine Überdecke für ein riesiges Doppelbett.

»Es ist … sehr schmeichelhaft«, sagte Felicity schließlich. *Vielleicht ist das ja der neue Look in Belgien.*

»Das ist wirklich sehr taktvoll von Ihnen, aber ich bin noch lange nicht fertig.« Die Züchterin klang amüsiert, während sie das Kleid mit Parfüm einsprühte. Dann drehte sie sich um und betrachtete sich im Spiegel. Sie fuhr sanft mit dem Finger an ihrer Seite herunter und streichelte den Stoff. Der schmiegte sich plötzlich an sie, wurde enger und hielt die Form. Felicity schnappte vor Überraschung nach Luft.

Während der nächsten Minuten formte Leliefeld das Gewand um ihren Körper. Sie zog es enger um Brust und Taille, machte die Falten um ihren Bauch herum schmaler und korrigierte den Fall des Stoffes auf den Boden. Der Stoff zog sich mit einem leise wispernden Geräusch zusammen. Als sie fertig war, sah das Kleid aus, als wäre es ihr auf den Leib geschneidert worden. Das Material umspielte ihre Füße und legte sich darum, als wäre es flüssig. Zusammen mit dem zarten lavendelfarbenen Pulver, das sie zuvor auf ihre Haut aufgetragen hatte, wirkte sie wunderschön und exotisch.

»Das ist verblüffend«, sagte Felicity ein wenig kläglich. »Also … lebt es?«

»Ja«, gab Leliefeld liebenswürdig zu. Felicity drehte sich bei dieser Vorstellung der Magen um. Plötzlich verspürte sie den überwältigenden Drang, sich die Hände zu waschen.

»Und es reagiert einfach auf Ihre Berührung?«, fragte sie stattdessen. Die Züchterin nickte stolz. »Aber woher weiß es, wann es aufhören soll? Was ist, wenn jemand Sie auf der Party streift?« *Und fällt es von einem ab, wenn jemand einen umarmt? Oder zerquetscht es einen, wenn man auf den Saum tritt?*

»Ich habe es einfach schlafen gelegt«, erklärte Leliefeld. Sie nahm eine andere Parfümflasche und sprühte eine winzige Menge davon auf den unteren Saum ihres Gewandes. »Das Kleid behält seine Form und reagiert auf keinen weiteren Input, bis wir es aufwecken. Oh, abgesehen davon, dass es automatisch Wein- oder andere Flecken absorbiert, was sehr praktisch ist.« Sie drehte sich langsam um die eigene Achse. »Gibt es irgendwo noch lockere Falten? Direkt auf dem Rücken kann man das immer nur schwer feststellen.«

»Nein, es sieht wunderschön aus«, gab Felicity ehrlich zu.

»Danke«, sagte Leliefeld. »Und jetzt ziehen wir Ihnen Ihres an.« Felicity erstarrte einen Moment, absolut entsetzt über diese Idee, aber gefangen in den unzerbrechlichen Fesseln guter Manieren.

Das Gewand fühlte sich an wie kühle Seide und schloss sich eng um Felicitys Brust. Sie erinnerte sich an eine schreckliche Mädchennacht, als sie alle Korsetts getragen hatten. Sie waren nicht unbequem, nicht direkt, aber ganz sicher waren es keine Kleidungsstücke, in denen man sich entspannen konnte. Leliefeld betrachtete sie einen Moment nachdenklich, trat vor und besprühte das Kleid mit dem ersten Parfüm.

»Denken Sie sich bitte nichts dabei«, sagte die Züchterin und fuhr mit einem Finger kräftig über Felicitys Brüste und dann zurück. Bei ihrer Berührung schien sich das Material zusammenzuraffen, unterstützte und hielt ihre Brüste. Einem schamhaft undankbaren Teil von Felicitys Verstand fiel ein, dass Leliefeld, wenn sie es gewollt hätte, nur eine Handbewegung zu machen brauchte, und das Kleid würde sich um die Pawn zusammenziehen und sie zu Tode quetschen. Felicity wusste ja nicht einmal, ob es möglicherweise auch das Blut aufsaugen und sich anschließend auch noch über ihre Knochen hermachen würde.

Natürlich passierte nichts dergleichen, und Leliefeld machte sich ein paar Minuten lang an Felicity zu schaffen. Sie zupfte und zog und raffte und smokte. »Sie sollten lieber Ihre Schuhe anziehen«, sagte die Züchterin. »Damit ich den Saum fixieren kann.« Zusammen mit dem blauen Kleid der Verzweiflung waren auch hochhackige Pumps geliefert worden, aber Felicity hatte sich nicht einmal die Mühe gemacht, den Karton zu öffnen. Stattdessen hatte sie sich für ein paar gut eingelaufene Arbeitsstiefel mit Kevlar-verstärkten Kappen entschieden.

»Ernsthaft?«, fragte Leliefeld.

»Unbedingt«, bestätigte Felicity. »Ich habe seit einem Jahr keine hohen Absätze mehr getragen, außer in Ascot, und das war die pure Folter.« *Außerdem will ich hart zutreten können, wenn etwas passiert.* »Kriegen Sie das hin?«

»Na klar.« Leliefeld zog den Saum des Gewandes ein bisschen tiefer, um die Stiefel zu verbergen. Dann sprühte sie den Schlaf auslösenden Duft auf das Kleid. Schließlich sahen sie beide in den Spiegel. Der Anblick war bemerkenswert. Obwohl ihre Kleider am Anfang identisch ausgesehen hatten, unterschieden sie sich jetzt in Farbe und Form vollkommen.

»Nicht schlecht«, sagte Leliefeld erfreut.

»Gar nicht schlecht«, stimmte Felicity ihr zu. »Danke.« Ihr fiel auf, dass sie sich rundum wohlfühlte – so wohl wie schon lange nicht mehr. Unbewusst gewährte sie ihrer Gabe etwas mehr Freiheit, ließ die Barrieren sinken, die sie normalerweise hochhielt. Weil das Kleid lebte, brauchte sie sich keine Sorgen darüber zu machen, sich in seine Geschichte zu verstricken. *Was für ein verblüffendes Ding.* Sie streichelte zerstreut den Rock und schrak zusammen, als eine hauchfeine Vibration durch das Material lief. Sie war so sanft, dass sich das Tuch nicht bewegte, aber sie spürte es auf der Haut.

»Äh … schnurrt es etwa?«, fragte sie Leliefeld.

»Es mag Sie.«

Ein Klopfen an der Tür kündigte Alessio an, der wiederum die Coiffeurin ankündigte. Die Frau von etwa Mitte dreißig bekam fast einen Verzückungsanfall bei ihrem Anblick. Sie arbeitete schnell und arrangierte das Haar der beiden sehr geschickt zu zwei sehr schmeichelhaften Frisuren. Leliefeld gab der Frau ein großzügiges Trinkgeld, und Felicity schenkte ihr ein verlegenes Lächeln, weil sie kein Bargeld bei sich hatte, sondern nur eine Firmenkreditkarte.

Alessio trug einen normalen, nicht lebendigen Smoking, auf den er extrem stolz war. Odette und Felicity machten ihm pflichtschuldig Komplimente. Im nächsten Moment klopfte ein Wächter der Checquy an der Tür und teilte ihnen mit, dass ihr Wagen in der Tiefgarage wartete. In dem angenehmen Gefühl, außerordentlich schick zu sein, brachen die drei auf.

# 42

**Als der Wagen im** Apex House ankam, blickten die beiden Züchter und die Pawn fasziniert an dem Bauwerk empor. Bunte Lichter beleuchteten das Gebäude und projizierten Muster auf die Oberfläche, sodass sie einen Moment lang aussah, als bestünde sie aus glühenden byzantinischen Mosaiken, und im nächsten, als läge es unter einer Schneedecke.

»Entzückend, aber nicht gerade sehr unauffällig«, merkte Leliefeld an.

»Ich nehme an, dass die Öffentlichkeit es für Kunst hält«, erwiderte Felicity. »Es werden wahrscheinlich demnächst ein paar erboste Leserbriefe in der *Times* erscheinen, deren Verfasser über die frivole Verschwendung von Steuergeldern lamentieren.« Sie stiegen aus und gingen durch den Haupteingang hinein. In der Lobby war es ruhig. An den Empfangstischen saßen Wachposten, aber sie winkten die drei einfach nur weiter.

Felicity wusste, dass die Limousinen der Züchter-Delegation sorgfältig getimt worden waren, sodass die Gäste nur in kleinen Gruppen eintreffen würden. Rook Thomas würde jedes Individuum scannen und überprüfen, ob irgendjemand das Gesicht von jemand anderem trug. Felicity sah sich neugierig nach der Rook um, konnte aber keine Spur von ihr entdecken.

*Sie muss irgendwo am Eingang stehen,* dachte Felicity. *Vielleicht in einem Versteck.* Es war in der Checquy allgemein bekannt, dass das Apex House sowohl eine Festung als auch ein Bürogebäude war, und das Haus besaß angeblich eine Vielzahl versteckter Eigenschaften. Die raffiniert kaschierten Mordlöcher in der Decke wurden den Schülern vom Anwesen bei ihren Besuchen im Apex stets gezeigt.

Die gewaltigen Türen im Atrium waren weit geöffnet und luden sie ins Herz des Gebäudes ein. Sie durchquerten sie und folgten einem prachtvollen Korridor bis zu einer flachen Treppe mit breiten Stufen, die hinab in den Ballsaal führte. Musik und laute Stimmen drangen zu ihnen herauf.

Auf beiden Seiten der Türen hielten je vier Barghests Wache. Sie trugen ihre roten Paradeuniformen und weißen Plattenrüstungen. Sie waren der Tradition gemäß unbewaffnet und hatten keine Handschuhe an.

»Müssen wir stehen bleiben?«, erkundigte sich Leliefeld unsicher. Alessio betrachtete die ehrfurchteinflößenden Krieger mit großen Augen.

»Nöö«, antwortete einer. Sein Cockney-Akzent wurde auch durch das Visier nicht gemildert. »Wir sind nur aus Tradition hier postiert. Geht ruhig rein und amüsiert euch auf der Party.«

»Aber ihr könntet uns ein paar Horsd'œuvres herausschmuggeln, wenn ihr die Möglichkeit habt.« Der Sprecher hatte einen sehr starken schottischen Akzent.

*Amüsieren?*, dachte Felicity grimmig. *Also wirklich!* Sie sah sich in der riesigen Halle um, deren Decke aus geschwungenem vergoldetem Holz bestand. Die gegenüberliegende Wand war verglast, und man sah den sorgfältig gepflegten Garten dahinter. In dem Raum drängten sich wunderschön gekleidete Menschen. Auf einer Seite spielte ein Orchester neben einem Tanzboden, auf dem sich bereits die ersten Menschen tummelten. In dem restlichen Raum schlenderten die Gäste umher und plauderten. *Es ist, als würde ich die Stufen zur Hölle hinabschreiten.*

Als sie die Treppe hinuntergingen, durchlief ein Raunen die Menge, und Dutzende Gesichter wandten sich ihnen zu, um sie anzustarren.

»Warum glotzen die uns alle so an?«, erkundigte sich Felicity aus dem Mundwinkel.

»Ich hoffe, dass sie Sie anstarren, weil Sie hinreißend aussehen«, erwiderte Leliefeld leise. »Ich habe allerdings das üble Gefühl, dass sie mich anstarren, weil sie erwarten, dass ich wieder auf die Nase falle.«

»Ihr seid beide Idioten«, erklärte Alessio heiter. »Die bewundern alle meinen James-Bond-Smoking.«

»Wie gut verträgt dieses Gewand Schweiß?«, fragte Felicity. Sie fühlte sich ziemlich feucht unter den Achseln und an ihrem Kreuz.

»Es absorbiert Schweiß und benutzt das Salz und die Nährstoffe, um sich selbst zu reinigen«, erklärte Leliefeld.

»Dann dürfte es am Ende dieses Abends verdammt sauber sein.«

Sie waren nicht die ersten Züchter, und Felicity registrierte interessiert, dass man die üblichen Rangordnungen aufgelöst hatte. Sie sah Sir Henry, der mit einem großen Mann mit wundervollem Haar plauderte. Lady Farrier befand sich tatsächlich auf der Tanzfläche und bewegte sich in einem langsamen, gemessenen Walzer, geführt von einem sehr nervös wirkenden jungen Pawn, den Felicity kannte. Er war auf dem Anwesen einen Jahrgang unter ihr gewesen. Und sie erkannte auch etliche Züchter, die bereits vor ihnen eingetroffen waren.

»Also gut, wir mischen uns wohl am besten unters Volk«, sagte Leliefeld. »Sehen Sie jemanden, den Sie kennen?«, fragte sie Felicity hoffnungsvoll.

»Eigentlich nicht«, erwiderte diese. »Das da drüben ist die Direktorin des Anwesens, aber sie scheint gerade in ein Gespräch mit Ihrer Sicherheitschefin vertieft zu sein.«

»Was sind das alles für Leute?«, erkundigte sich Alessio nervös.

»Meistens hochrangige Angehörige der Checquy.« Felicity musterte die Menge. »Sektionschefs, einige Abteilungsleiter sowie Chefs von unterschiedlichen Regionalbüros. Und es sind ziemlich viele Angehörige der diplomatischen Sektion anwesend – Ihr Freund Pawn Bannister gleich da drüben.« Die Züchter-Geschwister drehten sich unwillkürlich um und begegneten dem ausdruckslosen Blick des Pawns.

»Na, das war jedenfalls nicht sonderlich diplomatisch«, erklärte Leliefeld.

»Wahrscheinlich ist er noch sauer, weil er seine Rolle als Beschützer vergeigt hat«, sagte Felicity. »Außerdem sind auch einige sehr wichtige Zivilisten heute Abend hier. Das da drüben an der Bar ist der Chef des Verteidigungsstabes, und da drüben redet der Erzbischof von Canterbury gerade mit Bishop Alrich.« Bei der Erwähnung des Vampirs hörte sie, wie Alessio leise stöhnte.

»Wer ist der blinde Mann, der da gerade hereinkommt?«, wollte Leliefeld wissen.

»Das weiß ich nicht«, sagte Felicity. »Aber der Hund, den er eskortiert, ist der Herrscher einer der Kanalinseln. Mal sehen, wer ist denn noch da? Der Kanzler von Oxford, der Polizeipräsident von Schottland, der Ministerpräsident von Wales und der Bürgermeister von Stowmarket. Oh, und Lady Farrier tanzt jetzt mit dem Oberrabbiner.«

Plötzlich tauchte ein Kellner mit einem Getränketablett vor ihnen auf.

»Gott sei Dank!«, stieß Odette hervor.

»Miss Leliefeld, ich habe einen speziellen Grapefruitsaft für Sie«, sagte der Kellner.

»Wie?«

»Rook Thomas hat uns über Ihre Halsprobleme informiert«, erklärte der Kellner. Er verzog keine Miene, als die Züchterin mehr oder weniger unwillig den angebotenen Drink akzeptierte. Felicity entschied sich in einem Anfall von Solidarität, der sie selbst überraschte, für ein Glas Orangensaft. Alessio wollte nach einem Glas Wein greifen, aber ein unüberhörbares Zischen seiner Schwester leitete seine Hand zu einer Limonade um.

»Guten Abend.« Sicherheitschef Clovis gesellte sich zu ihnen. »Ladys, Ihre Kleider sind wunderschön.«

»Vielen Dank«, sagte Leliefeld.

Felicity lächelte gequält.

»Genießen Sie die Party?«, erkundigte sich Clovis.

»Sie ist erheblich größer, als ich erwartet habe«, räumte Leliefeld ein. Dann weiteten sich ihre Augen. »Redet Sir Henry gerade mit der Person, für die ich sie halte?«

»Mit wem? Oh, das ist der Premierminister!«, rief Felicity.

»Er sieht ziemlich genervt aus«, merkte Leliefeld an.

»So etwas kann vorkommen, wenn es einen Terroranschlag auf heimischem Boden gibt«, meinte Felicity.

»Aber warum ist er hier?«, hakte Alessio nach. »Sollte er nicht wegen dieser Blendung irgendwelche Dinge tun, die ein Premierminister tut? Zum Beispiel herausfinden, was die Quelle davon gewesen ist?«

»Oh, wir kennen die Quelle dieser Nebelerscheinungen bereits«, warf Clovis ein.

»Echt?« Alessio war wirklich überrascht. »Was war denn die Quelle?«

Felicity erhaschte einen Seitenblick auf Odettes entsetztes Gesicht. Die Züchterin hatte ihre Augen weit aufgerissen, während sie Clovis flehentlich ansah. *Ah, Alessio weiß also nichts von den Antagonisten!*

»Die … ja, bedauerlicherweise ist das streng geheim«, stammelte Clovis etwas verlegen. »Aber ich darf sagen, dass es in unseren Zuständigkeitsbereich fällt und wir verpflichtet sind, den Premierminister über die Wahrheit in Kenntnis zu setzen. Soweit es die Öffentlichkeit angeht, befindet sich der Premierminister zurzeit gerade hinter verschlossenen Türen in Nummer zehn und bespricht sich mit den Leitern der verschiedenen Geheimdienste. Von denen sind die meisten übrigens ebenfalls hier und stopfen kleine Teigtaschen mit Lachsfüllung in sich hinein.«

»Die ganze Welt glaubt also, dass die Führer des Vereinigten Königreiches sich um ernste Angelegenheiten der nationalen Sicherheit kümmern, und stattdessen amüsieren sie sich auf einem Ball«, fasste Leliefeld staunend zusammen.

»Sie tun beides.« Alle drehten sich zu der Stimme hinter ihnen um. Es war Rook Thomas in einem prachtvollen, schimmernden schwarzen Kleid, das wie ein Wasserfall aus Rohöl von ihren Schultern fiel und eine lange Schleppe hatte. Selbst für Felicity war unverkennbar, dass dies echte Haute Couture war. Zwei hünenhafte Leibwächter, ein Mann und eine Frau, standen hinter ihr. Ihre purpurfarbene Livree war so dunkel, dass sie fast schwarz wirkte. Felicity vermutete, dass sie einerseits da waren, um den Status der Rook zu unterstreichen, die vollkommen in der Lage war, sich so ziemlich gegen jeden Anwesenden in diesem Raum zu verteidigen, und andererseits zu verhindern, dass Leute auf ihre Schleppe latschten.

»Guten Abend, Rook Thomas!«, sagten sie im Chor. Felicity machte unwillkürlich einen kleinen Hofknicks.

»Guten Abend«, erwiderte die Rook. »Sie sehen alle sehr nett aus. Schicker Smoking«, sagte sie zu Alessio, der ein

Stück zu wachsen schien. »Odette, Sie sind überrascht, dass die Großen und die Guten sich hier für Trunk und Tanz eingefunden haben, wo doch gerade ein Desaster das Königreich erschüttert hat?« Leliefeld errötete leicht.

»Auf einem solchen gesellschaftlichen Ereignis können alle möglichen wichtigen Dinge geschehen.« Einen Moment schien der Blick der Rook in die Ferne zu schweifen, und ihr Gesicht wurde ernst. Dann war der Ausdruck verschwunden, und sie lächelte wieder. »Außerdem finde ich, dass die Leute auf einem solchen Ball für gewöhnlich ein wenig zugänglicher sind. Ein bisschen höflicher. Es scheint fast, als wollten sie ihren Kleidern keine Schande machen.« Sie warf einen Blick auf ihr eigenes Kleid. »Oder nicht zu ihnen herabsinken. Ich habe gehofft, das heutige Ereignis könnte möglicherweise helfen, dass sich die Checquy und die Broederschap in Gegenwart der jeweils anderen etwas mehr entspannen. Und wenn gar nichts mehr geht, die Bar ist geöffnet.«

Felicity sah sich um. Es herrschte tatsächlich eine spürbare Anspannung in dem Saal, und es schien nicht so, als würden sich die Checquy und die Züchter untereinander mischen. Die Leute verblieben in ihren eigenen Grüppchen. Die Gespräche waren eher gedämpft, und wenn gelacht wurde, klang es spröde. Dabei glitten die Blicke ständig durch den Saal und schätzten die Lage ein.

»Wer weiß noch über den Ursprung dieses Nebels Bescheid?« Leliefeld starrte nach wie vor den Premierminister an. »Wird dieses Wissen in der gesamten Regierung verbreitet?«

»Solche Informationen werden für gewöhnlich sehr strikt reglementiert«, antwortete Rook Thomas. »Aber bei einem so großen Zwischenfall ist es von größter Bedeutung, die höchsten Autoritäten zu informieren und zu verhindern, dass sie die Schuld auf irgendeine existierende Bedrohung schieben, wie zum Beispiel Terroristen. Wir wollten zum Beispiel auf keinen Fall, dass Vergeltungsschläge im Mittleren Osten angeordnet wurden, weil irgendein Kind in Doncaster es nicht lassen konnte, immer wieder in Flammen aufzugehen. Sobald wir wussten, wer dafür verantwortlich war, haben wir die Croatoan in Kenntnis gesetzt, unser amerikanisches Gegenstück, und sie haben den Präsidenten informiert.«

»Ich darf also davon ausgehen, dass der Premierminister nicht besonders glücklich mit uns ist?«, erkundigte sich Leliefeld. Es war nicht ganz klar, ob sie mit *uns* die Züchter oder die Checquy meinte.

»Wahrscheinlich ist es nicht gerade hilfreich, dass alles, was da passiert ist, im Internet verbreitet wurde«, warf Alessio etwas altklug ein.

»Das stimmt allerdings«, mischte sich Clovis ein. »Wir haben einfach sehr viel Glück gehabt, dass diese Attentate nicht unwiderlegbar übernatürlich gewesen sind. Diese Nebelwolken waren zwar entsetzlich, aber nicht unerklärlich. Selbst die Verschwörungsfreaks haben es nicht gewagt zu behaupten, dass es irgendetwas Gespenstisches gewesen wäre. Außerdem sind sie zu sehr damit beschäftigt, den Premierminister zu kritisieren und ihn zu beschuldigen, entweder inkompetent oder selbst ein Terrorist zu sein.«

Felicity warf einen Blick zu dem Premierminister, der gerade mit Sir Henry und Lady Farrier plauderte. Sie begann automatisch, seine Lippen zu lesen, aber unmittelbar nachdem sie die Worte *beschissenes Fiasko* entziffert hatte, wurde ihr bewusst, was sie da tat, und sie riss sich hastig los.

»Was hätte die Checquy denn getan, wenn es eindeutig übernatürlich gewesen wäre?«, fragte sie neugierig.

Chief Clovis verfiel in einen belehrenden Ton. »Das Internet hat sich sowohl als schrecklich unbequem als auch schrecklich nützlich für uns erwiesen. Es ist mittlerweile erheblich schwieriger, ein Geheimnis zu bewahren. Aber gleichzeitig hat sich auch die Skepsis der Öffentlichkeit erheblich vergrößert.« Der Sicherheitchef lächelte. »Ich weiß von mindestens zwei Vorfällen, wo Filmaufnahmen von echten Harpyien, die in den Shetlands miteinander kämpften, kritisiert wurden, weil die Kämpfe schlecht choreografiert gewesen wären. Die Leute haben sich nicht einmal dazu herabgelassen, es einen Hoax zu nennen, für sie war es einfach nur eine miese Computeranimation.«

»Die Rookery verfügt zudem über Lügner, die sich um die Wahrnehmung der Öffentlichkeit kümmern«, warf Rook Thomas ein.

»Lügner?« Alessio war verwirrt.

Die »Taktische Täuschungs-und-Kommunikations-Sektion«, korrigierte Chief Clovis geduldig. »Sie schicken nach jeder Manifestation, die ein deutliches öffentliches Interesse erregt hat, Desinformationen heraus.«

»Faszinierend«, bemerkte Leliefeld.

»Sind der Broederschap nicht auch viele andere übernatürliche Elemente begegnet?«, erkundigte sich die Rook. »Das muss Ihnen doch sicher passiert sein.«

»Nur sehr wenige«, erwiderte Leliefeld. »Und das war nie besonders schön.« Felicity dachte an Marcels Geschichte über diese Frau in Paris, die all die Züchter getötet hatte. Und Marcel hatte auch andere, weit schlimmere Vorfälle angedeutet.

»Ich hatte eigentlich gehofft, Sie könnten uns mehr über die übernatürliche Szene auf dem Kontinent berichten«, sagte Rook Thomas. »Wir wissen so wenig davon.«

»Wir wissen wahrscheinlich noch weniger«, gab das Züchter-Mädchen bedauernd zurück. »Wir waren immer extrem vorsichtig in Bezug auf alles, was mit dem Übernatürlichen zu tun hatte. Man konnte es schon fast abgeschottet nennen.«

Rook Thomas nickte nachdenklich und sah an ihr vorbei, als ihre Vorstandsassistentin sich durch die Gäste zu ihnen drängte. »Hallo, Ingrid, Sie sehen gestresst aus. Ich nehme an, es handelt sich um etwas, das mir den Rest des Abends ruinieren wird?«

»Rook Thomas«, stieß Mrs. Woodhouse gepresst hervor, »der Premierminister hat sich entschieden, eine Rede zu halten. Und zwar jetzt.«

»Zum Teufel!« Die Rook wirkte gequält. Sie streckte die Hand aus und nahm ein Glas Champagner vom Tablett eines Kellners, der gerade hinter ihr aufgetaucht war und ziemlich verblüfft wirkte. Der Premierminister, flankiert von Lord und Lady der Checquy, wartete neben dem Orchester. Als das Stück zu Ende ging, trat Sir Henry ans Mikrofon.

»Guten Abend«, sagte der Lord. Augenblicklich erstarb jedes Gespräch im Saal. »Und ein herzliches Willkommen an Sie alle. Die Checquy-Group ist höchst entzückt, Gastgeber der heutigen Festlichkeiten im Apex House zu sein, an einem Abend, an dem alte Freunde und Kollegen zusammenkommen, um neue Verbündete zu begrüßen. Ich übergebe jetzt an den Premierminister des Vereinigten Königreiches von Großbritannien und Nordirland.« Applaus brandete auf, als der Regierungschef vortrat.

»Sehr geehrte Gäste«, begann der Premierminister. »Es ist wie immer ein Privileg, bei einem solchen Ereignis dabei sein zu dürfen.« Felicitys Gedanken schweiften ab, als er fortfuhr, der Checquy für ihre jahrhundertelange aufopferungsvolle Verteidigung des Königreiches zu danken. Wieder ertönte Applaus, aber Felicity sah, dass die Rook angespannt blieb.

»Dieser Empfang heute Abend war als eine Feierlichkeit gedacht«, fuhr er fort, »um die ersten Schritte zur Versöhnung und zu Vereinigungen zwischen alten Widersachern zu markieren. Diese Fusion ist eine aufregende Idee, eine höchst inspirierende Idee, und ich bin absolut zuversichtlich, dass sie zu etwas weit Größerem wachsen wird als nur zur Summe ihrer Teile. Es ist ungeheuer schade, dass das Vergnügen heute Abend von einer Tragödie überschattet wird. Die heimtückischen Angriffe auf unschuldige Zivilisten haben erneut den Blick der Welt auf unser Land gerichtet, und zwar aus den schlimmsten Gründen. Ich habe viele Botschaften des Mitgefühls und der Unterstützung von allen möglichen Nationen erhalten. In Zeiten des Unglücks kann man die Bedeutung von Freunden und Verbündeten gar nicht überschätzen. Aus diesem Grund ist die Arbeit an der Vereinigung des Vereinigten Königreiches und der Broederschap in diesen düsteren Tagen etwas, das uns Hoffnung verleiht.«

»Also gut, ganz so schlecht ist das nicht«, sagte die Rook leise und verhalten optimistisch.

»Es ist ein ausgesprochen glücklicher Umstand, Sie alle heute Abend hier zu haben«, fuhr der Premierminister fort. »In den vor uns liegenden Tagen werden Sie alle aufgerufen werden, Ihre Kraft und Ihren Mut aufzuwenden, um den Feind aufzuspüren, der mit solcher Feigheit und Bösartigkeit gegen unser Volk zugeschlagen hat. Ich sage *Sie alle*, weil diese Angriffe aus der Welt kommen, die die Checquy kontrolliert. Wir sind sogar bereits über die Identität der Verantwortlichen informiert.«

»Oh, *Scheiße*!«, stieß Thomas hervor.

»Diese Angriffe gehen auf das Konto abtrünniger Elemente innerhalb der Wetenschappelijk Broederschap van Natuurkundigen. Es ist eine sehr kleine Gruppe von Extremisten – Fanatiker, die sich von ihren Familien losgerissen und ihre Treueschwüre verletzt haben. Sie sind entschlossen, mit Terror und Brutalität den Frieden zwischen uns zu verhindern.«

»War ein nettes Geheimnis, jedenfalls solange es geheim war.« Die Rook seufzte, kippte den restlichen Champagner herunter und sah sich nach einem anderen Kellner um.

Die Reaktionen im Saal waren gemischt. Die Zivilisten waren meist einfach nur verwirrt und etwas nervös, als sie diese Informationen verarbeiteten. Die Züchter sahen sich misstrauisch um und schienen sich zu kleinen Gruppen zusammenzuscharen. Aus den Reihen der Checquy hörte man ärgerliches Murmeln.

Felicity registrierte plötzlich auffällige und nicht gerade freundliche Blicke auf Leliefeld und Alessio. Als sie zu den beiden hinübersah, streckte das Züchter-Mädchen die Hand aus und zog ihren kleinen Bruder etwas näher zu sich heran.

Unterschiedliche Gerüche hingen plötzlich in der Luft, nach Moschus und … Kompost. Es knisterte vor Elektrizität. Felicity hatte ein sonderbares Gefühl im Bauch, als wären ihre Körpersäfte einen Moment lang von rechts nach links geschwappt. Das Glas in ihrer Hand summte ein bisschen, vibrierte in Harmonie mit einem Geräusch, das sie nicht hören konnte. Eine Woge feuchter Luft fegte über sie hinweg, gefolgt von einem kühleren Luftzug aus einer anderen Richtung.

Ob die Pawns der Checquy es merkten oder nicht, sie ließen sich von ihren Gefühlen mitreißen.

Automatisch trat Felicity dichter an die beiden Züchter heran und stellte fest, dass sie tatsächlich mit schulterbreit gespreizten Beinen und leicht gebeugten Knien und Ellenbogen dastand. Sie war bereit, sie zu verteidigen.

Dann löste sich die Anspannung in dem Saal plötzlich auf. Der Widerwille und die Wut blieben zwar, daran zweifelte sie nicht, aber der kritische Moment war verflossen. Eine Entscheidung war gefallen. Die Pawns der Checquy waren zu diszipliniert und zu zivilisiert, um sich einfach auf ihre Gäste zu stürzen. Die Zivilisten schienen nichts bemerkt zu haben, und der Premierminister hatte ohnehin weitergeredet.

Felicity sah Rook Thomas an und bemerkte, dass das Gesicht der Frau vollkommen ausdruckslos war. *Sie scheint bereit gewesen zu sein, irgendetwas verdammt Übles zu tun, wenn sie keine andere Wahl gehabt hätte.* Clements machte sich nicht die Mühe, darüber zu spekulieren, was das wohl hätte sein können … Alle in der Checquy glaubten, sie wüssten genau, wozu Thomas mit ihrer Gabe in der Lage wäre, aber es kursierten Gerüchte über ihre Fähigkeiten, die noch weit beunruhigender waren. Einige wenige Augenblicke lang schien die Checquy am Rand eines Fiaskos gestanden zu haben.

*Und was würde ich tun*, dachte sie, *wenn irgendein Checquy-Pawn tatsächlich Odette und ihren Bruder angreifen würde? Würde ich mich zwischen meine Leute und ihren schlimmsten Feind stellen?*

Im nächsten Moment wurde ihr klar, dass sie genau das tun würde. Absolut. Sie hatte eine Aufgabe, und sie war für Odette Leliefeld verantwortlich. *Wenn jemand auch nur einen Finger an sie legt, dann verliert er ihn.*

»Wir alle werden zusammenarbeiten«, fuhr der Premierminister gerade ernst fort. »Ich erwarte volle Kooperation zwischen dem Sicherheitspersonal, dem Militär, den gewählten Beamten … Kurz, zwischen allen Organisationen, die in diesem Raum präsent sind. Sehr ermutigend ist, dass unsere neuen Freunde von der Broederschap uns bereits ihre Dienste und ihre Fachkenntnis zur Verfügung gestellt haben, sowohl ihre verräterischen ehemaligen Kameraden aufzuspüren, als auch den Opfern zu helfen.« Diese Ankündigung wurde mit eher verhaltenem Applaus aufgenommen.

»Die Aufgabe wird eine ungeheuer komplexe Organisation erfordern«, stellte der Premierminister fest. »Alles wird durch eine zentrale Behörde koordiniert. Es wurde entschieden, dass mein langjähriger Freund Bishop Raushan Attariwala unsere Bemühungen beaufsichtigen wird und dass er zusammen mit der Lady und dem Lord der Checquy-Group meinem Büro unterstellt ist.«

»Und da haben wir die Glasur auf meinem Scheißkuchen«, stellte die Rook fest.

»Diese seltene Gelegenheit, die Wahrheit zu teilen, ist ein Geschenk, für das ich sehr dankbar bin«, schloss der Premierminister. »Wir alle müssen uns in den kommenden Tagen an die anderen um Hilfe wenden, sowohl emotional als auch professionell. Aber ich bin zuversichtlich, dass wir mit Gottes Hilfe diese Herausforderungen bestehen und daraus, wie immer, stärker und klüger hervorgehen werden.«

Der Applaus, der seinen Worten folgte, war aufrichtig, aber alles andere als donnernd. Seine Zuhörer schienen vor allem an die unmittelbar bevorstehende Zukunft zu denken und fanden sie ganz offensichtlich nicht allzu ansprechend.

In diesem Moment stimmte das Orchester eine lebhafte Melodie an, die Kellner machten erneut die Runde mit Getränketabletts, auf denen Drinks standen, die erheblich komplizierter und vermutlich auch alkoholhaltiger waren als der Wein, Champagner und die Fruchtsäfte, die zuvor gereicht worden waren. Ein paar Leute begannen zu tanzen, obwohl sie nicht sonderlich begeistert bei der Sache zu sein schienen. Und die Gespräche, die im Saal aufbrandeten, hatten einen anderen Unterton als zuvor.

Felicity wusste nicht, was sie tun sollte. Die Rook sprach leise mit ihrer Vorstandsassistentin Mrs. Woodhouse, die sich sehr schnell Notizen auf einem kleinen Tablet-Computer machte. Leliefeld war immer noch angespannt und beantwortete Alessios Fragen etwas zerstreut. Der Junge war von den Enthüllungen des Premierministers offenbar vollkommen schockiert, und als Leliefeld ihm noch etwas sagte, schien er kurz davor zu sein, in Tränen auszubrechen.

*Oh, Scheiße, verängstigte Kinder zu trösten ist absolut nicht mein Ding,* dachte Felicity etwas verlegen.

»Rook Thomas, Sir Henry erwartet Sie zu einem Drink in fünfzehn Minuten im Lesezimmer.«

*Jetzt kommt's,* dachte Myfanwy grimmig.

»Danke, Marilyn«, sagte sie. »Bitte richten Sie ihm aus, dass ich mich sofort dorthin auf den Weg mache. Allerdings behindert dieses Kleid meinen Vormarsch ein wenig.« Die Vorstandsassistentin des Lords lächelte und nickte. Es ging natürlich nicht, dass die Schlüsselfiguren die Party gleichzeitig verließen. Das hätte zu viel Aufmerksamkeit erregt. »Ingrid, die Sache wird hinter verschlossenen Türen stattfinden. Würden Sie für mich die Lage hier im Auge behalten?« Ihre Assistentin nickte. »Menaz, Sewell«, wandte sie sich an ihre Leibwächter. »Auf geht's.«

Als sie sich durch den Saal bewegte, schnappte sie Gesprächsfetzen auf. Unauffällige Berührungen der Körper der Gäste durch ihre Gabe zeigten ihr angespannte Muskeln und brennende Mägen – und sogar einige zitternde Hände.

*Die Enthüllung des Premierministers über die Antagonisten hat sie hart getroffen,* dachte sie. *Und die Nachricht wird sich verbreiten. Die Neuigkeiten haben diesen Raum bereits verlassen. Die Kellner erzählen es den Leuten in der Küche, und die erzählen es den Sicherheitswachen. Bis morgen um diese Zeit weiß es die ganze Checquy. Das könnte alles das Klo runterspülen.*

Als sie den Saal verließ, drehte sich Myfanwy an der Tür um, und ihr Blick fiel auf Alessio, der ganz allein und klein mitten in der Menge stand. Einen Moment lang war er kein großer Junge in einem Smoking auf einer Party, für die er eigentlich noch zu jung war. Plötzlich sah Myfanwy in ihm eines dieser Kinder, die in Anzüge gekleidet wurden, bevor man sie in einen Leichensack legte. Sie wurde von Gewissensbissen gezwickt. *So viel hängt von den Entscheidungen ab, die wir treffen,* dachte sie. *Das Leben dieses Jungen da, das all der Jungen und Mädchen auf dem Anwesen, aller Menschen in der Checquy, all der Züchter und aller anderen. Die Verantwortung für so viele Leben lastet auf mir.*

Als sie im Leseraum ankam, sah einer der Wächter nach und bestätigte, dass er leer war. Myfanwy ging allein hinein und schloss die Tür hinter sich. Es war dämmrig, und für das meiste Licht sorgte ein knisterndes Feuer in einem großen Kamin. Ein paar kleine Leselampen spendeten zusätzlich einen sanften Schein. Dunkle Buchregale aus Eiche säumten die Wände, und die Goldbuchstaben auf den Buchrücken schimmerten im flackernden Licht.

Sie setzte sich in einen mit Leder überzogenen Lehnstuhl und nahm sich einen Moment Zeit, die Schleppe ihres Kleides um ihre Füße zu drapieren. *Wirklich, ich kann einfach kein hübsches Kleid anziehen, ohne dass irgendein Blödsinn mir den Abend versaut!* Sie schloss die Augen und dachte nach.

Etwas früher am Abend hatte sie in einer versteckten Kammer gesessen, die an einem Gang zum Ballsaal lag. Es war ein sehr kleiner Raum, der höchstens Platz für ein oder zwei Soldaten bot. Dieser Raum und andere seiner Art waren für den Fall errichtet worden, dass das Apex irgendwann belagert und von einem Feind gestürmt werden könnte. In diesem Fall sollten sich Soldaten der Checquy im ganzen Gebäude verstecken, um feindliche Eindringlinge anzugreifen. Die Rook hatte dagesessen und durch ein erstaunlich raffiniert eingearbeitetes Guckloch zugesehen, wie die Züchter in Grüppchen an ihr vorbei auf die Party gegangen waren. Sie hatte behutsam ihre Gabe über sie streichen lassen, so subtil, wie sie nur konnte. Es hatte einige außerordentliche Eigenschaften und Designs in den Körpern ihrer Gäste gegeben, aber keiner trug ein Gesicht, das ihm nicht gehört hätte.

Unendlich erleichtert hatte sie das Ergebnis sofort dem Lord und der Lady berichtet. *Haben sie das auch dem Premierminister gesagt? Hat er deshalb diese Ankündigung gemacht?*, überlegte sie. *Oder hat er einfach geglaubt, es würde ihn mächtiger erscheinen lassen, wenn er solch vertrauliche Informationen weitergibt?*

Die Tür ging auf, und der Premierminister kam herein, begleitet von der furchteinflößenden Gestalt von Bishop Raushan Attariwala. Der Bishop folgte Myfanwy mit dem Blick, als sie aufstand und den Regierungschef Ihrer Majestät begrüßte.

»Ausgezeichnete Rede, Premierminister«, sagte die Rook.

»Danke. Sie wird eine Menge Arbeit für sehr viele Menschen nach sich ziehen, das weiß ich«, erwiderte er. »Aber diese Situation muss sofort angegangen werden.«

»Dem stimme ich voll zu, Sir«, erwiderte Myfanwy. Die Tür öffnete sich wieder, und Sir Henry trat ein.

»Entschuldigen Sie die Verspätung, Premierminister«, sagte Sir Henry. »Ich musste noch etwas warten, nachdem Sie gegangen sind. Ich wollte nicht, dass die Leute tuscheln, obwohl sie ja wahrhaftig genug Gesprächsstoff haben.«

»Kommt der Rest des Vorstandes auch?« Der Premierminister setzte sich in einen der Sessel.

»Das hielten wir nicht für geraten, Sir«, erwiderte der Lord der Checquy. »Das Fehlen des gesamten Court auf dem Empfang hätte zweifellos Fragen aufgeworfen. Wir werden sie später ins Bild setzen. Also, etwas zu trinken. Port, Myfanwy?«

»Ja, danke, Mylord«, erwiderte die Rook.

»Premierminister?«

»Gern.«

»Raushan?«

»Ich nehme einen«, erwiderte der Bishop. »Aber Sie wissen ja, dass ich ihn nur in der Hand halte, damit es so aussieht als ob.«

»Selbstverständlich«, erwiderte der Lord. »Und ein Tonic Water für den Fall, dass Sie wirklich Durst bekommen?«

»Verbindlichsten Dank.«

»Die Belgier müssen doch sicher Fotos von diesen Extremisten haben«, begann der Premierminister. »Immerhin sind es ehemalige Agenten der Bruderschaft.«

»Ja, allerdings«, bestätigte Myfanwy. »Sie haben uns bereits ausführliche Akten über sie ausgehändigt.«

»Und wann gedenken Sie die Fotos zu veröffentlichen?«, wollte der Premierminister wissen.

»Man hat uns darüber informiert«, warf Bishop Attariwala gewichtig ein, »dass das wenig Sinn hätte.«

»Wenig Sinn?«, wiederholte der Premierminister ungläubig. »Raushan, wenn wir der Öffentlichkeit zeigen können, dass wir die Schuldigen bereits identifiziert haben, wird das die Menschen stark beruhigen.«

»Das verstehen wir sehr gut, Premierminister«, erwiderte Bishop Attariwala und warf einen Seitenblick auf Thomas. »Es scheint jedoch, dass diese Zielpersonen durchaus in der Lage sind, ihr Äußeres drastisch zu verändern.«

Der Politiker verzog angewidert das Gesicht. »Ich verabscheue diese Art von Dreck wirklich«, sagte er. »Es ist schon schwer genug, ein normales Land zu führen, auch ohne dass diese paranormalen Probleme ständig überall aus dem Boden schießen.«

»Dafür haben Sie ja auch uns, Sir«, merkte Myfanwy an.

»Ja, und das bringt mich offenbar sehr viel weiter«, erwiderte er scharf. »Ihre Aufgabe besteht darin zu verhindern, dass solche Dinge die Bürger dieses Landes betreffen. Ich kann nicht behaupten, dass Ihnen das im Moment sehr gut gelingt.« Die Rook errötete. »Diese Attentate sind ein Ergebnis dieser ... *Verschmelzung,* die Sie uns eingebrockt haben?«

»Jawohl, Sir.«

»Und Sie halten es für möglich, dass diese Radikalen möglicherweise immer noch Kontakte zu ihren alten Verbündeten unterhalten? Sogar innerhalb der Checquy selbst?«

»Jawohl, Sir«, gab sie leise zu.

»Dieses Risiko kann ich nicht akzeptieren. Die Checquy darf nicht gespalten werden, Rook Thomas. Das kann sich unsere Nation nicht leisten. Und sie kann es sich auch nicht leisten, einen Feind in ihrem Land zu dulden, der bereit ist, unnatürliche Waffen gegen die Öffentlichkeit einzusetzen. Diese Gaswolken waren plausibel zu erklären ... gerade noch so eben. Aber Sir Henry hat mich darüber informiert, dass die Extremisten die Lage eskalieren lassen wollen. Sie sind fanatisch, und sie sind rücksichtslos. Der nächste Angriff ist vielleicht nicht mehr so einfach wegzuerklären. Er könnte die Welt für immer verändern.«

»Ich glaube nicht, dass sie so etwas tun würden, Sir«, erwiderte Thomas.

»Ach nein?« Bishop Attariwala zog die Augen zusammen. »Warum nicht? Nach allem, was wir von diesen Antagonisten gehört haben, könnten sie durchaus Monster wie damals auf der Isle of Wight auf uns loslassen oder sogar schlimmere. Warum sollten sie sich noch länger zurückhalten?« Er verzog gereizt den Mund, als ihm klar wurde, dass er das Leiden und die Verstümmelung von Hunderten Unschuldiger *zurückhaltend* genannt hatte.

»Aus demselben Grund, der die Checquy zur Zurückhaltung bewegt«, erwiderte Myfanwy schlicht. »Erziehung.«

»Was?« Der Premierminister war sichtlich verblüfft.

»Es ist das Estella-Prinzip«, erklärte sie. »Wenn Sie ein Kind lehren, etwas zu hassen und zu fürchten, bevor es überhaupt die Sprache verstehen kann, wird es dem Kind extrem schwerfallen, diese Gefühle zu überwinden. So wie die Absolventen vom Anwesen wurden die Antagonisten in dem Bewusstsein erzogen, unter allen Umständen im Verborgenen zu bleiben.« Die Rook ließ ihre Worte einen Moment wirken.

»Die Broederschap hat sie gelehrt, nicht nur die Checquy zu fürchten«, fuhr sie dann fort. »Die Antagonisten haben Angst davor, zu viele ihrer Fähigkeiten in der Öffentlichkeit preiszugeben, damit sie nicht die Aufmerksamkeit anderer Raubtiere auf sich ziehen.«

»Na wunderbar, also reservieren sie diese zusammengeflickten Schläger nur für Angriffe auf Angehörige des Court«, sagte Sir Henry.

»Sie hassen die Öffentlichkeit nicht«, erläuterte Myfanwy. »Sie hassen nur uns.«

»Das alles klingt sehr spekulativ, Thomas.« Der Premierminister war nicht überzeugt. »Ich bin nicht gewählt worden, um Roulette mit dem Wohlergehen dieser Nation zu spielen. Und übrigens wurden auch Sie nicht auf Ihre Position befördert, um das zu tun.«

»Nein, Sir.«

»Wenn sich noch mehr Angriffe dieser Art ereignen, müssen drastische Maßnahmen ergriffen werden. Es ist nicht zwingend erforderlich, dass die Checquy mit der Bruder-schaft fusioniert, aber es ist unerlässlich, dass dieses Züchter-Problem gelöst wird.«

»Ich verstehe, Premierminister.«

»Zwei Tage, Miss Thomas. Mehr kann ich Ihnen nicht geben.«

»Sir.«

»Sir Henry, Raushan, ist das für Sie beide akzeptabel?«

»Das ist sehr angemessen, Premierminister«, bestätigte Bishop Attariwala. Der Lord der Checquy nickte.

»Also gut, von jetzt an in achtundvierzig Stunden«, schloss der Premierminister. »Wenn das Problem dann nicht auf die eine Art gelöst wurde, lösen Sie es auf die andere. Schnell und diskret.« Er warf einen Blick auf die Uhr. »Es ist jetzt einundzwanzig Uhr zehn. Am Sonntag um einundzwanzig Uhr elf sind die Züchter kein Problem mehr.«

»Ich leite sofort die entsprechenden Maßnahmen ein«, sagte Rook Thomas leise.

»Ich denke, wir sollten besser zurück auf die Party gehen«, meinte Bishop Attariwala schließlich. »Myfanwy, Sie und ich unterhalten uns später.«

»Sicher«, gab Thomas zurück. Sie stand auf, als die Männer hinausgingen, und tätigte dann einen Telefonanruf. »Ingrid, können Sie bitte ins Lesezimmer kommen und Sicherheitschef Clovis mitbringen.« Dann setzte sie sich wieder und überdachte die Situation.

*Zwei Tage. Der Premierminister hat mir zwei Tage gegeben. Und das auch nur, falls die Antagonisten in der Zwischenzeit nichts unternehmen werden. Wenn es ein weiteres Attentat gibt, ist alles vorbei.*

*Aber warum zögern sie? Wollen sie Spannungen in der Checquy erzeugen?* Wenn dies das Ziel der Antagonisten gewesen war, dann hatten sie durchaus eine erfolgreiche Strategie verfolgt. Als der Premierminister die wahre Natur der Antagonisten den Gästen auf dem Empfang enthüllt hatte, hatte es einen Moment gegeben, in dem sie wirklich gefürchtet hatte, dass die Checquy sich auf die anwesenden Züchter stürzen würde.

*Was hätte ich dann getan?*, fragte sie sich. *Hätte ich meine Fähigkeiten gegen meine eigenen Leute eingesetzt? Um einen Frieden zu schützen, den sie gar nicht wollen? Oder hätte ich mich zurückgehalten und zugelassen, dass sie unsere Gäste vor den Augen von Zivilisten töten?* Und was sollte sie jetzt tun? Die Spannungen würden nur steigen, wenn sich die Nachricht von den Antagonisten in der ganzen Checquy herumsprach.

*Es bedarf so wenig, selbst jetzt noch,* dachte Myfanwy. *Ein einfacher Schlag, eine einfache Wunde, präzise platziert, und dieser Friede ist für immer vereitelt.*

Sie fragte sich, ob die Antagonisten möglicherweise Agenten innerhalb der Checquy hatten, die sie mit Informationen fütterten. Die Züchter hatten solche Spione schließlich auch gehabt, obwohl Ernst ihnen jetzt endlich die Namen gegeben hatte. *Sie haben gewusst, wann wir Hill Hall verlassen,* dachte sie. *Ihre Angreifer haben an der Straße auf mich gewartet.*

Plötzlich und albernerweise wünschte sie sich, dass sie mit Thomas sprechen könnte … mit der ersten Myfanwy Thomas, der Frau, die in diesem Körper gelebt hatte, bevor sie selbst existierte. Thomas war schüchtern und bescheiden gewesen, aber sie besaß jahrelange Erfahrung und konnte auf eine umfassende Ausbildung innerhalb der Checquy zurückgreifen. Sie hätte ihr einen guten Rat geben können oder wäre zumindest jemand gewesen, der Myfanwy ihre Ängste hätte gestehen können, der sie ihre Schwäche hätte zeigen können.

*Ich muss dafür sorgen, dass in den nächsten zwei Tagen nichts passiert. Wie kann ich die Antagonisten dazu bringen zu warten?* Im nächsten Moment offenbarte sich ihr schlagartig die Lösung.

*Odette! Sie werden nicht zuschlagen, ohne sie vorher zu retten. Himmel, sieh dir an, wie viel Mühe sie sich vorher mit ihr gemacht haben. Gott sei Dank wurde Clements daran gehindert, sie zu töten, als ich ihr den Befehl gab, sonst hätten wir überhaupt kein Druckmittel mehr in der Hand!*

*Ich muss sie irgendwohin bringen, wo sie außerhalb der Reichweite dieser Antagonisten ist, irgendwohin, wo sie keinen Zugang zu ihr haben, was jedoch gleichzeitig keine Fragen aufwirft. Ich kann sie nicht einfach mit hundert Leibwächtern schützen ... Ernst und die Broederschap wüssten sofort, dass es ein Problem gibt und dass die Checquy ihnen nicht vertraut. Und ich kann sie auch nicht nach Übersee schicken, sonst wird die Antagonisten nichts mehr daran hindern, auf britischem Boden zuzuschlagen.* Myfanwy erwog das Problem immer und immer wieder in ihrem Kopf, sicher, dass es eine Lösung gab.

Dann klopfte es an der Tür, und ihre Sekretärin trat ein, gefolgt von Sicherheitschef Clovis. Myfanwy erklärte den beiden rasch die Lage, und sie wirkten angemessen entsetzt.

»Also, Rook Thomas«, sagte Ingrid schließlich. »Der Premierminister ...«

»Ja?«

»Er hat Ihnen zwei Tage Zeit gegeben, um die Antagonisten zu eliminieren?«

»Ja«, bestätigte die Rook.

»Und wenn Sie das nicht schaffen, dann will er die Verhandlungen abbrechen?«

»Sozusagen.«

»Was Krieg bedeuten würde«, führte Clovis grimmig aus.

»Vielleicht«, räumte die Rook ein. »Aber wenn ich alles so arrangieren kann, wie ich es muss, dann bedeutet das einfach nur ein schnelles, diskretes und sehr einseitiges Gemetzel.«

Als sie aus dem Lesezimmer traten und zurück in den Ballsaal gingen, erwog Myfanwy immer wieder das Problem Odette. *Es muss einen Weg geben,* dachte sie. *Aber wenn nicht, dann muss ich mich auf alle anderen Eventualitäten vorbereiten.*

»Ingrid, ich muss sofort mit den Teamchefs der Barghests reden«, sagte sie. »Und zwar denen von allen inländischen Teams.« *Sie müssen sich auf den Sonntag vorbereiten, falls wir Ernst und die Broederschap dann eliminieren müssen.*

Als sie in den Ballsaal kamen, sah sie sich automatisch suchend nach Odette um. *Ich werde mich wirklich übel fühlen, wenn sie immer noch allein herumsteht und mit niemandem redet, außer mit ihrem kleinen Bruder und mit Clements.*

Irgendwie wirkte die Stimmung im Saal bedrückt, und es gab immer noch keine allzu große Durchmischung der beiden Gruppen. Schließlich sah sie das Züchter-Mädchen. Odette sprach mit einem großen Mann Ende zwanzig. Ihrer Haltung und ihren Händen nach zu urteilen, schien es eine ziemlich höfliche Unterhaltung zu sein. Jedenfalls machte niemand Anstalten, jemanden zu schlagen oder zu erdolchen.

»Wer ist das?«, fragte sie.

»Er ist ein Pawn«, erwiderte Ingrid. »Louis Sowieso. Er arbeitet in der Sektion Analyse und Einschätzung.« Während sie zusahen, trat der Pawn auf die Tanzfläche und hielt Odette die Hand hin. Sie nahm sie, und selbst aus der Entfernung konnten sie sehen, dass das Mädchen sowohl nervös als auch entzückt war. Dann begannen die beiden einen Walzer zu tanzen, geschmeidig und wunderschön.

»Haben Sie ihm befohlen, das zu tun?«, erkundigte sich Myfanwy.

»Nein, das habe ich nicht«, antwortete Ingrid. »Ich glaube nicht, dass irgendjemand ihm das befohlen hat.« Sie lächelte, als sie die beiden beobachtete. »Vielleicht gibt es ja doch noch Hoffnung für uns alle.«

*Ja, vielleicht,* dachte Myfanwy grimmig, während sie an das Ultimatum dachte, das man ihr gerade gestellt hatte. *Aber nicht viel.*

# 43

*Alles in allem ist der Abend ganz gut gelaufen,* resümierte Odette zufrieden. Es hatte zwar einige Minuspunkte gegeben, klar, aber die Pluspunkte hatten eindeutig überwogen.

*Und die Rede des Premierministers war sehr ermutigend,* dachte sie. *Er hat wirklich gezeigt, dass er die Verhandlungen unterstützt.* Nach der Rede schlenderten Alessio und sie ein bisschen umher, und ihr Bruder löcherte sie unaufhörlich wegen der Antagonisten. Natürlich kannte Alessio ihre Freunde alle, aber er hatte nicht gewusst, dass sie sich gegen die Broederschap gewendet hatten. Man hatte ihm eine abgeschwächte Version der Geschichte erzählt, die man Clements aufgetischt hatte – nämlich, dass sie von einem übernatürlichen Feind getötet worden wären. Vor allem die Nachricht von Dieters Tod hatte ihn getroffen, weil er ihn gut gekannt hatte. Odette versuchte, ihre Antworten beruhigend zu formulieren, aber es war nicht einfach, die Tatsache zu beschönigen, dass seine Familie für die Gräueltaten verantwortlich war, die er den ganzen Abend im Fernsehen verfolgt hatte.

Die Leute beäugten die beiden mit zunehmendem Widerwillen, und Alessio war fast in Tränen aufgelöst, als die Direktorin des Anwesens, eine rundliche Frau mit einem deutschen Akzent, sich mit unfehlbarem Timing auf ihn stürzte und ihn in ein Gespräch über seine Lektionen und seine Exkursionen verwickelte. Odette war dankbar für diese Verschnaufpause und sah sich sodann nach Pawn Clements um, die sich ein Stück von ihr entfernt mit einer Bekannten unterhielt. Felicity hatte sie bemerkt und nickte ihr zu, zum Zeichen, dass sie sich unter die Leute mischen durfte. Also ließ sich Odette durch die Menge treiben und lauschte den Gesprächsfetzen, die sie aufschnappte.

»… entweder eine Notfallfinanzierung beantragen oder das Kapital angreifen. Ich habe einfach keine Ahnung, wie viel von den Kosten die Regierung übernimmt …«

»… glaube, da waren Spuren von Nüssen in diesen kleinen Teigtaschen. Hat jemand zufällig einen Autoinjektionsstift dabei …?«

»Still, da geht gerade eine Züchterin vorbei.«

»Ihr Kleid ist toll!«

»Vielleicht, aber wer weiß schon, was darunter so alles herumwimmelt.«

Nach dieser letzten Bemerkung ging Odette hastig weiter und gab sich alle Mühe, die Fassung zu wahren, nicht zu erröten und die Schultern nicht hängen zu lassen. *Du hast ja nicht erwartet, dass es einfach werden würde,* sagte sie sich. *Und eine Rede vom Premierminister wird die Meinung der Menschen nicht plötzlich ändern.* Sie spielte kurz mit dem Gedanken, Schutz in einer der kleinen Züchter-Gruppen zu suchen, entschied sich aber dagegen.

*Ich habe Knochen gestaltet, Babys zur Welt gebracht und eine ganze Bande von Schlägern in Schach gehalten,* dachte sie. *Ich lasse mich nicht auf einer Cocktailparty von ein paar Snobs einschüchtern.* Für sie selbst überraschend, schlug sie plötzlich einen Neunziggradhaken nach links und stellte sich erwartungsvoll neben eine kleine Gruppe von Checquy-Agenten, die daraufhin in betretenes Schweigen verfiel.

»Guten Abend«, sagte sie liebenswürdig. »Ich bin Odette Leliefeld. Das ist wirklich eine entzückende Party heute Abend.«

*So, und jetzt übt euch in freundlichem Small Talk, ihr Wichser!*
Genau das taten sie auch. Am Anfang verlief das Gespräch ein wenig gezwungen und steif, weil keiner von ihnen bisher einem Züchter begegnet war, geschweige denn
mit einem geplaudert hatte. Aber sie musste ihnen zugestehen, dass sie sich sehr rasch erholten. Wie sich herausstellte,
arbeiteten sie alle in der Sektion Analyse und Einschätzung:
drei Pawns (zwei Männer und eine Frau) und drei Bedienstete (zwei Frauen und ein Mann). Sie diskutierten zunächst
triviale Angelegenheiten: das Orchester, das Essen, die Anzüge der Männer. Dann gingen sie zu anderen, wesentli-
cheren Themen über. Die Attentate in verschiedenen britischen Städten, die Fusion und die Kleider der Frauen. Alle
bemühten sich, nichts zu sagen, was man als Beleidigung
hätte auffassen können, aber Odette legte besonderen Nach-
druck darauf, die Attentate zu verurteilen und zu erwähnen, dass sie selbst in einer Wolke gefangen gewesen war.

»Also, was sind denn Ihre übernatürlichen Fähigkeiten?«,
fragte sie während einer kleinen Gesprächspause. Die Pause
zog sich. »Oh Gott, habe ich gerade einen übernatürlichen
Fauxpas begangen?«

»Aber nein«, versicherte ihr Pawn Grasby, dessen Vorna-
men sie vergessen hatte. »Gar nicht. Es ist nur … Wir sind so
daran gewöhnt zu wissen, was jeder von uns Besonderes
kann.«

»Ich kann Wespen herbeirufen und kontrollieren«, sagte
Pawn Harriet Collinge, von der Odette argwöhnte, dass sie
ein ganz klein bisschen beschwipst war. »Roger bringt Mathematik durcheinander, und Louis zieht Bienen an.«

»Sehr cool«, antwortete Odette. »Warten Sie, Sie machen
beide etwas mit Insekten? Sind Sie miteinander verwandt?«

»Oh nein«, verneinte Lewis mit einem strafenden Blick
auf Harriet. »Entschuldigung, *sie* macht die Sache mit den

Wespen. Ich ziehe vorwiegend weibliche weiße angelsächsische Protestantinnen an.« Er zuckte mit den Schultern. »Wir nennen sie Wasps.«

»Verstehe. Das ist sicher sehr nützlich«, meinte Odette dann.

»Und was ist mit Ihnen?«, fragte Pawn Grasby neugierig.

»Oh, ich bin nur das Mädchen für alles«, antwortete Odette. »Aber längst nicht so beeindruckend wie Ihre Mathematik, Insekten oder weiße … Leute.«

»Och, nicht drücken«, schmollte Harriet.

*Ich sollte ihnen irgendetwas geben,* dachte Odette. *Am besten etwas, das sie verstehen können.*

»Also gut, ich kann meine Muskeln umarrangieren«, sagte sie. Sie hob den Arm und konzentrierte sich, und die drei sahen zu, wie sich die Muskeln unter ihrer Haut kräuselten. Sie machten ein paar höfliche Kommentare, obwohl sie wahrscheinlich an erheblich beeindruckendere Zurschaustellungen ihrer eigenen Leuten gewöhnt waren. »Dadurch kann ich unglaublich winzige mikrochirurgische Eingriffe besser absolvieren als jeder Roboter, aber es dauert ein bisschen, um die Muskeln richtig zu arrangieren. Allerdings halte ich das nicht für das Coolste, was ich machen kann …«

»Also gut, und was ist das Coolste, das Sie können?« Die Frage kam von Monique, einer der Bediensteten.

»Es wird ganz schrecklich streberhaft klingen«, warnte Odette sie vor.

»Wir sind Analysten«, antwortete Roger. »Wir stehen auf streberhafte Sachen.«

»Wir ziehen sie sogar allen anderen vor«, setzte Harriet noch einen drauf.

»Ich habe eine Herztransplantation an einem ungeborenen Baby durchgeführt.«

Es herrschte erstauntes Schweigen.

Das schließlich von Monique gebrochen wurde. »Das ist wirklich verdammt viel cooler, als Insekten zu kontrollieren«, stellte sie fest.

Dann forderte der extrem nette Pawn Louis Marshall sie zu einem Tanz auf. Sie war sich der Blicke aller Anwesenden bewusst, die auf ihr und ihm zu ruhen schienen, und sie war sehr dankbar, dass ihr Kleid pflichtbewusst ihren Schweiß aufsog, der im Überfluss strömte. Es gesellten sich immer mehr Paare zu ihnen auf die Tanzfläche, und plötzlich schien ein Damm gebrochen zu sein. Die Musik wurde lauter, und die Party nahm jetzt richtig Fahrt auf.

Irgendwann tanzte sogar Großonkel Marcel einen Tango mit der Direktorin des Anwesens. Odette sah, wie Marie mit einem Mann über die Tanzfläche wirbelte, aus dessen Kragen und Ärmeln Dampf strömte. Odette selbst flatterte von einem Partner zum anderen und war so charmant, wie sie nur sein konnte.

Die Tempi veränderten sich, und sie dankte im Stillen ihrer Mutter für ihre Hartnäckigkeit, mit der sie darauf bestanden hatte, dass Odette Tanzunterricht nahm. Sie versuchte eine Pavane mit einem Mann, dessen Haut leise klingelte, wann immer sie sie berührte, einen Cha-Cha-Cha mit einem Mann, über den ständig ein Schwarm Kolibris herumflatterte, und sie legte mit Harriet einen Twist aufs Parkett. Es gab sogar einige sehr langsame Tänze. Und stets nutzte sie die Gelegenheit, irgendetwas Liebenswürdiges von sich zu geben und einen besseren Eindruck zu hinterlassen als zuvor.

Schließlich trat eine Pawn der Checquy nach hartnäckiger Aufforderung ihrer Kameraden zum Mikrofon und fing an zu singen. Soweit Odette erkennen konnte, war ihre Stimme nicht übernatürlich aufgemotzt. Der Klang erzeugte in ihr weder sonderbare Emotionen noch besondere Empfindungen. Sie hatte einfach eine ganz entzückende Stimme. Sie sang »At last«, von Mack Gordon und Harry Warren. Die Lichter wurden dunkler, und plötzlich war der ganze Saal voller Tänzer. Jemand berührte ihren Arm. Es war Grootvader Ernst, der in seinem Smoking wirklich schneidig wirkte.

»*Kun je je voorvader deze dans?*«, bat er sie auf Niederländisch um diesen Tanz.

»*Met alle plezier*«, antwortete sie lächelnd.

Natürlich war er ein ausgezeichneter Tänzer. Dafür sorgten schon all die Jahrhunderte Übung. Außerdem hatten die Schritte, durch die er sie führte, eine gewisse majestätische Würde.

»Ein großer Abend«, sagte er. »Amüsierst du dich?«

»Allerdings«, gab Odette zu. »Es sind einfach nur Leute, wenn man es schafft, sich mit ihnen zu unterhalten.«

»Das gilt für die meisten Menschen«, sagte er. »Ich bin sehr stolz auf dich, Odette. Du hast uns heute Abend Ehre gemacht.«

»Ich glaube, es wird alles gut werden, Grootvader.« Er antwortete nicht, sondern nickte nur mit ernstem Gesicht. Als das Stück endete, trat sie zurück und machte einen kleinen Knicks vor ihm. Dann drehten sie sich zur Bühne um und stimmten in den Applaus für die Sängerin ein.

»Ich glaube, damit ist dieser Abend beendet«, sagte Grootvader Ernst. »Wir wollen uns bedanken, und dann wird es Zeit, ins Hotel zurückzukehren.« Sich zu bedanken dauerte tatsächlich eine weitere halbe Stunde; Odette ging durch den Saal und sprach mit jedem, mit dem sie getanzt hatte, danach bedankte sie sich bei den Angehörigen des Court. Alessio war auf einem Stuhl eingenickt, der an der Wand stand, und ließ sich widerstandslos die Treppe hinaufschieben. Schließlich fand sie Clements, die an der Tür wartete. Die Pawn war ziemlich schweigsam im Wagen, räumte jedoch ein, dass sie sich auch amüsiert hatte.

Die Delegation wurde vor dem Hotel abgesetzt. Gähnende Nachtportiers richteten sich hinter dem Tresen steif auf, als sie die elegante Gruppe bemerkten. Während sie durch die Lobby gingen, sah Odette Pawn Sophie Jelfs an der Bar. *Ich bin so froh, dass sie bei dem Angriff nicht getötet wurde,* dachte sie und lächelte. Dann setzte sie einen Ausdruck übertriebener Erleichterung auf. Die Pawn wirkte erschöpft, und ihr Haar war zerzaust, aber sie hob ihr Glas zum Gruß und erwiderte das Lächeln. Dann hob sie die Brauen, als sie Odettes Kleid betrachtete, und verzog beeindruckt das Gesicht.

In Pawn Clements Zimmer half Odette Felicity, das Kleid auszuziehen. Als das Gewand zitterte und sich aufblähte, sackte die Pawn etwas zusammen und holte tief Luft. »Danke, dass Sie mir das Kleid geliehen haben«, sagte Clements. »Und dass Sie sich so viel Arbeit gemacht haben, es für mich anzupassen.«

»Das war mir wirklich ein Vergnügen«, gestand Odette.

Die Pawn streichelte das Kleid noch einmal sehnsüchtig und gab es Odette zurück, wünschte eine gute Nacht und schloss hinter sich die Tür ihres Schlafzimmers. Odette ging in das Zimmer zurück, das sie mit Alessio teilte, und hängte das Kleid sorgfältig auf einen Bügel. Dann blickte sie zu dem Bett, in dem ihr kleiner Bruder lag. Erschöpft von den Enthüllungen dieses Abends, war er sofort eingeschlafen, als sein Kopf das Kissen berührte. Odette überlegte kurz, ob sie die Einzelteile des Smokings zusammensammeln sollte, die er überall im Zimmer verteilt hatte, schnaubte dann jedoch verächtlich und ging hinaus. *Ich bin nicht seine Mutter. Und wenn er bei der nächsten Veranstaltung irgendwie zerknittert auftaucht, ist das sein Problem. So wird er es lernen.*

In einem Anfall von Trotz trat sie aus ihrem Kleid und ließ es einfach auf dem Badezimmerboden liegen. *Aber wenigstens wird mein Kleid sich von allein straffen,* verteidigte sie sich vor sich selbst. *Sobald es eine ausreichende Portion Apfelkompott bekommen hat und mit ein bisschen Paprika und Cuprosulfat bestäubt wurde.*

Als sie sich das Bad einließ und die verschiedenen Chemikalien und Pulver hinzugab, stellte sie sich sehnsüchtig vor, in einem richtigen Bett zu schlafen. *Ein Kissen und eine Decke haben wirklich etwas außerordentlich Tröstendes,* dachte sie. *Und du läufst wohl auch kaum Gefahr, aufzuwachen und festzustellen, dass deine Laken sich um dich herum zu einer soliden Masse verfestigt haben.* Einer ihrer Mitstudenten hatte einmal die Chemikalien falsch zusammengemischt, sodass die Angestellten ihn aus der Wanne herausmeißeln mussten. Sie dachte für einen Moment daran, sich einfach in die Wanne zu legen, aber dann fiel ihr ein, dass sie ja Make-up aufgelegt hatte. Und außerdem trug sie noch die strategische Unterwäsche, die sie passend zu dem Kleid angezogen hatte. Wenn Alessio hereinkäme, um sie zu wecken, und sie in dieser Lingerie fand, dann würden sie beide fürs Leben gezeichnet sein.

»Also gut! Dann bin ich eben verantwortungsbewusst«, sagte sie ins Blaue hinein. Sie dachte sogar daran, ihre Kopfhörer aufzusetzen, bevor sie sich genüsslich in den dampfenden Schleim sinken ließ. *Ich werde ewig schlafen, und morgen ist Samstag,* dachte sie wohlig, als ihr Herzschlag langsamer wurde. *Da habe ich nichts zu tun.*

*»Aufwachen!«* Die Stimme dröhnte in ihren Ohren. Sie schlug in dem Schleim um sich, als ihr Gehirn ansprang. Als sie die Augen öffnete, sah sie, wie etwas durch die zähe Flüssigkeit trieb; es prallte gegen ihre Stirn. Sie legte die Hand auf ihre

Stirn und öffnete instinktiv den Mund, um einen kleinen Schrei auszustoßen. Der Schleim quoll sofort in ihre Mundhöhle. *Oh, ekelhaft!* Wütend klappte sie den Mund zu und tastete nach dem, was sie getroffen hatte. Es war ihr Handy. Offenbar hatten ihre ruckartigen Bewegungen das Telefon an den Ohrhörerkabeln in die Wanne gezerrt. *Ich werde jemanden umbringen!*, dachte sie. Als sie wieder auftauchte, sah sie, dass das potenzielle Mordopfer ihr Bruder sein würde. Sie spuckte den Schleim aus, der zwar entzückend roch, aber wie eine Kombination aus Shampoo, Frostschutz und einer Bloody Mary schmeckte.

»Es ist Samstagmorgen!«, sagte sie scharf.

»Großvater Ernst hat eine Besprechung angesetzt«, antwortete Alessio.

»Es ist Samstagmorgen!!«

»Alle außer mir müssen teilnehmen«, fuhr er fort.

»Es ist Samstagmorgen!!!«

»Aber du hast noch fünfzehn Minuten, also kannst du hier frühstücken.« Mit diesen Worten verließ er das Bad.

»Aber … Es ist doch Samstagmorgen …«, teilte sie dem grausamen, gleichgültigen, leeren Badezimmer mit.

Es war ihr sehr wohl bewusst, dass sie nicht gerade sonderlich beeindruckend aussah, als sie die Fürsten-Suite betrat. Eine schnelle Dusche hatte zwar dafür gesorgt, dass sie sich den größten Teil des Schleims aus dem Haar waschen konnte, aber es war immer noch feucht, und in einem Anfall von aufsässiger Rebellion hatte sie eine Jeans und ein T-Shirt angezogen. *Immerhin ist Samstagmorgen*, dachte sie mürrisch. *Niemand kann von mir erwarten, dass ich am Morgen nach einer Party ein Kostüm trage.*

Was auch niemand tat, weil alle eher leger gekleidet waren, was ihrer rebellischen Geste irgendwie die Schärfe nahm. Selbst Grootvader Ernst hinter seiner Zeitung trug ein Hemd mit Button-down-Kragen ohne Krawatte oder Halstuch. Es herrschte kontemplatives Schweigen in dem Raum, was darauf hindeutete, dass keiner der Anwesenden besonders begeistert darüber war, geweckt worden zu sein. Hinter vorgehaltener Hand wurde viel gegähnt. Odette bediente sich an dem aufgebauten Buffet und ließ sich dann auf ihren Stuhl am Konferenztisch fallen. Ihr war klar, dass sie in dieser Gesellschaft ihren verbotenen Kaffee nicht würde trinken können, ohne sich spitze Bemerkungen wegen ihrer wunden Kehle einzuhandeln.

Sie stützte das Kinn auf die Hand und schob sich eine Gabel Rührei in den Mund, während sie widerwillig zum Kopfende des Tisches blickte, wo Grootvader Ernst saß. Er las die *Times,* deren Titelseite ausnahmslos aus Berichten über die Anschläge bestand. Odette war zu müde, um auch nur den Kopf zu wenden, und bewegte lediglich die Augen. Sie sah, dass fast alle ihren Anführer anstarrten. Er blätterte um.

*Danken wir Gott, dass wir in aller Frühe aus dem Schlaf gerissen wurden, um dir zuzusehen, wie du die Zeitung liest,* dachte sie. Dann zuckten alle zusammen, als er die Zeitung auf den Tisch legte und sie der Reihe nach ansah.

»Es ist noch sehr früh«, stellte er fest. »Aber es gibt einige Dinge, die wir sofort angehen müssen.«

*Das ist wahrscheinlich die einzige Entschuldigung, die wir bekommen werden.*

»Der gestrige Abend ist sehr gut gelaufen. Ich bin stolz auf euch alle. Ihr habt euch bewundernswert gehalten, und ich bin ziemlich zuversichtlich, dass sich die Checquy mit dem Problem der Antagonisten arrangiert hat. Wie es scheint, haben wir es drastisch überschätzt, wie sie auf unseren … Aufstand reagieren würden. Ich habe gestern

Nacht mit dem Premierminister gesprochen, und er hat mir versichert, dass sie die Situation vollkommen verstehen. Er war vor allem sehr dankbar für unsere Arbeit im Anschluss an die Anschläge. Die Bemühungen von Marcel und Odette um die Verletzten sind nicht unbemerkt geblieben, und das hat uns bei den Verhandlungen zu einer sehr starken Position verholfen.«

*Wenn du einen selbstlosen Akt unbedingt in ein egoistisches Manöver verwandeln willst, ist das wohl dein Privileg,* sagte sich Odette.

»Jetzt ist es wichtig, dass wir auf dieser exzellenten Grundlage weiter aufbauen. Mir ist klar, dass dies hier ein Samstagmorgen nach einer langen und anstrengenden Woche ist, aber wir müssen das Eisen schmieden, solange es heiß ist und bevor sich der Tumor ausbreitet.« Anschließend verteilte er die Aufgaben an alle Anwesenden dieser Besprechung. Zu Odettes Verwirrung bekam sie keine zugeteilt. *Selbst Alessio hat an diesem Wochenende etwas zu tun,* dachte sie. Ihr Bruder würde mit der Schulgruppe an diesem Tag unterschiedliche Aktivitäten unternehmen, die in einem Theaterbesuch am Abend gipfeln würden, wo er eine Inszenierung von *Ein Mittsommernachtstraum* sehen würde. Am nächsten Tag war der Besuch des Victoria-und-Albert-Museums sowie des Sir John Soane's Museums geplant, der mit einem Essen in einem berühmten Restaurant abgerundet wurde.

Man gab Odette keine Erklärung dafür, dass es für sie keine Aufgaben gab, und als sie anbot, Leuten zu helfen, wurde ihr das höflich, aber entschieden verweigert.

»Die Checquy hat die Terminpläne für heute ausgegeben«, sagte Marie, bevor sie zu einer der Millionen dringender Aufgaben aufbrach. »Und du sollst im Hotel bleiben. Vielleicht wollen sie ja, dass du dich um deine mitgenommene Leibwächterin kümmerst. Jedenfalls hast du einen Tag frei. Genieße ihn!« Odette nickte mürrisch. Es war zu spät, um wieder schlafen zu gehen, und selbst wenn sie es gewollt hätte, war der Schleim in der Badewanne jetzt kalt. Sie kam in die Suite zurück, als Alessio gerade aus der Tür trat.

»Clements ist eine Etage nach unten gegangen, zum Sicherheitsdienst der Checquy«, sagte er hastig. »Sie sagte, sie wäre gleich wieder zurück.«

»Okay. Amüsiere dich«, wünschte Odette ihm. »Wir sehen uns heute Abend.« Sie stellte den Fernseher an und fand nur Berichterstattungen über die Attentate. *Davon brauche ich wirklich nichts weiter zu sehen.* Sie setzte sich auf die Couch und dachte verärgert über die Welt im Allgemeinen nach.

*Um Himmels willen, du bist in einem Fünfsternehotel. Du kannst eine Million Dinge machen.* Erfüllt von neuer Entschlossenheit, stand sie auf. *Sie haben ein erstklassiges Fitnessstudio, einen Pool, einen hervorragenden Zimmerservice und ein Spa. Und dazu Clements, die ich zu allem mitschleppen muss.* Überrascht stellte sie fest, dass die letzte Aussicht sie gar nicht deprimierte. Sie nahm den Hörer ab und wählte Clements' Telefonnummer.

»Hallo?«

»Hi, ich bin's, Odette. Sind Sie beschäftigt?«

»Nein. Wir hatten gerade eine Einsatzbesprechung, aber die ist vorbei«, sagte die Pawn. »Geht es Ihnen gut?«

»Ja, alles bestens. Was machen Sie jetzt?«

»Ich wollte … gar nichts«, antwortete Clements. »Ich habe keine Pläne.«

»Ich bin sozusagen überflüssig«, sagte Odette. »Haben Sie Lust, ins Fitnessstudio zu gehen?«

»Oh«, gab Clements zurück. »Okay, klar. Holen Sie mich ab, dann gehen wir zusammen runter.«

Odette zog Sportkleidung an und ging zum Aufzug. Sie sah kurz in Maries Suite vorbei, um ihr zu sagen, dass sie die Etage verließ, ihre Aufpasserin mitnahm und dass sie weder das Hotel verlassen noch mit Fremden reden würde.

»Das ist gut«, sagte Marie zerstreut. Sie starrte auf ihren Computerbildschirm und hackte wie verrückt auf der Tastatur herum. »Du könntest wirklich etwas mehr Zeit im Fitnessstudio verbringen.«

# 44

**Die beiden Wachposten am** Aufzug nickten ihr zu, als sie sich ihnen näherte, und winkten ab, als sie ihr Auftauchen erklären wollte. »Clements hat uns darüber informiert, wohin Sie wollen«, sagte einer von ihnen und deutete auf seinen Ohrknopf. Während er sprach, öffneten sich die Aufzugtüren. Im Inneren stand ein Mann in ziviler Kleidung mit einem gelangweilten Gesichtsausdruck. Odette erkannte ihn. Er war einer der Wächter der Checquy. Er hatte zwar keine Waffen, aber sie durfte wohl davon ausgehen, dass er keine brauchte.

»Wir fahren runter«, sagte er.

»Bewachen Sie den ganzen Tag den Aufzug?«, erkundigte sie sich.

»Das Hotel hat sechs Aufzüge«, bestätigte er grimmig. »Und seit letzter Nacht ist in jedem ein Wächter der Checquy postiert. Und zusätzlich sind zwei im Lastenaufzug.«

»Hört sich nach einem gemütlichen Job an«, sagte sie.

»Das hat man davon, wenn man beim Pokern verliert.«

Sie verzog mitfühlend das Gesicht und stieg im Stockwerk der Checquy aus. Es unterschied sich sehr deutlich von der Etage, in der die Züchter abgestiegen waren. Es war immer noch ganz nett, wenngleich auch nicht ganz so nett, aber vor allem herrschte eine andere Atmosphäre. *Wahrscheinlich, weil hier nicht in jedem Gang und an jeder Kreuzung bewaffnete Posten herumstehen,* dachte sie. Außerdem standen viele der Türen offen. Als sie an einer vorbeikam, konnte

Odette sich einen neugierigen Blick in den Raum nicht verkneifen. Die Zimmer waren in einem fast militärisch aufgeräumten Zustand. In vielen Räumen saßen Leute an Computern, und alle schraken zusammen, als sie sie vorbeigehen sahen.

Clements stand mit einer anderen Pawn in einem Zimmer, einer Frau in Shorts und einem Tank Top, die am ganzen Körper mit Dornen bedeckt war. Unwillkürlich warf Odette einen Blick auf die beiden Betten und erwartete eigentlich, zerfetzte Laken zu sehen, aber beide waren makellos gemacht. *Vielleicht kann sie die ja einziehen,* dachte sie. Die Dornenfrau warf ihr einen gelassenen Blick zu und nickte kurz, bevor Clements Odette eilig aus dem Raum schob.

»Sie kommt gerade von der Nachtschicht«, erklärte die Pawn. »Wir sollten sie schlafen lassen.«

»Ah«, gab Odette zurück.

»Die Rookery hat die Sicherheitsmaßnahmen verstärkt, also sind sie auf Etappenschlaf umgestiegen.« Sie bemerkte Odettes verständnislosen Blick. »Dabei legen wir die Schichten so, dass die Betten immer abwechselnd und permanent belegt sind.«

»Na ja, wenn es Bettenmangel gibt, dann können Sie gern die Betten in unserer Suite benutzen.« Odette sprach mit der Großzügigkeit einer Person, die genau wusste, dass niemals jemand in ihrer Badewanne schlafen würde. »Wir benutzen sie tagsüber ja nicht.«

»Das gebe ich gern weiter«, antwortete Clements. »Also, Sie wollen ins Fitnessstudio? Wollen Sie nicht lieber ausgehen?«

»Offenbar darf ich heute zu Hause bleiben«, sagte Odette. »Alle anderen haben etwas zu tun. Ich bekam den Auftrag, im Hotel zu bleiben.«

»Was bedeutet, dass ich auch zu Hause bleiben darf«, bemerkte Clements. »Also dann, gehen wir ins Studio. Ich muss nur noch …« Sie machte eine Pause, als ihr Handy klingelte und sie sah, dass der Anruf von einer unterdrückten Nummer kam. »Eine Sekunde, ich will nur kurz nachsehen, wer das ist. Hallo?«

»Sagen Sie nichts, Pawn Clements. Hier spricht Rook Thomas.«

»…«

»Gut. Sie werden in Kürze einer Mission zugeteilt. Ersuchen Sie um die Erlaubnis, Odette mitzunehmen. Und präsentieren Sie das ihr gegenüber als Ihre eigene Idee. Und jetzt legen Sie auf.«

Clements beendete den Anruf und starrte ihr Telefon an.

»Verwählt?«, erkundigte sich Odette.

»Eine Umfrage«, log Clements.

»Pawn Clements!«, rief jemand durch den Gang. Ein Stück weiter entfernt beugte sich ein Pawn aus einer Tür. »Sie sollen in die Einsatzzentrale kommen.« Clements sah Odette an.

»Warum begleiten Sie mich nicht einfach?«, fragte sie.

Die Einsatzzentrale war eigentlich eine Suite, vor der eine Bewaffnete postiert war. Sie warf Odette einen misstrauischen Blick zu, murmelte etwas in ein Kehlkopfmikrofon und bekam vermutlich eine Antwort in ihrem Ohrknopf, bevor sie die beiden hineinließ. In der Suite saßen zahlreiche Menschen an Schreibtischen, die ganz offensichtlich nicht zur Hotelmöblierung gehörten. Sie redeten leise in Headsettelefone und tippten auf Tastaturen herum. Whiteboards, auf denen Raster eingezeichnet waren, hingen an allen Wänden. Odette sah ihren eigenen Namen neben dem von Clements stehen. Eine der Schlafzimmertüren öffnete sich, und ein Mann in einem taktischen Kampfanzug kam heraus. Sie erhaschte einen Blick auf Gewehrregale und andere Waffen, bevor sich die Tür schloss. *Waren das da eben Hellebarden?*, fragte sie sich ungläubig.

Clements ging voraus zu einer anderen Schlafzimmertür und klopfte an. Jemand rief »Herein«, und sie traten ein. Hier war es ruhiger, weil nur zwei Leute an Schreibtischen saßen und tippten. Das Bett verschwand unter Stapeln von Aktenordnern. Neben einem niedrigen Schreibtisch stand ein extrem kleiner Mann. So klein, dass er Odette gerade bis zur Taille reichte. Alessio hätte ihm ein Getränk auf den Kopf stellen können, obwohl das angesichts des Verhaltens des Mannes, seiner Muskeln und der beiden Pistolen in den Schulterhalftern wahrscheinlich das Vorletzte gewesen wäre, was Alessio jemals getan hätte. Das Letzte wäre sein ausgesprochen blutiger Tod gewesen, während er sich ausführlich entschuldigte. Der kleinwüchsige Mann sprach in ein Handy, während er gleichzeitig den Bildschirm des anderen herunterscrollte. Er sah Clements und Odette an und bedeutete ihnen mit einer gebieterischen Handbewegung zu warten. Clements nickte, und sie beide traten einen Schritt zurück. Und warteten. Schließlich wandte Odette sich an Clements.

»Er ist kein … ich meine, kein Zwerg?«, flüsterte sie. Clements sah sie an und hob eine Braue. »Ich meine, er ist kein Zwerg aus der Mythologie. Wie bei Tolkien?«

»Es gibt keine mythologischen Zwerge«, erwiderte Clements. »Commander Derrick ist nicht einmal ein Pawn. Die Checquy hat ihn rekrutiert, weil er in dem, was er tut, brillant ist. Er hat zum Beispiel die Bewachung jenes Popstars arrangiert, der betrunken diese Kommentare abgegeben hat, mit denen es ihm gelungen ist, alle großen Religionen zu beleidigen.«

»Richtig!«, beendete Commander Derrick sein Telefonat. »Setzen Sie sich, beide.« Sie setzten sich. Er hatte einen irischen Akzent und eine tiefe, knurrende Stimme. »Also, Pawn Clements, man verlangt an einem Schauplatz in den schottischen Lowlands nach Ihnen. Es gibt da eine Manifestation in einer Kirche in irgend so einem beschissenen kleinen Kaff im Norden. Ein paar tote Zivilisten. Sie haben das Gebäude umstellt, aber die Rookery will, dass Sie den Ort checken, bevor sie das Team hineinschicken.« Die Pawn runzelte die Stirn, als sie den Befehl entgegennahm.

»In fünf Minuten bringt ein Wagen Sie zum nächsten Hubschrauberlandeplatz«, fuhr er fort. »Von dort werden Sie zum London City Airport geflogen, und von da geht es mit einem Privatjet weiter nach Dundee. Die Einsatzbesprechung findet im Wagen statt.«

»Jawohl, Sir.« Clements blickte etwas unsicher zu Odette hinüber. »Also …«

»Schon gut, Pawn Clements«, sagte Odette. »Ich weiß, dass Sie dorthin müssen. Immerhin haben Sie Pflichten.«

»Wir teilen ihr einen anderen Aufpasser zu«, sagte Derrick. »Das ist kein Problem.«

»Sicher«, erwiderte Clements. »Es sei denn natürlich … Haben Sie vielleicht Lust mitzukommen?«

»Oh«, gab Odette verblüfft zurück. Als sie darüber nachdachte, kam ihr die Idee plötzlich ungeheuer aufregend vor. Jedenfalls war es ganz sicher erheblich interessanter, als im Hotel zu bleiben, und sie war fast gerührt, dass Clements sie einlud mitzukommen. *Das hätte sie nicht tun müssen,* dachte sie. »Wäre das denn erlaubt?«

»Ich will verdammt sein, wenn ich das weiß«, erwiderte Commander Derrick säuerlich. »Ich muss das mit der Rookery abchecken, und das wird wahrscheinlich länger dauern, als wir uns leisten können. Clements soll in Kürze abrücken. Vielleicht können wir Sie ja hinterherschicken, wenn wir die Erlaubnis bekommen.«

Er setzte ein Headset auf und murmelte ein paar Worte in das Mikrofon. Während er auf eine Antwort wartete, starrte er sie an. Odette hörte eine dünne Stimme, die aus dem Kopfhörer kam, und Derrick wirkte überrascht.

»Sie sagen, sie hätten nichts dagegen, wenn es für die Broederschap okay wäre.«

»Dann muss ich mir die Erlaubnis von Grootvader Ernst holen«, erklärte Odette. »Allerdings glaube ich nicht, dass er etwas dagegen hat. Er sagt immer, dass wir mehr rausgehen sollten. Wissen Sie, ob er im Augenblick in einer Besprechung ist?«, fragte sie Commander Derrick. Er murmelte erneut etwas in das Headset und schüttelte dann den Kopf.

»Er bekommt gerade einen Haarschnitt vom Friseur des Hotels verpasst.«

»Danke.«

Odette wurde von seiner Assistentin zu Grootvader Ernst durchgestellt, der die Idee sofort billigte. »Der Plan klingt ausgezeichnet«, sagte er. »Es wird dir guttun, mal aus der Stadt herauszukommen und weg von dem Papierkram und der Anspannung hier. Ein Kampf kann sehr belebend sein.«

»Ich gehe nur als Beobachterin dorthin. Ich glaube kaum, dass ich in einen echten Kampf verwickelt werde«, gab Odette zweifelnd zurück.

*Obwohl ich wirklich lernen sollte, wie man kämpft, wenn das hier vorbei ist,* dachte sie. *Ich nehme an, dass die Checquy ohnehin darauf besteht, ganz gleich, in welche Rolle ich hier schlüpfen muss. Offenbar sind sogar die Bibliothekare Todesmaschinen.*

»Jedenfalls ist es gut, einen Kampf zu sehen«, relativierte Grootvader Ernst seine Worte. »Mach mich stolz. Und achte darauf, weder getötet noch gefressen zu werden. Oh, und vergiss nicht, deinen Mantel anzuziehen.«

»Ja, Grootvader.« Sie seufzte. »Aber informiere die Checquy darüber, dass du deine Zustimmung gegeben hast. Und du solltest ihnen vermutlich auch klarmachen, dass du die Checquy nicht dafür verantwortlich machen wirst, wenn ich verletzt werden sollte.« Mit diesen Worten legte sie auf.

»Ist es wahrscheinlich, dass es gefährlich wird?«, erkundigte sich Clements.

»Sie sind ein Pawn der Checquy«, gab Derrick zurück. »Was ist das denn für eine bescheuerte Frage?«

»Ich meine nicht gefährlich für mich, Sir«, erhellte ihn Clements. »Sondern für sie.«

»Oh. Ach ja, also, ich glaube eher nicht«, meinte Derrick. »Sie gehen nicht in die Kirche hinein, und sie bleibt ohnehin in der Einsatzzentrale. Außerdem kriegt sie eine Eskorte von bewaffneten Soldaten. Die Rookery hat gerade einen zusätzlichen Haufen von Bewaffneten dorthin geschickt. Es würde mir schwerfallen, auf Anhieb einen sichereren Ort für sie zu finden.«

Clements wirkte erleichtert bei diesen Worten. Dann führte sie Odette mit einer bemerkenswerten Schnelligkeit aus der Einsatzzentrale heraus und durch den Haupteingang des Hotels zu dem wartenden Wagen. Als der davonfuhr, blätterte Clements eine Akte durch, die auf dem Rücksitz des Wagens für sie bereitgelegt worden war.

»Darf ich vielleicht auch einen Blick drauf werfen?«

»Die ist geheim«, erwiderte die Pawn und dachte kurz nach. »Andererseits sind Sie das auch, und Sie werden schließlich ebenfalls am Schauplatz sein.« Sie gab der Züchterin die schmale Mappe.

Als Odette zu lesen begann, war sie sich ihrer Entscheidung zunehmend weniger sicher, was ihre Teilnahme an diesem Abenteuer anging.

In Muirie, einem kleinen entlegenen Ort in den Central

Lowlands in Schottland, waren in der vorigen Nacht vermutlich mindestens fünfzehn Menschen von unbekannten Kräften getötet worden. *Vermutlich* war hier das Schlüsselwort, da man keine Leichen hatte finden können, aber das Stöhnen hatte etliche Stunden angehalten, bevor es kurz vor Tagesanbruch abrupt aufgehört hatte.

*Was in Gottes Namen ist da passiert?*, dachte Odette. Sie überflog die Geschichte der Siedlung selbst.

Muirie war eine kleine Gemeinde von etwa zweihundert Häusern, die sich um eine verdrießlich wirkende Kirche scharten. Historisch gesehen, waren ihre Hauptwirtschaftszweige Landwirtschaft und eine Art von vorsätzlichem Analphabetismus. Die früheste Erwähnung des Ortes fand sich in einer Quelle von Macbeth, dem König von Schottland, der sich eine Lebensmittelvergiftung zuzog, als er durch den Ort ritt. Eine Anekdote, die von dem Theaterstück irgendwie ausgelassen wurde. Jedenfalls hatte der Monarch zwischen Anfällen von Übelkeit seine Ungläubigkeit darüber ausgedrückt, dass diese Stadt weiterhin existierte, und das war bereits im Jahre 1050 passiert.

Seitdem war das Dorf ein wenig gewachsen, und die Bevölkerung bestand jetzt nicht mehr nur aus von am Existenzminimum herumkrebsenden Gerste- und Kohlbauern, sondern auch aus Informationstechnologen und Juristen. Die waren von Muiries idyllischen Gassen, den authentischen grauen Steinhäusern und der Bereitschaft des Gemeinderates angezogen worden, neu Hinzugezogenen zu erlauben, das Innere der Häuser auszubauen und zu renovieren, natürlich gegen eine saftige Gebühr.

Der Ort hatte einen Dorfladen, der jetzt auch ein Regal mit ausgewählten Gourmetzutaten aufwies, und nicht weniger als fünf exquisite kleine Restaurants, die Speisen besonderen ethnischen Ursprungs servierten. Die Kinder des

Dorfes wurden mit einem Bus zur Schule in die nächstgelegene Stadt gefahren, und die meisten Bewohner verbrachten mindestens zwei Stunden am Tag damit, zwischen ihren Häusern und ihren Arbeitsstellen in Perth zu pendeln. Letztere Stadt rühmte sich einer verlässlichen Internetverbindung und juristischer Probleme, die sich nicht ausschließlich auf Schafe bezogen. Es gab noch einige Einwohner, die schon vor der Ankunft der jungen wohlhabenden Fachleute hier gelebt hatten. Diese Proto-Muirieer waren für gewöhnlich älter, sahen etwas wettergegerbter aus und neigten dazu, bissige Bemerkungen über diese lasche Schickeria zu machen, die der Meinung war, dass der Dorfladen sechs verschiedene Arten von Salz führen müsse.

Die Kirche war, soweit die Checquy das sagen konnte, der Ursprung des Problems. Es war ein etwas gedrungenes Bauwerk, das nach den Fotos zu schließen nicht gebaut, sondern eher mühsam aus einem einzigen widerspenstigen Granitblock gemeißelt worden war. Aufgrund seiner eher groben Bauweise hatte das Gebäude die Jahrhunderte mit Leichtigkeit überstanden, und die neuen Bewohner des Dorfes hatten ihrem natürlichen Drang widerstanden, das Innere zu renovieren. Stattdessen hatten sie das Gefühl gehabt, es wäre ihre Pflicht, es für zukünftige Generationen zu erhalten, während sie gleichzeitig darauf verzichteten, an Gottesdiensten teilzunehmen. Das Gebäude hatte die Aufmerksamkeit eines durchreisenden Akademikers erregt, der völlig aus dem Häuschen geraten war wegen der Unberührtheit der Kirche. Ein paar Monate später war er mit einem Team von Examenskandidaten seiner Archäologiekurse sowie der offiziellen Erlaubnis zurückgekehrt, sie dort einzusetzen.

Die Archäologen hatten sich mit ihren kleinen Pinseln, ihrem destillierten Wasser und ihren Digitalkameras im

Innern der Kirche zu schaffen gemacht, und obwohl sie nichts auch nur annähernd Erstaunliches entdeckt hatten, bekamen sie ein paar Einsichten in die Geschichte dieses Ortes und hatten ein paar hübsche Exemplare von örtlicher Handwerkskunst aufgetrieben. Am Freitagnachmittag, etwa um die Zeit, in der Clements grimmig ihr von der Zeugmeisterei geschicktes Kleid inspiziert hatte, war etwas passiert. Es war zwar nicht sofort klar gewesen, was passiert war, aber die Frau des Hausmeisters, die im Vorgarten gearbeitet hatte, hatte ein paar Schreie aus der Kirche gehört, denen ein schwaches Stöhnen gefolgt war sowie ein Geräusch, als würde »ein großer Hund an einem heißen Tag Wasser aus einer Schüssel schlabbern«.

Vollkommen entnervt war sie nach Hause gegangen und hatte ihrem Ehemann davon erzählt. Der Hausmeister hatte die Augen verdreht, als er erfahren hatte, dass seine Frau es nicht einmal gewagt hatte, die Kirche zu betreten. Er hatte erklärt, dass er mal kurz dorthin spazieren, den Kopf reinstecken und sich davon überzeugen würde, dass alles in Ordnung war.

Er kehrte von diesem Spaziergang nicht zurück.

Seine Frau wartete den ganzen Nachmittag auf ihn. Sie rief ruhig sein Handy an und bekam keine Antwort. Ebenso ruhig rief sie im Pub an, wo man nichts von ihm gesehen hatte. Dann beschloss sie ruhig, alle Türen abzuschließen, die Vorhänge zuzuziehen und den Constable des Dorfes anzurufen.

Der Dorfconstable saß gerade beim Tee und hörte sich geduldig die Geschichte an, während seine Frau ihm ein ordentliches Stück Fisch servierte. Glücklicherweise hatte er gerade in Aberdeen einen Kurs für die Kleinstadtpolizei absolviert, in der eine Frau, genau genommen war es Pawn Lillian Wyldeck von der Rookery gewesen, sie darüber informiert hatte, was zu tun war, wenn sich etwas sozusagen … Ungewöhnliches ereignete. Er fischte die Karte mit Miss Wyldecks Telefonnummer aus seiner Uniformjacke, rief sie an und ließ sich von der ruhigen Stimme auf der anderen Seite versichern, dass es richtig gewesen war, sich zu melden. Die Stimme riet ihm weiterhin, zur Kirche zu gehen und sie im Auge zu behalten, aber er sollte sie auf keinen Fall betreten und auch niemand anderen hineinlassen. Hilfe wäre unterwegs.

Das nächste Checquy-Kontingent lag zwei Stunden von Muirie entfernt in Dundee, und sie waren gerade alle von einem landesweiten Alarm in Anspruch genommen, weil die Augen von Menschen an öffentlichen Orten schmolzen. Zwei Junioragenten, eine Pawn und eine Bedienstete, die beide dringend Erfahrung brauchten, wurden in einem schnellen Wagen dorthin geschickt, um die Situation einzuschätzen. In der Zwischenzeit wurde ein Polizeiteam vom erheblich näher gelegenen Perth losgeschickt, mit dem unverständlichen Befehl, das Gebäude auf keinen Fall zu betreten. Sie hatten unauffällig die Umgebung der Kirche abgesichert und warteten jetzt auf die harten Kerle aus Dundee. Dann hatte ein schlauer engagierter Bursche des Teams, der scharf darauf war, sich einen Namen zu machen, erklärt, dass sie ja gar nicht genau wüssten, was nicht stimmte, und dass möglicherweise in der Kirche Verletzte sein könnten. Es gab immerhin keine sonderbaren Geräusche, jedenfalls keine, die er hören konnte, also würde er hineingehen!

Der Schlaumeier führte drei Leute von seinem Team in die Kirche. Sie öffneten die Türen, und blendend helles Licht strömte in die Dunkelheit hinaus. Die vier Beamten stürmten ins Innere, und die Türen fielen hinter ihnen zu. Diesmal gab es nicht einmal mehr Schreie. Die übrig gebliebenen Polizeikräfte beschlossen, ganz in Ruhe auf die Ankunft von jemandem zu warten, der genug bezahlt bekam, um mit dieser Scheiße klarzukommen.

Die beiden Checquy-Agenten, die schließlich in Muirie eintrafen, hätten vielleicht einwenden können, dass man ihnen bei Weitem nicht genug zahlte, um sich um eine solche Scheiße zu kümmern, sie kümmerten sich aber trotzdem. Wie sich herausstellte, waren die harten Kerle aus Dundee eigentlich junge Damen, aber die Polizisten folgten trotzdem klaglos ihren Befehlen. Ihr Gehorsam entsprang hauptsächlich der Selbstsicherheit und der Autorität der Ladys, obwohl es auch hilfreich sein mochte, dass die Pawn den Verstand von Männern aufgrund ihrer erstaunlichen Fähigkeit, Pheromone abzusondern, beeinflussen konnte. Die Bedienstete ihrerseits beeinflusste den Verstand von Männern ebenfalls, und zwar durch ihren bemerkenswert großen Brustumfang.

Die Bedienstete näherte sich vorsichtig der Kirche, hörte das bereits erwähnte schlabbernde Geräusch und zog sich wieder zurück. Dann tätigten ihre Kollegen und sie einige Anrufe.

Woraufhin sich verschiedene Dinge in rascher Abfolge ereigneten.

1. Der wachhabende Checquy-Beamte in Dundee versicherte der Pawn und der Bediensteten, dass sie richtig gehandelt hätten.

2. Dann rief dieser Beamte ihren Boss an und weckte ihn.

3. Der Boss, Pawn Mungo Kirkcaldie, rief die Rookery an.

4. Die Dorfbewohner wurden geweckt, auf den Kricketplatz des Dorfes getrieben und mit einer wild zusammengesponnenen, aber beunruhigenden Geschichte über Sporen, Gifte und Bakterien gefüttert, die möglicherweise in der Kirche ausgegraben worden sein könnten. Die Dorfbewoh-

ner konnten sich sehr genau ausrechnen, wie sehr der Wert ihrer renovierten Heime bei Bekanntwerden jeder dieser Einzelheiten sinken würde, und beschlossen, den Mund zu halten und nicht zu protestieren, bis sie das ganze Ausmaß des Problems kannten. Sie wurden anschließend zu einem einsamen Ort auf dem Land evakuiert, wo hastig mobilisierte Soldaten eine provisorische Quarantäne- und Untersuchungseinrichtung aus dem Boden gestampft hatten, die wohlweislich keinerlei Handyempfang hatte, damit das Interesse des Rests der Welt nicht geweckt würde.

5. Ein Checquy-Team, angeführt von einem gähnenden Pawn Kirkcaldie, fuhr in Dundee los in Richtung Muirie.

6. Rook Myfanwy Thomas wurde fünfzehn Minuten nachdem sie den Empfang für die Züchter verlassen hatte und endlich eingeschlafen war, geweckt.


»Das geht schon etliche Stunden so.« Odette blickte von der Akte hoch.

»Ja«, sagte Clements. Es gab nicht viel mehr zu sagen. Das war auch schon der Fall gewesen, als Pawn Felicity Clements zu dem Schauplatz abkommandiert worden war, um bei der Erkundung zu helfen.

»Hätte die Checquy nicht längst dort anrücken und die Leute retten sollen?«

»Wir müssen bei solchen Dingen sehr strategisch vorgehen.« Clements warf einen Blick aus dem Wagenfenster. »Wenn Checquy-Agenten einfach ohne jede Planung vor Ort auftauchen, dann endet das für gewöhnlich mit großen Brachflächen in der Landschaft, auf denen kein Leben mehr gedeiht. Es gibt immer wieder einen Fallout.«

»Sie meinen wie in *nuklearer* Fallout?«

»Wenn das alles wäre«, gab Clements zurück. »Es gibt Felder in Cumbria, wo Sie in jeder Stunde, die Sie darauf stehen, ein Jahr Ihres Lebens verlieren. In Bridewell gibt es ein Haus, bei dem Sie, wenn Sie den zweiten Stock betreten, ihre Kreditwürdigkeit verlieren. Und das Wasser eines Teichs auf der Lizard Peninsula verschmilzt ihre Zähne miteinander.« Odette spürte, wie sich ihre Stirn faltete, aber sie sagte nichts.

»Diese Leute in der Kirche sind vielleicht noch am Leben, vielleicht aber auch nicht.« Clements wandte sich zu ihr. »Aber die Leute draußen, einschließlich der Checquy-Leute, sind eindeutig am Leben, also gilt ihnen unsere erste Priorität. Es gibt so wenig Checquy-Agenten, dass es unverantwortlich und unpatriotisch wäre, wenn man unser Leben einfach nur vergeuden würde.« Sie blickte wieder aus dem Fenster. »Wir sind da.«

Sie eilten durch ein Krankenhaus auf das Dach des Gebäudes, wo ein Helikopter auf sie wartete. Er startete, sobald sie eingestiegen waren. Odette blickte entzückt auf die City unter ihnen. Nach wenigen Minuten landeten sie bereits. Ein Mann in einem Uniformoverall erwartete sie und führte sie zu einem Jet, der auf der Startbahn stand. Es war ein kleines, schlankes Flugzeug, mit einer exquisiten Inneneinrichtung, und es brauchte nicht auf eine Starterlaubnis zu warten. Stattdessen schlängelte es sich zwischen den größeren und etwas verblüfft wirkenden Düsenjets hindurch auf die Rollbahn und erhob sich dann ohne jede Entschuldigung in den Himmel.

Der Flug nach Dundee war sehr kurz, jedenfalls kam es Odette so vor. Sie war vollkommen von der Landschaft unter ihr berauscht. Clements verbrachte die Zeit hauptsächlich damit, die Akten zu lesen. Irgendwann rief die Pawn die Rookery an und bat um mehr Informationen über die Kirche, die sofort zum Jet gefaxt wurde, da ein Smartphone keinen Grundriss in einem vernünftigen Verhältnis anzeigen konnte.

Von Dundee brachte sie ein weiterer Hubschrauber nach Muirie. Odette blickte neugierig auf die Siedlung herunter, als sie sie überflogen. »Sie wirkt jedenfalls nicht besonders bösartig«, bemerkte sie. »Langweilig, aber nicht bösartig.« Sie wurden am Ende eines Shinty-Spielfeldes, auf dem die schottische Version von Hockey gespielt wurde, abgesetzt. Dort erwartete ein Bediensteter in einem Kampfanzug sie bereits und lief geduckt unter den Rotorflügeln zum Hubschrauber, um ihnen hinauszuhelfen. Sobald sie ausgestiegen und etwas zur Seite getreten waren, flog der Helikopter wieder los.

»Willkommen in Muirie«, sagte der Mann. »Ich bin Peter Burrows, der Verantwortliche für diesen Schauplatz.«

»Pawn Felicity Clements und Miss Odette Leliefeld«, stellte Clements sie beide vor, und sie schüttelten sich die Hände. Der Checquy-Mann warf Odette keine misstrauischen Blicke zu, was sie irgendwie ganz nett fand.

»Ich führe Sie zu Pawn Kirkcaldie«, sagte Burrows. »Wir haben auf Sie gewartet.« Er führte sie von dem Spielfeld durch das Dorf. Es gab nur ein paar richtige Straßen in dem Ort, dafür aber eine Unmenge von kleinen Gassen, die sich zwischen den Häusern hindurchschoben.

»Idyllisch«, merkte Clements an, als er sie durch die Gassen führte.

»Ich glaube, das ist einer der Gründe, warum die Menschen gern hier wohnen«, sagte Burrows. »Jeder liebt solche Gässchen.«

Einige dieser Gassen waren sehr schmal, und häufig mussten die drei hintereinander gehen. An den Gassen lagen Türeingänge, die zu den zwei- und dreistöckigen Gebäuden führten, die alle miteinander verbunden waren und sich über ihnen erhoben. Graue Steinmauern gingen in graue Steinmauern über und schwangen sich zu steilen

Schieferdächern hinauf. Schließlich führte Burrows sie zu einem Innenhof, in dem ein paar Tische unter einer riesigen Eiche standen. »Wir haben den Pub als Operationsbasis requiriert, weil es der einzige Platz ist, der groß genug ist«, erklärte er. »Bis auf die Kirche, die aber verständlicherweise für uns nicht zur Verfügung steht.«

Der Schankraum des Pubs war fast übertrieben altmodisch, mit schweren Deckenbalken in der niedrigen Decke und knarrenden Bodenbrettern. Etliche Tische waren zu einem großen zusammengeschoben worden, und an einem Ende saß eine Gruppe von Soldaten in Kampfanzügen. Auf der anderen Seite des Raums war ein Verwaltungsbereich eingerichtet worden, in dem Leute auf Computerbildschirme blickten, in Funktelefone redeten und große Blätter Papier betrachteten. Burrows stellte ihnen Pawn Mungo Kirkcaldie vor, einen großen, militärisch wirkenden Mann Anfang vierzig.

»Pawn Kirkcaldie, das sind Pawn Felicity Clements und Miss Odette Lilienfeld«, sagte Burrows. Odette biss sich auf die Zunge, weil er ihren Namen falsch verstanden hatte.

»Ah, Clements, ausgezeichnet«, sagte Kirkcaldie. »Gut, Sie hierzuhaben, wir haben schon auf Sie gewartet. Und willkommen, Miss Lilienfeld. Wir legen am besten gleich los.« Er führte sie zu einer Landkarte, die an die Wand geheftet worden war. »Wir haben die Kirche von Soldaten umstellen lassen. Sie sind auch auf den Dächern der umliegenden Gebäude und auf der Straße.« Er deutete auf die Positionen der Soldaten. »Hauptsächlich sind wir auf die Vorderseite konzentriert, wo sich die Türen befinden, und auf die Rückseite, wo ein großes Kirchenfenster ist. Wir haben Glück, dass es keine bemalten Kirchenfenster in diesem Gebäude gibt. Die Erbauer dieser Kirche scheinen geglaubt zu haben, dass Fenster eine sündhafte päpstliche Extravaganz wären. Also gibt es tatsächlich nur zwei Punkte, durch die man die Kirche betreten oder aus ihr flüchten kann. Also, Pawn Clements, es wäre schön, wenn Sie mal kurz dorthin tänzeln und einen Blick in die Kirche werfen könnten. Damit wir eine Ahnung haben, was wo ist, bevor wir das Ding stören. Gehe ich recht in der Annahme, dass Sie das Gebäude berühren müssen?«

»Das würde es einfacher machen und die Prozedur beschleunigen«, bestätigte Clements. Ein paar Pawns kamen zu ihr, schnallten ihr eine schusssichere Weste um und gaben ihr ein Headset. Ein Bediensteter drückte ihr eine bösartig wirkende Maschinenpistole in die Hand.

»Einfach und schleunigst ist genau das, was wir wollen«, sagte Kirkcaldie und führte sie dann an das vordere Fenster des Pubs. »Also, die Kirche ist da drüben.« Er deutete durch die Scheibe. »Wir schicken Sie über die Straße, damit Sie ihre Hand auf die Rückwand legen können. Sie werden von Scharfschützen gedeckt, aber ich lasse Sie auch von Pawn Pickhaver hier begleiten.« Pawn Pickhaver war ein großer Mann mit einem großen Kinn und einer großen Waffe. »Er hat es drauf, Licht zu verfestigen, deshalb kann er nötigenfalls Wände um Sie herum hochziehen, die Ihnen ein bisschen zusätzlichen Schutz bieten. Was natürlich nicht heißen soll, dass wir irgendwelche Schwierigkeiten erwarten.«

»Fein«, antwortete Clements.

»Miss Lilienfeld, Sie bleiben hier bei mir.« Kirkcaldies Tonfall duldete keinen Widerspruch.

»Verstehe, Sir«, antwortete Odette.

»Wir haben Nachricht von den Historikern in der Rookery und im Apex House erhalten«, mischte sich Burrows ein. »Bis jetzt hat ihre Suche noch nicht ergeben, dass jemals irgendetwas in Muirie passiert wäre.«

»Keine Informationen von irgendeiner übernatürlichen Aktivität«, sinnierte Kirkcaldie. »Na ja, dieser Ort hat bis jetzt ein verdammt ruhiges Leben gehabt.«

»Es hat hier nicht nur keine übernatürlichen Aktivitäten gegeben«, sagte der Adjutant. »Ich glaube, hier ist noch nie irgendetwas passiert.«

»Na ja, so ein spontaner Scheiß kommt eben vor«, gab Kirkcaldie zurück. »Das sichert uns unseren Job, was? Also los, fangen wir an. Clements, können Sie uns dabei laufend Bericht erstatten?«

»Leider nicht, Sir«, erwiderte Clements. »Ich muss meinen Körper vollkommen verlassen, wenn ich etwas außerhalb scannen soll.«

»Klar. Also dann machen Sie für den Anfang ein paar schnelle Ausflüge, und zappen Sie dann wieder in Ihren Körper zurück, um uns ein paar Skizzen von der Lage anzufertigen. Sobald wir einen Überblick haben, überlegen wir, wovon wir genauere Einzelheiten wollen.«

»Verstanden, Sir. Sie brauchen nicht zu wissen, was in der Kirche passiert ist, habe ich recht? Keine früheren Ereignisse?«

»Nein, geben Sie uns einfach nur einen Überblick über die derzeitige Lage«, antwortete Kirkcaldie. Es war klar, dass er über Clements' Fähigkeiten ins Bild gesetzt worden war. »Um die Vergangenheit kümmern wir uns später. Sie werfen einen Blick hinein, sagen uns, was Sie sehen, dann arbeiten wir eine Strategie aus und gehen rein.«

Clements stimmte ihm zu, nickte Odette zu und ging mit Pawn Pickhaver nach draußen. Burrows reichte Odette ein Headset, damit sie Clements' Bemerkungen mithören konnte. Sie verfolgte durch das Fenster, wie die beiden Pawns geduckt über die Straße liefen. Als sie die Kirche erreicht hatten, hockten sie sich an die Mauer. Clements kniete sich hin und legte ihre Hand auf den Stein, während Pickhaver mit der Waffe im Anschlag dastand.

»Wir sind vor Ort. Ich gehe jetzt durch die Wand«, verkündete Clements.

»Wachen, bereit machen!«, befahl Kirkcaldie. Einige Minuten lang herrschte angespanntes Schweigen, dann zwei Minuten gelangweiltes Schweigen, worauf ein oder auch zwei Minuten zunehmend besorgtes Schweigen folgten.

»Ich bin wieder da«, sagte Clements plötzlich.

»Was haben Sie gesehen?«, erkundigte sich Kirkcaldie.

»Das Innere ist leer, Sir. Die Leute sind verschwunden.«

»Keine Leichen?«

»Negativ.«

»Nicht mal Knochen?«, fragte Kirkcaldie hoffnungsvoll.

»Nichts dergleichen, Sir.«

»Na, das ist verdammt unheimlich«, erklärte Burrows beunruhigt.

»Die ganze Kirche ist friedlich«, erklärte Clements. »Die Gänge sind so gut wie frei. Da liegen ein paar Rucksäcke und Kisten zwischen dem Altar und den Bänken. Ich vermute, sie gehören den Archäologen.« Sie beschrieb die Werkzeuge, die herumlagen, als wären sie fallen gelassen worden, aber … »Ich kann nichts sehen«, schloss Clements schließlich. »Kein Lebenszeichen, nirgendwo. Aber da sind ein paar kleine Pfützen irgendeiner Flüssigkeit auf dem Boden.«

»Blut?«, fragte Kirkcaldie eindringlich.

»Das konnte ich nicht erkennen. Es gibt mehrere Scheinwerfer auf Ständern, die zur Tür zeigen«, berichtete Clements. »Sieht aus, als wäre dies das Licht, das die Polizisten gestern Nacht gesehen haben.«

»Wenn Sie wieder reingehen, überprüfen Sie die Decke«, riet Kirkcaldie. »Die Scheiße fällt einem meistens von oben auf den Kopf. Fast so, als würde man von irgendwelchen Klischees angegriffen.«

»Verstanden. Also mache ich noch einen Durchgang?«, fragte Clements.

»Bitte. Dann schicken wir die Soldaten rein.«

»Jawohl, Sir.«

Odette sah fasziniert zu, wie Clements' Körper ein Stück an der Kirchenmauer herunterzusacken schien. Nach einigen Momenten jedoch richtete sich die Pawn auf und stand stocksteif da.

»Sir, ein großer Feldstein im Boden hat sich bewegt, während ich weg war!«, berichtete sie aufgeregt.

»Oh, Mist, die Krypta!«, stieß Kirkcaldie hervor. »Natürlich!«

»Sir, irgendetwas ist herausgekommen!«, meldete Clements.

»Was denn? Was ist das?«, wollte Kirkcaldie wissen.

»Ich muss in die Vergangenheit blicken, um das erkennen zu können«, presste Clements hervor. »Das bedeutet, ich werde …« Sie brach ab, als etwas gegen die hintere Mauer der Kirche schlug und sich unmittelbar neben den beiden Pawns ein Loch im Mauerwerk auftat. Dann griff *irgendetwas* durch das Loch, packte den verdatterten Pawn Pickhaver und zog den schreienden Mann in die Kirche hinein.

# 45

**Felicity taumelte. Der schreckliche** Lärm und die Wucht, mit der das Loch in die Kirchenmauer geschlagen worden war, hatten sie wie ein Donnerschlag getroffen. Steinsplitter waren ihr ins Gesicht geflogen. Sie hatte Staub im Mund, es klingelte in ihren Ohren, und ihre Sinne waren zwischen ihrem Körper und einem Bereich in der Kirche unmittelbar vor dem Altar verteilt. Die entsetzliche Schnelligkeit, mit der Pickhaver ergriffen worden war, hatte sie betäubt. Automatisch sah sie ihm nach und erhaschte einen Blick darauf, wie er so hastig von diesem Ding hinter sich hergezerrt wurde, dass sein Körper zwischen den Bänken hin und her geschleudert wurde. Dann verschwand er in der Krypta.

*Ich sollte mich in der Krypta umsehen,* dachte sie benommen. *Um einen besseren Blick auf das Ding zu bekommen.* Es war etwa mannsgroß gewesen und krabbelte auf allen vieren. Dann durchdrang eine Stimme das Klingeln in ihren Ohren.

»Clements!«, brüllte Kirkcaldie. »Ziehen Sie sich sofort zum Pub zurück!«

*Richtig,* Felicity war immer noch benommen. *Der Pub, klar doch. Ich muss mich nur kurz orientieren.* Sie spürte, wie ihre Muskeln zuckten, als sich ihr gesamtes Bewusstsein im Hirn einfand; im nächsten Moment war sie aufgesprungen und rannte auf den Pub zu. Sie hörte undeutlich, wie Kirkcaldie ihr über die Kopfhörer ihres Headsets Instruktionen gab, aber sie konnte sich nur darauf konzentrieren, über das Gras auf die Straße zu kommen und dann über die Straße zum Pub. *Und dann bin ich in Sicherheit, und Leliefeld ist auch in Sicherheit, und …*

Das Gras vor ihr explodierte plötzlich, eine Gestalt sprang aus dem Loch und landete unmittelbar vor ihr. Felicity kam schlitternd zum Stehen und stolperte dann über ihre Füße. Das Etwas kam auf sie zu, und sie sah, dass es eine humanoide Form hatte und grün, gelb und schwarz gefleckt war, wie ein giftiger Frosch. Die Haut war runzelig und schimmerte im Licht, als wäre sie mit Schleim bedeckt. Das scheinbar ausdruckslose Gesicht war von einer Membran überzogen, die glitzerte und sich bewegte.

Dann blitzten Lichter an ihren Seiten und Schultern auf, und sie zuckte zusammen, als wäre sie dort getroffen worden. Felicity sah Soldaten der Checquy, die mit Waffen im Anschlag vorrückten. Allerdings schienen ihre Kugeln bedauerlicherweise nicht allzu viel Schaden anrichten zu können. Die Kreatur weigerte sich höchst unhöflicherweise, zusammenzubrechen oder sich auch nur durchlöchern zu lassen. Allerdings wurde sie deutlich missgestimmter und stieß ein blubberndes Knurren durch die Membran auf ihrem Gesicht aus. *Also hat sie irgendwo hinter diesem Zeug einen Mund.*

Plötzlich wurde Felicity klar, dass sie immer noch die Maschinenpistole umgeschnallt hatte. *Vielleicht kann so etwas ja aus näherer Entfernung Schaden anrichten,* dachte sie. *Oder vielleicht erkauft es mir etwas Zeit.* Aber bis sie die Waffe gehoben hatte, schien einer der Pawns offenbar seine Fähigkeiten eingesetzt zu haben. Ein orangefarbener Blitz zuckte vom Pub über die Straße und grub sich in den Körper der Kreatur. Diese schüttelte sich und qualmte. Einige Momente lang tanzten elektrische Funken über ihre Haut, aber dann ging sie weiter auf Felicity zu. Die kroch zurück und hob ihre Waffe.

»Glaubst du wirklich, das ist alles, was wir haben, Ungeheuer?«, hörte sie Pawn Kirkcaldie in ihrem Headset. »Checquy, macht dieses Ding endlich platt!« Und jetzt machten die Pawns Ernst.

Es war der reine Wahnsinn. Grüner Rauch quoll über den Körper der Kreatur, auf deren blubbernder Haut sich Blasen bildeten. Frost breitete sich in hübschen Eisblumenmustern auf der Brust des Monsters aus. Das Gras unter seinen Füßen wurde länger und schlang sich um seine Knöchel. Dann ertönte ein Quietschen in der Luft, als Kupferadern sich durch die Vegetation schlängelten, die Knöchel der Kreatur umschlangen und zu festen Metallschellen wurden. Farbe sickerte in großen Flecken aus ihrer Haut.

Ein paar rasiermesserscharfe Faustäxte wirbelten von einem nahe gelegenen Dach herunter, gruben sich in die Schulterblätter der Kreatur und peitschten zurück durch die Luft in die Hände ihres Besitzers. Der schleuderte sie erneut auf das Wesen und noch einmal. Und dabei bekam man nicht einmal alle Fähigkeiten der Pawns zu sehen. Ein paar Momente lang riss die Kreatur wie verrückt an ihrem eigenen Gesicht herum, ohne offensichtlichen Grund. Dann schlug sie Luftlöcher nach Dingen, die niemand außer ihr sehen konnte. Die ganze Zeit prasselten Kugeln auf sie herab, und Felicity feuerte ihr aus ihrer eigenen Waffe Geschosse in die Brust. Ein weiterer rotgelber Lichtblitz traf die Kreatur, die jetzt in die Knie ging. Schließlich fiel sie auf den Rücken, die Füße immer noch in den Metallschellen gefangen.

Und dann, fast wie ein nachträglicher Einfall, wurde ein Volvo von seinem Parkplatz in die Luft gerissen und wirbelte donnernd über die Straße, um mit der Motorhaube voran auf dem Monster zu landen.

Allmählich verklangen die Echos der Attacke. *Ich werde*

*nie wieder das Wort* Overkill *benutzen,* schwor sich Felicity etwas zittrig.

»Gut gemacht, Leute«, sagte Kirkcaldie in ihrem Ohr. »Sehr nett. Und jetzt atmen wir alle durch, dann gehen wir in die Kirche und sehen nach, ob dieses Ding da irgendwelche Opfer am Leben gelassen hat.« Die Truppen am Boden marschierten langsam zu dem Trümmerhaufen, und etliche andere stiegen von den Dächern herunter. Einer sprang mühelos mit einem dreifachen Salto rückwärts drei Stockwerke herunter und landete wie eine Katze auf dem Boden.

*Ich muss diese Krypta noch sondieren,* dachte Felicity. *Aber zuerst könnte ich einen Viertelliter von irgendeiner alkoholischen Flüssigkeit gebrauchen.* Sie war ziemlich erfreut über sich selbst. Man hatte sie nicht umgebracht, sie hatte sogar selbst ein bisschen herumgeballert, und ihr war nicht schlecht geworden. *Vielleicht nehme ich doch lieber gleich einen halben Liter.*

Plötzlich flogen Dreck, Gras und Asphalt in die Luft, als ein, dann vier und schließlich ein Dutzend dieser Kreaturen aus dem Boden auftauchten.

*Verdammte Scheiße!*

Es herrschte die reinste Apokalypse auf der Straße, als jeder Pawn instinktiv die Kreatur angriff, die ihm am nächsten stand. Licht und Geräusche explodierten förmlich. Eine Kältewelle fegte über Felicity hinweg, und ein paar gruselige Augenblicke lang schien alles auf dem Kopf zu stehen.

Dann richtete sich alles von allein, und die Welt wirkte wieder logisch. Natürlich bis auf diese übernatürliche Scheiße, die da abging. Kirkcaldie brüllte irgendetwas im Funk, so laut, dass Felicity sich das Headset vom Kopf reißen musste. Im selben Moment tauchte eine der Kreaturen unmittelbar vor ihr auf und kehrte ihr den Rücken zu, während sie mit beiden Händen einen zappelnden Pawn hochhielt und dem Mann langsam die Kehle zerquetschte. *Verfluchtes Miststück!*, dachte Felicity. Sie drückte die Mündung ihrer Waffe gegen den Nacken der Kreatur und leerte ihr Magazin in ihren Schädel. Zu ihrem Erstaunen fiel die Kreatur um. In einem Reflex schob sie ein neues Magazin in ihre Waffe. *Außer diesem hier habe ich nur noch ein Magazin*, erinnerte sie der professionelle Teil ihres Gehirns.

*Also gut, was kommt als Nächstes?*, dachte sie und sah sich um.

Offenkundig war das Desaster als Nächstes dran, denn die anderen Pawns schienen nicht allzu viel gegen die Kreaturen ausrichten zu können. Die sprangen jetzt auf Dächer und stürzten sich auf die Scharfschützen. Pawns und Bedienstete verteilten sich und brüllten sich gegenseitig zu, sich zurückzuziehen.

*So ein verfluchter Mist!*, dachte Felicity. *Leliefeld! Ich muss sie hier wegschaffen!* Aber zwischen Felicity und dem Pub gab es gerade eine Massenschlägerei, und die Checquy war offenkundig nicht auf der Gewinnerseite. Also musste sie sich einen Weg darum herum suchen. Dann sah sie, dass die Fenster des Pubs zertrümmert waren und eine schwarze Rauchwolke herausquoll.

*Oh, ich stecke ja so dermaßen in der Scheiße!*, dachte sie. Glücklicherweise konzentrierten sich die Kreaturen auf die Soldaten der Checquy, die sie angriffen, und ignorierten die einzelne Person, die entsetzt und etwas hilflos in der Gegend herumstand. Sie sah, wie ein Soldat, der Mann, der die Blitze abgefeuert hatte, schreiend in eines der Löcher im Boden gezerrt wurde.

*Also gut, du kannst ihnen nicht helfen, solange du nur mit moralischer Entrüstung bewaffnet bist*, sagte sie. *Du musst dich zurückziehen und Odette suchen und sie in Sicherheit bringen.* Sie hielt ihre Waffe gen Boden und huschte nach links, den

Blick fest auf eine Lücke zwischen zwei Häusern gerichtet. Sie duckte sich, als ein schrilles Jaulen hinter ihr ertönte und eine menschliche Stimme vor Qual schrie. Als sie sich in die Passage drängte, hörte sie das unverkennbare Geräusch, wie ein Wagen hinter ihr explodierte.

Felicity lief die gewundene Gasse entlang, und der Lärm der Schlacht wurde leiser. Schließlich blieb sie stehen, schnappte nach Luft und lehnte sich an eine Mauer.

*Ich bin ganz ruhig.*

*Und jetzt setzt du Prioritäten.*

*Zuerst checkst du die Kommunikation.* Sie setzte das Headset wieder auf, doch sie hörte nur statisches Rauschen. »Hallo?«, sprach sie leise in das Mikrofon. »Pawn Kirkcaldie? Leliefeld?« Keine Antwort. *Oh Gott, bitte lass sie nicht tot sein.* Einmal ganz abgesehen von den politischen Konsequenzen von Odettes Tod und der Tatsache, dass es Felicitys Job war, sie am Leben zu halten, mochte sie die Züchterin. Es war unmöglich, jemanden nicht zu mögen, wenn er einem das Augenlicht gerettet, einem ein Kleid auf den Körper geformt und man miterlebt hatte, wie sie sich schreckliche Sorgen um ihren kleinen Bruder machte.

*Und was habe ich für sie getan?*, dachte Felicity. *Ich habe sie hierhergeschleppt!* Sicher, es war auf einen Befehl hin geschehen, aber trotzdem.

*Zweitens: Mach eine Inventur deiner Ausrüstung.* Sie hatte noch zwei Magazine übrig, eines davon in ihrer Waffe, das andere in ihrem Gürtel. Aber da die Kugeln nur wenig Wirkung auf die Kreaturen zu haben schienen, es sei denn, man setzte ihnen die Mündung direkt ins Genick, erfüllte Felicity das nicht gerade mit Zuversicht. Sie hatte ein Kampfmesser an ihren Schenkel geschnallt. *Du musst dir mehr Waffen suchen, das Mädchen aufspüren und es hier wegschaffen. Und zwar sofort!*

Sie blickte erschrocken auf, als ein Ding über ihrem Kopf über die Gasse sprang. Dem folgten zwei andere Dinger. Sie erhaschte einen Blick auf etwas Gelbes, Grünes und Schwarzes. Schüsse hallten zu ihr herunter.

*Ich muss etwas Abstand zwischen mich und das Chaos legen und dann auf einem Umweg zum Pub zurückkehren. Selbst wenn Leliefeld sich nicht mehr dort aufhält, so ist auf jeden Fall mein Handy da.* Sie lief durch die Gasse zurück und ignorierte die Seitenwege, die davon abgingen. Schließlich kam sie zu einem Eingang in einer der Mauern. Die Tür war verschlossen, aber sie trat das Schloss auf, obwohl es einen schrecklichen Lärm machte, und schob sich ins Haus.

Es war nett. Und zwar auffallend nett, nach dem Wahnsinn draußen. Die Besitzer hatten offenbar sehr viel Zeit damit verbracht, das Haus zu renovieren. Sie hatten eine Couch ausgesucht, die zu dem Teppich passte, der zu dem Sessel passte. Sie nahm den Telefonhörer auf und war enttäuscht, aber nicht überrascht, dass die Leitung tot war. *Nächster Schritt: Such nach Waffen!* Oben gab es ein Arbeitszimmer mit hölzernen Buchregalen und einem Computer, aber der Schreibtisch war beklagenswerterweise vollkommen unbewaffnet. Und es lag auch keine Knarre im Nachttisch oder unter der Matratze des großen Doppelbettes. *Es war zumindest ein Versuch.* Die Bewohner dieses Hauses und, wie sie fürchtete, die meisten anderen Bürger von Muirie waren viel zu liberal, um sich eine Pumpgun in den Schrank zu stellen. *Also gut, improvisiere.*

In der Küche fand sie zwei sehr hübsche große Kochmesser, die sie an ihre Unterarme tapte. Das Bein eines wunderschönen antiken Tisches wurde ein ganz passabler, wenn auch sonderbar geschwungener Prügel. Sie konnte leider keine Karte von dem Dorf finden, was ganz nützlich gewesen wäre. Jetzt zögerte sie. *Straße oder Gässchen?* Wenn sie die Straße nahm, würde sie den Pub wahrscheinlich schneller finden, aber sie würde wahrscheinlich auch schneller getötet werden. *Also nehmen wir die Gässchen,* beschloss sie und verließ das Haus auf demselben Weg, auf dem sie eingedrungen war.

In der Gasse war es still bis auf gelegentliche ferne Schreie, Explosionen oder Schüsse aus automatischen Waffen. Einmal waberte ein Klang wie von Harfen durch die Gassen. Im Funk war nach wie vor nur statisches Rauschen zu hören. Sie blieb einen Moment stehen, um sich zu orientieren, und betrachtete die Rauchwolke, die etwas weiter entfernt in den Himmel aufstieg, als einen Hinweis darauf, wo sich der örtliche Pub befand. Dann trottete sie los, ihr Kampfmesser und den Prügel einsatzbereit erhoben.

Felicity bog um eine Ecke und fand sich auf einer T-Kreuzung wieder, mitten in einer Pattsituation. Auf der einen Seite, ein paar Fuß von ihr entfernt, stand eine Kreatur sprungbereit da. Ihr gegenüber, ein paar Schritte entfernt, hatte eine Frau in einem Kampfanzug Stellung bezogen. Und hinter ihr war die ganze Gasse von einer gewaltigen Wassermasse erfüllt, die aufgerichtet wie eine wogende Mauer aufragte.

»Oh, Pardon«, sagte Felicity.

»Pawn, zurückziehen!«, blaffte die Frau. Das Wasser hinter ihr erstarrte kurz, und dann fegte eine Flutwelle los, die, wie Felicity erstaunt feststellte, sich um die Frau herum teilte, bevor sie hinter ihr wieder zusammenkam und durch die Gasse donnerte. Felicity trat hastig zurück und sah, wie die Welle auf die Kreatur zuschoss. Dann begriff sie, dass das Wasser auch auf sie zuströmte. Sie drehte sich um, um wegzulaufen, aber die Strömung riss sie von den Füßen und durch die Gasse, wobei sie auf beiden Seiten abwechselnd gegen die Hauswände prallte.

Als sie endlich wieder aufstehen konnte, war die Flut zwar verebbt, aber sie verspürte sonderbarerweise keine Neigung, zurückzugehen und nachzusehen, wie die Sache so gelaufen war. Stattdessen schlug sie einen anderen Weg ein und stand plötzlich an einer echten Durchgangsstraße. Sie spähte vorsichtig um die Ecke und konnte weder etwas Bedrohliches noch etwas Verheißungsvolles sehen.

*Sieht aus, als würde die Straße zum Pub führen. Oder zumindest ungefähr in die Richtung des Pubs.*

Sie ging vorsichtig weiter und warf alle paar Sekunden einen Blick über die Schulter. Dann hörte sie ein Geräusch.

Links neben ihr hustete jemand rasselnd, und sie sah, wie eine der Kreaturen in einer Gasse gegenüber auftauchte. Felicity blickte sich hastig um, konnte aber keine Fluchtwege auf ihrer Seite erkennen. Die Kreatur bemerkte sie und versteifte sich. *Denk schneller!* Sie zog den Kopf ein und hechtete, durchaus zu ihrer eigenen Überraschung, durch das Fenster des nächstgelegenen Hauses. Im Inneren rollte sie sich ab und sprang auf, wenn auch etwas schwankend. Sie konnte einen Schrei nicht unterdrücken, als die Kreatur durch die Wand brach und an ihr vorbei in die Küche rutschte. *Warum ist sie nicht einfach durch das zerbrochene Fenster gesprungen?*, fragte sie sich erschöpft. Offenbar fragte sich die Kreatur dasselbe, als sie sich aus den Trümmern der Schränke befreite. Sie schüttelte den Kopf, nahezu menschlich in dem Versuch, die eigenen Gedanken zu klären.

*Sie sind verdammt zäh*, dachte Felicity. *Das muss ich ihnen lassen. Wenn auch nicht sonderlich helle.* Dann bemerkte das Ding sie, und sie rannte hastig die Treppe hinauf. Sie fegte um den oberen Absatz, sprang die nächste Treppe hinauf und drehte sich um, den Prügel hoch erhoben. Sie hatte ihr Kampfmesser bei dem Sprung durch das Fenster verloren, riss aber jetzt das Küchenmesser von ihrem linken Arm.

*Komm schon!*

»Verflucht noch mal, komm endlich!«, schrie sie. Aber da war kein Monster, das die Treppe hinaufkam. Es gab überhaupt keine Geräusche von irgendeiner Bewegung im Haus. *Und was hat das jetzt zu bedeuten?*

Es brach durch den Boden unmittelbar hinter ihr. Seine Hände schlossen sich um ihren Kopf ... *Nein!* Vor Entsetzen ließ sie ihre mentalen Mauern sinken, und ihre Gabe loderte aus ihr heraus. Sie hatte ein Gefühl, als würde ihr Flüssigkeit ins Gesicht geschüttet, dann war sie wieder in ihrem Kopf, in der Gegenwart und stach mit dem sündhaft teuren japanischen Kochmesser blindlings hinter sich. Zu ihrer Überraschung drang das Messer tatsächlich ein kleines Stück weit in die Kreatur ein. Nicht bis zum Heft, aber weit genug, dass die Bestie ihren Kopf losließ.

Felicity fiel auf ein Knie, hob ihren Prügel auf und schlug noch im Aufstehen zu. Sie traf das Wesen am Kinn. Allerdings glaubte sie nicht auch nur eine Sekunde, dass dieser Schlag es töten würde. Ohne innezuhalten, griff sie um, packte den Prügel mit beiden Händen, trat einen Schritt zur Seite und hämmerte ihn dem Monster auf das Knie. Es knickte ein, und sie wirbelte herum und nutzte den Schwung, um ihm den Prügel mitten in die nicht vorhandene Visage zu hämmern. Das Monster taumelte zurück in das Loch, aus dem es gekommen war, und versuchte, sich mit seinen gelben Fingern am Rand festzuhalten. *Noch mal!* Sie ließ den Knüppel auf eine der Hände niedersausen, und diesmal fiel die Kreatur.

*Mach weiter!* Sie drehte sich um und rannte die nächste Treppe hinauf zum Dach. *Es mögen vielleicht Kreaturen auf den Dächern sein, aber ganz sicher ist eine unter mir, und die ist verdammt schlecht gelaunt.* Sie gelangte in ein winziges Schlafzimmer mit schrägen Decken und kletterte durch das

Dachfenster hinaus. Dann ließ sie sich vorsichtig auf das Dach des Nachbarhauses fallen und hielt sich an den Ziegeln fest, als sie über die Dächer lief. Schließlich ließ sie sich vom Dach hinunter in eine andere Gasse. Sie war sich nicht ganz sicher, ob ihr Weg sie von ihrer Route weggeführt oder sie näher zum Pub gebracht hatte, also lief sie weiter, bis sie durch pures Glück auf dem Shinty-Spielfeld landete, wo der Helikopter sie abgesetzt hatte. *Okay, und jetzt gehe ich auf demselben Weg zum Pub wie vorhin.*

*Und dann?*

Sie war durchaus versucht, dem Dorf den Rücken zu kehren und ins Grüne zu flüchten. Rauch waberte durch die Luft. Schüsse hallten, und sie spürte gelegentlich dieses Brennen im Bauch, wenn ein Pawn mit seiner oder ihrer Gabe zuschlug. Felicity wusste nicht, was sie dazu trieb zurückzugehen. Vielleicht der Gedanke, dass sie ihre Kameraden von der Checquy im Stich lassen würde. Oder aber es waren die vielen Jahre voller Lektionen über Pflicht und Verantwortung. Vielleicht lag es auch daran, dass ihre Schutzbefohlene Odette da drin war. Möglicherweise war der eigentliche Grund jedoch, dass ihre *Freundin* Odette dort drinsteckte.

Und ganz vielleicht waren es ja all diese Dinge zusammen.

Also ging sie zurück.

Da sie sich jetzt orientieren konnte, fand sie den Weg zum Pub relativ leicht. Sie näherte sich gerade der letzten Ecke vor dem Innenhof, als etwas aus einer Nebengasse stürzte. Felicity ging in die Knie und hielt ihr letztes Messer tief, bereit, es hochzureißen, aber das Etwas streckte eine Hand aus.

»Halt! Checquy!« Es war ein Mann in einem Kampfanzug. Ein großer schwarzer Mann mit einem rasierten

Schädel und einer unverkennbar militärischen Ausstrahlung. Er hatte ein langes Gewehr über den Rücken geschlungen und hielt eine Waffe, die identisch war mit der, die Felicity besaß. »Trevor Cawthorne.« *Ein Bediensteter,* dachte sie. *Offenbar haben sie ihn von der Army rekrutiert.* Er streckte die Hand aus.

»Pawn Clements«, sagte sie, packte seine Hand und zog sich hoch. »Felicity.«

»Ja, Sie haben die Kirche gecheckt«, sagte er. »Ich dachte, Sie wären schon bei diesem ersten Durcheinander ums Leben gekommen.« Felicity zuckte mit den Schultern. »Netter Prügel, übrigens.«

»Danke.«

»Ist das … Der stammt doch nicht von einem Clavell-Schreibtisch, oder?«

»Doch, tut er«, gab sie zu.

»Barbarisch.« Er schnalzte missbilligend. »Sie haben wohl nichts gegen ein bisschen Munition, hab ich recht?« Er zog ein paar Magazine aus seiner Weste und reichte sie ihr. »Sie müssen dicht an die Kreaturen herangehen, wenn Sie eine Wirkung erzeugen wollen, und ihnen ins Gesicht schießen, aber nicht so dicht, wie Sie es mit einem Knüppel tun müssten.« Felicity nahm die Magazine dankbar entgegen und band das Küchenmesser wieder an ihrem Unterarm fest. Mit einer geladenen Waffe in der einen und dem Knüppel in der anderen Hand fühlte sie sich schon etwas besser. »Sie wollen das Tischbein behalten?«, erkundigte er sich.

»Es hat gewissermaßen einen sentimentalen Wert für mich«, erwiderte Felicity.

»Verstehe. Also, warum sind Sie so vollkommen durchnässt?«

»Kriegsgeschick«, antwortete sie. Sie erzählten sich kurz ihre jeweiligen Geschichten. Cawthorne war ein Scharfschütze und hatte auf einem der Dächer auf der gegenüberliegenden Seite der Kirche gelegen. Nachdem diese Kreaturen überall rund um die Kirche aus dem Boden gesprungen waren, war eine von hier bis auf sein Dach gelangt und hatte seine Beobachterin hinunter und zu einem Loch in die Erde gezerrt. Er hatte nur kurz gezögert, bevor er die Frau erschossen hatte.

»Ich denke, das war gnädig.« Er presste die Lippen zusammen und schloss einen Moment die Augen. »Hoffe ich.« Er hatte gesehen, wie ein Pawn auf dem nächsten Dach sich etliche Extraarme hatte wachsen lassen und mit einem anderen Monster einige Minuten lang gerungen hatte. Er hatte auf die Kreatur geschossen, aber seine Kugeln hatten keine ersichtliche Wirkung hinterlassen. Schließlich hatte die Kreatur den Pawn in der Luft zerrissen.

»Haben Sie irgendetwas über Funk gehört?«, erkundigte sich Felicity.

»Der Chief hat ein paar Sekunden lang über Funk herumgebrüllt, dann war nur noch statisches Rauschen zu hören.« Danach hatte Trevor sich hastig zurückgezogen und war gerade dabei, sich einen Weg durch die Gassen zum Pub zu bahnen, als er auf Felicity gestoßen war.

»Sie haben keinen anderen von der Checquy getroffen?«, fragte sie.

»Ich habe zwei gesehen«, erwiderte er. »Beide waren in Kämpfe verwickelt. Ich wollte einer helfen, Sally, aber die Kreatur ist einfach durch ihren Kugelhagel marschiert, hat sie sich geschnappt und ist dann auf eines der Dächer gesprungen, bevor ich auch nur mehr als zwanzig Meter an sie herangekommen bin. Der andere war Jimmy Hourani. Er hat seinen säurehaltigen Nebel auf die drei Monster gesprüht. Ich habe ein paar Kugeln auf sie abgefeuert, aber es ist wohl besser, nicht zu dicht heranzukommen, wenn der

Konflikt … sagen wir, exzentrisch wird. Einige meiner Pawn-Kameraden lassen sich dann manchmal ein bisschen mitreißen. Jedenfalls hat Jimmy die ganze Gasse mit seiner Säure geflutet, und ich habe gemacht, dass ich da wegkomme. Ich nehme an, Sie wollen auch zum Pub? Wegen der Reservefunkgeräte und Satellitentelefone?«

»Ja genau«, gab Felicity zurück. »Die könnte ich tatsächlich gut gebrauchen. Aber ich suche auch nach einem Mädchen, das auf unserer Seite steht. Sie war in dem Pub bei Pawn Kirkcaldie, als die Sache ein bisschen angespannt wurde.«

»Richtig, dieser Gast, den Sie mitgebracht haben.« Cawthorne nickte. »Ich habe etwas darüber im Funk gehört, als Sie eingetroffen sind. Sie war eine Art von VIP?«

»Na ja, jedenfalls ist sie *I*«, antwortete Felicity. Der Bedienstete hob die Brauen. »Und *P* auch«, räumte sie ein.

»Dann sehen wir mal nach, ob IP da noch herumhängt«, schlug Cawthorne vor. »Soll ich vorangehen?«

Sie schoben sich um die Ecke und landeten auf dem Innenhof. Die Hintertür des Pubs hing in ihren Angeln, und sie warteten einen Moment, um auf irgendwelche Geräusche zu lauschen, bevor sie mit der Waffe im Anschlag hineingingen. Felicity betete, als sie die Kneipe betrat. *Bitte.* Sie wusste nicht einmal genau, worum sie eigentlich betete.

*Aber ganz sicher nicht für das hier,* dachte sie. Der vordere Schankraum war verlassen, bis auf die Leiche eines Soldaten, die etwas sonderbar über die Zapfhähne drapiert war. Mitten im Boden klaffte ein riesiges Loch. *Verdammt, sie sind auch hier hochgekommen.* Die Fenster waren zerborsten, aber von dem dicken schwarzen Rauch, den sie zuvor aus dem Gebäude hatte quellen sehen, gab es keine Spur, ebenso wenig von einem Feuer. Der ganze Raum war von Kugeln durchsiebt worden. Sie sah durch das Fenster, dass der

Bereich rund um die Kirche jetzt verlassen war. Weder von den Monstern noch von irgendjemandem von der Checquy war etwas zu sehen. Beißender Qualm von brennenden Fahrzeugen wehte über die Straße.

»Sieht nicht gut aus für den Chief«, stellte Cawthorne fest. »Ebenso wenig für die anderen Burschen oder die Mädchen, die sich hier aufgehalten haben.« Er deutete mit dem Kopf auf den toten Mann auf der Zapfanlage. »Das ist Pawn Lenton. Wenigstens ist er kämpfend untergegangen.« Felicity warf einen zweiten Blick auf die Leiche. Anstelle von Händen ragten lange steinerne Klingen aus den Handgelenken hervor, an denen noch Fetzen von gelbgrüner Haut klebten.

»Und die anderen?«, fragte Felicity. »Ist irgendetwas von ihnen zu sehen?«

»Entweder haben sie sich zerstreut, oder sie sind in diese Karnickellöcher gezerrt worden«, antwortete der Bedienstete grimmig.

*Haben sie Odette auch mitgenommen?*, fragte sie sich.

»Können Sie eine Sekunde Wache halten?«, bat sie den Mann.

»Warum, müssen Sie aufs Klo?«, fragte er zurück. »Ich glaube, wir können dafür einen etwas sichereren Ort finden als ein Gebäude mit einem klaffenden Höllenloch im Boden.«

»Nein. Ich will einen Blick in die Vergangenheit werfen.«

»Schön«, sagte er. »Aber beeilen Sie sich, und treten Sie ein bisschen von dem Loch zurück. Wenn etwas rauskommt, will ich es erschießen, bevor es Sie schnappt.« Sie nickte und setzte sich dorthin, wo Odette gesessen hatte. Cawthorne beobachtete, wie ihr Körper sich versteifte und ihre Augen in die Ferne blickten. Dann richtete er seine Aufmerksamkeit wieder auf den Rest der Welt.

Felicity war einige Minuten später zurück in ihrem Körper und stellte fest, dass Cawthorne am Fenster kniete und sein langes Gewehr auf das Fensterbrett gestützt hatte. Er legte einen Finger an die Lippen und bedeutete ihr, sich zu ducken. Sie kroch zu ihm hin, und er zeigte auf die Straße, über die eines dieser Monster marschierte. Sie hob ihre Waffe.

»Irgendwelche Probleme, während ich weg war?«, flüsterte sie.

»Nur unser Freund da draußen«, erwiderte er ebenso leise. Sie beobachteten angespannt, wie die Kreatur über die Straße ging. Schließlich bog sie in eine der kleinen Gassen ein und verschwand. Sie entspannten sich etwas.

»Also, was ist das Ergebnis Ihrer Reise in die Vergangenheit?«

»Sobald die Kreaturen draußen aufgetaucht waren, hat Pawn Kirkcaldie seinem Adjutanten befohlen, Odette durch die Hintertür aus dem Pub zu bringen. Ein paar Augenblicke später ist dieses Loch im Boden aufgerissen und drei dieser Kreaturen sind herausgesprungen.« Sie erwähnte nicht, wie erleichtert sie war, dass Odette entkommen konnte. »Vier unserer Leute wurden in diesen Bau hineingezerrt, einschließlich Kirkcaldie, bedauerlicherweise.« Cawthornes Miene war grimmig.

»Der Rauch, den ich gesehen habe, stammt von einem Pawn. Eine Kreatur hat ihm den Arm ausgerissen, und der Qualm strömte aus ihm heraus. Dann ist sein Körper verpufft.«

»Das war Cutler«, antwortete Cawthorne. »Ein guter Mann und ein guter Freund. Aber Ihr Mädchen konnte entkommen?«

»Ja, jedenfalls aus diesem Pub. Aber ich weiß nicht, wohin sie verschwunden sind«, gab Felicity zurück.

»Können Sie sie nicht mit Ihren Fähigkeiten aufspüren?«

»Das schon, es würde jedoch eine Weile dauern. Aber ich habe noch eine andere Möglichkeit.« Sie trat vom Fenster weg, holte ihren Beutel aus einer Ecke und nahm ihr Handy heraus. »Ich werde sie einfach anrufen.«

»Das erinnert mich an etwas«, erklärte Cawthorne. In der Küche des Pubs standen etliche große Plastikkisten herum, von denen er eine öffnete. »Satellitentelefone. Und noch mehr Munition. Aber ich glaube, wir sollten uns einen sicheren Ort suchen, bevor wir anfangen zu telefonieren.«

»Ich fürchte, dass es in dieser Ortschaft zurzeit nirgendwo besonders sicher ist«, sagte sie nachdrücklich. Aber trotzdem gingen sie durch einige Gässchen zu einem Haus in der Nähe und brachen ungeniert ein. In einem Schlafzimmer im ersten Stock machte sich Felicity daran, eine Nummer in das Handy zu tippen.

»Warten Sie! Schicken Sie ihr lieber eine SMS«, schlug Cawthorne vor. »Wenn sie sich versteckt, könnte der Klingelton sie verraten.«

Felicity nickte und tippte eine Nachricht.

*SIND SIE OKAY? KANN ICH SIE ANRUFEN?*

Die Antwort kam postwendend.

*JA.*

Felicity rief sie sofort an.

»Clements?«

»Odette!«, stieß Felicity hervor. *Gott sei Dank!*

»Sie sind am Leben! Geht es Ihnen gut?«

»Ja. Wo stecken Sie?«, wollte Felicity wissen. Odette erklärte ihr, dass Burrows und sie sich auf dem Dachboden eines Hauses in den Außenbezirken des Dorfes versteckten.

»Haben Sie die Adresse?« *Falls das überhaupt was nützt.* Wie sich herausstellte, wusste Odette tatsächlich die Adresse, weil der offenbar mitdenkende Burrows einen Brief aus dem Briefkasten genommen hatte, bevor sie sich versteckt hatten. »Okay, eine Sekunde.« Sie drehte sich zu Cawthorne herum, der gerade eindringlich in das Satellitentelefon sprach.

»Die Checquy ist sich der Lage bewusst, sie schicken Verstärkung«, sagte er. »Sie sollten in einer Stunde hier sein. Dann marschieren sie durchs Dorf und töten alles, was nicht so aussieht wie wir.«

»Okay. Also verkriechen wir uns hier und warten?«

»Das wäre wahrscheinlich das Einfachste«, stimmte er ihr zu. Felicity legte das Handy wieder ans Ohr.

»Odette, Verstärkung ist unterwegs. Wir warten ab, bis sie eintrifft. Okay? Odette?«

»Felicity, unter uns bewegt sich etwas«, flüsterte sie. »Ich glaube, da sind mehrere.« Sie klang verängstigt.

»Bleiben Sie ganz ruhig«, sagte Felicity. »Wir sind schon unterwegs!«

»Sind wir?«, erkundigte sich Cawthorne überrascht.

»Sind wir«, bestätigte Felicity entschlossen. Sie schlang sich die Maschinenpistole über die Schulter und nahm ihren Prügel fest in die Hand. »Gehen wir.«


»Wie wollen wir sie denn finden?«, erkundigte sich Cawthorne, während er ihr die Treppe hinunterfolgte. »Dieses Dorf ist das reinste Labyrinth.«

»Mithilfe des Internets.« Felicity hielt ihr Handy hoch.

»Diese Gässchen werden da nicht aufgeführt sein«, warnte er sie. »Also müssen wir die Straßen nehmen.«

»Dann sollten Sie Ihr großes Gewehr schussbereit machen«, erwiderte sie und öffnete die Haustür. Laut ihrer App lag Odettes derzeitige Adresse nur knapp zwei Minuten mit dem Auto entfernt. »Rennen wir los!«

Sie rannten und blieben dabei möglichst auf einer Straßenseite. Aus dem Augenwinkel bemerkte Felicity ein grün-gelbes Leuchten, als eine Kreatur von einem Dach sprang.

»Laufen Sie weiter!«, rief Cawthorne ihr zu, während er stehen blieb und sich zu dem Wesen umdrehte. »Ich kümmere mich darum!«

»Danke!«, keuchte Felicity und rannte weiter. Vermutlich hatte er sie nicht gehört. Hinter ihr ertönten Gewehrschüsse, und dann herrschte Stille. Sie konnte nicht einmal einen Blick über die Schulter werfen, um herauszufinden, was passiert war. Sie musste einfach weiterlaufen. Sie hörte Schritte hinter sich und versuchte, schneller zu rennen. Dann griff sie nach ihrer Maschinenpistole, bereit, sich umzudrehen und zu feuern.

»Ich bin's!«, schrie Cawthorne hinter ihr. »Laufen Sie weiter! Es gefällt diesen Kreaturen offenbar gar nicht, wenn man ihnen eine Kugel zwischen die Augen jagt!« Er holte sie ein. *Er ist eindeutig etwas fitter als ich,* gab sie zu. Als sie um die Ecke in Odettes Gasse einbogen, sahen sie zwei Kreaturen, die vor einem der Häuser herumschlichen. »Maschinengewehre!«, blaffte Cawthorne. »In die Gesichter!« Die Kreaturen wirbelten zu ihnen herum, und die beiden Checquy-Agenten verlangsamten ihre Schritte, als sie ihre Waffen hoben und feuerten.

Cawthorne lag ganz richtig – die Gesichtsmitte der Kreaturen schien ebenso wie ihr Genick anfällig für Kugeln zu sein. Die beiden, auf die sie schossen, fielen fast sofort zu Boden.

»Das ist Odettes Haus!«, keuchte Felicity. In den Wänden waren Löcher etwa von der Größe dieser Kreaturen. *Warum machen sie bloß immer mehr als ein Loch?*, dachte sie, während sie sich mit Cawthorne hindurchzwängte. *Vielleicht haben ja die beiden, die wir getötet haben, diese Löcher gemacht,* dachte sie hoffnungsvoll. Cawthorne berührte leise ihre Hand und deutete nach oben. In der Decke waren noch mehr Löcher. *Es sind wirklich nicht besonders gerissene Monster.* Sie hörte Bewegungen über sich, konnte jedoch nicht unterscheiden, ob sie von einem Menschen stammten oder von etwas anderem. Mit den Waffen im Anschlag liefen sie die Treppe hinauf.

Der obere Treppenabsatz war leer, aber in der Decke befanden sich keine Löcher. *Also sind sie vielleicht noch nicht bis zum Dachboden gekommen,* dachte sie. Sie wollte gerade leise nach Odette rufen, als zwei Kreaturen aus einem Schlafzimmer in den Flur traten. *Oh Scheiße!* Die beiden sahen sich an, dann sagte Cawthorne hinter ihr: »Erschießen Sie sie!«

Felicity drückte sofort ab, aber die Kreaturen waren mit der ihnen eigenen, schrecklichen Schnelligkeit wieder im Schlafzimmer verschwunden.

*Vorrücken oder warten?* Während sie sich das fragte, krachte es hinter ihr. Sie wirbelte herum. Eine der Kreaturen war durch die Wand in den Korridor gebrochen, genau zwischen den beiden Agenten. Sie schlug Cawthorne die Waffe aus der Hand. Der Bedienstete wich zurück und presste sich die Hand auf eine Art und Weise gegen die Brust, die darauf schließen ließ, dass es ihm nicht sonderlich gut ging. Die Kreatur näherte sich langsam Cawthorne und ignorierte Felicity völlig. Der Scharfschütze sah sie an und formte mit den Lippen den Befehl: *Laufen Sie!* Dann schlug das Monster zu und schleuderte ihn gegen die Wand.

*Weglaufen!,* dachte sie. *Tolle Idee!* Stattdessen trat sie vor, zielte mit der Waffe unmittelbar auf das Genick des Monsters – *Das kenne ich ja schon* – und feuerte. Die Kreatur zuckte heftig, sank auf die Knie und fiel dann mit dem Gesicht voran auf den Boden. Cawthorne rutschte an der Wand neben ihr herunter und sah zu Felicity hoch.

»Wo ist die andere?«, fragte er schwach. Felicity wirbelte

herum und sah, wie das zweite Monster in den Flur trat. Sie drückte ab und hätte ihm ins Gesicht geschossen, wenn sie noch eine Kugel im Magazin gehabt hätte. Gerade als sie die Waffe fallen ließ und mit beiden Händen ihren Prügel umklammerte, ertönte ein Geräusch von der Decke über ihnen.

Alle, auch das Monster, blickten hoch.

Dann sahen sie sich wieder an.

Die Kreatur legte den Kopf schief, spannte sich an und sprang hoch. Sie durchschlug glatt den Gips. Felicity hörte Odettes Schrei. »Nein!«

*Wo ist die Leiter? Wo ist die Luke?* Sie sah die Luke am Ende des Flurs in der Decke und rannte darauf zu. Hinter ihr schrie Cawthorne irgendetwas, aber sie war zu sehr darauf fokussiert, die Treppe herauszuziehen und in den dämmrigen Dachboden zu klettern, um darauf zu hören.

Burrows war tot, das sah sie sofort. Sein Leichnam lag zerschmettert neben dem Loch im Boden. Odette war dorthin zurückgewichen, wo das Dach sich herabsenkte. Das Monster ging langsam auf sie zu. Odette schwang mit einer Hand ein Skalpell, und aus ihrem anderen Handgelenk ragte ein Knochendorn. Sie wirkte vollkommen verängstigt.

Die Kreatur drehte sich zu Felicity herum, und Odette nutzte die Gelegenheit. Als sie losrannte, wirbelte das Biest jedoch wieder herum und schlug ihr mit den gekrümmten Fingern auf den Rücken. Es hatte zwar keine Krallen, soweit Felicity es sehen konnte, aber unter seinen Fingern teilte sich das Material von Odettes Mantel, und ein schrecklicher blutiger roter Nebel spritzte heraus. Odette fiel vornüber zu Boden.

»Nein! Du verfluchtes Arschloch!«, schrie Felicity und griff an. Sie hatte nicht genug Platz, um ihren Prügel zu schwingen, aber sie rammte ihn in das Knie der Kreatur. Der Prügel prallte davon ab und flog ihr aus der Hand. Aber die Kreatur hielt inne, und Felicity schlang die Arme um ihren feuchten Hals und zog sie zurück, stellte ihr ein Bein, sodass sie auf ihr landete. Der Aufprall nahm ihr den Atem. Das Monster versuchte aufzustehen, aber Felicity trat wie verrückt um sich und verhinderte, dass die Kreatur einen sicheren Halt fand. »Ich mach dich kalt!«, zischte sie mit zusammengebissenen Zähnen. Dabei tastete sie mit einer Hand nach dem Messer, das an ihren anderen Arm getaped war. Im Augenwinkel sah sie, dass Odette sich zaghaft bewegte.

*Sie lebt noch,* dachte sie.

»Verschwinde!«, keuchte Felicity. Aber Odette dachte gar nicht daran zu verschwinden. Stattdessen richtete sich die Züchterin auf die Knie auf und kroch zu ihr. Sie legte ihre Hand auf die Brust der angeschlagenen Kreatur und tastete herum. Dann setzte sie die Spitze ihres Skalpells mitten auf ihrem Oberkörper an und drückte. Die Klinge kratzte wirkungslos über die schleimige Haut. »Es ist sinnlos … verschwinde!« Odettes Miene wurde grimmig, sie schob ihre Arme zurück und Felicity sah, wie sich die Muskeln in ihrem Arm unnatürlich unter ihrer Haut bewegten. Die Züchterin verzog vor Schmerz das Gesicht, und dann hämmerte sie das Skalpell erneut in das Monster. Diesmal glitt die Klinge hinein.

Die Kreatur hörte kurz auf, sich zu wehren, als wäre sie überrascht, kämpfte dann jedoch weiter. Sie riss den Kopf zurück und verfehlte Felicitys Schädel nur um Zentimeter. Es wäre ein mörderischer Stoß gewesen.

»Ein wirklich entzückender Versuch!«, presste Felicity zwischen den Zähnen hervor. »Aber bitte, verschwinde jetzt endlich!« Odette zog das Skalpell wieder heraus und hielt die andere Hand hoch. Ihr Dorn glitt hervor. Sie stieß ihn in die Schnittwunde und runzelte die Stirn. *Gift,* dachte Felicity. *Vielleicht* ... Die Kreatur spannte sich an, kämpfte aber weiter. Felicitys Muskeln wurden müde, und die Stärke des Monsters drohte, sie zu überwältigen. »Mehr!«, keuchte Felicity. »Setz alles ein!« Odette bohrte den zweiten Dorn in die Wunde. Die Kreatur stieß sich vom Boden ab. Odette verzog das Gesicht, und das Monster stockte. »Noch mal!«

Dann war Ruhe.

*Dem Himmel sei Dank!,* dachte Felicity. Das Monster lag vollkommen schlaff da und zuckte nicht einmal mehr. Mit letzter Kraft schob sie es von sich herunter. Odette kniete heftig atmend neben ihr und hatte den Kopf gesenkt. Sie half Felicity, sich aufzusetzen, und dann umarmten sich die beiden Frauen fest.

Es war nicht ganz klar, wen diese Umarmung mehr schockierte, aber keine der beiden ließ los.

Als sie sich schließlich voneinander lösten, sah Felicity das Blut auf ihren Händen.

»Deine Verletzung!«, schrie sie entsetzt und strich mit den Händen über Odettes Rücken. »Leg dich auf den Bauch. Wir müssen sofort einen Druckverband anlegen!« Irgendwie kam ihr das *Du* ganz natürlich vor.

»Schon gut, das ist nicht von mir«, sagte Odette. »Es ist nur meine Jacke.«

»Deine ... *Jacke*?«

Die Züchterin hob eine Falte ihres Umhangs hoch. »Das sind verwebte Krabbenzellen«, sagte sie. »Sie können sich zu einer Rüstung verfestigen, aber offensichtlich ist sie nicht stark genug, um diesen Kreaturen zu widerstehen.«

»Ich habe fast einen Herzinfarkt deinetwegen bekommen!«, sagte Felicity. »Bist du okay?« Sie bemerkte, dass der rechte Arm der Züchterin schlaff herunterhing.

»Ich glaube, ich habe mir ein paar Muskeln in meinem Arm gerissen«, sagte Odette. »Ich musste sie neu arrangieren, damit ich das Skalpell in die Haut drücken konnte, doch irgendwas lief falsch. Sie sind eigentlich nicht dafür ausgelegt, mir zusätzliche Kraft zu geben, aber ich habe sie in eine Position gebracht, die mir das ermöglichte.« Felicity zuckte zusammen.

»Bist du Rechtshänderin?«

»Gewöhnlich schon.« Odette rümpfte die Nase. »Im Moment allerdings eher nicht.«

»Okay«, sagte Felicity. »Gehen wir nach unten.« Mühsam rappelte sie sich auf und hob ihren Prügel auf. »Komm mit.« Cawthorne saß immer noch da, wo sie ihn zurückgelassen hatte. Er hatte die Augen geschlossen, schlug sie jedoch auf, als die beiden Frauen die Treppe hinunterkamen.

»Oh, Sie haben sie«, sagte er. »Gut.« Felicity stellte die beiden einander vor, und Odette untersuchte mit einer Hand seine Verletzungen. Die Diagnose war zwar nicht besonders erfreulich, aber auch nicht so schlimm, wie sie hätte sein können. Er hatte einen gebrochenen Unterarm, wo das Monster ihm die Waffe aus der Hand geschlagen hatte, und gebrochene Rippen und möglicherweise eine Gehirnerschütterung, als er gegen die Wand gekracht war.

»Sie werden es überleben«, stellte Odette fest.

»Ich Glückspilz.«

Odette bückte sich und untersuchte den Kadaver des Monsters auf dem Boden. Sie berührte ihn vorsichtig mit einem Kampfmesser, dass sie sich von Cawthorne geliehen hatte.

»Was machst du da?«, flüsterte Felicity drängend. »Das sind unmenschliche Kreaturen, die möglicherweise seit Jahrhunderten irgendwo gelauert haben. Wir haben keine Ahnung, was für ein giftiger Scheiß in ihren Körpern steckt.«

»Die hier trägt eine Armbanduhr«, erwiderte Leliefeld.

»Wie bitte?« Während Felicity zusah, stocherte die Züchterin weiter mit dem Messer in der Haut der Kreatur herum und konnte nach einiger Mühe durch den Schlitz sehen. »Odette, das ist weder der richtige Moment noch der richtige Ort, um eine Autopsie durchzuführen.« Leliefeld ignorierte sie, setzte zwei Schnitte an und zog eine Ecke der Haut mit der Messerspitze zurück.

»Ich glaube, dass diese Haut eigentlich eine Art von Kleidung ist«, stellte sie fest. »Es sieht aus, als wäre sie auf die Haut der Kreatur darunter geklebt und mit einer Art Harz verstärkt worden.«

»Oh, verflucht, du hast recht«, sagte Felicity. »Sieh nur, da ist dieses klebrige Etikett auf der Brust.« Odette machte behutsam einen Einschnitt am Haaransatz der Kreatur und zog die Membran vor dem Gesicht zurück. Dicker klarer Sirup sickerte heraus und das Gesicht eines Mannes tauchte auf. Seine Gesichtszüge waren vor Schmerz verzerrt.

»Das ist einer der verschwundenen Examenskandidaten«, sagte Felicity.

»Bist du sicher?«, wollte Odette wissen. Offenbar hatte sie das *Du* akzeptiert.

Felicity nickte. »Ich erinnere mich an sein Foto aus der Akte.«

»Also sind es Zivilisten«, stellte Odette fest. »Und womöglich die Pawns, die in die Löcher gezogen wurden. Und in diese Anzüge eingesperrt wurden.«

»Das ist tragisch«, meinte Felicity.

»Dass sie normale Menschen sind, erklärt vielleicht, warum sie für Schüsse mitten ins Gesicht so anfällig waren«, sinnierte Odette. »Was auch immer sie gefangen hat, es kann ihnen das Zeug nicht über die Augen legen, sonst könnten sie nichts mehr sehen. Offenbar können sie durch die Flüssigkeit und die Membrane blicken, aber die Haut ist einfach zu zäh.« Sie tippte mit dem Messer vorsichtig auf der Membrane herum. »Sie ist über dem Mund und der Nase erheblich stärker. Ich nehme an, dass die Augen ihr einziger Schwachpunkt sind.«

»Gut zu wissen, aber wir sollten hier trotzdem verschwinden.« Cawthorne stand mühsam auf. »Die riesigen Löcher in den Wänden und dem Boden sind wahrscheinlich ein ausgezeichneter Wegweiser für die anderen Kreaturen, dass wir hier sind. Und die Schüsse dürften uns ebenfalls verraten haben.«

»Einverstanden«, gab Felicity zurück. »Aber wir müssen die Checquy über das hier informieren. Es ist vielleicht nicht nötig, sie zu töten, wenn es eine Möglichkeit gibt, diese Leute zu retten.«

»Tätigen Sie diesen Anruf von woanders«, sagte Cawthorne. »Und ich sage Ihnen gleich, dass ich diese Bestien erschießen werde, wenn wir auf eine von ihnen stoßen, bevor die Verstärkung hier eingetroffen ist.«

»Einverstanden«, sagte Felicity.

»Einverstanden«, schloss sich Odette an.

Sie verließen das Haus durch die Hintertür und suchten nach einem Ort, der leichter zu verteidigen war und wo sie auf die Verstärkung warten konnten. Nachdem sie eine Weile voller Schmerzen umhergehumpelt waren, kamen sie zu einer Gasse, wo zwei Häuser sich so dicht aneinanderlehnten, dass der Himmel darüber nur noch ein schmaler rauchblauer Streifen war.

Cawthorne setzte sich mit seiner Waffe in eine Richtung auf den Boden, die beiden Frauen saßen mit Felicitys Waffe ihm gegenüber in die andere Richtung. Felicity wollte gerade die Checquy anrufen, als schwache Stimmen aus Felicitys und Cawthornes Kopfhörern drangen. Eine Stimme, die sich als Pawn Bourchier identifizierte, informierte alle Checquy-Agenten in Muirie, dass die Verstärkung eingetroffen sei und einmarschiere. Jeder, der medizinische Betreuung brauche, solle ihn informieren. Etliche Leute der Checquy meldeten sich aus dem Dorf, aber es gab nur sehr wenige Verletzte. Es klang fast so, als wären die meisten Einsatzteams tot.

»Hier spricht Pawn Clements«, sagte Felicity. »Wir sind zu dritt, und einer ist ernsthaft verletzt.« Sie sah Odette an, die mit den Achseln zuckte und nickte. »Außerdem haben wir wichtige Informationen über die Art der Bedrohung.« Sie erklärte die wahre Natur der Kreaturen. Bourchier schien über diese Offenbarung nicht besonders erfreut zu sein, dankte ihr jedoch. Er versicherte ihnen, dass er Sanitäter schicken würde, die Cawthorne behandeln sollten.

»Wissen Sie, wo Sie sind?«

»Wir sind in den Gässchen«, erwiderte Odette.

»Wo?«, fragte Bourchier zurück.

»In den beschissenen Nebenstraßen!«, zischte Felicity.

»Sie würden staunen, wenn Sie wüssten, wie wenig das die Sache eingrenzt«, erwiderte Bourchier.

»Nein, würden wir nicht«, widersprach Felicity. »Wir sind in der Broy Lane, direkt neben Nummer zehn.«

»Bestätige, Nummer zehn. Wir sind unterwegs. Rühren Sie sich nicht von der Stelle.«

Sie rührten sich nicht von der Stelle.

# 46

**Früh am nächsten Morgen,** noch bevor die Sonne aufgegangen war, startete die Maschine vom Flughafen in Dundee mit zwei extrem müden Frauen an Bord.

»Du weißt, dass die Ärzte sich deinen Arm hätten ansehen können«, stellte Felicity fest.

»Die Schmerztabletten haben genügt«, erwiderte Odette, rutschte aber unbehaglich auf ihrem Sitz hin und her. »Außerdem muss ich Marcel bitten, die Muskulatur neu zu formen. Ein normaler Arzt würde wahrscheinlich …« Sie verstummte.

»Die Sache vermasseln?«

»Es ist besser, einen geprüften Operateur an solchen Dingen arbeiten zu lassen«, sagte Odette.

»Weil man sonst die Garantie verwirkt?«, erkundigte sich Felicity.

Nachdem die Soldaten sie aus den Gässchen gerettet und sie in ein Lager etwa eine Meile außerhalb von Muirie gebracht hatten, hatte sich ein Schwarm von Ärzten auf sie gestürzt. Cawthorne war weggebracht worden, und die Ärzte waren vollkommen entsetzt gewesen, als sie schließlich Odettes Mantel ausgezogen und ihre knorrigen Muskeln gesehen hatten, die über ihren Arm und ihre Schulter liefen. Odette hatte sie mit links verscheucht und einen besonderen Cocktail aus Schmerzmitteln geordert, bei dessen Zusammensetzung sie verblüfft geblinzelt hatten. Als Clements und sie schließlich untersucht worden waren und ihren Bericht abgegeben hatten, war es schon zu spät, um nach London zurückzukehren. Sie hatten auf unbequemen Feldpritschen geschlafen und waren morgens um vier Uhr geweckt worden, um nach Dundee zurückgebracht zu werden.

Sie dösten in ihren bequemen Flugsesseln, als aus dem Cockpit die Nachricht kam, dass die Truppen die Krypta der Kirche erobert und die Quelle des Problems gefunden hätten. Der Pilot hatte nicht allzu viele Einzelheiten zu berichten: »Ein Humanoid, sehr schnell und von unzähligen Sekretschichten bedeckt.« Die Checquy hatte diese Kreatur »gebändigt«, was alles Mögliche heißen konnte, aber ganz sicher bedeutete, dass das Problem gelöst war.

Nachdem die Besprechung zu Ende war, döste Felicity gerade wieder ein, als ihr Telefon klingelte.

»Hallo?« Sie hielt die Augen geschlossen.

»Pawn Clements, hier spricht Trevor Cawthorne.«

»Hi«, antwortete sie überrascht. »Wie geht es Ihrem Arm?«

»Er ist in Gips«, antwortete der Bedienstete. »Aber immerhin noch dran.«

»Und Ihr Gehirn?«

»Nur eine leichte Gehirnerschütterung.«

»Schön zu hören«, versicherte ihm Felicity.

»Danke. Ich habe Neuigkeiten für Sie und Miss Leliefeld«, fuhr er dann fort.

»Ich stelle Sie auf Lautsprecher.« Felicity verband ihr Telefon mit der Konsole. »Cawthorne ist dran«, erklärte sie Odette.

»Die Historiker haben in den Aufzeichnungen endlich etwas über Muirie gefunden«, begann Cawthorne.

»Wir wissen bereits, dass das Monster erledigt wurde«, sagte Felicity schlaftrunken. »Seine Herkunft interessiert mich eigentlich nicht.«

»Ich glaube doch«, widersprach der Bedienstete. »Denn Muirie wurde in den Bestattungsunterlagen der Checquy erwähnt.«

»Was?«

»Ein Pawn Hamish Reid wurde im Jahr 1502 in der Krypta der Kirche von Muirie beigesetzt.«

»Nein!« Felicity war schlagartig hellwach.

»Er hat vom Jahr 1460 bis zu seinem Tod im Orden der Checquy gedient. Er war ein richtiger Held ... Er hat seinerzeit geholfen, einige der bösartigen Monster vor Ort zu erledigen. In den Aufzeichnungen steht, dass er ›eine Art von Paste ausschwitzen konnte, die eine recht lebhafte Farbe hatte, den Verstand der Menschen seinem Willen unterwarf und ihnen Kühnheit verlieh‹. Das klingt wie eine frühe Version dieser Scheiße, mit denen die Leute bedeckt waren, gegen die wir gekämpft haben. Der Pawn wurde in seiner Heimatstadt zur Ruhe gebettet.«

»Sie glauben also, dass ein toter Pawn der Checquy, der für seine Dienste an seinem Land hochdekoriert und mit allen Ehren vor etlichen Hundert Jahren beigesetzt wurde, plötzlich anfängt, unschuldige Leute zu entführen und sie zu seinen Zombies zu machen?«

»Ich glaube, dass Menschen sich ändern können«, erwiderte Cawthorne. »Vor allem, wenn sie einige Jahrhunderte lang lebendig begraben waren.«

»Wenn Pawn Reid nicht tot war, jedenfalls nicht in dem Sinne tot, wie die Leute es damals annahmen, wer hätte dann wissen können, wie sich seine Gabe und sein Verstand pervertierten?«, warf Odette ein.

»Das ist einer der Gründe, warum die Checquy so komplizierte Bestattungsprozeduren entwickelt hat«, antwortete Felicity nachdenklich.

»Ach ja?«, fragte Odette.

»Ja. Rook Thomas hat sie vor ein paar Jahren eingeführt. Das war eine ihrer Errungenschaften, die ihr den Sitz im Court eingebracht haben. Davor wurden die Leute einfach ganz normal beigesetzt. Jetzt schießt man ihren Leichen in den Kopf, sie werden verbrannt, und die Asche wird auf vier verschiedenen Bergen im ganzen Land verstreut«, erklärte Felicity. »Das ist eine wunderschöne Zeremonie.«

»Sie hat sogar ein Programm auf den Weg gebracht, alle Leichen von Checquy-Angehörigen zu exhumieren, die jemals begraben worden sind«, fuhr Cawthorne fort. »Aber offenbar haben sie noch nicht alle wieder ausgebuddelt. Jedenfalls dachte ich, Sie würden das gern wissen.«

»Danke dafür, Mr. Cawthorne«, antwortete Felicity. »Und danke auch für alles andere.«

Odette bedankte sich ebenfalls artig, und der Bedienstete sagte all die richtigen Dinge, bevor er auflegte. Die beiden Frauen schliefen ein.

»Ich kann immer noch nicht glauben, wie gut das funktioniert hat!«, rief Odette, als der Wagen vor dem Hotel hielt.

»Ich kann einfach nicht glauben, dass wir das überlebt haben«, meinte Felicity.

»Das habe ich gemeint«, erläutert Odette.

»Ich bin vollkommen erschöpft. Wenn ich in meinem Zimmer bin, dann nehme ich eine heiße Dusche, ein heißes Bad, eine heiße Mahlzeit und gehe ins Bett.«

»Wenn du noch eine heiße Massage von einem heißen Masseur hinzuzählst, dann folge ich deinem Beispiel«, sagt Odette. »Meine Muskeln werden wohl noch Tage schmerzen.« Sie stützten sich aufeinander und humpelten durch die Lobby. Sie trugen Standard-Checquy-Trainingsanzüge und fingen sich deshalb etliche missbilligende Blicke von den Angestellten und von anderen Gästen ein.

*Gott allein weiß, was sie von uns halten*, dachte Felicity. *Beim letzten Mal haben wir Abendkleider getragen. Und heute sehen wir aus, als hätten wir mit bloßen Fäusten gekämpft.* Es kostete sie ihre ganze Kraft, den Aufzugknopf zu drücken, und die Wartezeit wirkte unendlich.

Schließlich glitten die Türen auf, und der unvermeidliche Wachmann der Checquy warf ihnen einen harten Blick zu, bevor er sie erkannte und vortrat, um ihnen hereinzuhelfen. Sie sanken gegen seine Schultern, und er lehnte sie etwas verlegen an die Wand, während er die Knöpfe für die Etage der Checquy und der Züchter drückte.

»Warten Sie!« Eine blonde Frau glitt zwischen den sich schließenden Türen hinein. Der Wachmann der Checquy versteifte sich etwas. »Meine Schicht ist vorbei, also kann ich hochfahren, statt den ganzen Tag in der Bar zu hocken«, sagte die Frau. »Odette, Sie sehen erschöpft aus. Ich habe gehört, dass Sie zu einem Schauplatz mitgenommen wurden. Sieht aus, als wäre es ein ziemlich raues Erlebnis gewesen.«

»Sophie, es war erstaunlich.« Odette lächelte. »Wahnsinnig und angsteinflößend, aber erstaunlich. Ich weiß wirklich nicht, wie ihr Leute das jeden Tag durchhaltet.«

»Na, wir machen es ja auch nicht jeden Tag«, antwortete Sophie trocken. »Einige von uns schieben einfach Wache in der Lobby eines Fünfsternehotels.«

»Kennt ihr beide euch?«, fragte Odette Felicity.

»Ich glaube nicht«, antwortete Felicity.

»Ah, Pawn Felicity Clements, darf ich dir Pawn Sophie Jelfs vorstellen?«, sagte Odette. »Sie gehört zu den Sicherheitsleuten für die Delegation.«

»Schön, Sie endlich zu treffen«, sagte Pawn Jelfs.

»Danke gleichfalls«, sagte Felicity. Sie lehnte sich gegen die Wand des Lifts und bemerkte dann, dass der Wachmann der Checquy die Stirn runzelte. »Ist alles in Ordnung?«

»Ich kann mich an keine Pawn Je…«, begann er.

Pawn Jelfs riss den Arm hoch und hämmerte ihm die Handkante gegen die Kehle. Mit derselben atemberaubenden Geschwindigkeit riss sie zwei winzige Sprühflaschen hoch und sprühte ihren Inhalt in die Gesichter von Felicity und Odette.

Die beiden brachen auf dem Boden zusammen.

# 47

**Odette öffnete die Augen** und wurde sofort von unglaublichen Glücksgefühlen durchströmt.

*Saskia!*

Ihr Entzücken war instinktiv und wurzelte tief in ihrem Herzen. Ihre Freundin hatte sie mit den Armen umschlungen, hielt sie dicht an sich gedrückt. Dann fiel ihr alles andere ein, und sie spürte, wie sich ihr Gesicht verzerrte und sie weinte. *Nein! Nein, nein, nein!*

»*Je suis là*, Dette«, gurrte Saskia. »*Nous somnes tous là.*«

*Wir alle sind da?* Fast gegen ihren Willen hielt Odette ihre Freundin mit einem Arm fest umschlungen und drückte ihr Gesicht in deren Schulterbeuge. Sie spürte, wie Saskia sie auf den Scheitel küsste. »Es ist alles in Ordnung, Odette. Du bist zu Hause.« Odette gab sich noch einen Atemzug lang dieser tröstenden Umarmung hin, genoss diesen einen Moment, keine Sorgen mehr wegen irgendetwas zu haben, und dann wich sie zurück.

»Du bist es wirklich«, sagte Odette auf Französisch.

»Ich bin es wirklich.«

So war es auch. Saskia saß am Ende des Bettes, mit nackten Füßen, und sie schien sich seit dem letzten Mal, als Odette sie in dem Hotel gesehen hatte, nicht verändert zu haben. Sie hatte sich das Haar aus dem Gesicht gestrichen und trug einen kurzen Rock, ein T-Shirt und eine Weste darüber. *So völlig unangemessen für eine Terroristin,* dachte Odette liebevoll.

»Du trägst dein eigenes Gesicht«, sagte Odette. »Das freut mich.«

»Ja, wir haben verschiedene Gesichter, wenn wir ausgehen – sie sind allerdings recht primitiv und grob«, erklärte Saskia. »Es sind keine richtigen Gesichter, sondern nur ein Überzug. Aber immerhin haben wir sogar welche von unterschiedlichen Rassen. Und Handschuhe. Pim hat sie erfunden.« Odette nickte und sah sich um, um die Lage einzuschätzen. Sie saß auf einem Doppelbett, das mit weichen Baumwolllaken bezogen war. Der Raum war nicht viel größer als das Bett und hatte keine Fenster, aber an der Decke brannte eine Lampe, die für ein gedämpftes Licht sorgte.

*Bin ich in einer Zelle?*, überlegte sie. *Das glaube ich nicht.* Die Wände sahen aus wie solche, die man in Büros verwendete, wenn der Vermieter einen großen Raum füllen und abgetrennte Räume schaffen musste. Metallrahmen mit Rigipsplatten. *Wenn sie nicht von irgendeinem Material verstärkt werden, könnte ich mit dem Fuß hindurchtreten,* dachte sie. An der Wand hing ein Poster, eine Tintenzeichnung von Gebäuden, die sie als Prag erkannte. *Nettes Bild.*

»Es ist keine Zelle«, sagte Saskia, und Odette schrak zusammen. Sie war nicht mehr daran gewöhnt, mit jemandem zusammen zu sein, der sie so gut kannte. »Es ist einfach nur ein Raum, der verfügbar war. Wir müssen uns mit dem begnügen, was wir kriegen können, bedauerlicherweise.«

Odette sah an sich herunter. Sie trug ein frisches orangefarbenes T-Shirt. Ein kurzer Blick unter die Decke verriet ihr, dass sie nur in Unterwäsche war. Um den linken Schenkel war ein frischer Verband. Ihr rechter Arm hing in einer dieser Schlingen aus festem Polyester, die das verletzte Glied an den Körper drückte. Als sie versuchte, mit den Fingern zu wackeln, gelang es ihr nicht.

»Simon hat sich deinen armen Arm angesehen«, sagte

Saskia. »Er meinte, du müsstest etwas mit deinen Muskeln angestellt haben, ohne dich auch nur im Geringsten vorbereitet zu haben?«

»Ja«, erwiderte Odette und verfiel unwillkürlich ins Englische. Saskia drehte die Augen zur Decke und schüttelte den Kopf.

»Ich nehme an, dass du deine Gründe hattest, aber es wird sehr viel Arbeit erfordern, all das neu zu arrangieren und zu reparieren«, erwiderte sie in derselben Sprache. »Einer von uns wird sich darum kümmern, sobald wir einen Moment Zeit haben. Bis dahin muss der Arm ruhiggestellt werden. Und glaub es oder nicht, so eine Schlinge ist immer noch das Beste für den Zweck. Das und eine genau bemessene Menge von Betäubungsmitteln, um dafür zu sorgen, dass die Muskeln sich so wenig wie möglich bewegen.«

Odette nickte und spannte vorsichtig ein paar andere Muskeln an. Ihre Dorne blieben vollkommen unbeweglich in ihren Scheiden. Saskia sah sie ruhig an.

»Wir haben ein paar Vorsichtsmaßnahmen getroffen, Odette«, sagte sie. »Bitte, sei nicht verletzt. Wir lieben dich, aber du bist immer noch hin- und hergerissen, und wir können kein Risiko eingehen. Allerdings würde das auch keinen großen Unterschied machen. Denn die Giftreservoirs für deine Dorne waren vollkommen leer«, meinte sie und schnüffelte. »Will ich wissen, was du gemacht hast?«

»Ich habe gegen etwas gekämpft«, sagte Odette. *Und das Leben von jemandem gerettet, der mein Leben gerettet hat.* Aber das sagte sie nicht laut. Saskia nickte.

Es war sonderbar, fast wie in einem Traum. Saskia war so ruhig und so offensichtlich entzückt, sie zu sehen. Odette hatte einfach keine Ahnung, was jetzt passieren würde. *Was soll ich sagen? Wollen wir über das reden, was sie gemacht haben?* Dann fiel ihr Blick auf die Schuhe, die neben der Tür standen. Schwarze Absätze mit einer cremefarbenen Segeltuchschutzkappe über dem Leder und Metallschnallen.

»Hübsche Schuhe.«

»Vivienne Westwood«, sagte Saskia erfreut. »Ich bin *very London*, seit wir hier angekommen sind. Es ist wirklich erstaunlich, hier zu sein, trotz allem. Konntest du während deines Aufenthaltes irgendetwas besichtigen?«

»Ich bin nicht viel rausgekommen«, erwiderte Odette. »Hauptsächlich habe ich gearbeitet.«

»Oh, wie schade«, sagte Saskia mitfühlend. »Ich liebe diese Stadt wirklich. So viel Kultur und all die Dinge, die ich niemals mit eigenen Augen zu sehen erwartet hätte. Natürlich habe ich auch jede Menge eingekauft. All diese entzückenden Marken, und ich habe auch ein paar wundervolle Kleider von Joel and Son. Und dann erst die Museen und Galerien! Ich habe diesen Druck nur deinetwegen an die Wand gehängt. Pim und ich sind zwei Tage lang durch Kew Gardens geschlendert, dann sind wir in der Nacht dorthin gegangen und haben Proben von mindestens einhundert Pflanzen genommen.«

»Du warst sehr fleißig«, sagte Odette. Es war wirklich schräg. Ihre Gedanken zu den Antagonisten waren verwirrend, ihre Erinnerungen daran, wer sie waren, wurde von Visionen überlagert, wie sie in einem verräucherten Raum Pläne schmiedeten oder heimlich Bomben legten. *Die Checquy hätte Touristenattraktionen und Boutiquen überwachen sollen*, dachte sie. »Wie lange war ich ohnmächtig?«

»Nicht sehr lange«, sagte Saskia. »Vielleicht eine Stunde?«

»Seit dem Hotel?«

»Wir haben uns sehr beeilt«, erläuterte Saskia. »Das mussten wir auch, da wir noch eine Sache zu erledigen hatten und nicht wollten, dass sich die Bedingungen vorher veränderten.«

»Wovon redest du?« Odette stellte die Frage, auch wenn sie die Antwort fürchtete.

»Wir müssen uns unterhalten«, gab Saskia ernst zurück. »Wir alle. Kannst du aufstehen?« Odette schwang sich über die Bettseite und erhob sich zitternd. Ihre Beine waren weich wie Pudding. »Wir haben deine Skalpelle herausgenommen«, sagte Saskia vorsichtig. »Du fühlst dich wahrscheinlich noch ein bisschen wackelig. Lass mich dir helfen.« Odette stützte sich an der Wand ab, während Saskia ihr einen Rock brachte und ihn ihr anzog. Er war knielang, schwarz und gut geschnitten.

Odette bedankte sich. »Gehen wir«, sagte sie dann. Auf dem Boden lag ein Teppich, und sie liefen barfuß. Saskia nahm ihren Arm und führte sie hinaus in einen Gang, in dem noch mehr dieser Trennwände standen. Der Teppich sah aus, als wäre er frisch ausgelegt worden. Es wirkte alles ziemlich steril.

»Also, wo sind wir?«

»Irgendwo in der Stadt«, antwortete Saskia beiläufig. »Wir haben eine Etage in einem dieser langweiligen Bürogebäude gemietet. Wir konnten von Glück sagen, dass wir sie bekommen haben. Der Immobilienmarkt in dieser Stadt ist völlig wahnsinnig.«

»Ihr seid in einem *Bürogebäude*?«, fragte Odette ungläubig zurück.

»Etwas Besseres findest du hier einfach nicht«, sagte eine Stimme hinter ihnen. Odette drehte sich unbeholfen um, um den Sprecher anzusehen. Er trug nicht mehr dasselbe Gesicht wie während der *Blendung*. Stattdessen sah er genauso aus, wie Felicity ihn beschrieben hatte: glänzend weiße Haut und kleine Knollen auf dem ganzen Kopf. *Wenigstens ist er angezogen.*

»Simon.« Odette nahm seine Hand.

»Dette. Endlich haben wir dich.« Er beugte sich vor und küsste sie auf beide Wangen. Seine Lippen fühlten sich auf ihrer Haut sonderbar an. Aber seine Augen waren wie immer, so fröhlich und ehrlich entzückt über ihren Anblick, dass sie am liebsten geweint hätte.

»Es ist schön, dich zu sehen, obwohl …« Sie verstummte verlegen.

»Ich weiß, die Umstände sind nicht gerade ideal.« Er grinste.

»Du hast dein Auge ersetzt.«

»Hat zwanzig Minuten gedauert.« Er zuckte gleichgültig mit einer Achsel. »Aber lass uns weitergehen. Ich nehme an, dass die andern schon warten.«

»Du sagtest gerade, was für ein guter Ort dies hier wäre«, meinte Odette.

»Ja, richtig«, gab Simon zurück. »Sehr passend. Wir haben so viel Platz, wie wir brauchen, eine Klimaanlage, jede Menge Steckdosen, leichten Zugang zu öffentlichen Verkehrsmitteln, reservierte Parkplätze, und Claudia hat den Besitzer dazu gebracht, uns mit einer wirklich guten Internetverbindung auszustatten.«

»Ihr seid ja richtig professionell.«

»Tatsächlich haben wir eine kleine Firma gegründet«, antwortete Simon. »Registriert mit allem Drum und Dran. Natürlich produziert sie nicht wirklich etwas, aber die Firmen-Kreditkarten sind ganz praktisch, und ich habe ein Konto bei einer Möbel-Leasing-Firma eingerichtet, das sich als recht nützlich erwiesen hat.«

»Und im Erdgeschoss gibt es ein nettes indisches Restaurant, das einen Lieferservice hat«, sagte Saskia.

»Soweit ich weiß, habt ihr auch an anderen Orten in London übernachtet«, meinte Odette.

»In den beiden ersten Nächten waren wir in einem Hotel«,

erwiderte Simon. »Dann hat sich Claudia hier einquartiert und hat alles eingerichtet. Wir anderen haben ein Haus in der Nähe vom Hyde Park gemietet, das ziemlich nett war, aber wir mussten es aufgeben und hierherkommen, nachdem die Chimären uns aufgespürt hatten.«

»Ich habe eigentlich mehr an den anderen Ort gedacht, der abgebrannt ist.«

»Ah, ja, das war Wahnsinn. Ich habe es mit einem ganzen Team der Checquy aufgenommen! Kannst du dir das vorstellen?«

Odette wies Simon nicht darauf hin, dass es nur ein halbes Team gewesen war, und ebenso wenig, dass er dort offenbar Zivilisten in menschliche Bomben verwandelt hatte.

»Habt ihr hier auch einen Operationssaal?«

»Unser letzter«, antwortete Saskia. »Aber es wächst gerade ein anderer in einem Haus in Madrid heran.«

»Gehen wir in den Konferenzsaal«, sagte Simon und öffnete eine Tür am Ende des Ganges. Besagter Raum war riesig und schien die halbe Etage einzunehmen. Abgesehen von einigen kleinen Lichtinseln, war es dunkel darin. Eine Reihe schmaler Fenster führte auf die City hinaus, aber die Jalousien verschlangen fast das gesamte Licht und zeigten ihnen nur die Silhouetten der Gebäude um sie herum.

Ein langer Konferenztisch mit dem üblichen Müll darauf stand bei den Fenstern. Odette erkannte die Laptops, die Simon benutzte, und Saskias Notizblöcke. Pims Tablet-Computer lag auf einem Stapel mit Zeitungen. Eine tiefe Plastikschale mit pinkfarbenem Gelee markierte den Platz, an dem Mariette für gewöhnlich saß. Ihr Vater hatte einen biologischen Computer für sie konstruiert. An einem Ende des Tisches hockte eine Gestalt. Sie saß im Dunkeln, aber auf ihrem Kopf glühten Lichtbänder. Als sie näher kamen, richtete die Figur sich auf und drehte sich zu ihnen herum. Odette erkannte das Gesicht.

»*Mijn God*, Claudia!« Die Augen ihrer Freundin waren verschwunden. Stattdessen ragten viele klare Plastikröhrchen aus den Augenhöhlen heraus. Sie teilten sich, führten wieder zurück über ihren Kopf und hingen über ihre Schultern, bis sie in den Schatten verschwanden. Odette erkannte in dem Plastik die schwarz-weißen Schnüre, die synthetische Nerven bildeten, sowie einige Kupferdrähte. »Was, in Gottes Namen, hast du dir da angetan?«

»Odette«, sagte Claudia. Ihre Stimme klang merkwürdig, wie eine feine Glocke. »Schön, dich zu sehen.«

Odette verzichtete darauf, das Offensichtliche zu erwidern. Es kostete sie zwar alle Kraft, aber es gelang ihr.

»Nein, ich kann dich tatsächlich sehen«, erriet Claudia ihre Gedanken. »Ich sehe durch Saskias und Simons Augen.« Odette drehte sich um und blickte die beiden anderen an. Sie nickten. »Ich wünschte mir wirklich, dass ihr nicht nicken würdet«, sagte Claudia gereizt. »Es ist in etwa so, als sähe ich einen dieser Billigfilme, bei denen die kleinen Handkameras ständig wackeln. Es wäre wunderbar, wenn ihr euch alle einfach hinsetzen würdet. Odette, komm neben mich. Saskia, würdest du bitte ihr gegenüber Platz nehmen?« Odette gehorchte automatisch und drehte den Rücken zum Fenster. Claudia tastete nach ihrer Hand, fand sie und drückte sie. »Ich würde dich ja umarmen, aber sich in diesem Zustand zu bewegen ist extrem nervig. Und dann diese Augen!«

»Was soll das alles?«, erkundigte sich Odette.

»Kommunikation«, erwiderte Claudia schlicht. »Überwachung. Wir hatten Zugang zu mehreren Agenten innerhalb der Checquy, aber um auf dem Laufenden zu bleiben, was die Entwicklung angeht, mussten wir zu einer anderen, direkteren Überwachungsmethode greifen.«

»Ihr habt euch in die Kommunikationsstruktur der Bruderschaft gehackt«, sagt Odette müde. »Ich habe gesehen, was ihr Ernsts Sekretärin angetan habt.«

Claudia nickte leicht, und die Kabel auf ihren Schultern bewegten sich. Sie hob eine Hand an ihr Gesicht. »Au! Verdammt, ich muss mich daran erinnern, dass ich meinen Kopf nicht bewegen darf«, sagte sie. »Ehrlich gesagt, kann ich es kaum erwarten, bis ich dieses ganze Zeug wieder los bin, meine Augen aus dem Kühlschrank holen und wieder in meinen Kopf einsetzen lassen kann. Jedenfalls, ja, Odette, das habe ich getan.«

»All das für diesen einen Trick?«, erkundigte sich Odette. *Der zudem auch noch ziemlich pubertär war.* »Du weißt ja, dass die Bruderschaft danach aufgehört hat, interne Telefone zu benutzen.«

»Das haben sie jedenfalls geglaubt«, sagte Claudia. »Aber eigentlich blicke ich durch die Augen ziemlich vieler Leute. Es ist nicht einfach, aber ich kann die Kommunikationsimplantate von ihnen allen aktivieren, ohne dass sie es merken. Ich kann sehen, was sie sehen, und hören, was sie hören. Meistens zwar nur bei Sekretärinnen, aber die erfahren die wichtigen Dinge ja ohnehin alle.« Odette dankte ihrem Glücksstern, dass man ihr niemals Telefonimplantate eingesetzt hatte. »Außerdem kann ich damit im Netz surfen, was die Unbequemlichkeit ein wenig ausgleicht. Ich habe seitdem sehr viele Filme gesehen.«

»Aber ihr hattet zumindest noch einen Verräter in der Checquy auf eurer Seite«, meinte Odette. »Oder etwa nicht? Ich meine Sophie Jelfs.«

»Wir brauchten unbedingt jemanden, der dich im Auge behielt«, antwortete Claudia. »Und ich habe auch durch ihre Augen geblickt.«

»Genau genommen«, fuhr Odette fort, »haben ziemlich

viele neue Leute für euch gearbeitet. Ihr habt sie sogar irgendwie selbst hergestellt. So wie diesen Klon, der den Angriff auf den Wagen in Hill Hall angeführt hat.«

»Saskia, könntest du bitte für mich nicken?«, bat Claudia. »Es bringt mich fast um, dass ich meinen verdammten Kopf nicht bewegen kann. Und verdreht bitte eure Augen nicht, weil ich ebenfalls hindurchblicke.«

»Also, wer war dieser Mann?«, erkundigte sich Odette. »Was war er?«

»Du hast es also noch nicht herausgekriegt?«, wollte Saskia wissen.

»Hör auf zu prahlen, Sas, das ist wirklich nervig«, warf Claudia ein.

»Es tut mir leid«, gab Saskia zurück. »Aber ich war so begeistert von der Idee, und jetzt kann ich sie endlich jemandem erzählen.«

»Wir anderen sind schon seit einer ganzen Weile nicht mehr so beeindruckt«, erklärte Simon trocken. »Vor allem, weil es bedeutet, dass wir uns eine schreckliche Nervensäge ans Bein gebunden haben.«

»Trotzdem war es brillant«, verteidigte Saskia sich und wandte sich wieder an Odette. »Wir wussten von Anfang an, dass wir mehr Informationen, mehr Hilfe brauchen würden. Immerhin waren wir nur sechs Leute. Und dann haben wir auf dem Weg hierher auch noch Dieter verloren.«

»Ich habe seine Leiche in dieser Wal-Kreatur gesehen«, sagte Odette.

»Wenigstens ging es schnell«, meinte Saskia traurig. »Leider kann ich nicht behaupten, dass es auch schmerzlos gewesen wäre. Er hat den Wal gegen ein Schiff gesteuert, und das hat ihn selbst umgebracht. Ihn zu verlieren bedeutete, dass wir einen Verbündeten brauchten, und zwar dringender denn je. Jemand, der die Checquy genauso hasste wie wir und der uns Informationen über sie beschaffen konnte.«

»Oh mein Gott, Saskia, ich kann einfach nicht mehr Vorspiel vertragen«, mischte sich Claudia ein. »Hol sie einfach rein!« Saskia warf Claudia einen säuerlichen Blick zu, eine totale Verschwendung, da Claudia ihn unmöglich sehen konnte. Sie seufzte, stand auf und verschwand in der Dunkelheit.

»Du scheinst schrecklich viele Befehle zu geben«, stellte Odette misstrauisch fest.

»Das hat man davon, wenn man die Dinge nicht selbst erledigen kann«, gab Claudia zurück. »Außerdem ist sie so selbstgefällig deswegen.«

»Wo sind die anderen?«, fragte Odette. »Mariette und Pim?«

»Pim ist im Operationssaal«, erklärte Simon. »Er beendet gerade ein kleines Projekt. Und Mariette ist draußen unterwegs ... die siehst du später.«

»Ja, das wäre schön«, antwortete Odette. Sie versuchte immer noch, die Situation zu verarbeiten. Immer wieder verfielen sie alle in diesen leichten, lässigen Tonfall, in dem sie vor all diesen Ereignissen miteinander geredet hatten. Sie waren scharf darauf, vor ihr anzugeben, aber trotzdem redeten sie behutsam mit ihr, als wollten sie sie nicht schockieren. *Ich nehme an, das hier ist für alle ein bisschen sonderbar.* Eine Tür öffnete sich in den Rigipswänden, und ein Lichtstrahl fiel in die Dunkelheit, als Saskia zurückkehrte. Sie wurde von einer vertrauten Gestalt begleitet. Als sie sich dem Tisch näherten, ballte Odette unwillkürlich die linke Hand zur Faust. Ihre rechte Hand zitterte etwas, aber sie vermied es hartnäckig, sie ebenfalls zu verkrampfen.

»Pawn Sophie Jelfs!« Odette war ihr Ekel deutlich anzuhören. Saskia sah sie überrascht an, verblüfft von der Ver-

achtung in ihrer Stimme. Odette begriff, dass sie über Jelfs'
Verrat an der Checquy genauso wütend war wie an dem
Verrat ihr gegenüber.

»Nicht ganz«, erwiderte Jelfs.

»Wie bitte?«, sagte Odette kalt.

»Sie können mich gern Sophie nennen, wenn es Ihnen gefällt«, erwiderte die Frau. »Aber ich bin weder ein Pawn,
noch lautet mein Nachname Jelfs.« Odette schwieg. *Irgendwas geht hier vor, das ich nicht verstehe.* »Mein richtiger Name
ist Gestalt.« Ein leichtes Lächeln spielte um Sophies Lippen.
»Rook Gestalt, obwohl man mich darüber informiert hat,
dass mir mein Rang aberkannt wurde.«

»Das kann nicht sein!«, widersprach Odette. »Rook Gestalts weiblicher Körper wurde getötet. Er ist aus einem Fenster gefallen.« Sophies Gesicht verdüsterte sich. »Es gibt nur
noch drei Gestalt-Körper, und sie sind alle im Gefängnis.«

»Sie liegen in einigen Punkten falsch«, gab Sophie zurück.
»Erstens ist mein weiblicher Körper nicht einfach nur aus
einem Fenster gefallen. Ich wurde von einem Mädchen erschossen, das unter der Kontrolle von Myfanwy Thomas
handelte. *Danach* bin ich aus dem Fenster gefallen. Und es
sitzen nicht drei von meinen Körpern in Gefängnissen der
Checquy, sondern vier. Und jetzt laufen noch ein paar mehr
Körper von mir herum, dank meiner Freunde hier.« Sie deutete auf die Anwesenden am Tisch. »Sie haben mir zuvor-
kommenderweise ein paar neue Leiber verschafft, einschließlich diesem hier.« Sie tippte sich auf die Brust.

»Aber man kann die Gaben der Checquy nicht klonen«,
widersprach Odette. »Das hat die Broederschap schon seit
Jahrhunderten versucht. Sie haben immer nur ganz gewöhnliche Leute herausbekommen. Es sei denn natürlich …« Sie drehte sich zu Saskia um. »Habt ihr es irgendwie geschafft?«

Saskia schüttelte den Kopf.

»Du hast ganz recht«, ergriff Simon das Wort. »Man kann keine besonderen Fähigkeiten züchten. Wenn du Gestalt klonst, einen von Gestalts Körpern, dann bekommst du einfach nur eine neue Person. Und zwar eine, die in keinerlei Verbindung mit dem Schwarmverstand steht.«

»Es ist sinnlos.« Sophie seufzte.

»Aber es gibt eine Ausnahme«, sagte Saskia. »Ein Kind, dessen Eltern beide Angehörige dieses Schwarmverstandes waren, wird ebenfalls ein Teil des Schwarmverstandes von Gestalt sein.«

»Sie erinnern sich an diesen vierten Körper, den ich erwähnt habe?«, fragte Sophie. »Der ebenfalls im Gefängnis sitzt? Das ist mein Baby. Mein weiblicher Körper und einer meiner männlichen Körper hatten Sex miteinander und haben es gezeugt. Ich nehme an, es müsste mittlerweile schon laufen können.«

»Das verstehe ich«, gab Odette zurück. »Es ist ekelhaft, aber ich verstehe, wie so etwas funktioniert. Nur ist die weibliche Gestalt jetzt tot. Also wie konnten neue gezeugt werden?«

»Man kann ohne Weiteres Eier aus einem toten Körper entnehmen«, erläuterte Saskia. »Gestalts weiblicher Körper, Eliza, wurde von der Checquy aufbewahrt, nachdem sie aus dem Fenster gefallen ist.«

»Nachdem sie erschossen und dadurch aus dem Fenster gestürzt wurde«, korrigierte Sophie gereizt. »Immerhin ist es nicht so, als wäre ich betrunken gewesen und einfach nur herausgefallen.«

»Der Körper war in einem gelinde gesagt nicht allzu guten Zustand«, fuhr Saskia einfühlsam fort. »Aber die Checquy hatte ihn fast unmittelbar nach der Bergung in das Kühlfach gelegt, und das hat uns Zeit verschafft.«

»Ich dachte, die Checquy vernichtet die Leichen ihrer Gefallenen«, sagte Odette. »Sie werden verbrannt, und die Asche wird auf irgendwelchen Bergen verstreut.«

»Das beruht auf dieser kleinen Initiative des Miststücks Myfanwy Thomas, ja«, erwiderte Sophie. »Aber bevor sie all das tun, untersuchen sie die Körper bis auf jede Zelle. Denn es ist die letzte Gelegenheit der Checquy, die Mysterien ihrer Leute zu erkunden.«

»Einer der Maulwürfe der Broederschap bei der Checquy arbeitete in der Leichenhalle«, erklärte Claudia. »Wir haben Kontakt mit ihm aufgenommen, und er hat Saskia hereingeschmuggelt.«

»Dieser Ort war absolut furchteinflößend«, gestand Saskia. »Aber ich habe so viele Eier aus der Leiche entnommen, wie ich nur konnte. Die meisten waren bereits abgestorben oder nicht mehr lebensfähig, aber es gab noch ein paar, die wir benutzen konnten. Vor allem, nachdem ich sie ein paar Verjüngungstechniken unterzogen habe.«

»Und das Sperma?«, fragte Odette. »Es braucht beides, um ein Baby zu zeugen.«

»Die Gefängnisse der Checquy sind trotz allem Gefängnisse«, antwortete Sophie gleichgültig. »Und kein Gefängnis ist vollkommen von der Welt abgeschnitten. Man kann alle möglichen Sachen hinein- oder herausschmuggeln, wenn man genug Geld hat oder die Kreativität, die Wachen mit ein paar interessanten Drohungen gefügig zu machen.«

»Wir hatten beides«, warf Simon ein. »Und es gab einen Wächter, der seine Seele bereits an die Broederschap verkauft hatte.«

»Und ich saß da und verrottete in vier verschiedenen Gefängnissen im ganzen Land«, sagte Sophie. »Ich hatte keine Ahnung davon, dass ein paar Leute mit meinen weiblichen

Überresten herumexperimentiert hatten. Und ich war extrem überrascht, eine Einladung zu bekommen, mich mit ein paar mysteriösen Menschen zu treffen. In der Botschaft stand, dass sie vielleicht in der Lage sein würden, meine Freiheit im Austausch dafür zu arrangieren, dass ich der Checquy Schaden zufügte. Ich brauchte nichts weiter zu tun, als ein bisschen Samen zu spenden, dann würden sie ein Treffen arrangieren. Was hatte ich schon zu verlieren? Ich lieferte und wartete ab. Um ehrlich zu sein, ging ich davon aus, dass sie einen meiner Körper befreien würden oder vielleicht einen Doppelgänger hineinschmuggelten.«

»Und wofür brauchten sie Ihrer Meinung nach den Samen?«, fragte Odette finster.

»Ich habe sie für Freaks gehalten.« Gestalt zuckte gleichgültig die Schultern. »Immerhin habe ich wie Sie und die Checquy angenommen, dass der Tod von Eliza das Ende irgendwelcher neuen Körper bedeutete. Aber dann, ein paar Tage später, war ich plötzlich *mehr*.« Ihre Augen glühten. »Ich wurde eines neuen Körpers gewahr, in den ich hineinschlüpfen konnte. Ich öffnete die Augen und saß hier, aufrecht in einer mit Schleim gefüllten Metallbox.«

»Nur ein kleines Kind«, sagte Saskia. »Ein entzückender kleiner Junge mit weißblondem Haar. Er öffnete die Augen und stellte sofort Bedingungen.«

»Als ich das letzte Mal einen Deal mit den Züchtern abgeschlossen habe, habe ich nicht allzu viel verlangt«, sagte Sophie. »Nur Macht, Wohlstand und die Gelegenheit, jemandem in den Arsch zu treten. Diesmal bin ich sehr viel strategischer vorgegangen.«

»Der Deal war ganz einfach«, fuhr Simon fort. »Wir versorgten Gestalt mit mehr Körpern, und zwar Körpern außerhalb des Gefängnissystems. Gestalt würde sie zu unseren Gunsten nutzen und auch manchmal unsere Soldaten anführen, entbehrliche Soldaten, die man mit Waffen der Broederschap ausgerüstet hatte.«

»Gestalt war sehr viel besser als die englischen Kriminellen, mit denen wir angefangen hatten«, mischte sich Saskia ein. »Er war kompetenter, organisierter und disziplinierter. Es war einfacher, die neuen Körper zu fixieren und die Verbesserungen dort zu implantieren, während sie wuchsen. Außerdem stellte sich heraus, dass einfache Kriminelle nicht gerade die professionellsten Leute auf der Welt sind. Du hast sie gesehen … Gestalt hat sie während des Angriffs in der Nähe dieses pompösen Landhauses angeführt.«

»Der Sophie-Körper war im Hotel stationiert«, sagte Claudia. »Sowohl, um die Delegation zu beobachten, als auch, um dich im Auge zu behalten.«

»Und außerdem habe ich wertvolle Erkenntnisse und Wissen über die Checquy geliefert«, setzte Sophie Gestalt hinzu. »Das wollen wir nicht vergessen.«

»Wir haben die Einzelheiten für die Dauer von mehreren Stunden festgelegt«, fuhr Claudia fort. »Dann brach der Körper zusammen.«

»Na ja, wir hatten das Wachstum auch wirklich drastisch beschleunigt«, warf Saskia ein.

»Dieser Körper hier, der Sophie-Körper, hat etwas länger gebraucht, um heranzuwachsen«, sagte Gestalt. »Aber dafür hält er auch länger durch.«

»So viel länger auch nicht«, widersprach Odette. »Das Verhältnis ist umgekehrt proportional. Ist Ihnen klar, was das bedeutet? Je stärker Sie das Wachstum beschleunigen, desto kürzer wird der Körper halten.«

»Danke, ja, ich weiß, wie Mathematik funktioniert«, gab Sophie zurück. »Und vielleicht erinnern Sie sich daran, dass ich bereits in etlichen Körpern gewesen bin, die unter meinem Geist verfault sind!« Sie schüttelte sich. »Aber das ist der Punkt, an dem wir zu der Bezahlung für meine Dienste kommen.«

»Wir machen uns keine Illusionen über den Grund von Gestalts Engagement in dieser Sache«, flocht Saskia spitz ein.

»Der Checquy zu schaden ist ein Bonus«, sagte Sophie. »Und ich will dieses Miststück Thomas immer noch umbringen. Aber das ist nicht mein endgültiges Ziel.«

»Was ist denn Ihr Endziel?«, wollte Odette wissen.

»Zu leben«, sagte Sophie. »Frei zu sein. Mit Körpern, die nicht nach ein paar Tagen oder Wochen verfallen.«

»Alle Gestalt-Körper, die wir geschaffen haben, wurden beschleunigt gezüchtet«, erklärte Saskia. »Und wir haben sorgfältig darauf geachtet, dass niemand ohne unsere Hilfe mehr produzieren konnte.« Odette erinnerte sich daran, dass der Gestalt-Körper, der in dem Gefängnis der Rookery verfault war, sterilisiert gewesen war.

»Alle Männer wurden sterilisiert, und dieser Körper hat keine brauchbaren Eier«, erklärte Gestalt. »Dank einiger Injektionen meiner Freunde hier.« Sophie schien über diese Tatsache nicht besonders erfreut zu sein. »Aber es gibt zwei neue Körper draußen in der Welt«, fuhr sie sichtlich befriedigt fort. »Rein und sauber, ohne irgendwelche Modifikationen oder beschleunigtes Wachstum.«

»Wir haben uns bereit erklärt, zwei befruchtete Eizellen zu schaffen, die zwei ganz normalen Frauen eingepflanzt worden sind«, sagte Saskia. »Sie werden in der normalen Geschwindigkeit heranwachsen und sich zu einem Mann und einer Frau entwickeln. Nach der normalen Reifeperiode werden sie geboren und haben dann eine normale Lebensspanne vor sich.«

»Ich kann sie schon jetzt spüren.« Gestalt schloss die Augen. »Kleine Lichter in der Dunkelheit.«

»Das ist sehr beeindruckend«, sagte Odette. »Warum habt ihr die Gestalt-Körper nicht benutzt, um die Selbstmord-Bombenattentate in den Städten durchzuführen? Warum musstet ihr Zivilisten dafür opfern?«

»Wir haben Gestalts Dienste erst relativ spät gewinnen können«, erklärte Simon. »Und außerdem erforderten die Systeme, die wir implantiert hatten, spezielle Bedingungen. Sie mussten die richtige Blutgruppe haben und spezifische Hormone und Antikörper aufweisen. Wir konnten nur Menschen benutzen, die erfolgreich Organtransplantationen absolviert hatten.«

»Und selbst dann war es nicht einfach«, sagte Saskia. »Die Pläne, die Claudia aus den Archiven der Broederschap gestohlen hatte, waren extrem komplex und überstiegen selbst unsere Fähigkeiten. Zudem stießen einige Kandidaten die Implantate wieder ab.«

»Aber wie habt ihr sie gefunden?« Odette war fast gegen ihren Willen neugierig.

»Ich kann nicht nur Menschen mit diesen Geräten hacken.« Claudia strich über die Kabel, die aus ihrem Schädel herausführten. »Krankenhausaufzeichnungen, Regierungsdatenspeicher – all das war extrem nützlich. Abgesehen von der Checquy natürlich, die nicht einmal ihren Zentralrechner mit dem Internet verbunden hat.«

»Und das ist auch wirklich klug von ihnen«, sagte Simon. »Ich fasse mir immer nur an den Kopf, wenn ich mal wieder lesen muss, dass Regierungscomputer gehackt worden sind.«

»Ich verstehe nicht, wie ihr das bewerkstelligen konntet«, sagte Odette.

»Na ja, das Trägersystem zu erstellen war schwierig, es gab Misserfolge«, räumte Simon ein. »Aber das Produkt selbst war eine ziemlich raffinierte Weiterentwicklung des ursprünglichen Giftes. Dette, ich glaube, du würdest die Veränderungen zu schätzen wissen, die ich vorgenommen habe.« Er lehnte sich zurück und verschränkte die Arme, ein Abbild einer Person in einer weißen Gummihaut, die höchst zufrieden mit sich selbst war. »Und weißt du was, ich glaube, dass sie nicht tödlich wirkt, machte die Waffe noch viel effektiver. Manchmal sind wir so in den körperlichen Aspekten unserer Technologie gefangen, im Fleisch sozusagen, dass wir die psychologischen Anwendungen vollkommen ignorieren.«

»Ich rede nicht über das technische Können, Simon!«, schrie Odette. Alle fuhren zusammen. »Ich rede darüber, dass ihr Menschen verstümmelt habt!«

»Wir haben wirklich versucht, die zivilen Verluste so gering wie möglich zu halten«, erklärte Claudia.

»Ist das dein Ernst?«

»Es hätte schlimmer kommen können«, erläuterte Simon. »Ganz erheblich schlimmer.«

»Damit sind wir wieder bei deiner Wahl«, sagte Saskia. »Und zwar der Wahl zwischen uns und der Broederschap.« Sie war ganz ruhig und hatte das Kinn auf ihre verschränkten Finger gestützt. »Du konntest diese Wahl damals nicht treffen, und das werfen wir dir auch nicht vor.«

»Ich habe die Wahl getroffen«, erklärte Odette.

»Das stimmt nicht.«

»Oh doch, ich habe es getan!« Odette schrie wieder. »Ich habe mich entschieden! Es war die schwerste Entscheidung in meinem ganzen Leben, und sie hat mir das Herz gebrochen, aber ich habe meine Wahl getroffen!«

»Odette, willst du wirklich behaupten, dass du dich vollkommen Ernsts Sache verschrieben hast?« Saskia klang ruhig und vernünftig. »Dass du dich voll und ganz der Aufgabe widmen willst, uns aufzuspüren und zu vernichten?

Dass du alles in deiner Macht Stehende tust, um ihnen zu helfen, uns zu fangen? Sind wir denn deine Feinde geworden?«

Odette ließ den Kopf hängen. »Nein.« Das stimmte. Sie hatte sich zurückgehalten. In ihrem tiefsten Herzen hatte sie ihre Freunde nicht zu ihren Feinden gemacht, und sie hatte insgeheim gehofft, dass man sie nicht erwischen würde. *Ich wollte diese Attentate nicht, und ich wollte auch nicht, dass Menschen sterben*, dachte sie. *Ich wollte nur, dass sich meine Freunde zurückzogen, dass sie ihr Leben anders leben als so.*

»Du konntest dich nicht gegen uns entscheiden«, sagte Saskia, »und du konntest dich auch nicht gegen den Rest der Bruderschaft entscheiden. Also haben wir dir diese Entscheidung einfach abgenommen.«

»Was?«

»Du musst nicht mehr wählen, Odette. Das ist unser Geschenk an dich.« Odette fühlte Simons Hand auf ihrer Schulter. »Heute wird dieser lächerliche Friede zwischen der Checquy und der Broederschap endgültig scheitern.«

»Was habt ihr vor?«, fragte Odette kläglich.

»Machen Sie sich nichts vor«, mischte sich Gestalt ein. »Das wird alles andere als hübsch.«

»Eigentlich hast du uns auf diese Idee gebracht, Odette«, sagte Simon besänftigend.

»Ich?« In Odettes Kopf drehte sich alles. »Nein, ich habe nie … Wovon redet ihr überhaupt?«

»Wir sind vorher etwas ins Schwimmen geraten«, erklärte Claudia. »Diese ganze Wut und ein paar gute Konzepte, schön und gut, aber wir hatten kein Endziel im Sinn.«

»Gegen die Broederschap zuzuschlagen war das Einfachste für uns«, sagte Simon und übernahm das Reden. »Wir dachten, wenn wir unsere Gefühle zeigten, ihnen demonstrierten, wie entsetzlich das alles war, würden unsere

Kollegen und unsere Familie sich das überlegen. Aber das war nicht realistisch. Sie stehen zu sehr unter Ernsts Fuchtel.«

»Trotzdem habt ihr weitergemacht«, sagte Odette leise.

»Jedes bisschen Stress hilft dabei, um zu destabilisieren«, erklärte Saskia. »Wer weiß schon, welcher Strohhalm dem Kamel das Kreuz bricht?«

»Deshalb haben wir unseren Fokus auf die Checquy gerichtet«, sagte Claudia. »Das ist eine erheblich größere Organisation mit einer größeren Vielfalt. Und als Gestalt sich uns angeschlossen hat, hat sie uns mit besseren Einblicken in deren Schwachpunkte versorgt. Der indoktrinierte Hass auf die Broederschap. Der Druck der britischen Regierung, dem sie ausgesetzt ist. Wir haben versucht, Rook Thomas auszuschalten, die Person, die diese Fusion wirklich betrieben hat. Gestalt war der Meinung, dass alles zusammenbrechen würde, sobald wir sie aus der Gleichung streichen.«

»Es war eine gute Idee.« Gestalt inspizierte angelegentlich ihre Fingernägel.

»Und hätten Sie das nicht vermasselt, hätte es vielleicht auch funktioniert«, erwiderte Claudia.

»Vermasselt ist ein sehr negatives Wort.« Gestalt warf einen vielsagenden Blick auf Odette. »In jedem Fall glaube ich, dass es sie ein bisschen aufgerüttelt hat.« Odette sagte nichts. Sie hatte nicht vor, irgendwelche Informationen weiterzugeben, schon gar nicht solche, die Gestalt möglicherweise gefallen würden.

»Ich war jedenfalls schon immer dagegen«, fuhr Saskia fort. »Du weißt ja, dass man sie einfach nur zu einer Märtyrerin macht, wenn man sie umbringt.«

»Was uns zu unserem heutigen Attentat führt«, übernahm Claudia wieder. »Es ist zwar äußerst kurzfristig, aber es ist einer der Vorteile unserer kleinen Gruppe, dass wir sehr flexibel sind.«

»Was habt ihr vor?«, flüsterte Odette. Ihr schwindelte immer noch angesichts der Annahme, dass sie ihre Freunde auf diesen Plan gebracht hatte.

»Es ist eine Gruppe von Checquy-Kindern in der Stadt unterwegs«, sagte Simon.

»Nein«, flüsterte Odette.

»Sie machen einen Ausflug.«

»Nein.«

»Wir werden sie umbringen.«

»*Nein!*« Odette schlug mit der Hand auf den Tisch.

»Das ist genau die Reaktion, auf die wir hoffen«, erwiderte Simon. »Gestalt hat uns von deinem Entsetzen berichtet, als du dachtest, Alessio wäre vielleicht bei diesem Nebelattentat in Mitleidenschaft gezogen worden. Sie sagte, du wärest schon bei der bloßen Vorstellung vollkommen erschüttert gewesen.« Odette warf Gestalt einen giftigen Blick zu. Die blonde Frau zwinkerte ihr zu.

»Mariette ist jetzt dort und wartet darauf, dass die Schüler ankommen«, erklärte Saskia. »Und wenn sie den Moment für geeignet hält, wird sie ein Gift freisetzen, das die ganze Gruppe auslöscht.«

»Und das wird sie verdammt hart treffen«, meinte Simon. »Laut Gestalt schlagen Züchter, die Checquy-Kinder töten, eine besondere Saite in der Mentalität der Checquy an. Das reicht noch zurück bis zur Isle of Wight. Es gibt eine mündliche Überlieferung, die sie alle über sich ergehen lassen müssen.«

»Ehrlich gesagt, dachte ich nicht, dass dies nötig wäre«, sagte Saskia. »Wir haben wirklich geglaubt, dass das Nebelattentat die Sache erledigen würde, dass die Verstümmelungen und das Entsetzen die Verhandlungen sofort torpedieren würden. Ehrlich gesagt dachte ich, dass die Checquy die Delegation auch gleich mit umbringen würde.«

»Einschließlich meiner Person«, sagte Odette.

»Wir haben versucht, dich da rauszuholen, Dette«, sagte Saskia. »Das haben wir wirklich.«

»Aber diese Kinder zu töten wird sie treffen wie nichts anderes auf der Welt«, meinte Simon.

»In einer idealen Welt würden wir ihr Ausbildungslager vernichten«, sagte Claudia. »Kirrin Island wäre dann voller kleiner Leichen, wenn wir das schaffen könnten. Aber es ist leider unmöglich.« Sie zuckte behutsam mit den Schultern. »Es ist zu gut bewacht.«

»Selbst unser Attentat heute löscht vielleicht nicht alle aus«, fuhr Saskia fort. »Ich erwarte, dass es ein paar kleine Monster gibt, die keine Luft zum Atmen brauchen oder die immun dagegen sind oder sonst irgendeine lächerliche Eigenschaft haben. Aber das ist eigentlich gar nicht so schlecht. Traumatisierte Zeugen sorgen dafür, dass die Geschichte nicht stirbt. Ein Kind, das fürs Leben von dem gezeichnet ist, was es gesehen hat, wird die Checquy in eine Raserei stürzen wie nichts anderes. Und es wird in der Öffentlichkeit passieren, sodass die normalen Menschen ebenfalls aufgebracht sein werden. Die Checquy wird alle Hände voll zu tun haben und falsche Familien aus dem Hut zaubern müssen, die über den Verlust trauern. Es sei denn, sie entscheiden sich, so zu tun, als wären es Waisen. Was das Pathos nur noch verstärkt!«

»Und Alessio?«, fragte Odette schwach.

»Wir werden alles tun, was wir können, um ihn zu beschützen«, versprach Saskia. »Wir verstehen dich. Er ist der eigentliche Grund, warum du nicht mit uns gekommen bist.«

»Aber das ist er nicht«, sagte Odette kläglich. »Er war nicht der einzige Grund.«

»Wir mögen ihn auch sehr, Dette.«

»Ich kann einfach nicht glauben, dass ihr Kinder töten wollt«, sagte Odette. *Das kann nicht sein. Das können sie nicht wirklich ernst meinen.*

»Eigentlich sind das keine Kinder«, widersprach Claudia. »Und es sind auch keine Menschen. Denn Menschen können nicht das tun, wozu sie in der Lage sind.«

»Wir sind ganz sicher nicht in der Position zu definieren, was Menschen können und was nicht, Claudia!«, erklärte Odette scharf.

»Mach dir nichts vor, Dette«, sagte Saskia. »Wir sind menschlich. Es ist eine menschliche Eigenschaft, Werkzeuge herzustellen. Gebrochene Knochen zu heilen, Zähne zu begradigen und den grauen Star zu beseitigen. Menschen suchen neue Wege, Dinge zu tun, Organe zu transplantieren, Krankheiten zu bekämpfen und zu forschen.« Sie deutete auf ihre Freunde, und Odette merkte, dass sie in diese Gruppe eingeschlossen wurde.

»Wir sind den anderen nur einfach ein ganzes Stück voraus«, fuhr sie fort. »Aber ich kann dir sagen, was Menschen nicht tun.« Ihr Tonfall wurde giftig. »Sie werden nicht mit Reißzähnen geboren oder Spiegeln statt Haut, oder mit der Fähigkeit, die Luft um sich herum in Bronze zu verwandeln. Sie schwimmen nicht durch die Erde. Diese Kreaturen sind keine Menschen. Sie sind Ungeziefer, Kakerlaken! Und unsere Ziele? Das sind Baby-Kakerlaken. Mehr nicht.«

»Und Sie!« Odette richtete sich an Gestalt. »Macht Ihnen das keine Sorge? Diese Leute, mit denen Sie sich verbündet haben, halten Sie nicht für menschlich.«

»Ich betrachte mich selbst auch nicht nur als menschlich«, antwortete Gestalt. »Ich bin mehr. Andererseits bin ich auch mehr als der Rest der Checquy. Das habe ich schon immer gewusst.«

»Die Checquy hat uns getötet«, deklamierte Saskia ruhig. »Sie wollen uns auslöschen. Sie haben keine Gnade verdient.«

»Die gesamte Delegation wird erledigt werden«, warf Odette ein. »Sie werden sie vernichten.«

»Das ist wirklich ein Verlust«, gab Claudia zu. »Aber wir haben Krieg. Und dieser Schlag wird alle anderen aus der Broederschap, all unsere Leute in Europa, auf unsere Seite bringen. Sie werden in der Lage sein, der Checquy zu entkommen. Es gibt Notfallpläne. Ich habe sie gesehen. Ich habe die Dateien gelesen.«

»Und dann?«, wollte Odette wissen. »Glaubst du, dass sie uns einfach in Ruhe lassen werden? Nach allem, was ihr vorhabt? Sie werden niemals aufhören, uns zu verfolgen.«

»Die Broederschap hat sich früher auch schon versteckt«, erinnerte Simon sie. »Und zwar jahrhundertelang.«

»Das ist nur gelungen, weil die Checquy uns alle für tot gehalten hat«, gab Odette zurück.

»Und damit hatten sie auch kein Problem.« Claudias Stimme zitterte vor kaum beherrschter Wut. »Die Checquy hat keine Schuld empfunden, keinen Zweifel an dem gehabt, was sie getan hat. Sie hat ihre Bösartigkeit und ihren Hass über Generationen hinweg genährt, selbst nachdem sie dachten, sie hätten gewonnen.«

»Sie haben uns nicht gefunden, weil sie nicht nach uns gesucht haben«, widersprach Odette. »Aber jetzt werden sie wissen, dass wir da sind.«

»Wir haben seitdem eine Menge gelernt«, bemerkte Simon. »Sieh mal, sie haben die ganze Zeit versucht, uns aufzuspüren.« Er deutete zu den anderen am Tisch. »Wir sind mitten in England, in London, und sie haben uns nicht erwischt. Das wird ihnen auch nie gelingen.«

»Ihr macht uns zu Flüchtlingen!«, stellte Odette fest. »Und zwar auf ewig.«

»Das ist immer noch besser, als sich ihnen anzuschließen«, gab Claudia zurück.

*Ich kann sie nicht überzeugen,* dachte Odette verzweifelt. »Wo ist Pim?«, fragte sie schließlich.

»Warum tust du das?«, wollte Saskia wissen.

»Was tue ich?«

»Warum erkennst du die Wahrheit nicht an? Du hasst sie doch auch, Odette!«, behauptete Saskia. »Du kannst nicht so tun, als wäre das nicht wahr. Jedenfalls nicht mir gegenüber. Dafür kenne ich dich zu gut.«

»Wo ist Pim?«, fragte Odette kalt. »Ich will mit ihm reden.« *Diesmal werde ich ihm die Augen öffnen,* dachte sie. *Ich weiß, dass ich das kann. Und wenn ich Pim überzeugen kann, dann wird der Rest uns folgen.*

»Er wird jeden Moment herkommen«, sagte Claudia schließlich. »Er beendet gerade seine Experimente mit dieser Checquy-Kreatur, die Gestalt mit dir zusammen hergebracht hat.«

*Felicity!*

# 48

**Felicity wusste sofort, was** geschehen war.

*Ich habe versagt.*

*Ich habe in jedem einzelnen Punkt versagt, den sie mir aufgetragen haben.*

*Ich habe nicht verhindern können, dass die Antagonisten Odette entführt haben.*

*Ich habe kein einziges Mitglied der Antagonisten gefangen nehmen können.*

*Ich habe Odette nicht beschützen können, ihr nicht das Leben retten und sie auch nicht in der Obhut der Checquy behalten können.*

*Ich habe alles verkackt.*

Im Vergleich zu ihrem allumfassenden Scheitern fand sie die Tatsache, dass sie betäubt auf einem Operationstisch lag, gar nicht so schlimm.

Aber es war schlimm genug.

Die Betäubung war grauenhaft. Sie konnte sich überhaupt nicht rühren, keinen Muskel bewegen. Ihre Brust hob und senkte sich ohne ihr Zutun, also hatte man ihrem Körper vermutlich erlaubt, seine grundlegenden Funktionen weiter auszuführen, aber sie selbst war nichts als ein Bewohner. Ein Gast. Zum Glück waren ihre Augen offen, sodass sie etwas sehen konnte, aber sie konnte sie weder bewegen noch blinzeln. Sie spürte nicht einmal, ob sie austrockneten oder brannten.

Und was sie sehen konnte, war im Übrigen nicht besonders tröstlich. Der Raum kam ihr bestürzend vertraut vor. Die nichtssagenden weißen Wände, die in die Decke und, wie sie vermutete, den Boden übergingen, das Licht, das von überall her zu kommen schien. *Ich bin wieder in einem Haut-Raum,* dachte sie grimmig. Sie hörte eine Bewegung aus der Richtung ihrer Füße, ein Klirren von Metall. *Hören kann ich also auch,* stellte sie fest. *Ich kann hören, und ich kann sehen, aber ich kann nichts fühlen.* Sie wusste nicht einmal, ob sie Kleidung anhatte.

*Was ist mit meiner Gabe?* Sie versuchte, ihre Sicht zu nutzen und zu lesen, worauf sie lag. Nichts. Sie konnte nicht einmal ihre Sicht verwenden, um herauszufinden, ob sie Kleidung trug. Sie erinnerte sich daran, dass Odette etwas davon erzählt hatte, dass einige dieser Operationssuiten ihre eigenen Tische und Werkzeuge wachsen lassen konnten. *Entweder haben sie meine Fähigkeiten gelähmt, oder ich bin nackt und liege auf etwas, das lebt.* Sie wusste nicht genau, was davon sie schlimmer fand.

»Ich weiß, dass Sie wach sind«, sagte eine Stimme aus der Richtung ihrer Füße. Eine Männerstimme, die denselben Akzent hatte wie Odette. »Ich weiß, dass Sie sehen und hören können und sonst nichts vermögen. Aber seien Sie unbesorgt. Ich habe nicht vor, Sie zu foltern.«

*Nett von dir, mir das mitzuteilen,* dachte Felicity.

»Weil sie nichts empfinden würden.«

*Irgendwie fühle ich mich jetzt nicht wirklich besser.*

»Und Sie können mir nichts erzählen, was ich nicht schon wüsste«, fuhr die Stimme fort. »Gestalt hat nur eine ganz schwache Erinnerung an Sie. Sie konnte uns praktisch nichts über Ihre Fähigkeiten mitteilen, was wir nicht Ihrer Personalakte hätten entnehmen können.«

*Da muss ich mich verhört haben,* dachte Felicity. *Die männlichen Gestalts sitzen im Knast, und die weibliche Gestalt ist hinüber.*

»Aber wir wissen, dass sich die Gaben bei einigen Pawns

der Checquy aktivieren, um sie zu beschützen, wenn sie ruhiggestellt werden oder bewusstlos sind. Deshalb müssen wir sehr vorsichtig vorgehen. Ich weiß nicht, ob Sie eine dieser Pawns sind, aber für alle Fälle habe ich unterschiedliche Teile Ihres Gehirns betäubt, sodass Sie Ihre Fähigkeiten nicht einsetzen können.«

*Prima, damit wäre das geklärt. Aber das sagt mir immer noch nicht, ob ich nackt bin oder nicht.*

»Jedenfalls sollten Sie eines wissen«, fuhr der Mann fort. »Wenn ich auch nur den leisesten Verdacht schöpfe, dass Sie irgendeine Magie der Checquy beschwören, schlitze ich sofort Ihre Hauptschlagader auf, und Sie werden hier in diesem Raum auf diesem Tisch verrecken.«

*Kapiert.*

»Ehrlich gesagt, weiß ich nicht, was Gestalt eingefallen ist, Sie überhaupt hierherzuschleppen«, vertraute er ihr an.

*Gestalt muss diese Frau sein, die Odette kannte. Pawn Sophie Jelfs,* dachte Felicity. *Aber wie ist das möglich?*

»Trotzdem habe ich es für besser gehalten, Sie kurz zu untersuchen und einen Blick in Sie hineinzuwerfen, nur aus Gründen der Sicherheit. Ich weiß, dass Sie sich jetzt schon eine Weile um Odette kümmern.« Er sprach weiter, mehr zu sich selbst als zu Felicity, obwohl er all seine Bemerkungen an sie richtete. »Gestalt war jedenfalls der Meinung, dass wir Sie irgendwie benutzen könnten, um die Checquy nach heute Nacht noch weiter anzuspornen. ›Den Schmerz mit einer Beleidigung verstärken‹, so nannte sie das. Ehrlich gesagt, glaube ich, sie ist einfach nur ziemlich aufgeregt darüber, dass sie wieder draußen in der Welt ist. Dieses Gefühl von Freiheit hat sie wohl etwas überwältigt.«

*Sie hat mir irgendwas ins Gesicht gesprüht,* erinnerte Felicity sich. *Und Odette auch, glaube ich. Also war Odette nicht der Maulwurf. Sie ist keine Verräterin. Was bin ich froh!*

»Denn letztlich können wir uns jede beliebige Person der Checquy schnappen, wenn wir eine brauchen«, prahlte der Mann gerade. »Es ist doch kaum zu glauben, sie gehen tatsächlich nach Hause, jedenfalls einige von ihnen. Natürlich nicht die Angehörigen des Court, klar. Sie haben sich in den letzten Wochen in ihren verschiedenen Festungen verschanzt, aber das gemeine Fußvolk geht nach Hause in seine Häuser und Wohnungen.«

*Aber nicht ich armes schwarzes Schaf,* dachte Felicity. *Ich durfte nie nach Hause gehen. Ich musste sogar meinen Hund in einem Hundehotel abgeben!*

»Jedenfalls muss ich sichergehen, dass keine Überraschungen in Ihnen stecken«, erläuterte der Mann. »Und ich will versuchen, ob ich einen Hinweis auf die Natur Ihrer Fähigkeiten finde. Ich gebe zu, dass allein die Vorstellung davon schon faszinierend ist.«

*Na dann viel Glück. Die Wissenschaftler auf dem Anwesen haben Jahrzehnte versucht dahinterzukommen.*

»Sie haben ganz schön viele Narben, wissen Sie das?«, merkte er an.

*Das weiß ich, du Gimpel. Ich war dabei, als ich sie bekommen habe.*

»Und eine gute Muskulatur.«

*Wow, danke.*

Dann trat er um den Tisch herum in ihr Blickfeld und spähte in ihr Gesicht, aber nicht in ihre Augen.

*Oh, dich kenne ich! Ich hab dich auf den Fotos gesehen. Du bist Pim, der Junge, wegen dem Odette sich immer die Augen ausheult, wenn sie glaubt, dass niemand es sieht.*

*Okay, das muss ich dir lassen, du bist echt ziemlich süß.*

Er berührte ihr Gesicht, und sie sah, wie der obere Rand ihrer Wangen wie zwei kleine Halbmonde ganz unten in ihrem Blickfeld auftauchte.

*Er hat meinen Mund geöffnet.*

Dann kam er näher, und seine Miene war konzentriert. Seine Augen waren rauchgrau.

*Du bist wirklich schnuckelig*, dachte Felicity. *Odette hat einen guten Geschmack, was Terroristen angeht.*

»Sie haben früher häufig erbrochen«, sagte er schließlich. »Bulimie. Vor vielen Jahren. Man hat Ihre Zähne versorgt, und das hat man auch ziemlich gut gemacht. Aber ich sehe immer noch die Spuren.« Er hatte ihr nach wie vor nicht in die Augen gesehen. »Aber ich glaube nicht, dass das für unsere derzeitige Lage besonders relevant ist. Sie haben jedenfalls keine hohlen Zähne, die mit Cyanid gefüllt wären, und keine eingefahrenen Reißzähne.«

Er beugte sich entsprechend zurück. »Jetzt möchte ich einen kurzen Blick unter Ihre Haut werfen«, fuhr er fort. »Ich mache keine großen Schnitte, keine Angst, aber wenn Ihre Fähigkeiten auf Berührungen basieren, dann weist Ihre Epidermis möglicherweise einige interessante Eigenschaften auf.«

*Sicher, tu dir keinen Zwang an. Ich bleibe hier liegen und feile ein bisschen an meinen Haikus herum, da ich ohnehin nichts Besseres zu tun habe.* Er bückte sich, sodass er kaum noch in ihrem Blickfeld war.

»Nur ein kleiner Einschnitt an der Handfläche, dann kann ich die Haut zurückschälen und … *Merde!*« Es zischte, und ein beißender Geruch waberte durch die Luft.

*Oh, klasse*, dachte sie. *Ich kann auch riechen.* Dann stieg eine flaschengrüne Wolke von irgendwoher in die Luft und erfüllte den ganzen Raum. Sie wurde immer dichter, bis Felicity nichts mehr sehen konnte. Selbst das strahlende Licht von den Wänden und der Decke wurde gedämpft. *Ist das aus mir herausgekommen?*, dachte sie. *Gut!*

Unter normalen Umständen wäre die Vorstellung, dass

eine Wolke ganz offenkundig giftigen Gases aus ihr austrat, Grund für zumindest milde Besorgnis gewesen. Aber sie hatte bereits die gesamte Situation als hoffnungslos akzeptiert. Jetzt fand sie alles gut, was ihre Häscher möglicherweise fertigmachen würde.

»*Um Gottes willen!*« Pim hustete, keuchte und würgte, und nach allem, was sie hören konnte, fluchte er ausführlich in einer Sprache, die sie nicht kannte. *Da scheint was schiefgegangen zu sein.* Der Gedanke bereitete ihr einen Anflug von Genugtuung. *Siehst du wohl? Du hast nicht alles unter Kontrolle, stimmt's?*

Schließlich wurde der Rauch jedoch dünner und das Licht wieder heller. Sie konnte Pim nicht sehen, aber das schwache Geräusch des Hustens schien von irgendwo vom Boden zu kommen. Sie konnte nur weiter an die Decke starren, die in keinem besonders guten Zustand mehr war. Es gab graue Flecken, wo kein Licht mehr schien, und an einigen Abschnitten hing die Haut schlaff herunter. Pim würgte noch eine Weile vor sich hin, und als sein Gesicht wieder in ihrem Blickfeld auftauchte, war seine Haut gerötet, seine Augen tränten, und er sah alles andere als glücklich aus.

»Wie es scheint, hat jemand von der Broederschap ein paar Sachen in Sie injiziert«, presste er hervor.

*Ach ja, die Spritzen,* erinnerte sich Felicity. Das schien schon so lange her zu sein.

»Ich hätte es mir denken müssen. Dumm von mir. Wissen Sie, was man mit Ihnen gemacht hat?«, fragte er. »Man hat ein paar Waffen in ihr System installiert. Und zwar einige sehr, sehr eklige Waffen. Und auch verdammt raffinierte. Sie haben auf das Knochenskalpell reagiert, das ich benutzt habe. Die Broederschap bevorzugt Knochenklingen. Sie sind schärfer und besser als die aus Stahl. Aber die Scheiße in Ihren Adern konnte das erkennen. Hätte man Sie mit einer normalen Kugel angeschossen, oder hätten Sie sich die Beine mit einer Metallklinge rasiert, wäre nichts passiert. Doch sobald Ihr Blut mit von der Bruderschaft gezüchteten Knochen in Kontakt kommt ... *fsss!*«

*Echt jetzt? Ich frage mich, ob Rook Thomas davon wusste.*

»Das ist Designerzeug, ein meisterhaftes Produkt«, sagte er. »Und es sollte mich töten. Vielleicht sollte es sogar die ganze Gruppe töten.« Sein Gesicht war ernst.

*Wird es auch mich umbringen?*, fragte sie sich. *Ist mein Blut vollkommen vergiftet und giftig?*

»Ich glaube, Marcel hat die ursprüngliche Idee in den Siebzigern entwickelt«, sinnierte Pim. »Er muss sie seitdem perfektioniert haben. Vielleicht reagiert es sogar speziell nur auf unsere Knochen. Ein verdammt cleverer alter Mann.« Er schüttelte den Kopf.

»Zu seinem Pech stand das in den Akten, die Claudia geklaut hat. Und ich habe ein Gegenmittel erfunden. Es hat eine Weile gedauert, bis es sich aktiviert hat, aber es hat funktioniert. Wir sind auf all ihre Waffen vorbereitet. Also scheiß auf Marcel, scheiß auf alle! Ihre versteckten Waffen haben versagt!« Er lächelte, und es war kein besonders nettes Lächeln. Dann hörte sie das Klingeln eines Telefons. Er wandte sich ab und nahm das Gespräch entgegen. Dann sagte er etwas auf Niederländisch, legte auf und wandte sich zu Felicity um.

»Keine Sorge, ich bin gleich wieder bei Ihnen«, sagte er.

*Also bleibe ich erst mal am Leben?*

»Ich will mir Ihr Inneres noch viel genauer ansehen. Aber jetzt wartet mein Mädchen auf mich, um sich mit mir zu unterhalten.«

*Oh, Odette wird begeistert sein, dich zu sehen. Ich bleibe einfach hier, einverstanden?*

Sie hörte, wie er wegging.

*Wichser.*

# 49

»**Also gut**«, **sagte Claudia.** »Pim ist in einer Minute hier.« Sie hatte kein Telefon nehmen oder etwas anderes tun müssen. Sie hatte einfach nur den Kopf geneigt und ihre Lippen bewegt. Odette nickte und beugte sich auf ihrem Stuhl vor. Sie stützte die Ellenbogen auf den Tisch und legte die Hände auf die Augen. Die anderen im Raum saßen ernst da, bis auf Sophie Gestalt, die sich ein Magazin schnappte und es durchblätterte.

Odettes Kopf schien zu platzen. Es gab so viele Dinge, die sie Pim zu sagen hatte, und sie musste sie absolut perfekt formulieren.

*Wenn ich alles richtig ausdrücke, dann kann ich ihn überzeugen*, redete sie sich ein. *Ich erzähle ihm von Felicity und dass sie eigentlich eine nette Person ist, obwohl sie zur Checquy gehört. Dass die meisten Leute der Checquy eigentlich gute Menschen zu sein scheinen, obwohl sie Checquy sind. Ich kann ihm erzählen, wie sie und ich zusammen gegen Monster gekämpft haben, die Menschen wehgetan haben, obwohl sie selbst Menschen waren, denen man wehgetan hatte. Und dass dies das Erstaunlichste war, was ich je gemacht habe.*

*Ich werde ihm erklären, dass all die Dinge, die wir an der Menschheit lieben, die großen Ideen und die kleinen Freundlichkeiten, so zerbrechlich sind. Dass man sie so leicht zerstören kann. Dass das, was die Antagonisten tun, die Welt schlechter macht. Und dass die Checquy hilft, die Welt zu stabilisieren. Sie verteidigen den Frieden.*

*Ich kann ihn dazu bringen einzusehen, dass es noch nicht zu spät ist. Ich weiß, dass ich das kann.*

Sie hörte, wie sich eine Tür öffnete und schloss. *Ich werde noch nicht hochblicken*, dachte sie. *Noch nicht.* Sie hörte seine Schritte, die näher kamen, und die Geräusche, als sich die anderen auf ihren Stühlen zu ihm umdrehten.

»Odette?«, sagte Pim schließlich.

»Ja?«, erwiderte sie.

»Willst du mich nicht ansehen?«

»Doch, na klar.« Sie hob den Blick.

Es erleichterte sie zu sehen, dass er immer noch derselbe war, dass er sein Gesicht nicht verändert hatte. Das Gesicht, das sie liebte. Trotz allem, trotz all ihrer Sorgen, war sie so glücklich, ihn zu sehen. Dann spürte sie, wie sich eine Hand um ihr Herz schloss.

Ihr Mund öffnete sich, um etwas zu sagen, und er wirkte verwirrt, als Odette, ohne es zu wollen, aufstand. *Was tue ich da?* Ihre Muskeln hatten sich ohne eine bewusste Entscheidung bewegt. Und jetzt versteiften sich ihre Gelenke. Alle sahen sie misstrauisch an, und sie wollte sagen, dass das nicht sie war, dass sie das alles auch nicht verstand, aber sie konnte nicht sprechen. Ihr Körper holte lange und tief Luft, sehr tief, tiefer, als ihre Lunge ihrer Meinung nach Luft hätte aufnehmen können, und dann öffneten sich ihre Kiefer von allein sperrangelweit.

Sie schrie.

Es war ein Schrei, wie Odette ihn noch nie zuvor gehört hatte. Es waren Teile ihrer eigenen Stimme hineingewoben, jedenfalls am Anfang, aber darüber lag die Stimme von jemand anderem, die Stimme einer anderen Frau. Die beiden Schreie schienen sich miteinander zu verweben, fast wie ein Duett. Und dann wurde der Schrei immer lauter und lauter, und alle Spuren von Odette verschwanden, blieben zurück.

Es schrie nur noch diese sonderbare Stimme, die Stimme dieser Frau, die sie nicht kannte, die aber trotzdem aus ihrem Mund kam. Und sie konnte nicht aufhören zu schreien.

Schmerz fegte durch ihren Körper. Ihre Handgelenke brannten, und sie hatte das Gefühl, als würde man sie überall stechen, in die Augen, in die Muskeln. Qualvoller Schmerz durchzuckte sie, sie verdrehte die Augen und sah, dass sie nicht die Einzige war, die von diesem Schrei beeinträchtigt wurde.

Claudia neben ihr schüttelte sich krampfhaft, und die Stränge, die aus ihren Augen kamen, klapperten und rasselten gegeneinander. Odette sah, dass in dem klaren Plastik die winzigen Nerven schwarz wurden und zerbrachen. Blut strömte durch die Röhren, das ebenfalls schwarz wurde.

*Der Schrei zerstört unsere Implantate!*, begriff Odette benommen.

Simon hatte seine Hand auf ihr Handgelenk gelegt, und sie spürte, wie seine gummiartige, weiße chirurgische Haut flüssig wurde. *Nein, ich will das nicht sehen!* Odette hatte noch genug Kraft, die Augen zu schließen. Er schrie etwas, aber sie konnte seine Worte nicht verstehen, hörte nur, wie seine Stimme in einem wässrigen Gurgeln unterging. Seine Hand fiel von ihrem Arm, und er brach auf dem Boden zusammen, wobei er eine der Jalousien abriss.

Sie öffnete die Augen einen Spalt und sah, dass Saskia über den Tisch auf sie zukroch. Ihre einst wunderschönen Augen waren jetzt blutrot. Schwarze Linien unter der Haut an ihrem Hals zeigten, wo ihre Kiemen versteckt gewesen waren, bereit, sich zu öffnen und sie den Ozean einatmen zu lassen. Jetzt verfaulten sie in ihrem Körper. Ihre Ellenbogen gaben nach, und sie fiel auf den Tisch. Saskias Knochendorne waren ausgefahren. Es waren wunderschöne kleine Klingen, messerscharf, und Gift troff aus ihnen heraus. Sie zog sich mit aller Kraft immer dichter zu Odette. Ihr Blick war zwar nicht mehr fokussiert, aber immer noch auf Odette gerichtet.

*Ja!*, dachte Odette. *Bitte! Tu es! Töte mich! Ganz gleich, was, aber macht dem ein Ende!*

Stattdessen fielen die eleganten kleinen Waffen aus Saskias Handgelenken und baumelten an Muskeln und Sehnen herunter. Sie starrte auf ihre Unterarme und blickte dann zu Odette hoch. Sie dachten beide an dasselbe, das wusste Odette. An die kleinen Beutel, die in Saskias Unterarmen steckten. Sie waren sorgfältig in etliche Schichten von Knochen und Kevlar gehüllt und voller Gift. Odette spürte, wie ihre eigenen Beutel zerfetzt wurden und sich in ihren Armen auflösten. Aber sie waren leer, sie hatte sie auf diesem Dachboden in Muirie vollkommen geleert.

Sie sah den Augenblick, in dem Saskia von ihrem eigenen Körper getötet wurde. Der Oberkörper ihrer Freundin versteifte sich, krampfte und zuckte wild hin und her, als das Gift durch ihre Adern raste. Dann blieb sie still liegen. Odette hatte keine Ahnung, welche Gifte Saskia in ihrem Körper hatte. Sie veränderte sie ständig und suchte nach immer exotischeren.

Und Odette schrie immer noch weiter.

Pim drehte sich um, stolperte, versuchte, von ihr wegzukommen. *Lauf weg!*, dachte sie verzweifelt. *Ich liebe dich! Verschwinde!* Er schlurfte in die Schatten, aber sie sah, wie er taumelte und zu Boden ging. Ein dunkler Umriss, der sich nicht mehr rührte.

*Sie sind alle tot*, dachte sie benommen. *Wird man mir erlauben, auch zu sterben?* Sie spürte, wie ihre Implantate vernichtet wurden, aber sie fühlte den Schmerz nicht mehr. Es war nur irgendein Gefühl. Ihre Muskeln zerfielen, und ihre Augen wurden unscharf. Ihre Haut brannte.

Schließlich endete ihr Schrei. Es gab keinerlei Echos, denn es hatte schon lange keine anderen Geräusche mehr gegeben. Odette taumelte auf ihren Füßen, dann fiel sie nach hinten und landete rücklings auf dem Boden. Sie spürte etwas Nasses unter ihrer Hand und wollte nicht wissen, woher es kam. Sie war nur noch in der Lage, durch ihre brennende Kehle zu atmen.

Dann stellte sie fest, dass sie weinen konnte. Also weinte sie, bis ihre Tränenkanäle nicht mehr funktionierten. Dann lag sie einfach nur da und atmete.

»Na, das haben sie auf jeden Fall nicht erwartet.« Die Stimme krächzte. Es kostete Odette all ihre Kraft, aber es gelang ihr, sich umzudrehen. Ihre Gliedmaßen waren wie Gummi und klatschten auf den Boden. Hinter dem Haufen organischen Materials, das einmal Simons Körper gewesen war, sah sie die Quelle dieser Stimme. Gestalt. Die blonde Frau lag auf dem Rücken, aber sie wandte den Kopf und starrte Odette an. »Ihrer Reaktion nach zu urteilen«, sagte sie, »haben Sie das wohl auch nicht kommen sehen.«

Odette konnte nicht einmal den Kopf schütteln, aber sie konnte sprechen, mehr oder weniger. Ihre Stimme war ein raues Rasseln.

»Ich wusste nicht einmal, was es war«, erwiderte sie. »Ich … Ich glaube, mein Großonkel hat irgendetwas in mich implantiert. Eine Waffe.« Sie dachte daran, dass sie operiert worden war, unmittelbar, bevor sie nach England geflogen waren. Etwas, worüber sie in ihrer Naivität so begeistert gewesen war. *Sie haben mir vertraut,* dachte sie. *Aber sie haben darauf vertraut, dass ich was tue?*

Gestalt öffnete den Mund, um etwas zu sagen, und eine klare Flüssigkeit lief aus ihrem Hals über ihre Lippen. Sie spuckte aus. »Bitte entschuldigen Sie«, krächzte sie. »Ich wollte sagen, gratuliere, Sie sind ein Soldat. Ein Pawn. Man benutzt sie. So funktioniert es. Sie würden nicht glauben, wie viele Menschen ich in den Tod geschickt habe.«

»Wussten sie, dass Sie sie mit einem Auftrag losgeschickt haben, der sie das Leben kosten würde?«, fragte Odette bitter.

»Nicht immer. Aber was auch immer Ihre Familie in Sie implantiert hat, es hat eine verheerende Wirkung auf Züchter-Organe. Mein Rückgrat bringt mich um.«

»Man hat Ihnen etwas implantiert?«, fragte Odette. »In diesen Körper?« Ihr Blick glitt über Sophie.

»Oh ja«, antwortete Gestalt. »Sogar einiges. Natürlich war in allen Körpern immer dieses Telefonding, sodass das Mädchen durch meine Augen blicken konnte.«

»Claudia«, sagte Odette schwach. Claudia, die tot auf ihrem Stuhl saß, immer noch in die Wand eingestöpselt.

»Wie auch immer«, erwiderte Gestalt. »Sie mussten ein Gesicht auf diesen anderen Körper operieren, diesen Mann, den ich in Hill Hall benutzt habe. Das alte war zu eindeutig ein Gestalt-Körper. Und in diesem Körper haben sie meine Reflexe verstärkt. Deshalb konnte ich diesen Pawn in dem Lift ausschalten und Sie beide mit dem Spray bewusstlos machen.«

»Ich nehme an, die Implantate erscheinen Ihnen jetzt nicht mehr als besonders gute Idee«, bemerkte Odette.

»Oh, es ist nur ein Körper«, sagte Gestalt.

»Und Sie haben ja Ihre neuen Körper, Ihre freien Körper, stimmt's?«

Gestalt sagte nichts, wirkte jedoch höchst erfreut.

»Und Sie glauben, dass Sie meinen Freunden vertrauen können? Wie können Sie sicher sein, dass man mit diesen Eizellen nicht herumgespielt hat?«

»Sie sind sauber.« Gestalt hustete. »Ich habe mittlerweile genug Körper gehabt, um den Unterschied wahrzunehmen.«

»Und was dann?«, fragte Odette. »Ihre Körper werden wachsen und sich treffen, und dann weitere Gestalt-Babys zeugen?«

Gestalt zuckte mit den Schultern. »So in etwa.«

»Ihnen ist klar, dass all Ihre neuen Körper das Resultat von Inzest sind?«, bemerkte Odette.

»Selbstverständlich ist mir das klar«, erwiderte Gestalt. »Schließlich hatte ich bereits erfolgreich Sex mit mir selbst.«

Odette zuckte zusammen. Sie konnte nichts dagegen tun, aber diese Vorstellung widerte sie an.

»Ich denke dabei nicht an religiöse Tabus«, sagte sie schließlich. »Aber Sie bedienen sich eines sehr kleinen Genpools, und er wird mit der Zeit immer kleiner.«

»Ich werde, was das angeht, sehr gut organisiert sein«, versicherte ihr Gestalt. »Aber ich verlasse mich nicht auf Unsterblichkeit. Jedes neue Baby ist eine weitere Generation, die ich leben werde. Und wer weiß schon, mit welch hoch entwickelter Wissenschaft unsere Welt in den nächsten Generationen aufwarten wird?«

*Na klar,* dachte Odette kläglich. *Hoch entwickelte Wissenschaft ist wunderbar. Sieh nur, wohin sie mich gebracht hat!*

»Vielleicht studiere ich ja selbst«, sinnierte Gestalt. »Einer meiner Körper könnte einen Hochschulabschluss machen. Ich habe schließlich viel Zeit, da ich mir um die Checquy keine Sorgen mehr machen muss. Und wenn Sie mich jetzt bitte entschuldigen würden«, sagte die vor ihr verfaulende Frau. »Heute Abend gibt es im Gallows-Keep-Gefängnis Spaghetti bolognese, mein Leibgericht.« Ihre Augen wurden glasig, als der Verstand von Gestalt sich aus dem Sophie-Körper zurückzog.

Dann war Odette allein. Sie stellte sich einen blonden Mann mit Sophies Augen vor, der in einer kleinen verschlossenen Zelle irgendwo in Schottland aufwachte.

*Ich werde hier sterben,* dachte sie. *Ich werde sterben, bei den Leichen meiner besten Freunde.* Sie schloss die Augen.

Dann fiel ihr Alessio ein. Und das Attentat, das noch bevorstand.

*Ich kann nichts tun, um das zu verhindern,* dachte sie kläglich. *Ich kann nicht aufstehen, und ich glaube nicht, dass ich auch nur um Hilfe schreien kann.* Sie wünschte sich plötzlich, dass Gestalt nicht weggegangen wäre. *Ich hätte vielleicht versuchen können, sie zu überreden, die Behörden zu alarmieren. Ihre eingesperrten Körper hätten es den Wachen erzählen können. Möglicherweise wäre die Nachricht sogar durchgekommen. Gestalt hätte sich ein paar Privilegien im Gefängnis erkaufen können ... etwas, damit die Zeit schneller verstrich, bis die neuen Körper bereit waren.*

Aber es gab keine Garantie, dass Gestalt dem zugestimmt hätte. Wahrscheinlich wollte das Schwarmbewusstsein so wenig Aufmerksamkeit wie nur irgend möglich auf seine Machenschaften mit den Antagonisten lenken.

*Sie werden gewinnen,* dachte sie. *Der Angriff der Antagonisten auf diese Kinder wird die Verhandlungen torpedieren. Es wird keine Chance auf Frieden geben ...* In dem Punkt hatten sie recht. Und Pim und Saskia und Claudia und Simon hätten vermutlich den Tod als einen kleinen Preis für den Sieg betrachtet. Denke nur daran, wozu sie bereit waren. Claudia, die sich in die Wand eingestöpselt hat. Saskia, die zugelassen hat, dass ihre Freundin ihre Augen benutzte. Simon, der in diesen Utility-Anzügen arbeitete und unschuldige Menschen in Waffen verwandelte. Simon, der über die Leichen in dem Nebel lief, um mich zu retten. Felicity hat mir gesagt, wie unbeschwert er sich bewegt hat, wie er sein Handy herausgeholt hat und die anderen anrief, um sie darüber zu informieren, dass ihre geliebte Freundin wieder zu ihnen zurückgebracht werden würde.

*Er hat sie mit dem Handy angerufen.*

*Simon hat ein Handy.*

Vor ihr lag Simons Leiche, runzlig und schwarz. Seine chirurgische Haut hatte sich als besonders empfänglich für diesen schrecklichen Schrei erwiesen. Die braune Flüssigkeit war durch seinen Anzug gesickert und hatte eine Pfütze um ihn herum gebildet. Odette versuchte, ihren Arm zu bewegen, und brennende Bänder schienen über ihre Schultern zu peitschen. *So fühlt es sich also an, wenn Muskeln verfaulen,* dachte sie. *Es fühlt sich an wie Scheiße.*

All ihre Züchter-Muskeln waren tot, aber sie wusste, dass sie immer noch eigene Muskeln hatte, natürliche Muskeln, die darunter lagen. *Also kommt es jetzt wirklich nur noch auf mich an.* Sie strengte sich an, und ihr Arm bewegte sich ein bisschen. Nur ein kleines bisschen. *Ein Fortschritt. Und jetzt noch ein bisschen.* Sie schaffte es in Minutenabständen, ihren Arm immer dichter an den Rand von Simons Mantel zu schieben. Sie war vollkommen schweißgebadet und war sich voller Panik bewusst, dass die Zeit verstrich, dass jeden Augenblick Mariette irgendetwas Schreckliches auf eine Gruppe von Schulkindern in einem Museum loslassen konnte.

Schließlich berührte sie den Stoff, und sie kroch mit den Fingern den Mantel hinauf, über das feuchte Material, und öffnete es. Dann glitt in einem Moment göttlicher Gnade sein Handy aus seiner Innentasche. Es kostete Odette ebenso viel Konzentration wie eine Mikrooperation am Auge eines Kleinkindes, aber schließlich gelang es ihr, das Telefon so weit zu sich zu ziehen, dass es neben ihrem Gesicht lag.

*Ich hab's geschafft!*

*Wie lautet diese verdammte Nummer?* Es fiel ihr schwer zu denken, aber sie schaffte es mit aller Willenskraft, sich an die Telefonnummer ihres Bruders zu erinnern und zu wählen. Es klingelte einmal, zweimal. *Wenn es nur die Voicemail ist,* dachte Odette, *dann werde ich … Ich werde … na gut, wahrscheinlich werde ich einfach hier in einer Schleimlache sterben und wissen, dass alles vorbei ist.*

»Hallo?«

*Er ist am Leben!* »Lessio!« Ihre Zunge war geschwollen.

»Odette? Du klingst ja schrecklich«, sagte er liebenswürdig. »Von wessen Telefon rufst du an?«

»Wo bist du?« Sie keuchte. »Geht es dir gut?«

»Was ist los?«, fragte er.

»Bist du okay?«, fragte sie. Sie hätte geschrien, wenn sie es gekonnt hätte.

»Mir geht es gut«, sagte er etwas eingeschüchtert. »Ich bin bei der Schulgruppe, und wir sind im Victoria-und-Albert-Museum.«

»Gib mir deinen Lehrer, sofort. Jetzt!«

Er schien die Dringlichkeit in ihrer Stimme gespürt zu haben, denn nach ein paar Geräuschen und einem undeutlichen Gespräch wurde das Telefon weitergereicht.

»Hier spricht Cathy Tipper.« Die Stimme war sehr sanft und liebenswürdig.

»*Pawn* Tipper?«, fragte Odette eindringlich. Sie wollte sichergehen, dass sie mit jemandem sprach, der in der Lage war, ihren Bruder zu beschützen.

»Ja«, sagte die Lehrerin.

»Pawn, ich bin Odette, Lessios Schwester. Ich gehöre zu der Delegation.« Sie machte eine Atempause. »Es ist ein Attentat auf Sie geplant, im Kunstmuseum. Jeden Moment. Kapiert?«

»Kapiert«, sagte die Lehrerin.

»Beschützen Sie sie. Schaffen Sie sie da weg!«

»Klar«, erwiderte die Lehrerin. Sie blaffte Befehle im Ton eines altgedienten Feldwebels, etwas von Formation einnehmen und die Wehrlosen schützen. Odette hatte den Eindruck, dass die Befehle nicht irgendwelchen Lehrern oder Wachen gegeben wurden, sondern den Schülern selbst. »Sie sind in Sicherheit«, sagte die Lehrerin, als sie das Handy wieder ans Ohr legte. »Und jetzt, wo stecken Sie? Hallo?«

Odette hörte die Stimme wie aus weiter Ferne, vermochte jedoch nicht mehr zu antworten. Das Telefon lag neben ihrem Gesicht, aber sie konnte nur noch ruhig atmen. Schließlich verstummte die Stimme im Telefon. Odette vermisste sie ein wenig. *Es war nett, ein bisschen Gesellschaft zu haben.* Sie spürte, wie die Sonne auf ihr Gesicht schien, und schloss die Augen. Die Wärme verbreitete sich auf ihren Augenlidern und vertrieb die Kälte des Schweißes und des Schleims. Sie hatte das Gefühl, als schwebte sie im Licht.

*Ich frage mich, warum ich so viel langsamer sterbe als die anderen,* dachte sie beiläufig. Sie hatte keine Ahnung, wie lange sie dort gelegen hatte, wach und dann wieder bewusstlos. Sie erinnerte sich an eine Phase, als ihre Beine heftig gezuckt und sie aufgeweckt hatten, aber das hatte nach einer Weile aufgehört. *Leb wohl, Rückgrat.* Sie merkte kaum, dass sie sich einnässte.

Vielleicht schlief sie ja. Sie hatte Visionen. Es konnten Träume sein, oder aber es waren Erinnerungen, die durch ihr Gehirn flatterten, als es sich langsam verabschiedete. Aber es waren schöne Bilder von einfachen Dingen. Ein Teich, eine Vase, ein Kleid, ein Kuss.

Sie war zwar wach, aber in einem Tagtraum verloren, deswegen hörte sie nicht, wie die Tür sich öffnete, und sie hörte auch nicht die stockenden Schritte, die sich über den Teppich näherten. Aber sie hörte, wie aus sehr, sehr weiter Ferne Felicitys Stimme ihren Namen sagte, und irgendwie, obwohl sie sich nicht rühren konnte, lächelte sie.

# 50

**Felicity hatte Stunden auf** diesem Operationstisch gelegen, erzählte sie Odette später. Sie hatte dort so lange gelegen, bis die betäubenden Chemikalien, die Pim ihr injiziert hatte, abklangen. Lange genug, dass Felicity sich wieder selbst von dem Tisch in dem Operationssaal rollen und ein Hemd anziehen konnte.

Der Haut-Raum, in dem sie gewesen war, sah nicht mehr besonders gesund aus. Welches Gift auch immer in dem Rauch gewesen sein mochte, das aus ihren Adern gekommen war, es hatte den Ort ziemlich verschmutzt. Aber die Schließmuskeln, die die Tür geschlossen hielten, blieben fest verkrampft. Felicity versuchte, sich mit einem Knochenskalpell den Weg freizuschneiden, dann mit einem Knochenmesser. Schließlich schnappte sie sich eine sehr beunruhigend aussehende chirurgische Säge und bahnte sich den Weg in einen nüchternen Gang.

Erschöpft stützte sie sich an der Wand ab und schickte ihre Sicht durch die Büros. Sie sah die Leichen herumliegen und entdeckte Odette rücklings auf dem Boden, gerade noch so eben am Leben. Sie humpelte, so schnell sie konnte, durch die Gänge und schaffte es bis zum Konferenzraum. Der Gestank war entsetzlich, und alle Leichen lagen in irgendeiner schleimigen Flüssigkeit. Und dann war sie bei ihrer Freundin, die regungslos dalag.

»Odette, geht es dir gut?« *Blöde Frage.* »Was ist denn passiert?«

»Flisss«, blubberte Odette.

»Ich freue mich auch, Babe.« Felicity kam näher. »Obwohl du wirklich scheiße aussiehst.« Sie setzte sich neben die Züchterin und nahm vorsichtig die klebrige Hand ihrer Freundin. Dann hob sie das Telefon neben Odettes Gesicht auf. Es sah sonderbar aus – erheblich klobiger als die meisten heutigen Telefone. Sie sah, dass immer noch ein Anruf aktiv war, und unten am Boden des Displays erkannte sie, dass er schon etliche Stunden aktiv war. Sie nahm das Telefon vorsichtig hoch.

»Hallo?«

»Hallo, wer spricht da?«, antwortete eine erschrockene Männerstimme am anderen Ende.

»Wer spricht da?«, fragte sie zurück.

»Ich bin Constable Alan Summerhill«, sagte die Stimme. »Ich bin bei der Polizei. Wir glauben, dass sich dort bei Ihnen ein Verbrechen ereignet hat, und wir versuchen, Ihr Telefon zu lokalisieren. Darf ich bitte Ihren Namen und Ihren genauen Aufenthaltsort erfahren?«

»Ich bin Felicity Clements«, sagte sie. »Den genauen Aufenthaltsort weiß ich nicht, ich wurde entführt.« Sie biss sich auf die Lippe und fragte sich, was sie sagen durfte. Wenn die Polizei kam, würde das Gemetzel um sie herum unausweichlich dazu führen, dass die Checquy auftauchte. Aber sie waren vielleicht nicht mehr in der Lage, diese Situation unter Kontrolle zu bringen.

Sie blickte auf Odette zu ihren Füßen. *Scheiße, sie braucht sofort Hilfe!* »Ich sehe mich mal nach etwas um, das mir verrät, wo ich bin.«

»Entschuldigen Sie, sind Sie Felicity *Jane* Clements?«, fragte Constable Summerhill.

»Ja …«

»Pawn Clements, ich bin Pawn Summerhill«, unterbrach

er sie. »Rookery Kommunikationssektion. Ich war mir nicht sicher, ob Sie vielleicht eine Zivilistin wären.«

»Das kann ich gut verstehen«, erwiderte Felicity.

»Wie ist Ihre Lage?«, erkundigte sich Summerhill. »Schweben Sie in unmittelbarer Gefahr?«

»Nein.« Felicity sah sich in dem Raum um. Alle anderen, einschließlich Pawn Jelfs, waren eindeutig tot. »Ich habe Odette Leliefeld von der Züchter-Delegation bei mir, und sie ist in einem kritischen Zustand.« Sie blickte auf Odette herunter. »In einem *extrem* kritischen Zustand.«

»Sie wurden von der Gruppe entführt, die für die *Blendung* verantwortlich war?«

»Ja«, erwiderte Felicity. »Aber sie liegen alle tot hier herum. Verständigen Sie sofort Rook Thomas. Es sieht aus, ich weiß nicht, als hätte irgendeine Art von Gift sie erledigt. Oder vielleicht war es ja auch ein Selbstmordpakt-Ding.« *Odette, hast du etwa zugestimmt, dich mit diesen schwachsinnigen Terroristen umzubringen?*

»Verstehe. Das Telefon, das Sie benutzen, verhindert, dass wir Ihren Aufenthaltsort feststellen können.«

»Es ist groß und klobig«, sagte sie.

»Wahrscheinlich irgendein paranoides Hackerprodukt«, sagte er. »Ich nehme an, dass sie den Anruf durch alle möglichen raffinierten Verbindungen im Internet laufen lassen. Ich erwarte, dass alle anderen Telefone, die Sie möglicherweise dort vorfinden, ähnlich problematisch sind, also gehen wir altmodisch vor. Gibt es dort Fenster? Sehen Sie irgendetwas, das Ihnen einen Hinweis auf Ihren Aufenthaltsort geben könnte?«

»Ja, wir sind in einem Bürogebäude, in einem der oberen Stockwerke. Ich glaube, es liegt in der City.«

»Okay«, sagte Pawn Alan. »Sehen Sie irgendwelche Ihnen bekannten Gebäude?«

»Nein, eigentlich nicht«, erwiderte Felicity hilflos. »Ich kann auf die andere Straßenseite sehen, wo ein anderes Bürogebäude steht.«

»Das ist okay. Können Sie das Büro verlassen?«

»Das weiß ich nicht«, sagte Felicity. »Und ich will meine Freundin nicht allein lassen. Sie ist in einem wirklich miesen Zustand.«

»Okay«, wiederholte Alan. »Gibt es dort irgendwelche Möbel?« Im Hintergrund hörte Felicity, wie Leute Befehle gaben, medizinische Versorgung vorzubereiten.

»Ja, es gibt ein paar Stühle und Laptops und solche Sachen.«

»Exzellent. Wir haben für so etwas eine spezielle Prozedur, die unserer Erfahrung nach sehr schnell hilft, aber Sie müssen genau das tun, was ich Ihnen sage.«

»Okay«, erwiderte Felicity ernst.


Die Fußgänger auf der Barrington Road blickten überrascht hoch, als ein Bürostuhl aus einem Fenster im vierten Stock flog. Der Stuhl wirbelte in hohem Bogen zu Boden, während eine Frau ihren Kopf durch das Loch im Fenster schob.

»Achtung, Glassplitter! Passt auf!«, kreischte sie. Die Leute unter ihr stoben auseinander, als die Splitter herunterregneten. Dann sahen sie missbilligend hoch. »Bitte, rufen Sie die Polizei!«, schrie die Frau panisch. »Hier ist ein Mann mit einer Waffe, und er ist völlig wahnsinnig geworden! Helfen Sie uns!« Dann verschwand sie wieder im Gebäude.

Augenblicklich gingen etwa zweiundzwanzig Anrufe bei der Polizei ein, die durch verschiedene versteckte Kanäle alarmiert worden war, dass ein Anruf dieser Art erwartet wurde und dass einige außerordentlich wichtige Leute sofort die Adresse benötigten. Den staatsbürgerlich denkenden Angehörigen der Öffentlichkeit wurde versichert, dass Hilfe unterwegs sei. Die meisten dieser staatsbürgerlich denkenden Angehörigen der Öffentlichkeit hingen misstrauisch weiter an dem Schauplatz herum, um mitzukriegen, was da passierte. Und ein paar von ihnen teilten die Geschichte im Internet.

Das Interesse verbreitete sich rasend schnell, vor allem, als etliche Polizeifahrzeuge mit blinkenden Lichtern eintrafen. Große Männer mit großen Waffen quollen heraus, zur Befriedigung der wartenden Staatsbürger, und stürmten ins Innere des Gebäudes. Als die Presse ankam, waren bereits drei Krankenwagen vor Ort, und einige Opfer waren weggebracht worden, zwei von ihnen vollkommen mit Planen bedeckt. Die Krankenwagen fuhren mit quietschenden Reifen davon, und keiner schien zu wissen, in welches Krankenhaus sie wollten.

»Das ist aber alles andere als subtil«, merkte Felicity an, als der Krankenwagen durch die Straßen raste. Der Sanitäter, der ihren Puls fühlte, lächelte.

»Ein Verrückter mit einer Knarre ist eine sehr nützliche Geschichte«, sagte er. »Sie ermöglicht uns alle möglichen Varianten. Zum Beispiel, dass bewaffnete Polizisten herumrennen. Dass ein Tatort abgesperrt wird. Krankenwagen. Selbstverständlich werden die Medien ausflippen, und die Regierung muss einige peinliche Fragen beantworten, aber wenn wir es eilig haben, zahlen wir diesen Preis gern.«

»Odette, das Mädchen in dem anderen Krankenwagen, wissen Sie, wie es ihr geht?«

»Sie sah nicht besonders gut aus, aber wir haben jemanden bei ihr, der etwas vom Fach versteht. Und jetzt legen Sie sich auf die Liege und atmen Sie tief ein.«

Die Welt verschwand vor Odettes Augen, aber sie war am Leben. Sie lebte und fühlte sich auch etwas lebendiger als zuvor. Flecken von Wärme berührten ihre Wangen, ihren Körper unmittelbar unter ihren Brüsten und ihre Hüften. Das Gefühl durchtränkte sie, und sie fühlte sich stärker und sehr sicher. Ihre Augen fokussierten sich ein bisschen, und sie blickte hoch zu einem korpulenten älteren Mann mit grauem Haar.

»Sie … Sie haben zwölf Arme«, sagte sie trübe. »Und zwei Köpfe.«

»Aber nein. Sie sehen einfach nur doppelt«, beruhigte der Sanitäter sie.

»Werde ich sterben?«

»Nein«, erwiderte er liebenswürdig.

»Ich verstehe etwas von Medizin«, erklärte sie. »Ich sollte sterben.«

»Zugegeben, ich schummele ein bisschen«, gab er zu. »Sie werden nicht an diesen Verletzungen sterben. Jedenfalls so lange nicht, wie ich bei Ihnen bin«, versprach er ihr. »Und ich bleibe so lange bei Ihnen, bis wir Sie stabilisiert haben. Soweit ich weiß, verlangt ein Haufen Belgier lautstark danach, dass man Sie sicher zum Apex House bringt, damit sie sich dort um Sie kümmern können.«

»Ist es okay, wenn ich einschlafe?«

»Absolut.«

Sie schlief ein.

# 51

**Die Zeit verstrich. Odette** fand sich im medizinischen Trakt des Apex House wieder, diesmal jedoch als Patientin. Der Sanitäter aus dem Krankenwagen, Pawn Eustace Brigalow, blieb bei ihr und hielt sie am Leben. Sie wurde in ein privates Zimmer gebracht, das sofort weniger privat wurde, als Züchter mit Gesichtsmasken hereinschwärmten, teilweise, um Hallo zu sagen und ihr zu gratulieren, hauptsächlich jedoch, um sie zu untersuchen. Sie machten Scans, nahmen Proben, und Pawn Motha wurde ebenfalls dazugeholt, damit er einen Blick in ihr Inneres werfen und berichten konnte, was er sah. Es fiel Odette schwer, echtes Interesse aufzubringen.

An einem Nachmittag besuchte Marcel sie und beschrieb ihr die Reparaturen, die man an ihrem Körper vornehmen würde. Es schienen ziemlich viele zu sein. Einige ihrer Organe mussten ersetzt werden, und auch ihre Haut und ihre Knochen hatten beträchtlichen Schaden genommen. *Ich frage mich, ob irgendetwas von meinem ursprünglichen Selbst übrig bleibt.*

»Marcel«, sagte sie. »Was ist mit ihnen passiert … Oder mit mir? Was war das?«

»Darüber reden wir später«, versicherte er ihr. »Wir haben noch jede Menge Zeit zu reden.«

Alessio durfte sie nicht besuchen. Man kam zu dem Schluss, dass er ziemlich viel Zeit mit den Schülern des Anwesens verbracht hatte und es folglich wahrscheinlich wäre, dass er eine Infektion mit in ihr Zimmer schleppte. Odette und ihr Bruder telefonierten miteinander, plauderten aber hauptsächlich über Belanglosigkeiten. Er hatte eine recht gute Zeit und würde das Anwesen besuchen. Er versicherte ihr, dass mit ihm alles in Ordnung war und dass auch die anderen Schüler, die bei dem Ausflug dabei gewesen waren, unbeschadet waren. Mehr Einzelheiten wollte er ihr aber nicht verraten. Odette argwöhnte, dass man ihm befohlen hatte, ihr nichts allzu Aufregendes zu berichten.

Grootvader Ernst suchte sie zweimal auf, aber sie war ihm gegenüber kühl und etwas verlegen. Odette hegte keinen Zweifel daran, dass alles, was man ihr angetan und in ihren Körper implantiert hatte, auf seinen Befehl hin geschehen war.

Eine häufige Besucherin dagegen war Felicity. Sie sprachen weder über die Entführung noch über die Vorfälle im Konferenzzimmer, sondern nur über belanglose Dinge. Felicity war wieder in ihre Wohnung gezogen, mit ihrem Hund Grenadier, und sie vermisste den Zimmerservice schmerzlich. Eine Mitbewohnerin war aus dem Winterschlaf erwacht. Die Verhandlungen zwischen Züchtern und Checquy verliefen gut. Dann erzählte Felicity noch, dass sie mit einem Pawn aus ihrem alten Kampfteam essen gegangen war, und dass Trevor Cawthorne, der Scharfschütze aus Schottland, sie angerufen hatte. Um ihr mitzuteilen, dass er in ein paar Wochen nach London käme. Er hatte sie gefragt, ob sie Lust hätte, mit ihm etwas trinken zu gehen. Felicity war sich nicht ganz sicher, wie sie zu diesen ganzen Verwicklungen stand.

Dann begannen die Operationen. Hauptsächlich reparierte Marcel ihren Körper. Kisten und Kanister waren von den Züchter-Niederlassungen in ganz Europa nach England verschifft worden, Ausrüstung und Material. Morgen für Morgen wurde Odette in den Operationssaal gerollt und auf den Tisch gelegt. Marcel schnitt sie auf und begann mit seiner täglichen Arbeit. Gelegentlich assistierte ihm ein Mitglied der Delegation; manchmal wurde auch ein Spezialist aus Europa hinzugezogen, um ihn bei einer besonderen Komponente zu beraten. Die Pfleger der Checquy waren entsetzt über die Menge von Operationen, die man an ihr vornehmen musste, aber für Odette war es fast tröstlich. Für sie war ein Operationstisch ein sehr vertrauter Ort.

Einmal wachte sie auf und stellte fest, dass ein Dutzend Mitglieder der medizinischen Abteilung der Checquy fasziniert zusah, als Marcel ihnen erklärte, was er in ihrer Brusthöhle tat. Sie kannte ein paar von ihnen von jener Gelegenheit ganz zu Beginn ihres Aufenthaltes, als sie bei der Notoperation des Pawns, der sein Bein verloren hatte, vorgeschlagen hatte zu helfen. Sie sah sich um, verdrehte die Augen und schlief wieder ein.

Meist jedoch war sie wach, während ihr Großonkel an ihr arbeitete, und es waren nur sie beide da. Ein Spiegel war so aufgestellt worden, dass sie die Operationen beobachten konnte. Er demonstrierte Techniken an ihren inneren Organen und überprüfte, was sie gelernt hatte. Außerdem erzählte er ihr auch von seinem Leben und seinen Erfahrungen im Zweiten Weltkrieg. Dann beschrieb er eines Tages die Frau in Paris, deren Schreie ihren Großvater Siegbert getötet hatten.

»Ihr hatte ich diese Komponenten entnommen, die anschließend in dich implantiert worden sind, Odette.« Während jener langen, quälenden Reise von Paris nach Belgien, auf der sein Bruder und dessen Frau in einem Karren lagen und sich dabei zugesehen hatten, wie sie langsam verfaulten, hatte er den Kopf und den Hals der Frau in einem versiegelten, mit Alkohol gefüllten Glas mit sich geführt. »Eine solche Waffe war einfach zu wertvoll, um sie zurückzulassen.« In den Jahren danach hatte er die Komponenten heimlich überprüft und sich gefragt, ob man die Wirkung vielleicht duplizieren konnte. »Am Ende stellte sich heraus, dass diese kleinen Knötchen im Hals der Frau einzigartig gewesen sind«, sagte er bedauernd. »Ich weiß nicht, warum sie das ausgelöst haben, was sie auslösten. Sie waren ein Mysterium, genau wie die Checquy. Und ich habe sie dir eingesetzt.«

»Du hast mir Körperteile eines Gruwel eingesetzt!«, presste sie hervor. Er konnte von Glück sagen, dass sie auf einem Operationstisch lag und alles unterhalb ihres Halses betäubt war, sonst hätte sie ihn angegriffen. »Du hast ein Monster und eine Mörderin aus mir gemacht. Du hast mich dazu gebracht, sie zu töten! Du bist dafür verantwortlich, dass ich die Leute getötet habe, die ich am meisten geliebt habe. Wie konntest du das tun? Wie konntest du nur?«

»Ernst und ich haben beschlossen, dass wir jede mögliche Chance ergreifen müssten, um die Antagonisten auszumerzen«, erklärte Marcel. »Wir haben solchen Hass wie den ihren schon zuvor erlebt, die Weigerung, sich weiterzuentwickeln oder zu verzeihen. So etwas ist vergiftend. Also habe ich die Knoten aus dem Hals der Frau in deinen transplantiert. Ich habe ein zusätzliches Gehirn installiert und es mit deinen Augen verbunden. Dann habe ich ihm den Oberbefehl über die Kontrolle deiner Gliedmaßen erteilt, sobald du Pim und Saskia zusammen an einem Ort sehen solltest, damit du sie tötest.«

»Pim und Saskia?«

»Sie waren die Anführer«, sagte er. »Ich kannte sie, Odette. Sie waren meine Schüler, meine Verwandten. Alle Antagonisten waren sehr talentiert, aber Pim und Saskia waren der Hauptantrieb dieser Verschwörung. Ohne sie lief nichts.«

»Und warum bin ich nicht gestorben?«, fragte sie trübselig. »All meine Freunde sind gestorben, und warum nicht ich?«

»Sie hatten weit mehr Implantate als du in ihrem Innern«, erklärte Marcel. »Sie haben sich aus Hass auf die Checquy zu Monstern gemacht. Simon und Claudia waren die offensichtlichsten, aber alle waren unter der Haut mit Waffen und Werkzeugen vollgestopft. Sie müssen damit begonnen haben, als sie das Haus in Paris geplündert haben. Vermutlich haben sie sich gegenseitig operiert. Sie haben sich selbst zu etwas vollkommen anderem gemacht, als sie einst waren. Und das hat sie verletzlich gemacht. Außerdem ...« Er machte eine kleine Pause. »Ich habe ein paar Modifikationen an deinem System vorgenommen, jedenfalls so gut ich konnte, um dich davor zu schützen.«

»Oh«, sagte Odette kläglich.

»Viel konnte ich nicht tun. Die Waffe wirkte auf die Materialien der Broederschap, auf die Substanzen, die es ermöglichen, dass unser Handwerk funktioniert. Und ich bin ein Züchter, also muss ich die Werkzeuge benutzen, die ich kenne. Hätte ich alle Organe der Broederschap entfernt, hättest du es bemerkt. Aber ich habe einige deiner verstärkten Organe durch gewöhnliche menschliche ersetzt.« Sie schwiegen beide eine Weile, dann begann er damit, ihr ein neues Herz einzusetzen.

Schließlich war ihr Körper wiederhergestellt. Er war besser als je zuvor. Odette betrachtete sich im Spiegel und sah genau dieselbe Person. Aber sie wusste, dass sie im Innern stärker und schneller war und mehr Kontrolle hatte. Ihre Knochendorne steckten wieder in ihren Unterarmen, aber sie waren neu. Ihre alten, die Pim für sie geschaffen hatte, waren während des Schreis in ihr zerborsten. Die neuen waren von einem entfernten Verwandten in Bratislava hergestellt worden. Alles an ihr war maßgeschneidert, eine Sonderanfertigung. Ihr ganzer Körper war Haute Couture.

Aber innerlich war sie zerbrochen. Sie hatte genug Selbstkontrolle, um zu verhindern, dass sie träumte, aber sie wurde trotzdem von den Erinnerungen an das, was passiert war, verfolgt.

Und dann wurde sie zu einer Besprechung mit Rook Thomas und Grootvader Ernst gerufen, um Rapport zu erstatten.

Odette ging zur Rookery und wurde in Rook Thomas' Büro geführt. Ernst umarmte sie und drückte sie an sich, aber sie blieb steif in seinen Armen. Sie konnte ihm nicht verzeihen, dass er es gewesen war, der den Befehl gegeben hatte, sie zu einer Waffe umzufunktionieren.

Sie erzählte den beiden alles. Sie saßen schweigend da, und Rook Thomas machte ein paar Notizen, aber sie stellten keine Fragen. Odette vermutete ohnehin, dass sie das meiste bereits wussten. Als sie fertig war, erzählte ihr Rook Thomas, was in dem Museum passiert war, als Mariette die Schulgruppe angegriffen hatte.

Aufgrund von Odettes Anruf bei Alessio hatte sich die Klasse in kleine Gruppen aufgeteilt. Verschiedene Schüler, die Kampf- und Verteidigungstechniken beherrschten, wurden den Wehrloseren als Schutz zugeteilt. Die Schüler waren dann durch das Gebäude zu verschiedenen Ausgängen gegangen, um sich an einem zuvor festgelegten Treffpunkt wieder zu versammeln. Alessios Gruppe war von der Lehrerin begleitet worden, der besonders daran gelegen war, die Sicherheit ihres politisch so bedeutsamen Mündels zu gewährleisten. Als sie durch die Modegalerie gegangen waren, hatte Alessio Mariette erkannt. Sie hatte zwar ein anderes Gesicht aufgelegt, aber sie trug den gepanzerten Umhang, der identisch mit dem war, den auch Odette getragen hatte. Er zeigte sie unauffällig seiner Lehrerin.

*Ich nehme an, es war am Ende also doch ganz gut, dass ich ihm alles erklärt habe,* dachte Odette.

Die Schüler seiner Gruppe bildeten einen schützenden Ring um Alessio, und Pawn Tipper hatte ihre sehr diskreten, aber verheerenden Fähigkeiten aktiviert. Die Öffentlichkeit hatte nichts bemerkt, sondern sah nur, dass das Mädchen in dem Kostüm einem Herzanfall zum Opfer fiel. Niemand hätte sich vorstellen können, dass sie durch ein leises Machtwort von den Lippen der Lehrerin gefällt worden war. Als man ihren Leichnam untersuchte, fand man darin Rauchgranaten, die mit einem sehr aufwendigen und extrem tödlichen Gift gefüllt waren.

Odette senkte den Kopf und akzeptierte die Tatsache, dass es vorbei war. Die Antagonisten waren erledigt. Ernst und Rook Thomas schwiegen respektvoll, während Odette diese Vorstellung verarbeitete. Dann blickte sie hoch.

»Ist das alles?«, fragte Odette dann. »Braucht ihr mich noch für etwas anderes?«

»Heute nicht«, sagte Ernst. »Du darfst gehen.«

»Wie konnten sie das nur tun?«, platzte Odette plötzlich heraus, und Felicity blickte von ihrer wenig begeisterten Betrachtung einer Schüssel mit Müsli hoch. Sie frühstückten im Hotelrestaurant. Felicity war jetzt nicht mehr Odettes Aufpasserin. Odette schien gar keinen Aufpasser mehr zu haben. *Offenbar vertraut unsere Regierung einem schließlich doch, wenn man seine Freunde und Verwandte im Interesse der nationalen Sicherheit umgelegt hat.* Aber Felicity und sie verbrachten viel Zeit miteinander. Das, was sie gemeinsam durchgemacht hatten, hatte sie von ihren jeweiligen Organisationen ein Stück weit entfernt. Also gingen sie zusammen shoppen oder spazieren und redeten. Odette hatte Felicity alles erzählt, hatte ihr geschildert, wie sie benutzt worden war. Die Pawn hatte dazu nichts gesagt, wofür Odette ihr äußerst dankbar war. Aber jetzt, an diesem Morgen, brauchte Odette Antworten. »Wie konnten sie mir das antun?«

»Du bist ein Pawn«, erwiderte Felicity. »Ein Pawn der Checquy. Du hast vielleicht den Eid noch nicht abgelegt, aber trotzdem bist du genau das. Du bist ein Werkzeug, das zum Wohl der Menschheit eingesetzt und geführt wird. Manchmal bist du ein Skalpell, das eine Krankheit herausschneidet. Manchmal bist du ein Schwert, und du wirst mit aller Kraft, die du hast, den Bedrohungen entgegentreten. Und manchmal, Odette, bist du ein Stilett, eine versteckte Waffe, die lautlos in das Herz von jemandem dringt.«

»Ich fühle mich dadurch auch geehrt«, gab Odette zu. Sie blickte auf ihren Teller. »Ich kann nur einfach nicht aufhören, daran zu denken, Felicity. Ich sehe immer nur, wie sie sterben. Wenn ich spazieren gehe oder bade oder fernsehe, erinnere ich mich daran, wie Saskia von ihrem eigenen Körper vergiftet wird. Oder wie Claudias Gehirn langsam ausfällt. Oder wie Simons Haut verfault. Es ist jetzt Wochen her, aber es hört nicht auf. Ich will, dass es endlich aufhört!«

»Es wird niemals ganz aufhören«, erwiderte Felicity. »Ich wünschte, es wäre so. Aber bei solchen Dingen, bei diesen inneren Verletzungen, geht es manchmal einfach nur darum, den Tag zu überstehen. Oder die Stunde. Oder die Minute. Manchmal brechen die harten Zeiten jede Minute über dich herein, und sie schlagen auf dich ein, sodass du niemals wirklich entspannen kannst. Und manchmal dauert es Wochen oder Monate, bevor es dich erneut überkommt, und zwar dann, wenn du am wenigsten damit rechnest. Aber ganz weg geht es nie.« Odette seufzte. »Obwohl es leichter wird, Odette. Und am leichtesten wird es, wenn du Kameraden hast.«

Später an diesem Tag ging Odette in den Kensington Gardens spazieren. Das Wetter wurde kühler, und der Himmel war grau. Sie blickte auf die Serpentine Gallery, die Saskia besucht hatte, wie sie erwähnt hatte. Sie blieb im Wind stehen und blickte auf das Wasser. *Es wird leichter,* sagte sie sich.

Sie setzte sich auf eine Bank. *Es wird leichter.* Dann stellte sie fest, dass sie gegen ihren Willen weinte und nicht aufhören konnte. Sie saß da, weinte, während die Leute an ihr vorbeihasteten und die Blicke aus Verlegenheit oder Höflichkeit oder Ekel abwendeten. Sie weinte wegen der Trauer und der Schuldgefühle, dass sie zugesehen hatte, wie ihre liebsten Freunde starben, wie ihr wunderschöner Freund starb, und wegen des Wissens, dass es ihretwegen war, dass sie das Gefäß gewesen war, das zu ihrer Vernichtung beigetragen hatte. Sie weinte wegen der Wut ihrer Freunde, ihres Fanatismus und weil sie im tiefsten Herzen wusste, dass der Tod für alle das Beste gewesen war.

Da kam eine kleine alte Dame mit zwei Scotch Terriern vorbei, die Tartan-Jäckchen trugen. Sie setzte sich neben Odette auf die Bank und nahm stumm ihre Hand. Keine von beiden sagte etwas, aber sie hielten Händchen, bis Odettes Tränen versiegten. Die Lady gab ihr ein sauberes Taschentuch, und Odette murmelte einen Dank.

Danach ging sie ins Hotel zurück und umarmte einen verblüfften Grootvader Ernst so richtig.

Lionel John Dover stand auf dem Fußweg unter dem dämmrigen Licht einer Laterne und blickte zu dem Haus. *Vielleicht ist das hier richtig,* dachte er. Es war anders als die beiden Häuser, die er zuvor aufgesucht hatte. Das waren einfach nur Statthalter gewesen, neu und steril. Dieses jedoch war ein altes Haus in einer teuren Gegend. Die Bäume auf beiden Seiten der Straße waren riesig und bildeten einen gewaltigen Baldachin aus Blättern über der Straße. Hinter einer niedrigen Steinmauer und einem Garten erhob sich das große, wunderschöne Haus. Wenn er die Augen zusammenkniff, konnte er die Jahreszahl 1841 erkennen, die in den steinernen Türsturz eingemeißelt war. Hinter den Vorhängen vor den Fenstern im Erdgeschoss leuchtete Licht.

*Bitte, ich will endlich Antworten.*

Bei diesem Gedanken packte er seinen Beweis, seinen Talisman, unwillkürlich fester. Es war ein so kleines, lächerliches Ding, um darin alle Hoffnungen zu setzen, aber in den letzten Wochen hatte diese Designerhandtasche einer Frau seinem Leben ein Ziel und Halt gegeben. Es war der einzige Hinweis auf das, was in Ascot passiert war. Da war eine Frau gewesen, und sie hatte von ihm gewusst. Eindeutig.

Er war sich nicht sicher gewesen, ob sie wirklich tot war. Er hatte nicht die Zeit gehabt, sie auf der Rennstrecke zu erledigen, und dann hatte es keinen öffentlichen Aufschrei gegeben, keine Berichterstattung, obwohl er es in aller Öffentlichkeit und am helllichten Tag getan hatte. Natürlich hatte es auch bei all den anderen Malen, die er es getan hatte, keine Meldungen in den Nachrichten gegeben. Aber die Frau hatte existiert.

Er hatte Fotos, die das bewiesen.

Aus der Brieftasche der Frau wurde er ebenso wenig schlau wie aus ihr selbst. Erstens war sie voller unterschiedlicher Ausweise und Kreditkarten mit vielen verschiedenen Namen. Es gab Führerscheine und Personalausweise für Colonel Amanda Connifer, Dr. Nicola Boyd, Mlle. Jeanne Citeaux, Miss Myfanwy Thomas, Dr. Iris Hoade, Mrs. Susan Katzenelenboygen. Auf jeder stand eine andere Adresse, aber auf den Fotos war immer dieselbe Frau zu sehen.

Er hatte diese Fotos stundenlang betrachtet. Auf den meisten blickte sie mit dem üblichen glasigen Ausdruck in die Kamera, wie man es auf staatlichen Ausweisen erwarten konnte. Aber auf einem hatte sie dasselbe ironische Funkeln in den Augen, das er auch auf dem Rennplatz wahrgenommen hatte.

*Sie wusste es*, dachte er. *Und ich muss herausfinden, was sie wusste. Ich werde sie dazu bringen, mir zu erzählen, was ich bin. Und dann … Dann bin ich frei.* Er hatte seit Ascot keinen lebenden Menschen mehr mit seinen Kristallen durchbohrt. Wenn sie es wusste, dann wussten andere es vielleicht auch, und man würde ihn verfolgen. Es hatte all seine Selbstdisziplin erfordert, aber er hatte sich zurückgehalten. Er hatte keinerlei Spuren hinterlassen, denen sie folgen konnten, wer auch immer sie sein mochten. Weder Banktransaktionen noch Telefonate, noch irgendwelche vertrockneten Leichen, die auf Kristalle aufgespießt waren. All die Wochen dieses rauen Lebens hatten ihren Tribut von seinem Äußeren gefordert, das wusste er. Er überlebte durch die Armenküche, stieg nur in den schäbigsten Hotels und Unterkünften ab. Und er war ständig in Bewegung. Aber unablässig brannte in seinem Verstand das Wissen, dass sie irgendwo da draußen war. Und mit ihr auch seine Freiheit.

Er überquerte die Straße. Ganz in Schwarz gekleidet, verschmolz er mit den Schatten. Die altmodischen Laternen dieser Gegend verstärkten zwar den Charme dieses Viertels, aber sie spendeten nicht allzu viel Licht. Er durchquerte das offene Tor und trat von der kiesbestreuten Auffahrt auf das Gras, um Geräusche zu vermeiden. Geduckt schlich er an den Büschen im Garten entlang und huschte dann an die Seite des Hauses.

Ein kurzer Blick durch ein Fenster zeigte ihm nichts Nützliches. Im Flur brannte Licht, aber das hatte nichts zu bedeuten. In den beiden ersten Häusern wurden die Lichter durch

Timer gesteuert. Und in einem stellte sich der Fernseher sogar selbst an, was ihm fast einen Herzinfarkt eingebracht hätte. Als plötzlich Popmusik auf ihn einprasselte, hatte er gerade noch verhindern können, das Haus mit Kristallen zu spicken.

Er lief an der Seite des Hauses entlang zurück zur Terrasse, die in den Garten überging. Die Tür führte, soweit er erkennen konnte, in die Küche, und es gab auch eine Terrassentür, vor der die Vorhänge zugezogen waren, und einen Hauswirtschaftsraum, dessen Tür doch tatsächlich unverschlossen war! Er öffnete sie, Zentimeter um Zentimeter, um zu vermeiden, dass sie quietschte, aber sie war gut geölt.

Der Hauswirtschaftsraum war wenig bemerkenswert, aber einige Dinge darin gaben ihm Hoffnung. Eine halb leere Schachtel mit Waschpulver. Zwei noch feuchte Socken, die über dem Rand eines Korbs hingen. Am meisten ermutigte ihn jedoch das Katzenklo auf dem Boden in einer Ecke des Raums. Er ließ sich auf ein Knie sinken und schnüffelte daran. Das Katzenklo war benutzt worden, und zwar vor Kurzem. *Das hier ist echt,* sagte er und fühlte Begeisterung in sich aufsteigen.

Die beiden ersten Häuser, die Amanda Connifer und Iris Hoade gehörten, waren … enttäuschend gewesen. Er war eingebrochen und hatte die Türen aufgetreten oder die Fenster zertrümmert, statt seine Kristalle zu benutzen, um die Schlösser aus den Türen zu stechen. In einem war ein Alarm losgegangen, den er mit einem einzigen Blick zum Schweigen gebracht hatte. Und jedes Haus hatte am Anfang den Eindruck erweckt, dass der Bewohner nur kurz weggegangen sei. Es hingen Kunstwerke an den Wänden, Bücher standen in den Regalen und Flaschen im Kühlschrank. Selbst eine Zahnbürste befand sich in einem Glas auf dem Regal über dem Waschbecken im Badezimmer. Es war alles sehr überzeugend. In einem war sogar das Toilettenpapier im Badezimmer ungleichmäßig abgerissen worden. Er hatte das erste Haus bei seiner verzweifelten Suche auf einen Hinweis nach der Frau geradezu auseinandergenommen. Er hatte jede Schublade herausgezogen und ausgeleert, jedes Buch durchgeblättert. Gefunden hatte er gar nichts. Keine Dokumente, keine persönlichen Briefe, nicht einmal Fotos. Schließlich war ihm klar geworden, dass alles nur ein Schwindel war, ein gefaktes Heim. Selbst die Kleidung in den Schubladen war nie getragen worden. In dem zweiten Haus verhielt es sich genauso. Aber jetzt, *jetzt* ... Er ballte die Fäuste, und kleine Kristalle bildeten sich auf den Wänden, ohne dass er es merkte. *Vielleicht ist dieses Haus, das von Myfanwy Thomas, das richtige.*

Er trat in die Küche und blieb wie angewurzelt stehen. Irgendwo im Haus, und zwar in der Nähe, bewegte sich jemand. Licht sickerte unter einer Tür hervor, und ein Schatten ging daran vorbei. Er konnte kaum atmen, als die Schritte innehielten und ein Geräusch verriet, dass die Person sich auf die Couch setzte. Dann hörte er ein Seufzen, das Rascheln, mit dem ein Buch geöffnet wurde. *Sie ist es!*, dachte er. *Sie muss es sein.* Es kostete ihn seine ganze Selbstbeherrschung, langsam und lautlos zur Tür zu gehen.

Das Herz hämmerte in seiner Brust. Es wäre so einfach, die Hand auszustrecken, seinen Geist auszuschicken ... Er konnte förmlich sehen, wie die Kristalle aus Wänden, Boden und Decke herausschossen. Sie würden unerbittlich zustechen, sie fixieren, und sie würde in die Mineralien bluten, in ihn, alles ausbluten, was sie war. Aber er konnte es nicht tun. Er war nicht gekommen, um sie zu töten ... Jedenfalls nicht gleich.

*Ich weiß, dass sie mich daran hindern kann, mich zu bewegen,* dachte er. *Aber sie kann mich nicht davon abhalten, es zu tun.*

*Sie wird mir die Antworten geben. Ich werde sie dazu zwingen. Und dann …!* Er stellte die Handtasche auf den Tresen und trat durch die Tür ins Wohnzimmer.

Sie war es nicht.

Er hätte am liebsten aufgeheult, weil sie es überhaupt nicht war. Diese Frau hier war groß, schwarz und wunderschön. Sie trug eine Jeans, ein langärmeliges Top, hellen Silberschmuck um den Hals und an den Handgelenken, und sie schien von seinem unvermittelten Auftauchen in ihrem Haus überhaupt nicht erschüttert zu sein.

»Oh, hi.« Sie ließ das Buch sinken.

*Eine Amerikanerin,* stellte er trübselig fest. Die Enttäuschung betäubte ihn förmlich.

»Sie wollen zu Myfanwy, richtig?«

»Ich … Ja«, erwiderte er. Die Art, wie sie den Namen aussprach, hatte ihn verblüfft. Als reimte sich Myfanwy auf Tiffany.

»Sie ist im Moment nicht da«, erklärte die Frau.

»Oh, nein«, stammelte er automatisch. »Es tut mir so leid, bitte entschuldigen Sie mich, ich … Ich hätte vorher anrufen sollen.«

Sie machte eine wegwerfende Handbewegung. »Machen Sie sich deswegen keine Sorgen. Wissen Sie was, setzen Sie sich doch. Möchten Sie eine Tasse Tee?« Aus Gewohnheit und blanker Verwirrung nickte er. »Großartig, ich hole Ihnen eine. Wie mögen Sie Ihren Tee?«

»Mit einem kleinen Schuss Milch, bitte«, antwortete er. Er setzte sich behutsam in einen Sessel. Das Zimmer war sehr angenehm, wenn auch ein bisschen sonderbar. Der tiefrote Teppich und die gedämpfte Beleuchtung erzeugten eine behagliche Atmosphäre, aber die Bücherregale waren leer, und an den Wänden hingen Haken, aber keine Kunstwerke.

»Möchten Sie auch Zucker?«, rief sie aus der Küche.

»Danke, nein.« Diese ganze Situation löste ein derart vertrautes, traumartiges Gefühl aus, in dem alles so lächerlich wirkte, dass er allmählich anfing zu hinterfragen, ob es wirklich real war. Er wünschte, er hätte die Handtasche nicht auf dem Tresen in der Küche stehen lassen. Es wäre irgendwie beruhigend gewesen, sie in der Hand zu halten.

*Myfanwy Thomas ist real*, redete er sich ein. *Und diese Frau hat indirekt bestätigt, dass sie noch lebt. Das muss ihre Mitbewohnerin sein. Sie glaubt wahrscheinlich, dass ich eine Verabredung mit ihr habe oder einfach nur mal auf einen kurzen Sprung vorbeigekommen bin, um Hallo zu sagen.* Das schien zwar etwas weit hergeholt, vor allem angesichts seines schäbigen Äußeren, aber mehr fiel ihm dazu nicht ein. *Also, was mache ich jetzt?* Er dachte eine Weile darüber nach, während aus der Küche die Geräusche zu hören waren, wie jemand Tee machte. *Also gut, ich trinke einen Tee und mache höfliche Konversation, dann foltere ich diese Frau und bringe sie dazu, mir alles zu erzählen, was sie über Myfanwy Thomas weiß. Und anschließend bringe ich sie um.* Er lehnte sich zurück, froh darüber, endlich einen Plan zu haben.

»Hier bitte, Ihr Tee.« Die Amerikanerin setzte sich wieder auf die Couch und sah ihn erwartungsvoll an. Er trank einen vorsichtigen Schluck.

»Er ist sehr gut«, versicherte er ihr.

»Gott sei Dank!«, stieß sie hervor. »Nichts ist gruseliger, als Tee für einen Briten zuzubereiten.« Sie nahm einen tiefen Schluck aus ihrem eigenen Becher und zuckte dann mit einer Achsel. »Für mich ist das wie beim Wein. Ich weiß nicht, ob er gut ist, ich weiß nur, ob ich ihn mag oder nicht.«

»Ich nehme an, dass er nicht gut ist, wenn Sie ihn nicht mögen«, spekulierte er.

»Ja, sollte man annehmen, aber ich habe sehr teuren Wein getrunken, der meiner Meinung nach trotzdem total beschissen geschmeckt hat.« Sie lächelte, verdrehte die Augen und trank noch einen Schluck Tee. Aus Höflichkeit tat er dasselbe. Dann trat eine Pause ein, was für ihn eine Qual war, sie dagegen schien sich vollkommen wohlzufühlen.

»Und Sie kommen also aus Amerika?«, fragte er schließlich.

»Ja. Ich lebe in Texas, aber ursprünglich komme ich aus Michigan«, erklärte sie.

»Wunderbar. Es tut mir schrecklich leid, aber ich habe Ihren Namen nicht verstanden«, sagte er.

»Oh, Himmel!«, sagte sie. »Natürlich. Ich bin Shantay. Shantay Petoskey.« Und sie fragte nicht nach seinem Namen, was die irreale Atmosphäre dieser ganzen Szene noch verstärkte.

»Myfanwy ist also nicht hier?«, fragte er beiläufig und legte sehr viel Wert darauf, den Namen genauso auszusprechen, wie sie es getan hatte.

»Nein, sie ist oben in Schottland«, sagte die Frau. »Ich fliege morgen auch dorthin. Eigentlich wollte ich in einem Hotel übernachten, aber dann hat sie erwähnt, dass Sie möglicherweise hier im Haus vorbeischauen würden, und ich sagte, dass ich heute Abend auf das Haus aufpassen könnte, einfach auf gut Glück.«

*Dass ich vorbeischauen würde?*, dachte er. *Sie weiß es! Sie muss es wissen!*

»Das ist wirklich großartig«, gab er zurück. Er kniff die Augen zusammen, trank einen großen Schluck Tee und schickte mit seinem Geist Kristalldorne aus den Couchkissen, die ihre Schenkel durchbohren sollten. Er spürte das Summen in seinem Gehirn und auf seiner Haut, als die Energie sich aufbaute, und dann wappnete er sich gegen den Moment plötzlicher Gewalt, gegen die Schreie.

Nichts.

»Ja, es ist immer nett, einer Freundin einen Gefallen zu tun«, bestätigte sie liebenswürdig. Er war vollkommen verblüfft. Er hatte *gefühlt*, wie die Kristalle herausgeschossen waren, hatte jedoch keinen gesehen, der sie durchbohrt hätte. Und außerdem trank sie immer noch genüsslich ihren Tee. Er verspannte sich und versuchte, den nächsten Dorn auszuschicken. Diesmal zielte er auf ihr Kreuz. Seine Nerven summten, und er wusste, dass es passierte, dass die Kristalle sich bildeten, aber anstatt zu kreischen, als sie durchbohrt wurde, warf sie einen prüfenden Blick auf ihr Mobiltelefon.

»Also«, sie legte das Handy auf den Couchtisch, und er zuckte heftig zusammen vor Verblüffung, dass sie nicht durchbohrt worden war. »Ich denke, wir sollten zur Sache kommen.« Sie stellte die Tasse ab, schüttelte ihr Haar aus, und plötzlich und unmöglicherweise bestand sie ganz und gar aus Metall. Eine Statue aus Silber, wie gemeißelt von Praxiteles.

»Keine Sorge.« Ihre Stimme hatte den musikalischen Ton einer Querflöte. »Das hier passiert wirklich.«

»Aber, aber …« Er hyperventilierte. Das war unmöglich. Schon wieder!

»Man hat darauf gewartet, dass Sie hier auftauchen«, sagte die silberne Frau. »Ganz offensichtlich sind Sie in ein paar andere Häuser meiner Freundin eingebrochen, aber als man dort eintraf, waren Sie schon verschwunden. Myfanwy sagte, Sie würden nie damit aufhören, und es wäre unausweichlich, dass Sie irgendwann hierherkämen. Übrigens, ich war die ganze Zeit unter meinen Kleidern aus Metall«, merkte sie an. »Nur für den Fall, dass Sie auf irgendwelche sonderbaren Ideen kämen. Was Sie ja auch getan haben.« Sie rutschte auf dem Sofa etwas zur Seite, und er sah die abgebrochenen Stümpfe des Kristalls, die aus den Rückenkissen und den Sitzkissen ragten, und jede Menge kleine Scherben und Pulver. »Ihre Waffen haben meine Kleidung zerfetzt, aber sie können meine Haut nicht durchdringen. Wir haben das vorher getestet.«

»Ich ... Was?«

»Ja, sie hatten ein Stück von Ihrem Kristall zur Hand. Sie haben es im Oberkörper meiner besten Freundin zurückgelassen, schon vergessen?« Sie wartete nicht auf seine Antwort. »Als ich angeboten habe, dass ich hier warten würde, wollten sie sich überzeugen, dass Sie mich nicht töten können. Also haben sie versucht, mit diesem Kristall meine Haut zu durchbohren. Wie sich herausstellte, war der Kristall dazu nicht in der Lage. Ich habe es nicht einmal gefühlt. Ein Glück, dass ich zu Besuch gekommen bin, was? Sonst hätten Sie einfach dieses Haus zerstört, als Sie einbrachen, und Myfanwy mag es sehr.«

»Sie ... Sie sind ...«

»Sie haben mein aufrichtiges Mitgefühl.« Sie stand auf. »Ich meine, und nehmen Sie mir das nicht krumm, Sie sind mein schlimmster Albtraum. Nicht, weil ich gegen sie kämpfen muss, sondern einfach, weil Sie existieren. Ich kann mir nicht vorstellen, wie es sein muss, urplötzlich eine solche Fähigkeit zu entwickeln und niemanden zu haben, der einen führen kann, an die Hand nimmt. Keine Struktur, kein Verständnis außer dem, was Sie sich selbst zusammenreimen. Wir hätten versucht, Ihnen zu helfen.« Einen Moment schwang Mitgefühl in ihrer Stimme mit, aber dann verhärtete sie sich. »Aber Sie werden von Ihren Fähigkeiten beherrscht. Entweder können oder wollen Sie sich nicht kontrollieren, und das können wir nicht zulassen. Außerdem haben Sie versucht, meine Freundin umzubringen.«

»Wer, verflucht noch mal, sind Sie?«, stieß er schließlich stammelnd hervor.

»Wir sind die Regierung«, gab sie zurück. Sie drehte sich um, packte das Sofa, hob es hoch und schleuderte es auf ihn. Er riss die Hände hoch, um sich zu schützen und wappnete sich gegen den schrecklichen Aufprall, der seine Knochen zerschmettern musste. Aber der kam nicht. Nach ein paar herzinfarktträchtigen Momenten öffnete er die Augen und sah, dass eine Wand aus Kristallen den Raum teilte. Das Sofa war mittendrin aufgespießt. Sie mussten aus den Wänden, dem Boden und der Decke explodiert sein und hatten die Couch in der Luft erwischt. Durch die rauchige Oberfläche des Minerals sah er, wie ein Schatten sich auf ihn zubewegte.

*Ich muss verschwinden!,* dachte er hektisch. Er wandte sich zur Küche um und bemerkte eine Bewegung aus dem Augenwinkel. Dann ertönte ein Geräusch wie von zerberstenden Spiegeln, als etliche Kristalle zertrümmert wurden und zu Boden fielen. Fast gegen seinen Willen drehte er sich um und sah, wie die silbermetallische Frau sich aufrichtete, nachdem sie einen Schlag gegen die Barriere aus Kristallen geführt hatte. In den Händen hielt sie einen hässlich aussehenden schwarzen Schmiedehammer. Sie blickte ihn durch schmale cabochonartige Augen an, hob dann den Hammer und schwang ihn erneut.

Er verzichtete darauf zuzusehen, wie sie die Wand zertrümmerte. Stattdessen beschwor er die Kristalle, die über den Boden vor ihm liefen, hochschossen und die Hintertür aus dem Rahmen sprengten. Er sprang nach vorn, und die Kristalle zerstoben zu Pulver, das ihn in einer Wolke umhüllte. *Ich wusste gar nicht, dass ich so etwas kann,* dachte er beiläufig, aber er hatte nicht genug Zeit, über die Konsequenzen nachzudenken. Er stand im rückwärtigen Garten und hatte keine Ahnung, wohin er sich wenden sollte. Das Haus hinter ihm war plötzlich hell erleuchtet, und auch der

Seitenweg, über den er zuvor gekommen war, war in Licht getaucht. Vor ihm erstreckte sich der Garten in die Dunkelheit, und die Bäume und Büsche boten Millionen von Möglichkeiten, sich zu verstecken und zu entkommen.

Er rannte hastig von der Terrasse herunter und rutschte auf dem feuchten Gras aus, als er flüchtete. Das Hämmern seines Herzens wurde von Schritten übertönt. Die Frau rief ihm etwas zu, aber er ignorierte es. Dann ertönte ein Pfeifen hinter ihm, und etwas traf eines seiner Beine. Sein Knie wurde zerschmettert, er kippte zur Seite und landete in einem Fischteich.

Prustend und keuchend setzte er sich auf und sah, dass die silberne Gestalt näher kam. Der Schmiedehammer, den sie nach ihm geworfen hatte, lag neben ihm auf dem Gras.

»Mein Gott, was liebe ich dieses Land«, erklärte die Frau. Er sah zu ihr hoch. Sie war wunderschön, vollkommen grauenhaft und absolut unmöglich. »Jedes Mal, wenn ich hier bin, kann ich allen möglichen Leuten in den Arsch treten. Zu Hause warten nur Papierkram und langweilige Konferenzen auf mich.«

»Ich … Ich …« Irgendwie schien er nicht die richtigen Worte hervorbringen zu können.

»Was soll ich Ihnen sagen, Myfanwy hat sich tatsächlich für Sie verwendet«, fuhr sie fort. »Und das sogar noch, nachdem Sie sie mit Ihren Kristallen durchlöchert haben. Sie meinte, man solle Sie inhaftieren und umerziehen, aber der Court hat sie überstimmt. Und ich glaube, das war richtig so. Und jetzt sind wir hier.« Sie hob die Hand, und er sah, dass sie eine Waffe hatte, eine schwarz-gelbe Waffe. Einen Elektroschocker. »Ich bin zwar nicht ganz sicher, was passiert, wenn ich mit dieser Waffe auf jemanden schieße, der in einem Teich sitzt, aber wir probieren es einfach aus, einverstanden?« Sie zielte auf ihn, er schrie und riss den Arm hoch, um sich zu schützen. Ein Fächer aus Kristallen schoss aus dem Boden hoch und schlug ihren Arm zur Seite. Der Taser landete im Gebüsch.

»Oh, Shittyshit!«, rief sie. »Das hätte ich eigentlich kommen sehen müssen. Mein eigener Fehler, dass ich quatsche statt …« Sie wurde unterbrochen, als eine Kristallsäule aus dem Gras unter ihr hochschoss und sie durch die Luft schleuderte. Es krachte, als sie in der Hecke landete. Stöhnend wuchtete er sich aus dem Wasser. Sein Knie gab unter ihm nach, und er zitterte, aber er war auch aufgeputscht.

*Ich kann diese Frau nicht töten*, dachte er. *Und ich kann sie auch nicht abhängen. Aber vielleicht, ganz vielleicht, kann ich sie aufhalten.*

Die silberne Frau stolperte aus der Hecke. Sie war immer noch vollkommen perfekt, kein einziger Kratzer war auf ihrem Metall zu sehen. Aber ihre Bluse bestand nur noch aus Fetzen, und ihr silbernes Haar war zerzaust. Mit einem Geräusch, bei dem ihm die Zehennägel hochklappten, fuhr sie sich mit den Fingern durch das Haar und zupfte einen Zweig heraus. Sie wirkte nicht übermäßig amüsiert.

»Also gut, regeln wir die Sache auf die harte Art«, schlug sie vor. »Das macht ohnehin viel mehr Spaß.«

Er antwortete nicht, sondern fuhr mit gespreizten Fingern über den Boden und konzentrierte sich. *Los!*

Unter seinen Handflächen zuckten vier kleine Ströme aus Kristall durch das Gras auf sie zu, und im nächsten Moment schossen vier glitzernde achtseitige Pfeiler von jeweils einem halben Meter Durchmesser empor. Sie sollten die Frau nicht zerschneiden, sondern sie sollten sie zerquetschen, sie zur Seite schleudern. Sie wich zweien davon aus, wirbelte um den dritten herum und drehte sich dann weiter, hämmerte mit ihrem Unterarm in den vierten Pfeiler und

zertrümmerte ihn. Sie fing die obere Hälfte auf, als er um-
kippte, und schleuderte sie direkt auf ihn.

*Du schaffst das!*, dachte er. Er trat vor, dem auf ihn zu sau-
senden Pfeiler entgegen, und streckte die Hände aus. Als
das Geschoss seine Fingerspitzen berührte, explodierte es
lautlos zu einer Mineralwolke. *Ja!* Hustend trat er zurück
und hörte dumpfe Schritte. Durch die Wolke sah er, wie sie
auf ihn zuschoss.

*Jetzt!*

Scharfe Dornen fuhren aus dem Gras und blockierten ihr
den Weg. Sie wurde kaum langsamer, als sie sich duckte
und ihnen auswich.

*Mehr davon!*

Krallen aus Glas krümmten sich aus dem Boden und von
den Bäumen der Äste über ihr. Sie schlugen nach ihr, kratz-
ten über ihre Haut, verfingen sich in ihrer Bluse, aber sie riss
sich los.

*Halte sie auf!*

Eine facettierte Wand aus Mineral erhob sich vor ihr, und
sie schob eine Schulter vor und pflügte mit einem grauen-
haften Krachen hindurch. Bruchstücke landeten überall auf
dem Rasen.

*Und jetzt werde ich … Ich werde …* Ihm waren die Ideen
ausgegangen. Als sie auf ihn zuschoss, blanke Brutalität in
Quecksilber, zögerte er.

Er wusste nicht mehr weiter.


»Hallo, Ingrid? Hier spricht Shantay Petoskey. Ist unsere
Süße da?«

»Einen Moment bitte, Bishop Petoskey.« Die Amerikanerin nahm ihre Teetasse vom Tisch und trank einen Schluck.
Der Tee war immer noch warm. Sie hatte das Rauchen vor
etlichen Jahren aufgegeben, und außerdem war sie im Haus

von jemand anderem. Aber hätte irgendwo eine Zigarette herumgelegen, dann hätte sie ihren Rauch ohne zu zögern inhaliert.

»Shan? Was ist passiert?« Die Stimme der Rook klang besorgt.

»Hey, alles gut, mir geht's super. Er ist tatsächlich in dein Haus gekommen.«

»Oh, Jesus.«

»Sicher«, sagte Shantay. »Er hatte deine Handtasche von der Rennstrecke. Hast du all deine Kreditkarten sperren lassen?«

»Ist er tot?«

»Tut mir leid, Myfanwy. Er war wirklich rücksichtslos. Ich musste ihn plattmachen.«

Die Rook seufzte. »Ja, schon gut. Danke, Shan.«

»Dank mir nicht zu früh«, gab Shantay zurück. »Es ist ganz gut, dass du dein ganzes Zeug aus dem Haus geschafft hast. Deine Couch ist ruiniert, und du musst deine Küche renovieren.«

»Na großartig. Nun ja, die Rechnung darf die Checquy bezahlen«, verkündete Myfanwy verärgert.

»Kriegsschäden«, meinte Shantay. »Aber was mit deinem Garten hinter dem Haus passiert ist, gefällt mir tatsächlich. Vielleicht überlegst du dir, ob du es so lässt. Ein wirklich albtraumhafter Eisskulpturen-Chic.«

»Ich wage nicht einmal, es mir auszumalen«, meinte die Rook. »Jedenfalls schicke ich sofort ein Säuberungsteam hin. Willst du heute lieber im Hotel übernachten? Ich kann dir einen Wagen schicken und dich abholen lassen.«

»Nein, es geht schon. Das Gästezimmer ist unversehrt, und außerdem ist es schon ein bisschen spät«, lehnte die Bishop ab.

»Dann sehen wir uns morgen auf Balmoral.«

»Was für ein entzückender Tag«, erklärte Odette. »Damit habe ich gar nicht gerechnet. Alle Wettervorhersagen haben Sturm angekündigt.«

»Es sollte heute auch starke Gewitter geben«, meinte Felicity. »Aber Celia aus der Buchhaltung kann das Wetter in einem Radius von einer Meile um sie herum kontrollieren. Sie haben sie von London hergeflogen, damit wir einen schönen Tag haben und die Gärten von Balmoral nutzen können, damit dein Großvater dort Hände küsst.«

»Hände küsst?«, wiederholte Odette.

»So nennt man es, wenn ein Minister der Regierung offiziell sein Amt antritt. Es ist nur ein Ausdruck. Sie küssen dem Monarchen nicht wirklich die Hand.«

»Das sollte jemand lieber Grootvader Ernst erzählen«, sagte Odette. »Weil sie es zu seiner Zeit gemacht haben und … Oh! Zu spät.« Sie sah zu, wie Ernst sich von den Knien erhob. *Endlich ist er wieder ein Krieger und ein General,* dachte sie und war froh für ihren Grootvader.

»Und jetzt küsst er den Prinzgemahl auf beide Wangen«, meldete Felicity. »Einfach prächtig!« Der etwas verschreckt wirkende Monarch lächelte dennoch strahlend. »Diese Königshäuser stehen einfach immer noch auf Tradition.«

Und Tradition war ganz eindeutig das Thema des Tages. Die Delegation der Züchter war nach Aberdeenshire gekommen, um sich offiziell der Checquy anzuschließen, sich und ihre Leute in Europa dem Dienst an den Britischen Inseln zu verschreiben. Prachtvoll gekleidet hatten sie auf den roten Teppichen gekniet, die überall auf dem Rasen ausgelegt waren, und den Bürgereid geleistet. Dann einen Treueid, und als sie schließlich aufgestanden waren, waren sie von jubelnden Pawns und Bediensteten umarmt worden. Etliche Umarmungen waren zwar ein wenig steif und förmlich gewesen, die meisten aber waren aufrichtig.

»Dein Urahn sieht ziemlich erfreut aus«, bemerkte Felicity. »Ich hoffe, er ist nicht enttäuscht, dass man ihn nicht zum Mitglied des Court erhoben hat.«

»Aber nein«, gab Odette zurück. »Ich glaube, er ist vollkommen zufrieden, dass man ihn zum Herzog ernannt hat.«

*Und jetzt ist er auch wieder ein Adeliger,* erinnerte sie sich. Ihr ganzes Leben lang, und die Geschichte ihrer Familie reichte etliche Generationen zurück, war Grootvader Ernst ihr Anführer gewesen, respektiert wegen seiner Macht, seines Alters und seiner Voraussicht. Der Verlust seines Adelstitels sowie seines Lehens in den schrecklichen Nachwehen des Krieges auf der Isle of Wight galten unter den Züchtern als Allgemeinwissen, wenn es auch weniger real war als ihre Furcht vor der Checquy und ihr Hass auf sie.

»Wir sind sogar einmal adelig gewesen«, mochte vielleicht irgendeine Züchter-Mutter sagen. Sie wusste, dass es ein netter Gedanke war, aber nichts im Vergleich dazu, ein Mitglied der Broederschap zu sein.

*Aber das hat niemals für Grootvader Ernst gegolten, da würde ich drauf wetten,* dachte Odette. *Es ist so deutlich zu sehen, dass er alt ist, ohne jedoch zu begreifen oder wirklich zu verstehen, dass er in jener Zeit bereits gelebt hat. Dass dieser Mann, der am Kopfende der Tafel sitzt mit einem wie viele Generationen auch immer zurückreichenden Enkelkind auf den Knien und einem Bier in der Hand, derselbe Mann ist, der mit Pferden in den Krieg geritten war, mit seinen Hunden in einer großen Halle saß, mit Königen verhandelte und in eine Nation einmarschierte.*

*Und für ihn gilt nach wie vor die* noblesse oblige, *gelten die Verpflichtungen und die Verantwortung echten Adels. Sie sind für ihn real und ewig. Ist das vielleicht der Grund, warum er all das getan hat? Warum er uns der Checquy angegliedert hat? Nicht, weil er wieder ein Herzog werden konnte, sondern damit er und seine Leute richtig dienen können?* Sie beobachtete, wie er mit der Königin plauderte, und Odette war von Liebe zu ihm erfüllt, nicht nur zu ihrem Lehnsherrn und Anführer, sondern zu ihrem Urgroßvater, der sie so viel über Ehre und Pflicht gelehrt hatte. Dann runzelte sie die Stirn.

»Felicity, dieser Bursche da drüben, der da ganz vorn steht. Er ist doch nicht in der Checquy, stimmt's? Ich meine, er trägt eine Paradeuniform.«

»Nein.« Felicity biss sich auf die Lippen, um ein Lachen zu unterdrücken. »Er ist nicht in der Checquy.«

»Ich meine nur, weil er auch bei dem Empfang gewesen ist«, sagte Odette. »Er war einer der Männer, mit denen ich getanzt habe.«

»Ja, er ist einer der VIPs.«

»Tatsächlich? Das erklärt es natürlich«, meinte Odette nachdenklich. »Er ist ziemlich süß, stimmt's? Wir haben ganz schön oft miteinander getanzt und geplaudert. Es war wirklich ausnehmend nett.«

»Ihr habt euch also gut verstanden?«

»Na ja, ich weiß nicht.« Odette errötete leicht. »Er sagte, wir sollten vielleicht irgendwann auf die Jagd gehen.«

»Echt jetzt?«

»Ja. Ich sagte ihm, ich hätte zwar zwei wirklich hübsche Schrotflinten, aber ich hätte bisher immer nur auf Tontauben geschossen. Er meinte, er würde es mir sehr gern so richtig zeigen.«

»Odette?«

»Hmm?«

»Er steht an dritter Stelle in der Thronfolge.«

»Oh. *Echt jetzt?*«

# DANKSAGUNG

**Dieses Buch zu schreiben** hat länger gedauert, als ich erwartet habe, aber es hätte noch sehr viel länger gedauert, hätte ich nicht die Unterstützung sehr vieler Menschen genossen. Es sind viel zu viele, um jedem Einzelnen zu danken, aber ich bin überaus dankbar für die Hilfe aller.

Wann immer ich Inspiration brauche, um über Staatsbedienstete zu schreiben, die außerordentliche Dinge tun, muss ich nur bei meinen Kollegen im Australian Transport Safety Bureau hereinschauen. Vor allem bin ich dort Brett Leyshon und Dave Grambauer dankbar, die mir ungeniert erschütternde Einsichten aus ihrer Zeit in der Medizinsparte gegeben haben, die ich ihnen prompt gestohlen habe. Außerdem danke ich meinen Kollegen von der operativen Suche nach MH370.

Das Internet ist ein extrem praktisches Ding. Gelegentlich habe ich auf Facebook oder Twitter eine Frage gestellt, und sofort flog mir eine Antwort zu. Mein Dank geht an all die Menschen da draußen, die mir Rat gegeben und mich aufgemuntert haben, ob wir uns nun kennengelernt haben oder nicht.

Liesbeth von Alphen und Frank de Jong haben mich während meines Aufenthalts in den Niederlanden aufgenommen und mich ohne ein einziges Wort der Klage herumkutschiert. Sie waren zusammen mit Eva Lemaier die Empfänger von hektischen Nachrichten, in denen ich nach niederländischem Vokabular fragte, obszönem und anderem, und gaben mir zudem Hilfestellung bei der

Aussprache. Ich habe außerdem schamlos ihre Listen von Facebook-Freunden nach coolen Namen durchforstet.

Nikki Keene hat freundlicherweise all meine Fragen rund um Royal Ascot beantwortet, selbst die schwachsinnigen. Alle Abweichungen zwischen meiner Beschreibung der Rennstrecke und der Wirklichkeit sind natürlich nur die Schuld der Wirklichkeit. Ihre und Boyd Allens Gastfreundschaft bedeutet umso mehr, da die beiden mich noch nie zuvor in ihrem Leben getroffen hatten.

Kimberley Stewart-Mole hat mich gefüttert, getränkt und mich durch Cardiff begleitet.

Erik und Katy Jarvis haben mich bei sich in London beherbergt, und als Dank dafür habe ich ihnen ihr Haus gestohlen und drei Checquy-Agenten dort einquartiert. Meine Diskussion mit Erik über die Natur und die Wirkung des Terrorismus hat meine Gedanken über die Antagonisten maßgeblich beeinflusst, und seine Erklärung, wie man einen Raum mit bewaffneten Soldaten stürmt, war von unschätzbarem Wert.

Hillary Noyes hat mich mit einigen gruseligen Symptomen ausgestattet, die man Unschuldigen anhängen kann, und ihr Spitz Wallace war die Inspiration für Grenadier.

Stuart und Fiona Anderson-Wheeler haben es ebenfalls gewagt, mich in ihrem Heim aufzunehmen. Mit Steward war ich seit der Highschool befreundet, und er hat mich beraten, was das Schießen angeht, und mir einige erstaunliche Exemplare von Schrotflinten gezeigt, die ich prompt an Odette weiterverschenkt habe.

Die Mitarbeiter von Foundry Literary + Media, Little, Brown and Company und HarperCollins Australia sind nach wie vor unglaublich freundlich, unglaublich geduldig und unglaublich unglaublich.

Und zum Schluss will ich natürlich meinen Eltern, Jeanne und Bill O'Malley, danken. Für einfach alles.